纳兰
采桑

著

碧落人间情一诺

壹

浙江出版联合集团
浙江文艺出版社

目录

楔子

忠魂依旧守辽东

大明崇祯三年农历庚午年八月十六,崇祯皇帝在紫禁城中左门平台召集九卿科道诸臣,宣布袁崇焕的罪状及判决:

> 袁崇焕付托不效,专恃欺隐,以市米则资盗,以谋款则斩帅。纵敌长驱,顿兵不战。援兵四集,尽行遣散。及兵薄城下,又潜携喇嘛,坚请入城。种种罪恶,命刑部会官磔示。依律家属十六以上处斩,十五以下给功臣家为奴。今止流其妻妾子女及同产兄弟于二千里外,余俱释不问。

一纸诏书,辽东一代抗金名将袁崇焕从锦衣卫北镇抚司被押赴北京宣武门前西市菜市口。

遥想崇祯二年十月,后金大汗皇太极率领十万大军绕道科尔沁草原,从长城喜峰口入关,直扑明朝京师北京。十一月初四,属于京畿重镇的遵化被后金攻陷,渔阳鼙鼓动地来,北京实行戒严。

这是自努尔哈赤建国以来,后金大军第一次出现在山海关以内的地区。明朝臣民惶惶不可终日,莽莽神京乱成一锅粥。

好在皇太极的意图并非攻克北京,后金大军绕道京城南面,一边围剿小股的明军,一边在永平、滦州、迁安、遵化一带的城郊骑射围猎,抢掠了不少财物,还有大批人口。次年新春一过,便绕过山海关,浩浩荡荡地从长城外返回辽东。

后金第一次入塞,所向披靡,明朝损失惨重,京畿及附近两府十几个州县均遭到后金铁蹄蹂躏,阵亡的明朝官兵多达数万人,是为"己巳之变"。

然而最令人震惊的是蓟辽督师袁崇焕被崇祯皇帝以"通敌叛国"的罪名下锦衣卫北

镇抚司诏狱,直到今日才被下诏凌迟处死。

百姓们在己巳之变中被清军烧杀掳掠,家破人亡,对袁崇焕恨入骨髓。他们沿街朝袁崇焕的囚车丢菜掷石,唾骂不绝。袁崇焕尚未赴刑场就戮,已是遍体鳞伤。他虽然披头散发,形容狼狈,眉宇间却仍有一股刚正凛然的意态,令人不敢轻侮。

只听他朗声吟哦:"一生事业总成空,半世功名在梦中。死后不愁无勇将,忠魂依旧守辽东。"

百姓们一听,骂得更狠了,什么"大汉奸""卖国贼""通虏谋叛""误国欺君""秦桧、石敬瑭莫过""祸国殃民"的词句不绝于耳。

就在一片唾骂声中,袁崇焕被押至刑场。锦衣卫缇骑开枷下锁,将他拉下囚车,准备将他押上行刑台。

袁崇焕道:"我自己走!"言语间不怒自威。

锦衣卫心想,这人已死到临头,便也由他。

炮声响起,将近午时三刻,本是晴空万里,忽然浓翳蔽日,飞沙走石,众锦衣卫心头都是一凛。

袁崇焕双眼眯成一条狭长的缝,望了辽东方向一眼。那一眼饱含着对这个日薄西山的王朝的悲哀。

遥想天启六年正月,努尔哈赤率十三万大军,连下锦州、松山、大凌河、小凌河、杏山、连山、塔山共七城,进而围攻宁远。袁崇焕毫不畏惧,和总兵满桂、副将朱梅、参将祖大寿等人召集将士歃血誓师,固守宁远,以红衣大炮迎敌,使后金遭遇前所未有的大败。宁远大捷是明朝自万历四十七年萨尔浒战役失陷抚顺以来第一场胜仗,天启皇帝降旨,称:"此七八年来所绝无,深足为封疆吐气!"

袁崇焕自此声威大震,名扬边境,被辽东军民誉为"长城"。而努尔哈赤面对用兵四十四年来的首次惨败,在同年八月染疾去世,由皇太极继承汗位。

当年军民同心,谈笑间,樯橹灰飞烟灭。袁崇焕心绪起伏,感慨起千,万般无奈,万般不甘,终究只能化为一声叹息。他昂首阔步地走到监斩台前。

刽子手褪去袁崇焕的上衣,将他绑上刑柱,然后抖开一面渔网,将他裹在里面,并用木棍绞紧。

袁崇焕身上的肉一块块从网眼里凸了出来。

监刑官看了日晷、沙漏一眼,朗声道:"依《大明律》,袁崇焕磔死。皇上有旨:'袁崇焕处死后悬首三日,传首九边。'"他转向袁崇焕,问道:"袁崇焕,你还有什么话要说?"

袁崇焕高声道:"皇上身负社稷存亡、黎民生死之任,不能识人信人,对皇太极的反间计深信不疑,使我蒙受不白之冤。皇上今日杀了我,寒的是辽东千千万万的将士之心,是自毁长城之举。皇上若再如此刚愎多疑,大明亡国之期不远矣!"

监刑官只听得额头冷汗涔涔，本是例行过场，没料到袁崇焕竟会说出如此大逆不道之言，心想若是再任由袁崇焕继续危言耸听，传到皇帝耳朵里，只怕明儿个就换锦衣卫押自己跪在现在袁崇焕的这个位置了。

监刑官当即喝道："天子脚下，朗朗神京，岂由得你袁崇焕妖言惑众。"拿起案上的行刑令牌向台下一丢，喝令："午时三刻已至，行刑！"

刽子手领命，当即以牛耳弯刀寸寸脔割袁崇焕。围观的百姓蜂拥而上，争相嚷着要吃他的肉。

监刑官于是有了一宗大生意，他为了羞辱这位被辽东吏民誉为"长城"的抗金名将，每割下手指大的一块肉，便卖银一钱。百姓们一边生啖，一边唾骂"汉奸"。

后面有小兵控制渔网的松紧。凌迟必须割上三千三百五十七刀，即所谓的"千刀万剐"，每十刀一歇一吆喝，最后一刀才是斩首。如果勒得太紧，几刀就把肉削光，剩一具骨架就没得割了。如果还没割完这三千多刀受刑者就死了，那刽子手的名声就算毁了。

其间，手持小红旗的锦衣卫校尉不断疾驰来去，赶赴皇宫报告所剐刀数。

袁崇焕仰天大笑，继而吟道："一生事业总成空，半世功名在梦中。死后不愁无勇将，忠魂依旧守辽东。"吟哦声越来越细微，最后消散于风中。

刽子手跟着开膛取出肠胃，早已眼红的百姓们更加疯狂，群起抢之。得其一节者，和烧酒生啮，血流颊间，犹唾骂不已；拾得其骨者，以刀斧碎磔之。

行刑大半日，袁崇焕皮肉俱尽，只剩一首。

袁崇焕死后，首级悬于旗杆示众三日，最后传首九边。余姓部属为其收敛碎骨，葬于北京广渠门外的广东义园，并建起了袁崇焕的衣冠冢，从此世代为袁崇焕守墓。

第一章

元宵烟月，火树星桥（上）

崇祯十一年正月上元节。

三年前的今天,农民军攻下明朝中都凤阳,竖起"古元真龙皇帝"的大纛,纵火焚毁了明朝皇陵享殿以及明太祖朱元璋年少时出家的龙兴寺,还把朱家皇帝的祖坟掘了一个大坑。

三年后,农民军"八大王"张献忠、"闯塌天"刘国能、"曹操"罗汝才等部相继被招安;"闯王"李自成、"过天星"张天琳等部在陕西接连失利,此后蛰伏于川、陕、楚交界山区,因此崇祯十一年比起往年略微太平了些。崇祯皇帝难得舒心,御赐百官元宵,同时京城内大弛夜禁十日。

明朝时已经普遍称上元节为元宵节。由于连年烽火,府库空虚,崇祯皇帝提倡勤俭节约,鳌山灯会的盛景已不复见,只有少数富贵人家仍在自家院子里施放烟花、扎彩灯应景。

紫禁城东华门外虽不见灯市流光溢彩,却也是商贩云集,摊位上摆满了各色古董玉器、书帖字画、彩灯香烛、烟花鞭炮、时蔬鲜果,还有热切糕、驴打滚、艾窝窝等小吃。京城上至达官贵人,下至贩夫走卒,都赶来凑热闹。街上雕车宝马川流不息,人声嘈嘈切切,士女言笑晏晏,一派太平盛世的气象。

彼时朔风料峭,瑞雪飘飘,如飞柳絮,似舞蝴蝶,银砌就楼台殿阁,粉妆成野外荒郊,处处寒梅清浅,暗香浮动。

一名少女踥蹀在街上,轻声吟哦:"晚直郊原月未斜,升平乐事览繁华。九边鹿静平安火,上苑春催顷刻花。跋浪鱼龙烟似海,劈空雷电炮为车。归途尚有余光照,一路林峦映紫霞。"吟毕长长地叹息了一声。

少女姓朱，闺名毓媞，乃崇祯皇帝与周皇后的长女长平公主[1]，十二岁年纪，面容粉雕玉琢，虽无华服艳饰，举手投足间却有一股雍容华贵的气韵。

她见灯景寂寥，沿街灯火萧疏，想起曾有才子作《西厂观烟火》一诗，描述元宵节"花灯烟火照通宵，鼓乐杂耍闹达旦"之景，不禁喟然。

朱毓媞吟完《西厂观烟火》一诗，道："而今封疆多事，寇盗繁兴，父皇已无心度佳节了。"

"嘘，你又忘了改口了。"周世显并肩走在她身边，一边替她掖紧白狐斗篷上的如意双绦，一边温言提醒，"切莫忘了，这里可不是皇宫。"

周世显正值束发之年，眉目清秀，身形挺拔，身穿一袭青色直裰，头戴一顶六合一统瓜皮小帽，帽檐正中镶着一枚上好的美玉，碧绿盈润，风姿潇潇洒洒，爽朗清举。朱毓媞个头娇小，站在他身旁，如松树旁的一株纤纤芳草。

两人乃总角之交。两年前初春时节，御花园里蝶舞蜂喧，海棠铺绣，杨柳如烟，朱毓媞和同胞妹妹昭仁公主朱毓芙在蹴鞠打趣。朱毓媞一时将藤球踢高了，藤球远远地朝着蔷薇花墙飞去。只听花墙另一侧"哎哟"一声，朱毓媞情知不好，趋前一瞧，只见周世显手握象牙画笔，被彩墨泼了一脸，他所绘的《百花争妍图》也沾满了五颜六色的污痕。

这幅《百花争妍图》笔法细致秀润，设色妍雅，描绘了御花园假山上的薜荔藤蔓、杜若蘅芜和流水旁的穰穰桑条、垒垒青石，胜景韶光跃然纸上。这幅画只差一笔便要完工了，偏不想天外飞来一颗藤球，多日的心血毁于一旦。

朱毓媞愧疚不已，以为周世显会生气，忙向他施礼道歉。不料周世显一笑置之，举帕拭去脸上彩墨，道："不要紧，这幅《百花争妍图》本来就画得不尽如人意，只是念着多日心血，舍不得毁去，正好藤球打翻了彩盘，倒是遂了我的心愿。"

不管周世显这席话是发自真心还是出于安慰，都给朱毓媞留下了好的印象。后来周世显知道了她的公主身份，亦对她纡尊降贵的道歉之举有所好感。于是两人渐渐熟稔起来，感情越来越深笃。

御花园是皇帝、后妃和皇子的娱乐之所，因周世显为吏部尚书周兴之子，又曾是太子朱慈烺的伴读，受赐一枚穿宫玉牌，可以自由进出宫禁。

彼时朱毓媞见周世显丹青不俗，于是缠着他要向他学画，他便殷殷教导。除了作画，他偶尔也和朱毓媞、朱毓芙两位天家金枝一起蹴鞠、捉迷藏。

每年元宵节，周世显总是想方设法让朱毓媞偷偷溜到宫外。朱毓媞每回出宫，总要褪去华服丽饰。一头光可鉴人的青丝梳着三丫髻，额头留着厚厚的刘海，头上一色珠翠俱无，只横绾素绒绢花，穿着雨过天青色袄裙，乍看之下就像个平民百姓。

---

① 长平公主本名为朱媺娖，约崇祯三年生。本书的人物和事件与史实略有出入，纯为故事铺陈之需。

日子一晃就是两年。朱毓媞走在人来人往的街上，显得闲庭信步，意态清闲。她听了周世显这一句话，吐了吐丁香小舌，姣好的脸庞掠过一丝俏皮。

朱毓媞挽住周世显的胳膊，笑道："整日拘在宫里，难得偷溜出来，心神松泛，一时倒是改不了口。"

周世显微微一笑，脸颊浮现两个亲切温润的酒窝。他的声音温柔清新，如微风吹动云絮，似细雨扑打新荷："要不是有我帮衬，你以为你能顺利开溜吗？"

朱毓媞道："也是，有绿萍在内扮成我的样子，有世显哥哥在外打点停当，我才能走得一帆风顺呢！整日待在宫里头，就好比玉笼里的小雀儿，来来去去就是同一片四方天，闷也闷出病来啦！"

周世显苦笑道："我是拗你不过，才又帮了你这一回。你可得在宫门下钥前赶回去，否则要是让人发现你偷溜出宫，我可吃不了兜着走了。"

"你爹爹可是天官吏部尚书，可与内阁大学士分庭抗礼，父皇——"突然意识到自己又说漏了嘴，朱毓媞匆忙改口，"我爹爹的心膂股肱，又岂会为了这点小事就开罪于你呢？再说了，今年的灯市到底不如往昔了，我们晃悠一圈就回去，绝对赶得上宫门下钥的。"

"是啊！到底一年不如一年了。"周世显长叹一声，"据史书记载：'永乐十年元宵节，赐群臣宴，纵观鳌山三日。户部尚书夏原吉侍母来观，上闻之，赐钞二百锭。永乐十二年元宵节夜，上御午门观灯，宴。群臣进诗，命翰林第高下，赐钞有差。'彼时天下太平，元宵节自是热闹非凡。如今府库空虚，粮饷不继，制造鳌山烟火的费用着实惊人。皇上提倡开源节流，停免百官筵宴，以充军饷，使天下人知晓皇上忧国忧民，不崇侈纵欲，则人心安于内，夷狄畏于外，百官象于朝。如今的元宵节，比起太平盛世之时，自是不可同日而语。"

第二章

元宵烟月，火树星桥（中）

朱毓媜住在深宫，年岁又轻，难以体察民间疾苦，但她时常听周世显纵谈天下大势，得知畿辅、山东、河南、山西、陕西等地旱灾频仍，赤地千里，白骨露于野，千里无鸡鸣，百姓茹土食荆，剜肉炊骨，日子过不下去，于是杀官造反，啸聚山林。

而清兵至今已是第三次入塞，最近一次是在崇祯九年，皇太极之弟阿济格连克十六城，俘虏人畜十七万，最后艳服乘骑，奏乐凯归，甚至砍木写下"各官免送"四字以羞辱明军。

朱毓媜微微失神，黯然神伤，道："爹爹为了国事，殚精竭虑，朝乾夕惕，实行素服、避殿、减膳、撤乐，望昊天上帝庇佑我大明早日远离烽火，百姓不再饥馑。"

周世显笑道："好了好了，这会儿出来玩，别愁眉苦脸的。离宫门下钥还有一个时辰，虽然今年没有火树银花、七彩琉璃，但还能猜灯谜、赢宫灯、听鼓乐、看杂耍，也算是不虚此行。"

朱毓媜到底年幼，听到"猜灯谜"三个字，双眼瞬间雪亮，仿佛宝石般熠熠生辉，说道："妙极妙极。说到元宵节，当然少不了吃元宵和猜灯谜。去年我一连猜中十个灯谜，赢得一盏八仙过海灯和一盏六国风祥灯，它们至今仍摆在我的寝宫格架上呢！"

周世显揶揄一笑，道："不知去年十个灯谜，有几个是我帮忙解出来的？"

朱毓媜俏脸浮起两朵霞晕，仿佛夭桃初绽，娇艳无伦，说道："若非周大才子出手，那两盏灯笼只怕要被别人赢走了呢！"

周世显道："大才子三个字，真真愧不敢当。"

朱毓媜笑道："那只能委屈你做个小才子了！周小才子，今年的灯谜，还要请你伤脑筋了。"说着连连作揖。

二人谈笑风生，熟门熟路地走到一间角楼内。去年他们便是在这间店赢得两盏宫灯

的,店主和伙计仍是同样面孔。

此刻堂屋人声鼎沸,琉璃墙上挂满不少宫灯,有八角、六角、四角状的,各绘着龙凤呈祥、福寿康年、吉祥如意等图案,一眼望去,如水晶瀑布从九天而落。

墙上琳琅满目的宫灯都是拿来贩卖的。此时店主双手高高举起的两盏宫灯,分别是掐丝珐琅纸画花鸟纹宫灯和木贴金嵌玉花鸟纹宫灯。这两盏灯即将送给猜中谜语的有缘人士。

店主见时候差不多了,拱手笑道:"非常感谢诸位贵宾大驾光临,小店不胜感激。规矩和往年一样,只要小店出的前五道谜题能猜中四道,就能获得小人右手上的掐丝珐琅纸画花鸟纹宫灯;若后五道谜题再猜中四道,小人左手上的木贴金嵌玉花鸟纹宫灯也不吝相赠。"语毕,欢声雷动。

有人兴高采烈地道:"赶快出谜题吧,都等不及了!"

"是啊,人都齐聚一堂了,可以开始了!"

朱毓媞轻轻扯着周世显的袍角,说道:"世显哥哥,我喜欢那盏掐丝珐琅宫灯。无论如何,前五道谜题,你至少要猜中四道哟!"

周世显露出胸有成竹的一笑:"猜谜我可擅长了,一切包在我身上。你喜欢的那盏掐丝珐琅宫灯,我一定赢来送你。"

朱毓媞一笑,脸上浮起两个梨涡:"就知道世显哥哥对我最好了。"

她的笑靥让周世显一阵心旌摇荡,口干舌燥。周世显对她轻声说道:"我不对你好,还能够对谁好呢?"

他的声音细如蚊蚋,被堂上嘈嘈切切的人声淹没。朱毓媞专注地看着店主右手上的掐丝珐琅宫灯,没听见周世显方才说的那句话。

这时,店主笑道:"那么猜灯谜游戏便开始了。小店的伙计从竹筒里抽出五根竹签,每根竹签上面各写着一道谜题,还请诸位多费心思了。"众人又是欢声雷动。

一名伙计走到紫檀嵌掐丝珐琅西番莲纹桌前,从朱漆竹筒中抽出一根竹签,扯开喉咙,朗声道:"第一道谜题:能使妖邪胆尽裂,身如束帛气如雷。一声震得人方恐,回首只见满目灰。猜新春元宵一必需之物。"

语毕,周世显立即高声道:"第一道谜题由在下来解。"

由于周世显回答速度实在太快,众人都朝他望去。

"哦?"店主双眼笑如月牙,"烦公子见告。"

周世显微微一笑,拱手道:"在下不才,献丑了。这道谜题的答案便是炮竹。"

店主笑道:"恭喜公子,猜中了第一道谜题。"

朱毓媞兴奋地跳了起来:"世显哥哥,你真厉害,这么快就猜出来了!"

周世显道:"为了帮你赢得宫灯,我可是做足了功课。"

一晌后,伙计又抽出一根竹签,念道:"第二道谜题:夕阳西下。猜一地名。"

这道谜题就简单许多,不少人正要开口作答,却还是让周世显捷足先登:"这道谜题的答案是洛阳。"

店主呵呵一笑:"恭喜公子,又猜中第二道谜题。"

伙计又抽出第三道谜题:"上有树不青,下有水不深。前面一轮月,中间一个人。猜一个字。"

朱毓媞一听,忍不住说道:"世显哥哥,这道谜题好难哟,什么'上有树不青,下有水不深。前面一轮月,中间一个人',听得我脑子都打结了。"

周世显左手食指在右手掌中写了一遍,片刻便豁然开朗:"诸位不好意思,这第三道谜题,又要给在下猜中了。"

众人哗然,纷纷嚷道:"是什么字,说来听听。"

店主这时已认出周世显便是去年一连答中十道谜题、赢得两盏宫灯的少年。他觉得周世显虽然年轻,却是英姿焕发,卓尔不群,心中对他颇有好感,笑道:"公子请说。"

周世显微微一笑:"第三道谜底就是一个'膝'字。儿孙满堂,承欢膝下,端的是福泽深远,如意吉祥。"

众人听后纷纷在手上写了一遍,不禁赞叹:"确实是承欢膝下的'膝'字。其实这题并不难,但要在顷刻间作答,却殊为不易。""看来今年这两盏宫灯,都是这位公子的囊中之物了。"

第三章

元宵烟月，火树星桥（下）

店主微笑道："公子已猜中前三道谜题，若能再猜中接下来一道，就能赢得掐丝珐琅纸画花鸟纹宫灯了。"

到了这一刻，众人都没有希望获得第一盏宫灯了，只好满心期待周世显如何揭开接下来的两道谜底。

伙计朗声吟道："第四道谜题：月亮赶日头，打从屋上走。室内有八卦，土字没出头。还请公子猜一个字。"

周世显笑道："真是凑巧，在下前两日刚读了《旧唐书·则天皇后本纪》，这一个字便是唐朝女皇武曌的'曌'字。"

店主道："公子又猜中了。这盏掐丝珐琅纸画花鸟纹宫灯已归公子所有。公子学富五车，触类旁通。这第五道谜题，还请公子不吝解谜。"

周世显道："阁下客气了，请吧。"

伙计从竹筒中抽出第五根竹签："长安一片月。猜《水浒传》一人名。"

朱毓媞一听，兴奋地举手："这题简单，我知道答案。"

店主笑道："姑娘请说。"

朱毓媞道："长安在陕西，陕西又称三秦，因此这道谜题的谜底是秦明。"

店主道："姑娘真是聪明。"

朱毓媞对那盏掐丝珐琅纸画花鸟纹宫灯越看越喜欢，指着宫灯道："那么那盏宫灯可以给我了吧？"

店主笑道："前五道谜题由你二人答中，鄙人当然不会食言。宝灯赠佳人，小店幸何如之。"

朱毓媞上前从店主手中接过宫灯，笑道："多谢了。"说完走回周世显身旁，说道："世显哥哥,我们走吧。"

店主愕然道:"还有五道谜题,两位不猜了吗?"

朱毓媞道:"那盏木贴金嵌玉花鸟纹宫灯,我就不要了,留给有缘人吧!"言毕,宛如燕子般盈盈地出了楼堂。

周世显见朱毓媞笑靥如花,不禁柔情满怀,心想若是能让她开心,就是天上的月亮,也要给她摘下。

他轻声对朱毓媞说道:"媞儿,宫灯颇重,不如我帮你拿吧!"

朱毓媞道:"才不呢! 这盏宫灯拿在手里,多么耀眼! 人人都往这里看呢!"

周世显心想她小女孩心性,便也不勉强,嘱咐她道:"回到宫里,便说这盏宫灯是我送的,千万别说漏了嘴,让人知道你偷溜出来。"

朱毓媞道:"知道知道——只是若说是你送的,毓芙又要跟我使性子了。"

周世显想到昭仁公主,颇感头疼。

朱毓媞忽然"咦"了一声,对周世显说:"前面许多人围成圈子,似乎有热闹可看,我们去瞧瞧。"说完抱着宫灯,飞也似的跑上前去。

周世显忙道:"媞儿仔细走好,别摔跤了。"

朱毓媞正兴高采烈,脚步缓不下来。她仗着个子娇小,穿过重重人影,一溜烟跑到了最前方。眼前倏地一花,只见两团火焰咻咻地腾上夜空,一名伶人在隆隆鼓乐声的配合下,正舞动着两端燃起橘红色火焰的长杆。火焰随着他身肢摆动而漫天摇曳,仿佛夜空中飘过一阵流星雨,令人目眩神夺。

朱毓媞的眼皮眨也不眨,她怕眨了一下眼,就会错过一瞬间的精彩。紫禁城的教坊司所演出的,不是俚俗粗鄙的鼓乐,就是乏善可陈的舞艺,还从来没有演出过如此精彩绝伦的火舞。

接着,那伶人不知施展了什么手法,嘴里竟吐出长长的火舌。火舌蹿上夜空,绽出兰、梅、菊、木樨等各种样式的火花。众人不禁叫好,纷纷投钱到圆圈中心的瓦罐内。

周世显想闯到人丛前方,但他身形高大,面对厚厚的人墙,一时竟挤不进去。好不容易挤到最前方,却不见朱毓媞身影,唯独那盏她爱不释手的宫灯正孤零零地躺在地上。宫灯被人不小心踩了几脚,五彩斑斓的花鸟纹已面目全非,只剩下钢丝骨架兀自泛着阴森冷硬的幽光。

这一惊当真非同小可,周世显几乎心跳都快停止了,大叫:"媞儿。"可环目四顾,四周人头攒动,而朱毓媞已不知去向。

片刻之前,朱毓媞被人趁乱强抱上了一辆红缎幔的马车,她的嘴巴被牢牢捂住,一丝声音也发不出来。所有人的目光都被伶人的火舞摄住,所以谁也没发现她被人挟持。

她睁着恐惧的双眼,两颗泪珠在她的俏脸上无声地滑落。她看着周世显正心急火燎

地寻找着自己，自己却无法呼喊。渐渐地，周世显的身影被人海淹没，离得越来越远。

世显哥哥，世显哥哥……

朱毓媞上了马车后，隐隐觉得车内似乎还有一名少女。那名挟持她的人在她脑后劈了一下，她眼前一黑，就此不省人事。

迷药足足令朱毓媞昏迷了两日。她醒来后睁开眼，发现四周阒然漆黑一团，只听得车声辘辘，才知道自己仍在马车上。

她的手足皆被牛筋捆住，挣脱不开，嘴巴也被塞了麻布团，发不出声音。正焦灼间，忽然觉得身旁有人碰了自己一下，这才想起车内还有另一名少女。

溶溶月光透过帘栊而入，洒在那少女脸上。少女头上戴着铺翠冠儿，饰以捻金雪柳，身穿胭脂红比甲、冰蓝色软缎百褶裙、翠纹织锦羽缎斗篷。她面目清丽如画，年龄估摸着约十三岁。年纪虽轻，却令人嗅到了一缕祸水的味道。

朱毓媞微微一呆，心想：这少女虽然年轻，却已长得羞花闭月，其容貌连艳冠后宫、集万千宠爱于一身的皇贵妃田氏都远远不及，若是让少女再长三四岁，肯定是个一笑倾人城、再笑倾人国的绝世美女。

她心中刚起了这个念头，不禁哑然失笑，眼下火烧眉毛，自顾不暇，竟还有心思对他人品头论足！

那少女也是一脸惊恐，全身哆嗦，在这危难关头，身旁不管是谁，都会被她当成同舟共济之人。她分明见朱毓媞个头娇小，一脸稚气，却不由自主地产生了菟丝傍女萝之心，和朱毓媞紧紧靠在一起。

两名少女相互依偎，乍看之下，就像一对亲昵的姊妹，谁都很想向对方倾诉自己内心的恐惧，却是谁也开不了口。

马车的尊者、驭者、骖乘正在闲磕牙，均操着一口凤阳腔，言谈间皆是风月之事，不时发出淫邪的笑声。

第四章

夜泊秦淮近章台（上）

　　夜幕褪去，朝暾上窗。其间有人进来取下少女口中的麻布，喂了一点吃喝，让她们下车解手，然后就继续赶路。

　　陆路转水路，行行重行行。连日下来，两名少女吃也吃不饱，睡也睡不好，手足皆被束缚，又无法沐浴洗漱，真是苦不堪言。

　　尊者忽道："咱到了。"

　　朱毓媞挨近窗棂，透过帘栊缝隙一瞧，只见前方是一座粉壁涂彩、金碧辉煌的大宅院，其朱漆匾额上镌刻着"媚香楼"三个大字。

　　朱毓媞心中发出一声惊呼，她虽然不太晓得"媚香楼"三个字代表什么含义，心中的阴霾却越来越浓。

　　忽然，眼前一片光亮，朱毓媞一度睁不开双眼，身子已被人拎起，从角门进入屋内，穿过两个天井，来到后院一间屋舍前。

　　"吱呀"一声，屋舍两扇木门敞开，两名少女像稻草人似的被扔了进去。

　　朱毓媞这下看清了，挟持自己的人是个相貌粗鄙的汉子，另两人也是一脸猥琐。

　　汉子们解开少女的绑缚，恶狠狠地丢下一句："别瞎嚷嚷，免得挨鞭子。"转身而出，锁上房门。

　　房内摆着一套红酸枝木桌椅，桌上搁着陶壶、陶杯，唯一一扇窗被木条钉死。显然，这伙人不打算让她们有机会逃出去。

　　朱毓媞吓得连哭泣都忘了，讷讷地道："这是哪里？他们究竟要干什么？"

　　那少女是见过世面的，她看见"媚香楼"三个字，便对自己接下来的命运有了初步的认识。比起朱毓媞，她淡定了许多。她对朱毓媞道："若我猜得不错，这里是金陵石头城的著名青楼媚香楼，掳走我们的人应该是人贩子。"

朱毓媞道："什么是青楼？"

少女讶然道："你不晓得吗？像柳如是、李香君、卞玉京、陈圆圆、董小宛等人都是出自青楼。"

朱毓媞一呆，想起皇贵妃田氏的继母是扬州的歌舞伎，皇贵妃有一回在宫里谈起秦淮名妓陈圆圆、柳如是等人，说她们个个擅长琴棋书画、诗赋歌舞，色艺双绝，名闻天下，最后还卖弄才情，吟起杜牧的《泊秦淮》："烟笼寒水月笼沙，夜泊秦淮近酒家。商女不知亡国恨，隔江犹唱后庭花。"

皇贵妃这席话被周皇后听了去，当下被申斥了一番。周皇后罚她抄写《女则》和《女训》百遍，意在提醒后宫诸人恪守女范、谨言慎行。皇贵妃从此再也不敢提及秦淮河畔声华裙屐、檀板金樽之光景。

周皇后向来对颇有狐媚惑主之意的皇贵妃极为不齿，时常讥刺她继母的出身。耳濡目染之下，朱毓媞自然也对优伶女伎殊无好感。

当少女讲出"青楼"二字时，她只觉得耳畔似有千万只蜜蜂嗡嗡作响，如今她身陷青楼，难不成接下来就要成为"商女"了吗？她心中扬起一阵惊涛骇浪，忽然眼前一黑，晕了过去。

不知道昏迷了多久，朱毓媞清醒过来。

少女道："你醒了？吓死我了。"连忙倒了杯水给她。

朱毓媞一脸畏惧地看着她手中的陶杯："我不喝这里的水。"

少女道："你怕水里有毒吗？不会的，他们没有必要下毒，因为我们还有利用价值。"

朱毓媞喊道："我不要喝这里的水，不要待在这里，我要出去，我要出去！"

少女搁下陶杯："没有用的，门被锁紧了，他们守得很严，我们逃不出去的。"

朱毓媞顿时泄了气："也是，就算能逃出眼前这扇门，也逃不出那三个汉子的狼爪。"

少女道："到了这节骨眼儿，也只能见机行事了。"

朱毓媞不语，望着虚空，想起了周世显，心中有了一丝勇气，心想："世显哥哥一定能够找到我，把我救出来，带我回到皇宫里。"

少女道："我叫魏怜，不知该如何称呼你？"

朱毓媞心神稍微镇定了些，道："我姓朱，名叫毓媞。"

魏怜叹道："我原本在街上晃悠，莫名其妙就被掳来了。也是我太大意，明明感觉有人尾随在后，却不以为意。他们真是玲珑心思，专挑沸反盈天、车水马龙的元宵节下手，就是算准了不会被人发现。就算被人发现，在这吏治紊乱的年代，又有谁会多管闲事？"

朱毓媞瞠目结舌："天子脚下，这般目无法纪，公然掳人，未免太大胆了吧！"

"法纪？"魏怜"哧"地一笑，唇角弯成一丝轻蔑的弧度，"所谓法纪，只不过在皇帝一念之间。皇帝觉得谁有罪，那人便是跳进黄河也洗不清了；皇帝觉得谁无罪，黑的也能漂成白的。"

朱毓媞很不服气，满脸紫涨，嚷道："你见过皇帝吗？你知道些什么！"

魏怜冷笑道："我没见过皇帝，却也清楚皇帝的为人。呵呵，天下臣民谁不清楚皇帝的为人？皇帝御下刻薄寡恩，愎戾自用，若士大夫有一字逆耳，便滥杀滥黜，绝不手软。"

朱毓媞一呆，明朝严禁宫眷干政，崇祯皇帝尤其不喜，因此她根本不清楚朝堂上的风起云涌。在她的印象中，父皇从来都是眉头深锁，神色凝重，母后总说父皇忧国忧民，要自己别去惹父皇不快。她始终觉得，父皇日理万机，是个好皇帝。

她听了魏怜这席话，兀自不服："皇帝胸怀天下，你怎么能以己度人呢？难不成你亲眼见过皇帝对士大夫滥杀滥黜吗？你只是道听途说，在这无端搬弄口舌！"

魏怜又是一声冷笑，眼中依稀有一抹泪光。"我爹爹曾是户部主事，他见边饷匮乏，府库空虚，即使明知人微言轻，还是上折子请求皇帝挪用一部分内帑。不料竟被施以廷杖三十，下了刑部大狱。后来群臣纷纷上疏求情，才保住我爹爹一命。我爹爹经此一事，心灰意懒，加之身子骨本就不好，不久便忧愤而死了。"她云淡风轻地说着，仿佛与己无关。

朱毓媞口舌麻木，哑口无言。

魏怜又道："皇帝吝啬成性，已是天下皆知。连年饥荒，路有饿莩，朝廷竟然还横征暴敛，正税之外又有加派，加派之外又有积年逋赋，逋赋之外还有预征和临时科派，这对已是满目疮痍的大明江山来说，无非是剜肉补疮、饮鸩止渴。我爹爹明知皇帝一毛不拔，绝计不肯动用私帑，却还是上疏了。果然，一举触动了皇帝的逆鳞，真真忠言逆耳！难怪如今朝堂上尽是一些蝇营狗苟之辈。"

朱毓媞的泪珠在眼眶里滚来滚去，倔强地不肯落下。她想替父皇辩解，却无从辩起。

第五章

夜泊秦淮近章台（中）

　　忽听一阵铁链响动之声，门被人打开了，赤橘色的日光洒落在水磨青砖上，仿佛铺了一地斑驳碎金。

　　一名中年美妇施施然走了进来，身后跟着两名彪形大汉。美妇眉如纤柳含春态，眸似明月卧秋水，周身透出一缕烟视媚行的气息。

　　朱毓媞心头怵然，本能地倒退数步，像是羊看到老虎，反倒是魏怜显得波澜不惊。

　　那美妇一口吴侬软语，又甜又腻："我叫芳姑。你们应该知道这里是什么地方。既然知道，便请你们乖乖认命，免得受皮肉之苦。"

　　朱毓媞被她反绾在髻上的一根反射日光的累丝喜鹊步摇弄得睁不开双眼，正要发话，一旁的魏怜敛袖一礼，莺莺呖呖道："小女子魏怜，顺天府人士，家父骤逝，家道中落。从今往后，魏怜愿听芳姑差遣。"

　　芳姑满意地点了点头，"啧"了一声，打量了魏怜一眼，道："果然是天生的美人坯子，到了我媚香楼，也不算辜负你的美貌。"

　　魏怜微笑道："芳姑谬赞了。"

　　芳姑笑道："识时务者为俊杰。不少姑娘到了这里，都先寻死觅活一番，鞭子也没少挨，最后还不是都乖乖听话。所以人哪，眼光除了要放得长远些，还要顾虑到眼前。"

　　朱毓媞听了魏怜的话，原本期望与她同心同德、唇齿相依的心思瞬间化为了泡影，她不由得生出鄙夷之心，冷冷地道："魏姑娘家里难道没有其他长辈要奉养了吗？"

　　魏怜何尝听不出她语中的含义："我娘很早就过世了，现在住在家里的是我的后娘。她从来不给我好脸色看，我又何必来承欢膝下、彩衣娱亲这一套？我一个人也是孤苦伶仃，倒不如在这博个锦绣前程。若能做下一个柳如是或是陈圆圆，也算是不枉此生。"

　　朱毓媞撇嘴道："也是，钟鼎山林，人各有志，谁也不能勉强。"

芳姑笑道:"魏姑娘冰雪聪明,以你的惊人容貌,加以调教,要成为下一个柳如是、陈圆圆,也是指日可待。"她转头对朱毓媞道:"那么你呢?你是要乖乖听话,还是要搬出寻死觅活那一套?我丑话先说在前头,我这里有的是法子让人屈从,你要不要先领教领教?"

朱毓媞冷冷地道:"便是把我打死,我也绝对不会屈从。"

芳姑笑道:"小小年纪,脾气倒是挺倔的,是不是针扎不到肉,就不知道疼了?等会儿皮鞭上身,瞧你还是不是这般倨傲。"

朱毓媞脸色一变,喊道:"你敢动手?!"她出身帝王之家,自幼颐指气使惯了,这句"你敢动手"充满凛然之气。

芳姑一时气夺,她不明白为何会对一个黄毛丫头心生怯意,对朱毓媞越发感兴趣起来。她面色一整,笑道:"小姑娘似乎搞不清楚状况,眼下这里是你做主呢,还是我做主呢?"

朱毓媞道:"我可是大明朝崇祯皇帝的长女长平公主。你若敢动我一根汗毛,就等着抄家灭族吧!"

此言一出,芳姑、魏怜和两名彪形大汉均是一怔。芳姑上上下下地打量朱毓媞,只见她披风下的衣裳虽然簇新,但衣料普通,失了考究,头上仅有绒花点缀,手腕、耳垂均无配饰,打扮寒酸,哪有金尊玉贵的公主之貌?

朱毓媞情急之下冲口而出,她也知道绝对不会有人相信这话,但羊入虎口,除了表明身份,却也别无他法。

果然,芳姑笑了起来,魏怜也是一脸难以置信,两名彪形大汉更是夸张,笑得前仰后合。

芳姑笑道:"你说你是公主,我还是太后呢!公主都在紫禁城里享福,哪有到民间抛头露面的?"

朱毓媞又气又窘,脸上一红:"我真的是公主,不信你送我到应天府衙门,我自有办法证明我的身份。"

芳姑咯咯地笑道:"你当我是三岁小娃儿吗?由得你闹到官府,我这媚香楼生意还做得下去吗?"

朱毓媞又气又急:"你生意做不下去是小,玷污了大明公主是大,这弥天大祸你可承受得住?"

芳姑显然还是不信,抿嘴一笑,装腔作势道:"公主殿下别伤心,莫气坏了金贵之身。我给你一日工夫考虑,若仍冥顽不灵,可别怪我冒犯了。"说着笑睨了魏怜一眼,道:"走吧,早点儿跟姊妹们学习,早点儿出人头地。"

魏怜眉梢眼角藏不住喜色,看也不看朱毓媞一眼,纤腰一摇三摆,跟着芳姑三人

去了。

"吱呀"一声，门扇紧闭，室内又重回令人绝望的晦暗，一如朱毓媞此刻的心境，荫翳不见日光。

风动檐铃，一声一声，像冰锥子似的敲在朱毓媞心头，泛起丝丝缕缕的寒意。她颓然坐在冰冷的水磨青砖上，那青砖方方正正，平滑如镜，清晰地映着她萧瑟的身影。

她紧紧地抱着自己的身体，惊惶绝望如同毒蛇般啮咬着她的身心，泪水一发而不可收拾，洇得白狐斗篷上都是黯淡的泪痕。

在暗室独处的每一刻，都漫长得让人心慌，隐约听见风流旖旎的歌声透过雕合欢花红木窗棂而来，歌声荡漾着萦萦袅袅的脂粉香气，闻之醉人心脾。

有小厮送来晚膳，朱毓媞向外瞄了一眼，月华如织，静静落在琉璃瓦上，银河耿耿，玉露零零，夜色浓郁，令人备感压抑。

第六章

夜泊秦淮近章台（下）

晚膳搁在桌上，她看也不看，心想与其堕入风尘，倚门卖笑，倒不如绝食而死，只是想到自己堂堂公主之尊，竟死在风花雪月之地，死前还要受尽饥火攻心之苦，真是惨绝人寰，欲哭无泪。

她饿了一天，全身脱力，知道要逃离媚香楼是不可能的。在这疲倦无助的时刻，她想起了父皇母后，可念得最多的，却是温润如玉、和蔼可亲的周世显。

晚风细细，拂过窗外的梅树，婆娑枝影倒映在窗前，仿佛周世显颀长的身影，登时给了她一丝安慰。

她心中忽然浮现了一个念头，自己失踪一日，宫里不知会如何闹腾？世显哥哥不知有没有挨罚？神思游弋间，倏地似有九天惊雷滚滚而落，她娇躯一震，心想，倘若自己死在这里，周世显一家便要遭到灭门之祸了，还有侍女绿萍，多半要被乱棍打死。

"不行不行，我一定要活着离开这里，人要吃饭才有力气，有力气才能逃跑。"刚转完这个念头，她就冲到桌旁，捧起饭碗，大口大口扒起饭来，也不管是否会噎着。此刻她心中只想活着。

那小厮送来的晚膳是一碟清炒时蔬、一碟清蒸鲫鱼、一碗糙米饭，味道自然比不上御膳房。她食量不大，只吃了一半就饱了。

她心中平静了许多，坐在红酸枝木椅上，心想，唯有假装顺从，出了眼前这道门，才有机会逃跑。

她既然打定了主意，心中释然，再加上倦了一天，眼皮越发沉重，不知不觉便酣然入梦。

忽然，眼前百花争艳，草木葱茏，若云蒸霞蔚，一片春意骀荡的光景，周世显蒙着双眼，正和自己玩着捉迷藏。

周世显喊道:"媞儿,你吱个声,好让我知道你在哪里!"

"世显哥哥,我在这里,你赶紧来找我哟!"

"媞儿,你在哪里?我找不到你。"

"世显哥哥,我在这里,我在这里!"

"媞儿——"

"世显哥哥——"

朱毓媞喊得嗓子都哑了,周世显依旧茫然四顾,寻寻觅觅,冷冷清清,带着哽咽破碎的声音喊着"媞儿"。

朱毓媞正喊得肝肠寸断,突然,眼前的世界碎裂万千,如雨雪霏霏,九天崩落,周世显的身影随即消失不见。

她一惊坐起,熹微的晨光透窗而入,在地上映着并蒂合欢花的图案,枝梢上鸟雀啾啾,交织成欢愉的乐章,原来是一枕华胥梦。

她额头冷汗涔涔,里衣濡得汗津津的,一阵口干舌燥,想来在梦中不断地喊着"周世显",以致嗓子都哑了。

她连忙给自己倒了一杯水。冰冷的茶水入口,神志瞬间激醒了几分。她喝得太急躁,一不留神给呛着了,当下剧烈地咳了起来。

正在她狼狈不堪的时候,外头铁链响动,门扇敞开,一阵环佩叮当,香风习习,芳姑轻摆着腰肢朝她走来。芳姑身后一名大汉手执皮鞭,面露凶态。

芳姑挑眉道:"考虑得如何?"

朱毓媞道:"就依你吧!"

芳姑微微惊诧,狐疑的目光在她脸上一转:"当真?"

朱毓媞哼了两声,道:"我如今已是俎上鱼肉,还由得我说不吗?"

芳姑老于世故,一眼便瞧出朱毓媞诈降,她不动声色地问道:"你叫什么名字?"

"朱毓媞。"

芳姑笑吟吟地道:"算你识相,否则似你这般千娇百媚的小美人儿,我还舍不得动鞭子呢!"

朱毓媞不欲和她多言:"我多日没沐浴了,快点准备浴桶,让我净净身子,有什么事等我沐浴完再说。"

芳姑笑道:"好好好,我遣人服侍你沐浴洗漱,用完早膳后,便过来找我。"说着转身而出,穿廊过户后,才对身后的大汉道:"小丫头想趁机逃跑,仔细看紧她,别让她跑了。"

沐浴桶里撒满绯红色的玉蕊檀心梅花瓣。朱毓媞全身浸入热水中,说不出的清新舒爽。

沐浴完毕,两名小侍女服侍她穿上一袭月华色银纹绣百蝶上袄,下系鹅黄绣连枝海棠花百褶裙,俱是上等的苏绸,脚下穿香檀木高底弓鞋,一头云丝绾了小巧可爱的三丫髻,簪了几朵丝绒珠花。

早膳是豆浆配上芝麻油条糯米糍,朱毓媞吃了半饱,用青盐漱了漱口,便随侍女去见芳姑。

芳姑见了她,双眼一亮,细细将她打量了一阵,像欣赏精雕美玉般,笑道:"毓媞认真打扮起来,就怕赵飞燕也要倚新妆才能与你媲美呢!"

朱毓媞哼了一声,撇嘴道:"我可不想成为赵飞燕。"

芳姑道:"赵飞燕不好吗?享尽泼天富贵,一生荣宠,别的女子求都求不来呢!"

"飞燕、合德皆为狐媚惑主、冶容诲淫之流,和以'却辇之德'流芳百世的班婕妤相比,简直是云泥之别。"朱毓媞乜眼道,"你便是这般鼠目寸光吗?"

芳姑到了这个岁数,什么闲言碎语没听过。她也不着恼,啧了一声:"心气倒是挺高,看来性子得好好磨一磨了。"

朱毓媞道:"接下来要做什么?学唱曲?学跳舞?学抚筝?学吹笛?"

芳姑道:"你便和怜儿一起跟着采笙学吹笛吧!采笙在这里的资历已经有十年了,见了她,唤一声'姊姊'便是。"

朱毓媞心中老大不愿,硬着头皮道了一声"是"。

芳姑在风尘中摸爬滚打多年,眼力何等毒辣,早就看出朱毓媞的阳奉阴违。当下也不戳破,心想她年幼个子矮,在媚香楼的深深庭院里能跑到哪里去。总要让她尝到几次逃跑失败的滋味,才能彻底挫了她的心气。

第七章

君子可欺之以方

朱毓媞由侍女引到一间雅轩。雅轩窗明几净，锦帐文茵，陈设考究，地上放着三个青铜炭盆，室内和暖如三春，花梨木小几上摆着一只镏金缠枝花博山炉，正冉冉喷薄着沉水香蕴。

魏怜跪坐在锦缘软垫上，前方一名约莫二十五岁的女子正指点她吹笛，想必那女子便是采笙。

采笙见到朱毓媞，笑吟吟地向她招手："毓媞快过来。"

朱毓媞见她笑容亲切，仿佛有绵绵春风拂过心田，催开一个个花骨朵，对她的敌意稍稍淡了些，道了一声"是"。

魏怜淡淡地道："你终究还是顺从了。"

朱毓媞道："在这里也由不得自己，我一介弱女子，又有什么法子？"

魏怜道："你想通了便好，我们日后就是一家子了，你就唤我一声'姊姊'吧。"

朱毓媞不知为何，对她就是提不起一丝好感，嘴上随意敷衍了两句，却听采笙巧笑嫣然地道："怜儿说得不错，我们是一家子，要同心同德，和睦相处。"

魏怜抢着道了一声"是"，她看朱毓媞半晌没搭腔，用手肘搡了搡她。

朱毓媞强忍不悦，也"嗯"了一声。

学了一上午的笛子，中间休息半个时辰。朱毓媞立在玉阶上，极目望去，漫天白雪，她愁思着该如何远走高飞。

"唉，要是世显哥哥在一旁就好了。世显哥哥聪明伶俐，一定能想出逃跑的办法。"她想到这里，心中烦乱，不知紫禁城闹成什么样子了，也不知周世显是否安好。

此时，忽听得新莺出谷般的女子嗓音说道："妹妹在想些什么？"

朱毓媞转头一看："是你。"

魏怜道:"外面风大,莫受了风寒。"

朱毓媞"嗯"了一声,转身便走。

魏怜忽然低声道:"你想离开,我可以帮你。"

朱毓媞一惊,转身道:"你怎么知道?"

魏怜靠近朱毓媞,亲昵地挽起她的柔荑,道:"我都听见了,芳姑说'小丫头想趁机逃跑,仔细看紧她,别让她跑了'。芳姑既然都清楚你的意图了,还会让你有逃跑的机会吗?"

朱毓媞一时茫然无措,声线不由得颤了:"那……那我该怎么办?"

魏怜道:"所以我会帮你。"

朱毓媞将信将疑:"你要帮我?"

魏怜握紧她的手,殷切道:"你的心思不在这里,继续待着也是活受罪,我一旁看着也是难受。"

朱毓媞见她一脸诚恳,不由得信了:"姊姊,我如能顺利离开,日后一定好生报答。"此刻她对魏怜不胜感激,这声"姊姊"喊得当真动人肺腑。

魏怜道:"只要你能离开,我就十分欢喜了,又怎会贪图你的报答。"

朱毓媞道:"那么姊姊要如何帮我?"

魏怜压低声音道:"等我们今日练完笛子,我就去引开监视你的人,你趁这个时候赶快逃跑。我仔细瞧过了,后院的墙底下破了个洞,一时还未补上,只好委屈你钻洞出去了。"

朱毓媞忍不住红了眼眶:"姊姊大恩,妹妹没齿难忘。"

魏怜道:"别哭别哭,当心哭坏了眼睛。"

朱毓媞听她温言软语,心中十分懊悔先前对她的鄙夷,觉得魏怜真是个好人,道:"姊姊真好,妹妹先前对你言语不敬,望你见谅。"说完一揖,没察觉魏怜眼中闪过一丝狡黠的笑色。

到了黄昏时分,魏怜拉着朱毓媞的手,悄声道:"我打探清楚了,芳姑派两人监视着你。我现在就去引开他们,你抓紧时间赶快逃跑。"

"我就觉得奇怪,老是有两个人一直在我身后徘徊,原来是监视我来着。"说完这句话,朱毓媞不由得紧张了起来,"姊姊要如何引开他们?"

魏怜道:"这还不容易,我便说肚子疼,快要疼出人命了,让他们帮我找郎中。"

"好好好,多谢姊姊。"

"你自己万事当心。"

朱毓媞不再多言,当即一溜小跑到了后院,回头一看,果然已不见了尾随自己的那两人。她心头一宽,找到了墙下的小洞,一骨碌钻了出去。

她身子猛地被人一把拎起,抬眸一瞧,不由得发出一声惊呼,眼前影影绰绰立了无数名汉子。芳姑一脸神采飞扬,魏怜一脸似笑非笑,两人像在欣赏一出好戏。

芳姑笑睨道:"想出去,可以光明正大走大门,不必像只小狗儿似的往洞里钻。"

魏怜呵呵一笑,附和道:"是啊,妹妹穿得雅致,却不知从何处学来畜生的仪态,两条腿生生变成四条腿了。"

朱毓娓再如何不谙世事,这下也明白自己被魏怜摆了一道,她又惊又怒:"我何处得罪你了,你竟欺骗我!"

魏怜闲闲地拨弄着鬓边的攒丝珠花:"是你自己糊涂油蒙了心,我这是教你出门在外要有防人之心。"

朱毓娓不擅骂人,只恨自己太愚蠢,才被魏怜的巧言令色所骗,冷笑道:"多谢魏姑娘赐教,我算是吃一堑长一智了。"

芳姑笑道:"看来不动动鞭子,还以为我是虚张声势的纸老虎。我说过了,来我这里的姑娘,寻死觅活都没用,要么乖乖顺从,要么被活活打死。一条是生路,一条是死路,我看你也不像个糊涂人,应该知道如何抉择!"

芳姑脸上巧笑嫣然,话中却是凶态毕露。朱毓娓不禁胆寒,心想这回被抓了回去,要想再逃出去,只怕是难如登天。

芳姑下巴一扬,那拎着朱毓娓的汉子立即便要将她押回去。

朱毓娓心中急如热锅上的乱蚁,这汉子的手臂犹如一条蟒蛇,将她紧紧缠住,使她挣脱不得。情急之下,她张口便往那汉子手臂用力咬下。她的牙齿又尖又利,加上她铆足力气,这一咬便令汉子皮破血流。

那汉子"哎哟"一声,疼得龇牙咧嘴,将手臂松开。朱毓娓一屁股跌在地上,她迅速爬起,趁众人不备,拔腿就跑。

众人一迭声"哎哟""不好""快追",一窝蜂地追了过去。

朱毓娓慌不择路地向前奔逃,一路撞翻了不少商贩地摊,瓜果蔬肉飞天坠地,一片狼藉。小贩们暴跳如雷,骂声不绝;行人见她状如野马,纷纷闪避。

她脚下踩着弓鞋,加上身矮腿短,没跑多远,就被芳姑的手下捉住。她蹬着两条腿,大叫道:"世显哥哥救我!世显哥哥……"

"这会儿就算你喊破嗓子,天皇老子也救不了你了。"

"放开我,放开我!世显哥哥,世显哥哥!"

一行人正要把朱毓娓押回去,蓦地不知从哪儿飞出无数颗小石头。众人来不及反应便双膝一麻,叫着"哎哟"倒了一地,眼前似乎有一个人影一晃而过。等他们双膝恢复知觉,朱毓娓已不知去向。

第八章

恶紫之夺朱也（上）

朱毓媞被一名紫衣少年抱着一路疾行，身子轻飘飘的，宛如腾云驾雾。她微微抬眸，清冷的月光流泻在紫衣少年的脸上，仿佛给他覆上了一袭薄薄的冰绡，越发衬得他的五官宛如蓝田美玉般细致秀美。紫衣少年剑眉入鬓，目若寒星，鼻梁挺拔，唇如花瓣，肤色莹白胜雪，一头青丝不成束，逶迤散在肩头，眉宇间带着三分冷傲、三分邪魅、三分浪荡，还有一分寂寥。她不禁一呆，这少年竟长得比魏怜还要俊！

她被他紧紧搂着，依稀感到他温热的气息正呵上自己的眉心，心中萌起了一丝异样的情愫。

正神思荡漾间，那少年忽然止步，双手松开。朱毓媞惊呼一声，屁股着地，狼狈不堪。她还以为那少年是不小心松手的，谁知那少年闷声不吭，转身便走，好似扔下的只是一根木头。

朱毓媞被摔得七荤八素，方才对他的一腔好感全都烟消云散。她笨手笨脚地爬了起来，指着他的后脑勺道："喂！你站住！"

少年充耳不闻，一意前行。

朱毓媞微微着恼："你有没有听见我说话，我叫你站住！"

少年止步，转身静静地看着她。

她见他如此淡定，反倒没了底气，款款碎步上前，福身道："多谢公子仗义相救。"接着话锋一转，柳眉倒竖，"不过，你要放开我，也得先知会我一声，怎能把我像个布娃娃似的随意一扔？"她生在帝王之家，说话有一股颐指气使的威势。

少年一双寒眸微澜不兴："你错了。"声音如冰瀑击在碎玉上，说不出的动听。

朱毓媞愕然道："什么错了？"

少年轻轻地道："我并非仗义相救，而是追你的那些人，身上穿了不该穿的颜色。"

朱毓媞奇道："什么颜色？"她疲于奔命，哪里记得人家穿红穿紫？

少年双眸闪过一丝雪亮的凌厉，语声如刮骨的冰刀："深红色！他们个个穿着深红色！像血一般的深红！令人恶心！"

朱毓媞一呆："深红色又怎么了？你管人家穿红穿紫。"

少年嘴唇微微上扬，冷冰冰地道："你应该庆幸，要不是他们个个穿着我讨厌的颜色，你如今还在他们手里，叫天天不应，叫地地不灵！"

朱毓媞一呆，不敢置信地道："原来你救我，不是行侠仗义，而是因为他们衣服的颜色？"

少年显然不喜与生人多话，像看小狗一样看了她一眼，转身便走。

朱毓媞急切地喊道："等等！"见他不理睬，一溜小跑挡在他身前，软语央求："你行行好，带我到应天府衙门好不好？天色暗了，我又不熟悉这里，万一碰上媚香楼的人，我一个人可对付不了他们。"想她公主身份，要风得风，要雨得雨，何曾这般低声下气过？

那少年冷冷地道："你是我什么人，我为什么要帮你？我吃饱了撑的吗？"

朱毓媞恼羞成怒："你这人怎么这般不近人情？"

少年冷冷地横了她一眼，一言不发，迈步便走。

朱毓媞气得直跺脚，大声道："你真的要抛下我不管吗？"

少年充耳不闻。

朱毓媞气得咬牙切齿，偏偏拿他没办法，只能无奈地跟在他身后。

少年知道她尾随在后，也不以为意，似乎她的存在便如空气一般。朱毓媞生在锦绣膏粱之地，帝后视她如瑰宝；宫中人人对她阿谀奉承，唯恐有丝毫不敬；周世显更是温情脉脉，仿佛寒冬晨曦中的朝阳，对她逆来顺受，事事哄她欢心。她何曾被人如此无视？何曾受到如此冷遇？

朱毓媞一腔怒气无处可撒，低声骂道："真是没人情味。"

转眼间到了那少年家门前，少年回眸看了她一眼，既不请她进屋，也不挥手驱赶。这一眼究竟代表什么意思，朱毓媞也说不上来。少年开门进屋，朱毓媞只能厚着脸皮，大步而入。

少年家中不是很富裕，家具虽然陈旧了些，却不染纤尘，就连小几上一只插着紫梅花的白瓷瓶，也是擦得晶亮，想来少年是个爱洁之人。

上了堂屋，一名老妇递茶奉巾，对少年说道："公子回来了，喝盏姜茶驱驱寒。"

少年"嗯"了一声，从老妇手中接过陶盏和手巾。

老妇瞥见朱毓媞，"咦"了一声，道："这位小姑娘是……是公子新交的朋友吗？"

她这话说得连自己都不敢相信。少年不喜交际，又加上脾气乖戾，不得罪人就不错了，还能交到什么朋友？

少年徐徐饮毕姜茶，淡淡地道："我不认识，她一直跟着我，我也没法子。谭婆婆，你替我打发了她。"说完看都不看朱毓媞一眼，转身入了内室。

朱毓媞僵在那儿，手足无措，好生尴尬。还是谭婆婆热情，一把挽着她坐在一张藤椅上，递了一盏姜茶，和颜悦色地道："小姑娘叫什么名字？家住何处？"

"我叫朱毓媞，家在顺天府。"朱毓媞脆生生地说来，啜了一口姜茶，稍稍驱走了遍身的寒意，"我遇到了一些困难，一时又无去处，是以冒昧前来，怕是叨扰婆婆清静了。"

谭婆婆道："你说这话便是客气了，这屋子除了紫清的师父和紫清的旧部，再也不会有人光顾，飞到廊檐下的雀儿都比光顾的人还多呢！"

朱毓媞喃喃地道："紫清，紫清，原来那坏家伙名叫紫清。"又问："紫清姓什么？好教我知道该如何称呼。"

谭婆婆道："紫清姓袁……"

猛地从内堂传来一声厉喝，像是有利刃从喉间飞出："婆婆你多嘴什么！干吗让外人知道我的名字！"

谭婆婆忙道："公子对不住，老奴下次再也不会了。"

袁紫清冷冷地道："若有下次，那你也不必待在这里了。"

谭婆婆诺诺答应，内堂再无声息。

第九章

恶紫之夺朱也（中）

朱毓媞嘀咕道："袁公子对婆婆也太凶了，至少该懂得敬老尊贤吧！"

谭婆婆不以为意："让姑娘见笑了，紫清就是这副脾气。我身受袁家大恩，紫清是我的主子。紫清要打要骂，我都不会有半字怨言的。"

朱毓媞道："这家里就只有你主仆二人吗？紫清的爹娘呢？"

谭婆婆脸颊肌肉一搐，急忙按住朱毓媞的嘴巴。她侧耳凝听内室的动静，少顷，才松了一口气，低声道："记住了，别提及紫清的爹娘，给紫清听了去，怕惹他伤心。"

朱毓媞虽然好奇，却也明白不能多问。

谭婆婆似乎想起了什么事，双眸有一丝忧伤的荫翳，梦呓般道："我竟浑然忘了今天是什么日子了，难怪紫清整个人看起来不太爽快。八年前的今天，也是这么一场飘飘大雪，只是景物依旧，人事全非了。"

朱毓媞到底年幼，忍不住好奇地问道："八年前发生了什么事？"

"别问别问。"谭婆婆神色紧张，"时候不早了，我带你到房里歇息。明儿个起床后，我再想法子送你回家。"

朱毓媞折腾了一天，早已精神委顿，便跟着谭婆婆走入厢房。只是这一夜如何睡得安稳？

外头洪亮的梆子敲击着更鼓，已是三更天了，朱毓媞辗转反侧，睡不安稳，索性披上白狐斗篷走到屋外。

雪夜明月，院子里紫梅簇簇，暗香浮动。晚风如一双温柔的手，轻轻拂过梅树，枝影姗姗，绰约如处子。月光如练，静静地流泻在梅园里。点点紫梅，云蒸霞蔚。不知是月光衬出梅的清艳，还是梅花托出月的皎洁。朱毓媞心中不禁赞叹，好一个"疏影横斜水清浅，暗香浮动月黄昏"之景！

风中隐隐有压抑的呜咽声,朱毓媞好奇心作祟,敛步循声而去。

只见袁紫清坐在一株梅树下,银白的雪花在他身上铺了薄薄的一层,显然,他坐在这里已有些时候了。他双手紧紧握着一枚锁绣纳纱的衿缨,肩头微微颤抖,泣不成声:"娘……娘……您怎忍心舍我而去? 娘……娘……紫清好想念您。"衿缨上绣着一朵硕大的紫玉兰,紫玉兰旁绣着"子清"二字。

袁紫清的泪水流得又急又凶,将衿缨全都打湿了。朱毓媞听他哭得极为压抑,那种哀伤,仿佛是从灵魂深处蔓延出来的,心中不禁恻然。

袁紫清凄楚哽咽:"娘,紫清一个人活在这个世上,真的好孤单,我真的不想报爹爹的仇了。我活得好苦、好累,每一天都令我生不如死……"他将衿缨贴在脸颊上,絮语呢喃,"娘,我根本无法接近他,我也杀不了他,我怎么替爹爹报仇? 我能不能就这么去了? 娘,我心里真的好苦……"

朱毓媞眼眶发涩,袁紫清说的每一字每一句都充满了无限的哀思,令她这个生在富贵天家、受尽父母宠爱的少女深深动容。

"谁?"袁紫清听到朱毓媞的脚步声,猛然回头,"是你!"

朱毓媞道:"我不是故意偷听的。"

袁紫清随即狠狠地抹去脸上的泪水,似乎让她看到自己流泪是一件极其羞辱之事。他双眸闪烁着警惕之意,声嘶力竭地道:"滚开,滚开! 给我滚远一点!"

朱毓媞被他尖锐的嗓音吓了一跳,平常若有人对她这般无礼,她必定是要大发脾气的,但此刻她只觉得袁紫清仿佛受伤的小兽般,痛楚、可怜、敏感、脆弱。

她缓缓靠近他一步,柔声道:"你还好吗?"

"谁要你多管闲事!"袁紫清脾气上来,眼泪更加不听使唤,他形如疯魔,恶狠狠地道,"你走开,走开!"

朱毓媞心中泛起一缕莫名的酸楚,轻轻地道:"别哭了。"

"谁哭了?"袁紫清伸手在脸上一阵乱抹,"我才没有哭,才没有!"

他举手时衣袖滑到手肘,露出光滑的手臂,上面烙着一个暗红色的齿痕。齿痕面积甚大,显然是让大人咬的,看颜色似已形成多年,可以想见当时咬下去的力道无比猛烈,才会形成这样的疤痕。

她目光牢牢地盯在齿痕上,怔怔地道:"你的手是怎么一回事?"

袁紫清一怔,循着她的目光落在自己手臂的齿痕上,眼中浮现一抹深恶痛绝的阴郁。他急忙掩袖遮住,语调带着三分受伤、三分自卑、三分软弱,以及一分凄惶:"没什么,我累了,我要歇息了。"说着慌慌张张离开了。

朱毓媞察觉到那个齿痕背后一定有一段令他不堪回首的往事,心想他与周世显年岁相当,不知道过去发生了什么事,竟让他在这风雪交加的夜里哭得伤心欲绝。朱毓媞如

木雕泥塑般呆立了半晌,忽听身后传来一声沉沉的叹息:"紫清是个可怜的孩子。"

朱毓媞回头喊了一声"婆婆",愧疚地道:"可是吵醒婆婆了?"

谭婆婆搁下手中一盏羊角风灯,仔细替她紧了紧身上的斗篷,又替她拂去头发上的雪花,微笑道:"我知道紫清今晚一定睡不好。主子睡不好,我这做下人的,窝在床上呼呼大睡,这还像话吗?"

朱毓媞忍不住道:"袁公子身上究竟发生了什么事?"

谭婆婆瞅了内堂一眼,潸然泪下:"紫清不想让人知道,姑娘就别多问了。"

朱毓媞怅然道:"也是,我与他不过是萍水相逢,今后不知还能不能相见,又有什么资格过问他的私事。"

谭婆婆提起风灯:"很晚了,姑娘好生歇息。"

"好,婆婆也早点休息。"

"我是一脚踏入棺材之人,哪还要你这小妮子担心。"

"积雪路滑,婆婆仔细走好。"

谭婆婆一笑,不再言语。

朱毓媞回到房中,将自己蒙在被窝中,时而想起袁紫清痛哭失声的模样,时而想起他手背上鲜明的齿痕。袁紫清的身影在她脑海里挥之不去,仿佛生了根似的。她不禁纳闷,明明袁紫清凶巴巴的,自己却无法讨厌他,反而想接近他、关心他。她想了片刻,倦意袭来,眼皮子越发沉重,不知不觉便沉沉睡去。

第十章

恶紫之夺朱也（下）

睡到五更天的时候，外头雪势更加凌厉了，只听檐下铜铃泠泠不绝，声声催魂夺命，花木在风中张牙舞爪，影子投在纸糊的窗牖上，越发似从幽冥扑来的鬼魅。地上炭盆发出"毕剥毕剥"的声响，更衬出寒夜的寂寥与漫长。

朱毓媞整夜心绪不宁，她被怒号的风声再次惊醒后，就再也睡不着了，披上斗篷出了房间。

迟迟钟鼓初长夜，耿耿星河欲曙天。冬日的曙光要比其他时节来得晚些，天上星河灿烂，如铺了无数颗碎钻。

转过廊角，只见后院里有两个人影，趋前一看，一个是袁紫清，一个是相貌威猛、一身劲装的老者。

袁紫清一身月白色箭袖，玄色缎带系腰，头束抹额，左手扣住两枚十字镖，正蓄势待发。老者手执木人，木人身上绘满穴位。两人沐浴在风雪中，皆凝立不动。

突然，老者喝道："开始！"便执着木人在院子里飞奔游走。

袁紫清凝神注视着老者的身法，只听老者道："天突、气海。"

袁紫清足尖点地，凌空而起，"噗噗"两响，两枚十字镖连珠发出，射在木人身上。

"阳池、曲池。"老者蹿高伏低，袁紫清从革囊中掏出两枚十字镖，左手一扬，清光两闪，十字镖钉在木人上。

"身柱、神道、至阳、脊中。"老者又念出一连串的穴位名称，只听"噗噗噗噗"四响，四枚十字镖带着凌厉风势朝木人射去。

朱毓媞看到这里，已知两人正在练武，那老者必定就是袁紫清的师父。仔细看两人身法，真是"其形也，翩若惊鸿，婉若游龙"，袁紫清此刻一身白衣，"仿佛兮若轻云之蔽月，飘摇兮若流风之回雪"。

老者忽然停步，抛下木人，发出一声怒喝："你今日是怎么了？！这般心不在焉，十字镖全失了准头。"

袁紫清慌忙跪下："师父息怒。"

老者看着木人，将十字镖一一拔起："三十六个穴位，你只射中二十个，比前天的成绩还要差劲。这般散漫怠惰，是不是没有把心思放在习武上？"

袁紫清道："紫清惭愧，但凭师父责罚。"

老者从袖中抽出一根藤条，一双虎目寒芒闪闪，威棱四射："老规矩，失了一个穴位，击打一下。你今日失了十六个穴位，共十六下。"言毕，扬起藤条，将藤条"啪啪啪"地击打在袁紫清背上。

袁紫清咬牙忍疼，闷声不响，不多时鲜血已染红了他背后衣衫，一点一点洒在雪地上，宛如开了朵朵红梅，触目惊心。

朱毓媞住在深宫，何曾见过这样血腥的画面，只惊得目瞪口呆，全身软绵绵的，宛如被抽去了骨架，若不是紧紧扶着廊柱，只怕要瘫倒在地了。

老者惩罚完毕，沉沉地丢下一句："你若是再这般不争气，即便督师死而复生，亲自请我过来，我也不愿继续同你浪费时间了。"说完，头也不回地离开了。

老者一走，谭婆婆立即冲到院子里，一把挽住袁紫清，哽咽道："昨日是夫人的忌辰，所以您才会这般神不守舍。您只消告诉月龙先生这一句，先生一定会谅解的。"

袁紫清道："婆婆有所不知，师父不喜我练武时被情感羁绊，他说这样的人什么事都做不成。"

谭婆婆哭道："那也不能这样责打您啊！他明明知道您是什么身份，下手丝毫不留情面，万一伤到筋骨，有个三长两短，那……那督师的血海深仇，谁来报啊？"

袁紫清淡淡地道："婆婆别哭了，赶紧帮我上药。上完药后，我再回来练武。"

谭婆婆抹去眼泪："好好好，上完药后，用完早膳，休息一下，再去练武。"说完便挽着袁紫清往堂屋去了。

袁紫清除去上衣，趴在屏风榻上。朱毓媞站在角落，见袁紫清背上皮开肉绽，鲜血淋漓，心中泛起一丝哀悯。

谭婆婆一边上药，一边念叨："当真是下了重手，把人当牛马打。"

袁紫清道："是我不好，惹师父生气，受罚是应该的。"

"也要看罚的是什么人，您可是袁家唯一的骨血，身份金尊玉贵……"

"别说了。"袁紫清冷冷地打断她的话，"什么金尊玉贵，那是多少年前的事了！从前的'子清'，已是蔓草荒烟中的一具枯骨，而今活在你眼前的我，不过在苟延残喘，过一日算一日罢了。"

谭婆婆垂泪道："您把本名'子清'改为'紫清'就是为了这个吗？"

"孔子有云：'恶紫之夺朱也，恶郑声之乱雅乐也，恶利口之覆邦家者。'"袁紫清微微冷笑，"朱色就是五种正色中的赤色。以黑加赤而为紫，紫色中有赤色的成分，所以能夺朱色。以紫夺朱，妙哉妙哉！"

朱毓媞听到这里，心中掠过一丝忧虑。

谭婆婆殷切道："老奴只希望公子能平平安安、无忧无虑度过一生，可您偏偏选择一条崎岖险途，这样兢兢业业、如履薄冰，夫人泉下能安心吗？"

袁紫清道："婆婆既然喊我一声公子，有些事便是不容你置喙了。"

谭婆婆拭泪道："是老奴僭越了。请公子用完早膳，再去练武吧。"

袁紫清起身，谭婆婆服侍他穿衣。朱毓媞本要回避，却瞥见袁紫清左肩、胸口、腰肋处各有一个鲜明的齿痕。她惊得目瞪口呆，双眸生了根似的，再也移不开了。

袁紫清感觉到有人在窥视，循着目光望去，剑眉轻蹙："你怎么还不滚啊！"转头又道："婆婆如今越来越会当差了，我叫你将她打发走，怎么你还让她赖在这里？"

谭婆婆道："老奴是想让朱姑娘用完早点，再送她离开，总不能让人家饿着肚子吧？"

袁紫清盯着朱毓媞，一脸古井不波："你姓朱？"

朱毓媞道："我叫朱毓媞。"

袁紫清哼道："我只问你姓，谁问你名字来着，你以为我很想知道吗？"说完转身去了。

朱毓媞气得鼓起莲腮，道："什么嘛，真是够刻薄的！"

谭婆婆赔笑道："姑娘莫怪，从前公子不是这副脾气的。"

朱毓媞长长地吐出一声叹息，也是，父母都不在了，师父又这般严厉，身旁只有一个老妇相依为命，难怪他的心肠会如此刚硬，性格会如此乖戾，也不知道在他身上曾经发生了些什么，竟让他在深宵雪地中哭得肝肠寸断。

谭婆婆道："我备了一桌饭菜，一起过去吃吧。等姑娘吃饱了，我再想法子送你回家。"

朱毓媞想到要回家，心中莫名惆怅不舍。在没有遇到袁紫清之前，她是归心似箭，恨不得生出一双翅膀，飞到父母亲的怀抱里。

第十一章

始是情窦初开时

朱毓媞坐上饭桌,谭婆婆殷勤地替她夹菜,唯恐她饿着。朱毓媞心中不胜感激,心想婆婆对自己真好,不像某人,连做人最基本的礼貌都不知道!

她狠狠地踩了袁紫清的影子一脚,又向坐在对面的他投以一瞥,目光带着一丝挑衅。

袁紫清头也不抬地道:"吃饭就吃饭,眼睛别到处乱瞄。"

朱毓媞双颊浮现绯红霞晕,气鼓鼓地道:"我才没有偷瞄你呢!"

欲盖弥彰!袁紫清"哧"了一声,用一种看白痴的怜悯目光看了她一眼。

"什么眼神啊,真是欠揍!"朱毓媞恨得牙痒,狠狠地瞪了他一眼,正要讲几句话挽回颜面,冷不防袁紫清用筷子夹了一颗丸子射了过来,"噗"的一声,丸子刚好塞入了她的嘴巴。

"唔唔唔……"朱毓媞吐也不是,吞也不是,一张俏脸跟煮熟的虾一样红,狼狈不已。

袁紫清唇角一勾,又"哧"了一声,讥诮道:"真够寒碜的!你这个鬼样子,将来谁要娶你呀!"

朱毓媞气得想把他一脚踹飞,可含着一颗丸子,双颊鼓鼓的,看起来滑稽可笑,那气势无端就矮了一截。

袁紫清成功让她"闭嘴",继续安静吃饭。

朱毓媞费尽千辛万苦才把那颗比她嘴巴还大的丸子咽下,张嘴又要向袁紫清叫板。

袁紫清秀眉微挑,语带威胁、似笑非笑地道:"还想吃丸子吗?"

朱毓媞吓了一跳:"呃,不了……"

袁紫清不再理她,继续吃饭。他的吃相很文雅,食量不大。吃了半碗饭,便搁下碗筷,从红木柜里掏出一坛松花酿,看都不看朱毓媞一眼,仿佛她就是家中的一件摆设,足不沾尘地离开了。

他独自走到一株梅树下箕踞而坐，抱起酒坛便饮。漫天纷纷扬扬的紫色梅花下，两袖艳紫衣袂翩舞如蝶，一头黑亮长发未戴发冠，只松松地用一条浅紫色的丝带系了。他本就面目如画，身姿清逸，在这诗情画意的情境下，更是宛如九天谪仙，遗世独立。

朱毓媞用完饭后路过，忍不住道："你不是受伤了吗？喝酒对伤口不好。"

袁紫清淡淡地道："你吃饱喝足了，也该走了吧！一直赖在人家家里，不觉脸皮太厚了吗！"

朱毓媞气呼呼地道："我当真这么讨人嫌吗？你竟一再赶我走。"

袁紫清倏地搁下酒坛，跃到她跟前，按住她的肩膀，俯下脸定定地看着她。她的身子如蒲柳般单薄，娇怯不胜，大有飞燕临风的神韵。

朱毓媞吓了一跳，他的脸距离自己只有一寸，酒香混着男子的气息扑面而来。她趔趄了一步，一颗心怦怦直跳："你……你要干什么？"

袁紫清唇边扬起一丝浮光掠影般的微笑，张臂拥她入怀，在她唇上烙下了一记长吻。

"唔……"朱毓媞被他堵住嘴唇，发出一声闷响，像一只小鹿般在他双臂下微微挣扎。

"啊啊啊！真是羞死人了，啃我嘴唇就算了，他竟然还把舌头伸了进来，敢情他把我的舌头当成冰糖葫芦了吗！真是恶心死了！世显哥哥都没这样对我过，他他他……完了完了完了，身子给他搂了，嘴给他'啃'了，舌头给他'舔'了！《女诫》和《女训》里面说女有四行，一曰妇德，二曰妇言，三曰妇容，四曰妇功。清闲贞静，守节整齐，行己有耻，动静有法，是为妇德。女孩子家要贤良贞洁，从一而终，身体只有夫君才能碰……老天爷啊，难道这没心没肺又尖酸刻薄的坏东西要成为我的夫君了吗？我冤不冤啊！不过他的身体怎么那么烫，烫得跟火炭似的？难道他发烧了吗？他眼里好似有什么东西暗涌着，那是什么，好像是一簇幽暗的火焰？他呼吸怎么那样急促啊？他身体怎么那样僵硬啊？他……到底在干什么啊？"

朱毓媞的脑子乱如飞絮，袁紫清的长吻如芳醪般让她心魂俱醉，全身软绵绵的。

袁紫清吻了良久，这才恋恋不舍地松开她的娇躯。他吧嗒着嘴儿，脸颊红通通的，那副心满意足的样子，好像真的品尝了一串十分美味的冰糖葫芦。

朱毓媞垂眉敛目，低低地看着鞋尖上的珠花，双颊染上了一层层的红潮。

袁紫清拭了拭嘴唇，醉眼乜斜，那张嘴果然又刻薄了："你若是继续赖着不走，我今晚便要了你。如此，既不用把钱花在青楼里，又能一解长夜寂寥，我觉得挺合算哪！"

朱毓媞气得几乎要晕过去了，这可是她的初吻哪！竟这样给他白白夺去了！他占了自己的便宜不说，还这般轻薄！

袁紫清唇角勾勒出阴邪狡黠的笑纹，提起酒坛踏着醉步离开了。

朱毓媞气得咬牙切齿："你可知我是谁？竟敢这样无礼！"她见袁紫清不理会，情急之下脱口而出："我可是大明崇祯皇帝的长女长平公主。"

袁紫清像被针扎到似的,身子剧烈一震,回身凝视着她,目光中带了一丝狠戾。

朱毓媞以为他怕了,忍不住扬扬得意,道:"大胆刁民,我定要叫父皇派出锦衣卫好好惩治你。"

袁紫清忍不住"哧"地一笑,轻轻地道:"有趣,有趣。"

朱毓媞难得看他露出笑容,愕然道:"什么?"

袁紫清又喝了一口酒,醉眼迷离,哈哈大笑:"你不去当戏子,真是可惜了。"

朱毓媞又羞又恼,踢得地上白雪翻飞,嚷道:"我真的是公主,公主!为什么就是没人信我!"

袁紫清托腮凝思,好像在为她筹划未来,一晌后道:"不如你别回家了,赶紧去戏班报名,我看你就是个戏精。"言毕,一边笑一边摇摇晃晃地离开了。

朱毓媞气得说不出话来,眼睁睁地看着袁紫清清逸的背影没入曲栏深处,只余下淡淡酒香兀自在风中荡漾。

稍晚,谭婆婆忙完活计,便过来带朱毓媞离开。

朱毓媞显得郁郁寡欢,谭婆婆奇道:"前些时候还叽叽喳喳的,现在怎么不说话呢?像个锯了嘴的葫芦。"

朱毓媞闷闷地道:"我舍不得离开。"

谭婆婆抿嘴笑道:"舍不得紫清,是不是?"

朱毓媞俏脸绯红:"婆婆惯会取笑人家,才没有这回事呢!"

"我都活到这把岁数了,女儿家的心思,我怎么会不了解。"

"他心肠这么坏,我避他都来不及。"朱毓媞虽这么说,一颗心却仿佛被蚕食了一把,空空落落的,想起他柔软的唇瓣与自己的唇舌如胶似漆,身上似还留着他的男子气息,脸又烫了起来。

谭婆婆一笑:"走吧。"

朱毓媞跟着她走到前院,只见袁紫清换了箭袖,眼睛缠上黑布,双手扣着十字镖,朝着扎在雪地上的木人射去。

"印堂、膻中。"他喊出两个穴位名称,两枚十字镖带着劲风钉入木人额心和胸口。

谭婆婆福身道:"公子,老奴带朱姑娘去了。"

袁紫清"嗯"了一声,也不拆开眼布,喊出两个穴位,又朝木人掷了两枚十字镖。

朱毓媞鼻子一酸,喃喃地道:"萍水相逢,尽是他乡之客。"咀嚼诗意,不胜惆怅。

将近门边,朱毓媞忽然扯开嗓音道:"袁紫清,我不会忘记你对我的无礼!"然后跨出门槛,一片裙裾隐没在门边。

袁紫清拆开眼布,朝她离去的方向望了过去,目光有一瞬的怅然。

"婆婆送我到应天府衙门即可,这两日真是叨扰了。"

"姑娘客气了。"谭婆婆有些疑惑,"姑娘跟官府有什么关系?"

朱毓媞心想,若是道出自己的身份,根本不会有人相信,说不定又会招来一顿哂笑,于是便扯了谎:"应天府尹和家父有一面之缘,婆婆只消将我送到那里,余下就不劳婆婆费心了。"

谭婆婆"哦"了一声。两人到了应天府衙门,当下依依分袂。

第十二章

为伊消得人憔悴

　　长平公主失踪,两府、南北直隶各省早已闹得沸反盈天。应天府尹听说有人自称长平公主,慌不迭地赶到厅上,托着下巴上上下下地打量朱毓媞。

　　朱毓媞在一张花梨木官帽椅上坐下,俨然反客为主:"府尹大人不记得我了吗?"

　　应天府尹皱眉凝思,一脸疑惑。

　　朱毓媞朗声吟道:"怒发冲冠,凭阑处、潇潇雨歇。抬望眼,仰天长啸,壮怀激烈。三十功名尘与土,八千里路云和月。莫等闲,白了少年头,空悲切……"

　　应天府尹一怔,神情乍惊乍喜:"你真的是公主?"

　　朱毓媞又道:"两年前宫中盛宴,应天府尹写了一手好字敬献给父皇,我还记得您写的是岳飞的《满江红》。府尹大人还对父皇说,身为大明男儿,都要'壮志饥餐胡虏肉,笑谈渴饮匈奴血'。父皇听了很高兴,着实赏赐了你一番。"

　　"当真是公主!当真是公主!"应天府尹喜得合不拢嘴,慌忙一揖,"老臣参见公主殿下。"余下属官小吏纷纷行礼。

　　朱毓媞道:"又不是在宫中,闹这虚文做什么?快快请起。"

　　应天府尹微笑道:"当时公主殿下还向皇上称赞老臣的书法,说是自成一格,大有吞吐万象的磅礴之态。"

　　朱毓媞笑道:"其实我何止欣赏府尹大人的书法。我常听世显哥哥称赞大人驭下宽严得中,为人刚正不阿,对朝廷赤胆忠肝!"

　　"公主殿下谬赞了。"应天府尹扬眉惊诧,"不知殿下为何会在金陵?"

　　朱毓媞于是便将自己被人掳走之事娓娓道来,只是删除了受困媚香楼和遇见袁紫清一节,谎称她在路上趁机脱逃,在他人帮助下前来应天府,以免横生枝节。

　　在她心中,虽然芳姑和魏怜委实可恶,但自己毕竟毫发无损,若是照实述说,不只皇家声誉受损,还会掀起一场腥风血雨。

转念又想,媚香楼逼良为娼的行径实在可恶,得遏止此等歪风才行。于是,她向应天府尹招了招手,悄声道:"府尹大人知道媚香楼吗?"话才刚说出口,猛地觉得这话问得不对,连魏怜都知道媚香楼,堂堂应天府尹怎么会不知道?

应天府尹老脸一红,尴尬地道:"公主殿下问这话是什么意思?"

"我刚踏入应天府,就听见一些不好的传言,不过我不太懂那是什么意思,还请府尹大人替我解惑。"

应天府尹冷汗涔涔,也不敢擦拭:"公主殿下请说,老臣知无不言,言无不尽。"

朱毓媞神秘兮兮地道:"有人说媚香楼逼良为娼,如果姑娘不就范,就把人活活打死。这事大人您可知晓吗?"

应天府尹一听,不由得好生尴尬,青楼向来如此,在这里又不是什么新闻了,这小公主真是大惊小怪。但这些上不了台面的事又不方便跟她细说,于是道:"都是一些无知乡民胡说八道,殿下切莫放在心上。"

朱毓媞向他投以一记狐疑的目光:"是吗?"

应天府尹心头一凛,这狐疑的眼神简直和她老子一模一样,心忖崇祯皇帝生性多疑,皇帝的女儿自然也不好忽悠,当下硬着头皮道:"那么殿下觉得老臣应当如何?"

朱毓媞悲切地道:"把一个好好的姑娘活活打死,我听了真是不胜唏嘘。要是我哭肿了眼,回去见了父皇母后,他们问起我来,我该怎么回答呢?我总不能欺君吧!"

应天府尹被这话吓得一惊一乍,眼下十年九荒,财匮民饥,这种搬不上台面的事传到皇宫里,万一惹得皇帝心烦,那自己头顶上的乌纱帽就不保了。崇祯皇帝一向最拿手的就是"办人",臣子们犯了事,或杀头灭族,或革职流放,或停俸罚薪,总之在崇祯手下当差是朝不保夕,凡事只能但求无过。

他急忙赔笑道:"公主殿下宽心,老臣会日日派人到各家青楼严格巡查,绝不会再发生逼良为娼之事。"

朱毓媞拍手笑道:"这就对了,我回去会在父皇面前好好夸赞你一番。指不定我父皇一欢喜,隔日就升你的官了。"

应天府尹心想,只要皇帝别来找碴儿就好,倒也不必升官,但这话又不便明讲,只能诺诺赔笑。

朱毓媞坐在一辆朱轮马车上,由应天府尹派人护送,返回紫禁城。

她掀开车窗帷幕,眺望不知名的远方,忽然想起了一首古诗:"行行重行行,与君生别离。相去万余里,各在天一涯。道路阻且长,会面安可知……"她幽幽一叹,下意识地发出一声呓语:"紫清。"语毕,心中一凛,怎么自己喊的不是"世显哥哥",而是那可恶又傲慢无礼的袁紫清?怎么自己竟会不知不觉地念出这首古诗呢?

她默默地伸手抚摸着唇瓣,仿佛还能感受到袁紫清吻自己时的灼热呼吸与刚毅气息。

朱毓媞平安回到紫禁城后,紫禁城终于恢复了平静。

应天府尹在朱毓媞起程回宫前,便派人飞马入京,上奏朝廷,说公主平安无恙,并提到公主被人掳走,中途自行脱困。因此她回宫后,人人见了她都不再多问,朱毓媞倒也清净。

她听说周世显险些被没收了穿宫玉牌,又被周兴结结实实打了一顿板子,下不了床,心中愧歉,见了父母后,急忙到周府探视。

周世显见她到来,便要下床。朱毓媞轻轻地搀住他,歉然道:"世显哥哥,是我对不住你,你伤口还疼吗?"

"你平安就好。我只是担心你遭遇不测,这两日茶饭不思,夜不安寝,皮肉之苦反而没什么。"周世显伸手抚着她的脸颊,目光中有着千丝万缕的柔情,"你清减了。"

朱毓媞嗔道:"你还说我呢,你自个儿也是眼泛血丝,双颊深陷,手也嶙峋见骨了。"

周世显凝视着她,温润一笑,目光宛如寒冬朝阳下的一泓清泉:"柳永的《蝶恋花》说得极好:'衣带渐宽终不悔,为伊消得人憔悴。'媞儿,你很心疼我,是不是?"

"当然,世显哥哥是这世上待我最好的人。我很喜欢世显哥哥呢!"

"喜欢?"周世显笑容微微一滞,"就只有喜欢而已吗?"

朱毓媞奇道:"喜欢世显哥哥有什么不对吗?这世上我最喜欢的人,就是世显哥哥了。"

周世显见她一脸认真,不禁动容,道:"好媞儿,乖媞儿,等你长了岁数,我便向皇上请求赐婚,我要娶你做我的妻子。"

朱毓媞双颊上浮现了流霞般的红晕,娇嗔道:"老祖宗规定驸马不能是官宦世家,只能从平民中挑选,岂能坏了规矩?何况我都还没想到婚嫁呢,倒是世显哥哥这般心急火燎,赶不及要当新郎官了吗?"

周世显握住她的柔荑:"我管不了那么多,我只问你愿不愿意。"

朱毓媞不知为何,忽然想到了袁紫清,一瞬间微微失神。

忽然,敲门声响起,周世显的贴身侍从阿奇扬声道:"公子该喝药了。"

周世显道:"进来吧。"

阿奇推门而入,将药盏搁在案上。

周世显道:"你出去吧。"

阿奇抿嘴偷笑,嘀咕道:"公主只不过来了一会儿,公子的气色越发好了,可不是一服活药吗?"

周世显脸上一红："嚼什么舌？"

阿奇笑道："没事没事。"一溜烟去了。

朱毓媞端起药盏，用银勺子搅拌着药汤，轻轻吹凉："我喂你喝药吧！"

周世显喝完药后，不多时药力发作，沉沉入梦。

第十三章

砌下落梅如雪乱

朱毓媞离开周府,回到坤宁宫。

坤宁宫是周皇后的寝宫,器宇宏伟,神工天巧。金黄琉璃瓦、重檐歇山顶的宫宇有九间内室,正面中间有两扇大门,两旁有东西暖阁。

朱毓媞穿花拂柳,回到了坤宁宫的东暖阁,侍女绿萍深一脚浅一脚地过来服侍。

朱毓媞歉然道:"对不起,让你挨了板子。"

绿萍低声道:"殿下这样说,便是折煞奴婢了。"

洗漱后,朱毓媞屏退宫人,将自己关在寝室里。她坐在一具樱木画架前,手执乌木云纹紫毫,调朱研青,认真作起画来。

她梦呓似的呢喃:"今日一别,不知何年何月才能相见。我怕我会忘了你,将来若有缘相见,会认不出你来。趁我记忆深刻的时候,我把你画成肖像,日日反复观看,这样我就不会忘记你了。"言毕,幽幽地叹息了一声。

叹息声方落,忽然回过味来,怎么自己竟变得如此多愁善感了?

才画了个轮廓,房外响起一阵喧哗。她听到了昭仁公主朱毓芙的声音,微微不悦。

朱毓芙如脱缰野马般冲了进来,气咻咻地站在朱毓媞身前。

绿萍一脸赧然:"公主殿下恕罪,奴婢实在拦不住。"

朱毓媞道:"不要紧,她又不是第一次胡闹了。"

绿萍垂手道:"是。"

朱毓媞道:"你下去吧。"

绿萍欠了欠身,带上房门而去。

朱毓媞缓缓起身,掀开小几上的青花缠枝熏炉,放了一小撮沉水香进去。看着一缕缕轻烟从熏炉镂洞里袅袅吐出,她又斜卧在檀香木雕花横榻上,端起一盅香茗,用盖碗撇去茶沫子,闲闲地啜了一口。

　　她刻意这样慢条斯理。果然,朱毓芙不耐烦了,道:"你把世显哥哥害得好惨。你知不知道他因为你,被他爹爹打了二十下板子,连下床都困难。"

　　朱毓媞垂眉道:"我知道,是我连累了他。"

　　朱毓芙哼了一声:"因为你的失踪,整个京师闹得人仰马翻。世显哥哥为了你,受了父皇母后的斥责,父皇还一度要把他关入刑部大牢呢!若非周兴苦苦求情,说要亲自以家法处置,世显哥哥如今早在牢里活受罪了!"

　　朱毓媞心头如被针刺了一下,生出丝丝疼意。

　　朱毓芙越讲越气:"你若不能平安回来,那世显哥哥一家子就不能周全了;你若平安回来,那世显哥哥眼里就更加没有我了。"

　　朱毓媞怒道:"你怎么这样说话?"

　　"从小到大,你处处抢我的风头。诗词书画,你样样胜过我,就连世显哥哥,你也要跟我抢。我讨厌你,我讨厌你!"朱毓芙眼圈儿一红,她瞥眼看到画架上的宣纸,寥寥数笔画出了一个男子的身形轮廓,还以为画的是周世显,一腔子妒火熊熊怒燃,冲过去将画纸扯烂,扔在云毯上,"不许你画他!不许你画他!"

　　朱毓媞惊怒交加:"没大没小,当真是疯魔了!"

　　朱毓芙在画纸上乱踩一通,哭道:"对,我就是疯魔了,谁叫世显哥哥心里只有你!他看你的眼神,全是柔情蜜意!我呢?我就跟一个摆设一样,我为什么要遭受这种罪?都是你,都是你,你为什么要生在这个世上!"

　　朱毓媞气急攻心:"出去,出去,给我出去!"

　　朱毓芙小嘴一撇:"出去就出去,你以为我喜欢待在这里吗?"说完撒腿跑出房门。

　　朱毓媞被她这样一折腾,浑身力气仿佛都被抽干了,瘫在一张花梨木椅上,抚着起伏如潮的胸口,说不出话来。

　　绿萍闪身而入:"殿下还好吗?"

　　朱毓媞道:"她又不是第一次这样了,仗着母后的宠爱,不把我放在眼里,这不又跑去跟母后告状了。"

　　"明明是昭仁公主言行无状,怎么反而是她去皇后那告您一状,奴婢真替您不平。"

　　"她就是这个性子,这世上千错万错,都是别人的错。母后把她宠得无法无天了。"

　　绿萍从象牙妆台的抽屉里拿起一罐薄荷油,用勺子蘸了少许抹在朱毓媞太阳穴上,轻轻按摩。

　　朱毓媞叹道:"我心里堵得慌,陪我出去走走。"

　　"是。"绿萍替她披上玄狐斗篷,又塞了一个汤婆子到她手里。

　　朱毓媞走出暖阁,只见玉墀两旁红梅葳蕤,花枝斜出横逸,风露凝香,宛如一群争奇

斗艳的韶龄少女。她循级而下,莲足所至,落梅飘飘,宛如蝴蝶御风翩跹。她心有戚戚,轻声吟道:"砌下落梅如雪乱,拂了一身还满……"

绿萍不是很懂诗词:"殿下吟的是什么?"

朱毓媞恍若不闻,呓语道:"雁来音信无凭,路遥归梦难成。离恨恰如春草,更行更远还生。"

她忽然驻足,回眸凝望着梅影扶疏的光景,少顷才道:"命花房把这些红梅都撤了,换成紫梅。"

时光流水逝,一眨眼已到了崇祯十五年正月。

此时中原精华已竭,沉疴难治,处处村舍凋敝、千疮百孔。大明帝国风雨飘摇,距离倾覆的日子不远了。

崇祯十二年正月,清军攻克济南,掳德王。崇祯十三年秋季,农民军张献忠、罗汝才进入四川,攻克大量州县。崇祯十四年正月,李自成攻克洛阳,杀福王,张献忠出川,杀襄王;二月,李自成围攻开封;春季,清军围攻锦州,朝廷调集十三万大军出山海关救援;八月,明清松锦决战,明军大败,主力被歼,蓟辽总督洪承畴、左都督祖大寿等人被迫困守松山、锦州、塔山、杏山等孤城中,面临弹尽粮绝的危机。

天下形势大坏,全国的大饥荒还在持续蔓延,就连一向号称富庶、风调雨顺的江南地区也发生了罕见的旱灾,许多地方因缺水而不能插秧,米价飙涨。饥馑又以河南、山东等地最为严重。

此时一首歌谣正在民间广为流传,令朝廷毛骨悚然:"吃他娘,穿他娘,大家开门纳闯王,闯王来时不纳粮。"

第十四章

庭院深深深几许

崇祯皇帝十八岁登基,接手已残破不堪的大明江山,为了挽狂澜于既倒,朝乾夕惕,旰食宵衣,节俭自律,不过三十出头,已是两鬓星星,面目无华。

崇祯皇帝在心力交瘁下迎来了即位后第十五个新年。为了振奋朝廷,崇祯皇帝接受了新年朝拜之后,在皇极殿召见了内阁全体成员。

崇祯皇帝此时穿着缂丝十二章衮服,玄衣黄裳,日、月、星辰、山、龙、华虫六章织于衣,宗彝、藻、火、粉米、黼、黻六章绣于裳;戴着十二旒冕,以漆竹丝做胎,面敷黑纱,红绢做里,桐木做延,前后各垂十二旒,旒以五彩丝绳穿玉珠十二颗。

群臣行了大礼后,崇祯皇帝命他们在殿内西侧排班。

根据朝仪,臣子通常都在东侧朝见。群臣一时摸不着头脑,只见崇祯皇帝走下金龙宝座,道:"古来明君崇尚师道,至今天子称讲官为先生,仍然是自古尊师的遗意。卿等就是朕的师长,今日为正旦,应当行礼为敬,就教于各位先生了。"说完向群臣拱手一揖。

古往今来,哪有皇帝向臣子行礼的?群臣全都受宠若惊,这才知道原来皇帝让他们在西侧召对,是按照民间把塾师称为"西席"的习俗,以示对臣子的尊敬。

群臣纷纷伏地叩首:"臣等有愧,受不起皇上此等大礼。"

崇祯皇帝接着道:"正所谓:'修身也,尊贤也,亲亲也,敬大臣也,体群臣也。'自古君臣一心,天下何患不治。今后执掌政务,在各部院;主持决断,在朕自身;调和于其间,就靠诸卿了。"

当日,崇祯皇帝正式发出上谕,先是检讨自己,"深惭德行浅薄,才识庸常,恐忝居君师之位",然后对臣子们寄予重望,说"从今而后,道德唯诸先生训诲之,政务为诸先生匡赞之;调和燮理,奠安宗社,万民唯诸先生是赖"。

此时周世显在吏部担任郎中。他入仕时间不长,第一次受到皇帝的礼遇,不由得沾

沾自喜。

他和周兴均头戴梁冠,身着赤罗衣。服制依品阶有所不同,周兴为正二品吏部尚书,冠上梁数为六梁,革带,绶环犀,下结青丝网,玉绶环二;周世显为正五品吏部郎中,三梁,银带钑花,佩药玉,绶用黄、绿、赤、紫织成盘雕花锦,下结青丝网,银镀金绶环二。

二人走在长长的宫道上。周世显抬头见彤云密密,瑞雪飘飘,大地银装素裹,道:"今年元旦之日适逢瑞雪,这正是皇上奋发图强的精神感动了上苍,是太平盛世将要出现的兆头。"

"你入仕不久,还不太清楚皇上的脾气。皇上最爱表面文章那一套,他曾下过好几道'罪己诏',名为罪己,实则满纸虚言,内容空泛。皇上是想透过反躬自省的方式,向天下臣民表现出自己的诚意,继而感动上苍眷佑我大明。"周兴瞥见左右无人,对周世显悄声说道,"多年来我从旁观察,皇上求治之心虽然殷切,实施政令却不得要领,要想宗庙振兴,社稷长存,恐怕是难如登天。"言毕,一声叹息。

周世显听了很不安,低声道:"爹爹噤声,这话怎能在宫里说出口?就是腹诽也是杀头之罪。"

周兴面色一凛:"是了,还是我儿细谨。我大明厂卫遍布天下,曾有厂卫扮成下人潜伏于某文官家中,听得那文官私下对皇帝出言不逊,最后那文官被下狱处斩,全家流放边关。如今厂卫密探无孔不入,纵使在家里也要谨言慎行。"

周世显听到"厂卫"二字,脸上闪过一丝嫌恶:"东厂锦衣卫恶名昭彰,贪污腐败。我大明如今吏治混乱,都是因为厂卫太猖獗了。"

"厂卫个个如虎似狼,贪污纳贿,暴戾恣睢,仗着受命于天子,在朝堂民间敲诈勒索,谋取私利,弄得天怒人怨,流毒泛滥,对我竟也完全不放在眼里。"周兴重重地哼了一声,"真是些狐假虎威之辈。"

父子二人说着出了午门,前方停着一辆华盖翠幄软轿。

周世显道:"爹爹您先回去吧,我还有事要忙。"

周兴笑着揶揄道:"你还有什么事要忙?能让你上心的,也只有长平公主了。"

周世显脸上一红:"爹爹别取笑我了。"

"我儿到底年轻,脸皮子薄得跟纸一样。去吧。"

"马滑霜浓,爹爹回家当心了。"

周兴一挥手,上了软轿而去。

坤宁宫东暖阁中,朱毓媞坐在紫檀几案旁,凝眸注视着画架上的人像,轻轻地道:"织梭光景去如飞。紫清,这四年来,你可曾有一时片刻想起我?"

画纸上的袁紫清一身紫衣,云丝如瀑,英姿飒飒,玉山峨峨,眉不画含烟,唇不点露绛。朱毓媞笔法精妙细腻,画中人物衣褶纹理纤毫毕现。袁紫清本是面目冷峻、不苟言笑之人,她笔下的袁紫清却是眸光濯濯春月柳,唇笑清清春水悠,仿佛要从画中走出来似的。

画纸左下方题了一行簪花小楷:"金风玉露一相逢,便胜却、人间无数。"

她喃喃自语:"这四年来,也不知道你过得好不好?"轻轻一叹,将画像仔细收好。

四年前朱毓媞在金陵初遇袁紫清,此后袁紫清便在她心中烙下惊鸿之影,挥之不去。她如今已经长成婀娜出挑的少女,对袁紫清的思念之情却不曾减得一分。她的性子也由幼时的爱玩跳脱转为沉静刚毅,似一株女萝,蔓生出刚硬的枝叶。

一个住在深宫、少见男子的少女身体被人搂过了,嘴也被人吻过了,而对象又是俊美如谪仙的少年男子,她的心怎会没有一丝绮念?

这四年来她最常吟哦的就是欧阳修的《生查子》:"去年元夜时,花市灯如昼。月上柳梢头,人约黄昏后。   今年元夜时,月与灯依旧。不见去年人,泪满春衫袖。"

她吟《生查子》时,柔情蜜意溢于言表。不擅诗词的绿萍听久了,竟也朗朗上口了。

自四年前那起失踪事件闹得满城风雨之后,她在宫中都不能随意走动,更不用说到宫外展翅高飞了。

她起身走到菱花绮窗边,掀开暗紫色挂珠罗帷,极目望去,暮云四合,残阳如啼血杜鹃。她唇角飘出一丝淡若烟云的叹息,当真是"庭院深深深几许,杨柳堆烟,帘幕无重数"。拘在紫禁城的朱墙之中,袁紫清也只能是她的春闺梦里人。死水般的宫闱岁月里,也只有丹青诗词的情怀,算得上浮生的一点乐趣。

莲漏之声充盈着整座寝室,有着几分莫名的寂寥。绿萍进来道:"公主殿下,世显公子请您到御花园走一趟。"

"知道了。"

第十五章

将琴代语兮，聊写衷肠

周世显喜竹，每回总在御花园竹林旁的亭子里相候，因此他把亭子命名为"绿筠亭"。

暮云悠悠，龙吟细细，凤尾森森，落叶簌簌。周世显立在亭里，执一玉笛凑近唇边，只不过试了两三声清音，已是未成曲调先有情。他身后是随风轻摇的婆娑竹影，衬得他长身玉立，风姿清雅。

笛声清越，昂扬处若碧海潮声，婉转处若流泉幽咽，吹的正是一曲《凤求凰》。

朱毓媞头戴昭君卧兔儿暖帽，身穿蜜荷色流彩暗花云锦宫装，披着孔雀纹月牙色锦缎披风，款款而来，击掌笑道："世显哥哥真是好雅兴，老远就听到你的笛声了。"

周世显听到她的声音，双眉扬起一丝喜色，转头道："这数九寒天，你怎么不多披件衣裳？"

朱毓媞笑道："你跟绿萍真像是同一个娘胎里生出来的，到底是你们觉得冷，还是我觉得冷呢？"

绿萍抿唇一笑："奴婢也是怕公主殿下受了寒，成了一个药罐子。公主殿下每回喝完太医院开的药，总是讨着松子糖压苦味呢！"

朱毓媞伸手捏着她的脸颊："你总是把我的秘密挂在嘴边，让人家笑话。"

绿萍吐舌道："世显公子又不是外人。"

周世显道："松子糖不能吃太多。你忘了你十三岁那年，因为一口气吃了十来颗松子糖，半夜闹牙疼吗？"

朱毓媞讶然道："我都记不得了，你竟记得比我还清楚。"

周世显道："我记得那是你十三岁生辰后第三天的事。你啊，真是好了伤疤忘了疼。"又对绿萍道："绿萍，你替我看紧了她，别让她贪嘴了。"

绿萍笑着称"是"。

朱毓媞道:"世显哥哥何时学来管家妇的行径,连这小事你也要拘着我。"

周世显道:"我这是为你好!对了,我把正经事都给忘了。"说完从怀里掏出一个剔彩双龙牡丹纹食盒。

朱毓媞奇道:"这是什么?"

周世显道:"你最近怎么如此健忘?前几日你不是嚷着要吃天桥那家老字号的艾窝窝吗?我给你弄来了。"

朱毓媞秀眉一扬,喜滋滋地道:"我只不过随口一提,你竟真的买来了。"

"我可是把你说过的话都放在心上呢!"周世显打开食盒,用累丝云纹筷子夹了一个艾窝窝,"嘴巴张开。"

朱毓媞俏脸浮上两朵红云:"我自己吃。"

周世显笑道:"这里就只有绿萍而已,绿萍跟了你那么久,你有什么不好意思的?"

绿萍掩面笑道:"我什么都看不见。"

朱毓媞似怪非怪地横了她一眼,嗔道:"臭绿萍,究竟谁是你主子!"

周世显道:"你究竟吃不吃艾窝窝,不吃我可要全部吃掉了。"

朱毓媞急切道:"不成不成,那是我的艾窝窝!"

周世显道:"那你张开嘴巴。"

朱毓媞笑着瞪了他一眼,由着他将一块艾窝窝送入自己嘴里。她细细咀嚼,口角生香,赞道:"果然,整个京师就这一家的艾窝窝做得最好,御膳房都比不上呢!"

周世显道:"你下次想吃什么,只消告诉我一声,我替你买来。"

朱毓媞喟然道:"我也想出宫溜达溜达,可是父皇母后执意不允,难不成我这一生都要被拘在这宫里了吗?"

周世显的眼里漾起了缱绻柔情,对绿萍道:"绿萍,你先回避一下。"绿萍离开后,他握住朱毓媞的双手,柔声道:"媞儿。"

朱毓媞似乎知道他想说些什么,刻意回避着他的目光。

周世显道:"你知道我方才吹的是什么曲子吗?"

朱毓媞道:"我不擅音律,听不出什么调子。不过曲音如轻云出岫,又似烟波浩渺,着实动听。"

周世显双眸春波荡漾:"有一美人兮,见之不忘。一日不见兮,思之如狂。凤飞翱翔兮,四海求凰。无奈佳人兮,不在东墙。将琴代语兮,聊写衷肠。何日见许兮,慰我彷徨。"

朱毓媞表情一僵,知他所吟的乃是司马相如所作的《凤求凰》,她轻轻甩脱周世显的手,强笑道:"世显哥哥,能不能别再提这个?"

周世显脸上掠过一丝伤感:"若你能嫁给我,就能出居公主府,摆脱宫墙的禁锢了。"

明朝时，公主出嫁居公主府，驸马另住驸马府，二者平时不得随意见面，见面不仅要透过女官，还有重重规矩束缚，也是不得自由。

这就是所谓的"灭人欲"吧。一样要被高墙拘着，只不过换了一个地方而已！唉！朱毓媞一直很讨厌这些条条框框，不禁微微分了心神。

周世显一颗心提到了嗓子眼，轻轻喊道："媞儿，媞儿，你怎么不说话？"

朱毓媞回过神来，叹道："我怎能因此嫁给你。"

周世显正色道："这件事对我来说十分重要，你能否告诉我你的真心话。"

朱毓媞道："我还没有准备好，我从来没有想过婚嫁之事。"

周世显神色一黯："这么多年了，难道你一点儿也没有想过吗？"

朱毓媞道："古语有云：'匈奴未灭，何以家为？'而今多事之秋，流寇繁兴，中原残破，百姓生活在水深火热之中，我实在没有心思论及婚嫁。"

周世显定定地道："这是你的真心话吗？"

朱毓媞目光闪烁，咬牙说道："自然是我的真心话。"

周世显深深吸了一口气："我不信，你在骗我，你最讨厌的就是说谎，最不擅长的也是说谎。你每回说谎，眼皮子就会不由自主地眨动两下。"

朱毓媞垂眉敛目，低声道："世显哥哥，别逼我好吗？"

周世显情绪渐渐激动："自从你失踪回来后，我就感觉你整个人变得不一样了。四年前是不是发生过什么事？你当真是自行逃脱，自行找到应天府？"

朱毓媞怫然道："这句话你问过好几回了。"

"因为你从来不肯正视我，从来不肯对我说实话。"

"没有发生过什么事，没有！世显哥哥，你别这样好吗？你再这样，我以后再也不见你了。"

周世显的心仿佛被撕成两半，胸口隐隐抽痛："好，我不逼你。等你想告诉我的时候，你再来告诉我。"

朱毓媞肃容道："我要回去了。"提着裙裾匆匆离去。

周世显瞅了汉白玉石桌上的艾窝窝食盒一眼，双颊浮起凄然苦涩的微笑。

第十六章

血溅坤宁

朱毓媞回到坤宁宫时已是妃嫔们定省的时辰。

周皇后住坤宁宫,皇贵妃田氏住东路的承乾宫,袁贵妃住西路的翊坤宫。

崇祯皇帝膝下现有三子二女:长女长平公主朱毓媞、次女昭仁公主朱毓芙和皇太子朱慈烺、三皇子定王朱慈炯皆为周皇后所出,四皇子朱慈炤则为皇贵妃田氏所出。

薄暮笼罩在鸳瓦冷霜上,折出几许昏暝的美。此时后妃们在坤宁宫正殿闲话家常,三位皇子和朱毓芙在院子里玩雪,欢笑声不绝于耳。

因是新春,皇子、公主都穿得喜庆。朱毓芙披着大红织锦镶毛斗篷,身穿芽黄暗花缎彩绣缠枝莲纹袄,下系胭脂红织金石榴花月牙裙,裙裾飞扬,如石榴红般娇艳欲燃。

比起朱毓芙出挑夺艳的打扮,朱毓媞一身蜜荷色流彩暗花云锦宫装倒是显得素净淡雅。

朱毓媞远远地站在一株梅树旁,含笑欣赏着眼前其乐融融的景象。

朱慈烺比朱毓媞小两岁,长朱毓芙一岁,他是皇长子、皇太子,性格稳重沉静,默默在一旁堆着雪人;朱慈炯和朱慈炤正是贪玩的年纪,正互掷雪球,玩得不亦乐乎。

朱毓芙抱着一只名叫"铃铛"的大花猫逗弄着。那花猫是波斯进贡的稀罕物,血统纯贵,毛色赤金,长长的皮毛油光水滑,就是上好的绸缎也比不上,一双碧油油的虎形眼炯炯有神,性格极为温驯柔顺。

朱毓媞看了忍不住一笑,对绿萍道:"昭仁简直把铃铛当作手炉了!这么大一只,抱在手里不嫌酸吗?"

绿萍笑道:"大冷天抱铃铛最暖和了,难怪昭仁公主除了吃睡,几乎时刻将铃铛抱在怀里呢!"

朱毓媞道:"铃铛是她向母后求来的,当然把铃铛视若瑰宝、爱不释手!"

朱慈炯被朱慈炤的连珠雪球打得节节败退,见朱毓芙抱着猫逗个不停,不禁气往上冲:"姊姊你别光顾着跟毛畜生玩好吗?我都被打得毫无招架之力了。"

朱慈炤笑道:"你打不过我,想要搬救兵吗?"

朱毓芙插口道:"朱慈炯你真没用,连几颗雪球也应付不了,我看你干脆改名叫朱慈窘好了。"

朱慈炯果然窘着一张脸,气咻咻地道:"朱毓芙你怎么老爱奚落我!太子哥哥,你倒是帮我说一句话。"

朱慈烺道:"朱毓芙那张猴儿嘴,最爱占人便宜,你习惯就好。"

朱慈炤在一旁哈哈大笑:"定王,你现在真是孤立无援了,连自家人都不挺你。"

朱慈炯怒道:"你……你们还是我的哥哥姊姊吗?哼!我跟母后说去。"

朱慈炤笑道:"定王哥哥,这仗还没打完,你就急着要去宣布你是我的手下败将了吗?"

朱慈炯眼圈儿一红,用微微颤动的手指指了指所有人:"好好好,你们都是一国的。"一跺脚,飞也似的进了正殿。

朱慈炤忍不住捧腹大笑,回头对自家小太监道:"你看看定王那模样,活像个娘儿们,动不动就哭。"

小太监赔笑道:"那是因为四殿下神武,定王殿下看到您,就像老鼠看到猫儿,吓得逃之夭夭了。"

朱毓芙冷笑道:"好大胆的奴才,你说谁是老鼠谁是猫?"

小太监一时嘴快,话出口时便已后悔,连忙伏地叩首:"奴才冒犯了定王殿下,奴才罪该万死,请公主殿下恕罪。"

朱毓芙喝道:"还不自己掌嘴。"

小太监立即左右开弓,啪啪啪地往自己脸颊上扇去,每一下都铆足全力,不一会儿已是双颊红肿。

朱慈炤道:"我的奴才,我自己会管,不用劳驾昭仁公主。"

朱毓芙咯咯娇笑:"正所谓上梁不正下梁歪。有什么样的主子,就有什么样的刁奴。"

朱慈炤也是牙尖嘴利之辈,笑嘻嘻地道:"昭仁公主看来很清楚什么是'刁'嘛!也是,天天照镜子的人,怎么会不清楚'刁'这个字。"

朱毓芙头脑单纯,一时转不过来,倒是朱慈烺和朱毓媞已领悟他话中的讥刺之意。

朱毓芙愕然道:"什么?"

朱慈炤不紧不慢地道:"昭仁公主天天把'刁'字挂在脸上,可不是一照镜子就一目了然了吗?"

朱毓芙一呆,随即柳眉倒竖:"朱慈炤你不过是庶出,岂敢如此诋毁我?"

朱慈炤脸上青一阵红一阵："庶出又怎么着？你也不过是运气好，投胎时选对了肚皮！否则，你这个性子，在宫里早就树敌万千，活脱脱成了箭靶子啦！"

朱毓芙气极反笑："嫡尊庶卑，看来你也明白这个道理。你那母妃虽然是仅次于我母后的皇贵妃，究竟还是矮了一截。所以，你在我面前，最好身段放低一点。"

"你……"一听身后小太监清脆响亮的掌击声犹自不绝，朱慈炤忙大声道，"别打了，别打了！"

小太监生怕自己方才一时嘴快连累了朱慈炤，忙道："奴才有错，甘愿受罚。"说着又朝自己脸颊掴了起来。

朱毓芙笑嘻嘻地道："这奴才很识相啊，看来你要向他学着点了。"

朱慈炤紫涨着脸皮，吞不下这口气，忽然弯腰一连搓了好几颗雪球，朝朱毓芙身上狠狠地砸了过去。

"你干吗？哎呀！"朱毓芙又惊又怒，左躲右闪，却还是接连被雪球砸中。

她边躲边叫："你竟敢拿雪球砸我，你好大胆！"

朱慈炤嬉皮笑脸地说道："那不然你学学朱慈炯，去皇后那里告状啊！皇后一定会说，都是小孩子的胡闹把戏，不要往心头去。"

朱毓芙疲于闪躲，尖叫道："太子哥哥救我！"

朱慈烺道："管不住自己的舌头，吃点苦头也不为过。"言下之意，竟打算袖手旁观。

朱毓芙没料到他会这样说，一怔之下，身上又中了好几颗雪球。她瞥见朱毓媞站在梅树下，急切道："姊姊快来帮我！"

朱毓媞敛容道："这时候才知道叫我一声姊姊。自己的烂摊子，自己收拾去。"

朱毓芙气得眼泪夺眶而出："这就是我的哥哥姊姊，好好好！"她回头看着一群惊慌失措的宫女太监，怒道："你们这群奴才真是越来越有出息了，眼睁睁看我被人欺负吗？"

宫女太监见状慌不迭地一窝蜂拥了上来，挡在朱毓芙身前。

朱慈炤冷笑道："这么多人讨打，真是越来越热闹了。好好好，这样玩起来才有意思！"他纵身上前，雪球朝众人身上招呼得又急又快。

朱毓媞见闹得不像话，正要喝止，蓦地，一团金影扑到朱慈炤身上，随即听见朱慈炤发出一声惨叫，捂着脸倒在雪地上，不住打滚，鲜血从指缝间汩汩而出。

"好痛，好痛！那毛畜生偷袭了我！"朱慈炤带着哭腔，发出痛楚的怒吼，"毛畜生在哪?！我要剁了它！"

铃铛袭击了朱慈炤后，随即一溜烟跑得不知去向。

朱毓芙见他满脸是血，吓得目瞪口呆，少顷才如梦初醒，"哇"的一声哭了出来，素日的骄矜跋扈全都荡然无存。

朱慈烺没料到会变成这样，也是蒙在当场。

朱毓媞上前急切道:"都怔着干吗? 快扶四殿下进殿,绿萍快去请太医。"

她的话似有稳定人心的力量,一众宫女太监这才回过神来,扶人的扶人,请太医的请太医,片刻间烟消云散,院子里恢复了以往的宁静。

朱毓媞看着雪地上的斑斑血迹,心中掠过一丝疑虑,铃铛向来是很温驯的,纵使受了惊吓也不至于会出爪攻击,今日铃铛如此反常,却是怎么一回事?

在这火烧眉毛的节骨眼上也无暇多想,她跟着众人匆匆进了正殿。

第十七章

桨橹声中溶岁月

今晚紫禁城因朱慈炤受伤而风雨飘摇,金陵秦淮河两岸却是一派欢歌艳舞、纸醉金迷的气象。

金陵乃天下第一大城,是明太祖朱元璋开国建邦之地,明成祖朱棣迁都北京后,金陵仍沿用旧称叫应天府,千门万户,车水马龙,朱雀桥畔箫鼓,乌衣巷口绮罗。

秦淮河在通济门成两道支流,一道沿南城墙外向西流去,称为外秦淮河;一道通过东水关进入石头城。十里秦淮,最美的地方就是夫子庙、得月台、文德桥、石坝街、乌衣巷、朱雀桥一带,富贾云集,青楼林立,画舫彩舸,丽姬倩影。

若说秦淮河是温柔乡,那桃叶渡就是温柔乡的绮幔绣床。月华如银练流泻河面,粼粼波光宛如流萤扑空,画舸兰桡犹如天河中的星槎,在夜色中微微荡漾。河中笙歌曼妙,桨橹轻柔,灯影朦胧,寒烟绮靡,酒香、熏香与女子脂粉香味缠绵缱绻,散发出暧昧而迷醉的意味。这般"桨橹声中溶岁月,流光溢彩更辉煌"之景,是北京城中见不到的。

袁紫清身着一袭浅紫色云纹直裰,腰束墨色镶玉锦带,外罩深紫色对襟绉纱袍,宛宛乌发以一根洁白铃缨花木簪绾住。他懒洋洋地斜坐在一艘画舸中自斟自饮,仿佛周遭的繁华旖旎都与他无关,宛如紫陌红尘中一道孤清的影子。

船夫掀帘入舱,搓手笑道:"真是不巧,魏姑娘现在有客人了,小的给相公安排别的姑娘吧。"

袁紫清攒眉道:"魏姑娘还要多久?"

船夫笑道:"马公子已经喝得话都讲不清了,小的估摸着应该快了。"

"哪个马公子?"

"凤阳总督马世英的公子。"

袁紫清"嗯"了一声:"原来是那个臭名远播的阔少啊!"

船夫笑得脸颊都酸了："小的先替相公找两位姑娘来吧,等魏姑娘那厢结束了,小的再请她过来。"

"随便。"

船夫等的就是这一句,连忙扯开喉咙呼喊。不多时,一艘画舫徐徐驶近,两名歌女从跳板跃上船艄,婀娜地走进舱内。

两名歌女朝袁紫清福了福身,娇滴滴地道："相公万福。"

袁紫清微微抬眸,见二女貌不惊人,垂眉敛目时却有一股清新可人的风姿。

歌女们夹着袁紫清坐下,纷纷自报名字,一个叫"兰儿",一个叫"蕙儿"。

蕙儿问："不知公子如何称呼?"

袁紫清在这六朝金粉繁华地是出了名的浪荡公子,见这二女不认识自己,显然是新来的,于是道："姓袁。"

蕙儿抿嘴一笑："袁公子真是惜字如金,舍不得把大名告诉奴家姊妹吗?"

袁紫清一言不发,端起梅纹青瓷盏,呷了一口绿醑。

蕙儿微微尴尬,向兰儿投以一瞥。

兰儿忙扯出一抹媚笑："袁相公,奴家唱《一半儿·题情》给你听好吗?"

袁紫清此刻已有六成醉意,斜支着头,醉态可掬："好啊!"

当下蕙儿低眉信手弹起琵琶,轻拢慢捻抹复挑,琵琶声如间关莺语、幽咽泉流。

兰儿启朱唇,发玉齿："云鬟雾鬓胜堆鸦,浅露金莲簌绛纱。不比等闲墙外花。骂你个俏冤家,一半儿难当一半儿耍。 碧纱窗外静无人,跪在床前忙要亲。骂了个负心回转身。虽是我话儿嗔,一半儿推辞一半儿肯。 银台灯灭篆烟残,独入罗帏掩泪眼。乍孤眠好教人情兴懒。薄设设被儿单,一半儿温和一半儿寒。 多情多绪小冤家,迤逗得人来憔悴煞。说来的话先瞒过咱。怎知他,一半儿真实一半儿假。"

琵琶婉转,歌声曼妙,脂粉凝香荡漾其间,令人魂销骨酥。曲毕,二女齐声道："献丑了。"

袁紫清道："果真是献丑了。"

二女笑容微微一僵。兰儿道："贱音有辱相公清听,奴家不胜惶恐。"

袁紫清寒眸飞扬,瞟了蕙儿一眼,讥诮隐隐："你的琵琶弹得极好,只可惜……"

蕙儿紧张地道："可惜什么?"

袁紫清道："只可惜没有弹出感情。人家魏怜是'转轴拨弦三两声,未成曲调先有情'。她的琵琶声里有灵魂,不单是技艺高超而已。"

蕙儿强笑道："怜姊姊能歌善舞,精擅琵琶,已是媚香楼第一人。奴家萤烛之火,岂敢与日月争辉。"

袁紫清醉笑道："难怪魏怜没空,你们两个有空。"

蕙儿脸颊一寸一寸地烧了起来,讪讪然不再言语。

袁紫清又睨了兰儿一眼,道:"歌声如黄莺出谷,乳燕归巢,但是……"

兰儿一颗心提到了嗓子眼儿,鼓起勇气道:"但是什么?"

袁紫清道:"也就如鸟鸣一般动听,却不能扣人心弦,闻之欲醉。"

二女面面相觑,脸上青一阵白一阵。袁紫清自斟自饮,再不理会,仿佛二女只是两件摆设。

第十八章

愿得一心人，白首不相离

忽听一女子娇笑道："紫清惯会吹毛求疵，好几个姊妹都私下对我吐苦水呢！两位妹妹不必放在心上。"一阵香风习习，环佩叮当，一名身着时兴的玫瑰金芙蓉锦缎袄儿、下衬一件浅绿色八褶顾绣湘裙的少女跨了进来。

二女起身道："怜姊姊。"

魏怜挥了挥手："都出去吧！"

二女正尴尬不已，闻言如蒙大赦，匆匆去了。

魏怜挨着袁紫清坐下，端起他方才喝残的酒饮尽："听说你来了，我赶忙哄醉马公子，不然又不知要纠缠到几时。"

袁紫清正要说话，猛地想起了什么，扬声道："船家，我要跟魏怜说说体己话，你给我闪一边去。"

船家赔笑道："是是，相公若有别的吩咐，尽管吱个声，小的就在附近。"

等船家离开后，魏怜方道："你要跟我说什么呢？"

袁紫清急不可耐地揽住她的纤腰，将脸埋在她的秀颈间，灼热的气息喷薄而出，喃喃地道："酒不醉人人自醉。"

魏怜扑哧一笑："我向芳姑告个假，明后两天都来陪你，好吗？"

袁紫清含着她的耳垂，又轻轻挑开她的衣襟，蜿蜒咬着她的锁骨，眼中情欲绵绵，含含糊糊地"嗯"了一声。

魏怜轻怒薄嗔："别这样，外面不知有多少双眼睛盯着我们这艘船呢！等会儿晃动起来……"她整了整神色，又道："我是歌伎，不是娼妓，要是让人发觉我与你亲热，芳姑还不把我吊起来打死！"

袁紫清道："她若敢动你一根汗毛，我便砍了她的手。再说，你早与我亲热不知多少回了。"

魏怜知道他说到做到，忙道："我方才是跟你闹着玩的。芳姑把我当女儿疼呢，有什么好吃的，都先留给我；有什么好料子，都先裁来给我做衣裳。芳姑对我有提携矜育之恩，我有今日的风光，都是拜她所赐。"

袁紫清道："那是因为你如今的声势仅次于秦淮八艳，所以她才把你当成掌上明珠。"

魏怜道："至少她待我是极好的，从没让我受到一星半点的委屈。紫清，你也知道我爹爹因仕途不顺忧愤而死，我在家又要看后娘脸色，日子很是难熬。若不是他们把我掳来金陵，我哪有今日的风光？许多王公贵胄都眼巴巴地讨好于我，金银珠宝流水似的往我怀里推。我每天被人捧在掌心，左一句甜言，右一句蜜语，做神仙也没这般快活。"

袁紫清悻悻地道："如今你总算是熬出头了，真是可喜可贺。"

魏怜挽着他的胳膊，唇角勾勒出一朵妖媚的笑纹，真是娇似海棠卧秋水，艳若桃花含春露。她道："你这是在吃醋拈酸吗？"

袁紫清给自己倒了一盏酒，冷笑不语。

"我对他们全都是逢场作戏而已，甚至一根指头都没让他们碰过，这一点你应该很清楚。"魏怜偎入袁紫清怀里，声音甜得像糯米一样，"红拂夜奔，绿珠坠楼，不过是为了求有一情郎。你可知三年前我第一次见到你，便在心中暗许，愿得一心人，白头不相离。"

"是啊！"袁紫清眸中浮光隐隐，往事浮上脑海，"那一日是我母亲的忌辰，我心里难受，一个人站在桃叶渡，被一名船夫拳拳劝上了船，然后就遇到了你。"

魏怜笑道："那一年我还没有什么名气，和方才的兰儿、蕙儿一样，没什么人光顾。"

袁紫清道："曾经沧海难为水，除却巫山不是云。你的琵琶、歌声、容貌都是举世无双。其他人与你相比，都是庸脂俗粉之流、呕哑嘲哳之音。"

魏怜抿嘴笑道："哪有这般不堪，是你太吹毛求疵了。"

袁紫清道："她们唱的《一半儿·题情》，不合我的脾胃。你现在唱给我听听。"

魏怜道了一声"好"，怀抱着鸡翅木雕琵琶轻拢慢捻，嘤嘤呖呖地唱起了《一半儿·题情》。

魏怜的歌喉清新醉人，婉转回肠，袁紫清只觉得魂魄似乎都要被她勾了过去。她唱到"虽是我话儿嗔，一半儿推辞一半儿肯"这一句时，秋波朝着袁紫清轻轻一漾，歌声如飘絮绵绵，春蚕吐丝，直欲令人陷溺其中，不可自拔。

袁紫清目光微澜："此曲只应天上有，人间能得几回闻。昔者瓠巴鼓瑟而流鱼出听，伯牙鼓琴而六马仰秣；今有魏怜曼歌雅乐，令人魂摇心醉，不知今夕何夕。"

魏怜唇角漾着浓春的涟漪，面容如灿烂盛开的桃花："紫清，我发现一个好去处，你一定会喜欢。"

"什么地方？"

魏怜俏皮地道:"你背我,我再告诉你。"

袁紫清笑道:"我不背你,你就不告诉我了吗?"

"当然。"

袁紫清单膝跪地,说道:"好吧。"

魏怜伏在他背上,双臂环住他的颈子,肌肤如丝绸般光滑柔软,身段凹凸有致,风韵丰腴,芳兰幽芷般的香泽袅绕在他耳畔,不禁令他绮思骀荡。

魏怜轻咬着他的耳垂,袁紫清没好气地道:"这时候不要胡闹。"

"去了那地方,你八成要对我说,随便你怎么胡闹都行。"

袁紫清轻轻一笑,眸光炽烈如火,笑骂道:"风骚。"

魏怜笑道:"上了岸往左直行,第一条巷子右转,再走约三里路就到了。"

袁紫清当即施展轻功,足尖踩着邻近一艘船的船舷,借力弹起,凌空滑行两丈,轻巧巧地又落在另一艘画舫舷上,两踩两弹间已跃上岸边。即使背着魏怜,他的身形仍如浮光掠影,两艘画舫里的欢歌曼舞之人都恍然未觉。

魏怜只觉得一阵风咻咻地在耳畔呼啸而过,两侧街景倒退如流,赞道:"你的轻功似乎更上一层楼了。"

袁紫清脸上掠过一丝骄傲:"那自然,我可是袁紫清!"

不一会儿就到了魏怜所说的地方—— 一座废弃的僧庙。

袁紫清纳闷道:"来这里做什么?"

魏怜轻轻落地,挽着他的胳膊:"山重水复疑无路,柳暗花明又一村。跟我走。"

第十九章

紫衣雅盗紫兰君

袁紫清被她挽着走到僧庙后方,沿着曲径走了一晌,眼前倏地一花,原来这里面竟是别有洞天:十几株紫玉兰正开得如火如荼,幽香习习,艳紫郁翠,静窈萦深。

今年是暖冬,紫玉兰提早一个月开花。放眼望去,每株紫玉兰都像靓妆艳抹的韶华少女,在皎皎流素的月光下,恣意展现其最冶艳的一面。

袁紫清眼中依稀有着伏波似的悸动,口舌微颤:"这是……"

魏怜道:"我看你似乎很喜欢紫玉兰,刚好前两日芳姑告诉我这个地方,便想带你来看看。"

袁紫清微微惊诧:"你怎么知道我喜欢紫玉兰?"

魏怜眸中有着一抹了然的温情:"你虽然没有明白地告诉过我,可是我好几次看到你拿着一枚衿缨,抚着上头的紫玉兰,一看就是半个时辰。"

袁紫清眸光黯淡,默默地从怀中拿出紫玉兰衿缨贴在脸颊上,仿佛贴着人的脸,感受着脉动与体温。他整个人如一叶孤舟,在起伏跌宕的心潮间逐渐沉沦。

魏怜也不是第一次看到他这样子了,每回他拿出紫玉兰衿缨,就仿佛化身为迷失在黑暗中的旅人,身旁只有一重又一重的凄惶、迷惘、孤独、彷徨。

"紫清,你能告诉我紫玉兰衿缨的故事吗?"魏怜殷切而激动,她的话语像一朵朵浪花拍打在袁紫清的心礁上,"每回我问起你,你总是敛容不语。我已经是你的女人了,你还这般见外吗?"

袁紫清眷恋地收起紫玉兰衿缨,漫步在摇曳婆娑的紫玉兰林间,须臾后才幽幽吐出一句:"紫玉兰是我娘的最爱……"

魏怜道:"这枚衿缨是伯母绣的?"

袁紫清颔首道:"这枚衿缨是我娘留给我唯一的念想,虽然陈旧,却比我的性命还要

重要,所以我十分珍惜。我看到这枚衿缨,就似乎感觉到娘就在身旁。"

"紫清,"魏怜鼓起勇气,小心翼翼地道,"伯母是怎么死的?"只见袁紫清像被雷击中似的全身一震,她的一颗心紧张得怦怦直跳。

袁紫清良久不语。

魏怜道:"若是不想说,我也不勉强。"

"不是我不想说,而是我娘死得极惨。她……她……"袁紫清脸颊微微抽搐,目光中有着滔天的怨毒,"她是被福建卫所的兵痞子……凌辱而死的。"

魏怜"啊"了一声,恨恨地道:"真是禽兽不如。"

袁紫清淡淡地道:"官兵哪有把犯人当人看待的?我爹的旧部得知这个消息后,根本不敢告诉我,是我不小心偷听见的。那一年是崇祯五年正月,我娘咽下最后一口气,到泉下找我爹爹去了。她死的时候衣衫不整,遗体被人随地一扔,就这么腐烂了,连个坟墓也没有。"

魏怜忽然心念一动:"三年前在福建邵武县有两名官兵家中男丁尽数被杀,妻女被卖到窑子,事发之地皆留下一朵紫玉兰。此案至今未破,难道是你干的?"

袁紫清语气冷凝:"不错,是我干的。"

魏怜见他目光狠戾,心头微微一凛:"我早该猜到是你了。你每回作案后,都会留下一朵紫玉兰,因此才得了'紫兰君'的雅称。除了'紫兰君',又有谁会在案发之地留下紫玉兰呢?"

袁紫清深深吸了一口气:"在这世外桃源,咱们不说这个。"

魏怜歉然道:"好,是我多嘴了,我不该提起这件伤心事。我带你来这个地方,原本是想让你开心的。"

袁紫清伸手摘下一朵紫玉兰,凑近一闻,沁人心脾。他将紫玉兰簪在魏怜的发髻上,道:"真是人比花娇。"

二人牵手在月下漫步,魏怜道:"紫清,你可知道我最近领悟到什么了吗?"

"什么?"

魏怜望着天际云遮雾掩的一弯朦胧月牙和几颗稀疏星辰,道:"我忽然觉得,这锦绣繁华、浓醉如梦的光景,竟不如淡月疏星动人。"

袁紫清道:"好端端的,怎么会有此感悟?"

魏怜靠在他肩上,柔柔地道:"我想这是所有风尘女子最终的感悟,李香君嫁侯方域,柳如是嫁钱谦益,董小宛恋慕冒辟疆,卞玉京恋慕吴伟业,大约都是领悟到繁华落尽、铅华洗净的朴实之美。"

袁紫清双眸似流光清浅,掠过她的面庞,心想:"原来是想嫁人了。"他顺口道:"等闯王夺了天下,我便与你归隐林泉,从此岁月静好,现世安稳。"

魏怜双眸流光溢彩,唇角笑意盈盈:"当真? 你不会只是哄我吧?"

袁紫清见她一瞬间容光焕发,脸上尽是一片真挚向往,顿时心中掠过一丝迟疑,当下转移话头道:"自督师杨嗣昌死后,朝廷再也派不出像样的人才了,明朝土崩瓦解已是指日可待之事。数月前我劫了一支运往京师的漕银,并送至闯王军营,途经数千里,只见被农民军攻陷的城内荡然一空,便是没有被攻陷的地方,也仅存四壁残垣。物力凋敝,蓬蒿满路,鸡犬无声,路上竟没有遇过一个耕田之人。昏君失土失民,如何还能固守九鼎? 到时候我要一刀一刀将昏君凌迟处死,剐他三千三百五十七刀,就像他对待我爹爹那样。"

"昏君刻毒愎戾,天下臣民均恨不得食其肉,寝其皮。可惜我只是一介弱质女流,于你于闯王都派不上什么用场。"魏怜紧紧握着他的手,"紫清,你每回出去作案,我一颗心总是悬在那儿,生怕你遭到什么危险。"

袁紫清傲然道:"我可是袁紫清,天下第一高手月龙先生的弟子。这三年来,没有什么东西是我偷不到的,没有哪道墙可以把我困住。"

魏怜道:"我知道你轻功好,暗器、剑术更是一流,但我害怕你会寡不敌众。你一定要继续作案吗?"

袁紫清神色一凛,道:"闯王与昏君对立,无论是平头百姓,还是江湖侠客,现在都站在闯王这一边。因为闯王就是一股凝聚人心的力量,是蒸蒸日上的太阳。在我打算为闯王效力前,我曾与闯王有一面之缘,他那'展卷论王霸,煮酒谈英雄'的大丈夫气概令我深深动容。我爹的旧部如今都在闯王麾下做事,但我独来独往惯了,不习惯军旅生涯,只能以这种方式襄助闯王,赈济百姓,为闯王招揽民心。"

"你爹娘泉下有知,一定会十分欣慰的。"

"这就是我习武的目的,帮助闯王打天下,杀死鞑虏皇帝皇太极和昏君崇祯。"

"明朝倾覆,昏君崇祯自然也不能苟活,可是刺杀皇太极未免太危险了。我不许你去。"

"若不是皇太极使出反间计,使昏君认为我爹爹通敌叛国,我爹爹也不会死得那么惨,我袁氏一族也不会被流放千里,我娘更不会惨死。"袁紫清的口吻云淡风轻,魏怜却知道他向来说到做到,心想只能日后再慢慢劝他。

袁紫清又道:"马公子这人,我从旁观察很久了,他品行不端,鱼肉乡民。我准备对他动手。"

"什么?"魏怜睁大双眼,"难不成这回你要在凤阳总督府作案?"

"从前都挑远的地方动手,这回挑近一点的。"

"我听马公子说凤阳总督府门禁森严,又豢养了十来只凶猛的獒犬,你要盗走总督府的库银,会不会太棘手了?"

"我说过了,我可是袁紫清,天下没有我盗不走的东西。"袁紫清一脸骄傲,"去年九

月十五盗楚王府白银十万,两个月后又盗惠王府白银十二万。两个宗室府院皆是门禁森严,扈从林立,直到我抱走了库银,所有人都仍在梦中打鼾。区区凤阳总督府,我还未放在眼里!"

魏怜忐忑不安地道:"你何时动手?"

袁紫清道:"明晚。"

魏怜吃了一惊:"这么赶?"

"新春过节,守备必然松懈,时机正好。"

"无论如何,你万事小心。"魏怜眼皮不停地跳动,总觉得心里不安。

第二十章

皇子伤

朱慈焴被抬进来时,脸上皮开肉绽,鲜血淋漓,吓坏了殿内一众妃嫔,好几个沉不住气的登时掩面哭了出来。

周皇后乃一宫之主,性格沉稳庄静,听了乱糟糟的哭声,喝道:"哭什么!都给本宫安静。"

小太监们将朱慈焴放在偏殿一张黑檀木嵌玉栏罗汉榻上。朱慈焴一张白净的脸横七竖八全是血痕,鲜血滴滴答答落在素绒绣花红毯上。

皇贵妃吓得几乎快要晕过去:"慈焴,慈焴,这是怎么一回事?"

朱慈焴听到母亲的声音,哭道:"母妃,我疼——"

周皇后的目光淡淡扫向方才待在院子里的宫女太监,脸上波澜不兴,口吻不怒自威:"请太医了没有?"

朱毓媞道:"儿臣已遣人去请了。慈焴被铃铛抓伤,儿臣怕伤口感染,适才已请宫女烧滚酒水,等会儿先给慈焴擦拭伤口。"

袁贵妃赞许道:"长平果然谨细,这个节骨眼上还想得到这一层,换作本宫,早就吓得魂都飞了。"

周皇后亦微笑着称赞:"你做得很好。"

说话间宫女们已端了烧滚的酒水过来,将丝帕在酒水中蘸湿,轻轻擦拭朱慈焴的伤口。

朱慈焴疼得眼泪扑簌簌直落:"疼死了,母妃,太医怎么还不来?"

皇贵妃心疼不已,横了那宫女一眼,嗔道:"粗手笨脚,本宫自己来。"她一把夺过宫女手中的丝帕,边擦拭边哭道:"不疼不疼,太医一会儿就来了。"

不一会儿,陈太医拎着药箱疾步而入,正要行礼,周皇后忙道:"太医不必拘礼,快来

瞧瞧慈焓的伤势。"

陈太医趋至榻前,熟练地替朱慈焓清理伤口,又敷了薄薄一层金创药,最后以纱棉缠了起来。一番望闻问切后,陈太医道:"四殿下脸上是皮肉伤,并未伤及筋骨,只是扭伤了肩膀,得小心用药。"

皇贵妃这才松了一口气,猛地想到一事,急切道:"那么慈焓的脸会不会留下疤痕呢?"

陈太医迟疑片刻:"四殿下伤在脸上,愈合不难,至于会不会留下疤痕……"

皇贵妃身子一软,斜斜地瘫倒在侍女贞儿怀里,泣道:"慈焓,我可怜的儿啊……"她猛地抓住陈太医的手腕,急切道:"陈太医,你想想办法。你是太医院的主心骨啊,不会没有办法的,算本宫求你了,救救慈焓吧!"

陈太医道:"微臣一定尽力寻找最好的药材替四殿下消除疤痕。眼下最要紧的,是照顾好四殿下的伤口,伤口好起来后才能慢慢做后续的治疗。"

周皇后道:"那就有劳太医了。"

陈太医行礼告退后,周皇后对众妃嫔道:"慈焓要静养,各位妹妹先回去歇息。"

袁贵妃离开前见皇贵妃哭得全身哆嗦,好意道:"姊姊这般哭会哭坏身子的,陈太医是太医院使,一定能够治好慈焓的伤。"

皇贵妃感激地向她点了点头,目光掠过周皇后时,脸上有一丝猜疑。

朱慈焓满口喊疼,皇贵妃心疼不已,扶着贞儿的手起身,指着服侍朱慈焓的宫女太监们,怒道:"你们都是怎么伺候殿下的!怎么好端端地殿下会被猫抓伤了?"

宫人们伏地叩首,双股战栗。

皇贵妃转过身来,面向周皇后道:"皇后娘娘今日可要给臣妾一个交代,谁都知道铃铛是皇后娘娘宫里的,慈焓又是在皇后宫中出的事。请恕臣妾说一句不敬之言,慈焓受伤,皇后娘娘也撇不开责任。"

周皇后面不改色。

朱毓芙抢着道:"皇贵妃这话糊涂,明明是朱慈焓先过来招惹我,吓到了铃铛,才被铃铛抓伤的。"

皇贵妃向来沉不住气:"这么说来,慈焓受伤就是自找的了?"

朱毓芙道:"皇贵妃一点即透,这个就叫自作自受。"

皇贵妃气得哆嗦不已:"还请皇后娘娘给个交代,否则臣妾今日便不离开坤宁宫了!"

周皇后气定神闲:"小孩子任性不懂事,皇贵妃难道还要跟她一般见识吗?既然畜生闯下这等弥天大祸,那就断断不能再留了。毓芙,铃铛到哪儿去了?"

朱毓芙小嘴一扁:"铃铛受了惊吓,跑不见了。母后要将铃铛怎么着?"

周皇后道:"铃铛伤了慈焓,合该活活打死。来人,去把那只畜生找出来。"

朱毓芙哭道："铃铛是我的心肝宝贝儿，我不许你打死它。"

周皇后宠溺地道："母后会找一只新的来补偿你的。"

朱毓芙哭道："不要不要，我只要铃铛。"

周皇后横了朱毓媞一眼："把毓芙带出去，别让她在这里撒泼，让人笑话。"

朱毓媞道："是。"伸手去搀朱毓芙。

朱毓芙挣脱她的胳膊，恼道："母后，你平日也很疼铃铛的。明明是朱慈炤先来招惹，却要铃铛受罪，天下哪有这般道理？我去把铃铛找出来藏着，我绝对不会把铃铛交给你！"

这时，一个太监扯着尖锐的嗓子高喊"皇上驾到"，而后崇祯皇帝头戴翼善冠，身着盘领窄袖龙纹袍，大步流星而来。由于走得太快，司礼监掌印太监王承恩和一众侍从在后方跑得上气不接下气。

崇祯皇帝定定地看着朱慈炤："朕听说慈炤受伤了，太医怎么说？"

周皇后道："回禀皇上，陈太医方才已来诊治了，说是皮肉之伤，并无大碍。"

崇祯皇帝道："那就好。不过慈炤是怎么受伤的？朕问了传话的太监，支支吾吾地总是说不好。"

皇贵妃牵着崇祯皇帝的衣袖嘤嘤哭泣："皇上，皇上……您可要替慈炤做主，是皇后娘娘宫里的铃铛抓伤慈炤的，慈炤的脸指不定就要毁了！"

崇祯皇帝又惊又怒："慈炤身旁不是有太监和宫女吗，怎会受伤？"龙颜震怒，殿内众人登时伏地叩首。

周皇后道："慈炤在臣妾宫里受伤，臣妾难辞其咎，甘愿受罚。"

崇祯皇帝道："朕记得铃铛性情温顺，因此才让你养在宫里，怎么如今倒学会张牙舞爪伤人了？"

朱毓芙抢着道："父皇，是朱慈炤先欺负儿臣，吓到铃铛，才会让铃铛抓伤的，可不干母后的事。"

崇祯皇帝道："是这样吗？"

周皇后道："畜生猖狂，臣妾已下令将它找出来后活活打死。因此事伤了后宫阴骘，臣妾身为后宫之主，自愿罚半年俸禄。"

崇祯皇帝见皇后这么说，也不好过多苛责，目光望向哭得梨花带雨的皇贵妃，温柔地说道："爱妃别哭了，今晚朕就去承乾宫陪你们母子。"

皇贵妃颤颤地指着朱慈炤，哭道："皇上，慈炤是臣妾的心头肉，出了这样的事，臣妾心如刀割啊！皇上，倘若慈炤的脸恢复不了，该怎么办？他才十二岁啊！"

崇祯皇帝道："慈炤不会白白遭罪，朕一定想办法补偿。"

皇贵妃抽噎不已，崇祯皇帝絮絮安抚，直把坤宁宫当成了皇贵妃的承乾宫，把周皇后

和所有皇子、公主都晾在一旁,好生尴尬。

周皇后落落大方地一笑:"皇上既然来了,不如坐下来喝一碗参鸡汤吧!人参是上好的老山红参,和藏雪鸡一同熬煮十二个时辰,最是固气补身。皇上近日国事操劳,喝一碗参鸡汤再离开吧!"

崇祯皇帝正要答话,皇贵妃忽然"啊"了一声,抢着道:"真是凑巧,臣妾宫里也熬了参鸡汤呢!左右皇上都是要去臣妾那里,就不劳皇后娘娘费事了。"

周皇后神情微微一变,很快又恢复雍容自在的微笑,也不看她,道:"既然皇贵妃宫里也备下了参鸡汤,那臣妾就不耽搁皇上了。"

崇祯皇帝道:"参鸡汤皇后自己喝吧,朕要走了。"

周皇后心头一酸,道:"恭送皇上。"目送皇帝仪仗远去。

坤宁宫顿时静了下来,一名小太监捧着衣篓要前往浣衣局。朱毓媞见状道:"等一等。"

那小太监恭谨地道:"公主殿下有何吩咐?"

朱毓媞拾起放在衣篓最上方那件朱慈焰沾了血的衣衫,一再端详,忽然凑近鼻端一闻,一晌后缓缓放下,道:"没事了,你去吧。"

那小太监行礼后随即离开。

朱毓媞见他走远,面容一瞬间苍白如纸,身躯摇摇颤颤,几欲软倒。

绿萍扶住她道:"公主殿下怎么了?那件衣裳有什么不对吗?"

朱毓媞胸中翻江倒海,她抿了抿嘴,终究没有把心中的疑问说出口:"没什么。"走了几步,又道:"你去悄悄打听一下,今日慈焰来坤宁宫朝贺时穿的是不是方才那件衣裳。"

绿萍不是很明白:"四殿下不是一直都穿着同一件衣裳吗?"

"我记得慈焰向来不爱穿宝蓝色,更不爱四合如意云纹的样式,这一件衣裳应该不是他朝贺时所穿。你打听完后立即向我禀报。记住,别让任何人知道。"朱毓媞轻轻一叹,"可怜的铃铛,入宫不到一年,享尽了泼天富贵,却不想弥天大祸来得这么快。"

朱毓媞回到寝宫,洗漱后便解衣就寝,只是这一晚又如何睡得安稳?

第二十一章
一朝选在君王侧

紫玉兰林中。

"清……清……"

一声声喘息和呻吟荡漾在紫玉兰林深处,空气灼灼升温,几乎要催开了含苞待放的花骨朵。一弯弦月透出云层,清冷的月光流泻而下,铺了一地的碎华。

两人衣衫不整,魏怜跨坐在袁紫清身上,袁紫清的唇如花雨般落在魏怜胸脯上。魏怜在他霸道又缠绵的吻势下,早已一溃千里,双臂软绵绵地缠住他的颈子,不断喊着他的名字。

袁紫清一个翻身将她压在身下,此刻的魏怜,真真是"秾丽最宜新著雨,娇饶全在欲开时",说不出的动人心魄。

袁紫清凝视着她,赞叹道:"你好美。"

魏怜抚着他结实的胸腹,媚眼如丝:"清,我什么都给你了,你这辈子绝不能负我。"

袁紫清早已欲火焚身,当下想也不想,随口应道:"当然。"

魏怜娇喘吁吁:"你……你快一点啦!"

袁紫清愣了愣,随即低笑:"我也忍不住了。"伸手便要替她宽衣解带。

二人正你侬我侬,浑然没注意有人接近。忽听一声惊呼从丈外处响起,一个女子期期艾艾地道:"魏怜……你……你这是在干什么?"

魏怜听到这嗓音,仿佛被泼了一盆冰水,全身瑟瑟发抖。袁紫清连忙拾起她的衣衫罩住她的胴体,搀着她缓缓起身。

魏怜一脸慌张,循声望去,只见一男一女向他们走来。她更是面如火烧,低头缩在袁紫清身后,怯怯地喊了一声"芳姑"。

袁紫清面不改色:"别慌,有我在。"

芳姑惊得舌拆不下:"你跟袁公子是何时开始的?"

魏怜低头看着自己的赤足,小声道:"已经三年了。"

"什么?"芳姑简直不敢相信自己的耳朵,呆了片刻,说道,"已经三年了?!"

魏怜此时恨不得找个地洞钻进去。

芳姑又是生气,又是好笑:"你这狡猾如狐的丫头,瞒得我这么紧。我一直以为你看上了凤阳总督马士英的公子,结果竟是跟别人在这里胡天胡地。"

魏怜听她口气松动,心中悬着的大石登时落地。她觑了芳姑身后的中年男子一眼,说道:"芳姑这是五十步笑百步呢!您何时和安庆巡抚大人这般要好了,我竟是一点儿也看不出来。我记得巡抚大人的夫人很是凶悍啊!上回巡抚大人只不过来咱们媚香楼听支曲儿解乏,就被巡抚夫人带着一众家眷大闹了一场。若是巡抚夫人知道您俩在这花前月下深宵独处,那只河东狮还不把咱们媚香楼的招牌都给拆了吗?"

安庆巡抚一听,满面通红,十分不好意思。

芳姑笑骂:"死丫头,仗着我平时宠你,无法无天惯了!哼,我在勾栏里打滚多少年了,早已修炼出一双火眼金睛!你以为我瞧不出你和别人好上了吗?"

魏怜俏脸一红:"这您都看出来了?"

芳姑道:"我一直以为你结交的对象是马公子,一心替你欢喜呢!须知马公子是凤阳总督马士英的独子,马家在咱们这里可是出了名的富豪。你若能嫁给马公子为妾,可是一辈子轻裘肥马、锦衣玉食!"

魏怜气咻咻地道:"谁要嫁给马公子,我不嫁。"

芳姑哼了一声:"柳如是嫁礼部侍郎钱谦益,李香君嫁复社才子侯方域,个个都是响当当的人物。便是陈圆圆,近日也被皇贵妃的父亲田弘遇讨了去,准备敬献给皇上!"

魏怜惊诧道:"有这等事?"她默默思索片刻,狐疑地说道:"不过听咱们媚香楼的达官贵人说,皇帝专宠皇贵妃。怎么皇贵妃的父亲还会另找女子来分女儿的宠?这不合情理啊!"

芳姑道:"你只知其一,不知其二。田弘遇仗着女儿得宠,官至左都督,在京城里极为横行霸道。崇祯皇帝为此责备过皇贵妃,皇贵妃十分气愤,曾对田弘遇说:'你在外面犯事,已经风闻宫中了。如果皇上再行责问,我唯有一死了之。'双方闹得不欢而散,从此形同陌路。田弘遇因此倒向了皇后那边。这回他听从周皇后父亲嘉定伯周奎的命令,到江南物色美女入宫进献。"

魏怜恍然大悟:"原来还有这一节。"

芳姑道:"周皇后不受圣眷,皇贵妃恃宠而骄,处处凌驾于中宫之上。周皇后也不是善茬儿,她物色美女来进献皇上,便是要间接扳倒皇贵妃,巩固自己的地位。唐高宗即位初年,萧淑妃受宠,王皇后备受冷落。为了与萧淑妃争宠,王皇后利用武则天这枚棋子,帮自己斗倒了萧淑妃。这回周皇后是要借陈圆圆来打击皇贵妃。当今皇帝没有三宫六院七十二妃嫔，没有唐玄宗的三千粉黛，更没有忽必烈的五万佳丽。那陈圆圆号称天下第一美人，如若一朝选在君王侧，必定三千宠爱在一身。身为风尘女子，能有此等归宿，也算是上苍宠眷。"

魏怜不以为然："纵使柳如是、李香君嫁的都是名门望族，纵使陈圆圆一朝飞上枝头，享尽泼天富贵，那又如何？我既然要嫁，就要嫁给自己喜欢的人。若不然，我便终身不嫁，一辈子孤家寡人算了。"

芳姑冷冷地道："马公子可是一心一意要纳你为妾，还说要盖一栋金屋，来个'金屋藏娇'呢！马公子是什么样的人物，咱们得罪得起吗？"

魏怜语气不由得软了，央求道："芳姑，您替我想想办法，我真的不喜欢马公子。"

芳姑道："我之前没告诉你，咱们媚香楼在去年十月已经易主了。如今媚香楼当家做主的是马公子。马公子看上了你，你就该感激涕零，谢天谢地，哪还由得你说'不'？"

魏怜面色苍白："不，不！我不要跟着马公子！"

芳姑"啧"了一声："你从来都是识时务的，怎么如今竟鬼迷心窍了，放着眼前金屋不住，非要跟袁公子挤在蜗牛壳般的屋子里？我以前竟没看出你这般没出息。"

魏怜恼羞成怒："你又没有去过袁公子的家，怎么一开口就是蜗牛壳般的屋子？"

芳姑道："袁公子青年才俊，玉树临风，咱们媚香楼不知有多少女子为他神魂颠倒，早有人偷偷打听出他的居处了。不知道的人以为是哪户的膏粱子弟，不料却是个破落户。怎么，自家姊妹看上了你的意中人，你竟都浑然不知吗？"

魏怜听她在袁紫清面前说得十分不堪，早已窘得说不出话来。袁紫清再也按捺不住，冷冷地道："马公子的小妾就这般金尊玉贵吗？眼下农民军四处攻城略地，就连皇族宗亲都保不住身家了，更何况区区总督？你听好了，崇祯十四年正月，闯王攻克洛阳，杀福王朱常洵及前金陵兵部尚书吕维祺，宫眷内官百余人尽皆亡命。闯王凌迟朱常洵，和皇家园林里的梅花鹿一同烹煮，分而食之，名曰'福禄宴'。二月，张献忠攻克襄阳，襄王朱翊铭被活活烧死，监军兵备副使张克俭、推官邝曰广、知县李大觉、游击黎安民等人同时被杀。去年十一月，闯王攻克南阳，横扫豫西南、豫中等州县，官员或是被杀，或是弃印逃亡。现在的官员都是朝不保夕，何来一辈子轻裘肥马、锦衣玉食？简直笑话。"

芳姑脸上青一阵白一阵，一时噎住。

安庆巡抚听不下去了，喝道："你好大的胆子！你这是忤逆犯上之言，合该一刀斩了脑袋，来人，来……"猛地想起自己是偷偷溜出来的，并没带随从，登时像霜打的茄子似的，蔫了！

袁紫清讥嘲："就算在朝堂上，这话我也敢说！"

安庆巡抚被他锐利的眼光一扫，只觉得寒风飕飕，背脊沁出一片虚汗。

芳姑老于世故，当下倒也不着恼，道："原来袁公子是不鸣则已，一鸣惊人，方才那番话真是令我茅塞顿开。只不过眼下马公子急吼吼地要娶魏怜，我要是提了一个'不'字，马公子还不把我剥皮抽筋吗？"

她深深地瞅了魏怜一眼，对魏怜说道："我平时待你如何，你心里有数。别看马公子平时笑脸迎人，听说他要是翻脸了，六亲不认，什么手段都使得出来。虽然说眼下时局混乱，大明江山指不定什么时候就易了主，可事有轻重缓急，你总要想法子过眼前这一关。"

魏怜懊恼道："芳姑，您替我拿个主意，把马公子顶回去吧！我当真不想嫁给他。"

芳姑冷笑道："没有其他主意，除非马公子死了，否则你就得嫁。"说完，又对安庆巡抚道："今晚没兴致了，走吧！"

魏怜喊了一声"芳姑"，芳姑摇了摇手，头也不回地走了。

魏怜一脸愁云惨雾："紫清，你也听到了，马公子非娶了我不可，该如何是好？"

袁紫清双眸泛起一丝狠戾的幽光："一不做二不休，干脆杀了他。"

魏怜心头一凛："你要杀了马公子？"

袁紫清冷笑道："我又不是没杀过人。一剑割断他的咽喉，岂不爽快！"

魏怜面带迟疑，半晌没有作声。

袁紫清冷冷地道："怎么了？ 难道是舍不得马公子？"

魏怜捶了他一拳，道："谁舍不得他了？ 他的死活与我何干！ 我只是担心你。"

袁紫清一把搂紧了她，咬着她的耳垂说道："此刻还是担心你自己吧！"

魏怜感受到他身体的变化，笑着嗔道："被芳姑这么一闹，你还有心情来啊！"

第二十二章

急惊风

"母妃,母妃,我好怕!"朱慈炤受伤次日就高烧不止,神志模糊,满口嘟囔着胡话,胡乱挥着双手,"猫儿扑过来了!救命,救命!"

皇贵妃执着朱慈炤的小手哭得肝肠寸断,好不容易把陈太医盼来了。

陈太医一入内,利索请安。皇贵妃忙道:"不必拘礼,快去看看慈炤。"

她忽然瞥见一抹浅绿色裙裾一闪,朱毓媞身穿竖领明襦衫袄湘水裙,步步凌波,盈盈而入。

皇贵妃愕然道:"公主怎么来了?"

"慈炤受伤,我一颗心总是悬着,要来看一看方能安心。刚好路上遇到了陈太医,就一道过来了。"

皇贵妃虽然与周皇后、朱毓芙不睦,对朱毓媞却是颇有好感,只因朱毓媞虽是中宫嫡出,却无半分骄矜。更难得的是,朱毓媞夹在自己与皇后之间,不偏不倚,是后宫中最安静独立的影子。

皇贵妃道:"公主真是有心。贞儿,快去沏壶西湖龙井,再拿出方才小厨房做好的糖蒸酥酪和豆沙千层酥。"

贞儿领命去了。

朱毓媞道:"我本想略坐一会儿就走,倒是骗了一顿吃食。"

皇贵妃知她是有意驱散自己的忧愁,不免动容。

朱毓媞又道:"近日听闻皇贵妃时常宣召太医,身子怎么了?"

"这一年总是感到胸闷气喘,太医也诊不出个眉目,吃了药后虽然缓解了不少,却仍是频频发病,我想应该是时气的缘故。"

"皇贵妃保重,慈炤还仰赖着您呢!"

陈太医搭了脉,又看了舌苔,一番望闻问切,方道:"四殿下这是急惊风了。"

皇贵妃听到"急"字,顿时急火攻心:"什么是急惊风?"

陈太医道:"急惊风乃外感风温时邪,突受惊吓所致。小儿神气怯弱,元气未充,乍见异物,乍闻异声,或不慎跌跤,猝受惊恐,惊则伤神气乱,恐则伤志气下,气血阴阳紊乱,神志不宁,惊风由生……"

他一口气说了一长串,皇贵妃听了双眼一翻,几乎快要晕过去。朱毓媞勉强镇定下来,道:"陈太医的好医术阖宫皆知,请去开药方为四殿下诊治。"

皇贵妃握住朱毓媞的手,朱毓媞只觉得她手心湿腻腻的,全是冷汗。

皇贵妃拳拳地道:"公主待我母子俩的好,我会铭记在心。"皇贵妃向来自持身份,在皇子、公主面前总是自称"本宫",唯有对朱毓媞以"我"相称,仿佛平辈之间的和气融洽。

朱毓媞和颜悦色地道:"皇贵妃说这话,就是生分了,慈焴是我弟弟,看他受苦,我心里也难熬。"

一番絮絮闲话,朱毓媞见皇贵妃面有倦色,双目充血,想是因朱慈焴受伤的缘故,于是起身告辞,好让她早点歇息。

朱毓媞款款走出承乾宫,一晌后方道:"绿萍。"

绿萍垂手道:"殿下有何吩咐?"

"我吩咐你打听的事如何了?"

"这件事不难打听,昨日四殿下去请安的时候穿的是枣红色五蝠捧寿纹大襟袍,因在坤宁宫用点心时不慎被茶水溅湿了袍角,才到内堂更换。"

朱毓媞心念一动:"他自己失手泼湿的吗?"

"这个……奴婢倒是没问仔细。"

"你立刻回坤宁宫打听仔细。记住,不可露了痕迹。"

"是。"

朱毓媞听身后脚步声匆匆而去,一颗心仿佛灌了铅似的,一分一分地沉落下去。忽听一人喊道"媞儿",话声方落,一个高大的人影挡住了面前的阳光,正是周世显。

"你气色不太好,怎么了?"周世显说到这里,顿一顿,"是不是还在恼我?"

朱毓媞掩口一笑:"原来在世显哥哥眼里,我竟是这般小家子气。"

周世显目光有一瞬间的松弛,仿佛拨开了重重云雾,绽出风和日丽的光辉:"那就好,我只怕你往心里头去,挣不开就成了心魔。"

朱毓媞道:"世显哥哥,我心里烦乱,你陪我走走,好吗?"

"好。"

两人信步而行,清风徐来,馨香盈袖,一树红梅开得妖娆如火,曚昽日光下花影扶疏,摇曳生姿。

周世显道:"慈焰的事我听说了,他如今可好?"

朱毓媞道:"可怜的孩子,且不说皮肉伤未愈,被铃铛吓了一大跳,得了急惊风,这段日子怕是要折腾了。"

"难怪今日朝堂上,皇上神情疲惫,整个人神不守舍,看来慈焰伤得不轻。"周世显定定地看着她,柔声道,"你也是,眼睛都熬出血丝了,快告诉世显哥哥,什么事烦着你?"

朱毓媞仰首凝视着他,周世显的目光如依依春柳,他天生微微上扬的嘴角,仿佛冬日透出浮云的暖暖朝阳,他的话语如春水潺潺,徐徐淌过朱毓媞的心田,刹那间开出了姹紫嫣红的无边花海。

朱毓媞抿了抿嘴唇,终于将满腔的惊涛骇浪缓缓吐出:"世显哥哥,如若你的亲人犯下错事,你会揭穿她吗?"

周世显一怔:"好端端的,怎么问起这个?"

"你回答我嘛!我很想知道。"

"这个自然了,因为是亲人,所以不能眼睁睁地看着他们一错再错。"

"如若她不肯听你的呢?"

周世显苦笑:"至少也要试着劝劝。"

朱毓媞默默思索须臾,面容如夜雪初霁:"好,我知道了。"

周世显道:"你嘴里的亲人是谁?"

朱毓媞道:"我还不能确定,我只希望事实不是我想的那样。"

周世显道:"别把烦恼放在心上。若你愿意,我就是最好的聆听者。"

第二十三章

铃铛

忽听一阵窸窣声响，一抹金影从梅园中蹿了出来。

朱毓媞双眼一亮，喜形于色："是铃铛！"

铃铛似乎受了极大的惊吓，看见朱毓媞，全身弓起，皮毛竖了起来，嘴里发出咝咝怒吼，全神戒备。

朱毓媞弯腰道："铃铛，过来这里，我不会伤害你的。"

铃铛迟疑一晌，前脚踏了一步，一阵清风吹来，枝摇叶动，铃铛如惊弓之鸟似的又缩回两步。

"眼下母后正派人到处寻找铃铛。它甚是有灵，一定知道自己闯了大祸，要被抓起来活活打死。"朱毓媞柔声道，"铃铛过来，我不会让任何人伤害你的。"

"我看铃铛似乎受了很大的惊吓，它现在非常警觉，你这样是不成的。"周世显从怀里摸出一块肉饼，嘴里"啧啧"作响，柔声道，"铃铛过来，你一定饿了吧。可怜的小毛球，过来饱餐一顿吧！"

铃铛饿了一整晚，闻到肉饼的香味，哪里抵抗得了？它歪头迟疑片刻，随即跑向周世显，张嘴狼吞虎咽了起来。

朱毓媞不禁好笑："你怀里怎么老是藏着糕饼啊？真是个馋鬼，难怪我觉得你似乎变胖了。"

周世显脸上一红，十分不好意思。

不多时，铃铛就把周世显手里的肉饼吃得精光。周世显见铃铛可怜巴巴地看着自己，似乎还想再吃，于是又摸出一块肉饼，递给朱毓媞道："你来喂。"

朱毓媞接过肉饼，轻声细语地道："铃铛，你不是还没吃饱吗？别怕，快过来，别饿着肚子了。"她只觉得铃铛的舌头在手心磨蹭着，十分麻痒，忍不住"咯"的一声笑了出来。

铃铛风卷残云地吃完肉饼后，肚子饱了，戒备半消。朱毓媞小心翼翼地抱着它，轻轻地抚着它杂乱的皮毛："也不知道铃铛昨晚躲在哪里，弄得满身泥泞，真狼狈。"

周世显恻然道："是啊，幸好铃铛没被抓住，不然就要被活活打死了。"

朱毓媞心念一动："世显哥哥，我有一事求你。"

周世显道："你是不是希望我能把铃铛偷偷带回府里养着？"

朱毓媞笑道："生我者父母，知我者世显。我知道铃铛是无辜的，不忍心它被打死。我能托付的人只有你了，救铃铛一命，好吗？"

"养一只猫儿而已，又不是什么大事。你放心，我会把铃铛照顾得肥肥嫩嫩的。"

"那真是多谢你啦！"

周世显从朱毓媞怀里接过铃铛，柔声道："铃铛，宝贝铃铛儿，从今往后，我就是你的主子了。你可要乖乖听话，不许调皮捣蛋哟。"

朱毓媞忽然想到一事，郑重道："铃铛不喜欢沉水香的气味。记住，你的房里不可燃沉水香，铃铛闻到沉水香会抓狂的。"

周世显道："你放心，我素来不爱焚香。"

朱毓媞催促道："你赶紧回府吧，免得我母后的人发现你抱着铃铛，那就前功尽弃了。"

"好，霜浓路滑，你回宫时仔细走好。"

朱毓媞看着他抱着铃铛小心翼翼去了，想到终于保全了铃铛一命，心中不胜欢喜。

回到坤宁宫，只见周皇后和一群宫女在院子里踏雪剪梅，忙得不亦乐乎。

她上前施了一礼，道："母后。"

周皇后紧了紧身上的玫瑰紫绣金姑绒面大氅，这大氅是用极品的兰州大绒制成的。常言道："北有姑绒，南有女葛。"这样的极品只有在皇宫的贡品中才能见到。这件衣服是崇祯皇帝正旦时御赐给皇后的。

周皇后对朱毓媞说道："内务府送来一只龙泉窑白釉环耳瓶。本宫心想，这瓶子最适合拿来插宫粉梅了。你快来帮忙。"

朱毓媞淡淡地道："儿臣略感不适，想回房歇息。母后还是找毓芙吧！"

周皇后道："为了铃铛的事，她和我闹着别扭呢！这当儿关在房里不肯出来，你去替我劝一劝她。"

朱毓媞嘴角扯出一丝不易察觉的鄙夷："毓芙每回闹别扭，总是三天光景罢了，再说铃铛确实无辜。"

周皇后淡淡地道："你是说本宫处置不当？"

"儿臣不敢。母后执掌凤印十五年，御下宽严并济，处置自然公允。"

周皇后凤眼微眯："可本宫总觉得你心里似乎搁着什么事。"

朱毓媞微微咬牙:"母后多心了。儿臣一早去看过慈炤,见慈炤睡不安稳,满口胡话,动了恻隐之心罢了。"

周皇后斜斜地瞟了她一眼:"本宫都还没去探视呢,你动作倒是挺快。"

"慈炤受伤,儿臣心里委实不安,总要去探望一下才能安心。况且……"朱毓媞凝视着周皇后的双眼,意味深长地说:"母后应当比谁都清楚,慈炤为何会受伤。"

周皇后脸色如波澜不惊的湖水:"都是铃铛那只畜生伤了后宫阴鸷。不过说也奇怪,派出去的人都寻了好几回了,就是寻不着铃铛。难道铃铛竟会飞天遁地之术吗?"

朱毓媞道:"铃铛甚有灵性,应该躲在某个角落里,寻个几回总会有所收获,母后也能对皇贵妃有所交代了。"

周皇后轻轻一笑,闲闲地拨弄着玳瑁嵌珠宝花卉护甲套:"若是真寻不着铃铛,难不成皇贵妃还要搬出大哭大闹、寻死觅活那一套吗?身为皇贵妃,辈分也不低了,还是宫里的老人儿了,性子也不收敛一点。对了,过几日会有新的嫔御进宫。"

朱毓媞道:"父皇一向专宠皇贵妃,别的女子进了宫,那也是在这后宫深院白白添了一个孤独失意人罢了。"

周皇后道:"这女子不是旁人,而是天下第一美人陈圆圆。本宫也是看你父皇为了国事劳心伤神,愁眉不展,这才安排新的美人进御,也好哄你父皇开心。"

朱毓媞冷冷地道:"母后的话哄哄毓芙也就罢了,对儿臣也要这般言不由衷吗?分明是母后想借陈圆圆来分皇贵妃的宠爱,借此打压皇贵妃的气焰。司马昭之心,路人皆知。母后又何必搬出表面文章那一套来敷衍儿臣?"

"你……"周皇后气得花容失色,"放肆!"

她一动怒,院子里的宫女太监登时跪倒。

朱毓媞面不改色:"难道不是吗?"

周皇后深深吸了一口气:"你是本宫怀胎十月生下的女儿,怎可这般对本宫说话?"

朱毓媞道:"比起表面文章、虚与委蛇那一套,儿臣更喜欢真心实意、待人以诚。如今封疆多事,流寇肆虐,母后把天下第一美人弄进宫来,会不会太不合时宜了?"

周皇后道:"本宫做事自有打算,你管不着。"

朱毓媞道:"儿臣人微言轻,纵是想管也管不着,不是吗?"

周皇后喟然道:"女孩子讲话要婉转一点,性格要柔顺一点,才会招人喜欢。"

朱毓媞道:"儿臣性子向来如此,母后从前也没说什么。今日儿臣说了些不中听的话,母后反而觉得儿臣性子不讨喜了。"

周皇后道:"本宫也是为你好,你说话若总是这般含棱带角,不只母后听了刺耳,你父皇听了也不喜欢。"

"一家人相处,若总是投其所好,刻意为之,那真是没意思。"朱毓媞敛袖一礼,"儿臣乏了，先告退。"

周皇后目送她头也不回地离去，嘴角飘出一声叹息，自言自语道："你看不惯我对付皇贵妃的手段，可你若知道慈烜是怎么死的，就不会处处跟我针锋相对了。"

朱毓媞和周皇后讲了一会儿话，只觉得精力虚脱，两侧太阳穴突突跳动，隐隐生疼。

绿萍端了一盏杏仁燕窝羹搁在螺钿长案上："公主殿下趁热喝了杏仁燕窝羹吧！奴婢为您按摩。"说完她在手上蘸了些薄荷油，轻轻按摩着朱毓媞的太阳穴。

朱毓媞饮了一勺燕窝羹，说道："事情打听得如何了？"

绿萍"哎哟"了一声，道："瞧奴婢这记性，只顾着为公主殿下按摩，倒给忘了。"

"说吧。"

绿萍听她语气肃穆，登时收了笑靥："四殿下的衣裳是被小琪泼湿的，带四殿下入内换衣裳的是英华。"小琪和英华都是周皇后的贴身侍女。

朱毓媞一听，苦涩一笑："果然。"

绿萍愕然道："公主何出此言？"

朱毓媞道："母后素来不喜沉水香，只燃苏合香，整个坤宁宫只有我这里燃沉水香。有一回毓芙抱铃铛到我这里，铃铛闻到沉水香的气息，就受惊发狂，险些把我抓伤。想必毓芙后来将这事告诉了母后。"

绿萍睁着一双妙目，道："铃铛不喜欢沉水香，和四殿下的衣裳有什么关系？"

朱毓媞嗔道："你何止记性差，脑子也不灵光。"

绿萍绞着手指，脸上一红。

朱毓媞道："罢了，你的好处是口风紧，这件事别透露出去，知道吗？"

"是。"

第二十四章

夜盗凤阳总督府

是夜子时,袁紫清身着一袭深紫色箭袖,头戴帷帽,长长的紫色垂纱罩住俊美无伦的面庞。

魏怜替他系紧腰带,殷切道:"我还是那一句话,万事当心。"

袁紫清取下挂在墙上的长剑,掣出剑鞘,声若龙吟,剑身如血,寒气逼人,一痕秋水般的幽光透过垂纱映在袁紫清脸上,更衬出他面容阴狠,如欲噬人。他道:"这柄剑名叫凝血剑,是师父送给我的。鲜血沾上这柄剑的剑身会立刻凝固。你瞧,是不是通体殷红,血光照人?这柄剑沐浴了不少人的鲜血,是不是很有趣?"

魏怜道:"别说了,我听了害怕。"

袁紫清还剑入鞘:"你以后多跟着我杀几个人,就不会害怕了。我第一次杀人的时候,握着凝血剑和十字镖的手还一直微微颤抖呢!"

"事成之后赶紧回来,我在家里等你。"

袁紫清挥了挥手,一言不发,展开轻功,披着夜色来到凤阳总督府。

他悄立在一株高耸参天的松木上探察地势,只见府里人来人往,马公子状似酒足饭饱,挺着肚皮,慢悠悠地踱回寝室。

袁紫清观望须臾,径往卫戍松懈的地方奔去。以他三年行盗的经验,适逢新春,值班护卫少不得要贪杯,不醉不休。

他借着假山花树遮掩,在府里飞奔游走,如入无人之境,不一会儿就找到库房。果然,守库房的护卫早已喝开了,正在划拳嬉闹。袁紫清心下暗笑:"真是天助我也!"

当下更不迟疑,悄悄绕到护卫们身后,"呼呼"连响,将众护卫一一劈晕。众护卫根本没时间反应,来不及呼喊,就全都软绵绵地瘫倒在地上,手里兀自握着酒壶。此时就算有人经过看见,也不会想到有人潜入了库房,只会以为护卫们喝得烂醉如泥,不支倒地。

库门上着大锁,袁紫清凝视片刻,嘴角勾起一丝轻蔑的弧度:"防君子不防小偷,小把戏,难不倒。"说着摸出竹签,利落地将竹签钻入锁孔中,上下左右转了几圈,"咔嚓"一声,锁已解开。

只见库房金山银墙,珠玉匝地,熠熠生光,几乎迷了双眼。

袁紫清见惯了金银珠宝,熟练地将金条搬入锦袋里,装了鼓鼓一大包,用细绳束好,负在肩上,扔下一朵紫玉兰。然后出了库房,关起库门,当下往马公子寝室而去。

他嫌背着金条累赘,于是将锦袋扔入院子里的假山石洞里。接着避开一队明火执仗的护卫,握紧剑柄,悄悄飞上屋檐,移开一片鸳鸯瓦,向下窥视,果然见到马公子沐浴后穿上金红绢质寝衣,两名侍女正替他擦干头发。

马公子摆了摆手,懒洋洋地道:"行了行了,出去吧。"

"是。"两名侍女移步掩门而出。

袁紫清不再耽搁,飘然而下,落足无声,轻轻推开房门,同时凝血剑滑出宝鞘,身子如箭离弦,逼近榻前,准备一剑划了马公子的咽喉。

待见到榻上光景,却令他目瞪口呆,一时浑忘了杀人的目的。

马公子压在一个面容清秀的少年身上,一双猪蹄手正上上下下地猥亵着少年的身体。那少年手足被缚,嘴巴塞了麻布,眼里蓄满泪水,一脸惊恐羞愤。

马公子丝毫没察觉袁紫清到来,狞笑道:"安分一点,把爷服侍舒服了,少不了你的好处。"

少年潸然泪下,嘴里发出呜呜咽咽的声音,在马公子身下像一只落入陷阱的小兽般苦苦挣扎。

袁紫清呆了一呆,双足落地生根似的动弹不得,一瞬间不堪的记忆蒙着尘埃扑簌簌地落在脑海。他全身起了一层鸡皮疙瘩,胸口一阵翻江倒海,喉咙发麻,忍不住反胃干呕。

马公子扭头喝道:"谁?"见袁紫清手执长剑,大吃一惊,忙扯开喉咙向外叫喊:"刺客!有刺客!"

袁紫清勉强忍住恶心,凝血剑如夭矫游龙般探出,直取马公子胸口。

马公子吓得魂飞魄散,本能地抓起身下少年一挡。只听"噗"的一声,剑尖刺入那少年心窝。少年一声不吭,双眼圆睁,登时毙命。

马公子兀自抱着少年尸体挡在身前,把他当成肉盾,大叫道:"救命!救命!杀人了!快来人!"

袁紫清正要对他动手,门口已涌进大批护卫,个个手持刀戟,瞬间将袁紫清围在中心。

袁紫清微微冷笑,一言不发,足尖点地,腾身而起,手一扬,室内寒芒数点,只听"噗

噗"之声不绝于耳,登时便有数名护卫中了十字镖,倒毙在地。

马公子嘶声大叫:"快杀了他!"

袁紫清喝道:"谁敢杀我!"一声厉喝,杀气凛凛。

众护卫也不知道他是如何出手,只见眼前一亮,漫天十字镖如天女散花,瞬间便是数名护卫毙命。众护卫何曾遇过如此高手?只吓得心胆俱裂,哪敢上前?

大明朝的官兵普遍懒怠,平素鱼肉百姓,作威作福,遇到强手则变成银样镴枪头。就说某一回清军入塞,有一支从内地调到前线的明军不是躲着观望,就是望风而逃,不敢与清军正面交锋。等到清军掳掠完毕后回师,才装模作样地在清军后面擂鼓放炮,耀武扬威。

马公子怒道:"你们都是吃干饭的吗?就这样眼巴巴地瞧着!快给我擒住了他,否则我把你们全都砍了。"

众护卫一听,只能硬着头皮飞扑上前。

袁紫清哈哈大笑:"好好好,一起上吧!这样才够意思!"凝血剑奔雷逐电般刺出,瞬间又是数人毙命。

众护卫又惊又怕,士气一落千丈。袁紫清弹指之间又杀了数人,只听远处呼喊声不绝于耳,似乎又有大批援兵赶来。他回眸一看床榻,已不见马公子身影。当下不再恋战,凝血剑飞快入鞘,身子如一只蝴蝶般翩然回旋,双手一翻一扬,十枚十字镖射中邻近数名护卫的胸口。跟着施展轻功,一边投掷十字镖,一边飞至假山石洞,摸出锦袋,轻飘飘地跃上高墙,一道长虹似的去了。

马公子听到动静,由两名侍女搀着走了出来,见状不禁气得一佛出世,二佛升天。

"一群不中用的饭桶!"

魏怜倚门伫望,望穿秋水,好不容易盼回袁紫清,喜上眉梢,道:"紫清,你终于回来了。"

袁紫清一言不发,快步入内。侍女萧采莞拿了铜盆要替他净手。

三年前谭婆婆因病过世,袁紫清正愁着家里没人打理,路上见一少女卖身葬父,于是将她买回来主持家务。

也就是在谭婆婆去世的那一年,家中资财多半花在了谭婆婆的后事上,在闯王军中的父亲旧部又来不及送来钱粮,袁紫清度过了一段捉襟见肘的时日。某一日,他因缘际会,跟一名江湖奇人学了以竹签开锁的功夫,开始踏上劫富济贫之路。

袁紫清讲究盗亦有道,所盗的对象不是作威作福的天潢贵胄,就是鱼肉乡民的富绅土豪。盗得的金银除了供给自身家用花销,又运送至闯王军营充作军饷,更是以闯王李自成的名义赈济百姓,为他招揽民心。

袁紫清抛下锦袋，双手浸在铜盆里，不住拿着纱布搓洗着自己的双手。

萧采莞和魏怜见他面如白纸，嘴唇抿成一线，全身微微哆嗦，相顾愕然。

"紫清，你怎么了？是不是发生了什么事？"魏怜见他快搓烂了双手，急忙夺去纱布，"别搓了，手都见红了。"

袁紫清呆了一会儿，双目圆睁，一脸惊怒，道："给我，把纱布给我！"

魏怜将纱布收在身后："紫清，你究竟怎么了？别吓唬我好吗？我从来没见你这样反常。"

袁紫清仿佛被一条荆鞭狠狠地打在身上，一瞬间全身战栗，他颤声道："马公子简直不是人！他……他竟好男风，他……他简直不是人……"

古时男风盛行，明朝尤甚。娈童成年后，照样娶妻生子，也不会受到歧视。国子监里有教授自诩清高，当众说："老夫自少以来，不登娈童之床，不入季女之室，服膺简策，不知老之将至。"

张岱《西湖七月半》更是描写了当时的社会风气："亦船亦楼，名娃闺秀，携及童娈，笑啼杂之，环坐露台，左右盼望，身在月下而实不看月者。"由此可知当时男风之盛。

魏怜听了一怔："就这样？"

袁紫清听得莫名其妙："什么就这样？"

魏怜脸上写满了"大惊小怪"，道："我是说你看到了这个画面，就吓成这样？"

袁紫清嘴唇动了一动，似乎想说些什么，却又说不出口。他扶着几案，颤声道："水，我要喝水！"

萧采莞倒了一杯水给他。袁紫清喝得又急又猛，一不留神呛到了喉咙，当下剧烈地咳了起来。

萧采莞急忙为他拍背顺气。

魏怜道："马公子死了吗？"

袁紫清咳了片刻，稍停，道："没有，我看到那个画面，一时呆了，错过动手的时机。"

魏怜恼道："那可怎么办？你这回没杀了他，若再动手，可就难上加难了。"

袁紫清按住怦怦直跳的心口，沉浸在马公子染指少年的画面里，越想越恐惧，忽然喘不过气来，额头冷汗涔涔，脸色发青。

魏怜吓得花容失色，急吼吼地道："紫清你怎么了？"

袁紫清喘得说不出话来。萧采莞拿来一个瓷瓶，倒出两颗药丸，喂入袁紫清口中，又倒了一杯水让他服下。袁紫清喘息渐缓，面色恢复如常。

魏怜呆呆地道："你服的是什么？"

袁紫清抿抿嘴不答。

魏怜一双妙目定定地看着萧采莞："那是什么药丸？"

萧采莞道:"这是哮喘救急的药丸。公子哮喘发作,要服用两颗才会好转。"

魏怜一时惊得呆了,瞪眼道:"你有哮喘,我怎么不晓得?"

袁紫清缓过一口气:"不是经常发作,所以没有告诉你。"

魏怜又是心疼,又是怜悯:"紫清,你受苦了。"

袁紫清一脸倦容地道:"我乏了,要睡了。"说完往内室去了。

第二十五章

娈童

"别过来，别过来，求求你。娘，娘救我，娘……"袁紫清这一觉睡得极不安稳，他双手胡乱挥舞，惊叫连连，"别碰我，别碰我，求求你放了我……"

"紫清。"魏怜点亮烛火，试着摇醒他，"你醒醒，快醒醒。"

袁紫清倏地睁眼，只觉得全身如浸在冰水里，湿湿滑滑的，出了一身冷汗，魏怜焦灼不安的脸在眼前忽缩忽放，一时模糊一时清晰。

"你梦魇了。"魏怜声音放得柔婉，"别害怕，我在你身旁。"

袁紫清忽然紧紧抓住她的肩膀，声音嘶哑："我……我方才梦里都说了些什么？"

魏怜只觉得他的十指似乎要掐入自己肩膀里，剧痛难忍，攒眉道："你把我抓疼了。"

袁紫清一怔，这才松手。

魏怜揉揉双肩，重复他方才的梦话，最后凝视着他，问道："紫清，你究竟梦见什么了？"

袁紫清面容唰地褪去血色，口舌颤颤，一句话也说不出口，眼神又是怔忡，又是屈辱，又是害怕。

魏怜看了他的眼色，心中忽然浮起一个念头，嗫嚅半晌，才道："紫清，你从前是不是被人欺负过？"

袁紫清瞬间睁大双眼，像是被人捅了一刀，从榻上跳起，声嘶力竭地否认："没有！没有这回事，绝对没有！"

魏怜看到他的反应，更加确信："你说你身上的齿痕是小时候跟顽童打架时被咬伤的，我不相信，那分明是大人的齿印。"

袁紫清一听，全身筛糠，情绪几乎崩溃，颤声道："不是，不是这样……不是的……不是……"

魏怜道："你曾说你爹爹死后，你娘和其他亲人被流放，你被卖入富家当奴隶，是不是那时候被欺辱的？"

"别说了……"袁紫清忽然喘不过气来，紧紧攥着胸前衣衫，拧眉道，"药，药！我好难受……药……"

魏怜急叫："采莞，采莞！"

萧采莞急急而入，将两颗药丸塞入袁紫清口中，道："公子今晚是怎么了？从来没有发作得这么频繁。"

袁紫清稍稍和缓，挥了挥手："我没事了，你出去吧。"

萧采莞道了一声"是"，便要离开。

魏怜道："等等，把药留下。"

萧采莞递了瓷瓶给她，随即掩门而出。

魏怜抱着袁紫清的身体，目光爱怜，柔声道："紫清，对不起，我不该逼你回想那段不堪的记忆。对不起，你受苦了。"

袁紫清嘴唇嚅动几下，似下了极大的决心，终于缓缓开口，声音如绷紧的弓弦："他……他说我长得十分俊俏，看了十分讨喜，还说要给我糖吃，叫我去他房里。我不疑有他，于是跟他进房。他把房门关上，然后……然后……他把我衣裳脱掉，拿绳子缚了我的手足，胡乱抚摸我的身体……遇到他心情不好的时候，还会拿鞭子……还会乱咬我……"

他泣不成声，紧紧抱住自己的身体，仿佛要借此得到安全感："此后我含污忍垢，成了他的玩物，三天两头就被他拿来发泄。我逃不了，也反抗不了。若不是我念着有朝一日能与娘骨肉相聚，我早就一死了之了，不受这千般万种的屈辱折磨。整整三年，都是遍体鳞伤的冰冷黑夜，我……我当真生不如死，我活着的每一刻，都是无边无际的痛苦。"

魏怜捧着他的脸，垂泪道："过去了，一切都过去了。紫清，你现在好好的，别再想那段不堪回首的过去了。"

"不，我要继续讲。"袁紫清神情骤地转冷，好似暗夜里窥视着青蛙的毒蛇，"后来，我爹的旧部找到了我，把我救出火窟。旧部要杀了他，我不肯，我说：'要杀也是我来杀。'我解脱了，整整三年，我终于彻底解脱了。之后，旧部把我安排进这间屋子，找了谭婆婆照料我，又拜托我爹爹从前的挚友月龙先生教导我轻功、剑法、暗器。我练得很起劲。学齐了武功，我立即找到欺辱我的那人，脱去他的衣裳，把他吊了起来。我拿着匕首，把他的肉一片一片地割下来。我听着他不断发出惨叫，不断哭号，不断向我求饶，这对我来说，简直是人间天籁！"

他发出一声长笑，脸上却仍挂着泪珠，看起来诡异莫名："呵呵呵，我舍不得让他这么痛痛快快地死去。我割得手酸了，就在他伤口上涂了金创药，喂了他一碗参汤，吊住他的气息。我睡了一觉后，次日起床继续割。直到割了三千六百刀，只剩下一具白骨，我才罢手。你知道吗？那滋味真是爽快。"

他看着自己的双手，眼神激荡着炽烈的痛楚，如痴如狂地道："当时我的手都是血，深红色的血！我觉得好恶心，可这是他的血。我举起我的手，把他的血全都舔干净。爽快，真是爽快！哈哈哈……"

魏怜由于太过惊骇，一时舌拙下不下，连呼吸也浑忘了。

袁紫清笑得声嘶力竭，忽又抱头痛哭："娘，我怎么会变成这样？我觉得我就像个疯子一样。娘……娘……"他在怀里摸索一阵，脸色大变，道："衿缨呢？"

魏怜道："衿缨不是一直都收在你怀里吗？"

袁紫清惊叫："没有，没有在怀里！在哪里？我的衿缨呢?！"

魏怜道："是不是遗落在哪了？"

袁紫清一呆，蓦然想起当时在马公子房里反胃欲呕，似乎有东西滑落，可当时不及查看，此刻回想，似乎衿缨就是遗落在那里。

他当下拿起凝血剑，戴上帷帽，一言不发，出了寝室。魏怜跟在他身后，急切道："紫清，你去哪?"

袁紫清道："衿缨肯定落在凤阳总督府，我要去捡回来。"

"不可。"魏怜急忙扯住他，"你方才夜盗总督府，这会儿一定加强了卫戍，危机四伏，你这是送死啊！"

"我不管。"袁紫清眸光有着锐利的痛楚，"衿缨是我娘留给我的唯一念想，若是找不回来了，我比死了还要难受。"他挣脱魏怜的手，跃上高墙，旋即隐没在溶溶月色中。

第二十六章

二进凤阳总督府

　　袁紫清到了凤阳总督府，本该五步一岗、十步一哨的总督府，此时却离奇地戒备松懈，仿佛不曾发生过夜盗似的。他心下狐疑，但他满心记挂着衿缨，也没多想，当下往马公子寝室而去，只希望那枚衿缨别被人发现，若给人捡了去，找起来可就麻烦了。

　　他闪身进入马公子寝室，室内无人，一灯如豆，摸索一阵，终于发现衿缨落在几案旁。他心中大喜，急忙弯腰捡起，紧紧握在手中。蓦地，右手掌一阵剧痛，一翻手，只见衿缨内穿出数枚钢针，刺破了他手掌肌肤。

　　到了这节骨眼，袁紫清方才明白，衿缨早被人发现，总督府布下陷阱，在衿缨里藏了钢针，只等着请君入瓮，难怪卫戍这般松懈。

　　他手掌一阵麻木，料想钢针有毒。果然，皮破处隐隐发黑，渐渐扩散开来。他一咬牙，打开衿缨，将钢针全数抖出。便在此时，房门口拥进大批护卫，手持刀戟，里三层外三层，围得密如铁桶。

　　马公子从众护卫身后走出，狞笑道："这一招请君入瓮，委实妙得很啊！我还怕那枚衿缨不是什么紧要之物，你不来可就没戏唱了！"

　　袁紫清只觉得手掌麻木，使不上力气，可怕的是麻木感如一条小蛇蜿蜒向上，一寸一寸地啮咬着他的手臂。

　　他冷冷地道："你以为这样就能擒住我了吗？"

　　马公子手捻着紫玉兰，笑道："想必你就是名满天下的紫兰君，我不能用一般手段对付你，因此毒药下足了三倍的剂量。不消半炷香时辰，你就会全身麻木，失去意识；三日没有服下解药，就会毒发而死。"

　　袁紫清冷笑道："还有三日寿命，足够了。"左手一扬，十字镖连珠射出，随即破窗而出。

马公子狠狠地道："别让他跑了！"

众护卫吆喝着一拥上前，手中兵刃纷纷朝袁紫清身上招呼。袁紫清舞着凝血剑，边打边退，只觉得右手麻木已蔓延至肩头，料想不久后左手也会不济。当下不敢恋战，杀退几名护卫后，纵身欲跃上屋檐，哪知一口气提不上来，重重地摔了一跤。

只听犬吠嗷嗷，回眸一望，竟是马公子放了獒犬。数十只獒犬张牙舞爪扑了上来。袁紫清深深提了一口气，迈步狂奔，这般用力，毒药扩散得更快，眼前金星飞舞，双手无力，就是要施放十字镖也有困难。他越奔越缓慢，突然左腿剧痛，已被一只獒犬咬住。

袁紫清甩脱不开，举剑要刺向那只獒犬，却没了力气，跟着四五只獒犬一齐扑上，纷纷咬住他的四肢，其中一只獒犬更是将他牢牢压制在身下。

袁紫清无力挣脱，眼前一阵阵发黑，依稀连獒犬紧咬的疼痛也感觉不到了。

这时护卫们一窝蜂赶了过来，挺刀出戟，将他团团围住。

马公子一声清哨，獒犬纷纷退开。他朗声大笑，缓步上前，道："想不到威名远播的紫兰君竟会落入我手里，我倒要瞧一瞧你的庐山真面目。"伸手欲揭开他的面纱，忽然眼前寒光闪闪，"噗噗噗"数声，数只獒犬登时毙命，跟着一条人影一晃，袁紫清已不见踪影。

袁紫清被一人背在背上，在月下飞掠疾驰，眼前一团漆黑，依稀能认出背着自己的是极熟悉亲近之人。他意识越来越模糊，终于不省人事。

魏怜盼得心都焦了，不断在门口引颈而望，终于等到月龙背着袁紫清归来，登时松了一口气。

原来月龙深夜来找袁紫清，碰巧遇上袁紫清二度夜闯凤阳总督府。魏怜眼皮子跳个不停，便求月龙前去救援，于是月龙就在千钧一发之际，及时将袁紫清从马公子手中救出。

魏怜见袁紫清面色灰败，昏迷不醒，心急如焚："紫清怎么了？"

月龙将袁紫清放在榻上："他中毒了。"

魏怜听到"中毒"二字，脑海里一片空白，颤声道："中……中什么毒？"

月龙端详着袁紫清的面容："我想这是一种极为厉害的毒药，专门用来对付凶猛不听话的畜生。以药涂抹于吹箭使其麻醉，若无解药，则会在一定期限内毙命。"

魏怜目光雪亮："我知道这种毒药。马公子曾说，他专门以这种毒药对付不听话的獒犬。若是中了毒的獒犬没有服下解药，三日后就会毙命。"

月龙问："你认识马世英的儿子？"

魏怜俏脸一红，月龙只知道她是袁紫清的女人，对她的出身来历却是一无所知，更何况月龙不好风月，当然不清楚她是秦淮青楼小有名气的歌伎。魏怜当下道："马公子心仪于我。既然解药在马公子手里，我这就向他讨去。"

月龙奇道:"他如何肯给你?"

"马公子四肢健全,头脑却跟豆腐渣似的。我试着哄他交出解药。如若不成,我便问出解药在哪,灌醉他后再行偷取。"

"你明儿个一早就去见马公子。"

"那便有劳师父照看紫清了。"

第二十七章

圆圆小宇娇罗绮

陈圆圆不愧是天下第一美人。

坤宁宫众人均知今日陈圆圆会入宫，早就齐聚一堂，就连袁贵妃也特地从翊坤宫乘辇而来，就为了一睹芳泽。因陈圆圆艳名远播，众妃嫔的脑海中早已勾勒出一个瑰姿艳逸、仪静体闲、柔情绰态的形象。

陈圆圆在英华的带领下进入坤宁宫，姗姗步入众人眼帘，嫣红色裙裾如一朵盛开的夭桃，艳光四射。众人都是倒抽一口气，一瞬间惊得浑忘了呼吸。只见她双眸如一泓秋水，眉似春山远黛，唇若玫瑰凝露，鼻梁秀挺如山，肌肤光滑如凝脂，腰如弱柳扶风，不盈一握，体态如凌波仙子般窈窕轻盈。

向来后宫美女如云，佳丽三千，但周皇后和袁贵妃仍是目不转睛，屏息凝神，唯恐一个呼吸重了，就会惊走眼前这九天谪仙般的绝色丽人。朱慈烺、朱慈炯张口结舌，一时说不出话来。朱毓芙手中的一块芙蓉糕落在云毯上，撒了一地糕渣。

朱毓媞脑海中浮现出《洛神赋》中的一段："其形也，翩若惊鸿，婉若游龙；荣曜秋菊，华茂春松。仿佛兮若轻云之蔽月，飘摇兮若流风之回雪。远而望之，皎若太阳升朝霞；迫而察之，灼若芙蕖出绿波。秾纤得衷，修短合度。肩若削成，腰如约素；延颈秀项，皓质呈露。芳泽无加，铅华弗御；云髻峨峨，修眉联娟。丹唇外朗，皓齿内鲜；明眸善睐，靥辅承权……"

陈圆圆缓缓走入殿内，莲步轻移间，香曳轻绡，风动罗带。她向周皇后、袁贵妃、皇子公主盈盈拜倒，道："民女陈圆圆拜见皇后娘娘、贵妃娘娘，太子殿下、定王殿下、长平公主殿下、昭仁公主殿下。愿娘娘万福金安，殿下千岁吉祥。"声音如大珠小珠落玉盘，清脆婉转，动人肺腑。

陈圆圆入宫前，已在田弘遇府里学了三个月的宫廷礼仪，司礼监又派人教授了七日，

因此礼仪端正,几乎无可挑剔。

周皇后敛容端坐,唇角衔着远岫浮云的淡笑:"免礼。"

陈圆圆道:"谢皇后娘娘。"

袁贵妃抿嘴一笑:"果然是风华绝代,我见犹怜。"

陈圆圆道:"贵妃娘娘谬赞,民女实不敢当。"

袁贵妃道:"本宫向来直爽,陈姑娘容颜绝世,就连身为女子的我,都忍不住要多看几眼呢!"一席话惹得殿内众人忍俊不禁。

周皇后道:"贵妃心直口快,从她嘴里出来的话,句句都是真心。"

陈圆圆道:"民女很喜欢贵妃娘娘的真性情。"

袁贵妃道:"听闻陈姑娘弹得一手好琴。不若今日坐弹一曲,让我们耳目一新。"

陈圆圆道:"不知贵妃娘娘想听什么曲子?"

袁贵妃笑吟吟地道:"人人尽说江南好,游人只合江南老。春水碧于天,画船听雨眠。你就弹唱一支代表江南的曲子吧!"

陈圆圆道:"承蒙贵妃娘娘不嫌弃,那民女就献丑了。"

周皇后道:"英华,去取焦尾琴来。"

焦尾与号钟、绕梁、绿绮并列为古时四大名琴,据说为蔡邕所制。据《后汉书》记载:"吴人有烧桐以爨者,邕闻火烈之声,知其良木,因请而裁为琴,果有美音,而其尾犹焦,故时人名曰'焦尾琴'焉。"后来焦尾琴为昆山人王逢年所得,又辗转被紫禁城收藏。

有一次,当时还是贵妃的田氏弹奏焦尾琴,响遏行云,令崇祯皇帝十分欢喜。崇祯亲自作了五首琴曲,空闲时听田贵妃弹奏。崇祯还当着周皇后的面赞赏田贵妃的高超琴艺,言语间似乎还为周皇后不擅音律而抱憾。

周皇后当时绵里藏针地道:"臣妾出身儒家,只知诗书桑蚕纺织之乐,不晓勾抹弹挑技戏之工,不知田贵妃是从何处习来的?"

崇祯皇帝一听,心下狐疑,问田贵妃:"爱妃年少入宫,是从何处习得的琴艺?"

田贵妃道:"臣妾是跟后娘习来的。"

众所周知,田贵妃的继母是歌伎出身。崇祯皇帝当即召田贵妃的继母入宫,让母女二人合奏,果然是高山流水,余音绕梁。此后,田贵妃的继母时常被召入宫中献艺。在后妃的亲属中,只有她能够时常入宫见到女儿。周皇后为此十分不满。

不一会儿,英华取来焦尾琴,摆在一张雕花紫檀木长案上。

陈圆圆道:"民女生于江南,就弹奏一曲《朝天子·西湖》吧!"她调了几下音,便行云流水般拨动起焦尾琴来。

琴音琳琅,低回处如清泉幽咽,婉转处若落英飘零。她抚弦起声:"里湖,外湖,无处是无春处。真山真水真画图,一片玲珑玉。　　宜酒宜诗,宜晴宜雨。销金锅锦绣窟。

老苏,老逋,杨柳堤梅花墓。"

琴音袅袅,歌声曼曼,众人眼前不禁浮现一片桑条穰穰、碧波滟滟的西湖景色。钱塘的六桥烟柳、苏堤春晓、桃红柳绿、蝶乱蜂喧,在她指间流露无遗,仿佛这时节不是百花凋零的细雪霏霏,而是春暖花开的旖旎韶光,所处之地也不是"凤阁龙楼连霄汉,玉树琼枝作烟萝"的皇宫,而是"水光潋滟晴方好,山色空蒙雨亦奇"的西湖之畔。

朱毓媞忽然觉得,紫禁城的繁华富丽、玉砌雕栏,也及不上她琴音中那抹湖光山色动人。

曲毕,陈圆圆敛袖一礼:"粗陋之音,让诸位娘娘、殿下见笑了。"

周皇后含笑道:"如聆仙乐耳暂明。陈姑娘不但风华绝代,琴艺更是神乎其技。"

"今日得见皇后娘娘凤颜,又得皇后娘娘赞誉,民女三生有幸。"

"本宫虽不擅此道,可品评还是一流的。陈姑娘的琴艺,阖宫上下无人能及。袁贵妃,你说是不是?"

袁贵妃道:"声甲天下之声,色甲天下之色。只可惜这时皇上不在这里。皇上若是听了陈姑娘的琴音,怕是要觉得相见恨晚哪!"

"陈姑娘今后就住在宫里,还怕没有机会为皇上献曲?"周皇后吩咐英华,"安排陈姑娘到西暖阁歇息。"

陈圆圆行礼告退。

第二十八章

红颜祸水

众人兀自沉醉在曼妙绮丽的琴音中，朱毓媞忽然淡淡地道："陈圆圆果真有'一笑倾人城，再笑倾人国'的风采。"

周皇后含着一缕薄笑："长平似乎话中有话。"

朱毓媞跪下道："儿臣以为，今非太平盛世，母后引此女入宫，委实不妥，还请母后立即安排她出宫。"

周皇后道："本宫安排陈圆圆入宫，不过是为你父皇消愁解闷罢了。你父皇操劳国事，未尝一日开怀，本宫也是一番好意。"

朱毓媞脸上微微一红："母后就不细想，若是好意过了头，会不会酿成'春宵苦短日高起，从此君王不早朝'的后果呢？"

周皇后喝道："女孩子家，怎能说这些话？"

朱毓媞道："恕儿臣说句大不敬之言，自古红颜祸水的案例还少吗？夏有妹喜，商有妲己，周有褒姒，唐有杨贵妃这么多前车之鉴，不可不防。"

这番话锋芒毕露，殿内众人面容均是一凛。

"哦？"周皇后面不改色，语声依然平淡，"你是把你父皇比喻成夏桀、商纣、周幽王、唐玄宗那些昏君了？"

朱毓媞道："儿臣不是这个意思。儿臣只是担心父皇为美色所惑，从此沉湎于丝竹，无心治国了。如今正是多事之夜，清军围困松、锦、塔、杏四城，流寇诸部肆虐横行，中原残破，民生凋敝。您岂可让父皇背上一个好色误国的罪名，使浴血沙场的将士们寒心呢？"

周皇后道："你一向是七窍玲珑心，这会儿可真是多虑了。你父皇自比尧舜，又精通史书，知道何谓女色误国、红颜祸水。他绝不会因为陈圆圆就荒怠政事的。"

朱毓媞道："母后究竟是哪里来的自信,这般笃定!陈圆圆的姿容风韵能迷倒众生,父皇虽贵为九五之尊,到底也是凡夫俗子,有着七情六欲。您就不怕事情最后演变到'从此君王不早朝'的地步吗?"

周皇后道："女儿长大了,还没学会彩衣娱亲,孝敬母后,倒先学会咄咄逼人了。"

朱毓媞咬了咬牙,终于将满腔不满缓缓吐了出来:"儿臣不敢。儿臣只是不希望母后为了打击皇贵妃,而酿成不可挽回的大错。"

周皇后听她竟然当众说出了自己的目的,不禁恼羞成怒:"放肆,当着弟妹的面,你胡言乱语什么?"

朱毓媞丝毫不怵:"母后既然安了这门心思,还怕被人识破?皇贵妃不及母后尊贵,膝下子女也不如母后多,儿臣怎么也想不明白,母后为何偏要这样明枪暗箭地对付她!"

周皇后面上如罩严霜,冷冷地道:"何为明枪?何为暗箭?你今日倒是说个清楚。"

朱毓媞忽然想起朱慈炤脸上的伤,厌恶之情直逼喉头,不及思虑便脱口而出:"母后心里清楚,有些话说出来,会尊严扫地的。"

周皇后再也忍耐不住了,声色俱厉地道:"住口!住口!来人,把她给本宫拖出去!本宫不想看见她!"

朱毓媞昂然道:"不必了,儿臣自己会走。"言毕,深深叩首,转身离去。

朱毓媞出了坤宁宫后,在御花园漫步。

绿萍忍不住道:"公主殿下何必惹得皇后娘娘大动肝火,奴婢都替您捏了一把冷汗。"

"我身为长女,有些话不得不提。可是母后这般坚持,我到最后竟也无能为力,只能看父皇了。"

"奴婢只是担心公主殿下忠言逆耳,会……"

"会被母后厌弃?"朱毓媞冷哂,"可我不能因为这样就退避三舍,母后也有做错的时候,身为长女,就有责任劝谏。"

绿萍道:"奴婢的意思是公主殿下说话可以婉转一点,别太强硬。像方才您提到妹喜、妲己等人,皇后娘娘的脸色立即就难看了!"

朱毓媞苦笑道:"我也明白。敢于直言不讳,是我的优点,也是我的缺点。这么多年我一向如此,一时也改不了。往往想要婉转些,话却已脱口而出了。从前母后很喜欢我的性子,现在我对她直言相劝,竟是变得不讨喜了。人心复杂,真是一言难尽。"

绿萍道:"公主殿下是直肠子,换到平常人家里或许是好事,到了宫里就不好了。在这宫里,面对亲生父母也要自称儿臣。君为臣纲,父为子纲,夫为妻纲,重重束缚下,就是真心话也由不得多嘴。"

朱毓媞道:"我知道你是为了我好。可我越来越觉得,这宫里人人都习惯表面文章。

听得多了，就不会去检讨自己。我向来不喜这一套，比起曲意逢迎、投其所好，我倒觉得坦然相对更好些。"

忽见一架风筝冉冉升空，在绵绵万里的阳光下随风飘扬。

绿萍奇道："哪来的风筝？"

朱毓媞到底少年心性，见风筝扎成燕子形状，越飞越高，渐渐变成一个渺茫的黑点，忍不住见猎心喜，对绿萍说道："咱们去看看。"

第二十九章

却道故人心易变

朱毓婳走到浮碧亭旁，见周世显正眉目濯濯、笑意款款地凝视着自己，手中牵着风筝线。

"世显哥哥。"朱毓婳莞尔一笑，"原来燕子风筝是你放的呀！"

"不这样，怎么把你引过来呢？"周世显将风筝线放到朱毓婳手中道，"这是我花了整个晚上才扎好的风筝，送给你。"

"我们小时候经常到御花园里放风筝呢！"朱毓婳轻轻一叹，"孩提的时光，总像水一样从指缝间悄悄流逝了。似乎只是放了几场风筝，玩了几场捉迷藏，作了几幅画，听你讲了几回《西游记》，吃了几回元宵，这样无忧无虑的岁月就匆匆过去了。"

周世显道："怎么放个风筝也这般感慨？"

朱毓婳幽幽地道："我看着风筝越飞越高，心里想，何时我才能变成这只风筝，越过宫墙，甩脱束缚，到外面的天空展翅高飞。"

周世显道："傻瓜，外面的世界兵荒马乱，灾荒频仍。寻常人家巴不得能进到皇宫里，而你却是一心只想着出去。"

朱毓婳指着覆着一层薄冰的池塘里的几尾锦鲤："你瞧，我就像池塘里的锦鲤，游来游去，尽是同一片四方天地。倘若能悠游在汪洋大海里，是不是更加惬意呢？"

"糊涂。"周世显摇头道，"锦鲤放到大海里，怎么能活？ 你是金枝玉叶，出了宫墙，到了外面乱糟糟的世界，能安生吗？"

"我不怕。"朱毓婳目光毅然笃定，"我身在紫禁城里，身体不得自由，意志也不得自由。这样的日子对我来说，当真是没意思。"

周世显深深地凝视着她，仿佛要想看到她的内心深处："那么，你究竟想去哪里？"

朱毓婳忽然想到另外一个下雪天，漫天紫色梅花如雨飘零，如梦凄迷，那唇红齿白、

清逸俊美的少年忽然扑过来抱住自己,他的吻密密实实地落在自己的唇上,他深邃的双眸漾着一丝浅浅的忧伤。四年过去了,她仍然记得那一吻烙下的震撼与悸动。她下意识地抚着唇,目光向往而痴迷。

周世显道:"你又抚唇了。"

朱毓媞回过神:"有吗?"只见自己手指搁在唇上,不禁微微尴尬。

周世显心头一紧:"自从四年前你失踪回来后,这个动作我已经看过好几回了。你自己浑然不觉,我可都仔仔细细地看在眼里。"

朱毓媞怫然不悦:"你把心思放在这些小细节上面做什么?"

"若非我对你用情至深,我怎么会记得你的一颦一笑、一举一动?我知道你喜欢放风筝,所以为你扎了一个;我知道你最近时常郁郁寡欢,所以费尽心思博你一笑。媞儿,我感觉我与你的心已经渐行渐远了……"周世显的声音渐渐低沉,似乎沉浸在久远美好的回忆中,"我好怀念我们那段无忧无虑的孩童时光。我时常梦到我们回到小时候,我执着你的手教你作画,你趴在我膝盖上打盹儿。我们一起捉蝉扑蝶斗蟋蟀,还一起采花编织花冠。那一段岁月只有你和我,是我一生中最快乐的时候。"他深深吸了一口气,笑容渐渐黯淡下去,"可是那段时光似乎再也回不去了,因为你变了,你不再是我熟悉的媞儿,就连你的笑,也跟往常不一样了。"

朱毓媞道:"世显哥哥,我一直都喜欢着你,真的,我对你的喜欢一直没变。"

"喜欢?"周世显勉强挂着笑靥,"你知道喜欢有多肤浅吗?"

朱毓媞微微愕然:"什么?"

周世显道:"皇上喜欢后宫任何嫔妃,但是他若真的对人动情,也只会对一人倾心。"

朱毓媞茫然道:"我听不明白。"

周世显声音缥缈,仿佛飘在空谷间:"爱和喜欢,是不一样的,你懂吗?"

身后忽然响起一阵清脆的笑声:"原来风筝在这里,真教我好找。"一人蹦蹦跳跳地跑了过来,夺去了朱毓媞手中的风筝线。

"朱毓芙!"朱毓媞微微着恼,"那风筝是我的。"

朱毓芙哼了一声,闪身躲到周世显身后:"世显哥哥,你真偏心,为什么风筝只给朱毓媞,没有我的份儿!"

周世显无奈耸肩:"那我再做一只给你,好不好?这只燕子风筝是你姊姊的,你还给她。"

朱毓芙死皮赖脸地道:"不,我偏要这一只!"

周世显奇道:"为什么非要这一只,我给你做新的,不好吗?"

朱毓媞冷冷地道:"她是看我喜欢这一只,非要跟我抢!这小蹄子的心思全写在脸上。"

朱毓芙道:"怎么?区区一只风筝,你竟舍不得给吗?"

朱毓媞道:"以你喜新厌旧的程度,过不了多久,这只燕子风筝就会被你扔在一旁蒙尘了。"

朱毓芙偷偷觑了周世显一眼:"姊姊你瞎说,世显哥哥的东西,我都保管得妥妥帖帖的。"

"是吗?"朱毓媞挑眉一哂,"我要回房了,那只风筝你要就给你,自个儿慢慢放去吧。"

朱毓芙白了她一眼:"你回坤宁宫干吗?母后根本不想看见你。"

周世显奇道:"这句话什么意思?"

朱毓媞嗔道:"安安静静放你的风筝,若敢再嚼舌一句,我就把你去年底发生的糗事告诉世显哥哥,到时候我看你这张脸往哪儿搁!"

朱毓芙俏脸一红,跺脚道:"你……你说过要保守秘密的。"

朱毓媞道:"那就要看你自己了。"扬长而去。

绿萍跟在她身后,好奇道:"公主殿下,去年底昭仁公主发生了什么糗事?为什么会如此紧张兮兮呢?"

朱毓媞唇角微微漾起一丝涟漪:"那丫头虽然任性蛮横,脸皮子却薄得很。她那天滑了一跤,跌进鱼池,嘴里滑进一条鱼。这样的趣事,竟被她当作奇耻大辱。知道的人都被她下了封口令,难怪你没听说过。"

绿萍忍不住大笑:"有昭仁公主的把柄在握,看她还敢不敢对您这般无礼。"

说话间已回到坤宁宫,耳听丝竹之声盈盈流转,似乎是从西暖阁的方向传来的。

朱毓媞心头一沉,颓然道:"看来这宫里要多事了。"

绿萍道:"算奴婢求您了,您就别多管闲事了,好吗?"

朱毓媞道:"你跟了我多年,最清楚我的个性。我看不过眼的事,是定要插上一手的。"

回到寝室,朱毓媞见玉阶旁的紫梅在晴光下如云蒸霞蔚,美不胜收,恍惚间似见袁紫清坐在梅树下,手执酒坛,一脸冷傲。

袁紫清对她来说,就像一个朦胧而遥不可及的奢梦、一个镜花水月的幻想。在这宫里,人人或是对她阿谀奉承、虚与委蛇,或是如周世显一样投其所好、婉转顺从,都是一个模样。然而袁紫清却不一样,他又凶又无礼又大胆,夺走了她的初吻。他那双深邃迷离的眼眸,仿佛有许多故事潜藏在深处。他分明高傲冷酷,为何却在那深宵雪夜独自抚着衿缨,哭得这般压抑?还有他身上的齿痕……

一个仅相识短短两天、像迷雾一样的人物,竟在她平静无波的心湖里,投下了一块巨大的石头,漾起一圈一圈遐思梦幻的涟漪。

她忽然想起周世显刚才的一句话:"爱和喜欢,是不一样的,你懂吗?"

一个念头从心湖深处缓缓浮了上来——难道,她无意间竟对紫清动了情?

第三十章

魏怜计

魏怜午后乘车到了凤阳总督府。她头上戴着一顶角冠，身着一袭淡绿色的裳子，外边又套一件赤褐色褙子。这是《大明律》中伶人的规定打扮。

马公子从下人口中得知魏怜来访，简直受宠若惊，连忙在暖阁里布置一桌酒菜款待。

马公子眉梢眼角蕴满了笑意："怜儿，你怎么一声不响就跑来了？还自己坐车过来。你下次要来，可以遣人知会我一声，我立即派人接你过来。"

魏怜细声细气道："听闻昨夜马公子府上遭到宵小闯入。怜儿担心马公子，是以一刻也等不及了，非要过来看一看你方能安心。"

马公子哈哈大笑，牵动嘴边肥肉微微抖动："我就知道你心里是有我的，看来我没有白疼你。"

魏怜心中白了他一眼，笑眯眯地道："马公子是人中骐骥，怜儿一直默默敬慕着您呢！怜儿听闻宵小夜闯总督府，就想他未免太不知天高地厚了，凤阳总督府是什么地方，也能由他胡来！真是不自量力。"

马公子道："你有所不知，这宵小并非泛泛之辈，而是大名鼎鼎的紫兰君，就连宗亲藩王的库房他都不放过。"

魏怜一双星眸闪着惊诧的光芒："紫兰君？不过是个鸡鸣狗盗之辈，竟给自己取了一个这般雅致的外号。"

"紫兰君的外号不是他自己取的。他每回作案后，都会在现场留下一朵紫玉兰，所以才得到了紫兰君的外号。"马公子咬牙切齿，鼻翼翕动，"这紫兰君神出鬼没，也不知施了什么法术，每回行窃都如入无人之境，顺利得手。"

"那总督府的库房是不是也被他盗走了不少？"

"黄金一万两。"马公子重重地哼了一声，"当真是贪得无厌。你说说，他盗这么多黄金要干什么？盖楼房吗，还是拿来嫖妓宿娼？"

"怜儿哪猜得到鸡鸣狗盗之辈的心思？怜儿只关心马公子有没有受伤。"

马公子握住她一截柔腻的皓腕，手指在她掌心抠着，吃吃笑道："我有祖德庇佑，福泽深厚，什么魑魅魍魉都接近不了我。"

魏怜强忍着不悦道："黄金一万两都不翼而飞了，您怎么还笑得出来？"

"因为紫兰君中了毒，活不长了。虽然没亲手抓住他，将他活活折磨至死，但是让这威名赫赫的紫兰君折在凤阳总督府，我真是说不出的爽快！"

"中毒？"魏怜趁势抽回手腕，掩口惊呼，"您不是说紫兰君非泛泛之辈吗？您是如何给他下毒的？"

马公子听到这一句，忍不住扬扬得意，急不可耐地说与魏怜听："我告诉你，他第一次闯进府里时，落了一枚衿缨，上面还绣着'子清'二字。'子清'应当就是他的名字。我本来不以为意，要将衿缨扔掉，结果我府里的犬奴灵机一动，让我把驯服獒犬的钢针藏在衿缨里，若紫兰君回头来取，就会被刺破手掌而中毒。"

魏怜听到这里，心想原来是犬奴出的主意。难怪，以马公子的榆木疙瘩脑袋，怎么可能想得出这条妙计！堂堂凤阳总督马士英的儿子，脑筋竟不如一介微贱犬奴！

马公子道："我当时十分狐疑，问他凭什么笃定紫兰君会回来取走衿缨。那犬奴说，一般人行窃，必不戴任何配饰，以免落下线索，让人有迹可循。但紫兰君却随身戴着衿缨，衿缨上还绣着一朵紫玉兰，旁边绣着'子清'二字。可见衿缨对紫兰君来说，比性命还要珍贵，所以片刻不能离身。果然不出两个时辰，紫兰君就巴巴地赶来寻衿缨了。我刻意撤了一半的卫戍，以逸待劳，来个瓮中捉鳖，果然一举奏效，只可惜最后还是让他被人救走了，连他长什么模样我都没看到。"

"真是可惜了。"魏怜恨得牙痒痒，脸上却不动声色，"若能看清楚他长什么模样，只消画几幅肖像，张贴各地，很快就能将紫兰君绳之以法了。"

马公子气呼呼地道："不错，就差那么一刻，我就能看清紫兰君的相貌了。"

魏怜倒了一杯酒递给他，柔声道："别为了这种小人动气，若气坏了身子，那多不值啊！您虽然没看清他的相貌，但是他如今也危在旦夕了。这一次，怎么看都是您赢了。"

马公子笑道："对对对，他活不过三天了！从今以后这世上再也没有紫兰君，所有的人都会知道大名鼎鼎的紫兰君是折在我手里的。一想到这点我就痛快！"

魏怜掩袖轻轻啜了一口酒："不过您不是说他被人救走了吗？能从您手中救走紫兰君，必定也不是个省心的角色，您可要提防他来府上盗走解药啊！"

马公子笑道："你放心，解药就系在我裤子里。要想得到解药，除非把我裤子脱了，否则就算把整个总督府都掀了，也是竹篮打水一场空。"

魏怜一听，险些把酒水喷了出来，只觉得浑身发毛。她假装没听清，又问："您说您把

解药藏哪了？"

马公子乜眼笑道："贴肉藏在我裤子里，你要不要摸摸看？"

魏怜死死忍住想要踹飞他的冲动，挤出一个腻死人不偿命的笑容："马公子真是没个正经，什么地方不藏，非要藏在那里，难道就这般害怕被人盗走解药吗？"

马公子道："这你就不明白了，谁想得到我会把解药藏在裤子里？"他越说越觉得自己真是聪明绝顶，忍不住开怀大笑。

"向来人心叵测，您别掉以轻心。"

马公子鼻音轻哼："就算当真给他摸走了解药，也是枉然，他又不晓得该服下多少分量。"

魏怜奇道："什么意思？"

马公子道："我那毒药极为特殊，毒药下了多少分量，解药就要服用多少分量，一分一毫都马虎不得。服得少了，固然解不了毒；服得多了，就是毒上加毒，反倒成了一服强力的催命剂。"

好厉害的毒药！魏怜忍不住头皮发麻，幸好自己事先问清楚，没有草率盗走解药。

魏怜小心翼翼地道："那么紫兰君该服用几颗解药呢？"

马公子拥着她的香肩，笑嘻嘻地道："问这么详细干吗？"

"我只是好奇您对紫兰君这么慎重其事，会给他下了多少剂量的毒。"

"我给他下了三倍剂量的毒药，所以要一口气服用六颗解药。"

魏怜旁敲侧击就是为了这一句，当下露出一抹媚笑："马公子果然英明，紫兰君葬送在您手里，也是不枉了。来，怜儿敬您一杯。"

马公子笑道："你既然都来了，怎么还来正儿八经那一套啊！不如来个香艳的皮杯儿吧！"

魏怜心系袁紫清，只想尽快灌醉他，把解药拿到手后迅速离去，强笑道："好，皮杯儿就皮杯儿，我们今日不醉不休。"

马公子虽然身量惊人，却是个不胜酒力的脓包，魏怜三两下就将他打发了。马公子歪歪斜斜地躺在榻上，咻咻笑着，满嘴胡话。

终于到了最关键的时刻，魏怜硬着头皮，深深吸了一口气，颤巍巍地伸出双手，解开了他的腰带。

"忍耐，忍耐，为了紫清，一切都是为了紫清！忍耐，绝对要忍耐！唉，紫清若知道他服下的解药是从哪来的，还不得吐个三天三夜！"魏怜一边眯眼摸索，一边低声骂道，"下流坯子，什么地方不藏，藏在这腌臜的地方。"

她好不容易摸到了一个瓷瓶，急忙倒出六颗解药，收在怀里，心想以这猪八戒的脑子，大概不清楚瓷瓶里总共有几颗药丸，自己摸走六颗，也算神不知鬼不觉。

当下她红着脸将瓷瓶放回原位,替马公子穿上裤子,盖上云丝被,最后狠狠地踹了他一脚,头也不回地去了。

魏怜在总督府先是用清茶漱了漱口,仔细把手搓洗干净,抹了一层蔷薇露,凑近鼻端嗅了一嗅,仍嫌有异味,又将整瓶蔷薇露全都倒在手中,均匀搓揉,弄得幽香馥郁,熏人欲醉,这才安心乘车离去。

第三十一章

锦衣卫

　　魏怜回到袁紫清住处,急忙将解药喂入袁紫清口中,又给他灌了一些清水。

　　过不多时,袁紫清悠悠醒转。魏怜一把搂住了他,喜极而泣:"紫清,你终于醒了,我还真怕你一觉不醒呢!"

　　袁紫清目光茫然,艰难开口道:"我……我昏睡了多久?"

　　魏怜搀起他,拿了一个丝缎靠枕让他倚着:"你昏睡一天了。紫清,你饿不饿? 采莞,你快去做饭,别让紫清饿着了。"一回眸,只见萧采莞泪眼婆娑,正痴痴凝视着袁紫清,魏怜心下不悦,重重地喊了一声:"萧采莞!"

　　萧采莞这才如梦初醒:"怜姊姊,你叫我?"

　　魏怜道:"这里没你的事了,快去做饭。"

　　萧采莞道了一声"是",恋恋不舍地离去。

　　袁紫清道:"我记得我中毒了,之后有人把我救走,那人是谁?"

　　忽听虎啸龙吟似的声音朗笑道:"还有谁有这么大的本领,能把你从一群兵痞子手里救走?"话音方落,月龙掀帘而入。

　　"师父!"袁紫清急忙拜倒,"徒儿拜见师父。"

　　月龙搀他起身:"你也忒大意了,明知山有虎,偏向虎山行。若非我及时赶到,你就要沦为阶下囚了。"

　　袁紫清道:"徒儿惭愧,让师父挂心了,还让师父冒险为徒儿盗解药。"

　　月龙微微愕然:"不是……"

　　魏怜心想盗解药一事就这么过去了也好,不必扯出自己和马公子的事,抢着道:"是啊,这一切多亏了月龙先生。"说着向月龙眨了眨眼。

　　月龙会意,当下捋须不语。

袁紫清奇道："师父不是说要闭关清修吗？怎么得闲来金陵一趟？"

月龙面色一沉："我来这里是要提醒你，你那了不起的师兄，从京师飞鸽传书，要你金盆洗手，别再作案，否则他就要对你出手了。"

袁紫清冷笑道："出手就出手啊，谁怕他来着？正好会一会他。"

"咦？"魏怜奇道，"你竟有个师兄，我怎么没听你说过？"

袁紫清道："说来也不是什么光彩之事。我师兄名叫冯玄墨，在我拜师学艺之前便已离开师门，所以我和师兄从未见过。"

魏怜稍稍释然："冯玄墨是何等人物？你作案又妨碍到他什么了？"

"小徒冯玄墨跟着我学艺三年，某一日突然不告而别，从此渺无踪影。我踏遍大江南北，就是找不到他的行踪，还以为他死了呢！直到有一日，我在京师和他不期而遇，谁晓得……"月龙目光如刀，沉痛地道，"他竟贪图权贵，做了锦衣卫指挥使，自甘堕落，成为朝廷鹰犬，用我传授他的武功残害忠良，令人发指。难怪我到处寻他不着，原来龟缩在京城里。"

魏怜听到袁紫清的师兄竟是锦衣卫，只惊得张口结舌。

锦衣卫掌朝会、巡幸、卤簿仪仗、侍从扈行、宫禁宿卫、巡查缉捕，是明朝护卫皇宫的禁卫军。锦衣卫惨毒腐败，无恶不作，官吏百姓提起锦衣卫，无不骇然色变。

锦衣卫拥有自己的监狱，称为诏狱，被时人目为人间炼狱。锦衣卫可直接刑讯犯人，刑部、大理寺、都察院三法司无从干涉。狱中水火不入，疫疠之气充斥囹圄。刑罚尤其残酷，拶指、夹棍、剥皮、断脊、刲指、刺心、弹琵琶种种，惨无人道。曾有人言："即下镇抚，魂飞汤火，惨毒难言。苟得一送法司，便不啻天堂之乐矣。"

魏怜又道："那冯玄墨远在京城，竟然知道紫兰君就是紫清？紫清不是从未和他见过吗？"

月龙道："凝血剑是我的随身之物，天下无双。紫清作案时携带凝血剑，血溅即凝，甚是奇异，目击者绘声绘影，想必就是这么传到冯玄墨耳里的。冯玄墨起初还以为我是紫兰君，后来听说紫兰君身形和我不符，才探知紫兰君就是紫清。起初他对我有所忌惮，对紫兰君的所作所为总是睁一眼闭一眼。最近想必因紫兰君作案太过频繁，冯玄墨按捺不住，所以才会飞鸽警告。"

袁紫清道："冯玄墨真要冲着我来，那我也不会手下留情！我若遇到了他，必将他缚来跪在师父面前。"

月龙道："冯玄墨为人狡猾如狐，知道我会去锦衣卫衙门找他，在楼堂馆舍里豢养了数十只猎犬。有一回我不在居处，他上门偷了我穿过的衣裳，让猎犬们闻熟了。此后只要我一上门，猎犬就会群起狂吠，我根本无法下手。因此让他坐大，从普通校尉熬到了锦衣卫指挥使。"

袁紫清道："锦衣卫中历代功臣勋戚的后人很多，都是世袭的官职。徒儿一直好奇，您说冯玄墨平民出身，入锦衣卫不过五年光景，就升到锦衣卫指挥使，这官运未免太亨通了。"

"那是他好狗命。崇祯七年，皇帝率重臣在先农坛举行籍田典礼，当时长平公主也跟了过去，在御田一旁玩耍，遇到毒蛇攻击。当时负责护卫公主的是冯玄墨。冯玄墨当即一刀斩断蛇头，救了公主一命，当日就被擢升为锦衣卫千户。后来他又陆陆续续立了些功劳，去岁被晋升为指挥使。"月龙微微冷笑，"你们中原不是有一首诗道：'昔日龌龊不足夸，今朝放荡思无涯。春风得意马蹄疾，一日看尽长安花。'这不正是冯玄墨的写照吗？"

袁紫清当下只觉得他口里的"你们中原"听起来似乎怪怪的，但他也没有多想，道："师父，那冯玄墨相貌如何？若将来我遇上了他，也好辨识。"

月龙道："冯玄墨相貌异于常人，他双眼斜飞，鹰钩鼻梁，浓眉丰唇，左脸颊生了一枚褐色的胎记。若你将来与锦衣卫交上手了，当留心则个。"

魏怜不安地道："冯玄墨是紫清的师兄，紫清打得过他吗？"

月龙道："论资质，紫清远胜冯玄墨，而且冯玄墨并没有学到施放暗器的本领。不过既然冯玄墨能成为锦衣卫指挥使，他就绝对不是省油的灯，紫清千万不能大意。"

袁紫清道："徒儿谨记在心。"

月龙道："我话就说到这里，你不必送了。"

他一向说来就来，说走就走。袁紫清这些年也习惯了，目送他掀帘而去。

"月龙先生怎么走了？"萧采莞匆匆而入，"饭菜都做好了呢！"

袁紫清道："明儿个我要去河南给闯王送这一万两黄金。"

萧采莞道："公子这回去多久？"

袁紫清道："我也不知道，送完黄金，我还要去北京一趟。"

萧采莞问："公子去北京做什么？"

袁紫清道："我行盗三年，还从未到天子脚下作过案。若不煊煊赫赫地干上几桩大案，怎么把冯玄墨给请出来？"

魏怜对袁紫清中毒一事仍然心有余悸："紫清，我和你一道去。"

袁紫清道："我是去生死相拼，又不是去游山玩水，你跟我去干吗？"

"我担心你。"

"我不会再犯同样的错误了，你不必担心我。"

"我若不跟着你，等你回来时，只怕我已成了马公子的小妾了。"

袁紫清意味深长地一笑："马公子只当我死了，若是看到我突然出现在他面前，不知道会吓成什么样子。"

魏怜道："你打算如何？"

袁紫清道："他下毒害我，还放狗咬我，是可忍，孰不可忍。明儿个去河南，顺道一剑赏他一个了断。"

魏怜想起今日探手去马公子胯下取解药的画面，只觉得反胃欲呕，面色苍白如手腕上的白玉手镯，立即点头如小鸡啄米："对对对，杀了他，别让这下流坏子继续活在世上。"

袁紫清瞟了她一眼："你脸色怎么这般难看？"

魏怜俏脸一红，道："哪有，是你多心了。紫清，我还是想跟你一道去。"

袁紫清道："你舍得你在媚香楼的风光吗？"

魏怜幽幽地道："当初我确实立志要当一代名伎。可遇到你后，觉着那锦绣繁华、浓醉如梦的光景，也不及天上的淡月疏星动人。愿得一心人，白首不相离，是我一生的盼头。"

袁紫清道："好吧！只不过路途艰辛，我可不想听你发牢骚。"

萧采莞道："公子也带上奴婢吧！"

袁紫清挑眉道："你也要去？"

萧采莞道："奴婢愿一路服侍公子。"

袁紫清道："也好，谭婆婆过世后，就属你最清楚我的习性了。这回就让你跟着。"

萧采莞小眉秀靥，颊生霞晕，虽然不是令人惊艳的绝色，却也是清纯秀雅，招人怜爱。魏怜见萧采莞不时偷觑袁紫清，心想："紫清一表人才，风华绝代，惹得这小蹄子神魂颠倒了！哼哼，紫清是我的，你就死了这条心吧！"

萧采莞感觉到魏怜犀利的目光如冷箭般射来，连忙敛眉垂首："饭菜快要凉了，赶紧去吃饭吧！"

次日起程前，魏怜和袁紫清先去了一趟媚香楼。

芳姑听闻魏怜前来辞行，大惊失色，她既不甘心正处于烈火烹油之势的魏怜就此洗净铅华，又担心马公子发现魏怜离开后，把怒火发泄在自己身上。

魏怜淡淡地对芳姑说道："那日芳姑不是说了吗，除非马公子忽然死了，否则我就得嫁。"

芳姑道："是又如何？马公子还活得好好的呢！"

魏怜抿嘴一笑："人有旦夕祸福，凡事可都不好说呢！"

芳姑挑眉道："什么意思？"她早已是人精了，目光灼灼地迫向她身后的袁紫清，双眼眯成一条缝，"你们要干什么？"

魏怜道："芳姑就拭目以待吧！媚香楼最多也就是换个主子，您还是众姐妹的主心骨啊！"

芳姑叹道："女大不中留啊！你执意要走，我也拿你没法子。就只一点，不管你用什

么手段,绝不能让马公子来寻我晦气。哼,我之前以为你和马公子相好,所以才没告诉你,马公子对你是曲意逢迎,对我和其他姊妹都是呼来唤去,不假辞色。自他接手媚香楼,我受的窝囊气难道还少吗?"

魏怜还想再说,袁紫清等得不耐烦了,一言不发,转身便走。魏怜当下一揖而别。

芳姑兀自担心马公子会因魏怜突然辞去而雷霆动怒,结果不到一日就得到消息——马公子被人割了咽喉,死时双目圆睁,一脸惊吓,活似看到人死复生、厉鬼索命的骇人画面。

第三十二章

耕籍

陈圆圆进宫后，一直住在坤宁宫西暖阁。周皇后时不时前去关切，告诉她皇帝的种种爱好和习惯，又命她闲来无事就弹琴奏乐，以琴声吸引崇祯皇帝。谁料，崇祯皇帝因国事缠身，已数日不曾进后宫，因此陈圆圆至今未睹天颜。

朱慈炤的急惊风之症渐渐好转，脸上的伤也渐渐愈合了，只是留下了深浅不一的伤疤。太医院开了去疤的药膏，每日由皇贵妃亲手为他抹面。朱慈炤缠绵病榻之际，皇贵妃以惊人的速度迅速憔悴下去，弹指朱颜老。她一向宠冠后宫，不免恃宠而骄。见到皇贵妃这般面目，妃嫔们不免幸灾乐祸，也只有袁贵妃是真正关心他们母子。

皇贵妃对铃铛心怀怨怼，但坤宁宫的人派出了一拨又一拨，就是寻不着铃铛。除了责罚当日随侍朱慈炤的宫女太监，此事也只好作罢。

松、锦、塔、杏四城被清军围困，崇祯皇帝调不出兵马前去救援，心急如焚，朝臣们也是一筹莫展。朝廷上下只能眼睁睁地看着蓟辽总督洪承畴和左都督祖大寿等人的兵马被分割在四座孤城中自生自灭。

调不出兵马，情势危如累卵，兵部尚书陈新甲无计可施，在召对时向崇祯皇帝提议对清和谈。

昔日袁崇焕和杨嗣昌曾先后提出对清军用"款和"的策略，都遭到皇帝和朝臣一致否决。自古夷夏有别，明朝一直自认为是高居于万邦之上的泱泱大国，从来不认为自己与边外的夷狄之邦是平等的，与鞑虏和谈简直是丧权辱国，有失雷霆天威。但是这大厦将倾的形势，却不得不让崇祯皇帝静下心来考虑和谈了。

崇祯皇帝极重颜面，一直感到和鞑虏和谈是一件奇耻大辱之事，很怕被人知道，也很怕被议论成昏君误国，于是崇祯十五年正月，明朝和清军的和谈藏头露尾地进行了。崇祯皇帝暗中委派原来在辽东军前赞画军务的主事马绍愉为特使，到关外与清廷进行

和谈。

境内各地旱灾连连，黄河一带和畿辅地区都发生了严重干旱，只能把水田改成旱田。中原和西北地区已经受灾十余年的百姓发生暴动，就连一向治安比较稳定的南直隶和浙江也出现饥民揭竿起义的事件。起义的百姓交相呼应，助长了李自成部、张献忠部等农民军的气焰。

内忧外患，崇祯皇帝焦虑不已，勉强打起精神，心忖欲振兴国家，首先要以农为本，于是下令举行自崇祯七年后就因政务繁忙而荒废搁置的耕籍典礼。

斋戒二日后，崇祯皇帝率领四品以上的文官和三品以上的武官参加耕籍仪式，向昊天上苍祈求降下甘霖，滋润旱土。

耕籍仪式在先农坛举行。祭坛上以明黄绸缎架起幄帐，帐中供着先农神的牌位。崇祯皇帝按《周礼》换上皮弁和绛纱祭服，在先农神牌位前恭敬揖拜。之后崇祯皇帝更换翼善冠和黄袍，来到御田亲自耕作。

御田四周，教坊司的优伶们扮作农人，载歌载舞，高唱《禾歌》，还有人扮成天神，振袖踏足，翩翩起舞。一片丝竹流转中，崇祯皇帝右手执鞭，左手秉耒，有模有样地耕完了一垄田地。顺天府尹手捧青箱，户部尚书握种播撒，种下稻、黍、稷、麦、豆等五谷杂粮。

崇祯皇帝三推三返，完成耕籍礼后，户部尚书与顺天府尹跪受耒、鞭，分别将其放置在犁亭、鞭亭。皇帝登观耕台，三公九卿依次接受耒、鞭，行五推五返、九推九返之礼。最后，礼部尚书奏报"耕籍礼成"，乐队奏导迎乐《祐平章》，典礼才告结束。

一番繁缛的仪式过后，崇祯皇帝已是身心俱疲。周皇后算准典礼结束的时辰，立即派太监请崇祯皇帝到坤宁宫用膳。

崇祯皇帝到坤宁宫时，周皇后已设下家宴。宴席上除了朱毓媞，众皇子公主均在，就连大病初愈的朱慈炤也坐在下首，皇贵妃、袁贵妃以及陈妃、王妃等妃嫔也一并在座。

周皇后替崇祯皇帝斟了一杯酒。那酒杯不过是寻常的陶杯。因崇祯皇帝节俭，宫中金银器尽改为陶器。周皇后笑意款款地道："皇上辛苦了，臣妾听说您这几日的御膳没吃几口就撤了。这样下去，龙体会消受不住的。"

崇祯皇帝疲惫不已："天下形势大乱，朝中人才不济，朕哪里吃得下睡得着？"

周皇后道："皇上的圣躬关乎社稷，请皇上好好保重。皇上是圣明天子，仰承天眷，昊天上苍定会庇佑我大明渡过难关的。"

这句话说到了崇祯皇帝的心坎里。他一向最爱听恭维粉饰之言，面色登时缓和不少，道："皇后说得不错，朕自认比万历、天启要积极勤政。眼下定是上苍在考验朕，朕不能就这么轻易倒下，大明王朝还得靠朕撑着呢！"

周皇后含笑道："皇上能这么想，臣妾极是欣慰。皇上许久没踏足后宫了，趁家宴和子女们多亲近亲近。"

崇祯皇帝道："皇后真是贤淑。有皇后替朕打理后宫,朕才能毫无后顾之忧。"

周皇后道："都是臣妾分内之事。臣妾只希望皇上能放松心神,别熬坏了龙体。"

崇祯皇帝抿了一口旨酒,目光望向下首,"咦"了一声："怎么不见长平?"

周皇后道："英华去请时,绿萍说长平人不舒服,正躺着歇息。臣妾就没让她过来了。"

崇祯皇帝随口道："请太医没有?"

周皇后道："绿萍说,长平只是犯头疼,睡一觉就会好转了,倒也不必劳动太医。"

崇祯皇帝"嗯"了一声,又看向朱慈焟："慈焟身子好一点了吗?"

朱慈焟道："谢父皇关心,儿臣已经好多了。"

崇祯皇帝道："脸伤倒是好了不少,只可惜留下几条疤痕。不过你是男孩子,破了皮相不要紧,男人最重要的是有一双能扛起责任的肩膀。"

朱慈焟道："父皇是儿臣的楷模,儿臣事事以父皇为榜样。"

崇祯皇帝点了点头："这句话说得很好,看来你母妃在用心教导你。"

皇贵妃笑道："慈焟这孩子很懂事,根本不用臣妾费心。"

崇祯皇帝道："慈焟如今年岁也到了,朕打算赐你封地,封你为亲王。"

朱慈焟大喜,立即和皇贵妃起身谢恩。

周皇后笑问："不知慈焟的封号是?"

崇祯皇帝道："封号已交由礼部拟议赐给,大约这些天就会出来了。"

第三十三章

后宫粉黛无颜色

一番闲话家常，家宴就在欢笑声中展开了。

丝竹声乐泠泠不绝，却不知今日的乐工歌女怎么了，有失平常的水准，漏拍走音，不伦不类。

崇祯皇帝一听，微微皱眉："难得大家一起吃顿饭，这歌舞也太不像话了！听着教人打心底腻歪，通通打发了！"

周皇后连忙挥了挥手，众乐工歌女立即如流水般退出。她道："皇上息怒，宫里丝竹管乐沉寂许久，他们一时手生也是情有可原的。"

崇祯皇帝十分扫兴："那现在就这么安静吃饭吗？"

周皇后道："臣妾宫里正有一名江南女子，弹了一手好琴，歌喉亦是超凡脱俗，不如让她为皇上献上一曲。"

崇祯皇帝来了兴致，双眼一亮："皇贵妃的琴艺堪称一绝，难道此女竟能凌驾皇贵妃之上？"

周皇后道："臣妾听她弹过几回，当真是'此曲只应天上有，人间能得几回闻'。"

崇祯皇帝雅好琴曲，闻言不禁心痒难搔："此话当真？"

周皇后笑道："臣妾说的不算，皇上不如自己听听。"

崇祯皇帝一迭声道："快去请，快去请，快快快。"

过不多时，陈圆圆裙裾生风，盈盈上殿，叩首道："民女陈圆圆拜见皇上，皇上万岁万岁万万岁。"

她伏地叩首，只等着崇祯皇帝一句"平身"，却是等了良久都没有等到，不由得好生纳闷。

殿内众人双眼都一齐落在崇祯皇帝身上。只见崇祯皇帝眼神呆滞，张口结舌，扶着几案颤颤起身，缓缓走向下首，中途还险些摔了一跤。众人失声惊呼，太监王承恩眼疾手快，急忙扶住。

崇祯皇帝由王承恩搀扶着走到陈圆圆面前，竟在众目睽睽下弯下腰，俯视着陈圆圆道："抬起头来。"

这一句"抬起头来"，朗朗传遍大殿，周皇后唇角微扬，皇贵妃面如死灰，心中响起了一句"红颜未老恩先断，斜倚薰笼坐到明"。

陈圆圆仰起秀面，直勾勾地望向崇祯皇帝的双眼。缥缈见梨花淡妆，依稀闻兰麝余香。陈圆圆的涵烟眉轻蹙薄鞻，让人油然而生怜香之意；微微上翘的嫣然菱唇，不觉又令人起惜玉之情。肌肤如水晶回光，腰若流纨素，齿似含贝润。那双楚楚动人的眼眸，一瞬间仿佛勾走了崇祯皇帝的三魂六魄。

崇祯皇帝喉头干涩，道："你会弹琴？"

朱毓芙忍不住插嘴："父皇这话真是奇怪，方才母后不是说过了吗？"

崇祯皇帝口舌讷讷，他也不明白自己为何多此一问，自己素来事事细谨，为何此刻竟会在后妃子女前乱了方寸？

周皇后却是十分明白，崇祯皇帝已经失了魂了。一个失了魂的人，说出来的话能不颠三倒四吗？

皇贵妃自崇祯皇帝还是信王殿下时，就在府中服侍，十几年来，从未看过崇祯皇帝这般如痴如狂的模样。她知道陈圆圆已深深打动了崇祯皇帝的心，满腔郁闷凄惶，终究化作一声颓然长叹。她举起酒杯，默默饮下一口旨酒。原本甘醇润口的旨酒，此刻饮下，竟是苦涩难言。

只听陈圆圆道："是。只是民女不才，恐难登大雅之堂。"

崇祯皇帝听见这娇柔婉转的嗓音，只觉得魂销骨酥，袖中双手暗暗捏着自己的大腿，好不容易镇定下来，但脱口而出的话却不像他平常的声音，也有失他平时的声调："快快快，你快为朕弹奏一曲。"说完，在王承恩的搀扶下回到席上。

"是。"

两名太监立刻搬来一张紫檀木长案，将焦尾琴放在案上。

陈圆圆端坐在案前，细细抚着焦尾琴，启朱唇，动贝齿，献上一支江南女子人人会唱的古曲《雎鸠》。琴音潺潺如春风融雪，歌声如晨间树梢和露轻啼的黄莺，带着一缕动人心魄的款款气韵。

周皇后瞥了崇祯皇帝一眼，只见他那表情分明像是饮了三缸烈酒，飘飘然、醺醺然、陶陶然，仿佛置身云端，欲仙欲醉。她掩袖饮下一口旨酒，同时掩去眉宇间的得色，抬眸时又是平日端庄雍容的形象。

窗外丝竹迢递,朱毓媞早料到会有这一日,心下倒是古井无波,独自在寝室内专心作画。

雪白的宣纸上还只有寥寥几笔,画的却不知是第几幅了。

她沉浸在作画的心绪中,渐渐将丝竹之声隔绝在外,也只有在古井不波的心境下,她才能一笔一画,慢慢勾勒出记忆中的他最动人心弦的神采。

虽然在认识他的日子里,他一直都是冷冷的,不苟言笑,但至少,在她的画笔下,有着许多生动丰富的表情。

画中的袁紫清,挑眉、凝眸、咬唇、笑、泪、嗔、痴,这都是属于她一人的,每一幅画都是属于她一人的漫漫长思。挥毫作画的时候,她就像编织着一个春色无边的绮梦。

崇祯皇帝此时也陷入了一帘绮梦,他就像楚襄王邂逅了巫山神女,不能自拔。他内心挣扎不已,他不是不晓得美色误国的道理,但是他殚精竭虑十五年,时时刻刻保持警醒,现在真的累了,只想好好放纵一回、疯狂一回、胡闹一回。于是他起身走到下首,执起陈圆圆的柔荑,不顾众人惊诧不已的目光,不顾家宴还在进行,踏着急切的步伐,走入了陈圆圆居住的西暖阁。

琴声消失,坤宁宫顿时陷入死水般的寂静。朱毓媞微微苦笑。

须臾,恍惚间似听见皇贵妃沉沉的叹息和周皇后心中胜利的欢笑。然后,似听见西暖阁门扉紧闭的声音。接下来,她想象不了了……

朱毓媞默默地叹了一口气,终究还是到了这一地步。

第三十四章

阴谋

　　第一缕晨曦破云而出,投在金碧辉煌的奉天殿上。玉阶丹陛,朱檐黄瓦,汉白玉柱蟠双龙,雕石牌楼纹龙凤,熹微的日光下极尽庄严神圣。

　　景阳钟响,午门洞开,百官上朝。金水桥上,当先是三公,第二排是六部九卿,次后是穿绿、蓝袍的官员们,他们昂首阔步走入宫阙。

　　第一天,崇祯皇帝迟了上朝。

　　第二天,崇祯皇帝又迟了上朝。

　　第三天,一群在殿内等候早朝的群臣只等到一句话:"皇上圣躬抱恙,今日不上朝。"

　　朱毓媞见到周皇后时,她正和朱毓芙对弈。青花蚕丝香炉的镂孔中冉冉飘起苏合香,整座华殿透出一缕沉静庄严的气息。

　　朱毓芙见她到来,道:"姊姊头疼三日,却也不宣太医,不知是讳疾忌医呢,还是装病避世?"

　　周皇后轻轻落下一枚黑子:"下棋要心无旁骛。丫头,你又输了。"

　　朱毓芙嚷道:"母后,你下回再让儿臣九子,儿臣赢给你看。"

　　周皇后道:"跟你下棋最没意思,不管让几子都输,什么时候练得跟你姊姊一样,再来跟母后下棋。"

　　朱毓芙还要撒娇撒痴,朱毓媞横了她一眼:"毓芙你出去。"

　　朱毓芙怒道:"这里又不是你的寝室,你凭什么让我出去?"

　　朱毓媞道:"我有话要跟母后说。"

　　朱毓芙道:"奇怪了,难不成我是外人? 有什么话我听不得?"

　　朱毓媞目光如暗夜惊雷,划过周皇后面庞,沉沉地喊了一声:"母后。"

　　周皇后将一块芙蓉糕递给朱毓芙,柔声道:"你先出去玩一会儿。"

朱毓芙见周皇后这么发话了，气鼓鼓地拿着芙蓉糕，瞪了朱毓媞一眼后出去了。

周皇后将棋枰上的黑白子收进棋盒，含笑道："你来跟本宫对弈一局。"

朱毓媞道："母后还有下棋的心思，儿臣可没有这般闲情逸致。"

周皇后端起一只甜白釉印花耳杯，徐徐啜了一口芳茗："你是为了你父皇宠幸陈圆圆一事来的吧？"

朱毓媞银牙一咬，当即跪倒："母后应知道儿臣要说什么，儿臣也知道此事不容置喙，但儿臣委实骨鲠在喉，不吐不快。"

周皇后眼风向殿内宫人淡淡一扫，所有的宫人立即识趣退出。她搁下耳杯，伸手虚扶了一把，对朱毓媞说道："起来说话。"

"谢母后。"朱毓媞起身后却也不走近，和周皇后保持着一段距离，"儿臣先前已经劝过母后了，陈圆圆乃西施、妲己之流，红颜祸水，祸延社稷。请母后去劝一劝父皇，勿沉迷美色，以国事大局为重。"

"你言重了。"

"言重？"朱毓媞瞪大双眼，诧异不已，"父皇向来守时，上朝迟到，甚至缺席早朝，这是从未有过之事。母后竟觉得我言重了？"

周皇后沉沉地叹息了一声，目光中带着一丝怜悯："你父皇是真的累了，这么多年殚精竭虑，朝乾夕惕，结果国事还是一团乱麻。你父皇心里其实很挫败，只是要面子，嘴上不说罢了。他现在只想彻底放纵一回。你或许不清楚，可本宫与你父皇结缡十数载，心意相通，怎么会不明白？"

朱毓媞道："既然心意相通，那么母后可知道父皇要放纵多久？"

周皇后听了这话十分不舒服，皱眉道："不在其位，不谋其事。恪守你的本分，不该动心思的时候就不要动心思。"

朱毓媞道："儿臣能不多问吗？儿臣虽生长在宫中，但外面的情势坏到什么地步儿臣心里也有数。在这烽火连天之际，父皇不和臣民一起共克时艰，反而沉湎于美色，若是传到宫外，岂不让天下臣民齿冷？"

"齿冷？"周皇后笑了笑，露出细白的牙齿，"你处处顶撞本宫，事事都要置喙，女儿不像女儿，公主不像公主，你就这样做弟妹的典范？本宫看着难道就不齿冷？"

朱毓媞喉头一阵阵发涩："母后对儿臣齿冷，岂不知儿臣对母后也是如此。"

周皇后眯起双眼："什么意思？"

朱毓媞凄然一笑："儿臣一直感到纳闷，您如今执掌凤印，统领后宫，膝下子女也比皇贵妃多，为什么非要利用慈焰来挫磨皇贵妃？"

周皇后脸色大变，喝道："住嘴！这是你从哪儿听来的胡话？"

朱毓媞一脸沉静："是不是胡话，母后心知肚明。铃铛讨厌沉水香的气味，一闻到肯定是要抓狂的。儿臣知道母后素来不用沉水香，但是那件沾染沉水香气味的衣裳，却是英华拿给慈焰穿的。"

周皇后冷冷地道："光凭这一点，你就认定是本宫害了朱慈焰？"

朱毓媞道："英华是母后的心腹，除了母后，又有谁能使得动英华？"

周皇后道："本宫素来不用沉水香，怎么知道铃铛讨厌沉水香的气味？"

朱毓媞道："毓芙知道铃铛讨厌沉水香。她向来对母后知无不言，言无不尽。您一定是听毓芙说的，这一点不难推测。"

"一派胡言，全是一派胡言。"周皇后面色苍白，"一切都是你凭空臆想，有何证据？"

"证据？"朱毓媞唇角滑过一丝冷笑，"慈焰出事那一天穿的衣裳就是证据……"

周皇后急忙打断她的话，昔日的雍容端庄全都荡然无存："那件衣裳已经送去浣衣局浣洗干净了，怎能充作证据？未免荒唐！"

"儿臣还没说完。"朱毓媞的声音渐渐尖锐，"英华那天穿的衣裳，也沾染了沉水香的气味，儿臣从浣衣局那里确认过了。英华是您的侍女，知道您不爱沉水香，她的衣裳上理应是苏合香的气味才对，怎会沾上沉水香？"

周皇后听到这里，脸颊剧烈抽搐，再也坐不住了，颤颤地指着朱毓媞道："你……你竟私下调查了这起事？你的心还向着本宫吗？"

朱毓媞沉痛不已："儿臣私下调查，只是为了解开心中的疑惑罢了，不希望自己冤枉母后。却不料最后事实竟仍是儿臣想的那样，儿臣实在齿冷。"

"齿冷？"周皇后颓然坐倒，面如死灰，"那么你要如何？要去向你父皇揭发本宫吗？"

朱毓媞道："母后宽心，儿臣不会这么做。儿臣今日说这一席话，只是希望母后就此放过皇贵妃母子，迷途知返，别一错再错。"

周皇后语气带着三分恨意，七分痛心："皇贵妃！皇贵妃！你究竟为什么非要为了那贱婢一再顶撞本宫？"

朱毓媞道："母后误会儿臣的意思了。儿臣并非为了皇贵妃，而是真心为了母后好，同样也是为了后宫的和睦。"

周皇后闭目片刻，道："你过来。"

朱毓媞垂手上前，她似乎觉得周皇后一瞬间苍老了许多，浓重的脂粉虚浮在脸上，那双宛如琥珀的沉静双眸，此刻也是黯淡无光。

周皇后沉沉地道："慈烜……是因皇贵妃而死的。"

"什么？"朱毓媞大惊失色，"慈烜不是一出生就夭折了吗？"

"没错。"周皇后无力地合上沉重的眼帘，沉溺在沉痛的往事旋涡中，"崇祯二年十二月初三，那是一个朔风凛冽、雨雪纷飞的日子，慈烜小小的身躯就躺在我的怀里，没了呼吸心跳……"

周皇后一向自恃身份，从来不以"我"自称，此刻朱毓媞听她不称"本宫"，蓦地感受到她残烬冷灰一般的心境，心中的一丝微凉，渐渐凝聚成眼底的一痕清泪。

周皇后语气沉沉，如一潭死水："他的身体就像外面的雪一样冷，我永远也忘不了当时的感触。太医们说慈烜在母体内就格外羸弱，有流产的风险。我一直小心翼翼地安胎静养，好不容易把慈烜生了下来。不想苍天这般残忍，教慈烜出生不到一刻就咽了气息。"

朱毓媞转头拭去泪水："慈烜的死，与皇贵妃何干？"

周皇后听到"皇贵妃"三个字，双眼掠过一丝厉芒："我怀慈烜六个月的时候，田秀英的母家给她送来江南一家老字号的豆沙千层酥。她分送给各宫姊妹。自然，我这里也有一份。"

朱毓媞道："豆沙千层酥？这东西我也见过。我知道皇贵妃十分喜欢，每日总要吃个两块，一吃就是好几年。"

周皇后冷笑道："是吗？那很好啊！她如今的身子大概也不济了。"

朱毓媞惊诧道："什么意思？"

"豆沙千层酥甜而不腻，外酥内软，入口即化，唇齿留香，个中滋味令人回味无穷。当年我也爱上了这绝妙的滋味，一吃就停不下来。结果因为我的贪嘴，竟送了慈烜的性命。"冰凉的悔恨缠上心头，周皇后凄楚哽咽，"我一直以为慈烜的死是体质羸弱所致。直到数月后，我无意间发现蜂蜜与黄豆相克，食用过多会使毒素在体内积聚，最后因慢性中毒而死。我当下便起了疑心，于是命人检验豆沙千层酥的成分，果然里头掺有蜂蜜。黄豆加上蜂蜜，那是一剂糖衣毒药啊！所以慈烜的死，是田秀英害的！若不是她把那毒物送进宫来，也不会送了慈烜的性命！"

朱毓媞怔怔地道："母后怎能断定慈烜的死和豆沙千层酥有关？怎能断定是皇贵妃要害慈烜的性命？慈烜是次子，身份不及慈烺尊贵，皇贵妃就算存了歹心，也是去害慈烺啊！何况东西虽然是皇贵妃送进宫的，但她根本不知情，不然这些年怎么还一直吃着豆沙千层酥？"

周皇后的哀伤如水四溢："慈烜出生的时候，身体微微发青，这就是中毒的证据。当时我伤心欲绝，一度以为这是因为慈烜体质羸弱，有的太医也说死胎就是这种颜色，我当下就不去深究。后来我时常梦见慈烜哭着对我说：'母后，您为何要喂我吃毒药？'我醒来后隐隐觉得蹊跷，却是千头万绪，毫无线索。直到我发现了蜂蜜和黄豆相克，才知道原来就是豆沙千层酥害了慈烜！就算田秀英毫不知情，她和慈烜的死也脱不了干系！"

朱毓媞道："您怎能把慈烜的死扯到皇贵妃头上？没错，是皇贵妃把豆沙千层酥带进宫里，但她并没有逼您食用啊！"

周皇后不料她会丢出这一句，脸上青一阵白一阵，少顷，她定定地道："总之罪魁祸首就是田秀英,难不成你要说是本宫害死了慈炫?"

朱毓媞了半晌,口舌发颤:"好,姑且不论慈炫的死是何人造成的。慈炫尸骨已寒,追究是非对错也没有什么意义了。儿臣此刻只想说一句,既然那东西有毒,您还眼睁睁看着皇贵妃继续食用,您这是要害死她啊!"

周皇后忍不住大笑,双眼阴云密布,恶狠狠地道:"不错,本宫就是要她死,谁让她害死我的慈炫,令我刚刚诞下一个鲜活的小生命,就立即承受骨肉分离的痛苦。她喜欢吃那腌臜东西,就吃到死吧!这就是报应!报应!"

朱毓媞道:"儿臣这就去告诉皇贵妃,叫她别再吃了。"

周皇后冷冷地道:"没用的,她吃了十几年,毒素早已侵入脏腑。就算现在不吃了,也不过多几日寿命,反而会让她知道豆沙千层酥的秘密。她若知道真相,以她的性子,又会到皇上那大哭大闹,到时候少不得又会重提慈炫的旧案。慈炫还来不及看清这个世界,来不及啼哭一声,就这么撒手去了。他的一生只有短短不到一刻,就躺在冰冷的黄土里,一躺就是十三年。你忍心让他死后不得安宁吗?"说到这里,她伤心欲绝,两行清泪扑簌簌地落下。

分明殿内有地炕火龙,和煦融融,朱毓媞背脊却一阵阵发寒,仿佛有条冰冷的小蛇正在啮咬着她的体肤:"皇贵妃吃了十几年,当真药石无救了吗?"

周皇后用梅花攒心锦帕拭去泪水,道:"她近年来身子已不中用了,多半是毒素积累的缘故。宫里的太医反反复复为她进补汤药,却只能缓解她的不适,而不能真正治本。皇贵妃是没的救了,熬一日算一日罢了。哼,她这是害人害己。"

朱毓媞全身发软:"您如此厌恶皇贵妃,就是因为这个缘故?"

周皇后道:"也不尽然。田秀英目中无人,恃宠而骄,这样的性格本就与本宫不投缘。一开始本宫只是不喜欢她,直到本宫发现慈炫的死与她有关,才对她深恶痛绝,恨不得拿她的命祭告慈炫在天之灵。"

朱毓媞呆呆地看着周皇后,忽然觉得陌生,往常的端庄娴静完全没了踪影,分明是母后的轮廓,但那神情语态,却阴冷得宛如从井口飘出的一缕幽魂。

她不知道自己是如何走出大殿,回到寝宫的,只觉得脚下虚浮无力,似乎踩在松软不平整的棉花堆上。

这深宫后院就像一潭深水,表面上毂纹不兴,其实底下却暗流涌动。

真是没有硝烟的战场。

第三十五章

李自成围开封

　　明朝百姓没有路引不得擅离居住地,路引上要标明旅者的姓名、籍贯、去向、日期以及体貌特征,以便沿途关卡和旅店的查验。无路引,或路引与实际情况不符、持假引,官府即将其逮捕问罪。不过这项政策在各地早已名存实亡。

　　袁紫清雇了一辆马车,持着假路引,自金陵行至河南。一路行来,蓬蒿满路,鸡犬无声,百姓人人衣衫褴褛,面黄肌瘦。有人摇摇晃晃走在路上,突然僵仆毙命;有人挖树根挖草根,甚至掘土而食;有人磨刀霍霍,煮尸肉吃。百余里路,处处可见尸骨,在在可闻哭声。

　　袁紫清见惯了,面沉如水。魏怜和萧采莞又是害怕,又是怜悯。魏怜也不知是怎么了,突然掩口干呕,萧采莞连忙轻轻拍着她的背。

　　袁紫清迅速闪到一旁,避之唯恐不及,皱眉道:"怎么了?脸色这般难看。"

　　魏怜呕了半天,呕不出半点东西,额头冷汗涔涔,无力地道:"也许是闻到尸体腐烂的味道,觉得反胃罢了。"

　　萧采莞递了水囊给她:"怜姊姊喝点水。"

　　魏怜接过水囊,也不道谢,喝了几口水就把水囊扔了回去。

　　袁紫清道:"你要吐就下车吐,免得弄脏我的衣裳。"

　　魏怜一听,心火腾地烧了起来:"我知道你爱干净,可我吐得难受,你就不能关心我一下吗?"

　　袁紫清反问:"你现在不是没事吗?"

　　魏怜一时噎住,气得扭头不去理他。

　　萧采莞见气氛尴尬,忙转移话头:"这一路上总听百姓唱着一首歌:'吃他娘,穿他娘,开了大门迎闯王,闯王来时不纳粮。朝求升,暮求合,近来贫汉难求活。早早开门拜闯王,管教大家都欢悦。'歌词内容对朝廷甚是不敬,难道他们不怕被官兵捉去杀头吗?"

袁紫清道:"百姓都要造反了,谁怕官兵来着?"

萧采莞轻轻一叹:"也对,人们挈妻担子,乞活四方,活在水深火热之中,谁还怕官兵呢?"

一番舟车劳顿,终于到了河南。

河南为三秦门户,比邻两京五省,洛阳、开封自古就是帝王建都之地。李自成连克河南洧川、许州、鄢陵,又与外号"曹操"的罗汝才联兵围攻开封。

明朝的开封,因曾被朱元璋立为北京,所以城池较许多大城更为坚固。开封城城墙高达三丈五尺,广二丈一尺,长二十里,护城河深一丈,阔五尺,五座城门外都有吊桥,可谓固若金汤。

农民军从去年十二月以炮火猛攻至今,遇到守城的明军顽强抵抗,双方始终僵持不下。

袁紫清三人抵达时,已是日落时分,天空铅云密布,似乎转眼间就会有一场大雪。众士兵正烤火喝酒驱寒。

袁紫清肩挑着装有黄金的团花软绸包袱,找到了李自成的营帐。

尚未进入帐内,便听到李自成雷霆似的咆哮声:"这汪乔年真是狗胆包天,竟敢指使米脂知县边大绶掘了我的祖坟!还说:'知闯墓已伐,可以制贼死命。'哼,谁制死谁还说不准呢!"

汪乔年乃陕西三边总督,他以为掘了李自成的祖坟,破坏李家的风水,就能克敌制胜。袁紫清想到这一点,就觉得滑稽可笑,心想汪乔年拔了李自成的虎须,若被李自成生擒活捉,绝不是一刀杀了这般简单。

跟着听见其他人七嘴八舌唾骂汪乔年。

李自成说道:"待我生擒这獠子,非将他凌迟不可!"一字一句从齿缝间蹦出,带着内心熊熊怒燃的恨意。

听得交谈声渐止,袁紫清等人当即入帐。袁紫清和李自成见过好几回了,倒是魏怜和萧采莞初来乍见,被李自成的相貌震慑住了。

李自成颧骨突出,眼窝深陷,鹰眼高鼻,身形如山,气度威猛。他在崇祯十四年二月第一次围攻开封时,被开封守将一箭射瞎左眼。此时他虽然仅剩一眼,顾盼间却仍有一股气吞山河、睥睨八荒的气势。

袁紫清拱手一礼:"见过元帅。"

李自成拍着他的肩膀,说道:"听说你这回劫了凤阳总督府。很好,我早就看马士英父子不顺眼了。"他看了袁紫清身后的魏怜和萧采莞一眼,又道:"你这回除了给我送金

子,还额外多送两个美娇娘啊!"说完哈哈一笑。

魏怜和萧采莞听他声音有如豺狼,又觉得他讲话太过粗俗,当下微微蹙眉。袁紫清第一次见李自成时,便知道他是个爽朗狂放、不拘小节之人,谈吐虽然粗俗,却无恶意,于是指着二女道:"这位是魏姑娘,这位是萧姑娘。此次送完军饷,便要去京师一趟,所以带了她们。"说完将包袱交给李自成身旁的小兵。

李自成道:"你来得正好。张松受了重伤,怕是挨不过今晚。"

袁紫清吃了一惊:"张松怎么了?"

李自成道:"前几日攻城,我让将士们在城下掘洞十余处,填药数万斤,集中炸城。没想到城墙坚固,屡炸不塌,横飞土石反伤了将士,张松因此受了内伤。他知道你劫了凤阳总督府后会来,一直撑着最后一口气等着你。"

袁紫清道:"我马上去。"他脚步略急,魏怜和萧采莞提裙小跑,勉强跟上。

到了张松的营帐,帐内全是袁家旧部,见到袁紫清,均是恭敬行揖。

张松横卧在榻上,面容枯槁,双颊深陷,整个人如枝上的一片枯叶,随时会被狂风卷落。

袁紫清扑到榻前,微微哽咽:"张叔叔。"

张松听到这熟悉的声音,双眼忽然熠熠生光,仿佛燃起两支红烛,气若游丝地道:"紫清,你终于来了。"

袁紫清怔怔地瞧着他,他已是将近六十岁的老人了,怎禁得起飞石砸身? 这般苦苦挣扎于生死边缘,大概就是为了见自己最后一面。袁紫清心中五味杂陈,说不出是什么感触。眼前这个即将油尽灯枯的老人,先是救了自己,又是害了自己,然后又救了自己,一救一害一救,反反复复,令自己饱受身心折磨,活在水深火热之中。他看着张松,瞬间蒙尘的记忆如染血的雪花般扑来,红得令他厌恶。

袁紫清仿佛料到张松要说什么话,当下深深吸了一口气,道:"是,紫清来了。"

张松颤巍巍地伸出枯竹般的手,握住袁紫清的手道:"紫清,我一直觉得对不住你。都是我不好,若不是我的疏失,你也不会受这么多屈辱和痛苦。"

袁紫清目光如一潭渐渐泛起哀伤涟漪的静水,话语中带着一丝酸楚:"别说了。"

张松道:"不,我若现在不说,以后就没有机会了。我一直想向你道歉,可是又不知该如何开口。崇祯三年,督师被昏君下令凌迟处死,袁氏一族流放福建。我怕你小小年纪熬不住艰苦颠沛,为了保住督师唯一的血脉,就让兄弟们在途中把你救走。可我们几人真是太不中用……"说着向帐内众人含愠带怨地扫了一眼。

众人均是垂眉敛手,一脸愧色。

袁紫清紧紧地咬着下唇,竭力忍着胸中排山倒海的悲愤痛楚,嘴唇因他咬得太用力,微微渗出鲜血。

张松泪流不止:"没过多久官兵们追杀了过来。一番厮杀后,回头已不见你的踪影。我们兄弟几人找了你许久,整块地都要被翻过来了,就是找不到你。怪我只顾着杀官兵,没注意到你不见了。对不起,张叔叔对不起你……"

魏怜听到这里,心想袁紫清三年的娈童岁月,原来就是因张松的疏忽而起。她心想,紫清心中究竟是感激张松,还是怨恨张松?

张松说了这一番话,声音已是虚透了,大口大口地喘着气,仿佛涸辙之鲋。

袁紫清极不愿想起那段惨绝人寰的过去,每当想起这些时,就觉得仿佛有一双手狠狠地掐住了自己的咽喉,让自己无法呼吸。他哽咽道:"都是前尘往事,别再说了好吗?三年后,您不也找到了我,把我从地狱中救出来了吗?我如今不也活得好好的吗?"

张松凄然道:"你的哮喘,就是从那时候开始发作的。我想到这一点,就觉得万分对不住你。"

袁紫清道:"我的哮喘发作得已经没有往常那样频繁了。张叔叔,请您别再自责了。您找到我后,先是让谭婆婆来照顾我的起居,又请了西席教我读书,还请了月龙先生授我武艺。我心中其实一直感激着您。"

张松的神色有一丝欣慰,郑重地道:"紫清,这世上你有两个大仇人,你一定要牢牢记着。第一个是鞑虏皇帝皇太极,己巳之变中,皇太极兵临京师,巧施反间计,四处散布谣言,说袁督师与他有过密约,故意引诱后金铁骑入塞,让你爹爹成了一个通敌卖国的罪人。第二个是崇祯昏君,他不辨是非,把你爹爹凌迟处死。你爹爹死的时候,京师无知的老百姓误以为他是秦桧之流,争相喝他的血,吃他的肉……"

袁紫清听到这里,全身发抖,声泪俱下:"我知道,这些我都知道。不要说了,不要再说了,我不想听,我不想听……"

"好好好,我不说这些。"张松沉沉地叹了一口气,心荡神驰,目光一片祥和,喃喃诉说,"袁督师真是一个大豪杰大英雄。努尔哈赤的后金铁骑以疾风迅雷之势,四处攻城略地。在此风云激荡之际,也只有你爹爹堪称明朝的中流砥柱!"他眼中似有火焰在燃烧,"天启六年,你爹爹出任辽东巡抚,镇守宁远。在孤立无援的情况下,他拒绝了努尔哈赤的诱降。他题写血书,激励将士奋勇抵抗。并指挥唐通判用红夷大炮击中努尔哈赤的黄龙幕帐,迫使敌军仓皇奔逃。宁远之战使你爹爹一战成名,被时人誉为'长城'。努尔哈赤遭遇到前所未有的大败,愤愤而归,不久就病死在沈阳。之后袁督师在锦州、宁远再次挫败皇太极。当时天启皇帝还说:'十年积弱,今日一旦挫其狂锋。'"他声音渐渐萎靡,眼里的火焰却烧得越发炽烈,"慷慨同仇日,间关百战时。功高明主眷,心苦后人知。麋鹿还山便,麒麟绘阁宜。去留都莫讶,秋草正离离。袁督师真是一个大英雄,我……我终于能见到他了。督师,我来了……"

泪眼模糊中,袁紫清只见张松微笑着合上双眼,仿佛飞向一个安详宁静的国度,那里

再也没有兵戈烽火,再也没有生离死别。

"张叔叔,您知道我最埋怨您什么吗?"袁紫清心如刀割,泪洒胸前,"就是为什么当初您只救走了我一个,而不连我娘也一起救了。我娘死得好惨,连个坟也没有……"

旧部中越出一名中年汉子,道:"当时情势危急,实是由不得我们再多救一人,公子见谅!"

袁紫清失声痛哭:"为什么不救她?为什么要救我?"想到惨死的母亲,他的一颗心仿佛被狠狠划了一刀,剧烈的疼痛撕扯着旧日的疮疤。他哭得全身哆嗦,蓦地转身奔出营帐。

魏怜急呼:"紫清,紫清。"欲追上去,蓦地脑海一阵晕眩,仰天便倒。

萧采莞一把扶住她:"怜姊姊要不要紧?"

"只是有点头晕。"魏怜眼前发黑,她揉了萧采莞一把,又催促道:"你快去追紫清,我怕他哮喘发作。快,快!"

"好,我这就去。"

第三十六章

心悦君兮君不知

萧采莞出了营帐,左顾右盼,不知袁紫清往哪个方向去了。问了几名士兵,终于有人说看见袁紫清往竹林去了。

皓月清辉透过扶疏的枝叶洒落,宛如匝了一地的水晶,袁紫清倚着修竹凝立不动,他的背影显得单薄而寂寥。

萧采莞一时痴怔地望着。她这般望穿秋水,也不止一回了。曾经她站在袁紫清的房外,看着他倒映在窗棂上的身影;或是看着他凭栏而立,极目苍穹,风动衣袂,宛如欲乘风而去;或是偶尔经过他的房前,听得里头传来一声声缠绵悱恻的喘息调笑。她心中忽然掠过一句:"山有木兮木有枝,心悦君兮君不知。"这一句出自《越人歌》,以前只是偶然听来,觉得诗意与自己的处境十分贴切,反复吟诵过几次,就铭记在心了。她唇角飘出一丝叹息,袁紫清眼里只看得见魏怜,哪知道自己一直默默站在他身后,痴痴惘惘地凝视着。

袁紫清听到声响,转过身来,一看是她,目光掠过一丝讶异:"怎么是你?"

萧采莞道:"怜姊姊身子不适,所以让我过来。公子还好吗?"

袁紫清目光如无烟荒漠,眼角已然无泪,语气如积雪森森,令人窒息:"过几日就是我娘的忌辰,提前哭一哭也好。"

袁紫清对萧采莞从来都是爱搭不理,如此肺腑之言是绝不会对她诉说的。也许是此时他心力交瘁至极,于是在不知不觉中卸下了心防。话一脱口,连他自己都感到讶异。

萧采莞听他语气有着少见的软弱,知道他此刻宛如水晶人似的脆弱无比,道:"奴婢承蒙公子收留已有三年。这三年来,奴婢看公子一直怏怏不乐,却不能替公子分忧,委实惭愧。"

袁紫清一脸颓唐,昔日的冷傲狷介全都烟消云散。他自言自语道:"我心里的伤,永远不会愈合。昔日种种屈辱伤痛,就像附骨之疽一样牢牢跟着我,我想忘也忘不了……"

萧采莞敛眉道:"奴婢知道。那晚公子第二次哮喘发作,奴婢送药后并没有立即离去,不小心听见了公子和怜姊姊的对话。"她小心翼翼地一字一句缓缓说着,说完后偷偷觑了他一眼,一颗心直欲跳出胸口。

袁紫清面容苍白,毫无一丝血色,他抿了抿唇,颤声道:"你……都听见了?"

萧采莞鼓起勇气道:"是。"

刹那间,羞愧、屈辱、悲痛仿佛千万只蚂蚁一般啮咬着袁紫清的心,他只想找个地缝钻进去。他问:"那你是不是觉得,我这样的人活着就是一个天大的耻辱?"

萧采莞急切道:"不是不是,奴婢没有这个心思。奴婢只是觉得,欺负公子的人已经死了,公子也该放下过去,别再被心魔羁绊了。"

袁紫清道:"当真?你没骗我?你当真不觉得我是一个耻辱?"

萧采莞目光笃定而诚恳:"当真!奴婢可以对天起誓,在奴婢心中,公子就像一座玉山,光彩耀人,奴婢只能怀着高山仰止的尊敬,心向往之。"

袁紫清霍地抓住她的肩膀剧烈摇晃,目光狂乱混浊,精致的五官扭曲变形,狰狞无比,似哭似笑,反反复复只有那么一句:"当真,你没骗我?我不是耻辱的存在对不对?对不对?"

萧采莞被他摇得头晕目眩,觉得他分明是疯魔了,只能小心翼翼地回答,就怕再揭开他隐伏的旧创。

萧采莞看着袁紫清,想起自己刚到袁紫清家中的时候,对他说:"公子收留了奴婢,奴婢会一辈子伺候您。"

当时袁紫清静默片刻,说了一句奇怪的话:"如果我是个疯子呢?"

萧采莞一愣,不知该怎么回答。

袁紫清轻轻地道:"记着,除非我赶你走,否则无论你跑到哪,我都会把你抓回来。"

过了几天,袁紫清忽然把自己关在房内,也不点灯,任由黑暗吞噬自己。她送饭进去,只见他缩在角落,披头散发,满脸泪痕,全身发抖,像惊弓之鸟,任何一点声音都会吓到他。

萧采莞吓坏了,只能不断安抚他。袁紫清一边哭,一边自言自语,说着一些她听不懂的话。她甚至怀疑他也根本不清楚自己在说什么。然后,袁紫清哮喘发作。她给他喂了些药,点了一炉安息香,他便沉沉睡去。他紧紧握着她的手,即便睡着了也不放开。她就任由他握着,后来觉得累了,就躺在他身边睡着了。

那是她第一次和男子同榻。

那一次后,萧采莞知道,袁紫清疯病发作时,很怕见到阳光。

还有一次,袁紫清疯病发作,忽然消失了整个月。回来后,萧采莞才知道他宿在青楼。

萧采莞忽然觉得,这个金陵有名的风流公子,只怕是借由肉体的极乐放纵来消泯内心的伤痛。

萧采莞思潮起伏,袁紫清情绪渐渐平复。

天空忽然飘起鹅绒大雪,窸窸窣窣地落在二人身上。

萧采莞道:"下雪了,公子回去吧! 莫要着凉了。"

袁紫清忽然想起魏怜,问道:"对了,魏怜怎么样了?"

"怜姊姊头晕,眼下应该在营帐里歇息,公子回去看一看她吧!"

袁紫清嗯了一声,道:"我就说她挨不得路途颠沛,她偏要跟来,这不是自己找罪受吗?"

萧采莞迟疑半晌,嗫嚅道:"我表姊怀孕初期,也是这个状况……"

"什么?"袁紫清大吃一惊,打断她的话道,"你说怀孕?"

萧采莞脸色一红:"是,我表姊当时也是又吐又晕……"

袁紫清冲口道:"不可能,这不可能。"

萧采莞奇道:"公子是什么意思?"

袁紫清怔了一瞬,似乎觉得自己失言了,期期艾艾地道:"我的意思是还未确定,别胡乱臆测,明儿个请闯王营中的军医来把个脉就知道了。"

第三十七章

李岩与红娘子

次日一早,军医过来为魏怜把脉。

魏怜紧张地问:"怎么样? 你倒是说句话啊!"

袁紫清插嘴道:"军医的手指头才刚搁下去,你就不能耐心等一等吗?"

魏怜瞪了他一眼。军医把脉片刻,随即眉开眼笑:"恭喜,娘子这是有喜了,已经两个月了。"

魏怜和袁紫清均是一呆。

萧采莞面色一黯,喉头酸楚,说了一句"恭喜"。

袁紫清难以置信地说:"军医,你确定她是真的怀孕了? 你不会是误诊了吧?"

军医怫然不悦:"老夫虽不敢说自己是在世华佗,但至少喜脉是不会误诊的。"他重重地哼了一声,转身出了营帐。

袁紫清双眼发直,心中不停地喊着"不可能"。他死死抿着嘴,不让那一句"不可能"溢出来。

魏怜又惊又喜,眉梢眼角均是款款笑意,笑睨了袁紫清一眼:"紫清这句话问得真奇怪,倒像不希望我怀孕似的,哪有人这样问的啊!"

袁紫清喉头像被堵住,勉强挤出声音:"你怎么连自己有没有怀孕都不知道?"

魏怜道:"我的月信时常不准,再说我又没有怀孕的经验,哪知道怀孕的女人是怎么样的。"

袁紫清嘴唇颤了一颤,目光移向她尚未明显隆起的小腹,若有所思。

魏怜爱怜地抚着肚皮,笑得如沐春风:"紫清,我们终于有孩子了,我真的好开心。"

袁紫清脑海里一片空白。

魏怜见他面色古怪,问道:"你怎么了? 不欢喜吗?"

袁紫清勉强笑道:"你多心了。"

魏怜笑靥如花,楚楚动人,招手道:"你过来抱一抱我,摸一摸我的肚子。"

袁紫清双足如重千钧,蹒跚地向她走去。

蓦地帷帐被掀开,走进来一男一女。男的是个青年书生,相貌儒雅,气宇轩昂;女的一身红衣,眉目姣好。二人年岁相当,貌似夫妇。

那书生拱手道:"紫清别来无恙。我忙到现在才过来,紫清可别见怪。"

袁紫清拱手道:"制将军军务倥偬,紫清还怕耽误您的时间。"

那书生便是闯王李自成麾下的制将军李岩,身旁的红衣女子便是明末赫赫有名的传奇侠女红娘子,人称红帅。

一番寒暄后,李岩目光投向魏怜:"听说姑娘身子不适,如今可好些了?"

魏怜俏脸一红。

袁紫清道:"不妨事,多谢制将军关心。"

李岩皱眉道:"怎么不妨事,听说昨晚险些晕倒,可请军医看过了?"

"看过了。"

"军医说了些什么?"

"军医说……"

李岩见袁紫清神色扭怩,失笑道:"紫清今日怎么不太对劲? 往常你来军营都不是这样子的。"

红娘子倒是看出了端倪,抿嘴笑道:"紫清都要做爹爹了,自然跟往常不太一样。"

李岩奇道:"你怎么晓得?"

红娘子目光似笑非笑地在魏怜脸上打转,将她看得面如火烧。红娘子笑道:"答案都清清楚楚地写在姑娘脸上了,还问是我怎么晓得的,果然男人就是粗枝大叶。"

李岩笑道:"紫清也真是的,开花结果是喜事,有什么不敢说的? 这般藏着掖着,脸皮子也忒薄了。"

袁紫清脸上一红:"让制将军见笑了。"

李岩道:"恭喜了,等孩子出生,我一定备上一份厚礼,亲自送到府上。"

袁紫清勉强笑道:"那就多谢制将军了。"

李岩道:"莫要客气,这些年你不断送金银过来,一则充作军饷,二则以闯王名义赈济灾民,招揽民心。我心里是感德沐恩,不可胜言。"

袁紫清道:"我本当留在元帅身边辅佐,只可惜我不懂行军打仗,没有制将军的英雄伟略、龙虎鸿韬,只能行旁门左道来襄助元帅。"

李岩道:"说是旁门左道就太谦了。你我目标一致,精诚同心,将来成得大事,同享富贵。"

众人闲话了片刻，李岩军务繁忙，便和红娘子并肩离去了。

萧采莞好奇地问道："这制将军是什么人？我听他谈吐文雅，气质不俗，和闯王军营里的其他将士不太一样。"

袁紫清道："李岩是闯王的谋士。他原名李信，本是前兵部尚书李精白的养子，天启七年举人。崇祯九年饥荒久旱，李信为饥民进言县令，要求停征税粮，可惜不被采纳。李信只好自己捐粮赈灾，反而被指控私散家财，收买众心，图谋不轨，沦落狱中。有一位仰慕李信的侠女，率领饥民杀死县令劫狱。那侠女因爱穿红衣，人称红娘子。崇祯十三年，闯王轻骑走河南，李信在堂弟李牟的介绍下投靠了闯王，成为闯王的谋士。闯王赐名'岩'，人称'李公子'。"

萧采莞道："这么说，制将军旁边那位就是红娘子了？"

袁紫清道："正是。红娘子巾帼不让须眉，颇有豪侠之风。对了，路上百姓们唱的童谣'吃他娘，穿他娘，开了大门迎闯王，闯王来时不纳粮'就是制将军编写的。"

萧采莞恍然大悟，道："制将军编写这些童谣，是为了凝聚人心啊！"

袁紫清道："这就是制将军的过人之处。百姓食不果腹，官府却催粮逼饷，威逼拷打。他们听了'闯王仁义之师，不杀不掠''闯王来时不纳粮'，自然拥戴闯王。闯王一呼百应，民心所向，城池不攻自破。"

萧采莞道："难怪闯王势如破竹，原来是李公子在幕后谋划。"

袁紫清道："闯军本为饥民、失业驿卒、明朝叛军所聚，实是一群乌合之众，造反只求温饱，所到之处不免奸淫劫掠。因纪律松散，人心不附，四处流窜，打仗时胜时败。李公子依附闯军后，劝闯王：'欲图大事，必先尊贤礼士，除暴恤民。今虽朝廷失政，然先世恩泽在民已久。近缘岁饥赋重，官贪吏猾，是以百姓如陷汤火，所在思乱。我等欲收民心，须托仁义，扬言大兵到处，开门纳降者秋毫无犯，在任好官仍前任事。若酷虐人民者，即行斩首。一应钱粮，比原额只征一半。则百姓自乐归矣。'闯王言听计从，整治军纪，军中风气焕然一新。这才有了今日的格局。"

魏怜插嘴道："看来你对李公子很是景仰啊！"

袁紫清愕然道："你怎么知道？"

魏怜道："你一向寡言鲜语，何曾这般多话。"

袁紫清道："你头还晕吗？头不晕了就起程吧，我不喜欢待在军营里。"

魏怜笑道："我终于知道你为什么不喜欢待在军营了。"

袁紫清道："你又知道了？"

魏怜促狭道："昨晚你一到军营，那些将士们眼巴巴地瞅着你，口水都快流下来了。"

袁紫清面色一沉："胡说，哪有这回事。"

魏怜因怀孕心情愉悦，忍不住露出调皮的笑容，道："岂不闻古语有云：'秀色可餐也。'"说着伸出丁香小舌,舔着唇瓣挑逗袁紫清。

袁紫清见她这般装模作样,不禁气结。

萧采莞插嘴道:"怜姊姊焉知将士们不是在看你?"

魏怜施施然含笑看着袁紫清:"紫清长得比我还好看。紫清是月亮,我只是月亮旁的一颗星星。萤烛一样的光芒,岂能与日月争辉。有眼珠的人当然要先看月亮再看星星啊!"

袁紫清听她越说越不成话,不禁恼羞成怒,脸上青一阵白一阵红一阵,像开了染坊似的,瞬息万变,精彩万分。

魏怜最爱看他恼羞成怒的样子,忍不住指着他哈哈大笑。

袁紫清拂袖道:"我不睬你了!我立刻向闯王辞行,现在就走!"

开封久攻不克,李自成于是在正月十五日撤军,继而西走,转攻襄城。

第三十八章

乱世烟火

朱毓媞自从得知豆沙千层酥的秘密后,每回看到皇贵妃,总是神色有异,既怜悯,又愧疚,更带些不舍,令皇贵妃纳闷不已。

某一回,朱毓媞看到皇贵妃又在吃那豆沙千层酥,本能地伸手拦下。

皇贵妃十分诧异,问道:"公主怎么了?"

朱毓媞一呆,实在不知如何开口,若让皇贵妃知道这个秘密,少不得大受打击。她本就身体欠佳,汤药不断,说不定承受不住这个晴天霹雳,从此一病不起了。甚至还会牵扯出朱慈烜说不清道不明的死因,扰乱目前后宫表面上的平静。

朱毓媞只能强撑笑容,道:"我方才看见苍蝇落在这块豆沙千层酥上,还是扔了吧!"

皇贵妃一缩手,那豆沙千层酥滴溜溜滚在红色绒毯上,撒了一地的糕屑。她一脸感激:"幸亏你好心告诉我,我肠胃本就不好,吃下去恐怕要下痢了。"

这日是元宵节。由于崇祯皇帝在正旦揖拜朝臣,力图振兴,因此今年的元宵节过得比往年要盛大。东华门外一年一度的灯市流光溢彩,连天边一轮皓月也黯淡失色。内官监火药房制作的花卉烟火堪称一绝,点燃后咻咻地蹿上夜空,绽放兰、梅、菊、木樨、水仙等各种样式。火树银花漫天飘曳,光华灼灼,几欲夺人双眼。宫人吃着元宵,谈笑嬉闹,喜乐无穷。

朱毓媞和周世显并肩站在一株绿萼梅旁,仰首观看烟火。梅花含香吐蕊,色如碧玉星子,点点翠浓。

朱毓媞道:"火树银花,终究没有梅花袭人的幽香,也失了梅花凌霜的高洁。说到底,只不过是昙花一现的锦绣浮华而已。"

周世显替她紧了紧肩上的狐皮大氅:"是啊,其实我觉得虽然是一年一度的元宵节,但这时候施放烟火,未免不合时宜。眼下内忧外患,民生凋敝,全国应当共克时艰才是。

看着辉煌璀璨的烟火,却想到了食不果腹的百姓、浴血奋战的将士,我的心着实不安。"

朱毓媞叹道:"你的心思何尝不是我的心思。我身为公主,享天下之养,却不能为天下尽心尽力。倘若我能出宫,我必将所有的积蓄全都拿出来赈济灾民。"

周世显柔声道:"你这是处庙堂之上,忧江湖之远,心地忒好了。可是外面灾民千千万万,你哪救得完?"

朱毓媞道:"救一人算一人。这些年我存了不少积蓄,就是希望我能够为这个岌岌可危的国家多尽一份心力,其他就只能听天由命了。"

周世显道:"离开皇宫,赈济百姓,都不是当下非做不可的事。你现在该做的,就是多多关心皇上的龙体。皇上病好了,才能上朝,天下臣民才有主心骨。"

"病?"朱毓媞摇头苦笑,"哪来的病?"

周世显奇道:"皇上不是病了吗?听说病来如山倒,病去如抽丝,终日缠绵病榻,令太医们十分头疼呢!"

朱毓媞抿了抿唇,犹豫着该不该启齿。

周世显看她神色有异,问:"皇上的病是不是大有文章?"

朱毓媞正色道:"我告诉你真相,但你不许告诉任何人,尤其是你爹爹。"

"好,我答允你。"

朱毓媞左顾右盼,确定四下无人后,才道:"我父皇哪是病了,不过是纵情于声色,装病不上朝罢了。"

"什么?"周世显大吃一惊,像被蝎子蜇到脚趾似的,跳了起来,"皇上不是染上风寒,见不得光,吹不得风,又失了嗓子吗?"

朱毓媞撇嘴道:"父皇最要面子,大概是怕被人诟病,留下贪恋美色而误国误民的千古骂名,所以才命太医这么说。可我们几个亲近之人却都晓得父皇真正的'病况'。"

周世显迟疑道:"那皇上这'病'究竟要'病'多久?"

朱毓媞道:"我不知道,母后也不管,只说不忍看父皇总是忧心朝政,废寝忘食,希望父皇能好好放松,天颜常展。"

周世显挠首道:"可……可这也太不像话了。皇上一向勤政,此前从未上朝迟到或是装病不朝,你觉得他会不会就此陷溺温柔乡了呢?"

朱毓媞默默思索片刻,道:"世显哥哥,我母后说我不像个女儿,也不像个公主。是不是我其实根本生错了地方,不该生长在紫禁城的四方朱墙里?"

"没头没尾地说什么傻话?"

"真的。"朱毓媞点头如捣蒜,目光沉沉而笃定,"我越来越觉得自己不属于紫禁城,不属于这锦绣华章。我小时候很喜欢烟火,长大后却觉得烟火只是昙花一现的浮华,终究是要化作灰烬、被世人遗忘的。"

周世显道:"后宫是不是发生了什么事?"

朱毓媞想到朱慈炤,想到皇贵妃,又想到周皇后,只觉得心力交瘁,连说话都是虚浮无力的:"没什么。"

周世显道:"媞儿,别把事闷在心里,天塌下来也有我为你顶着。"

朱毓媞笑了笑,幽幽地道:"世显哥哥,这宫里人人都欢天喜地过着元宵节,只有我在这里长吁短叹,仿佛这世上的喧嚣热闹都与我无关。我忽然觉得自己是个不合时宜的人。"

周世显道:"你说自己是个不合时宜的人,我反倒觉得你是这紫禁城里的一株奇葩,是喧红闹紫中的临水照花人。"

朱毓媞道:"母后反而希望我不要成为这株'奇葩',安安静静地做个不管事的公主。但是这与我的天性背道而驰,我看不过眼的事,总是忍不住要去插上一手。世显哥哥,我在这宫里虽然衣食无忧,可却要受纲常宫规约束,就像一只笼中的小鸟,毫无自由可言。"

周世显怔怔听着,似乎觉得自己与她之间隔着重山万水,遥远而陌生。

末了,朱毓媞轻轻一叹:"我今晚话多了,既然我是个不合时宜的人,那就让我再不合时宜一回吧!"

周世显怃然一惊:"你要干什么?"

"我是公主,不该只享受荣华富贵,而忽略自己为天下应该担起的责任。"

周世显猛地想起她适才提到"不合时宜"四个字,急忙握住她的手道:"媞儿,你别管,这不是你该插手的。"

朱毓媞轻轻挣脱他的手,正色道:"你我青梅竹马,应当清楚我的个性,我决定的事,没有转圜余地,我敢做,就不怕承担后果。"

周世显很清楚她的性子,刚强执拗,敢作敢当,只能看着她一步一步毅然决然地远去,一片裙裾融入光影绚烂的夜幕中。

烟花散尽,袅袅硝烟,兀自迷蒙了夜空。

第三十九章

忠言逆耳

朱毓媞独自一人到了西暖阁前,只听里头缓歌慢乐,清丽盈耳,予人"呖呖莺声花外转,涓涓清泉石上流"之感。

西暖阁的宫女太监见她到来,都是一脸惊诧,上前行礼。

朱毓媞挥了挥手,道:"皇上在里面多久了?"

回话的是一个小宫女,陈圆圆进宫那日,朱毓媞和周皇后起了口角时她是在场的,见朱毓媞面色凝重,嗅出了一缕山雨欲来的气息,当下硬着头皮道:"回禀公主殿下,皇上在里头已有两个时辰了。"

朱毓媞道:"进去通传,我要见皇上。"

那小宫女支支吾吾地道:"皇上吩咐了,谁都不能进去打扰。"

朱毓媞横了她一眼,眼风锐利如刀。那小宫女心头一凛,垂首不敢说话。

朱毓媞屈膝下跪:"好,我便在这里候着。"

那小宫女吓了一跳:"公主殿下使不得!"忙要扶她,却被朱毓媞冷冷搡开。

朱毓媞高声道:"父皇,儿臣有要事求见,请父皇出来见一见儿臣吧!"

守在内堂的王承恩听得动静,出来查看,见了这一幕,大吃一惊,道:"公主殿下您这是干什么?"急忙伸手扶她。

王承恩从崇祯还是信王时就开始服侍崇祯皇帝,又是司礼监掌印太监,在宦官中地位最高,为人忠厚老实,是崇祯皇帝的心腹近臣。

因此,朱毓媞对王承恩极为客气:"王公公不必扶我,父皇一刻不见我,我就一刻不起身,还请王公公进去通传一声。"

王承恩面有难色,显然,崇祯皇帝下了严令禁止打扰。他犹豫了一会儿,道:"公主殿下稍等,老奴这就进去通传。"

135

约莫半炷香辰光,崇祯皇帝披着一头散发,身着宝蓝色绸缎寝衣慢步而出。他神情萎靡不振,眉眼间怒气隐隐,道:"有什么要紧事,非要这时候禀告?"

朱毓媞双眼向四周一瞟,崇祯皇帝会意,挥手道:"你们都出去。"

宫人们早已嗅到气氛不对劲,巴不得早早开溜,听到这一句,如获大赦,登时哗啦啦地退到殿外,带上宫门,只留下王承恩随侍君侧。

崇祯皇帝道:"你起来说话。"

朱毓媞却不起身:"父皇,儿臣不起来。等会儿父皇听了儿臣的话,必定龙颜大怒,儿臣到时候反正是要跪的。与其跪了又起,起了又跪,不如就一直跪着,省得麻烦!"

崇祯皇帝似乎被气笑了:"你究竟要说什么?"

朱毓媞下巴昂起一个坚毅的弧度:"请恕儿臣直言犯上之罪。儿臣以为父皇身负安邦定国之大责,眼下正是多事之秋,不该贪恋声色,荒废朝政,还请父皇惕然醒悟,厕身励精。"

崇祯皇帝摆手道:"这事你无权过问,赶紧出去。"

朱毓媞道:"父皇自比尧舜,尧舜会沉迷女色而罔顾国家大事吗?"

崇祯皇帝最受不了指责,这句话脱口,崇祯皇帝果然大怒:"你……后宫不得干政,你忘了老祖宗这一条规矩了吗?"

朱毓媞道:"儿臣没忘。但儿臣即使因此受到责罚,却也不得不说上一句。父皇熟读史书,应当清楚妲己颠覆殷商社稷、褒姒祸乱赫赫宗周的史事。前事不忘,后事之师,父皇如何还能沉溺于温柔乡中醉生梦死!"

崇祯皇帝苍白的面色透出一缕锈青,额头青筋蜿蜒突出,宛如狰狞可怖的小蛇,显然气恼至极。

王承恩吓了一跳,忙道:"皇上息怒,皇上息怒,公主是因为担心而糊涂了,一时言语冒犯,皇上可别往心里头去。"说着向朱毓媞使了一个眼色,示意她别再多言。

崇祯皇帝怒极反笑:"这么说来,朕竟是商纣王、周幽王一般的昏君了?"

朱毓媞正色道:"倘若父皇继续声色犬马,装病不朝,那么史家极有可能将父皇描述成商纣王、周幽王之流,父皇在历史上就是臭名远播的亡国之君。父皇十五年来的付出,都会被一笔抹去。世人只会记得父皇是如何亡国的,而不会知道父皇是如何兢兢业业、励精图治,为这风雨飘摇的江山社稷尽最大的努力。"

"亡国?"崇祯皇帝最听不得"亡国"二字,眼皮仿佛被火掠过,倏地一跳,"朕才在正旦揖拜群臣,力图复兴,当日就出现祥瑞。瑞雪兆丰年,这是昊天上苍重新眷顾我朝的迹象。大明王朝正迈向中兴之路,你却跟朕说亡国?"

朱毓媞心中冷笑,面色却平静如水:"儿臣以为,天道远,人道迩,神灵的佑护毕竟虚无缥缈,真要迈向中兴,还得君臣一心,肃清吏治,抚恤百姓才是。"

崇祯皇帝被堵得一口气憋在胸口,脸上青一阵红一阵,当下斥道:"你身为朕的长女,你的本分是承欢膝下,扫洒侍奉,善尽孝道,而不是这般忤逆朕。"

朱毓媞道:"就因为儿臣身为父皇的长女,是以有些话儿臣不能不言!"

崇祯皇帝冷笑道:"好好好,你想说什么,一股脑儿通通说出来,朕洗耳恭听。"

朱毓媞道:"儿臣以为,父皇一心效仿的尧舜是千古贤君,从谏如流,绝不会因为忠言逆耳就妄加罪罚。"

崇祯皇帝神态略有松动,却兀自犟嘴:"那是言官的职责,你僭越了。"

朱毓媞温言道:"儿臣是僭越了,但是父皇称病不朝,言官们哪有机会进谏呢?"

崇祯皇帝又被堵得哑口无言,强行辩解道:"你也知道朕极度疲乏,难道容不得朕舒心几日吗?"

朱毓媞肃然道:"儿臣只知,若父皇不能自持,则国将不国,君将不君。节制声色,势在必行。"

崇祯皇帝勃然大怒:"好一个国将不国,君将不君。公主是这样当的吗?还是你不想做公主,不想做朕的女儿了!"

朱毓媞反驳道:"公主就一定要对父皇阿谀谄媚、逢迎恭维吗?虽然儿臣是父皇的女儿,但儿臣不愿违背本性,曲意讨好。儿臣觉得,父女间的情谊不该是这样的。"

崇祯皇帝道:"住口,朕和你虽然是父女,但同样也是君臣。你既然自称儿臣,那么就只能是朕的臣子!朕的奴才!不该这样狂放悖逆,不成体统!"

"臣子、奴才……"朱毓媞呆了一呆,简直不敢相信自己耳朵,喃喃地道,"原来父皇心中是这样想的,儿臣还以为可以和您像普通人家的父女一样,说说自己的真心话。"

崇祯皇帝不知怎的被这句话给惹恼了,暴怒道:"你若喜欢做普通人家的女儿,那你就滚出皇宫,不要回来了!"

仿佛有九天惊雷划过朱毓媞的脑门,她全身颤了一颤,几欲瘫倒,道:"父皇说什么?"

王承恩插烛也似拜倒:"皇上,老奴求您饶了公主殿下吧!您把公主殿下逐出宫去,将来会后悔的。"

崇祯皇帝踢了他一脚,怒道:"你方才没听见吗?是她自己先开口的,怎么反而是朕非要将她逐出宫不可!王承恩,你耳朵长茧子了吗?"说完又向朱毓媞瞪了一眼:"滚出去!朕不想看到你。"

朱毓媞明知他说的是气话,却也不禁难受。她忍住喉头的哽咽酸楚,勉强挺直身躯,道:"父皇既然不想看到儿臣,那么儿臣就立即出宫。等父皇气消了,儿臣再回来向父皇请罪。"

崇祯皇帝不耐烦地道:"宫门下钥了。明儿个一早,你就给朕滚得远远的。"

朱毓媞叩首道:"那儿臣先行告退了。望父皇盛怒之余,仍把儿臣的秉直谏言放在心

上，明儿个继续上朝理政。"

崇祯皇帝抿着嘴一言不发，看着她离开，紧绷如饱满弓弦的心神立即松懈下来，一瞬间仿佛苍老了十岁，喃喃地道："这丫头，朕还以为她会哭着求朕，没想到性子倔到这个地步。"

王承恩道："皇上，公主殿下是急糊涂了，皇上可别真的一时冲动将她赶到宫外啊！"

崇祯皇帝沉默半晌，道："她的话，确实给了朕一记当头棒喝。朕知道眼下不能再继续沉沦下去，但是……"他无奈地看着殿外，又说道："朕只是一句气话，说出口便立即后悔了，她竟然还跟朕较真来着。朕是一国之君，总不能出尔反尔，求她别走吧！"

王承恩迟疑道："但我大明朝历代从来没有公主被斥令出宫的啊——"

崇祯皇帝打断了他的话："我大明朝历代也没有这般悖逆暴烈、言行无状、不顾君臣之仪的公主，与其说是被朕斥令出宫，不如说是到民间静心思过。"

王承恩诺诺称"是"。

崇祯皇帝又道："她的性子太过强硬，不得转圜，让她到外面挫磨一段时日也好。尝到颠沛艰苦后，看看性子会不会柔顺一点。否则这般含针带刺地说话，朕听了几句就受不了！"

王承恩急切道："公主殿下千金之体，若是像四年前一样被人绑走该如何是好？"

崇祯皇帝沉吟半晌："那就让冯玄墨跟着她。冯玄墨曾经救过长平公主，武功高强，忠心耿耿，由他负责护卫公主，朕才能放心。"

王承恩松了一口气，试探道："那皇上明儿个是否继续上朝理政呢？"

崇祯皇帝道："当然要上朝，再'病'下去，史官就要把朕写成沉迷美色、误国误民的昏君了，朕这十五年的克勤克俭、殚精竭虑全都要付诸流水了。"

王承恩心想崇祯皇帝最在意名声，看来朱毓媞是拿准了这一点，因此才有醍醐灌顶之效，当下欣慰不已，道："那陈圆圆怎么办？"

崇祯皇帝长叹一声，如壮士断腕般决绝地道："送回周奎那儿，不许再送进宫来。还有，朕这几日宠幸陈圆圆一事，千万不能泄露出去，你要管紧宫人们的嘴。"

"老奴遵旨。"

第四十章

照野弥弥浅浪

　　朱毓媞回到东暖阁时,已是月移中天,夜幕低垂,除了当值的宫人,在今日这欢快热闹的元宵佳节,所有人都应是好梦酣甜吧!

　　绿萍倚门伫望,好不容易盼回了她,悬着的一颗心总算落了下来,上前道:"公主殿下,你脸色好难看,在皇上跟前吃排头了吗?"

　　"何止吃排头?"朱毓媞笑得如缥缈雾岚,"父皇让我离开皇宫。"

　　绿萍震惊得无以复加,结结巴巴地道:"什……什么? 这怎么可能? 古往今来,哪有皇帝逐公主出宫的? 皇上再如何生气,最多罚您闭门思过就好了,把您赶出皇宫,未免太过火了!"

　　绿萍见朱毓媞嘴角含笑,不解地道:"您怎么还笑得出来!"

　　"别担心,父皇只是一时生气,气消了就会让我回来的。"朱毓媞嘴角的笑意越发浓重,"何况我本来就想离开皇宫,这算是因祸得福吧?"

　　绿萍哭丧着脸,嘟囔道:"您离开皇宫,那奴婢该怎么办? 奴婢跟您一道去吧!"

　　朱毓媞道:"父皇只让我离开皇宫,没说让我带上侍女啊。你就好好待在宫里吧。我要一个人好好享受这一段无拘无束的时光,才不让你跟着呢!"

　　绿萍还想再说,朱毓媞懒懒地打了个哈欠,摆手道:"我乏了,你出去吧!"

　　绿萍无奈,只能垂头丧气地带上房门。

　　虽是在崇祯皇帝雷霆震怒之下被逐了出去,朱毓媞心中却有着莫名的欢喜和期待。她拖出放在床下的珊瑚红漆箱笼,用钥匙启了锁,摊开一幅幅画像,轻轻抚着画纸,道:"紫清,我终于可以飞到宫外了,不知道你是否还住在金陵。我能去找你吗? 我只想见你一面。四年过去了,你还记得我吗?"

　　红木雕花长窗外,月皎惊乌栖不定,更漏将残,**辘轳牵金井**。朱毓媞拥着画像,絮语

呢喃，渐渐沉入梦乡。

　　天刚蒙蒙亮，她身着月牙白绣薜荔藤萝对襟绫袄、五彩织锦比甲，下系淡青色无花纹百褶裙，披着四年前元宵节的那件白狐斗篷，一头青丝绾了三丫髻，系着蓝色如意丝绦，携了一个丝绵包袱，趁大多数人都还在酣睡时悄悄离宫。

　　她起这么早，就是为了免去无谓的麻烦，毕竟堂堂公主被皇帝斥令出宫，还真是前所未有之事。同时也是免得他人向她道别——她一向不喜欢道别，也说不出为什么。

　　辇轿将近午门时，便见一名身着大红纻丝盘蟒飞鱼官衣、腰系鸾带、手握绣春刀的锦衣卫站在熹微的晨光下。

　　那锦衣卫躬身一礼，朗声道："微臣锦衣卫指挥使冯玄墨，参见公主殿下。"

　　朱毓媞心想父皇不会真的让自己独自离宫，一定派了扈从随行，倒也不惊讶："父皇让你保护我吗？"

　　"是，微臣会尽心保护公主殿下，请公主殿下宽心。"

　　"父皇派冯指挥使来保护我，我没什么意见。只一点，我向来注重隐私，你必须和我保持一丈以上的距离，没有我的吩咐，不得随意近前。"

　　"微臣遵旨。"

　　朱毓媞"嗯"了一声，走出午门。身后，是熟悉的红墙黄瓦；前方，是她一心向往的海阔天空。冬日的朝阳真是温暖，令她身心舒泰，精神爽朗。她忽然想起了周世显，心想："世显哥哥若知道我被斥令出宫，一定急坏了吧！今日世显哥哥休沐，不如我先去拜访一番。"于是往周府走去。

　　周府位于仁寿坊铁狮子胡同，宅邸宽敞，院落多达五进，正应了明朝开国皇帝明太祖朱元璋的那一句"大官人须居大房子"。

　　周兴此刻上朝去了，周世显一贯早起。朱毓媞心想，世显哥哥这时辰必定是在仰望日出、临风吹笛吧！

　　果然，邻近周家宅门，便听得笛音悠扬清朗，百转千回，颇有"照野弥弥浅浪，横空隐隐层霄。皎皎一溪明月，粼粼匝地琼瑶"的意境。

　　朱毓媞穿过垂花门，循声而去。雕栏曲处，周世显一身宝蓝色团花湖杭夹袍，手执一管玉笛，极目远方陇首霞飞，轻缓吹奏。晨风徐徐，牵起衣袂飘飘扬起，仪态儒雅，风姿俊逸，真正是谦谦君子，温润如玉。

　　朱毓媞悄悄走到他身后，大声道："世显哥哥。"

　　周世显显然被吓了一跳，背脊一抖，险些握不住玉笛。他回头望着朱毓媞，一脸惊诧："你……你怎么在这里？"揉揉双眼，定睛细看，晨光下的少女明眸善睐，巧笑倩兮，不正是朱毓媞吗？

　　朱毓媞道："世显哥哥，你真是好雅兴，吹的这一曲叫什么？"

周世显呆了片刻，仿佛没听见她说话，期期艾艾地道："你怎么出宫的？难道……"想起昨夜她曾说过要"不合时宜一回"，又看见她肩上的丝绵包袱，他大叫："难道皇上一时冲动，把你赶出来了？"

朱毓媞额下蟠首，敛下眉眼间一抹愉悦的笑意："父皇发了好大的脾气，我只能暂时出宫避一避。等他气消了，我再回去。"

周世显紧张兮兮地道："皇上发了脾气？有没有动手打你？"

朱毓媞道："没有，父皇生气归生气，可我觉得他把我的话听进去了。即使我与父皇从此生分了，我也不后悔自己这么做。"

周世显道："你受委屈了。"

朱毓媞道："怎么会受委屈呢？我终于可以到外面的世界看一看了。你知道吗？我昨晚差点兴奋得睡不着呢！"

周世显被她的喜悦感染，微笑道："刚好我连着几日休沐，你想去哪就告诉我一声，我一定带你去。你用过早膳了吗？"

朱毓媞道："我是匆匆出宫的，到现在还没进食呢！你一提我正好觉得饿了。"

周世显道："早膳差不多已经做好了，我吩咐下人把食案端到庭院的竹亭里，你先去竹亭里候着。"

朱毓媞"嗯"了一声，到了竹亭。过了半晌，下人们端上食案，有八宝莲子粥、麻酱烧饼、萝卜丝饼、糖包、牛骨髓茶汤、杏仁茶，热气蒸腾，香味四溢。

又等了一晌，周世显仍是没来，不禁纳闷，忽听身后传来靴子拂过草皮的声音，继而听到一声久违的熟悉的猫叫，转头一看，只见周世显抱着铃铛气喘吁吁地跑来。

朱毓媞又惊又喜："你去了好一会儿，原来就是为了抱铃铛啊！你也真是的，干吗跑那么急。"

周世显道："你好不容易才来一趟，又和我共进早膳，我怎么好意思让你久等？"

"也是，你今日休沐，我又刚好被赶出来，真是千载难逢的机会！"朱毓媞看着他怀里的铃铛，笑道，"铃铛被你养得肥肥壮壮的，我快要认不出来了。来，让我抱一抱。"

周世显将铃铛放入她的怀里，她温柔地抚着铃铛的皮毛，铃铛眯着双眼，十分舒适的样子。他笑道："看来铃铛没有忘记你，我还怕它在这里吃好睡好，就忘了原本的主子了。"

朱毓媞道："铃铛甚有灵性，才不会如此！世显哥哥，我真要谢谢你，若不是有你，我还真不知道怎么安置铃铛。"

周世显道："这样说便是生分了，我们之间的情谊，哪用得上'谢'字。"

朱毓媞含笑逗弄着铃铛，爱不释手。周世显道："媞儿，让铃铛在院子里自个儿玩要吧。再不用早膳，怕是要凉了。"

朱毓媞轻轻放下铃铛。铃铛"喵呜"一声，一溜烟去了。

第四十一章

画毂雕鞍狭路逢

山抹微云，连天晨光仿佛一袭金黄的锦缎迤逦展开，宁静中唯见光影的离合辗转在雪地上投下深深浅浅的蒙昧。随着冉冉日出，每一瞬的光影都在千变万化。

二人一边享用早膳，一边欣赏日出美景。

吃饱后，下人撤走食案。周世显握了握她的手道："你的手有点冷。"取了一个平金手炉煨在她怀里。

朱毓媞闻到一缕香味："奇怪，什么味道？"

"我在炭盆里煨了两个番薯，一人一个，等会儿就能吃了。"

"我发觉你真是个馋鬼。才刚吃完早膳，谁还吃得下番薯！"

周世显施施然含笑凝睇，将她看得全身别扭。

朱毓媞嗔道："干吗这样看人？"

"我觉得你离开皇宫后，整个人气色变得很好，笑容也多了。"

"这就叫相由心生吧！"

"你今日想去哪里？"

朱毓媞静默半晌，垂首敛眉，声细如蚊："金陵。"

"金陵？"周世显的心仿佛漏了一拍，"为什么是金陵？"猛然醒悟，目光炯炯，"四年前你在金陵是不是遇到了什么人？所以这四年来，你才一直魂不守舍的？"

周世显问得一气呵成，逼得朱毓媞有些措手不及。她点了点头道："这件事我连绿萍都没有提起，既然你猜到了，我就照实告诉你。"于是将遇到袁紫清一事娓娓道来，只略过袁紫清拥吻自己的那一段，毕竟实在太难以启齿了。

周世显心中五味杂陈："四年来，我一直等你亲口告诉我，我知道你一定遇到什么人了，我一直在等你剖白……"

"我一直以为我与他此生不会再见面了，就让他彻底埋藏在我的记忆里，成为我人生中短暂相处的过客，所以我才觉得没有必要说出来。"朱毓媞凝视着他，歉然道，"世显哥哥，不是我存心骗你，而是我一直不想让人知道。"

周世显心中又是寂寥，又是酸楚："原来你这般珍视他。媞儿，你是不是对他动情了？"

朱毓媞忽然感到一阵茫然，就像被风带着飘落在浩瀚大海上的一粒尘埃，上下都是无垠的蓝，分不清楚哪里是天，哪里是地："我不清楚，我只知道若不是他，我就要被抓回青楼了。常言道：'滴水之恩，当涌泉相报。'他是我的恩人，我欠他恩情，无论如何我都要偿还才是。"

周世显听到最后，面色雨过天霁，释然道："原来是想要报恩啊！我还以为你对他萌了情芽了呢！"

朱毓媞听到"情芽"两个字，心弦像被撩拨了一下，漫出无尽的迷惘。其实她也不是很确定自己的心意，在她的认知里，情爱就如干柴烈火般轰轰烈烈，每一刻都是燃烧身心的热情，期望与对方如胶似漆，形影不离。然而袁紫清是她一生中遇见的最特别的人，凶狠、冷酷、蛮横，让她平静的心湖荡开了绵绵不绝的涟漪，令她好奇地想要一探究竟。每当夜深人静，或是身心俱疲、风声呜咽如泣时，袁紫清才会悄悄浮出心湖。袁紫清的肖像，仿佛一服温和的药剂，能够慰藉她惆怅的心灵。与其说她对袁紫清的情意是烈火般的缠绵渴望，倒不如用细水长流的牵念来形容更为贴切。

周世显目光洞若观火，凝视着她，仿佛要看穿她的内心。他和颜悦色地道："你是个重情重义的人，不喜欢欠人情。大概是你觉得欠了他什么，所以才会这般念念不忘。你若能见他一面，当面偿还这份恩情，就能搁下这桩心事了。我这就带你去金陵，只是不知道他是否还住在那里，就怕一番舟车劳顿，最后只是徒劳一场。"

朱毓媞双眼一亮，仿佛有火焰在跳跃："你要带我去金陵？"

周世显道："我说过不管你想去哪，我都会带你去。"

朱毓媞心中感动："世显哥哥，你真好，我还怕你为难呢！"

周世显微微一笑："带你去见恩人，有什么好为难的。"

朱毓媞道："我还有一事要拜托你。我包袱里装着我的积蓄，麻烦你托人兑成米粮，赈济城里的贫民。"

周世显道："你真是菩萨心肠。行，我一定帮你办妥。"当下吩咐阿奇去操办此事，又命人备妥马车，准备南下金陵。

朱毓媞坐在马车上，掀开帘幕，望着街景，心中说不出的兴奋和期待，想到极有可能会见到袁紫清，又多了一分患得患失。

紫清还住在金陵吗？紫清还记得我吗？紫清……

正魂不守舍间，蓦地双眼怔住，一名男子身着一袭团花紫绸夹棉袍子，宛宛乌发束在翠玉的半月冠里，只用一根玉簪扣住。他静静地走在影影绰绰的人群之中，身后跟了一名女子。这女子有点面熟，仿佛是四年前和自己一同被掳去媚香楼的魏……她叫什么？算了算了，她不重要。那紫衣男子，是不是袁紫清啊？

朱毓媞一瞬间还以为眼花了，揉揉双眼，定睛一看，那眉目如画、俊美无伦、宛如滚滚红尘世外客的人，不正是袁紫清吗？

她整整画了四年的袁紫清，他的五官早已在脑海里根深蒂固了，她这辈子都忘不了。

不错！绝对不会错！那紫衣男子绝对是袁紫清！

她又是惊讶，又是欢喜，茫茫人海，遥遥千里，她正要去见他，还怕他已不在金陵了，没想到缘分来得如此巧妙，他竟无声无息地闯入她的眼帘。

她猛地大叫："停车！停车！"

周世显愕然道："怎么了？"

朱毓媞无暇回答，急忙下车，放眼望去，那一抹紫色身影逐渐隐没在人群中。

她仿佛失了魂似的在人群中狂奔，大叫："袁紫清！袁紫清！"

那一瞬，遥见袁紫清回头望了一眼，表情愕然，随即转入街角。

她一阵心急火燎，一溜小跑追了上去，转过街角，眼前人来人往，却已不见袁紫清的身影。

她心中空空落落，仿佛被虫子蛀空了一角，茫然立在人群中。

周世显追了过来，殷切道："你看到了袁紫清？"

朱毓媞茫然点头。

周世显又道："你确定没看走眼？"

朱毓媞一脸笃定："我不会看错，是他，是他没错。"

周世显道："既然他在城里，那就不难找，你别太失落了。"

如是，朱毓媞稍稍释怀，没注意到冯玄墨目光若有所思，饶有兴趣地咀嚼着"袁紫清"三个字。

第四十二章

魏宅

袁紫清三人到了京师,正是日中时分。

北京古称蓟,山川形胜,足以控四夷、制天下。明人有诗云:"帝京南面俯中原,王气千秋涌蓟门。渤海东波连肃慎,太行西脊引昆仑。"自古以来北京就是联结长城内外、大漠南北的枢纽。

袁紫清走在街上,正想着要在哪里落脚,猛地听见身后有人高喊自己的名字,回头张望,却只看见川流不息的行人,心中好生纳闷。

魏怜道:"怎么了?"

袁紫清道:"我仿佛听见有人在喊我。"

魏怜奇道:"你在这里有认识的人吗?"

袁紫清道:"没有啊。"

魏怜道:"大概是你听错了。"

袁紫清一脸纳闷:"是吗? 可我觉得不太像。"

魏怜抚着肚腹说:"说着说着肚子就饿了。我记得前面有一间饭馆,里面做的菜十分精致可口,我们先去打尖再说。"

萧采莞道:"怜姊姊方才才吃了两个豆沙包,怎么这么快就饿了?"

魏怜人逢喜事精神爽,对萧采莞也客气起来,笑道:"我吃下去的东西都要一分为二,当然很快就饿了。"

萧采莞道:"可见肚里的孩子是个馋鬼。"口中说笑,偷偷觑了袁紫清一眼,见他一脸漠然,仿佛没有因魏怜有孕而欢喜。

魏怜回到北京,自是要点一碟北京小吃灌肠来解馋。灌肠盛行于明初,在猪肥肠内灌上面粉、丁香、红曲水、豆蔻等十余种材料,煮熟了切片,然后在饼铛中炸至两面冒泡焦

145

脆,淋上盐水蒜汁。

除了灌肠,还有炒肝、糖火烧、炸糕、爆肚儿、羊眼包子等小吃。

萧采莞听到"羊眼包子",吓了一大跳,瞪着眼前一笼羊眼包子,眼珠子都快要掉出来了,期期艾艾地道:"什么……羊眼包子?难道馅料竟是……羊的眼珠子?"

魏怜咯咯娇笑:"馅肉没有羊眼,只是做得精细些,个头包得小了点,像羊眼,就给起了个'羊眼包子'的名字。快吃快吃,这可是人间美味呢!"

萧采莞松了一口气,一颗心稳稳地放回肚子里。

面对一桌琳琅满目的菜肴,袁紫清却神思不属,没吃多少就搁下筷子不动了。

萧采莞吃了半饱,道:"公子,我们接下来要住哪?"

袁紫清想了一下:"在客栈租个小跨院,这样方便些。"

萧采莞道:"怜姊姊怀着身孕,住客栈多有不便。"

袁紫清奇道:"怀孕为什么不能住客栈?有什么不方便的。"

萧采莞道:"客栈人来人往,怜姊姊挺着肚子,怕是不能静心养胎。"

魏怜道:"我也不想住客栈,我在京城财坊胡同里有个现成的大宅子,为什么要委身在小小的客栈之中?"

萧采莞奇道:"什么宅子?"

魏怜道:"是我死去的爹爹留下来的房子。哼!现在被我后娘和弟弟们霸占着。从前我年幼,处处看后娘的脸色,弟弟们个个地痞流氓似的,全都不好相与,我少不得要忍气吞声。现在我有了紫清,再也不用忌惮他们了!"

她挽着袁紫清的胳膊,撒娇道:"紫清,你可要替我出这一口窝囊气,把那个宅子要回来。"

袁紫清嘴唇一撇,一脸不屑:"既有现成的房子,那是一定要讨回来的。只是杀鸡焉用牛刀,你当是市井流氓撒泼蛮干吗?"

"好不好嘛,你就让他们见识见识你的神勇嘛!给我长长面子嘛!"

"好啦好啦,真是受不了你!"

如此,三人饭毕就一同前往魏怜的旧宅。

朱漆大门的铺首衔环已然锈迹斑斑,门前一地枯叶也都没人清扫。入了宅门,薄薄的金黄日光迤逦洒落在前院的雪地上,一树乌鸦此起彼伏地鸣叫着,越发衬出宅子的幽静荒凉。

穿过垂花门,到了正院,仍是不见人影,光秃秃的枝丫上倒是栖了不少乌鸦,一见生人,立即扑着翅膀飞向空中。

袁紫清皱眉道:"怎么像是没人住的样子?"

魏怜纳闷不已："就算再如何家道中落,后娘一向挺注重门面的,不至于会破落至此啊!"

袁紫清道："进去看看。"

到了正厅,空气中有股挥之不去的腐臭味和霉味,墙壁因潮湿扎了霉根,楠木铺成的地板上积了厚厚一层灰,众人脚边扬起的灰尘,在浅金色的阳光下张牙舞爪地飞舞着。

袁紫清受不了这般肮脏的环境,皱眉道："说不定你后娘和弟弟们早就死了,不然这哪像人住的地方?"

魏怜道："真奇怪,我去问问邻居好了。"

袁紫清很不耐烦："何必这般麻烦?"转头向萧采莞道："把房子拾掇一下,尤其是地上的灰。"

萧采莞正要答一声"是",忽听正房似乎传来模糊的呻吟声,奇道："你们听,是不是有什么声音?"

三人侧耳倾听,果然听见细碎的呻吟声。

魏怜道："说不定是后娘,我们过去看看。"

到了正房,那呻吟声更加明显,腐臭味也越发浓重。魏怜轻轻推开房门,一股陈年的腐臭味和着灰尘兜头盖脸地扑了过来。魏怜首当其冲,加之有孕在身,当即反胃欲呕,其他二人更是掩鼻皱眉,大退两步。

袁紫清头皮发麻："我受不了啦! 你自己进去。"一个箭步闪到院子里。

魏怜强忍恶心,气咻咻地道："方才还说要帮我对付流氓弟弟,你是这样帮忙的吗?"

袁紫清一脸嫌恶："话是这样说没错,但里面又臭又脏,谁受得了!"

魏怜跺足道："好好好,为了我,这一点折腾你也受不了! 哼,不劳您大驾,我自己进去。"言毕,用绢帕掩住口鼻进入房中。

第四十三章

弑母

　　室内阴冷潮湿,仿佛有千丝万缕的寒气从四面粉墙透出,弥漫整间寝室,地上的炭盆早已火尽灰冷。昔日房间里所有值钱的器物,如景德镇窑粉彩五伦图狮耳盘口瓶,或是小几上的金珐琅九桃熏炉,都不见了,空荡荡的,只剩下一些简单的家具。

　　正纳闷不已,一个苍老虚弱的女子声沉沉入耳:"魏怜,是不是你?"

　　她移目过去,凌乱的床榻上卧着一名妇女,面色无华,双颊深陷,精神萎靡,令她看起来比实际年龄还要衰老。

　　魏怜十分讶异,一声"后娘"脱口而出。

　　魏夫人目光有一瞬的明亮,颤巍巍地伸出瘦骨嶙峋的手,道:"魏怜,真的是你!"

　　魏怜一呆,见她的手生满冻疮,暗红深紫累累,昔日的白皙柔滑已荡然无存。她想过无数次有朝一日重返旧居会是怎样光景,或是后娘盛气凌人地责问自己跑去了哪里,或是弟弟们如何赏自己脸色,却从未想过会面对如此颓唐衰败之景。

　　魏怜呆呆地问:"你生病了吗?"

　　魏夫人点了点头,一字一字吃力地道:"我……我大概已经不成了。"

　　魏怜难以置信,后娘一向身强体健,极少生病,不过短短四年光阴,竟熬成了一把支离病骨。

　　魏怜定了定神,霍然察觉弥漫在空气中的腐臭味是从魏夫人体内散发出来的。魏夫人蜷曲在潮湿泛黄的被衾里,仿佛没有生气的滑腻青苔,整个房里弥漫着一股垂死的气息。

　　魏怜用一种欣赏风景的目光环顾周遭,最后定定地望向她的脸,嘴角忽然扯出一丝幸灾乐祸的弧度:"后娘。"

　　魏夫人吃力地向她招了招手:"你……你过来。"

魏怜寸步不移，和她保持了一段距离："弟弟们都到哪里去了？"

这一句话深深刺激了魏夫人，她眼皮灼然一跳，眼中蹿起火苗，咬牙切齿地道："逆子！都是逆子！"她急火攻心之下，岔了气息，登时剧烈咳了起来。

"逆子？"魏怜也不帮她顺顺气，捡了一张黑檀木椅，拂去上面覆盖的灰尘后坐下，好整以暇地道，"你不是最疼爱两位弟弟吗？不是总说女子不如男？不是总是宝贝儿子长宝贝儿子短的吗？怎么死到临头，却改了称呼了？你是不是老悖晦了！"

魏夫人撕心裂肺地咳着，好不容易缓了下来，唇边已溢出一缕鲜血。她死死地攥着被衾，痛心疾首地道："我病倒后就再也下不了床了。他们不但不管我，还把家里值钱的东西拿去典当，当完家里的东西后便一去不回了。若不是邻居好心，隔三岔五为我延医问药，又天天为我送吃食来，我……哪撑得到今日！我……真是心寒啊！"她强撑着一口气说完这一句，已是气若游丝，眼神涣散，仿佛离死亡深渊更近了一步。

魏怜嗤笑一声，道："这就叫恶人自有恶人磨，谁让爹爹一死，你就不给我好脸色看？我若不是学会了抓乖卖俏，投其所好，只怕立刻就被你赶出来了！你的运气倒也不错，死到临头竟还有人给你请大夫，又送吃的过来。他们若是知道你的刻薄为人，怕早就放你自生自灭了。"

魏夫人又是惊怒，又是伤心，胸口剧烈起伏，如一波波浪潮。

萧采莞一直默默旁观，此时不禁恻然，道："怜姊姊，你少说一句吧。"

魏怜深深地剜了她一眼："我和我后娘说话，你插什么嘴？"

萧采莞道："我只是怕你刺激到老夫人。老夫人如今的身子可禁不起一丝半点的刺激，若有什么三长两短——"

魏怜冷冷地打断她的话："我正是要刺激她，好让她有个三长两短！"

"她是你后娘啊！"

"你少管闲事。"

魏夫人颤巍巍地指着魏怜，怒道："你说这些话，是何居心？"

魏怜笑道："你病得都要见阎王了，却没人为你亲侍汤药，真是可怜！当初你若待我好一些，指不定我还会让你走得痛快些！"

魏夫人喘道："你……就算我昔日待你不好，也只是口头刻薄而已，谈不上什么深仇大恨。总我还是你的后娘，我如今久病不愈，命在旦夕，你竟刻毒如此，你还有人性吗？"

魏怜"啧"了一声，冷笑道："你说我刻毒？不错，你脑子总算没有病糊涂。我做人的原则，就是谁对不住我，我就要她生不如死，悔不当初。"说着端起床头小几上搁着的汤药，说道："这药都凉了，不如别喝了。"说完便将汤药倒在地上。

萧采莞再也看不下去了，转身离去。

魏怜笑道:"你身子已经不成了,还喝药做什么?左右不过延续几日寿命罢了。你如今缠绵病榻,众叛亲离,活得这般毫无尊严。我要是你,宁愿痛痛快快赴死,也不愿苟延残喘多活一刻。"

魏夫人胆寒不已:"你究竟想要怎样?"

魏怜盯着魏夫人的目光如作势欲扑的毒蛇,她阴恻恻地道:"我们毕竟母女一场,我只是想送你最后一程罢了。"

魏夫人一脸惊恐:"别……别过来!别过来!我要叫人了……"

魏怜笑得花枝乱颤:"你要叫谁啊?儿子们都不要你了,谁还会在意你的死活?"说完敛住笑容,目光杀气腾腾,"好了,我不跟你浪费唇舌了,这就请你去见阎王吧!"

魏夫人发出一声尖叫:"不要!不要!"本能地向后退缩,却一丝力气也使不上,眼睁睁地看着魏怜的双手紧紧掐住了自己的脖子。

魏怜笑得妩媚而狠毒:"后娘,你好好上路。每年这个时辰,我都会为你焚香的。"

魏夫人双眼瞪得老大,死死地盯住她,仿佛要把她的样子带入幽冥九泉。也不知魏夫人哪里生出的余力,双手紧紧掐住魏怜的手臂,嘴里嗬嗬作响,舌头长长吐出,双腿剧烈地抽搐了几下,一动也不动了。

"谁教你从前薄待了我。"魏怜甩甩酸疼的双手,"我这人,记仇。"

第四十四章

蛇蝎心肠

袁紫清和萧采莞站在院子里。袁紫清气定神闲,仿佛等着一出好戏落幕。

萧采莞一脸怔忡不安:"公子,您要不要去看一看,怕是会出人命。"

袁紫清反问:"别人的命关我什么事?"

萧采莞一时语塞,嗫嚅道:"可是……可是那是魏怜的后娘……"

袁紫清道:"魏怜都不把她后娘的命放在心上,我何必操这个心?"

萧采莞道:"可是……"见他面色凝重,登时不敢再说。

"采莞。"袁紫清静默片刻,"你替我办一件事。这件事不能让魏怜知晓。"

萧采莞心头一跳:"什么事?"

袁紫清道:"你去街上药铺买些能使女子流产的药,每日掺一些在魏怜的饮食中。"

"什……什么?"萧采莞简直不敢相信自己的耳朵,"您要奴婢找流产的药?是流产还是养胎?公子您说错了吧!"

袁紫清的嘴唇抿成一个坚毅的棱角:"我没说错。魏怜这一胎,本就不该来到这个世上。"

萧采莞既震惊又错愕,结结巴巴地道:"什么……什么意思?奴婢不明白。"

袁紫清凝视着她,缓缓地道:"每回行房,我都会事先服下避孕的药丸,就是为了不让她怀孕。这回不知道是怎么了,药丸竟然失效了。"

萧采莞又是一呆,继而关切道:"公子服下那药丸,会不会伤到身体?"

袁紫清自嘲一笑,话语中有一丝酸楚:"我一点也不在乎自己的身体。"

"可我在乎!"萧采莞险些将这话脱口而出,好不容易忍了下来,呆呆地道:"公子一直事前服药,怜姊姊还能怀上孩子,说不定这孩子是上苍赐给你们的。还请公子慎重考虑。"

袁紫清目光阴戾而笃定,冷冷地吐出一句:"只是个未成形的胎儿,流掉就流掉了。"

萧采莞愕然不解:"您不是很喜欢怜姊姊吗?为什么不要孩子?"

"我对她就只是喜欢而已,并没有那么认真。"袁紫清仿佛认真思索着,须臾,悠悠地看着天际,"身无彩凤双飞翼,心有灵犀一点通。我与她,终究没有到这个地步……"

萧采莞一听,怔怔地说不出话来。

袁紫清道:"你找来的流产药,不可一次用得太猛,必须斟酌用量,不然会被她察觉。"

萧采莞脑海一团混乱,迟疑着不知道该不该答应,毕竟是一条无辜的小生命,怎么能说不要就不要呢?

忽然,脑海里电光石火般浮现出魏怜方才说的一句话:"我做人的原则,就是谁对不住我,我就要她生不如死,悔不当初。"不知为何,这一句话仿佛魔咒似的在耳边徘徊不去,彷徨和不安涌上了心头。

袁紫清面如秋霜,话中带着慑人的冷意:"不做吗?"

萧采莞额头上的细密冷汗被一层层地逼迫出来,她嗫嚅道:"我……"

袁紫清拂袖道:"那你就别跟着我了。"

萧采莞只是个十四岁的丫头,哪有其他地方可去。她闻言慌了手脚,像迷路的小鹿般怯生生地道:"公子别赶我走,奴婢做就是了。"

袁紫清展开眉头,轻浅一笑,忽然俯下脸在她脸上印下淡淡的一吻,道:"采莞真乖。"

萧采莞正心寒他的狠辣无情,没防到他会有此一举,登时全身一震,心中开出春花朵朵。她怔怔地瞧着袁紫清,即便眼角的戾气展露无遗,然而下颌秀美的弧度却依然有着撩人心弦的气韵。

袁紫清道:"等会儿出去找人把魏夫人的遗体殓了,然后把屋子里里外外拾掇干净。"

萧采莞唯唯应了。

魏怜出来的时候,仿佛不曾掐死人似的,神色平静如常,脚步如云雀般轻盈跳脱,一溜小跑到了袁紫清面前。

袁紫清神色自若:"结束了?"

魏怜云淡风轻,恍若无事:"老妇虽然病恹恹的,但遇到生死大关,力气还真不小。你瞧,把我给捏疼了。"说完伸出双臂,蝶袖滑到手肘,浅浅的阳光下赫然是五指捏痕。

袁紫清淡淡地道:"对付一个行将就木的老妇,何必这般费力? 割了她的咽喉便是。"

魏怜笑道:"这样我的手就沾到她的血了,多晦气!"

袁紫清道:"采莞留着拾掇屋子,我们到街上采买一些日常用品。我想我们大概会在京师里住一阵子。"说完转身便走。

"等等。"魏怜宛如妻子服侍丈夫般替他除下外袍,从包袱里拿出一件水蓝色绣灵芝云纹绡纱长袍为他披上,"你的外裳沾到灰尘了,换一件干净的!"

二人的对话全都落在萧采莞耳里，仿佛魏怜方才只是捏死一只蚂蚁，转眼即忘。萧采莞只觉得一股寒意似蛛网般蔓延了整个背脊。虽知袁紫清曾遭逢巨变，又饱受屈辱，却没想到他竟然连亲生骨肉都能舍弃。而魏怜竟连自己病入膏肓的后娘都能残忍杀害。二人的手段简直令人不寒而栗。

　　魏怜回到故地，俨然像个向导，带着袁紫清东拐西绕，指点风情。

　　袁紫清始终神色清淡，有一句没一句地敷衍着。

　　魏怜忽然板起面孔，道："紫清，我总觉得你不是很开心的样子。"

　　"有吗？"

　　"有，当然有。"魏怜紧紧地盯着他的双眼，语气焦灼不安，"你老实告诉我，你是不是不希望我怀孕？"

　　"你多虑了，我怎么会不希望你怀孕？"袁紫清手掌轻轻抚着她的腹部，"这是我们的第一个孩子。"

　　"那就好。"魏怜长长吁了一口气，笑逐颜开，"自从你得知我有喜，就一直魂不守舍的，我还怕你不想要这个孩子呢！"

　　袁紫清斜睨她一眼，靓妆眉沁绿，羞脸粉生红，一颦一笑中尽是初为人母的喜悦。他心中掠过一丝愧疚，淡淡地道："第一回做父亲，总是会紧张的。"

　　"紧张？"魏怜轻笑，"紫兰君天不怕地不怕，阴曹地府也敢闯，竟然也有紧张的时候？"

　　袁紫清静默无语。

　　魏怜自言自语："紫清，你希望这孩子是男孩还是女孩呢？我希望是女孩，人家都说，女儿是贴心的小棉袄。若是女儿，一定长得玲珑可爱。第一胎生女儿，先开花后结果，以后第二胎、第三胎就为你生儿子，好替你们袁家传宗接代……"她叽叽喳喳地说个没完，分毫没注意到袁紫清的面色越来越难看。

　　魏怜说了片刻，忽然心血来潮，道："紫清，我带你去一个地方。"

　　"什么地方？"

第四十五章

一愿郎君千岁

北京外城西宣南坊胡同里有一座巍峨宏伟、气宇辉煌的古刹,名叫"悯忠寺"。

魏怜挽着袁紫清踏入寺中,滔滔不绝地向他介绍:"这座佛寺历史悠久。当年唐太宗远征高句丽,于幽州城内建此佛寺,以悼念在东征中阵亡的将士。万岁通天元年,佛寺建成,武则天赐名为悯忠寺。安史之乱时,安禄山和史思明先后在寺内东南角和西南角造塔立碑。唐昭宗时有节度使在寺里建了高楼,叫'悯忠阁',当时还有句谚语'悯忠高阁,去天一握',形容此阁很高。辽朝清宁三年幽州发生大地震,悯忠寺几乎震毁,后来进行了修复。金代时,该寺为燕京名刹,曾是女真人取士的考场,宋钦宗被掳后也在寺中囚禁过一段时日。元末明初,寺院毁于战火。明朝正统二年重建。"

袁紫清挑眉道:"你倒是知道得详细,我看这里的香客都没有你这样的见识。"

魏怜沉沉一叹:"我爹爹昔日时常带我来这里焚香祝祷,这都是爹爹告诉我的。"

袁紫清想起死去的父亲,不禁黯然:"你带我来这里做什么?"

魏怜柔声道:"为你,为我,为我们腹中的孩子求个如意平安。"

袁紫清眼中有一瞬间的动容,随即淡然道:"我向来不信神灵,我只相信事在人为。"说完转身便走。

魏怜急忙扯住他,央求道:"既然来都来了,陪我上个香好不好?"

袁紫清见她脸上尽是哀求之色:"好吧,只是不许太久。"

"只是焚香祝祷而已,不会耽搁太久的。"

苍郁古松掩映下的古刹,钟声悠悠,香烟袅袅,僧客络绎,沉静庄严。

天王殿是悯忠寺第一重殿宇,供着弥勒佛像和四大天王像。佛像金身高耸,宝相庄严。殿中红烛烨烨,香烟缭绕,香油味扑鼻。殿中香客虽多,却很是寂静。

魏怜跪在蒲团前,双手合十,神色真诚,嘴里喃喃祝祷,袁紫清依稀听得"孩子平安出生""身体康健,事事如意"云云。之后她便由袁紫清搀扶着离去。

"紫清。"魏怜目光缱绻温柔,"你猜我对神明说了些什么。"

"必是祈祷我们和腹中孩子一世平安。"

"不止呢!"魏怜目光如一池春水,指着横梁上的燕巢,喜滋滋地道,"一愿郎君千岁,二愿妾身常健,三愿如同梁上燕,岁岁长相见。"

袁紫清瞬间怔住,脚步停滞不前。

魏怜道:"怎么了?"

袁紫清回过神来,脑子有些发晕:"没什么,走吧。"

顺着长街东行,一路尽是魏怜的呢喃软语,声声悦耳。从内城正阳门到皇城大明门之间是一条纵横如棋盘的街道,俗称"棋盘天街"。这条街是东、西两城之间的交通要道。招幌牌匾随处可见,金店银铺人潮如涌,端的是商客如云,喧嚣震天。

大明门是大明王朝的国门——日月光天德,山河壮帝居。大明门内就是天子御道,两侧为吏部、户部、礼部、五军都督府、宗人府等各大衙门,气象森严。更北面宫闱深深,殿宇重重,飞檐翘角如游龙翔凤,正是大明天子居住的紫禁城。

锦衣卫衙门靠近皇城正门承天门,在千步廊西侧,比邻五军都督府,与东侧的六部隔街相望。

彼时斜晖脉脉,暮云悠悠,宿鸟归急,薄暮冥冥。袁紫清站在风口,极目北望,良久,才轻轻地道:"我盗过许多名门大户,却从来没有在天子脚下作过案,户部掌国库——"

魏怜惊得脸都白了,忙打断他的话:"不可。"

"为何不可?"

"户部掌国库,自然门禁森严,锦衣卫衙门又在对面,你这样太冒险了。"

"你放心。"

"我怎能放心?"魏怜眼圈儿一热,"我如今怀了你的孩子,倘若你有个好歹,我们娘俩怎么活?"

袁紫清道:"你方才不是愿郎君千岁吗?既然我有神明庇佑,怎会出事?"

魏怜还想再说,袁紫清牵着她的手,道:"路滑霜浓,夜来风寒,还是赶紧回去吧!采莞大概已经打扫干净了。"

二人沐着夕阳回到宅子。果然,地板已是纤尘不染,就连墙壁的霉菌也清理得一干二净。萧采莞付了双倍的银子,请人帮忙把魏夫人的遗体入土安葬。

萧采莞做好一桌饭菜,招呼二人用饭。

魏怜早就饿得前胸贴后背,当下不顾形象,大快朵颐了起来。

袁紫清不着痕迹地向萧采莞投以一瞥,二人目光相视,均是颔首。

袁紫清夹了一筷鱼片到魏怜的碗里,和颜悦色道:"鱼肉对胎儿有益,多吃一点。"

魏怜那笑容甜得如蜜里调油:"我就知道你心里还是很在意孩子的,只是不喜形于色罢了。"

袁紫清浅笑道:"当然。"

萧采莞见魏怜一口一口津津有味地吃着饭菜,忍不住喊了一声:"怜姊姊。"

魏怜的饭还没咽下,含糊道:"怎么了?"

萧采莞欲言又止,见袁紫清面色一沉,连忙强笑道:"别吃这么急,小心噎着了。"

饭后,萧采莞收拾碗筷,随口道:"我今日去买米的时候,听米铺老板说长平公主明天巳时一刻要亲自在铺门口发米粮赈济百姓。"

袁紫清和魏怜听到"长平公主"四个字,心念均是一动,齐声道:"长平公主?"

萧采莞道:"是啊,听米铺老板说,这位长平公主可慈心了,把所有积蓄都拿出来救济百姓呢!"

袁紫清和魏怜闻言,不禁想起四年前,有一少女自称长平公主,惹人发噱。

魏怜噗地一笑:"紫清你知道吗? 四年前我和一个小姑娘一同从京师被掳到金陵,那小姑娘自称长平公主呢! 哈哈哈,真是笑死我了,她素簪布裙、衣饰无华的样子,哪里像什么公主!"

"四年前?"袁紫清一脸惊诧,"我也遇到了一个小姑娘,她也自称长平公主!"

登时,二人面面相觑,哑口无言。

萧采莞打破了沉默:"两位遇到的莫不是同一人?"

魏怜道:"她是从媚香楼逃跑出去的,之后就不见踪影了。难道……难道是被紫清你救了去?"

袁紫清点了点头:"我的确救了一个姑娘,当时她被一群穿红衣的汉子追着跑——"

魏怜目光瞬间雪亮,打断了他的话:"对了! 就是她! 你救走的那个姑娘,就是从媚香楼逃跑出去的。当时追她的人说根本不清楚发生了什么事,双腿突然就麻木了,然后她就凭空消失了。芳姑还骂他们是在替自己的无能找借口呢!"

袁紫清讶然道:"天下竟有如此凑巧之事。"

萧采莞插口道:"那她当真是长平公主吗?"

魏怜将信将疑:"哪有公主出来抛头露面的?"

萧采莞道:"明儿个长平公主出来布施米粮,不也是出来抛头露面吗?"

魏怜道:"这么说也是。左右也是无事,要不明儿个一同去米铺看看,不就知道了。"

如是,在京师的第一晚就这么过去了。

第四十六章

发米济贫

朱毓媞自从在马车上见到了袁紫清后,便在街上四处寻找那一抹紫色身影,哪知袁紫清已换了水蓝色外袍,因此自是一无所获。

她没头没脑地寻个不停,只是苦了周世显,陪着她在城里像只无头苍蝇似的。倒是她,因整整四年没迈出宫门,对街上一景一物都十分新鲜好奇,像是乡下人第一次进城似的,浑然不觉得疲累。

回到周府,却见绿萍盈盈立在堂上,她欣然道:"绿萍,你怎么来了?"

"皇后娘娘听说您出宫了,委实放心不下,说奴婢服侍您多年,就让奴婢出来照看您。"绿萍道,"皇后娘娘虽然貌似还在生公主殿下的气,但她心里其实是很关心您的。"

朱毓媞道:"母女之间哪有隔夜仇啊!不过你是如何知道我在周府的?"突然恍悟,看了周世显一眼,对他说:"我前脚才刚踏进周府,你就马上遣人去宫里报平安了。"

周世显殷殷含笑:"就算我不多此一举,皇后娘娘难道不晓得你会来找我吗?"

朱毓媞笑道:"我在你这里,毓芙又要暴跳如雷了。"

绿萍道:"皇上今日下旨将陈圆圆送出宫去,开始上朝理政了。"

朱毓媞大喜:"当真?父皇上朝了?"

绿萍道:"奴婢怎敢欺骗您?皇上宠幸陈圆圆一事,对外瞒得滴水不漏。奴婢还担心您会触及皇上的逆鳞呢!看来您当真给皇上来了一记当头棒喝了。"

朱毓媞欣然道:"世显哥哥,你听到没?父皇总算把我的话听进去了!"

周世显微微一笑,见她脸上微有倦怠之色,温颜道:"你这般兴奋,等会儿睡得着吗?赶紧洗漱歇息吧。明儿个还要到崇文门里街的稻兴米铺发米济贫。"

绿萍道:"什么发米济贫?"

朱毓媞轻轻吟道:"年来蝗旱苦频仍,嚼啮禾苗岁不登。米价升腾增数倍,黎民处处

不聊生。草根木叶权充腹，儿女呱呱相向哭。釜甑尘飞爨绝烟，数日难求一餐粥。官府征粮纵虎差，豪家索债如狼豺。可怜残喘存呼吸，魂魄先归泉壤埋。骷髅遍地积如山，业重难过饥饿关。能不教人数行泪，泪洒还成点血斑。奉劝富家同赈济，太仓一粒恩无既。枯骨重教得再生，好生一念感天地……"

她顿了片刻，又道："今日我在街上，听几个小孩子唱这支歌谣。"说完轻轻叹息一声："若无百姓税养，哪来我的锦衣玉食？百姓日子难过，我只能略尽绵力，想方设法周济他们。虽然我明白这只是杯水车薪，但凡事只求尽力罢了。"

绿萍道："公主殿下就是心慈，换成昭仁公主，哪有这副菩萨心肠啊！"

朱毓媞瞪了她一眼："虽然是在周府，也不能乱嚼舌根，若是成了习性，一不小心在宫里脱口而出，少不得又得吃排头。"

绿萍道："是是，奴婢省得。"

周世显本欲陪朱毓媞一起发米济贫，可一早就被崇祯皇帝宣进宫去。朱毓媞醒来后，已不见周世显。

朱毓媞梳洗过后，绿萍从厨房端来早膳。早膳是马蹄酥、栗子粥、芋头馅饼，还有一壶用紫铜吊子煨着的奶茶，清一色都是她爱吃的。显然，周世显出门前早有安排。

吃了半饱后，阿奇捧着一只红木金漆长盘进来道："公主殿下万福金安，阿奇按公子的吩咐，给您送新的斗篷来了。"

朱毓媞奇道："我已经有一件白狐斗篷了，世显哥哥干吗还送新的过来？"

阿奇道："公子昨晚发现公主殿下的斗篷破了一个口子，所以特命阿奇给您送新的来，怕公主殿下站在风口上发米济贫着了凉。"

绿萍道："世显公子对公主殿下真是体贴入微。"

朱毓媞道："劳你家公子费心了。"眼波微微一漾，绿萍旋即会意，拿出一锭白银，递给阿奇，道："小哥辛苦了，一锭银两不成敬意，还望笑纳。"

阿奇看着白银，眼都花了，眉开眼笑地道："这怎么好意思？"

朱毓媞道："我会在贵府住一段时日，不免多有劳烦，这锭银两就拿去喝茶吧！"

"公主殿下真是客气了。"阿奇连连言谢，欢天喜地去了。

绿萍替朱毓媞披上斗篷。那斗篷石青羽缎，绣着并蒂莲花，缀着两颗香色流苏球，轻盈而保暖，样式也是她所喜爱的。

朱毓媞道："差不多该去米铺了。"

绿萍见她嘴角微微上扬，藏不住满心的喜悦，道："公主殿下似乎很期待哪！"

朱毓媞脸上一红："被你瞧出来啦？"

她心想："怎能不期待呢？我以长平公主的身份亲自发米济贫，必能吸引人潮，说不定紫清也会被吸引过来。虽然当初他不相信我是公主,到底……他还是会来的吧?哼,他看到我时,说不定会被吓得一惊一乍呢!"

主仆二人到了稻兴米铺,只见百姓们携家带眷排成长长的人龙,铺门口米袋堆积如山,人声鼎沸。

米铺老板一见朱毓媞,当即行礼:"草民给长平公主请安。"

话一脱口,百姓们均是欢声雷动:"是长平公主!"

"长平公主驾到啦!"

"长平公主千岁千岁千千岁!"

朱毓媞对米铺老板道:"备妥了吗?"

米铺老板道:"照您的吩咐,统共是一千六百斗米。"

朱毓媞笑道:"好,别让百姓们等太久,这就开始吧!"于是主仆俩和米铺老板挽起袖子,一斗一斗地认真发起米来。

百姓们感激涕零,连声言谢,一旁有小童拍手欢唱:"奉劝富家同赈济,太仓一粒恩无既。枯骨重教得再生,好生一念感天地……"

发了一半米粮时,朱毓媞微微抬头,仍不见那一抹便嬛紫色身影,不由得好生失望。

又发米一晌,忽有一人轻轻喊道:"公主殿下。"

这声音如夜莺嘀哩,娇柔婉转,朱毓媞心中灿然一亮,仿佛有惊雷掠过,抬头一看,一女子雪肤花貌,秀眉樱唇,柳腰娉婷,风姿绰约,正是陈圆圆。

百姓们从未看过如此绝世佳人,一时都忘了领米,双眼发直,看得呆了。

朱毓媞没想到是她,愕然道:"陈姑娘?"

陈圆圆道:"公主殿下,可否借一步说话?"

"可是……"朱毓媞望着人龙的尽头,目光迟疑了一晌。

陈圆圆道:"倘若公主殿下此刻不方便,那么民女等会儿再过来好了。"

"不用了。"朱毓媞不愿她多跑一趟,心想就说一会儿话,应该不会凑巧与袁紫清错过,何况她本就没有把握他会来这里,于是道,"你来都来了,咱们便进去说话。"说着扭头进到铺子里。

陈圆圆随即跟去。

第四十七章

高处不胜寒

　　魏怜对长平公主极为好奇，然而袁紫清却似乎不太热衷，魏怜三催四请，袁紫清只丢出一句"不去"。魏怜拗不过，只好拉着萧采莞兴冲冲来到米铺。正好朱毓媞与陈圆圆入了铺内，门口只剩下老板和绿萍在发米。

　　魏怜忙扯着人龙中一个中年汉子问道："大叔我问你，那发米的姑娘便是长平公主吗？"

　　那汉子也是刚来排队，只晓得长平公主亲自发米，他只管自己安分领米就好，长平公主长得是圆是扁、是瘦是胖根本不放在心上，随口便道："是吧！都说长平公主亲自发米，不然还有哪个公主要捡这苦差事来干！"

　　魏怜笑道："也是也是。"只见绿萍一身月华色暗纹锦袄，配着芽黄绣银丝蟹爪菊花凤尾裙，外罩一件绛纱长袍，绿云高绾，饰以琳琅珠翠，贵气逼人，不禁嗤笑了一声，对萧采莞道："我就说嘛！四年前那丫头片子怎么可能是长平公主！我们竟然还巴巴地赶来求证，真是笑话！"

　　萧采莞不解："那她为什么要逢人自称长平公主呢？若被官府知道，可是杀头之罪啊！"

　　魏怜道："人心一向九曲十八拐，我怎么猜得到？这年头贼过如梳，兵过如箅，百姓给逼疯的数都数不清，兴许是遇到了疯子吧！我们这就回去告诉紫清。"说完扶着萧采莞的手臂，一摇三摆地去了。

　　朱毓媞坐在一张花梨木椅上，嘴角保持着浅淡疏离的微笑："说吧，你有什么事？"

　　陈圆圆道："民女乃不祥之身，深感愧对公主，在此请罪。"说着屈膝便要行大礼。

　　朱毓媞吃了一惊，连忙起身扶住她："你又没有对不住我，我不能受你这一礼。"

陈圆圆目光楚楚，泫然欲泣："公主是因民女才遭到皇上斥逐的。民女那日在内堂听得明明白白的，心中有愧。"

朱毓媞道："既然你在内堂听得明明白白，那你应该知道父皇还派了锦衣卫保护我。父皇这般牵挂，又怎么会是你口中的斥逐呢？"

陈圆圆稍稍释然，旋又蹙眉。

不得不说，她这样轻蹙薄嚷的样子真有一股楚楚可怜的风姿，加上周身无处不媚的特质，难怪父皇会为她神魂颠倒。

朱毓媞正失神间，只听陈圆圆幽幽地道："公主毕竟是因民女才沦落到宫外的。那日公主和皇上起了争执后，民女曾试着劝皇上，但皇上听不进去，民女也毫无办法。"

朱毓媞道："你不必心怀愧疚，我只告诉你一句，父皇要我离开皇宫，我心里是万分乐意的。"

陈圆圆一呆，不解地道："人人都想入宫图个金尊玉贵，为什么公主反而想离开皇宫？"

朱毓媞闲闲地啜了一口白菊茶汤，看着皎洁的花瓣在清润的茶汤中舒展绽放，道："与其做备受呵护的温室蔷薇，倒不如做平野间的一株白菊。"

陈圆圆道："公主渴望做平野白菊，岂不知生逢乱世，人人朝不保夕。若有人辣手摧花，公主可禁得住吗？"

朱毓媞目光沉沉而坚毅："燕雀寄于檐下，虽无烈日焦烤、风雪欺身、冷雨飘零，可是我不能因为贪图安逸，就生生折去自己一双羽翼。"

陈圆圆的目光中有一缕了然的温润："公主心性非凡，民女明白了。"

朱毓媞道："如今你住在哪里？我外公家吗？"

陈圆圆黯然道："民女离开皇宫后，就被送去嘉定伯的住处，嘉定伯又遣人将民女送去田戚畹那里。"

嘉定伯就是周奎，朱毓媞的外祖父、崇祯皇帝的岳父。崇祯皇帝登基后，封周奎为嘉定伯，而田戚畹就是田弘遇，皇贵妃秀英的父亲，习称"田戚畹"。

朱毓媞一听，颇感不忍，一个好好的姑娘家像皮球一般被踢来踢去。

朱毓媞叹道："那么田戚畹有何打算？"

陈圆圆幽幽地道："民女原是断梗漂萍之身，一世漫随流水罢了。"

朱毓媞脸上微微一红："到底你曾得我父皇几日圣眷，想来田戚畹并不会亏待你。"

陈圆圆嗫嚅道："公主殿下，其实……"

朱毓媞最讨厌这样欲言又止、吞吞吐吐的，立刻道："在我面前，便是竹筒倒豆子，什么话都可说得，不必顾虑。"

陈圆圆双颊晕红如霞，声细如蚊："其实那几日，民女并未仰承春恩雨露。"

161

"什么?"朱毓媞颇感意外,"你的意思是,我父皇从未和你有过肌肤之亲?"

"民女不敢欺瞒。"陈圆圆声音低低沉沉,宛如涓涓清流,"想来皇上即使和民女朝夕相伴,也是一心忧虑国事,以致精神不济,是以……"

朱毓媞勉强听懂了,道:"所以你至今仍是完璧之身?"

陈圆圆颔首道:"那几日皇上不是听民女弹琴唱曲,就是蒙头昏睡。民女见皇上就连睡着,也是眉头深锁,丝毫不得舒展。"

朱毓媞没想到父皇竟是如此宠幸陈圆圆的,一时惊讶得说不出话来。

"这几日民女从旁观察,发觉皇上其实难以入眠。民女心想,大约是皇上日夕忧思缠身,心意不平,所以才会辗转难寐。皇上若好不容易睡着了,没过多久,又会被梦魇惊醒,之后就再也睡不着了。民女当时就在想,原来当皇帝一点也不快活,心里头装着那么多事,却又不能诉诸旁人。他是皇上,他所处的地方,是万人之上,也是无人之巅,高处不胜寒。"陈圆圆缓了一缓,又道,"民女多言了,还望公主勿怪。民女只是希望公主别因民女一介微贱之躯而怨怼皇上。"

朱毓媞怔怔听着,她没料到陈圆圆会一口气倾吐这么多。她回过神来,道:"明朝严禁后宫干政,父皇纵使心中有苦,也不会对母后和我诉说。母后虽然知道父皇心烦,却也不敢多问。就算母后知道父皇的情形,她也不会告诉我。"

陈圆圆道:"民女从前见过形形色色之人,所以有着一份敏锐的心思。进宫后朝夕相伴君王,自也分外留心了。"

朱毓媞道:"看不出来,你倒是个七窍玲珑心的可人儿。"

陈圆圆道:"皇上有一回做了一个奇异的梦,刚好便是在元宵节前一晚。"

朱毓媞道:"梦见什么了?"

陈圆圆道:"皇上梦见有一位神人递给他一张白纸,白纸上只写了一个'有'字。"

朱毓媞道:"可是'没有'的'有'?"

陈圆圆道:"正是,皇上十分不安,问了王公公。结果王公公说,'有'是由半个'大'和半个'明'组成的,'大不成大,明不成明'。王公公当下就吞吞吐吐,欲言又止了。"

朱毓媞脱口道:"大不成大,明不成明,这是亡国的征兆!"

陈圆圆一怔,下意识地查看左右,见无人方安下心来。她不由得对朱毓媞另眼相看,心想,"亡国"二字多么忌讳,王承恩都不敢说,朱毓媞却这般直言无忌。

陈圆圆又道:"皇上对此焦虑不已,隔一日又听了公主的进谏,这才决心送民女出宫,重新上朝理政。"

"原来是先有梦境,所以我的进谏才会这般顺利,也是父皇始终心悬国事,所以才能及时悬崖勒马。"朱毓媞沉沉叹了一口气,"我的父皇真是个勤勉的好皇帝,比起万历、天启都要强得多了。"

陈圆圆道："皇上送民女出宫,民女心里也踏实,毕竟民女不想做大明朝的罪人。"

朱毓媞道："你的心意我明白了,都怪我母后私心,累了你又累了父皇,最后谁也没得了便宜!"

陈圆圆道："民女入宫到底酿出不少风波,伤了后宫阴骘,自觉罪孽深重,好在公主殿下大度包容,民女也能心安了。"

朱毓媞道："一入宫门深似海。后宫云谲波诡,往往无风三尺浪,似你这般深明大义的女子,我确实希望你不要涉身其中。"

陈圆圆道："公主金玉良言,民女受教了。公主还要发米,那么就不叨扰了。"

朱毓媞道："等一等。"

陈圆圆道："公主还有什么吩咐吗?"

朱毓媞道："红颜祸水,这句话不该用在你身上。我口无遮拦,在此跟你说声'对不住'。"

陈圆圆一呆,旋即温颜一笑:"公主这么说,便是折煞民女了。"

朱毓媞露出一抹微笑:"我这人就是如此,错就是错,没什么难以启齿的。"

陈圆圆道："您和我想象中不太一样。"

朱毓媞道："我还有事要忙,你仔细走好。"

陈圆圆欠了欠身,转身离去。

朱毓媞目送着她的背影消失在门边,反复咀嚼着她方才说的一句话:"民女不想做大明朝的罪人。"心想陈圆圆谈吐谦和,气韵高雅,的确与史书上描述的狐媚惑主之流有着天渊之别,自己之前不止一次将"红颜祸水"四个字加在陈圆圆身上,确实太过了。

彼时朱毓媞却哪里猜得到,之后陈圆圆回到田府,某一日宁远总兵吴三桂登门拜访,对陈圆圆惊鸿一瞥,一见倾心,于是田弘遇便将陈圆圆送给了吴三桂为妾。两年后李自成的农民军一举杀入北京,陈圆圆被李自成手下权将军刘宗敏占为己有,吴三桂得知后,当即"冲冠一怒为红颜",投降清军,并引清军入关,李自成的大顺朝就此灭亡!

陈圆圆一走,朱毓媞又继续发米,直到一千六百石的米快见底了,她心心念念的那个人,始终没有出现。

她的心,很空。

她连忙扯着绿萍小声问道:"方才我进去时,你可曾注意到有一个长得这般高、眉目如画、肤色白皙、很俊很俊的青年男子到这里来?"说到这里,脸上浮起两朵红云,这样询问,既不免泄露了自己的心思,也不免显得孟浪。

绿萍打趣道："若真有这样一位翩翩美男子,奴婢马上就唤您出来瞧了,还会让您巴巴儿问奴婢这一句吗?"

朱毓媞失望之情溢于言表,叹道:"到底,他还是没来。"

绿萍奇道:"谁?"

朱毓媞卸了心防,忍不住告诉她:"四年前的元宵节,一个对我有恩之人。"

绿萍来了好奇心,但见她神色沉郁,便知此刻不管自己怎么问,她都不会再吐露半字了。

第四十八章

莫负好时光

　　魏怜和萧采莞离开稻兴米铺后，又在街上采买了一些物事，回到魏宅却不见了袁紫清。

　　"奇怪，紫清呢?"魏怜房里房外都寻了一遍，一边找一边喊，"紫清，紫清!"一晃眼，晕黄的天光下有一抹紫色身影，衣袂翩翩如蝶，袁紫清坐在院子里的一株苍松上，不知在忙些什么。

　　魏怜笑道:"我唤你都不回，真教人好找。"

　　袁紫清随口一问:"见到长平公主了吗?"

　　魏怜笑道:"当然见到了。我们四年前遇到的那位，是如假包换的骗子呢!"

　　袁紫清道:"在这人人造反的乱世中，竟还有人冒充公主，真是奇了。"

　　魏怜笑吟吟地仰望着他:"你在上面做什么?"

　　袁紫清淡笑不答，一会儿翩然落下，怀里揣着一丛松针。

　　魏怜奇道:"你采这么多松针要做什么?"

　　袁紫清将松针放入漆盘里:"借势为用，拈花为剑。这些松针是天然的暗器。"

　　魏怜一脸匪夷所思:"松针这么软，怎能当暗器?"

　　袁紫清淡淡一笑:"你看好。"他拈起几枚松针，目光犀利如鹰隼，目不转睛地望着栖在枝上的一排寒鸦，蓦地身如临风杨柳，长袖一扬，只见那一排寒鸦闷声不吭，簌簌坠地。

　　魏怜上前一瞧，所有寒鸦的脑门都嵌入了松针，动也不动，眼看是死了。她惊诧道:"若非亲眼所见，我当真不信。松针无锋无棱，连寻常绣花针都不如，更别说能取人性命了。你是如何办到的?"

　　袁紫清道:"松针乍看之下确实不能致命，但若注入我体内的真气，那就非比寻常了。"

166

魏怜奇道:"真气?"

袁紫清道:"我之所以能够飞檐走壁,凌虚御风,都是因为我体内的真气。我有了真气,那么即使是寻常一张薄纸、一根毛发,都能够割人体肤,取人性命。"

魏怜赞道:"月龙先生真是好本事。你能得到他的真传,也算是累世修来的福气。"

袁紫清道:"师父的本事是天下无双的,这世上没人是他对手!若非我姓袁,师父是断不肯收徒的。"

魏怜道:"为什么?难道是因为冯玄墨的悖逆?"

袁紫清颔首道:"师父收我为徒,已是违背他的本意,自然对我十分严苛。我的习武生涯,几乎都是在打骂中度过的。师父除了授我武艺,其他的事都不愿跟我说,其实我也不是很了解师父。"语气中有一丝若有似无的怅然。

魏怜不禁恻然,指着墙角一树枝节如虬龙的老梅道:"宝剑锋从磨砺出,梅花香自苦寒来。世间万物,不都是这样一点一滴慢慢煎熬过来的?"

袁紫清道:"师父说我根骨奇佳,悟性非凡,假以时日,必能青出于蓝,承袭他的衣钵。"

魏怜道:"瞧你方才弹指松针扬、寒鸦栖复惊的手法,肯定连冯玄墨也远远不及了。"

"松针细微,便于携带,与十字镖相比,投掷时悄无声息,没入人体时也不见血沫飞溅,更适合对付戍卫,且……"袁紫清神秘一笑,"我还有一个法宝。"

魏怜奇道:"什么法宝?"

袁紫清附耳说了一句,魏怜讶然道:"你竟顺手把那东西带来了。"

袁紫清道:"虽然吃了它的大亏,不过这当真是好东西,不用白不用。"

魏怜忧心忡忡,牵着他的衣袖道:"你何时作案?"

袁紫清道:"眼下还不确定。作案前我会先去探查地势,首先便从户部的太仓银库开始,还有太仆寺常盈库、工部节慎库、光禄寺银库,甚至紫禁城内承运库,我都会一一造访。"

魏怜揽住他的腰,耳朵贴在他的胸口,听着他的心跳声:"你每回出去作案,我的心就像是放在火上燎着,好不容易燎成灰烬,麻木了,过一会儿不知为何又死灰复燃了,继续受着烈火煎熬。"

袁紫清道:"我说过了,你不必担心我。上回凤阳总督府纯粹是失误,我绝对不会再重蹈覆辙了。"

魏怜道:"我岂是对你没信心?你是紫清,是人中骐骥。只是怀孕的女人心思都会分外敏感,你是孩子的父亲,我们娘俩不能失去你。"

袁紫清心头一紧,轻巧地避开她深情款款的目光,岔开话头道:"你一早出去好久,可是又绕去什么地方晃悠了?"

魏怜脸上洋溢着母爱："我买了针线布匹，给孩子裁制衣裳和鞋袜。"

袁紫清面色微微一凛，旋即讶然："你会女红？"

魏怜道："小时候跟娘学的，到了媚香楼便荒怠了，就怕缝得不好，孩子穿在身上不舒服。"

袁紫清道："还有好几个月才会出生，你现在做这活计做什么？"

魏怜沉浸在初为人母的喜悦中，自然察觉不到袁紫清面色的变化："虽然是早了些，反正我左右也是闲着，倒不如拿来打发辰光。等到孩子出生后，他就有许多衣裳鞋袜了。"

袁紫清道："还是别费心了，到时候采买现成的不就好了，这活计挺伤眼睛的。"

魏怜温颜一笑，宠溺地抚着小腹："哪能让自己的孩子穿别人缝的衣裳？又不是个没娘疼的孩子。"她的双眼有一抹天光云影，凝着母爱的光辉，灼灼地刺入了袁紫清的眸心深处。

袁紫清从未看过魏怜这般柔情的一面，一时怔怔地说不出话来，只听魏怜轻声吟唱："莫倚倾国貌，嫁取个，有情郎。彼此当年少，莫负好时光。"

嗓音如故，但情意却不同了，昔日听魏怜唱曲，均带着一缕霭霭凝春态、溶溶媚晓光的旖旎情愫，此刻魏怜内心的真诚向往全都流露在歌声之中，尤其唱到"彼此当年少，莫负好时光"这一句，更是目光温然，情意嫣婉。

袁紫清全身栗栗一震，一瞬间心旌动摇，然而他还是咬了咬牙，把心一横，深深吸了一口凉气，借着寸丝寸缕的料峭春寒，缓和内心灼热的异样。

他之所以不想要这个孩子，除了他对魏怜并没有那么认真之外，他觉得自己是个疯子，疯病发作时，连他自己都面对不了，更别说自己的孩子了。

只听魏怜又吟道："宝髻偏宜宫样，莲脸嫩，体红香。眉黛不须张敞画，天教入鬓长。西汉宣帝时期，京兆尹张敞曾为妻子画眉，鹣鲽情深，传为千古佳话。如今我怀了你的孩子，你什么时候娶我为妻，为我画眉呢？"

袁紫清没想到她会突然丢出这一句，她的目光中有着千丝万缕的柔情蜜意，一股一股地绞着他的心，勒得很紧，让他分毫不得喘息。

二人凝眸对视，均是各怀心思，忽听萧采莞笑吟吟地道："怜姊姊别站在风口上，小心被风扑着受了寒。"

魏怜被她斜刺里插来这一句，颇为不快，道："我理会得。"

袁紫清知道萧采莞有意解围，向萧采莞投以一瞥。

萧采莞会意，又道："我炖了燕窝羹，过来尝一尝吧。"

袁紫清轻轻地抚着魏怜的肚腹，仿佛抚着一件心爱之物，目光温然，看不出任何矫饰："燕窝滋补养生，有益孕体，你要多多食用。"

魏怜微微歉然："紫清，我对不住你。"

袁紫清道："对不住我什么？"

魏怜低声道："兴许是怀孕后特别敏感多疑，有时候我觉得你不是真心想要这个孩子。是我错了，我不该怀疑你。"

"我对你的心意，从来都没有变过，一直都是如此。"袁紫清握住她的柔荑，轻轻地道，"燕窝要凉了，凉了就不好入喉了。"

他走到廊檐下，挽着魏怜坐在一张鹅羽软垫上，从萧采莞手里接过一只青花螺纹碗，用小勺子舀起燕窝羹，温然道："我喂你。"

魏怜心中的感动，仿佛一波波的浪潮，拍打着心礁："你从来不肯做这种事，一次也不肯，如今倒开了心窍了。"

袁紫清紧紧地攒着小勺子，道："你怀了孩子，今时不同往日。为了你们母子，我还有什么不肯做的？"

魏怜眼眶微微一热，一口一口将燕窝羹饮尽。

第四十九章

不如怜取眼前人

彤云密布,天阴欲雪,或许入冬后最后一场雪就要来了。

魏怜怀孕后身体懒怠,喝完燕窝羹后没多久就沉沉入睡了。

袁紫清瞧着她海棠春睡般的容貌,心中掠过一丝不忍,袖中握紧拳头,狠下了心肠,拿着帷帽走出室外。

萧采莞正在院子里拾着松果,袁紫清见状问道:"拾这些松果做什么?"

萧采莞笑道:"松果可以拿来摆饰,还可以放入炭盆里燃出松木清香,奴婢觉得落在地上太可惜了。左右闲着无事,打发辰光罢了。"

袁紫清静静地看了她片刻,神思不知飘到了何方。

萧采莞将数颗松果放在竹篓中,觑了他一眼,小声道:"公子是不是有话要说?"

袁紫清道:"你看出来了?"

萧采莞微微苦笑:"以前奴婢忙什么,公子都是不上心的。公子方才问奴婢'忙什么',只是起了个头罢了,接下来的话才是想问的。"

袁紫清问:"燕窝羹里掺了东西,对不对?"他十分忐忑,似乎想从她嘴里听到一个否定的答案。

萧采莞道:"公子又何必多此一问,您是最清楚的,不然怎么会亲手喂怜姊姊喝下燕窝羹?"

袁紫清心中滋味难言,沉默片刻,咬牙道:"照这样服食下去,多久会流产?"

萧采莞道:"大夫说了,若是一日三餐少量服用,半个月后就会见红。"

袁紫清:"好,你得空再去大夫那里一趟。魏怜流产那一日,务必请他来诊治。在那之前,你一切都要打点妥当,知道吗?"

萧采莞咬了咬牙:"公子,奴婢说一句多余的话。您当真心如铁石,没有丝毫愧疚不

忍吗?"

袁紫清幽幽地道:"这个孩子是个意外。"

萧采莞道:"怜姊姊是一心待您的啊!人非草木,您当真没有一丝动摇吗?"

袁紫清静默一阵,仿佛在回避这个问题,淡淡地道:"你说得太多了。"

萧采莞道:"奴婢读书不多,但有几句诗词还是懂得的,落花风雨更伤春,不如怜取眼前人。奴婢私心,只希望公子身边能有个真心相待之人,一生平安喜乐。"

袁紫清道:"你既然自称奴婢,就该恪守自己的本分。"

萧采莞怯生生地道:"奴婢并非存心僭越,只觉得您似乎有些郁郁,这才多此一句。"

袁紫清微微俯身,端详着她的脸:"我以前从来没认真看过你的长相,如今觉得,你虽非沉鱼落雁之容,却也是中人之姿。低眉顺眼时,越发有一股楚楚动人的风韵,这样的神情,魏怜从来没有。"他捏着萧采莞的下巴,轻轻地在她唇瓣上烙下一吻。

萧采莞仿佛触电了一般,震了一震,有些不敢置信,又有些怦然心动,整个人如痴如醉,蒙在当场。

"魏怜的事你好好办。"袁紫清唇角扬起坏坏的一笑,舌头轻轻舔着自己的嘴唇,似乎回味着她唇齿的甘美香泽,语气沉沉如夜风低鸣,"今日先给你一吻,剩下的,日后我再补偿你。"说完一声轻笑,戴上帷帽,一阵风似的去了。

掌灯时分,袁紫清身着深紫色珊瑚云龙纹宽袖熟罗长袍,腰系墨色长穗绦,沐着墨汁般的浓稠夜色,轻飘飘地越过户部衙门的高墙。

户部衙门是个辽阔的四合院,灰砖青瓦,红色的大门开在中间,建筑坐东面西。大门进去四五十米,就是户部大堂。大堂公案由黄花梨木雕成,中间镶嵌着一块鸡血石。南北两边的厢房及后院,大大小小有百余间房室,分别是户部各司所在之处。

户部银库叫作太仓库,集中存放全国各地征收的银两,是朝廷最大的银库,夏税秋粮折银、盐课折银、商税、矿税、捐纳银都放在库内。明朝国库众多,除了太仓库以外,尚有太仆寺常盈库、工部节慎库、光禄寺银库,宫廷内更设有内承运库、广惠库、东裕库等十库。

明神宗万历二十年二月,宁夏副总兵起兵反叛;五月,倭国发动侵朝战争,同时西南发生播州杨应龙叛乱。万历皇帝派出三路大军出征,史称"万历三大征"。三大征历时十余年,虽然大获全胜,却损兵数万,耗银千万两,致使国库空虚,百姓遭殃,明朝由此日趋衰败。

继而东北女真族崛起,各路农民军纷纷起义,国防开支大幅增加,到崇祯初年,全国的额设兵力已有五十多万,每年的军费开支多达白银一千五百三十余万两。加之各地灾荒连连,明朝财政入不敷出,情况实在是前所未有地糟糕。

袁紫清自也明白这一点,他盗太仓库,不过是敲山震虎,想把冯玄墨逼出来罢了。

他的轻功已至出神入化的境界，在户部衙门中游走，对他来说便如漫步于自家后院。他将地形摸熟后，便越墙去了。他轻飘飘而来，又轻飘飘而去，宛如清风无迹，谁也没察觉到有人侵入。

第五十章

云英馆

今夜星月无光，阴云沉沉欲坠，天空开始飘起霏霏细雪，风势渐大，街上行人均是行色匆匆，急于返家。

袁紫清还不想这么快回去，便在街上信步而行。他来到京城最热闹繁华的黄华坊勾栏胡同，只见车水马龙熙来攘往，茶楼酒肆林立，店铺商贩云集。他经过一间馆舍，见门上一块祥云镶边的横匾上錾着铁画银钩的"云英馆"三字，一旁竖着一杆旗帜，上面龙飞凤舞地写着"天下利病，诸人皆许直言"，里头人声鼎沸，酒香四溢。他到底是少年心性，忍不住好奇，走了进去。

只见馆内熙熙攘攘，人声嘈杂，人人喝酒吃肉，谈笑风生。他们操着各色口音，彼此称兄道弟，似乎极为熟稔。

他心中不禁大感讶异，这云英馆不像是寻常酒楼或是饭馆，倒像是五湖四海的能人异士的聚会场所。

但闻一个洪亮的声音道："呜呼！灭六国者，六国也，非秦也。族秦者，秦也，非天下也。嗟夫！使六国各爱其人，则足以拒秦。秦复爱六国之人，则递三世可至万世而为君，谁得而族灭也？秦人不暇自哀，而后人哀之。后人哀之而不鉴之，亦使后人而复哀后人也！"

袁紫清听到这一句，甚觉有理。春秋战国时期，诸国林立，烽火不休，最后秦国统一天下。然而灭六国者，是六国自己，非秦国；族灭秦朝皇室者，是秦朝皇室自己，而非天下人民。倘若六国君主爱护百姓，则有力量对抗强秦；若秦朝能善待六国百姓，便能千秋万代，谁能够灭而代之？

他向人群中望了过去，只见说话的是个中年男子，眉宇间颇有风尘游侠的味道，虽然个子不高，但说话中气充沛，声若洪钟，朗朗地传至馆舍各个角落。

当即便有人附和："兄台说得不错,放眼历朝,皆是如此。元朝若能对蒙古人和汉人一视同仁,那么就不会有陈友谅、张士诚和咱们太祖高皇帝的起义。朝廷若能体恤百姓,不接二连三地增加税收,那么焉有李自成、张献忠的落草为寇?"

"崇祯崇祯,年年重征。自万历以来,明朝政治腐败,积弊丛生,已成大厦将倾之势。而官府成日只会贪污纳贿,榨取钱粮,我们老百姓养的都是一帮子什么狗官?"

"辽饷、剿饷、练饷,合称三饷。三饷加派,加重百姓负担,百姓们裤腰带是越勒越紧。官吏还要严刑催逼赋税,百姓实在活不下去,只能逃亡,这样一来便造成农田荒芜。实际上三饷加派不仅没有解决朝廷内忧外患的问题,反而是剜肉医疮。加派背后,更不知有多少官吏在增加征收、转运、损耗等项目的费用中饱私囊。"

"加派是下策,即使非出此下策不可,也只能暂行一两年,且应该向百姓说明年限,免生是非。"

"理财应先理民,民富则财足,赋税自然就增多了。在下认为咱们皇帝求治之心虽然殷切,实施政令却不得要领。"

袁紫清听到这里,不由得暗暗惊奇,天子脚下竟由得这些人语出不敬,这云英馆莫不是有什么显赫的后台来着?

"咱们这位皇帝只有御极初期清除阉党一事令人激赏而已,除此之外,就看不出有什么作为了。"

"崇祯皇帝御极初期,国家正值多事之秋,内忧外患不断。清除阉党一事,反而使朝中大臣将注意力都集中在党争上,人心不稳,影响了治国整军。打击面之大,涉案人员之多,历时之长,世所罕见。被处分的官吏中不乏雄才伟略之人,例如辽东战场上的主帅王之臣等人都在清除阉党事件中遭到驱逐。"

"正是,我也认为清除阉党已是动摇了大明王朝的根本,造成了内伤,继而使朝政紊乱,人心惶惶。另一方面,我朝人才奇缺,面对鞑虏和农民军,竟无人可用,皇帝不得不起用新人,以致战况不利。所谓医得眼前疮,剜却心头肉。皇帝剜去魏忠贤这个眼前疮,却也剜去大明朝身上的一块肉,使得本已伤痕累累的王朝更加体无完肤。"

"直如弦,死道边;曲如钩,反封侯。曾有辅臣不过偶然因一事代天下抒发己见,竟致罢黜,恐今后大臣之中没有敢于言事者。大臣不敢言,则小臣更难言事。每日与皇帝召对者,都是苛细刻薄、鼠目寸光之徒。大奸似忠,大诈似直,得计则招摇于朝,败露则逃之夭夭。骇人心志,乱人耳目,毁弃成法,酿造隐患。长此以往,天下大势还不每况愈下吗?"

"皇帝虽然锐意求治,而圣王治天下之道却未及讲求,行政举措皆未得要领。己巳之变,群臣一筹莫展,皇帝于是有轻慢士大夫之意,自此以太监为耳目心腹,让其为国家干城监军。治国以重典绳下,朝中大政归于琐细,天下大势日趋败坏。厂卫司掌缉查,而告

讦之风日盛,诏狱遍及士绅。官吏尊严扫地,人人自危,但求无过,欺蒙推诿已成风气,事事仰承天子独断,逢迎拍马充斥朝堂。"

"听说皇宫里有一间长年封闭的小屋,祖上严令不得开启。某一日皇帝心血来潮,非要进去看看。太监们苦劝不成,只能奉命打开。结果里面只有一个小匣子,装有两幅画。一幅画着七个身穿朝服的官员,上面写着'官多法乱'四个字;另一幅画着数人隔河对泣,上面写着'军民号泣'四个字。传说这是当年刘伯温传下来的镇宫之宝,一旦呈现于世间,画中景象将成为现实。这是亡国之兆!"

"还有狡猾如枭的太监们收缴城门税和市井税后,向上司汇报说白天收到的钱到了夜间都变成了冥纸,闹得沸反盈天。此事传开,市肆人心惶惶,小商贩在摊铺前摆了一个水盆,让顾客把铜钱放进水里,以辨识真伪。民间终夜击铜敲铁以驱鬼,声达九重,上不能禁。莽莽神京,天子脚下,竟有如此光怪陆离之事!"

众人你一言我一语,说得口沫横飞,人人均是一脸义愤填膺。

袁紫清听得出神,忽然觉得有些喘不过气,心想应该是人多拥挤之故,于是缓缓走到门边。

此时外头朔风凛冽,纷纷扬扬的大雪中夹杂着细碎的沙尘,街上灰蒙蒙一片,几乎伸手不见五指。

第五十一章

红泥小火炉

明朝弘治十八年,曾有进士驻足街头,目睹大风连日、尘土飞扬之景,写下"长安路,长安路,尘埃十丈如烟雾"的词句。历来北京霾害多发生在初春时节,此时由于蒙古土壤雪退,植被尚未生长,恰又多风,因此造成霾害。兴许今年天候异常,霾害的日子提前了。

袁紫清一到门口,一片厚厚的沙尘兜头罩面地扑来,猝不及防。他一瞬间只觉得似有一条毒蛇死死地咬住自己咽喉,毒液渗入血液,使呼吸渐渐停止。他勉强扶着门扇,大口大口呼吸,却觉得空气越来越稀薄,口鼻似被土石掩埋般难受。

"阁下没事吧?"

袁紫清颓然欲倒,蓦地被一人搀住。他抬起头来,见是个身着五品文官青色绣白鹇官服、一脸俊秀儒雅、年岁和自己相当的青年男子。男子身后停着一辆车轿,一名中年男子正掀帷张望。

青年男子殷切道:"你哮喘发作,身上可有药? 要不我带你去医馆?"

袁紫清有哮喘之症,出门在外都会带着救急药丸。他勉强从怀中拿出瓷瓶,一个哆嗦,瓷瓶滴溜溜滚到路中间。

"我帮你。"男子跑到路中间拾起瓷瓶,问道,"要几颗?"

袁紫清胸口剧烈起伏,喘得说不出话,勉强比了个"二"。

那男子连忙倒出两颗药丸喂他服下,又拿水囊喂他喝了几口水,最后从自己身上的一枚铜镀金累丝嵌珠宝桃式香囊里掏出几片银丹草,搓揉了让他嗅着,对他说道:"你有哮喘,出门可以佩戴银丹草,以防不时之需。"青年男子盯着他的脸,过了一晌,见他面色由青转红,问道:"你好些了吗?"

袁紫清点了点头。

青年男子道:"最近几日都是沙尘笼罩,还是在家不要出门较好。"

袁紫清缓了缓气息："多谢。"

那男子第一次见到如此风华绝代的男子，不由得升起一丝好感，若论相貌，这青年男子也是丰神如玉，翩翩儒雅，可是两人站在一起，一比之下，便大大逊色了。

青年男子道："你住哪里？要不我送你回家吧。"

袁紫清摇了摇头，道："费心了。"举手拭着额头冷汗，袖子滑到手肘，露出殷红的齿痕。

青年男子正好看到这一幕，不由得微微惊诧，几乎便要喊出声来。

袁紫清一怔，顺着他的目光落在自己手臂上，急忙掩袖遮住齿痕。袁紫清冷冷地横了他一眼，拾起落在地上的帷帽，展开轻功跃上屋檐，眨眼间便消失无踪。

青年男子见了他的身法，不禁目瞪口呆，喃喃道："好俊的身手。"

这时，马车中的中年男子："世显，风紧了，快走吧！"

"是，爹爹。"

周世显回到府中，阿奇见了他便嘻嘻笑道："自从长平公主住进来后，公子就极少在外面逗留了。"

周兴乜眼笑道："可不是吗？往常都要去云英馆坐一会儿的，刚刚竟过门而不入，真是转了性子了。"

周世显双颊泛起一层层红浪，嗔道："你们俩继续闲磕牙吧！我要去找媞儿了。"扭身便跑，只听阿奇的声音从身后朗朗传来："公主殿下在暖阁候着您，公子您走反了啊！"

周世显红着脸道："我去换件衣裳。"

暖阁坐落在后院的梅树间，梅花疏影横斜，暗香浮动。暖阁后有一池碧潭，此时潭面结冰，晶莹如一方琼玉。

周世显换上一袭燕居常服，头戴飘飘巾，相貌淡逸儒雅。他以袖子遮住风雪，踏着青石铺成的蜿蜒小径，来到暖阁门前，见两双花团锦簇的弓鞋整齐地摆在门前，于是除去靴履，开门而进。

白色的布袜踩着光洁匀亮的桂木板，发出细微的嘎吱声。周世显往堂屋走去，掀开湘妃竹帘，只见地上放着三个炭盆，暖气扑身，背脊沁出一层津津碎汗。

"世显哥哥，你回来得正好。"朱毓媞穿着苏绸提花比甲、蜀锦对襟夹袄、金松绿绉纱马面裙，端坐在红木云纹长桌旁。她指着前方的锦缘莞席说道："快坐下歇歇腿。"

周世显盘膝坐下，见桌上摆着一只红泥小火炉，从中散发出氤氲酒香，不禁笑道："绿蚁新醅酒，红泥小火炉。晚来天欲雪，能饮一杯无？"他大口嗅了一嗅，依稀是松花酒的味道，又笑道："既有松花酿酒，那么是不是也该来一壶春水煎茶？"

"这般了然，不愧是世显哥哥。"朱毓媞抿嘴一笑，将一壶茶注入陶盏中，茶汤莹莹，如一方上好的碧玉，"去年春天我收集了清晨杏花上的露水，一直想用来煎茶，和你在御花园品茗雅谈，没想到最后竟给忘了。今日才忽然想了起来，赶忙命绿萍进宫去取。"

绿萍笑吟吟地接口道："奴婢一时也忘了公主殿下收在哪里，足足寻了大半个时辰呢！"

朱毓媞将陶盏递给周世显，道："尝一尝春水煎茶。"

周世显轻轻啜了一口茶汤，道："这是武夷山的大红袍，用杏花凝露所煎，茶汤入口清润，唇齿留香，回味无穷。"

朱毓媞道："大红袍茶叶是去年母后赏给我的。绿萍心思玲珑，取杏花凝露时，又顺便取了大红袍，不枉我素日疼她。"

周世显徐徐饮毕，只觉得清甜甘美，仿佛心中下了一场杏花微雨。"我忽然想起一首小令。"他低声吟吟道，"兴亡千古繁华梦，诗眼倦天涯。孔林乔木，吴宫蔓草，楚庙寒鸦。　树间茅舍。藏书万卷，投老村家。山中何事，松花酿酒，春水煎茶。"

他微微一笑，目光欣慰盈然："你离开皇宫后，心情放松不少啊！暖阁生旺红炉，冬来沐雪烹茶，真是好雅兴。"

朱毓媞指着墙上悬着的一幅字，上面写着"沐心"二字："既是沐雪烹茶，也是沐心品茗，何况这地方确实不错，外有梅花掩映，清幽宁谧，内堂更是藏书万卷。闲闲冬日里，或是闻香把卷，或是踏雪寻梅，连我都觉得自己成了山林隐士了。"

周世显道："在家中，我最常待的地方就是这里，或吟诗作画，或品茗吹笛，或浸淫于书香之乐，任凭朝政风起云涌，悠然独居一室，坐看幽灯梅影，卧听冬雪落梅，真真是怡然自得。"

朔风凛凛，明纸糊成的窗棂上映着扶疏梅影。

朱毓媞低声吟道："朔风瑞雪飘飘，暖阁红炉，酒泛羊羔。如飞柳絮，似舞蝴蝶，乱剪鹅毛。　银砌就楼台殿阁，粉妆成野外荒郊。冬景寂寥，浩然踏雪，散诞逍遥。"又道："大概是最后一场雪了，可惜刮起沙尘，不能浩然踏雪，散诞逍遥了。"

周世显道："盼和风春雨如膏，花发南枝，北岸冰销。夭桃似火，杨柳如烟，穰穰桑条。　初出谷黄莺弄巧，乍衔泥燕子寻巢。宴赏东郊，杜甫游春，散诞逍遥。春天到来后，我带你到郊外跑马，看绿柳盈山道，绮花满涧渠，日丽山水秀，春暖花木荣。"

朱毓媞笑道："我不会骑马。"

周世显道："以你的聪慧，学骑马有什么难的？我教你。"

朱毓媞道："那我便等着冰消雪退、春暖花开的那一日，与世显哥哥策马寻幽访胜，坐看云起霞飞。"

周世显双眼熠熠生光，道："我忽然觉得时间过得好漫长，真希望这冬天赶快过去，与你陌上春游，马蹄踏香。"

朱毓媞笑道："光顾着说话，只怕菜都要凉了。绿萍，布菜。"

绿萍笑吟吟地道了一声"是"，行云流水般将一道道菜肴摆到桌上，又添了两碗白饭。

第五十二章

以诗入菜

四菜一汤,均是极清淡的家常菜。

周世显道:"是你亲手做的?"

朱毓媞道:"我久未下厨,难免生疏,你不要嫌弃才好。"

周世显温颜道:"怎么会?只要是你做的,就算味如嚼蜡,苦如黄连,我也甘之如饴。"

朱毓媞道:"这每道菜都以《古诗十九首》的诗名命名,例如这一道……"

"等等。"周世显兴致盎然,"你别说,我且猜猜。"

第一道菜肴是寻常的清炒菠菜,缀以枸杞,翠绿中有点点鲜红,一旁摆着两颗松果作为装饰。

周世显盯着第一道菜肴思索片刻,双眼瞬间雪亮,拍手道:"可是《庭中有奇树》?"

朱毓媞欣然道:"不错,你是如何知道的?"

"松果啊!"周世显神采奕奕,笑道,"中庭有一株苍松,参天直立,枝干遒劲郁勃,风骨苍劲,傲然独立,可不就是《庭中有奇树》吗?庭中有奇树,绿叶发华滋。菠菜就是绿叶,华滋即是茂密的花朵,以红代花,那就是枸杞了。"

朱毓媞笑吟吟地道:"第二道菜你可要多费些心思了。"

第二道菜肴以竹筒装着胡萝卜炒肉丝。

周世显夹了一筷肉丝入口品尝。"这是什么肉?鸡肉?啊,是兔肉才对!"他想了一下,笑道,"这道菜名不难猜,是《冉冉孤生竹》!"

朱毓媞笑道:"世显哥哥真聪明,什么都难不倒你。"

周世显笑道:"这不难猜啊!"说完轻轻吟道:"冉冉孤生竹,结根泰山阿。与君为新婚,菟丝附女萝。你以竹筒入菜,岂不是孤生竹吗?兔肉丝即是菟丝,胡萝卜即是那个'萝'字。"

"第三道再来猜猜。"

第三道菜肴是羹品，有菜末、蛋花、肉丝、笋丁、莲子等，羹上又漂着七八片紫色兰花瓣。

周世显舀了一勺来尝，喃喃地道："汤中泛出荷叶的清。难道是《涉江采芙蓉》？"

朱毓媞微笑道："涉江采芙蓉，兰泽多芳草。采之欲遗谁，所思在远道。我以荷叶熬汤，你能尝出荷叶的清甜，好伶俐的舌头。"

周世显道："就算没尝出荷叶的清甜，单看那紫色兰花瓣，我也猜得出来。兰泽多芳草，菜末即芳草，这一道应该改名叫《兰泽多芳草》才对。"

朱毓媞道："改就改吧，谁叫你这样聪明呢！来来来，第四道菜还要考较考较你的脑袋瓜。"

第四道菜肴是切丁清蒸鹅肉，缀以新鲜粉红梅花瓣，一旁还放着一束青葱丝，显然是拿来搭配鹅肉的。

周世显笑道："鹅肉红梅就是'娥娥红粉妆'，青葱丝就是'青青河畔草'，这道菜名是《青青河畔草》。"

朱毓媞兴致盎然："剩下最后一道汤品了。你快点猜，我肚子好饿。"

最后一道汤品是白萝卜牛肉汤，牛肉和白萝卜均切成细条状，深褐色的汤底衬出萝卜的皎白，香气盈鼻。

周世显笑道："这道容易，是《迢迢牵牛星》。迢即是条，而白萝卜色泽皎皎，不正是'皎皎河汉女'吗？"他含情脉脉地凝视着朱毓媞，轻轻吟道："迢迢牵牛星，皎皎河汉女。纤纤擢素手，札札弄机杼。终日不成章，泣涕零如雨。河汉清且浅，相去复几许。盈盈一水间，脉脉不得语。"

朱毓媞道："《古诗十九首》不难猜，下回我以《诗经》命名，三百零五首，你可要头疼啦！"

周世显笑道："你究竟是做菜给我吃，还是存心考倒我来着？我还没猜中全部菜名，肚皮倒要'叽里咕噜'地跟我抗议了。"

"好啦好啦，我不闹你，快点吃饭吧！"

于是二人静静吃饭，饭毕，绿萍撤走饭菜。

朱毓媞道："我的手艺可还行吗？"

周世显道："清淡不油腻，十分可口。"

朱毓媞提起紫砂壶，将松花酒缓缓注入牙雕玉花兰陶盏，递给他道："方才喝了春水煎茶，现在来尝一尝松花酿酒。松花酒可祛风益气，润肺养心。你多喝一点。"

周世显款酌慢饮，笑道："这酒入口温润，酒香甘醇。"片刻后又道："今日皇上问起你了。"

"哦,父皇问什么了?"

"问你在这里过得如何,我瞧他眼里全是关怀挂念。"

"到底是血浓于水的亲情,虽然那日我惹他雷霆大怒,但他心里其实是一直挂念着我的。"

"说不定皇上很快就会命你回去了。"

"我才不想那么快回去。"

"我也希望你别那么快回到宫里,你离宫后,整个精气神看起来好了许多。"

"倘若真的要回宫,那我也没办法,只希望父皇母后别再拘着我了,让我想出宫就出宫,像一只自由自在的鸟儿。"

第五十三章

齿痕，心痕

周世显又给自己添了一盏松花酿酒，微笑道："说说你今日发米发得如何？可曾见到你的大恩人？"

朱毓媞微微一怔："你怎么知道我发米的目的？"

周世显道："我们是青梅竹马，难道我还不了解你吗？你说你要亲自发米，我当下就想到这一点了。"

朱毓媞道："其实我亲自发米，也不全是为了要引他来，我是真心想为老百姓做点事。"

"我知道，"周世显一脸真诚，"所以我会一直支持你。但是凡事尽力就好，别把自己弄得太累了。"

朱毓媞道："能够帮助老百姓，我怎么会觉得累呢？我反而很开心呢！"

周世显道："说到这个，我今日在路上救助了一名男子。"

朱毓媞笑吟吟地道："说来听听。"

周世显道："我回家的路上，在云英馆外遇见了一名哮喘发作的男子——"

朱毓媞好奇地插口："云英馆是什么地方？"

周世显道："云英馆是江湖游侠、文人庶士聚集的地方。他们在那里讨论天下安危，抨击时弊，知无不言，言无不尽，不必担心差役找碴儿，因此门口竖着一面旗帜，上面写着'天下利病，诸人皆许直言'。"

朱毓媞大感兴趣："'天下利病，诸人皆许直言'，这一句很合我的脾胃啊！不过当真什么事都能'直言'吗？这里可是天子脚下、厂卫横行的地方啊！"

周世显道："云英馆是皇上默许设立的，目的就是为了探知天下民情，以广宸聪，所以馆内有厂卫潜伏。但是馆内的人时常把皇上骂得狗血淋头，把朝政批评得一无是处，厂

卫们可不敢如实回报。"

朱毓媞攒眉道："这样就违背父皇的初衷了。"

周世显道："可不是。但哪个厂卫敢一五一十地回报？你也清楚你父皇的脾气，是听不得一字半句刺心话的。"

朱毓媞道："厂卫们全都在父皇面前报喜不报忧，这样父皇不就永远听不见老百姓的心声了？"

周世显道："东厂和锦衣卫大都是逢迎拍马、贪生怕死之徒，怎么可能犯颜进谏？前几日云英馆的人把厂卫骂得狠了，丝毫不管当下馆内是否就藏有厂卫，也不管事后是否会遭到厂卫的报复。云英馆的人都是铁骨铮铮的好汉，辩论起时事来可谓铿锵有力，掷地有声，精彩绝伦。"

朱毓媞怦然心动，兴致勃勃地道："听你这样一说，我一定要去云英馆会一会天下豪杰。"

周世显道："你白日无聊，就找绿萍陪你去。只不过那里几乎都是男子，你可要注意自身安全。"

朱毓媞道："我有冯玄墨做贴身护卫，你担心什么？"

周世显听到"冯玄墨"三个字，眼中掠过一丝不屑。他向来与人为善，很少做出这样的神情。

朱毓媞愕然道："怎么了？冯玄墨得罪你了吗？"

周世显道："倒也不是，只是锦衣卫气焰嚣张，暴戾恣睢，贪赃枉法，祸乱朝纲。皇上仰赖锦衣卫，以为从此'天下无遁情'，可我却认为'天下从此多隐情'；皇上以为'秘访所致，得于独闻'，我却认为锦衣卫'借此招摇纳贿'。虽然朝廷设东厂钳制锦衣卫，锦衣卫北镇抚司每有重大刑狱，东厂都要派人旁听审案，然而东厂的许多官员都是锦衣卫的人，是以二者之间实有千丝万缕的联系。

"如今只有锦衣卫可以颠倒是非，而无人敢评判他们的是非，是以他们如狼似虎，肆无忌惮，流毒泛滥。甚至有一些地痞无赖打着'锦衣卫'的幌子，敲诈勒索，谋取私利。曾有一位绸商运货到京城，奸徒恶棍口称'厂卫'，以漏税之由讹诈，把他绑到崇文门东小桥庙内，搜查他的账簿，发现了和他有生意往来的十余家商户。这些恶棍将这十余家商户全都监禁拷问，统共敲诈了白银二千余两。这样的事不胜枚举，罄竹难书。"

朱毓媞道："冯玄墨曾经救过我的性命，他会是这样的人吗？"

周世显道："冯玄墨能够在短短几年内平步青云，你当他是得了上苍眷顾吗？一定干了一些上不得台面的勾当。我曾听说他纵容手下敲诈勒索，荼毒百姓，自己从中饱私囊。须知世人面如千层铁甲，心似九曲黄河，你别因为他曾经救过你，就认为他是光风霁月之人。"

朱毓媞挑眉道:"听说? 听谁说的?"

周世显道:"自然是云英馆的英雄好汉,一定是他曾经为非作歹,才会落人口实。"

朱毓媞目光含着一缕憧憬:"看来云英馆的人大多直言不讳,甚合我的脾胃。"又道:"对了,方才你说你帮助了一个哮喘发作的男子,后来他怎样了?"

周世显道:"我见他从云英馆里走出来,脚步踉跄,呼吸艰难,痛苦不已,连药都拿不好,让药瓶掉在了地上。我帮他拾起药瓶,喂他吃药,又把我香囊里的银丹草递给他嗅了嗅,他才慢慢好转。只是举手之劳而已,与你发米济贫的悲天悯人之举相较,真真是不值一哂。"

朱毓媞道:"你啊,就是热心助人,还说什么不值一哂。也许你做的只是小事,但你却有一副侠义心肠!"

周世显兴味益然,身子微微前倾:"你知道那人轻功有多厉害吗? 我第一次看到这般出神入化的轻功,也不知道他是怎么办到的,足尖只不过轻轻一点,就轻飘飘地跃上了屋檐。眨眼之间,那人就消失不见了。"

朱毓媞笑道:"那人肯定是个江湖高手。"

周世显道:"我觉得他就像倭国隐者——"

朱毓媞好奇地问道:"什么是隐者?"

周世显道:"我是听云英馆的江湖人士说的。在倭国有三派隐者,分别是伊贺流派、甲贺流派和芥川流派。这些隐者擅长隐术,传说能隐形、飞檐走壁、投掷烟幕弹,甚至变成飞禽走兽,无所不能,神乎其技。"

朱毓媞道:"难道你看到的竟是隐者不成? 但隐者不都在倭国吗?"

周世显像个大男孩一般兴奋不已,双眼灿然生光,摩拳擦掌道:"或许真的是隐者。说不定隐者还会漂洋过海之术呢!"

朱毓媞哑然失笑:"照你说,隐者就像天神一般,又怎么会有哮喘呢?"

周世显道:"倘若你当时在场就好了,你一定没看过如此精湛绝伦的身手。"

"谁说的?"朱毓媞脑海蓦地浮现四年前袁紫清和月龙先生一同练武,在院子里风驰电掣的画面,不禁脱口道,"袁紫清就会飞檐走壁之术。"

周世显没防到她会突然讲出这个名字,微微一愕,随即笑道:"看来这天下真是卧虎藏龙,能人辈出。"

朱毓媞道:"我当时也跟你一样,被他的身手惊得目瞪口呆,浑然以为看到了九天谪仙。"

周世显道:"只是这般超凡脱俗的人物,手臂上竟有一个鲜明的齿痕,仿佛被什么人狠狠地咬了一口。我看到的当下真是惊骇莫名。那个齿痕看似形成多年了,应该是小时候被咬的,且是被大人咬的,咬下去的力道很大,因此齿痕才留到现在——"

他一连讲了两次"齿痕"，朱毓媞这才蓦地回过神来，心跳似乎停了一晌。她急切地打断了周世显的话，问道："你说什么齿痕？"

周世显道："我说他手臂上有个齿痕，仿佛是小时候给大人咬的……"

朱毓媞只听到前面一句"我说他手臂上有个齿痕"，仿佛有股力量将她推回到四年前的深宵雪夜，袁紫清一边哭一边用手抹泪，衣袖滑到手肘，露出一个殷红狰狞的齿痕。

周世显叽里咕噜说了一长串，发觉她没在听，有些兴味索然，伸指戳了她的脸颊一下，道："你在想些什么？"

朱毓媞如梦初醒，盯着周世显问道："你看到的那人，大约几岁？长相如何？"

周世显虽然觉得她问得奇怪，还是如实回答："他年纪大约和我一样，长相嘛……"他默默思索片刻，似乎正极力搜寻着合适贴切的形容词，"我觉得他像陈文帝的男宠韩子高。史书上说韩子高'容貌艳丽，纤妍洁白，如美妇人。螓首膏发，自然蛾眉，见者靡不啧啧。即乱卒挥白刃，纵挥间噤不忍下，更引而出之数矣'，大概这人便是韩子高一流的人物了。"

朱毓媞呆了一呆，道："他……他就是袁紫清。"

"什么？"这下换周世显呆了一呆，他惊讶道，"你说他就是袁紫清？"

朱毓媞心跳如擂鼓，每跳一下，都带着一股难以形容的异样情愫。她喃喃地道："你看到的人就是袁紫清。他会轻功，手臂上也有一枚齿痕，他的长相也如你方才形容的那样。"

周世显不敢置信地道："天下竟有如此凑巧之事。你若早一点告诉我他的外貌，我当下便能认出来了。"

朱毓媞怔了一晌，道："原来他竟有哮喘，当时他很痛苦吗？"

周世显点了点头："面色白中泛青，喘如涸泽之鲋，额头冷汗淋漓，全身哆嗦不已。"他嘴角带着苦涩笑意，淡淡地道："你好似十分关心他。"

"我关心他没错，但我也关心你。"朱毓媞沉沉一叹，嘴唇动了一动，仿佛提起勇气，缓缓倾诉，"世显哥哥你知道吗？我在宫里的日子如同一潭死水，胸口长期郁积着一口闷气，我唯一的心灵寄托就是他。夜深人静之时，或是身心俱疲之时，我都会不由自主地想到他。曾经我以为自己对他萌了情芽，直到离开皇宫，获得自由，心境开阔之后，我突然发觉，我不怎么想起他了。原来我一直牵念的，只是一个理想，一个象征着自由逍遥的理想。"

周世显听得不是很明白，脸上又是疑惑，又是酸楚："我不是很懂。"

朱毓媞悠悠地道："好比你在一口枯井里，你会寄情于天上的月亮。你天天看着月亮，心里也装着月亮。于是，你以为月亮的阴晴圆缺就是世上所有的变化；你以为虫鸣鸟啼是月亮的倾诉；你以为飘入井里的缤纷落英是月上嫦娥掉落的脂粉。直到有一天你脱离图圄,体会一番'春光匀芍药,秋水净芙蕖,森罗移地轴,冰雪耀天衢'的世间万化之美,你才知道原来月亮只是这万物中的一种,你的心思就不会一直放在月亮上面了。"

周世显目光释然,展颜一笑:"我明白了,袁紫清是你在宫中仰望的月亮。"

一连数日都是飘雪扬尘的阴霾天气,整日狂风怒号,白天竟如夜晚一般,须点着灯烛才能视物。街上行人稀少,家家户户大门深锁,街道阴暗冷清,宛如死城。

朱毓媞也不敢出门,只在暖阁里与茶香对坐,体验"碧流霞脚碎,香泛乳花轻"之乐,或是寄情诗书,闻香把卷,听冬风落雪,燃一暖炉,如是隐心。

周世显下朝后便来暖阁与她相聚,吹笛吟诗,共叙闲情。

朱毓媞听他吹笛,渐渐萌生兴趣,缠着他要学,于是周世显便教她吹笛,以打发因霾害而不能出门的辰光。

周世显和朱毓媞过得怡情惬意,宛如山居隐士,但是这种恶劣天气,简直把袁紫清折磨得生不如死。

今年天候异常,这场霾害不仅来得仓促,更是来势汹汹,京畿一带已有不少百姓死于窒息,令已元气大伤的大明王朝更是雪上加霜。

朱毓媞得知这个消息时,正在吹着一阕苏轼的《江城子》:"凤凰山下雨初晴,水风清,晚霞明。一朵芙蕖,开过尚盈盈。何处飞来双白鹭,如有意,慕娉婷。   忽闻江上弄哀筝,苦含情,遣谁听!烟敛云收,依约是湘灵。欲待曲终寻问取,人不见,数峰青。"

吹着吹着,不禁对烟波浩渺、旖旎如画的江南丽景心生向往。当周世显告诉她京畿一带已死了数百人时,她手一抖,玉笛落地,脱口道:"紫清不知道如何了?"神态又是紧张,又是不安,浑然没有方才吹笛时的闲适之情。

周世显只能絮絮安慰:"这种天气,只要他不出门,应该会没事的。"

朱毓媞稍稍安心,但吹笛时已不能保持心平气和。周世显从她的笛音中听出焦灼烦乱,只能黯然苦笑。

第五十四章

沉腰潘鬓消磨（上）

　　袁紫清闭门不出，口鼻蒙上纱布。但即便门窗紧闭，窗隙门缝全塞了布，细微的沙尘仍是无孔不入。

　　往常霾害多发生于春季，因此他这个时候是绝对不会来京畿周遭的。今年霾害提早，令他始料未及，他只能把自己关在房里，耐心地等着雾霾退去。

　　他的哮喘每日都会发作好几次，每一次发作都是喘得心肺抖擞，胸口起伏如波涛怒涌。虽然靠着药物强撑，但药丸吃多了，副作用便如附骨之疽般折磨着他的身心。他常常心绪不宁，心悸盗汗，浅眠多梦，严重时还会产生幻听幻觉。

　　哮喘这种病，最忌情绪反复，急怒攻心，但这段时期他的疯病又偏偏频繁发作。总之，他每一刻都是痛苦难当，生不如死。

　　哮喘、疯病一齐发作，袁紫清情绪不稳，时常砸东砸西，不许旁人进房。

　　魏怜搬到别处去睡，萧采莞守着房门，时而听他滔滔不绝喃喃自语，时而听他精神崩溃痛哭失声，自也十分煎熬。

　　袁紫清恍恍惚惚做着一个又一个梦，人几乎撕成两半，一半意识清明，深深感受着自己身体的不适；一半沉沉入睡，好似堕入永恒的黑夜，永远不会醒过来。

　　恍惚间，似看见一队手执刀枪的官兵押着一群囚犯要前往流放之地。彼时秋风萧瑟，满地黄花衰草，一川红叶飘飘，囚犯们面对未知的命运，都是一脸惊恐绝望。

　　有个女犯走得慢了，被一旁的官兵狠狠踢了一脚，跌在地上，牵动手铐叮当作响，仿佛内心无助的悲鸣。

　　那官兵吐了一口唾沫，骂道："找死吗？贱坯子！还不起来！难道要全部的人等你一个不成？"

　　那女犯长途跋涉，水米未进，早已虚脱无力，哪还爬得起来？官兵骂道："好好好，你跟老子唱反调是不是？我让你知道老子的厉害！"挥鞭抽在那女犯身上。

"娘——娘——"一个年约七岁的男孩蓦地扑到那女犯身上，急雨般的鞭子当即落在他背上，一下子就皮开肉绽。他似乎不觉得疼，只担心母亲的安危，哭道："娘，娘，你没事吧？娘……"

官兵一脸狰狞，恶狠狠地道："好，两个一起打。"又是鞭如雨下。

"子清——"那女犯尖呼一声，不知从哪涌上来的力量，翻身将男孩抱入怀中，护住他全身，用自己的血肉之躯承受着无情的鞭雨。

官兵一边鞭打一边唾骂，好似有什么深仇大恨，一径往死里打。男孩号啕大哭，女犯咬牙忍疼，絮语安慰。

好不容易官兵打得手酸了，将母子俩拎了起来，喝道："继续走。"

又不知道走了几里路，男孩又累又饿又渴，双腿酸麻无力，眼前金星乱转，耳畔轻雷隐隐，依稀听得一阵兵戎交锋之声，似乎有人劫囚。

男孩还来不及反应，就被人抱了起来。那人的眼泪滴在了他的嘴唇上，灼热的泪水，让他冰冷的心终于有了一丝温度。

那人泣道："公子别怕，张松来救你了。"

张松，原来他叫张松。他好眼熟，好像是爹爹昔日的部下。男孩吃力地开口："张松叔叔，求您救救我娘。"

男孩声如蚊蚋，张松没有听见。男孩还以为他不允，急得哭了出来："救救我娘，求您救救我娘。"

张松这才听见，兴许是被男孩哭得心慌了，勉强道："好，张松答允你。"却面有难色。

男孩喜极而泣，不断喊着"娘"。张松的面色越来越凝重，末了，沉沉地发出一声无奈的叹息。

茫然中，仿佛有官兵追来，一番生死鏖斗、刀光剑影，男孩和张松失散了。

恐惧、无助、绝望、惊惶如海潮般一波一波袭来，凌厉地拍打着男孩疲惫不堪的身心。他从来没有这般绝望过，即使他知道爹爹被凌迟处死，百姓争相食肉，至少，娘一直陪伴在他身边，他虽然痛苦，却不致绝望。

"娘，娘，你在哪里？"

男孩发了狠劲，四处找寻母亲。月黑风高之夜，人人都沉沉入梦，只有他在街上哭喊狂奔，恍如丧家之犬，不少夜行之人都以异样的目光打量着他。

"小弟弟，你在找你娘吗？"

男孩抬头，是个和蔼可亲的中年男子。

男孩怯生生地道："是，叔叔，你知道我娘在哪里吗？"

"当然。"中年男子的面容如十五满月，温暖照人，声音低低沉沉，仿佛有一股摄人心

魄的魔力。

中年男子缓缓伸出手："来，跟我走。"

紫清梦到这里，很想开口大叫："别跟他走！"但嘴里却发不出一丝声音。

之后，男孩被中年男子带到一家富户，也不清楚发生了什么事，中年男子就消失了。接着，他便和一群低贱的奴隶一起生活，每天有做不完的粗活，饱一顿饿一顿，四更天才能上床睡觉，日出时就要起床。当然不可能会有人带他去找寻母亲。

他想逃，却逃不了，因为这里的奴隶都戴上了脚镣。

某一日，那家主人偶然瞥见了他，惊艳不已。主人捧着他的脸，一再端详着，像是欣赏着一件完美无瑕的和田玉雕，目光带着三分玩味、三分贪婪、三分欲望。

主人带男孩到房间里，命侍女将他梳洗干净。男孩还以为终于苦尽甘来了，不料却是另一个噩梦的开始。

此后的日子里，男孩被关在暗无天日的小房间里，无论晴雨寒暑，都是一丝不挂，身上戴着沉重的手铐脚镣，像一只小狗般被绑在床边。

每天阳光透入时，就是他痛苦的开始，因为主人开门进来了。阳光让他恐惧——当时的他，竟渴望永恒的黑暗。

主人心情好的时候，就会爱抚他身上每一寸肌肤，温柔地教导他何谓风月之事；主人心情不好的时候，他就成了主人的出气筒，主人拿皮鞭狠狠地抽着他的身体，或是拿针戳他，或是把自己变成一只茹毛饮血的恶兽，张口在他身上乱咬。男孩痛得泪水夺眶而出，惨叫哭号连连，拼命求饶都没用。嗓子都哭哑了，主人还是不肯罢休……

然而主人十分爱惜男孩的容颜，无论怎么蹂躏，都不会损及他的面目。

男孩活得毫无尊严，生不如死。每当他萌生自我了断的念头时，就会想起身在流放之地的母亲。母亲就像脉脉月光，给了他温暖和希望，因此他苟延残喘地活了下来。

哮喘就是在那个时候如附骨之疽般开始折磨着他的身心。他几乎三天两头发作一次，每一次发作他都在生死边缘。甚至有一次他双眼血丝密布，瞳孔散大，口里嘶嘶作响，身体抖如秋风落叶，差点一命呜呼。

他现在还记得当时挣扎于生死关头的感觉，沉重而急促的呼吸仿佛狂风中的怒涛，汹涌无比，每一波呼吸都让他离死亡更进了一步……

袁紫清蓦地清醒过来，拥被坐起，放声痛哭，仿佛看见母亲守在床边，柔声呼唤："子清，我的好孩子，你要好好活下去。"母亲的声音越来越缥缈，身影仿佛被迷雾笼罩着，越来越暗淡，最后消失在晦暗中。

"娘——娘——"袁紫清张臂扑上前去，想要捉住母亲最后的影子。这一扑当然扑空了，他滚到床下，砰的一声，撞倒了一张椅子。

"公子，"萧采莞在门外听到声响，试探地问道，"公子还好吗？"

袁紫清充耳不闻，抱着头一味痛哭。他要将所有力气全都拿来哭泣，要将一生中经历的苦楚全都发泄出来。心中的屈辱悲愤如困兽般左冲右突，几乎化作利刃刺破胸膛。这感觉是那样的熟悉，仿佛永生永世刻在心头。

恍惚间，他似乎看见昔日凌辱他的主人一脸狰狞地扑了过来。他吓得忘了哭泣，拼命向后闪躲，身后是床榻，退无可退。

他失声惊叫："别过来——"

主人嘴里溢出大量鲜血，瞪大一双眼，吃惊地看着自己的肌肤寸寸剥落，脏腑裸露，最后只剩一具森森白骨。主人颤巍巍地伸出只剩下一束枯骨的手，指着袁紫清道："你好狠毒。"话声似从齿缝间蹦出，每个字都是深深的怨毒。主人话一说完，随即扑了过来，牢牢掐住袁紫清的咽喉。

袁紫清瞬间喘不过气来，胸口似被鼓槌一下一下重重敲击着，生生地将要裂开。

第五十五章

沉腰潘鬓消磨（下）

"公子，公子。"萧采莞发觉不对劲，急忙进来察看，只见袁紫清蜷曲在地上，嘴唇紫中带青，眼神涣散狂乱。

她慌忙倒出数颗药丸，要喂袁紫清服下，但他牙关紧咬，她怎么也掰不开他的嘴唇。她急得一头热汗，呼道："怜姊姊，怜姊姊。"

魏怜听到声音后赶了过来，见到这情景吓了一跳，一晌后镇静下来，用力在袁紫清下巴上重重一击。袁紫清登时张开喉舌，萧采莞连忙把药丸投入他口中，又取了茶水将他口中药丸冲了下去。

折腾半晌，袁紫清面色渐渐转红，呼吸渐次平缓。

魏怜抱着他嘤嘤哭道："紫清，你别吓唬我，我禁不起的。"

袁紫清只觉得身心俱疲，仿佛哮喘永远发作不完，药丸永远吃不够，这样的折磨永无止境。他嘴里冷冷吐出一句："都出去。"

魏怜一呆，哭道："我不出去，我要陪着你。"

袁紫清疲惫地嘶吼道："滚出去，都给我滚出去！"手一推，魏怜一个趔趄，险些摔倒。萧采莞眼疾手快，连忙扶住她："怜姊姊先去歇息，我会守在门口的。"

魏怜呜咽不止，恋恋不舍地看着袁紫清半晌，终于转身而去。

房门重新合上，室内幽深漆黑。他也不点蜡烛，任黑暗吞噬身体，时光仿佛回到他被囚于暗房的时候，只有无边无际的黑暗，才会让他产生安全感。

雪停了，风止了，雾霾却没有消退的迹象，整个京师雾蒙蒙的，伸手不见五指。袁紫清日夜饱受煎熬，精神起伏不定，哮喘如蛰伏在暗处的毒蛇，不知何时就会蹿出来狠咬一口。这般看不到尽头的折磨让他的心更加刻毒狠戾。他咬牙切齿，愤世嫉俗，恨极皇太极,恨极崇祯皇帝,恨极世上所有身体康健之人,心中的怨恨寸积寸累,逼着哮喘频频发作。

萧采莞听到动静,知道他哮喘又发作了,赶忙进去。房内翳翳无光,她先点亮烛台,又喂他吃药。

萧采莞已经数不清他是第几次发作了,叹道:"公子,您一定要保持心平气和,哮喘才不会发作得这么频繁。"

袁紫清呼吸渐缓,只觉得身体每一寸都极其疲惫,他很想倒头睡去,就此一觉不醒。

萧采莞扶着他坐在一张酸枝木椅上,整理他散乱的头发,又拿锦帕拭去他额头的汗水,道:"公子这几日瘦了很多,每日的饭菜都只用了少许,这样下去,身体会承受不住的。"

袁紫清睁着一双空洞的眼凝视着她,声音嘶哑而虚浮:"采莞。"

"是。"

袁紫清颤声道:"怎么办?"

萧采莞愕然道:"什么怎么办?"

袁紫清道:"我好痛苦,魏怜又不在这里,你帮帮我好不好?"

萧采莞一时没想太多,道:"好,无论何事,奴婢一定帮您。"

袁紫清双手按着她的肩膀,目光中似有一簇火焰,呼吸渐渐急促了起来:"你很喜欢我对不对?"

萧采莞一怔,含羞带怯地垂下头,声音几不可闻:"奴婢对公子的情谊只能是高山仰止,断不敢存了非分之想。"说到最后,流露出一缕自伤自怜的酸楚。

袁紫清嘴角含笑,眼里却沁出泪光,神情如痴如狂,似哭似笑,诡异莫名,含含糊糊地道:"采莞,采莞……"蓦地吻住她的唇瓣,一手按住她的背脊,一手去解她衣裳。

萧采莞又惊又怕,喉头发出一声呐喊:"不行,不行的!怜姊姊就在隔壁!"可她的嘴唇被袁紫清牢牢封住,这声呐喊也就成了含糊的碎语,听在袁紫清耳里,仿佛销魂蚀骨的呻吟。袁紫清用力抱住萧采莞,仿佛怕她挣脱似的,箍得她胸口肋骨一根根发酸生疼,无论她怎么挣扎,都挣不开他的怀抱。

一瞬间她身上只剩下亵衣亵裤。她肤色晶莹胜雪,不甚丰盈的双乳撑得月牙白的亵衣微微起伏,挤出一条浅浅的乳沟,看得袁紫清欲火更炽。

袁紫清将她推倒在榻上,脱去了上衣,便要去吻那细致的锁骨。

萧采莞又是惊羞,又是慌乱,将云丝锦被抱在身上:"公子,不要……"

袁紫清此刻只想大汗淋漓地欢爱一场,消除身心的痛苦与屈辱。他狠狠地扯走云丝锦被,身子前倾,目光灼灼地凝视着她。

两人的脸距离只有一寸,袁紫清灼热的气息喷在萧采莞脸上,语气霸道:"可是

我要。"

萧采莞眼前一亮,只见他手里多出两枚绣花针,蓦地生出不好的预感,颤声道:"你,你……你要做什么?"

袁紫清面带痴狂,说了一句令萧采莞吓得魂飞魄散的话:"你知道被针插入体内是什么感觉吗?"

萧采莞见他分明是疯魔了,惊恐得一句话也说不出来,勉强往后挪了几下。

袁紫清看着手中的绣花针,仿佛看着一件新奇的玩物,喃喃自语:"他心情不好的时候,就拿鞭子抽我,还拿针插我。我哭着求饶,他却不肯停手。后来我麻木了,不觉得疼了,你知道为什么吗?因为我身体承受的痛苦,远远不及心里的屈辱。采莞你看看我的身体,是不是有鲜明的齿痕?"

他丢下绣花针,用力抓住萧采莞的手,去抚自己身上的疮疤。他身上有淡淡的鞭痕、隐约的针孔,然而最鲜明的还是那几道齿痕。

他边说边笑:"这些印记一直都跟着我,如影随形地跟着我!你知道吗?虽然我最后将他千刀万剐,可是我嫌他身上的肉不够,我竟然只割了三千六百刀!不够,三千六百刀怎么够!至少也要六千刀!可是他活不成了,只剩下一具骸骨。我又一寸寸敲碎他的骨头,那声音真是美妙动听啊……"

他滔滔不绝地说着,仿佛说不够似的,只觉得如果不这样继续说下去,就会发疯、爆炸、崩溃。

萧采莞怔怔听着,其实袁紫清讲到后来,已是满口胡话,含糊不清,萧采莞根本听不明白。

她知道他疯病又发作了,每回发作,他就会讲个不停。

他自言自语一阵,突然一笑,笑声仿佛风动檐铃,清新悦耳:"来,你试试看被针插身的滋味。"

萧采莞退无可退,见他又摸出绣花针,惊惧惶恐一瞬间达到最高点。她终于发出一声撕心裂肺的尖叫:"不要——"

袁紫清呆了一呆,随即面目狰狞:"好好好,我就知道,你心里是看不起我的,你一直把我当成一个耻辱,对不对?"

萧采莞慌慌张张地道:"不是不是,我没有……"

袁紫清哪肯听她辩解,厉声道:"你又骗我,你到底还要骗我到什么时候。我知道,我都知道,你们全都当我是个笑话,是个耻辱——"

萧采莞急切地说:"公子,你听我解释。"

袁紫清厉声道:"闭嘴,闭嘴!"转身开始翻箱倒柜。

萧采莞不知道他在找什么,也不敢问,片刻后见他拿着一张砂纸。

萧采莞心中掠过一丝不祥,忍不住问道:"你要干什么?"

袁紫清一脸兴奋,仿佛挖到宝贝似的,将砂纸摊在她面前,道:"你看这砂纸是不是很粗糙,是不是?"

萧采莞点了点头。

袁紫清不耐烦地道:"快说是。"

"是是是。"萧采莞战栗不已,"你究竟要干什么?"

袁紫清目光闪烁,笑道:"我要磨去我身上这些印记,全部都要磨去……"

萧采莞呆了一呆,只见他拿着砂纸,用力地磨着自己身上的齿痕,不一会儿已是血肉模糊,他却丝毫不觉得疼痛,兀自狂笑不止。

萧采莞终于忍不住放声尖叫:"不要,不要这样!"伸手想要夺去他的砂纸,却被他粗鲁地推开。

袁紫清上身鲜血淋漓。他看到殷红的血,厌恶地道:"血,血,都是血,红色的血,真是恶心。"手忙脚乱地拿锦帕要擦拭血迹。可是无论他怎么擦,鲜血就是汩汩不绝地泉涌而出。他急得大叫:"为什么一直流血! 恶心,恶心极了!"

萧采莞怔怔地看着他,已然忘了自己衣不蔽体的羞耻。眼前的袁紫清,原来被伤得这么深,原来心魔如此根深蒂固,难怪他的哮喘会发作得这么剧烈、这么频繁。

正神思游离之间,蓦地听袁紫清发出一声尖叫。他呆呆看着双手的鲜血,惶然道:"我怎么会变成这样? 变成这样一个疯子! 娘,娘,你在天上看着我吗? 我好厌恶这样的自己! 皇太极,崇祯昏君,都是他们害我的。对对对,都是他们! 若不是他们,我怎么会变成这样? 我要去杀了他们,我要割下他们的肉,喝下他们的血,把他们的骨头全都敲碎……"他越说越亢奋,急急拿起凝血剑,打开房门冲了出去。

萧采莞急忙喊道:"公子,您不能出去!"她匆匆披上外衣,便要过去阻止,却还是晚了一步。

房门"吱呀"一声敞开,风刮起一片尘埃,直扑而来,袁紫清避无可避,整个人裹入阴霾之中。

袁紫清瞬间口鼻窒息,扶着门颓然倒下,口里发出"咻咻"声响,胸口剧烈起伏,痛苦呻吟道:"药……药……"

萧采莞急忙把药丸塞入他口中,又喂了几口水。

魏怜听到动静后赶了过来,只见袁紫清一身是血,萧采莞衣衫不整。她惊得目瞪口呆,一晌后道:"你们这是怎么回事?"

萧采莞无暇解释,见袁紫清仍是急喘不休,面色发青,心头一紧,当下把瓷瓶里所有的药丸全都倒入他口中,又喂他喝水。

过不多时,袁紫清才渐渐平复。

萧采莞此刻也是被折腾得筋疲力尽。她将袁紫清抱到榻上，垂泪道："公子，奴婢求您别再折腾自己了。"

袁紫清恍若不闻，只呆呆地看着上空，一脸萎靡，那模样仿佛一缕幽魂。过了一会儿，药力发作，他支持不住，睡了过去。

萧采莞默默拭泪，到外头装了一盆清水，用纱布细细擦拭他的伤口，敷上金创药，最后缠上厚厚的纱棉，替他穿上衣裳，盖上被子。

魏怜盯着萧采莞，道："你们刚才有没有发生什么事？"

萧采莞摇头道："怜姊姊宽心，公子与我什么事都没有发生。"

"是吗？"魏怜狐疑地打量她一眼，"就算有，你也要记住一点，你是他买回来的婢子，是他的私有物，即使他占有了你，也只是发泄而已，断断不会对你产生感情的。"

萧采莞心头一酸，垂手道："我明白。"

魏怜道："我饿了，你快去做饭，这里有我看着。"

萧采莞答了一声"是"，含泪走出去。

第五十六章

红笺小字，容销金镜

此后的日子里，袁紫清时而清醒，时而昏睡。萧采莞外出采买蔬肉，又买了安神香，每日为他焚上一炉，好让他静心安睡。

魏怜看着袁紫清迅速清癯下去，昔日的翩翩英姿颇有瘦骨嶙峋之状，暗地里不知偷抹了多少珠泪。萧采莞反而比她坚强些，默默地照料着袁紫清和魏怜的饮食起居。

好不容易雾霾终于消退了，天地间有着拨云见日的清明，空气是久违的清新，魏怜和萧采莞均是喜极而泣。

此时闯王李自成、曹操罗汝才的二十万大军攻破河南襄城，陕西三边总督汪乔年被寸磔而死，李自成乘胜追击至豫东，张献忠则在皖北一带活动。

消息传到崇祯皇帝的耳里，他没有太激烈的反应。这几年不是哪个藩王被杀，就是哪座城池被攻陷，自督师杨嗣昌死后，他感觉失了左右臂膀，放眼内阁六部衮衮诸公，竟无一人可用。明军面对农民军是屡战屡败，节节失利，他对战败已经麻木了。

袁紫清的哮喘随着雾霾消退渐渐好转，心境也平复了许多，只是整个人瘦了一圈。萧采莞熬了老山参鸡汤，每日让他服用。

袁紫清身体渐好，魏怜身体却出了状况，总是小腹隐隐胀痛，腰间酸软不堪，四肢虚弱乏力，整日懒洋洋地躺在床上。

"采莞。"袁紫清目光含着一缕幽然冷毒，"时候差不多了，是不是？"

萧采莞舀了一勺参鸡汤，轻轻吹凉，送入他口中："差不多了，大夫那里奴婢已经打点好了。"

袁紫清饮着参鸡汤，淡淡地道："辛苦你了。"

萧采莞低眉敛目："奴婢为公子做任何事都是心甘情愿的，一点儿也不辛苦。"

袁紫清凝视着她："你为什么一直不拿正眼看我？"

萧采莞想起他发狂的模样，不禁栗然，嗫嚅道："奴婢怕冒犯了公子。"

袁紫清阴森森地道："你可以敬我怕我，但是绝不能瞧不起我。倘若你有这个念头，我一定会让你生不如死。"

萧采莞心头一凛："奴婢绝不敢存了不敬的念头。"

袁紫清冷冷一笑："那就好。"他从萧采莞手里接过参鸡汤饮毕，撂下一句："我去看看她。"

萧采莞忙道："公子身子才刚复原，不宜下床。"

袁紫清充耳不闻。

一连十数日闭门不出，他忽然觉得阳光有些强烈，其实遥遥挂在松枝上的只不过是一轮淡白毛日，却令他一度睁不开双眼。

萧采莞怔怔地看着他的背影，阳光虽然在他身上镀下一层融融的光晕，却仿佛照不进他的内心，他的背影好似一道荒芜的剪影。

袁紫清进入魏怜房中，见她沉沉睡着，敛足走到床边，见床头小几上搁着一碗喝剩的参鸡汤、一件缝到一半的婴儿肚兜，还有数张花笺。

他拿起花笺，上面写着："两张机，月明人静漏声稀，千丝万缕相萦系。织成一段，回纹锦字，将去寄呈伊。"

他不禁一怔，这段时日与她分房，漏断人静时，她一针一线缝着婴儿肚兜，竟是对自己"千丝万缕相萦系"。

又往下看："三张机，中心有朵耍花儿，娇红嫩绿春明媚。君须早折，一枝浓艳，莫待过芳菲。"

蓦地想起她曾对他说过："彼此当年少，莫负好时光。"想必她写下这阕词的时候，内心是"娇红嫩绿春明媚"的万顷晴光吧！

袁紫清双手微微颤抖，看着最后一张花笺："五张机，芳心密与巧心期，合欢树上枝连理。双头花下，两同心处，一对化生儿。"

字里行间流露出无限的柔情蜜意。合欢花象征爱情，双头花、两同心、一对化生儿，均是成双成对，形影相顾。

袁紫清心中震撼不已，他从未认真思量过魏怜对自己的感情。连续三张花笺看下来，他才蓦然发现，魏怜竟一往情深到如斯地步。

那件婴儿肚兜绣工精巧。她曾说过女红针线是小时候跟母亲学的，到媚香楼后就荒疏了，但是肚兜针脚细腻，怎么也看不出荒疏的感觉，却透出了她的母爱拳拳。

然而那碗参鸡汤里，却掺了能让她流产的药物，以致她此刻身体违和，羸弱无力。

袁紫清不禁倒吸一口冷气，手一抖，花笺散落一地。

魏怜听到声响，嘤咛一声，悠悠醒来，黯淡的眸子在看见他的一刻骤然明亮起来，仿佛灼灼的一树火焰，瞬间照亮了天际。她轻声喊道："清。"

她一向喊他"紫清"，只有浓情蜜意时，才会喊他"清"。此刻她身体不适，心里格外依恋他，才会喊他"清"。

魏怜吃力地拥被坐起，握住他的手道："清，你好些了吗？"

袁紫清怔然不答，只是凝眸注视着她，目光若有所思。

魏怜被他看得十分不自在，道："你为什么这样看我？"一晌后伸手抚着自己的脸颊，幽幽地道："是不是觉得我变难看了？"

她晓得自己抱恙这段时日日趋憔悴，皮肤萎黄，发色黯淡，昔日的娉婷丰腴之姿、羞花闭月之貌远去，当真是帘卷西风，人比黄花瘦。

袁紫清生硬地道："没有。你还是很美。"语气有说不出的勉强。

魏怜何尝听不出他的言不由衷。她将脸转向内侧，不去看他，脸上带着一缕轻愁薄绪，道："李夫人以倾国倾城之色得幸于汉武帝。李夫人病重，汉武帝亲去探望，她却以被蒙面。汉武帝一劝再劝，她却沉默不语，最后汉武帝拂袖而去。以色事人，色衰则爱弛，爱弛则恩绝。李夫人不愿见汉武帝，也是因为看透了这一点，生怕汉武帝见到她后心生厌弃，再也不肯眷顾李氏一族了。此刻我也是如此，我怕你见到我衰败的容貌，就不会像从前那样怜我爱我了。"

怀孕的女子心思分外敏感，容易伤春悲秋，魏怜也不外如是。她在青楼浸淫多年，见惯女子以色事人，世间男子的情爱不过建立在皮囊色相之上，如巫山云雨，聚合无常，又如雨后长虹，浮华一霎。绮年玉貌之时，自然是"五陵年少争缠头，一曲红绡不知数"；当容销翠减，朱颜韶光不再，往往是"门前冷落车马稀，老大嫁作商人妇"。

她也晓得是因为自己貌美，才得袁紫清心仪，因此她从来就缺乏安全感。世间男欢女爱，不过是肌肤相亲、海誓山盟而已，唯有生下两人的孩子，彼此的命运才能紧紧萦系在一起，再也无法分割，她的心才会稳稳踏实。

她抚着微微隆起的小腹，像抚着自己不安定的心，幽幽地飘出一声叹息："清，我一向爱惜容颜，但为了我们的骨肉，纵然变成无盐之貌，身子百般不适，我也是甘之若饴的。我只怕我不能平安诞下这个孩子。"

她语气凝咽，肩头微微颤抖，似在哭泣。袁紫清只觉得身子凉透了，分明室内笼着火盆，他却觉得有一股凉意自脚底蹿上脑壳。

魏怜仍兀自喃喃倾诉："那一晚我俩初见，你要我唱曲给你听，我问你想听什么，你淡淡地回我一句'随便'，于是我选了江南女子人人都会唱的《江城子》。"说着婉转吟唱："凤凰山下雨初晴，水风清，晚霞明。一朵芙蕖，开过尚盈盈。何处飞来双白鹭，如有意，慕娉婷。　　忽闻江上弄哀筝，苦含情，遣谁听！烟敛云收，依约是湘灵。欲待曲终寻问取，人不见，数峰青。"又道："当时的秦淮薄雨初歇，晚霞绯艳，河畔青芜堤上柳，春意盎

然，我觉得唱《江城子》最为合适。谁知道……"

她目光凝着千丝万缕的柔情，望着他映在墙上的颀长身影："我缓缓唱毕，一抬眼，却看到你哭了。你哭得十分厉害，仿佛内心日积月累的痛苦一口气爆发了出来。说真的，我当时吓了一跳，我长这么大，从来没见过男子这般痛哭，而且你又是我的客人。我还以为自己哪里做错了，急得手足无措，一迭声地道歉。你哭了一阵，才告诉我，你娘出身杭州凤凰山，每日你入睡前，她都会唱这阕《江城子》给你听。你我初见那一日，正是你娘的忌辰，所以你听到这一曲，才会控制不住，泪洒衣襟。也是我恰巧弹唱《江城子》，误打误撞闯入你的内心，你之后才会常常来找我。"

她声音如春水潺潺，眼眸深处有沉醉的华彩流溢："清，我好感念上苍，因为我竟然这么幸运，能蒙你爱怜。我以自己歌伎的身份为傲，立志要名动江南，渴望享有滔天富贵。直到遇见了你，我才体会到灯红酒绿不过是浮华浪荡一场，唯有与意中人举案齐眉、白头偕老才是最珍贵的——"

袁紫清听到这里，一颗心早已虚透，猛然脱口道："别说了！"

魏怜心中的不安越发浓重，低声道："你为什么不愿听？"

袁紫清咬了咬牙，不知该如何回答这一句，跟跄倒退数步。

魏怜心乱如麻，她缓缓转过面庞，看到了一地的花笺，挣扎着下了床，将花笺拾起，拥在胸前，仿佛拥着这一生为数不多的眷恋和温暖。

她的语气如枫叶荻花秋瑟瑟："我要把这些花笺全系在相思树上。"

袁紫清再也听不下去了，转身便跑，脚步凌乱，仿佛逃难。他小跑了几步，蓦听魏怜惨叫一声。他踟蹰一晌，竟是不知道要不要回去看她。

萧采莞听到喊声，连忙进房查看。

袁紫清知道这声惨叫意味着什么，果然听房中的萧采莞说道："怜姊姊，你忍着点，我这就去请大夫。"

魏怜一边呼痛，一边呜咽："清，清，我肚子好痛，我好难受……"

魏怜的呻吟声如风中败絮，一声一声瑟瑟落在袁紫清心头。

大夫，采莞要去请大夫了，大夫一来，代表她与腹中孩子的缘分尽了。

袁紫清心中有一丝微微的慌乱。他很快地镇定下来，回到房内，只见魏怜捧着肚子，额头冷汗涔涔，蜷曲成一只病弱小猫，模样痛苦不已。

"清，我怕我保不住这个孩子……"

魏怜五官全挤成一团，发丝混着汗水沾在脸上，显然极为痛楚。她费尽千辛万苦说完这一句话，泪水扑簌簌落下。

袁紫清抱着她絮语安慰："别怕，有我在，你不会有事的。"语气关怀备至，没有丝毫破绽。

第五十七章

薄幸锦衣郎

萧采莞很快地将大夫请了过来。

那大夫是个老者，和袁紫清交换一记眼色后，便趋至榻前，见魏怜疼得神志模糊，嘴唇白如素帛，连忙打开药箱，取出一把银针，利索地扎入魏怜人中、百会、印堂诸穴道。

萧采莞不安地绞着十指，看着大夫连连施针，有的针甚至整寸入体，明晃晃的，甚是骇人。过了一晌，魏怜嘤咛一声，悠悠醒转过来。

袁紫清道："怜儿，大夫来了，你不会有事的，听我的话，提起精神来。"

魏怜目光涣散，虽然腹痛依旧，却没有方才那么剧烈了。她意识渐渐恢复，艰难地道："大夫，我怎么了？"

大夫将银针一根一根拔出，道："夫人肾脾两虚，痰湿肝郁，胞宫阴寒，本就不易受孕。何况通常妇女怀孕，都是头三个月的胎儿较不稳定，夫人体质又较为特殊，难免会有腹痛下坠之感。"

魏怜听到这里，心头一沉："所以大夫的意思是？"

"夫人最近是否忧思缠身，心意难平？"

魏怜想到袁紫清哮喘发作那几日，备受煎熬，辗转难眠，忙道："正是。"

"夫人便是因为这个，才会有腹痛不适之感，这属于正常现象。"

魏怜急道："可是我方才肚子真的好痛，怎会是正常现象？"

袁紫清握住她冰凉的手掌，道："你要相信大夫。"

大夫道："只要夫人保持心平气和，腹痛之象自会消失。老夫会开些安胎药方，夫人每日晨昏温服即可。"

魏怜将信将疑，还要问话。

袁紫清忙道："那就有劳大夫开列药方了。采莞，送大夫出去。"

魏怜抓着袁紫清的袍袖，一脸焦灼不安："清，这个大夫可靠吗？他说我腹痛是正常的，我总觉得不像是他说的那样。"

袁紫清拥她入怀，轻轻抚着她的背脊："他说你的体质不易受孕，而你却怀了孩子，自然是比寻常孕妇还要辛苦些。何况他又说你前些日子忧思缠身，心意难平，所以才有腹痛现象。若不是杏林圣手，怎会分析得如此入木三分？何况大夫的银针扎下去后，你不是感觉好多了吗？"

魏怜贴着他的胸口，听着他铿锵有力的心跳声，心绪方始平稳："是好多了。"

袁紫清眼中是深不见底的阴冷："这就对了，等采莞去药铺抓药回来，你每日按时服药，就会没事的。"

"清。"魏怜语带歉意，"对不住，方才我又误会你了。"

袁紫清愕然道："误会我什么？"

魏怜泪如雨下，浥得他衣衫如开了朵朵暗花："我以为你不要我和孩子了，以为你看见我容销色衰，不再喜欢我了。"

"不会的。"袁紫清紧紧拥住她，脸上挂着一缕耐人寻味的淡笑，"我对你的感情始终如一，始终未变。"

魏怜喜极而泣，像只小猫似的伏在他怀中。

袁紫清见她颇有倦色，道："你先歇息。"

魏怜经过一番折腾，早已萎靡不堪，不一会儿就沉入梦乡。

袁紫清替她披了棉被，掩门而出，正好遇见萧采莞抓药回来。

袁紫清沉沉地道："你找的大夫，很好。"

"奴婢只是按公子的吩咐，赏了他两锭金子。有钱能使鬼推磨，他自然会乖乖听我们的话。"

萧采莞又道："大夫说了，怜姊姊红花积体，迟早会流产。这些药虽然不是安胎药，却会让她腹痛好转。她元气大伤，心绪不宁，三天后就会见红。如此一来就像是怜姊姊因为郁结难舒，心智受损，才会导致流产，且……"她迟疑着不敢继续说下去。

袁紫清不耐烦地道："不要吞吞吐吐的，快说。"

萧采莞硬着头皮道："且因此次流产，母体大损，她永远不会再有身孕了。"

袁紫清一怔，道："很好。"

萧采莞简直不敢相信自己的耳朵，呆呆地重复："很好？"

袁紫清道："我没有那么爱她，也从来不想对她负责。既然她永远不会再有身孕，那我以后就不必服药避孕了，这不是很好吗？"

天下竟有如此凉薄自私、负心薄幸之人！萧采莞简直不敢置信，她睁着杏仁般的妙目，凝视着袁紫清的脸，道："公子这样对待怜姊姊，不觉得愧疚吗？"话一脱口，便觉得不妥,垂首不敢看他。

袁紫清心头一紧,但随即释然,轻嗤道:"过去我活得生不如死,毫无尊严,却又有谁对我感到愧疚?"

萧采莞一时语噎,转念一想,袁紫清本是忠良之后,是"五陵年少金市东,银鞍白马度春风"的锦衣公子。不想一场巨变致使家破人亡,幼年又遭遇到那种惨绝人寰之祸,又不曾有人教他做人的道理,他如今这般心性也是事出有因。她又想起他疯病发作、六亲不认的样子,心想,他的确不适合有孩子。

袁紫清漠然看着她:"你在想什么? 莫不是心中对我感到不齿吧?"

萧采莞心头一凛,慌慌张张地道:"奴婢真心怜悯公子,断不敢心存不敬。"

袁紫清目光犀利如刀,恶狠狠地道:"我不需要你的怜悯。"

萧采莞忙道:"是,是。奴婢知错。"

她此刻如小鹿般楚楚动人的无辜神态,深深拨动着袁紫清的心弦。他心头一阵火燎,俯身咬着她的唇瓣,在她耳边柔柔吐气:"魏伶睡着了。"

萧采莞想起他疯病发作、暴戾狰狞的模样,兀自惊魂未定,急切道:"奴婢还要熬药。大夫说这药要慢火细熬三个时辰,还要守着炉火,不然会失了药性。"

袁紫清打量着她心慌意乱的样子,轻笑道:"好好好,你忙吧,日后机会多的是。"

萧采莞如获大赦,一溜小跑去了。

袁紫清抬头望着天际,天空一泓碧蓝,万里无云,清风徐来,带着一丝料峭寒意。

他心想,多日不曾踏足云英馆,且去听听馆内豪杰高谈阔论,再来薄酒一壶,如是打发辰光。

兴许是雾霾消退、天光初霁的缘故,云英馆比初来时还要拥挤,馆内觥筹交错,人声鼎沸。他默默地往里头拣了一个角落上的位子坐下,点了一壶酒,款酌慢饮起来。

第五十八章

替父申辩

霍害令朱毓媞足不出户,早就把她闷出病来了。这日天朗气清,她忙带着绿萍出门散心。

只要朱毓媞出了周府大门,冯玄墨便会形影不离地尾随在她身后。他就像周府门前的一条看门狗,随时听候朱毓媞差遣。连日下来,冯玄墨老大不耐,这般鞍前马后、像个跟屁虫似的差事,一般校尉即可干得漂漂亮亮,现在竟要驱动他堂堂锦衣卫指挥使,未免大材小用。他原本以为公主只是出来玩几天,眼下竟是不打算回宫似的,崇祯皇帝那里也不着急。他只盼公主尽快回宫,也好还他一个自由之身,在下属面前耍耍官威,或是到街上耀武扬威一番,都比此刻这般尴尬不已的差事来得痛快。

朱毓媞像一只云雀般走在街上,心心念念着要去周世显所说的云英馆。她经过一间药铺,见铺中陈列着各色新鲜的药草,于是驻足细看。

绿萍到底跟了她多年,抿嘴笑道:"公主殿下可是要找缓解哮喘的药草?"

"你倒是伶俐得很。"

"公主殿下从来不看医书,这几日却看了《本草纲目》,专找缓解哮喘的药草。那书厚厚一大本,字小得跟蚂蚁一样,奴婢看了就眼花。公主日夜惦记着袁公子的哮喘,奴婢都看在眼里呢!"

"紫清对我有恩,他有哮喘,我能帮他就尽量帮,不然我一颗心总是悬着,落不下来,总觉得欠了他什么。"

"可是公主殿下又不晓得袁公子住在哪,买来药草又能如何?"

"我把药草晒干后制成香囊,随身携带。既然紫清在京城,总有相见之时,到时候我便将这香囊给他。虽然哮喘之人身上一定带着救急的药物,我这么做不过是锦上添花,但我只是想略尽绵力罢了。"

"您待袁公子如此体贴入微，难道就不怕世显公子吃醋吗？"

"滴水之恩，当涌泉相报。我与紫清连朋友都算不上，才不是你想的那样。"

"那您为什么亲昵地喊他'紫清'啊？"

朱毓媞突然语塞，莲足轻跺，道："你问题还真多，我才不告诉你。"

二人叽叽喳喳说个不停，这些话全都落入了冯玄墨耳里。

"袁公子？紫清？难道是袁紫清？哮喘？"冯玄墨挑起浓眉，兴趣盎然，"倘若公主口里的袁紫清，真是我那位小师弟紫兰君，那可就有趣了。哮喘，想不到盗尽大江南北名门富户的紫兰君竟然有哮喘。"

朱毓媞又道："春天是哮喘好发的时节，尤其是柳絮和花粉，更是吸不得。我只希望他能平平安安，无病无痛。"

绿萍道："那位袁公子若知道有个人这样真心诚意待他，一定感动得痛哭流涕。"

朱毓媞苦笑道："他脾气很怪的，未必会像你说的这样。"一边说话，一边抓了银丹草、甘草、生姜、桂枝、法夏、麻黄、细辛等。

药铺老板用纸包了药草，绿萍递了钱，二人便往云英馆踱去。

云英馆此时已被挤得水泄不通，望过去人影幢幢，喧阗震天，座无虚席。朱毓媞和绿萍挤不进去，只好挨在门边。

只听一个万壑奔雷似的声音道："崇祯十四年八月，明清松锦决战，我军大败，主力被歼，蓟辽总督洪承畴、总兵官左都督祖大寿等将士被迫困守在松山、锦州、塔山、杏山四城，山海关外的最后一道屏障宁远城完全暴露在敌军面前。四城将士至今仍未脱围，我朝又拨不出兵力前去支援。据说四城已弹尽粮绝，演变成人吃人的惨况了。"

这句话压过了馆内嘈杂人声，立时便有人附和："四城若失陷，那我朝在辽东边防的精锐几乎丧失殆尽，山海关更加孤立无援。将来我朝再也无法防御清军对山海关的进犯了。"

"所以我认为对清军赔款求和是摆脱眼下危机的最好办法。但放眼整个朝廷，无论君臣，均认为赔款求和是一件丧权辱国之事。难道面子会比社稷安危、黎民存亡还要来得重要吗？"

"我倒是听说崇祯皇帝已遣了特使前去关外进行和谈——"

"当真？崇祯皇帝是出了名的死要面子。先前袁崇焕和杨嗣昌都曾先后提出对清军赔款求和，均遭到君臣一致否决，如今怎么又肯了？"

袁紫清听到"袁崇焕"三个字，手微微一颤，酒水洒在了衣襟上。只听又有人附和道："今时不同往日，若失去松、锦、塔、杏四城，将是自万历末年萨尔浒之战后对清最大的一次惨败！我朝就会完全丧失在山海关一线与清军对峙抗衡的力量。莽莽神州落入鞑虏房手中，我敢说是指日可待之事。"

"据说特使马绍愉和清使在塔山附近的高台堡会面，清使要求见到崇祯皇帝的敕书，以彰显我朝的诚意。但我朝基于气节，从来不肯折节和夷狄藩属谈判，所以马绍愉出京竟没有带敕书。马绍愉又匆忙回来请示，眼下已滞留京师一段时日了，说不定我们那位皇帝又临时改变主意，不讲'款'了。"

朱毓媞听到这里，心中惊骇不已，按照这些人所言，对清军进行和谈是极为机密之事，他们又怎么会知道得这么详细？

接下来又有一人道："崇祯皇帝自以为隐瞒得天衣无缝，其实早就被几名言官得到消息了。据说言官们向皇帝问起此事，皇帝还支支吾吾，顾左右而言他，始终没有表明态度。"

"身为一国之君，面对社稷存亡的重大决策如此畏首畏尾，还能成什么气候！"

众人你一言我一语地讽刺着崇祯皇帝，听在朱毓媞耳里，当真是匪夷所思，仿佛他们骂的不是当朝天子，而是一个不相干的路人。

绿萍呆呆地道："公主殿下，奴婢这是听到什么啦？他们刚才在骂谁啊？"

冯玄墨道："这里的人均是只会耍耍嘴皮子、胸中毫无丘壑之徒，公主殿下来的次数多了，自然就见怪不怪了。"

朱毓媞听他们越说越不成话，把崇祯皇帝批评得体无完肤，犹如北宋徽宗、钦宗一流，不禁恼怒，大声道："你们这些人竟把我父……把当朝天子比喻为徽钦二帝！纵使皇上不比尧舜，但克勤节俭，绝不会是'妄耗百出，不可胜数''诸事皆能，独不能为君耳'的宋徽宗，也不会是传说在燕京被群马践踏而死的宋钦宗！况且靖康之变是我堂堂华夏的奇耻大辱，你们这番比喻，不觉得太过火了吗？"

她脆生生地说来，声量虽然不比在场任何男子洪亮，但她自幼生在天家，颐指气使惯了，说话间自然有股盛气凌人的声势。众人一时鸦雀无声，目光全都向她投去。

突然有人叫道："是长平公主，那日在稻兴米铺发米济贫的长平公主！"

"当真是长平公主！那日我见过她。"

随后便有越来越多的人认出朱毓媞来，高呼："长平公主千岁千岁千千岁！"

袁紫清剑眉微挑，起身望去，却只见朱毓媞匆匆转身离去的一抹侧影，随后人潮涌动，她的背影也被淹没了。

第五十九章

慈宁宫中君王眠

朱毓媞拉着绿萍的手逃命似的离开云英馆，转过街角方停下。她娇喘吁吁地道："我……我太大意了，忘了先前在稻兴米铺大出风头，下回出来可要乔装打扮一下。"

绿萍道："公主殿下若不说那句话，馆内人山人海，是断断不会有人留意到您的。"

"我也是气不过，父皇宵衣旰食，勤勉克己，哪里是徽钦二帝了！"朱毓媞跺足懊恼，喘了一会儿，又道，"我要回宫。"

"啊！"绿萍吃了一惊，"公主殿下怎么突然要回宫了？"

"我要问问父皇对议和之事有什么看法。"

"不可，万万不可。"绿萍紧紧拽着她的手臂，急切道，"太祖高皇帝严令，后宫不得干政，多一事不如少一事！公主何必去犯这一条祖制？若令皇上龙心不悦，公主接下来的日子还能好过吗？"

朱毓媞沉稳一笑："你放心，我有九成把握，这回父皇会听我的。"

绿萍半信半疑："奴婢只是担心公主殿下。眼下皇上和公主殿下的关系和缓了许多，倘若公主殿下再次直颜犯上，恐怕皇上会将公主殿下禁足，到时公主殿下哪还能到民间散心呢？"

朱毓媞道："不会的，父皇不但不会惩处我，日后也会允许我自由出宫。"

绿萍稍稍放心："奴婢相信您，即便皇上惩罚了公主殿下，奴婢随您一道领罚就是了。"

主仆二人进了紫禁城，崇祯皇帝却不在乾清宫中，问了内监始知，因刘太妃玉体抱恙，皇帝和皇后一同前往慈宁宫探视。

刘太妃是万历皇帝的昭妃，天启、崇祯两朝皇帝的庶祖母，在宫中地位最为尊贵。崇

祯皇帝自幼失母,曾被她抚养多时,二人感情甚笃。崇祯十三年正月,崇祯皇帝专门为她加封了"宣懿康惠皇太妃"的徽号。由于天启、崇祯两朝均没有太后,因此刘太妃一直代掌太后印。

刘太妃病了数日,除了皇后和玉体违和的皇贵妃,便由袁贵妃和其他妃嫔轮流侍疾。

帝后和刘太妃闲话家常,又絮絮嘘寒问暖一番。兴许是刘太妃宫中焚着一炉安神香,颇有安眠宁神的作用,又兴许是崇祯皇帝难得有这样松泛的机会,崇祯皇帝说了几句话后,话语声渐渐含糊,最后竟靠着云龙纹束腰宝座沉沉睡着了。

刘太妃和周皇后面面相觑,均是惊讶不已。

周皇后赔笑道:"皇上也真是的,来探望太妃,结果自己竟然睡着了,真是失礼。"说完忙要摇醒他。

刘太妃拦住她道:"既然睡着了,就由他睡吧!当皇帝实在不容易,在这内忧外患之际,又有几日是睡得踏实的?"言下唏嘘不已,忙唤来贴身侍女,道:"竹萱,给皇上盖件软被,免得着凉。另外吩咐下去,宫中上下全都屏息静气,不得大声说话。"

竹萱应声去了。

周皇后低声道:"皇太妃挂念皇上龙体,臣妾代皇上谢过了。还望皇太妃也好好保重自己。太医说了,药补不如食补。臣妾来的时候命人炖了一炉紫参雪鸡汤,正用紫铜吊子煨着,一会儿臣妾服侍皇太妃服用吧!"

刘太妃轻轻拍着她的手:"还是你细心。"

周皇后谦恭地微笑道:"侍奉皇太妃是臣妾的职责。皇太妃不嫌弃臣妾鲁钝,臣妾心下感念皇太妃的恩德。"说完,命英华去取紫参雪鸡汤。

一会儿英华轻手轻脚地端来黑檀木雕珊瑚纹朱漆方盘,上面用缠花玛瑙碗盛着热气氤氲的紫参雪鸡汤,身后还跟着一名少女,正是朱毓媞。

朱毓媞已换了一袭翠绿色纱缎宫装,上面绣着两枝茜色玉兰,青丝上绾了一个飞仙髻,零星点缀着几朵米珠绢花,髻边簪了一支珠翠碧玺花钗,手上戴着一只白套绿寿字琉璃镯,素淡中不失清丽华贵。

周皇后斜飞的秀眉挑起一抹讶异之色,道:"你何时回来的?"

朱毓媞见崇祯皇帝睡着了,低声道:"回来半个时辰了,听闻父皇母后均在慈宁宫,便过来请安了。"说着行礼如仪。

刘太妃笑着向她招了招手:"快过来让我瞧一瞧。"

朱毓媞依言上前,道:"孙儿一直在宫外,今日才得知皇太妃病了,未能善尽孝道,实在惶恐。"

刘太妃莞尔一笑,布满皱纹的眼角盈溢着慈蔼之色:"不过是偶感风寒罢了,哪有你想得这般严重,倒是你在宫外可还住得习惯?"

朱毓媞道："孙儿住在世显哥哥家中,一应起居皆比照宫里。因世显哥哥对孙儿颇为照顾,孙儿住得十分舒适。"

刘太妃沉吟道："世显这孩子曾是慈烺的伴读,我也见过他几次。他这人谦恭有礼,温良敦厚,确实无可挑剔,你如今年岁也到了……"

朱毓媞听到这里,已知不好。果然,刘太妃笑道："不若我替你跟皇上说一句,为你跟世显指婚吧!"

朱毓媞又羞又急,忙道："孙儿没有这个心思,皇太妃别为孙儿费心了。"

刘太妃笑道："你没有这个心思,那么世显呢?"

朱毓媞紧紧攥着绣帕,讪讪地道："世显哥哥他……"

刘太妃将目光投向周皇后："你瞧瞧,这孩子在害羞呢!看到她仿佛看见咱们年轻的样子。红颜弹指老,刹那芳华尽。那段青春少艾的岁月,当真如匆匆流水,一去不复返。"

"这孩子言行举止总是莽莽撞撞,没个分寸,教臣妾头疼不已。"周皇后沉沉地叹息一声,"父母之爱子,则为之计深远。臣妾反倒希望她岁数长一点,性子柔和一点,再来操持她的婚事。"

刘太妃道："你是她母后,她的婚事到底还是由你说了算,只能教世显再耐心等待几年了。"

周皇后道："世显性情温和稳重,又是长平的青梅竹马,对长平的心思臣妾都看在眼里,哪怕等个十年五载,都是心甘情愿的。"

朱毓媞听二人你一言我一语,显然是已将周世显当作自己的未婚夫婿了,心中不免焦急,见缝插针地打断了二人的话:"别光顾着说话,紫参雪鸡汤可要凉了,不如让孙儿服侍皇太妃饮用吧!"

刘太妃温颜道："也好。"就着朱毓媞的手,一口一口饮下参鸡汤。

崇祯皇帝睡到一半,忽然大叫一声："鞑虏打来啦!"一惊站起,身上软被滑落在地。

刘太妃吓了一跳,差点呛着,朱毓媞连忙为她拍背顺气。

周皇后起身,用丝帕拭着崇祯皇帝额头上的碎汗,柔声道:"皇上梦魇了吗?"

崇祯皇帝一怔,颇感不好意思,道:"朕不小心睡着了,你怎么不唤醒朕?让皇太妃见了笑话。"

刘太妃道:"是我的意思,你别苛责皇后。"

崇祯皇帝歉然道:"儿臣真是失礼了,请皇太妃恕罪。"

刘太妃挥手道:"又不是什么大事,只是累了打个盹儿,不必放在心上。"

崇祯皇帝郁郁一叹:"神宗在位期间,天下太平,阖宫安乐,那是皇太妃亲眼见过的。如今时势大变,百姓多难,儿臣连着两夜批阅文书,未曾一刻合眼,自以为才到壮年,还能禁得住,谁知道体力却也不济了,在皇太妃面前这样昏昏然不能自持,实在惭愧。"

刘太妃看着崇祯皇帝两鬓如星、眼布血丝的模样,不觉心头一紧:"你和你祖父神宗万历、父亲光宗泰昌、兄长熹宗天启相比,的确太过操劳了。当年万历皇帝三十年不上朝,不召见朝臣,天下朝政无为而治;泰昌皇帝虽然只做了一个月的太平天子,却也是朝朝乐舞,夜夜笙歌;天启皇帝只知游苑围猎,练武看戏,闲暇时沉醉于木匠雕刻,制造了无数桌椅箱柜和机巧玩具,把朝政都丢给魏忠贤打理。只有你,没日没夜地把心思和精力全放在朝政上,也不知道合眼歇息,我看了真是心疼不已。"

刘太妃的一席话戳到了崇祯皇帝内心最软弱的地方,他唏嘘道:"纵然儿臣勤勉于政,国家大势还是江河日下。万历皇帝在位时,尚有张居正这样大刀阔斧、整顿吏治的股肱能臣,是时帑藏充盈,人才济济。然而儿臣放眼整个朝堂,只觉得内阁六部衮衮诸公,皆庸庸碌碌,无所作为,群居终日,言不及义,好行小惠,领国家俸禄,却不尽心国事。朕对着他们,实是心寒不已。"

崇祯皇帝从来不在宫眷面前提及朝政,更遑论这段肺腑之言了,此刻他娓娓道出内心的沉痛,显然已是疲惫到骨子里,才会展现如此软弱的一面。

刘太妃、周皇后、朱毓媞一听,半是惊讶,半是感伤。

刘太妃垂泪道:"我瞧你眼圈儿都黑了,这样熬下去,龙体怎么受得了? 皇后,你快拿紫参雪鸡汤来,让皇上服用。"

崇祯皇帝喝了一碗紫参雪鸡汤,惨白的脸色终于有了一丝光彩,见刘太妃脸有疲色,便告退了。

崇祯皇帝看了朱毓媞一眼,道:"回来了。"云淡风轻的语气,仿佛朱毓媞只是到哪个宫里略坐一晌,而不是被他下令出宫,静心思过。

朱毓媞道:"是,儿臣今晚想和父皇共进晚膳,不知父皇是否方便?"

崇祯皇帝想了一下:"虽然政务繁忙,但抽空和你吃顿饭的时间还是挪得出来的。"

"那儿臣亲自做几道菜,送到父皇的乾清宫,和父皇一道品尝。"

"从来没吃过你亲手做的菜,如今是怎么了,转了性子了?"

"就怕儿臣手艺不精,做出来的菜式不合父皇的胃口。"

崇祯皇帝摆手道:"食不厌精,脍不厌细,那是太平盛世的君王作风。朕被国事熬得焦头烂额,纵然眼前是珍馐琼浆,对朕来说也是索然无味。"

他兀自心悬国事,闲话几句,便回乾清宫处理政务了。

周皇后目送皇帝仪仗远去,慨然道:"你父王虽然是九五之尊,万人之上,却是日夕茶饭不思,心中只有国事,过得还不如从前做信王的时候。"

朱毓媞倏然想起陈圆圆的话:"原来当皇帝一点也不快活,心里头装着那么多事,却又不能诉诸旁人。他是皇上,他所处的地方,是万人之上,也是无人之巅,高处不胜寒。"

第六十章

百草祛痕膏

崇祯皇帝走后,周皇后和朱毓媞漫步于御花园之中。彼时春光明媚,瓦釜飞甍流光溢彩,梅英疏淡,冰澌溶泄,絮翻蝶舞,东风暗换年华,令人浮想联翩。

这般闲庭信步,共叙半日闲,也不知是多久以前的事了。

却是周皇后先打破了沉默:"你的身份是公主,虽说自幼和世显相熟,到底住在人家家里,传到外面不是很好听。"

朱毓媞道:"儿臣以为自己和世显哥哥光明磊落,暂住他家并无不可。经母后一提,儿臣倒觉得自己疏忽了。"

周皇后道:"本宫知道你和世显是君子之交,本宫也信得过世显的为人,但旁人未必能够理解。瓜田不纳履,李下不整冠,有时候你要懂得避嫌。"

朱毓媞道:"笑骂由人,我心无愧。"

周皇后摇头叹息:"你还不明白本宫的意思。今日你尊为公主,受三纲五常束缚,受悠悠之口约束,你的一言一行都要恪守女范。止谤莫如自修,否则流言蜚语将永无止境。"

"当公主真是没意思!"朱毓媞倏然起了这个念头。她硬生生将即将脱口而出的话吞了下去,脸上不动声色,道:"儿臣谨遵母后教诲。"

周皇后道:"出宫这几日,说话倒是没从前那样张扬了。从前跟你说这番话,你定是要反唇相讥的。很好。你住在世显家后,毓芙不知闹了几回,整个坤宁宫鸡飞狗跳,没一日清静。"听似在抱怨,但语气却没有不悦。

"她这性子不也是您宠出来的!"朱毓媞心中又掠过这个念头。然而她不愿和皇后再生龃龉,谦恭道:"儿臣会好好教导她。"

周皇后轻拍她的手,道:"听说你在街肆发米济贫,颇得民心。你的用意是极好的,只

不过这种事你尽可交代下人去办。堂堂公主之尊,在街上与市井小民厮混,背地里会招惹许多闲话。"

朱毓媞微微不悦,脸上却是波澜不惊,道:"儿臣在宫里是公主,到了宫外,褪去华服丽饰,和寻常百姓无异。"

周皇后道:"虽然衣饰不过是外在的点缀,但你体内的血统是高贵的。你这回出宫,本宫是极不乐意的,但你父皇固执己见,本宫想劝也劝不得。堂堂一个公主,在外抛头露面,成何体统!"

朱毓媞道:"儿臣以为出宫可以增广见闻,不至于四体不勤,五谷不分,雅俗不辨,遇事不知。"

周皇后不满地道:"降志辱身,不伦不类,公主岂是这样当的!"

朱毓媞淡淡地道:"我则异于是,无可无不可。"

周皇后道:"真是女大不中留!毓芙纵然骄矜任性,却也不会像你这样冥顽不灵。你说你要好好教导她,本宫倒怕上行下效,让她学了你的悖逆。"说着摇头叹息,再也不看她一眼,扶着英华的手臂,姗姗而去。

仿佛有芒刺刺入朱毓媞内心最柔软的地方,一瞬间又麻又疼。照理说,类似的话她也不是头一回听见了,但眼下仍是心烦意乱。

清风冉冉,带着一丝料峭春寒,沁入肌理,心脉蕴起微微凉意,仿佛苍苍蒹葭上的清霜白露。

"公主,皇后娘娘的话,您大可不必放在心上。"一个熟悉的嗓音唤回了朱毓媞游离的神思,皇贵妃挽着朱慈焰款款而来,"听闻公主回宫,我正要去坤宁宫找你,不想这般凑巧,在这里不期而遇。"

朱慈焰脆声道:"皇姊姊安好。"

朱毓媞盈盈含笑:"我正想去承乾宫找皇贵妃呢。"说完看向朱慈焰,"慈焰脸上的伤看似好多了,疤痕也淡了不少,咱们太医院真是人才济济。"

皇贵妃唏嘘道:"伤是好多了,却也落下了阴影。慈焰以前看到猫儿都会想亲近抚摸,现在看到猫儿就如惊弓之鸟。前几日宫里溜进几只野猫,差点儿没把他吓坏了。"

朱慈焰听到"猫"这个字,脸色微变,打了一个寒噤。

朱毓媞叹道:"这是心病,药石无用。大概还要一段时日,慈焰才会克服内心的恐惧。皇贵妃这些时日照顾慈焰,真是辛苦。"

皇贵妃失笑道:"照顾自己的孩子,哪有什么辛苦的!等公主初为人母,就会明白孩子是父母的百岁忧,为孩子付出,哪怕再辛苦亦是乐在其中的。"

朱毓媞脸红如彤云:"远在天边之事,皇贵妃倒先拿来挂在嘴边了。"

皇贵妃笑道:"久不见你,逗你乐乐罢了,你别往心里去,不然我可要过意不去了。"

朱毓媞听她说话中气不足，奇道："皇贵妃身子不爽快吗？"

皇贵妃道："都是老毛病了，太医院的药反反复复灌入口中，人都要成一株药草了，却仍是不见起色，拖一日算一日罢了。"

朱毓媞呼吸一紧，道："既然皇贵妃身子不适，那就别站在风口上了。赶紧到您的宫里叙话，免得着凉了。"

皇贵妃颔首道："好，正好我宫里炖了红枣燕窝羹，眼下火候到了，公主尝个新鲜吧！"

到了承乾宫，侍女贞儿拿出铜盆，服侍三人净手，提醒皇贵妃道："娘娘，给殿下抹药的时辰到了。"

皇贵妃道："知道了。"

随后便有宫女递上一只精致描花圆钵，里面盛着半透明的青绿膏体。皇贵妃用手指蘸了少许，抹在朱慈焰面部疤痕上。她的动作十分轻柔，仿佛拂在婴儿脸上，就怕一个用力，损伤了婴儿吹弹可破的肌肤。

朱毓媞道："皇贵妃都亲手为慈焰上药吗？"

朱慈焰抢着道："我说了这点小事让宫人来做就好，母妃偏偏不听，非要亲自动手。"

皇贵妃柔声道："不是母妃亲自动手，母妃哪能宽心。"

说话间一缕馥烈香气兜头兜脸地扑向朱毓媞，她仓促间不及掩鼻，不觉头晕心悸，皱眉道："这药膏未免香过头了。"

皇贵妃絮絮说道："这药膏是陈太医亲手调制的，用了一百种药草，叫作'百草祛痕膏'，颇具淡疤祛痕之效。陈太医说药膏本身气味难闻，怕慈焰排斥，便又掺了几味香花进去，以盖住本身的气味。"

朱毓媞只觉得有一股异香在脑海中萦迂不去，她面色青白如瓷，向后趔趄了两步。

皇贵妃奇道："公主怎么了？"

朱毓媞掩鼻道："我也不知道，只觉得那味道闻了难受。"忽然身子麻麻痒痒，宛如被毛虫爬过似的，忍不住伸手去抓。

皇贵妃失口惊呼："公主，你的脸……"

"怎么了？"朱毓媞下意识地摸着脸颊，触手一粒粒的，不知长了什么。

"快快快！拿镜子来！"皇贵妃一迭声吩咐下去，旋即便有宫女拿来一面菱花铜镜。

朱毓媞对镜自照，登时被自己的模样吓了一跳。纤毫可见的铜镜中，朱毓媞脸上起了一粒粒的红疹，再看看脖子和手臂，也是一片红海，惨不忍睹。

皇贵妃急道："公主这是怎么了，好端端的怎么会起红疹呢？来人，快去请太医过来。"

太医在一盏茶工夫后到来，不过这回来的却不是陈太医，而是太医院院判顾培生。

顾培生从前时常到周皇后宫中请平安脉，朱毓媞只知道他和太医院院使陈太医处得极为不睦，至于具体原因也不甚清楚。

顾培生一入殿便利索请安，朗声道："微臣太医院院判顾培生给皇贵妃娘娘、公主殿下请安。"

皇贵妃急忙道："顾太医快来看看公主是怎么了。"

顾培生道了一声"是"，看了朱毓媞一眼，立即道："公主殿下是过敏了。"

"过敏？"朱毓媞难以置信，"我不是过敏体质啊。"

顾培生道："公主殿下从前不会过敏，不代表现在也不会。有些人到了某个年纪，体质发生改变，一接触过敏源就会全身起红疹发痒。公主殿下方才可曾接触到什么东西？"

朱毓媞想了一下，道："我一闻到慈炤的百草祛痕膏，就觉得心悸头晕，全身麻痒。"

顾培生双眼中有一抹雪亮，道："可否容微臣看一看那百草祛痕膏？"

皇贵妃略感不安，道："请吧。"

顾培生伸手蘸了百草祛痕膏，凑近鼻端一闻，神情若有所思，一晌后娓娓道来："里头成分并没有问题，都是淡疤祛痕的药草。为了掩盖浓烈的药气，还掺了栀子花、茉莉花、玉兰花等寻常花卉以增添芳香，只是……"

皇贵妃道："只是什么？"

顾培生深深地嗅了一嗅，沉吟一晌，道："其中有一味香花，世所罕见，只长在悬崖峭壁上。微臣一时想不起叫什么名字。"

朱毓媞讶然道："只长在悬崖峭壁上，又是世所罕见。陈太医竟如此大费周章，拿来掺在百草祛痕膏里，可见这药膏是弥足珍贵了。"

顾培生道："这种香花气味如酒，体质敏感之人闻了便如饮酒，全身顿起酒疹，想来公主殿下的红疹就是因此而来。"

朱毓媞道："难怪我刚才一时头晕目眩，倒似醉酒一般。"

顾培生道："还好公主殿下的过敏症状并不算十分严重。严重者甚至会呼吸麻痹，当场气绝。微臣方才听闻公主殿下的症状后，带了一瓶药膏，请公主殿下早晚薄薄擦上一层，避免风吹日晒，两日后即可痊愈。"说完从药箱掏出一个青瓷瓶，恭敬呈上。

朱毓媞接过瓷瓶，道："顾太医，事关我的身体，有劳你找出那一味香花的名字并告诉我，日后我才能在饮食起居上更加留意。"

顾培生道："照拂公主贵体是微臣的本分，微臣自当尽心尽力。"

顾培生走后，皇贵妃歉然道："本来要请你品尝红枣燕窝羹的，没想到会变成这样，我心里真是过意不去。"

朱毓媞道："没什么，说来也是我太敏感了，还教您为我操心。"

皇贵妃见她满脸红疹，越发歉然："我瞧你的疹子似乎比方才还要严重。"说完向贞儿道:"贞儿,快服侍公主擦药。"

贞儿忙将朱毓媞请到内堂,服侍她沐浴上药,忙了大半个时辰。朱毓媞抬头见斜晖脉脉,暮霭沉沉,六棱花窗格上蒙着薄薄的荫翳,想起等会儿还要做菜送到乾清宫中,当下便告辞了。

朱毓媞的样子把坤宁宫的人吓得一惊一乍,她一笑置之,只说自己吃坏东西引发过敏,如此三言两语便打发了过去。

她一边切菜,一边疑窦丛生。若要掩盖百草祛痕膏的气味,寻常香花即可,何必大费周章地去深山悬崖上弄一朵奇花来?

一念辗转,险些切到手指。她索性便不再细想,利落地做了五菜一汤,又让绿萍以脂粉盖住脸上的红疹,乘轿往乾清宫去了。

第六十一章

乾清宫中谏父皇

水浴清蟾,倾泻在乾清宫的琉璃黄瓦上,繁星璀璨如滚了一天的碎钻,夜色凉如水,汉白玉阶在星月下泛起清冷的光泽。

正殿内的青铜瑞兽熏炉燎着龙脑香,香韫自兽口袅袅四溢,殿内似覆上了一帘又一帘的蛟绡轻纱。

薄雾浓云愁永昼,瑞脑消金兽。父皇如此多愁,大约连细微的一缕香韫都能撩起他的愁绪,感慨自己总是有开不完的御前会议,读不完的奏章案卷;感慨白昼的悠长单调与枯索乏味;感慨这样的日子如长河滔滔,望不见尽头。

她走到熏炉旁,打开炉盖,添了一小撮安神香进去,然后亲自布菜。约莫半炷香时分,崇祯皇帝自文华殿被宫人们簇拥着步入殿内,一脸疲惫。

朱毓媞正要屈膝行礼,崇祯皇帝手一摆让她免礼,往蟠龙雕花宝座上坐下。朱毓媞坐在他的对面,近距离细看一下,崇祯皇帝一身素服,面色无华,宛如生了一场大病,不过三十岁出头,却已两鬓如霜,眉梢眼角蕴着浓得化不开的愁云惨雾。

崇祯皇帝看着暖桌上的五菜一汤,不觉失笑道:“好香,就不知道味道如何,说来朕还是第一次吃你做的菜。”

这般亲和,仿佛父女之间不曾起过口角。

朱毓媞微微一笑,道:“今儿晚膳都是父皇爱吃的菜,儿臣知道父皇不喜油腻,所以做得清淡了些。”

崇祯皇帝道:“御膳房的菜式的确都吃腻了,快说说你都做了些什么菜。”

朱毓媞如数家珍地道:“胡椒醋鲜虾,将新鲜草虾水煮后淋上特制酱汁,最是清爽不腻;羊肉水晶角儿,选用的羊腿肉鲜嫩多汁,不带一丝羊膻味;两熟煎鲜鱼,鱼是现捞现做的,肉质绵密,十分新鲜;清炒鲜蔬,虽然是最寻常不过的菜式,可儿臣选的是一大早送进宫来的深山野菜,苦中带甘,口感爽脆;蒸菠菜豆腐,色泽翠绿,入口即化;什锦汤,以菊花瓣熬成汤底,有清心降火之效,父皇国事操劳,这汤要多喝几碗。"

崇祯皇帝目光中含着一缕赞许:"一桌琳琅满目的菜肴,每一道看起来都挺费工夫的,你真是教朕刮目相看。"

朱毓媞道:"父皇可要将这一桌菜全都吃了,才不算辜负儿臣的用心。"说完亲自添了一碗米饭,双手呈给崇祯皇帝。

那碗米饭看着就不寻常,以绿豆、红豆、黄豆、紫米、芝麻、大米、糙米、黑米做成,五颜六色,迷人双目。

朱毓媞见崇祯皇帝微有诧异之色,道:"这是百家米,是儿臣从民间佛寺弄来的。绿豆表财路,红豆表喜庆,黄豆表福禄,紫米表和睦,芝麻表兴旺,大米最滋补,糙米可排毒,黑米能补肾。据说百家米能消灾祛病,永保安康,太祖高皇帝当年就是吃百家米长大的,因此坐拥天下,福泽深厚。"

崇祯皇帝疲惫的面容扬起一抹欣慰之色,道:"如此,朕一定要时常吃百家米了。"

父女相对而坐,也不让人服侍,自在地动起筷子来。

崇祯皇帝用膳时胸前习惯佩戴天蓝色的餐巾,用膳完毕后,便由太监收走餐巾,撤去膳食,奉上陶盆洗手。

王承恩奉上一盏甘菊薄荷茶以解油腻。茶香馥郁,清逸怡人。崇祯皇帝饮了一盏,道:"饭吃完了,该说说你想对朕说的话了。"

朱毓媞道:"父皇真是洞若观火,儿臣什么也瞒不过您。"

崇祯皇帝道:"你特地送膳食到乾清宫来,而非直接请朕到坤宁宫用膳,不正说明你想单独与朕说话吗?只是不知道是些什么话,竟还要避开你母后。"

朱毓媞眼风一转,崇祯皇帝随即会意,立即屏退左右,只留下王承恩随侍在侧。

绿萍离去前忐忑地瞅了朱毓媞一眼。

朱毓媞微微颔首,示意她放心,等宫人全退到殿外后,方道:"儿臣日前读了《孟子·离娄》,其中有一章,儿臣想念给父皇听听。"

崇祯皇帝饶有兴致地道:"本以为你只醉心诗词,连儒家之道也有所涉猎。如此咏絮之才,朕自当洗耳恭听。"

朱毓媞缓缓地道:"争地以战,杀人盈野;争城以战,杀人盈城。此所谓率土地而食人肉。"

崇祯皇帝面色遽然森冷,道:"还有下半段,你怎么不说了?"

朱毓媞道:"下半段与儿臣想要说的无关,所以儿臣就说到这里为止。"

崇祯皇帝眯着双眼道:"最近从哪里听到什么了?"

朱毓媞小心翼翼地道:"儿臣去了一趟云英馆,听说父皇遣特使前去边关对清用款,

特使手上没有敕书,故返京请示,已滞留一段时日了。儿臣想知道父皇究竟还想不想议和?"

崇祯皇帝怫然不悦:"后宫不得干政,你忘记了老祖宗的规矩?"

"儿臣一直没忘。"朱毓媞字斟句酌地说道,"首先,儿臣并非干政,儿臣只是一介女流,有何能力干预圣意? 其次,儿臣只是想为父皇分忧代劳而已。儿臣知道父皇为了维持至高无上的威严,在朝臣面前总要刻意装出精神抖擞的样子,内心深处却感到万分疲惫。"

崇祯皇帝面色稍稍缓和:"你倒真的是转性子了,从前你不会说这些话的。"

朱毓媞登时想起陈圆圆的话,越发对崇祯皇帝感到歉疚,后悔元宵节那晚口无遮拦。此刻她察言观色,见崇祯皇帝态度有所缓和,便把姿态放得更加谦顺:"儿臣出宫后深刻反省,心中愧疚万分。幸亏父皇宽宏大量,原宥了儿臣言行无状,冒犯天颜。"

崇祯皇帝虽然在朝堂上驭下严苛,对家人却不乏人情味。他温然道:"方才你的话涉及朝政,纵使是你母后,也不敢逾越祖制。皇贵妃只知琴棋书画,对政事兴味索然。一众宫眷只要沾上朝政,均是噤若寒蝉,唯有你独异于旁人。"

朱毓媞道:"所以女儿才觉得您实在太辛苦了,有些话不能对朝臣说,因为老祖宗的规矩,连至亲至爱的家人都不能吐露,当真是高处不胜寒。"

崇祯皇帝喟然道:"老祖宗的规矩,朕不能不遵守,就怕将来九泉之下,无颜见列祖列宗。"

朱毓媞道:"父皇福泽万年,千秋鼎盛,儿臣不许父皇说这样的话,况且儿臣并无干涉朝政之心,只是想聆听父皇的内心话而已。"见崇祯皇帝面色温和,便放心地说道:"儿臣去了一趟云英馆,见门口竖着一面旗帜,写着'天下利病,诸人皆许直言'。父皇既容诸人直言,为什么不许女儿多问一句?"

崇祯皇帝道:"天下利病,诸人皆许直言。不错,这一句是朕授意的,目的就是为了倾听民意。馆内潜有厂卫,每隔两日皆会将馆内言谈如实汇报给朕。"

朱毓媞道:"父皇真是用心良苦。如今四方多难,凡是忧心国事之人,唯恐父皇无法知晓其心中想法,所以才会群聚云英馆。而云英馆里的人,为了上达天听,当真是无事不敢言。"

崇祯皇帝"哦"了一声:"朕当真好奇你在云英馆里听到了什么。"

"父皇不是说每隔两日就有厂卫将云英馆的言谈如实汇报。"朱毓媞咬重了"如实"两个字,"父皇要知道内容,也不差这一两日,现在问了儿臣,到时候还不是又要再听一次?"

崇祯皇帝扬眉道:"老实说,厂卫们每次汇报给朕的,都是贡谀献媚之言。起初朕还以为民心真是如此,后来朕越来越觉得蹊跷,朕又不是'何不食肉糜'的晋惠帝,天下乱到这般田地,百姓们还会这般恭维朕吗?简直鬼话连篇!朕说了让他们据实以报,不必计较后果,他们还是敷衍塞责,简直不把朕的话放在心里!"

朱毓媞道:"云英馆里聚集着三教九流之人,既有文人雅士,也有屠狗之辈,自然不会每个人说话都是斯斯文文、客客气气的。其中不少人把父皇骂得狗血淋头,厂卫们哪敢真的一五一十汇报。"

崇祯皇帝脸颊肌肉一跳,颇为不快,道:"你说说他们是如何把朕骂得狗血淋头的?"

"父皇,"朱毓媞放轻了语调,"您现在该在意的不是世人怎样骂您,而是要倾听民意!您说要效仿尧舜,儿臣以为乐于纳谏、善听民意是身为贤君的基本素质,这不也是您设立云英馆的初衷吗?天下利病,诸人皆许直言。既然如此,父皇又何必在意世人对您的评价呢?何况父皇站在万人之巅,受万民景仰,就要有海纳百川的气量。"

崇祯皇帝默然,显然被说动了。

朱毓媞乘胜追击道:"现今时局动荡,敢言之人难得,若使进言者无所畏,听者无所忤,天下何患不治!"

崇祯皇帝听到"天下何患不治",不禁深深动容,一直以来,他苦心追求的就是如何把岌岌可危的大明江山治理成风调雨顺的中兴之状,让百姓住有其屋,耕有其田,鸡犬之声相闻,处处世外桃源。

他的声调不由得颤了:"你究竟在云英馆听到了什么?"

朱毓媞道:"儿臣只去过一次。那一次刚好听到馆内人士谈论对清议和之事,说议和之事进行得畏首畏尾,未免有失诚意,其言辞对您十分不敬。儿臣因不晓得父皇的意思,是以没能为父皇分辩,堵堵他们的嘴。"

崇祯皇帝大惊失色:"对清议和是极为机密之事,云英馆的人如何知晓?"

朱毓媞道:"天下没有不透风的墙,许是哪里泄露了。父皇,眼下不是探讨这个问题的时候,您心里究竟是如何打算的?"

崇祯皇帝沉痛地道:"朕自然知道松、锦、塔、杏四城危在旦夕,将士百姓以尸肉为食,目前调不出任何援军,当真只剩下议和一途了。但我大明是礼仪之邦、天朝之国,无汉唐之和亲,无两宋之岁币,那满洲鞑子不过是蕞尔小邦,若是用款,朕岂不是对不住列祖列宗?对不住天下臣民?"

"尽人事,听天命。父皇这十数年宵衣旰食,励精图治,勤于收拾神宗皇帝留下来的烂摊子,父皇的所作所为已经对得起列祖列宗了。"朱毓媞见崇祯皇帝状似头疼,于是缓缓起身,拿出随身携带的薄荷油,蘸了少许,轻轻揉在崇祯皇帝的太阳穴上,"光是您正旦在皇极殿揖拜群臣、再图振兴之举,便是千古楷模,令世人动容,女儿真心以父皇为荣。父皇既然能纡尊降贵,对阁臣行礼,为什么不能为了陷于水深火热中的将士百姓,放下尊严议和呢?父皇熟读史书,岂不知东汉曾与匈奴议和,等政权稳定后,发兵将匈奴打了个

落花流水！"

崇祯皇帝按着她的手，语调深沉，透着无尽的疲惫："你的话朕听进去了，朕会深思熟虑的。"又道："朕干脆把云英馆里的厂卫全都撤了，反正他们从来都是敷衍搪塞，朕又何必摆着几尊木胎泥塑在那碍事！不如你得空就出宫为朕倾听民意吧。朕现在只信你说的话。"

朱毓媞大喜，道："君无戏言。"

崇祯皇帝道："自然了，不过有个条件。"

朱毓媞道："什么条件？"

崇祯皇帝道："朕既然赐你自由进出宫禁之便，就要为你的安危着想。第一，你不能随意踏出京师，出去前必须向朕请示；第二，你出宫都要让冯玄墨跟着。"

朱毓媞道："其实寻常校尉护卫儿臣即可，冯玄墨身为锦衣卫指挥使，不免大材小用。"

崇祯皇帝道："因为他曾经冒死救你一命，光这舍生护主的精神，就十分难得了。"

朱毓媞道："儿臣只要想到当年那条冰魄蛇龇牙吐信的模样，便余悸犹存。冰魄蛇常于乍暖还寒的初春时节出没，剧毒无比，被咬到之人七步内必死，任何蛇药都无法解救，因此又名七步蛇。冯玄墨置生死于度外，反倒成就他日后的平步青云了。"

崇祯皇帝道："所以朕才要他负责你的安全。你曾于四年前的元宵夜被人掳走，下落不明，把朕吓得连着几日不能合眼，至今朕仍忘不了当时的恐慌焦虑，所以朕不能容许再发生那样的事了。"

朱毓媞低声道："儿臣不能时时为父皇分忧，反而让父皇担心，实在惭愧。"

崇祯皇帝道："为人父母，一生都在为子女担忧，担忧儿子的前程，担忧女儿的婚嫁。好在世显这孩子秉性良善，人品端正，待人以诚，与你又是总角之交，若能成为你的驸马，朕是极为放心的。"

朱毓媞俏脸一红，道："今儿是怎么了，父皇和太妃都提起了世显哥哥，好像急着把儿臣嫁出去似的，儿臣还要继续承欢膝下呢！"

崇祯皇帝哑然失笑："朕只不过随口提一句罢了，瞧你脸红成这样。"

朱毓媞道："父皇惯会取笑儿臣。"

如此和乐融融叙话一晌，崇祯皇帝说奏章还没批完，朱毓媞便依礼告退。

第六十二章

蝴蝶逐花醉，花却随风飞

绿萍等在殿外，一直留心殿内动静，就怕听到崇祯皇帝雷霆怒吼、摔杯砸盏之声，一颗心七上八下的，好不容易等到朱毓媞出来，连忙扶着她逐级而下，低声道："公主殿下总算出来了，奴婢等得心都快焦了。"

"说了好几次让你放心了，你偏要多操这一份心。"

"皇上一向不喜后宫干政，您偏要往这里头钻，奴婢能不操心吗！"

"父皇今日心情极好，所以我即使多提几句朝政，他也只是皱一皱眉头而已。若他心情不快，只怕当下便要赶我出来了。这一切多亏安神香和王公公奉上的甘菊薄荷茶。"

绿萍奇道："公主殿下这话教奴婢听得糊涂，什么安神香？还有王公公的甘菊薄荷茶又是怎么一回事？"

朱毓媞凑近她耳边低声说道："我在父皇的熏炉中添了一小撮安神香，使他心平气和，不易动怒。至于王公公嘛，兴许是猜到我来乾清宫与父皇共进晚膳，必定有所谏言，怕我又再次言出无状，惹恼父皇，早早备下甘菊薄荷茶，让父皇平心静气。我的什锦汤里，也以菊花瓣熬底，多少发挥了清心安神的作用，加上我这回说的每句话都事先在心里过了一遍，所以父皇才没有动怒。"

绿萍瞠目道："您竟然偷偷在熏炉里放安神香，奴婢可越来越佩服您了。"

朱毓媞微微一笑："若没有十成把握，就必须未雨绸缪。"

水浴凉蟾风入袂，她紧了紧莲青银线缎面鹤氅，道："况且，那安神香伴随我四年，每当我心烦意乱之时，只要薄薄燃上一炉，过了一晌就会感到心凝形释，烦恼尽消。这次，我只不过是让安神香物尽其用罢了。"

回到寝宫，绿萍为她卸妆洗漱，又抹上一层疹子药膏，此时已是二更天了。

朱毓媞道了一声"要睡了"，绿萍便退到外面守夜。

朱毓媞独自在房内，从床下拖出一只珊瑚红漆箱笼，打开锁盖，取出一幅幅画像观看。

莲漏滴滴，一声一声蚕食着黑夜寸寸光阴。

画像早已看了数百回了，对她来说便如热铁一般深深烙印在心中，其实也不必特意拿起来观看，只要她随时动了念想，所有画像便能清晰地浮现在脑海，在蒙昧的苦涩心境中捻出一丝甘味。就好比白日虽然没有月亮，但若心中有月，也不必等夜幕降临，自然能时时看见玄烛光辉。

然而此刻看画的心境却不同了。她曾经如笼中鸟一般仰望着宽阔的蓝天，渴望能够到宫外享受无拘无束的时光，而袁紫清就是她心灵的寄托。每当漏断人静、心意难平之时，她就会拿出画像自我慰藉，沉浸在庄周梦蝶的痴想中，如是度过每一寸光阴。而今再也不必拘在皇宫里了，是以此刻看画的心思，并不如往常那样怅惘了。

看着画纸上栩栩如生的人像，心中也感到不可思议："他一定不晓得，四年前被他呼来唤去、冷眼相待的那个女孩，竟会把他当成月亮一样的寄托。"

神思游离之间，门外忽然响起一阵骚动，绿萍的声音跟着响起："您不能进去。"话音方落，房门敞开，一片芽黄色轻绢裙裾一闪，朱毓芙火急火燎地冲了进来，随后绿萍一脸歉然地垂手立在门边。

朱毓媞怔了一怔，手忙脚乱地将画纸全都收入箱笼里。

朱毓芙匆匆瞄了一眼，依稀看出是男子的画像，还以为画的是周世显，一颗心翻酸倒醋，逼出一层怒意来。

朱毓媞沉声喝道："每回你都像个野马驹子似的硬闯，我不与你一般计较，倒让你越发肆无忌惮了！"

朱毓芙却不像往常那样一进门就放刁撒泼，她一屁股坐在地上，抽抽噎噎哭了起来。

她如此反常，朱毓媞和绿萍登时面面相觑。

朱毓媞道："绿萍，你先出去。"

绿萍福了福身，掩门而出。

朱毓媞看着哭得满脸斑驳泪痕、身子簌簌颤抖的朱毓芙，心肠不觉软了，道："这样哭会伤身子的，起来说话。"

朱毓芙泪意更凶，如泛滥的洪水般哗啦啦流个不停。她素来娇蛮任性，就算哭，也是为了一些蛮触之争，号啕几声就过去了。此刻她蜷曲的样子似一只受伤而无力奔逃的小兽，朱毓媞从未看过这样的她，过去扶了一把，温颜道："一进来就只知道哭，是谁让你受委屈啦？"

朱毓芙听到这一句，一瞬间止了哭泣，挣开她的胳膊，怒道："何必惺惺作态，我为何而哭，因谁而哭，你心里最清楚。"

朱毓媞又好气又好笑："这话说得好没来由，你随便闯入我的卧房，二话不说就坐在地上哭闹，我不跟你一般计较，你却数落起我来了？倒像我对不住你似的！"

"你明知故问！"朱毓芙气极反笑，咄咄逼人，"你离开皇宫这段时日，都住哪了？"

朱毓媞脸上一红。

朱毓芙不等她回答，又抢着道："今儿个到皇太妃宫中，皇太妃提起你和世显哥哥的婚事，是不是？"

朱毓媞一时静默，心想母后一向谨言，必定是英华在其他宫女面前嚼舌，被朱毓芙听了去。果然，朱毓芙呜咽道："她们都说你要嫁给世显哥哥了，还说世显哥哥与你是天造地设的一对。你……你终究把我的世显哥哥抢走了！"

朱毓媞忍不住斥道："胡说什么！"

"难道不是吗？"朱毓芙泪光莹莹，哀哀啜泣，"从小到大，你处处抢我的风头。有你在，根本不会有人注意到我，我只能一味撒娇撒痴，才能得到大家的关注！即便你处处惹母后生气，母后心里还是不曾看轻你，还要把你许配给世显哥哥！你什么都赢过我，连世显哥哥也不肯让给我。"

朱毓媞怔了一瞬："我没有要抢你风头——"

朱毓芙打断她的话："你书读得比我多，又擅长诗词丹青，人人都赞你有咏絮之才。你的存在就是我的负累，我永远活在你的光环下。"

她越说越哽咽："既然有了你，为什么又要让我来到这世上？有你存在的一天，世显哥哥眼里只有你，根本不知道有个人对他朝思暮想，一心一意盼望着得到他的一次回眸。你知道吗？世显哥哥对你真好，不仅亲自扎风筝送给你，带你到太液池泛舟采莲，还和你一起吟诗作赋，比肩看霞飞。春暖花开之时，他编了花环送给你。盛夏燠暑之时，他亲自为你扇风，奉上冰镇的时鲜瓜果。秋风萧瑟之时，他送你亲自栽种的孔雀菊。我觉得那盆菊花开得真美，内务府送来的都没有他栽种的好看，许是用真心去孕育灌溉的。冬风严寒之时，他怕你着凉，一味把你呵护在手掌心上，仿佛他就是你的暖炉。

"若感到你快快不乐，便千方百计哄你开心。每逢元宵、端午、中秋，便亲自做你爱吃的芝麻元宵、豆沙粽和胡桃仁咸蛋黄月饼，虽然他不只做了你的份，整个坤宁宫人人都有，但谁都知道是沾了你的光。有一年桐花盛开，月明星稀，他约你到御花园相会。我还记得当时你到了御花园，世显哥哥随即将麻布袋打开，飞出许多萤火虫。他说：'你没办法到郊外看萤火虫，那我只好把萤火虫一只一只捉来给你。'

"当时我跟在你身后，听到这一句，登时明白你在他心中的地位是谁也无法动摇的。即便如此，我还是甘愿做个痴心人，望穿秋水只为了得到他一次回眸浅笑，哪怕他的笑不是对着我，他眸中的柔情也不是萦系着我。纵然相思恼人，总好过心如死灰，人活着就要有所寄望，才不会日复一日都是空白迷茫。"

她悠然说到这里，面色如罩寒霜，银牙暗咬，语意森然，字字如刀："你若嫁给了世显哥哥，我便再也没有盼头了。"

朱毓媞怔怔听着，心中震撼莫名，原以为她只是少女怀春，没有见过其他世间男子，才会对温暖如冬阳、亲和如春风的周世显情窦初开，却原来她的情感是这么炽烈，相思是这么刻骨，她的痴情衷肠，都被她外在的胡闹任性掩盖住了。

朱毓芙幽幽地道："姊姊，你熟读诗词，岂不知李白的《秋风词》是这样写的：'秋风清，秋月明，落叶聚还散，寒鸦栖复惊。相思相见知何日，此时此夜难为情。入我相思门，知我相思苦。长相思兮长相忆，短相思兮无穷极，早知如此绊人心，何如当初莫相识。'"

她的眼中似有一抹粼粼的忧愁："小时候读到这首唐诗，总以为自己不会像诗中的主人公一样'早知如此绊人心，何如当初莫相识'。若知道世显哥哥来日将与你终成眷属，还不如他从未进入我的生命，至少我不用饱尝漫漫长夜的相思之苦。"

她嘴角的笑意如六棱雪花，簌簌飘落在朱毓媞眼中。朱毓媞一晌说不出话来，她从来没看过朱毓芙露出如此伤感的一面。

意惹情牵，旧愁流水逝，新恨海潮添，大约如是。

朱毓芙又道："向来女为悦己者容，可我连一个悦己之人都没有。我曾想过世显哥哥到底为什么钟情于你，所以一味地模仿你的妆容，读唐诗宋词元曲，可是到最后我才发现，我再怎么努力，都只是东施效颦，不入人眼罢了。"

"毓芙，"朱毓媞心中五味杂陈，歉然道，"倘若你今日不来倾诉衷肠，我真的想不到你竟是个性情中人。从前我错怪你了，我一直以为你是个只会胡闹任性的小丫头，是姊姊不好，姊姊不够细心，没有察觉你的心意。"

朱毓芙激动不已："你现在说这些，又有什么意义？总之是我福薄，得不到他一丝半点的真心，还要眼睁睁看着你与他举案齐眉，左右不过是把你们的恩爱建立在我的剜心断肠之上罢了！"

朱毓媞道："皇太妃只不过随口提了一句，眼下八字都还没一撇呢。我问你，你是真的想嫁给世显哥哥吗？"

朱毓芙目光笃定："我一直想嫁给世显哥哥，这个念头从来不曾改变。但这世上还有你，我就知道这一切只能是我的痴心妄想罢了。"

朱毓媞摇头道："总要两情相悦，才能举案齐眉。世显哥哥心里没有你，你嫁给他只是两厢煎熬，徒然自苦。"

朱毓芙泪潸潸的双眼倏然燃起火焰："你可知'曾经沧海难为水，除却巫山不是云'，当真死心塌地专情于一人，便是'取次花丛懒回顾'了。不管他心里有没有我，能嫁给他都是一生的冀望。就算不能嫁给他，我也绝不容许你们两人白头偕老！"

她语气渐次低迷软弱："从小到大，我处处不如你，我已经受够做你的影子了，难道你还要把世显哥哥抢走吗？世显哥哥是我的梦、我的唯一。倘若你真的与世显哥哥成为夫妻，那么我会恨你一辈子，因为你的幸福是踏碎我的心才得来的！”

朱毓媞怔忡良久，才缓缓吐出一句：“你放心。”

朱毓芙吸了吸鼻子，冷然道：“放心什么？”

朱毓媞凝视着她：“我对世显哥哥，不是你想象中的男女之情，我一直把他当成邻家哥哥看待。倘若父皇母后真的要把我许配给他，我也绝对不会答允的。”

朱毓芙嗤之以鼻：“我不信。世显哥哥对你这么好，人又温柔，更是一表人才、品学兼优的世家公子，世间女子莫不倾心相许，你又非草木之心，怎么可能不动情！”

朱毓媞认真思索一晌，缓缓地道：“也许我自幼与他相熟，所以我对他纯粹只是兄妹之情，这辈子绝对不会产生男女情愫。况且我若真心爱一个人，哪怕是个山野村夫，在水边结庐，我也情愿与他度过一生。”

“山野村夫，水边结庐？”朱毓芙兀自不敢置信，“都说贫贱夫妻百事哀，你当真舍得荣华富贵？”

朱毓媞道：“你说贫贱夫妻百事哀，岂不知宦海浮沉，朱门酒肉臭，身膺荣华之人，难道就一定美满和谐吗？”说着轻轻吟道：“青山相待，白云相爱，梦不到紫罗袍共黄金带。一茅斋，野花开。管甚谁家兴废谁成败，陋巷箪瓢亦乐哉。贫，气不改；达，志不改。”

她所吟的元曲《山坡羊》，写的是隐居林泉、寄情山水、看破世上荣华富贵、追求安贫乐道的处世意境。

朱毓芙心忖她雅好诗词，不会特地拿来欺蒙自己，不由得信了一分，只听她又道：“诚然如我所言，总要两情相悦，才能举案齐眉。我若要嫁，只会嫁给我真心相许之人。就像你一心恋慕着世显哥哥，想与他厮守一生。如若不然，就是拿刀子架着我，我拼着一死，也不会背弃我的初心的。”

朱毓芙默默注视着她，仿佛要从她神情中捕捉到一丝伪饰，然而见她一脸真诚，不由得又信了几分，抹泪道：“来日若再有人提及你与世显哥哥的婚事，盼你莫忘了今日之言。否则我对你真是只有‘齿冷’两个字。”说罢抬头挺胸去了。

朱毓媞被她这么一闹，只觉得脑内似钻入一根钢针，酸麻疼痛不已。

绿萍进来道：“‘本是同根生，相煎何太急。’昭仁公主未免太褊狭了。”

朱毓媞静默半晌，道：“是我的错，我身为她的姊姊，竟没看出她的真心，还以为她只是少女怀春，一时热忱罢了。”

绿萍道：“昭仁公主素来争强好胜，若非听到宫人乱嚼舌根，也不会在您面前激动落泪，您又怎么会知道她的心思。”

朱毓媞叹道：“原来我的存在对她来说是个伤害，难怪她处处与我过不去。我与世显哥哥交好，岂不是在凌虐她的心。”

绿萍道："是非对错,哪有绝对! 今夜昭仁公主的话,若执意往心里去,只会苦了自己。"

朱毓媞懒懒地摆手："我乏了,你出去吧。"见绿萍行礼退出,又道："吩咐下去,今晚之事若有人泄露出去,便自己去领五十下耳刮子。"

只是这朱毓芙大吵大闹后,她又如何能睡得踏实?

第六十三章

醉仙花

烛残漏断频欹枕,起坐不能平。晓月沉鸳瓦,曙光临轩窗,远处鸡啼一声长过一声,唤醒了夜的岑寂。

朱毓媞一直到将近天明时才勉强入睡,起床时已过了午时。

绿萍服侍朱毓媞洗漱,并帮她擦上疹子药,盯着她的脸一晌,道:"顾太医的药膏真灵,奴婢看您的脸几乎好了大半了。"

朱毓媞叹道:"本来今日想去云英馆的,但顾太医说我的疹子要避免风吹日晒,只能忍耐到痊愈了。"

绿萍笑道:"皇上恩准您自由进出宫禁,您随时都可以出去,还差这一时片刻吗?来日方长呢!"

正谈笑间,一名小宫女进来说顾太医来了。

朱毓媞道:"真是说曹操曹操就到,你请他稍候片刻,我随后就到。"

到了外堂,顾培生行了礼后,道:"公主殿下的疹子看似好多了,那微臣就能安心了。请公主殿下这两日好好歇息,白日尽量避免外出,若要外出就必须打伞遮阳,免得留下色斑。"

朱毓媞道:"顾太医好医术。绿萍,打赏。"

绿萍笑吟吟地用朱漆木盘奉上一把金叶子:"一些心意,权当请顾太医吃茶。"

顾培生连称"贵重""不敢",一番推辞后,还是收了。

朱毓媞轻啜了一口碧螺春,道:"不知顾太医可查到了害我过敏起疹子的那朵香花的名字?"

顾培生道:"回禀公主殿下,微臣来此便是向您禀告此事的。那一朵香花叫醉仙花,每十年开一次,生长在深山崖壁上,遇霜雪不凋,时气越寒冷,花香越馥烈。风摧易折,脆

弱无比，偏偏高处风大，是以醉仙花稀罕珍贵。因其具有回春美颜之效，常被贵妇拿来敷面养肌。"

朱毓媞秀眉挑起一丝惊讶："陈太医竟将如此旷世珍品充当香料，拿来掺在慈焰的祛痕膏里。"

顾培生道："此花虽然珍稀奇异，深具养肤靓颜之效，却含有微毒，每三天取少量敷面尚无大碍，但微臣不建议日日使用。"见朱毓媞面色微僵，仿佛联想到什么，须臾后又补充了一句："体弱多病之妇女尤其不宜过度使用。"特别咬重了"体弱多病"四字。

朱毓媞听到这一句，微微倒吸了一口凉气，和顾培生对视了半晌，互相从对方眼中读出了一丝疑虑。

她立即屏退所有宫人，只留下绿萍近身服侍，敛容道："若是体弱多病之妇女，日日碰了醉仙花，将会如何？"

顾培生道："便会产生幻觉，如癫似狂，行止悖逆，六亲不认，成了疯子。"

朱毓媞忍不住打了一个寒噤，手中青瓷盏险些拿不稳。她静默须臾，又道："祛痕膏里的醉仙花，掺的量多不多？"

顾培生道："不多不少，若是掺多了，醉仙花的酒味就容易盖过其他花卉的味道了。"

朱毓媞挑眉道："你似乎话中有话，在我面前不妨直说。"

顾培生娓娓道："微臣愚见，以为祛痕膏里的其他众多花卉，不仅用来掩盖百草的药气，也是为了掩盖醉仙花的香气。否则醉仙花的气味太过特殊，若飘散出来，难免被人知道祛痕膏里掺了醉仙花。因醉仙花具有微毒，太医院需院使、院判、御医共同商讨斟酌，方能将其作为配方。然而四殿下的祛痕膏里掺有醉仙花，微臣事前并不知情。"

"倘若不是我体质敏感，又刚好去了皇贵妃宫里，见她替慈焰擦药，否则祛痕膏里的秘密当真是瞒得滴水不漏。"朱毓媞十指紧紧攥着案几，道，"顾太医是聪明人，应该知道祛痕膏牵涉到皇子受伤一事，而祸首正是昭仁公主。其中错综复杂，环环相扣，若是声张出去，将闹得阖宫不宁，犯了皇上的忌讳。"

顾培生道："微臣明白。"

朱毓媞道："此事交给我处理，你先出去。"须臾后又道："顾太医是聪明人，应知道谨言慎行方能明哲保身，你的福气还在后头呢！"

顾培生若有所悟，面上掠过一丝明朗的喜色，依礼告退。

他离去后，殿内仿佛沉入深潭底部，空气是死水般的静。

"绿萍。"朱毓媞似乎在思索些什么，一响后道，"传闻顾太医和陈太医不睦，你接触的宫人多，可曾听说是什么缘由？"

绿萍道："奴婢听说陈太医已至耳顺之年，性情刚愎自用，暴躁易怒，驭下难免盛气凌人，又总爱倚老卖老，对下属风言风语，总之御医们都说这位太医院使极难相与，避之唯恐不及呢！顾太医看不过眼，忍不住劝了几句，结果陈太医恼羞成怒，训斥顾太医以下犯上，目无尊卑。二人之间的不睦因此而来。其实倒也不是顾太医单独与陈太医交恶，听闻整个太医院的御医都一通排揎陈太医呢！"

朱毓媞微一沉吟："这么说来，这位顾太医倒是个耿直敢言之辈了，明知陈太医不好相与，却还要劝上一劝。"

绿萍道："可不是？顾太医不仅是国手，还是个直肠子。奴婢觉得这位顾太医的性情和您有几分相似，都是藏不住话的人。"

朱毓媞冷冷地道："顾太医耿直，然而我却不知陈太医如此胆大包天，竟敢蓄意害人！"

绿萍感觉到她的怒气，牵着她的衣袖，关切道："公主殿下面色好难看。您方才和顾太医的话，奴婢听得一头雾水。"

朱毓媞眉宇间原本就有一股天子贵家的凛然之气，此刻面色阴阴欲雨，望之生寒。她手指轻轻敲在案上，发出清脆的声响，一字一顿缓缓道："陈太医专职照拂皇贵妃的身子，不会不清楚皇贵妃内里已是五劳七伤。他利用皇贵妃亲自为慈焰抹药的爱子之心，将醉仙花掺在慈焰的药膏里，使皇贵妃日日接触，继而慢性中毒，真是居心叵测。"

绿萍一听，心头颤了一下，期期艾艾地道："陈太医……不会吧……陈太医跟皇贵妃有什么宿怨，为什么要这样陷害她？"

朱毓媞面沉如水，良久才冷冷吐出一句："虚妄猜测只是徒费心思。你说我身子不适，立刻去把陈太医请来。"

过了一盏茶时分，陈太医入内，行礼如仪。

朱毓媞也不叫他平身，径自饮着微温的茶汤，眸光滴溜溜在他身上一转："太医院使当久了，当真越来越有出息了。"她浅浅一笑，慢悠悠地道："陈太医，你可知我脸上的疹子是如何来的？"

陈太医早就听说朱毓媞去了一趟承乾宫后便过敏了，起因是自己配制的百草祛痕膏，早已心虚不已，闻言瑟瑟发抖，说话已没有了底气："微臣……微臣不知。"

"你不知？"朱毓媞倏地搁下茶盏，发出沉沉的一声闷响，仿佛一记闷棍敲在陈太医心头。

她冷笑道："我看你知道的事情可多了！反倒是我太过浅薄无知了，竟拖到今时今日才看清你的虎狼之心！"

陈太医被她一席话说得冷汗淋漓，当下也顾不得擦拭，任汗珠一滴一滴沿着鼻梁垂落到织锦红毯上。

朱毓媞走到他面前，居高临下地睨着跪伏在地的陈太医，话语中没有任何温度与波动："百草祛痕膏的秘密已被我知晓了，如今证据确凿，容不得你辩解分毫。你莫不是太

医院使干得腻烦了,嫌命长了,竟敢设计暗害皇贵妃!"

陈太医已吓得魂飞魄散,情知再也瞒不住,怆然道:"微臣以一介卑微之身,得以入宫侍奉,已是福泽深厚,上苍眷宠,微臣断断不敢存了害人之心。微臣会这么做,也是迫不得已啊!"

"迫不得已?"朱毓媞冷嗤,"都说医者父母心,我看这句话该倒着念了!你身为太医院使,却用你的医术害人,当真令人不齿!你既已存了害人手段,难道一句迫不得已,就能掩盖你那腌臜的作为吗?"

陈太医面容慌张,磕头如捣蒜:"公主殿下饶命,公主殿下饶命……"迟疑半晌,几度欲言又止。蓦地,齿缝间蹦出一句惊人的话语:"是……皇后娘娘要微臣干的。"

朱毓媞趔趄一步,脑袋"轰"的一声,微微发晕。绿萍急忙搀住她。须臾,朱毓媞勉强镇定下来,咬牙道:"你说清楚了,是谁要你干的?"

陈太医此刻深知祸福系于一线,哪敢妄言?急急地道:"是皇后娘娘,皇后娘娘以微臣一家老小的性命作为要挟,硬逼着微臣干的,微臣实是迫不得已啊!请公主殿下相信微臣!微臣悬壶济世数十载,从民间进入太医院,救死扶伤无数,自问从来没存过害人之心,一切都是受人胁迫,无从选择。微臣违背良心,倒行逆施,心里也十分痛苦啊!"说到这里,已是声泪俱下。

朱毓媞紧紧抿着嘴唇,冷冷地道:"你敢不敢拿你的家人发毒誓,证明你所言不虚?"

陈太医老泪纵横,咬一咬牙,竖起三根手指:"昊天在上,我陈其瑜此刻若有半句虚言,教我阖族老少三十八口,全遭天打雷劈,死后堕入阿鼻地狱,永世不得超生。"

他发了狠劲,说得脸红气喘,仿佛每一字每一句都用尽了全身的气力。

片刻的静默如一世么漫长,陈太医的毒誓似绞绳一般一圈一圈勒住朱毓媞的脖子,几欲令她窒息。朱毓媞面色白得如案上的瓷盏,带着一丝山雨欲来的铁灰。

绿萍哽咽道:"公主殿下,您没事吧?"

朱毓媞全身无力,瘫倒在雕花紫檀木椅上,面无表情地盯着陈太医:"我问你,皇贵妃要接触多少醉仙花的毒素,才会到神志疯癫的地步?"

陈太医硬着头皮,颤巍巍地道:"微臣估计,旧的百草祛痕膏使用完后,大约就是毒素发作的时候。"

朱毓媞怒极反笑:"好好好,真真是好深沉的心计。皇贵妃发疯之时,祛痕膏也消耗完了,什么证据都没有了,又有谁想得到毒竟是掺在慈焰的祛痕膏里?到时候千头万绪,无从查起,真是天衣无缝!"

陈太医贴身里衣已被汗水濡湿,阵阵发凉,他垂着头不敢说话,连呼吸也不敢太用力。

朱毓媞强压怒气道:"祛痕膏的量目前还剩一半,皇贵妃此刻应不至于毒素深积,回天乏术吧?"

陈太医点头如捣蒜:"要不间断地用完整钵祛痕膏,才会诱使体内毒性发作。"

朱毓媞蹙眉思索一晌,又问:"我问你,重新配置一钵百草祛痕膏要多久?"

陈太医微微一怔,道:"百草皆已备齐,只需三天便能重新配置一钵。"

朱毓媞又问:"慈炤脸上的疤痕,大约还要擦几钵百草祛痕膏才会复原?"

陈太医道:"四殿下的伤疤已恢复六成了,微臣估计还要再擦两钵方能见好。"

朱毓媞道:"你立刻重新配置两钵新的百草祛痕膏,里头不可再掺有醉仙花。之后你趁着去承乾宫请平安脉时,悄悄将旧的百草祛痕膏调包了,再拿来给我。接着你以年迈体衰、不堪侍奉的理由告老还乡,远离京师这是非之地。"

陈太医颤声道:"微臣也想一走了之,可……可皇后那里该怎么办?微臣一家老小的性命全系在皇后手里。"

朱毓媞道:"皇后那里我会处理的。总之,只要你照我方才的话去做,你阖家上下的身家性命全都能够安然无恙。当然,祸从口出的道理你想必懂。出了这道宫门,必须管住你的嘴,否则,别说皇后饶不了你,我立即就要了你的命!"

陈太医垂泪道:"微臣遵旨,还请公主殿下放心,醉仙花之事,微臣绝对不会泄露只字。"

朱毓媞道:"刻不容缓,你赶紧回太医院重新配置祛痕膏。"

陈太医整衣敛容,伏地再拜,匆匆去了。

"公主殿下,"绿萍似乎受了极大的惊吓,莲袖下的胳膊哆嗦不已,"皇后娘娘那,您……您打算怎么办?"

朱毓媞舌尖麻木苦涩,牙齿森森发冷,良久吐出一句:"多行不义必自毙!"见绿萍张口结舌,这才意识到自己失言了,整了整神态,道:"待陈太医把旧的祛痕膏拿过来,我再去向母后请安。"

由于顾太医交代她不可见光,因此她便站在廊庑阴影下看着午后的天空。紫禁城虽然地域辽阔,然而一眼望去,天空总是四四方方的,怎么看都不过瘾。

彼时日光明丽,却仿佛永远照不到紫禁城的犄角旮旯,那里面蛰伏着无数暗兽,随时都会在毫无防备下蹿出来噬人。

皇后殿阁中笑语微闻,算时辰是各宫嫔妃前去晨昏定省了,眼前依稀浮现衣香鬓影、妙语如珠的热闹光景。

呵,岂不知后妃间往往是表面做尽礼数,内心算计无穷。这天潢贵胄的锦绣天地,原本就是一个不见刀光剑影的血腥战场。

第六十四章

流产

朱毓媞脸上红疹渐好，魏怜却在一日深夜里见红了。

这三日魏怜服用"安胎药"后，已没有腹痛下坠的症状，还道是药效使然，孕体有渐好的迹象。只是连日心绪不宁，从未生育过的她只当是怀孕常态，并没有细想。

不料三日后的深夜腹内忽又痛了起来，仿佛有巨轮在骨盆上来回碾轧，几欲碾碎骨肉，逼得腹腔沉沉欲坠，快要从身体中剥离。她的脑袋一阵晕眩，四肢酸软麻木，似有无形的手将体内的力量一丝一丝抽走。她站也站不住，一个趔趄摔在地上，拼尽所有的力气哭喊了一声"紫清——"

隐约有温热的液体汩汩流出双股间，她双手拼命想要阻止液体流出，却怎么也止不住。她只觉得这辈子从来没有这么恐慌过，眼前有驱不散的黑雾一寸一寸地慢慢聚拢成一团，耳边似有无数人同时说话，很吵，真想叫他们安静下来。

在知觉消失前，她依稀看见袁紫清站在面前，一脸事不关己的冷漠。

不，不！一定是我头晕眼花了，紫清不会这样对我……

紫清，紫清，我们的孩子……

魏怜仿佛堕入黑暗冰冷的海底深渊，她隐约听见身旁有人说话，模模糊糊的，听得不是很清楚，只有"流产"两个字因反复提及，像是钢钉一样沉沉钻入耳里。一股灼热酸楚的洪流扑上眼眶，沿着面庞蜿蜒而下，似乎感受到有人拿绢子为自己拭泪……

是紫清吗？不，那手细腻柔滑，分明是女子，是萧采莞！紫清呢？紫清到哪里去了？

有一股温热苦涩的药液灌入喉咙，下腹传来一阵阵骨肉剥离的疼痛。周遭很冷，冷意是从骨髓里生生蔓延出来的，每一寸肌肤几乎如披霜覆雪般被冻得毫无知觉。她挣扎着想要爬出这座冰冷的深渊，四肢却动弹不得，嘴里含含糊糊地喊着："紫清，孩子……"

刺鼻的血腥味在空气中萦纡不散，也不知过了多久，身旁对话声消失了，静得微闻窗外细雨打芭蕉之声，一点一滴皆催人心碎。

下雨了，连苍天都在为我的孩子恸哭。我的孩子，终究是离开我了……

意识像一弯月牙从海底深处缓缓升上，魏怜费了极大的力气睁开双眼，僵硬如石的身体瞬间松懈下来。

眼风微微一扫，一抹熟悉的紫色人影掩映在摇曳的烛光间，他的声音无喜无悲，出奇地平静："你终于醒了。"

魏怜听到他的声音，心头一松，未语泪先流，艰难地开口道："紫……紫清，我……"说不完一句话，便已哽咽难言。

"没事了。"袁紫清轻轻搂着她，"别哭了。"

魏怜恍惚一晌，突然感应到什么似的，身子搐了一搐，强烈的恐惧弥天漫地般席卷而来。她颤巍巍地伸出手，小心翼翼地摸着小腹，这个动作自怀孕以后已成了习惯，此刻做起来却是忐忑不已。

只不过睡了一觉，那微微隆起的腹部又变回平坦的样子。她手指如被针刺，迅速缩了回去，呆了片刻，内心深处最柔软敏感的地方仿佛被硬生生扯裂开来，悲痛的热血从伤口处涌出，填满了整个胸腔。她用尽全身力气，声嘶力竭地号啕大哭……

廊上的小银铫子咕嘟嘟滚着药汤，萧采莞守着炉火不小心睡着了，蓦地听到一阵肝肠寸断的哭声，下意识起身，要进去查看。走了两步，似乎觉得愧疚，又似乎不忍目睹，于是又回头默默地继续煎药。

她看着被风扑得张牙舞爪的炉火，心忖这一切都是照着脚本上演的，所有人都是戏子，连自己也不例外。就因为袁紫清不想留下孩子，所以各人扮演好称职的角色，收钱的收钱，昧着良心的昧着良心，说谎的说谎。直到最后这一刻，这出戏总算在满地赭红如火的鲜血中落幕了。

她这个旁观者看得真真切切，袁紫清和魏怜貌似亲密，其实袁紫清不过是爱她的外表——魏怜容貌妖娆妩媚，体态丰腴婀娜，宜嗔宜喜。也许是曾在风月之地混迹的缘故，她的一颦一笑皆有一股风流旖旎的气韵。

在青楼鸨母悉心调教下，魏怜取悦男人的功夫无疑是一流的，世间任何男子遇到魏怜都会为之心仪，袁紫清自也不例外。所以得知魏怜怀孕，他才会毫不犹豫地将孩子拿掉。既然只是皮肉之欢，也无须羁绊于血浓于水。偏偏此事太过阴损，他还要做出痛惜惋憾的样子，在里头絮语安慰魏怜的丧子之痛。

可怜魏怜迷迷糊糊地还不知道自己成了戏中的悲情苦角，成了一个再也不能生育的女子，被生生夺去了做母亲的权利。可怜她，对袁紫清的真心终究是错付了。

人生如戏，戏中人不知身在戏中，戏外人却叹情在戏外。

断断续续的抽泣声中，隐约听见袁紫清的声音透窗传来："这大夫没能善尽职责照顾

好你的孕体,保不住我们的孩子,不如死了算了……"

萧采莞很清楚这句话是什么意思,大夫方才来过之后,在返家的路上被人杀了,行凶之人正是此刻在房中抱着魏怜絮语安慰的那个人。戏已落幕,大夫再无用处,袁紫清随即杀人灭口。

萧采莞想到这里,仿佛有冰水兜头倒下,生生打了个寒噤。袁紫清既凉薄,又狠辣,不免令人齿冷,然而想到他昔日的际遇、他身上鲜明丑陋的印记、他的眼泪、他的哮喘、他的癫狂失常、他陷溺在往事的旋涡中痛苦不可自拔的样子,那冷灰般的心又熊熊燃了起来。她又忆起当年自己家境贫苦,父亲死后无法安葬,是袁紫清帮忙料理后事,收留了自己。基于同情、爱慕、感恩,她不管他做了什么错事,都会尽心包容。

魏怜哭了一夜,体力不支,沉沉睡去,之后便一直沉浸在悲伤中不能自拔。萧采莞一日三次熬药送进房里。魏怜药喝多了,仿佛药气都附在肌肤上,挥之不去。这一回流产大大损伤了她的内里,整个人憔悴支离,瘦骨嶙峋,面色惨淡,宛如秋风中的一片枯絮。

萧采莞既愧疚又不忍,殷殷劝道:"这样哭泣伤心对身体实在无益,将来身子好了,也会落下迎风流泪的毛病的。"

魏怜只是垂泪不语。

第六十五章

曹化淳

　　起初袁紫清还好生安抚，寸步不离地陪在她身边。魏怜终日以泪洗面，袁紫清哄了两日，感到不耐烦了，趁一日月黑风高、魏怜熟睡之时，悄悄到户部太仓库盗走了白银十五万两，并在现场留下一朵紫玉兰。

　　此事传开后，朝廷上下大为震惊，闻者均是目瞪口呆，不敢置信。

　　万历二十六年，太仓库也发生过一件失窃案，令人啼笑皆非的是，小偷竟死在了作案现场。

　　这个小偷想潜入太仓库偷银，但太仓库把守森严，于是把主意动到太仓银库下方的排水洞上。他千辛万苦挤进狭隘的排水洞中，身体磨得伤痕累累，骨头几乎快要断掉了。庆幸的是，他终于成功进入库房，偷了一锭大元宝。当他顺着原路从排水洞返回时，却发现前方同样也挤进了一个小偷。二人面面相觑，尴尬不已，想要退回去，却发现根本没有转身的余地。往前爬都困难重重了，更何况转身呢？

　　到最后，两个小偷都死在排水洞中，而那锭大元宝就夹在二人中间。过了一段时间，京城下大雨，银库的管理人员发现排水洞竟然堵住了，就命工匠下去疏通，这才发现两个小偷死在里面。

　　此次不但失银，且当夜看守太仓银库的戍卫，全都身体麻木，昏迷不醒。起初还以为中了什么迷药，但迷药药效过后，人终究会醒，戍卫们却始终未醒。最后还是某个御医细谨，在他们身上发现一个小小的针孔，从中找出一枚小小的松针。这松针上不知涂抹了什么药物，竟使众戍卫完全丧失意识。

　　松针上的药液便是袁紫清当日在凤阳总督府中所中的毒药。袁紫清杀了马公子后，顺手偷走了毒药，涂抹在松针上。松针划破人体，毒药随血液扩散，使戍卫们全都昏迷倒地，如此不费吹灰之力就轻松盗走库银。

崇祯皇帝又惊又怒,他是对钱十分敏感又锱铢必较的皇帝。他早就听说过紫兰君的事迹,当时只是一笑置之,道:"眼下正是多事之秋,内忧外患,百废待兴,况且紫兰君也没偷到京师来。朕倒也不必费心思去理会这号人物,就是个小偷而已,难道比如狼似虎的流寇和清军来得更棘手吗?"

彼时冯玄墨正在御前,听到这一席话,当即飞鸽传书到月龙的居处,警告他不可放纵袁紫清继续作案。

崇祯皇帝国事繁忙,很快就将紫兰君这人忘得一干二净。不料这会儿紫兰君到了京师,一出手就是瞄准户部太仓库——大明王朝的命脉。

崇祯皇帝气得差点当场晕了过去,他除了封锁九门,防止凶徒出城,惩处户部失职官员,又急命东厂、锦衣卫务必将紫兰君捉拿归案。考虑到此人身手不凡,他另外下了一道严令,能生擒最好,如若不能,就地正法也行,总之不能让紫兰君继续猖獗犯案。他话说得轻巧,那紫兰君是出了名的神出鬼没,飘忽无踪,从来没有人看过他的真容,甚至是男是女都不清楚,说要捉拿,就如同大海捞针一般。

东厂、锦衣卫抓良冒功、栽赃陷害一向拿手,要他们去擒拿江湖高手,简直难如登天。众厂卫心中均是同一个念头,若不能擒住紫兰君,到时候随便找个人顶罪,否则皇帝喜怒无常,一日拿不下紫兰君,头顶上悬着的利剑便落下一分。有几名厂卫还盼着紫兰君赶快离开京师,不要再继续犯案,不然弄得整个京师人心惶惶,皇帝盛怒之下,倒霉的还是手下当差的。

唯有冯玄墨清楚袁紫清这次是冲着自己而来。他刚刚飞鸽传书,袁紫清就立刻到京师作案。京师可是他的地盘,袁紫清不正是故意做给他看的吗?

"袁紫清的目标绝对不会只有太仓库而已,一定还会继续作案,真是可恨至极。"冯玄墨正要返回锦衣卫衙门,忽听一个太监特有的尖细嗓音道:"冯指挥使今儿个是怎么啦? 走路也神不守舍的,险些撞到本督的小轿。"

冯玄墨一怔,随即拱手笑道:"原来是曹厂公,下官真是失礼了。"

那太监是个中年人,体态圆润,一脸的世故老练,头戴无翅乌纱,额下系着丝绦,身穿蟒衣玉带,乘着锦玉辇,随从无数,气势如虹,正是提督东厂、总督京营戎政、司礼监秉笔太监曹化淳。

二人一向熟稔,曹化淳呵呵笑道:"听说你被皇上派去护卫长平公主,可真是光荣的差事啊!"

冯玄墨想起那看门狗、跟屁虫一样的差事,微微尴尬,苦笑道:"多日不见厂公,一见面就拿此事来笑话下官。"

曹化淳笑了笑:"怎么会是笑话? 锦衣卫成千上万,皇上谁也不找,偏偏就找你,就是觉得你办事利索、本事高强。看来皇上越来越器重你了,说不准哪一日你就越过本督去了。"

冯玄墨忙道:"厂公这话太看得起下官了。若非厂公您的荫庇,下官哪有今日的成就。下官就算赴汤蹈火,也必报效厂公万一。"

曹化淳双眼微眯,目光如针一样锐利,笑道:"本督只是指点你一条捷径,走不走全由你。况且当年那伎俩又不是我教给你的,本督只是在一旁耍耍嘴上功夫而已,也没费什么力气。本督可担不起这个功劳。"

冯玄墨道:"厂公客气了,下官对您仰如泰山,您自然是担得起的。"

曹化淳忽然扬了扬下巴,小太监随即放下辇轿。曹化淳把着冯玄墨的臂弯走到一旁,低声道:"骆养性明里暗里总是与本督作对,处处找人监视本督。你的身手在锦衣卫中算是顶尖的,尤其是你的轻功,用来刺探敌情最是无往不利。你可要给我牢牢盯紧骆养性,千万要挑出他的错处,否则本督说不定哪一日就折在了他的手里。"

骆养性以后军都督府左都督的官衔出任正一品锦衣卫都督,又被加封了太子太傅的虚衔,位高权重。

冯玄墨听他提及"骆养性",心头一跳,左顾右盼一晌,见四下除了曹化淳的随从,再无旁人,低声道:"他行事一向滴水不漏,下官曾潜伏于他家中,偷听他说话整整三天,却挑不出任何错处。"

曹化淳道:"人孰无过,身在宫廷,难道还能出淤泥而不染吗?"

"厂公所言极是。"

"仔细替本督办事。你要记住,提携你到今日这个位子的是我曹化淳。"

"厂公对下官恩深义重,下官无时无刻不记在心上。"

曹化淳笑着点头,末了,又重重叹了一口气。

冯玄墨道:"厂公为何叹气?"

曹化淳道:"其实本督如今位高权重,深沐皇恩,也算够风光了。只是这大明江山还保不保得住,本督连想都不敢想。要是保不住了,咱们不都与市井庶民一样了吗?"

冯玄墨心头一跳,试探道:"厂公的意思是?"

曹化淳压低声音:"咱们是站在同一条船上的人,休戚与共。本督不妨告诉你,眼下农民军势如破竹,打得我大明官兵毫无招架之力,改朝换代是迟早之事。本督已跟李自成秘密达成协议,哪一日农民军兵临城下,本督会暗中推波助澜。李自成已答应本督,将来他若问鼎宝座,本督便是司礼监掌印了。"

冯玄墨心跳得更剧烈了,仿佛快要跳出嗓子眼:"厂公告诉下官这件事,是要下官如何?"

曹化淳"嘿"了一声:"你是聪明人,懂得'良禽择木而栖,贤臣择主而事'的道理。大明王朝气数尽了,咱们也该换主子了。"

冯玄墨咬唇不语,显然,心中已转过这个念头无数次了,只是一直没有向旁人启齿。

曹化淳在宫中历事多年,何尝看不穿冯玄墨的心思?他见缝插针道:"皇上让你护卫长平公主,你就尽心尽力办好这件事吧!也许不用两年,咱们就不用听他命令了。至于长平公主……"

他呵呵一笑,道:"当年你利用她成就你的平步青云,你就趁此机会结草衔环,护她平安周全吧!"

冯玄墨迟疑片刻:"下官一直有个疑问搁在心头,不知当问不当问?"

曹化淳道:"别一肚子弯弯肠子,直言无妨。"

冯玄墨道:"想当初下官只是个微末的校尉,泯然于众,无人问津,厂公为何对下官如此垂青?"

曹化淳道:"因为你是块璞玉,经琢磨必成大器。一来你的轻功的确出类拔萃,不该就此埋没,我可以利用你来刺探敌人的机密。这些年你也替本督铲除了不少异己,证实本督没有看错人。二来我知道你有极大的野心,不是区区正三品指挥使就可以满足的,所以本督才告诉你我已经暗中归顺了李自成。将来李自成入主北京时,本督也会让李自成保留你目前的官职。至于怎么让李自成看到你的才干,对你起了爱才之心,就要靠你自己的本事了。"

冯玄墨眼里似有火焰灼灼燃烧,拱手道:"下官多谢厂公提点。"

曹化淳点了点头,笑意深远:"你的前程似锦哪!"说着上了辇轿扬长而去。

第六十六章

齿冷

　　袁紫清盗了户部太仓库之后,次日深夜又盗了工部节慎库。工部的存银比太仓库少了许多,一年经费最多也才十多万两。袁紫清一口气盗走所有存银五万五千两,看守银库的戍卫同样是体内嵌入松针,神志不清。

　　崇祯皇帝怒不可遏,将手中的紫玉兰揉了个稀烂,重重地掷在地上,大骂锦衣卫、东厂、五城兵马司、京营、顺天府反应迟钝。太仓库被盗,怎么不加强其他各银库的防范措施,反而任由宵小肆意进出,将天子威严、大明国法置于何处!

　　锦衣卫、东厂、五城兵马司、京营、顺天府堂官被骂得灰头土脸,理屈词穷,只能诺诺称"是"。

　　朱毓媞连日闭门不出,浑然不知道紫兰君将整个京师闹得天翻地覆,人心惶惶。

　　此时陈太医已将旧的百草祛痕膏送到朱毓媞手中。朱毓媞问:"调包了吗?"

　　陈太医答道:"回禀公主殿下,微臣已按照您的吩咐做了,将新制的祛痕膏挖走一半,存量和旧有的一样,必定不会招人疑心。"

　　"很好。"朱毓媞斜睨了他一眼,"是时候告老还乡了。"

　　陈太医踟蹰道:"皇后娘娘那……"

　　朱毓媞道:"放心,你只消带着你一家老小远离京城,找个深山野岭隐姓埋名,安稳度日,一切由我担着。"

　　陈太医不禁感激涕零,深深拜倒:"微臣叩谢公主殿下宽恕之恩,日后微臣必为公主殿下虔心祝祷,乞求上苍眷佑公主殿下贵体康健,福泽绵长。"

　　朱毓媞的叹息声融入殿内袅袅如轻纱的沉水香氲中:"皇贵妃的身子,当真药石无救了?"

陈太医道:"微臣不才,侍奉皇贵妃玉体不周,罪该万死。"

朱毓媞禾眉轻蹙:"你只要回答'是'或'不是',别开口闭口就是这些车轱辘话,听了令人腻歪。"

陈太医一头冷汗不敢擦:"皇贵妃的身子已经不行了,微臣只能用药物提着她的精气神。她的根元长年受损,再难救治。"

朱毓媞道:"想来你受命于皇后,对皇贵妃也不敢说实话吧?"

陈太医听到"皇后"二字就头皮发麻,道:"是。"

朱毓媞黯然道:"皇贵妃还能撑多久?"

陈太医道:"微臣估计今年夏天就是极限了。"

朱毓媞敛眉,目光不胜凄楚,缓缓地道:"父皇最宠爱皇贵妃,到时候不知该有多伤心! 还有慈炤,他还只是个孩子……"

陈太医依礼告退后,朱毓媞敛容整襟,揣着百草祛痕膏,独自去见皇后。

说真的,她已不想再与皇后起争执了。每次冲突过后,往往各自心里又添了一块疙瘩。她只希望这件事能够无波无澜,平静落幕。

因此她语气云淡风轻:"母后万福金安。"

殿内门户深锁,只有母女二人,相顾无言。

青鹤瓷九转鼎炉中焚着苏合香,鹤口中逸出一缕淡淡白烟。白烟隔在母女之间,使这对母女越发显得疏离淡漠。

良久,周皇后缓缓开口,语气平和得如一潭静水:"听说你过敏起了疹子,看样子似是好些了。"

朱毓媞反手抚着脸颊:"顾太医好医术,儿臣好多了。"

周皇后又是静默一阵,仿佛在酝酿什么,缓缓开口:"百草祛痕膏、陈太医、醉仙花,想必你都知道了。"

朱毓媞道:"是,其实儿臣也不晓得自己竟会对醉仙花的气味过敏。儿臣过敏的原因,母后大约也透过顾太医得知了,所以才不敢来探视儿臣。"

她越说越悲凉,一颗心如辗转在浮冰之上,失望之情溢于言表:"我此刻才知道,原来从英华偷走我房中的沉水香开始,继而铃铛抓伤慈炤,一直到慈炤的百草祛痕膏里被掺入醉仙花,这是一连串的阴谋。母后知道皇贵妃爱子心切,慈炤受伤,必定亲手为他抹药,所以利用这一点,胁迫陈太医为您效劳,在慈炤的药膏里掺了对皇贵妃身子有害的毒物。想必您心思缜密,一定命陈太医事前将承乾宫里的太监、宫女的体质都摸熟了,以免露出痕迹。没想到最后因为我体质转变,引发过敏,使祛痕膏里的秘密曝了光。"

周皇后屏息凝神地听着,脸上波澜不惊,紧握着红木镶套红玻璃福寿如意的手微微哆嗦,透出她此刻心境的不安。

朱毓媞又道:"虽说爱之欲其生,恶之欲其死,乃是人之本性,但皇贵妃已经活不长了,您何必还要苦苦相逼?她神志癫狂之日,势必被父皇厌弃,打入冷宫,与慈炤骨肉分离,含恨而终。令她如此凄惨,您就痛快了吗?"

周皇后呼吸微微急促,硬邦邦地道:"所以呢,你要告发本宫吗?"

"母后错了。"朱毓媞缓缓摇头,心境凄怆,仿佛连摇头也是一件极为吃力之事。她从怀中拿出一只精致描花圆钵,旋开钵盖,随即香气四溢,兜头盖脸罩了上来。

周皇后大吃一惊,硬生生将惊呼声咽了下去,只见一颗颗红疹如雨后春笋般冒出朱毓媞的肌肤,原本白皙无瑕的脸蛋儿瞬间红成了一片,只能用"惨不忍睹"四个字才能形容。

朱毓媞仿佛不觉得痒,也不见她伸手去抓,反而盖紧钵盖,双手奉上。"若一开始就打算告发您,那儿臣此刻是不会出现在这里的。"她凄然一笑,"儿臣发疹过敏时,母后不曾亲来探视,此刻儿臣就让您看看,因醉仙花诱发的疹子有多么严重!"

周皇后怔怔地接过精致描花圆钵,紧紧握在手里,目光含着一缕平淡无痕的释然,道:"本宫命人传太医过来。"

"不必了。"朱毓媞语气决绝,"儿臣回宫自会传顾太医了,不劳母后费心了。倒是儿臣脸上、颈上、手背上的疹子,母后可看得真切了吗?"

周皇后微微生气,咬牙道:"你来就是想教训本宫吗?"

朱毓媞敛衣叩拜,昂然道:"今日儿臣不尽言,是儿臣负母后;母后若执迷不悟,是母后负儿臣。"

周皇后道:"那你就尽言吧!本宫倒要领教,你是如何个舌灿莲花!"

"儿臣只希望母后凡事能存天理、灭人欲,为自己积累福泽,广修善缘,别再伤天害理了。"朱毓媞眼中尽是刚毅正气,与她娇弱的外表极度不符,"最令儿臣难以接受的是,母后明明知道医者父母心,却胁迫医者以医术害人,不只造孽,也伤了杏林风骨,令儿臣齿冷。"

周皇后眼中划过一道阴雷,沉声喝道:"你是本宫的女儿,怎能对本宫说出'齿冷'两个字,岂不忤逆!"

朱毓媞面容悲戚:"人人向往天家富贵,却不知天家亲情远不如寻常百姓,在宫里得时时恪守纲常,处处守着尊卑规矩,不能逾越,疏了家人情分,远了伦常之道。"

周皇后道:"难怪你父皇当日会一怒之下斥令你出宫,可见你当时没少讲刺心之言。"

朱毓媞眼中依稀浮现一汪清泪,她一向刚强坚毅,从不轻易在人前落泪,于是缓缓别过脸庞,凛然道:"如果耿直敢言是忤逆,那么谄诒面谀便是孝顺?儿臣要母后存天理、灭人欲是忤逆,难道冷眼旁观、放纵母后屡屡犯错以致积重难返便是孝顺吗?母后此刻

239

想必是气糊涂了,如此孝逆不分,善恶不辨。儿臣此时多说无益,望母后冷静下来后,仔细思索儿臣的话。"说罢起身告退。

敞开宫门的那一瞬,夜寒猝不及防袭上朱毓媞的身体,仿佛在她荒芜的心里落下一阵冷雨,饱满的泪珠随着她跨出宫门的那一步缓缓落下,洇入素云缎外裳上。

一件香色百合云纹锦缎大氅罩了上来,朱毓媞隔着流殇月光望去,是一脸焦灼不安的绿萍。

"奴婢担心您,所以一直站在外头候着您。您的脸怎么又发疹子了?里头究竟发生什么事了?"

"没事。"朱毓媞轻轻挽着她的胳膊,走入明亮摇曳的绢红宫灯光影中,仿佛很倦似的,声音细如游丝,"回去准备一桶冷水,我要泡冷水。"

"什么?这种天气您要泡冷水!奴婢没听错吧?"

"没错,快去准备,我自有打算。"

第六十七章

薛涛笺上漫题诗

朱毓媞足足泡了半个时辰的冷水，起身后又没有立即拭干水珠，而是命绿萍半敞窗牖，让微凉的夜风从窗隙透入。因此，她当晚便得了风寒，卧床不起。她一向极少生病，这一病连着好些日子都没有好转的迹象，人也迅速憔悴下去。陆陆续续有妃嫔皇子过来问候。周皇后虽然恼她忤逆，但目睹她病得身心憔悴，也终究不忍，日日携补品过来探视。

绿萍总算明白她让自己生病的用意了——这病是做给周皇后看的。顾培生对周皇后说："公主是心气郁结，积聚不畅，导致体质孱弱，才会感染时气。"他说得婉转，周皇后却听出他说公主的病是因自己而起，脸色遽然转白，当下也不好发作。

周皇后离去后，朱毓媞才道："唯有让母后对我心怀愧疚，才会反省自身过错。如此，陈太医才有保命的机会。"

绿萍煨好了汤药，一勺一勺送入她口中："公主睿智，皇后娘娘看您的眼神，充满着愧疚不舍呢！"

朱毓媞无声无息地笑了。

崇祯皇帝百忙之中抽空探视了她一晌，朱毓媞便趁机向他举荐太医顾培生。于是，陈太医告老还乡后，顾培生便升为太医院使。他对朱毓媞感念在心，一日午后过来请脉，对朱毓媞道："公主殿下对微臣有知遇之恩，无论殿下有什么差遣，微臣定会肝脑涂地，在所不辞。"

朱毓媞当时对这句话只是一笑置之，没有放在心上。她从来没想过，将来真的有一日，顾培生会成为她紧紧握在手中的一根救命稻草。

周世显听见她生病的消息，急得茶饭不思，他以外臣的身份进出内廷御花园已是破例，他是断断不能踏足坤宁宫的。周世显心忖朱毓媞缠绵病榻，不见春光，于是每日托人

送时鲜花卉到朱毓媞寝宫中；又念及她醉心诗词，故在每一束花卉旁附上一张薛涛笺，上面题写了与花束相关的诗句。

第一日送了一束绯红色的桃花，题诗云："欲雨红花含晓露，乍晴紫陌笑春风。"

绿萍将桃花插在一只景德镇窑青白釉刻花梅瓶里，捧到床旁的金丝楠木桌上让朱毓媞近观，笑道："若论体贴入微，没人及得上世显公子了。这是怕您待在屋里闷坏了，特意送花题诗为您解乏呢！"

朱毓媞看了诗笺一眼，不置一词，沉沉一叹，随手搁在炕几上，蒙被睡了。

第二日送了一束皎洁芬芳的杏花。

笺上红字写道："云淡枝头春意闹，风清墙外百花红。"朱毓媞搁下薛涛笺，眉黛轻蹙："世显哥哥平日公务繁忙，回到家后也不好好歇息，尽想着题诗哄我欢喜，真是傻瓜一个。"

绿萍道："世显公子对您的情意，奴婢看在眼里，感动在心里。"

朱毓媞低声道："可是毓芙她……"她心乱如麻，饮了汤药后，沉沉睡了。

第三日送了一束大红色的芍药，题诗云："扬州皓月红栏畔，玉阙惠风暮烟中。"

这一行鸳鸯小字，分明是他情意绵绵、欲诉难尽的心。朱毓媞想起朱毓芙那日的衷情泪诉，心头一紧，对送花进来的小宫女道："你转告他，别费心在这些事上了，待我病好了，自会去见他。"

周世显得到这一句，心中莫名失落，不知为何，总觉得她有意疏远自己，扯着小宫女急急问道："公主身子怎么样了？气色看起来还好吗？"

他在人前的形象一向都是"谦谦君子，温润如玉"，很少如此急躁。小宫女被他扯着胳膊，脸上一红。

周世显方才意识到不妥，脸上一红，口齿忽然不灵了："对不住，我……我不是故意的，我只是担心公主殿下的身子……"

小宫女见他讷讷的样子，心下好笑："公主殿下憔悴很多，整个人都瘦了一圈，每日的饭菜只用了几口就不吃了。"

周世显一听，心急如焚，站也站不住，像踩着风火轮似的飞奔求见崇祯皇帝，险些落了个"殿前失仪"之罪。周世显求皇帝让他到朱毓媞的寝宫外远远地看她一眼，并保证绝不踏入公主闺中，以免有损公主清誉。

崇祯皇帝早就将他视为乘龙快婿，何况又不是什么为难之事，当下一口允了，吩咐王承恩带他到坤宁宫。

彼时方下过一场春雨，一地杏花零落，雨后斜阳依依，阳光从枝叶的缝隙间百转千回地投射在六棱花长扇窗格上，使窗扇蒙上了疏淡的金辉丽影。

廊下雕栏玉砌，周世显凝立不动的身影仿佛融入了脉脉暮霭中。他没有太靠近，也没有吱声,只是默默地看着重重纱幔后那一抹临风弱柳般的清瘦背影,眼中有着小溪一般潺潺流动的清澈情意。

内殿静悄悄的,仿佛能清晰地听见朱毓媞沉睡的呼吸声。

须臾,却是绿萍转身看见他,讶然大叫:"世显公子!"

她的喊声登时惊动了朱毓媞,锦被中的她翻了个身,面孔朝外,含糊道:"绿萍,你说是谁来了?"

绿萍揉揉双眼,定睛看了一晌,不敢置信地道:"是……是世显公子!"浑然无视周世显急得将手指抵在唇上要她安静的手势,乐滋滋地奔到床边。

朱毓媞讶然道:"胡说,世显哥哥怎么会出现在这里?"

绿萍将湖色纱幔用垂银丝钩钩上,扶着朱毓媞起身,笑吟吟地道:"奴婢起先还以为自己看错了,结果真的是世显公子啊! 旁边还跟着王公公。"

朱毓媞往窗外望去,不敢置信地轻声喊道:"世显哥哥?"

红艳艳的芍药开得正盛,衬得她容光黯淡,宛如一地零落成尘的杏花。

周世显心头一恸,眼圈儿不觉湿润了,急急向前迈了一步,想将她的容貌看个仔细。他唏嘘道:"媞儿,看你这样子,我真的好难受。"

朱毓媞目光中有一霎的波动,但很快恢复了平静,懒洋洋地道:"我乏得很,世显哥哥,你请回。"

周世显道:"你好好保重身子,等你好了,我带你到郊外踏青。你还记得陌上春游的约定吗?"

"记得。"朱毓媞伸出细竹般的手缓缓拉上纱幔,声音中透出沉沉的疲倦,"我有事要告诉你,就趁陌上春游的时候说吧。"

周世显眷眷地道:"好,你歇息吧! 我等你。"

朱毓媞重新躺下,转过身体。悠悠如涟漪的纱幔内,她的背影似沉落湖心的石头,寂然不动。

周世显纵然不舍,也只能随王承恩离开,每走三步,便回头深情一望。忽然,一人闪身挡在前方,酸溜溜地道:"世显哥哥真是用心,为我姊姊着想,怕伤了她的清誉,刻意让王公公陪在一旁,又忍心枯站廊下。"

周世显懒得和她闲磕牙:"你姊姊病了,你要帮忙照看她。"

朱毓芙哼了一声:"世显哥哥先是题诗送花,后又约定陌上春游,真是令人心动。"她停了一晌,目中的幽怨磷火隐隐蹿动,"可是你知道吗? 无论你付出多少情意,都是不值得的。"

周世显眼皮一跳,这句话又勾起了他患得患失的心:"什么意思?"

朱毓芙抿嘴一笑,神神秘秘地道:"我说了你一定不信,我自会将证据拿给你看,好教你死了这条心。"语毕施施然去了。

第六十八章

计盗

　　紫兰君连盗户部太仓库、工部节慎库后,京师各地随处可见身着飞鱼服、腰佩绣春刀的锦衣卫校卫,尖帽白靴系小绦的东厂番子,五城兵马司和京营中的兵士,顺天府巡检司差役。京营派重兵守卫各个城门,对出入人士严格盘问搜查,京师其余各库皆是三步一岗,五步一哨,把守得滴水不漏。

　　袁紫清将前几日所盗的白银分成两半,一半作为日用花销,一半收入铜箱。

　　魏怜虽然伤心失子,到底年轻,加上胎儿月龄尚短,哭个几日后就稍稍释然了。萧采莞每回端药进来后都会劝她保重身体,魏怜自忖若一味伤心下去也于事无补,且对自己身体无益,仔细调养后还是能再次怀胎生子。

　　为了不让魏怜触景生情,缝到一半的婴儿肚兜、绣针彩线都被萧采莞收了起来,原本盖在她身上绣着多子多福吉祥花纹的锦被也换成了交颈鸳鸯戏水的样式,所有与子嗣相关的物品全都消失不见,仿佛魏怜的孩子从未来过她腹中。

　　纵然房里没有丝毫孩子的痕迹,魏怜仍不时想起失去孩子的痛楚,只是她已不会似先前那样激动得泪流不止了。

　　她看着袁紫清将铜箱层层上锁,又移开花梨木罗汉床底下的一块石板,将铜箱放入地下夹层中。

　　魏怜此时精神颇好,道:"下次作案是什么时候?"

　　问这一句时,她的眸心有一泓深深的忧虑,虽然每回袁紫清总让她放心,但袁紫清哪一回去的不是龙潭虎穴?她如何能真的放心!

　　袁紫清盗户部太仓库那一夜,她发了梦魇,醒来后不见袁紫清守在身旁,急得一骨碌摔到床下。伏在案上打盹的萧采莞听到动静,一边安抚她的情绪,一边告诉她袁紫清作案去了。

那一刻魏怜才知道，流产固然伤心，但若袁紫清遇难，更让她绝望欲死。

那夜她张大了双眼，静静地看着门口，眼睛布满血丝，分明眼皮沉重，几欲合上，但她始终强撑着，就是不肯休息，无论萧采莞怎么劝都不听。她只道："紫清一刻不回来，我就一刻睡不着。每回他去作案，我都是这样的。"

萧采莞无奈，只能帮她裹上棉被，防她着凉。

魏怜紧紧抓着萧采莞的手臂，不断问道："紫清会平安的，对不对？"

不只魏怜担心，萧采莞同样也是心如火焚，只是她还要照顾魏怜，故不能显露于色，让魏怜更加烦恼。

终于等到袁紫清出现在门口，魏怜紧绷至极的心弦立即松懈下来，扑到袁紫清怀中抽抽噎噎哭了起来，仿佛再也见不到他似的。

"又哭了，女人的眼泪可真多！"袁紫清心中瞬间浮现出这个念头。

萧采莞看着二人抱在一起，心中微微酸楚，默默掩门退出。

第二夜袁紫清盗工部节慎库，魏怜一样目不交睫地盯着门口，一颗心如烈火烹沸水滚。到了这一刻，失子之痛已烟消云散，孩子可以再怀，袁紫清却只有一个。

袁紫清将石板移回原位，看上去毫无异状，又在上方放置了一只书箧，这才缓缓开口回答："一个时辰前，我在太仆寺衙门门上用十字镖钉了一张松花笺和一朵紫玉兰，松花笺上面写着'子时整开库取金'。我估量京城里所有的兵力都集中在太仆寺衙门了。"

魏怜急得冷汗涔涔："你要盗太仆寺常盈库，安安静静动手便是，何必事前告知？原本各银库已把守森严，你此刻弄出这一桩，不正是引火烧身吗？不行，你不能去，我不许你去。"

袁紫清连盗两库，心情甚好，坐在床边笑了笑："此刻各银库至少驻守了三百名锦衣卫，将库房围得密如铁桶，傻瓜才会挑这个时机作案呢！"

魏怜奇道："那你怎么还放消息，说你要在子时整盗银库？"

袁紫清狡黠一笑："没错，我是要在子时整盗常盈库，可我又没有明说要在哪一天盗，明天、后天，或是半个月后都行，只要是子时整，我都不算欺骗他们。"

魏怜一怔，忍不住"扑哧"一笑："你这是要耍他们啊！"

"我就是要耍他们！"袁紫清兴致勃勃地说道，"我方才出门时悄悄探了一下六部衙门的兵力部署。你猜怎么着？大白天人人明火执仗，纹丝不动，风声鹤唳，草木皆兵。我在一旁看了都觉得有趣。这么多人站着不动，只为了等我出现，且最近时常飘雨，站着淋雨吹风的滋味可不好受，他们心里想必是恨死我了。"

魏怜道："正因如此，我才更加担心你。若是你一个不小心，让锦衣卫擒了去，进了那令人闻风丧胆的诏狱……"

袁紫清眼神藏不住轻蔑："我都不怕，你怕什么！再说，眼下各银库把守严实，我纵然

245

不把朝廷鹰犬放在眼里,却也是寡不敌众,毫无胜算,没必要飞蛾扑火。倒是可以趁人人把注意力集中在常盈库时,去高官贵戚的家里盗些金银珠宝。"

魏怜奇道:"高官贵戚?听你的口吻,似乎有确定目标了?"

袁紫清道:"不错,那就是外戚之首,嘉定伯周奎。"

魏怜惊呼:"周奎!那是当今天子的岳丈啊!"

"正是。"袁紫清缓缓地道,"大明国库空虚,其实勋臣贵戚们个个富可敌国。他们擅于聚富敛财,每当皇帝下旨征饷时,一个个却哭丧着脸装穷。有人装模作样把家里的锅碗瓢盆拿到集市出售,还有人在自家宅门上贴出'此房急售'的告示,真是无耻!我已连续两夜潜伏在周奎家中的屋梁上了。周奎每晚睡前习惯把装有金条的匣子拿出来,把玩每一根金条后,才能安心上床入睡。金条对他来说跟命根子似的,只恨不得抱着睡觉!我的目标就是那一匣金条,我估量着至少也有三千两。"

魏怜笑道:"你这招真是高明,先是将官府的注意力转移到常盈库,又出其不意盗了周奎的宝贝金条。周奎此刻恐怕怎么也想不到你的最终目标是他吧!"

袁紫清凝视着她,怅惜道:"我今晚子时把金条弄到手后,再帮你买些润色养颜的补品,像是燕窝、珍珠粉之类。你看你容色萎黄,身子都见骨了,以前的你很美的。"

魏怜听到最后,几乎快掉下泪来。她垂下蛾首,反手抚着脸颊,即使不照镜子,也晓得自己肤色蜡黄,红消翠减,幽幽地道:"我知道我此刻是变难看了,你这是嫌弃我了吗?"

袁紫清顿时想起第一次看见她的样子,眉不画而含黛,唇不点而露绛,肌肤若冰雪,绰约如处子:"虽然没有以前美,但仍是不可多得的绝色风姿。"

魏怜目光微凉,仿佛披了层秋霜,脱口道:"倘若我是无盐之貌,是不是你就不会理睬我了?"

袁紫清一呆,仿佛没料到她会问这一句,微微一笑:"胡思乱想什么。我让采莞把炖好的血燕窝端进来,你喝完后赶紧歇息,知道吗?"

"知道吗"三个字露出无限亲昵之意,魏怜心绪稍稍回暖,见他转身便走,连忙道:"你要出门吗?"

袁紫清兴致勃勃,道:"最近云英馆都在谈论我,我要去听听。"

魏怜起身将一袭月牙白绣竹兰菊石纹对襟长袍罩在他身上,见他用纱巾覆面,奇道:"你去云英馆,为何还要蒙面?"

袁紫清道:"春天到了,风中常有花粉柳絮,一不小心吸了进去可是够呛的。"

魏怜正要说一句"你万事小心",袁紫清已一阵风似的不见了。

第六十九章

馆中相逢不相识

萧采莞端着燕窝进来，见了她失魂落魄的样子，忍不住轻轻一叹。

魏怜幽幽地道："采莞，你告诉我，紫清他究竟是爱惜我这个人，还是爱惜我的容貌？"

这阵子魏怜心事极重，时常患得患失、自怜自艾，萧采莞哪敢如实回答。萧采莞小心翼翼地道："您和公子在一起三年多了，公子对您是有感情的，您要相信这一点。"

魏怜道："人非草木，相处久了，毕竟会有几许真心。许是我太贪心了，奢望他将全部的真心都放在我身上。"

萧采莞却不像她得失心那么重，从一开始她就清楚袁紫清高不可攀，因此存了高山仰止的心思，即便他与魏怜如胶似漆、缠绵悱恻，也只是心酸而已。

魏怜就着她的手饮着血燕窝，蹙眉道："好苦。"

萧采莞讶然："燕窝怎么会苦呢？何况我知道您嗜甜，已经掺了好多红糖进去了。"

魏怜忧伤不已，喃喃地道："原来心境是苦涩的，不管尝什么，都是苦涩的。"

因名动天下的紫兰君连盗户部太仓、工部节慎二库，云英馆的话头全集中在紫兰君身上。

袁紫清依然拣了角落靠窗的位子，点了一坛姑苏三白，背对着众人自斟自饮。

忽听身后一个清脆的少女声音道："公子可否行个方便，让我搭个桌？"

袁紫清头也不回："不愿意。"

那少女微微一愣，又道："可是里面没有位子了——"

袁紫清冷冷地打断了她的话："关我什么事！"

少女蹙了蹙眉头，心想此人不近人情，倒也不必勉强。幸好邻桌的人古道热肠，见她是个娇弱女子，便挪出一个空位给她。

少女道了一声"多谢",坐在邻桌,与袁紫清背对而坐。

她侧头睨了袁紫清一眼,熙熙攘攘之间,仿佛他坐着的那一角是遗世独立、不染尘嚣的。他拿着酒坛自斟自饮的样子,一瞬间勾起了她的记忆——簌簌落花下,那人饮着松花酿,一身紫衣翩翩,纤尘不惊,冷不防冲过来夺走了自己的初吻。

"行走江湖,没听过紫兰君,当真是白混了——"

一声击钹似的嗓音盖过嘈嘈切切之声,少女的心思很快就被吸引了过去。她眉心一动,心道紫兰君是谁。

跟着众人七嘴八舌附和起来:"紫兰君爱穿紫衣,剑术、暗器、轻功均是一流,每回作案后都会在现场留下一朵紫玉兰。只要是江湖中人,谁不知道这号人物啊?"

"不过从来没有人看到过紫兰君的真面目。他到底是男是女?说不定是个娘儿们。"

"我确定他是男的。"

此言一出,众人目光齐刷刷地望向那人。

"这位小兄弟看过他的脸?"

那人是个十五岁左右的少年,操着湖广口音,见自己瞬间成为焦点,登时紧张了起来,嗫嚅道:"倒……倒也不是……"

"快说快说!别吞吞吐吐了,进了云英馆,有什么话不能说的!"

"那时小人流落街头,饥寒交迫,忽然来了一人,一身紫衣,头戴帷帽,默默地递了一些吃食和银两给小人。小人感激涕零,问他叫什么名字,日后好衔环相报。那人自称紫兰君,又告诉我,若无依无靠,不妨投靠闯王,总好过受官兵欺凌,横死街头。那声音分明是男子。"

袁紫清一听,顿时想起那一夜刚作完案,路上遇到一名少年,衣衫褴褛,浑身是伤,明显是逃出来的奴隶。见他瑟缩蜷曲、惊恐不安的样子,仿佛看见昔日的自己,一时心生恻隐,于是帮助了他。

那少年又道:"紫兰君是小人的恩公,小人一生没齿难忘,若能报答恩惠,死而无憾。"

"据说闯王拿出来赈济百姓的金银,一部分是攻城略地得来的,一部分是紫兰君劫来的。紫兰君要你投靠闯王,难道紫兰君是闯王麾下的将士吗?"

"大家听说过闯王麾下有这样一个武功奇高的将士吗?"

众人均摇了摇头,随后便有几人谈论起紫兰君,说他十字镖绝活神乎其技,轻功登峰造极,手中的宝剑更是难得一见的神物;又说紫兰君所向披靡,就连厂卫也难撄其锋。一时众人绘声绘影,几乎将紫兰君尊为天人。

少女听得神思怔怔,嘴边的茶盏微微偏斜,茶水洒在粉缎绣串枝花卉纹扎脚裤上。她身后的从人提醒道:"公……小姐,您的茶……"

少女回过神来,一时心若惊鸿,乍起还落,荡漾起浅浅涟漪。

紫衣、十字镖、轻功、紫玉兰,这些特征怎么跟那人极为相似?

直到她离开云英馆,都一直沉陷在混沌的思绪里,不能自拔。

她乘着车轿来到周府。周世显见了她,雀跃喊道:"媞儿。"

朱毓媞道:"我稍早来时阿奇说你还在贪睡,所以我先去云英馆坐了一会儿。"

周世显看了她身后垂手肃立的冯玄墨一眼:"难怪冯指挥使穿着一般装束。皇上规定,进入云英馆的厂卫不可着官服,以免生事。你戴了面纱,也是为了不让人认出你的身份吗?"

朱毓媞除下面纱,道:"上回发米济贫,不少百姓都认得我,我戴面纱也是图个方便。"

周世显"嗯"了一声,又道:"阿奇也真是的,怎么不唤醒我,回头我赏他一顿排头。"

朱毓媞道:"是我不让他吵醒你的,你看你眼圈儿都熬黑了。"

周世显道:"因为我担心你的身子。看你今日精神很好,我就放心了。下回遇到顾太医,我可要好好答谢他,谢谢他还我一个健康的媞儿。"

朱毓媞道:"你今日休沐,正好晴光万里,春风和煦。我跟父皇说我要出城,父皇说我病了好些日子,出去跑马晒晒阳光也好。"

周世显喜滋滋地道:"陌上春游、马蹄踏香,我日夜盼着这一日呢!媞儿,你都不晓得我昨晚兴奋得睡不着觉,所以今日才贪睡了!"

朱毓媞目光微微沉敛,似隐入云霄之中的月光,低声道:"正好我有些话要对你说,一日不说,我心里一日不安。"

周世显兴致勃勃,丝毫没察觉到她的异样:"走,到马厩去。冯指挥使也过来挑一匹马吧。"

第七十章

望帝春心托杜鹃

彼时正是百花初绽、蝶飞蜂舞的时节,春光如一袭薄纱迤逦铺开,笼罩在花妍柳翠的大地上。

西山为太行山北端余脉,峰峦绵延,如腾蛟起蟒,从西方拱卫着京师,因此又有"神京右臂"之称。

林海苍茫、烟光岚影、层峦叠翠、鸣泉飞瀑……待在皇宫久了,乍到郊外,颇有耳目一新之感。

宫里的花木都由工匠巧手修剪,虽然形状雅致,不免失了自然纯朴,郊外的草木有着无限蓬勃的自由气息,随风飒飒作响,仿佛哼着一支欢歌。

周世显原本想教她骑马,哪知她心事重重,没有当日在周府暖阁里的兴奋期待。于是周世显只能让她坐在马背上,自己拉着缰绳,漫步在草地上。

凉风习习,吹得冰绡暖云时卷时舒,一轮毛日忽隐忽现,天光明晦不定。

周世显抬头看了她一眼,殷切道:"你冷吗? 穿得可够吗?"

这就是世显哥哥! 从来都只为别人着想,从来都这般温柔细心。

朱毓媞低声道:"从小到大,只要天凉了,你就会问我是否咳嗽;天热了叮嘱我要吃降火温和的食材;变天时叮嘱我添衣减衫。无论晴雨寒暑,你都一心一意挂念着我,你要多为自己着想。"

周世显莞尔一笑:"你好我就好。我啊,这辈子的心愿就是希望你能无忧无虑地过日子,别再像之前拘在宫里那样愁眉不展了。"

朱毓媞敛眉不语。

周世显此刻心情甚佳,话声蕴满浓浓的笑意:"媞儿,你下来走走。郊外的草十分柔软,走在上面,就像走在云絮上似的。"

"好。"朱毓媞把手放在他的掌心上。他的手掌除了拇指和食指因长期握笔而起了硬茧,其他地方滑嫩得宛如轻绸软缎。

她回头看了冯玄墨一眼:"冯指挥使自个儿随意看看,我就在附近走走。"

冯玄墨道:"皇上的旨意是让微臣寸步不离地跟在公主殿下身后。微臣不敢违背圣意,还请公主殿下见谅。"

朱毓媞道:"父皇又不在这里,干吗这般拘束?冯指挥使辛劳了大半日,也该找机会松泛松泛了。"

冯玄墨仿佛木雕泥塑,恭敬不语。

周世显道:"算了,冯指挥使也是为了你的安危着想,别让人家为难。毕竟你是堂堂一朝公主,万一有什么闪失他可担待不起。"

朱毓媞低声道:"我也知道,只是有些话,我想私下跟你说,有外人在,我总觉得别扭。"

周世显奇道:"你那一日就说有话对我说,可见这话搁在你心头有一阵子了,究竟是什么话?"

朱毓媞指着前方:"你瞧前面有一座竹亭,旁边还开满了花,颇为清幽雅致,是个谈话的好地方。"

"好,我们去那里。"

于是他们并肩踏着芳草向竹亭走去。二人衣饰体面,贵气逼人,男的眉目清秀,女的容色姣好,不少路人频频注目,颇觉得二人像是一对璧人。

周世显忽道:"你想不想吃冰糖葫芦?"

"哪来的冰糖葫芦?"朱毓媞很是奇怪。

周世显笑着指向远处的一个担着冰糖葫芦的贩夫。

朱毓媞道:"世显哥哥好眼力,这么远也能瞧见。"

周世显道:"倒不是我好眼力。其实我早就想带你来西山跑马了,所以自己先来了几趟,看看有什么值得一观的景物。这位小哥每次都在山下贩卖冰糖葫芦,也卖一些小零嘴儿,每回我都会跟他买冰糖葫芦。闲聊几次,才知道他靠卖冰糖葫芦养家糊口呢!"他招手唤贩夫过来,付钱买了两串冰糖葫芦。

那贩夫笑道:"公子今日携佳人游山玩水,欣赏风景,真是好雅兴。其实才子佳人原本就是一道美丽的风景,小人便多送你们一些甜食,路上好尝个鲜。"

周世显笑道:"数日不见,竟养成一张猴儿嘴了。"

那贩夫笑道:"小人只是说实话。韶华儿女的无边春意远胜山川丽景。这不,许多人都频频回头看您俩吗?"

朱毓媞道:"哎呀,我听不下去了。"红着脸扭腰去了。

周世显快步追上,递了一串冰糖葫芦给她:"前些日子病着,一定有很多东西不能入喉,尝点甜的吧!"

朱毓媞目中浮起暖意,这样体贴入微的温柔男子,有着显赫的家世、风流的文采和清俊的外貌,的确能令世间女子怦然心动。然而也许是自幼熟稔透了,她对周世显并无男女之间那种盈盈娇羞、脉脉含情、若即若离、患得患失的情愫。

其实除了朱毓芙倾心周世显之外,她也知道不少王侯千金一心仰慕着周世显,只是碍于自己是天家金枝、身份显赫的皇帝长女,才不得不割舍少女情思罢了。

二人并肩走到竹亭。周世显松开马缰,牵过了朱毓媞的手,任马随处吃草。

朱毓媞道:"你不系马吗?"

周世显笑道:"小乖很乖的,不会乱跑的。以后你多出来几趟,跟小乖熟稔之后就知道了。"

朱毓媞瞠目结舌:"这匹雄赳赳、气昂昂的骏马,你居然给它起了一个如此小家子气的名字?"

周世显腼腆一笑,脸颊浮起浅浅的酒窝:"你觉得这名字不好,要不然你帮它改个名字好了。"

朱毓媞道:"不了不了,那是你的马儿,小乖就小乖吧,叫起来挺顺口的。"

亭子旁的杜鹃花开得正盛,艳红欲燃,微风拂过花瓣,如腾起一朵朵火焰,灼灼耀眼。间或一声声鸟啼滴溜婉转,越发衬得四野清幽宁谧。

周世显笑道:"好鸟晴相语,杜鹃红欲燃。确实是个消遣的好所在。"但见她只是捻着冰糖葫芦不吃,奇道:"从前在宫里,你不是很爱吃甜食吗?今日怎么不吃了?"

朱毓媞道:"其实自懂事以来,我已经渐渐不太爱吃甜食了,只是拘在宫里心里头苦,所以才要吃甜食弥补。"

周世显柔声道:"幸好皇上同意让你自由进出皇宫。以后只要休沐,我都会带你四处走走。我知道你钟情山水,特地做了不少功课,只是……"他轻轻一叹,颇有些歉意,"只是目下兵荒马乱,为了你的安危,我们不便离京师太远。"

朱毓媞低声道:"我哪里值得你如此用心良苦?"

"只要你能在我身边,即使你什么都不做,什么都不说,我也觉得快乐满足。"周世显顺手摘了一朵杜鹃花,簪在她的云髻上,笑道,"回看桃李都无色,映得芙蓉不是花。我和白居易一样,都喜欢杜鹃花。杜鹃花象征喜悦、如意、幸福、美好,我希望你永远都能像杜鹃花那样。"

朱毓媞摘下云髻上的杜鹃花,捻在手里把玩,缓缓地道:"我与你正好相反,我觉得杜鹃是凄美哀伤的花。锦瑟无端五十弦,一弦一柱思华年。庄生晓梦迷蝴蝶,望帝春心托杜鹃。相传,杜宇称帝于蜀,号曰望帝。当时蜀国洪患肆虐,某一日来了一个名叫鳖灵的人,声称自己擅长治水。于是望帝杜宇聘他为相,让他去治水。鳖灵有一未婚妻朱氏,在山里与望帝杜宇邂逅。合该是天缘,望帝杜宇对她一见钟情。望帝不知她是鳖灵的未婚妻,将她纳为王妃。而朱氏既不晓得鳖灵成为蜀相,也不敢违背望帝杜宇的圣意,始终没有表明自己已有未婚夫。两人相处久了,产生了感情,朱氏渐渐把鳖灵淡忘了,和望帝杜宇过着平安喜乐的日子。

"鳖灵治水回宫,与朱氏在庆功宴上重逢。朱氏乍见鳖灵,突然忆及昔日种种,一时情动。当夜鳖灵醉后留宿宫中,朱氏悄悄去找鳖灵,二人相拥而泣。这一幕恰被望帝杜宇看见了。直到此刻,望帝杜宇才知道朱氏是鳖灵的未婚妻,觉得自己夺人所爱,心中又是悲伤又是愧疚。他当夜便起草诏书,将王位禅让给治水有功的鳖灵,退而隐居西山。

"只是望帝杜宇虽然避世绝俗,却一心记挂着黎民百姓,也放不下对朱氏的感情,不久后便郁郁而终。他的灵魂化为杜鹃鸟,飞往日思夜念的蜀国。夜里见朱氏凭栏望月,于是便啼叫:'归来了,归来了。'断肠声里忆平生,仿佛悔恨当初舍爱而去的决定。最后啼到溅血,鲜血染在花上,那花就是杜鹃花。"

她娓娓说到这里,轻轻一叹:"你瞧这朵杜鹃花殷红如血,像不像望帝杜宇的化身?此情可待成追忆,只是当时已惘然。杜鹃花,对我来说就是美丽的惘然。"说完随手一扬,那朵杜鹃花在风中打了个转,最后轻飘飘落在地上。

周世显歉然道:"是我不好,我浑忘了杜鹃花背后有这样一个感伤的故事,触动你的心绪了。"

朱毓媞淡淡一笑:"望帝的爱太无私了,成全了别人,最后痛苦了自己。不知望帝化为杜鹃鸟哀哀啼鸣时,是否心有悔恨?我若是望帝,必要问问朱氏的真心。倘若她朝三暮四,一会儿惦着鳖灵,一会儿惦着我,对我虚与委蛇,那我绝对会舍她而去,因为她不值得我真心相许。倘若她全心全意待我,那我是断断不会割舍这份感情的。哪怕飞蛾扑火,伤痕累累,我也会勇敢去爱,轰轰烈烈去爱,只有这样才不枉此生。"

周世显深深凝睇着她坚毅的双眼。他不曾看过这样的她,仿佛看不够似的,赤子般的目光有着缱绻的眷恋:"无论爱与恨,我希望我是那个人。"

朱毓媞眸光一分一分暗淡下去,语气亦是毫无生气的落寞:"我正要跟你说这个。"

周世显见了她的神色,感到即将有锥心之语从她口中而出,不觉屏息凝神,只听她悠悠道:"我一直很喜欢冰糖葫芦,即使我现在已经不太吃甜食,我仍是喜欢的,应该说没有女孩子不喜欢,那是一种很单纯、很直接的喜欢。可是终究只是喜欢而已,即使三五日没有尝到它,也不会觉得痛苦难受。"

周世显唇边凝着一抹凄苦的笑,看着她缓缓走出竹亭,投入漫山遍野的杜鹃花海中。良久,他涩涩地道:"所以,我是冰糖葫芦吗?"

朱毓媞转身,一束柔和的春光投射在她脸上,那神情分明极为不忍,嘴唇动了一动,

欲言又止。

　　周世显努力挤出欢快的笑容："你尽管说,我明白这些话放在你心上很久了,你一日不说出来,一日就不快活。别怕我受伤,你说便是了。"

第七十一章

冰魄蛇

"世显哥哥……"朱毓媞深深吸了一口气，欲将一腔酝酿已久的话语向他倾诉，忽然手背一阵剧痛，低头一看，竟被一条通体莹白的蛇狠狠咬住。

"啊——"她登时惊得魂飞魄散，手背上的蛇，分明是昔日曾攻击过自己、被冯玄墨一刀斩死的冰魄蛇！

"媞儿！"周世显如箭离弦般冲了过去，伸手扯去那条冰魄蛇，不暇多想，一边紧紧箍住她的手臂，防止毒血蔓延，一边在她手背伤口上用力吸吮着毒血。

"世显哥哥，你不要……不要……"朱毓媞面容惨白，心中扬起一阵惊涛骇浪。她想把他推开，但手臂一阵阵麻木剧痛，一丝力气也使不上来。

见此情形，她一颗心不由得凉了半截。刹那间，她脑海涌现出许多往事：与周世显初遇御花园，拈花轻笑；周世显握着自己的手挥毫作画；元宵节猜谜游街的天真愉悦；被掳去江南的惊心动魄；之后邂逅袁紫清，袁紫清吻着自己的唇瓣……

生命中两个最重要的男人辗转出现在心上，一个是从小到大对自己用情至深、处处关照的温润男子；一个是萍水相逢、脾气乖戾却又让自己念念不忘的他。那还未对周世显说出口的话，还未再见到袁紫清一面的遗憾，难道真的就这样过去了吗？

周世显一口一口将黑血吐出。

冯玄墨听到惊呼声后赶了过来，到了亭中，见四周至少四条冰魄蛇"咝咝咝"地朝二人扑去。此时他距离尚远，无法及时援手，情急之下，不容多想，他将两指凑在唇上，"吁噜噜"地长哨一声。

奇怪的是，冰魄蛇似乎听得懂哨音，明显僵了一僵，哨音忽高忽低，忽缓忽急，冰魄蛇似欲前进，又有所迟疑，最后竟在原地徘徊打转，蔚为奇观。

冯玄墨趁机上前，刀光几闪，冰魄蛇登时全都身首异处。

这一幕落在朱毓媞眼里,她涣散模糊的意识泛起一丝疑虑——冯玄墨竟懂得驱蛇!

生死大劫之际不容她细想,见周世显一脸焦灼认真地吮吸着毒血,她的眼眶涌现出晶莹的泪意,心中的感动与愧疚几乎难以言喻。随着周世显吐出来的血逐渐呈现鲜红色,她手臂的麻木剧痛已渐渐消散。

冯玄墨猜知这里应是蛇窝,丝毫不敢大意,擎着绣春刀眼观六路,耳听八方。

他方才显露驱蛇的绝技,实是情势所逼。若让冰魄蛇将朱毓媞和周世显咬死,那自己的脑袋也要保不住了。此刻他的心头一丝一丝泛起凉意,见朱毓媞面色渐好,便将二人搀到亭子内。

他是习武之人,出门在外习惯携带伤药敷料,虽然不知道对付蛇毒有没有效,仍将一颗固气强身的药丸塞入朱毓媞口中,又在她手背上敷上药粉,最后才道了一声:"微臣冒犯了。"

周世显凝视着朱毓媞的脸,殷切道:"媞儿,你现在感觉怎样?"

朱毓媞虚弱地道:"我……我好多了,手也不痛了。"她缓过一口气,责备周世显道:"你方才那样子好危险,你不要命了吗?要是你嘴巴里有伤口,那不是闹着玩的!"

周世显道:"冰魄蛇剧毒无比,中者七步内必死,世上无蛇药足以与之抗衡,书上是这样记载的。但撰写这本书的作者,一定不知道竟有人肯冒着生命危险将毒血吸出。"

朱毓媞心中有着莫可名状的感动,瞳孔剧烈收缩,几欲落下泪来,怔怔地说不出话。人人都道周世显是个绝顶聪明的大才子,其实根本是个傻瓜!

冯玄墨忙道:"虽然毒血被吸出,但毒液毕竟侵入过体内,还是赶紧离开这里,回宫找太医诊个平安。"

他一说话,朱毓媞登时注意到他的存在,目光轻轻朝他一瞥,眉心一抹疑虑泯然于苍白颓唐的容色中。

回到坤宁宫,顾培生立即过来请脉,一番望闻问切,才道:"无恙,幸好周郎中及时为公主殿下吸出毒血,否则冰魄蛇毒性迅猛,能在弹指间让人毙命。只是公主殿下受了惊吓,怕夜里睡不安稳,微臣会为公主殿下开些安神药。"

朱毓媞道:"也是我太大意,没注意到那里是个蛇窝,才生出这起风波。"

顾培生道:"无论如何,公主殿下总算有惊无险,平安归来。微臣这是第一次遇到有人被冰魄蛇咬了之后还能活命。"

朱毓媞道:"顾太医对冰魄蛇十分了解吗?"

顾培生道:"据微臣所知,冰魄蛇毒性虽然剧烈,但性情极为温和,平常不会无端攻击人,甚至还十分怕人,人多嘈杂的地方根本不会有冰魄蛇的存在。公主殿下应该是无意间侵犯到它们的地盘,所以才会被攻击。"

朱毓媞心念一动,道:"你说冰魄蛇十分怕人?人多嘈杂的地方根本不会有冰魄蛇的存在?"

"是。"顾培生十分笃定,"实不相瞒,微臣幼年住在山上,舍后就是冰魄蛇的巢穴,因此微臣对冰魄蛇的习性十分了解。"

朱毓媞问:"你在山上住了多久?"

顾培生道:"回禀公主殿下,整整十年。"

"十年?"朱毓媞惊讶到无以复加,"你与剧毒之蛇为邻整整十年?"

顾培生道:"微臣说过了,那冰魄蛇极为温和,我不犯它,它也不犯我。"

朱毓媞心中疑窦丛生,挥手道:"知道了,你先下去吧!记住,这件事别声张,我不想让人担心。"

顾培生走后,朱毓媞放在袖子里的手涔涔发凉,蓦地吐出一句:"冯玄墨有问题!"

绿萍一头雾水:"公主殿下何意?"

"没什么。"朱毓媞心神一松,疲态立显,"我乏了,要去眠一眠。"

朱毓芙忽然闪了进来,铁青着脸道:"我都听到了,世显哥哥竟为你吸出毒血!他对你用情至深,竟连自己性命都不要了!"

朱毓媞疲倦至极,实在懒得与她争吵,淡淡地道:"你放心,世显哥哥无恙。"

朱毓芙眼中闪着雪白的泪花,呜咽道:"你说你对世显哥哥并非男女相悦之情,那你为什么还要与他陌上春游?还要让他冒死为你吸出毒血?你之前对我说的话,莫不是欺骗我的吧?"

朱毓媞道:"毓芙,你知道我的性子,我一向不喜欢骗人,我与他相约陌上春游,是……"她见朱毓芙狐疑的目光锐利如刀,刮起刺骨寒意,一口气登时噎在胸口,竟说不下去了。

疑心生暗鬼,有时候就算解释再多,不信者就是不信。

朱毓芙冷冷地道:"怎么?你继续说啊!还是你干脆大方地承认你自始至终都是个口是心非、表里不一的小人!"

绿萍忍不住道:"昭仁公主这样说话,未免太无礼了。"

朱毓芙横了她一眼,蓦地上前赏了她一记耳光,"啪"的一声,清脆响亮。

绿萍脸颊高高肿起,明显烙着红红的指印,想哭却不敢哭出声音。

朱毓芙道:"低三下四的奴婢敢这样与我说话!这巴掌教你长个记性,以后讲话得知道分寸!"

变故陡生,朱毓媞呆了一呆,随即大怒:"绿萍是我的人,你凭什么打她!"

朱毓芙道:"绿萍以下犯上,我这是替你教她规矩!"

朱毓媞气得浑身哆嗦,喝道:"滚出去!"

朱毓芙跺足道："出去便出去，你以为我稀罕待在你这里吗?"说着怒气冲冲去了。

绿萍捂着红肿的脸颊，怯生生地道："昭仁公主这样放肆，奴婢真为您感到不平。"

朱毓媞气得连说话都是有气无力："罢了罢了，她心眼就是这样，真要计较是没完没了的。"

绿萍道："您就是脾气太好，才由得她将咱们这里闹得沸反盈天。"

朱毓媞凝视着她的脸，歉然道："我没防到她会动手打人，疼不疼?"

绿萍怯怯地点了点头。

朱毓媞连忙唤人过来为绿萍抹药消肿。忙了半个时辰，吩咐绿萍下去歇息，这才拖着一身疲惫回到房中。

她和衣躺在床上，明明眼帘沉重，却是心事重重，一会儿想到冰魄蛇咬住自己手背的狠样，一会儿想到周世显深情款款的面容，一会儿又想到朱毓芙狐疑愤怒的眼神……流水般的画面一幕幕晃过脑海，令她耿耿难眠。

最后她想到了袁紫清，倘若没能见到他一面，就此撒手而去，那真是抱憾九泉。

她的记忆停留在京城衢道上的惊鸿一瞥，袁紫清在川流不息的人潮中默默前行。他的面貌没有太大的变化，只是眉宇间的稚气脱落了，多了一丝成熟沧桑，身子也更加挺拔了，如芝兰玉树，秀气逼人。

她起身到床下拉出珊瑚红漆箱笼，却发现箱笼似有被移动的痕迹，连忙唤了当值宫女问道："是不是有人动过我床下的箱笼?"

那宫女道："回禀公主殿下，白日奴婢曾进房打扫，不小心动到床下的珊瑚红漆箱笼，请公主殿下恕罪。"

朱毓媞松了一口气，道："没事了。"重新回到房中，摊开画像细细看了一晌，渐渐抵不住倦意，上床睡了。

第七十二章

嘉定伯周奎

这一觉果真如顾太医所说的睡得极不安稳,迷迷糊糊睡到一半,起来饮下煨好的安神汤,方始一觉到了天光。

岂料醒来后,坤宁宫的气氛莫名诡异,一问之下,才知道紫兰君昨夜盗了外公周奎的府邸。皇后稍早陛见皇上之后,就闹了头疼,妃嫔的定省都免去了。

她又问:"除了失却财物之外,嘉定伯府上可有人受伤?"

回应她的是坤宁宫的管事太监:"回禀公主殿下,嘉定伯府上并无人受伤。倒是嘉定伯一早醒来发现黄金失窃,当场晕了过去。眼下皇后娘娘已经拨了好几名御医过去诊治了。"

朱毓媞一听,长长吁了一口气,乘辇到了乾清宫,向崇祯皇帝禀明要出宫。

崇祯皇帝明显精神萎靡,一边饮着参汤,一边懒洋洋地道:"你既然要出宫,顺便去嘉定伯府上一趟。听说他气病了,皇后闹头疼,身子不便,你去看一看也好,算是替皇后尽了孝道。"

"儿臣正有此意。"

崇祯皇帝斜斜打量了她两眼,突然"哼"了一声,将梅花盏重重一放,道:"朕要朝臣勋戚们捐金助饷,个个消极推诿,死磨硬抗。朕曾传口谕给嘉定伯,让他慷慨解囊,捐银十万,来个抛砖引玉。他竟回复:'老臣没有钱。'最后勉强凑了一万两白银交差了事。朕说太少,嘉定伯竟老泪纵横地哭说没钱了!哼,合该去当戏子了!这不,紫兰君昨夜就在他房里盗走了黄金三千两。嘉定伯这下打了自己一巴掌,打得还真是响亮!真是活该!"越说越气,连带朱毓媞也嫌弃上了,挥手让她退下。

朱毓媞这才知道,一早周皇后必是在崇祯皇帝这里碰了个钉子,所以才犯了头疼。

前往周奎府邸时,朱毓媞一路沉思——紫衣、暗器、轻功、紫玉兰,每一条线索都与那人息息相关,且自从在街上看见袁紫清后,紫兰君就开始名扬京城了。

难道紫兰君就是袁紫清？心中起起落落就是这一个念头，不知不觉马车已到了位于皇城西大街的周奎府邸。

朱毓媞让冯玄墨候在花园的假山亭榭里，自己从侍女手中接过汤药瓷盅，便要步入周奎房里。

才走到门口，便听里头周奎一会儿怒骂紫兰君，一会儿心疼宝贝黄金，另一个老妇人的声音喁喁安慰，却也止不住他的脾气。

她轻轻叩了叩门，那老妇人道："进来。"

朱毓媞推门而入，见到床上的周奎，不觉一呆，新年的阖宫宴上曾见到周奎，那时他龙马精神，面色红润，看不出已年过半百，此刻他整个人病恹恹的，两鬓雪白如霜，仿佛去了半条命似的。

"外公，外婆。"

在房里照顾周奎的是周老夫人，也就是她的外婆。一见到朱毓媞，愣了一愣，喜道："老爷，是长平来了！"

周奎一心念着失窃的黄金，此刻已是六亲不认，长平来还是短平来都与他无关，只拥着红锦团丝薄被呜咽。

周老夫人又好气又好笑："长平你来了正好，帮我劝一劝你外公。我一把老骨头了，讲的话没人肯听了。"

"外婆言重了，孙儿想外公只是一时受了打击，过几日就会好转。"朱毓媞见周老夫人略有疲态，"这里有孙儿，外婆先去歇一会儿吧！"

周老夫人嗯了一声，起身离开。

朱毓媞搀着周奎起身，在他身后垫了蚕丝软枕，又拿着小银勺轻轻搅动着汤药，道："外公，喝药了。"

周奎寒着脸道："拿走，我不喝。"

朱毓媞一愣，随手将瓷盅搁在云龙纹小几上，肃容道："外公不喝药，孙儿也不会勉强。孙儿只想告诉外公，钱财乃身外之物，生不带来，死不带去。黄金三千两失了就失了，难道外公闹一顿脾气就能让它们长脚回来吗？为此损了心气，吃亏的不是别人，还是您自己。"

周奎脸上青一阵白一阵，显然十分气恼，颤巍巍地指着她道："你巴巴地赶来这里，就是为了冷嘲热讽吗？"

"不是。"朱毓媞摇了摇头，"孙儿心想，安慰的话您一定听了不少，要是有所帮助，那您也不会如此一蹶不振。富贵如白云苍狗，朝来暮散，若您心中执着于黄金三千两的得失，旁人劝得再多，也只是耳旁风，于事无补，不是吗？"

周奎像被抽了骨架，身子颓然滑倒，呆然不语。

朱毓媞又道："人人都不爱听道理,可是道理最是有用。人啊,有时候好话听多了,偶尔也该听点不一样的。"

周奎绷着脸,从袖子里捻出一朵紫玉兰,喃喃道："紫兰君,好算计! 把所有人的心思转移到常盈库上,却突然回过头来盗我的黄金,谁想得到!"

朱毓媞怔怔地看着那一朵紫玉兰,紫苞红焰,香泽淡雅,实在令人对紫兰君充满遐想,只听周奎道："昨夜他来的时候,我正好尿急起床,于是我看见了他——"

朱毓媞眼神一跳,插口道："您看见他的面目了?"

周奎道："不是,他戴着帷帽,垂着深紫色长纱,密密实实罩住整张脸,我怎么看得清他的容貌?"

朱毓媞心中庆幸,心想若是外公看到他的脸,只怕会招来杀身之祸。

周奎又道："我当时吓傻了,正要张口喊人,他立即掩住我的口,道:'我今日心情好,不想脏了我的手。你好好睡上一觉,黄金我拿走了。'然后他劈晕了我。我醒来后,黄金就不见了。"说着又开始呜咽不止。

朱毓媞蹙了蹙眉："外公别哭了,您能活着已算十分幸运了,这般哭哭啼啼济得了什么事?"

周奎根本听不进去,捶胸顿足,哭道："倘若我知道他是谁,非将他千刀万剐不可,那些黄金是我的命啊!"

朱毓媞长叹一声："孙儿讲什么您都听不进去,左右您还有精神捶胸大哭,您的身子应该并无大碍,那孙儿就告退了。"

才刚转身,忽听周奎咬牙切齿地道："紫兰君他……他掩我嘴巴的时候,我闻到他手上有银丹草的味道。可恨,这一丝浅浅的线索,根本证实不了他的身份,真是可恨啊可恨!"

银丹草! 朱毓媞脚步倏止,登时想起周世显曾在云英馆外遇到哮喘发作的袁紫清,并给袁紫清嗅了他随身携带的内里有银丹草的香囊。

紫衣、暗器、轻功、紫玉兰、银丹草,线索又多了一样,紫兰君当真是袁紫清?

分神片刻,周奎兀自号啕不止。朱毓媞又蹙了蹙眉,她实在看不惯一个大男人因失了钱财而痛哭,道："外公若一味计较得失,喝再多汤药,也是治不好心病的。"说完离开了周奎房中。

她脑海里一直徘徊着"紫兰君是否就是袁紫清"这个念头。冯玄墨见她神思恍惚,问道："公主接下来要去哪?"

朱毓媞一时茫然,下意识地道："紫兰君,紫清……"

冯玄墨愕然道："什么?"

朱毓媞这才如梦初醒,肃了肃容,道："去云英馆。"

第七十三章

袁崇焕诛毛文龙

彼时落日熔金,暮云四合,晚霞如一张美人浓妆艳抹的脸,娇慵无力,随时都会堕入黑甜的梦境里,迎来漫天月明星稀。

云英馆热闹喧嚣依旧,一眼望去,尚有零星虚席。靠窗角落坐着一人,身着月牙白长袍,背影清冷,朱毓媞登时认出他是当日不与自己搭桌之人。

朱毓媞心忖这人原来是常客,固定坐在那个位子。她细细打量了他的背影一眼,径自找空位去了。

云英馆的话题还是围着紫兰君打转,说紫兰君跟朝廷开了一个大玩笑,事先放出消息要劫太仆寺常盈库,弄得厂卫齐聚兵部衙门严阵以待,整个太仆寺内外火炬明亮如昼,人立如林。结果等了一夜,紫兰君根本没来,反而盗了国丈嘉定伯周奎的家。春寒料峭,夜寒露重,当夜又渐渐沥沥下了场凉雨,众厂卫动也不敢动,眼皮子眨也不敢眨,站着吹风沐雨,直到天明。

冯玄墨袖中握紧拳头,昨夜他也留守在太仆寺衙门,只不过他站在檐下避雨,比其他人要来得舒服些。

众人说说笑笑,十分融洽,忽然有个声音兴奋地道:"说不定紫兰君就在咱们之间,听咱们你一言我一语谈论他呢!"

众人一时鸦雀无声,左顾右盼。

坐在靠窗角落的袁紫清嘴角浮起一丝笑意,微微掀开面纱一角,将手中的酒一饮而尽。

朱毓媞忍不住道:"我说你们东看看西看看做什么,紫兰君的面目谁也没见过,就算他在咱们之间,难道还认得出来不成!"

众人见说话的是一个蒙着面纱的女子,嗓音清脆悦耳,绿云高绾,体态纤弱娉婷,想必容貌不俗。云英馆少有女子,当下便有几名口齿轻浮的年轻男子出言调笑。

朱毓媞冷冷地哼了一声,不予理会。

冯玄墨喝道:"仔细管好你们的舌头!"

那几人见朱毓媞带着扈从,知道讨不了好,只好怏怏作罢。

紫兰君的话题谈了一晌,渐渐失了兴头。云英馆一向是天南地北无所不谈,上至天皇老子,下至市井庶民,都能作为话头。也不知谁起了个头,话题竟扯到已故的蓟辽督师袁崇焕上了。

袁紫清乍听到这个名字,"当"的一声,酒杯落地。他顾不得捡拾,侧耳凝神倾听。

话题不过是袁崇焕在宁远大捷中力挫后金努尔哈赤的赫赫战绩,和己巳之变后,崇祯皇帝中了皇太极的反间计,下令将袁崇焕千刀万剐的旧事。在场登时有不少人泣下沾襟,感慨袁崇焕尽忠报国,最后却含冤而死,恨极崇祯皇帝刚愎多疑,残害忠良,自毁长城。

晶莹的泪液模糊了袁紫清的视野,月牙白长袍下的身体瑟瑟发抖,这些人的言语仿佛是锐利的刀,正凌迟着他千疮百孔的心。

他的声音含糊而哽咽,一滴泪珠滚落脸庞:"爹爹,你死得好惨。"

冷不防一人阴恻恻地道:"诸位以为袁崇焕是大英雄大豪杰,依在下拙见,袁崇焕通敌叛国,是个不折不扣的卑鄙小人!"

此言一出,馆内登时一片哗然。众人目光一齐向他望了过去。

说话的是一名中年汉子,操着辽东口音,一脸风刀霜刃,双目炯炯如炬,手上握着一柄单刀,一看就是混迹江湖多年的人士。

袁紫清拭干泪痕,冷冷地看着他,嘴唇动了一动,想问他何出此言,转念一想,也不用自己问询,馆内自会有人反驳他的话,当下沉默不语。

果然有人拍案起身,不以为然地道:"袁督师忠肝义胆,怎么会是通敌叛国的卑鄙小人! 这话可得说清楚讲明白了,否则任你这张嘴到处颠倒是非,让无知百姓听了去,袁督师一世清名还不被你玷污了!"

那中年汉子拱手道:"孰是孰非,真相为何,相信在场诸位都是深明大义之人,且听在下娓娓道来。"

众人听他谈吐有礼,怒气均消了大半。

那中年汉子朗声道:"千古奇冤,东江一毛;同室操戈,相煎何急。首先,在下认为袁崇焕擅杀平辽总兵毛文龙,根本就是自毁长城之举。毛帅当年有'海外长城'的美誉,辽东子民无人不晓。在下出生辽东,曾受惠于毛帅。毛帅被杀后,在下对袁崇焕做了诸多探查,因此有了以下的分析:

"当年林畔之战后,毛帅以皮岛作为根据地,招募因战火而流离失所的辽东难民,以

老弱者屯种,精壮者养兵,发展出一支海外劲旅。天启二年六月,朝廷正式任命毛帅为平辽总兵官,加衔左都督,御赐尚方宝剑,设军镇于皮岛,号'东江镇'。东江镇建立后,毛帅一面收容难民和散兵游勇,一面遣将四出,多次侵扰后金军。

"皮岛位于后金的后方,从地理位置上来说对于后金是有牵制作用的。毛帅不只派兵深入敌军腹地,还策反降金汉官,煽动辽民起义。当时毛帅率领的生力军无疑是后金的心腹大患。兵部曾言:'毛文龙的力量不足以消灭努尔哈赤,但牵制后金则绰绰有余。'工科给事中的评价更为具体:'东方自逆奴狂逞以来,唯一毛文龙孤撑海上,日从奴酋肘腋间撩动而牵制之。奴未出老巢则不时攻略,以阻其来;奴离窥关则乘机捣袭,以断其后。'天启皇帝也称赞道:'多方牵制,使奴狼狈而不敢两顾。'"

众人静静听着,一时都无异议。

他口气倏地一变,道:"毛帅屡屡收复失地,为国立下汗马功劳,又有牵制后金主力的作用,对我大明朝来说,实是大功臣。然而袁崇焕却给毛帅冠上十二条罪名,什么'全无战功,却报首功''刚愎撒泼,无人臣礼'……这些罪名大多是明军的通病,有些甚至微不足道,不能作为他擅自诛杀大将的理由,完全是'欲加之罪,何患无辞'。袁崇焕以崇祯皇帝御赐的尚方宝剑,不经任何请示,也不顾虑后果,就擅自把身为一品大臣的毛帅杀了,这在明朝史上是绝无仅有之事。毛帅当年早就预料到有杀身之祸,曾言:'诸臣独计除臣,不计除奴,将江山而快私愤,操戈矛于同室。'在虎狼环伺下,袁崇焕不调动一切军事力量去力抗外侮,却操戈于同室,居心叵测。在下以为,是袁崇焕误了毛帅,而非毛帅误国!

"后金曾多次对毛帅进行征讨招抚,软硬皆施,都起不了作用。皇太极杀不了毛帅,而袁崇焕却替他做到了,岂不是亲者痛仇者快?毛帅死后半年,就相继爆发了东江内乱和山东之乱,部将孔有德、耿仲明因此投降后金,转而成为攻伐明朝的一柄利刃。临敌斩帅是兵家大忌,于大局而言有弊无利。袁崇焕身为一方督帅,怎么不明白这个道理?擅杀毛帅,这是为渊驱鱼,为丛驱雀。毛帅被杀后,后金少了掣肘,直接导致了日后的己巳之变。

"袁崇焕擅杀毛文龙,就是自寻死路!诸位仔细想想,这次杀掉一个领兵数万的一品总兵官,下次还会做出什么事情来?谋逆?想必这个念头在崇祯皇帝的心里已经转过无数次了。在下认为,崇祯皇帝眼里是揉不进沙子的,袁崇焕擅杀毛帅,在崇祯皇帝心中种下一根疑忌的芒刺。第一,袁崇焕杀毛帅之前并无上奏天子,显然没有把天子放在眼里;第二,辽东战局因毛文龙的死而陷入死局,这让崇祯皇帝备受煎熬。

"而且袁崇焕未能兑现'五年平辽'的诺言,辜负了崇祯皇帝恩赐的'便宜行事'之权。在己巳之变中,不仅勤王救驾姗姗来迟,来了之后又不与后金军激战,只是一味强调自己兵困马乏,消极避战。难怪京城百姓一直在传袁崇焕与后金勾结,是个大汉奸!袁崇焕的确形迹可疑。他和毛帅素无冤仇,为什么要冒天下之大不韪把毛帅杀了?听说他在天启年间就与后金私下往来不断,是不是有什么密谋?己巳之变中,各路明军都伤亡惨重,只有他部下军队几无损伤。正要他勠力杀敌之时,他却一再消极避战。崇祯皇帝素来多疑,就算皇太极不从中挑拨,也必定会怀疑袁崇焕与后金暗通款曲。袁崇焕杀毛帅时,曾立下誓言:'臣五年内不能平辽,求皇上以诛文龙者诛杀臣。'平辽计划尚未开始,就先同室操戈,果然一语成谶,所以日后袁崇焕才会死得这么惨!"

他目光如电,逡巡在众人脸上,道:"在下方才之言,诸位有何异议?如无,在下要继续说了。"

众人鸦雀无声,显然对他的剖析无从辩驳。

他又道:"在下以为袁崇焕攘臂纵谈天下事,皆大言不惭,而终日梦梦,堕幕士云雾中,而不知其着魅为魇也。五年灭寇,寇不能灭,而自灭之矣。

"第一,袁崇焕曾说:'予我军马钱谷,我一人足守此。'天启二年,袁崇焕以一名县令的身份被破格提拔至兵部任职。他某一日去关外巡视,回来后说了这么一句话。《孙子兵法》有云:'兵者,国之大事,死生之地,存亡之道,不可不察也。'袁崇焕一介文官,毫无治军经验,仅到关外走马看花晃悠了一圈,就敢下此豪言壮语,未免太过轻率。

"第二,袁崇焕在与崇祯皇帝召对时,曾夸下海口:'倘若皇上能给臣便宜行事之权,五年则辽东外患可平,全辽可复!'明军和后金军实力悬殊,'平辽'几乎是不可能的,守得住就该偷笑了。然而袁崇焕不但说自己能'平辽',甚至还说只要五年,牛皮吹得天大。崇祯皇帝对他寄予厚望,因此给了他'便宜行事'之权。结果袁崇焕擅杀毛帅,使后金少了牵制而长驱直入,'平辽'未果,反而让后金顺顺利利地'平'到了北京。

"第三,袁崇焕杀毛帅时,对毛帅说了句谎话:'皇上赐我尚方宝剑正是为了杀你。'为了能够震慑住毛帅,让他死得心服口服,袁崇焕矫旨杀人,为人真是诸位所说的'忠肝义胆'吗?事实上,毛帅手上也有天启皇帝御赐的尚方宝剑,崇祯皇帝并没有收回,正是对毛帅有所倚重,绝无杀毛帅的意思。袁崇焕此举犯了欺君之罪。当年崇祯皇帝问袁崇焕为什么擅杀毛文龙,他根本答不出个所以然。

"第四,袁崇焕曾说:'力为奋截,必不令越蓟西一步。'己巳之变中,后金长驱直入北京门户蓟门关,危及神京,众将纷纷率军勤王。袁崇焕作为前线御敌总指挥,结果却分散援军,在后金军身后不疾不徐地跟随,一路上根本没有与敌军交锋。不让援军阻敌,自己又消极避战,实在是匪夷所思。后金军大摇大摆越过蓟州,进入京畿禁地,袁崇焕直到此时仍不肯积极应战。这样的前敌主帅,难道没有通敌叛国的嫌疑吗?"

这汉子说完,云英馆中一片静默,谁也不知接下来是惊涛骇浪还是风平浪静。

蓦地,一个清冷的声音道:"以军力而言,若与后金野战,就算是明军最精锐的关宁铁骑,也不敢说占有上风。要想彻底击败皇太极,只能以北京为坚城,用大炮迎敌。所以袁

督师必须故意示弱,引诱皇太极前往北京,在北京一带反击。主守而后战,这是袁督师曾经对熊廷弼说过的话,你这厮懂什么!"

话音甫落,众人眼前倏忽一亮,一抹月牙白颀长人影如流星赶月似的晃至那中年汉子身前,伸手便要赏他一记耳光。

那中年汉子反应灵敏,翻起桌子,挡在身前,避开这一击,喝道:"云英馆的规矩你不懂吗?"

原来云英馆人多口杂,时常有人一言不合便大打出手。为了维护秩序,馆主规定若有人要动手,就到外面去解决,不得妨碍其他客人。

袁紫清气头上哪管那么多!

他出门没带凝血剑,是以此刻徒手和那中年汉子较量起来。那中年汉子见他赤手空拳,不愿占他便宜,也不拔刀,双方你来我往,在馆内飞奔游走,杯盏碟碗全都"哗啦啦"坠落一地。众人惊呼连连,四处躲避。

朱毓媞被冯玄墨扯到一旁,二人目不转睛观战,均是各怀心思。

朱毓媞呆呆地望着那蒙面男子,只觉得心跳似乎漏了一拍,时而跳得急促,时而跳得缓慢,失了往常的规律。那蒙面男子的轻功分明与袁紫清如出一辙,而蒙面男子那双寒星似的眼睛,也和记忆中的他、画中的他完全相似。虽然幼时与袁紫清短暂相处,可四年来日夜拿他作画,即使彼此各在天涯也算是相见无数了,那双熟悉的眼睛早已如鸿爪雪泥般清晰地烙印在脑海里!

是他!肯定是他!

兰
纳
采
桑
著

碧落人间情一诺

贰

浙江出版联合集团
浙江文艺出版社

目录

第七十四章

师弟斗师兄

袁紫清竟然就在身边,还与自己说过话,而自己竟完全不知晓!当真是一时迷糊了!那时就觉得他的背影在熙来攘往的人群中有着遗世独立的气息,这是袁紫清与生俱来的个人特质,怎么就没有格外留意?那时他和自己背对而坐,离得那么近,几乎可以感觉到风拂过他的袍角时漾起翩翩如蝶的波纹,还有他身上隐约有一缕薄薄的清香,此刻回想起来,似乎是银丹草的气息。

那么近的距离,却生生错过了!原来世上最遥远的距离,是你我近在咫尺,而我却恍然不知!

冯玄墨也是惊疑不定,这蒙面男子的身法和自己系出同门,眼前这人难道是袁紫清?

那中年汉子武功远逊于他,不出一盏茶工夫便落于下风,只是此人极为好强,见袁紫清武功精湛,越发不肯服输,铆足全力蛮打。

袁紫清冷笑一声:"你这点微末功夫,和我差得远呢!小心了,我要打你穴道了!"

这句话实在是不把对方放在眼里,袁紫清嫌对方功夫太差,所以事前提点,要他即刻防范。果然那中年汉子气得面色铁青。袁紫清话音方落,一根根竹筷子"咻咻咻"射了过去。

袁紫清笑道:"天突、梁门、气海、期门、合谷……"每讲一个穴位名称,就有一根筷子射在那汉子身上。虽然筷子无法致命,却也震得那汉子肌肉麻木,气血翻涌。

袁紫清倏忽又绕至他背后,一连道:"肩井、魂门、曲池、伏兔……"

筷子如影随形,急速射来,无论那汉子如何仓促闪避,筷子总是能射中袁紫清所说的每一个穴道。

那汉子手忙脚乱,好不狼狈,正要开口斥骂,蓦地一颗肉丸子飞了过来,正中他的嘴巴,登时将骂声硬生生吞了下去。

袁紫清冷冷地道:"赏你一颗肉丸子尝尝,好教你知道如何管住自己的嘴巴。日后再敢辱及袁督师,送入嘴巴的就是十字镖了。"

声音由近而远,如一缕丝线般将众人目光牵到窗外。稀疏的星光下,只见一片月牙白袍角在对街屋檐上晃了一晃,随即隐入华灯流彩的夜幕中。

好啊!真是踏破铁鞋无觅处,得来全不费功夫!冯玄墨不假思索道:"公主先待在馆内不要动,我去去就回。"说罢朝袁紫清消失的方向追了过去。

冯玄墨的轻功在锦衣卫中算是首屈一指,但他习武的资质不及袁紫清,轻功造诣自然难以望其项背。袁紫清看似闲庭信步,却让冯玄墨追得额头见汗,呼吸微喘,且无论冯玄墨怎么急追,总是差了远远一大截。若非袁紫清穿着月牙白长袍,在黑夜里格外醒目,只怕早就追丢了。

冯玄墨心中又是嫉妒,又是忌惮,一直追入一条死胡同里,袁紫清方才杳然无踪。

前方无路,冯玄墨只能停下脚步,咬牙暗恨——难怪紫兰君每回作案都能游刃有余,这样的轻功修为,哪怕夜闯宫禁也畅行无阻。

冯玄墨有自知之明,他知道无论自己怎么努力,也永远到不了袁紫清的武学境界。

念头起转间,冷不防一个寒霜似的声音自身后响起:"冯师兄,你好啊!"

他吃了一惊,倏地转身,只见一名蒙面男子从一株松树上飘然跃下,落地无声,似落英寂寂。

一瞬间冯玄墨脊梁沁出一层淋漓碎汗,心想袁紫清何时出现在身后,自己竟浑然不知!

袁紫清乜眼笑道:"师父说师兄相貌异于常人,双眼斜飞,鹰钩鼻梁,浓眉丰唇,左脸颊有一枚褐色的胎记,当真是好认。只是你没穿锦衣卫官服,我不能确定你的身份,直到你追了上来,身法与我系出一脉,我便知道你就是冯师兄了。"

冯玄墨眯着双眼道:"我念着同门情谊,飞鸽传书要你别再作案,你怎么如此不识好歹,还故意把京师搅得天翻地覆!你既然唤我一声'师兄',我就不想和你为难,你就此收手吧,别闹到同室操戈的地步!"

"可惜了。你是锦衣卫长官,而我是朝廷缉拿的要犯。你是官,我是盗。我们注定是要同室操戈的。"

"安分守己,做个寻常百姓不好吗?我是真的不想与你为难,但你实在太猖狂了,户部、工部也敢盗,屡犯天子之威,皇上非扒了你的皮不可!"

"既然师兄不想与我为难,把锦衣卫的牙牌交出去,从此退出官场,两袖清风,与世无争,不就成了?锦衣卫都不是什么好东西!"

"这话真是没道理,怎么我做锦衣卫是天理不容,你干那鸡鸣狗盗之事就可以理直气壮!"

"锦衣卫为虎作伥,无恶不作,你作为锦衣卫的头儿,不正是万恶之首吗?"

"你的手也不比我干净。你那松针上的麻药配不到解药,就成了致命毒药,你一下手就是数十条人命!"

"真是秀才遇到兵,有理说不清!师兄,我懒得与你多费唇舌,直接擒你回去见师父就是。"

话音方落,袁紫清蓦地从袖中翻出一根树枝,以树枝代剑,朝冯玄墨疾刺而去。

冯玄墨见他动作迅捷如电,弹指间已从数丈外跃至跟前,心中惊骇不已,急忙足尖点地,向后滑开两丈,"嚓"的一声,掣出绣春刀迎击。

一弯柳月透出云层,如乳似纱的月光笼上夜空,垂下一片朦胧。胡同里两条人影飘忽来去,各自展开妙招,转瞬间较量了十几个回合。

袁紫清以树枝作为武器,而冯玄墨的绣春刀经过千锤百炼,厚背薄刃,形如剃刀,宽约一寸半,锋利无比,一刀砍下,足以斩断整个牛首。袁紫清在兵器上处于劣势,因此一味避开绣春刀的锋芒,从冯玄墨招式中乘隙而入。树枝看似随意挥洒,云淡风轻,实则蕴含狠辣凌厉的奇招妙式,迫得冯玄墨左支右绌,分毫没机会反击。冯玄墨鼻尖沁出细碎冷汗,若非他全神贯注地防守,此刻早已一败涂地。

你来我往又过了二十回合,冯玄墨渐渐不支。蓦地一阵喧嚣声由远而近,袁紫清一眼瞥去,一队锦衣卫气势汹汹地赶了过来。这队锦衣卫正在附近巡查街道,听到械斗之声,于是循声而来,看见了正酣斗不休的二人。

冯玄墨立即喊道:"快拿下此人!"

众锦衣卫见是冯玄墨,纷纷拔刀出鞘,攻向袁紫清。袁紫清冷笑一声,蓦地抛下树枝,双手一扬,十数枚十字镖如流星般射去。只听惨叫声不断,不少锦衣卫倒地毙命。幸存的锦衣卫见他一出手便连杀数人,心存忌惮,一时都不敢上前。

袁紫清力挫众锦衣卫,正热血沸腾,欲大开杀戒,一摸怀中,十字镖已全部投掷完毕,耳听不远处似有脚步声渐渐逼近,知道锦衣卫来了帮手。他暗忖对方人多势众,自己又没带凝血剑,不如走为上计,于是道:"冯师兄,我记住了你的长相,而你却不知道我的面目,怎么看都是你吃亏。你以后走在路上,可得小心了。"说完哈哈大笑,飞身上了高墙,对着咬牙切齿的冯玄墨挥了挥手,扬长而去。

第七十五章

如有意，慕娉婷

朱毓媞出了云英馆，放眼望去，已不见袁紫清和冯玄墨的人影。在街上奔走一晌，忽然见到无数厂卫和五城兵马司士卒拥入一条死胡同，心念一动，于是跟了过去，正好见到袁紫清纵身跃上高墙。眸光流转间，袁紫清翩然几个起落，月牙白的身影渐渐融入月光中。

终究是再一次擦身而过了！她双足根生在地，望着袁紫清消失的方向，失落感像春蚕般"沙沙沙"地啃食着自己的心，逐渐蛀成一个空洞。

次日一早朱毓媞就到了云英馆，袁紫清却没来，接下来数日，袁紫清都没有出现在云英馆。而紫兰君盗了周奎府邸后，从此销声匿迹，人人都以为紫兰君以超凡轻功越出了城墙。只有冯玄墨知道袁紫清必不会就此善罢甘休，仍然加强了京城的警巡戍守，一刻也不敢疏忽。

三月因时气的关系，刘太妃的病时好时坏。崇祯皇帝待之如母，对她的病十分重视，偏偏国事缠身，无暇尽孝侍奉。朱毓媞因此留在宫中，每日亲至慈宁宫奉洒扫巾栉之事。

同时，朱慈炤在顾太医妙手回春之下，面部伤疤好了九成，人也开朗了不少，被封为永王。

皇贵妃的身体每况愈下，之前她向陈太医问起自己的病况，陈太医总是闪烁其词，只说好好调养便能康复。顾培生心胸坦然，委婉地据实以告。皇贵妃也清楚自己的身体，听到大约撑不过今年，只说了淡淡一句"知道了"。

冯玄墨不必当扈从，日子过得却不轻松，自袁紫清说了那一句"你以后走在路上，可得小心了"，之后便一直觉得有人尾随在后。起初他以为是自己多心，谁知有一回真真切切地听见袁紫清的声音自身后响起："冯师兄走得那么快，小心跌倒啊！"

他吓得险些跳了起来，扭头望去，夜色如浓墨般渲染着整座紫禁城，飞檐翘角、宝瓦琉璃、犄角旮旯都逼迫出一缕压抑的气息。袁紫清的声音在风中悠悠荡荡,身形如雾消散,无迹可寻。

又有一回,冯玄墨一脸疲态走回锦衣卫衙门,只听袁紫清的声音幽幽传来,夜里听起来如鬼似魅:"冯师兄今日气色不佳,可是公务太操劳了?"这句话一开始似从东方传来,说到最后一个字时,方向却是在西边,这样倏东忽西,冯玄墨登时寒毛直竖。他连日精神紧绷,脱口喝道:"藏头藏尾算什么男子汉,有种滚出来较量!"引得众锦衣卫纷纷对他投以异样的目光。

良久,他还道袁紫清去了,长长吁了一口气。谁知这口气才吁到一半,袁紫清一声冷笑钻入耳里:"谁会蠢到自投罗网,我才不受你的激将。"

冯玄墨时常往返紫禁城外朝宫殿、锦衣卫值房和锦衣卫衙门,宫卫密如织网,门禁滴水不漏,非比寻常。他知道袁紫清不会蠢到在宫禁中光明正大现身,将自己陷入四面楚歌的境地,他在紫禁城中必定是安全的。但敌暗我明,无时无刻有一双眼窥视在后。这般杯弓蛇影的滋味,当真有如背上嵌了一根芒刺,十分难受。

袁紫清一心要将冯玄墨擒住,奈何冯玄墨寸步不离紫禁城,他也无法明目张胆在宫中直接与他动手,只能静待时机。冯玄墨也清楚这一点,既然甩不掉袁紫清,他就从不去僻静人稀之处。

袁紫清尾随他数日,毕竟少年心性,觉得乏了,一时心血来潮,想看看紫禁城内廷的光景,于是展开轻功四处游走。

彼时明月移西,星影沉沉欲坠,紫禁城重重屋脊披着浅淡朦胧的光影,在夜色中宛如僵伏不动的巨兽。

远处,有一缕笛音隔着葱茏花树在风中婆娑萦纡。起初距离尚远,只是断断续续几个清亮的音色,渐渐构成一支完整的曲子:"凤凰山下雨初晴,水风清,晚霞明。一朵芙蕖,开过尚盈盈。何处飞来双白鹭,如有意,慕娉婷。 忽闻江上弄哀筝,苦含情,遣谁听!烟敛云收,依约是湘灵。欲待曲终寻问取,人不见,数峰青。"

一股血气涌上袁紫清脑海,他微微屏息,似在平息胸口暗涌的激情。从前母亲或是清唱此曲,或是用笛音吹奏,旋律再熟悉不过了。他下意识地移动脚步,循着笛音而去。

一直追到坤宁宫东暖阁旁的院落,但见假山青青,流水潺潺,一树紫玉兰在风中婆娑摇曳,馨香盈袖。一曲未了,似有一抹窈窕人影翩然从紫玉兰树荫中没入曲栏深处,转瞬杳然无踪。

袁紫清心中失落,转身便走,忽然听得殿内传来女子絮语。

"您早点歇息,明儿一早还要到慈宁宫侍奉太妃呢!"

"我知道,只是暂时睡不着,起来吹吹风,顺便吹吹笛子。"

话声越来越小,渐渐消失在风中。落花簌簌,流水潺潺,越发衬得良夜寂寂。

只是后面那个女子的声音，清脆悦耳，如夜莺滴沥，啼破清辉如水的夜色。他觉得有些熟悉，仿佛在哪里听过，凝思一响，才想起似乎在云英馆里，这女子曾和自己对过话。

"公子可否行个方便，让我搭个桌。"

"不愿意。"

"可是里面没有位子了——"

"关我什么事！"

是她，就是她！深宫女子怎么会到云英馆？好奇心熊熊燃起，突然想看清那女子的面貌，于是又折回东暖阁，但殿内灯烛已经熄灭，阒然无声，这名女子似已入眠。

翌日深夜，袁紫清又来到东暖阁旁的紫玉兰树苑，却不闻笛音，远处更鼓一声长过一声，声声蚕食着流水时光。

夜色浓稠如墨，远远望去，无数琉璃宫灯浮荡，似星海绵绵无际。此时刚下过一场微雨，凉风习习，带来隐隐花香和雨水的清新。

袁紫清漫步在紫玉兰树苑中，仿佛被花海拥抱。走着走着，忽然停步弯下腰，将一枚零落委地的紫玉兰拾起来，掸去泥泞，无比呵护地捧在手心上，垂纱帷帽下的目光荡涤着似水温柔。

紫兰君，一生中最爱的花就是紫玉兰。对他来说，紫玉兰仿佛母亲慈蔼的面容，他自是不忍见紫玉兰零落成泥碾作尘。

"你……"

身后响起女子声。袁紫清心头一凛，平时有人靠近，他不会懵然不知，只是方才心思都在紫玉兰上，因此没有察觉到身后有人。

蓦然回首，月光下俏生生立着一名少女，身穿霞光色软绸长衣，罩着淡青色绣翠竹绉纱外裳，下穿乳白绸裤，外罩杏黄色缎面鸳鸯刺绣月华裙，脚穿绣白莲花软缎弓鞋，一头青丝逶迤至腰际，手上握着一管玉笛。

眼前这明眸善睐、婉容绰态、气度高洁的少女，分明就是四年前自己救回家里的那个女孩。当年的她一脸娇态贵气，而今多了一抹别样的端正刚毅，令人不敢轻侮。

她以极宁静的姿态立在葳蕤的花树间，微风拂动她如瀑的长发，越发衬得她纤弱的身量如依依青柳，盈盈生色。

"她怎么会出现在宫中？"袁紫清心中刹那间浮现出这个念头。

他此刻戴着垂纱帷帽，身穿深紫色箭袖，心想换作寻常人在深夜里见了这样的自己，必定高呼"刺客"，但少女不仅十分镇定，脸上还隐隐浮现惊喜诧异之色。

袁紫清比她还要诧异，身体纹丝不动，只见少女缓缓走近，那步伐就像故人重逢似的。

"你别过来。"袁紫清轻声喝道。

朱毓媞停步,细细打量着他,道:"我知道你是谁,你是紫兰君。"

"是。"隔了须臾,袁紫清又道,"你不怕我?"

朱毓媞趋近一步,一脸沉静:"我不怕。"

二人静默一晌,各怀心绪。

朱毓媞道:"我要看一看你。"缓缓伸手,要去掀开他的面纱。

"别掀。"袁紫清忽然捉住她的手,语气含着一缕恫吓,"看过我真面目的人,都得死。"

朱毓媞缓缓摇头,一脸笃定:"你不会伤害我的。"

袁紫清微哂:"你怎么知道? 我要杀你,就像捏死一只蚂蚁一样简单。"

朱毓媞道:"你若存了伤人之心,就不会出言提点。"

袁紫清沉默半晌,看着她手中的玉笛,道:"昨夜在此吹笛的人是你?"

朱毓媞惊诧:"是啊。你昨夜就来了?"

袁紫清道:"我来了之后,你就不见。一曲未了,眼前假山重重,还真是'欲待曲终寻问取,人不见,数峰青'。"

朱毓媞面含忧色,道:"深夜闯禁宫很危险。"

袁紫清饶有兴味地俯视着她:"你是第一次见到我,为什么对我这么关心? 难道你觉得我们认识?"

"我说了,我知道你是谁。你不只是紫兰君……"朱毓媞脸上挂着暮春皓月般的笑意,"我终于又见到你了,谭婆——"

朱毓媞正欲问他"谭婆婆可好",蓦地一声尖叫从身后响起,一名宫女高呼:"刺客! 有刺客!"

"绿萍住嘴!"朱毓媞发出一声呵斥,却止不住那宫女尖叫。

无数灯火和脚步声朝此而来,朱毓媞心头一凛,回头一望,袁紫清已消失不见。

绿萍满脸泪痕,牵着朱毓媞的衣袖直哭:"您没事吧? 您有没有受伤?"

朱毓媞暗恼绿萍坏事,又不忍苛责她,她想到或许袁紫清明日还会再来,于是心情稍稍平复。

第七十六章

笑向檀郎唾

不料苍天弄人,接连数日下起了冰雹,人人躲在家中不敢出门,袁紫清也不例外。

冰雹呼啸而下,撞得檐头铁马叮叮作响,仿佛催魂铃似的。他站在窗前,看着无数水流从屋檐上的瓦当急急飞溅而下,激起遍地的氤氲水雾。

"紫清,你想什么想得这么出神?"魏怜洗漱完毕,上前掩上长窗,温柔款款地道,"骤风急雨,小心着凉了。"

袁紫清嗯了一声,盯着她不语。

魏怜经过连日的悉心调养,身子渐渐丰腴,气色红润如薄施胭脂,被他细细盯着看,脸颊更加绯红娇艳。

她笑吟吟地道:"你这样看我做什么?"

袁紫清问道:"那日你在稻兴米铺见到了长平公主,她是四年前从媚香楼逃跑的那个人吗?"

魏怜微微一愕:"我早说过她是个骗子,那日在米铺发米济贫的人并不是她。"

"嗯……"袁紫清半信半疑,剑眉轻蹙,"我还是觉得奇怪,当年她为什么要自称长平公主?"

魏怜哂笑:"也许是为了吓唬人吧!怎么问起了这个?"

袁紫清迟疑一晌:"因为我在皇宫内廷见到了她。"

魏怜微微惊诧,随即道:"说不定是个宫女。"须臾,又不安地道:"你很在意她的身份?"

袁紫清摇头道:"不是,只是突然在宫中看见她,一时好奇罢了。"

魏怜道:"你日日跟踪冯玄墨,已是九死一生,何必又跑去皇宫内廷?你难道不怕泄了行踪?"

袁紫清道:"我跟踪冯玄墨,一来是为了扰乱他的心神,二来是为了寻找合适的时机动手。我的轻功用来脱身绰绰有余,只是要在宫中和他交手,不仅危险,且没有十足把握。"

魏怜握住他的双手,殷切道:"如今京城遍布锦衣卫校尉、东厂番子和兵马司士卒。他们全冲着你一人而来,你千万不能轻举妄动,以免惹祸上身。"

袁紫清颔首道:"我明白。"他移目望向紫禁城的方向,嘴角含着一缕淡笑,"只是有件事,还须了断。"

魏怜奇道:"什么事?"

袁紫清神神秘秘地道:"过几日你就知道了,睡吧!"

魏怜斜倚在绣床上,娇嗔道:"叮叮咚咚这么吵,怎么睡?"语毕,秋波朝他盈盈一漾,纤纤素手捻起丝绒锦被的一根红丝线,放在樱桃小口里轻嚼,嫣然含笑地吐了吐舌头。

袁紫清正欲吹熄烛火,见到这一幕,脑海忽然浮起了李煜的《一斛珠》:"绣床斜凭娇无那,烂嚼红茸,笑向檀郎唾。"从前魏怜时常轻唱《一斛珠》,暗示她想要翻云覆雨的欲望。

他心中萌动绮念,仿佛有一头饥渴的野兽在胸口左冲右突。他搂着魏怜,轻轻地咬着她的耳垂,道:"那咱们今晚就别睡了。"

魏怜媚眼如丝,娇声一笑:"清,我先来服侍你。"翻身将他按在身下,敞开他的衣裳,从锁骨一路蜿蜒吻了下去……

袁紫清微微喘息,一个翻身将她按在身下:"换我来。"

明烛摇曳烨烨,一室春光旖旎,情欲的气息催得青瓷觚里的一束紫玉兰绽放出更浓烈的幽香。

云雨过后,袁紫清沉沉入睡。魏怜枕着他的肩膀,一手环抱着他,一手抚着自己的小腹,嘴角噙着甜甜的笑意。

看着身旁熟睡的男子,他的脸上有情欲后的淡淡潮红,肌肤汗津津的。魏怜甜蜜的心境慢慢泛起一丝黯然。他始终令自己没有安全感,男欢女爱是靠不住的,热情终究会消退,唯有血脉相连,才能让彼此的关系更加紧密。

就在冰雹肆虐的时候,太仆寺常盈库在某一日的子时被盗了!现场留下一枚紫玉兰,一名编号"武字肆仟柒佰号"的锦衣卫校尉莫名失踪了。跟着两日后在太仆寺衙门井里发现一具尸体,全身赤裸,身上象牙腰牌也不见了,赫然就是"武字肆仟柒佰号"。

随后便有数名锦衣卫出面指证,当日似有一名锦衣卫因感染时气,眼泛血丝,咳个不停,嗓音沙哑难辨,所以一直蒙着口鼻,所有人都避而远之。那蒙面锦衣卫的腰牌就是"武字肆仟柒佰号"。将近子时交班时刻,那"武字肆仟柒佰号"忽然弯腰捧着肚子,道了

一声"要去茅房",便急匆匆去了。

如今看来,那"武字肆仟柒佰号"应该就是紫兰君。紫兰君暗中相中身材和自己相似的"武字肆仟柒佰号",杀了他夺走腰牌,混入当班锦衣卫中。又因他咳疾严重,嗓音沙哑,一直寡言少语,又刻意抹黑了肤色,画粗了眉毛,在眼角粘了一个假痣,颇似真正的"武字肆仟柒佰号",所以一时没人发觉他是假冒的。

事后,魏怜忍不住好奇,问袁紫清道:"就算你事先摸清太仆寺衙门的地形,当夜交班时刻人声嘈杂,你又是怎么避开重重眼线潜入库房里面的?"

袁紫清从袖中递出一颗黑色的圆球,道:"这个。"

魏怜奇道:"这是什么?"

袁紫清道:"这是烟幕弹,是我前几日从天桥杂货铺买来的。我趁着去茅房的时候,悄悄潜到库房附近,朝远处投掷了一枚烟幕弹。随后烟雾四起,伸手不见五指,场面混乱不堪,所有人的注意力都被吸引了过去。我便趁着这个机会开锁潜入库房中,等到烟雾散去后,我已经得手离去了。"

魏怜道:"这样还是太危险了,我都替你捏了一把冷汗。"

袁紫清道:"也是冰雹一连下了数日,人人受到噪声干扰,难以聚精会神,又加上用烟幕弹达到了声东击西的效果,所以才会进行得这般顺利。"

太仆寺常盈库被盗,东厂、锦衣卫、京营巡捕头上有如悬着一柄随时都会落下的利剑,人人惶惶不可终日。

崇祯皇帝得知常盈库被盗的消息,龙颜大怒,急命东厂、锦衣卫、兵马司挨家挨户搜捕可疑人氏。只是从来没人见过紫兰君面貌,搜捕过程闹得鸡飞狗跳,许多人无辜下狱,被严刑逼供,最终还是没擒住紫兰君,竹篮打水徒劳一场。

袁紫清冷眼旁观,差役上门前他早就藏得无影无踪,凝血剑、十字镖、帷帽、深紫色夜行衣、铜箱均藏得极为妥帖。差役们翻箱倒柜之后,没发现可疑之处,就大摇大摆去了。

朱毓媞自那夜与袁紫清意外相逢后,好不容易挨过了冰雹,她每晚都刻意晚睡,独自漫步在紫玉兰树苑中,期待与袁紫清再一次相逢,只是袁紫清始终没有出现。

失落与欣慰在她心中左冲右突,失落的是袁紫清没来,欣慰的是此时宫禁的守卫如一面天罗地网,他没来以身犯险。

她永远忘不了那一刻偶遇的悸动——月光清澄如霜,漫天耿耿霄汉,雨后清新的微风飘着紫玉兰甘甜醉人的幽香。傍晚贪喝一盏浓茶睡不着,又不忍辜负这良辰美景,于是到屋外走走。她穿花拂树,信步而行,转过一重一重的花影,一抹颀长的背影突然撞入眼帘,一身深紫长衣,帷帽徐徐垂落面纱,漫天婆娑花影下,愈加衬得他的背影有一缕遗世独立的寂然。

是他！心中朦胧浮现一张脸庞，刹那间几乎能听见自己心跳的节奏。

　　他是那样突兀地撞入眼帘，片刻的恍惚，仿佛是一枕华胥梦，有一缕缥缈烟岚渐渐笼上了视野，望出去如梦似幻。她想不起恍惚感持续了多久，直到微风拂身，蕴起一丝微凉，她才如梦初醒。

　　他们之间的命运总是建立在一次次的偶遇上，也许这样才会有所期待，期待再一次意外的怦然心动。

第七十七章

庄生晓梦迷蝴蝶（上）

绿萍为朱毓媞梳妆，蘸了桃花水的黄杨篦子慢慢梳理着她瀑布般的青丝，保养得宜的发丝柔顺地垂到腰际，闪烁着盈润的光泽，仿佛铜镜中她脉脉含情的目光一般。

绿萍熟练地为她绾了一个飞仙髻，微笑道："奴婢觉得您的表情丰富多了。"

"是吗？"朱毓媞审视着镜中的自己，浅浅的笑意爬上眼角，藏也藏不住。

绿萍服侍久了，心思倒也玲珑，小声道："仿佛是刺客来过之后，您的脸上便开始有了'心动'的表情。奴婢从来没看过这样的您，便是您跟世显公子两小无猜的时候，您也不曾流露出儿女情长的一面。"

朱毓媞道："宫中的日子我厌腻得紧，曾经他是我的寄托与理想，仅此而已。我从未想过他会如此突然地再次闯入我的生命里，令我措手不及，而现在……我也不确定自己的心思了。"

她好奇地看着镜中的绿萍："你说这个就叫作'心动'吗？"

绿萍点头如小鸡啄米，笑道："小时候看戏文，不都是这样演的吗？一男一女邂逅相识，结下缘分，女子养在深闺，对人世懵懂而向往，自然极易对陌生男子怦然心动。何况，奴婢觉得那个'刺客'似乎是个很特别的男子，不然怎么会打扮成那样夜闯宫禁呢？只是……"

一晌静默，主仆二人心中默契地想起了同一个人。朱毓媞的笑容渐渐淡去。

绿萍迟疑片刻，嗫嚅道："只是您对那人心动，那么世显公子该怎么办？"

朱毓媞道："我对世显并无男女之情，上一回要告诉他，就发生了冰魄蛇咬人的事，错过了时机。他是那般柔情似水、心细如发，我却只能辜负了。绿萍，我这样是不是很残忍？"

绿萍道："强求的缘分怎么会花好月圆呢？既然襄王有梦，神女无情，该坦白的还是要坦白。只不过奴婢旁观久了，越发觉得世显公子对您情根深重，即便您不属意他，他不会轻易放弃的。"

说到这里，有小宫女进来通传，说周世显此刻在御花园相候。

朱毓媞轻叹道："可见不能背地里说人，倒把人给说来了。绿萍，你还记得今天是什么日子吗?"

绿萍摇了摇头，一脸茫然。

"是我与世显哥哥初遇的日子。"

御花园花木葱茏，姹紫嫣红，如凝霞敷锦，几欲迷人双眼。这时节正是芳菲无限，春意阔远。朱毓媞依稀记得，与周世显初遇的那一日，也是这样一个花团锦簇的韶光盛景。

周世显站在绿筠亭中悠悠吹着玉笛，风动幽篁，滔滔如浪，与他的笛音相得益彰。偶尔几声鸟鸣滴溜相和，平添一缕婉转欢悦之意。

他穿着湖蓝色软绸长衣，腰系碧色丝绦，湛蓝天光下有着流云般的轻浅姿态，身旁翠竹森森，仿佛一幅自在写意画。

他对竹情有独钟，以往相约御花园，都是选在绿筠亭。竹自古便是四君子之一，也被文人美誉为"岁寒三友"。他的为人也如同他的喜好，绿竹猗猗，君子谦谦。

朱毓媞忽然想起他曾笑着说："东坡《於潜僧绿筠轩》有云：'宁可食无肉，不可居无竹。无肉令人瘦，无竹令人俗。人瘦尚可肥，士俗不可医。'我也是这么认为的。"

望着他的背影，思潮起伏的瞬间，突然萌生了这样一个念头——他就像竹子一样，当春意阑珊、万物凋零时，依旧维持着挺拔的姿态，默默守候着自己。

清新的笛音在风中徐徐萦纡，如草木上的晨曦凝露，令人心境平和，浑然忘了世俗烦忧。

微风驱散了云絮，浅金阳光透过葳蕤翠竹的枝丫，千回百转地倾洒而下，朱毓媞和绿萍纤细的影子清晰地浮现在青石板上。

笛音跳出一丝欣喜，戛然而止。周世显转过脸庞，一脸雀跃："你来了! 怎么不叫我呢?"

朱毓媞道："听你吹笛，仿佛隔绝了红尘紫陌，忘却了烦恼忧愁，便贪心地想多听一会儿。"

周世显乐滋滋地道："你想听，我随时都能为你吹笛。对了，你最近还在练习吹笛吗?"

朱毓媞道："吹来吹去就是那一阕《江城子》，吹得娴熟了，倒着吹都行。"

周世显道："你那么聪慧，学什么都快，肯定青出于蓝。就像你的丹青，已经与我不相上下了。"

朱毓媞心脏一阵紧缩，突然想起自己画得最多的，不是湖光山色烟波浩渺，也不是娇花灵鸟生气盎然，而是袁紫清！曾经被周世显执起作画的手，却画了另一个男子！当时作画时不曾想到这一层，只是随心所欲罢了，如今细细想来，愧疚不觉油然而生。

即使不照镜，她也知道自己的表情一定是僵了。

周世显见她脸色微变，还以为自己说错了话，不由得紧张了起来，一迭声唤道："媞儿，媞儿，你怎么啦？"

朱毓媞回过神来，强笑道："许久没作画了，都生疏了。若是认真作起画来，还怕让你蒙羞呢！"

周世显温颜一笑，定睛凝视着她，道："你被蛇咬了之后，我心里一直牵挂着你。奈何最近公务繁忙，天候又恶劣异常，因此直到此刻才终于见到了你。虽然顾太医说你没事，可我总要亲眼见到才算数。看你气色这么好，我总算能够放心了。"

朱毓媞忍不住莞尔一笑："顾太医来请平安脉时，说你缠着他问了好多次了，他每回都跟你说我没事，过了两天你又要询问一次，弄得他见到你就怕。"

周世显挠着头，脸上一红："这顾太医，好好请脉便是，这般长舌，竟跟你告状。"

朱毓媞笑意微敛，幽幽地道："那日你为我吸毒血，我每每想到，总是愧疚不安。倘若你因此丧命，我真的不敢想象我会如何。"

周世显认真地问："你会为我伤心吗？"

朱毓媞薄嗔道："当然，你我是第一天相识吗？数年情分了，还说这话，分明是明知故问！"

周世显微微一笑，目光深情濯濯："为你做什么我都是心甘情愿的，只要能在你生命中留下一点微不足道的印迹，让你记得曾经有我，这样就足够了。"

这句话就像一只手拧住朱毓媞的心脏，一字一字收紧了力道，让她的呼吸越来越困难。她垂下头，道："世显哥哥，我有话要对你说。"

第七十八章

庄生晓梦迷蝴蝶（下）

周世显目光渐渐黯淡下去，仿佛坠入深沉夜幕中的一尾流星："我今日找你，就是为了那日你尚未说出口的话。这些话就像芒刺一样，搁在你我心中久了，总要拔出来才会舒坦。"

朱毓媞心口一酸："难道你知道我要说什么吗？"

周世显的笑容仿佛隐在云雾中的月光，凄清而朦胧："不知道，但你的表情告诉我，你要说的话是我不想听到的。"

"你我推心置腹相交一场，我今日一定要把心里话告诉你。"朱毓媞心头一紧，"你曾以一曲《凤求凰》表明心迹，当时我拒绝了你。这不仅是因为我没有嫁人的心思，更是因为我一直把你当成邻家哥哥看待。我说过我喜欢你，是兄妹之间的喜欢，而非男女相悦的喜欢。"

周世显眼中闪过一丝受伤的神色："你即使不说，我也懂得。因为懂得，所以我一直千方百计对你好，就是不希望你这样直截了当拒绝我。"

朱毓媞低声道："你清楚我的性子，我认定的事情，是不会有转圜余地的。"

周世显眷眷地凝视着她，眼前的她宝髻松松绾就，铅华淡淡妆成，青烟翠雾罩轻盈，飞絮游丝无定。她在宫中岁数越长，性格越刚毅沉静，小时候的娇俏活泼在她身上流逝无痕，她似一株婉变的女萝，缓缓蔓生出坚硬的枝叶。

这样的变化，亦让他从最初的欣赏喜欢，渐渐转为坚定不移的爱。

周世显微微一笑："那你一定也明白，我心里的阳光一直是向着你的。无论过了多长的岁月，经历多少世事变化，只要你改变心意，我永远都像御花园的花一样，任凭你采撷。"

朱毓媞眼中一点一点浮出雪白的泪雾，她敛下睫毛，硬生生忍着不落泪，一时不知道

该说些什么。

童年的岁月是恬静美好的,此刻回想起来,那是一生中最无忧无虑的时光。那时候的他们单纯朴实,只要有得玩有得吃,什么烦恼也没有。只是随着年岁增长,心里有了复杂的欲望,那样的日子便只能永远保存在内心最纯净的地方。

周世显黯然失神,低声道:"我最近时常梦见我们从前两小无猜的时光。自在飞花轻似梦,无边丝雨细如愁。梦境甜美如初,醒来唯有迷惘而已。"

朱毓媞怅然一叹:"我们已不是旧时儿女了。"

相顾无言一晌,唯闻风声细细,竹叶萧萧,仿佛整个紫禁城的人都陷入一枕华胥梦,静得只有绵长的天籁。

周世显道:"人生自是有情痴,此恨不关风与月。媞儿,是我执念太多,你无须愧疚。"

朱毓媞道:"执念多了,只会更加抛不开,走到哪都不得自由。你越是这样,越是令我愧疚不安。"

周世显怆然道:"难道我连守候你的这一点心思也不被允许吗?你狠狠拒绝我没关系,却不能拒绝我想守候你的心!"说到最后,似乎觉得自己语气太凶了,忙道:"抱歉,我不是故意对你大声说话的。"

朱毓媞道:"你不必对我抱歉,该说抱歉的是我。"

周世显道:"我一直不想听你说出'抱歉'这两个字,可终究还是听到了。这两个字代表了没有希望、再无可能。其实你大可骗我,让我再等你几年。就算让我等上一辈子,我也心甘情愿。"

朱毓媞道:"我心中视你如至亲挚友,我不愿欺骗你。"

周世显闭上双眼,喃喃地道:"至亲挚友,可惜那不是我想要的。"

朱毓媞只是定定地看着他,二人相对无言。

周世显忽然睁开双眼,面容沉静如水:"媞儿,有个问题我一直不敢问你,就怕听到答案后会承受不了。既然你今日对我敞开心扉,索性便问个清楚吧!总好过日思夜想,不得释然。"

朱毓媞道:"你说。"

周世显缓缓吸了一口气:"你曾经对我说,他是你的'寄托'。那么,倘若这个'寄托'有一日出现在你面前,你会不会对他动情?"

他问得流畅,显然这个问题在心中酝酿已久。

朱毓媞默默思索良久,才道:"问世间,情为何物,直教人生死相许。小时候看戏文,男女主角总是爱得轰轰烈烈,可歌可泣。但是说真的,情对我来说,一直是朦朦胧胧如雾里看花,我无法确定自己对他是一时的意乱情迷,还是真的一心栽入情网,不可自拔。所以,这个问题,我现在无法回答你,我自己也十分迷惘。"

周世显眉心浮现一重隐忧,一重苦涩:"嘉定伯逢人便说紫兰君身上有银丹草的味道,以你的聪慧,一定将紫兰君和袁紫清联系在一起了吧。"

朱毓媞颔首道:"袁紫清确实就是紫兰君。"

周世显道:"媞儿,他是你只能远观而不可接近之人。你们的身份是云泥之别。你要铭记这一点,否则你的处境会很为难的。"

朱毓媞苦涩一笑:"都到了这个地步,你怎么还一心牵念着我?"

周世显道:"我适才说过了,我心中的阳光一直是向着你的。不管最后这朵花为谁盛开,我都会一直默默照耀着你,现在如此,将来亦是如此。沧海桑田,世态万千,唯有我对你的心意永远不会改变。"

两厢坦白后,虽然彼此伤感,却也无牵无挂,心中释然。

周世显淡淡一笑,驱散满面愁云惨雾,指着天道:"你看最近天候说变就变,我们不过闲话一晌,转眼就乌云蔽日、阴阴欲雨了。"

朱毓媞道:"你没带伞,路上淋了雨会生病的。你等一等,我叫绿萍回宫拿一把伞给你。"

"不用了。"周世显摇了摇头,眼中摇曳着晶莹的泪光,"快落雨了,你赶紧回宫,我身强体壮,雨也淋不坏的。"

朱毓媞道:"你这是在跟我赌气了。"

"傻瓜,我怎舍得跟你赌气?"周世显转身大步离去,声音惆怅无限,伴随着脚步声渐渐远去,"庄生晓梦迷蝴蝶,蝴蝶翩翩来入梦。庄子醒来后,不知自己是变成庄子的蝴蝶,还是变成蝴蝶的庄子。一场冷雨浇下,不知能否让我清醒一点,不再迷惘。"

阴郁的天空划过一道轻雷,转瞬间风雨飘摇。他毅然地迈入霏霏细雨中,渐渐融入雨景。

即便他去得匆匆不回头,朱毓媞也能想象他的脸上爬满了泪水。他不愿绿萍回宫拿伞,是怕他俩独处时,他会更加忍不住伤感。

一瞥眼,只见周世显的玉笛落在石几上,朱毓媞轻轻一叹:"世显哥哥当真伤心极了,连一向形影不离的玉笛也忘了带走。"

第七十九章

难怪春愁细细添

风淅淅,雨纤纤,难怪春愁细细添。

周世显走得很急,脸上分不清是泪水还是雨水,只觉得心里凉飕飕的,仿佛这一场冷雨没有一丝温度。

她是内心深处细心呵护的花朵、熙攘尘世中的一丝慰藉、病痛煎迫中的一服良药。因为有她,日子才会多姿多彩,不再平淡如水。

有太监递伞给他,被他摇头拒绝了。他突然觉得淋雨很快活,若没有这场及时雨,只怕满心满肺都是狂热的痛楚。

过了承天门,前方就是六部官署。蒙蒙雨丝中,依稀见到冯玄墨擎伞而来,一身飞鱼服格外醒目。

周世显素来不喜欢冯玄墨,但他一向守礼,且冯玄墨品秩又比他还高,于是躬身行礼,硬声硬气道:"下官见过指挥使冯大人。"

冯玄墨很讶异一向风度翩翩的周世显会如此失态,忍不住停步问道:"周郎中是怎么了?"

周世显此刻正没好气,冷冷地道:"数日不见冯大人,冯大人越发懂得要官威了。"

冯玄墨眯着双眼,锐利的光芒从眼底透出:"此言何意?"

周世显道:"皇上下令全城搜捕紫兰君,冯大人不去捉拿主犯,却纵容锦衣卫骚扰百姓,拷掠无辜。你明明知道那些关入诏狱之人不是紫兰君。你只是做给皇上看的,好让皇上知道你在尽心办事。我说的是不是?"

冯玄墨道:"锦衣卫的事,应该跟吏部无关吧?"

周世显愤然道:"我只是路见不平而已。为了交差,多少百姓家破人亡、天伦梦碎?这几日不断有锦衣卫在路上见到四肢矫健的男子,便当场逮人,趁机恫吓取财。若对方拿不出钱来，或是钱太少，便以疑似紫兰君的名义将人下狱拷问。你身为锦衣卫的长官，便这样任由下属逞凶作恶吗？"

冯玄墨道："之前你也是这样咄咄逼人，说我纵容下属对百姓敲诈勒索，自己中饱私囊。我见你年轻气盛，不与你一般见识，反倒让你以为我是好捏的柿子。我劝你一句，在朝为官，明哲保身为上。"

周世显情场失意，又被雨淋得浑浑噩噩的，早已失去平日的谨慎，冷冷地道："我也劝你一句，多行不义必自毙。"瞪了他一眼，大步流星而去。

冯玄墨盯着他消失在雨幕中的背影，唇角扬起一丝森冷的弧度："果然是初生牛犊不畏虎。若不让你知道我的手段，只怕你还以为我冯玄墨是只病猫。"

冯玄墨果然不是危言耸听。翌日掌灯时分，周世显下朝后在前去云英馆途中突然被一群汉子绑走。当时他已换了常服。行人见汉子们一脸狰狞，均不敢多管闲事，默默看着周世显被押上一辆马车。马车一路疾驰，来到了崇文门东小桥庙内。

周世显双手被反缚在一根柱子上，四周只燃了一支烛火。火焰被渗入窗缝的风扑得明灭不定，仿佛他此刻晦暗的命运。

幽微的光线中隐约可见前方五名凶神恶煞的汉子。其中一人握着一根小儿手臂粗细的皮鞭，皮鞭上面生满了倒刺。随便一鞭抽打下去，就是皮开肉绽，鲜血淋漓，几鞭下来，不死也要脱一层皮了。

周世显乃朝廷命官、世家公子、长平公主的青梅竹马，敢动他的人肯定首尾都安排得天衣无缝，就算抽丝剥茧般查了下去，到最后这人肯定拿出官场高层的惯用手法——"断尾求生"，找几只替罪羔羊定罪罢了，自己却仍旧逍遥法外。

周世显早已猜出谁才是幕后主使，也只有那个人才有如此本事唆使人绑走自己！哼，果然眼里揉不进沙子，这么快就来报复了！

他强忍着恐惧，冷静的目光逡巡在五人面上，道："从来为虎作伥者都不会得到善终。你们可仔细想清楚了！"

其中一人"啧"了一声，细细打量着他："看你一脸文弱，还以为会吓得屁滚尿流，没想到竟面不改色，倒令人刮目相看。"

"想必绑架勒索之事，你们是做得极为老练了。你们今日敢光明正大地把我绑到这里，证明你们已将生死置之度外了，一旦事有不济，你们捐躯成仁，家属定会有人照顾。所以我害怕也没用，求饶也没用，反而折了气节，辱没了自身。"

"周大公子果然聪明绝顶，我欣赏你。只可惜你得罪了不该得罪之人，咱这厢只能对不住你了。"

周世显看着他手中的皮鞭，身子忍不住泛起一丝战栗，脸上却仍不动声色："早就听

闻诏狱里关押的犯人不是穷凶极恶之徒，而是忠良耿直之辈和无辜百姓。一句'多行不义必自毙'，竟招来诏狱里折磨犯人的毒刑。我今日算是亲身领教了。"

"诏狱里最残酷的刑罚不是这根鞭子。总算他顾忌你的身份，不敢用琵琶来对付你，只让你受点皮肉之痛，记取教训而已。"

"琵琶？"周世显冷笑，"素闻琵琶刑能让人百骨尽脱，不死也落了个残废。不过当真好笑，既然都动手了，怎么还瞻前顾后的，难道我以后会感激他对我手下留情，不让我成了半死不活的废人吗?!"

"废话少说，今日无论如何都要让你尝点苦头，好教你管住自己的嘴。"

周世显倒抽一口凉气，闭上双眼，咬紧牙关，等待皮鞭落下。

忽然"呼啦"一声，一人破门而入。

周世显睁开双眼，只见眼前寒光闪闪，一人猱身穿梭在五名汉子之间，一瞬间血沫飞溅，五人闷声不吭，颈子被划出一道深深的口子，鲜血狂喷，倒地气绝。

周世显从未看过如此血腥的一幕，只吓得面白如纸，一颗心几乎快要跳出胸膛。烛光摇曳下，那人缓缓转身，剑眉薄唇，面目如画，周世显登时认出，这人就是在云英馆外哮喘发作、受到自己帮助的袁紫清！

周世显掩不住惊讶，脱口道："是你!"眼前剑光一闪，也不见袁紫清挥剑，身上的绳索已被削断，只听"嚓"的一声，袁紫清还剑入鞘，两个动作一气呵成，迅如闪电。

袁紫清被喷了一脸的血，半张面庞融入幽微的烛光中，有一缕嗜魂夺命的阴冷。他受不了别人的血沾在自己身上，拿起帕子一点一点认真地拭去身上的血迹，仿佛把周世显当作了一件摆设。

第八十章

惊心言

周世显拱手为礼:"多谢阁下仗义相救。"

袁紫清看也不看他:"你之前也救过我,两不相欠。"

周世显看着地上五具兀自双目圆睁的尸体,真不敢相信这样一个秀美的少年下手会这般狠辣。

袁紫清睨了他一眼,讥诮道:"怎么,没看过死人?里面五个,外面把风的五个,加起来总共十个。冯玄墨动用十个地痞来对付你,你面子不小啊!"

周世显奇道:"你怎么知道是冯玄墨要对付我?"

袁紫清轻轻一笑:"螳螂捕蝉,黄雀在后。我就是黄雀。"

周世显不是很明白,但也不便多问。

袁紫清手上的帕子由白擦到红,最后他嫌恶地啐了一声,扔下帕子,道:"你有干净的帕子吗?"

周世显微微一呆,忙道:"有,你等等。"递了一方帕子给他。

袁紫清擦了一会儿,终于把身上的血迹大致擦拭干净,将帕子扔还他,道:"冯玄墨这人睚眦必报,你小心了。我不是多管闲事之人,此次救你,只是不想欠你人情,下次你便自求多福吧!"说完便要离去。

"紫兰君。"周世显忍不住喊道。

袁紫清转过身来,目光闪烁着惊骇,一晌后恢复初时的冷寂,道:"你认错了。"

周世显道:"你肯定是紫兰君。"

袁紫清反问:"为什么这般肯定?"

周世显道:"第一,紫兰君以轻功闻名。我第一次见到你时,你飞檐走壁,身轻如燕,如履平地。第二,嘉定伯说紫兰君的手有银丹草的味道。那日我救你的时候,曾建议你

随身携带银丹草。第三，紫兰君喜穿紫衣，你此刻正是一身紫色。如今全城都在搜捕紫兰君，没人敢穿紫色的衣服，只有你敢。第四，你手上拿的一定就是那柄能够凝结鲜血的宝剑。若我猜得不错，方才溅到宝剑上的血，已经和剑身融为一体了。"

袁紫清静静地听他说完，道："你很聪明，我的确是紫兰君。你既然知道了这个秘密，我断不能留你性命。"凝血剑飞快脱鞘，抵在他胸前。

周世显夷然不惧，道："我不只知道你是紫兰君，我还知道你的名字，你姓袁，名叫紫清，是不是？"

袁紫清惊骇到无以复加，凝血剑险些脱手，冲口便是一句："你是如何知道的？"

周世显道："我知道紫兰君就是袁紫清已经有些日子了。我若要揭穿你的身份，早就揭穿了。厂卫们也不用像无头苍蝇一样到处搜捕，弄得满城风雨，人心惶惶。皇上也不用镇日茶饭不思，寝不安席，把一肚子火发泄在文武百官之上。"

袁紫清纳闷道："你为什么不揭穿我？你不是崇祯皇帝的臣子吗？"

周世显黯然神伤："我不揭穿你，是因为长平公主。"

袁紫清道："长平公主？"

"是。"周世显定定地看着他，"这也是我为什么要站在这里揭穿你是紫兰君的理由。"

袁紫清愕然道："什么意思？"

周世显道："四年来长平公主一直惦记着你，从来没有忘记当年你救她的恩情。我与长平公主是总角之交，你救了她，我当然对你由衷感激。正因如此，我怎能以怨报德，害了你，又伤了她的心？"

袁紫清登时想起四年前的她曾经冲着自己的背影大喊："我可是大明崇祯皇帝的长女长平公主！"当时自己不但不相信，还嗤之以鼻。怔忡失神的那一瞬，又想起当日闯入坤宁宫意外邂逅了她。她即便衣着简朴，发上无饰，却举止雍容，贵气逼人。

袁紫清想到这里，声音随着心念漫出喉头："长平公主……她……她是长平公主？"

周世显满腹疑窦："难道你现在才知道吗？"

袁紫清恍若未闻，手臂一软，凝血剑垂了下来。

周世显道："算我私心，我拜托你不要继续在京城里作案了。万一你被逮住，长平公主一定会不顾一切救你出来，一定会跟皇上起冲突。皇上是什么性子，哪容得下她御前放肆？一边是父皇，一边是你，到时候她的处境会十分为难，这是我最不乐意看到的。所以，算我拜托你了，求你就此悬崖勒马，留给彼此一条退路。"

袁紫清只是呆呆地看着周世显，心中只有一个念头："我当年无意间竟救了长平公主，救了杀父仇人的女儿？"

周世显也看着袁紫清，心中只有一个念头："他究竟哪里吸引了媞儿，不过是萍水相遇,竟让媞儿把他视为寄托,铭感五内,时刻想念?"

两厢静默良久,各怀心肠,有风徐徐送入,蕴起一丝微凉。

袁紫清回过神来,道:"她是否真是长平公主,我会亲自确认。你快走,我此刻不想杀人了。"

周世显淡淡地道:"嘉定伯逢人便说起你当夜唯一的一句话:'我今日心情好,不想杀人脏了我的手。你好好睡上一觉,黄金我拿走了。'而你方才本欲杀我,现在又不杀了。可见你杀人只凭一己好恶。就算你把盗来的钱财以闯王名义赈济百姓,却也算不上侠义之士,只能说你亦正亦邪、行事无常罢了。"

第八十一章

世显病

袁紫清带了一身血迹回到魏宅,惹得魏怜和萧采莞一边惊呼连连,一边直问他发生了什么事。

袁紫清轻描淡写说了,吩咐萧采莞烧热水,洗漱一番后怀着耿耿心思入睡了。只是这一夜翻来覆去就是睡不着,不断想起四年前的零星往事。他其实记不太清楚了,甚至只记得她姓朱,叫什么名字已没有印象。这种萍水相逢、风过无痕的女子,竟然会惦记着自己,真是意想不到!她若真的是长平公主、崇祯皇帝的女儿,那就是自己的大仇人,自己竟然还救了她,岂非对不住死去的亲人?

次日夜里袁紫清去了坤宁宫东暖阁。此时桐荫向晚,华灯初上,宫人们纷纷点亮了绢红宫灯,一盏一盏亮起来如嵌在夜幕里的星子。朱毓媞却不在寝殿中。

正打算离去,蓦地前方一名衣饰华贵的少女和一名中年美妇挽臂而来。袁紫清连忙纵身跃上一株老梧桐,透过疏疏密密的枝丫望了过去,只觉得少女、美妇的五官和朱毓媞极为相似,宛如同一个模子印出来的。少女眉目间流露出飞扬骄矜之色,一看就是在锦绣万重、金粉喧嚣的深宫后院中颐指气使惯了。美妇一举一动均是雍容华贵,走路如弱柳扶风,步步生莲,看那绣着龙凤纹的宫装,满头珠翠琳琅,应该是皇后无疑。那少女既然能和皇后并肩闲庭漫步,面貌又如此神似,想必是一位公主。

二人走到梧桐下,少女像扭股儿糖似的赖在皇后身上,娇嗔道:"父皇真偏心,怎么就只许姊姊自由进出宫门,不准我出宫。母后,人家也想到外面玩一玩,你去求求父皇嘛!"

袁紫清微微皱眉,少女看似十三四岁了,怎么举止还像个小孩子一样。他知道皇后膝下有两位公主,长女长平公主,幼女昭仁公主。这位想必是昭仁公主,她口里的"姊姊"想必是长平公主,也就是自己要找的人。

"不许。"皇后愠声轻斥,"你姊姊冥顽不灵,你父皇迷了心窍,我已是头疼不已,你还要添乱吗?!"

少女哼了一声:"我真羡慕姊姊。世显哥哥病了,她能过去探望,而我只能在这里干巴巴地空等,好处都让她一人占尽了,难怪世显哥哥心里只有她。"

"周世显钟情你姊姊,阖宫的人都知道,你再怎么不爽都没用的。待你到了适婚年龄,母后再为你凤台选婿,保证样样都胜过周世显。"

"样样都胜过世显哥哥又如何? 若非嫁给自己钟情之人,我宁可从此贝叶蒲团,青灯古佛,长参寂静,了却残生。"

"你说什么傻话,你这性子做了尼姑,是想把清静的寺院闹得鸡犬不宁吗?"

母女絮絮叨叨,均绕着儿女私事打转,袁紫清听得好不耐烦。偏偏二人就在自己下方,离得太近,自己有一丝异动就会被她们发觉。只听少女叽里呱啦,抱怨个不停,说什么她姊姊遣人到周府送还玉笛,结果得知周世显卧病在床、高烧不退的消息,太医们都束手无策。姊姊只道周世显日前淋雨着凉,心生愧疚,便亲自过去探望。

少女说到这里,一脸委屈,一边扯着皇后的衣袖跺脚撒娇,一边骂她姊姊害周世显生病。

皇后听她骂得刻薄,也只是略略训斥几句,语气殊无怒意。袁紫清心想少女一定被皇后宠溺惯了,才会这般无法无天,连姊姊也不放在眼里。又听少女嗓子尖锐,这样抱怨下来简直如连珠炮般噼里啪啦响动,心中厌烦不已,难怪周世显不喜欢她,换成自己也畏之如鬼神了。

好不容易等到母女二人闲话完毕,姗姗离去,袁紫清这才悄悄离开皇宫,往周府去了。

周世显回府后,因惊吓过度又加上淋雨,次日就病倒了,发着高烧,满口胡话,太医来了好几拨,还是高烧不退,丝毫不见起色。

周世显病势汹汹,除了受惊、淋雨之外,更有一部分的原因是心思郁结,所以素昔身强体健的他才会病来如山倒,病去如抽丝。

太医们望闻问切下来,汤药都灌了好几回了,周世显的额头还是烫如火炭,丝毫没有退烧的迹象。

朱毓媞到时,阿奇正将冷毛巾敷在他额头上,一旁的小银铫子里咕嘟嘟滚着药汤,一室飘着氤氲药香。

阿奇红了眼眶,鼻子也红通通的,显然周世显病得不轻。

朱毓媞温然道:"阿奇,你辛苦了,先去歇一会儿吧!"

阿奇抽噎道:"公主殿下,公子从来没有病得这么重。他……他昏睡时一直喊着您的名字,您和他之间是不是怎么了?"

只不过交谈一晌，周世显额头上的毛巾便由冷变热，阿奇连忙熟练地换上另一条冷毛巾。

朱毓媞心头一紧，道："太医们都是杏林国手，怎么一个个都束手无策？顾太医来过吗？"

阿奇道："顾太医午后来过了，开了一剂药方，正煨着呢！啊！这会子应该好了。"说完匆匆地舀了一碗药汤。药汤乌沉沉的，如一方上好的墨玉，被热气蒸腾出一缕苦涩。

朱毓媞从他手中接过药碗，道："我来。"

阿奇道："这事怎敢劳烦公主殿下，还是阿奇来做吧！"

朱毓媞道："我都来了，难道还像一尊佛一样摆着吗？瞧你，眼圈儿都黑了，去歇一会儿。"

阿奇诺诺答应，走到门边，鼓起勇气咬牙道："公主殿下，阿奇跟了公子这么久，第一次看公子病得这么重。阿奇觉得公子是心病，所以来了那么多太医，试过无数妙方，都不能令公子退烧。"

朱毓媞怔怔听着，仿佛有一双手拧毛巾似的紧紧地拧着她的心，明明窗牖敞开，微风徐徐送入，却觉得滞闷难以喘息。

阿奇欣然一笑："不过既然公主殿下来了，阿奇就能宽心了，公主殿下一定有办法让公子退烧的。"

朱毓媞心中隐隐扯着一丝莫名的疼痛，仿佛内心深处最温软最脆弱的地方被猫爪轻轻划过。阿奇的语气是那样肯定，仿佛认定了自己就是周世显最温和的一剂良药。

第八十二章

金风玉露一相逢（上）

朱毓媞又是为周世显敷毛巾，又是喂他喝药，又是帮他盖上了厚厚的棉被让他发汗，接着又以绸帕拭去他沁出肌肤的汗水，事无巨细皆亲力亲为。

周世显昏沉中仿佛知道她来了，眼角慢慢滑出一滴欣慰的泪水，含糊地道："媞儿，媞儿……"

"世显哥哥，别伤心了，我不是来了吗？"朱毓媞拿着绸帕，拭去他的泪水，"你要赶紧好起来，别让我担心了。"

周世显的泪水洇入十香浣花软枕里，嘴角似有若无地漾着一丝浅浅的笑意。

毛巾更换的频率渐渐少了，周世显额头上的高热也终于有了消退的迹象。

朱毓媞忙活了大半个时辰，夜色又暗了数分，抬头望向窗外，一弯新月斜挂树梢，在铺满残花落蕊的青石板上投下斑驳的光影。

她此刻哪知道袁紫清在宫中寻自己未果，正往周府而来。

正是用膳时分，家家户户炊烟袅袅，十里飘香，周府替冯玄墨在花棚下设了一桌酒食。冯玄墨一边候着朱毓媞，一边夹起一筷烩肉入口咀嚼。他没吃几口，冷不防一个清冷的嗓音自身后传来："冯师兄对周世显做了那种事，怎么还好意思让人家招待？冯师兄吃得下去，我都看不下去了。"

冯玄墨大惊失色，险些噎着，猛地转过头去，正对上一双冷峻的眸子。

袁紫清不待他咽下嘴里的烩肉，"嚓"的一声，凝血剑滑出宝鞘，劈头便是一阵猛攻。

冯玄墨哪里晓得他是为了朱毓媞而来，还道他追自己追到了周府，非把自己绑去见师父不可，连忙吐出嘴里的食物，手忙脚乱地摸出绣春刀防御。

袁紫清也万万没想到冯玄墨会出现在周府。自从他跟踪冯玄墨以来，冯玄墨一直往返于皇宫和锦衣卫官署，袁紫清不知道他身负护卫长平公主的职责。见他此刻脱离皇

城,势单力孤,于是改变主意,欲趁机擒住他。

冯玄墨被他占了先机,只能一味闪避,左支右绌,连说话都没工夫了,委实狼狈不已。

袁紫清好整以暇地道:"冯师兄对不住了,我应该让你饱餐一顿的,可惜我这人没什么耐心,等不了太久,只能让冯师兄饿着肚子上路了。"

冯玄墨听他左一句"师兄",右一句"师兄",额头冷汗涔涔,下意识环顾两侧,见四下无人,总算稍稍放心,脑海倏地浮起一个念头——此人是朝廷要犯、大名鼎鼎的紫兰君,偏偏又是自己的师弟。此刻师兄弟二人身在吏部尚书周兴的府里,周兴父子一向与自己不和,若让他们知道自己和紫兰君有一丝渊源,以皇上多疑的性子,只怕官位不保。为今之计,先把袁紫清引出周府再做打算。

冯玄墨想到这里,向后退了一大步,深深提了一口气,飞身越墙而出,穿过两条胡同,只听身后劲风飒然,袁紫清已步步逼近。

冯玄墨心头的恐惧如藤萝蔓延,二人功夫相去太远,再过不久必定被他追上。忽然听到身后传来"啾啾"两声,跟着小腿一阵麻木,似乎被石头弹中,当下身子一晃,笔直地从屋檐上摔落到一间废弃的大宅里。

冯玄墨摔得七荤八素,狼狈至极,素日的威风荡然无存。只见袁紫清轻飘飘跃下,目光似笑非笑地看着自己,不禁又惊又怒,道:"倘若哪一日你落入我的手中,我一定让你生不如死。"

袁紫清眼中戏谑的笑意更浓了:"冯师兄这话真是令人啼笑皆非,眼下是你落入我的手中,居然还敢说大话。"

冯玄墨双手在地上一撑,摇摇晃晃起身,脸上怒气渐消,慢慢笼上一层颓然之色:"罢了罢了,我打不过你,轻功又不及你,与其日夜受你折磨,不如让你擒我去见师父吧!"

袁紫清不料他竟然会这么说,微微一愕,随即道:"好,你乖乖和我回去见师父,说不定他只会废去你的武功,你还能保住性命。"

冯玄墨苦笑道:"废去我的武功,那我不就跟废人一样?活着还有什么意思。"

袁紫清慢慢走向他,道:"若你不做锦衣卫,不荼毒百姓,怎么会有这一天?"

冯玄墨愤然道:"我做锦衣卫难道就天理难容了吗?师父又不是汉人,他为什么不让我做汉人的官?"

袁紫清一怔:"你说什么?你说师父不是汉人?"

冯玄墨狐疑地瞥了他一眼:"你不知道?"

袁紫清道:"我不知道,师父只教我武功,其他事都不告诉我。"

冯玄墨眼珠子一转,神秘兮兮地道:"你难道就不好奇师父这一身功夫源自何处吗?师父名讳月龙,你知道他姓什么吗?"

袁紫清究竟少年心性,忍不住好奇,问道:"你知道些什么?"

冯玄墨打量了他一眼,忽道:"师弟,我都要跟你回去见师父了,你怎么还是不肯以真面目示人,一直戴着面纱,不气闷吗?"

袁紫清不耐烦地道:"你管我戴不戴面纱,你方才的话还没说清楚。"

冯玄墨直勾勾地盯着他,笑道:"师父姓芥川……"

他声细如蚊,袁紫清听不清楚,道:"你说什么?"

冯玄墨忽然面色一变,以逐电追风的速度挥舞着袍袖,扬起一道劲风,将袁紫清的面纱带了开来。同时,冯玄墨袖中飞出无数藏好的柳絮,如香雾轻卷,飞快地罩住了袁紫清的脸庞。

"你……"袁紫清骇然变色,二人距离太近,他来不及避开,瞬间口鼻沾满了柳絮。他脸色苍白如雪,惊惶之下去摸怀里的药瓶和银丹草,因胸口剧烈起伏,双手发颤,药瓶和银丹草竟从手中掉落。

冯玄墨哈哈大笑,见袁紫清迫不及待地弯腰去拾,当下飞足将他踢开,自己拾起药瓶和银丹草,道:"大名鼎鼎的紫兰君竟有哮喘,可见苍天还是眷顾我的。我本事不及你,那有什么要紧?只要我知道这个秘密就好。"

袁紫清咬牙道:"你……你真卑鄙……"他呼吸沉重而急促,一句话没说完,整个人委顿在地,揪着脖子,痛苦不已。

第八十三章

金风玉露一相逢（中）

冯玄墨得意扬扬地道："无毒不丈夫，我冯玄墨不是君子的料，至少还算得上男子汉大丈夫吧！"他哈哈大笑，又道："该让我瞧一瞧你的庐山真面目了吧！"说着掀开他的面纱，细细打量了一阵，道："啧，长得还真俊，擦起胭脂肯定比鸣玉坊的娘儿们还要美，这般死去还真是可惜了。"

袁紫清颤巍巍地伸手，气喘吁吁地道："药……拿来……"

冯玄墨狞笑一声："当我傻子吗？把药给了你，你还不剥了我的皮，拆了我的骨！"说着将药瓶一抛。

袁紫清眼睁睁看着药瓶在空中划出一道完美却又令人惊悸的弧线，最后扑通一声落入一口石井里，又见冯玄墨将银丹草揉得稀烂。袁紫清的脸上随即泛起绝望的青紫，满腔愤怒惊惧瞬间化作更汹涌澎湃的呼吸，他宛如离水太久的鱼，不断地痛楚挣扎。

冯玄墨好整以暇地双手抱胸看着他，像在欣赏一出精彩绝伦的戏，道："师弟就好好上路吧！师兄弟一场，我算是佛心了。倘若你进了诏狱，肯定是要上全刑的。与其到时候只剩下残肢断体，不如现在让你死得体面一点。"

袁紫清双目圆睁，牢牢地瞪着他，目光不甘而愤恨，似要将他的模样刻入心中，日后化作厉鬼追魂索命。

忽听一声惊呼，一女子飞奔而来，从怀中拿出一只银丝攒荷花纹荷包放在袁紫清鼻下。

袁紫清本已喘得上气不接下气，几乎濒临死亡，这时只觉得有一缕清新芳香钻入鼻中，哮喘稍稍减缓。他转眸望向那女子，月光下只见一张清丽的瓜子脸满是关切焦急之色。

是她……

朱毓媞的骤然出现令冯玄墨瞠目结舌,他失声喊道:"公主殿下!"

这四个字如九重惊雷在袁紫清耳边轰然炸开,虽然早已料到她是长平公主,此刻亲耳听见,还是震撼不已。

袁紫清和冯玄墨交手的地方邻近周世显的居室,朱毓媞听到动静后出来察看,正巧撞见二人施展轻功离去。她在附近奔波一圈,忽然听到有断断续续的说话声,依稀是冯玄墨的声音,于是赶了过来,正好看见袁紫清哮喘发作,委顿在地,垂死挣扎。

朱毓媞慢慢调匀呼吸,森然望着冯玄墨,道:"放了他。"

冯玄墨不由得心头一凛,咬牙道:"此人是朝廷要犯,恕难从命。"

"是吗?"朱毓媞微微冷笑,话中暗藏机锋,"他是朝廷要犯,犯的是连坐之罪,你身为他的师兄,是不是也要跟他一起死?"

冯玄墨嘴里兀自强硬:"紫兰君拜师学艺时,我早就离开师门了。他名义上是我师弟,实则跟我一点关系也没有。"

朱毓媞道:"这话你大可到御前辩驳。听说你这几年得罪了不少朝廷官员,到时候朝堂之上,言官一人弹劾一句,唾沫就足以把你淹死了。即便父皇饶了你,也不会让紫兰君的师兄继续执掌锦衣卫。你好不容易爬上这个位子,将来要是落了个流配边疆的下场,你禁得起从青云之上重重跌落到谷底的打击吗?"

冯玄墨吓得口舌颤颤,一句话也说不出。一晌后,他镇定下来,指着袁紫清道:"公主想清楚了吗?您这是在维护朝廷要犯,维护皇上深恶痛绝的紫兰君。"

朱毓媞扬起下巴,昂然道:"是,我就是要维护紫兰君。"

冯玄墨道:"不行,紫兰君今日非死不可。若纵容他继续横行京师,祸害法纪,到时候扯出我来,我更加死无葬身之地。与其夜长梦多,不如今日我就大义灭亲,结果了他。"说罢举起绣春刀,一步一步向袁紫清逼近。

"站住!"朱毓媞厉声喝道,拾起掉落在地上的凝血剑,想也不想便抵在自己颈边。

"公主殿下,你……"冯玄墨惊得一颗心几乎要飞上了九天,"那柄剑十分锋利,你快放下!"

朱毓媞毅然道:"你若不放了他,我便在脖子上一划。到时候父皇问我是怎么伤的,我就说冯玄墨皇命在身,却没有紧紧跟在儿臣身后,以致儿臣遭到狂奴欺侮。儿臣为了保住清白,维护圣誉,不得已只好刎颈。这时冯玄墨姗姗来迟,儿臣才捡回一条命。"

"你……"冯玄墨面色一阵铁青,一阵死白,变化不定,精彩万分。

朱毓媞冷冷地道:"我这么对父皇说了,你觉得父皇还肯听你辩驳吗?必定连看都不想看见你,直接把你拉出去斩了。"

冯玄墨怒道:"微臣一直对您忠心耿耿,您怎可为了一介朝廷钦犯,这般陷害微臣?"

"忠心?"朱毓媞眼中扬起一丝厉芒,"你利用冰魄蛇促成你的锦绣前程,这手段高明

得很啊！法网恢恢，疏而不漏，终有一日你会知道什么叫作茧自缚。"

冯玄墨听到"冰魄蛇"三个字，脸颊肌肉剧烈抽搐，显然控制不住内心的惊涛骇浪，话音颤抖不已："你……你说什么……微臣听不明白……"

朱毓媞道："我说什么你心知肚明，只要我跟父皇提了冰魄蛇之事，你觉得以父皇多疑的性子，是会毫不犹豫相信你，还是会直接把你打入诏狱，严刑拷打？为君所疑就是一条死路，想必冯指挥使不会不明白这个道理！"

第八十四章

金风玉露一相逢（下）

朱毓媞对于冰魄蛇一事只是存了疑心，此刻见冯玄墨做贼心虚的样子，越发肯定自己推测得不错。她心下咬牙暗恨，脸上却不动声色，道："冯指挥使从微末的校尉一路熬到如今的位置，想必诏狱里各式各样的刑罚都烂熟于心了，犯人们呼天抢地的哀号声也听得麻木不仁了。当你从堂堂指挥使变成落魄阶下囚，尝尝大刑加身的滋味，听听自己的哀号声，不知道内心是什么感受。冯指挥使，你可得想清楚了。"

冯玄墨想到诏狱里的酷刑，不由得头皮发麻，全身凉飕飕的，冷汗早已浸湿了里衣。他惶惶然看着朱毓媞，她脸上是一股盛气凌人的果决之色，登时心中雪亮，若今日取了袁紫清的性命，不管是诬陷自己护卫不力，还是紧咬着冰魄蛇的往事不放，她都做得出来！这女人为了维护袁紫清，什么事都做得出来！

一晌后，他颓然还刀入鞘，道："好，我不杀他。"

朱毓媞心神一松，只觉得手心、额头、背脊全是淋漓冷汗。她连忙望向袁紫清，目光由九天玄冰融为一池碧水，温柔地道："你还好吗？"

袁紫清涣散的目光骤然紧缩，也不知从哪里冒出来的力气，蓦地紧紧握住她的皓腕，那样用力，仿佛要把她的腕骨捏断似的："你当真是长平公主？你亲口说……我要听你亲口说……"

朱毓媞颔首道："我正是长平公主，从前告诉过你，你不相信，现在你肯相信我了吧？"

袁紫清呆了一呆，忽然甩开她的手，连带着她手中的荷包也被挥落在地。他眼中流露出一抹厌恶之色，喝道："走开……我不要你帮我……"

他每说几个字，就要喘上一回，每喘上一回，都像被催魂夺命似的。他勉强用手撑着起身，跟跟跄跄走了几步，扑通倒地，陷入了半昏迷的状态。

朱毓媞心头一紧，快步向前，拾起荷包，搂着他的身体，将荷包凑近他鼻端，嗔道："生

死关头还要犟嘴,你这脾气还是没变。外面刚好有一间医馆,我背你去。"

袁紫清早已意识模糊,精力虚脱,虽然极不情愿,却没有力气挣扎,任由她将自己负在背上走向医馆。

冯玄墨见朱毓媞堂堂公主之尊,竟顾不得被街上吏民认出,负着袁紫清亲赴医馆,心中的惊骇莫可名状。他生怕自己因此招来祸患,忙道:"公主殿下,还是让微臣来吧!"

朱毓媞冷然道:"不劳冯指挥使费心。冯指挥使只要履行护卫的职责即可,其他的事不必理会。"

冯玄墨的双手伸在空中,尴尬不已。此刻他已认定朱毓媞对袁紫清有情,日后倘若自己再对付袁紫清,她是绝对不会放过自己的。

朱毓媞生平从未与男子这样肌肤相亲过,即便是周世显,也只不过牵手而已。此刻袁紫清的脸颊贴着自己的耳根,双臂环着自己的颈子,前胸熨着自己的背脊……

这一刻,她清晰听见自己急促的心跳声,怦怦,怦怦怦,跳得很用力,仿佛有一头小鹿撞着胸口,每撞一下都牵动着莫可名状的娇羞悸动。

抵达医馆时,袁紫清还是昏迷不醒。大夫连忙将他平置在一张沉香木雕花大床上,利落地解开他的上衣,金针连发,先护住他的心脉。

袁紫清上身赤裸,朱毓媞不觉面颊晕红,转头不敢再看。

随着大夫施针,袁紫清胸口起伏渐渐平缓,面上的青紫色也渐渐褪去。

朱毓媞紧紧握着手中的银丝攒荷花纹荷包,里面的药草是她当日在街上药铺购买的。彼时她与绿萍的对话全都落入冯玄墨耳里,结果袁紫清被冯玄墨暗算,以致哮喘发作。也幸好她及时出现,以荷包里的草药先缓住袁紫清的哮喘,又恰好附近有一座医馆,他才能保住性命。

大夫又唤来小厮,道:"取伏翼汤来。"

小厮手脚麻利地去了。朱毓媞知道伏翼汤,之前曾在《本草纲目》上面看过,伏翼即是蝙蝠,味咸、性平、无毒,除去翅、足,烧焦,研磨为末,煨入米汤,可以用来治疗哮喘。

在哮喘多发的季节,每日都有无数病患登门求医,是以医馆每日都备下伏翼汤,以防不时之需。

袁紫清此刻已清醒,他睁开双眼,一句话也不说。他被哮喘折腾得狠了,精神萎靡不振,看上去仿佛悬在枝头上的枯叶,随时都会凋落萎败。

大夫将金针一根一根拔出,小厮端了伏翼汤过来。

朱毓媞道:"多谢了,我来吧。"

大夫微笑道:"不用客气。"

缠枝青花翠叶熏炉里袅袅四溢着薄荷清香,闻者心胸为之一畅。朱毓媞搀着袁紫清起身,在他身后放了檀枕,温然道:"喝药了。"

袁紫清漠然凝视着她,仿佛看着一件死物,抿着嘴一语不发。

"你为什么这样看我?"朱毓媞被他看得心头发凉。

袁紫清哼了一声,伸手夺过药盏,仰头饮毕,随即翻身下床,踉跄去了。

第八十五章

情不知所起，一往而深

他狼狈而归，脸上一丝血色也没有，独自坐在院子里默默饮酒。

魏怜坐到他身旁，道："你的脸色好难看，今日发生了什么事？"

袁紫清咬了咬牙："冯玄墨卑鄙暗算，令我哮喘发作，险些丧命。"

魏怜讶然道："他如何知道你有哮喘？"

袁紫清道："我也很困惑，难道他是凭周奎的那句话推敲出我有哮喘的吗？就算我当时手上残留着银丹草的味道，那又能证明什么！"

魏怜道："他如今知道你的软肋，又是锦衣卫长官，你别再往刀口撞了，好吗？"

袁紫清道："冯玄墨知道我有哮喘，又狡猾如狐，我一时大意才着了他的道儿，以后面对他要步步为营了。"

魏怜急得眼圈儿一红："你怎么就是不死心，非要招惹冯玄墨不可呢？"

袁紫清轻轻抿了一口酒，道："我如今有了护身符，冯玄墨投鼠忌器，应该不敢动我。"

魏怜道："什么意思？"

袁紫清道："四年前的那个女孩子，就是长平公主。今日若不是长平公主及时出现，我就要死于冯玄墨的暗算了。"

魏怜惊呼一声，身子前倾，目不转睛地看着他："你说她是长平公主？"

袁紫清道："千真万确，我听冯玄墨称她为'公主殿下'。原来我四年前阴错阳差救了长平公主。"一声冷笑，当下将今日发生之事娓娓道来。

魏怜眉眼藏不住震骇之色，口舌麻木不已，连话都讲不流利了："这么说来，当年……当年媚香楼竟把堂堂公主从京师掳到金陵幽禁，又派人追捕她！她……她顺利逃脱后，怎么没向媚香楼秋后算账？到底媚香楼曾经对她不住，她应该恨之入骨才对啊！这……这太令人匪夷所思了！"

她是睚眦必报之辈,气量狭隘,以己度人,实在很难想象竟有人遭遇到这种事后还能既往不咎,换作她是公主,早就派人拆了媚香楼了。

袁紫清思量了片刻,忽然道:"周世显说长平公主四年来一直惦记着我。真是怪了,我对她既凶狠又无礼,她为什么还会把我挂在心上?这才令人匪夷所思吧!"

魏怜歪着脖子思忖片刻,道:"也许正是你对她既凶狠又无礼,所以她才觉得你与众不同吧!你想想看,她是天家金枝,金尊玉贵,谁敢对她凶狠无礼?再说,她生在深宫后院里,生平少见男子,遇到似你这般貌如潘安、颜若宋玉的翩翩浊世佳公子,能不一心栽下去吗?"

袁紫清颇为狐疑:"是吗?"

魏怜亲昵地挽着他的胳膊,道:"若你一味低眉顺眼待我,事事唯我马首是瞻,久了我也觉得乏味。似你这样既不温柔,又孤寂冷傲、对人爱理不理的性子反而更加吸引我呢!"

袁紫清嗯了一声,酒坛搁在唇边,神情若有所思。

魏怜痴痴地看着他,笑道:"你在想什么?"

袁紫清不答反问:"你记得她叫什么名字吗?"

魏怜想了一下,道:"朱……朱毓媞。对,没错,就是朱毓媞。"

袁紫清笑了笑,眼中藏不住兴奋的神采。他一向少有笑容,但是笑起来便有一缕动人心弦的魅力,仿佛夜雪初霁,又似微雨弄晴。

魏怜道:"你笑什么?"

袁紫清双目熠熠流彩,道:"既然长平公主对我有意思,那我断断不能辜负了这份情意。"

魏怜心头一紧:"什么意思?"

袁紫清笑而不答,手指在空中比画,喃喃自语:"我是谁的儿子,冯玄墨应该还不知道,否则他早就对长平公主说了。嗯,就这么做,长平公主长得也不算太差,我根本不吃亏啊!到时候崇祯皇帝知道了,一定脸都绿了……嗯,真有趣,就这么决定了!"

魏怜急道:"你到底要干什么?"

袁紫清神秘一笑,仰首将酒坛里的竹叶青饮尽,道:"到时候我再告诉你。"

次日深夜,袁紫清又悄悄潜入了坤宁宫。

此时朱毓媞不在寝室中,袁紫清推窗而入,只见一地铺着玫瑰紫织金绒毯;嵌螺钿紫檀木小几上的紫铜百合熏炉里燃着沉水香,香氲宁谧四溢,如重重纱帘轻盈飘逸;红棱雕花长窗下摆着一只珐琅彩婴戏纹双连瓶,插着一束紫玉兰。再往里走,象牙妆台上珠翠篦簪,一应女儿家的妆发饰物,流光溢彩,令人目眩神迷。紫铜蟠花烛台烛火烨烨,彩绣

樱桃果子茜红连珠缣丝帐内是她的卧床,攒金丝弹花软枕和玫瑰紫织锦薄被整齐堆栈,隐隐散发着少女温柔体香……

袁紫清环目张望,罗绮匝地,花团锦簇,俨然是天家贵女的香闺光景。

忽听门外脚步细碎,传来女子絮语,袁紫清连忙闪入一架紫檀木雕梅兰菊竹四挂屏后,透过镂雕缝隙悄悄望去。

只见朱毓媞轻移莲步而入,身后跟着一个翠绿宫装的侍女。袁紫清觉得有些眼熟,想了一下,登时认出她是那夜高呼"刺客"的宫女。

朱毓媞端坐在妆台前,由绿萍拆下发髻,卸下喜鹊珠花、碧玉玲珑簪、白玉耳坠,用犀角碧玉篦子蘸着刨花水仔细梳理着秀发。

绿萍看着镜中的朱毓媞,道:"奴婢觉得您似乎快快不乐的,昨夜在世显公子家里发生什么事了吗?"

朱毓媞沉沉地叹了一口气:"当一个人用很冷漠的眼神看着你时,你说他心里是不是很厌恶你?"

绿萍一时不知该如何接话,就怕触动朱毓媞的愁思:"您说的那人是不是那夜的刺客?"

朱毓媞颔首道:"我昨夜遇见他了,当他知道我是公主时,脸色都变了。我想,他一定很厌恶我的公主身份。"

绿萍道:"那么公主殿下何不亲自问问他?"

朱毓媞喟然道:"他来无影去无踪的,我去哪儿问他?他听到我是公主之后,连话都不肯跟我说了,只是冷冷地看着我,那眼神就像数九寒霜似的,只怕他再也不愿意见到我了。相见争如不见,至少我不用承受这患得患失之苦。"

绿萍叹道:"奴婢看您对他不止动了心,整颗心都沦陷下去了。若不然,您怎么会这般快快不乐、患得患失呢?"

朱毓媞静默良久,慵懒的声音透着沉沉倦意:"情不知所起,一往而深。生者可以死,死可以生。汤显祖的《牡丹亭》是这样说的。唉,情之一字,真令人如雾里看花。只不过短短一夕,我对他的情意竟如长河泛滥,一发而不可收了。你出去吧,我想歇息了。"

绿萍道:"您好好歇息,若是睡不着,奴婢陪您去姑射苑散散心。"

朱毓媞嗯了一声。

绿萍姗姗而出,带上房门。

房中寂然无声,唯有微风扑在冰绡窗纱上的簌簌声响,月光透窗而入,投下一地斑驳的树枝花影,仿佛朱毓媞此刻乱纷纷的心。

第八十六章

青青子衿，悠悠我心

袁紫清看着镜中朱毓媞的容颜，眉宇间笼着轻愁薄绪，和斥退冯玄墨时那言辞犀利、大义凛然的她判若两人。

朱毓媞缓缓起身，走到床边拖出珊瑚红漆箱笼，拿出一幅幅画像凝神细看，喃喃道："青青子衿，悠悠我心。但为君故，沉吟至今。紫清，难道你我前世结下不可化解的冤仇，所以你才这样厌恶我吗？四年前初见是如此，想不到四年后亦是如此。"说完幽幽一叹。

她将画像一幅一幅摊开，袁紫清在挂屏后只惊得目瞪口呆。

画像全是自己，挑眉、凝眸、笑、泪、嗔、痴，或坐或卧，或凝立如渊渟岳峙，或翩飞似惊鸿游龙，一笔一画纤毫毕见，栩栩如生。

他忍不住发出一声惊呼。

朱毓媞大吃一惊，双手一抖，画纸全都落在地上，蓦地回身喝道："是谁？！"

袁紫清连忙闪身而出，道："是我。"

朱毓媞惊呼一声，呆了一呆，道："紫……紫……"突然想起这个称呼似乎不对，忙镇定改口："袁公子，你何时来的？"

袁紫清正要回答，忽听绿萍的声音在门外响起："公主殿下怎么了？"

朱毓媞忙道："没事，是我不小心碰到了几角。"

绿萍嗯了一声，再无声息。

朱毓媞呆呆地看着他，喉咙似堵了什么东西，说不出话来，面颊晕红如霞，仿佛不敢相信似的，蓦地想到一地画纸，急忙弯腰收拾。

袁紫清蹲下身子，拾起一张画纸，见角落一行娟秀的簪花小楷，轻声念道："金风玉露一相逢，便胜却，人间无数。"他抬眸定定地看着她，道："这阕《鹊桥仙》的下半阕是柔情似水，佳期如梦……"

朱毓媞又急又羞,打断他道:"别念了。"

袁紫清道:"纤云弄巧,飞星传恨,银汉迢迢暗度。你我这不是再次相逢了吗?"

朱毓媞羞得简直想找个地洞钻进去,急急忙忙抽出他手中的画纸,低声道:"别看。"

袁紫清促狭一笑:"我方才在挂屏后全都看过了。"

朱毓媞垂首不语,两厢静默间,似乎可以听见彼此急促的心跳声。

袁紫清凝视着她,道:"你画的都是我。"

朱毓媞头垂得更低了。

袁紫清道:"这么多张画像,费了你不少心力吧?"

朱毓媞点了点头,细声细气道:"你来很久了吗?"

袁紫清道:"你进房前一刻我就来了。"

朱毓媞道:"那方才我跟绿萍的对话,你都听见了?"

"是,我听得一清二楚。"袁紫清目光炽炽地看着她,"我并不厌恶你。"

朱毓媞猛地抬头,双眼划过流星般的喜悦:"当真吗?"

袁紫清道:"你又没有对不住我,我干吗厌恶你?"

朱毓媞幽幽地道:"那你为什么那样看我,好像我是毒蛇猛兽似的。"

袁紫清叹道:"因为我最不堪最狼狈的样子被你看见了,而你又是金尊玉贵的公主,我只是一介庶民,当下不知道该如何面对你。"

朱毓媞心中的大石碎如散沙,但不一会儿她又黯然神伤,低声道:"难道因为我是公主,你便要与我生分了吗?"

袁紫清摇了摇头,道:"我这不是来找你了吗?我想通了,你是公主又如何,你又不是那遥遥挂在天上的月亮。"

朱毓媞面色如薄雨初晴,绽放耀眼的光彩:"你当真这么想?没有骗我?"

袁紫清道:"没有骗你。你我相识是天缘注定,我岂可辜负了上苍的美意。"

朱毓媞道:"你也相信缘分吗?"

袁紫清道:"从前我只相信事在人为,以为缘分只是美丽而空洞的借口。但四年前我救了枝头落难的你,四年后你救了垂死挣扎的我,我忽然深深相信了缘分之说。佛曰:'前世五百次回眸,换来今生一次擦肩而过;前世五百次擦肩而过,换来今生一次偶然相遇;前世五百次偶然相遇,换来今生一次微笑相识……'"

朱毓媞动容道:"我以为我再也见不到你了,只能用作画的方式默默思念着你……"说到这里,声音越来越细微,头也越垂越低。

袁紫清凝视着她:"你为什么不敢抬头看我?"

朱毓媞的脸红得跟苹果一样,咬着唇瓣不语。

袁紫清似笑非笑地道:"真是奇怪,昨夜与冯玄墨针锋相对、盛气凌人的你到哪里去了？"

朱毓媞道："别说了，人家是为了救你，当时我心里也十分忐忑不安呢！"

袁紫清轻轻一叹："你拿剑要抹脖子，可把我吓坏了。我问你，倘若冯玄墨不肯放过我，你当真会一剑抹下去吗？"

朱毓媞道："我当时也是被逼急了，脑海里一片空白，只能出此下策。事后想想，倘若冯玄墨步步进逼，我真的会一剑抹给他看，好教他明白我不是虚张声势。"

袁紫清眼中有潋滟浮波似的悸动，喃喃道："我竟是不知道，你对我的情意是如此之深。"

朱毓媞静默一晌，脸上悄悄浮上了忧色，嘴唇动了一动，欲言又止。

袁紫清道："你有什么话要对我说吗？"

朱毓媞缓缓吸了一口气，肃容道："那日在云英馆里，你听见有人辱及袁督师，就气得与他大打出手。你也姓袁，你和袁督师有什么关系吗？"

这个疑惑在她脑海间翻转已久，每每想起便觉得焦灼不安，倘若袁崇焕真的与他有血缘关系，那么自己的父皇不就是他的仇人？

袁紫清暗暗讶异她的敏锐，他面不改色地道："没什么关系。我崇敬袁督师的为人，又刚好与他同姓，深以为荣。我看不惯那人出言不逊，所以才想要略施薄惩罢了。"

朱毓媞的表情像是松了一口气，笑逐颜开："当真？"

袁紫清忍俊不禁，道："你怎么那么多'当真'？"

朱毓媞脸上一红，嗫嚅道："我也不知道为什么今日那么多'当真'，讲话笨嘴笨舌的，真不像平常的我。"

袁紫清恣意欣赏着她的女儿娇态，道："你的脸好红。"

朱毓媞窘迫不已，捂着脸道："别看。"

袁紫清捉住她的双手，道："若我偏要看呢？"

朱毓媞气呼呼地道："哪有人如此蛮横的？"

袁紫清向前靠近，两人相距只有一寸："我从前便是如此，你第一日认识我吗？你害羞的样子真是可爱，脸红红的，好像一个熟透的苹果。"

朱毓媞只觉得他温热的呼吸搔在自己鼻尖，仿佛有双手轻拢慢捻着心弦，羞得脑海乱如飞絮，一句话也说不出来。

袁紫清松开她的双手，起身道："很晚了，不打搅你歇息了。"

朱毓媞急切道："你要走了吗？"

"对啊，我也要回去歇息了。"袁紫清突然邪魅一笑，道，"难道我可以留在这里过夜吗？"

朱毓媞双颊晕红："不行不行，当然不行了！"

袁紫清挥手道:"那我走啦!"

朱毓媞情急脱口:"别走!"

袁紫清似笑非笑地看着她,道:"你不是要睡了吗？我看你一脸倦色、眼泛血丝。"

朱毓媞低声道:"你忽然来到我房里,弄得我的心乱纷纷的,我哪里睡得着?"

袁紫清道:"那你想要如何?"

朱毓媞道:"我们去姑射苑散散心可好?"

袁紫清奇道:"姑射苑?"

朱毓媞一脸恳切,道:"你愿不愿意?"

袁紫清道:"好。今夜月华如练,夜凉如水,岂可辜负美景。"

朱毓媞喜形于色:"门外有守夜宫人,走窗户。"

第八十七章

我知姑射真仙子

两人来到姑射苑中,原来这姑射苑便是紫玉兰树苑。

袁紫清问道:"为什么将此地取名为姑射苑?"

朱毓媞道:"这名字出自文徵明的七律《咏玉兰》:'绰约新妆玉有辉,素娥千队雪成围。我知姑射真仙子,天遣霓裳试羽衣。影落空阶初月冷,香生别院晚风微。玉环飞燕元相敌,笑比江梅不恨肥。'"

袁紫清道:"你当真好才情,诗词信手拈来,朗朗上口。我诗词造诣不精,来来去去只念得出那几阕较为著名的。不过我倒是记得'姑射'两字出自《庄子·逍遥游》:'藐姑射之山,有神人居焉,肌肤若冰雪,绰约若处子。'你把紫玉兰树苑称作姑射苑,果然不负紫玉兰清新脱俗之美。"

朱毓媞道:"你为什么喜欢紫玉兰?我瞧你的衿缨上就绣着一朵紫玉兰,你作案时也要留下一朵紫玉兰,为什么?"

袁紫清脸上掠过一丝怅然:"因为紫玉兰是我娘最喜欢的花。看见紫玉兰,就像看见我娘温柔的面容,我不过是睹物思人罢了。"

朱毓媞心头一紧,登时想起四年前的深宵雪夜,他独自坐在院子里握着衿缨哭泣的样子,那般压抑的哭泣,仿佛悲伤是从骨子里蔓延出来的。她想问他衿缨是不是母亲留下的遗物,又觉得有些不妥。

正迟疑间,忽见他拿出怀里的衿缨,轻轻抚着上面的紫玉兰绣图,道:"这是我娘留给我唯一的念想,我很珍惜。只是我再也见不到她了,就连梦里见上一面也成了奢望。"

朱毓媞歉然道:"对不住,我不是故意要提起你的伤心事的。"

袁紫清似乎觉得自己失态了,收起衿缨,道:"不要紧,都过去那么久了。"

见气氛有些凝重,朱毓媞连忙岔开话头:"这里本来种的是杨柳,是因为你,我才吩咐

内务府改种紫玉兰的。"

袁紫清听到"杨柳"两个字,脸色微微一变:"我最讨厌杨柳了,每到春季便飞出柳絮,花非花雾非雾的,既有碍观瞻,又害人不浅。"

朱毓媞道:"幸好我命人铲除了杨柳,不然我即便在这里吹笛,你又怎么敢接近呢?"说完下意识地将玉笛横在唇边,正要吹奏,蓦地想起笛艺是周世显教的,如今竟欲主动吹给心爱的男子听,刹那间她的心仿佛被人狠狠地弹了一下,一个笛音也吹不下去了。

袁紫清见她面色僵得发青,道:"怎么了? 你不是要吹笛吗?"

朱毓媞勉强一笑,她一向光风霁月,觉得事无不可对人言,索性坦然道:"丹青是世显哥哥教我的,我却拿来画你,已是满心愧疚。音律也是世显哥哥启蒙的,因此我无法对着你吹曲。对不住,是我心里有疙瘩,是我自己的问题。"

袁紫清对她的坦率颇为惊讶,道:"不要紧,那日你吹笛时我便听见了,听过了便会留在心中。即使你不再吹笛了,我在心里过一遍也如同再次聆听雅乐。既然你满心愧疚,那还是不要吹了,否则吹出来的曲子会失了原味。"

朱毓媞一时心乱如麻,垂着头说不出话。

袁紫清又问:"你的荷包,是特意为我制的吗?"

朱毓媞颔首道:"我在里面放了许多舒缓哮喘的药草,本想着哪一日路上遇见你,就要送给你的,结果没想到竟然是在昨夜那种情形下。幸好我随身携带这个荷包,才能及时缓解你的哮喘。"说完从怀中摸出银丝攒荷花纹荷包,双手呈上,一脸真诚地道:"这是特意为你缝制的,你愿意收下吗?"

袁紫清伸手接过,笑道:"我当然愿意啊! 多谢你了。"

朱毓媞沉静一笑:"举手之劳而已,不必客气。"

月华如霜,覆上朱毓媞的面庞,袁紫清怔怔看着她,突然想到了魏怜。二者相较之下,魏怜妖娆妩媚,娇俏讨喜,如沐在春光中浓艳盛开的芍药,一举一动皆是风流旖旎;朱毓媞的美貌虽然不及魏怜,却有着出水芙蓉般的嫣然风姿。

他脑海忽然掠过《江城子》:"水风清,晚霞明。一朵芙蕖,开过尚盈盈……"芙蕖,对,她就是一朵芙蕖,有着水般的清新、霞似的明丽,丝毫没有深宫女子的浮华俗媚之气。

袁紫清又细细打量了她一眼,朱毓媞体态轻盈如弱柳扶风,与眉宇间的刚毅倔强之色形成强烈的比照。她浑身散发着书卷文墨般的沉静和锦绣堆积出来的矜贵气度。这些气质都是魏怜所没有的。

朱毓媞看着袁紫清,当下也想起了周世显。二者同样都是芝兰玉树的美少年,周世显面目温润,性子敦厚,平易近人,由于出身锦绣,举手投足之间贵气逼人;袁紫清脸上带着三分冷傲、三分孤清、三分邪魅,浑身散发着一股摄人心魄的气韵。兴许是他在江湖闯荡久了,总觉得他静立的身影有着些许苍凉,仿佛萧瑟西风中临水自照的鸾鸟,随时都会发出一道悲鸣。他的眼里仿佛藏着什么伤心的往事,令人欲一窥究竟。

两人这般近距离对视,连对方脸上的汗毛都清晰可见。朱毓媞的脸忽然又红了,仿佛染上一波一波红浪。她从袁紫清漆黑的瞳仁中看见两个娇怯怯的自己,连忙垂头看着自己的洒花蝴蝶鞋。

一晌无话,夜风拂来一缕玉兰幽香,漫起露水般的微凉。二人并肩走着,任月光静静流泻在身上。

袁紫清忽然问道:"那日我在周世显家里遇见冯玄墨,他是你的扈从吗?"

朱毓媞道:"父皇不放心我出宫,因此让冯玄墨跟着我。"

袁紫清道:"我听你提及冰魄蛇时,冯玄墨的表情不太自在,究竟是怎么一回事?"

朱毓媞道:"八年前我随父皇到御田参加籍田典礼,被毒蛇攻击。冯玄墨当时只是锦衣卫校尉,见状一刀斩了蛇头,救了我一命。当日他便升为锦衣卫千户,之后陆陆续续立了不少功劳,就这样一路升为锦衣卫指挥使。世显哥哥说他立的功劳,不过是些捕风捉影、捏造案情,逢迎拍马、曲意媚上。他似乎还与东厂提督曹化淳过从甚密。"

袁紫清道:"东厂提督曹化淳,是一个位高权重的大人物。若得曹化淳器重,平步青云是必然的。嗯,你在怀疑什么?"

朱毓媞道:"有一回我亲眼看见他吹哨驱蛇。本来毒蛇要攻击我,结果哨音一起,毒蛇就僵住不动了。"

袁紫清道:"难道八年前他在自导自演不成?"

朱毓媞道:"八年前攻击我的蛇叫作冰魄蛇。据太医描述,冰魄蛇性情温和,胆小怕人,是不会主动攻击人的。"

袁紫清道:"他当年若驱动冰魄蛇攻击你,那你当时应该会听见哨音吧!你仔细想想,当时有听见什么奇怪的声音吗?"

朱毓媞道:"当时我还是个小女孩,只知道玩耍,就算听见哨音,可能也只当是风声罢了。"

袁紫清道:"当时跟在你身边的还有谁?"

朱毓媞道:"当时我离人群稍远,在我身边的,除了冯玄墨,还有一名太监。前几日我在御花园正好遇见了那名太监,原来他就是曹化淳的义子、东厂掌班曹吉祥。"

袁紫清道:"那就容易了,我去问一问曹吉祥当时有没有看见冯玄墨做出奇怪的举动。"

朱毓媞吃了一惊,道:"你要潜入东厂官署吗?"

袁紫清道:"对啊!不入虎穴,焉得虎子。"

朱毓媞急切道:"在宫里掳人很危险的,你不要冒险。"

袁紫清道:"我不做没把握之事。我会暗中观察曹吉祥,静待时机动手,决不会让自

己身处险境。你静静等着我的消息便是了。"

朱毓媞低声道："那好……我等你的消息，你千万小心。"

袁紫清抬头见月亮又偏西了数分，道："你快去睡，我也要走了。"

朱毓媞声音低了又低，几乎听不清楚："那你明天还会再来找我吗？"

袁紫清俯视着她，目光炽炽如火焰，反问："你希望我明天来找你吗？"

朱毓媞道："当然，我会一直等你……"

袁紫清正要一口答允，忽然想到，唯有保持若即若离的态度，才会令她患得患失，不可自拔，于是道："若是日日见面，只怕你很快就会看厌我了。我过几日再来。"说着挥了挥手，转身越墙去了。

朱毓媞痴痴愣愣地看着他的背影消失在月光下，良久，直至夜深露重，都不肯回房。

第八十八章

执手相看两不厌

袁紫清这一去便是七日，朱毓媞夜夜等着他，望穿秋水，只为了那一抹月下翩然的身影。

她凝睇着袁紫清的画像，目光脉脉含情，絮语呢喃："彼采葛兮，一日不见，如三月兮。彼采萧兮，一日不见，如三秋兮。彼采艾兮，一日不见，如三岁兮。"从前不能体会诗中的绵绵相思之情，总觉得"一日不见，如隔三秋"未免太矫情浮夸了。袁紫清那夜来过以后，只要夜里风鸣树梢、枝摇花落、云开月现，她便会心跳加速，以为他来了，直到转头那一瞬看见空空荡荡的身后，心中的失落惆怅便会如雾弥散，仿佛连空气也浸染了淡淡的相思之情。如此患得患失，对他的情意便如春蚕吐丝，密密匝匝地裹住整颗少女芳心，让她再也无力挣脱了。

"一日不见，如三岁兮，七日不见，那不就超过二十年了？欸，我忽然觉得自己对你不住，让你等得心都焦了。"

朱毓媞的心仿佛被什么东西撞了一下，蓦然回首，低呼道："你终于来了。"

袁紫清见她一脸欢喜，如暗夜幽昙临风初绽花瓣，说不出的清丽无伦，伸出食指轻轻刮着她的鼻梁，道："见到我这般欢喜吗？"

这样亲昵的举动，仿佛在朱毓媞心中洒下绵绵春雨，她低头道："我对你的情意，你今日才知晓吗？就爱明知故问，笑话我。"

袁紫清托起她的下巴凝视着她，道："你看起来很倦，这几日没睡好吗？"

朱毓媞含羞带怯地道："我夜夜盼着你来，怎么睡得安稳？"

袁紫清歉然道："我以后不再这样了。"

朱毓媞双眼一亮，道："你会夜夜来找我吗？"

袁紫清道："当然，你这样相思入骨，我心里也十分不忍。"

朱毓媞嘴角藏不住笑意："这是你说的，来，拉钩钩。"说着伸出手来，拇指和小指竖起，甜甜地看着他。

袁紫清见她难得淘气，心头微微一荡，道："嗯，拉钩钩。"

二人小指相钩，拇指对撞。朱毓媞正要收手，袁紫清握紧她的皓腕，深深地凝视着她，道："歘，你说我们这样是不是叫作'执手相看两不厌'呢？"

朱毓媞心中甜滋滋的，啐道："你干吗老是叫人家'歘'……"忽然倒抽了一口凉气，颤声道，"难道……难道你忘了我的名字了吗？"说到这里，如含了一枚黄连，咽不下也吐不出。

袁紫清道："我哪能忘了你的名字，你叫朱毓媞。"

朱毓媞笑逐颜开："你没忘就好，不然我可要难受极了。"

袁紫清道："我要怎么叫你，是叫你长平、毓媞，还是媞儿？"

朱毓媞道："叫我媞儿吧！我喜欢……喜欢你这么叫我……"

袁紫清："媞儿，媞儿，你喜欢听，我就多叫几遍。媞儿，媞儿……咦，为什么你的脸越来越红了？"

朱毓媞跺足娇嗔道："别一直看着人家嘛！我都被你看得不好意思起来了。"

袁紫清忍不住一笑："好嘛好嘛！那你要如何叫我？你那日对着我的画像叫我紫清，叫得那样顺口，仿佛常常叫我似的。"

朱毓媞绞着衣袖，道："我……我四年来一直这样叫你。唉，都被你知道了，我在你面前已经没有秘密了。这样也好，心中坦荡荡，反而觉得一身轻呢！"

袁紫清道："看来你是个坦率之人。"

朱毓媞道："是啊！比起表面文章，我觉得真心相待较不累人，因此我最恨别人曲意逢迎、虚与委蛇了，偏偏宫里到处充斥着这样的人，令我感到厌烦不已。"

她的音量虽轻，却有一股水滴石穿的坚决，眉宇间的倔强更耀眼了。

袁紫清呆了一呆，刚要浮起的笑意僵在唇边，仿佛一朵尚未绽放便萎败的花，只觉得一口气噎在胸口，不知该如何面对这样的她，连忙转移话头："你以后便叫我紫清吧！"

"不……"朱毓媞仰头眷眷地看着他，柔声道，"我要叫你清，只叫一个字就好。"

"媞儿……"

"清……"

她一声低唤，语气柔得似春绸迤逦铺开。袁紫清的心仿佛被猫爪轻轻扒搔，全身热了起来。"清"这个字是魏怜情到欢浓处才会脱口而出的，她……她竟然这样叫自己！

悸动的一瞬间，分明长窗虚掩，空气流畅，却觉得有些滞闷。

朱毓媞定定地瞧着他，目光似要诉尽一腔柔情蜜意。袁紫清忽然转头不去看她，任清凉的风扑在面上，像是在压抑什么似的。

"清……"朱毓媞对他的一举一动都十分关注,忍不住问道,"你怎么啦?"

"没……没什么。"袁紫清急忙替自己倒了一杯茶,便要饮下。

"茶冷了,很伤胃的。"

"就是冷了才好。"

朱毓媞困惑不已,还以为是他的喜好,于是便不再阻止,看着他急急忙忙地把整杯茶灌入喉中。

袁紫清缓缓呼吸了一遍,脸上的潮红渐渐褪散,恢复白瓷般的肤色:"我问到曹吉祥的口供了。"

"他怎么说?"

"曹吉祥从前在民间就是个舞蛇伎人,冯玄墨的驱蛇技艺是他教的。八年前他们沆瀣一气,你被他们利用了。"

朱毓媞面色一沉,恨恨地道:"果然和我想的一样,这二人当真大胆。"

袁紫清道:"是啊!为了青云直上,连别人的性命都可以玩弄于股掌之间。但天理昭彰,报应不爽,我已经替你出了一口恶气了。"

朱毓媞愕然道:"什么意思?"

袁紫清道:"你以为曹吉祥的口供是怎么来的?我暗中跟了他三日,趁着他解手之际,把他劈晕掳到宫外。曹吉祥这厮外强中干,我只不过拿出他们东厂整治犯人最末流的手段,没多久就招供了,而且招得干干净净,还求我放过他的性命。我又不是傻子,放他回去?等着东厂来收拾我吗?于是我爽快地一剑送他上路了。"

朱毓媞虽然知道他杀过人,可是听他轻描淡写说来,仍是感到害怕。

袁紫清见她面色苍白,道:"你害怕吗?"

朱毓媞点头道:"有一点。"

"生逢乱世,你不杀人,别人就会来杀你。何况……"袁紫清目光望向窗外,脸上含着一缕淡若烟岚的笑意,"你父皇掌握生杀大权,杀过的人多如过江之鲫!"

朱毓媞心头一紧:"别说这些了,我害怕。"

袁紫清回眸看着她:"曹吉祥死了,还有冯玄墨。他是我师兄,我不能杀他。不过终有一日我会把他缚到我师父面前,也算是替你解决了这两个为非作歹之人。"

朱毓媞道:"他知道你有哮喘,你千万要当心。"

袁紫清道:"你很担心我吗?你怎么不说叫我不要以身犯险之类的话呢?"

朱毓媞道:"我自然很担心你,也想这样劝你。可是自曹吉祥之后,我忽然发现你是劝不住的。且你也说自己不做没把握之事,所以我只能叮嘱你注意自身安危,别在宫里光明正大和他交手。"

袁紫清道:"冯玄墨不是曹吉祥那样的草包,我不会在宫中对他贸然动手,徒然揽祸

上身。"

朱毓媞道："也好,想到他当初的不择手段,我就觉得反感。其实,你根本不必在宫中对他动手,我只要跟父皇说我要出宫,他还不乖乖跟着我吗?"

袁紫清道："我方才也动过这个念头,只是这样一来,倒像我利用你似的。"

朱毓媞道："你我之间,不说'利用'两个字。"

袁紫清道："好,他出了宫门,我就有法子对付他。我着了他一次暗算,不会再有第二次了。"

朱毓媞道："只不过你处理掉他后,父皇又不知要安排谁来当我的护卫了。唉,我想一个人清静自在地出宫。"

袁紫清道："是啊! 总是有个人在身后盯着你的一举一动,真是别扭!"

朱毓媞赧然一笑："谁叫我是公主,被这重身份绑着,注定今生是没有自由的。"

袁紫清道："从前你还没遇见我,只能这样委屈自己。如今我来了,我带你出宫不就行了。"

朱毓媞喜出望外："你要带我出宫? 像你飞在空中那样吗?"

袁紫清道："对啊,难道你会怕吗?"

朱毓媞怯怯地道："有点儿。"

袁紫清道："别怕,我背着你,你只要牢牢抱紧我就好。"

朱毓媞想到肌肤相贴,耳鬓厮磨,只觉得耳根子一阵一阵发热,垂头讷讷不答。

袁紫清见她含羞带怯的模样,心想,她真是待字闺中的纯情少女,不像魏怜既大胆豪放又热情如火,忍不住失笑道："四年前我抱过你,四年后你背过我,你不会还害羞吧?"

朱毓媞点了点头。

袁紫清忽然面色一沉,哼了一声："算啦,不要就不要,我要走啦!"

朱毓媞一听,急得一头汗,抬头一望,长窗敞开,袁紫清的一片衣角消逝在夜幕中。

"清……"她奔到窗外,只见皓月当空,银辉匝地,袁紫清已不知去向。

她一向刚强,从不轻易落泪,这时忍不住红了眼眶,凄然道："你就这样去了吗? 你这样一去,岂不是又令我相思入骨了? 你还说你不忍心……都是欺骗我的吗?"

也不知过了多久,只觉得心都凉透了,凭窗望着耿耿星河,只盼着他从星河的彼端归来。更漏滴滴,静夜沉沉,等着等着,仿佛连身子也僵透了。

原来患得患失是这样苦,似把心放在火上慢慢燎烧,成了死灰后,不知何时又燃起一星火苗,继续漫漫长夜的煎熬。若说长相思是催人心肝,一路痛苦到最深处,那么患得患失就是辗转反复的折磨,一遍又一遍凌迟着脆弱不堪的心。

忽然间,她觉得繁华锦绣的宫中,倘若再也没有他的翩然身影,自己不过是槁木死灰而已。

金风玉露一相逢,便胜却,人间无数。从前觉得只要再见上一面就能心满意足了,直到深陷情网,才发觉自己竟是这般贪婪,渴望着每一刻都与他形影不离。

她凄凉地走到姑射苑,望着天际,喊道:"清……"

"媞儿。"

这两个字如一道惊雷般碾过朱毓媞的心,她全身一震,带着一脸不敢置信转过头去。

袁紫清侧身斜躺在屋顶上,一手支头,一手抱着酒坛,身后刚好是一轮皓月。清冷的光辉下,他宛如月中醉仙,只怕世上任何男子见了他,都要自惭形秽。

朱毓媞呆了一呆,睁大双眼,一眨也不眨地看着他,生怕眼皮子眨动一下,眼前这魂牵梦萦之人就会成了水中月,一触即碎。

袁紫清跃下屋顶,走向她,笑着喊了一声"媞儿"。

是谁的手揪着我的心不放?

朱毓媞强忍着哽咽,只觉得满腔苦涩都一扫而空:"清,我还以为你不理睬我了。"

袁紫清双手拎着一团纸包、一坛美酒,笑道:"我哪有不理睬你,我是想说,既然要出宫,那么带些零嘴儿和酒在路上解解馋嘛!"

朱毓媞道:"难道你方才去了御膳房吗?"

袁紫清道:"对啊,都说御膳房的手艺极佳,我倒想尝个新鲜。"

朱毓媞忍不住"扑哧"一笑:"御膳房的食物太过精致,失了食材最原始的味道,我反而觉得远不及民间呢!"

袁紫清见她眼圈儿红通通的,道:"我只不过去了一趟御膳房,你都快要哭出来了。"

朱毓媞莲足轻跺:"你还说,还不是你一声不响地离去,害我伤心极了。下回我锁了门窗,不让你进来!"

袁紫清道:"你才舍不得呢!"

朱毓媞道:"谁说的,我偏偏就舍得,谁叫你故意欺负我。"

袁紫清道:"好啦,那我立刻补偿你可好,你想去哪里?"

朱毓媞道:"我一直想到屋顶上看星星。从前我这样跟父皇母后说,都招来他们一顿白眼,认为我不成体统,离经叛道。"

袁紫清叹道:"虽然是天家富贵,到底还是不及民间自在。"

朱毓媞不意他会这么说,心头微微一动,怔忡的瞬间,依稀觉得他离得很近,仿佛他从来就在自己的心中,只是一直茫然不觉罢了。

末了,她发出幽幽一声叹息:"清,你背我吧!"

第八十九章

譬如朝露，去日苦多

袁紫清的背很宽阔，仿佛就是整个天与地。这样静静伏在他背上，世间万物都似静止了，只剩下他们形影相依。

袁紫清穿墙越户，找了一户屋檐坐下。

夜深人静，花外更鼓声迢递。一轮皓月嵌在耿耿银河中，笑看着人间聚散离合。轻柔的风徐徐吹来，恬静而美好，悸动而暧昧。

袁紫清打开纸包，道："每一样点心我都偷偷尝过，觉得合胃口的就顺手牵羊，带了出来，不过我想你应该吃腻了。"

朱毓媞一看，都是一些近日常吃的甜点，豌豆黄、芙蓉糕、玫瑰酥……这些糕点的共同点就是不会甜到腻口。

袁紫清见她神情有异，道："怎么了？你不喜欢这些点心吗？"

"不是，"朱毓媞双目闪着惊讶的光芒，缓缓地道，"你怎么知道我不喜欢吃太甜的糕点？"

袁紫清道："我乱猜的，你嘴巴一点儿也不甜，也很少甜甜地笑，应该不喜欢吃太甜的东西吧！何况你现在有了我，又何必再吃甜点？我觉得甜点是心中有苦的人才会吃的，倘若满心甘美甜蜜，再吃甜的不是要甜死人了吗？"

朱毓媞怔怔听着，听到最后，已控制不住内心的悸动："我也是这样想的，从前拘在宫里只觉得苦，像是满心满肺浸泡在黄连汁中，所以一味靠吃甜食来弥补。自从父皇允许我自由出宫后，我突然觉得甜食已没有吸引力了。你选的这些微甜而不腻的糕点，也是我近日最常吃的。清，我没想到我们的想法竟然不谋而合。"

袁紫清淡淡一笑，拍开酒坛的封口，一缕梨花清香扑鼻而来："这跟喝酒的道理一样啊！心中有愁就会想一醉解千愁，心中有苦就会想吃甜食来弥补。"说完饮了一大口，道：

"嗯，这梨花白酿得不错，改天我再去偷个几坛。"

"清……"朱毓媞凝视着他的双眸，"从前你究竟发生了什么事，为什么你明明在笑，我却感觉你很落寞。四年前见你那样压抑地哭，你手臂上的齿痕，你的爹娘……"

袁紫清掩住她的嘴，沉沉地道："别问……"隔了一晌，指着月亮，道："你瞧今夜月明星稀，如斯良辰美景，为什么要谈伤心往事，让自己不快活？"

朱毓媞低声道："对不起，我只是想进一步了解你。"

袁紫清又饮了一口梨花白："对酒当歌，人生几何？譬如朝露，去日苦多。人生本就苦短了，欢欢喜喜度过今夜不好吗？"

不知为何，明明他这段话讲得漂亮潇洒，朱毓媞却觉得他的语气有着些微的酸楚，仿佛一字一句都沾染了泪意。

袁紫清道："那么你呢？你应该不想当公主吧！连出宫都要有人跟随，倒不如闲云野鹤、逍遥自在的平头百姓。"

朱毓媞道："你说得不错。我啊，的确不想当公主。人人向往天家富贵，殊不知天家亲情却不如寻常百姓，在宫里得时时恪守纲常，不能逾越，疏了亲子之情，远了伦常之道。你知道吗？我最羡慕平凡人家，可以围在一起简单吃顿饭，说说体己话，不必顾及君臣之礼，不必兢兢业业，就怕错了礼数。紫禁城虽然辽阔，可是望出去的天空四四方方的，怎么看都不过瘾。我呢，就觉得自己像被折了翅膀，飞也飞不出去。人人羡慕我是天家金枝，金尊玉贵，可是千金散尽，也买不到一刻逍遥。绫罗绸缎、金银珠翠对我来说，都是华丽的讽刺。"

袁紫清道："只可惜，你无法选择自己的人生，就连我来找你，也只能趁着夜深人静，偷偷摸摸越墙翻窗，不能光明正大进入你的宫室。"

朱毓媞黯然不胜："祖宗家法规定，公主和驸马成亲，公主住公主府，驸马另居他处，夫妻俩不能同吃同住。若驸马要见公主，须得公主宣召。而公主宣召驸马也不是想见就见的，必须在三晡时分才能相见，天明前驸马就得离开，不然就是有违礼教。"

"呵，岂不闻古语有云：'饮食男女，人之大欲存焉。'这条祖制简直有违人情。我真的很羡慕寻常百姓，贫苦一点不要紧，至少他们是自由的。我虽然拥有许多，可是我最渴望的，永远都得不到。我忽然觉得，比起寻常百姓，我竟是一贫如洗。"

袁紫清沉默片刻："说一句难听又现实的话，倘若闯王打下江山，你就不再是公主了，那么你一心追寻的，再也不是庄生晓梦了。"

朱毓媞也不着恼："我曾这样想过。在这宫里人人都不快乐。父皇虽是九五至尊，坐拥山河，可早已被国事熬得身心俱疲，高处不胜寒，无人可诉，连与亲人安安静静吃顿饭也不可得；母后一心恨着皇贵妃，日夜活在算计之中，她的心也不得舒展。与其人人活得那么累、那么辛苦，不如就不要了这锦绣富贵，一辈子散诞逍遥。平凡单纯即是快乐，是

金山银山也买不到的。闯王要这江山，就给了他吧！只要他能保我父母平安，善待百姓就好。欸，我说的是什么傻话，闯王就是百姓出身，能不善待百姓吗？"

袁紫清道："这些是你的真心话？"

朱毓媞淡淡地道："我从不说违心话。"

袁紫清呆了良久，突然道："我方才一时糊涂了，我知道你是不会说违心话的。"

朱毓媞嗯了一声，低声道："清，你知道我是这样的人，所以我对你是真心的。"

袁紫清的声音涩涩的，仿佛帘卷西风，带了一地落絮："我知道……"他笑了笑，驱散面容的萧瑟，"说实在的，若不是知道你的身份，你的言行真不像个公主。"

朱毓媞反问："那你觉得公主应该是什么样的？"

袁紫清忽然想到昭仁公主，道："骄矜任性、蛮横无理、目下无尘，就像你妹妹那样。"

朱毓媞讶然道："你见过我妹妹？"

袁紫清道："之前去坤宁宫找你，你刚好不在，我在院子里碰见昭仁公主和皇后。"

朱毓媞道："她是一个令人头疼的孩子，连我都不放在眼里。唉，都是让母后惯坏的。"

袁紫清道："看来皇后对你很不满，对她却十分放纵溺爱。"

"因为我讲话太直接了，母后才不太喜欢我，觉得我不像个公主，不像个女儿，无法成为弟弟妹妹的表率，令她齿冷心寒。"朱毓媞幽幽一叹，"清，你觉得我是不是根本投错了胎，生错了地方？我根本不适合当公主啊！"

袁紫清道："我只知道慧极必伤，情深不寿，你越执着这一点，越是苦恼不胜。"

朱毓媞幽幽地道："我怎能不执着？知道你是紫兰君后，我满心满肺都是焦灼不安，就怕哪一日你失手受了伤害，而我又没有能力救你，只能眼睁睁看我父皇杀了你。"

袁紫清道："你就只知道担心我，我盗了你外公的黄金，把他气得半死，你就没有一丝埋怨吗？"

朱毓媞淡淡地道："钱财乃身外之物，生不带来，死不带去。既然带不进棺材，那被你取走跟放着蒙尘有什么差别，是外公自己看不透罢了。更何况，你取走这些钱财，不也是以闯王名义来赈济百姓吗？钱财必须用在有意义之处，我发米济贫也是这个道理。"

袁紫清呆了一呆，整个胸膛都是无尽的震撼。

朱毓媞取了一块玫瑰酥咬了一口，见他怔然，笑道："怎么啦？怎么不说话？"

袁紫清道："我真要对你刮目相看了。"

朱毓媞道："也许我是整个皇宫里最清醒的人。因为一直清醒着，所以比旁人看得更透彻；因为看得更透彻却无力改变现实，所以孤独。"

袁紫清道："你说的话，颇有'举世皆浊我独清，众人皆醉我独醒'的意境。可是这样的人凌驾于平庸之上，注定是孤独而终的。"

朱毓媞道："是啊！屈原自喻为橘，可我觉得他更像一朵菊花。宁可枝头抱香死，何曾吹落北风中。"

袁紫清道："你觉得屈原是菊，我倒觉得你是一枝荷花，出淤泥而不染，濯清涟而不妖。想必你也是喜欢荷花的人。"

"世间花叶不相伦，花入金盆叶作尘。唯有绿荷红菡萏，卷舒开合任天真。此花此叶常相映，翠减红衰愁杀人。"朱毓媞道，"我喜欢荷花，是因为荷花不与百花一同在春天热烈绽放，而在夏季一枝独秀。荷花不管花瓣、种子、根茎、叶子都可以食用，甚至可以拿来入药，并非虚有其表，而是真正实用的花卉。我觉得做人要如荷花这般，对世间万物有所贡献。"

袁紫清道："所以你发米济贫，奉献关爱，就是为了令百姓能有一顿温饱？"

朱毓媞黯然道："是，只是我做的仅是杯水车薪罢了，世上仍有许多百姓吃不上饭。"

袁紫清看着她的眼眸，道："你要相信，你的所作所为也许改变不了这个世界，但你帮助的某个人，他的世界或许会因你而改变。"

一瞬间的悸动令朱毓媞睁着迷蒙的双眼，情不自禁地柔声呼唤："清……"

袁紫清饮了一口梨花白，伸指在她的鼻梁刮了一下，道："你啊，别用这种眼神看人，知道吗？"

朱毓媞愕然道："为什么？"

袁紫清凑近她耳边，邪魅一笑："因为这样很危险。"

朱毓媞更是困惑："我不懂。"

袁紫清道："不懂就算啦！"

朱毓媞道："你告诉我嘛。"

袁紫清坏笑道："总有一天，我会用行动来告诉你的。"

如此一夜喁喁私语，直到耿耿星河欲曙天，袁紫清才带她回宫。

第九十章

人皆弃旧爱，君岂若平生

袁紫清回到魏宅后，已是晓风残月了，天色窈窈冥冥，远处鸡鸣一声长过一声，唤醒无数幽梦。他一夜没睡，倦意正浓，沐浴在热水里，任凭思绪放空，双臂搭在浴桶边缘，背脊往后凭依，只觉得身心舒泰。

他生性好洁，沐浴都用香澡豆，那是用零陵香、甘松、白芷、瓜蒌仁、冬瓜仁、豌豆、大豆等各种原料磨粉制成的，沐浴后身上会有一股淡淡香气。

魏怜从他身后慢慢走进来，递给他一条毛巾。

袁紫清随手接过，将毛巾沾湿敷在面上，只听魏怜的声音幽幽传来："你昨夜去哪了？"

"皇宫。"

"去皇宫做什么？"

"找人。"

"找谁？"

"公主。"

魏怜"呵"的一笑，低声道："我猜得果然没错，你两次深夜入宫，都到这个时辰才回来，一定是去找她了。要不然，你的衣裳怎么会有女人的香气？"

袁紫清取下毛巾，回头看着她，只见她抱着自己刚除下的衣裳，面容仿佛披了一层晓月残光，无限凄楚迷离。

"魏怜，"袁紫清面无表情，声音冷如冰锥，"你不会不知道我只是在骗取她的感情和信任吧？"

"我知道。"魏怜眼中隐隐有一泓清泪，"我是你的女人，你总要亲口告诉我吧！而不是让我憋不住了才来问你。我……只是在等你亲口告诉我而已……"

袁紫清斜睨了她一眼，重新将毛巾沾湿敷在脸上，话声透过毛巾，显得闷闷沉沉的："现在知道不就好了。"

魏怜知道他一旦决定做什么，谁也无法让他改变主意。她忍着鼻酸，放下他的衣裳，走到他面前，道："那我问你几个问题，你要老实回答我。"

"你问。"

"你会和她进展到什么地步？"

"和你进展到什么地步，我就和她进展到什么地步。"

魏怜忍不住落下泪来，只觉得满心满肺都酸楚不已，仿佛有什么东西哽住喉头，纵有千言万语也说不出来。

袁紫清移开毛巾，扔在水里，"啪"的一声，溅起朵朵水花。敷了热毛巾并未使他面色温润一些，反而冷如青瓦秋霜，望之生寒："你哭什么？这世上哪个男人不是三妻四妾，难道我跟你好上了，就不许我跟别的女人欢好了吗？再说了，你又不是我的第一次。在你之前，我早就有数不清的女人了，难道你要一个一个跟她们吃醋拈酸吗？"

魏怜咬牙不语。袁紫清从前在金陵就是个出名的浪荡公子，她早就从媚香楼姊妹们的嘴里听过他勾栏买醉、饱经风月的事迹了，只是从别人嘴里听说毕竟和他亲口说出来的感觉不一样。

"哗啦"一声，袁紫清从水里起身，拿了一条毛巾擦拭身体，淡淡地道："金陵本就是个花天酒地、醉生梦死的销金窟，被我睡过的女人数都数不清。她们在我生命里全是过客，在我身下全是同一副德行！即便尊贵如公主也一样！"

"我不是不许你和她……和她欢好，而是想到你要和别的女人轻怜蜜爱、缠绵温存，我就觉得心酸罢了。"魏怜紧咬着牙，仿佛要借此忍住满腔的酸楚，"紫清，我……我不是要限制你，我爹爹何尝不是三妻四妾？我在青楼里，见过无数富家公子左搂右抱，逢场作戏，我早就习惯了……真的……你要相信我……"

袁紫清擦干身体，穿了一件粉紫暗花寝衣，双颊被热气蒸出一抹潮红，道："还有问题要问吗？"

魏怜拭泪道："你会不会不小心爱上她？"

袁紫清呆了一呆，显然不曾思索过这个问题。迷惘的瞬间，他想起了朱毓媞出水芙蓉般的面庞，那样秀净，那样纤弱，似乎随时都会被风雨摧残零落。生长在锦绣华章的她，理应不谙民间疾苦，只知享受富贵权势而已，而她，却有着凌厉的刚毅和不平凡的气性……

不知为何，朱毓媞的一句话一直萦绕在他的耳际："也许我是整个皇宫里最清醒的人。因为一直清醒着，所以比旁人看得更透彻；因为看得更透彻却无力改变现实，所以孤独。"

你是孤独的,那我呢?我的父亲被凌迟处死,我的母亲被奸淫而死。原本无忧无虑的童年,我被人凌辱虐待,恐惧阳光,整整三年都是遍体鳞伤的冰冷黑夜。之后我获救了,可是哮喘和疯病仍是不放过我。我内心深处其实渴望能够有个人分担我的痛苦,可是我的自卑和对世人的不信任,让我把自己彻底封闭起来。我又何尝不是孤独的?

魏怜见他茫然不答,握住他的手,急切道:"你回答我啊!"

"不会。"袁紫清如梦初醒,语气坚决,"我清楚她是谁的女儿。我只是要利用她来报复崇祯皇帝而已。"

说到这里,他内心怅然一扫而空,嘴角扯出兴奋的弧度,双手搭在魏怜肩上,笑得十分畅快:"你想想看,崇祯皇帝若知道她的女儿为谁痴迷,为谁失身,还不活活气死吗?一想到这一点,我就兴奋得睡不着觉,做梦都会梦见他七窍生烟的模样。"

魏怜低声道:"这是你说的,你不要骗我。我能接受你跟别的女子缠绵,却绝对不能接受你移情别恋。紫清,你的心只能是我的,永远……永远……都只能是我的……"蓦地她被袁紫清深深吮住唇瓣,说话声含糊不可闻。

袁紫清利落地剥下她的衣裳,抱她到榻上,轻吻着她的脖子,轻轻地道:"喊我清,快……"

魏怜媚眼如丝,神情迷蒙,菱唇轻咬,娇声道:"清……"

袁紫清只听得意乱情迷,血脉偾张。他迅速除下寝衣,箍住她的手腕……

"清……清……"

第九十一章

频祝愿，如花似叶长相见

凉月趱西、细雨霏霏之夜，袁紫清又来到皇宫，只见朱毓媞正背对着自己作画。

她画的是荷塘，荷叶田田，红妍亭亭，如开了一朵朵婆娑云彩，轻曳于烟波浩渺之间，一对蜻蜓栖息于荷蕊上，似感知炎炎夏日下一抹难言的风露轻愁。

她很认真，似乎没有察觉自己已经到来。

一晌后她画完了，将象牙笔放在青玉笔架上，端起一盏茶润了一口，又轻轻伸了一记懒腰，回头见到袁紫清，脸上跳出一抹喜悦："清，你来了！啊！你的衣裳都湿了。"

袁紫清除下微湿的外袍，道："途中突然下起雨来，幸好已经快到皇宫了，看来今夜不能到屋檐上看星星了。"

朱毓媞将毛巾递给他，道："赶快擦干，别着凉了。"

袁紫清促狭一笑："你来擦可好？"

朱毓媞红着脸道："若你不嫌我笨手笨脚，我当然愿意了。"说着用毛巾轻轻擦着他头脸的水痕。

袁紫清忽然捉住她的手，在她手背上淡淡一吻。

朱毓媞如遭电击，娇躯轻轻一震，迅速地缩手，低声道："你好坏，人家帮你擦脸，你还这样欺负我。"

袁紫清最爱看她含羞带怯的模样，坏坏一笑："我就是爱欺负你。"

气氛忽然变得暧昧不明，如窗外淡月朦胧，丝雨醉软。

朱毓媞的心"扑通扑通"跳得剧烈急促。

袁紫清笑睨道："什么声音？"

朱毓媞羞得几乎想钻入被窝里，道："欸，你真讨厌。"赶紧岔开话头道："你什么时候来的？也不唤我一声。"

袁紫清道:"见你画得认真,生怕干扰到你。怎么你画荷塘,却不用临景描摹呢?"

朱毓媞道:"你听过'以神遇而不以目视'吗?"

袁紫清想了一下,道:"知道啊,庖丁解牛嘛!庖丁最初肢解牛体时,眼睛所见,无不是完整的牛,根本不知从何处下手。历练三年,庖丁再度面对牛时,已达到'目无全牛'的境界,只消用内心感受牛体,不必再用眼睛观察。你的意思是你心中已有荷塘,所以不必临景描摹,就能画出栩栩如生的荷塘了,是吗?"

朱毓媞轻轻一笑:"是啊!像宋朝的大文豪苏东坡也有一套画竹的理论。他在《文与可画篔筜谷偃竹记》中云:'故画竹必先得成竹于胸中,执笔熟视,乃见其所欲画者,急起从之,振笔直遂,以追其所见,如兔起鹘落,少纵则逝矣。'苏东坡成竹在胸,而我是成荷塘在胸,均是得心应手,意到便成。"

袁紫清看着画纸上的荷塘,荷花荷叶紧紧相依,如一对亲密的恋人,道:"你喜欢荷花,应该还有另一个原因。"

朱毓媞笑吟吟地道:"说来听听。"

袁紫清道:"我若说错了,你可不许笑话我。"

朱毓媞童心忽动:"你若说错啦,我便在你额头弹一下。"

袁紫清道:"弹几下都行。嗯,我猜猜,你上回吟道:'世间花叶不相伦,花入金盆叶作尘。唯有绿荷红菡萏,卷舒开合任天真。此花此叶常相映,翠减红衰愁杀人。'这首诗最动人之处在于'此花此叶常相映'。寻常的花被摘下后,花被供入金盆里,叶子则零落成泥,唯有荷花花叶始终紧密相依。你应该也喜欢荷花这项特性吧?"

朱毓媞点头道:"我很喜欢晏殊的《渔家傲》的最后一句:'争奈世人多聚散。频祝愿,如花似叶长相见。'"说完定定地看着他,酒红初上脸边霞,道:"只祝愿,你我能如荷花荷叶一般长久相见。"

袁紫清微微一笑:"你就只有这一个心愿吗?"

朱毓媞颔首道:"倘若不能夜夜见你,我的每一夜,都是'无奈夜长人不寐,数声和月到帘栊'。清,这样的我,会很贪心吗?"

袁紫清摇头道:"不,我一日不见你,也是辗转难寐,心意难平。我答允你,不管晴雨霜雪,我夜夜都来陪你,决不令你承受相思之苦。"

朱毓媞嫣然一笑,只觉得满心如开满了并蒂荷花,就连呼吸都盈满了甘甜馨香。

二人并肩坐在床边说话。朱毓媞白日聚精会神地作画,夜里的精神便不大好,和袁紫清说了一会儿话,便面有倦色,眼皮沉重。

袁紫清问:"你累了吗?"

朱毓媞连忙瞪大双眼:"不,我不累。"

袁紫清道:"还说不累,我看你眼睛都快闭上了。你每天都那么晚睡,这样下去对身子不好，我看我以后还是早点儿回去好了，别妨碍你睡觉。"

朱毓媞急切道："不，我们能单独相处的时间就只有夜里，我不想你那么快走。清，我不累，真的，你别走……"

袁紫清道："还逞强，眼睛都熬出血丝了，你快睡。"

朱毓媞嗯了一声，显得闷闷不乐："清，你住哪里？或许我以后白天可以想法子去找你，这样你就不必夜夜过来了。"

袁紫清心头一凛，道："我住……我住客栈，客栈人来人往不大方便，还是别过来了。"又道，"你明儿个跟你父皇说要出宫，我打算将冯玄墨之事做个了断。你在酉时整出承天门，一路往云英馆的方向去，我会跟在你们身后静待时机动手。"

朱毓媞道："冯玄墨已知道你我的关系了，出宫后必定会有所防范。清，你要小心。"

袁紫清道："好，你快睡吧！现在外面没有下雨，我要回去了。"

朱毓媞恋恋不舍地看着他，道："回去小心一点。"

袁紫清嗯了一声，越窗而去。跃上高墙那一刻，他回眸一望，见朱毓媞单衣伫立在窗边，依依眷眷地凝视着自己。虽然隔了一段距离，可是她含情凝视的脸，却恍若从心中浮起，那样明晰，连她眸中水波潋滟似的不舍都深深刻入脑海里。

他胸口莫名一紧，突然觉得其实自己并不想离开。

这种感受从未有过……

第九十二章

达成协议

翌日酉时,朱毓媞和冯玄墨行至承天门。

冯玄墨亮出锦衣卫牙牌,禁卫一来忌惮他是锦衣卫长官,二来早已是熟面孔了,虚应故事地瞥了牙牌一眼,寒暄说笑几句便放他们出行。

朱毓媞冷冷地打量了冯玄墨一眼,原以为他会局促不安,没想到此人倒是一切如常。

冯玄墨察觉到她在盯着自己,露出一抹古怪的笑容:"公主殿下极少这么晚出宫,不知要去何处?"

"许久没去云英馆了,倒是怀念得紧,走吧!"

"微臣还以为公主殿下有了紫兰君,再也不会想去云英馆那种臭男人挤成一团的地方了。"

朱毓媞被他说中了心事,微微着恼,脸上一红:"胡说什么!"

冯玄墨道:"难道不是吗?那日公主殿下与紫兰君欢喜重逢,真情流露,公主殿下为他制了哮喘救急荷包,还纡尊降贵背着紫兰君到医馆,微臣可是全程目睹啊!自那日后,往常三天两头都要出宫的公主殿下,似乎不太爱出宫了。莫非紫兰君夜里悄悄闯入宫禁,到公主殿下的香闺里……啧,公主殿下饱读诗书,应该知道'芙蓉帐暖度春宵'这一句吧!公主殿下矜持庄重,想来一开始是拒绝的,但紫兰君就不一定了……"他笑得极为猥琐,将朱毓媞的细微神情变化全都瞧在眼里,越发确定自己心中的猜想——这二人有私。

朱毓媞气得浑身哆嗦:"放肆,你嘴里不干不净说些什么,我与他清清白白的,你莫要以为人人都如你这般低劣不堪!"

冯玄墨呵呵笑道:"公主殿下这句话不正是承认了紫兰君夜入您的香闺了吗?孤男寡女,深宵独处,干柴烈火,活色生香……紫兰君又不是柳下惠,能克制得住自己不行周公之礼吗？"

朱毓媞涉世未深，没想到轻易地被他套出话来，脸上一阵红一阵白，跺足道："巧言令色，鲜矣仁！"不再跟他说话。

二人经过一条暗巷。

冯玄墨冷笑一声，抬头环顾周遭，道："师弟出来吧！这里就是绝佳的动手地点，再藏下去可就不好玩啦！"

只见树梢微微一动，袁紫清从阴暗处缓缓走出，道："师兄是聪明人，必定知道此趟出宫如同飞蛾扑火，理应战战兢兢才是。可我看你有恃无恐的，想必是有万全之计了。你究竟打了什么鬼主意？"

冯玄墨一脸得意扬扬："师弟也是聪明人，我不妨就直说了吧！嘿嘿，我有把柄捏在公主手里，以致不得不受制于人。但换个立场，你们两人何尝不是被我抓住了小辫子？堂堂公主和大盗紫兰君有私情，传了出去必定举国皆惊。皇上被国事熬得焦头烂额，若知道宝贝女儿与钦命捉拿的要犯好上了，不知道做出什么惊天动地之举？公主殿下，皇上的性子你最熟悉了，你仔细想想吧！"

袁紫清冷冷地道："你就不怕我杀人灭口吗？我最恨别人威胁我，管你是不是我师兄，一剑杀了你后再向师父请罪就是了。"

冯玄墨哈哈大笑："你当我蠢到这个地步吗？我已将你二人的秘密告诉了旁人，只要我哪一日突然像曹吉祥那样行踪不明，生死未卜，你二人的奸情就会立即曝光。而且我已绘制了你的肖像，只要你敢动我一根毫毛，你的肖像就会散布各地，全国缉捕。到时候我看你还能不能光明正大地行走江湖！"

朱毓媞气得胸口微微起伏，指着他颤声道："冯玄墨，你……好深沉的心计！"

袁紫清道："别气了，没有心计，怎么从锦衣卫校尉熬到指挥使？"

朱毓媞道："我能不生气吗？他手中有你的肖像，还要污蔑你我之间的清白！"

冯玄墨冷冷地道："只要紫兰君不再打我的主意，那么大家秋毫无犯，我冯玄墨保证不会泄露你们的私情，也绝不会将紫兰君的肖像散布出去，我冯玄墨说到做到。"

袁紫清道："好，从今以后，我再也不会跟踪你，更不会企图把你带至师父面前。你继续做你的锦衣卫指挥使，我们两不相干。"

冯玄墨："那你也别在京城作案了。须知你将京城搞得天翻地覆，皇上对我们锦衣卫颇有微词，我身为锦衣卫长官，受到的压力也不小。你要作案我管不着，但是不要在京城里作案。这里是天子脚下，你在这里作案就是冒犯天威。何况你若失手，唇亡齿寒，少不得也要搭上公主殿下。"

袁紫清道："我答允你。今后紫兰君不会在京城里作案，你可以高枕无忧了。"

冯玄墨哈哈一笑，一脸小人得志："好好好，真是爽快，我喜欢你的性子。既然达成了

协议,那你我也不须这般针锋相对,毕竟是同门师兄弟,相煎何太急。"

袁紫清冷冰冰地横了他一眼,仿佛在思量着什么,一晌后道:"师兄,我一直很好奇一点,你可否替我解惑。"

冯玄墨笑道:"你说,我必知无不言,言无不尽。"

袁紫清道:"在你心里,究竟性命重要还是官位重要?"

冯玄墨想也不想,道:"自然是性命了。俗话说:'留得青山在,不怕没柴烧。'只要一息尚存,就有一步登天的可能。"

袁紫清嘿了一声:"师兄心比天高啊!心里的这般渴望,全都赤裸裸写在脸上。其实这等于把自身的弱点告诉了别人,对你是有害无益的。"

冯玄墨朗笑道:"你的弱点不也赤裸裸写在脸上?因为紫兰君的身份见不得光,所以才会被我反将一军,不是吗?"又看了朱毓媞一眼,道:"公主殿下,宫门快要下钥了,你若不回去,怎么在闺中私会情郎?若是随便找个暗巷幕天席地也可以,我可以装作没看到……嗯,只不过近日因为紫兰君的关系,城里到处都是厂卫和兵马司的士卒,公主殿下还是别冒这个风险,以免身败名裂。"

朱毓媞恨恨地道:"果然心术不正之人,想什么都猥琐。"

袁紫清道:"别理会他了,你赶紧回宫,我晚一点再过去找你。"

朱毓媞嗯了一声,忍着气由冯玄墨护送回宫。

第九十三章

十年修得同船渡

稍晚,袁紫清到了朱毓媞房里。朱毓媞有一下没一下翻着《庄子》,显然心浮气躁。

"还在为冯玄墨生气?"袁紫清走到她身旁坐下。

朱毓媞鼓着脸颊,气咻咻地道:"当然生气了,冯玄墨反过来威胁我们,我们竟是拿他一点办法也没有,他……他真可恶……"

袁紫清浅浅一笑,似剪水而过的一缕清风,支头凝视着她:"欸,我发觉你害羞和生气的模样都好诱人,令人忍不住想多看几眼。"

朱毓媞伸指弹了他的额头一下,哼哼唧唧地道:"你忘了是谁最会惹我生气吗?哼哼,四年前某个人又凶又孟浪,没少令人生气。"

袁紫清道:"我又凶又孟浪,又专会惹你生气,你心里还不是对我念兹在兹!都说女人心似海底针,果真令人难以捉摸。"

朱毓媞啐了他一口,眉梢眼角藏不住甜蜜的笑意。

袁紫清道:"为了冯玄墨这种小人动气不值得。恶人自有恶人磨,你等着看戏便是。"

朱毓媞奇道:"什么意思?"

袁紫清道:"我跟踪冯玄墨那么久,也不是什么事都没做。冯玄墨的命运早就掌握在我手上了,只是他浑然不觉罢了。他说他性命重于官位,三日后,若他被下令杖死,那就一了百了,我们再无后顾之忧;若他侥幸不死,为了他那一句'留得青山在,不怕没柴烧',他必然投鼠忌器——"

朱毓媞忍不住好奇,插口道:"你做了什么?"

袁紫清道:"才不告诉你,你慢慢等三日不就知道了。"

"什么嘛!讲到一半就不讲了!"朱毓媞气呼呼地道,"真爱吊人胃口!清,你真坏!"

袁紫清贪恋地看着她气呼呼的模样,仿佛看不够似的,邪魅一笑:"这样就觉得我坏,

要不要我马上'坏'给你看?"

朱毓媞低眉顺眼一笑,脸颊红通通的,像极了一个熟透的苹果,说不出的娇美可爱:"你啊,就是个可恶又恼人的小恶人!你的名字有个'紫'字,我又姓'朱'。孔夫子有云:'恶紫之夺朱也。'紫能乱朱,你天生就是我命中的小恶人。"

袁紫清面色微微一僵,他原名子清,后来改名为紫清,便是冲着这一句"恶紫之夺朱也"。这句话不过寥寥六个字,其中凝聚了无数辛酸血泪、怨毒仇恨。

他端起梅花盏抿了一口清茶,岔开话题道:"你在看《庄子》?"

朱毓媞嗯了一声,道:"我很喜欢听庄子讲道理。"

袁紫清顺手拿起《庄子》,吟道:"饱食而遨游,泛若不系之舟,虚而遨游者也。不系之舟,嗯,这般散诞逍遥,无拘无束,必是你一心追求的了。"

朱毓媞面露陶醉之色,如饮了一壶美酒:"庄子所有名言中,我最喜欢这一段,当真是散诞逍遥!若能与意中人共乘不系之舟,饱食遨游,无所事事,可不是极尽幸福之事吗?"

袁紫清道:"我们这便去御膳房偷些糕点美酒,泛舟太液池,来一回散诞逍遥!"

朱毓媞闻言大喜。袁紫清背着她到了御膳房,偷了一壶梨花白、几样糕点,朝太液池去了。

太液池在紫禁城以西,波荡十余里。太液池中架虹桥,通往水中小渚。虹桥之东为圆台,圆台之上有圆殿。圆殿之后石龙吐水,一如急瀑。圆殿之旁有草房,祭祀时作为斋屋。圆殿之北为万岁山,雕梁画栋,鳞次栉比,端的是富丽堂皇。

尚未到映日荷花别样红的时节,太液池荷花兀自含苞待放,荷叶、菱叶、芦苇的清新芳香弥漫风中,十里风荷轻曳于缥缈碧波间。雾失楼台,月迷津渡,兰舟画桡过处,漾起浅浅縠纹,如谁的素手轻轻拨着一袭绫绸。耿耿银河倒映在水面上,画桡仿佛徜徉在满天星辉之中,令人沉醉。

袁紫清一边饮着梨花白,一边摇着画桡,颀长的身影映着粼粼波光,翩然如掠水惊鸿,令人惊艳。

画桡徐徐荡入荷叶深处,清风吹皱月影,白鹭起起落落,偶尔游鱼出水,溅起水花朵朵。

他轻轻唱道:"凤凰山下雨初晴,水风清,晚霞明。一朵芙蕖,开过尚盈盈。何处飞来双白鹭,如有意,慕娉婷。"

朱毓媞柔声道:"清,是否这支曲子代表着一段美好的回忆,所以你才会被我的笛音吸引,所以你此刻才会唱得这般惆怅?"

袁紫清柔肠触动,面色难得温和:"从前我娘最常唱的就是这一曲。我娘说,当年便是在西湖唱着这一曲,才与爹爹定情的。"说完又轻轻唱道:"忽闻江上弄哀筝,苦含情,遣谁听！烟敛云收,依约是湘灵。欲待曲终寻问取,人不见,数峰青。"话声隐隐有唏嘘之意,神色痴痴惘惘,仿佛沉浸在美好的梦境里,"我娘说,当年也是一个水风清、晚霞明的光景。她唱着曲子,忽然爹爹上了她的小舟。爹爹是文人,和她聊着诗词,娘的心便渐渐坠入情网了。古语说得好:'十年修得同船渡,百年修得共枕眠。'在水光潋滟、山色空蒙的西湖之上定情,真是美得令人向往,可是……可是……他们都已经不在了……永远离开我了……"

湖色浓得如光滑的绸缎,漾着华美的波縠,仿佛他此刻难以平静的心。

"清,"朱毓媞心头涌起一股难以言喻的酸楚,她温柔地凝视着他,"或许你的伤心、你的看不透,是因为不舍双亲死亡时太过痛苦,又或是不舍他们临终之际,你并不在他们身边,没有见到他们最后一面,又或是不舍你们之间的亲情缘分如此短暂,恨不得承欢膝下。"

袁紫清一时触动得说不出话来,微微低头,吸了一口气,驱散满腔的惆怅,道:"从来没有人跟我说过这样的话。真是奇怪,你分明双亲健在,人生顺境多而逆境少,为什么会有这样的念头?"

朱毓媞道:"我只是比旁人看得更深一层,所以才会有异于常人的领悟罢了。清,其实你的父母并没有离开。你心里一直思念着他们,那么,他们不就一直活在你心中吗?他们只是换了个方式活着,他们始终没有离你而去。"

袁紫清静静凝视着她,月光流泻在她脸上,如蒙了一层朦胧的纱,越发衬得她的容貌淡雅清秀。清风徐徐,将她的衣裙微微带起,使她大有飞燕临风的娇怯不胜。不承想在这金堆玉砌的深宫中,竟还有如此"翠袖不胜寒,欲向荷花语"的清丽之姿。

袁紫清抬头望月,沉默不语,渐渐空气变得湿润,一晌后飘起蒙蒙微雨。

朱毓媞蹙眉道:"雨怎么说下就下。清,咱们赶紧进到舱内避雨。"

冰凉的雨水落在袁紫清脸上,他倏地回过神来,和朱毓媞缩进舟舱。

雨势绵绵不绝,看似没有停止的迹象。

朱毓媞道:"我们出来没有带伞,这下回不去了,这可怎么办?"

袁紫清抿了一口梨花白,慢悠悠地道:"淋雨会生病的,你若倦了,就先睡一下吧！雨停了我再叫你。"

朱毓媞又羞又窘:"那可不行,不能睡在这里。"

袁紫清奇道:"为什么? 难道没有床你睡不着吗?"

朱毓媞双颊晕红,似要烧了起来,嗫嚅道:"听人说男女共处而睡,会……会有小孩子蹦出来的。"

袁紫清一听,险些被梨花白呛到,呆了一呆,忍不住笑出声来。

朱毓媞瞪了他一眼:"你笑什么?"

袁紫清忍笑道:"是谁告诉你的?"

"是绿萍说的……"朱毓媞一脸困惑,"我……我也不是很清楚,为什么睡个觉起来就会有小孩子蹦出来? 小孩子是怎么进去的?"

袁紫清眼里有一抹促狭的笑意:"让我来告诉你好不好?"

朱毓媞嗯了一声,道:"你告诉我。"

袁紫清凑近她耳边,语气有着梨花白的沉醉诱惑:"男女脱光衣裳睡在一起,才会有小孩子蹦出来。所以,你不用担心,你我衣裳都好好地穿在身上,只是睡一觉,不会有小孩子的。"

朱毓媞捂住耳朵:"我不要听了,羞死人了。"慌慌张张起身,一个不小心踩到裙角,"啊"的一声,往前扑倒。

"小心。"袁紫清连忙扶住了她,这样突如其来的举动令兰舟晃动,二人立足不稳,双双绊倒。

他的身子压在朱毓媞身上,二人的脸离得很近,仿佛彼此的呼吸紧紧纠缠在一起。

朱毓媞钗横鬓乱,俏脸红得如飞霞流彩,一颗心如擂鼓般跳得厉害,对着他深邃美丽的双眸,不禁意乱情迷,双眼迷蒙如丝,低声道:"清……"

"媞儿……"暖玉温香在怀,又是这样香艳暧昧的姿势,一声娇柔婉转的"清"粉碎了袁紫清的意志力。

袁紫清心中绮念荡漾,忍不住深深吻住她的唇瓣,急切地索取她口里的兰芷香泽。

二人沉浸在天长地久的深吻中,仿佛风月星辰都止了声息。

朱毓媞如饮了一坛又一坛的梨花白,醺醺然、飘飘然,全身软得不可思议,在袁紫清身下化作一汪春水。

缠绵悱恻的吻、紧密纠缠的舌,神魂皆不知飘到了何处。他们之间的薄薄衣料挡不住澎湃汹涌的情欲,只觉得彼此的身体像一团火,那样热,热到只想脱了衣裳。

欲火在袁紫清胸口熊熊燃烧,瓦解了他的理智。他伸手便要去解她衣裳,蓦地见她秀净的面上凝聚着羞怯忐忑,一双水眸随着月魄泛着清澄滢然之色,娇躯微微颤抖。这般娇怯不胜又纯净无瑕的她,一时竟令自己不敢亵渎。

他的手停在她的衣襟上,迟迟没有下一个动作。很奇怪,自己一向玩世不恭,眼前活色生香,哪有坐怀不乱的道理? 可是偏偏眼前的女子却是圣洁得教人不敢轻侮,只觉得自己不该这样轻易占有了她。

不不不,这和自己原本的目的不一样! 他克己复礼的念头倏地消失了,手指触碰到她的衣扣,又见到她清纯秀净的脸庞,宛如一朵出淤泥而不染的濯水青莲。

袁紫清弹了起来,一个箭步冲到舟舱边,大口大口地喘气。

朱毓媞还以为他哮喘发作,急忙奔到他身边,搀住他道:"清,你还好吗?"

袁紫清调匀呼吸，硬邦邦地道："没事，我吹吹风就好。"

朱毓媞神魂仿佛还沉醉在缠缠绵绵的长吻中，呆呆地看着他的背影不语。

袁紫清心乱如麻，沉默以对。

良久，朱毓媞道："清，你为什么不看我？"

袁紫清深深吸了一口气："我怕我一看到你，会克制不住去吻你，吻你之后我会克制不住自己去进一步拥有你，偏偏我最后还是只能克制住自己……"

朱毓媞听到最后，只听得一头雾水，但头一句还是懂的，低声道："清，我很喜欢你吻我。"

袁紫清胸口一热，回头望着她，只见她柔软的唇微微颤抖，好似不堪重负，忍不住紧紧搂住她，那样紧，像是害怕她会凭空消失。他俯首吻着她的唇，直至天长地久……

夜月一帘幽梦，春风十里柔情。夜深人寂静，所谓岁月静好，大约如许。

二人相拥坐在舱内，听着彼此沉沉的心跳，好似心也跟着安定了下来。

朱毓媞像只小猫般依偎在他怀里，道："清，你住哪里的客栈，白天我去找你可好？"

袁紫清吃了一惊："你要来找我？"

"我想快一点见到你，我等不到明晚了。"

"客栈人多拥挤，都是男人，你不方便，不如未时整约在云英馆可好？"

"好，未时整。"

良久，雨停了。

袁紫清背着她回到房中，道："快睡吧！"

朱毓媞道："不，我要看你离开才睡。"

袁紫清失笑道："明日午后就要见面了，有差这几眼吗？"

朱毓媞郑重点头，像个孩子般淘气撒娇："清，你就满足我嘛！"

袁紫清道："好好好，真拿你没办法。"他眷眷地看了她片刻，越窗而去。行了一段路，忽又折了回去，悄立在朱毓媞房外，看着她熄了灯，身影消失在窗纱上，这才安心转身离去。

第九十四章

永庆庵

次日未时不到,袁紫清就在云英馆门口等待。过不多时,便见朱毓媞和冯玄墨一前一后而来。朱毓媞戴着面纱,冯玄墨手捧着一只凤雕玉盒,看似颇为沉重。

他睨了冯玄墨手中的玉盒一眼,道:"那是什么?"

朱毓媞笑道:"里面都是御膳房刚做好的糕点,我打算带去永庆庵,让那里的孩子们吃个开心。"

袁紫清道:"永庆庵?孩子?"

朱毓媞道:"是啊!永庆庵收留着十来名孩子,有的是孤儿,有的是受虐儿童,有的是心智不全的孩子。我是前几日听宫人们闲聊时才知道的。清,我想和你一起帮助那些孩子,让他们感受到这世上还有无限的关爱和温暖,让他们的人生不再充满灰暗和恐惧。"

袁紫清心中一暖,像是有一池春水滋养灌溉了苍凉枯涸的心田,蓬勃开出鲜妍的花朵。她总是令自己触动难言,这种感觉从未有过。

朱毓媞见他不答,面色微微一黯:"你怎么不说话?难道你不愿意吗?"

袁紫清用力点头:"我愿意。我……我自己也是孤儿,我怎么不愿意?"

朱毓媞面色如薄雨初晴,笑道:"好,我们走吧!"

袁紫清怔怔地看着她像只轻盈的小雀儿蹦跶,仿佛也感染上她的欣喜,上前牵住她的手,十指紧密相连。

朱毓媞心中又是甜蜜,又是苦涩。她实在很想卸下面纱,和他光明正大走在一起,只是上回发米济贫,已有无数百姓认得她了,为避免不必要的风波,只能遮遮掩掩的。不过那一丝苦涩很快就被嫩芽抽枝、绿茵蓬勃的甜蜜掩盖住,消失无痕。

她恍然想起《诗经》中的那一句:"执子之手,与子偕老。"原来真挚的感情,不需要华丽的辞藻与繁复的形容,这般轻描淡写的一句话,已诉尽世上有情人一生的渴望。

永庆庵是座尼姑庵,位于东四牌楼附近。

朱毓媞早遣了太监过来通传了。众尼姑听说公主要来,早带着孩子们聚在前院垂手恭候,见到朱毓媞后便要行礼。

朱毓媞忙道:"师父们已非尘俗中人,见了我就不必行世俗之礼了。"

为首的尼姑和蔼一笑,合十道:"贫尼法号慧明,是这里的住持。早闻公主发米济贫的义举,今日有缘一见,实慰平生。"

朱毓媞微微一笑,指着冯玄墨和袁紫清道:"慧明师父忒谦了。这两位是我的扈从,等会儿我会让他们寸步不离待在院子里,绝不会打搅师父们的清修。"

慧明报以一笑,指着身后一名老尼姑道:"这位是慧空,等会儿便由她从旁协助了。"

慧空朝她合十为礼。

朱毓媞还施一礼,道:"那就麻烦慧空师父了。"

慧明道:"贫尼还有事务在身,公主自个儿方便。"率着众尼姑离去。

朱毓媞向冯玄墨横了一眼,道:"把玉盒放下,退到院子外,没我的吩咐就别进来。"

冯玄墨根本不想来尼姑庵这种尴尬不已的地方,也不想被一群叽叽喳喳的小孩子包围,巴不得听到这一句,忙道:"遵命。"

袁紫清似笑非笑地看着他:"冯师兄不如趁今日到街上晃晃,或是到你那日说的鸣玉……"他正要说"鸣玉坊",蓦地想起这是佛门清净之地,急忙改口道:"去那里松泛松泛,不然就怕以后想去也去不得了。"

冯玄墨眼皮如被火苗掠过,遽然一跳:"什么意思?"

袁紫清道:"我是说公主这里有我保护,暂时用不着你了,你想去哪都行,就是别来妨碍我们。"

冯玄墨哼了一声,道:"你以为我喜欢跟着你们吗?"说着悻悻然去了。

朱毓媞却是听懂了袁紫清话中的含意,牵着他的衣袖悄声道:"欸,你到底做了什么?快点告诉我嘛!"

袁紫清神秘一笑,道:"别急,后天就知道了。"

朱毓媞鼓着莲腮,轻轻瞪了他一眼:"讨厌鬼!"她过去打开玉盒,笑道:"孩子们过来吃甜食了。"

孩子们闻到糕点的甜香,早就迫不及待了,欢呼一声,一窝蜂上前,将朱毓媞围在中间。

"别急别急,每个人都有。这是绿豆糕,这是松子糖,这是玫瑰酥……"

永庆庵的孩子们不是贫苦无依,就是受虐遭弃,哪吃过这般精致的甜食?朱毓媞如数家珍,每说一样,孩子们都兴奋得合不拢嘴,争着道:"我要吃,我要吃……"

朱毓媞笑道："好好好，你们拿了甜食到树下坐着，我讲故事给你们听可好？"

孩子们异口同声说"好"，揣着两三块糕点，一溜小跑，到了梧桐树下坐着。

朱毓媞对慧空道："麻烦师父准备茶水，我怕孩子们吃糕点会口干。"

慧空含笑答允，入了内堂取水。

袁紫清痴愣愣地看着她牵着两名小孩子的手，走到树下席地而坐，似不怕尘土脏了衣裙，完全没有公主的矜贵架势。孩子们将她围在中心，一边啃着糕点，一边笑嘻嘻的，好不热闹。

不知从什么时候开始，袁紫清苍白晦暗的心开始有了一抹亮色，像是下了很久很久的雨停歇后突然绽放出曙光，慢慢地、一点一点地照亮着他的心境。

她说的故事是《庄子·让王》。呵，看来她真的很崇敬庄子啊！

"古之得道者，穷亦乐，通亦乐。所乐非穷通也，道德于此，则穷通为寒暑风雨之序矣。"朱毓媞微微一笑，"庄子这一段是针对孔子'厄于陈蔡'的故事有感而发，这个故事是这样的……"

她清清嗓音，缓缓道："孔子受困于陈、蔡两国之间，七日不能生火炊饭，野菜汤里没有粟米，饥疲交加，可他还是不停弹琴唱歌。子路奇道：'先生两次被赶出鲁国，在卫国、宋国受尽屈辱，在商、周后裔之地走投无路，如今又困于陈、蔡之间。那些谋害、凌辱先生的人并没有获罪，可是先生还是不停奏唱，不曾断过乐声，难道这合乎礼法吗？'

"孔子回答：'我们面对的这种情况，通达于道者叫作一以贯通，不能通达于道者叫作走投无路。如今我信守仁义之道而遭逢祸患，怎能说是走投无路？善于反省就不会不通达于道，面临危机时就不会丧失德行。疾风知劲草，岁寒见后凋。陈、蔡之间的困厄，对我来说是一件幸事！'

"子路心中豁然开朗，操着大斧随孔子的琴音舞动。第二天包围他们的大军散去了，孔子与众弟子才得以离开。子路驾着车，高举着马鞭大声说道：'我们跟老师遭遇这次大难，希望大家永远都不要忘记啊！'

"孔子说：'不要忘记固然很好！但又何必说这是个大难呢？这次陈、蔡之间发生的事，对我和你们来说是件极幸运之事。圣君如果不受困就不能成就王业；烈士如果不受困，那么他的功业就不为人所知。我们这次受困，不正是激发潜能、励志向上的动力吗？大家谨记在心就是了。'

"庄子对这个故事感慨评论，古时候得道之人，不管是困境还是顺境，都能保持快乐的心态。心境快乐的原因并不在于困苦或得志。若心中时刻存有道德，那么逆境与顺境的变化就像寒暑风雨的更替那般自然。"

一瞬间，袁紫清心中有着云开见月明的悸动，朱毓媞是要借由这个故事勉励曾经遭逢困厄劫难的孩子们——快乐与否，在于心态的选择！

围绕着她的孩子们大多是孤儿和受虐儿童,有着痛苦的过去或是不堪的身世,自己又何尝不是呢? 幸运的是,孩子们在这个年纪便已遇到了她——这样充满希冀关爱的她。而他的那三年,那段人生中最不堪回首、最悲惨无助的岁月,却是被关在陋室中,全身伤痕累累,日日恐惧阳光的到来。

忽然双颊有冰凉濡湿的触感,一摸之下,原来不觉间脸上已淌满了泪水。他不愿被她瞧见,默默转头拭泪,一只纤纤素手从身后递来一方帕子。

袁紫清接过帕子擦干眼泪,道:"对不起,我不是故意要打断你的。"

朱毓媞微笑道:"清,虽然我不知道过去你发生了什么事,但是你别再执着于伤痛的回忆了。你已经有我了,从此刻开始,你不再是孤独一人,你的伤痛、你的快乐,都可以让我分担。"

袁紫清一时触动不已,仿佛可以听见内心有冰雪消融的声音,那样温暖,是自母亲死后再也不曾感受过的。

他嘴角牵起温柔的笑痕,只见她转身回到孩子们身旁,笑着与他们一起嬉闹玩乐。恍惚间,他觉得这是世上最美丽的风景,美得令人刻骨铭心。

接下来两日,朱毓媞和袁紫清都在永庆庵里度过。他们陪孩子们玩乐,说故事给孩子们听,带了整盒糕饼甜食给孩子们吃。夜里二人或是到屋檐上看星星月亮,或是到太液池荡楫泛舟,日子过得恬淡惬意。

第九十五章

锦衣卫牙牌

第三日，朱毓媞至乾清宫向崇祯皇帝请安，见他神色不豫，便出言相问，只听他淡淡地道："冯玄墨以后不必做你的扈从了，朕会为你安排别人。"

朱毓媞不动声色地道："冯玄墨曾经救过儿臣性命，本事高强，忠心耿耿，父皇一向青眼有加，却不知冯玄墨犯了什么错？"

崇祯皇帝道："他要真有本事，怎么会给人调包了牙牌还不自觉！"

朱毓媞眼中闪过一丝讶色："冯玄墨是锦衣卫指挥使，身手是拔尖儿的，怎么会给人调包了牙牌？"

崇祯皇帝冷笑道："他身为锦衣卫指挥使，却粗心大意至此，当真寒碜极了！今早朕在这张龙椅上看见他的牙牌，一查下去，才知道原来冯玄墨这几日拿的牙牌是赝品，而宫门禁卫竟浑然不察。"

朱毓媞道："冯玄墨时常出入宫门，和禁卫都熟了，禁卫自然不会细心去查看他的牙牌。"

崇祯皇帝道："这是禁卫失职，朕已处置了。还有冯玄墨，简直令朕失望透顶，朕不得不施以惩戒。否则在朕的紫禁城里，人人都管不住牙牌！"

朱毓媞道："父皇是怎么处置冯玄墨的？"

崇祯皇帝道："遗失牙牌，按律当杖。今早已在午门外对他施以廷杖一百，教他长一回记性。"

朱毓媞道："廷杖一百，不死也落了个残废了，不知冯玄墨是生是死？"

崇祯皇帝道："他被打得血肉模糊，命倒是保住了。他管不住自身牙牌，怎么管得住下属？朕决定了，待他伤好，降为正五品北镇抚司镇抚。"

朱毓媞至此已明白袁紫清的心计，不由得暗暗赞叹。

崇祯皇帝又道："朕当真好奇，究竟是谁能先换掉冯玄墨的牙牌，后又不显山不露水地潜入乾清宫，将真的牙牌放在龙椅上。你时常在云英馆走动，江湖事也听了不少了，你觉得会不会是紫兰君？"

朱毓娪心头一凛："父皇何以这样认为？"

崇祯皇帝沉吟道："此人能换走牙牌，进出宫禁，显然拥有绝顶轻功。锦衣卫奉朕的命令四处缉拿紫兰君，而冯玄墨又是锦衣卫长官。朕的推断合情合理啊！"

朱毓娪道："江湖上卧虎藏龙，能人辈出，或许另有旁人呢？何况冯玄墨素日得罪的人不少，谁都可能去寻他晦气，不是吗？"

崇祯皇帝道："不，朕越想越对。紫兰君虽然一阵子没作案了，可也没有听说他去了外地作案。此刻冯玄墨的牙牌被调包，肯定是他的杰作，只有他有这样的本事。朕当真恨极了他，这般无视天子权威，令朕无一刻安宁。倘若有朝一日他落入朕的手心，朕非活剐了他不可！"

朱毓娪一颗心简直提到了嗓子眼，还要进言。

崇祯皇帝懒懒地挥手，道："你出去吧！朕一会儿还要去文华殿。"

冯玄墨被打得皮开肉绽，奄奄一息，一路从午门被抬回官署，滴了满地鲜血，望之触目惊心。太医们过来救治后，冯玄墨趴在榻上，口里含着参片，上身缠满了纱棉，不断渗出鲜血。

对他来说，当众被褪去裤子、施以廷杖是最丢人之事。回想当时的情形，只觉得满心满肺都是悲愤与不甘，几乎要炸开了胸膛。

忽听一个尖细的太监嗓音道："冯指挥使还好吗？"

冯玄墨头也不抬，显然知道来人是谁，道："命都去了半条了，你觉得我好不好？"

那太监嘿了一声，道："厂公要你好好养伤，别轻举妄动。皇上的旨意是把你降为正五品镇抚，没要你的性命，算是格外开恩了。遗失牙牌，按律当杖，输赎还职。可你的情况太过特殊，不仅被人调包了牙牌，用了赝品出入宫门，最终真的牙牌竟出现在乾清宫的龙椅上。让皇上亲自替你找回牙牌，这可真是前所未有的荒唐事，连厂公都觉得丢人。"

冯玄墨几乎咬碎了牙，道："我……我知道是谁陷害我的。那假的牙牌刻得跟真的一样……是我没防到他会这样算计我。此仇不报枉为人！你去回禀曹厂公，说玄墨必定不会轻举妄动，平白送了性命，我一定……一定会亲自讨回这笔账！"

那太监道："这就对了，曹厂公就是怕你沉不住气，先将公主和紫兰君的秘密抖开，到时候必定是鱼死网破。死了一个曹吉祥，还要搭上你，曹厂公一次失了左臂右膀，心里也是堵得慌啊！你记着，你只是降为镇抚而已，并非跌落谷底，无力回天。你身为北镇抚司镇抚，掌管诏狱，有权直奏皇帝。你若有办法把紫兰君弄进狱中，还怕没机会报仇雪耻

吗？今日打落牙齿和血吞，日后可以让他加倍奉还。这样想的话，相信你的伤会复原得快些。"

冯玄墨双眼红云密布，戾气凝聚，声嘶力竭地道："紫兰君敢这般算计我，来日……来日他若进了诏狱，我一定教他生不如死。"

第九十六章

谎言与真相

夜里,袁紫清来到朱毓媞房里。

朱毓媞一见到他,忍不住笑道:"清,你怎么想到要调包冯玄墨的牙牌,让他受到廷杖的惩罚呢?"

袁紫清道:"我跟踪他那几日,有一回听到一名锦衣卫说自己丢了牙牌,担心遭受廷杖,小命不保。当下我就决定要盗走冯玄墨的真牙牌。某一日我趁着冯玄墨更衣,看清了他的牙牌形状和刻字。于是我到民间找匠人弄了一块赝品,之后趁机调包。"

朱毓媞道:"冯玄墨是你师兄,可是样样不如你,连牙牌被你调包了都不知道,当真寒碜极了!不过你说,冯玄墨会不会恼羞成怒,失去理智,直接将你我之事公之于世,又把你的肖像散布出去呢?我是觉得不会,可心里总是瘆得慌。"

袁紫清道:"不会,只要冯玄墨还留着性命,有冰魄蛇之事作为把柄,他行事必然投鼠忌器。毕竟他若真的公开你我之事,你也会公开冰魄蛇之事,到最后必定是玉石俱焚。他活着就是为了当官,只要官衔在,就不会轻举妄动。再说冯玄墨若被杖毙,是死于皇帝的惩处,非他当日所言'只要我哪一日突然像曹吉祥那样行踪不明,生死未卜',冯玄墨所托之人便不会轻易公开你我之事。我这么做,只是要让冯玄墨尝点苦头。谁教他害我哮喘发作,若不是你,我早就死了。"

朱毓媞沉思片刻,道:"你觉得冯玄墨所托之人会是谁?"

袁紫清摇头道:"我不清楚。其实自他威胁我们之后,我夜里来找你之前都会去跟踪冯玄墨。他大概知道我在盯他的梢,行事口风均是滴水不漏。"

朱毓媞道:"算了吧,经过牙牌之事,他行事作风只会更加严谨。你还是别去冒险了。"

袁紫清道:"多一个人知道你我之事,便是多一分威胁。我自己怎么样不打紧,就怕

他们污言秽语毁了你的清誉。"

朱毓媞动容道："清,我没关系的。我怕的是你的身份被他们公开,我父皇不会放过你。"

袁紫清压抑不住满腔汹涌的悸动,脱口而出："倘若真有那一日,你会怎么样?"

朱毓媞想起今日崇祯皇帝的话,眸中闪过一丝雪亮的决绝："父皇要杀你,就先从我的尸体上踩过去吧!"

她的话语是那样有棱有角,仿佛可以穿云裂石。袁紫清怔然良久,轻轻拥她入怀,道："我不能累你走到父女情绝的那一日。我答允你,绝不在京城里作案。"语毕,一抹惊讶之色随即浮现在脸上,仿佛不相信这句话是自己说的。

袁紫清当初接近她,就是为了让她背离崇祯,让她对自己一往情深,不可自拔,怎料到自己也一步一步陷入情网,渐渐控制不住自己的心,一心一意为她着想。

心中恍然浮现汤显祖《牡丹亭》中那一句："情不知所起,一往而深。生者可以死,死可以生。"当真说不出何时对她萌生情芽,等到自己醒觉时,对她的感情已茁壮成长为一株小树,再也难以拔除。

相拥良久,袁紫清的脸颊贴着她的额头,轻轻地道："今夜是月圆之夜,我们到郊外赏月散心可好?"

朱毓媞当然千万个愿意,当下由他负着出了皇宫,穿檐过户往西山而去。

朱毓媞没想到他会来到西山,心中漾出一抹难以形容的感触。她记起那一日周世显豁出了性命,执起自己的手大口大口吸着毒血……

"清……"她深深地凝视着袁紫清微微清癯的侧脸,"倘若哪一日有冰魄蛇咬了我,你会奋不顾身为我吸去毒血吗?"

袁紫清一怔,蹙眉道："这样不吉利的话,再也不许说了。"

朱毓媞道："欸,我是认真的。倘若今日被咬的人是你,我愿意为你吸去毒血,哪怕死了我也甘愿。"说着轻轻吟道,"情不知所起,一往而深。生者可以死,死可以生。从前对男女之情如雾里看花,懵懂无知,而今遇到了你,才知道情之一字,原来就是一心一意为了对方,眼里已然没有了自己。"

袁紫清缓缓摇头,嘴角浮起一抹笑意："倘若冰魄蛇咬了你,我不愿意为你吸去毒血。"

朱毓媞怔了一瞬,眼中隐隐有一抹凄楚,在月下摇曳着锥心的光芒。

"若真的心如死灰,肉体不管承受任何折磨都不要紧了。"袁紫清的半张脸融入月光中,缓缓道,"倘若我为你吸去毒血而死,那么即使你活着,心也跟死了没什么区别。我认为人死了一了百了,反而是活着的人将承受肝肠寸断的痛苦,且……我若因此死了,你还会独活吗?"

朱毓媞脸上凄楚之情逐渐褪去，双颊浮现浅浅的梨涡，那样凄美的温柔，连十五圆月也为之黯然失色。

二人并肩坐下，沐着山野清风，听着虫鸣鸟叫，心境均是前所未有的安宁。

朱毓媞幽幽地道："清，四年前的夜里，你说你活得好苦、好累，每一天都是生不如死……你告诉我你的过往好吗？究竟发生了什么事，竟让你觉得生不如死？"

袁紫清脸上的温柔渐渐如雾散去，他紧紧抱着自己的肩膀，仿佛承受不住巨大的悲伤。

朱毓媞抱着他的身体，似要给予他支撑的力量："你说你有个杀父仇人，可你却接近不了他，那人是谁？我是公主，或许我能够帮你。"

袁紫清的身体剧烈颤抖，脱口而出："不可以！"

朱毓媞微微错愕："你吓到我了，我说错什么了吗？"

袁紫清回过神来，道："不是，不是……我还没有准备好……"

朱毓媞更加困惑了，问道："什么意思？我被你弄糊涂了，难道有什么事是我不能知道的吗？"

袁紫清道："别问了别问了，求你别问了，我……"

——我不想又说谎欺骗你！

可是这样的话，他却说不出口。她是那样痛恨谎言和虚伪，倘若她知道自己编织了一个又一个的谎言，戴着虚伪的面具一步又一步接近她，那么她会如何看待自己？可笑的是，一个谎言，总要用另一个谎言来弥补。他已经不想说谎了，却因害怕让她知道真相，不得不继续说谎。

他忽然觉得面对她探询的目光好痛苦，偏偏她又穷追不舍地问着："清，你为什么不说话？难道你有什么事瞒着我吗？"

袁紫清痛苦得快要窒息，胸口剧烈起伏，一口气悬在鼻中涌进涌出，透不过气，急急忙忙去怀里摸索着荷包和药丸。

朱毓媞吓傻了，一晌后回过神来，从他颤抖的手中接过银丝攒荷花纹荷包，悬在他鼻下，道："快吸两口缓住。"又慌张倒出药丸喂他服下。

过了片刻，袁紫清情况渐渐好转。

朱毓媞眼圈儿一红，扑入他怀中，道："清，对不住，我不该这样逼问你的，是我不好。清，等你想告诉我了再说吧，我以后不会再这样了。"

袁紫清轻轻地道："不怪你。"

他脸上藏不住愧色，将她的头深深抱在胸前。若非假装哮喘发作，他真不知该如何逃避她的追问。到底又是欺骗了她，用另一种非言语、更残忍的欺骗方式……

袁紫清轻轻地道："我累了，想小躺一会儿，你若累了也别独自撑着，知道吗？"

朱毓媞怔怔点头，见他躺下闭着双眼，只是注视着他发呆。

袁紫清哪里睡得着，只不过是借此逃避她关切的目光。

这样静悄悄的，有一阵马鸣声悠悠传来，似是受了极大的痛楚，充满面对死亡的悲哀。

朱毓媞道："什么声音？"

她说这句话时袁紫清已睁眼起身，道："过去瞧一瞧。"

二人携手而去。

一匹黄鬃马委顿在一洼血泊中，后腿不知被什么野兽硬生生扯断，双眼蕴满泪水，垂首无力哀鸣。

朱毓媞一声低呼，挣开袁紫清的手，飞奔过去一把搂住马颈，道："怎么办？它流了那么多血，一定很痛……"

一语未毕，蓦地寒光一闪，袁紫清手中的凝血剑闪电离鞘，瞬间划过马颈，一道血柱喷出，染红了他上半身衣裳。

朱毓媞呆了一呆，一晌后才反应过来，"啊"的一声惊呼，只见黄鬃马已然毙命，又见袁紫清双眸掠过一抹阴冷，如暗夜骤然鸣空的一记闪电。

他口吻淡漠，若无其事地道："它死了。"

朱毓媞呆呆地道："你杀了它？"

袁紫清道："对啊，不然呢？"

朱毓媞气结："为什么不先试着救救它，却要一剑杀了它？"

袁紫清淡淡地道："它失血过多，非死不可。早死晚死，有何分别？再说，即便它活着，也是断了一条腿的。马断了腿，能有什么用处？"

朱毓媞一时语塞，指着黄鬃马的尸体，道："可是……可是……你不必这么狠辣。"

"狠辣？"袁紫清微微有气，"你第一日认识我吗？你不知我每回作案都不忘杀人吗？我人都可杀，更何况是一匹马！"

朱毓媞面色苍白，放软了语气："我不是那个意思，只是你方才的样子吓到我了。"

"这就是我……"袁紫清微微吸了一口气，似要缓解满心的凄凉，"媞儿，我就是这样的一个人，或许以后你还会发现更多。倘若你连这一点狠辣都接受不了，那……那我们……"他扭头不去看她，"不如到此为止，以免日后两厢折磨。"

"你说什么？"朱毓媞嘴唇发颤，心里的痛楚一丝一丝渗透出来。

袁紫清的声音仿佛被蛀空了一般："或许你心中把我想象得太过完美了，就像此刻的月亮一样温暖耀眼。因为遥不可及，若即若离，所以你才会想一探究竟。等哪一日你发现月亮其实不像你想象中的那样，你还会全心全意包容它吗？"

朱毓媞急切道:"我相信情爱如同大海,是可以包容彼此的缺点的。"

袁紫清深深地凝视着她,道:"媞儿,我还有更狠辣的一面,比杀死这匹马还要狠辣万倍,只是你没看见而已。你能够接受这样的我吗?"

朱毓媞倒吸了一口气,颤颤地重复他的话:"狠辣……万倍?"

袁紫清只觉得她害怕的面容令自己如受万箭穿心之痛,咬了咬牙,道:"是,我用这把剑割过无数人的脖子,甚至我还拿匕首将人千刀万剐,剜心抽肠,到最后只剩下一具骸骨……"

朱毓媞跟跄倒退数步,既震惊又不敢置信:"你割人脖子就罢了,至少死得还算痛快。为什么要拿匕首将人千刀万剐! 你疯了吗!"

你疯了吗……你疯了吗……这几个字不断回响在袁紫清耳边。

"对,我就是疯了!"袁紫清蓦地按住她的肩膀,俯视着她,眼中戾气如九重惊雷,语气泠泠如急雨,"你现在晓得了吧! 你倾慕的,不过是个杀人不眨眼的疯子! 一个手上沾满鲜血、丧心病狂的疯子!"

朱毓媞怔怔地说不出话来,依稀听见了细微的崩裂之声,仿佛自己的心,正在一丝一丝绽开裂纹。

袁紫清缓过语气,沉静地道:"你能接受这样的我吗?"

静默了良久,彼此的心中仿佛有小虫子一口一口拼命啃食,酸楚难耐。

袁紫清的神情渐渐冷了下来,像是被死灰覆盖,咬牙吐出两个字:"回宫。"

第九十七章

从别后，忆相逢

朱毓媞满心苍凉，不知是何时回宫的，也不知袁紫清是何时离去的，更不知自己是发蒙了多久才支撑不住睡着的……

蒙蒙眬眬不知睡了多久，仿佛是绿萍进来了，往常她不得宣召是不会入内的，看来应是自己睡得太晚，绿萍在门口喊了很久，不得回应，不放心才进来查看。

"吱呀——"房门敞开的声音，立时将朱毓媞从噩梦中惊醒。"清！"她拥被坐起，房内空空荡荡的，仿佛袁紫清昨夜不曾来过似的。

绿萍搀着双眼血丝密布、面色如荼蘼凋零的她，凄凄惶惶道："奴婢瞧您前几日都神采奕奕的，昨夜究竟发生了什么事，竟让您一夕之间憔悴至此？"

朱毓媞眸中扬起一丝惊讶，颤动着干涸的唇瓣："你……你都知道了？"

绿萍垂泪道："奴婢服侍您多年，能不知道您这几夜都和谁在一起吗？奴婢怕给其他人听见你们的说话声，每晚都将所有宫人支得远远的，亲自为你们守门。公主殿下一向精明，怎么就没察觉奴婢的良苦用心呢？看来情爱真能迷人心窍，将好好的公主殿下变得迷迷糊糊了。"

朱毓媞茫然道："我还在纳闷为什么每晚都是你守门，却不曾深入细想，原来你是为了我。"

绿萍道："奴婢从未看过公主殿下有如此甜蜜幸福的一面。虽然我们是主仆关系，可您待奴婢亲如姊妹。奴婢只想全心全意报答您，只要您开心，奴婢做什么都甘愿。"

朱毓媞轻叹一声："对不住，你每晚守门一定很辛苦。"

绿萍道："您说这话便是折煞奴婢了。'刺客公子'每夜冒险前来，奴婢怎么也要成全他这份心意才是。其他人奴婢都信不过，所以宁愿自个儿辛苦一点，每夜为公主殿下守着房门。"

朱毓媞怆然不已："或许你再也不用为我守夜了。"

绿萍紧紧握着她冰凉的手，道："奴婢只希望公主殿下能够幸福快乐，可是……可是为什么您今日的气色这么差？究竟是怎么了？您是不是不舒服？不如让奴婢宣顾太医吧！"

朱毓媞无力一笑："你犯傻啦！太医能治好心病吗？"

绿萍急得不知所措："那您告诉奴婢该怎么办。"

朱毓媞道："我乏得很，让我睡一觉。"

绿萍兀自不放心，道："那奴婢在旁守着吧！"

朱毓媞懒洋洋地嗯了一声，侧身朝内，闭上双眼，内心凄楚如秋草寒烟迷离，当真一言难尽。

袁紫清回到魏宅后，便一直坐在廊下望着天际发呆，不饮不食，不言不语，一动也不动。

月落日出，日落月升，月落日出，日落月升……

这样过了三日，似乎不觉得疲倦，乍看之下仿佛一尊逐渐被风化的石像。

怀里依稀残留着她温热的体香，一丝一缕萦绕在鼻端，曾经令他心动不已，此刻却像是摧人肝肠的毒药。有一瞬的恍惚，仿佛她像一只小猫般依偎在自己怀里，软语温存地喊着"清"。

他心头一紧，望出去的苍穹晦暗迷蒙，正如他此刻的心境。那一抹为她而生的亮色渐渐消失在混沌阴霾之中，再也无迹可寻。

"公子，"萧采莞见搁在他身旁的吃食完全没有被动过的迹象，就连那杯水也丝毫不减，走到他身前蹲下，用一种极其哀恳乞求的姿势劝道，"您好歹吃一点东西吧，喝一口水……"

袁紫清依旧木然不语，三日下来，无论魏怜和萧采莞劝了什么，他都恍若不闻，仿佛那些声音完全进不到耳朵里。

似乎是掌灯时分了，夜风依然带着白日遗留下来的丝丝春暖，半残的月冉冉升上了树梢，静看人世悲欢离合。犹记三日前与她携手漫游月下，那样明亮皎洁的月色，如今看来竟是满目苍凉。

萧采莞见他如西风中一脉枯竹般支离憔悴，忍着鼻酸，道："奴婢知道，您是为了长平公主……"

袁紫清眉心隐隐一动，很快地又恢复死灰般的寂然。

"奴婢这段时日都看在眼里，自从公子遇见了她，性子明显开朗了许多，会不由自主地露出微笑。奴婢其实真心为您感到欢喜，只要公子能够快乐，不管那人是谁，奴婢都会

对她由衷感激。"她忍着抽噎，继续说道，"奴婢觉得，您是真心爱上她了，但又纠结于她是仇人的女儿，所以才会这般痛苦。"

袁紫清双手紧紧揪住胸前的衣裳，似承受不住锥心之痛。他三日没说话了，极吃力地咬着每一个字："不，我怎么可能真心爱上她？我从来没有忘记她是谁的女儿，我人生的苦痛就是她爹爹一手造成的。每回褪下衣裳，我都会清楚地看见那些狰狞的印记，它们时时刻刻提醒着我那一段不堪回首的过去。都是她爹爹毁了我，我忘也忘不了……"他呼吸微微急促，眼中红云密布，"所以，我不可能会爱上她。这一定是错觉！对，是错觉！我一定是太累了，才会产生错觉……"

"那么，"萧采莞定定地看着他，似要看透他的内心，"您的目的就是为了让她对您动情，并且占有她。这段时日孤男寡女夜夜共处，您达到目的了吗？"

袁紫清仿佛被抽干了力气，颓然倒下，小声道："没有……"

萧采莞敛下晶莹的泪水，道："这就对了。"

"什么？"袁紫清一脸茫然，像个迷路的孩子。

萧采莞微微吸了一口气："孤男寡女共处一室，却守之以礼，若非无情，便是用情至深。"

她说了这一句，已是心酸得滴血。她再清楚不过了，袁紫清对魏怜，只是迷恋美丽的外貌和肉体的欢愉，她还能强迫自己视而不见。如今，袁紫清精心编织了一面花好月圆的情网，结果自己却深陷其中，被情丝紧紧缠住，再也无法抽身了。

"不可能！绝对不可能！"袁紫清翻来覆去便只这一句，仿佛在极力说服自己。

萧采莞目不转睛地看着他，似要在他脸上找到一丝破绽，眼见他一阵风似的去了，能脱口的，唯有一声黯然的叹息罢了。

所谓作茧自缚，所谓自欺欺人，大约便是如此。

第九十八章

欢娱梦中好

袁紫清回到房中，"砰"的一声，用力关上房门。

此时魏怜正将一张张花笺系在相思树盆栽上，被他的关门声吓了一跳，双手一抖，花笺散落一地。

魏怜脸上爬满了泪水，一见到他惊喜不胜，扑入他怀里抽噎道："紫清，你终于肯回房了，我都要担心死了。"

袁紫清松开她的娇躯，细细打量着她保养得宜的艳丽脸庞，似想借此唤醒对她的迷恋，驱散满腔的相思之苦："你在忙什么？"

魏怜抹去眼泪，道："我将之前写的词系在这一株相思小树上，摆在我们的房里，时时刻刻都能看见。"

袁紫清走过去拿起一张花笺，原来是她怀孕时写的宋词《九张机》。他喃喃念道："两张机，月明人静漏声稀，千丝万缕相萦系。织成一段，回纹锦字，将去寄呈伊。"每念一字，心中便牵起撕裂般的疼痛——每夜去找朱毓媞，不正是月明人静漏声稀，千丝万缕相萦系吗？

再看下去，另一张花笺写着："三张机，中心有朵耍花儿，娇红嫩绿春明媚。君须早折，一枝浓艳，莫待过芳菲。"君须早折，莫待过芳菲——朱毓媞心中何尝不是这么想的？可是……可是我有这个资格吗？我有和她两情相悦、长相厮守的资格吗？

第三张花笺写着："五张机，芳心密与巧心期，合欢树上连理枝。双头花下，两同心处，一对化生儿。"好个"合欢树上枝连理。双头花下，两同心处，一对化生儿"。花好月圆，象征着一生一代一双人，一直都是有情人最终的向往。不想花会凋零，月有阴晴，在情路的尽头，等着你的不一定是月圆美满。这或许因为一开始就是错的，一开始便是虚与委蛇的刻意重逢，然后一步一步黯然销魂，最终唯别而已。

魏怜见他怆然动容,还以为他被自己的心意感动,柔声道:"词达人意,我对你的心意尽在不言中。"

魏怜眼波盈盈,爱怜横溢。他怔怔地看着,媞儿……她也是这样的眼神,丝毫藏不住内心的柔情蜜意。

我真的爱上媞儿了吗? 真的陷入自己编织的情网中不可自拔了吗? 不可能,绝对不可能!

似乎发觉说服不了自己,他一把搂住魏怜上了床榻,吻住她的唇瓣,抚摸着她柔软的椒乳,迫切地要从她身上找回昔日的迷恋,设法忘了那张在脑海里挥之不去的明丽容颜。

他的动作有些粗暴,仿佛发狂受伤的野兽,几乎要将她的身体揉碎。

魏怜一下子就承受不住了,身体不由自主地弓起,娇喘连连:"清,别这样,我痛……我痛……"

那个字深深刺痛了袁紫清的心,他喑哑道:"别那样喊我!"

魏怜哪里知道他的心事? 只是禁不住狂风暴雨般的激情,一味喊着:"清……清……"

袁紫清只觉得锥心刺耳,伸手把她的唇掩上。肉体的欢快和内心的痛楚形成两股巨大的力量,几乎快将他的身体扯为两半。

本性高傲却曾经受尽屈辱、伤痕累累的他,因内心深处的自怜自伤,渴望在这具诱人的胴体上找到快乐与放松。只有无尽的放纵与极乐才能让他暂时忘却那一段惨痛的过去,忘了那个自卑不已的自己。

然而此刻无论身下的女子如何展现令人血脉偾张的一面,他脑海里就只有那一朵盈盈盛开、绽放冰清玉洁的芙蕖。

袁紫清努力想要甩掉朱毓媞的影子,却猛然发觉,原来她的身影早就刻骨铭心了,若要强行拔除,那么首先受伤的一定是自己。

好痛,难以承受的排山倒海的心痛,伴随着肉体的淋漓痛快达到巅峰……

也不知道是几更天了,一晚两回昏天黑地的激烈发泄,最后留给自己的,只有满心疲惫而已。

袁紫清突然狂叫一声:"媞儿!"跌跌撞撞地出了房门,本能地朝着皇宫而去。

"什么人!"

"刺客!"

"捉住刺客!"

兴许是连日不寐以致筋疲力尽,兴许是心境凄惶迷惘,袁紫清的身手有失水准,在翻越宫墙时被禁卫察觉。瞬间火光四起,呼喝喧天,无数禁卫围了过来……

袁紫清左肩一凉,似乎有冰冷的刀锋重重砍下,狂喷的鲜血和剧烈的痛觉唤醒了他的潜能。他咬了咬牙,奋力展开轻功,逃离了这一片刀光剑影……

四更天了。朱毓媞倚着轩窗,默默地望着天际。一轮明月筛过枝丫,漏下一地斑驳昏黄,仿佛她早已支离破碎的心。

恍惚间想起某一夜,他说了那么一句:"我答允你,不管晴雨霜雪,我夜夜都来陪你,绝不令你承受相思之苦。"

可是,整整三个夜晚,他都没来,从黑夜等到白天,月落星沉,天光渐渐熹微,破晓鸡鸣一声一声提醒夜已逝去,提醒着自己他不会来了。

终于,她从期待与思念交织而成的云端,重重跌入最深最深的绝望里。

月色依然如昨,可心境却非以往了。

他今夜大概也不会来了……

总有那么一个人,才下眉头却上心头,爱恨交织,一辈子刻骨铭心。要经历多少风雨消磨,才能够宠辱不惊,闲看堂前花开花落,去留无意,漫随天外云卷云舒?

只听远处人声鼎沸,火光冲天,也不知是怎么了。算了,她的夜只为了他一人而守,宫里发生什么事都与她无关。

绿萍哭着求她睡,她只是勉强撑着沉重的眼皮,一眨也不眨地看着天际,道:"我再等一会儿。"

那样坚决的语气,绿萍知道是劝不动了,只得换一种方式道:"您这样坐着不动已经两个时辰了,要不奴婢陪您到姑射苑走一走,活动一下筋骨也好啊!"

朱毓媞默然不语。绿萍跪在她膝边,泪涟涟地道:"奴婢知道您怕他来了会见不到您,可是您就在姑射苑里,他来了您会不知道吗?"

朱毓媞不忍见到她哀恳乞求的样子,道:"也好。"于是艰涩地起身,深一脚浅一脚地由绿萍搀着向姑射苑走去。

一树紫玉兰在星辉下摇曳生姿,仿佛还是那一夜,她穿花拂树,信步而行,转过一重一重的花影,那一抹朝思暮想的背影突然撞入眼帘,一身深紫长衣,帷帽徐徐垂落面纱。漫天花影下,他弯腰拾起一朵零落成泥的紫玉兰,捧在手掌心上,仿佛捧着世上不可多得的温暖。

第九十九章

锦被藏檀郎

二人默默走着,紫玉兰树苑深处忽然传来一阵细微的声响。

绿萍心头一凛,低声喝道:"是谁?!"

朱毓媞却像是感应到什么似的,一个箭步奔了过去。只见那一心牵念不已之人倒卧在一株紫玉兰树下,眼神涣散,左肩一个伤口鲜血直流。

"清!"朱毓媞几乎是揉碎了心肠,急呼,"你怎么受伤了?"

袁紫清的声音如断了线的风筝:"我被禁卫发现了……"

朱毓媞急道:"你为什么不进到我房里来?你在这里待了多久了?"

袁紫清断断续续地道:"我本来要进你房里……到了姑射苑才醒觉不对……我……我已经被人发现了行踪……等一会儿禁卫军就会过来了……若被他们撞见我出现在你房里……那……那么你的清誉就毁了……我想到这里……便要闯出宫去……可是外面已经布下天罗地网……我又受了伤……我……跑不动了……"

朱毓媞大恸:"你真傻!你都受伤了,还只顾虑到我!"

袁紫清气喘吁吁地道:"我是逃不出去了……本以为你会一直待在房里,不会出来……就让我一直看着你的窗……这样死了也好……谁知……"他声音猛地拔尖了起来:"不行……你快回去……不要管我了……"

朱毓媞哽咽道:"不行,我怎能不管你!"

袁紫清紧紧握着她的手,涣散的目光倏地紧缩,急道:"禁卫军过来后,你……你是保不住我的……媞儿,我……我不能连累你……"说到这里,一口气转不过来,当即晕了过去。

朱毓媞处变不惊,忙道:"绿萍,你立刻引开当值的宫人!"

绿萍早就吓傻了,朱毓媞又催促了一声,她才慌不迭地去了。

朱毓媞急忙用锦帕替他包扎,又褪下斗篷裹住袁紫清的身体,最后移来两块大石头盖住树下的血迹,趁绿萍将宫人引到一旁,抱着袁紫清迅速回到房里。

关窗的那一瞬,只见一团团火光正慢慢迫近,看来禁卫军过不了多久就会过来了。

朱毓媞很快镇定下来,抱着袁紫清上床,在他嘴里放了参片,盖上锦被,垂下床幔,在熏炉里丢了一把沉水香屑,以掩盖房内的血腥味。

一响后绿萍进了房,朱毓媞忙道:"去检查地上有没有留下血迹,等会儿禁卫来的时候,说我睡了。还有,去照一照镜子,整理一下装束,别教人起疑!"

绿萍领命去了,朱毓媞当下熄灯上床,钻入被窝。

过不多时,一阵囊囊靴声越逼越近,隐隐可见窗外火光融融,几如白昼,看样子来的人不少。朱毓媞抱紧了袁紫清的身体,心中只有一个念头:"若清被带走,那我也不活了。"

绿萍的声音在门外响起:"你们不能进去,公主殿下已经睡了。"

依稀是东厂提督曹化淳的声音:"有人见到刺客进了坤宁宫,皇后娘娘亦被惊动了,特命奴才等人细细搜查,每一处角落都不能放过,还望公主殿下见谅。"

绿萍道:"胡说,我一直守在房外,根本没见到什么刺客。"

曹化淳哪肯理会一个小小宫女?对着房内朗声道:"公主殿下是万金之体,还是让奴才进来查查为是,也好对皇后娘娘有个交代!"

朱毓媞已知曹化淳非进来不可,她生怕绿萍再与曹化淳僵持下去会露出破绽,连忙装出被人吵醒的样子,慵懒地道:"既然曹公公奉旨前来,咱们也不要让他为难。绿萍,你就开门吧!"

"吱呀"一声,房门敞开。朱毓媞掀开床幔,懒懒地打了个哈欠,道:"有劳曹公公了。"

曹化淳领着两名太监四下打量,一响后没察觉到任何异状,道:"打搅公主殿下了,奴才这就领人去别处搜查。"

朱毓媞心中暗暗舒了一口气,谁知这口气才舒到一半,蓦地看见锦绒密毯上落着袁紫清的衿缨。衿缨因被鲜血染红,与密毯颜色一致,所以方才竟未察觉。

这一抹惊骇之色在脸上倏忽即逝,曹化淳在宫里历练已久,敏锐地捕捉到这一丝神情变化,顺着她的目光望了下去。

朱毓媞的心简直要提到了嗓子眼,背脊一瞬间逼出涔涔冷汗。曹化淳瞥了那枚衿缨一眼,又似笑非笑地望向朱毓媞身后的衾褥。

朱毓媞被窝里的手紧紧握住袁紫清的手掌,另一只手准备去拿小几上的剪子,只待曹化淳过来,便要抵死相抗。

不料曹化淳扬声道:"公主殿下这里平安,咱们走。"

朱毓媞登时愣住，只见曹化淳领着两名太监扬长而去，"吱呀"一声，房门紧闭。她耳听靴声渐渐远去，兀自惊魂未定。

曹化淳出了东暖阁，一名太监上前悄声道："适才厂公分明看见了那枚染血衿缨，却为何不揭破？"

曹化淳道："刺客就在公主被窝里。要是咱们揭破此事，纵然揪出刺客有功，却也毁了公主清誉。事关皇家颜面，你觉得皇上到最后会放过咱们吗？"

那太监思索片刻，心中雪亮："卑职明白了，那刺客……那刺客是……"

曹化淳"嘿"了一声，道："紫兰君！冯玄墨说得果然不错，公主确实与紫兰君有私！咱们装模作样搜查一番，这事就到此为止，以免后患无穷。"隔了一晌，又道："三日前让你去探望冯玄墨的伤势，把本督的话带到了吗？"

那太监道："带到了，请厂公放心。"

曹化淳道："那就好，不争眼前一时，才能在宫里待得久。"

第一百章

犹恐相逢是梦中

外面的骚动渐渐停止，朱毓媞这才回过神来，掀开锦被，只见袁紫清双眼紧闭，一脸苍白。她伸手搭在他鼻下，见还有气息，心中登时松了一口气。

绿萍进门道："人都走了。'刺客公子'还好吧？"

朱毓媞道："流了太多血，昏迷不醒，你赶紧去拿金创药和纱棉给我。"

绿萍应声去了，过了一会儿，她拎来药箱。朱毓媞连忙褪去袁紫清的衣裳，解下锦帕，只见左肩伤口血肉模糊，锦帕已被鲜血染红。

她顾不得羞涩，利落地将金创药倒在他伤口上，又一圈一圈地替他缠上纱棉，好不容易止住了鲜血，又用帕子蘸水擦净他身上的血迹，最后替他盖上锦被。

绿萍焦急地道："血虽然止了，但他依然昏迷不醒，可怎么办？"

朱毓媞道："他此刻身子很虚，要吃一点补品。我记得年前父皇赐了不少阿胶，你赶紧取了煨汤。还有，去弄一件太监或是侍卫的衣裳过来。"

绿萍道了一声"是"，一溜儿小跑去了，过了一会儿取来一件太监衣裳，又赶紧用阿胶煨汤。

朱毓媞敞开锦被，便要为他穿衣，只见他上身烙着无数褐色的齿痕。近距离细看下，除了齿痕，还有淡淡的鞭痕和隐约的针孔，惨不忍睹。

绿萍见朱毓媞动作停滞，还以为要她帮忙，急忙过来一看，忍不住道："他身上有好多伤痕。"

朱毓媞心头一凛，想起袁紫清必定不喜欢被人看见他伤痕累累的身体，急忙为他穿衣。

绿萍低声道："他从前是不是被人凌虐过，不然怎么会弄成这样？"

朱毓媞又是悲怜，又是迷惘，声音低迷："我也不知道。"

绿萍叹了一口气,又去守着炉火。

朱毓媞搂着袁紫清的上半身,让他靠着自己。她抱得很紧很紧,似乎怕他再一次毅然离去。这一刻,她只觉得万事皆可放,没有什么比这般静静抱着他更幸福美满。

她忽然想起那一句"两情若是久长时,又岂在,朝朝暮暮",那样真挚的词意,诉尽世间情人衷肠。

似乎是天亮了,绿萍将煨好的阿胶汤端了过来。

朱毓媞道:"你陪我熬了一夜,先去歇息吧!"

绿萍睁大了倦眼,道:"奴婢不累。"

朱毓媞道:"不听我的话了?"

绿萍垂首道:"奴婢不敢。"

朱毓媞道:"去吧!"

绿萍道:"奴婢就在外面打盹儿,您有什么吩咐就唤一声。"说完转身去了。

房门徐徐关上,整个天地,只余她和他。

朱毓媞心中捻起了几丝酸楚,紫禁城占地辽阔,但能供他们容身的,只有这一间小小寝室。关上房门,没有宫人也没有规矩,才是真正属于他们的世界。

朱毓媞放下袁紫清的身体,将阿胶汤轻轻吹凉,喂入袁紫清口中,不料喂进去的汤汁,倒有一半从嘴角流了出来。她只好先饮了阿胶汤,然后吻住他的唇瓣,徐徐将汤汁送了过去。

喂完阿胶汤,她将袁紫清平放下来,盖好锦被,伏在榻边眷眷地看着他。

金黄色的日光透过窗格漏了进来,清晰地照出他沉睡中清癯的容颜。她一边贪看,一边伸手抚着他的眉、他的鼻梁、他的嘴唇……

她不禁心想,他长得真的很好看。从第一眼见到他时,便觉得纵然万紫千红、万种风流,在他身上也不过只是一抹残阳余晖。

朱毓媞似乎觉得疲累了,一不小心伏在榻边睡着了。不知过了多久,迷糊中隐约听见袁紫清喊了一声:"媞儿……"

声音虚弱,却是那么温柔深情,仿佛彼岸隔世的呼唤。

朱毓媞立即清醒,一扫疲态,欣喜道:"清,你终于醒了。"

袁紫清左肩伤口隐隐生痛,他渐渐恢复意识,道:"我……我怎么还活着? 我不是在做梦吧?"

朱毓媞将手贴着他微微凹陷的脸颊,目光有着一星温煦,道:"这不是梦,你感觉到了吗? 我的手是温热的。"

袁紫清兀自发怔。

朱毓媞不由得忧心忡忡:"清,你怎么了? 是不是伤口很疼?"

袁紫清虚弱地道:"有你在,不疼。"他轻轻叹了一口气,又道:"你最后还是不肯听我的话。你可知道,若我在你房里被人发觉,那你的名声就毁了。"

朱毓媞伏在他怀中,他身上的温暖令自己感到安心。她道:"毁了就毁了。当时我看到你流了那么多血,我什么都不在乎了,我只要你活着,只要你平安。要我放着你不管,我做不到。不管怎样,现在没事了,一切都没事了……"

袁紫清轻轻抚着她的头发,语气似温软的春风:"你一定受惊了。"

朱毓媞忍不住鼻酸,道:"我何止是受惊了,我简直是受伤了!你说……你说不会再让我承受相思之苦,却原来是欺骗我的!教我从天黑等到天明,整日整夜思念着你,你……你……我……"

袁紫清道:"欸,别哭。"

朱毓媞抬头横了他一眼,道:"我哪有哭?谁为你哭了!"

袁紫清微微苦笑,这样倔强的女子,明明语气哽咽,眼圈儿发红,泪光隐隐,却执意不肯落下眼泪。

袁紫清一脸认真,将五指牢牢嵌入她的手,握得很紧很紧:"再也不会了,不管怎样,我都不会再放开你了。"

朱毓媞露出一抹凄婉的笑:"清,你一直是我的月亮,哪怕摘了下来不如幻想,你还是你,世上独一无二的你。"

袁紫清搂着她,下颏抵着她的面颊,道:"没有你……再好的月色都是满目苍凉……这三日……对我来说好漫长……好漫长……"

他的声音似是很倦。朱毓媞道:"累了你就睡吧,别为了我强撑着。"

袁紫清嗯了一声,软语央求:"我要抱着你睡。"

朱毓媞点了点头,钻入被窝。袁紫清三日不眠,又受伤流血,早已体力不支,搂着她的娇躯,闭眼沉沉睡去。

朱毓媞亦是倦了,偎在他怀里,似枕着一生唯一的温暖,沉入甜蜜的梦境。

朱毓媞醒来时他还在睡,她凑过去仔细看他的脸,心中吹起春风,在他面前,再刚强的心肠也化成了绕指柔。她眷眷地抚着他的面颊、他的嘴唇,忽觉手上一紧,自己的手被他捉住,放在胸前。

朱毓媞笑道:"睡觉也不老实啊!"

袁紫清迷迷糊糊嗯了一声,似是仍在睡梦中,梦呓似的道:"媞儿……我再也不要放开你了……永远……"

朱毓媞慢慢投入他的怀里,双手与他十指相扣,低低地道:"不会……我们再也不会分开……"

在他怀里很放松,整个身体都是软绵绵的,像是徜徉在云絮上。她贪恋地享受着这一刻的满足,又慢慢睡去……

冷不防听到他温柔地蹦出一句:"我爱你!"

第一百零一章

一生一代一双人

二人真正醒来时已近掌灯，绿萍端着水盆服侍二人洗漱，又将晚膳摆在青玉案几上，笑吟吟地道："'刺客公子'看似气色好多了，公主殿下就不必再提心吊胆了。"

"刺客公子？"袁紫清嘴角牵出浅浅的笑意，看着朱毓媞道，"原来你是这样介绍我的。"

朱毓媞瞪了绿萍一眼："我们私下这样叫就好，你还当着清的面叫。这般无礼，看我怎么罚你。"

虽是责骂，脸上却是笑盈盈的。绿萍笑道："那就罚奴婢日日值夜，夜夜为你们守门。"

袁紫清道："有这样的主子，难怪有这样伶俐的丫头。"

绿萍抿嘴一笑："有公子在的一天，就有公主真心快乐的一天。说来奴婢还得感谢公子呢！公子知道吗？您没来的那三天，公主倚在窗边痴痴相望，奴婢怎么劝都劝不动，眼看公主都快成了望夫石了呢——"

朱毓媞双颊绯如彤云，急急打断她的话："瞧你这张猴儿嘴，还不赶紧去煨阿胶汤。"

绿萍"啊"了一声，急急道："奴婢忘了，糟糕糟糕。"

袁紫清见她一溜儿小跑去了，才幽幽地道："这三天，你是这样过的吗？"

斜阳透过冰绡窗纱投入室内，朱毓媞的脸罩着几许曚昽日影，她垂眉敛目道："我时时熬着，时时盼着，全心全意只念着你。你呢？"

袁紫清忽然想起昨夜两回与魏怜热烈缠绵，那样水乳交融般紧紧纠缠，密不可分……

他心头一紧，几欲窒息的瞬间，冰凉的悔意一丝一丝蹿了上来，似是毒蛇的信子，一寸一寸地噬咬着心口。

朱毓媞见他发怔，猛然觉得自己不该多此一问："清，我糊涂了，我岂不知你对我的情意？我这样全心全意只念着你，你一定也是这样对待我的。"

袁紫清握住她的手，一脸诚挚："媞儿，没有你的这三日我总算想明白了，我今后只要你一个，我的身心只属于你一个。"

朱毓媞笑道："欸，你这话说得真奇怪，好像你之前曾跟别的女人在一起似的。你应该说，'我一生只有你一个，我的身心只属于你一个。'这样才对吧？"

袁紫清一口气噎在胸口，几欲窒息，他很想对她说实话，却又怕她会因此厌恶自己、离弃自己，很怕，真的很害怕。那种感觉像是走在浮冰上，随时都会陷入万劫不复的深渊。没有她那三夜，即使月色再美，却也抵不过她的开怀一笑；没有她的开怀一笑，再好的月色也照不进他幽闭的心灵。

她是那么憎恨谎言和虚伪，倘若让她知道自己从前的种种，那么她……

他不敢继续想象下去。见到朱毓媞一脸忧色的瞬间，他知道自己此刻的面色一定是苍白了，果然听朱毓媞道："你怎么了？脸色好难看。我其实很想宣太医过来看一看，可是……罢了……这样太冒险了。你一整天没吃东西了，先吃点东西吧！"

袁紫清嗯了一声。朱毓媞端着一碗牛骨髓粥，一勺一勺吹凉后喂着他。

正沉浸在宁谧的辰光中，绿萍忽然敲门道："公主殿下，皇上来了，正在外堂候着您呢！"

袁紫清听到这一句话，险些被粥米呛到，耳畔嗡嗡作响，一个刮骨利刃似的声音清晰地浮现在脑海里："崇祯皇帝此刻就在外面，凌迟爹爹、害死母亲、又毁了我一生的大仇人，此刻就在外面，隔着一道门，离得那样近……"

朱毓媞道："父皇极少过来，今日真是难得。清，我出去一会儿。"

袁紫清茫然点头，看着她对镜整理一下仪容后便敲门去了。

朱毓媞到了外堂，行礼道："父皇找儿臣何事？"

崇祯皇帝徐徐饮了一盏红枣茶，坐在一张青鸾雕花紫檀木椅上，道："无事，适才去看了你母后，听你母后说你近日气色不佳，于是便绕过来看一看。"他盯着她的脸，道："你母后肯定是多心了，朕瞧你面色红润，容光焕发，哪说得上气色不佳？"

朱毓媞方才照镜时也颇感讶异，先前还如凋谢的花朵，此刻已是粉面含春，艳若桃李。原来再鲜艳的铅华也及不上情爱的滋润。她道："多谢父皇关怀，父皇身系社稷，也要保重龙体。"

崇祯皇帝道："你用膳了吗？"

朱毓媞道："还没……"话说得太急，当下便后悔了，果然听崇祯皇帝道："适才本要和皇后一同用膳，不料她犯了头疼，病恹恹的。既然你还没吃，要不你和朕一同用膳吧？"

朱毓媞肠子也悔青了，真想赏自己一个嘴巴，只能无奈地道："是。"

于是宫人们利落布菜，朱毓媞坐在崇祯皇帝对面，替他夹了一片荷叶蒸鱼，道："坤宁宫小厨房做的荷叶蒸鱼口感极佳，父皇尝尝。"

崇祯皇帝将荷叶蒸鱼送入口中，道："荷香清新，鱼肉细绵，果然口感极佳。"又尝了几道菜，打量了她一眼，道："今日是怎么了？这般心不在焉的。"

朱毓媞赔笑道："没有，是父皇多心了。"

崇祯皇帝一边吃菜，一边闲话家常。朱毓媞心中轻轻一叹，其实这般父女单独吃饭的机会是很难得的，可是一想到袁紫清就在房里孤零零地捧着那碗吃残了的牛骨髓粥，便觉得琳琅满目的一桌佳肴都叫人难以下咽。

崇祯皇帝吃了半碗饭，停箸道："昨夜宫里出了刺客，听说被砍伤了。说起来也奇怪，刺客受伤后理应跑不远，怎知竟像凭空蒸发似的，厂卫们上穷碧落下黄泉地搜捕，却连个人影儿也捞不着。"

朱毓媞不动声色地道："应该是早早逃到宫外去了，不然数百名厂卫怎么连一个受伤之人都找不着呢？"

崇祯皇帝道："朕也觉得是这样，先是冯玄墨的牙牌被调换后出现在乾清宫，后又出了刺客找不着。哼，朕的紫禁城真是越来越精彩了……"

朱毓媞心悬袁紫清，有一搭没一搭地听着，只觉得这顿饭好漫长。

唉，父皇到底何时才走啊！父皇啊父皇，您平时不是有很多奏章要看吗？

第一百零二章

又到断肠回首处

王承恩忽然进来禀报:"皇上,大事不好了!"

崇祯皇帝挑眉道:"你一向稳重,什么事教你慌慌张张的?"

王承恩道:"边上来了塘报,松山失陷,蓟辽总督洪承畴殉国,锦州总兵祖大寿……开城降清!"

"当"的一声,崇祯皇帝手中的筷子落在案上,发出清脆的声响。"什么?"崇祯皇帝从王承恩手中接过塘报,打开一看,面色越来越铁青。他"啪"的一声合上塘报,恨恨地道:"洪承畴以身殉国,忠心可表,这祖大寿……却再一次投降清军!再一次背叛朝廷!"

朱毓媞即使再不懂国事,也知道松、锦两城失陷,那么塔山、杏山两城落入清军手中也是迟早之事。想起云英馆的豪杰们曾说过,四城一旦被攻破,明朝在辽东边防的精锐便丧失殆尽,山海关也会更加孤立无援。

崇祯皇帝起身来回踱步,喃喃自语:"朕已决心和谈,破例给皇太极写了敕书,答允每年支付白银四十七万两。四十七万两!那可是剜心割肉啊!这马绍愉究竟是怎么办事的,和谈谈到人家攻下了松、锦二城!而洪承畴……这般经天纬地的统帅之才竟以身殉国了。朕已失去了杨嗣昌、卢象升,连洪承畴也谢世而去,还有谁能协助朕力挽狂澜啊?"

他越说越激愤,双眼乌云密布:"这祖大寿……先前降清后逃了回来,朕念及人才奇缺,格外开恩。没想到此次他竟又带头降了清军,做了鞑房的走狗!他就是这般报效皇恩的吗?!朕真痛悔当初没剐了他。此人是袁崇焕的大将,果然将帅都一样,都是卑劣无耻的大汉奸——"

忽听"砰"的一声,内堂似有重物落地。

崇祯皇帝吓了一跳,狠狠瞪着内堂的方向,喝道:"怎么回事?"

朱毓媞从他适才提到"袁崇焕"三个字便一直提心吊胆,当初袁紫清便是在云英馆内听见有人辱及袁崇焕,才和人大打出手的,果然袁紫清受不了了。她忙道:"儿臣命绿萍拾掇内堂,应该是不小心碰倒了什么物事,不意惊扰了圣驾,还望父皇息怒。"

崇祯皇帝勉强沉住气,道:"这顿饭你自己吃吧!朕有要事要处理。"说着一阵疾风似的去了。

朱毓媞见皇帝仪仗远去了,连忙进入内堂,只见袁紫清摔落床下,左肩伤口裂开,流了一地鲜血。她低呼道:"清!"将他抱到床上。

袁紫清的下唇咬了一道深深的印子,他红着眼道:"你父皇……你父皇说袁督师是卑劣无耻的大汉奸……他不是那样的人……他不是……"

他似乎是激动了,胸口剧烈起伏,一句话尚未说完,气血上涌,呕出一口鲜血,喷在朱毓媞胸前。

"别说了,你先别说了,我来替你敷药……"朱毓媞手忙脚乱地解开他的衣裳,除下纱棉,撒了半瓶金创药在伤口上。那药粉极为灵验,遇血即凝,不一会儿血便止住了。

她弄得满手都是鲜血,忙又吩咐绿萍打水进来。

绿萍见她拿湿帕要去擦拭袁紫清身上的血迹,道:"这种事让奴婢来做吧!"

朱毓媞毅然道:"不,我自己来。"

绿萍叹了一口气,悄悄将血水拿去外面倒了,又换了清水进来,如此几回,最后拿了干净的衣裳和薄荷水进来。

朱毓媞服侍袁紫清用薄荷水漱去嘴里的血腥,替他穿上新的衣裳,好不容易忙完了,才去挂屏后换了一件干净的衣裳。

绿萍收拾了吃剩的晚膳,又端来煨好的阿胶汤,拭干地上血迹,忙得一头热汗,这才掩门而出。

烛影映着袁紫清苍白的面庞,投射出几许落寞。

崇祯皇帝,他恨了十余年的仇人,做梦都想杀了的仇人,竟与他仅一门之隔!他若没受伤,那么凭他往日的身手,完全可以取其性命。可是,命运总是一再和他开玩笑。他爱上了不该爱的女子,为了这女子,他必须压抑仇恨。谎言带来的悔恨与惶恐已令他心力交瘁了,他还要这样拼命压抑。

"清,我父皇的话你别在意。"朱毓媞满怀愧疚,声细如蚊。

袁紫清镇定下来,道:"你也这般认为吗?"

朱毓媞愕然道:"什么?"

袁紫清语气如掠过冰湖的风,字字凛冽:"你也认为袁督师是大汉奸吗?"

朱毓媞低声道:"我一介女流,见识浅薄,哪里知道袁督师是忠是奸。"

袁紫清声音骤然放大,像是要说服她:"你听着,袁督师不是大汉奸,他是英雄,他是尽忠报国的大英雄……"大约是太激动了,他胸口微微起伏,险些喘不过气来。

朱毓媞道："好好好,我知道,你别激动好吗?"

袁紫清调匀呼吸,喃喃道："祖大寿降清了……呵……袁督师在天有灵,知道了这个消息,不知道能不能安心?"

朱毓媞道："你有伤在身,别想太多了。"说完轻轻抚着他肩膀上的伤口,柔声道："现在还疼吗?"

袁紫清满不在乎："小伤而已,还好。"

他淡漠的语气似一把极为锋利的刀狠狠刺入朱毓媞的心,她眼中漾起晶莹泪水,道："那么大的伤口,你竟说是小伤! 从前的你究竟是怎么过的!"

她语气哽咽而激动,令袁紫清微微愕然。认识她以来,她行止娴雅,颇有魏晋风度,从不这样张扬地说话,显然这个念头在心中蕴蓄已久,才会脱口而出。

朱毓媞似乎觉得自己失态了,垂头低声道："罢了,我不问,你愿意告诉我时自然会告诉我。清,你歇一会儿吧!"

袁紫清沉沉地叹了一口气："我告诉你。"

朱毓媞忽然感到害怕,害怕他说出口的遭遇会令自己难以承受,只能紧紧握住他的手,似要给予彼此勇气和力量。

袁紫清微微吸了一口气,解开衣裳,露出上身："我身上的伤疤,全是给一个坏人弄的,齿痕不用说了,这个是鞭痕,这个是针孔……"

他指着身上的伤疤,口吻云淡风轻："那三年,我被关在一间屋室中。这间屋室就像你的闺房这么大。我身上又是手铐又是脚镣,根本出不去。那三年我都是赤身裸体的,即使天冷了也只能裹着棉被。那个坏人每天都会进到房里,心情好时就……嗯,心情不好时就对我极尽虐待,拿鞭子抽我,拿尖针刺我,我常常被凌虐到昏迷。我身上的齿痕,也就是他咬的……"

他见朱毓媞盈盈欲泪,道："你还要继续听下去吗?"

朱毓媞恨恨地道："你说! 我要听! 我要听听那坏人还做了什么!"

袁紫清沉静的面容下是汹涌如潮的悲伤,他呼吸微微急促："最令我感到耻辱的是,他侵犯了我,以一个男人的身体侵犯了我,使我毫无尊严。我的哮喘就是在那时候开始的。那三年……我每一刻都是生不如死,真的好想死好想死……与这个相比,肉体上任何折磨都不算什么……"

朱毓媞禁不住泪流满面,道："清,我不知道该如何诉说我内心对你的痛惜,倘若命运能够交换,我情愿受尽折磨的人是我。"

她一双泪眼中只有他的身影,仿佛他就是完整的天地。

袁紫清大恸,道："有你这一句话,我受的苦都值得了。"

朱毓媞狠狠咬牙,目光中蹿起两束火焰："他是谁! 我要他死!"

袁紫清淡淡地道:"我杀了他。我一刀一刀凌迟了他,三千六百刀后,他在极度痛苦和惊惧中咽气了。"

朱毓媞道:"原来你以前说的是他!对不起,我误会你了,还以为你疯了!对不起,我不知道,我什么都不知道,还这样说你。"

袁紫清道:"你一向坚强。即便那夜你我分开,你一人守着窗儿,发呆到天明,也不见你掉泪。现在怎么哭成这样?"

朱毓媞一怔:"你怎么知道?你当时不是离去了吗?难道……"

袁紫清道:"我是离去了,可我一直藏在树上看着你。我看你明明伤心极了,却一滴眼泪都没掉,你的心性未免太倔强了。"

朱毓媞一呆,哭得更惨烈了,气愤地道:"你一直都看着我!那你为什么不回来找我!你情愿让我一个人守着窗儿发呆,也不回来找我!这般折磨着我!我恨死你了!"

袁紫清忍不住紧紧搂着她,吻着她面颊上的泪水,话声绵软如春风:"对不起,别哭了。"

朱毓媞的泪水咸咸的,带着一丝苦涩,对他来说却像是甘露一般。他吻面颊还不够,又吻她的鼻梁、她的嘴唇、她的颈子……

袁紫清压抑不住情欲,他微微敞开她的衣襟,吻着她秀美的锁骨,听她发出一声蚀骨销魂的嘤咛。

身体的渴望像火山一样爆发,他好想就这样一直吻下去。

朱毓媞只觉得他赤裸的上身很烫,烫得像是火炭一样。他的呼吸急促,脸颊红红的,眼里有团熊熊燃烧的野火,那火焰中倒映着两个娇羞忐忑的自己。

袁紫清忽然闪电似的跳开,撑着案几喘着大气。

朱毓媞看着他的背影,目光中有几许失落,幽幽地道:"上回在太液池的小舟上,你也是这样对我的。难道我在你心中不够美好吗?"

"不是的。"袁紫清勉强调匀呼吸,"不是你不够美好,而是你太美好,令我觉得不该这样轻易拥有了你。"

他转身走到床边单膝跪下,视线与她齐平,那样眷恋的目光,仿佛望着永生永世唯一的渴望:"倘若有一日你成了我的妻子,我再来拥有你,否则我便是毁了你。"

他一字一顿认真地说着,只觉得满心满肺酸楚不已。他很清楚这是不可能的,他是罪臣之后、流放途中脱逃的罪人、崇祯皇帝口中的大汉奸的儿子、大盗紫兰君。这样的他,如何能够娶公主为妻?只是,他再也割舍不下这段感情了。须作一生拚,尽君今日欢,能厮守一日便是一日。

朱毓媞怔怔地道:"你心中视我如妻吗?"

袁紫清起身拥她入怀:"能娶你为妻,对我来说是迢迢人世的一个奢梦。我只盼真有

梦境成真的那一日。我心中装着这个梦,那么我就不再孤独,不再空虚了。即便到头来只是梦幻泡影,我心中也只会有你一个。"

他的目光沉静而温柔,如春日晨曦中的一池清水,教人甘愿沉溺其中。朱毓媞柔柔地喊了一声"清",袁紫清的吻又落在她唇上。二人在床上紧紧相拥,沉醉在彼此灼热的体温和呼吸间……

第一百零三章

太妃落水

二人相拥睡到了天明，洗漱后用了早膳。

朱毓媞看他气色好了许多，心中颇感欣慰，不断敦促他多吃一点。

袁紫清饮了一碗阿胶汤，道："欸，你自己才要多吃一点。那样纤弱，搂着你像搂着一把骨头似的，硌得我手疼。"

朱毓媞笑道："伤好得差不多啦，开始油嘴滑舌了。"

袁紫清轻轻一叹："我倒希望伤不要好得太快，你每天为我敷药包扎，我心里欢喜得紧。"

朱毓媞幽幽地道："你每回来找我都这般冒险，把自己置于刀尖浪口之上，我真是过意不去——"

"别这样说，"袁紫清急切地打断她的话，"是我那日心绪不宁，不够谨慎，所以才泄露了行踪。平常我是不会轻易被发现的。"

朱毓媞忽然想到一事，转身从象牙妆台的小屉子里拿出洗干净的衿缨："那日这枚染血的衿缨掉在地上，曹化淳明明看见了，却又装作不知。清，你是怎么想的？"

袁紫清接过衿缨的那一瞬，道："你心里其实已经想明白了，不是吗？我和你想的一样。"

朱毓媞道："你说得没错，我怀疑曹化淳便是冯玄墨所托之人，那么冰魄蛇之事曹化淳肯定也是知情的。曹化淳是东厂提督、司礼监秉笔太监、总督京营戎政，非等闲之辈，不可轻易撼动。即便我是公主，也要敬他三分。"

袁紫清道："他一定知道受伤的刺客便是紫兰君了。"

朱毓媞道："是，所以他选择睁一只眼闭一只眼。他大概觉得，辱了我即是辱了皇上，纵使擒住刺客有功，却也后患无穷。也幸好那日来宫中搜查的是曹化淳，若是其他莽撞无知的太监发现了衿缨，只怕你就要被他们带走了。"

她的声线微微颤抖，似沉浸在当下的恐惧里。袁紫清握住她凉凉发凉的手掌，道："没事了，都过去了。"

静静用膳的辰光过得很快，绿萍的声音在门外响起："公主殿下，世显公子在太液池候着，他要见您。"

朱毓媞一脸纳闷："素日都约在御花园的，今日怎么约在那里？可有说是什么事吗？"

绿萍道："传话的太监只说世显公子脸色不太好看，还说世显公子会在那里一直等您过去。"

"知道了。"朱毓媞眷眷地看着袁紫清，说道，"你伤口未愈，没事就躺着吧！我去去就回。"

袁紫清殷殷叮嘱："太液池风大，你多穿一件。"

朱毓媞心中泛起一星温暖，往常凶狠无礼的他，竟懂得提醒人添衣了。

太液池中荷花尚未绽放，多是含苞带蕊的样子，像极了娇羞的韶华少女。池边青柳郁郁葱葱，周世显的身影便隐在那一抹葱郁之中。

朱毓媞下了辇轿，施施然步向他去，唤了一声："世显哥哥。"

周世显背脊明显颤抖了一下，似是久未听见她的声音，一时触动最柔软的情肠。他缓缓转身，温煦的阳光透过迤逦如眉的柳枝投在地面上，却怎么也驱不散他脸上的阴郁。

"世显哥哥，你找我有什么事吗？"

周世显微微吸了一口气，道："媞儿，你看似不一样了。"

"是吗？"

周世显凝视着她，即使不施铅华，她的面颊依然艳红如夭桃，即便三春韶光亦及不上分毫。这般容光焕发的她，此刻竟灼灼刺痛了自己的双眼。

朱毓媞见他只是一味盯着自己，目光若有所思，不禁发窘，道："你有什么话快说吧！"

周世显道："我想问你一件事，你要老实回答我。"

他的语气沉沉，无限怆然。这句话落下，朱毓媞心头已是一跳，只听他道："前两日宫中的刺客，是不是他？"

朱毓媞面色一凛，事关重大，即便亲如周世显也不能吐实，忙道："不是。"

周世显早已将她的神情变化收入眼底，他凄凉一笑，道："媞儿，我们从小一起长大，你当我看不出你在说谎吗？"

朱毓媞转过脸庞，望着一泓碧蓝池水，道："我说不是就不是。"

周世显道："你知道我为什么约在太液池吗？这里人少，我要你无所顾虑地说实话。媞儿，你一向厌恶谎言，为什么此刻要对我说谎？"

朱毓媞咬牙道："你别再说了好吗？揭穿了真相，对你有什么好处？"

"至少我不必没日没夜地胡思乱想了。"周世显蓦地激动了起来，他一向温润如玉，此刻的语气却似九重惊雷滚滚而落，"这段时日宫里总共闹了两回刺客，两回都跟坤宁宫脱不了干系。"

朱毓媞听到这里，怔了一怔，又听他缓缓道："第一回刺客出现在东暖阁外的紫玉兰树苑。紫玉兰，呵，我当下就想到那人了。第二回刺客受了伤，进入坤宁宫后就不见了。我当真困惑，难道刺客竟有飞天遁地之术，能凭空消失在宫中吗？"

朱毓媞袖中的双手微微哆嗦，她咬紧牙关，强作镇定道："那是你的猜测，我不知情。"

周世显凄然道："媞儿，你别骗我了，那个人就是紫兰君。他受伤后进了坤宁宫，是你救了他，并将他藏在你房里，所以数百名厂卫才搜查不到。"

周世显见她脸上青一阵白一阵，心中的酸楚越来越浓重："我猜想，调包冯玄墨牙牌的必定也是他。否则天下间谁有这等本事？他既能闯入乾清宫，怎么闯不了坤宁宫？"

朱毓媞肃然道："世显哥哥，你可知道你今日说的这些话若给人听了去，那是会出人命的。"

"我只知道我再不说出来便会发疯！"周世显似乎觉得自己太凶了，面色稍缓，唯唯诺诺地道，"对不起，对不起，我不是故意大声凶你的。"

朱毓媞叹道："不要紧。"

周世显道："媞儿，你现在可以坦白了吧！那个刺客便是紫兰君，对不对？"

朱毓媞知道再也瞒不过他，便道："是。"

周世显踉跄一步，面色苍白如雪，声线颤抖："那你……你把他藏在你房里，孤男寡女……你们……"

怎么每个人都要往那里想？冯玄墨这样，世显哥哥也这样！

朱毓媞急忙打断他的话："我和他之间清清白白的，什么事都没有发生！"

周世显一听，也不知是喜是悲，只觉得五味杂陈："你爱他，是不是？"

"是。"朱毓媞的语气坚决，几可断金，"我爱他。"

一霎间，周世显只觉得胸口空荡荡的，心已不知飘往了何处。他呆呆地道："上回在绿筠亭问你，你那时还懵懵懂懂的，此刻却这般肯定。距离上回不过才一个月，这么快……你这么快就爱上他了……"

朱毓媞不忍见他黯然神伤的模样，垂头看着自己的鞋尖，幽幽道："你今日知道了真相，好受些了吗？"

周世显怆然道："他比我好吗？"

朱毓媞道："没有，你比他温和，比他谦逊，你我之间的情分也比他还要长久。"

周世显几乎快要哭出来了："那为什么……为什么你还是爱上了他？"

朱毓媞目光如一池潺潺春水，无限温柔，似乎袁紫清就在她的面前："我也不知道为

什么自己会对他一往情深，那种感觉很奇妙。我曾经把他放在内心深处，郁闷时就拿出来想一遍。自从见了他后，一天十七八遍地将他挂在心上。只要他在我身边，即便是险山恶水，我也觉得安心可靠；倘若他不在了，那么即使面前金堆玉砌，对我来说也是满目疮痍。"

周世显终于忍不住落下泪来，道："你终于懂得什么是爱了。可讽刺的是，当你深深懂得了，那个对象却是旁人。可笑如我，竟不知该欢喜你懂得爱了，还是该伤心你爱的那个人不是我。媞儿，你可知你对我真的很残忍！"

朱毓媞道："世显哥哥，我只希望你别再对我用情了。我心里只有他，这辈子也只会有他一个。"

周世显哽咽道："我心里也只有你，再也不会有旁人了。"

朱毓媞喟然道："倾慕你的公侯贵女不可胜数，你何必为了我孤苦一生？"

周世显道："我的心就那么一丁点大，装下你之后，怎么还装得下旁人？倘若装得下旁人，那么你的心是不是也能施舍一小块给我呢？"

朱毓媞默然以对，只听周世显凄然道："庄生晓梦迷蝴蝶，望帝春心托杜鹃。终究是一场奢梦……"

朱毓媞咬牙逼自己说出一句狠心的话："梦醒了，人也该清醒了。"

周世显沉默一晌，忽然想起他们一起共度的最后一个元宵。追念往事难凭，叹火树星桥，回首飘零。但九逵烟月，依旧笼明……

伊人已去，今后的元宵节再也不会有光彩了！

周世显哽咽道："你把他画得那样超凡脱俗，风姿俊朗，我便知道你何止是将他当成了寄托，只是你身在此山中，浑然不觉罢了。"

朱毓媞听到这里，脸上惊骇莫名，冲口道："你是怎么知道那些画像的?!"

周世显凄然道："这很重要吗？"

朱毓媞的脑海乱如飞絮，在空白与混沌的缝隙中，似乎隐隐浮现出一个画面——有个人进了房后瞥见自己在看画，难道是她？

只听周世显幽幽地道："媞儿，你一向聪慧伶俐，怎么不晓得自己对他的情意，便是从画他开始慢慢滋长的！所以你一见了他，更加控制不住自己的心，深深栽入情网之中。为了他，你连窝藏刺客的罪名都不怕；为了他，你甘愿冒着身败名裂的风险；为了他，你甚至忘了他是大盗紫兰君，忘了你自己是公主……"

蓦听"扑通"一声，似有什么东西落水。二人回头一看，池边水花四溅，岸边孤零零地躺着一方锦帕，帕上的仙鹤图如芒刺般逼入朱毓媞眼里。

朱毓媞心头涌起无限的恐惧，那锦帕上的仙鹤是自己绣给她的，是宫中独一无二的，那么落水的人是……

朱毓媞控制不住内心的惊惧，扯开嗓子喊道："来人！来人！太妃落水了！"

第一百零四章

四城破，太妃崩

天色渐渐暗淡下来，一抹斜阳筛过窗棂，映下苟延残喘的碎影,檐上蹲伏的吻兽显得格外幽异。

袁紫清似乎感觉到有什么不寻常之事发生了。

朱毓媞去了好久,绿萍也不在外面,他伤势未愈,不便出门,只能按捺着焦虑不已的心慢慢等着。终于,等到朱毓媞回来了。

她进房时如一缕幽魂,面色苍白如瓷,一见到袁紫清便身子一软,跌入他怀里。

袁紫清抱着她,只觉得她身子很冷,道:"怎么了?"

朱毓媞抬头看着他,眼中漾起泪水:"清……"她用力地掐着袁紫清的胳膊,似要借此不让自己颓然倒地。

袁紫清看见她的眼泪,便知道一定出了大事,果然听她哽咽道:"清,太妃她……太妃她快要不行了……是我……是我害了她……"

袁紫清心头一跳,道:"什么意思?"

朱毓媞全身瑟瑟发抖,压抑已久的恐惧悲痛瞬间爆发,她"哇"的一声哭了出来:"我和世显哥哥的对话都给她听见了,我……我不知道她就在一旁。她必定是受不了刺激,才会失足落水。她那个年纪……身子又一直不大好……怎禁得起这般折腾……"

她说的话全被泪水糊成一团,袁紫清勉强听了个轮廓,道:"既然太妃在太液池畔,怎么没有宫人随侍?"

朱毓媞道:"服侍太妃的宫人说今早太妃心血来潮,想去太液池边走走。太妃喜静,所以只带了贴身侍女。太妃走到一半,让侍女回到辇轿上取斗篷,也就是在那个时候落水的。都是我害的,若不是听见了我和世显哥哥的对话,太妃也不会出事……"

袁紫清道:"那么太妃现在如何了?"

107

朱毓媞哭得更厉害了："太医说大概就在这三日内了,要我们做好心理准备。父皇一向敬爱太妃,视之如母。前几日松、锦被夺,他已是心力交瘁,现在又出了这样的事。父皇……父皇当场晕过去了。清……都是我害的……是我……都是我……"

袁紫清只觉得她这样哭简直要把自己的心给哭碎了,不知该如何安慰她,只能紧紧搂住她的身体,柔声道："你尽情哭,别憋着了,有我在。"

朱毓媞哭得昏天黑地,难以抑制,哭得累了,偎在他怀里沉沉睡着了。

次日,慈宁宫便传来噩耗。

崇祯十五年,刘太妃崩,享年八十六岁。

祸不单行,刘太妃死后不久,清军就用红衣大炮轰开了塔山,歼灭城中守军七千余人。之后又攻陷了杏山,明守军六千八百余人全部投降。至此,宁远以东的四座城池全部落入清军手中,历时将近一年的松锦战役宣告结束。

崇祯皇帝连忙向内阁和全体朝臣发布一道上谕,再一次宣布要"治理维新,廓然更始",并再次做了反躬自省:"求治之心虽然殷切,实施政令却不得要领……虽有深切忧民之心,却不能将恩德普施于天下。致使村社凋敝、灾害频仍、兵火纵横、中原涂炭……全是朕德化不敷、声灵不振所致。"最后又下诏罪己。

崇祯皇帝接连承受重大打击,已是心力交瘁。似乎上苍觉得对他还不够残忍,本已传言殉国的洪承畴竟是被俘虏至清首都盛京!

彼时崇祯皇帝正在城中大摆祭坛祭奠洪承畴的英魂,还亲自行香表示哀悼。按照朝廷礼制,一品官赐祭九坛,但崇祯皇帝决定设十六坛,并且一坛一坛祭祀,以示荣典。

祭祀到第九坛时,崇祯皇帝得知了这个消息。他呆了良久,心事更加重了几分。洪承畴若像祖大寿那样投降了清军,以洪承畴的军事才能,对清军来说无疑是如虎添翼,对明朝来说绝对是个心腹大患。他将洪承畴视为股肱之臣,信任有加,还洒泪祭奠。洪承畴降清,不但是国家和朝廷的耻辱,他本人亦将颜面无光。

崇祯皇帝想到这一点,简直快要疯了!不料后宫又传来噩耗——皇贵妃田氏沉疴难治,回天无术,太医说大限就在这三个月内。

皇贵妃田秀英是他最钟爱的妃子,崇祯皇帝知道她身子羸弱,最近汤药不断,无奈国事繁忙,只能吩咐宫中御医悉心调理。他还抽空亲自到各处庙宇恭敬祷祝,为她行香祈福,但皇贵妃的病体不但没有起色,甚至每况愈下。

至此,崇祯皇帝已濒临崩溃,时而暴戾狠毒,时而温柔和缓,朝臣全都战战兢兢,生怕行差踏错招来杀身之祸。

宫中弥漫着一缕暮气沉沉的气息,就连初夏时的蓬勃草木亦染上一层浓浓的萧瑟,蝉鸣一声接着一声,似是一声又一声悠长的丧钟,敲得人心沉。

朱毓媞在袁紫清怀里喃喃絮语,语气如同她的人一样萎靡。她这几日说的无非是刘太妃生前如何和蔼慈祥,如何把幼时的她抱在腿上哼着童谣……

袁紫清静静听着,他晓得自己此刻什么都不必说,只要听她倾诉就好。听着听着,他猛然发觉,从前自己是不爱听这些话的,为什么此刻竟有了耐性,能够不厌其烦地听着,听了一遍又一遍,直到她说倦了。

她说完了刘太妃,又说起了皇贵妃,说她与母后不和,母后如何暗算她,自己又是如何与母后处得不睦……

袁紫清忍不住道:"皇后当真看不出是这样的人。"

"我和母后朝夕相处这么多年,我都看不出来,何况是你。"

"她是你母后,是后宫之主、一国之母,你这样顶撞她,她面子过不去,自然会恼你。"

朱毓媞轻嗤道:"我最厌恶的便是她的虚与委蛇和卑污的手段。"

袁紫清听到"虚与委蛇"四个字,一颗心似是被什么东西用力撞了一下。他整了整神色,正色道:"你是她女儿,用'虚与委蛇'形容倒也罢了,怎么可以用'卑污'这样的字眼?"

"卑污!"朱毓媞面色一冷,似是被霜雪覆盖,"我觉得十分贴切。如今皇贵妃病入膏肓,父皇伤心欲绝,母后难道没有半点责任吗?她不仅冷眼看着皇贵妃食用具有微毒的糕点,又利用铃铛算计了慈炤,最后利用皇贵妃爱子之心,唆使太医在慈炤的祛痕膏里掺了有毒之物!皇贵妃每日为慈炤上药,等于服食毒药,日积月累下来,皇贵妃便会心智失常,成了疯子,被打入冷宫,直至病终。最令我不齿的是,母后竟借由太医的手去害人,医师的手是用来悬壶济世、救赎众生的,而非拿刀杀人!母后无德无良,真是令人齿冷!"

袁紫清脸上一分分褪去血色,魏怜腹中的孩子,正是被自己利用大夫的手害死的!

朱毓媞望着筛进窗棂、流泻一地的斑驳月光,丝毫没察觉到袁紫清的异样。她嘴角微微抽搐,神情甚是鄙夷,道:"若非我故意让自己染上风寒,只怕母后就要杀那太医灭口了。先是利用太医害人,后又要杀人灭口。我想到这一点,就无法与她待在同一片屋檐下。因此,我也不太愿意去请安了,也不想跟她说话,至多路上碰到行礼如仪罢了。"

长窗留着一丝缝隙,夜风徐徐流入。初夏的天气,风是慵懒而暖和的,袁紫清却感到背脊发凉,原来早已沁出一片冷汗。

朱毓媞沉浸在自己的思潮里喃喃絮语,声音越来越含糊,最后抵不住睡意酣然入梦了。

紫铜蟠花烛台上的烛火吞吐明灭,摇曳不定,似是袁紫清此刻焦虑不安的心。他四肢发软,险些无力抱住她。沉寂如一潭死水的夜里,他的心跳得那样急促,那样剧烈。没有人比他还清楚这是恐惧慢慢逼上心头的感觉,似是沦为娈童的那三年,房门敞开,阳光

一丝一缕透入,可怕的梦魇一步一步逼向自己……

她的那句话此刻一直徘徊在耳际:"先是利用太医害人,后又要杀人灭口,我想到这一点,就无法与她待在同一片屋檐下。"

倘若她知道自己从前的作为与皇后并无二致,那么……

初夏的夜,他却是如置冰窖,冷到了骨子里。

一夜不寐。

第一百零五章

相濡以沫，不如相忘于江湖

袁紫清的伤势在朱毓媞一日两回的悉心照养下，又服用了无数阿胶、血燕、人参等补品，早就痊愈了，只是瞧着朱毓媞为了刘太妃的死黯然神伤，便留下来陪伴她。

这段时日二人吃睡洗漱全在一起，朱毓媞沐浴时，袁紫清隔着挂屏，听着哗啦哗啦的水声，浮想联翩。有一次，袁紫清正翻阅着《庄子·大宗师》，一抬眸不小心看见朱毓媞褪衣后投射在挂屏上的裸体剪影，胴体曲线玲珑，凹凸有致，一头长发逶迤散开。

他是血气方刚的少年男子，当下只觉得似有一块巨石投入情欲的心湖，荡开一圈圈涟漪，瞬间口干舌燥，全身发热。

这君子也太难当了吧！

他最后实在难以克制，于是又低头去看《庄子·大宗师》，并大声念了出来，想借此转移注意力。声音硬邦邦的，毫无抑扬顿挫："泉涸，鱼相与处于陆，相呴以湿，相濡以沫，不如相忘于江湖……"

他反复咀嚼着"相濡以沫"，柔情百转，一时触动不已。正神思游弋间，朱毓媞的声音从挂屏后和着水声轻轻响起："你喜欢这一段吗？"

袁紫清定了定神，微笑道："相濡以沫，真挚动人，谁不向往呢？"

朱毓媞道："是啊！泉水干涸后，两条鱼被困于小水洼中。为了生存，彼此用嘴里的湿气滋润对方。这样的情境的确令人感动，令我想起西汉宣帝刘询和恭哀皇后许平君在民间的故事，贫贱不弃，故剑情深；还有苏东坡和王朝云的爱情故事，在苏东坡起起落落的官宦生涯中，妻妾散尽，只有朝云不辞辛苦，千里相随。他们均是相濡以沫，传为千古佳话。"

袁紫清怔怔地道："可是既已相濡以沫，又怎能相忘于江湖呢？"

朱毓媞的声音蒙着氤氲热气，微微湿润，似有无限惋慨："相濡以沫的情境是很无奈

的。对于鱼而言,最理想的情况是海水慢慢升上来,两条鱼终于回到属于它们的天地。它们最好的结局,是忘了对方,也忘了那段相濡以沫的朝朝暮暮,在自己最适宜的地方快乐生存。"

袁紫清一时触动难言,良久,只道:"庄子的哲理真是深刻,或许我永远也不能明白。"

朱毓媞道:"'与其誉尧而非桀也,不如两忘而化其道。'庄子进一步论述,世人经常夸赞尧的功绩,诋毁桀的暴虐,这样只会加深心中的成见,对修道毫无意义。对庄子来说,人生根本之道在于顺应造化,回归原始,因此与其在'相濡以沫',或是在'誉尧而非桀'上有所执念,倒不如'两忘而化其道'。"

袁紫清怔然良久,道:"我明白了,唯有忘却世间是是非非,挣脱俗念的束缚,超脱生死,归化于大道,才能使当下化为永恒。"

朱毓媞道:"这就是我为什么对《庄子》爱不释手的原因。相濡以沫,何等真挚,却原来也能相忘于江湖。"

彼时二人孜孜不倦谈论着《庄子·大宗师》,只觉得"相濡以沫,不如相忘于江湖"既真挚动人,又潇洒豁达,却不想终有一日当真经历了"相濡以沫"以后,要真正"相忘于江湖",是何等哀伤和残忍!

其间,周世显曾遣人传话给朱毓媞,似对那日之事感到愧歉。朱毓媞只云淡风轻地道:"我不见。"

传话的太监一脸苦恼。

朱毓媞又道:"告诉他我心情已平复了不少。若再见他,只是想起旧事,徒增伤怀罢了。"

如此,周世显再也没传话求见了。

袁紫清见她心境畅快了不少,便道:"我要回去了。"

朱毓媞面色一黯:"再多陪我一日好吗?"

袁紫清轻轻刮着她的鼻梁,无限宠溺地道:"我也是舍不得你,只是我必须做一件事。"

朱毓媞问:"什么事?"

袁紫清道:"之前盗得的金银一直放在我目前住的地方,我想尽早送到闯王的军营里。"

朱毓媞道:"也是,那笔钱放在客栈里的确不太妥当。你在宫里待了这么久,也不知道有没有被人偷了去。"

袁紫清道:"不会的,我不仅上了大锁,还藏得极为隐秘。我要为闯王送军饷,这两日就不能陪伴你了。"

朱毓媞央求道："我跟你去。"

袁紫清一怔："我是要去闯王军营,不是去游山玩水,你跟去干吗?况且我要见的是闯王,和你父皇作对、攻打大明江山的闯王,你还是乖乖留在宫里吧!"

朱毓媞甚是执拗:"我想知道能让我父皇忌惮痛恨不已、终日茶饭不思的大人物是什么模样。就只是看一眼嘛!"

她执拗起来的模样分外惹人怜爱,袁紫清拿她没办法,道:"好吧!那你一个时辰后在云英馆外面等我,我先回我住的地方收拾行囊。"

他一连讲了两次"我住的地方",就是不愿说"客栈"两个字,显然是再也不愿意欺骗她了。

朱毓媞蹙眉道:"不知父皇安排谁做我的护卫,他们见到你我在一起,不知会惹出什么风波。"

袁紫清见她一脸苦闷,笑道:"那有何难!用一点江湖手段不就成了!"

朱毓媞双眼一亮,道:"你有什么主意?"

"欸,我教教你……"袁紫清凑近她耳边嘀咕几句,又从怀里拿出一个瓷瓶递给她,"就是这个,仔细拿好了。"

朱毓媞讶然道:"你随身携带这瓶药?"

袁紫清道:"我是紫兰君啊!有时候作案会用到,所以习惯随身携带。"

朱毓媞忍不住"扑哧"一笑,伸指弹了他的额头一下,道:"果然是紫兰君,这主意也只有你想得出来!"

袁紫清道:"是你养在深闺不谙世事,这主意江湖上人人都会。"

朱毓媞道:"那可要麻烦绿萍了。也好,绿萍总惦记着扬州胡同那一家茶楼做的茶饼,常怪我为什么不带她一起出宫大饱口福,如今算是成全她了,她也成全了我们。"

袁紫清嗯了一声,道:"你整理一下,一个时辰后见。"说完在她的脸颊轻轻一吻,转身去了。

第一百零六章

分作两般衣

袁紫清一入宫便音讯全无,魏怜日日饱尝相思忧虑之苦,翠眉不画,鸦鬓懒梳,在这开到荼蘼花事了的季节,她便如同失去阳光和水分的一株芍药,迅速萎败下去。

盆栽相思小树上又多了一张花笺,红笺小字,诉尽情愁:"一张机,织梭光景去如飞,兰房夜永愁无寐。呕呕轧轧,织成春恨,留着待郎归。"

彼时她正望着窗边,魂魄不知飘向了何处,嘴里反复念着这一句"留着待郎归"。

袁紫清便是沐着这一片痴痴惘惘的目光缓缓而归的。

魏怜又惊又喜,飞奔扑入他怀中,欲语泪先流:"紫清,你怎么去了那么久?我都担心死了。"

袁紫清松开她的娇躯,不去瞧她,淡淡地道:"我受伤了,在宫里养伤。"

"什么!"魏怜脸上爬满了怜惜与伤痛的泪水,只恨不得受伤的是自己,"哪里受伤了?现在好多了吗?还疼不疼?"

"肩膀,好多了,不疼。"袁紫清冷硬地回答。

魏怜搂着他的腰,脸颊靠在他的胸前,泪水洇透了他的衣裳,呜咽道:"没事就好,没事就好,我日日夜夜为你祷祝,上苍终于肯怜惜我了。"

袁紫清推开了她,那样的力道,代表着疏离与隔阂。

魏怜错愕不已,抬头看着他,他的脸色一片木然。往常的他虽然冷漠,却不至于木然,她心中登时溢出一丝丝的惶恐,道:"紫清,你怎么了?为什么那样看我?"

他的声音很冷很冷,似是被秋霜覆盖:"我有话必须对你说,说完了,我就会离开。"

魏怜似是感应到了什么,捂着耳朵尖声道:"不,我不听。"

"你必须听!"袁紫清双手搭着她的肩,弯下腰,目光如毒蛇冰冷的信子般迅速迫向她,"我要明明白白告诉你,我已经爱上了长平公主!这一生我心里只会有她,我再也无法与你在一起了!"

魏怜呆了一呆,胸口似被极锋利的刀用力绞着,绞得血肉模糊,形成了一个难以愈合的伤疤。眼前的袁紫清,眼中是近乎炙热的痴狂与深情,仿佛可以透过他的双眼,看见那个女子的倒影。

她声嘶力竭地道:"你疯了!你当真疯了!你知道自己说了什么吗?你说你爱长平公主?长平公主!那是崇祯皇帝的女儿,害得你家破人亡的大仇人的女儿!你难道忘了吗?"

"我没忘!"袁紫清声音霍地拔尖,只震得梁上灰尘簌簌而落,"崇祯皇帝对我造成的伤害已刻骨铭心了,我怎么忘得了!可我无法支配自己的心,我就是爱她!我就是无法控制地爱她!"

"你清醒一点!"魏怜又是惊怒,又是伤心,反手扇了他一记耳光,"啪"的一声,力道极大,他白皙的面颊登时烙上了五个深深的指印。

魏怜的指甲划过袁紫清的鬓边,留下一道浅浅的血痕,指甲因此断裂,似是她此刻破裂的心,不停地滴着鲜血。

滴答滴答……室内静极了,只有鲜血落地的声响,与彼此沉重的呼吸声。

魏怜似乎不觉得疼,勉强镇定下来,冷冷地道:"你爱她又能如何?你们能够在一起吗?她是公主,她的驸马再怎样也不会是身为罪臣之后、从流放之地逃脱的你!何况你娶了她,你就要认你的大仇人做岳丈,对他行跪拜之礼,奴颜婢膝,以你的心高气傲,你做得到吗?"

这一语戳痛了袁紫清心中不可触及的伤口,他蓦地全身一软,瘫倒在一张椅子上,喃喃道:"我做不到,我做不到,所以……所以我好痛苦,我不知道自己该如何是好……"

魏怜凄然垂泪:"明知不会开花结果,你又何必盲目至此,徒然自苦?"

袁紫清抬头看她,眼里依稀有一痕清泪:"就算没有结果,我也不会停止爱她,哪怕看着她嫁做人妇,相夫教子,我的心里只会有她一个。"

魏怜的声音无限凄楚,似秋日薄暮下的雨丝:"你最终还是爱上了她。你离去前大声喊着她的名字,我当下其实……其实早有预感了,只是一直极力说服自己罢了……"

袁紫清伤感不已,喃喃道:"我根本没料到自己会爱上她,感情说来就来,令我措手不及,等我发现之后,我已一心栽入情网,不可自拔了。我……我当真好痛苦,明知她是我不该爱的人,我却没办法控制自己,好似整颗心已不属于我了……"

魏怜紧紧握着他的手,道:"既然你知道她是你不该爱的人,那么你就别再去找她了,好吗?紫清,你回头好吗?别再一味盲目下去了好吗?"

袁紫清挥开她的手,狠下心肠,冷冷地道:"你我到此为止,今后井水不犯河水。"

魏怜凄然凝眸,无言以对,一晌后冷冷地道:"她知道你是谁的儿子吗?"

这一句似在袁紫清血肉模糊的伤口上撒下一把盐。他紧紧扶着案几，借此不让自己瘫软，语气颓然萧瑟："不知道。"

"我比她更了解你！"魏怜道，"四年前她的心气甚高，又极为倔强，对花街柳巷厌恶至极。若是让她知道你不仅曾在青楼里醉生梦死，知道你与她相处时你曾与我在床上翻云覆雨，知道你一开始接近她的目的，知道我曾为你怀过一个孩子，她会做何感想？"

"别说了！别说了！"袁紫清捂着耳朵，眼中全是血丝，脸上一片凄惶，"不可以！她不可以知道！"

"紫清……"魏怜语气放得柔和，似要催眠他的意志，"你只是被公主高华矜贵的外表迷惑了，一时盲目了，我相信你最终会想明白的。你和她走在一起，只会走得坎坷艰辛，既是穷途也是末路，世所不容，到最后两人都会遍体鳞伤。"

她见袁紫清怔怔不答，于是紧紧搂住了他："清，你回心转意好吗？我那么爱你，难道不比她好吗？"她的柔荑探入他的衣襟，带着一丝挑逗的意味抚着他的胸膛，身子如水蛇般缠了上去，似要借由美色的诱惑挽回他的情感。

"你走开！"袁紫清蓦地推开她。

魏怜含着一缕难以抑制的悲伤，泪眼迷蒙的浮光中，他脸上的厌恶与痛楚，深深刺痛了她的双眼。

魏怜泣不成声："为了她，你对我真是残忍。难道我们过往的情谊，在你眼里都不算什么吗？"

袁紫清冷冷地道："对不住。"他绕过她的身子，移开石板，取出铜箱中的金银，放入青绫包袱中，又匆匆收拾了所有衣物，当下便要离开。

才刚要跨出房门，蓦听魏怜的声音自身后沉沉响起，无限怆然："你与我一定要走到这一步吗？"

袁紫清头也不回，语气亦是怆然："爱她是痛苦，不爱她也是痛苦。那么，我选择爱她，至少我的人生不会再有遗憾。"

魏怜激动地吼了起来："好好好，你就和她在一起吧！我不会阻止你。"

袁紫清终究没有回头去看她，只听她哭道："等你尝到了辛酸颠沛，明白了何谓天命难违，最后你就会发现谁才能与你携手共白头。这一日，我等着。"

袁紫清心头一紧，一言不发，快步出了房门，依稀听到房内传来凄凉的吟哦声："七张机，春蚕吐尽一生丝，莫教容易裁罗绮。无端剪破，仙鸾彩凤，分作两般衣。"

萧采莞见袁紫清背着包袱要离去，惊道："公子要去哪？"

袁紫清道："我不会再回来了，你也不必待在这里了。金陵屋子的井里藏有黄金五百两，足够你一生的花销了。此后你就是自由之身了，想去哪就去哪吧！"

他的话牵扯出萧采莞满心满肺的痛楚与不舍，她急切道："公子去哪，奴婢就去哪。"

袁紫清挥了挥手，道："不必了。"

他走得很匆忙，似是迫不及待离开这里，不一会儿身影便消失在回廊深处。

袁紫清到云英馆的时候，朱毓媞已候了一盏茶时分。她见了他心中欢喜，如小雀儿般蹦了上来，娇嗔道："清，你迟到啦！我要罚你。"说着伸指在他额头弹了一下。

袁紫清无心与她嬉闹，勉强挂起笑容："绿萍将事情办妥了吗？"

朱毓媞笑道："方才先去了一趟扬州胡同茶馆。我趁锦衣卫们不注意，悄悄在他们茶里下了迷药，一人一颗，他们现在都睡得不省人事了呢！"

袁紫清道："迷药的药效可以维持一整日，只要绿萍持续喂他们服用，那就万无一失了。我们尽快赶回来便是。"

朱毓媞笑道："正好成全了绿萍，她可以在茶馆里尽情吃她的茶饼。放她几日逍遥，算是犒赏。"

朱毓媞笑得灿烂，忽然"咦"了一声，盯着袁紫清的脸颊，奇道："你的脸颊怎么肿肿的，还有一条浅浅的伤痕，怎么啦？"

袁紫清此刻脸颊上的指印已消，却是红肿一片。他早已拟好了说辞，道："我方才来得匆忙，飞身上树时不小心踩断了树枝，跌了下来，撞到了脸，脸上的伤痕应是被小石子划破的。"

"我还以为被人打了呢！"朱毓媞目光爱怜横溢，"若是在宫里，我便会拿冰块为你敷一敷，再拿鸡蛋为你揉一揉，一会儿就消肿了。"

袁紫清只想赶快离开这里，道："小伤而已，不要紧。我们快走。"说完便去挽她的手。

一回头，只见魏怜俏生生地站在面前，一脸似笑非笑，已不复悲伤的神态。

袁紫清瞬间出了一身冷汗，平静的眼神下是惊惧的暗流。适才走得匆忙，又一心赶着见朱毓媞，是以竟没发现魏怜跟在身后。

魏怜究竟想干什么？

魏怜早将二人适才的亲昵举动全看在眼里，她勉强沉住气，盈盈一福，道："长平公主万福金安。"

朱毓媞登时认出她是与自己一同被掳去媚香楼的女子，随即想起京城初见袁紫清时，这女子似乎就跟在袁紫清身后。

她也不多想，忍不住好奇，问道："我戴着面纱，你如何还能认出我来？"

魏怜瞥见袁紫清一脸苍白，心中燃起痛快的火焰："适才公主的面纱被风吹起，正好被民女见到了。"

朱毓媞嗯了一声，淡淡地道："当年我说我是长平公主，没人肯信。如今倒怎么一见到我，开口闭口就是公主了。"

魏怜道:"长平公主发米济贫的义举,轰动全城。民女当日正巧经过稻兴米铺,有幸瞻仰公主风华,实慰平生。当年民女多有不敬之处,还望公主海涵则个。"

朱毓媞道:"罢了,都是旧事,何必再提。对了,媚香楼你不待了吗?"

魏怜道:"是,民女搬回京师故居了。"

朱毓媞嗯了一声,对袁紫清道:"她就是跟我一同被掳去金陵媚香楼的姑娘,叫作魏……"她脸上微微一红,转头对魏怜道,"对不住,我忘了你叫什么。"

魏怜咯咯娇笑:"公主贵人多忘事,民女叫作魏怜,袁公子是知道的。"

朱毓媞一怔,转眸看了一眼一脸怔忡的袁紫清,又看了一眼笑得如沐春风的魏怜,奇道:"你们认识?"

袁紫清抿着嘴,脱口道:"不认识。"

魏怜正好也道:"认识。"

二人的话重叠在一起,朱毓媞被弄得一头雾水,奇道:"究竟是认识还是不认识?"

袁紫清只觉得快要被恐惧给逼疯了!

魏怜笑道:"也不算认识,只不过袁公子住金陵时曾来媚香楼花销,有过数面之缘。民女识得袁公子,袁公子却未必将民女看上眼呢!"

朱毓媞一呆,不敢置信地看着袁紫清:"媚香楼?清,你去过媚香楼?"

那个"清"字深深挑起魏怜敏感脆弱的神经。魏怜脸颊微微抽搐,瞬间掠过雪亮的恨意,随即笑逐颜开:"袁公子偶尔会来听听曲子解解乏,都是风雅之事,绝不是公主想的那样。"

"噢!"朱毓媞拿出帕子,轻轻擦拭袁紫清额头的汗水,柔声道,"天气渐渐炎热了,你看你,额头都是汗——"

袁紫清握住她的手,道:"我们走。"他不着痕迹地横了魏怜一眼,那一眼中有强烈的警告意味,如箭一般刺入魏怜的胸口。

魏怜目送二人携手远去,一瞬间仿佛被掏空了力气,软绵绵地瘫在地上,泪水迷蒙了双眼。袁紫清离去的背影那样匆促,那样决绝,似是一柄利刃,生生切断了他们的前世今生。

第一百零七章

何以解忧，唯有杜康

袁紫清在街上购了一匹骏马，载着朱毓媞出了城。

马蹄骎骎，行若御风，两侧风景流水般匆匆倒退。出了城后六合八荒，天高云阔，心胸也为之一畅。

袁紫清在马上将她抱在胸前，絮絮告诉她如今中原的形势。

此时中原战场的局势急剧恶化。李自成和罗汝才再次联军，号称百万，三围开封，朝廷派兵部侍郎侯恂与总督孙传庭率军渡黄河，支援开封，被农民军击溃；之后又派出督师丁启睿、保定总督杨文岳、总兵左良玉统率各路官军共计十八万火速支援，会师朱仙镇，欲解开封之围。李自成闻讯，留一部分兵力继续围攻开封，率主力至朱仙镇大败明军，得降兵数万，之后挟胜利之余勇，复率兵围开封。

李自成第三次围开封并不急着攻城，而是遣兵四处攻堡陷城，使开封成了一座孤城。之后又派人把开封周遭夏麦尽数收割，意图久围，可谓势在必得。

这座中州古城危在旦夕，崇祯皇帝和朝中大臣皆手足无措，内阁首辅周延儒长叹一声："只能放弃开封了。"

朝臣们对这种消极的回答感到不可思议。开封并非边疆城镇，而是中原的门户，放弃开封意味着放弃河南、放弃中原，再任由农民军发展下去，意味着什么？

——当然意味着亡国！

这一句袁紫清自然没有说出口，朱毓媞却是明白的，她心中五味杂陈，真不知该如何排遣。

一路行来，村社凋敝，尸骨盈野，蓬蒿满路，鸡犬无声。朱毓媞只看得满心悲悯，袁紫清似是感觉到她的心思，伸手捂住她的双眼，轻声道："别看。"

农民军安营于城西大堤外，离城仅十里。二人到了军营，已近正午，闯王李自成、制

将军李岩、红娘子均在主帐内饮宴。

二人入了主帐，袁紫清拱手行礼。

李自成此刻喝得微醺，见了他不胜欢喜，当下哈哈一笑，起身道："紫清来得正好，'曹操'昨日弄来十坛杜康酒，一道坐下来饮个痛快。"

袁紫清进入军营前便已闻到了酒香，却不清楚是什么酒，此刻一听是杜康酒，不禁讶然。酿制杜康酒的泉水名为酒泉，位于河南洛阳南部杜康村的酒泉沟里。酒泉清冽碧透，味甜质醇，每逢夏季，可闻到一股天然的酒香。杜康酒酿法失传已久，"曹操"罗汝才不知是如何弄来的。此刻帐内弥漫着浓烈的酒香，熏人欲醉。

袁紫清见他红光满面，显然心情极佳，胜券在握。当下将装了金银的青绫包袱交给一旁的小兵，道："紫清是外人，只怕元帅谈论军务会觉得不便，还是改日再来叨扰。"

李自成道："你说这话便是太见外了，且不说这些年你不断为我送军饷，你的旧部个个为我卖命，我视他们如手足，你又怎么会是外人！"

袁紫清心头一凛，眼角余光瞥见朱毓媞眉心微微一蹙，似是对这句话感到纳闷。李自成等人均知道他的身份，万一不小心说漏了什么，那就不知该如何对朱毓媞解释了。

他正想找理由推辞，李岩过来挽着他笑道："元帅说得对，咱们都是一家人，不分彼此，赶紧坐下吃酒。"

李自成笑眯眯地看了朱毓媞一眼，道："紫清今日怎么扭扭捏捏的，倒真把自己当成外人了，也不介绍介绍，这位姑娘怎么称呼？"

袁紫清道："是我疏忽了，这位姑娘姓朱。"又一一报了帐内诸人的名字。

李自成醉眼乜斜，"哟"了一声，笑道："紫清你艳福不浅啊！上回来的时候带了两个姑娘，这回又带了一个，个个千娇百媚，我见犹怜。我看你也到了适婚之龄，怎么不赶紧娶妻生子呢？"说到这里，又"咦"了一声，皱起眉头，似在思索什么。

袁紫清听得脸都绿了，只恨不得捂住他的嘴，只听他又道："我记得上回你来的时候，好像有个姑娘被军医诊出怀孕了，姓……姓魏还是姓萧？啊，不管不管。我都还没恭喜你呢！如今那姑娘胎像可好？"

袁紫清脸上全无血色，快要晕倒！这李自成粗枝大叶，想到什么就说什么。他隐约感到朱毓媞身子微微一颤，勉强笑道："元帅贵人多忘事，大概记错了，上回我是一个人来的。"

李自成"咦"了一声，一脸狐疑，道："是吗？可我怎么记得——"

却是红娘子心细，连忙笑道："元帅喝糊涂了，上回紫清的确是一个人来的，哪有什么姓魏姓萧的姑娘！元帅可别害小两口拌嘴啊！"

袁紫清暗暗感激，向她投以一瞥，目光充满谢意。

李自成不由得大感纳闷，此刻酒气上涌，红娘子这样一说，还道真的是自己喝糊涂了。他也懒得去追究这种小事，当下哈哈大笑道："'曹操'的杜康酒果然不同凡响，把我都给弄糊涂了。"

李岩笑道："论酒量，在场诸位没人及得上您，您要是喝糊涂了，大概咱们都醉一地了。"

红娘子道："您看您把朱姑娘吓了一跳，脸都白了。要是人家较起真来，扭头跑了，您从哪儿弄个一模一样的赔给紫清？"

李自成笑道："我适才胡说八道，朱姑娘可别把我的话放在心上。"

朱毓媞只觉得李自成外表威猛粗犷，其实性情随和，谈吐爽朗，明知他是父皇的敌人，却也讨厌不起来，当下淡淡一笑："小女子并未放在心上。"

谈笑至此，诸人各自入座。

袁紫清饮了一口杜康酒，果然甘醇浓烈，回味无穷，脑海不禁浮现曹操的《短歌行》："慨当以慷，忧思难忘。何以解忧，唯有杜康。"几碗酒下肚，适才的焦虑不安全都一扫而空。

袁紫清喝得双颊酡红，随口问道："何以不见总哨刘爷？"

李自成"咳"了一声，道："大概不知躲哪里逍遥去了，甭管他，这人的性子就是这样，管不得的！"

李岩皱眉道："这就是他的不对了。元帅您要劝他适可而止，不然谁会守军中规矩？"

李自成懒洋洋地摆手："罢了罢了，他和我交情可不一般，又是立过大功的，由得他去。"

李岩叹道："元帅总惦记着交情，可这里是军营，不问私情的。再说他仗着立过大功，对于您的命令总是爱答不理的，您这样如何树立威信？"

李自成道："他这人管不得的，要是真管了，他就马上翻脸给你看。罢了罢了，你啊，在他面前也别多说什么了，只要他不过线就好。"

李岩面含忧色，道："您对他宽恕纵容，我只怕他会渐如脱缰野马，不可控制。从来都是打江山易，守江山难，将来元帅得了天下，他……"

李自成摆手道："你多心了，今日不说这个，吃酒吃酒。"

朱毓媞轻轻扯着袁紫清的衣袖，悄声道："总哨刘爷是谁，怎么竟敢给闯王摆谱？"

袁紫清低声道："他叫作刘宗敏，是军中第一猛将，人称'总哨刘爷'。崇祯十一年，闯军潼关大败，他与闯王仅率十八骑突围，隐在商洛山养精蓄锐，次年再起。崇祯十三年，他助闯王突围巴西、鱼腹诸山。闯王不光对他极为倚仗，就连大政方针都要经过他的同意才能实施。在军营里，他几乎可以与闯王平起平坐。"

朱毓媞嗯了一声，低声道："我看李公子似乎不是很喜欢他。"

袁紫清道："刘宗敏目无军纪，而李岩正是整肃军纪的，懂了吗？"

朱毓媞道:"懂了。"

袁紫清嘴角微微一撇:"我也不是很喜欢他。今日幸亏他不在。他若在,我一刻也不想多待。"

朱毓媞奇道:"为什么?"

袁紫清面上掠过一丝尴尬,干巴巴地道:"因为他这人……这人好色……而且男……男女皆可……"说到这里,声细如蚊。

朱毓媞没有听清楚,好奇地问:"什么?"

袁紫清面色越来越红,实在不知道该如何解释:"就是……"

朱毓媞奇道:"就是什么?"

袁紫清难以启齿。

朱毓媞又问:"你脸红什么?"

袁紫清忽然发了脾气,道:"你一直问一直问,我不说啦!"

朱毓媞见他扭头不理睬自己,于是哼了一声,悻悻地道:"不问就不问,脾气这么大,我不理你啦!"

红娘子插嘴笑道:"你俩这般打情骂俏,你侬我侬,旁人的眼睛都不知往哪看了。"

朱毓媞脸上一红:"教姊姊见笑了。"她坐在红娘子旁边,见她肚腹微微隆起,奇道,"姊姊怀胎几月了?"

红娘子脸上藏不住甜蜜的笑意:"你倒是眼尖,正好三个月了。"

朱毓媞讶然道:"那你还饮酒,不怕伤了胎儿吗?"

红娘子举杯笑道:"不怕不怕,这里头装的是白水。"说着嗔怪地横了李岩一眼,道,"欸,我为了肚里的小祖宗不得解馋,你倒是喝得开心。"

李岩正要饮尽碗里的酒,一听连忙搁下,笑道:"好好好,你不能喝,那我也不喝了,这样公平了吧? 一直到你产下这孩子,我都滴酒不沾,好不好?"

红娘子笑道:"这可是你说的,你别趁我不注意,自己一个人偷喝。"

李岩抚着她的肚子,力道极为轻柔:"我几时骗过你? 你喜欢喝酒,为了孩子不能喝,这般辛苦忍着。却是我疏忽了,我这段时间应该戒酒才对。"

红娘子笑道:"我方才跟你闹着玩的,你倒是当真了。哪个男人不喝酒? 尽管喝就是了。"

李岩夹了一筷烩牛肉到她的碗里,柔声道:"即便孕期胃口不佳,能多吃一点就多吃一点,别怕发胖。我要是真嫌弃你,也不会和你携手走至今日。"

朱毓媞抿嘴笑道:"姊姊适才说我打情骂俏,可你们不也恩恩爱爱的,羨煞了旁人。"

红娘子笑吟吟地道:"你啊,别光顾着看我们,还得看看你自己。"

朱毓媞指着自己的鼻子,奇道:"我自己?"

红娘子笑道："傻丫头,你的福气在后头呢!"

朱毓媞困惑不已,哪知红娘子眼力过人,早已看出袁紫清对她似水温柔、如海深情,不比他对魏怜。

朱毓媞含着一缕向往之色看着二人,红娘子此刻脸上不施脂粉,微微泛黄,下巴还冒出了许多孕痘。但是在李岩眼中,她却似天仙一般。二人喁喁私语,亲密无间。

李自成此刻正呶呶说着他三次围攻开封,都遇到河南巡抚高明衡为首的守军殊死抵抗,以致开封久围不下。高明衡是一块硬骨头,要他开城投降是不可能的,只能狠下心将城死死围住,用时间一点一点消磨高明衡的意志,就不信他能眼睁睁看着城中军民活活饿死。

彼时李自成做梦也想不到,开封守军被围困了四个月,军民倚靠坚固城墙殊死抵抗,靠着吃牛皮、皮胶、药材、水草、马粪、纸张活命,最后演变成人吃人的惨状,饿死了数十万人。在内无粮草、外无救兵的情况下,高明衡竟想出一条"奇计"——掘开黄河大堤,水淹农民军,大家来个鱼死网破!

高明衡派人掘开朱家寨口大堤。农民军得知消息后,移营高阜,反过来掘开了马家口大堤。

九月十五日夜里,大堤决口,正逢秋高水急,开封城军民淹死无数,农民军也有一万余人在洪水中遇难。高明衡等高官和开封藩王的家眷乘船逃生。

第一百零八章

刘宗敏

宴席过后，袁紫清和朱毓媞携手走出营帐，朝僻静处闲步而去。

他们独处的时候，即便彼此都不说话，却有一股安宁感从内心深处无限蔓延开来，隔绝了世俗的纷纷扰扰，仿佛这世上只剩下他们。

袁紫清见她嘴角噙着温婉的笑意，便道："你开心什么？"

朱毓媞道："李公子对红娘子的情意真是动人心肠。红娘子孕后气色不佳，身形略为浮肿，可李公子的眼里非但没有嫌弃，反而十分怜惜红娘子的牺牲。孔夫子曾说：'吾未见好德如好色者也。'李公子这样的男儿，当真世所罕见。"

袁紫清道："嗯，李公子对红娘子的心意，并不会因为容貌妍媸而有所改变。"

朱毓媞忽然不走了，睁着一双星眸定定地瞧着他。

袁紫清问："怎么啦？"

朱毓媞低声道："倘若哪一日我年老色衰了，你会不会嫌弃我？"

"不会。"袁紫清眼中扬起一抹坚决之色，执起她的手放在自己心口，"在我心中，无论你是红颜还是白发，我对你的情意只会更深，不会减退。"

一簇晶亮的焰芒在朱毓媞双眸深处灼灼燃起："真的吗？"

袁紫清道："媞儿，我本不擅长说这些肉麻的话。你要知道，我爱的并非是你的外表，而是你的内心。"

朱毓媞道："皇贵妃艳冠后宫，无人能及，因此父皇专宠皇贵妃。某一日，天下第一美人陈圆圆来了，父皇随即将皇贵妃抛在脑后。所以我才觉得，男人是不是都重色相轻内在。父皇分明与皇贵妃如胶似漆，却转眼就能去拥抱别的女人，好似多年来的情意都是建立在肤浅的皮相之上。"

袁紫清静默无言，瞬间想起了风华绝代的魏怜，这一段建立在皮相之上的极为肤浅的情感,如今看来,竟又是一段见不得光的过往。

朱毓媞声音低迷而羞涩:"清,我听说女人怀孕很辛苦,生产那一刻更是九死一生。我其实有点害怕,可是为了我们,我愿意去面对。"

袁紫清心中微微捻起一丝酸楚:"倘若真的有那一日,那我什么都能放下,我会用生命守护你和孩子。"

朱毓媞眼中神采奕奕,道:"我去跟父皇说,说我想嫁给你。你放心,你是紫兰君的秘密,我不会让他知道的。清,这样好不好?"

袁紫清心中翻起悲潮。难道掩盖自己是紫兰君的身份,便能与她厮守了吗?他心中再清楚不过了,崇祯皇帝若见了他的面容,不会不清楚自己是谁的儿子。

朱毓媞急道:"清,你怎么不说话?你不愿意吗?"

袁紫清别过脸庞。他怎能将自己是袁崇焕之子的事告诉她?若她知道了她的父皇凌迟处死了袁崇焕,流放了袁氏一族,亲手造成自己幼年丧母和受虐的悲剧,肯定比被凌迟还要痛苦!

他不能让她承受这样的伤痛,所有的痛苦都由自己担着,只要媞儿能够在自己怀里开怀一笑就足够了!

忽听一个夜枭似的声音冷笑道:"袁公子当真荒唐,居然把崇祯皇帝的女儿弄到军营里来了!"

袁紫清心头一凛,本能地将朱毓媞拉至身后,只见一名满面虬髯的魁梧汉子从草丛中起身,裤子褪至膝盖,露出毛茸茸的大腿。

朱毓媞瞄了一眼,不觉面红耳赤,啊了一声,闭上双眼不敢看。

袁紫清冷笑道:"难怪宴上不见总哨刘爷,原来大白天跑到这里风流来啦!"

总哨刘爷?便是在闯王军营中与李自成平起平坐的刘宗敏!朱毓媞忍不住偷偷睁开一条缝隙,想看看这位飞扬跋扈的大人物是何等气概。只见刘宗敏已穿好了裤子,一脸桀骜不驯,嘴角噙着不怀好意的笑,一看便知不好相与。

刘宗敏笑道:"也正好我选对了地方风流,不然怎么听得到这般惊天动地之语!"

袁紫清朝刘宗敏身后望了一眼,隐约可见枝叶上血迹斑斑,刘宗敏的双手也沾了鲜血。他冷笑道:"刘爷的习性一如既往,女人用完就杀,丝毫不知怜香惜玉。"他只觉得朱毓媞的手掌微微哆嗦,知道她害怕,于是加紧了握着她的力道。

"怜香惜玉?"刘宗敏鼻孔轻轻哂了一声,望着袁紫清的目光充满了贪婪和色欲,似公狼盯上母狼,"倘若草丛里躺着的女子有袁公子十分之一的美貌,那我或许就舍不得杀了。"

袁紫清面无表情:"刘爷的话总让人听了腻歪,就此别过。"拉着朱毓媞转身便走。

刘宗敏一个箭步蹿上前去,眯着眼细细打量着朱毓媞,喷了一声,笑道:"好一个如花

似玉的俏姑娘，真是风姿楚楚，我见犹怜，难怪袁公子为了你，连自己是谁都忘了。不知这位是长平公主，还是昭仁公主？"

袁紫清心头一凛，冷冷地道："关你什么事？"

刘宗敏冷笑道："我只是好奇罢了，你紧张什么？敢情我会在你面前将她生吞活剥了不成！"

袁紫清道："我没工夫跟你废话。"

刘宗敏道："你莫不是忘了自己的姓氏了吧？竟敢与崇祯皇帝的女儿私通！"

袁紫清道："公主冰清玉洁，你嘴里放干净一点！"

刘宗敏冷笑道："哟，冰清玉洁？人家都要为你生儿育女了，还冰清玉洁！真是不怕人笑掉了大牙！"

袁紫清冷冷地道："你怎么辱我都不要紧，可是你不能辱她！"

刘宗敏哈哈一笑："袁公子原来也会生气。你每回来军营都是冷冰冰的，我还以为你是个木头人哪！若非听见你们方才的对话，我还真不敢相信从你嘴里会吐出这般情真意切的话。这事哪一日给你的旧部听了去，不知他们会做出什么样的疯狂举动。"

袁紫清惊怒交加，眼中杀气盈盈："你若是再啰唆半句，我管你是谁，先杀了再说。"

刘宗敏双眼眯成一条缝，道："你敢！"

袁紫清冷笑道："我为什么不敢？行军打仗我不如你，但单打独斗你不如我。我此刻要杀你，比捏死一只蚂蚁还要简单。若想活命，劝你学会管住自己的舌头。"

刘宗敏鼻翼翕张，两道浊气狂喷而出，显然恼怒至极。他咬牙切齿道："你竟敢威胁我？"

袁紫清道："从前你对我说了许多轻薄话儿，我都可以看在闯王的面子上不与你一般计较。可你不要给脸不要脸，得寸进尺。你以为我真的不敢动你吗？"

刘宗敏气笑道："怎么着，仗着闯王一点礼遇，胃口就大了，想吃下我，小心撑死你！"

袁紫清道："我懒得跟你扯淡！"

刘宗敏拿眼往朱毓媞身上一瞟："看来紫兰君是真的对你情深义重啊！"

朱毓媞冷冷地道："似你这般残忍无情的男子，哪懂得什么叫作'情义'。便是从你口中吐出'情义'两字，我也觉得是亵渎了。"

刘宗敏冷笑道："公主是金枝玉叶，自然瞧不起咱们这种平头百姓。可公主必定听过'王侯将相，宁有种乎'的道理，或许再过不久，那张龙椅就要换主人了，到时候谁贵谁贱、谁尊谁卑就不得而知了。咱们虽是布衣出身，可咱们给得起粮食。这天下，谁有粮食谁就是主子，不是谁住紫禁城、谁披龙袍就是九五至尊！是以咱们禁得起一次又一次的失败，可你父皇呢，却是一次失败也禁不起！"

朱毓媞道："你错了，天下乃天下人之天下，非一人之天下。否则你们今日的辉煌，也不过是明日黄花!"

刘宗敏一愣,随即笑道:"公主既然敢来到闯营,就证明心性非凡。果然不错,方才那句不像一般深宫里的无知妇孺会说的话。"

朱毓媞道:"刘爷又错了,便是我弟弟朱慈烺也懂得这个道理!刘爷莫要以己度人,反而显出自身的无知了!"

刘宗敏不怒反笑:"公主你可知道,我刘宗敏生平最恨权贵勋戚和巨贾官绅,他们糟蹋人的样子真是令人发指。"说完撩起衣袖,露出伤痕累累的手臂,一脸愤恨,道,"这就是被他们弄的。我原先是个锻工,安分守己过日子,他们偏偏不让人活命。待咱们入了北京……"他一声冷笑,故作神秘,"我每次看到紫兰君带来金银,就想什么时候我也能从有钱人手里捞些财富过过瘾头。可我没有紫兰君的好身手,只能动动别的脑筋了。紫兰君,我会有这种念头,可真是多亏了你啊!"

袁紫清道:"媞儿,别理会他,我们走。"

朱毓媞对刘宗敏殊无好感,嗯了一声。二人绕过刘宗敏走了几步,只听刘宗敏的笑声自身后朗朗传来:"明朝灭亡之后,你就不是公主了,还怕不能与紫兰君长相厮守,生儿育女吗?"

第一百零九章

雏燕不舍帝王家

二人辞别了闯王,已是日暮时分,唯见斜阳外,寒鸦数点,流水绕孤村。二人共乘一骑,信马由缰,缓缓前行。

良久,袁紫清一声沉沉的叹息打破了静默:"你不问吗?"

"问什么?"

"你听不明白的事。"

朱毓媞轻轻一笑,静默须臾,方道:"何必问呢,我相信你。"

"我相信你"四个字说起来云淡风轻,却蕴含着无限的信任。他默默加紧了搂住她的力道,似害怕会失去她一般。

放眼望去,空旷的原野无边无际,似乎永远也走不完。

朱毓媞的声音低宛如梦呓:"就这样走下去,很好。"

袁紫清道:"那我们便一直走下去。"

"清,"朱毓媞喟然,"我不想回紫禁城。"

袁紫清眉心微微一动,瞬时有喜悦的亮色蒙上他眼底:"我也不想回去。"

朱毓媞的声音带着一丝惆怅:"如果可以,我真想与你这样静静地走下去,海角天涯共白头,深山幽谷长相守。"

袁紫清道:"只要抱持着这个信念,说不定终有一天会实现的。"

朱毓媞道:"也许吧,可我知道现在几乎是不可能的。我是公主,而你为闯王效力,我们原本不该有交集,可是命运却偏偏将你我牢牢系在一起。"

袁紫清沉默片刻,忽然问道:"你能否为了我不做公主?"

朱毓媞道:"如果可以选择,我根本不愿生在帝王家。可是我既已做了公主,享天下之养,又生逢乱世,目睹父皇为了国事劳心焦思,形容憔悴,我的心再如何渴望与你厮守,却也不能放下我的身份，放下紫禁城的一切，让我父皇独自面对残破的江山。"

袁紫清道："可是你说过你在紫禁城过得不开心。"

朱毓媞道："再如何不开心，那也是我的家，不是吗？我放不下我的家人，尤其是我父皇，松锦之战过后，我发觉父皇几乎一夕之间就苍老了。"

袁紫清悲伤难言心道，心忖你最顾念的父皇，却也是害得我家破人亡的仇人。

朱毓媞又道："眼下内忧外患，江山破碎。如此情势，我更不能离开紫禁城，离开我父皇。"

袁紫清眸心的亮色一分一分黯淡下去，似是流星隐入无边无际的黑夜里。你有你的放不开，我有我的无法割舍，即便我们脚下的路无边无际，我们能走的路，终究会走到尽头。

只是这样的话，无论如何却不能对她开口。

闯军和清军一座又一座地攻城略地，一寸又一寸地蚕食大明江山，在这种情况下，她不可能舍得下她的父皇，即便硬是为了自己割舍了，她带着一颗牵挂的心，又能与自己自由自在走多远呢？

恍惚间想起了之前孜孜谈论的《庄子·大宗师》，无论是相濡以沫的情感，抑或是誉尧非桀的成见，两忘则能化其道。若能忘却世间的是是非非，挣脱红尘紫陌的俗念，超脱生死，归化于大道，即能使当下化为永恒。

只是这样简单的道理，做起来毕竟是难了。

夕阳缓缓落山，终究是不得不归。

入了京城已是掌灯时分，一轮月亮斜挂枝梢，看尽人世百态，却依旧无忧无愁。

论心空眷眷，分袂却匆匆。每回聚散皆如是。

袁紫清道："媞儿，我晚点儿去找你。"

朱毓媞颔首道："这时辰大约锦衣卫们快清醒了，我先去茶馆里和绿萍会合。"说完向茶馆走去，手掌从袁紫清手中抽走。

袁紫清瞅着空落落的手，心中全是难言的空落惆怅。

朱毓媞走了几步，回头深深地瞧了他一眼："清，有多远就走多远，彼此都不要轻易放弃，好吗？"

袁紫清目光触动，她果然感念到自己一路上的郁郁不乐。他道："你的过去我来不及参与，但往后的路，我会牵着你走。"

朱毓媞微微一笑，转头进了茶馆。

袁紫清站在原地，默默看着朱毓媞被四五名锦衣卫簇拥着出了茶馆，她不着痕迹地向自己望了一眼，随即向皇宫方向行去。

晚风穿过长街而来，拂起了衣角，如展翅翩跹的蝶，欲自由飞向她。

忽听一声幽幽的叹息从背后传来："公子对她真是情意深笃，她的背影都消失好一会儿了，公子还这般痴痴站着。"

袁紫清头也不回，道："你怎么在这里？"

萧采莞心中苦涩难言，曾经这般痴痴惘惘望着袁紫清的背影，此刻却看着袁紫清痴痴惘惘望着旁人。

她道："奴婢离开宅子后，一直在街上徘徊，期望能遇上公子，总算上苍垂怜，让奴婢遇到公子了。"

"你走吧。"

"奴婢无处可去，只愿追随公子。"

袁紫清回头望了她一眼，只见她背着包袱，一脸落寞，面色蓦地一冷："你如今是自由之身了，跟我没什么好处。你若不走，便是我走。"

萧采莞恳切道："公子心中的苦无人可诉，积久了会伤身的。奴婢不是外人，就让奴婢帮帮公子吧！"

袁紫清不禁软下心肠："你是自由之身了，为什么还要自称'奴婢'？天色晚了，先随我找个客栈住宿吧！明儿个我再打发你走。"

萧采莞心中一喜："公子自从遇见了长平公主，心性比往常柔和了许多。奴……采莞知道，是公主唤醒了公子内心最温柔最纯良的那一角。采莞真的很感谢公主。"

袁紫清想起了她，话也不觉多了："遇上她，我的心才终于有了暖意，有一些莫名的东西在我内心深处慢慢滋长。直到那一日你的当头棒喝令我茅塞顿开，我才知道那就是所谓的爱情。"

萧采莞迟疑一晌，嗫嚅道："恕采莞多嘴一句，怜……怜姊姊如今很可怜。采莞走的时候，只听她反复唱着那一句'无端剪破，仙鸾彩凤，分作两般衣'。"

袁紫清神色一黯："别提她了，是我对不住她。"

萧采莞道："非是采莞故意提她，而是她往后若知道自己不能再生育，采莞只怕她会做出伤害公子之事。"

袁紫清道："当时的大夫已经死了，你不说，我不说，谁会知道？"

萧采莞道："采莞是绝对不会出卖公子的。只是怜姊姊并不笨，她因深爱着公子，是以全心全意信任公子，并不会分心去思索当时怀孕的情形。如今公子离她而去，那情况就不一定了。公子还记得怜姊姊亲手掐死后娘之事吗？采莞当时就看出她是睚眦必报之人，心中一直存着隐忧，只怕她将来会对公子不利。"

袁紫清淡淡一笑："是我欠她的，她要报复我，尽管来。"

萧采莞的脸上有浓得化不开的忧虑："公子……"

袁紫清道:"别说了,我想静一静。"

二人默默走了一段路,忽然一辆马车从身后疾驰而来,速度之快,令行人闪避不及。行人一阵骂骂咧咧。

"赶投胎也没你那么快!"

"找死吗?!"

袁紫清见马车即将撞上萧采莞,连忙将她扯开,瞥见驾车的是一名头戴毡帽、额头有一条长长刀疤的中年汉子。马车扬起的风将窗帷微微掀开,隐约可见里面有一名女子,面容被阴影笼罩,看得不甚清楚。马车驶过后,似见车厢缝隙间微微渗出血迹。

不知为何,袁紫清心中莫名不安,正要追向马车,忽然"咦"了一声,目光似被什么东西吸引了过去。他快步走到一间酒楼外,只见酒楼窗棂下印着一枚墨色的十字镖图案,脱口道:"师父来了。"

萧采莞道:"月龙先生来了吗?"

"十字镖是师父留下的,这是要告诉我他如今就在京城里。"袁紫清说完快步趋前,果然每隔一段路,在墙上、柱子上、树干上都印有一枚十字镖图案。他沿着图案而行,来到一座客栈的雅房前。

第一百一十章

芥川月龙

袁紫清推门而入，幽微的烛光下，月龙盘膝坐在榻上，淡淡地道："你来了。"

袁紫清上前行跪拜礼，恭敬地道："徒儿拜见师父，愿师父安好。"

月龙冷冷地看着他："是啊！没被你气死，倒真是安好。"

袁紫清愕然道："师父何出此言？"

月龙道："你真不明白吗？"

袁紫清心中隐隐联想到某件事，硬着头皮道："徒儿不明白。"

月龙冷笑道："你好大的本事，以假牙牌换走了真牙牌，来一招借刀杀人。你师兄差点就一命呜呼了。我只让你将冯玄墨擒回来，从没让你动杀念，你自作主张做什么？"

袁紫清额头冷汗涔涔，道："师父，若非冯玄……冯师兄暗算徒儿在先，徒儿也不想取了他的命……何况……何况……"

月龙哼了一声："何况什么？"

袁紫清抿嘴不语，他、朱毓媞、冯玄墨三人之间的关系错综复杂，一言难尽。再说，若让师父知道他和公主相恋，不知又会闹出什么风波。他道："徒儿错了，但凭师父责罚。"

二人相对无言，空气似缠了胶般凝滞不动。

萧采莞不禁捏了一把冷汗。她不是没看过袁紫清被月龙责打的模样。每回袁紫清挨打后都由她包扎上药。分明被打得皮开肉绽，他却不吭一声。此刻她暗下决定，若月龙真要动手，跪下替他求情便是。

月龙盯着他，目光由冷峻转为平和，少顷，长叹一声："罢了罢了，我要离开中原了，大概你我再也不会相见了。冯玄墨做不做锦衣卫，都与我无关了。"

袁紫清一惊，道："师父要去哪？"

月龙面色一沉："倭国。"

"倭国?"袁紫清又是一惊,"您去倭国做什么?"惊愕不已的瞬间,忽然想起那日冯玄墨曾说过"师父姓芥川"。

芥川?似乎不是中原的姓氏啊!难道……难道师父竟是倭国人?

月龙淡淡地道:"倭国是我的故乡,我如今要返回故乡了。"他的语气有难言的无奈和惆怅,似乎他此刻的心境是极为复杂的。

袁紫清怔怔地道:"师父原来是倭国人!难怪我总觉得师父的汉语咬字不纯。"

月龙温言道:"我除了教你武功,什么都不对你说,你自然不会知道。如今我把一切都告诉你,你也别跪着了,起来说话。"

袁紫清起身,萧采莞搬了一张椅子让他坐下,又倒了一盅茶递给月龙。

"多谢。"月龙捧着茶盅遐思悠悠,末了,一声长叹惊破了他脸上的沧桑,"我的全名是芥川月龙。芥川家族是倭国的一支隐者流派。如今在倭国最大的隐者流派是伊贺流派和甲贺流派。我们芥川流派渊源不长,尚不能与上述的两大隐者流派并驾齐驱。你所学的轻功、剑术、暗器均是源自芥川流派,在中原可以说是独一无二的。"

袁紫清嗯了一声,他到底少年心性,听出兴味来,忙道:"您继续说。"

芥川月龙徐徐饮了一口香茗,道:"我之所以会漂洋过海来到中原,是因为我在倭国爱上了一名伊贺流派的女隐者铃奈。说到这里,便要提一下伊贺和芥川之间的纠葛。我芥川流派的先祖源自伊贺,因犯错被逐出门户,数年后创立芥川流派。伊贺不满芥川流派的存在,屡屡派出隐者追杀。两派都因此死伤无数,双方的仇恨从此结下。后来伊贺与甲贺因卷入德川家族的继承权之争而产生嫌隙。芥川便与甲贺联手,共同对付伊贺。三方厮杀不断,血流成河,仇恨越来越深,几乎到了不共戴天的地步。

"我与伊贺隐者来往之事终究隐瞒不住。家族的长老震怒不已,视我为叛徒、耻辱,决定拆散我们。我们不愿被上一代的仇恨束缚,不愿放弃对彼此的感情,于是选择私奔。只是伊贺、芥川、甲贺的隐者遍及天下,无所不在。天大地大,却没有我们容身之一角,逃难的日子永无止境。我们每一日都临深履薄。某一日到了海边,我忽然灵机一动,想到若离开了倭国,便能远离恩怨是非,避开隐者的追杀,在一处没人认识我们的地方长相厮守,白头偕老了。"

袁紫清被这一席话触动了柔肠,心想:"世间这么大,能容得下我与媞儿的,却只有她小小的闺房。然而她的闺房,终究也会有一天再也不能容下我与她!"

他猛地冲口道:"师父适才说不愿被上一代的仇恨束缚,不愿放弃对彼此的感情。倘若哪一日徒儿也和师父一样,还望师父能够成全。"

芥川月龙微微一呆,他沉浸在美好的回忆中,无暇多想,叹了一口气,道:"若是放不下仇恨,苦海无涯,便永远不能同登彼岸。"

袁紫清目光微澜,喃喃地重复着芥川月龙说的话。

芥川月龙莞尔一笑："我很喜欢中原的一句话——愿天下有情人终成眷属。"他目光投向远处，又道："我和铃奈找了一艘渔船，带足了水和粮食，漂洋过海到了辽东。我们漂泊异乡，语言不通，日子过得十分艰苦。也就是在那个时候，我认识了崇焕。我的汉语便是崇焕教的。他是文人出身，不仅教我汉语，还教了我许多中原诗赋。我们的友情就是这样一点一滴建立起来的。"

芥川月龙的语气有着无限的缅怀与怅惘。他盯着袁紫清的面庞，似是透过袁紫清看见了少年时曾经一起西窗剪烛、煮酒夜话的挚友。似水流年匆匆而逝，却不曾模糊了那张刻在内心深处的面容。

他悠悠地道："崇焕是我在中原第一个认识的好友，也是唯一一个好友。可惜了，他和铃奈都是英年早逝。己巳之变前，铃奈得了不治之症。传闻西域昆仑山有仙泉可以治愈百病，于是我便带着铃奈前往。不料这一去竟让我与崇焕阴阳永隔。我们万里迢迢赶赴西域，好不容易在昆仑群峰中找到了仙泉，铃奈却在前一刻咽气了。仙泉近在眼前，但终究是来不及了，仿佛上苍跟我开了一个玩笑。

"我就地掩埋了铃奈，又在昆仑山替她守墓三年。回到中原后，整个天地都颠倒过来了。崇焕被凌迟处死，袁氏一族流放福建，你母亲死了，你下落不明。行走江湖时，我收了冯玄墨为徒，将芥川流派的刀法与轻功传授给他，并告诉他我的身份。我们亦师亦友。可惜了，有一天他不告而别，等我找到他时，他已做了锦衣卫。"

他说到"锦衣卫"三个字，眼皮仿佛被火焰灼烧，遽然一跳。

袁紫清奇道："师父并非中原人氏，却为何对锦衣卫如此深恶痛绝？仿佛与锦衣卫结仇已久似的。"

"我芥川流派为会津藩的大名效力……"芥川月龙见袁紫清一脸困惑，解释道，"大名便是诸侯，会津藩是大名的封地。在倭国，俸禄达一万石以上的武士称作大名。如今统领会津藩的是加藤明成。加藤明成暴虐无道，昏庸愚昧，残民以逞。他执政期间，百姓困苦，冤狱不断。家臣们多次劝谏，他均充耳不闻，而我芥川流派却为虎作伥，为加藤明成暗中做了不少恶事——"

袁紫清道："徒儿明白了，芥川流派就像锦衣卫，所以师父才会那么厌恶锦衣卫。"

"不错。"芥川月龙缓缓陈述，"芥川流派做的事跟你们中原的锦衣卫一模一样。我当时身为家族一员，极度不耻芥川氏的所作所为，因此被他们视为异类。我虽然远离故乡，却一直关心着会津风云。我的哥哥芥川鸣是唯一一个知晓我身在中原之人，我们一直靠着大雁互通书信。不久前，我得知加藤明成的家臣堀主水因不满藩主无道，愤而出走。

"堀主水是前代藩主加藤嘉明的重臣，曾于大阪之役立下战功。他临走之时命手下以铁炮射击会津藩的据点若松城天守阁，令加藤明成震怒不已。加藤明成派出芥川隐者追杀堀主水。德川幕府顾念前代藩主加藤嘉明建立的功绩，故放任加藤嘉明追杀堀主水。我十分敬重堀主水的气节。如今堀氏一族危在旦夕，我再也不能置身事外了。"

袁紫清按捺不住满腔激动，道："您回去是要孤身与加藤明成和芥川流派对抗吗？"

芥川月龙道："不错，我这次来就是为了与你道别。明日我便会离开中原。"

袁紫清道："太危险了，您一人如何对抗那么庞大的势力？您这是回去送死啊！"

芥川月龙大义凛然，目光如炬："即便是死，我也要与堀氏一族死在一起，以一腔碧血洗净芥川氏的污名。"

袁紫清见了他的神色，便知难以动摇他的决心，于是跪下道："师父这一去即是天涯海角，相会无期。矜育之恩难报，请师父受徒儿三拜。"说完重重磕了三个响头。

芥川月龙见他额头殷红一片，心肠一软，道："我从前待你不算温和，你受苦了。"

袁紫清道："师父是爱之深责之切，徒儿明白的。"

芥川月龙叹了一口气："因为玄墨令我太失望，所以我原本不打算再收徒弟的，而且我其实也不是很愿意见到你。"

袁紫清怔怔地问："为什么？"

芥川月龙道："因为你有一张和崇焕极为相似的脸。看到了你，我就想到他，想到我去了一趟昆仑山，结果却没救到你父母的性命，让你受了那么多苦楚。我每回看见你，既愧疚又痛苦，所以我对你很冷淡，用冷淡来掩藏我油烹火烧的心。"

袁紫清道："世事皆是命定，徒儿只怪上苍无眼，请师父不必自责。"

芥川月龙饮尽瓷盅里的茶汤，道："我总觉得你变得跟从前不一样了。"

萧采莞拿起紫砂壶为他注满了茶汤，插嘴道："公子的确不一样了。"

芥川月龙微微一笑："会令他改变的，绝对不是魏怜。我从前就看出来了。"

萧采莞道："芥川先生真真好眼力。"

芥川月龙抿了一口茶汤，对袁紫清道："无论那女子是谁，你都要好好待她。我还是那一句，愿天下有情人终成眷属。"

一瞬间，袁紫清只觉得师父不再像天上的皓月。月亮不管多么明亮，都没有一丝热度，始终保持着淡漠而遥远的距离。

此刻，他们就像平辈似的，进行了一段令人难忘的剪烛西窗。

第一百一十一章

公主劫

当晚袁紫清和萧采莞便在客栈里订了两间房住下。

袁紫清出了客栈,向皇宫行去,忽然有人唤住自己:"袁公子。"

他回头一看,一名身穿宝蓝色菖蒲纹杭绸直裰、头戴四合一瓜皮帽的少年公子缓步而来,正是周世显。他身后跟着一名仆从。

不知为何,袁紫清只觉得他的仆从神色不善,反而周世显面色温和,全身笼罩着一股江南四月天的气息。

周世显看了客栈招牌一眼,道:"袁公子住这里吗?"

袁紫清反问:"有事吗?"

周世显道:"我本来要去云英馆,不想这么巧在路上遇到了你,一起坐下来吃酒如何?"

袁紫清看了看天色,一脸犹豫。

周世显淡淡地道:"放心,我知道你等会儿要去找她,不会耽误你太久。"

"好吧。"

于是二人入了客栈坐下,点了两壶薄酒。周世显斟了两杯酒,一杯递给他,一杯仰首饮尽。

袁紫清和周世显无话可说,一直等着他开口。谁知周世显只是一边默默端详着自己的脸,一边自斟自饮,仿佛在欣赏一幅画。袁紫清当下不耐烦了,道:"找我来就是让我看你喝酒吗?"

周世显面容平静,淡淡地道:"只不过坐了一会儿,就这般没耐性。"

袁紫清蹙眉道:"你到底要说什么?"

周世显含着一缕薄笑,漫不经心地道:"我在想,你究竟哪里吸引了她,令她对你魂牵梦萦。"

袁紫清更加不耐烦了，道："我没工夫跟你闲扯，我走了。"说完起身便走。

周世显敛住笑容，道："你替我带一句话。"

袁紫清问："什么话？"

周世显语声凄凉："刘太妃的事，是我的过错，不关她的事。我知道她一直耿耿于怀，所以对我避而不见。我内心十分愧疚，不知道该如何弥补她的伤痛。"

袁紫清道："有时候刻意去揭发真相，只会伤了彼此的情分，还不如一直懵懂下去，做一回聪明的糊涂人。"

周世显一双赤子般的眼睛蒙上了沉郁之色，道："我很痛苦，也很后悔。我犯了不可弥补的大错，再也没有颜面守护在她身边了。从今而后，你要好好待她，千万不能辜负她。"

袁紫清怔然片刻，道："这是你的真心话吗？"

周世显道："即便我内心的阳光一直照耀着她，可我也只能看着她为你绽放光彩，我再如何不舍，也改变不了什么。我只希望她在你身边不会受到任何伤害。"

袁紫清道："我答应你。"

周世显道："她最厌恶谎言。获取信任很难，毁灭信任却很简单。重要的并非你欺骗了什么，并非欺骗的事情是大是小，而是欺骗本身就会毁了对彼此的信任。"

他起身平视着袁紫清的双眼："我已经做了一回糊涂的聪明人，知道做这样的人是痛苦万分的。你别让她有一日步上我的后尘。这一点，你能承诺我吗？"

这些话沉甸甸地打在袁紫清心头。他握紧了拳头，咬着牙一字一顿吐出："不会有那一天的。"

周世显无声地笑了，再不看他，又坐下自斟自饮，仿佛他不存在似的，耳听他一阵风似的远去，方才闷闷地叹了一口气。

阿奇咬牙切齿道："公子忍得下去，阿奇在一旁都快忍不住了。"

周世显淡淡地道："忍不住也得忍，谁教公主已经一心栽下去了呢？若是硬要揭穿真相，痛苦的必定是公主。我能做的就是为袁紫清死死隐瞒，至死都不能让公主知道。这就是我守护她的另一种方式。"

阿奇道："纸是包不住火的，公子以为能隐瞒多久？"

周世显目光黯然，语气萧索："我也不知道，倘若……倘若我早一点发现袁紫清之前在金陵的荒唐事，我就能趁早告诉媞儿，不会让她彻底沦陷情网。"

阿奇恨恨地道："公子早该派阿奇去调查了，而不是等公主亲口告诉您她爱上袁紫清后才着手做这件事，当真是已经晚了。"

周世显抱着头喃喃道："晚了，当真是晚了。阿奇，我好后悔……"

阿奇跺足道："公主为什么会爱上这种人？阿奇怎么想都想不通。袁紫清在金陵时夜夜笙歌，无行孟浪，还与媚香楼一个姓魏的女子过从甚密。这些都不难打听，只是公主一心信任他，所以才没有去做这些事。唉，可真是明珠暗投了！"

周世显淡淡一笑："正是因为袁紫清阅尽千帆，所以才懂得如何哄女子欢心。他虽然没有显赫的家世，但是这一点我却不如他。"他虽是笑着，浅浅的忧伤却流淌于笑窝间。

阿奇道："公子别这样说。阿奇心想，公主只是一时鬼迷心窍了，才会被他牢牢吸引。阿奇深信，总有一天公主会回到您身边的。"

周世显幽幽地道："你没看见公主当时说她爱上袁紫清的那双眼睛，仿佛眼底有火焰熊熊燃烧，那样坚决。她对袁紫清的感情是深入骨髓的，至死不渝了。"

阿奇跺脚道："怎么能这样？明明是公子先认识公主，为何袁紫清要介入你们之间，硬生生拆散了你们。"

周世显道："说什么糊涂话，我和公主本非两情相悦，是我自己一厢情愿，何来拆散之说。"他轻轻一叹，又道："阿奇你坐下陪我饮酒，一个人喝挺闷的。"

阿奇哽咽道："好，阿奇陪您大醉一场。"

袁紫清到了坤宁宫，便发觉气氛不寻常。他越窗进入朱毓媞房中，只见绿萍坐在椅子上，哭肿了双眼，头上缠着纱棉，后脑勺有个伤口，正浸出血迹。

"公主呢？"袁紫清心中隐隐浮起不祥的预感。

绿萍呜咽道："袁公子，我终于等到你了，公主她……"

袁紫清道："快说，公主怎么了？"

绿萍哭得直打嗝："我们……我们要回宫时，在宫门附近遇上一群不明人氏。他们出手狠辣迅捷，把我和锦衣卫都打伤了，接着……接着他们就把公主掳走了……"

"什么？"袁紫清几乎不敢置信，脑海一片空白，"天子脚下，又是邻近宫门，是谁……是谁做出这种事？"

绿萍哭道："我……我也不知道……我对他们说你们劫的是大明的公主，想让他们知难而退。谁知道他们反而说：'我们要劫的正是大明公主，多谢姑娘相告。'然后……他们其中一人一棍敲来，我就晕倒了，醒来后已被救进了皇宫。袁公子，怎么办？你可要想法子救救公主……"

袁紫清慌乱不已，一时没了分寸，喃喃道："媞儿，媞儿……你在哪里……"

绿萍哭个不停："袁公子，公主会不会有危险？他们为什么要劫走公主？他们怎么会知道公主的行踪？"

袁紫清心头一团乱麻，勉强镇定下来，道："你可看清匪徒的面貌？"

绿萍道："他们全都蒙着面，敲……敲我一棍的那人额头有道长长的刀疤……"

袁紫清全身一震。一个时辰前一辆马车在街上横冲直撞,驾车之人额头上就有一道刀疤!那么马车上的人难道是媞儿?马车内渗出的血迹难道是媞儿的鲜血?

袁紫清似乎完全隔绝了外界,一旁绿萍肝肠寸断的哭声都听不到,内心只有一个清晰的声音:"媞儿,你不能有事,你不能有事……"

绿萍牵着他的衣袖哭得全身哆嗦:"袁公子,求您救救公主,我相信您一定能找到公主的……"蓦地眼前一花,袁紫清已消失不见。

袁紫清回到客栈取了十字镖、凝血剑、烟幕弹等物。出房后见芥川月龙房灯已暗,料想他睡了,便不去打搅,正要离开,忽听萧采莞道:"公子要去哪?"

袁紫清边走边道:"媞儿被劫走了,我要去找她。"

萧采莞吃了一惊,道:"采莞跟您一道。"

袁紫清不置可否,快步出了客栈,奔向先前遇到马车的那条街道。他沿着街道青石砖上的斑斑血迹一路出了城门,心中似被利刃剜得鲜血淋漓。

媞儿,那极有可能是媞儿的鲜血……

出了城门后不久,血迹就消失不见了,也没有车轮的痕迹。长夜寂寂,天高地阔,不知马车驶向何处,袁紫清心急火燎,喃喃道:"媞儿,你在哪里?我要上哪里找你……"

萧采莞气喘吁吁地跟了过来,只见他身子一晃,似是承受不住打击,瘫软下来,急忙扶住他,殷切道:"公子顶住。"

忽听一阵细碎的呻吟声传来,袁紫清心中一凛,循声过去,只见一名汉子全身是血,倒卧在草丛中。月光下细看,此人极为面熟,原来是昔日云英馆内对袁崇焕出言不逊、被自己打得落花流水的辽东汉子!

袁紫清揽住他的身体,只见他胸口有一道深可见骨的伤痕,鲜血直流。袁紫清道:"你怎么受伤了?"

那汉子气若游丝,命悬一线,道:"我……我见到一辆马车不断渗出鲜血,觉得有异,于是便上前询问……结果……结果此举惹恼了马车里的人,他们二话不说便打伤了我……"他断断续续说到这里,呼吸越来越急促,眼见是活不成了。

袁紫清急切道:"马车往哪个方向去了?"

那汉子道:"往东北去了……应是盛京……"

袁紫清茫然道:"盛京?你如何肯定是盛京?"

那汉子气喘吁吁地道:"我……我听见了他们的对话,他们讲的是满洲话。我……我从小在辽东长大,我肯定他们是满洲人……"

满洲人?若说谁敢劫走大明公主,便只有和朱明王朝作对的农民军和满洲人!

袁紫清心中更加确定马车里的人就是朱毓媞!不过满洲人劫走媞儿是为了什么?

他心中乱如飞絮,道:"你听得懂他们说什么吗?"

那汉子道:"我……我只听到一两句。有一人说:'公主的血很宝贵,不能白流,睿亲王还等着她。'然后另一个人回答:'马车里暗暗的,是我的疏忽,我会加紧看着她。'之后马车就扬长而去了。他们说'睿亲王还等着她',我估计……他们……他们应该是往盛京去了。"

那一句"睿亲王还等着她"令袁紫清困惑不已。

睿亲王是努尔哈赤第十四子、皇太极的弟弟多尔衮,擅于领兵,雄才大略,是清军中极为出色的将才。这样翻手为云、覆手为雨的大人物为什么会需要媞儿?

袁紫清正感到茫然,萧采莞一声低呼,道:"公子,他……他死了……"

袁紫清如梦初醒,只见那汉子闭上双眼,显然已身亡。他心中涌现一股难以形容的感觉,喃喃道:"我曾经恼怒他对爹爹出言不逊,没想到在我茫然无措之际,反而是他帮了我一把。也幸好是他撞见了满洲人的马车,否则一般京城的百姓哪听得懂满洲话。采莞,天亮后你帮我殓了他。"

"好。"萧采莞说完后,紧紧攥着他的手,似是怕一个松手就会失去他,"公子莫不是要去盛京吧? 那可是清军的地盘! 清军乃虎狼之师,您如何能救出公主啊?"

袁紫清道:"媞儿危在旦夕,哪怕是地狱我也得闯。"

萧采莞哽咽道:"不,您要是出了什么事,教采莞如何活下去? 就算您不为采莞着想,也要为您天上的父母着想,袁家就只剩下您一根独苗了……公子别去,采莞求您别去。"

袁紫清甩开她的手,他的眼神尽是坚毅,如万仞之山,坚不可摧:"即便要死,我也要和她死在一起。"说完展开轻功,往盛京方向去了。

第一百一十二章

洪承畴

一路行来，残垣断壁，尽是清军烧杀掳掠过后的痕迹。

袁紫清路上夺了一匹快马疾驰，马累死后，便展开轻功，足不停歇地朝盛京而去。想到朱毓媞受伤流血，生死未卜，他就觉得每一刻都好漫长，每一刻都是无尽的煎熬！

当时大清的京城盛京，规模简陋，远不如明朝的北京。入了盛京，只见满洲男子全部剃光了头发，只在头顶处留了铜钱大小的头发，结成一条像老鼠尾巴一样粗细的辫子。

一路上，袁紫清逢人便问睿亲王府的方向，好不容易问到一个会说汉语的满洲人，于是沐着夜色潜入睿亲王府。

睿亲王府不算大，每间房舍都查探过了，就是没有刀疤人和朱毓媞的踪迹。王府里的人说的都是满洲语，他也没办法从中找出任何线索。

他简直要被无尽的忐忑给逼疯了！

忽然目光凝滞，一口气哽在喉头，只见一名刀疤人随着一队满洲武士簇拥着一名身穿长袍马褂的男子进入大厅。

他此刻隐在屋梁上，屏息凝神地窥视，只见那男子年方而立，一脸风霜，身材高瘦，一入大厅便在上首椅子上落座。随即有侍女递巾奉茶，又有侍女上前为他揉太阳穴。

袁紫清心念一动——难道这位就是睿亲王多尔衮？据说多尔衮智勇超群，文韬武略兼备，应该是个睥睨八荒、威风凛凛的大人物。眼下的男子一脸颓唐，像生了一场大病，怎么看也不像多尔衮。

然而能坐在主位上、被人众星拱月伺候着的，除了多尔衮还有谁？

众人用满洲语叽里咕噜交谈了几句，多尔衮随即脸色大变，似是承受不住什么打击，按着太阳穴，神情痛苦，随即身子一晃，竟欲晕厥。

众武士急忙搀住他，那刀疤人从瓷瓶里倒出一颗药丸，让多尔衮服下，动作熟练利

141

落。一晌后多尔衮神情稍缓，众人又交谈了几句，多尔衮随即拍案而起，率众离开王府。

袁紫清心念一动——跟着他们走，说不定能探知媞儿的下落！

当下悄悄掩了过去，随着众人到了盛京皇宫。皇宫规模简陋，比起紫禁城大为不如。过了大清门，来到东侧的三官庙。

盛京的三官庙建于明初，万历十四年重新修建，里面祭祀着天官、地官、水官大帝。皇太极入主盛京后，因推崇三官神，在修建皇宫时并未拆除三官庙，还给予修缮。

夜色如绸，星影朦胧，三官庙外灯火通明，守备森严，里面似关押着什么人。

袁紫清此刻心中有个声音不断在呐喊："是媞儿，一定是媞儿！"

想到朱毓媞被关押在里面，不禁又是惊喜，又是忧虑，惊喜的是媞儿还活着，忧虑的是敌众我寡，救走媞儿难如登天。

他此刻藏在一株茂密的树上，只见多尔衮走向一位身穿龙袍的中年男子，恭敬行礼。

袁紫清一颗心怦怦直跳，那中年男子身穿龙袍，必定便是鞑子皇帝、以反间计害死父亲袁崇焕的皇太极！

他正好面对着皇太极的脸，只见皇太极双目炯炯，神光内蕴，顾盼间威仪四射，龙行虎步，颇有气吞山河之势。

此刻袁紫清胸口翻江倒海，难以平息。他悄悄摸向怀里的十字镖。在这么近的距离发射十字镖，多半可取皇太极性命，可是这样一来不免打草惊蛇，不但救不出媞儿，连自己也会深陷危难。他双手紧握成拳，咬着嘴唇，勉强平息胸口的恨意，放弃了刺杀的念头。

皇太极微微摆手，示意多尔衮平身，随即从他身后盈盈走出一名宫装女子。这女子年纪和多尔衮相当，容貌艳丽，风姿绰约，双手端着一个圆盘，圆盘上有一壶酒。

多尔衮背对着袁紫清，袁紫清看不见他的表情。那宫装女子出现时，多尔衮的身子明显微微一颤，负在背后的手紧握成拳，似在极力压抑着什么。那女子似乎也察觉到了，脸上浮现一抹复杂的神色，既似不舍，又似酸楚。

皇太极说了一句满洲话，随即三官庙门敞开，那女子走了进去。

袁紫清随后也悄悄进了三官庙，只见那满洲女子入了一间屋舍。袁紫清伏在屋檐上，悄悄移开一片琉璃瓦，向下窥视。

这一看不禁大失所望，原来里面囚禁的并非朱毓媞，而是一名尚未剃发的汉人。

袁紫清失望不已，便要离去，却听那满洲女子用汉语娇滴滴喊了一声："洪经略。"

洪经略？袁紫清大吃一惊，难道三官庙内囚禁的竟是松锦之战被清军俘虏的蓟辽总督洪承畴吗？

大惊之下，他停下脚步，目光定定地向屋舍内投去。

洪经略本坐在椅上闭目沉思，听到开门声，原以为是官员或戍卒，不料一个新莺般的嗓音钻入耳里。他睁开双眼,只见门口俏生生站着一名丽人,心头怦然一动,随即镇定下来,冷冷地道:"你是谁?"

那女子掩上房门,婀娜走进,将圆盘搁置在桌上,道:"久闻洪经略气节高尚,满腹经纶,是个难得的将才,小女子特来一睹威仪。"

洪经略嘿了一声,道:"皇太极派了无数人来劝降都没用,这回显然黔驴技穷了,竟使出美人计了。我告诉你,我洪承畴生是大明之将,死是大明之鬼,要我投降鞑子,做你的春秋大梦!"

果然是洪承畴!袁紫清紧紧抿着嘴,不让自己发出声音。他心忖,皇太极派出一介弱女子孤身进入洪承畴的囚室,必有一番打算,所以三官庙外部署严密,形如铁桶。

那女子也不着恼,道:"经略误会了,谁说小女子是来劝降的。"

洪承畴奇道:"那你来做什么?"

那女子嫣然一笑,露出珠贝般的皓齿,摇曳不定的火光中,她的美有着一缕动人心魄的意韵。洪承畴心头又是怦然一动,一时口干舌燥,头晕目眩。

那女子道:"洪经略绝食数日,水米未进,受尽苦楚。小女子听了十分不忍,特意拿了一壶毒酒,要送洪经略最后一程。"

洪承畴不禁起疑,道:"你这样做,不会惹祸上身吗?"他脸色一变,喝道:"说!你究竟是谁?接近我有何目的?"

那女子泫然欲泣,抚着心口做出受惊之状,别有一番楚楚可怜的风姿:"小女子既然敢深夜孤身冒险前来,便已将个人生死置之度外了。小女子只是不忍洪经略一心舍身殉国,却饱受饥火煎熬之苦,所以私下备了毒酒,好让洪经略走得痛快一些。谁知……谁知洪经略竟将小女子一片冰心视作了蛇蝎心肠……"说着泪水扑簌簌落下,犹如梨花带雨,海棠凝露,令人分外怜惜。

洪承畴神色复杂,看了酒壶一眼,良久方道:"是洪某误会姑娘了,洪某这就领受姑娘的美意。"说完提起酒壶,一饮而尽。

那女子微微一笑:"经略尽忠殉国,舍生取义,必为后世景仰。小女子在此恭喜经略了。"

洪承畴脸上殊无快意,只是闷闷地叹了一口气。

那女子察言观色,道:"经略既全了殉国之义,又免了绝食之苦,不是该如释重负才对吗?怎么倒似还有什么事牵挂不已。经略若不嫌弃,小女子愿洗耳恭听。"

洪承畴道:"我就要死了,让姑娘知道也无妨。"他叹了一口气,道:"松山战败,我个人死不足惜,就怕明朝皇上诛我满门。"

那女子哦了一声,抿嘴一笑:"原来是这件事啊。"

洪承畴微微恼怒:"你笑什么?"

那女子道:"经略放心,我们皇上早已秘密将您的家人安顿到了盛京,您一家老小都会平安无事的。"

洪承畴惊疑不定,颤声道:"皇……皇太极真的这么做了?那……那他……"

那女子道:"经略是想问为什么皇上并没有拿您的家人胁迫您归顺,是吗?"见洪承畴点了点头,又道:"归不归顺是经略一人之事,我们皇上不会拿无辜之人的性命去迫使别人。因为这样做既伤了天地仁义,又寒了士子之心。况且皇上要的是经略真心归顺,用胁迫手段又有什么意义呢?若不能以德服人,怎能君臣一心。经略您说是吗?"

洪承畴一时说不出话来,那女子见缝插针,又道:"久闻崇祯皇帝刚愎自用,驭下刻毒,杀过的臣子如过江之鲫。想来经略从前的日子恐怕也是战战兢兢的,唯恐不小心犯了个过失,祸延满门。"

洪承畴一脸沉痛,捶着桌子道:"我如今都要死了,也不怕告诉姑娘,从前在崇祯皇帝底下做事,那可是头上悬着一把利剑。一旦用兵失利,那把剑随时都会斩落!"

那女子啊了一声,道:"胜败乃兵家常事,怎能因为打了败仗就砍人脑袋呢?难怪明朝人才奇缺,原来都被崇祯皇帝杀光光了。"

洪承畴忍不住附和:"可不是?崇祯皇帝最擅长的就是办人。内阁首辅都换了将近五十个了,其他官吏就更不必说了。古人说伴君如伴虎,可真是一点儿也没错。"

那女子道:"文武百官,国器也,江山社稷之根本。我们皇上一向求贤若渴,似洪经略这样的将才,他一直以礼相待。我们皇上认为,只有君臣同心同德,才能携手创造太平盛世。"

洪承畴仿佛听到不可思议的话语,梦呓似的道:"同心同德……太平盛世……"

屋檐上的袁紫清听到这里,知道洪承畴已被说动,只是那杯"毒酒"已入腹,不知这名女子该如何转圜。

那女子见他已入彀,乘胜追击道:"明朝贪污腐败,早已失去民心。失去民心的朝廷,有什么理由要求臣子忠心?若臣子忠于这样的朝廷,岂不令天下百姓寒心?一个国家,失去粮草、土地都还可以挽回,失去民心就再难挽回了。我们皇上常说,将来入主中原,要天下一家,以德治国,使百姓安居乐业,远离灾荒干戈。"说到这里,幽幽地叹了一口气。

洪承畴只听得心驰神往,忍不住问:"姑娘为何叹息?"

那女子潸然欲泪:"似经略这般文武双全、经天纬地的人才,若能牺牲小我,成全大义,成为我大清的能臣,必能成就一番丰功伟业。只是……"

洪承畴接口道:"左右是个将死之人,什么丰功伟业都随着一杯毒酒一了百了了。罢了罢了,死前能得佳人垂怜,洪某这一生也不枉了。"

那女子抿嘴一笑:"经略不会死的。"

洪承畴吃了一惊,隐隐有一丝欢喜掠过脸庞:"什么?"

那女子道:"您喝的不是毒酒,而是滋补药酒。小女子怕经略绝食久了,损了精元,特来为经略固气补身。"

洪承畴全身一震,颤颤地指着她,不知是该气她欺骗,还是欢喜保住了性命,良久才吐出一句:"你……你究竟是谁?"

那女子微微一笑:"经略可要好好保重身子,将来就会知道我是谁了。"说完轻移莲步,姗姗去了。

洪承畴瞬间经历了由生到死,由死到生,这才深刻明白,自己既眷恋人世,也想念家人。他喃喃道:"小楼昨夜又东风,故国不堪回首月明中。雕栏玉砌应犹在,只是朱颜改。只是朱颜改啊……"

袁紫清听到他一连讲了两次"只是朱颜改",不禁默默叹息一声。洪承畴已动了归降之念,很快就要被皇太极礼贤下士了。崇祯皇帝当初以为洪承畴殉国,亲自为他行香祭祀。若洪承畴降清,崇祯皇帝铁定会被天下人笑话!

那女子出了三官庙,多尔衮紧绷的心神终于松懈下来,忍不住迈前一步,欲握住她的手,随即又生生忍住。

皇太极用满洲语道:"如何?"

那女子屈膝道:"皇上即将得一将才,臣妾在此先恭喜皇上了。"

皇太极道:"你肯定?"

那女子微微一笑:"臣妾看出洪承畴其实早有归降之心,只是士子气节作祟,令他一时委决不下罢了。之前范先生出面劝降时,梁上一片灰尘落在洪承畴的衣服上,洪承畴立刻挥手拂去。衣服尚且爱惜,何况生命呢?只要皇上持续待之以礼,洪承畴投降指日可待。"

皇太极这才喜形于色,大笑道:"好好好,正如秦失其鹿,楚汉逐之,我朝虽与明争天下,实与流贼争也。洪承畴曾俘虏第一代闯王高迎祥,又大败李自成。而且,要想逐鹿中原,非要熟知中原内情之人相助不可,洪承畴正是这样的人才。爱妃辛苦了。"

那女子道:"臣妾告退。"

二人用满洲语交谈,袁紫清一字也听不懂,只见多尔衮怔怔地看着那女子分花拂柳去了,随即皇太极也离去了,他兀自站在风中纹丝不动。那身影说不出的萧索怅然。

片刻后,刀疤人和众武士拥着多尔衮出了大清门。袁紫清跟了过去,他心想,只要擒住了刀疤人,便可问出朱毓媞的下落。

一行人走在街上,却不立即回府,叽里咕噜说了一长串满洲话,一边说一边往酒肆而去。袁紫清心系着朱毓媞的安危,眼见对方人多,又不知功夫高低,一时不敢贸然动手。

睿亲王府的人坐下吃酒,开始叽叽嘎嘎闲聊。袁紫清听得好不耐烦。他是血气方刚

的少年男子,掳走心上人的匪徒就在眼前,却要他伺机而动,好比把他放在火上慢慢燎着,令他难受不已。

那刀疤人忽然起身离席,走到远处一个无人的墙角解手。

袁紫清再也按捺不住,飞身上前,凝血剑倏地刺出,直取他背心要害。那刀疤人听到风声飒然,反应极快,反手抽出单刀,回身迎击。

"叮"的一声,刀剑相交。刀疤人手上那柄单刀遇到神兵利器凝血剑,当即便断成两截。刀疤人大吃一惊,急忙抛下断刀,大喝一声,猛身张臂,挟着一股铺天盖地的劲风扑向袁紫清。摔跤在满语中称为"布库",绝大部分满洲武士都擅长布库。看刀疤人架势,显然是个中好手。

袁紫清知道此人擅长近身搏斗,若让他碰到自己手脚,绝对会被死死缠住,一身武功都发挥不了,因此身子如灵猿般腾挪游走,避开他的摔技。

"我知道你听得懂汉语,我只问你一句,你们把大明公主藏到哪了?"袁紫清沉声问道。

那刀疤人咧嘴一笑:"省省力气吧,我死也不会告诉你的。"

袁紫清恨极,道:"你们抓她究竟是为了什么?"

刀疤人扮了个鬼脸,笑道:"不——告——诉——你——"刀疤人看出袁紫清身手不凡,因此存心激怒他,好让他心浮气躁,露出破绽,自己再趁隙进攻。

袁紫清关心则乱,恨得咬牙切齿:"我告诉你,若你落入我手中,我必用尽一切手段让你说出公主的下落。我劝你此刻老老实实说了,免受皮肉之苦。"

"看来你是公主的相好啊!"刀疤人嬉皮赖脸地笑道,"你们还真是心有灵犀,竟找上门来了。放心放心,等她没有利用价值之后,我就会送还给你的。只不过到时候公主可能哪里伤了破了,你可别介意啊!"

袁紫清颤声道:"你……你竟敢伤她!"一时急怒攻心,险些被刀疤人拧住手腕,连忙收敛心神,凝神对敌。

二人拆了数十回合,各自防御得滴水不漏,一时谁也占不了上风。

忽听一阵呼喝声响起,火光摇曳之处,大队巡逻清兵急奔而来,刀疤人立即用满洲语高呼:"擒住刺客。"

袁紫清暗叫不妙,清兵人数众多,且刀疤人又难缠得紧,自己毫无胜算,虽然不甘心,也只能先行撤退,再做打算。当下飞身上了树梢,从怀中摸出一把十字镖,随手一扬,射死了临近的几名清兵,随即飞奔而去。

第一百一十三章

祖大寿

此时街上铜锣声响起,城门随即深锁,所有守城清兵全都赶来擒拿刺客。

袁紫清飞奔在屋檐上,身后无数羽箭如飞蝗般扑来。他一边奔驰,一边挥剑扫落箭雨。铜锣声、呼喝声绵延不绝,家家户户都点灯出门查看。清兵自四面八方蜂拥而至。放眼望去,街上黑压压的全是清兵,他只要一落地便会被清兵团团围住。

蓦地一支羽箭擦过他的右臂,顿时划出一道血痕。他咬着牙越过眼前高墙,轻飘飘地落入一户院子里。正要继续奔逃,忽然眼前一亮,似是有人举起了火把,这才发现院子里站了不少人,为首的是一名中年汉子。

袁紫清警惕地将凝血剑横在胸前,一眨也不眨地盯着周遭。

那汉子本来一脸警觉,见到袁紫清的脸时忽然转为震惊,随即又变为带着一丝不敢置信的惊喜。他嘴唇嚅动几下,终于缓缓吐出一句:"子清……子清……"

袁紫清一怔,还以为自己听错了。

那汉子上前一步,仔细端详着他的脸,声音呜咽:"子清,是你!真的是你!"

袁紫清胸口扬起一阵惊涛骇浪:"你是谁?你怎么会知道我的名字?!"

那汉子全没料到会在这里见到他,心神激荡不已,忍不住落下泪来,道:"你不记得我了吗?你小时候我还抱过你,我是祖叔叔啊!"

袁紫清震惊不已,脱口道:"你是祖大寿!"原来他竟无意间闯入了祖大寿的府邸。

己巳之变中,袁崇焕被崇祯皇帝投入诏狱。祖大寿是袁崇焕一手提拔的亲信将领。他见袁崇焕被捕,义愤填膺,顾不得守城勤王,率着部队离开北京,返回山海关。当时清军兵临北京城下,情势危急。崇祯皇帝的诏书唤不回祖大寿,最后还是袁崇焕在狱中修书规劝,祖大寿才领兵回京,与清军交战。

此刻他已剃着满洲人发式,穿着满洲人衣服,再无一丝汉人的气息。

袁紫清又惊又怒,目光冷冽如秋霜:"祖大寿,你还有脸见我?"

祖大寿本来要上前抱住他,听到这一句,似有冰水从头顶浇下,激灵灵打了个寒噤。

忽然墙外火光冲天,靴声橐橐,人声鼎沸,大批清兵朝此而来。袁紫清心中一凛,正要逃跑,祖大寿连忙低声道:"你逃不掉的,快跟我来。"

袁紫清微微迟疑,祖大寿已过来挽住他的手。祖大寿吩咐仆从道:"等一下官兵问起,就说看见刺客往东边去了。"

祖大寿挽着他到了一间屋室,翻出药箱,要为他包扎伤口。

袁紫清挥开他的手,冷冷地道:"我自己来。"

祖大寿苦笑一声,道:"你怎么成了刺客?"

袁紫清包扎好了伤口,反问一句:"你又怎么成了叛徒?"

祖大寿一怔,凄然道:"当时锦州城弹尽粮绝,我再不开城投降,百姓将士们都会饿死啊!"

袁紫清抿嘴不语。

祖大寿道:"子清,张松说你还活着,我简直欢喜得睡不着觉。还说你跟月龙学了一身本领,我很是欣慰。我一直想见你一面,却苦无机会。"

袁紫清淡淡地道:"没想到你我相见,竟是在这种情况下。你成了满洲人,而我是汉人;你做了满洲官,而我是刺客。"

祖大寿黯然道:"面对你,我真的很惭愧。可是你要明白,我有我不得已的苦衷。人生一世,草木一秋,谁没有苦衷?谁没有身不由己的那一天?"

袁紫清本来恼怒他降清,可三官庙内满洲女子对洪承畴说的话深深撼动了他的想法。

不错,明朝贪污腐败,民不聊生,气数已尽,所以才会有农民军的揭竿起义和大清的蒸蒸日上。祖大寿坚守锦州城数月,粮尽援绝,军民濒死。最后他无奈开城投降,必定经历了一番痛苦挣扎。眼前的祖大寿,早已没有驰骋沙场的意气风发,只是一个两鬓花白、容光清癯的老者。他不禁心肠一软,道:"罢了罢了。"

祖大寿又道:"城里出了刺客,这几日戒备必定十分森严。你就在这里待上几日,等风头过了我再想法子送你出去。"

袁紫清心念一动,道:"睿亲王的仆从把长平公主掳走了,你能否帮我打听公主被幽禁在哪里?"他有求于人,语气不禁缓和了。

祖大寿吃了一惊,不敢置信地道:"什么?睿亲王的仆从掳走长平公主做什么?"

袁紫清道:"我不知道,我怕他们会伤害她。祖叔叔,你帮帮我。"

祖大寿见他一脸哀恳,与方才冷若冰霜的他判若两人,道:"好,天亮后我就派人帮你打听。"隔了一晌,终究忍不住好奇,问道:"你和长平公主是什么关系?"

袁紫清道："不关你的事。"

祖大寿知道他在还气自己降清，苦笑一声："我拿东西给你吃。"

第二天天明后，袁紫清立即催促祖大寿派人打听。祖大寿说昨夜闹刺客，今日京师戒严，袁紫清汉人装束，五官精致，相貌出挑，一出门极易被人认出，要他好好待在府里静候消息。

这一等便等了一天，袁紫清心如火焚，起坐不能平。日落时，祖大寿终于带来了消息。

原来睿亲王多尔衮在松锦之战中披坚执锐，劳心焦思，落下了病根，跪拜时会头晕目眩，受刺激时会头疼欲裂，寻遍了大夫都不见起色。刀疤人名叫阿泰，是多尔衮的亲信，不知从哪听说以天家贵女在日入时刻流出来的新鲜血液作为药引，再配上数种名贵的药材，便能治愈多尔衮的病症。然而阿泰总不能拿皇太极的女儿入药，因此只能把歪脑筋动到明朝公主身上了。

此事多尔衮并不知情，是阿泰瞒着他偷偷进行的。多尔衮喝药时只觉得有一股血腥味，阿泰骗他是狼的鲜血。多尔衮不疑有他，喝得一滴不剩，身体竟然好转了。阿泰等随从都惊奇不已，恨不得榨干了明朝公主体内的血液。

最后祖大寿又道："阿泰简直就是个残忍的疯子，什么事都干得出来。松锦之战中我就亲身领教过了。"

袁紫清气得想要将阿泰碎尸万段："多尔衮染恙，关媸儿什么事？荒唐！真是荒唐！"他踱来踱去，冷静不下来，也不管这是人家家里，拔出凝血剑朝桌椅一阵乱砍。

祖大寿默默等他发泄完毕，方道："你不觉得奇怪吗？"

袁紫清道："什么？"

祖大寿心思缜密："阿泰他们怎么会如此清楚长平公主的行踪？"

袁紫清方才暴跳如雷，因此没有想到这一点，此刻不禁满腹疑云："我怎么知道？你的手下没有打听清楚吗？"

祖大寿道："我的手下正要问，阿泰就说快要日入了，要赶紧去取公主的鲜血，因此匆匆离去了。"

袁紫清面色阴戾，咬碎了牙，一字一顿吐出："他们在哪？"

"就在城西的神农庙里。"祖大寿才刚说完，眼前一花，袁紫清人已消失。

神农庙位于城西一隅，早已荒废，人迹罕至，庙门口驻守着四名满洲武士。

袁紫清摸出四枚十字镖，手一扬，四名满洲武士闷声不吭，立即毙命。袁紫清连忙入了庙门。

神农庙大殿内有两名满洲武士，其中一人便是刀疤人阿泰。朱毓媞躺在干草堆上，阿泰托着她的手腕，另一名满洲武士端着瓦罐。朱毓媞手腕已被割开，鲜血流在瓦罐之中，身子一动也不动，显然是昏迷了。

袁紫清看到这一幕，一颗心仿佛被利刃割开，鲜血直流。他再也忍耐不住，飞奔上前，两枚十字镖疾风掠火般射出。阿泰处变不惊，随手抓起一张小凳子挡下。端着瓦罐的满洲武士反应不及，被十字镖射中了心脏，当场毙命。阿泰眼见瓦罐将倾，急忙扶正，同时松开朱毓媞的手腕，张臂扑向袁紫清。

他离袁紫清很近，速度又快，一下子就将袁紫清按倒在地，凝血剑掉在一旁。阿泰是布库高手，身材魁梧，力大如牛，他一连使出抱头、扼颈、缠腿、勾足等招式，很快便在近身搏斗中占了上风。

二人搏斗数回合，袁紫清四肢被阿泰牢牢钳制，挣脱不开。在这种情形下，什么轻功、暗器、剑术，全都使不出来，形同废人。

阿泰恼恨他杀了同僚，双眼几欲喷火，使出的全是致命招式，丝毫不给对方喘息的余地，双臂紧紧扼住袁紫清的咽喉。蓦地后颈一凉，一抹鲜血飞溅而出，回头一看，只见朱毓媞手握发簪，一脸刚狠，摇摇晃晃地站在自己身后。

朱毓媞不知何时醒了过来，她虽然意识昏沉，身子无力，但袁紫清命悬一线之际，她本能地从体内生出了力量，猛地拔出发簪，趁阿泰全神贯注于搏斗时，刺中了他的颈子。可她失血过多，这一下力气不足，只划出浅浅一道伤口，并未深中要害。

即便这下没杀死阿泰，却让阿泰分了神。袁紫清趁机挣开阿泰的手臂，膝盖猛力朝他胯下一撞。阿泰痛得惨呼一声，面目扭曲，身子不由自主弓起。袁紫清立即翻身而起，飞足将他踢倒在地，随即从桌上拿起了一把长弓，跨坐在他身上，将弓弦套住他的脖子，双手使劲往后拉。

袁紫清声嘶力竭地道："祖大寿说你是个残忍的疯子！我告诉你，我也是个残忍的疯子！"

阿泰神色痛苦，双手本能地去拉弓弦，却怎么也拉不开。袁紫清发了狠劲，双眼晕红，青筋暴突，只勒得阿泰喉头嗬嗬作响，舌头外露，双眼凸出，面色青紫，脖子鲜血狂流，最后一动也不动了。

袁紫清此刻披头散发，衣衫凌乱，大汗淋漓，身子一软，瘫在地上气喘吁吁。

方才袁紫清发狠的模样全映入朱毓媞眼帘，她这才明白他杀马的凶狠简直不值一哂，心中却不觉得害怕，只有绵绵不绝的关心，低呼一声："清……"想去擦拭他面上的汗水，却全身脱力，倒了下来。

这一瞬，袁紫清眉目间的戾气全部消失。他紧紧抱着她，只见她双手手腕皆有伤口，血已凝结，不禁心如刀割，柔声道："媞儿，你怎么样了？"

朱毓媞虚弱地道:"没事。"放血前必须空腹六个时辰,因此她整日水米未进,再加上失血过多,早已精力虚脱,昏昏沉沉靠在袁紫清怀里。她听着他的心跳,一声一声澎湃着力量,只觉得即便天塌地陷也算不得什么。

"赶紧离开这里。"袁紫清横抱着朱毓媞,才刚迈出庙门,便见眼前影影绰绰站了无数清兵,扬弓搭箭瞄准了庙门。

他不禁倒抽一口冷气。这种情形下,他独自脱身应该勉强可以,但带着昏昏沉沉的朱毓媞却万分困难。可是,他绝对不会抛下她。

他缓缓后退,清兵缓缓进逼,退到门后时,清兵的箭铺天盖地射来。

袁紫清一边躲闪,一边摸出烟幕弹,朝门口一掷,登时烟遮雾掩,众清兵一时没了目标。烟雾散开后,袁紫清二人已不见了踪影。

第一百一十四章

直教人生死相许

残日如血，昏鸦惊飞，暮云渺茫，似极了末日。

此时城门紧闭，处处都是清兵，袁紫清想带着朱毓媞躲到祖大寿家里，又恐连累了他。正茫然间，忽然觉得朱毓媞身子冰凉，低头一看，只见她双眼紧闭，意识模糊，心中不禁一凉。他知道她失血过多，再这样下去会有性命之忧，连忙找了个无人的地方将她放下。他想也不想，立即用凝血剑割破了自己的手腕，将鲜血源源不绝地送入她口中。

朱毓媞恍惚中尝到了鲜甜，一日滴水未进的她本能地用力吮吸着，意识渐渐清明。忽然觉得不对劲，睁开双眼一瞧，只见袁紫清一脸苍白，双手手腕都有伤口，显然是一只手鲜血凝固后又割破了另一只手。

她大吃一惊，拼命挣扎，袁紫清轻轻地道："别乱动。"

朱毓媞忍不住红了眼眶，怔怔地凝视着他，也不知道他究竟流了多少血，才会令他的面色如此骇人的苍白。

忽然一阵犬吠声、脚步声、呼喝声由远而近，大批清兵率着猎犬将二人围得水泄不通。

朱毓媞低声道："清，是我连累了你。"

袁紫清道："我甘心被你连累。"

朱毓媞伸手轻轻抚着他的面颊，柔声道："生同衾，死同穴，我没有遗憾了。"

二人相视一笑，眼中有深情，有眷恋，有怜惜，有温柔，就是没有害怕。

清兵首脑道："此人企图刺杀睿亲王，立即拿下。"

一声令下，众清兵一拥而上。袁紫清以保护的姿态挡在朱毓媞身前，双手一扬，十字镖四散而出，射死邻近的数名清兵。然而清兵越挫越勇，他的十字镖却是有限。等到十字镖用完了，他便以凝血剑迎敌。剑光闪烁之间，清兵或是被割了咽喉，或是被斩断了手脚,死伤狼藉,哀号不绝。

不远处响起一阵呼喝声,又有大批清兵赶了过来,看来是打算用车轮战损耗袁紫清的力气,等他筋疲力尽时再一举拿下。此刻城门紧闭,守备森严,袁紫清带着朱毓媞根本逃不出去,对方又有猎犬,无论躲到哪都会被发现。

看来命中注定要和媞儿死在一起了!

稍微分神,清兵首脑趁隙弯弓搭箭,"嗖嗖嗖"三声,一口气射出三支羽箭。袁紫清急忙挥剑挡开。这时又有一名清兵手持长枪刺向朱毓媞。在这刻不容缓之际,要用凝血剑荡开长枪已然来不及,袁紫清本能地趴在朱毓媞身上,要替她承受这一枪!

"不要——"朱毓媞发出声嘶力竭的呼喊。

千钧一发之际,不知从哪飞来一根长索,卷住了长枪,连带着将那名执枪的清兵甩在墙上。"砰"的一声,清兵脑浆迸裂,身子软绵倒地,不知断了几根骨头。

"师父!"袁紫清脱口欢呼。

溶溶月光下,漫天十字镖如疾风骤雨,无数清兵登时倒地毙命。

众清兵不禁心胆俱裂,面面相觑,谁也不敢向前。袁紫清已经够难缠了,又来了一名高手。清兵首脑厉声道:"都愣着干吗,还不快上!"

几名清兵大着胆子,挥刀向前,那长索如活物一般,在清兵之间穿梭游走,将清兵手中的兵器卷落。

末了,一枚烟幕弹落下,扬起浓浓烟雾。烟雾散去后,袁紫清二人消失无踪。

有了芥川月龙的相助,袁紫清毫不费力地杀了守城清兵,出了城门,一个劲儿往南疾奔,直到没有追兵的踪影,方始停下脚步。袁紫清与阿泰生死相拼,又与众清兵激烈交战,再加上手腕失血过多,抱着朱毓媞狂奔不止,此时已精力虚脱,向后倒下。

"清。"朱毓媞吓得拽住他。

芥川月龙道:"他没事。"

朱毓媞一呆。

袁紫清无力地挥了挥手,气喘吁吁地道:"累死我了,让我躺一下。"

朱毓媞托着他的手腕,眼睛发涩,道:"疼吗?"

袁紫清和她劫后余生,心中欢喜,忍不住调皮,将她的手摁在心口,道:"你不见时,这里疼死人了。"

朱毓媞脸上一红,低声道:"你师父在旁边,也不知道害臊。"

袁紫清猛地起身,奇道:"师父怎么会在这里?"

"采莞跟我说你去了清军大本营,怕你出事,求我出手救你。我其实昨晚就赶来了,听说你和睿亲王府的人交了手,后来行踪不明。我四处都找不到你,直到方才街上锣鼓

喧天,清兵炸了营似的,我跟着清兵的脚步才发现了你。"芥川月龙说到这里,目光投向朱毓媞,道,"这位就是长平公主吧?"

袁紫清心中忐忑,崇祯皇帝杀了芥川月龙唯一的好友袁崇焕,不知他会怎么看待朱毓媞。

朱毓媞盈盈一礼,道:"媞儿见过月龙先生。"

芥川月龙淡淡一笑,颔首为礼,转眸向袁紫清道:"你过来,我有话要对你说。"

袁紫清嗯了一声,跟着芥川月龙走到一旁。

芥川月龙只是默默盯着他,半晌才道:"你可是袁家唯一的血脉,居然为了她,连命都不要了。"

袁紫清心中忐忑不安,不知芥川月龙会如何斥责自己,不料芥川月龙哈哈一笑,拍着他的肩头笑道:"你啊,做得好! 做得好! 为了对方牺牲性命也在所不惜,那就是真爱了。"

袁紫清一怔,只听芥川月龙又道:"你护着她的姿态,毫不犹豫、奋不顾身、舍生忘死。只有真心爱着的人,才会这样真情流露地相护! 这姿态伪装不来,掩饰不住! 我啊,好久没有看到这么温馨动人的一幕了。"

袁紫清鼻子一酸,不敢相信这是师父会说的话。

芥川月龙瞪眼道:"你这样看我干什么? 崇祯皇帝虽然杀了你爹爹,但那是上一代的恩怨,跟你们又有什么关系? 你以为我会极力阻挠你和她相处,或是狠狠痛骂你一顿? 那是俗人的想法! 你们郎才女貌,情投意合,这般登对,我怎么忍心拆散你们!"

袁紫清喜极,道:"多谢师父。"

芥川月龙道:"你看她的眼神,全是情意,丝丝缕缕,缠绵入骨,也只有她才能让你那颗刚冷的心化作千回百转的绕指柔。我对她不仅没有敌意,反而感激不尽。是她让你这棵冷木头,终于有了人间烟火的气息。"

芥川月龙的双眼闪烁着真挚的光芒,即使此刻星斗璀璨,也不如他目光明亮。袁紫清一时触动难言,哽咽道:"师父……"

芥川月龙叹息一声。

袁紫清问:"师父为什么叹息?"

"采莞一直拼命求我不要泄露你的身份。"芥川月龙目光微敛,"你是崇焕之子这件事,打算隐瞒多久?"

袁紫清胸口似被人打了一拳,隐隐作痛:"能隐瞒多久就隐瞒多久。她知道真相后,会很痛苦的,与其两人痛苦,不如全让我一人承受。"

芥川月龙看他的目光充满怜惜:"我明日就要坐船回倭国了,你们要随我一起去吗?"

袁紫清一瞬间心旌摇荡。

对啊！怎么没想过随师父避居海外呢？

芥川月龙殷殷劝道："我当初和铃奈为了长相厮守,不顾一切私奔到中原。你怎么不试试带她去倭国？过去种种,譬如昨日死;以后种种,譬如今日生。到了倭国,她不是长平公主,你不是崇焕之子,你们可以找一个山谷隐居,种田养鸡,枕石漱流,过一辈子幸福快乐的日子。"

袁紫清双眼浮现一抹雪亮,随即黯淡无华："我曾想与她隐居山林,但是她顾念着家国,顾念着家人,尤其舍不得让崇祯皇帝独自面对残破的江山。她是那样重情重义,绝不会不顾一切随我浪迹天涯的。"

芥川月龙轻轻一叹,公主爱上钦命要犯紫兰君,看似痛苦,其实袁紫清的痛苦不在她之下。袁紫清必须体谅公主为了家国做出的一切决定,又得承担隐瞒自己身世的苦闷。

芥川月龙道："执念太深,亦是羁绊一生。一边是家国,一边是情爱,真叫人为难。"

袁紫清道："我不愿她为难,只能过一日算一日。在这有限的日子里,尽我所能,让她幸福快乐。"

芥川月龙黯然叹息,不再言语。

第一百一十五章

万蛊蛛

袁紫清回到朱毓媞身边时,已敛住了神伤,微微一笑:"你怎么不躺着歇息?"

"我睡不着。"

"那我们去走一走。你若有倦意了,就靠在我肩上睡觉。"

二人十指相扣,踏着一地月光,慢慢走入竹林中。

清风徐徐,竹影幽幽,林海滔滔,月光溶溶。

"这么纤柔的手也割得下去,鞑子真是残忍。"袁紫清托着她的手腕,眼中爱怜横溢。

朱毓媞迟疑一晌,嗫嚅道:"其实他们只割了我右手,左手是我自己割的。"

袁紫清吃了一惊,道:"什么?"

朱毓媞道:"我被掳上马车时,嘴里塞了麻布,手脚亦被捆缚。随着马车颠簸,我头上的簪子松落了,碰巧落在我手边。我便拿簪子悄悄划破了手腕,试图让鲜血流到马车外,以引起路人的注意。"

袁紫清一听,火气都上来了:"你在干什么! 你知不知道这样做会有生命危险!"

"我知道。"朱毓媞凝视着他因怒气微微泛红的脸庞,"但我更知道自己落入鞑子手里,不但有可能魂断异乡,还有可能成为家国的负累。所以我只能冒险赌一把。"

袁紫清怒气渐消,一把拥她入怀,柔声道:"媞儿,我不是气你,我是气自己没能及时救你出来,让你身陷险境。"

"鞑子明显有备而来。"朱毓媞冷静分析,"在你离去后,鞑子就出现了。他们知道我的行踪和相貌,而且他们动手的地点又刚好没有厂卫和五城兵马司的人。"

"你怀疑皇宫里有人和鞑子暗通?"

"准确地说,是和睿亲王府暗通。"

袁紫清侧头想了一下,道:"你觉得是谁?"

"我不知道。"朱毓媞幽幽叹了一口气,"没想到皇城内竟出了鞑子的奸细,这让父皇情何以堪!"

袁紫清道:"别费心思索了,事情终有拨云见日的时候。"

二人走得倦了,就并肩坐在草地上。她靠着他的肩,他揽着她的腰,靠在她头上。良久都不发一语。

朱毓媞透过疏疏密密的竹叶遥望着一弯朦胧的月,轻轻地道:"嫦娥应悔偷灵药,碧海青天夜夜心。嫦娥若和后羿分着吃西王母的一颗灵药,便可以长生不老;若一人独吞了,便能羽化成仙。嫦娥选择后者,结果独自飞往广寒宫。琼楼玉宇,高处不胜寒。那样孤清寂寞的漫长岁月,终日与自己的影子相伴,还不如人间夫妻恩爱几十年。一念之差,终生之错,想必嫦娥是无比悔恨。"

袁紫清微笑听着,听到最后,嘴角的笑意全化作了苦涩。悔恨? 是啊,自从深深爱上她之后,自己何尝不是夜夜悔恨呢?

他凝视着朱毓媞,冲口而出:"嫦娥当初是错了,可悔恨痛苦对她来说,就是一种漫长的惩罚。她或许日日寝食难安,一刻也不敢忘记当初错误的决定。"

朱毓媞微微一愕,道:"你好似十分激动。"

袁紫清目光投向远方,道:"或许有一日,你会发觉你痛恨的,竟也是你一心爱慕的。这般爱恨交织,我怕你会承受不了。"

朱毓媞道:"我听不明白。"

袁紫清喃喃道:"我很后悔,当我发觉我爱你入骨时,我便深深后悔了。可是我没办法对你开口,我胆小懦弱,我不敢承担那样的后果……"

朱毓媞听得一头雾水,正要开口询问,蓦地双眼一阵麻痒,似有什么细丝落入眼中。她连忙伸手去揉,眼前尽是白影晃来晃去。她用力眨了眨眼,眼前渐渐被黑雾笼罩,伸手不见五指。

她惊叫一声:"我的眼睛,我的眼睛……"

"怎么了?"袁紫清见她挥着双手,双眼睁得大大的。

朱毓媞吓得六神无主,大叫:"我的眼睛看不见了!"

袁紫清吓了一跳,只见她的眼珠此刻呈现深灰色。他伸手在她眼前挥舞。她面色惊惶,对他的举动全无反应。

袁紫清刹那间慌了手脚,道:"媞儿,你别吓唬我,我禁不起的。"

朱毓媞颤声道:"我……我没吓唬你,我是真的看不见了……"语气悲凉,想哭又哭不出来。

袁紫清呆了一呆,连忙抱着她冲出竹林:"师父,师父,您快看看媞儿怎么了。"

芥川月龙定睛看着朱毓媞的双眼,面色越来越凝重。袁紫清看得心都凉了,忍不住

问:"师父,怎么样了?"

芥川月龙沉着脸,道:"她的眼睛沾到了万蛊蛛的蛛丝,瞎了。"

朱毓媞心中一凉,凄然一笑。

袁紫清着急地问道:"万蛊蛛是什么?媞儿的眼睛还有救吗?应该只是暂时失明吧?"

芥川月龙道:"万蛊蛛是倭国一种常见的毒蛛,不知道为什么中土也会有。也许是万蛊蛛在倭国旅人的行囊里产了卵,被倭国旅人漂洋过海带来的。"

袁紫清面色苍白,几乎站立不稳,朱毓媞却始终面带微笑,似是不忍袁紫清担心。

芥川月龙又道:"万蛊蛛最毒的是唾液,然后是尿液,最后才是蛛丝。幸好媞儿沾到的是蛛丝,若是沾上了毒蛛的唾液或尿液,那就全无复原的希望了。"

袁紫清喜形于色,道:"媞儿还有复原的希望吗?"

芥川月龙道:"虽然蛛丝的毒性最弱,却是伤了人身上最脆弱的眼睛,这……"言下之意,竟没有把握。

袁紫清彻骨生寒,媞儿好不容易脱险了,上苍竟又让她遭遇这样的劫数!

朱毓媞淡淡地道:"看不见就看不见了,至少我的命保住了,我不要紧的。"

袁紫清心疼地道:"你想哭就哭,别压抑着。"

"我是很想哭。"朱毓媞道,"可是哭有用吗?哭能让我重见天日吗?只是白费力气而已。"

芥川月龙惊异地打量着她,不敢相信这句话出自一个深闺妙龄少女口中。

袁紫清抱着她,将她的头揾在心口,含泪道:"今后,我就做你的眼睛,描述你眼前的山川风水给你听;我还要做你的拐杖,不让你被绊倒;更要做你的乔木,让你疲累想哭时可以倚靠……"

"清……"朱毓媞鼻子一酸,轻轻捶着袁紫清的胸口,"我明明忍着不落泪的,为什么你三言两语就惹得人家想哭……"

袁紫清道:"是我不好,我不该提议出去走走的。"

朱毓媞道:"命定的劫数,怎么躲都躲不过的。"

芥川月龙道:"或许有一人能够让她的眼睛重见光明。"

袁紫清大喜,道:"是谁?"

芥川月龙道:"我哥哥芥川鸣,他是侠医,治愈了无数患者。万蛊蛛是倭国常见的毒蛛,想必他有治愈的妙方。"

袁紫清道:"媞儿,你有救了。"

芥川月龙抬头见凉月越西,道:"万蛊蛛的毒必须尽快医治,时间拖得越长越难复原。天亮后,我们就一道启程去倭国吧!"

朱毓媞道："多谢先生。"她心中始终挂念着皇宫，这一回再次被人掳走，皇宫里应该又闹得人仰马翻了。

袁紫清知道她的心思，道："你若放心不下，我帮你写一封信，请人送至皇宫，让他们知道你平安。"

朱毓媞嗯了一声。

也不知道芥川月龙用了什么方法，弄来一艘渔船，舵公拔锚出海，从辽东渤海湾驶往倭国。

舵公和芥川月龙极为熟稔，原来舵公曾是袁崇焕麾下的士兵，瘸了腿后才改做船工。他一见袁紫清的面容，便怔怔地说不出话来，两行清泪扑簌簌而落。芥川月龙曾嘱咐他不许泄露袁紫清的身份，因此他只是垂泪，绝口不提当年。

幸好朱毓媞眼盲，否则看了那舵公的神色，定要起疑了。

芥川月龙对朱毓媞出奇的冷静感到十分惊诧。照理说，一般人遇上这种变故，都会情绪不稳，但她眼盲后却从不曾大哭大闹，即使绊倒了，或是撞到什么东西，都是波澜不惊。袁紫清看在眼里，心里痛得汩汩流血，只能尽力为她打理一切。他吃饭时为她夹菜，睡觉时为她铺床，挽着她到船头吹吹海风，细细描述海鸥凌云飞霞、鲸鱼乘风破浪、红日映云霄、月华笼碧海……

芥川月龙看在眼里，对舵公微笑道："世人都说碧涛万顷、霞光潋滟是人间最美的风景。我反倒觉得他们此刻牵手的样子更加动人。"

袁紫清的面容，早已没了万仞冰山、九天冽月的冷肃，只余轻风破暖、微雨弄晴的温润。

芥川月龙不禁迷蒙了眼眶，默默地看着这一幅人间最动人的风景。

船驶到了倭国，芥川月龙立即带二人前去芥川鸣的居处——江之岛。

江之岛是座陆连岛。彼时樱花开得漫山遍野，处处落英缤纷，繁花似锦，云蒸霞蔚。清风徐徐，送来樱花淡淡清香，不似芍药浓郁，不如蔷薇多情，亦没有百合的矜持高贵，是一种令人心旷神怡的气息。

袁紫清向朱毓媞细细描述樱花之美。

"不知道这里的樱花开得有没有皇宫的好看。"朱毓媞很想看一看漫山遍野的樱花，眼前却是一望无际的黑暗，她唇角飘出苦涩的笑意，"我说糊涂话了，这里的樱花一定有着自由奔放的气息，皇宫里的樱花再怎么美，都有一股女儿娇态，看起来扭扭捏捏的。"

袁紫清凄楚难言，他知道朱毓媞其实心里很难受，只是不想让自己担忧而故作坚强。

芥川鸣的居处是座木屋，四面围起竹篱笆，篱笆下开满了牵牛、杜鹃、蔷薇，姹紫嫣

红,珊珊可爱;院子里种满樱花,色红欲燃,比锦绣更绚烂,比晚霞更妖娆;屋后一小畦菜田,种满了翠绿的蔬菜。

芥川鸣因看不惯芥川家族的行事作风,于是避居一隅,悬壶济世。因医术了得,在当地积累了好名声。芥川鸣性情寡淡,钻研医术,沉醉书画,养花种菜,自得其乐。这般与世无争的性格,芥川家族也懒得管他。

第一百一十六章

幽若花

芥川月龙三人进入木屋时,芥川鸣刚好没有患者,正悠闲地挥毫作画,画的是一幅山水图。

芥川鸣知道三人到来,却头也不抬,只专心于宣纸上的山水。

袁紫清心头一酸,媞儿若眼盲不愈,那就再也不能执笔作画了。

"你怎么了?"朱毓媞即使看不见,也能明显感受到他指尖传来的酸楚情意。

袁紫清压抑着哽咽之声,道:"没事。"

芥川月龙知道芥川鸣作画时不喜被干扰,于是耐心等他收笔,道:"一别数年,哥哥相貌一点儿也没变,还是和以前一样和蔼可亲。"

芥川鸣微微一笑:"你汉语如今讲得倒是流利。儿时我要你跟我学汉语,你总是不肯,没想到真的有一日派上用场了。"芥川鸣的汉语字正腔圆,看来他不只精通医术、书画,汉语造诣亦是一流。

芥川月龙苦笑:"世事难以预测,我当初越洋到中土时,十分后悔儿时没跟哥哥学好汉语,吃了不少苦头。"

芥川鸣指着画好的山水图,道:"你瞧可好?"

芥川月龙笑道:"玉树琼葩堆雪,远树烟云渺茫,空山雪月苍凉。纤毫毕见,色彩温润,哥哥的丹青造诣更上一层楼了。"

袁紫清感觉朱毓媞指尖微微发颤,她一定很想一睹芥川鸣笔下的山水风采。

芥川鸣望着二人,道:"这两位是?"

芥川月龙当下介绍了二人,并说明了来意。袁紫清见芥川鸣长得慈眉善目,气质温文儒雅。他听芥川月龙说,芥川鸣年长芥川月龙十岁,不过看起来反而是芥川鸣更加年轻。

芥川鸣道："姑娘请坐下,让我看一看你的眼睛。"

袁紫清扶着朱毓媞坐在鹅毛软垫上。芥川鸣手指撑开她的眼皮,定睛细看,一响后道："有救。"

袁紫清提着的一颗心终于缓缓落下,又听芥川鸣道："不过……"

袁紫清心头一紧,道："不过什么?"

芥川鸣道："我瞧这位姑娘的双眼,不过是表面一层给蛛毒蚀毁了。一个月之内,若给她换上一双活人的眼睛,就能复明。"

他话一说完,朱毓媞和袁紫清同时开口,一个说"不行",一个说"我来"。

袁紫清急切道："芥川先生,用我的眼睛,我的眼睛给她。"

朱毓媞忙道："不行,我不要你的眼睛,我宁可瞎一辈子,也不要你的眼睛。"

袁紫清道："你听我的话。"

朱毓媞道："你若这样做,我永远不理睬你。"

袁紫清大声道："好,你不要我的眼睛,那我就去剜别人的眼睛!"

朱毓媞怒道："你干吗伤害无辜!"

袁紫清道："我不管,我只要你看得见!"

朱毓媞气得发怔,伸手推开他,道："我不治了。"

袁紫清也是气恼："好,我不管你了。"扭头冲到屋外。

芥川月龙苦笑道："哥哥别在意,我这徒弟的脾气就是这样。"

芥川鸣道："无妨。若找不到活人的眼睛,死人的也可以。只是这贡献眼睛之人的死亡时间不能超过十二个时辰。再以不死山剑峰上碧幽潭边开的幽若花的汁液入药,一样能够治愈。"

芥川月龙道："那就先取了幽若花。若本地刚好有人过世,再劳烦哥哥出面协调,看其是否愿意捐献眼睛。"

芥川鸣道："我近几年救人无数,时常取用死人的皮肤、脏器,本地的居民都习惯了,这一点倒是不难。"

朱毓媞道："那就有劳芥川先生费心了。"

芥川月龙和芥川鸣还要细叙契阔,朱毓媞不便待着,拄着拐杖摸索着走出木屋,不小心撞倒了地上一个盆栽,身子摔了出去。

这一摔却摔在一个人怀里。朱毓媞轻轻挣开他的怀抱,嗔道："你不是不管我了吗?"

袁紫清柔声道："不过一句气话,你何必跟我较真。"

朱毓媞冷冷地道："我先跟你说好,你若剜了活人的眼睛为我换上,我就把那双眼睛剜出来还你。"

袁紫清知道她性情刚烈,道："我方才急了,说错了话。我知道你不喜欢我这样做,我也绝对不会这样做的。"

朱毓媞面色稍霁，轻哼一声，道："谅你也不敢。"还以为他会回嘴，没想到隔了半晌，仍没听见他说话，于是道："怎么不说话？"

袁紫清抱着她，哽咽道："媞儿，我真不忍心看你这样。为什么失明的不是我？为什么上苍要对你这么残忍？"

朱毓媞柔声道："你别伤心，芥川先生说，若没有活人的眼睛，死人的也可以。只不过死人的眼睛要在十二个时辰内换上，还要搭配不死山碧幽潭的幽若花。"

袁紫清双眼露出一抹喜色，道："好，那赶快去不死山取幽若花。"

芥川鸣说幽若花状如芍药，有紫有红，凌霜傲雪，气候越冷，花开越盛。此时是夏季，所以幽若花产量稀少，而且用来入药的必须是更为珍稀的紫色幽若花。若是找到紫色幽若花，就要将其连根拔起，然后尽快回到江之岛。

剑峰是不死山的最高峰，高耸入云，山势险峻，一般人难以徒步登峰，不过袁紫清身怀绝技，飞檐走壁如履平地，对他来说并不费事。

但是他又为了这件事和朱毓媞吵了起来。

"你留在这，不许跟来！"

"我要跟着你。"

"剑峰终年冰封雪飘，严寒彻骨。你待在这里不好吗？偏要跟着我吹冷风。"

"我就是想跟着你吹冷风。"

"你跟着我只会让我束手束脚。听话，留在这。"

朱毓媞气得往他肩上一推："对，我就是束手束脚！"

袁紫清气冲冲地道："又推我！你又推我！你就这么想推开我吗?!"

芥川月龙忍不住哈哈大笑："媞儿你真有一套，把这根冷冰冰的木头弄得七窍生烟！哈哈哈，我真是服了你啦！"

朱毓媞俏脸一红："谁教他不让我跟着，还说我束手束脚。"

袁紫清放软了语气："我怕你身子骨受不了天寒地冻。"

朱毓媞握着他的手，一脸恳切："清，我失明后，一直是你在身边照顾我，我已经习惯有你了。你突然不在，我一个人面对黑暗，会很害怕的。"

袁紫清面色犹豫。

芥川月龙实在看不下去了，用力拍着袁紫清的肩膀，粗声粗气地道："去，带去。一个男人，怎么这么婆婆妈妈的。怕她受不了天寒地冻，衣服穿多一点不就得了！"

朱毓媞笑道："你看你师父都这么爽快，你还不乖乖答允我。"

袁紫清无奈道："好吧。"

第一百一十七章

人生自古谁无死，留取丹心照汗青

晚餐是野菜豆腐、味噌汤、酱烧咸鱼、糯米丸子、天妇罗和荞麦面，极为清淡。四人跪坐在鹅绒羽垫上，身前摆着金丝紫檀木方桌，别有一番异域风情。

用餐完毕，芥川兄弟说起了芥川家族的恶行劣迹。

芥川鸣缓缓道："芥川家族奉加藤明成之命，已擒住了堀氏一族的男丁，而堀氏一族的女眷们尚未被寻获。芥川家族为了逼问出她们的下落，对堀氏一族的男丁严刑逼供，其中有人熬不住，说了出来。你回国之前，堀氏一族的男丁已全部被凌迟处死，此刻芥川家族正在缉拿堀氏一族的女眷们。"

芥川月龙面色铁青，重重拍在桌上，震得四个粉彩百花茶杯都跳了起来，道："加藤明成暴虐无道，他们为虎作伥，把芥川家的名声都毁了！"

芥川鸣道："他们仗着加藤明成的宠信，行事越发肆无忌惮。我劝不动他们，也不愿随他们同流合污，于是避居江之岛，不问世事。起初他们还会派人过来监视我，后来发觉我只是安分守己地过日子，就不再提防我了，所以那份地图我才能安稳地保留至今。"

芥川月龙道："地图仔细收妥了，那可是能够摧毁他们的力量。"

芥川鸣盯着他，目光炯炯："用地图来摧毁他们，你做得到吗？"

芥川月龙沉默一晌，缓缓摇头："我做不到。即便我恨他们为非作歹，但我没有这份大义灭亲的勇气。"

芥川鸣叹道："我也没有这份勇气，所以这份地图才会一直束之高阁。"

芥川月龙道："你我心肠都很软，重情重义，像极了死去的母亲，所以族人一直排挤我们。要利用地图毁掉整个芥川家族，非心性刚狠、非亲非故之人不可。"

芥川鸣若有所思地看了袁紫清一眼，嘴唇翕张，欲言又止。

芥川月龙猜到他的心意，蓦地拔高了声线："不可以！这事太过冒险，若发生意外即是死无葬身之地。芥川家的事我们自己关起门来解决，紫清只是个外人！"

芥川鸣苦笑道："弟弟，我什么话都没说，你别这么激动。"

芥川月龙正色道："我知道你心里在盘算什么。我告诉你，你想都别想。紫清是来这里求医的，你只消将媞儿的眼睛治好，别把主意打到他身上。"

芥川鸣道："那你打算如何？"

芥川月龙道："我没有大义灭亲的勇气，但我可以舍生取义。"

芥川鸣叹道："你这是送死。"

芥川月龙道："从我归国的那一刻起，我就明白这是一条死路。哥哥，我无法像你一样避居一隅，若无其事，心性寡淡。我只要想到他们的残忍行径，就觉得五内如焚。我宁可肝脑涂地，也不愿背上芥川家族的污名苟活人世。若无法拯救堀氏女眷，那我便以一腔碧血祭奠堀氏一族的英灵，希冀我最后的仁义能够唤回芥川一族的良知。"

芥川鸣脸上波澜不惊，芥川月龙却看出他眸心深处暗涌的伤痛。

一室俱静，良久，芥川月龙道："我明日就会出发，还望哥哥能够尽力治好媞儿的眼睛。"

芥川鸣语声苦涩："你还有什么心愿未了吗？"

芥川月龙想了一下，道："没有了。"

芥川鸣瞥了朱毓媞一眼，道："我一定尽力救治。"

芥川月龙大笑道："好好好，也许今晚就是我们兄弟最后一次喝酒了，把你的樱花酿通通拿出来。"

芥川鸣微微一笑，笑意尚未漫开，心口已是一酸，默默搬出了数坛樱花酿。

芥川月龙扔了一坛给袁紫清，笑道："我哥哥的酿酒技术和他的医术一样高超，你尝一尝。"

袁紫清一笑，携着朱毓媞的手离开木屋，让芥川兄弟尽情把酒言欢。

"清……"朱毓媞感受到他的惆怅，"师父不可能回心转意了，是吧？"

"不可能，若能回心转意，他就不会归国了。一旦归国，就是下了必死的决心。"袁紫清道，"师父舍不下私情，成就不了大义，又看不惯族人的胡作非为，所以只能选择殉道。"

"清，师父是好人，我也很难过。"朱毓媞不知该如何安慰他。

"人生自古谁无死，留取丹心照汗青。"袁紫清望着月朗星稀的夜，目光凄悯，"从前师父时常吟哦这一句，双眼仿佛有火焰在燃烧。如今看来，舍生取义的念头在他心中已经根深蒂固了。"

朱毓媞柔声道："师父是义薄云天的大丈夫，他选择了最理想的死亡方式。正如他所说的，人生自古谁无死，老死病死都是死，不如慷慨壮烈地死去。"

袁紫清道："你说得很对，师父主宰自己的死亡，不让上苍肆意支配，所以我不该太过

伤心。对！我要喝酒，大醉一场！"

"我陪你喝。"

朱毓媞不胜酒力，喝了几口便醺然醉倒。袁紫清抱她回房，出来时见芥川月龙立在月光下。

袁紫清方才还很潇洒地说"不该太过伤心"，此刻见到师父萧索的背影，一时触动心肠，上前跪在他脚边，牵着他的衣袖，压抑地哭了起来。

芥川月龙扶他起身，淡淡地道："自从张松把你再次救回来后，我看着你变得铁石心肠、不苟言笑，眼神时刻充满警惕戒备，我的心比谁都痛。即便我打你骂你，也不见你掉过一滴泪。后来我才知道，你不是没有眼泪，而是不愿在人前落泪。"

袁紫清拭去眼泪，道："师父，徒儿能够为您做些什么？方才你们说的地图是怎么回事？"

芥川月龙眼皮一跳，沉声道："你听着，别去想地图这件事！就当作没听见，知道吗？"

袁紫清道："明白了。"

芥川月龙长叹一声，放软了语气："你什么都不必为我做。只要你能和媞儿举案齐眉，白头偕老，我就很欣慰了。"

袁紫清道："您是这世上第一个看好我们的人，恐怕也是最后一个。徒儿真的不愿您离开我们。"

"傻孩子，想要人家看好你们，就得自己去争取，用真心去感动旁人。"芥川月龙道，"即使我离开了，我也会一直看着你们。"

"山高可以攀越，海阔可以渡航，但我和她之间隔着亲人的尸骨，真的有办法跨越这道障碍吗？即使我们排除了世间万难，但是……"袁紫清悲恸攻心，全身哆嗦，"我先前欺骗了她，带着一腔花好月圆的谎言接近她，她知道后不会原谅我的。"

芥川月龙目光炯炯，道："媞儿聪慧过人，一定早已看出你藏着秘密。她一直没问，其实是在等你亲自开口。"

袁紫清心头猛烈一抽，身体一晃。

芥川月龙又道："你找合适的时机告诉她魏怜的事，还有崇焕的事。"

"不行，不行……"袁紫清摇头如拨浪鼓，喃喃地道，"她不能知道，她知道后会很痛苦的。我一个人承受就足够了，我不能让她和我一样痛苦。"

芥川月龙长叹一声，微风拂过他的衣袍，起伏间全是萧索："我看得出你们心有灵犀，即使你不说，难道她感觉不到你的痛苦？"

袁紫清怔然，口颊发涩，一句话都讲不出来。

"你若不亲口告诉她，只怕以后会后悔。"芥川月龙叹了一口气，转身进屋。

更深露重，夜风拂衣，分明是炎夏时节，袁紫清却觉得整个身体如沐在冰水中，从里到外都是痛入骨髓的冷意。

　　良久，他猛地冲入房中，跪在床铺边，执起了朱毓媞的手，凝视着她海棠春睡般的容颜，神色凄迷痴惘。也不知道她梦见了什么，嘴角沁出一丝甜蜜的笑意，依稀听见她似嗔似喜地道："袁紫清，我不会忘记你对我的无礼！"

　　袁紫清全身一震，那是四年前她离开时的最后一句话，他当时并没有放在心上。全没想到，她竟会默默惦记着自己，带着一腔欲诉还休的渺渺情怀，画了无数幅自己的画像。

　　他紧紧抱住她，似要把她糅进自己的骨血里，不让她从自己的怀抱中逃脱。

第一百一十八章

雪崩

翌日,芥川月龙、袁紫清、朱毓媞辞别了芥川鸣。

芥川月龙带着一腔碧血,缓缓踏上了不归之路,浩然正气,尽在不言中。

袁紫清跪在地上,用力磕了三个响头,直到芥川月龙的背影消失在茫茫大道上,才挽着朱毓媞朝不死山的方向而去。

不死山是名山,山下商贩云集,游客如织。倭国男子的发型是把前额到头顶的头发剃光呈半月形,称为"月代";女子发型多为"稚儿髻"或是"岛田髻",衣着是小袖外套上浴衣。

倭国人普遍个子较矮。袁紫清昂藏七尺,一身中国打扮,走到哪都是注目焦点。他原本就俊美出尘,宛如谪仙,自幼便习惯了这样的目光。

二人用芥川鸣赠的钱在山下买了貂裘、打火用具、清水、食粮。

令人意外的是,倭国的通用货币竟然就是大明的铜钱。倭国曾经尝试自己制造货币,但是制造出来的货币质感很差,容易磨损断裂,所以便以大明铜钱作为本国的通用货币。

山脚葱茏群木参天直立,叶子亭亭如盖。山势越高路越难行,游客也越稀少,树木多为松柏,枝干遒劲挺拔,风骨苍劲,落下一地绵绵松针,踏上去十分柔软,似踩着织锦绒毯。

袁紫清问:"你累不累?"

"不累。"

"累了告诉我,我背你。"

朱毓媞一颗心暖暖的,握紧了他的手。

二人走累时便停下来歇腿,喝水吃粮,傍晚就地生火,席地而睡。

漫天星斗璀璨,如镶嵌了碎钻;皓月挂在枝梢,似乎触手可及;萤火虫穿梭在林间,如一盏盏微绿的灯笼;蛙鸣鸟啭,交织成欢悦的乐章。

袁紫清轻轻唱着童歌:"天上星,亮晶晶;月儿弯,笑眯眯;萤火虫,放光明,好像许多小眼睛……"

他的声音很温柔,像是吹拂柳絮的春风。朱毓媞靠在他肩上,沐着山野气息,感受着前所未有的心凝形释,不觉酣然入梦。

山林的日出很美,可惜,媞儿却看不见。

用了干粮后,二人便往山上行进,气温开始转寒,朔风如刀,刮肤生疼。二人连忙穿上貂裘御寒。山势越高,路越陡峭,甚至有些地方连路都没有了。袁紫清于是背起了朱毓媞,凌虚御风而行。

长途跋涉后,终于将近碧幽潭。此时大约正午,极目望去,四野银装素裹,万籁俱寂,灿烂的阳光镀在雪地上,令人不由得屏息凝神,用心感受大自然的庄严神圣。

"媞儿,我们快到碧幽潭了。"袁紫清掩饰不住欢喜。

话才刚说完,蓦地响起一阵嘈杂的鸟鸣,一群宿鸟蹿出林间,仓皇飞往天际。

袁紫清脚步一滞,眼观四路,耳听八方。过了一晌,一阵天摇地动,他们几乎站不住脚。顷刻间群木颤颤,积雪簌簌,风云变幻,山崩地裂。

袁紫清和朱毓媞均是心头一凛,同时脱口道:"雪崩!"

"轰隆"一声,山顶雪块滚滚崩落,铺天盖地地朝二人急扑而来。

袁紫清脸都白了,勉强镇定下来,展开轻功,抱着朱毓媞往山下急奔。

袁紫清使劲狂奔,身后落雪声却越来越近,大自然的力量真是不容小觑!即使他轻功超群,也不能与自然的威力抗衡。

朱毓媞吓得脑海一片空白,连尖叫也忘了,紧紧抱着袁紫清的身体,似溺水之人抱住浮木。忽然身后一阵劲风狂扑而来,朱毓媞只听袁紫清大喊一声"媞儿——",当下就人事不知了。

雪崩停止后,天地间是死一样的寂静。

袁紫清和朱毓媞嵌在一堆倾倒的大松树之间,逃过死劫,双双昏厥。

一轮残阳在雪地里投下一抹肃杀的殷红,仿佛鲜血的印记。

袁紫清先醒了过来,他还以为自己死了,愣了片刻,瞥见朱毓媞倒卧在一旁,这才回过神,大叫:"媞儿!"

朱毓媞双眼紧闭,肌肤冰冷,气息微弱。无论袁紫清怎么呼唤,怎么摇她,她都昏迷不醒。

她身体渐渐失去温度。二人身上的水粮火石全被大雪冲走,不能生火取暖,连山中的洞穴也全被落雪堵住。

袁紫清毫不迟疑地褪下自己的貂裘、外衣、中衣、里衣,一层一层严严实实裹住朱毓

媞的身体。他紧紧搂着她，脸颊贴着脸颊，双手搓揉着她冰冷的手掌。

她的肌肤好不容易恢复了一丝温度，夕阳却即将没入山峦。

入夜后气温骤降，没有屏障遮蔽，人若吹了一整晚的寒风，一定会被冻死。

虽然此刻深陷危机，袁紫清的脑子却格外清醒。他忽然想到小时候曾看见小动物在泥土里挖掘洞穴御寒。于是他抱着朱毓媞离开松树堆，将朱毓媞放在一旁，在积雪里掘了一个狭长的洞窟，又在地洞里铺了松枝，抱着朱毓媞躺了进去。

掘雪窟消耗了袁紫清太多的体力。他上身赤裸，将朱毓媞紧紧抱在怀里，好让体温能够透过层层衣物传到她身上。

雪窟外朔风怒号，如子夜鬼哭，声声凄厉。

雪窟里的时光似乎特别漫长，袁紫清冻得全身哆嗦，嘴唇发紫，四肢僵硬，却兀自强撑着。此刻，他的心中只有一个念头：

我要让媞儿活下来。

朱毓媞醒来后，发觉被人紧紧抱住，昏厥前的意识慢慢浮上脑海，只听一个熟悉的嗓音轻轻呼喊："媞儿，你醒了。"

清？她愣了一瞬，双手下意识去摸索身前的那个赤裸的身体，冷冰冰的。她忍不住惊呼："你这是干什么？"

袁紫清声线颤抖："你昏迷不醒，身子又冷，我……我只能把我的衣裳都给你穿……"

朱毓媞一边将身上貂裘褪下来，裹住他的身体，一边骂道："你疯了吗?! 你不要命了是不是?! 疯子！疯子！大疯子！"

袁紫清微微一笑，说道："骂人，有力气，放心了。"

朱毓媞又是生气，又是心疼，狠狠捶着他的胸口，道："倘若你冻死了，我该怎么办？"

袁紫清想了一下，认真说道："倘若我死了，你就将我的遗体烧了，把我的骨灰放入我的衿缨里，你朝夕佩戴，我伴你到老。"

朱毓媞"呸"了一声，嗔道："说什么不吉利的话。"一颗心不禁酸了起来，眼中漾起一泓晶莹，又道，"倘若你死了，我也不要独活。"

袁紫清柔声道："好好好，劫后余生，我们不说死。"

朱毓媞搓揉着他的手，摸到了一枚枚冻疮。她想起在这冰天雪地里，他不顾一切赤着上身，只为了给自己一星温暖，忍不住哽咽道："身上的冻伤疼不疼？"

袁紫清道："你没事，我就不疼。"

朱毓媞呜咽道："对不起，我果然是你的负累……"

"别哭。"袁紫清颤巍巍伸出僵硬的手，轻轻抹去她的眼泪，"你的确是我的负累，我既要背你，又要将衣服给你穿，还要帮你取暖，你既麻烦又啰唆。换成从前的我，早就扔下你不管了。就像我们初遇的那天,我把你像木头似的随便抛在路边,掉头就走……"

朱毓媞想起往事,嘴角浮起甜蜜的梨涡。

袁紫清又道:"可是即使你是个麻烦的负累,弄得我筋疲力尽,我也心甘情愿地被你负累。"

朱毓媞忽然挣开他的怀抱,将衣物一件件除下,只剩下里衣,动作一气呵成,毫不羞赧。

"你干吗?"袁紫清心口怦怦直跳,全身不由自主地热了起来。

"你身子很冷,换我来温暖你。"朱毓媞将所有衣物全都罩在他身上,像裹粽子似的。然后,紧紧地搂住了他,将他的头摁在胸前。

互相取暖,直至天明。

一晚的时光不算长,可这一晚,二人经历了同生共死,不离不弃,直到双双劫后余生。这一晚,短暂得就好像一瞬,漫长得又好似一生。

袁紫清将朱毓媞留在雪窟里,自己到外面找寻食物。

雪崩过后,飞禽走兽皆销声匿迹。他捡了几个松果回去,剥开后取出松子,和朱毓媞一起吃了,然后带着她往碧幽潭前进。

他一颗心吊在嗓子眼,昨日雪崩,幽若花会不会全都被毁了?

雪崩后的路面很松软,雪深及膝,每踩一下都深深陷落,走路分外吃力。袁紫清干脆又让她做了一回"负累",背着她展开轻功,不一会儿就到了目的地。

放眼望去,白雪皑皑,苍松郁郁,碧幽潭边却不见姹紫嫣红。

袁紫清倒抽一口凉气,踉跄冲上前去,发疯似的在潭边徒手挖掘,果然见到几株幽若花被雪块深埋。在一色嫣红中,有一株紫色幽若。

他双手捧着紫色幽若,呆了半晌,欲哭无泪。芥川鸣说要完整的幽若花,可冰雪中的幽若花早被压得稀烂。

"幽若花是不是被毁了?"朱毓媞心平气和,好似毁坏的只是一株杂草。

她越平静,越是令袁紫清揪心。袁紫清拥她入怀,极力保持镇定,喃喃道:"媞儿,还会有办法的。你放心,我一定会想尽办法让你重见光明。"

朱毓媞轻轻地道:"一切都是命。"

袁紫清其实很想直接剜了活人的眼睛!他心性刚狠,除了朱毓媞、芥川月龙,别人的死活都不放在心上,为了朱毓媞,他没有什么不敢做的。

但是他很清楚,他的媞儿宁可一辈子失明,也不愿他伤害无辜,手染血腥。

第一百一十九章

为问世间醒眼是何人

二人回到江之岛木屋，才刚迈入门槛，袁紫清便直挺挺地倒下，昏厥了过去。

"清！"朱毓媞试着拽起他，手碰到了他的额头，感觉烫如火烧。

原来袁紫清早已受了风寒，只是怕她担心，一路咬牙坚持。直到回到木屋，精神松懈下来便再也支撑不住了。

他这病来势汹汹，终日汤药不断，昏睡不醒，口里却是不断喊着："媞儿，眼睛……"

袁紫清昏睡半个月，总算清醒过来，一睁眼，正对上一双水灵灵的眼睛。他呆了一呆，揉揉双眼，不敢置信地道："媞儿？"

朱毓媞喜道："你终于醒来了。"扶起他来，将一个檀枕放在他背后，动作利落，竟似能看见了。

袁紫清呆呆地看着她的眼睛，说不出话来。

"你一定渴了，我倒水给你喝。"朱毓媞倒了一杯水递给他。

袁紫清呆若木鸡，恍若不见。

朱毓媞含着一缕温婉的笑意凝视着他，他表情越呆滞，她笑意越浓厚。

袁紫清呆了良久，猛地叫道："我一定是在做梦！"说着又重新躺了回去。

朱毓媞笑着伸出手指，夹着他的鼻梁，道："欸，你已经睡了半个月了，还要睡多久？你自个儿舒舒服服睡大头觉，累得我每日都要帮你擦洗……"说到这里，双颊绯红，宛如窗外红艳艳的樱花。

袁紫清从床上跳了起来，颤颤指着她道："媞儿，你的眼睛……你的眼睛看得见了？"

朱毓媞微微一笑："我看得见了。"笑容却隐隐含着一缕凄凉。

袁紫清喜滋滋地道："究竟是怎么一回事？没有幽若花，芥川先生是怎么治好你的？"

朱毓媞笑容逐渐敛去，垂下星眸，静默不语。

"怎么了?"袁紫清心中的不安油然而生,他定定地看着她,"告诉我,这是谁的眼睛?"

朱毓媞不敢正视他的双眼。

袁紫清道:"你为什么不说话?"

"是……是你师父的眼睛。"朱毓媞蓦地扑入他怀中号啕大哭。

似有一道万钧雷霆在袁紫清耳边炸开,荡漾着绵绵无尽的回音,每个回音都在哭喊:"是你师父的眼睛,是你师父的眼睛……"

袁紫清呆了一呆,道:"不可能,怎么会是师父的眼睛?"

朱毓媞哭道:"师父他没死,可是也像是死了。芥川先生说,师父无论生死,早就打算把眼睛送给我了。"

袁紫清听得一头雾水,放开她的身体,道:"我去问问芥川先生。"

他跌跌撞撞到了芥川鸣的卧室,推开门,颤声道:"芥川先生,我师父他……"

芥川鸣沉默不语,面无表情。他身后的床铺上躺着一人。

袁紫清的心几乎要跳出胸口,他踉跄绕过芥川鸣,走到床边,只见床上那人眼睛缠着纱布,躺着一动也不动,胸口微微起伏,显然还有生命的迹象。

"师父……"袁紫清瘫软在地,睁大双眼看着芥川鸣,满腔疑问到了嘴边,竟说不出完整的一句话。

芥川鸣眼泛泪光:"你当时不也听到了,这是月龙唯一的心愿,我只是尽力做我该做的事。"

袁紫清口舌麻木,脑海一片混乱:"可是……可是师父还活着,却把眼睛给了媞儿。我当真不明白……这是怎么一回事?"

芥川鸣道:"他虽然还活着,可是跟死了并无差别。"见袁紫清一脸迷惘,叹道:"他会这样一直躺下去,直到老死,都不能言语,不能动弹,饮食、便溺都要人服侍。"

袁紫清激动地道:"为什么会这样?"

芥川鸣道:"这是芥川家族的首脑芥川宫奸岱做的。虽然他的生命没有终结,但他跟死了没什么两样。他听不见,看不到,没有意识,却还有脉搏心跳。他早已料到自己会有两种下场,第一种便是死,第二种便是成了活死人。他告诉我,若他的结局是第一种,那么他会请人将他的眼睛尽速送回;若结局是第二种,那么就请我剜去他的眼睛,让媞儿重见光明。"

袁紫清一呆,回眸望着芥川月龙脸上的纱布,那抹隐隐的鲜红,灼灼刺痛了他的双眼。他心中全是难言的悲痛不舍,伏在芥川月龙身上痛哭失声。

师父带着一身浩然正气、碧血丹心,毅然踏上不归之路,原以为他会走得慷慨激昂,没想到最终却成了一具没有意识的躯体。

朱毓媞默默站在他身后,也是泪眼模糊。

"月龙当日还对我说,他想透过媞儿的双眼,见证你们举案齐眉,白头偕老。"芥川鸣留下这一句,转身离开屋室,到外面深深吸了一口气,借以驱散满腔萧索惆怅。

末了,他从怀里取出一个木盒,打开盒盖,里面是一份藏宝图。

"弟弟,对不住了,你做不到的事,就让你徒儿来做。你就用媞儿的双眼,见证芥川的灭亡。"

第一百二十章

藏宝图

袁紫清哭得撕心裂肺，畅快淋漓。他忽然想到了什么，起身冲到外堂，和芥川鸣四目相对，脑海里想的均是同一件事。

袁紫清抹去泪水，也抹去一脸悲哀，双眼冷戾如电。芥川鸣眼神复杂，面沉似水。

一晌后，二人同时开口："地图……"

才刚讲出"地图"两字，二人微微一怔，芥川鸣随即露出释然的笑容，道："你先去院子樱花树下等我。"

袁紫清走到樱花树下，樱花纷纷扬扬，如锦似霞，微风吹拂，衣袂翩然，萧萧肃肃，如山中人兮。他神色平静，不复哀伤，唯有紧握着凝血剑的手微微颤抖，透出他内心暗涌的杀机。

一晌过后，芥川鸣拎着两坛樱花酿过来。二人并肩坐在樱花树下，各自拍开封泥，仰头灌酒。

静默良久，袁紫清蓦地用力搁下酒坛，一脸认真："芥川先生，请您告诉我地图之事。"

芥川鸣等的就是这一句，莞尔一笑："二十多年了，我终于等到藏宝图的主人了。"

"藏宝图？"袁紫清微微愕然。

芥川鸣将藏宝图拿出来，那是一份由三片羊皮拼凑而成的地图。他目光犀利，映得陶坛里的酒水透出粼粼幽光："藏宝图之事我待会儿再细细解释。我先告诉你何谓隐者，以及芥川家族的底细。"

袁紫清嗯了一声。

芥川鸣缓缓道："隐者是倭国里专事暗杀谍报之人，擅长易容，轻功绝顶，精于飞镖、毒术、刀剑，形如鬼魅，飘忽无踪。芥川家族的首脑是芥川宫奸岱，他年近七十，隐术出神入化，无人能及。其余几名较为出色的人物是芥川胧、芥川良、芥川岛崎、芥川贺别、芥川

次、芥川白煜、芥川藤洣。这些人又分为两派，一派以芥川胧为首，一派以芥川良为首。若非宫奸岱还活着，早就斗得头破血流了。"

袁紫清插口道："所以，只要宫奸岱死了，两派为了争夺首脑的位子，就会互相残杀。"

"群龙无首，互相残杀，最后两败俱伤。但是要宫奸岱死，谈何容易？我先告诉你芥川有哪些隐术。"芥川鸣抿了一口酒，继续说道，"轻功、剑术、暗器，这些月龙都教过你。还有刀术，月龙传给了另一名弟子。另外，飞索术是从袖子里飞出绳索缠住敌人的兵器，也能将尖刀系于绳端作为武器。易容术不用我解释了。吹矢就是从嘴里吹出毒针……"

袁紫清想起师父曾在盛京以一条飞绳令众清兵心惊胆寒，原来这就是飞索术。只听芥川鸣又道："我并不热衷刀剑，只学了易容术、飞索术和轻功，而你师父的隐术在芥川家算是拔尖的，只有宫奸岱能与他比肩。宫奸岱知道死亡即是一种解脱，所以偏不让你师父死去。

"芥川家的人阴险毒辣，我们兄弟性情纯良，与他们格格不入，虽然是亲人，但几乎形同陌路。二十五年前，江湖传闻在倭国某个地方藏有宝藏，藏宝图分别藏于三本书里。一时，伊贺、甲贺、芥川三族以及江湖各大高手趋之若鹜。我耗了六年的光阴，费尽心思将这三本书集齐。"

袁紫清不禁纳闷："先生方才说自己不热衷隐术，只学了轻功和飞索术。那您是如何领先各大高手集齐三本书的？"

"月龙没告诉你我曾是大盗吗？"芥川鸣微微愕然。

大盗？袁紫清目光一亮，似他乡遇到故人，道："没有，那么师父有没有告诉您，我也是大盗。"

芥川鸣咦了一声，道："他也没告诉我，原来你我是同行啊！"神色不由得亲近数分。

芥川鸣顿了顿，又道："我毕生的两大兴趣，就是行医和偷东西。为了偷，我学了轻功和飞索术以作逃遁之用，还学了易容术掩人耳目。因为我致力钻研这三门功夫，所以这三项技能比任何人都要精湛纯熟。

"我得到这三本书后，用尽一切方法，终于悟出了书中的秘密。第一本书是《论语》，用柠檬水浸泡后，封面浮现一幅小图；第二本是《山海经》，火烧后，封面也浮现出一幅小图；第三本是《诗经》，用艾草汁浸泡。如此便拼凑成我现在手中完整的地图。"

袁紫清接过芥川鸣手中的藏宝图细细查看——上面绘着一个山谷地形，宝藏藏在瀑布后的石穴里。

"这份藏宝图如何能够毁了芥川家族？"袁紫清不解道。

芥川鸣道："我得到藏宝图后，就立即赶去藏宝地点，在宝藏下方埋了火药和桐油。只要启动机关，就会引爆火药，令前去寻宝之人尸骨无存。"

袁紫清道："所以，您要我带着宫奸岱他们去寻宝，是吗？"

芥川鸣目光炯炯:"正是,我们兄弟都顾念私情,不愿做不孝之人,所以月龙如今才会躺在床上,苟延残喘。能做好这件事的人必须心性刚狠,不畏痛苦和死亡,必须具备逃遁的功夫以避开火药的冲击,最好还要和芥川家有些渊源,才能博取他们的信任,诱使他们进入藏宝地点。

"我一直找不到合适对象,直到遇见了你。你可以为了情人,活活剜去别人的双眼。你的眼神告诉我,这世上除了月龙和媞儿,你对其他人都可以铁石心肠,狠辣无情。你的轻功是月龙亲传的,想必能顺利逃生。我还会送你一件天丝蚕衣,穿在身上可以避火。"

袁紫清愣愣地问:"我是个汉人,如何用藏宝图取得芥川家族的信任?"

芥川鸣道:"别忘了,你是芥川月龙的弟子,和芥川家族有渊源。他们只要看见芥川家传三宝之一的凝血剑,就会知道你是谁。如今你要牢牢记熟藏宝图上的地形,同时我会四处散布藏宝图在你身上的消息,你只要等着芥川家族找上门来就好。

"你将藏宝图记熟后,就将藏宝图毁去。今后,再也没有藏宝图,你就是活生生的地图。只有这样,他们才不会抢走地图后就直接杀了你。你将他们带到藏宝地点后触动机关,入口石门会立刻关闭,同时墙壁会裂出一道缝隙。你从缝隙逃生后不久,火药会自动引爆,你的使命就完成了。"

"好,此事便交给我。"袁紫清还是有些顾虑,又问,"引爆火药后,可能引发山崩地裂,我要如何逃脱?"

芥川鸣道:"我会教你飞索术,飞索术逃遁的速度比轻功还要快。只要你能顺利逃离石穴,并施展飞索术,那你就能存活下来。"

袁紫清举起酒坛,道:"我一定不负先生厚望,完成任务。"

芥川鸣举起酒坛,和袁紫清用力一撞,酒坛碎裂,溅得二人全身都是酒。

"好酒!"袁紫清大笑,笑容藏着一抹狠戾、冷酷,双眼杀机暗涌。

芥川鸣道:"两坛酒不够喝,我再去取。"

袁紫清将剩下的酒饮尽,眸光一瞥,见朱毓媞凄冷地站在篱笆旁。他淡淡地道:"你都听见了?"

朱毓媞心中一片冰凉,道:"你一定要去吗?"

袁紫清道:"这是我能为师父做的最后一件事。"

朱毓媞默然不语。袁紫清凝视着她,道:"他一直渴望能够消除族人的罪孽。他不忍心做的,我替他做。"

朱毓媞凄然一笑:"我没有其他话可说,你一定要平安。"

袁紫清向她招手,道:"你过来。"

朱毓媞款款走近,挨在他身边坐下。袁紫清搂住她的肩膀,疯狂地吻着她。

朱毓媞推开他,带着一抹羞红娇嗔道:"会被芥川先生看见的。"

"看见就看见。"袁紫清紧紧搂住她，又是天长地久的一吻。

朱毓媞挣脱不开，索性放弃挣扎，任由他在唇齿间予取予求。满腔浓烈的甜蜜中，她却品出一丝丝不祥。她凝视着他深邃迷蒙的双眼，好似看入了他的内心深处。她知道他也有同感，所以才迫切地吻着自己，渴望摆脱那股预感。

之后几天，芥川鸣将飞索术传授给袁紫清。芥川鸣将一条带着刀的长绳从袖中射出，使其钉在屋檐上，然后触动袖中机关令长绳回缩，电光石火间，身子随即掠上屋檐，速度比轻功还要快。

飞索术适合在山谷间用来逃遁。轻功再高，也不能停留在光滑的山壁上，若是以绳刀插入山壁，就能迅速从石穴中飞脱，挂在山壁上，远离火药的冲击。

芥川鸣又带着袁紫清和朱毓媞来到藏宝地点，告诉袁紫清机关位置："记住，缝隙开合只有一瞬，你必须掌握好时机。宫奸岱戒心极重，你若一直待在门口，他一定会起疑心，所以我将石缝的位置布置得离门口稍远。"

袁紫清嗯了一声。

芥川鸣又道："我已传出消息，不出三日，整个江湖都会知道藏宝图在一名汉人身上，而那名汉人是为了挖取宝藏才来到倭国的。以芥川家族的耳目，很快就会找到你。你打不过宫奸岱他们，必会被他们擒住。他们问起宝藏下落，你要一口咬定你不知道。之后他们会对你用刑，你再假装熬刑不过，吐出宝藏下落。这样他们便会深信不疑了。"

袁紫清道："明白了。"

"你带着他们上山寻宝后，我在江湖上的朋友会在山下接应你。"芥川鸣递给袁紫清一件白色的长衣，"这是天丝蚕衣，看上去就跟一般的里衣一样。你穿在最里面，可以防火。"

袁紫清伸手接过，天丝蚕衣轻薄如蝉翼，乍看之下实在难以相信它能防火。

芥川鸣又道："事成之后，我会送你一份大礼。"

"清，"朱毓媞死死咬着牙，"我知道这一回是生死相搏，凶险万分，你不会再带着我了。我会在这里日夜为你祈祷，等你回来。"

袁紫清对芥川鸣说道："芥川先生，她比较怕羞，麻烦您回避一下。"

芥川鸣笑道："好，我就不打扰你们了。"说完入了内室。

袁紫清搂着朱毓媞的腰，俯下头，又是近乎疯狂的长吻。良久，他柔柔地吐出一句："等我回来。"

为了不让江之岛的净土染上刀光剑影，袁紫清当日便离开江之岛，独自行走江湖。他逢人便比手画脚地问路，很快就引起了芥川家的注意。

他离开木屋那一日,朱毓媞一直望着他的背影,直到再也望不见了,她还是一动也不动,好似整个人已融入苍茫的天地中。

袁紫清不在的日子里,朱毓媞和芥川鸣做伴,菜园浇水、屋室打扫、照顾芥川月龙、烹煮中国菜肴、整理医药书籍……她抢着做事,借此转移对袁紫清的相思缠绵之情。

芥川鸣对中国文学兴味盎然,闲时便和朱毓媞吟诗作赋。他性情谦冲寡淡,朱毓媞投其所好,絮絮讲述《庄子》给他听,果然引起共鸣。二人时常孜孜不倦地谈到深夜。

朱毓媞十分喜欢芥川鸣的家,用篱笆围成的墙,前院种了几株樱花树,后院是小小的菜园。木屋构造虽然简单,却令人备觉温馨。

她不禁悠然神往,她想和袁紫清布置一个家,用篱笆围成墙面,在篱笆下种蔷薇、山茶、牵牛、向日葵等花卉,在院子里种菜养鸡,搭竹架子,种葫芦、丝瓜……

芥川鸣养了一只大雁,名叫"飞扬"。芥川月龙在中国时,二人就靠着飞扬互通书信。飞扬极有灵性,听得懂人语。芥川鸣闲来无事,便与它对话,一人一禽,宛如知己。

朱毓媞心念一动,写了一封平安信,又绘了紫禁城的地图和绿萍的画像,让飞扬熟记在心。然后请它把信送到坤宁宫,交给绿萍,让绿萍将她平安的消息告诉父皇母后。

半个月后,飞扬回信了,是绿萍的字迹。绿萍在信中告诉她,皇贵妃病逝,崇祯皇帝崩溃痛哭,大病一场。皇贵妃的谥号为"恭淑端惠静怀皇贵妃",墓园选在昌平皇陵区域内的银泉山。永王朱慈炤则养在袁贵妃膝下。

皇贵妃薨后不久,一向严于律己、远离声色的崇祯皇帝忽然提出增选宫嫔的要求:"良家子女年十四以上、十六以下,必德行纯良,家族清白,容貌端洁者,方许与选。"此举引发朝臣哗然,他们认为国难当前,皇帝居然把心思放在女色上,实在是有失君德。

朱毓媞虽然早已知道皇贵妃的结局,却还是不胜悲悯,朝着西边顿首三拜,算是尽了哀思。

第一百二十一章

满眼春风百事非

半个月后，芥川鸣告诉她，袁紫清已被芥川家族的人擒住。

朱毓媞的心头狠狠一抽，她知道为了取信芥川家族，他要先受严刑拷打。她的脑海里浮现出他全身伤痕累累的样子，耳边似听见他的痛苦呻吟。

又过了七日，芥川鸣说袁紫清已带着芥川家族的人前往藏宝地点。

她一颗心不由得紧绷了起来，生死就在那一瞬。

过了三日又传来新的消息，藏宝地点发生爆炸，那日寻宝之人——芥川宫奸岱、芥川胧、芥川良、芥川岛崎、芥川贺别全部丧生。余下芥川家族的人如一盘散沙，均想拥立各自的亲信作为首脑，开始内斗厮杀。芥川家庭的瓦解指日可待。

朱毓媞一点儿也不关心芥川家族的存亡，她伫立在门口凝眸远方，一心念着，他怎么还不回来？

某日，她在菜田里浇水时，芥川鸣忽然踉跄而来，一脸沉痛。他一向举止稳重，不会如此失态，朱毓媞猛地心头一凛。

"紫清他……他……"芥川鸣不知该如何向她开口，嗓子都哑了。

朱毓媞的声音似绷紧的弓弦："他怎么样了？"

"他……"芥川鸣张口结舌，说不出话来。

朱毓媞眼巴巴地盯着他，似乎哀求他不要将那一句残忍的话说出口。忽然，她看见了芥川鸣怀里的一柄剑，赤红一色，灼痛了她的双眼。

竟是袁紫清随身不离的凝血剑！

朱毓媞眼中的光芒一下子熄灭了，奔上前去夺过芥川鸣怀里的凝血剑，疯狂喊道："这是他的剑，怎么会在你手里？他人呢？他在屋里对不对？"

芥川鸣沉默不语。

朱毓媞喃喃道："他在屋里,我要进屋,我要去看他……"当下便要冲进屋子。

猛听身后传来芥川鸣僵硬的声音："他死了!"

朱毓媞似被人狠狠抽了一鞭,全身战栗,声音凄厉而破碎："不可能,不可能,他说过要我等他回来,他不会失约的……"

芥川鸣凄然道："他没来得及逃生,已经死了。"

朱毓媞的身体抖得如狂风中的落叶,呆呆地道："不可能,他不是穿上了天丝蚕衣,又学会了飞索术吗?"

芥川鸣眼泛泪光："我也不知道为什么,他最后还是没逃下山。我的朋友赶到山上时,只看见他的剑遗落在悬崖边,地上还有一摊鲜血。"

朱毓媞呆了片刻,蓦地冷静下来,回头定定地注视着他,声音毫无起伏："既然死了,他的遗体呢?"

芥川鸣道："火药爆炸,尸骨无存。"

尸骨无存……尸骨无存……

似有惊雷在朱毓媞耳边炸开,嗡嗡作响。她身子一软,瘫在地上,脑海一片空白,一时竟忘了哭泣。

尸骨无存,怎么会尸骨无存?

瞬间似有一把钝刀来回锉磨着她的心,让她的心血肉模糊,鲜血直流。在这悲痛欲绝的一刻,她蓦地想起袁紫清在不死山雪窟里说过的那句话："倘若我死了,你就将我的遗体烧了,把我的骨灰放入我的衿缨里,你朝夕佩戴,我伴你到老。"

没想到竟是一语成谶! 竟还是尸骨无存,连骨灰也不曾留下!

舌尖尝到一缕腥甜,原来不知不觉间自己咬破了唇瓣,唇齿间都是鲜血。

她声嘶力竭地大叫："不可能,不可能! 没有亲眼看见他的尸体,我决不相信他已经死了!"

芥川鸣沉沉地道："火药爆炸,连石头都能炸成齑粉,何况是人的血肉之躯。"

芥川鸣的话一字一顿钻入她耳中,似一根又一根的细针在她脑海里狠狠戳着。她的眼泪一滴一滴落下,灼热着面颊,心一分一分地冷了下去,冷到了骨髓里。

她禁不住剧烈颤抖,紧紧抱着凝血剑,好似抱着袁紫清温热的身体,可是剑是冷的,冰冷的触觉告诉她——袁紫清死了,再也不会回来了。

曾经的款款笑语、殷殷叮嘱,再也听不见了,甚至嘴唇上还残留着他亲吻的温度,身体还能感受到他紧紧拥抱的力道。

芥川鸣咬牙道："对不起。"

朱毓媞蓦地放声大哭,眼泪如决堤的河水般涌出。她哭得撕心裂肺,最后晕厥了过去。

181

接连数日,朱毓媞只是茫然看着门外,期望视线里突然撞进一抹熟悉的紫色,期望听到一个温柔缠绵的声音轻轻喊着"媞儿"。

可是,他始终没有出现,耳边只有凄迷风声,如泣如诉,眼前的樱花开得缤纷绚烂,但坐在树下饮酒谈笑的他不在了。在她眼里,一树凝霞敷锦的樱花,不过是没有生命的死物。

她始终不相信袁紫清已经身亡。她看着苍茫的天际,心里的那个念头越来越强烈,突然拔足奔出木屋,独自前往藏宝山。

第一次来时,这里碧草茵茵,山花烂漫,飞瀑如练,林木萧萧,此刻一片焦土疙瘩,面目全非,四野毫无生机,静如死水。

耳边依稀有一个残酷冷硬的声音不断响起:"傻瓜,他早就死了,不然为什么他的剑会和他分离? 不然为什么不回来找你?"

她紧紧咬着唇瓣,拼命想要抵制那回荡在耳边的声音,可是那声音就像空谷回音,萦绕不去。

泪眼迷蒙间,似乎看见袁紫清被火药炸得支离破碎,被焦土残石深深掩埋。

她的心也似被炸开一般,剧痛蔓延全身,几乎站立不稳。

原来他的离开,足以令沧海变作桑田,朱颜变作白发,刹那间芳华凋零。

今后,再也不会有人背着她飞上屋檐看星星。

今后,再也不会有人割开自己双手,任鲜血流入她口中,只为了让失血过多的她能够延续生命。

今后,再也不会有人做她失明时的拐杖,为她细细描述眼前风景,在她身后稳稳做一株乔木。

今后,群敌环伺、雪崩石落,再也不会有人不顾一切地将她护在身后。

今后,再也不会有人在冰天雪地里赤身裸体抱着她,只为了给她一星温暖。

今后,这世上唯一一个敢对她无礼、对她发脾气的男人消失了。

今后,这个令她甜蜜娇羞、令她患得患失、令她魂牵梦萦、令她肝肠寸断的人已和她天人永隔。

从今往后,她的生命中,再也没有袁紫清!

她抱着凝血剑痴痴而笑,双眼干涸如荒漠,再也流不出泪水,喃喃道:"清,我说过你死了,我也不要独活。你等我,我这就来陪你。"语毕,嘴角噙起如释重负的一笑,双足一蹬,跃下悬崖。

第一百二十二章

便人间天上，尘缘未断

幽谷深达数百丈，朱毓媞原以为这一跃必死无疑，不料凌空飞来一条长索，将她的腰肢紧紧缠住。她尚未反应过来，眼前似有一抹人影一晃，身子跌入一人怀中，只听见一个熟悉的嗓音轻轻呼唤"媞儿"，正对上一双深邃迷蒙的眼眸，竟是袁紫清！

二人跌在柔软的草地上，朱毓媞趴在他的胸前，听着他坚实有力的心跳声，兀自不敢置信，呆呆地看着他的面庞，眼睛眨也不眨，就怕眨了一下，眼前这朝思暮想之人就会化为泡影。

朱毓媞道："清，真的是你吗？"

袁紫清轻轻刮着她的鼻梁，道："是我啊！不然谁会冒着被你撞断肋骨的风险紧紧抱着坠谷的你啊？"

朱毓媞又是一呆，颤巍巍地伸手抚着他的面颊，是温热的！她忽然紧紧抱住他，哭道："我不是在做梦！真的是你！你没有死！"

袁紫清也是激动不已。燕燕轻盈，莺莺娇软，如梦似幻，怀里的温香软玉确实就是他日思夜念的媞儿！

二人紧紧相拥，良久都不肯松开。

朱毓媞好不容易平复心绪，一味盯着他瞧，目光无限温柔，无限缱绻。

袁紫清笑道："你再继续瞧下去，就要把我的脸瞧出两个透明窟窿了！"

朱毓媞乐滋滋地道："我就想这样一辈子瞧下去。"

袁紫清道："真没想到我们还有重逢的一天。"

朱毓媞忽然撩起他的衣袖，又敞开他衣襟，东看西看，东摸西摸。

袁紫清胸口一热，一时口干舌燥："你干吗这样……摸我？"

朱毓媞眼圈儿一红，道："听说你被芥川家族抓住，我想到他们对你用刑，心疼得都快

要发疯了！还好，没有新的伤痕，看来他们没有折磨你。"

袁紫清淡淡一笑，芥川家族折磨人的手段别出心裁，可能他们骨子里不喜欢血肉淋漓那一套，所以对人用刑不伤皮肉，却令人痛不欲生。

二人躺在茵茵绿草上，沐着山野清风，仰头是缥缈烟霞、缤纷落英。

这座幽谷简直就是个世外桃源！

朱毓媞满心都是甜蜜和狂喜，支头侧躺着瞧他，问道："这是怎么一回事？你怎么会在幽谷里？"

袁紫清于是缓缓说起他离开江之岛后的经历。

袁紫清孤身行走江湖，不出半个月，整个江湖都在传有个紫衣中国人手持消失多年的藏宝图，要前去寻宝。一时他成为众矢之的，似踏在风口浪尖之上，每一瞬都是凶险无比。

某日他来到一座大湖边，极目望去，碧波万顷，云霄辽阔，白鸥惊飞，明媚的霞光迤逦洒落湖面，微风徐徐，如一双素手拂皱了金纱。他心忖，若能与媞儿坐在湖边比肩看霞飞，真是平生一桩美事。

想到和她泛舟太液池的那一夜，柳嚲月斜，雨后轻寒，风前香软，他的心中燃起一星温暖。正好瞧见岸上系着一叶扁舟，于是登舟向湖心荡去。

正思潮起伏，他蓦地面色一变，目光射向湖面与晚霞交接处。电光石火间，一艘黑色大船已出现在眼前，以流星赶月的速度向他航来。

只见一名青袍老者负手立在船头，身后站着二男一女，旁边还有十个黑衣隐者。那青袍老者面白如纸，银须冉冉，双眼神光内蕴，身形极为高瘦，好似一根竹篙，随时会被风卷落湖里。青袍老者年约古稀，另外二男一女年约三十，眉目清秀，不知身份。

青袍老者瞥了他手中的凝血剑一眼，咧嘴一笑，用生涩的汉语说道："我是芥川宫奷岱，你就是芥川月龙的弟子吧？快将藏宝图交出来。"

袁紫清道："我没有藏宝图。"

宫奷岱道："你以为我是三岁小儿吗？难怪那三本中国书忽然消失了二十多年，原来是被你师父带到中国藏起来了。"

袁紫清心中露出胜券在握的冷笑，藏宝图重现江湖的时间点，和芥川月龙回国的时间吻合，这果然引起了宫奷岱的疑心。接下来就要利用宫奷岱的疑心，获得他的信任，带着他一步步踏入死亡深渊。

宫奷岱喝道："你上船！"

袁紫清心忖，横竖都要打一架，上了大船后方便施展身手，于是足点船舷，轻飘飘上了黑船。

船上十名黑衣隐者见他到来,大声叱喝,手持武士刀向他砍去。袁紫清身在半空,腰肢一扭,凝血剑在身周划出一片寒光,将十柄武士刀尽数击落湖中。众隐者大吃一惊。袁紫清左足钩住船桅,出剑如风,横扫四方。众隐者只觉得劲风扑体,不由自主地向后摔倒,晕厥过去。

宫奸岱对一地横七竖八的隐者瞧也不瞧,讥刺道:"这十人是芥川家末流的弟子,你打败他们也不算什么。"

袁紫清站在甲板上,屏息凝神,一眨也不眨地盯着前方四人。双方剑拔弩张,转眼间便是一场惊天动地的厮杀。

宫奸岱目光如电,在袁紫清面上凌厉一转,喝道:"你出手吧!"声音如龙吟大泽,虎啸平原,令人耳膜作痛。

袁紫清明知打不过,却也不能让师父蒙羞。倏忽间,袁紫清袖子挥动,一条长索飞了出来,缠住了宫奸岱的腰肢。袁紫清没料到对方竟不知闪躲,任由长索上身,不禁微微错愕。他当即挥舞凝血剑,身子顺势向前疾冲,剑尖刺向宫奸岱的胸口。

忽然他眼前一花,宫奸岱已不见踪影。光天化日之下,一个人竟凭空蒸发,消失无痕。袁紫清惊诧不已,侧耳倾听,四周万籁俱寂,诡异莫名。

冷不防传来一阵"叮当叮当"声响,半空中撒下一面大渔网,网上遍生倒钩。倒钩发出碧油油的光芒,显然喂了剧毒。袁紫清大骇,急忙纵身后跃,渔网兜了个空,倒钩尽数钉在甲板之上。

他的背脊刚贴到船桅,忽然头顶劲风飒然,竟是宫奸岱双足攀在船桅上,像蜘蛛般俯冲向下。宫奸岱左手套着手甲钩,猛地向袁紫清戳来。袁紫清仓皇退步,百忙中出剑抵御。钩剑相交,宫奸岱力大无穷,袁紫清霎时胸口气血翻涌,借势向后飘出丈余。不料宫奸岱如影随形,转瞬间绕了袁紫清一周,随即又横挂在船桅上。

袁紫清一颗心怦怦狂跳,只见宫奸岱手中握着一束头发。原来宫奸岱在这一去一返之际,已将袁紫清束发玉冠削落,并顺势割去他的头发。宫奸岱若割的是脖子,袁紫清早已没命了。

宫奸岱将那束头发凑到口边,轻轻一吹,发丝登时注满了力量,像细针一般向袁紫清射去。袁紫清挥剑舞成一团劲风,将发丝扫落在地。

便在此时,船桅上已不见了宫奸岱的身影。袁紫清大吃一惊,横剑护身,环顾四周,忽然觉得地面有异,连忙提气跃起,飞上了船舱。只听"呼啦啦"一声,甲板翻开,宫奸岱一跃而上,手中忍杖开处,一条铁链犹如灵蛇般向他卷来。袁紫清见他出手怪异狠辣,迅捷无声,勉力挡住对方招数,一刻也不敢大意。

此时袁紫清身上已有多处受伤,若非他全力守御,只怕不出几招便已落败。宫奸岱似乎不想那么快便挫败对方,绕着袁紫清飞奔游走,身法快捷绝伦,一会儿出现在船舷

上，一会儿横挂在船帆边，一会儿又出现在他身边。

袁紫清凝目环顾四周，紧握剑柄，手心全是冷汗。凝血剑倏地划出一片寒光，将两排毒针弹开。才刚化解毒针攻击，忽然脑后生风，一条长索从后射来，他连忙侧头避让。长索掠过他颈边，绕在船桅上。

袁紫清知道宫奸岱便在身后，忙不迭转身抵御。他现在唯一能做的便是见招拆招。枉他在中原罕逢敌手，此刻却连还击的机会也没有。

宫奸岱手握长索，似猿猴般凌空来回飞荡，左手五指搓揉，一片片金粉翩然落下。袁紫清知道金粉有毒，挥剑生风，将金粉团团驱散。宫奸岱不容他驱散金粉，荡索向他扑来，左袖中飞出千万银丝，裹住他的凝血剑，轻轻一扭，凝血剑硬生生被抛到一旁。

袁紫清失了兵器，犹如盲者失杖，情势更加不利。他临危不乱，衣袂轻扬，无数十字镖铺天盖地射去。宫奸岱拉索向后一荡，轻巧地避开漫天攻击。袁紫清随即飞扑上前，飞索向他腰身缠去。此时，宫奸岱袖中飞出两颗紫色丸子，在袁紫清身前炸开，冒出一团团紫青烟雾。烟雾急速扩散，刹那间笼罩住整艘船。

袁紫清知道烟雾有毒，正想挥袖驱开，不料手足酸软，抬不起手来。原来那毒雾一沾肌肤，顷刻间就会发作。袁紫清全身脱力，颓然坠地，意识却十分清明，只见宫奸岱在半空中忽东忽西，眼前蓦地一花，两枚银轮从宫奸岱袖中射了出来。袁紫清危急中本能地生出力气，着地两滚，两枚银轮从他身边划过，在半空中兜了个圈子又向他射来。

袁紫清勉强向后挪了数寸，眼见这两轮袭来，立即便是开膛破胸之祸。但两枚银轮射到他胸前数寸之时，忽然偏了准头，最后削向他的衣袖，将他拖了尺许，钉在身后的船舱上。

袁紫清劫后余生，一双威棱四射的眼睛陡然出现在眼前，正是宫奸岱。宫奸岱的脸此时和他相距不过寸许，袁紫清只觉得此人周身透着一股说不出的诡异，一张脸更是白得吓人。

宫奸岱道："好漂亮的脸蛋，容我借用。"说着伸手在袁紫清脸上摸了几把，跟着往自己脸上一抹。

袁紫清登时目瞪口呆，只见眼前的人容貌立刻起了变化，修眉俊目，唇红齿白，俊美绝伦，不正是自己的脸吗？

震惊的瞬间，他恍然大悟，这就是芥川家的易容术！若非亲眼所见，还真不敢相信这世上有这么匪夷所思的术法！

宫奸岱微微一笑，目光隐含赞许："月龙的弟子，果然有两下子。"忽然面色一变，喝道："押走他！"

第一百二十三章

陷阱

袁紫清当日就被囚禁了起来,宫奸岱在他身上搜不出藏宝图,心忖他一定记在脑海,一番威逼利诱,袁紫清就是不松口。

宫奸岱冷笑:"看来不让你吃点苦头,你是不会开口的。"

袁紫清冷眼等着他施以酷刑,心忖不外乎就是鞭打、杖击等皮肉之痛而已,自己还承受得住。不料宫奸岱竟在他体内种下火毒,每日晨昏发作,时间长达两个时辰,发作时五脏六腑宛如火烧油淋,剧痛难忍。

宫奸岱看着他滚倒在地,痛苦呻吟,冷冷地道:"尽快说出藏宝地点,我就给你解药。"

袁紫清心忖,若太快松口,只怕会令他起疑,于是硬生生忍受了七天,才终于松口说要带他去寻宝。

宫奸岱狐疑道:"你直接告诉我在哪里,我带人去寻。"

袁紫清被折磨得奄奄一息,说话断断续续:"那批宝藏……见者有份……我这么远从中国来……难道就眼睁睁看你独吞吗?"

宫奸岱一怔,随即哈哈大笑:"好吧,就让你带路,我分一点犒赏你。你要何时动身?"

袁紫清有气无力地道:"我被你弄得半死不活的,你好歹让我休息一天吧?"

宫奸岱道:"好,我就给你一天恢复精神。"说完命人将袁紫清带入一间房室中。

一天后,袁紫清带着芥川宫奸岱、芥川胧、芥川良、芥川岛崎、芥川贺别,登上藏匿宝藏的一座无名荒山。

袁紫清走得甚是缓慢,不时停下来环顾四野,皱眉凝思。芥川族人心忖他在思索藏宝图地形,也没有催促他。

约莫一炷香时分,众人已深入腹地,山路越来越崎岖,到最后已完全不能通行。于是

众人施展飞索术，钩住山壁树梢疾行。

众人上了一座悬崖，只见绿草茵茵，山花烂漫，一道瀑布注入池塘，水声幽咽，溅玉飞珠，鸣石悦耳。

袁紫清看着瀑布，道："我记得地图上绘着一条水箭，水箭下方便是藏宝之地。难道那水箭便是瀑布吗？"

宫奸岱一听，率人向瀑布处走去。

袁紫清凝视着瀑布下的池塘，清可见底，水底的白色小石生满青苔，几条小鱼悠游来去。忽然间，他见到一群蝌蚪结伴往一条石缝游去，消失其中。那石缝原来甚宽，向左折去，似乎别有路径。

宫奸岱也发现了端倪，指着石缝道："似乎是条水道。"

芥川良闻言，立即踏入池中，池水起初甚浅，到中间却陡然深陷，到了他的腰际。他猛吸一口气，潜入水底观看一阵，起身道："父亲，石缝中果然是条水道。"说完便要潜入水中。

"慢着。"宫奸岱盯着袁紫清，眼神警惕，"你先走。"

袁紫清冷笑道："你戒心未免也太重了。"

宫奸岱淡淡地道："防人之心不可无。"

袁紫清吸了一口气，钻入水中，向石缝游去。芥川族人鱼贯在后。

地底水道时宽时窄，水流忽急忽缓，有时水深没顶，有时只达腰际。循着水道而行，不过一盏茶工夫，便上了陆地。原来水道竟通往一间密室，再过去是一条幽暗的廊道，不知通往何处。

袁紫清领着众人踏入廊道，千回百转，地势渐高，眼前陡然出现一间石室。

到了这一刻，芥川族人已知宝藏便在石室里，眼中熠熠生光，神采飞扬。宫奸岱的警惕之心消了大半，率人进入石室，袁紫清随后入内。

映入眼帘的，是小山一般的珍珠、宝石、金器、白玉、翡翠、珊瑚、祖母绿、猫眼石……流光溢彩，几欲迷人双眼。

众人一时都瞧得眼花缭乱，说不出话来。

袁紫清道："好多金银珠宝，怎么取得完？"

宫奸岱手一挥，芥川族人迫不及待打开箱笼，将宝藏大把大把装入箱笼中。

袁紫清急得直跳脚，装模作样道："你们留一点给我啊！欸，那枚金条是我先看到的，不准拿走。"他一边叫嚷，分散众人注意力，一边悄悄摸向机关处。

宫奸岱显然没看过这么多珠宝，眼神都呆滞了。袁紫清的手按在机关上，嘴角噙起狡猾的一笑。

忽然间，室门紧闭，墙壁开了一道缝隙。袁紫清身子一晃，隐入墙内，同时朝石室撒出一把十字镖。宫奸岱震惊之余,急忙挥开十字镖。他眼见缝隙即将合上,连忙使出毕生功力,袖中飞出的长索迅捷绝伦地探入缝隙中。

袁紫清逃离石室,当下展开轻功飞奔,冷不防一条长索飞来,缠住他的腰。他回头一看,墙壁缝隙竟未完全合上,缝隙之中隐约可见一条长索。宫奸岱咬牙切齿,双手正用力掰着两侧墙壁。

他力大无穷,石缝已渐渐扩大。便在这一刻,火药引爆,"砰"的一声,一阵天摇地动,四下飞沙走砾,尘埃弥漫。

袁紫清急忙挥剑割开长索,迈步狂奔,身后爆炸声不断,脚下地面剧烈摇晃,头顶石块纷纷坠落。他跃入水道之中,按原路游回瀑布下的池塘。

轰隆隆之声不绝于耳,整座山摇摇欲坠,似将崩塌。袁紫清急忙挥出袖中长绳,绳端的刀子当下向对面山峰的石壁刺去。

忽听身后传来"嘿"的一声,袁紫清不由得毛骨悚然,瞬间四肢动弹不得,低头一看,已被细丝缠住。

他回头一望,只见宫奸岱摇摇晃晃地站在前方,面如死灰,全身是血,断了一只手,正恶狠狠地盯着自己。

不愧是芥川家族首脑,竟能在危急中以飞索阻止石缝密合,又能在爆炸那一刻脱离石室,拖着重伤的身体逃出生天!

宫奸岱双眼喷火,道:"你好狡猾!"说完这一句,喷出一口鲜血,双眸涣散,命在旦夕。他一步一步向袁紫清逼近,恶狠狠地道:"即便我死了,也要与你同归于尽。"他颤巍巍地从怀中摸出一枚十字镖,便要射向袁紫清的胸口。

袁紫清只道这下必死无疑,闭上双眼,静静等死,蓦地一阵天摇地动,宫奸岱站立的地面竟生生裂开。

宫奸岱大吃一惊,重伤之后,已无力施展轻功逃脱,随着"啊"的一声惊呼,整个人陷入裂缝之中,袖中丝线牵着袁紫清的四肢,二人一同坠入悬崖之下。

第一百二十四章

结庐在幽谷

朱毓媞听完他的讲述,只觉得背脊凉飕飕的,原来早已沁出一层冷汗。

袁紫清道:"我把宫奸岱的身体当作肉垫,所以没有摔死。我知道你以为我死了,一定哭得很伤心。我其实很想离开这个地方,告诉你我还活着。我在谷底转了一圈,发现西边有个小村落,里面竟然有中国人,真让人不可思议。我问那个中国人有没有法子离开这里,他说没有。他还说,若是可以离开,他早到外面的世界看看了。我听后失望不已。他送了我几坛酒当见面礼。我想,或许哪一日你会来悬崖上找我,因想不开而跳崖殉情。我若醉糊涂了,就接不住你了。"

他说到这里,像个大孩子般开怀大笑:"我日日夜夜坐在这里,眼巴巴地望着谷口,每天都记挂着你,终于把你盼来了。"他越说越开心,忽然抱起朱毓媞在原地打转,大笑道:"媞儿,我好开心,这辈子从来没有这么开心过!"

朱毓媞第一次看他笑得这么开心。从前他即使笑,笑容也是如一轮毛月亮般,带着朦胧的意味。此刻他的笑容惊破了漫天樱花。原来他敞开心胸后的笑容是这般动人心魄。

朱毓媞笑道:"你转得我头都晕了!"

袁紫清深深地凝视着她,道:"你还没来时,我恨不得插上一双翅膀离开这里。此刻你来了,我就不想离开了。上苍安排我们坠入谷中,就是要我们隔绝红尘紫陌,远离恩怨是非,在这里厮守一生,白头偕老。"

朱毓媞微微一呆,重复道:"在这里厮守一生,白头偕老?"

袁紫清用力点头,喜滋滋地道:"在这里,你不是公主,我也不是紫兰君,没有皇宫,没有江湖,没有国家,没有战争,我们只是一对平凡的爱侣,我们可以尽情过我们向往的生活。"

袁紫清环顾四野,越看越喜欢,似把这里当成了未来的家。此刻只觉得如释重负,四肢轻飘飘的。

朱毓媞道:"说不定芥川先生会想办法把我们救出去。"

袁紫清笑容一僵,道:"你是不是不愿意待在这里?"

朱毓媞道:"中原才是我们的家,不是吗? 这里是倭国。"

袁紫清双眼的火焰瞬间熄灭,似被冷水兜头浇下,神色越来越冷寂。

她还是放不下她的亲人,放不下她的国家!

袁紫清淡淡地道:"好,我知道了。"随手拿起一旁的酒坛仰头猛灌。

"别喝了。"朱毓媞看不下去,伸手阻拦。

袁紫清将一坛酒抛给她,醉眼迷离地笑道:"你也喝。"

朱毓媞怔怔看着他喝得烂醉,最后身子一软,倒在一堆酒坛中。

袁紫清酒醒后,浑然不提昨晚的不愉快,兴致勃勃地说要搭建一个竹屋,还要在竹屋外围起篱笆,布置一个简单又温馨的家。

朱毓媞淡淡地道:"你别忙了,我们并不会住在这里。"

袁紫清反问:"你怎么知道芥川先生会猜到你殉情跳崖? 又怎么知道芥川先生会想方设法救你离开? 倘若芥川先生一日不来,你就一日睡在野外吗?"

朱毓媞一时语塞。

袁紫清道:"我要去砍竹子了。"

竹屋搭好了,篱笆围好了。袁紫清又去西边的小村落,用猎获的一头野鹿换来了菜苗和花卉,在竹屋后种了一小畦菜。他还搭了一个竹架子,让丝瓜攀缘而上。篱笆下栽满了蔷薇、牵牛、向日葵、山茶,姹紫嫣红,珊珊可爱。他知道朱毓媞喜欢荷花,又弄了一个大盆栽,养了几条小鱼,植入了一株并蒂荷花……

袁紫清道:"我知道你很喜欢芥川先生的家。这是我亲手为你搭建的竹屋,格局和芥川先生的竹屋一模一样,你喜欢吗?"

朱毓媞看着菜田里的菜苗和丝瓜苗,心中一叹,真的能在这里住到丝瓜累累和菜苗成熟吗? 她没有把这个念头流露出来,笑道:"喜欢。"

袁紫清喜形于色,说道:"缺了一些日常用品,等会儿去村落采买。"

朱毓媞望着他的背影,凝滞在嘴角的笑意渐渐酸楚。

"媞儿,你看这张桌子摆哪里好?"袁紫清蓦地回头,见她一脸凄楚,故意装作没看见,微笑道,"欸,你发什么愣? 我在叫你呢!"

朱毓媞一怔,道:"都好。"

袁紫清微微一笑,一边忙活,一边唱歌:"郎有情来妹有情,两人有情真有情。两人好

到九十九,麻衣挂壁不丢情。郎有情来妹有情,两人有情赛赢人。黄鳅生鳞马生角,铁树开花不丢情。"

朱毓媞听着听着,不由得痴了,问道:"这是什么歌?"

袁紫清道:"是小村落的汉人阿利对妻子唱的歌,我听了几遍就记住了。"

袁紫清又在樱花树下搭了一个秋千架,笑道:"媞儿,你过来荡秋千。"

朱毓媞笑道:"来了。"走过去坐在秋千上,袁紫清轻轻推着秋千。

一地绯红落花,漫天缤纷花雨,随着秋千越荡越高,朱毓媞好似抛开所有束缚,感受到前所未有的身心愉悦。

忽然听见一声熟悉的鸟鸣,朱毓媞啊了一声,喜道:"是飞扬!"顺势从秋千上跳了下来,向天空挥手大叫:"飞扬,飞扬,我在这里!"

袁紫清的心渐渐凉了下去,嘴角的笑意尚未敛去,全化作了苦涩。他凝视着才刚刚搭建完成的竹屋,菜苗和瓜苗正要蓬勃生长,盆栽里的并蒂荷花尚未绽放,就连秋千也才坐了一刻,就要回到原本的世界了?

一只大雁停在朱毓媞身旁,亲昵地磨蹭着她的脸颊,发出喜悦的鸣叫。

朱毓媞笑道:"芥川先生派你来找我吗?"

飞扬昂首鸣叫一声。

朱毓媞又道:"你回去告诉芥川先生,我和清都平安。"

飞扬点了点头,鸟喙扯着她的衣袖,无限欢喜。

朱毓媞笑道:"你想我吗?"

飞扬点了点头。

朱毓媞微微一笑,搂着飞扬的颈子,柔声道:"我也很想飞扬啊!"

飞扬更雀跃了。

朱毓媞松开它的颈子,郑重地道:"你回去告诉芥川先生,让他不必来救我们出去了。我啊,要跟清在这里,幸福快乐地过一辈子。"

袁紫清猛地一呆,看着她的背影,一脸不敢置信的惊喜。

飞扬哀鸣一声,声音充满不舍。

朱毓媞笑嗔:"欸,你是鸟儿,想飞到哪就飞到哪。你若想念我,飞过来看我不就成了?"

飞扬歪着头想了一下,似乎觉得她说得很对,又欢喜地鸣叫了几声。

朱毓媞轻轻拍着它的翅膀,道:"你快回去报平安,免得芥川先生挂心。"

飞扬点了点头,展翅高飞而去。

第一百二十五章

只羡鸳鸯不羡仙

朱毓媞笑吟吟目送飞扬离开，转头看着落花中、秋千旁那个宛如木雕泥塑的男人。

"媞儿……"袁紫清呆呆地看着她，不知为何说话竟结巴了，"你……你方才说要跟我在这里幸福快乐地过一辈子，是真的吗？"

朱毓媞缓缓走向他，笑道："是啊！你为我搭建了我心目中理想的家，我当然要长住下来咯！菜田里的菜苗、瓜棚里的瓜苗，总要有人照料吧？篱笆下的花总要有人浇水吧？秋千都搭好了，没人荡岂不可惜了？"

袁紫清眼中隐隐有一泓清泪，颤声道："你不是……你不是为了让我开心而勉强自己吧？"

朱毓媞道："中原天大地大，却没有我们的容身之地。命运安排我们来到倭国，就是要我们抛开中原的束缚，远离家国的纷争；命运又安排我们坠入谷底，就是要我们放手爱一回。人啊，总要为自己而活！"

袁紫清激动不已，道："你终于想通了。"

"繁华尽处，择一青山幽谷，建一篱笆竹屋，搭一花树秋千，我愿意与你在此晨钟暮鼓，安居偕老。"朱毓媞轻轻抚着自己的双眼，"这是我们的心愿，也是师父的心愿。"

袁紫清呆了一呆，终于忍不住落下泪来。

朱毓媞笑道："欸，这么开心的日子你也哭。"却也忍不住红了眼眶。

袁紫清擦干眼泪，一把搂住她的腰，又在原地转起了圈，笑道："媞儿，我好开心，好快乐。我终于能够与你朝夕相伴，一起慢慢变老了。"

这是他第二次开怀大笑，唇边、眉梢、眼角都是满满的笑意。云破月来花弄影，也没有他的笑容那样动人。

二人转得累了，双双扑倒在地。

"媞儿……"袁紫清深深地凝视着她,一脸诚恳认真,"你愿意做我的妻子吗?"

朱毓媞正要说"我愿意",忽然想起幼时他塞丸子在自己嘴里,说了一句欠揍的话:"真够寒碜的!你这个鬼样子,将来谁要娶你呀!"

她忍不住"扑哧"一声笑了起来。

袁紫清没料到她会是这样的反应,一时有点难受:"我可是认真的。"

朱毓媞神色一整,道:"我只是想起幼时的事,你曾对我说:'将来谁要娶你啊!'哼,当时那样嘲笑我,可曾想过今日我会成为你的妻子。"

袁紫清本来讪讪的,听到最后一句,已是喜不自胜,颤声道:"媞儿,你的意思是……"

朱毓媞轻轻地道:"我愿意。"

袁紫清胸口扬起万丈激情,道:"哪怕我只有一间竹屋、一架秋千、一畦菜田,哪怕我不能许你凤冠霞帔、洞房花烛,也不能让你享有亲人的祝福,你也愿意?"

朱毓媞微微一笑:"两情相悦,何须凤冠霞帔、洞房花烛?一念赤诚,天地可以作证。只要郎君能许我终生,我就很满足了。"

袁紫清扶她坐起,挽起她一截衣裙,和自己的衣袖精心打了个结,又绾起她一束青丝,和自己一束头发结在一起。

袁紫清一字一顿郑重无比地道:"结发夫妻,从此,你就是我唯一的妻。"

朱毓媞泪眼婆娑,笑逐颜开:"死生契阔,与子成说。执子之手,与子偕老。"

千里婵娟,遍地清辉,繁星璀璨,夜色流醉,樱花纷纷扬扬,萤火虫穿梭来去……

袁紫清胸口情欲翻涌,低头吻着她的唇瓣。

朱毓媞青涩而笨拙地回应着,没多久,就看见袁紫清褪去了上衣。

袁紫清的体形健美,细腰乍背,曲线流畅,结实的臂膀、胸部和腹部,无不显示出一个男人的阳刚之美。

她心头剧烈一跳,不由得紧张了起来,脑子一时不灵光了,结结巴巴地道:"你……你脱衣服干吗?"虽不是第一次看他光着上身,但他在自己面前大剌剌脱衣,她仍感到脸红心跳。

袁紫清一听,不禁啼笑皆非,促狭一笑:"不脱衣服怎么跟你交欢?"

他说得极为露骨,朱毓媞面颊一下子红到耳根,全身僵硬,口干舌燥,一句话也说不出来。

袁紫清俯在她耳边,一字一顿都澎湃着绵绵情欲:"再说,我还没脱完呢!我脱完自己的,接下来就要脱你的。"

朱毓媞"呀"的一声,捂住耳朵,不敢再听。他捉住她的手掌,放在自己灼热的胸口上,在她耳边继续轻轻倾吐,带着一缕蛊惑的意味:"你知道吗?每晚睡在你旁边,都令我难受不已。我啊,每晚都想和你交欢,却每晚都要克制自己。我都不知道自己竟有这么大的能耐。当君子原来这般不容易!"

朱毓媞娇嗔道:"羞死人啦! 我不要听啦!"从他身边逃开。

袁紫清哪会让她溜走,猛地从后面搂住她的腰。朱毓媞微微挣扎,二人滚倒在一地落花上。

袁紫清的身体压着她的胸口,凝视着她的双眼,认真地道:"媞儿,你我结发夫妻,许诺终生,我觉得我就像做梦一样。"

朱毓媞柔声道:"这不是梦,我们成亲了,星月是我们的见证,萤火虫是我们的宾客,篱笆竹屋是我们的新房,这座幽谷就是我们的天堂。而我,是你的妻子。"

袁紫清胸口一阵悸动,道:"你愿意做我真正的妻子吗?"

朱毓媞低声道:"我的身心,都是你的。"

一句话,就令袁紫清彻底沦陷。

罗带轻分,裙裳缓解,旖旎春态毫不保留地呈现在皎洁的月光下。

微风徐徐,为这具诱人的胴体撒落几枚花瓣。袁紫清轻柔地吻去了花瓣,在她身上种下了落花般的印记……

朱毓媞蓦地感受到一股撕裂般的剧痛,身体本能地弓了起来。她环抱着他的腰肢,发出一声婉转痛苦的呻吟……

细密的喘息、婉转的呻吟、热烈的纠缠、缠绵的欢爱。在这小小幽谷中,没有国家,没有身份,只有两个彼此深爱的男女,褪去了一切束缚,享受着最原始最浓烈的爱。

"原来这就是男欢女爱。"朱毓媞望着如洗夜空,脸上的潮红尚未褪去。

袁紫清侧身支头,目光迷蒙地看着她,身后是飘舞的樱花,衬得他宛如谪仙,纤尘不染。

他含笑道:"喜欢吗?"

朱毓媞含羞带怯,小声道:"喜欢。"

袁紫清促狭一笑:"那日太液池上,你问我小孩子是怎么塞进肚子里的,现在可懂了吧?"想到她的纯朴无知,忍不住哈哈大笑。

朱毓媞横了他一眼,眼色暗相钩,秋波横欲流,娇嗔道:"不许取笑我。"

袁紫清捉起她的手,放在唇边吻了一下,秀眉挑起一丝狡猾的笑意:"我不取笑你,可我今晚不能就这样放过你。"

朱毓媞尚未反应过来,袁紫清的身体又缠了上来……

在天愿作比翼鸟,在地愿为连理枝。所谓只羡鸳鸯不羡仙,原来果真如是。

第一百二十六章

今夕何夕，见此良人

彼时已到了"秋风萧瑟天气凉，草木摇落露为霜"的时节，但幽谷四季如春，终年樱花盛开，惠风畅暖，鸟语花香，芳菲无限。

朱毓媞为幽谷取了名字，叫作"樱谷"。

小夫妻彻夜缠绵，睡到次日正午，才被一声鸟鸣吵醒。

"飞扬！"朱毓媞连忙穿妥衣裳，一张脸红得似樱花。虽然说飞扬是畜生，不过她年轻脸皮薄，让飞扬看见她一丝不挂的样子，也觉得十分羞赧。

飞扬叼着一个缎面包袱，朱毓媞打开一看，里面是一套男女衣裳、丹青纸笔，还有一叠医药书籍。

袁紫清也醒了过来，一边穿衣，一边问道："丹青纸笔也就罢了。芥川先生送医药书籍给你做什么？你又不是大夫。"

朱毓媞道："你不在的那一个月，我帮他整理书房，偶然翻到这几本医药书籍，觉得很有趣，曾向他讨教一二。芥川先生大概是怕我在谷里闷着，所以送来为我解闷。"随手一翻，不禁惊喜交加，芥川鸣已将每本书的文字翻译成了汉文，好让她方便阅读。

袁紫清一笑："先生真是有心了。"

"可不是？"朱毓媞感动不已，"全部翻译成汉文，该是多么劳心费力啊！"

包袱里还有一个羊脂玉瓶和一张纸笺，上面写着："瓶子里的药丸，乃我赠给紫清的大礼，重伤时服用一颗，即保性命无忧。"朱毓媞打开玉瓶，里面有三颗药丸，殷红如血，芳香盈鼻。

袁紫清道："若是从前，这三颗药丸肯定能派上用场，但我现在已归隐山林，与世无争，这三颗珍贵的药丸应该是用不着了。飞扬，你拿去还给芥川先生。"

哪知飞扬理都不理他，眼神充满敌意。袁紫清不禁一怔。

飞扬亲热地磨蹭着朱毓媞的身体,最后长嘶一声,狠狠瞪了袁紫清一眼,振翅飞去。

袁紫清愣道:"飞扬怎么了?"

朱毓媞也是一愣,琢磨了一会儿,忽然会意过来,忍不住捧着肚子,笑得前仰后合。

袁紫清一头云山雾罩。

朱毓媞一面大笑,一面指着他,笑得上气不接下气:"飞扬在吃醋呢!哈哈哈,它看见你跟我赤身裸体躺在一块儿,恼起你来了。"

袁紫清一呆,突然反应过来:"噢,对,飞扬是公的。"也觉得可笑,忍不住随她大笑,道:"飞扬这只臭鸟儿,不找只母鸟做伴,竟然对你动了歪念。下回看见它,我非用弹弓射它不可。"

朱毓媞止住笑意,嗔道:"欸,你这么一个大男人,还跟一只小鸟儿斤斤计较。你别惹恼飞扬,我还有事要它效劳呢!"

袁紫清奇道:"你要它做什么?"

朱毓媞道:"芥川先生送纸笔过来,就是知道我会挂念家人,他会让飞扬按时过来帮我送信。"

袁紫清心中涌起一股复杂的滋味。

在这座幽谷里,他不必挣扎于父辈间的仇恨,纠结于他和魏怜的过往,不必面对农民军对朱氏王朝的步步进逼,不必如履薄冰,战战兢兢。

他完全可以卸下心中的重担,完全可以做到毫无秘密,坦诚相对。他如今只希望能够彻底与外界隔绝,不让俗世的尘埃染上这一片净土,不让她的心再牵起更多的羁绊。可是重情重义的她已经为了自己舍弃了一切,只是送个平安信让家人放心,难道自己竟也容不得?

朱毓媞察觉到他心绪满怀,握着他的手,柔声道:"我在信中只会对家人报平安而已,不会让他们知道我在哪。"

袁紫清宠溺地看着她,道:"好吧。"不知为何,他有种不祥的预感,好似只要有了一丝联系,终有一天,还是会迫不得已地回到原本的世界,面对所有属于他们的难关。

次日飞扬又来了,叼着一些日常用具。它对袁紫清爱答不理的,但对朱毓媞却是亲昵异常。袁紫清冷眼旁观,看到它的脖子摩擦着朱毓媞的胸口,忍不住一手拿起了弹弓,一手拾起一颗石头,瞄准了飞扬的头……

朱毓媞随即狠狠地剜了他一眼,他才悻悻罢手。

末了,朱毓媞写了一封信,上面只有"平安"两个字,让飞扬送去坤宁宫。

西边小村落的部族有个很美丽的名字,叫作"岚族",据说已有两百多年的历史了。数百年前樱谷有条小道可以通往外界,但因为一次地震,小道被落石堵塞,使得岚族与世

隔绝。岚族民风开放，热情爽朗，夜里时常听见被晚风徐徐送来的歌声，可以想见他们围着篝火划拳饮酒、击掌高歌的景象。

傍晚，朱毓媞炒了两道野菜、一道野菇，二人配着米饭吃了。袁紫清洗过碗筷，带着她到樱花树下荡秋千。

月华如练，花影婆娑，一缕歌声随风飘扬，声音如垒石清泉，涓涓流淌："郎有情来妹有情，两人有情真有情。两人好到九十九，麻衣挂壁不丢情。郎有情来妹有情，两人有情赛赢人。黄鳅生鳞马生角，铁树开花不丢情。"

袁紫清道："是阿利。"

朱毓媞道："就是你说的那个汉人啊！"

袁紫清嗯了一声："阿利说他祖上是金陵人，我听了十分惊讶。在倭国遇到中国人已是不易，在倭国樱谷遇到金陵同乡更是巧合至极。"

朱毓媞笑道："我来了这么久，一直没去拜访过这位阿利，不如你明天带我过去认识一下。"

袁紫清道："好，这位阿利洒脱不羁，热情直爽，连我都有好感，你一定会喜欢的。"

风中的歌声渐渐模糊不清。

袁紫清索性高声唱道："郎有情来妹有情，两人有情真有情。两人好到九十九，麻衣挂壁不丢情……"

朱毓媞回头瞅了他一眼，嗔道："这是阿利唱给妻子的，你倒好，捡现成的来敷衍我！"

袁紫清笑道："新婚那晚我本来要唱一支曲子给你听的，不过我们忙着'做夫妻'，根本没工夫唱给你听。"

朱毓媞笑吟吟地道："哪支曲子？"

袁紫清轻声唱道："绸缪束薪，三星在天。今夕何夕，见此良人？子兮子兮，如此良人何？绸缪束刍，三星在隅。今夕何夕，见此邂逅？子兮子兮，如此邂逅何？绸缪束楚，三星在户。今夕何夕，见此粲者？子兮子兮，如此粲者何？"

他的声音如拂晓春风，朱毓媞的心似开了漫山遍野的樱花，她道："这一首《绸缪》，你在心中酝酿很久了吧？"

袁紫清柔声道："我一直在想，哪一日娶你为妻，就要唱这一首《绸缪》给你听。你喜欢吗？"

朱毓媞甜甜地道："喜欢。"

袁紫清微笑道："好，你喜欢听，我就一直唱，唱到你腻烦为止。"说完又轻轻唱道："绸缪束薪，三星在天。今夕何夕，见此良人？子兮子兮，如此良人何……"

第一百二十七章

治病

次日袁紫清到树林里设置陷阱以捕捉猎物，回到竹屋时，只见一群人围在门口，七嘴八舌地说着倭语，不知在吵些什么。

他快步上前，将朱毓媞护在身后，道："怎么回事？"

阿利一脸无奈，道："族长的小女儿界寺生病了。村里的神女说，是因外人入侵，造成山崩，天狗震怒，才会招来厄运。"

袁紫清和朱毓媞此刻才知道岚族笃信天狗。

天狗是中国民间传说的一种怪物，最早记录于《山海经》中，原文是："又西三百里，曰阴山。浊浴之水出焉，而南流注于番泽。其中多文贝。有兽焉，其状如狸而白首，名曰天狗，其音如榴榴，可以御凶。"

又根据倭国江户时代中期的《天狗经》记载，在倭国的山林中，栖息着十二万五千五百只天狗。倭国不少人将天狗视为凶灵，也有人相信天狗即是山神的化身。

阿利又道："岚族相信这座山是天狗的灵修之地，天狗世世代代守护着村民。紫清你到来时，恰逢一个多月前的山崩。山崩惊扰了天狗，所以才会降临灾难到村子里，苦主正是界寺。"

袁紫清心中恍悟，哪有什么山崩，其实是那次火药爆炸！岚族位处谷底，不知情由，还以为是山崩，而自己在发生爆炸的那一刻来到幽谷，在岚族人眼里，就像是自己把灾难带来似的。

阿利说完后，一脸歉然："我说不动他们，非要来这里吵上一回。"

岚族人兀自七嘴八舌地吵个不休。袁紫清一句话也听不懂，但看他们的神色，也知道说的话不是很好听。

他越听越火大，换作从前的他，不是将这群人暴打一顿，让他们永远开不了口，就是

直接杀了，免得纠缠不休。但樱谷的恬静和妻子的柔情早已将他心上的棱角磨平了，想到日后还要和村民和睦相处，此刻只能想办法妥善安抚村民的情绪，并设法医治界寺的病。

正思量间，朱毓媞忽然问道："阿利，不知界寺病情如何？"

阿利叹道："高烧不退，昏睡不醒，噩梦连连。"

朱毓媞心念一动，又道："医师怎么说？"

阿利苦笑道："村里哪有医师？不过是神女做场法事，烧了符水给她吞了。"

朱毓媞讶然道："难道二百多年来，岚族人生病都是这样处理的吗？"

阿利点头道："岚族人生病，都会去采草药服用。谷底东北角遍生草药，不怕摘不到。一般的病症，身强体健之人，大约三五日就会好了；体质虚弱的，则要拖个大半月。若遇到绝症痨病，岚族人就只能听天由命，静静等死。"

朱毓媞道："人体本身就有从疾病中复原的能力，即使不服用草药，时间一长，多半也会好的。"

阿利道："可界寺不一样。界寺从小就被族长捧在手心，体质又格外羸弱。法事也做了，符水也喝了，草药也吃了，还是一天一天瘦了下去。族长看小女儿受苦，找来神女一问，神女才说了方才的话。"

袁紫清忍不住道："荒唐！"

朱毓媞微微沉吟，道："界寺今年多大？"

阿利道："今年十二岁了。"

朱毓媞道："我过去看一看她。"

阿利愕然道："你是医师吗？"

朱毓媞道："不是，但我弟弟先前曾有过类似的症状，或许我知道该如何帮助她。"

阿利嗯了一声，回头用倭语将朱毓媞的话细细说了一遍。村民有的一脸狐疑，有的一脸惊奇，一时都不再吱声。

阿利道："姑娘请吧！"

正如阿利所说，界寺躺在床上高烧不退，满口胡话。她的母亲坐在床边默默垂泪。

朱毓媞问："界寺生病前是否受过惊吓？"

阿利用倭语问了界寺的母亲。她母亲侧头思索片刻，点了点头，叽里咕噜说了一长串。

阿利道："她说，界寺生病前贪玩爬树，结果从树上摔了下来。虽然没有受伤，不过当晚就开始发烧昏迷了。"

朱毓媞嗯了一声，道："你告诉她，三日后，我必让界寺药到病除。"

这一句话说出口,阿利和袁紫清均是面面相觑,惊愕不已。

袁紫清拽着她的胳膊,说道:"媞儿,你别胡闹。"

朱毓媞嘴角挂着胸有成竹的笑意:"你看我像是在胡闹吗? 再说,我会做我没有把握的事吗?"

袁紫清急切道:"我知道,可是你究竟想做什么?"

朱毓媞道:"治病啊!"她转头对阿利道,"我还要回去研究医书,熬煮汤药,我们先告辞了。"

二人返回竹屋后,朱毓媞翻着医书,冥想苦思。

"你为什么这么有把握治好界寺的病?"袁紫清支头看着她。

朱毓媞道:"界寺的病是急惊风。"

袁紫清道:"你怎么知道是急惊风?"

朱毓媞道:"我不是说了我弟弟曾有过类似的症状吗? 当时太医诊治出来的结果就是急惊风。我曾在芥川先生的医书上看过,在哪里呢?"

朱毓媞翻书的动作越来越快,忽然停住,指着书欣然道:"找到了! 你瞧,上面写着:'急惊风乃外感风温时邪,突受惊吓所致。小儿神气怯弱,元气未充,乍见异物,乍闻异声,或不慎跌跤,猝受惊恐。惊则伤神气乱,恐则伤志气下。气血阴阳紊乱,神志不宁,惊风由生……'一旁还列出了治病的药草。"说到这里,她挽着袁紫清的手,兴冲冲地道:"走! 我们采药去。"

采药的地方位于樱谷东北角的树林里,极为偏僻。此处遍地药草,芳香萦鼻。

袁紫清背着竹篓,看着她一边捧书细看,一边东翻西找。

他心想,这般有模有样,真当自己是医师了。

正忍俊不禁,一阵风徐徐吹来,翁郁的树林里,忽然飞出一片柳絮,朝袁紫清扑来。

袁紫清面色大变,不知林中竟藏有柳树,急忙掩袖遮住口鼻。

朱毓媞也是惊得面色发白,一溜儿小跑过来,用袖子罩住他的脸。一晌后,柳絮被风吹散了,才道:"好了,没事了。"

袁紫清心有余悸,正要开口说话,不料离他寸许的树枝上的一团柳絮飞了下来,猝不及防之下,柳絮登时罩在他的脸上。

朱毓媞只吓得魂飞魄散,急忙拂开他脸上的柳絮。原以为他会哮喘发作,不料过了良久,他仍是一点动静也无。

二人同时咦了一声。

袁紫清愣愣地道:"我明明吸入了柳絮,为什么哮喘没有发作?"

朱毓媞也是不解,道:"你没有任何不适吗?"

袁紫清道："没有。"

朱毓媞兀自放心不下，道："药采好了，我们赶紧离开。"

回到竹屋后，朱毓媞翻遍医书，对着哮喘那一页研究了大半个时辰，仍然找不到答案。

"别再看了，小心眼睛弄坏了。"袁紫清将她手中的书抽走。

朱毓媞道："罢了，我本非医师，就是想破了脑袋也想不透的。"

袁紫清微笑道："你啊！就是我的哮喘克星。"

"我？"朱毓媞睁着一双星眸，困惑地看着他。

袁紫清轻轻刮着她的鼻子，含笑道："从前大夫对我说，我的哮喘只能缓解，不得根治。若保持身心愉悦，哮喘会改善很多；反之，若一直忧思恐惧，内外相逼，就会使哮喘反复发作。所以被幽禁那三年，我的哮喘三天两头就发作一次。脱离禁锢后，虽然哮喘还是会发作，不过已没有那么频繁了。和你在一起之后，哮喘更是一次也没有发作过。"其实，自从遇见朱毓媞后，他的疯病也没有发作过了。

朱毓媞一听，不禁替他感到欢喜，可这蓬勃无限的欢喜中，又蔓延出一丝丝辛酸。

袁紫清揽她入怀，将她的头抱在胸前，沉沉地道："你知道吗？你就是我的灵药。"

朱毓媞唏嘘道："倘若我早一点和你在一起，你就不必承受那么多折磨了。我真的好恨上苍为什么不让我们早一点相遇，为什么要让你独自面对那么深的恐惧。"

袁紫清心头一紧，如今她所知不多的自己的过往，已是令她悲悯不已，若她知道自己的坎坷际遇是她父皇造成的，她会不会痛不欲生？

他们之间隔的并非千山万水，而是家破人亡、骨肉飘零，非两情相悦就能克服。幸喜如今已归隐山林，俗世的纷纷扰扰在樱谷里全都荡然无存。只要守住这个秘密，和她幸福快乐地共度一生就好。

朱毓媞照着医书熬了一碗汤药，让界寺饮下。界寺饮完后，烧就退了，睡眠也较为安稳，她不禁松了一口气。三日后，界寺果然痊愈了。

这下人人均对她佩服得五体投地。之后，陆陆续续有人上门找她看病。一开始她只是推辞，说自己根本不是医师，治愈界寺不过是巧合罢了。不料岚族人都把这一句话当成了她的谦辞，病人越来越多，有的是头疼，有的是风寒，有的是腹痛，还有一人死皮赖脸地求她舒缓他的膝盖酸疼。

朱毓媞推辞不了，于是道："那我尽力试试看吧！不过我丑话说在前头，我不一定能医得好你的病。"她让阿利做翻译，得知那人症状后，根据医书推断他所得的可能是"痹症"："因风寒、湿邪、痹阻血脉，致使血脉不通，关节酸痛，严重时行走都困难……"

当下又到谷底东北角采了一些草药，制成药膏，让那人带着药膏回去敷上个几日。

她又细细交代了平日保养膝盖所应注意的事项。

她原本没抱太大的期望，不料过了几日，那人竟欢天喜地地登门拜谢，比手画脚地说自己的膝盖是前所未有的痛快舒服。

这下可不得了了！朱毓媞成了族人嘴里的活神仙，篱笆竹屋开始成为樱谷的医馆，每日都被人围得水泄不通！朱毓媞和袁紫清均是哭笑不得。朱毓媞要阿利向他们解释清楚，阿利耸耸肩膀，指着一群兴高采烈的病人，表示自己也无可奈何。

所幸来的病人所得的大都是一般病症，医书上均有详细的记载，谷底草药千般万种，因此都还能妥善处置。

于是，朱毓媞负责看病，袁紫清负责采药，夫妻俩莫名其妙地成了医师，篱笆竹屋莫名其妙地成了医馆，日子过得风风火火，热闹万分。

第一百二十八章

君臣离心，大厦将倾

今日又来了一个牙疼之人，他的一颗牙早已被蛀黑了，非拔掉不可。朱毓媞瞬间脸都绿了，心想："难不成要我帮人拔牙？怎么拔？"

袁紫清忍不住哈哈大笑，道："你如今越发炙手可热了，头疼、痹症、风寒就算了，牙疼也找你，日后说不定孩子也要你接生。哈哈哈，真是笑死我了。"

朱毓媞狠狠地瞪了他一眼，不帮忙就算了，还在一旁幸灾乐祸！

袁紫清实在止不住笑意，又被她瞪得心里发毛，索性跑到屋外大笑。不久后，听到屋内发出一声惨叫，那牙疼之人捂着嘴巴，捏着他的黑牙，一脸痛苦又欢喜，颠儿颠儿小跑去了。

袁紫清强忍着笑意，回到屋内道："你怎么替他拔的？"

朱毓媞面色苍白，显然惊魂未定："我……我拿缝衣服的线，一端绑住他的牙齿，一端系在门上，用力关门，就……"说到这里，双手掩面，"太可怕了，那枚牙齿直接飞了出来，还险些砸到我的脸……"

袁紫清一听，登时笑得上气不接下气："我真是服了你了！哈哈哈，堂堂公主，竟帮人拔牙！"

朱毓媞气得翻了一个白眼，道："笑笑笑，就只知道笑，我都快紧张死了。"她狠狠地踩了他一脚，道："我要去熬药了！"

袁紫清不愿她独自辛苦，于是忍着笑跟了过去。

朱毓媞一边用蒲扇扇着炉火，一边细细打量着他，悻悻地道："忍得那么辛苦，倒不如一次笑个够！"

袁紫清咬唇忍笑道："我现在才知道，原来忍笑是一件痛苦的事。"说完又捧着肚子大笑。

"我从来不曾看你这般笑过。"朱毓媞眷眷地凝视着他，"清，当初你是对的，这里就是我们的归宿。"

袁紫清握住她的手,道:"遇见了你之后,我的人生再也不会只有肝肠寸断的伤痛,还有激荡心扉的喜悦。"

确实,自从家破人亡后,再也没有这般欢笑过了!

朱毓媞若遇到较为棘手的病症,便写信向芥川鸣讨教。飞扬很喜欢她,几乎天天来樱谷帮她送信。芥川鸣知道她如今当起了医师,也感到有趣,于是便耐心回复,另外分享了一些治病的经验,又配制了万用的消炎药、止痛药给她,让她用在病人身上。

袁紫清那日提了一句:"日后说不定孩子也要你接生。"果然一语中的,不过这次朱毓媞接生的不是孕妇,而是一头难产的母牛。

袁紫清听了后愣了一瞬,忍不住捧腹大笑,道:"我都不知道我的媞儿这般能干,不但能治百病,连牛都包办了。"他笑个不停,忽然觉得有两道刀锋般的目光射了过来。

朱毓媞道:"光顾着笑,还不快点跟我过去帮忙。"

母牛躺在草地上,身下一摊血水,不断哞哞鸣叫,声音痛楚绝望。一名村民正将手伸入产道,欲将小牛拉出,另外几名村民固定牛身。朱毓媞此时是岚族的主心骨,让她过来也并非让她直接接生,只是从旁协助而已。

协助母牛顺产后,二人累得筋疲力尽,身上又是血水又是汗液。但是当小牛呱呱落地,他们目睹了舐犊情深的那一幕,却浑然不觉得疲惫,只有满心的感动和温馨。

这日飞扬带来了紫禁城的书信。朱毓媞打开一看,面色青一阵白一阵。

袁紫清问道:"怎么了?"

朱毓媞道:"绿萍说,毓芙把我床下的箱笼拖了出来,取出了你的画像。她对母后说:'姊姊必定是跟这人私奔的。'母后便问绿萍你是谁,怎么认识的,如今我们在哪,絮絮叨叨问了一长串。绿萍只说了你是四年前在金陵救我的那个人,其余一概没说。我们的下落绿萍也不清楚。母后见问不出什么便作罢了。"

袁紫清奇道:"她怎么知道画像的存在?"

朱毓媞道:"你还记得刘太妃崩逝前,世显哥哥把我找去太液池吗?那时他就说他曾看过画像。但以他的身份,是没法进入坤宁宫的。我当时就怀疑坤宁宫中有人把画像拿给他看。后来仔细想想,除了毓芙,再也没有旁人了。有一回她闯进我的房里,刚好当时我正在看画,想必就是在那时候留了心的。之后,她趁我出宫,命人刻了钥匙后开启了箱笼,把那些画拿给世显哥哥看,目的就是要让世显哥哥对我死心。"

朱毓媞越说越心寒,又想起了刘太妃的死,登时郁郁不乐。

她默然一晌,又道:"除了绿萍的信,还有母后的信。"

袁紫清问："皇后在信中说了什么？"话才刚说完，不禁暗骂自己糊涂。还能说什么，一定是软硬兼施地要她回宫。

朱毓媞轻轻叹了一口气。常言道："父母在，不远游。"然而自己既然选择了割舍，这一生就不能善尽孝道了。

袁紫清看了她的神色，立即了然，也就不再多问。

彼时是崇祯十五年十一月，清军十万大军分左右两翼由抚宁北面的界领口和蓟州北面的黄崖口攻入长城，轻易拿下迁安、三河、蓟州等重镇。明军毫无还击之力。这是清军第五次入塞，第四次兵临京师城下，俘获人口三十六万之多。

农民军方面，自水淹开封后，李自成和罗汝才合军西进，与陕西总督孙传庭的陕西军交锋。两军大战于河南中部的郏县，明军溃败，死伤惨重。孙传庭只得灰溜溜地退守潼关。李自成乘胜追击，再一次攻占了洛阳以及周围州县，在黄河以南立稳了根基。

内忧外患之际，崇祯皇帝又下了一道罪己诏，诏书内容为："比者灾害频仍，干戈扰攘，兴思祸变，宵旰靡宁，实皆朕不德之所致也。自今为始，朕敬于宫中默告上帝，修省戴罪视事，以赎罪戾。"字字深刻痛悔，实际上却是内容空泛。诏书中又对朝臣"挟私偏执，更端争胜"种种情弊大加挞伐，最后要求群臣"各知勉励，无负朕罪己求言、克艰图治至意"。

和往常一样，崇祯皇帝下了罪己诏，深觉自尊心受到严重的打击，顾不得国势衰微，顾不得军情紧迫，又开始借由惩治朝臣平复内心的怨毒。这次倒霉的是礼科给事中姜采和行人司司副熊开元。

姜采见皇帝的罪己诏指责群臣"挟私偏执，更端争胜""或代人规卸，或为人出豁，种种情弊，难以枚举"，因此上疏皇帝，认为对言官的指责言过其实了。

崇祯皇帝正一肚子邪火无处发泄，当即下令将姜采革职查办，让北镇抚司着实打问。

熊开元则是因为弹劾内阁首辅周延儒，说了几句令崇祯皇帝龙心不悦的话，也被送入北镇抚司严刑拷问。掌管北镇抚司之人是昔日的锦衣卫指挥使冯玄墨，他对银铛入狱的二人用了毒刑。刑讯记录上详载："十二月初一日，先拶一百敲，又一夹打五十棍，掠至垂毙，始还狱。初二日，又一夹打五十棍，复去衣打四十棍。"

姜采和熊开元并非巨奸大恶之徒，只因忠言逆耳，就受到酷刑拷掠。朝臣均知他们不过是皇上发泄怒火的对象罢了。孟子曰："君之视臣如手足，则臣视君如腹心；君之视臣如犬马，则臣视君如国人；君之视臣如土芥，则臣视君如寇仇。"朝臣从前只觉得皇帝仅是严厉切峻、自负刚愎，此时深刻感受到皇帝的狠戾褊狭。君臣渐渐离心。

内有农民军，外有大清，朝廷一团散沙，明朝大厦将倾！

绿萍信中并未提及这些，一方面是她所知有限，一方面是不愿让朱毓媞徒增感伤。否则，朱毓媞如今就不只这一声叹息了。

第一百二十九章

对酒当歌，人生几何

　　当晚，村民聚集在广场上，中间堆垒成垛的木柴燃起熊熊火焰，炙烤着肥羊。村民们畅饮着美酒，又是唱歌又是跳舞，又是吹笙又是打鼓。漫天婆娑飞舞的樱花下，众人言笑晏晏，气氛和乐融融。

　　朱毓媞听袁紫清说岚族民风淳朴，女子热情奔放，果然没有夸大其词。岚族人认为，男欢女爱是原始自然的行为，不需父母之命、媒妁之言。只要对上眼，然后互唱情歌，便可共赴云雨，私定终身。

　　村民们唱的是倭语，朱毓媞和袁紫清听不懂，不过旋律欢快飞扬，令人疲态俱消。

　　岚族人擅长酿酒，他们酿的樱花酒甘醇浓烈。袁紫清此刻心情甚好，和阿利一碗接着一碗，喝得已有些许醉意。

　　袁紫清忙着和阿利划拳喝酒，朱毓媞便和阿利的妻子纪子闲聊。纪子是倭人，却说了一口标准的汉语，想必是阿利教授的。

　　纪子性情直爽，快人快语，这一点和朱毓媞性情相投，因此二人言语十分投机。

　　在这欢歌乐舞的时刻，岚族人无论男女老少均是大块吃肉，大口饮酒。

　　朱毓媞小口呷着酒，却见纪子滴酒不沾，只饮白水，不禁奇道："听闻岚族人人好酒，怎么姊姊竟是个例外？"

　　纪子笑道："我已经有四个月身孕了。"

　　朱毓媞啊了一声，目光投向她的肚子。她穿得宽松，因此看不出小腹微凸。朱毓媞的目光赤裸裸地流露出羡慕之情，随即望向袁紫清，羡慕中又掺杂了丝丝缕缕的温柔渴盼。

　　纪子看出她的心意，笑道："我教你。"

　　朱毓媞一时云山雾罩，道："教什么？"

纪子嘻嘻一笑:"房事结束后,把腰肢抬高一点,怀孕概率会比较大。"

朱毓媞瞬间面如火烧,嗔道:"姊姊莫要说了,真是羞死人了。"

纪子笑道:"等你多跟我们相处几年,这话就跟饮水一样稀松平常了。"

朱毓媞甚是忸怩。

纪子哈哈大笑。

朱毓媞道:"姊姊教我唱情歌可好?"

纪子笑道:"当然好,我便捡我时常唱的那首。"说着敛去嬉笑,婉转吟唱:"生也魂来死也魂,死哩两人共墓坟。周年百日共碗酒,纸钱烧落两人分。"歌声如落花簌簌,温柔地落入情人心尖。

朱毓媞喃喃念道:"生也魂来死也魂,死哩两人共墓坟。周年百日共碗酒,纸钱烧落两人分。"

阿利听见妻子的歌声,莞尔一笑,回唱道:"郎有情来妹有情,两人有情真有情。两人好到九十九,麻衣挂壁不丢情。郎有情来妹有情,两人有情赛赢人。黄鳅生鳞马生角,铁树开花不丢情。"歌声嘹亮清朗,却又情深意切,缠绵动人,如山涧松涛温柔地呼唤着百灵鸟归来。

阿利和纪子深情对视,漆黑的瞳仁只有彼此。

朱毓媞心中柔情荡漾,只想将满腔情愫化作一缕歌声系在情人身上,于是握住袁紫清的手,兴致勃勃地道:"清,我唱情歌给你听。"

袁紫清挑眉含笑道:"按照岚族的风俗,女子唱情歌是求欢,我若以情歌回应你,就是要和你欢好。你若想要,直接跟我说就是了,何必拐弯抹角学岚族那一套!走,我们去后面解决!"

朱毓媞一边羞得掩住他的嘴,嗔道:"小声一点。"一边东张西望,确定没人听见,才气鼓鼓地道,"人家可是光风霁月,你就只想着男欢女爱!"

袁紫清笑着刮了她的脸颊一下,道:"你脸皮子真薄,我酒还没喝光,已看见至少十对男女遁入夜色,恩爱野合去了。不光只有我想着高唐之事,在这月明如水照花香的时刻,谁不想与心爱之人共赴巫山,来一回蚀骨销魂!"

他轻咬着她的耳垂,带着一缕醉笑,大剌剌地拉着她的手去抚摸他双腿中间的物事:"媞儿,我这里好想你。走嘛,我们到后面去。"

朱毓媞见他眼中赤裸裸全是情欲,又羞又急又气。她只不过想借由情歌诉柔肠衷情,许山盟密誓,结果反倒成了饥渴难耐的求欢了。

她气呼呼地抽回手掌,啐道:"不理你了!以后休想叫我唱情歌。"

袁紫清此刻已喝得有八分醉意,脑子晕乎乎的,哪还能心有灵犀?只觉得心胸畅快,欲大醉一场。

朱毓媞还以为他会软语央求自己唱情歌,没想到他又继续饮酒,不禁气恼。

喝喝喝,等下你醉倒了,我就把你扔在这里吹风!

忽然一名长相妖娆的女子施施然踏着舞步,来到袁紫清面前,眉梢眼角藏不住爱慕之情,用生硬的汉语唱了一首情歌:"十八亲哥笑融融,肉色笑起石榴红。牙齿赛过高山雪,眉毛赛过两只龙。"竟是丝毫不将朱毓媞放在眼里。

朱毓媞心中打翻了醋坛子,谁知接下来竟看见袁紫清向那名妖娆女子一笑。

那女子嫣然报以一笑,露出珠贝般的牙齿,纤腰一摇三摆,舞得更加热情奔放,继续唱道:"郎有心来妹有心,做双皮靴打钩针。靴面斜起胡椒眼,靴底打起鲤鱼鳞。"她水袖翩然,抛出一双簇新的鹿皮靴,不偏不倚地落在袁紫清怀中。

岚族男女衣着暴露,男子常常上身赤膊,女子则袒腰露臂。那女子穿的舞衣几乎可以说是衣不蔽体,饱满浑圆的胸脯随着热烈的舞步呼之欲出,令人浮想联翩。

那女子送靴传情倒也罢了,总归是一厢情愿,不料袁紫清抱着那双鹿皮靴,直勾勾地盯着那女子,一脸呆呆愣愣。

其实袁紫清不过是酒后放空,神志迷糊,只依稀见到前方有人在跳舞,却连是男是女都分辨不清。但落在朱毓媞眼里,他却成了好色之徒!

朱毓媞气不打一处来,狠狠地捶了他一下,向阿利夫妻匆匆告辞,起身便走。

朱毓媞虽然知道袁紫清郎艳独绝,世无其二,不管走到哪儿都是世人注目的焦点。可别人猛盯着他瞧、给他赠礼传情倒也罢了,他竟然对别的女子粲然一笑!还当着她的面!不听她唱情歌,反倒别的女子对他唱歌,对他示爱。这一点实在让人难以接受!

她气恼不已,越走越快,只想远离身后的欢歌妙乐,离那个负心人越远越好。

走了一段路,只觉得身后一阵风,纤腰猛地被人抱住。她挣开袁紫清的双臂,道:"放开我。"

袁紫清一脸茫然,道:"好端端的,你怎么走了?"

朱毓媞哼了一声,道:"我不走,难道看你跟别的女子眉来眼去吗?"

袁紫清大叫:"我哪有啊?"

朱毓媞想了想,似乎他真的没有和别的女子眉来眼去,但随即想到他刚才的粲然一笑,妒火中烧,跺足道:"好吧,那你为什么对她笑? 这一点我没冤枉你吧!"

袁紫清一愣,道:"我对谁笑了?"

朱毓媞气咻咻地道:"方才有个女子在你面前唱歌跳舞,还送你她做的靴子。你倒好,揣着人家送的靴子不放,还对她粲然一笑!"

袁紫清一愣,绞尽脑汁想了一下,好像真有这么一回事。他道:"我隐约看到前面有人在跳舞,可我当时喝得头晕眼花,根本看不清楚是谁。至于靴子嘛,是她硬塞给我的,我连人都看不清了,哪还知道我怀里有一双靴子!"

209

朱毓媞面色稍霁,道:"那你为什么对她笑?"

袁紫清挠首道:"我……我不记得了,我有吗?"

朱毓媞道:"你有!你有!"

袁紫清道:"好吧,就算我有,那我也不是有心的。"

朱毓媞哼了一声,扭过头去,不再理睬他。

袁紫清拉着她的手,笑嘻嘻地道:"欸,你吃醋了?"

"才没有呢。"

"你有。"

"没有。"

"你就是有。"

"我就是没有。"

"……"

"……"

"看来我不挠你痒痒,你根本不会说实话。"

朱毓媞一听,忙道:"别别别,我说就是,我说就是。"

袁紫清笑道:"管你。"动手挠她痒痒。

朱毓媞果然禁不住,连连讨饶,笑得一张俏脸飞霞流彩,娇喘不休,一个踉跄,向后摔倒。

袁紫清连忙拉住她,没想到自己也没踩稳,二人双双摔倒在地。

又是这个暧昧香艳的姿势,朱毓媞看着他情欲绵绵的目光,感受到他下腹的灼热,薄怒娇嗔道:"不许。"便要将他推开。

袁紫清摁着她不放,可怜巴巴地道:"为什么不许?"

朱毓媞蓦地敞开他的衣襟,在他肩上狠狠地咬了一口,道:"你是我的,你的一颦一笑、一喜一怒都属于我,你的身体属于我,心也属于我,这一生只许有我,不许有旁人。我要在你身上种下记号,让你每天沐浴时都看到,时时刻刻记住我今日这一席话。"

一席半玩闹半认真之言,却令袁紫清心中一点一点渗出彻骨的寒意。

她毕竟是公主,总还是有几分霸道的,从小不管得到什么都是独一无二的。何况,明朝公主的驸马不准纳妾,因此她自幼便认为自己的夫君就算不是书香门第,那也一定是清白如水的好人家,就像周世显那样。这种观念已经根深蒂固了,不像魏怜出身风月,见惯了男子拈花惹草,能忍受他的肆意轻狂。

倘若她知道自己和魏怜有过一段情,又知道自己在金陵时的风流韵事,她会如何震惊错愕?如何悲愤委屈?

朱毓媞见他面色苍白,瞬间意识到自己失言了。在他肩上种下齿痕,这玩笑开过头了！他身上已有太多齿痕了，每个齿痕对他来说都是屈辱的过去。

她吓得妒火全消，忙道："对不起，我说错话了，我不是有意的。"

袁紫清恍若未闻，细细打量着周遭的景致，心中不断安慰自己："这里是倭国樱谷，不是中原。师父说的极是，从前种种，譬如昨日死。身世悠悠何足问，冷笑置之而已。在这里我是全新的生命，她永远不会知道过去的袁紫清。"

朱毓媞急道："你说话好吗？我不是有意的，我也让你咬一口。"

袁紫清回过神来，笑道："这可是你说的，不许反悔。"

朱毓媞登时反悔了，嗔道："欸，我不过说说而已，你当真咬啊！"

袁紫清解开她的衣裳，在她肩上轻轻咬了一口，又从锁骨一路吻下……

没多久二人衣裳皆褪。袁紫清忽然停下动作，定定地看着她。

朱毓媞钗横鬓乱，媚眼如丝，道："怎么了？"

袁紫清似笑非笑地道："每晚都是我主动，该你了。"说着翻身躺了下来，眨了眨眼睛，一副"等你过来"的表情。

朱毓媞一呆，期期艾艾地道："我……我不会。"

袁紫清忽然心念一动，坏坏一笑，凑近她耳边说了几句。

朱毓媞一张俏脸瞬间红了起来，道："什么！你……你要我……要我那样……我……你这大坏蛋，花招也太多了吧！"

袁紫清眨巴着眼瞅着她，道："好不好嘛，媞儿，你就帮人家一回嘛！"

朱毓媞欲哭无泪。

袁紫清拉着她的手，死皮赖脸地道："媞儿，好不好嘛？你就试试看嘛！"

朱毓媞实在被他缠得受不了，道："好啦好啦！"

袁紫清像得了糖果的大男孩，只差没跳起来欢呼一声。

朱毓媞心里翻了一个大白眼，笨手笨脚地爬到他身上，樱桃小口凑了上去……

袁紫清忽然大叫一声，痛苦地蜷起身子。

朱毓媞吓了一跳，慌慌张张地道："怎么啦？怎么啦？"

袁紫清痛得眼泪都流了出来，断断续续地道："你膝盖……踢到我那里了……痛死人了……"

朱毓媞登时手足无措，她做大夫以来，还从来没有遇过这样的"病症"，急三火四地道："怎么办？那怎么办？"

袁紫清按着下身，低声道："我歇一会儿就可以了，恐怕今晚不能继续了。"

朱毓媞正要开口说话，忽然听到有人朝这里走来。她又羞又急，忙抱起了地上的一堆衣裳，催促道："有人来了，快躲起来，不然没法子做人了。快！快！"

袁紫清根本没力气躲藏，况且岚族人都很开放，就算看见了也不会说什么。他哭笑不得,媞儿都来了两个月了,还不懂得入乡随俗!

　　他被朱毓媞拽进草丛里,下身痛极,狼狈不已,欲火全消。他觉得方才落荒而逃的模样十分好笑,忍不住抱着她笑了起来:"我还从来没有这样狼狈过。我说咱们又不是偷鸡摸狗,干吗慌慌张张躲起来啊!"

　　朱毓媞见他大笑,原先一点愧疚便烟消云散了。二人穿回衣裳,朱毓媞搀着袁紫清慢慢回到竹屋。

　　"你不是说要唱情歌给我听吗?"

　　"哼,今晚不是已经有人唱给你听了吗?"

　　"那不算。"

　　"怎么不算?"

　　"我就要听你唱。"

　　"想得美!"

　　"媞儿……"

　　"……"

　　"不唱就不唱!我是看你一副很想唱的样子才准备洗耳恭听的!"

　　"……"

第一百三十章

衔情愿为天上月

这日飞扬捎信过来，朱毓媞拆开一看，面色立即冷若冰霜。

袁紫清问道："又写了什么？"

朱毓媞道："朱毓芙大吵大闹，要把你的画像拿给父皇看，后来被母后劝阻了。母后说父皇被国事闹得焦头烂额，身心俱疲，早已顾不得儿女私情了。且事关皇家颜面，父皇一定会设法隐瞒到底。她就是见不得我好，非要闹个沸沸扬扬，让全家人视我如仇敌！"

袁紫清心中一凉，崇祯皇帝若看了画像，难道还认不出自己是袁崇焕之子吗？

一时间焦虑不安又笼上心头，他连忙环顾四周，菜田瓜棚、篱笆竹屋，草色堪绿染，樱花红欲燃，已非雕梁画栋鳞次栉比、金殿玉阶黄瓦朱墙的紫禁城。

他的心稍稍安稳，只听朱毓媞气冲冲地道："世显哥哥不属意她，她就要把气撒在我身上，真是无理！"

袁紫清道："那不然以后都别捎平安信了。你不捎信，绿萍就不会回信，你就不会知道紫禁城里的恼人事了。"

朱毓媞轻轻叹了一口气，道："我与你私奔，自在逍遥，让家人面对山河破碎、风雨飘摇，已属不孝。我岂能和他们断绝音信？"

袁紫清沉默不语，会不会将来有一天，飞扬捎来的是一封让她不得不离开樱谷的信？

他心中依稀有一声凄凉的苦笑——你说你不孝，那么我何尝不是？己巳之变，袁氏一族家破人亡、骨肉飘零，污名至今尚未平反。皇太极、崇祯皇帝仍高高坐在龙椅上，而我却与你私奔天涯，自在逍遥。我的面前是尸积如山、血流成河，我内心的无奈痛苦难道会比你少吗？

一晌后他强颜欢笑道："媞儿，这里是樱谷，不是中原，不说这些恼人事。"

朱毓媞想想也是，既已离群索居，就是要图个逍遥自在，何必对俗事念念不忘？

袁紫清挽着她的手,走到院子里,菜田里的菜苗日渐茁壮,瓜棚里已结实累累,大盆栽里的并蒂荷花盈盈绽放,荷叶下的一溜儿小鱼不谙人间风情月债、男怨女痴,径自悠游嬉戏。

朱毓媞婉声道:"荷花荷叶终相守,伴殷勤、双宿鸳鸯。"

袁紫清指着高挂天际的一轮皓月,顺口答道:"衔情愿为天上月,年年犹得向伊圆。"

二人相视一笑。

朱毓媞道:"你还说你诗词造诣不精,刚刚那一句,若非熟读百家诗词,绝不可能信手拈来,也不可能有此清丽婉约的意境。"

袁紫清沉醉在皎洁的月色中,一时口快,道:"我爹爹是科举出身的文人,所以我骨子里也有文人情怀啊!"

朱毓媞咦了一声,奇道:"原来你爹爹做过官啊?"

袁紫清这才意识到自己失言了,硬着头皮道:"是啊,他做过官。"

朱毓媞面色一分一分苍白下去,似是难掩满腔焦灼,颤声道:"那么他是如何过世的?他做过官,天下能夺去他性命的只有一人,难道……难道……"

袁紫清袖中双手紧握成拳,狠狠咬着舌尖,就怕自己的心绪显露出来。他强笑道:"你多虑了,清军第一次入塞,我的一家人全都死在清军手里,我与鞑子不共戴天。"

朱毓媞表情明显松了一口气,却再也笑不出来:"难怪四年前你在夜里对着衿缨泣诉:'娘,我根本无法接近他,我也杀不了他,我怎么替爹爹报仇?'清军杀了你的家人,那么你的仇人也就是皇太极了。我方才还以为造成你家破人亡的罪魁祸首是……是我父皇……"

"不是。"袁紫清声线陡然拔高,按着她的肩膀,弯腰凝视着她,一字一顿道,"媞儿,别把这念头存在心里,教人不安。"

朱毓媞被他弄得手足无措,忙道:"好,我知道了。"

袁紫清柔声道:"今夜风大,我们回屋里。"他揽着她的肩,慢慢踱回屋内。

那赠靴的女子名叫蒲英,是岚族第一美女,族长的长女,性情如火,勇敢大胆。族里不少男子对她高唱情歌,却得不到她的芳心相许,年过二十了,身边连个郎伴也没有,在族里算是罕见了。

蒲英似乎对袁紫清一见钟情,隔三岔五送花环、美酒、鹿皮过来。袁紫清一一退了回去,隔了一天,又全部送了回来,弄得他哭笑不得。

朱毓媞起初还一笑置之,后来蒲英越来越不将她放在眼里,夜里竟坐在袁紫清为她搭的秋千架上,一遍又一遍唱着情歌。

蒲英的嗓子真是好得无可挑剔,清脆悦耳,歌声中有一缕若有似无的缠绵,扣人心弦。她唱歌时,蛙鸣鸟啭俱寂,绯樱夜露不惊,连月光都徘徊掩映,流连不去。

朱毓媞从来没见过脸皮这么厚的女子,气呼呼地关上窗,道:"她这样每晚唱个不停,还让不让人家睡觉啊!"

袁紫清无奈苦笑:"我已经跟她说清楚了,可她偏偏不死心,我能怎么样?"

朱毓媞气得火冒三丈,一股脑儿钻进被窝里,捂着耳朵睡觉。袁紫清也跟着钻入被窝,哪知朱毓媞竟一脚将他踢开。

他可怜巴巴地道:"欸,你讲点道理好不好?我又没有跟她怎么样,我也很困扰啊!你一定要这样对我吗?"

朱毓媞侧身向内,鼓着莲腮,道:"我不管,总之我就是生气。你睡哪都可以,总之不要跟我睡。"她还以为他会轻声细语地过来安抚自己,没想到身后完全没有动静。

难道他真的不跟我睡了吗?可恶……

"干吗不说话?"朱毓媞忍不住好奇,回头张望,却看见他一脸千辛万苦忍笑的表情。

朱毓媞更是火冒三丈,捶着他的胸膛,道:"你笑什么?有什么好笑的!蒲英欺负我就够了,连你也来欺负我!"

袁紫清哈哈大笑:"没想到你竟是一个大醋桶,我算是开了眼界了。"

朱毓媞道:"我就是大醋桶,怎么样?谁叫你到处拈花惹草——"

这妮子每回吃起醋来都口不择言!袁紫清急急打断她道:"我哪有到处拈花惹草?你又冤枉我!"

朱毓媞心中气闷,撒娇撒痴了起来:"我就是要冤枉你,谁叫你让人难受。"说完"乒乒乓乓"地踹着床板。

袁紫清又好气又好笑,道:"那不然我明天跟族长说,叫他管好自己的女儿,这样行了吧?"

朱毓媞道:"好,不然我怕我一个冲动,跑去和她打架。"

袁紫清奇道:"你打过架吗?"

朱毓媞道:"打过啊,小时候我常和毓芙打架。我扯断她的头发,她抓花我的脸,谁也不让谁。有一回我俩打架时不小心跌入池塘,后来母后竟只罚我一个,真不公平!"

袁紫清好笑地问:"为什么打架?"

朱毓媞道:"还不是毓芙看我跟世显哥哥要好,吃醋了呗!她也真是的,我跟世显哥哥又没有怎样,这醋吃得好没道理。"

袁紫清哑然失笑:"你现在不也在吃醋,我跟蒲英又没有怎样。"

朱毓媞一怔,随即恼羞成怒:"我不管,我就是一腔子火,我就是难受,我——"

袁紫清忽然吻住她的嘴唇,双眼闪着狡黠的光芒:"你一腔子火,你难受,我来为你消火。"他利落地敞开她的衣裳,随手拿了小几上喝残的酒一点一点洒在她胸口,随即俯下

头,顺着酒痕亲吻……

朱毓媞正气恼中,奋力扭动身子抵抗,喊道:"你这坏蛋,从哪里学到这么多花样!"

袁紫清单手将她的双手牢牢箍在头上,邪魅一笑:"哪需要学!男人都是无师自通的,你懂吗?"

她渐渐放弃挣扎,口角逸出一声婉转的喘息,任凭他掠夺……

二人的身影映在窗纱上,花树下的歌声蓦地静止,蒲英嘴角勾起一丝冷笑,跃下秋千,穿花拂树去了。

第一百三十一章

赛马（上）

次日二人到族长家中，蒲英不在，袁紫清见了族长，婉转表达了让族长拘束蒲英的意思。族长一脸无奈，说蒲英一旦执拗起来，那就是一根筋通到底。且她性如烈火，从小就对自己看上的东西非占为己有不可。

翻译阿利也苦笑道："我从小和蒲英一起长大，从未看过她这般认真执着的模样。别人给她唱情歌，她都置之不理，一声不吭，唯独对你不一样。在这里她就像个公主，没有什么是她得不到的。你越拒绝，她就越想得到你。"

袁紫清道："可是我已经有了媞儿了，她何苦这般纠缠不清？"

阿利道："她如今爱你爱到痴狂了，只要能在你身边，做小伏低都没关系。"

袁紫清觉得很可笑，但又笑不出来。朱毓媞气得快要晕厥。正好蒲英回来了，二女目光交缠，空气中飘着一缕剑拔弩张的气息。

袁紫清知道蒲英听得懂汉语，便亲昵地拉着朱毓媞的手，对蒲英说道："蒲英姑娘，我并不喜欢你，请你别再打搅我们夫妻的生活了。"口吻温和，却有一丝不容拒绝的寒意。但蒲英却不以为意，嘻嘻笑道："你没跟我相处过，怎么知道你不会喜欢上我？"

袁紫清道："因为我的心里只有我的结发妻子，再也容不下别的女子了。"

蒲英脸色微变，冷冷地打量了朱毓媞一眼，轻嗤道："这个女子，无论容貌还是体态，都远不及我，你究竟喜欢她哪一点？"

袁紫清微微一笑："那么我问你，你究竟喜欢我哪一点？"

蒲英爽朗一笑："你长得很俊，体态又好，族里的男子放眼望去，没一个人及得上你！我要你做我的情哥哥，我每天都想抱抱你、亲亲你，还想跟你一起彻夜欢爱！我想得都快要发疯了！"

她说这一段话脸不红气不喘的，袁紫清微微尴尬，朱毓媞气得浑身哆嗦，说不出话

来,阿利则是一脸见怪不怪的苦笑。

袁紫清道:"若我长相平庸,你还会想抱抱我、亲亲我,甚至和我一起彻夜欢爱吗?"

蒲英微微一呆。

袁紫清摇头笑道:"你虽然长我数岁,可你还没领悟到什么是真爱。爱就是无论对方容貌妍媸,你都会义无反顾地去爱;无论得失荣枯,兴衰沉浮,你都会与对方不离不弃,生死相依。你的确比媞儿还要美艳,但那又如何? 我爱的是媞儿的内在,即便媞儿是无盐之貌、病残之身、迟暮之年,我对她的心意也不会改变。"

蒲英愣愣地说不出话来。朱毓媞泪眼婆娑,满腔的气恼登时烟消云散。

袁紫清挽着朱毓媞便要离去。

蒲英一个箭步冲了过来,指着朱毓媞,露出一抹挑衅的笑容:"你,有没有胆量跟我赛马?"

朱毓媞正要说话,袁紫清将她扯到身后,道:"她不会骑马,况且她也没必要跟你赛马。"

蒲英仰头哈哈一笑,神情甚为轻蔑:"不会骑马,去学不就成了,难不成连上马背的胆量也没有? 你若能在马背上赢过我,我就服你,今后再也不会纠缠他,还会当着所有人的面跟你道歉,如何?"

袁紫清正要推辞,朱毓媞大步站了出来,道:"好,我跟你赛马。"

蒲英笑着竖起大拇指,道:"爽快,我欣赏。我就给你三个月的时间。三个月后,马场见!"

阿利道:"三个月! 你这不是刁难人吗?"

蒲英嘴角一撇,道:"我当初只花了两个月的工夫,就赶上父亲的马术了。能不能让我心服,就看她的本事了。"说完扭头去了。

袁紫清蹙眉道:"媞儿,你犯不着为了我跟她赛马。"

阿利也道:"蒲英的马术是族里顶尖的,就算练个十年也不一定赶得上。她这样做是为了羞辱你,你何必答允?"

朱毓媞道:"我知道我赢不了,但我非比不可。"

阿利道:"这是为什么?"

朱毓媞浅浅一笑:"真正能让她服气的并非马术,而是我的决心和勇气。"

袁紫清听了之后,眼中浮现一丝了然的笑意,对阿利道:"你就等着看吧,媞儿会让蒲英刮目相看的。我对她有信心,因为她是我的媞儿。"言毕,挽着朱毓媞的手离去。

阿利家里养了三匹骏马,他挑了一匹性情温顺的小红马让朱毓媞学骑马,由袁紫清指导。袁紫清教得很好,朱毓媞天资聪颖,学了一个白天就能骑马慢跑了。

村落再过去是宽敞的平野,虽然没有蒙古草原"天苍苍,野茫茫,风吹草低见牛羊"的辽阔美,却也是星垂平野阔,风吹草轻舞。

她沐着徐徐山风,双手高高举起,欢呼一声:"骑马的感觉真是爽快!"松了缰绳,险些从马背上栽倒。

"小心!"袁紫清不由得捏了一把冷汗。

朱毓媞笑道:"我就算摔下去,你不也会接住我吗?"

又骑了将近一顿饭工夫,二人才回到阿利家中还马。

阿利的家在樱花林之中,漫天密密匝匝的绯红,深深吸一口气,满心都是淡雅的花香,还有一缕令人食指大动的炊饭香。

进入屋内,纪子殷勤地笑道:"回来了,一起吃顿饭再走吧!"

于是四人一起坐下用饭。桌上的菜肴都是阿利亲手做的。别看他粗枝大叶的模样,羊肉滑嫩不带膻味,蔬菜鲜甜保留脆度,令朱毓媞比平日多吃了小半碗饭。

袁紫清宠溺地替朱毓媞拂去嘴角的饭粒,心中隐隐有了打算。饭毕二人便辞去。

骑了人家的马,吃了人家的饭,朱毓媞颇感不好意思,回竹屋后执起画笔,为阿利夫妇画了一幅伉俪情深的画——烟丝欲袅,露光微泫,樱花树下夫妇执手相看两不厌。她还在画上题了一句:"宜言饮酒,与子偕老。琴瑟在御,莫不静好。"

阿利夫妇收到画像后,感动得说不出话来。

纪子亲昵地挽着朱毓媞的手,笑道:"妹妹好才情,将我俩画得这么好,真是多谢你了。"

朱毓媞笑道:"姊姊客气了,等姊姊的小孩子生出来,我再画一幅《小儿绕膝图》送给你们。"说着羡慕地瞅着她的肚腹。

"你还没有消息吗?"纪子看着她平坦的肚腹。

朱毓媞双颊晕红,低声道:"我还没有姊姊的好福气……"

纪子又问:"上回教你的方法使了没有?"

朱毓媞脸更加红了,声细如蚊:"使了啊,可是就是没消息……"

纪子安慰道:"别急,你还年轻,保持平常心,慢慢来。"

一番闲话后,袁紫清道:"媞儿你先回去。"

朱毓媞奇道:"这半个月你都让我先回去,有什么事瞒着我吗?"

袁紫清道:"没有。我只不过想和阿利喝喝酒嘛!"

"是吗?"朱毓媞狐疑地打量了他一眼,"别喝太多,我先回去了。"说完转身出屋。

香径晚风寒,月在飞花处,路上的景致分外别致。他们本应执手漫游花下,喁喁私语,这阵子却时常是她独自走回家。

神神秘秘的,究竟在玩什么花样!

朱毓媞难忍好奇,走了一段路又悄悄折了回去,只听见袁紫清的声音从厨房传来,于是绕到厨房的窗下,探头朝里面张望。

阿利正在教他做菜。

袁紫清忙得手忙脚乱,脸颊还有一块污渍,不知沾到了什么,看起来很可笑。

他抹去额头的汗水,道:"我看你做菜很轻松,怎么到我手里就是千难万难。"

阿利笑道:"我看你掷镖狩猎也很轻松,可我就是没那个资质,练个半辈子也达不到你的境界。"

袁紫清面色一黯,道:"我没有做菜的资质吗?这半个月来,我做出来的成品总是不尽如人意。"

阿利笑道:"你有这份心意就够了,成品如何尚在其次。"

袁紫清道:"她每日都要做饭给我吃。我若能学到你的手艺,就换我做饭给她吃,让她每餐都能够多吃半碗饭。她啊,身子骨实在太单薄了,我都看不下去了。"

朱毓媞忍不住泪盈于睫。他的手握过剑,掷过飞镖,曾经快意恩仇,驰骋江湖,此刻却生涩地握着菜刀,拿着砧板,只为了让自己多吃半碗饭!这样一个玉树临风的美少年,应是金殿玉阙顾盼飞扬,醉卧月下快马急鞭,而不是在狭窄油腻的厨房里,弄得满身污渍。

他改变了很多,还记得看见他的第一眼,他的脸是生人勿近的冰冷,眸子里含着一抹沉郁,说话也是不近人情。如今的他眉目如明珠玉润,笑意浅淡,令人如饮醴泉,备感亲和。

正神思游弋间,只听阿利道:"时候不早了,你喝几口酒,赶紧回去吧!"

酒?干吗突然要喝酒?朱毓媞想了一下,原来他骗自己要和阿利饮酒,自然要弄成一身酒味了。

哼,还真是狡猾,足足骗了我半个月!

趁着袁紫清浣手饮酒之际,朱毓媞悄悄溜回了家。

第一百三十二章

赛马（下）

袁紫清回到家时，朱毓媞正在灯下写字。

袁紫清心中一暖，他的妻子，无论他多晚归来，都会在灯下等他，不肯独自就寝。

朱毓媞不动声色，笑吟吟地道："回来啦？今日特别晚。我去准备洗澡水。"

浴桶盛满温水，袁紫清泡在水里，忽然觉得身后有人，微笑道："你不是在写字吗？"

朱毓媞挽起袖口，为他搓背，道："从今往后，我来为你搓背。"

袁紫清道："好啊！"他感受着她轻柔呵护的力道，满腔都是温柔与甜蜜。

他的手搭在浴桶边缘，朱毓媞蓦地见到手背上的伤痕，分明是烫伤和刀伤。

她心头一抽，问道："手怎么伤了？"

袁紫清道："烫酒的时候，不小心烫伤的。"

朱毓媞指着刀伤又问："那么这个呢？"

袁紫清道："切下酒菜的时候，不小心割伤的。"

这家伙说谎时脸不红气不喘的！哼，看来以后还得仔细提防！

朱毓媞死死忍住弹他额头的冲动，笑道："你从前杀清军时都不见得伤到自己，怎么砍瓜切菜这等芝麻绿豆的小事还会受伤。"

袁紫清笑问："你今日是怎么了？问得特别多。"

朱毓媞笑道："没什么，我帮你洗头发。"

上苍真是格外偏袒袁紫清，不仅赐给他惊世骇俗的美貌，还让他拥有一头墨缎般的长发，连女人都嫉妒。

她用皂荚搓出泡沫，仔细地按摩着他的头皮，梳理着他的发丝。

洗漱完后，二人在被窝里相拥。

袁紫清忽问："你方才写了什么字？"

"水阔花飞,月淡风清,与君语。黄泉碧落,红尘紫陌,与君共。似水流年,静好岁月,与君老。"朱毓媞深深凝视着他道,"然诺重,君须记!"

袁紫清握起她的手亲吻了一下,道:"瞬息浮生,深情如斯,低徊怎忘。愿绣榻闲时,并吹红雨;雕阑曲处,同倚斜阳。"

二人默默相视。朱毓媞柔情百转千回,吻在他的唇上,唇齿相依,缠绵难分。

袁紫清呼吸微微急促,道:"你今日好奇怪,这般主动。"他欲伏在她身上,来一回巫山云雨。

朱毓媞按住他,身子贴了上去,柔声道:"这次我来。"说着缓缓解开他的衣衫,顺着胸口蜿蜒亲吻下去。

袁紫清身子一紧,抚着她的头发,低笑道:"得妻如斯,夫复何求。"

风轻云淡,月华如水,二人缠绵相依,不知今夕何夕。

悠闲时光过得特别快,眨眼已过了三个月。

蒲英召集所有族人观看赛马。有比赛必有赌注,几乎所有人都赌蒲英会赢。

蒲英骑在一匹枣红马上,挑衅地睨了朱毓媞一眼,笑道:"能不能让我服气,就看你的本事。挑马吧!"

朱毓媞报以一笑,默默挑了一匹白马。蒲英见她一脸胸有成竹,又看袁紫清也是一脸自信满满,心中五味杂陈。

袁紫清替她检查了马鞍缰绳,拉着她的马笼头,低声道:"尽心即可。"

朱毓媞笑道:"放心。"

袁紫清一笑退开。二人各就各位,随着一声"开始",两匹马急奔出去。

朱毓媞目不斜视,一手紧握缰绳,一手挥鞭策马。日光在她身上镀了一层浅金色的光晕,说不出的英气逼人。

蒲英笑道:"挺有模有样的,不过还是差我一截。对不起了,我可要先行一步了。"她俯下身子,双腿一夹,马鞭在空中一声脆响,瞬间一马当先,将朱毓媞远远抛在脑后。

袁紫清面不改色,他从来都不认为朱毓媞能赢,所以才说"尽心即可"。

阿利道:"这……这也落后太多了。"

朱毓媞见她的背影越来越渺茫,蓦地抛开马鞭,双腿夹紧马肚,一手紧握缰绳,一手拔下簪子,狠狠地插入马臀。

白马一声惨叫,如风驰电掣般冲了出去。

人人均是目瞪口呆,不由自主地趋前几步观看。

袁紫清也惊呆了,原以为她只是想"尽力服人"而已,没料到她竟会这般争强好胜,是他小觑女人的醋劲了!袁紫清心中又气又急,屏息凝神,备好袖中飞索,就怕她被马甩脱出去。

　　蒲英听到身后响声,微微侧头,只见朱毓媞的马暴冲而来。她脸上带着难以置信的惊讶,猛地挥鞭催马。朱毓媞的马负痛流血,发起狠劲,竟是所向披靡,红鬃马被白马吓得魂飞魄散,急急让道,无论蒲英怎么催赶,都不肯靠近白马。

　　蒲英一瞬间被朱毓媞抛在脑后,急吼吼地道:"就这么想赢我!你不要命了是不是!"

　　蒲英的话尚未说完,朱毓媞已越过了终点,她被颠得头晕目眩,浑身脱力。

　　朱毓媞赢了赛马,却没法让暴烈的白马停下,急呼:"清,清!救我!"一条长索飞来,卷住她的腰肢。她的身体腾云驾雾般跌入袁紫清的怀中。她对上他火冒三丈的眼眸,立即撒娇讨好地一笑,吐舌道:"我赢了!"

　　袁紫清气得不想跟她说话。众人纷纷围上去安抚受伤的白马。蒲英甩镫下马,气呼呼地道:"你还好吗?"

　　朱毓媞笑道:"还好,就是头有点晕,暂时落不了地。"

　　蒲英道:"没事就好,没事就好。你啊,看似弱不禁风,没想到这样大胆勇敢,我今日算是领教了。"她脸色一变,忍不住絮絮叨叨念道:"你知不知道你方才的举动有多危险,一不留神就会被马摔死。你有几条命?你难道不怕死吗?"显然是担心至极。

　　蒲英一口气念个不休,袁紫清由得她念,这小妮子就是欠念。

　　朱毓媞道:"我还要和清一起白头偕老,我当然怕死。"

　　蒲英道:"那你为什么还要这么做?不会真的只想赢我吧?"

　　朱毓媞甜甜一笑,语气有着温柔的笃定:"我知道清会保护我的。"

　　蒲英一时愣愣地说不出话来。

　　袁紫清气消了大半,笑骂:"我被你吓得魂都飞了。"

　　蒲英幽幽地叹了一口气,道:"我服了。"隔了一响,又道:"其实即使你赢不了我,我也会服你。你学骑马的样子我都看在眼里,你专注的眼神、不懈的精神、乐此不疲的态度,早已让我深深折服了。从今往后,我再也不会去打搅你们了。之前给你们造成了困扰,是我的错,我在此向你们道歉。"说完深深一鞠躬。

　　朱毓媞忙道:"姊姊快别如此,媞儿受不起的。"心中很是钦佩她敢于当众认错的勇气。

　　蒲英云淡风轻一笑,瞅了袁紫清一眼,道:"你真幸运,有个这么爱你的丈夫。我啊,这辈子都不知道有没有这个福气。"

　　朱毓媞微微一笑:"姊姊才貌双全,一定会觅得良人的。"

　　蒲英笑容有些许失落:"是吗?"

　　朱毓媞道:"我们中国有一句话:'易求无价宝,难得有情郎。'只要姊姊敞开心胸,放下姿态,就会发现真爱其实一直都在身旁。"

蒲英喃喃地道:"易求无价宝,难得有情郎……多谢赐教。"她又看向袁紫清,道:"上次你跟我解释何谓真爱,我回去想了许多。我想告诉你,虽然我一开始只是钟情你的外表,可你那日保护妻子的姿态、关注妻子的眼神、疼惜妻子的语气,都让我深深动容。可惜我知道你把你的心都给了她,这辈子只会对她如此。我虽然很失落,却也很敬佩你的情意。倘若有人这样对我,我必以真心回报。"

袁紫清含笑看着她,用沉默作为回应。

蒲英又道:"你快放下你的妻子,我今日心情甚好,要和媞儿喝个痛快。"

袁紫清忙道:"她不会喝酒。"

蒲英啧了一声,蹙眉道:"不会喝酒,学不就成了?马都会骑了,难道酒还不会喝吗?"

朱毓媞嫣然一笑:"清,不要紧的,我跟她喝酒去。"

袁紫清看着二女亲昵地携手离去,脸上挂着一丝无奈的苦笑。

阿利问道:"你怎么了?"

袁紫清道:"这蒲英相当大胆,全无男女之防,时常和男人勾肩搭背,欢歌豪饮,可别带坏了我的媞儿。"

阿利扑哧一笑:"所以我都不让纪子和她喝酒。"

袁紫清道:"看来媞儿是要被她灌醉了,趁这机会我们学做菜去。"

袁紫清兴致勃勃,摩拳擦掌,跃跃欲试。这下换阿利露出无奈的苦笑,都学了三个月了,看来紫清还真是没有做菜的资质!

第一百三十三章

终有身孕

彼时已是崇祯十六年。早在去年年末的时候，清军连克山东州县，攻陷鲁王封地兖州，鲁王、东陵王、阳信王、东原王、安邱王等亲王郡王被杀的被杀，自尽的自尽。今年年初，清军兵分两路，一路攻东南，一路渡黄河向北，蹂躏无数州县。

农民军首领李自成早在去年年末就不费吹灰之力占领了襄阳，继而又占领了荆州。今年攻克了湖广的承天府，不久后又攻克汉阳。河南、湖广两省全部州县皆落入农民军手中。十六年春，李自成改襄阳为襄京昌义府，正式建立政权，自号"奉天倡义文武大元帅"，以牛金星为丞相，下设吏、户、礼、兵、刑、工六部，在所辖府、州、县分别设府尹、州牧、县令，俨然是个新的王朝。

祸不单行。二月，北京瘟疫盛行，朝发夕死，十室九空，甚至有户丁尽绝、无人收殓者。

绿萍捎给朱毓媞的信中并未提及这些，只是告诉她崇祯皇帝前几日到她居住的东暖阁静静地略坐一晌，带着无限疲惫的口吻道："她如今可好？"

绿萍字斟句酌，小心翼翼地回答："公主殿下一切安好，请皇上放心。"

崇祯皇帝落寞一笑："也好，少一人面对破碎山河，也少一颗支离破碎的心。"此刻的他全无帝王威严，说完转身而去。如血夕阳下，只有一个孤独的背影。

朱毓媞不禁心如刀割，想起二月初六正是崇祯皇帝的生辰，昔日她都会亲自向父皇祝贺。父皇选择在那一日静坐东暖阁，代表他在极度疲惫中格外思念自己。

朱毓媞这几日犯了春困，一整日倒有半日都在酣睡，胃口也不怎么好。袁紫清趁她睡得正香的时候，悄悄溜进厨房做了几道菜。布好菜后已是暮色四合，朱毓媞正好睡醒。

袁紫清拉着她走到桌旁，扶着她坐下，笑道："你看，这是我为你做的。"

朱毓媞早就知道他瞒着自己学做菜,但还是故作惊讶,道:"你何时学会做菜了,我竟然不知道。"

袁紫清兴致勃勃地道:"我跟阿利学的啊!我们第一次去他家吃饭时,我看你多吃了半碗饭,就想亲手做饭给你吃。你看这丝瓜是刚摘下的,还有这蔬菜也是现采的,你快尝一尝。"

朱毓媞笑着说"好",拿筷子夹了一道菜,才刚放入口中,不料胃里一阵翻江倒海。她捂住嘴巴,剧烈呕吐了起来。

袁紫清一边拍着她的背,一边委屈地道:"有这么难吃吗?"

朱毓媞呕到面色发白,却呕不出一点东西。她急忙道:"不是菜的问题,我最近只要闻到食物的味道,都会想呕吐。"

袁紫清心念一动,道:"除了呕吐之外,还有什么症状?"

朱毓媞道:"还有嗜睡、全身无力、头晕,也不知是怎么了。"

袁紫清双眸扬起一丝亮色,急问:"你月事多久没来了?"

"我月事一向不准……"朱毓媞突然心中雪亮,愣愣地迎向他充满惊喜的双眸,"你的意思是……我可能有了?"

袁紫清道:"难为你还做过大夫,却连自己有了身孕都不知道。"

朱毓媞呆了一晌,似是不敢置信,轻抚着肚腹,喃喃道:"我有身孕了?真的吗?奇怪了,你明明是个男的,怎么比我还清楚?"

袁紫清笑道:"这是常识。我看你八成是有孕了。走,我们去问问纪子。"说完兴冲冲地挽着她的手,走到阿利家中。

纪子一问她最近的身体症状,立即斩钉截铁地道:"傻妹妹,你已经有孕了。"又忍不住调侃她:"难为你还做过大夫,却连自己有了身孕都不知道。"

这句话和袁紫清说的几乎一样。朱毓媞十分不好意思,讪讪地道:"我月事一向不准,不知有几个月了。"

纪子道:"村里没有医者,但凡有孕,都是去找神女。"

朱毓媞奇道:"神女也会把脉吗?"

纪子道:"她根本不必碰你的身体,只消看你肚子一眼,就知道你是几个月的身孕。"

朱毓媞只觉得荒谬,但岚族医疗落后,自己又是外人,此事不容置喙。当下纪子絮絮向她说了怀孕保养事宜和禁忌,又殷殷叮嘱袁紫清要格外体贴她,二人这才辞别。

朱毓媞抚着肚子,似能感受到里面有个旺盛的小生命,道:"清,我好开心,我们终于有孩子了。"

袁紫清心中也是喜悦难言,他要做父亲了,这是他与她的第一个孩子。

忽然似有一道闷雷打入他的心梢,怔忡的瞬间,他眼前似看见一摊鲜血,那是魏怜身下流出来的鲜血,那摊鲜血里有他生命中的第一个孩子。

　　他知道自己的面色一定是苍白了,果然朱毓媞关切地道:"你怎么了?"

　　袁紫清回过神来,道:"没什么。"

　　朱毓媞甜甜一笑,开始絮絮聒聒说着初为人母的喜悦,完全没留意到袁紫清的异样。

　　袁紫清心中掠过一丝不祥。

　　上苍会不会为了惩罚我,而让我们失去这个孩子?

第一百三十四章

三只小猪和三只乌龟

飞扬到来时，朱毓媞写了两封信，信中说了自己有喜，一封交给芥川鸣，一封送去紫禁城。

周皇后看了信，不知该喜还是该怒，只觉得头疼欲裂，喃喃道："长平真是出格，这算哪门子的公主！"她拿着袁紫清的画像，又招来绿萍细问一番。

绿萍只知道那人的名字叫作"袁紫清"，其余一概不知。

周皇后在深宫多年，眼力何等锐利，看绿萍的表情不似作伪，于是便放她离去，心中只有一个疑问："为什么长平宁可放弃金尊玉贵的身份，宁可舍弃家国亲人，也要和袁紫清私奔。这袁紫清究竟是什么来历？"

想到她和陌生人私奔天涯，周皇后不禁怨恼崇祯皇帝给她自由进出宫禁的特权。崇祯皇帝心中却早已没有了儿女私情，私奔就私奔了，还能如何？每日烦心之事已经够多了。再说，他内心深处隐约知道明朝大势已去，国破那一日，皇宫所有人都不得安生，尤其是公主。她极有可能被粗鄙的农民军玷污。由她去也好，至少她目下还是幸福快乐的。

周皇后毕竟为人母亲，知道女儿怀孕，还是在信中殷殷叮嘱怀孕应该注意的事项，并好说歹说要她回到宫中。

宫里对外都说朱毓媞失踪了，怀孕之事只有周皇后和绿萍知道。周皇后不打算声张，毕竟她觉得不是什么光彩的事，说了只是贻羞世人罢了。

当朱毓媞收到信后，看见了母后的字迹，除了鼻酸，更多的是愧疚。

袁紫清自从她怀孕后，什么事也不让她做，把她当成佛像供着。打扫、煮饭、洗碗、浇花等，里里外外大事小事一手包办。

朱毓媞不禁失笑："我哪有这般娇贵啊！"

袁紫清每日隔着肚皮对胎儿说话,什么都说。他本来是个不爱讲话的人,现在成天听他絮絮聒聒说个没完,像只麻雀似的。

这日晌午,袁紫清做完家事后不小心睡着了。朱毓媞童心忽起,拿起毛笔蘸了墨水,开始在他脸上涂鸦。袁紫清迷迷糊糊中只觉得脸上麻痒,伸手挥了挥。

朱毓媞吓了一跳,屏住呼吸退开两步,一晌后见他没反应,又继续未完的"壮举"。她忍着笑一挥而就,放下毛笔,伸了个懒腰,躺在他身旁欣赏着她的"杰作",不知不觉也酣然入梦。

也不知睡了多久,她缓缓睁开眼睛,看到袁紫清坐在床边静静看着自己,脸上的涂鸦已经洗干净了。

袁紫清的脸一半在烛火中,一半在阴影里。她一阵心虚,没话找话道:"现在是什么时辰了。"

袁紫清面无表情,淡淡地道:"日入了。"

"哦……"对上他波澜不兴的眸子,朱毓媞下意识地很想躲开他的视线。

袁紫清身子前倾,平静地看着她,道:"画得不错。"

朱毓媞忽然嗅到一缕山雨欲来的气息,干巴巴地道:"谢谢夸奖……"

袁紫清微微一笑:"拜你所赐,我的脸丢大了。"

"什么?"朱毓媞心中"咯噔"一声。

袁紫清幽幽地道:"我方才想起家里没米,慌慌张张出门买米,发觉人人都在看我,表情十分古怪。有几个好心人拉我,比手画脚地指着我的脸,叽里咕噜说了一堆我听不懂的话。我因为赶着买米,没工夫理会他们,就这么在村里绕啊绕的,结果遇到了蒲英……"

朱毓媞实在很想笑,却又不敢笑,她明知故问道:"然后呢?"

"然后呢,"袁紫清挑眉一笑,"她指着我一直笑,我被她笑得莫名其妙。她笑得说不出话来,索性拿了镜子给我照……"

朱毓媞死死咬着唇忍笑。

清,你说得对,忍笑是一件极为痛苦的事!

袁紫清似笑非笑地道:"我当下脸都绿了。你什么不好画,偏偏画了三只小猪。这可教我日后如何见人!"

朱毓媞终于忍不住了,指着他哈哈大笑,道:"我怎么知道你会出门,你平日这个时辰是不出门的啊!"

袁紫清脸都黑了,道:"都是你害的,我脸都丢尽了!"

朱毓媞笑得眼泪都流了出来:"对不起嘛……哈哈哈……我真的没想到你会出门……我只是好玩嘛……"

袁紫清在她的额头上重重地弹了一记,道:"你等着,看我怎么报复你。"

朱毓媞一愣,道:"你想干吗?"

袁紫清将手指抵在唇上,"嘘"了一声,轻轻地道:"现在说破就没意思了。"

"说清楚,你到底要干吗!"朱毓媞撒起泼来。

袁紫清横了她一眼,转身留给她一个邪恶的背影。

朱毓媞提心吊胆过了几日,倒也没发生什么事,看他好似忘了这件事,这才松了一口气。

哼,原来是吓唬人来着!

这日她午睡醒来,却见芥川鸣坐在藤椅上。她还以为在做梦,揉揉双眼,芥川鸣还在,这不是梦!她奇道:"先生怎么来了?"

芥川鸣温润一笑:"知道你有孕,不过来探望一下总是不放心。"

朱毓媞心中泛起融融暖意,奇道:"先生是怎么来的?"

芥川鸣笑道:"我垂绳子溜下来的。"

袁紫清掀帘而入,递了一杯水给芥川鸣,道:"这里没有茶叶,先生将就一下。"

芥川鸣微笑致谢,盯着朱毓媞的脸,表情古怪。

刚睡醒的样子一定很邋遢,说不定眼角还挂着眼屎!朱毓媞赧笑道:"我先去梳洗一下,免得失仪。"

芥川鸣似笑非笑,道:"不用,这样挺不错的。"

朱毓媞只听得一头雾水。

袁紫清忽然"咻"了一声,扭头冲到外面大笑。

朱毓媞一怔,登时有种不好的预感。

芥川鸣抿了一口水,一番望闻问切后道:"你如今怀孕两个月了,我以后每隔半个月就会过来一趟。"他拿出一个瓷瓶,又道:"害喜厉害时就服用一颗。好好养着身子,有什么需要就给我写信,不用客气。"

朱毓媞微笑致谢。芥川鸣又深深地看了她一眼,目光说不出的怪异,这才转身离去。

朱毓媞正莫名其妙,袁紫清噙着一丝促狭的笑意杵在门边,默默打量着她,像是在欣赏什么杰作。

朱毓媞看了他的表情,忽然想起他前几日的话,顿时心中雪亮,一溜儿小跑下了床,对着镜子一照。

"啊!"她脸都绿了,一只乌龟、两只乌龟、三只乌龟,脸上足足有三只乌龟!彼此挤眉弄眼,呈现三足鼎立之状态!

袁紫清笑道:"以牙还牙,以眼还眼,怎么样?"

朱毓媞捂着脸,道:"芥川先生都看见了,我……我以后怎么面对他!"

"我不知道芥川先生会突然过来啊!"袁紫清笑得没心没肺,"何况你只给芥川先生看见而已,我是给全村的人看见。你说说,究竟谁比较吃亏?"

朱毓媞哭丧着脸,在心里自我安慰了一番,罢了罢了,谁叫自己先对不住他!这三只乌龟还挺可爱的!原来他很擅长丹青嘛!

袁紫清笑道:"就别擦掉了,这样挺好看的。"

朱毓媞气呼呼地瞪了他一眼,一脸欲哭无泪。

袁紫清笑着招手道:"乌龟媞儿快爬过来吃饭。"

第一百三十五章

携手望潮起，比肩看霞飞

　　袁紫清在菜田里忙活的样子是朱毓媞觉得最动人的画面，即便他穿着粗麻衣衫，赤着双足，披着头发，脸颊沾满了泥土，额头都是汗水，她却觉得这样的他才是最真实的他，在青山白云、瓜棚菜园中毫无违和感。

　　她时常坐在藤椅上，静静地看着他，不管看多久都不会厌烦。二人目光接触时，他会露出灿烂的笑容；或是忽然心血来潮，将满手污泥抹在她脸上，弄得她啼笑皆非。就这样度过一个下午，直到皓月升空，星垂幽谷，二人才携手入内。

　　袁紫清闲暇时，就拿着小匕首刻木头，做一个婴儿摇床。朱毓媞也缝了许多婴儿衣裳。时光如流水，眨眼又过了一个月。

　　芥川鸣两次过来探望她，带了许多滋补药材。袁紫清日日熬药汤，一勺一勺喂她喝，服侍得妥妥帖帖的，令她有股错觉，以为自己还在紫禁城中当着公主。

　　这日深夜发生地震，朱毓媞吓得伏在袁紫清怀里哆嗦不已，好不容易天摇地动结束，才由袁紫清慢慢哄着睡了过去。

　　次日，袁紫清去了村里一趟，见村民全都跑到东侧。好奇一问，才知道昨夜的地震将东边山壁震毁，露出一条山道。这便是数百年前那条通往外界的小道。

　　这意味着樱谷不再与世隔绝了！

　　袁紫清跟着村民进了山道，走了一顿饭的工夫，只觉得空气渐渐潮湿，一股咸咸的味道充盈在鼻端，眼前豁然一亮，原来是到了海边。

　　奇怪，这场景怎么那么眼熟？略一思量，原来竟是当初来到倭国的那个海滩。

　　岚族人与世隔绝久了，人人都盼望着外面的花花世界，只有他发自内心地不愿离开樱谷。唯有樱谷的烂漫樱花、茵茵芳草、四面环抱的山壁，才会让他有充实的安全感。

然而眼前竟是当初来到倭国的海滩！好似意味着他们将踏着来时路，一步一步回到原来的世界。

袁紫清怅然回到竹屋，朱毓媞立刻奔了上来。

袁紫清急吼吼地道："你一个有身子的人，不能乱跑！"

朱毓媞笑道："听说昨夜的地震震出一个六合八荒、天高云阔。"

袁紫清道："你听谁说的？"

"方才纪子过来探望我，顺便告诉我的。"朱毓媞脸上洋溢着兴奋的神采，"听说那条小道通往海边。我们来倭国的时候，我正好失明了，因此还不知道大海是什么样子。清，带我过去瞧一瞧。"

袁紫清道："海风大，我怕你身子承受不住。"

朱毓媞笑道："你这也不许，那也不许。我哪有这般弱不禁风？你再继续让我闷着，我可要闷出病了！"

袁紫清一脸不情愿，但拗不过她软语央求，只好带她过去。

斜晖脉脉，暮云悠悠，飞鸥点点，长浪滔滔。适逢涨潮，海浪一波高过一波。

朱毓媞便似一只小云雀在海滩上奔跑跳跃。袁紫清看了不禁捏了一把冷汗，一迭声疾呼："你小心些，别摔倒了。啊，浪打过来了……"

他的声音被浪涛淹没。朱毓媞赤着双足，在海滩上踩了无数的小脚印，笑道："清，你也除下鞋子，过来跟我一起玩。"

袁紫清笑道："好。"

捡贝壳、堆堡垒、捉螃蟹、踩浪花……海滩上能玩的几乎玩遍了，二人才带着恋恋不舍的心情回到家中。

从此他们时常去海边，携手望潮起，比肩看霞飞。

这日飞扬捎来紫禁城的回信。

朱毓媞打开来看，不禁潸然泪下。

袁紫清问："每回读信都泪汪汪的，这回又写了什么？"

朱毓媞道："我告诉母后我有了两个月的身孕，她就在信里叮嘱我前三个月胎象都不稳定，一定要格外留心，又说了三个月后要吃这个吃那个——"

袁紫清笑着打断她："最后又催你回宫，是不是？"

朱毓媞道："母后舍不得我怀了身孕，在外面没有御医伺候，没人照顾——"

袁紫清道："谁说没人照顾？我不是一直在照顾着你吗？"

朱毓媞笑道："她说男人都粗枝大叶的，怎能比得上女子细心谨慎！"

袁紫清道:"那你说说,我究竟是粗枝大叶呢,还是细心谨慎?"

朱毓媞笑着捏了他的脸颊一把。袁紫清来到樱谷后,心宽体胖,脸颊丰腴了不少。她道:"当然是比女子还要细心谨慎,把我捧在手掌心上。我以为我还在舒舒服服当公主呢!"

袁紫清满意一笑。

朱毓媞道:"可为人父母者,必怀百岁忧。母后总是不放心。"

袁紫清好奇地问:"怎么一直提你母后,你父皇怎么说?"

朱毓媞嘴角的笑意渐渐苦涩,幽幽地道:"父皇表面上没说什么,但我知道他的内心深处其实很不愿意我离开。毕竟这世上没有哪对父母喜欢看见自己的儿女离家出走。只是国家动荡不安,在皇宫里是穷途末路,在倭国却是柳暗花明……"

第一百三十六章

建文帝

忽听身后有人惊呼一声,回头一看,阿利倚门伫立,脸上交织着震惊、错愕与不敢置信,期期艾艾地道:"你……你是公主?"

朱毓媞索性坦白,道:"是啊! 我之前之所以没有告诉你,是因为我觉得我既然来到这里,便已抛弃了公主的身份。"

阿利喑哑道:"那你知道我是谁吗?"

朱毓媞道:"你是谁?"

阿利颤声道:"说来我们也算是亲人,我的爷爷的爷爷的爷爷……就是明朝建文皇帝!"

这话真是石破天惊! 朱毓媞和袁紫清登时目瞪口呆。

建文皇帝朱允炆是朱元璋之孙,明朝第二代皇帝。建文元年七月初五,燕王朱棣打着"清君侧"的旗帜,发动靖难之变。战争持续三年,最后,燕军攻克当时的明朝首都金陵,建文皇帝从此失踪,燕王即位,是为明成祖永乐皇帝。

建文皇帝的下落一直是一个谜团。有人说他出家做了和尚,有人说他在金陵皇宫被攻破时自焚而死。相传三宝太监郑和七下西洋,就是为了找寻建文皇帝的行踪。众说纷纭,莫衷一是。若朱利所言是真,那么建文皇帝当年是漂洋过海,到倭国定居了?

朱毓媞又惊又喜,细细打量着朱利,许是心理作用,只觉得他和自己越看越像,一时也不知该如何称呼他。

袁紫清心中却是一凉,连这世外桃源都有了朱氏皇族的痕迹,难道无形之中,真的有些事避无可避吗?

朱利兴奋地道:"我们到院子里坐下,我将建文皇帝的事情细细说给你听。"

"好啊!"

三人坐在瓜棚下。凉风习习，带着一丝草木清新。

朱利缓缓地道："那年燕王攻破金陵，建文皇帝在宫中点火，企图制造混乱，好趁机逃离。"

朱毓媞登时恍然大悟，原以为建文皇帝当时引火自焚是宁折不弯之举，没想到竟是刻意制造混乱。

朱利又道："不料当时突然刮起怪风，火反了势头，竟烧死了皇后，建文皇帝和太子双双昏迷，被人背着从地道逃离。建文皇帝父子醒来后，已经在一艘渔船上了。他们从福建福州搭船出海，就这样漂洋过海到了倭国。当时带着建文皇帝父子离开的是一名内官，他手下有一批效忠建文帝的死士。该内官早就预测到燕军终有一日会兵临城下，渔船都是早准备好的，上面还有从皇宫里带出来的财宝。"

袁紫清听到"财宝"二字，忽然心念一动。

朱利继续说道："燕王进入金陵城后，指着被烧得焦黑的一具尸体，哭着说这便是建文皇帝，并在六月二十日以天子礼葬之。建文皇帝深感复位无望，于是便在倭国定居，靠着从皇宫带出来的财宝度日。建文皇帝活了很久。他死后，倭国陷入群雄割据、政权纷争的时期。又经过了一百五十多年，德川家康灭了丰臣氏，建立了江户幕府，统一了全国。

"在那段战乱时期，财宝不便藏在家中，于是便移到这座山里的石穴中。德川平定天下后，德川幕府忙着收揽人心，搜罗天下高手为其效命。我祖辈们都是效忠丰臣氏的。在德川家康扫灭丰臣氏的时候，我朱氏一族也家破人亡，骨肉飘零，只剩下我祖父一个，因此他视德川幕府为寇仇。但是祖父却没有力量向整个幕府组织报仇。

"于是祖父异想天开，绘制了一份藏宝图，分别藏于三本中国书中。然后在江湖上传出风声，说某个地方藏有重宝。人性贪婪，一时间引得天下人群起夺之，江湖掀起腥风血雨，众高手为了夺宝结下嫌隙，再也无法齐心勠力为德川幕府所用。这就是我祖父报复德川幕府的方式——"

袁紫清忍不住插嘴道："原来山崖石穴里的宝藏，竟是靖难之变后从金陵皇宫里带来的。我还在纳闷，为什么倭国的藏宝图会藏在《诗经》《山海经》《论语》里面。"

朱利奇道："你如何知道藏在这三本书里？"

袁紫清道："你一直住在谷里，不知道世外风云。早在二十多年前，便已有人取得了完整的藏宝图，并找到宝藏了。"

朱利微笑道："可见那人一定有过人之处，竟能领先各大高手拔得头筹。"

袁紫清淡淡一笑："为了建文皇帝的宝藏，我险些死于非命。"

朱利奇道："这是为何？"

袁紫清于是将芥川鸣利用宝藏引芥川一族上钩之事轻描淡写说了，并告知宝藏多半已被炸毁，说完盯着朱利，想看他有什么反应。

朱利从来没见过宝藏，又怎么会介意宝藏被毁？他笑道："从来人为财死，鸟为食亡，当真一点也没错。"

袁紫清道："一批宝藏，引得江湖尸积如山，血流成河，芥川氏人丁飘零。可笑的是，世人永远都在重蹈覆辙。"

朱毓媞问："那么你为何会在谷底生活呢？"

朱利道："我的祖父见江湖各大高手杀得血流成河，彼此互相猜忌，谁也不信谁，都没有心思效忠德川幕府了。于是他便在山崖上守着宝藏，冷眼看着究竟宝藏会落入谁的手中。山中的岁月很寂寥，祖父越来越空虚，只觉得即便他身后就是人人垂涎的宝藏，他自己却一无所有。他养成了酗酒的习惯，某日，他喝醉后，失足跌落山崖，却被树枝钩住，大难不死。此后祖父就在谷底定居，娶了村里的姑娘，迎来了新的人生。"

朱毓媞微微一笑："看来即使居住在倭国，祖宗们也没忘记自己是地地道道的中国人，所以藏宝图才会藏在中国书里。他们还将汉语和中国的诗词歌赋教给了你。"她顿了顿，又道："不知道现在该怎么称呼你？"

朱利爽朗一笑："还是像从前那样叫我阿利好了，我喜欢人家这么叫我。"

朱毓媞道："你若想知道靖难之变后的历史，可以来找我，我很乐意说给你听。"

朱利道："你若还想知道建文皇帝当初在倭国的更多传奇故事，也欢迎你来找我。"

说完，两人相视一笑，不觉亲近数分。

之后，朱毓媞和朱利关系越来越好，二人时常烹着花瓣茶，絮絮聒聒聊个没完。

朱利从朱毓媞口中得知当年的燕王，也就是永乐皇帝，行事作风完全和建文皇帝不一样。建文皇帝柔仁好儒，永乐皇帝狠辣好杀，行事颇有乃父太祖高皇帝之风。

朱利又问金陵皇宫是什么样貌，住起来是什么感觉。朱毓媞说，雄才伟略的永乐皇帝御极登基后，知道中原的威胁多来自北方。北平地势险要，北依雄山，南压中原，通江淮，连朔漠，于是决定迁都北平，并改称北平为北京，在北京建紫禁城为皇宫。天子守国门，此后明朝世代子孙都住在紫禁城里。

永乐年间，五征漠北，三犁虏庭；东向经略东北之北，西向设立哈密之卫；吞并安南，四夷望风归顺；六下西洋，万国齐朝圣主；疏通运河，编写《永乐大典》。明成祖雄武之略超越唐宗，远见卓识冠盖汉武。虽然明成祖称帝在许多儒家弟子眼里是有违道统的，但他们却不能否认明成祖为明朝的长治久安奠定了良好的基础。

朱毓媞也从朱利口中得知，建文皇帝迁居倭国后，虽然再也没有君临天下的威仪、九五至尊的待遇，但日子却过得十分轻松快乐。每天一睁眼不必面对王公大臣、累叠奏章，抬头再也不是四四方方的狭窄天空。他可以尽情做自己，闲时一壶茗茶，看云起霞飞；或

到街上随性晃悠,身后不会跟着一群碍眼的宫女太监;偶尔尝试些赌博、斗鸡、逛风月场所等人生从未经历过的新鲜事。

建文皇帝在倭国时曾说过:"若燕王此刻将皇位还我,我也不愿意回去。"那时候他体会到了,这世上没有什么比自由还要珍贵。人的身体若是苗圃,则自由就像是阳光和水分。人若真正到了随心所欲的地步,就能够活得健康、安逸、富足。因此建文皇帝活了将近一百岁,他的大半生都是在欢笑中度过的。

永乐皇帝得了江山,坐上天下最尊贵的宝座,住进世上最繁华富丽的宫殿;建文皇帝失去了一切,却得到比原本的世界还要广袤的蓝天,享受着前所未有的快乐安逸。不知道究竟是谁失去的更多?

每当朱毓媞从朱利家返回时,袁紫清都笑着说:"倦鸟归巢啦?"

朱毓媞都笑着弹他的额头一下,道:"我好似闻到一股醋酸味。"

袁紫清抚着她微凸的肚腹,道:"我要是连这个醋都呷,那以后孩子出世了怎么办?你会只顾着逗孩子,理都不理我。"

提起孩子,朱毓媞脸上都是慈母般的光辉,她甜甜地笑道:"再过六个月,便能见到我们的孩子了。"

第一百三十七章

难得有情郎

海边是消遣辰光的好地方,自从地震震出一条世外通道后,谷里明显冷清许多,大部分的人纷纷到外面跑马看花。

这日傍晚,朱利和纪子来到竹屋,约袁紫清和朱毓媞二人雇船到海上吃新鲜的海产。四人兴致勃勃出发,雇了一艘小船,驶向海中央。

皓月从海的尽头缓缓升起,碧幽的海水泛着粼粼波光。

船夫的渔网内有鱼有虾有蚌,船娘的手艺更是一流。朱利却不让船娘动手,只说自己烤自己吃才有意思。

于是船娘负责杀鱼,去鳞除肠,剩下的交由朱利料理,船娘自己也乐得轻松。

朱利用荷叶裹住鱼身,又用烈酒浸泡活虾,放在石板上炙烤。他还将海蚌剖开,连壳放入炭火里烤,烤熟后撒上盐巴、芥末粉等调料,光是香气就令人垂涎三尺。

朱毓媞笑道:"阿利的手艺真是好得没话说,哪像我们家的清……"她拿眼觑了一下袁紫清,抿嘴不语。

朱利和纪子都在偷笑。

袁紫清嚷道:"我怎样?"

朱毓媞吐舌道:"我什么都没说。"说完就要去拿放凉的烤虾来吃。

"你不能吃虾。"纪子伸手拦住她,"带壳类的海产容易引起过敏,你还是忍一下为好。"

"啊……"朱毓媞眼巴巴地看着烤成金红色的肥虾,口水都快流下来了。

"你不能吃,我替你吃不就行了。"袁紫清此刻笑得没心没肺,他拿起肥虾,剥去虾头轻轻咬了一口。

"你……你是故意的!"朱毓媞气得咬牙切齿。

袁紫清的双眼笑成了弯弯月牙:"又鲜又香,又滑又嫩,我这辈子第一次吃到这么美味的虾,真的好、好、吃!"

朱毓媞听得馋虫直动,又看他拿起海蚌,用竹签挑起蚌肉,放入嘴里。他一脸意犹未尽,她一脸欲哭无泪。

朱利笑看二人,吃的人开心,就是他满满的成就。

拥炉赏月,美酒佳肴,不知今夕何夕。

忽然一艘小船驶了过来,蒲英笑吟吟地道:"好香,可否让我尝个鲜?"

朱利笑道:"你我从小玩到大,还用得着多问这一句?"

蒲英也不客气,拉着她的郎伴上了船,大马金刀地坐下。

朱利一边认真烤鱼,一边问道:"这是第几个了?"

蒲英一点也不害臊,掐指算道:"那日赛马后,是第二个了,不多不多。"

郎伴反而比她腼腆,默默地剥虾、倒酒,像个仆人似的。

朱利打量了郎伴一眼,不再说话。

蒲英絮絮聒聒说个不停,郎伴像锯嘴的葫芦,看上去真是匪夷所思的一对。

蒲英忽然向朱毓媞投了一记眼神,朱毓媞微微领首。蒲英一边喝酒,一边走到船头望月。郎伴起身要为她加一件大氅,才走了几步,蒲英似是立足不稳,身子一晃,"扑通"一声,笔直栽入海里。

郎伴吓得魂飞魄散,满口倭语直嚷着"救人",却不敢跳入海中。

朱利不会泅水,急着不断搡他,道:"你不是会泅水吗?"

郎伴结结巴巴地道:"我……我……可是海水那么黑……那么冰冷……"

朱利气得直摇头。船夫、船娘皆被呼声引来,当下便要下水救人。蒲英忽然自己探出水面,扶舷上船。她冷得牙齿发颤,盯着她的郎伴,眼神尽是鄙夷。

郎伴垂眉敛目,满脸通红,不敢看她。蒲英默默绕过他,忽然一脚将他踢下海。

"扑通"一声,水花四溅,郎伴顿时沉入海里。

纪子怕出人命,急道:"你何必如此?"

蒲英冷冷地道:"放心,他识水性。"澹澹衫儿薄薄罗,湿了后紧密贴着身体,曲线毕露。

朱利、船夫、袁紫清的眼都不知道该往哪放,她却满不在乎。

"清……"朱毓媞轻扯着袁紫清的衣袖。

袁紫清褪下外袍,递给蒲英,道:"穿上吧!"

蒲英淡淡地道:"多谢。"她早已没了方才谈笑风生的精神,闷闷地从朱利手里接过一碗烈酒饮尽。

船上一时静悄悄的,唯有木炭被火烧得爆裂的声音。

朱毓媞忽问："值得吗？"

蒲英淡淡地道："不试试看，怎么知道？"

朱毓媞握住她的手，撩开衣袖，道："这只手才刚被毒蛇咬过，齿痕都还没消退，方才又落海湿身，冻得发抖。唉，那日我不该跟你说太多的。姊姊，我很愧疚。"

"是我的选择，与你无关。你好生养胎，别胡思乱想。"蒲英喝了一口酒，说道，"再说岚族已不再与世隔绝了，外面好男儿多得是，我还怕找不到如意郎君吗？"

袁紫清忍不住问："你们说什么，我听不懂。"他看朱利和纪子也是一脸茫然，才知道这是蒲英和朱毓媞二人的秘密。

蒲英笑道："听不懂就算了。"

朱毓媞怀孕后容易疲惫，在海上颠簸久了，早已体力不支。袁紫清让船夫靠岸，搀着朱毓媞回到屋中。

朱毓媞坐在梳妆台前——其实这梳妆台不过是在木桌子上摆了一面大铜镜而已，和她寝宫里的象牙梳妆台天差地远，袁紫清一边用篦子为她梳发，一边问道："你和蒲英说了什么？"

朱毓媞道："那日赛马后，蒲英找我喝酒，问起你我相识相爱的过程。我跟她说，有一回我失血过多，你割腕喂我饮血；清军环伺时，你为我挡枪；雪崩落难时，你除下所有衣裳只为了给我一星温暖。她听了之后很感动，说她一定要找一个能够为她而死的疯子……"

袁紫清一笑，不置可否。

"所以她才会一一试探那些心仪她的男子。这回她是故意落水的，就是想看看她的郎伴会不会跳水救她。上一回则是故意被毒蛇咬，其实那毒蛇的毒液早已被放空了，就算咬下去也不会有性命之忧。只是，两次她都失望了。"

袁紫清道："她长得美，又是岚族族长的长女。娶了她，就等于得到半个岚族，所以想娶她的人不少，真心爱她的人却是难寻。"

"易求无价宝，难得有情郎。"朱毓媞轻叹了一口气，"这么说来，我比蒲英幸运多了。"

袁紫清看了镜中的朱毓媞一眼，道："你一向谨慎，竟由得她瞎胡闹。蛇毒万一没有完全放空怎么办？又或者海底潜藏暗流呢？"

朱毓媞道："她只认死理，只要决定了，别人怎么劝都劝不动。好在她天性开朗旷达，大醉一场后，所有不愉快都能忘光光，隔天又是龙马精神。"

袁紫清亲昵地吻了她的额头："时候不早了，我们的孩子肯定累了，你赶紧睡吧。"

朱毓媞温柔一笑。二人上了床榻，面对面相拥而眠。

离岚族不远处的海边有个热闹的小镇,街上熙来攘往,商贩云集,人声鼎沸。次日蒲英约昨晚同船的四人一起到镇上赶热闹。

因小镇靠海,卖的大多是新鲜的海产,种类繁多,味道却比不上朱利的手艺。

蒲英笑着说:"不如你来这里开一间店,不出半个月,就能把镇上大半店家的生意通通抢过来了。"

一句玩笑,竟让朱利认真思索起来,毕竟有了骨肉,就会多一分心思筹谋将来。

忽听一阵马蹄声,一匹马不知受了什么惊吓,发了狂似的冲到街上,行人惊声尖叫,四处闪避,却有一个小男孩仍在路上打陀螺,浑然不知危险。

蒲英离那小男孩最近,猛地大叫:"小心!"

小男孩意识到危险,只吓得目瞪口呆,手足无措。蒲英本能地扑上前去,护住那小男孩。烈马见有人挡路,扬起前蹄,便要朝她踹下。

蒲英闭上双眼,只道非死不可,不料斜刺里蹿出一名男子,挡在她身前,双手横起武士刀,马蹄刚好踏在刀身上。那男子臂力极强,武士刀只略略一沉,挡住了马蹄。

此时马的主人过来拉住马,说马方才在路上踩到了锐物才会失控,连连致歉。

男孩的母亲也哭哭啼啼赶了过来,一边安抚男孩,一边向蒲英和男子道谢。

围观的行人见没人受伤,当即一哄而散。

男子搀起蒲英,道:"你没事吧?"

那男子生得高大魁梧,龙骧虎步,器宇轩昂,顾盼生威,十足江湖豪侠的气概,但他说话却是温声细语。蒲英不由得芳心一动。

蒲英道:"我没事,你呢?"

男子道:"我也没事。"

蒲英道:"你我素不相识,为什么你竟能冒险护我?要知道马蹄一落,便是筋骨俱裂之祸。"

男子咧嘴一笑,道:"你和那小男孩也素不相识,你都可以冒险救他,我为什么不能冒险救你?再说保护老弱妇孺,本来就是我们男人的义务。"

蒲英一呆,俏脸飞霞流彩,明艳动人。

他们说的是倭语,朱毓媞和袁紫清听不太懂,但看神情却已了然。纪子无声一笑,悄悄向同伴们使个眼神。众人心领神会,悄无声息地离开了。

从那之后,蒲英一颗芳心便渐渐定了下来,再也没听说她又使什么稀奇古怪的手段去试探郎伴了。

第一百三十八章

无可奈何花落去

眨眼又过去了一个月。纪子已近临盆,由于是第一胎,难免紧张,刚好朱毓媞也有孕在身,孕妇之间本来就比较有话聊,于是纪子几乎天天来找她说话。

二人坐在院子里,一边闲话家常,一边看袁紫清晒被褥、拔草、浇花,忙里忙外的。二人看得无聊了,朱毓媞便说走路有助生产,挽着她的手到外面散步。

七月,正是"接天莲叶无穷碧,映日荷花别样红"的时节,樱谷却四季如春,丝毫不觉得炎热。

血红的夕阳渲染着流云,暮霭沉沉笼罩着整座山谷,不知从哪传来一声又一声的鸟鸣,像是受了重伤似的,声音充满彻骨的绝望。

晚风徐徐,十里樱花簌簌飞落,那满目艳红,在夕阳的照射下像是血花一般,灼得人心慌。

纪子蹙眉道:"不知为何,我心里总是堵得慌,不如回去吧!"

朱毓媞道:"姊姊等我片刻,我捡落花去。"

纪子看她将落花捡到竹篮中,道:"你的肚子不算大,再过几个月,连弯腰都困难了。"

朱毓媞笑道:"我只是不忍这么美的花零落成泥。花瓣洗净了,可以烹茶、蒸饼,还能拿来沐浴。"

纪子微笑道:"蒸饼做好后,别忘了叫我过来尝一尝。"

朱毓媞足足捡了半篮,笑道:"好了。"

二人踏着原路返回,纪子忽然觉得手背刺痛,下意识地要举起手来细看,不料全身无力,软绵绵地瘫倒下去。

朱毓媞一愣,道:"姊姊怎么了?"

纪子五官扭曲,神色痛楚,张大嘴巴,说不出话来,手背上的乌黑正一点一点向上

243

蔓延。

朱毓媞吓得不知所措,连忙放声大叫。不一会儿袁紫清和朱利皆赶了过来。朱利看到这情境,顿时想起多年前曾有村民也是这样的,心头一凉,脱口道:"万蛊蛛!"

这三个字在倭国人的心中,代表了死亡、恐惧、灾难、分离。

随着朱利的惊呼,一点墨色掠过四人惊惧的视线,随即消失无踪。

袁紫清在那一瞬间看得十分清楚,那是一只指甲般大小、通体墨黑的蜘蛛。他几乎是反射性地护住了朱毓媞,双眼流露出野兽般的警惕。

朱利疯狂地大哭大喊:"纪子! 纪子!"

纪子手脚时断时续地抽搐着,双眼似蒙上了一层死灰。只要蛛毒扩散到心脏,不但纪子保不住性命,连胎儿也会中毒而死。

为母则强,她的体内源源不绝地涌出一股力量,让她双手有了些许力气。她从怀里摸出匕首,毫不迟疑地划开肚子。

所有人都被她这惊天动地的举动弄得目瞪口呆,一时忘了哭泣,忘了尖叫。

鲜血喷涌而出,纪子忍痛抛下匕首,要取出腹中胎儿。

她的力气已尽,双眼流露出求救的目光,嘴里发出破碎的呻吟。

朱利和朱毓媞从未见过这般骇人的画面,早已呆若木鸡。袁紫清见惯了腥风血雨,他立即除下外袍,从她腹中取出血淋淋的婴儿,用外袍轻轻裹住,又迅速切断了脐带。

一声小儿啼哭划破天际。纪子用尽余力挤出一丝微弱的笑,死亡的黑色漫过了肩膀,逐渐扩散到全身。她的目光一直向着袁紫清怀里的婴儿。

袁紫清知道她的心思,连忙将婴儿抱到她身旁,让她看个仔细。她的目光中已没有了对死亡的恐惧,只有"只要你活着就好"的喜悦。

袁紫清胸中翻江倒海,当年和母亲分离时,母亲就是用这种眼神看着他。这一眼是痛彻心扉的回忆,像是烧红的铁烙在心口,留下了一个难以磨灭的伤疤。

纪子温柔地望了朱利一眼,在断断续续的婴儿哭声中,缓缓合上了双眼。

朱利只觉得身体急遽下坠,仿佛踏的不是平地,而是落足于万丈深渊,又黑又冷,令他全身发抖。落花簌簌有声,一个恍惚,疑似听见一缕深情的歌声:"生也魂来死也魂,死哩两人共墓坟。周年百日共碗酒,纸钱烧落两人分……"

朱毓媞似被抽走了骨架,软绵绵地瘫倒在地,只听见朱利发出一声凄厉的"纪子——"

随着一声石破天惊的悲呼,林中宿鸟纷纷扑上天际,发出尖锐的嘶鸣,似在质问上苍为什么这般狠心。

夕阳完全没入山头,一弯残月挂在树梢,夜幕沉沉如一面黑网,令人难以喘息。不到半个月前,还是花好月圆之夜,他与纪子踏花漫游,执手私语,一起期待着新生命的到来。

他撕心裂肺地哭着,本是一家三口的欢聚之时,不想竟成了碧落人间的伤别离。

朱毓媞五内如焚,悔恨和愧疚在体内左冲右突,几乎要把她撕成两半。若不是她拉着纪子出来散步,若不是她要捡拾落花,那么纪子也不会遭受劫难。

这个结局竟是她一手促成的!

朱利的哭声似锋利的刀子,剜得她心血淋漓,她的眼泪簌簌直落,全身瑟瑟发抖,似疾风骤雨中的落叶。

袁紫清察觉到她的不对劲,急急抱起她,叫道:"媞儿,媞儿!"

朱毓媞死死咬着唇,忽然觉得下腹似有东西急遽坠落,整个骨头都是剧烈的疼痛。她下意识地往下望,一抹触目惊心的红在裙上晕开。

袁紫清面色惨白,一迭声急叫:"不不不!不可以!不可以!"他很清楚这红代表了什么!

村里的人听到哭喊声都赶了过来,一起帮忙救人。朱毓媞眼前发黑,耳畔嗡嗡作响,顿时晕了过去。

第一百三十九章

母子阴阳两相隔

朱毓媞昏昏沉沉做了一个又一个噩梦。梦里的纪子全身是血,肚子裂开一条缝,蹦出一团模糊血肉。朱毓媞万分惊惧之时,不知从哪跑出成千上万的蜘蛛,密密麻麻地爬满了纪子的身体。

姊姊,姊姊……

朱毓媞惊叫着要扑上去拨开那群蜘蛛,却一步也动弹不得,只能看着蜘蛛疯狂地咬着纪子的身体,最后只剩下一具森森白骨。

蜘蛛们吃完纪子,又向朱毓媞扑来……

"媞儿,媞儿!"

朱毓媞清醒过来,对上一双悲伤缱绻的眸子。她的嗓子在梦中喊哑了,咬字十分吃力:"清……"

袁紫清紧紧握着她的手,眼中漾起一泓晶莹,嘴唇翕动,想说些什么,却始终开不了口。

朱毓媞凝视着他,他双眼血丝密布,神情萎靡不振,两鬓冒出数根白发。南柯一梦,再相见时,却似过了极漫长的岁月。

她从他漆黑的瞳仁里瞧见了自己的倒影,同样也是形容憔悴,似一株受尽风摧雨残的花骨朵。

袁紫清忽然想到了什么,急急叫道:"芥川先生,媞儿醒了! 媞儿醒了!"

一脉药香徐徐飘来,朱毓媞望向门边,见芥川鸣端着托盘走进来。她身上痛楚未散,一股疲倦从骨子里蔓延开来,双眼渐渐合上,又再度沉沉睡去。

睡睡醒醒，醒醒睡睡，朱毓媞感觉到袁紫清一直都在身旁，握着自己的手。她意识渐渐清明，猛地睁开双眼，喊了一声"清"。

袁紫清喜道："媞儿。"眼泪不由自主地落了下来。他怕她看见自己落泪会触动心绪，急急抹去眼泪。

朱毓媞喑哑道："我昏睡了多久？"

袁紫清搀她起身，让她靠着软枕，又倒了一杯水给她喝，道："你昏睡了七日。"

"七日……"朱毓媞凝视着他，目光充满悲伤与怜悯。她心里清楚，这七日对他来说，每一日都是漫长的煎熬。她轻轻抚着他的面颊，柔声道："清，你辛苦了。"

袁紫清一呆，原以为她醒来后会崩溃痛哭，结果就只有这云淡风轻的一句。他反而更加恐惧，道："媞儿，你若是伤心的话，就哭出来，不要紧。千万别憋在心里。"

朱毓媞敛眸道："对不住，我知道你很盼望这个孩子。"

袁紫清准备了一肚子安慰她的话，不料她这么平静，一时竟不知该说些什么。良久，他才吐出一句："你没事就好，孩子……还能再怀上的……"

朱毓媞淡淡一笑："芥川先生呢？"

袁紫清道："一个时辰前他就回去了。你昏倒那一晚，刚好他来了，不然我真的不知道该怎么办……"那是他一生中最恐惧的一晚，纵使小时候被凌虐也没有这般恐惧。他怀里的媞儿下身全是鲜血，意识模糊不清，只断断续续喊着："姊姊，对不住，都是我连累了你。"

这七日就像把他放在火上慢慢燎烧，明明芥川鸣已一连说了好几次"没事"，他总是放不下心。他看着昏睡中依旧愁眉深锁的她，满心都是冰凉的悔恨。魏怜的孩子是他亲手送上绝路的。自从朱毓媞怀胎后，每当自己独处时，他总会不由自主想起那个孩子。从来不信神的他，却因他深爱的人，产生了前所未有的恐惧，不断想着上苍会不会为了惩罚他，而带走他与媞儿的孩子。

朱毓媞眼中泪光盈盈，低声道："阿利他还好吗？"

袁紫清迟疑了一下，道："他……他会走出来的，别忘了，他还有女儿要照顾。"

"是女儿啊……"朱毓媞凄然一笑，"那一定长得很像纪子……"

她的眼泪终于无声地滑落。她轻轻抚着平坦的肚腹，又道："说不定我们的孩子，也是个女儿。纪子说我孕期偏爱吃辣，怀的一定是个女儿……"

"别说了，别说了……"袁紫清紧紧抱着她，眼泪溃堤，全身发抖，"芥川先生说只要好好调理身体，一定能够再怀上的。"

朱毓媞轻轻嗯了一声，闭上双眼，任泪水灼烧面颊。

芥川鸣日日过来探视，她就像个药罐子似的不断进补，在袁紫清悉心照顾下，渐渐恢

复了元气,便说要去看朱利的女儿。

二人刻意避开伤心地,兜了一个大圈子才到朱利家中。尚未进门,已听见洪亮的婴儿啼哭声。

婴儿的哭声触动了她的母性,她心头的伤口分明已经结痂了,却又被撕扯开。那一瞬间的疼痛让她打了个踉跄,险些摔倒。

她以为自己已走出丧子之痛了,却原来自己根本从未迈过那道槛。

袁紫清连忙搀住她,目光落在她面上,只见她双眼珠泪盈盈,几乎便要决堤。

他温柔地道:"不如明日再来,我扶你回去歇息。"

朱毓媞摇了摇头,平静地道:"我没事。"

袁紫清心下又是怜惜,又是悲伤。不管失明还是丧子,她都这样平静,好似那些劫难并没有发生在她身上。有时候宁可她歇斯底里一场,也好过她勉力坚强。

朱利将女儿取名为念。阿念生得粉雕玉琢,玲珑可爱,和纪子长得十分相像。朱利夫妇在族中人缘甚佳,族人感慨纪子早逝,可怜稚儿失母,恐朱利一个大男人不懂得照顾婴儿,平日里都会过来帮忙。有人还把家里的母鹿牵了过来,让阿念能喝到新鲜的鹿乳。

还有热心的族人从外面请了医师照拂阿念。虽然纪子生前中了蛛毒,好在毒素并未伤及胎儿,阿念倒是很健康。

生者能消泯死亡的阴霾,爱女的笑容能淡化丧妻之痛。朱利看似已平静了许多,却不甚多话。他仿佛仍沉浸在回忆里,眉眼间一丝一缕全是相思。

阿念睡着后,朱利便静静地看着那幅"伉俪情深"的画,身体纹丝不动,仿佛成了山石。

朱毓媞既愧疚又辛酸,无情莫过上苍,翻手祸福,覆手离合。她当初怎么想得到,她欢天喜地绘制的这幅画,到最后却成为朱利泪洒衣襟、寸裂柔肠的念想。

丈夫有泪不轻弹,只是未到伤心处。

良久,朱利轻轻地道:"阿念长大后,会知道母亲的模样。多谢你。"

波澜不兴的语气,但每个字都是汹涌的悲思。

第一百四十章

而今才道当时错

朱毓媞不知自己是如何回到竹屋的，甚至连天黑了都没察觉，只是怔怔地道："清，他还在怨我，对不对？"说了这一句，内心最深处瞬间坍塌，眼泪不可抑制地落了下来。

她泪痕狼藉，神情凄婉，让人怜爱万千。袁紫清揽她入怀，道："没有，没有，阿利不是那样的人，你别总往坏处想。"

她满腔都是愧疚与自责，哭得全身哆嗦，先前刻意压抑的丧子之痛也被撩拨了起来，一发而不可收。

她抽噎道："是我害死了纪子，是我害阿念一出生就没了母亲——"

袁紫清道："不许胡说！"猛然觉得她此刻的样子，倒像是刘太妃落水那一日。

果然听她道："还有太妃……太妃也是我害死的……"

刘太妃的死一直是她心里的疤，那疤痕日积月累，早已成了她身体的一部分。平时不会意识到疤痕的存在，不代表这疤痕就不存在。只要一触动疤痕，就会再次感到锥心刺骨的伤痛。

愧疚如狂风巨浪拍打着她的身体，寸寸痛彻入骨，几乎要将她碾作齑粉。

"我还害死了我们的孩子……"朱毓媞哭得声嘶力竭。

袁紫清猛然脱口："不是你的错，是我，都是因为我！"

簌簌的泪光里，魏怜小产的画面此刻又历历在目，和朱毓媞下身全是鲜血的样子重叠在一起，那刺眼的红，怎么也无法从眼前抹去。

怀里的媞儿哭得累了，渐渐昏睡过去。袁紫清这才意识到自己足足抱了两个时辰。他低头凝视着她，她虽然睡着了，眼泪却流个不停。他轻轻将她放在榻上，用帕子拭去她的眼泪，却怎么也拭不完。

夜深了，袁紫清踉跄着走到屋外，悔恨痛苦似千钧山石，几乎要将他压得粉身碎骨。

他猛地一个磕绊，再也没了力气，扶门瘫倒在地。

在妻子面前，他不能露出分毫痛苦，还要强颜欢笑地安慰她，直到她沉沉入睡，他才能彻底放松紧绷的心弦。

袁紫清怔怔地望着自己的双手，上面似沾满了那孩子的鲜血，耳边似听见那孩子哭着说："爹爹，你为什么不要我？"

魏怜哭天抢地地道："孩子，我的孩子……"

悔恨如钝刀一寸一寸磨着心口，扯得五脏六腑都是难以承受的疼痛。自来了樱谷，他已许久未曾有过这般激烈的心绪。曾以为能够彻底忘记过去，却原来始终摆脱不了。就像哮喘，一段时日没有发作，不代表已经痊愈。

哮喘最忌情绪大起大落，袁紫清猛然感到呼吸受阻，手忙脚乱地去抽屉里找药吞下。

哮喘仍在，他还是从前的他。

恍惚想起妻子小产那一日，鲜血染红了一地落花，那满目鲜艳的红色，似在他心里灼出了一个新的伤口。那一刻他才知道，身体的伤，可以止血，可以平复；心里的伤，却只能任鲜血直流，无药可治。

许是哭了一场，朱毓媞醒来后，心绪平复许多，将一腔愧疚全都化作慈爱，尽心照顾着阿念。她失去孩子，阿念失去母亲，不知不觉中，她将阿念看成自己的女儿。阿念也着实讨人喜欢，她的咧嘴一笑，就像一帖良药，抚平了朱毓媞的心伤。

袁紫清却一日一日变得形销骨立，眼底深处有着深深的忧伤。他夜夜辗转难寐，噩梦连连……

魏怜得知怀孕的喜讯，兴奋地抱着自己，嚷着："紫清，你要做爹爹啦！"

魏怜喝下一碗又一碗的汤药。她不知道药里的乾坤，全当为了胎儿好，几乎喝得一滴不剩。

魏怜一边哼歌，一边织着婴儿兜肚，沉浸在初为人母的喜悦里。

那夜下起淅沥小雨，雨打芭蕉，声声催人肠断。魏怜流了一地的鲜血，惊恐痛楚地尖叫……

那个孩子，就在血泊之中，一团血肉模糊……

魏怜……魏怜……我对不住你……

"清……清……"

袁紫清意识渐渐清明，猛地拥被坐起，背脊汗津津的，风入窗棂，不觉打了个寒噤。

朱毓媞倒了一杯水给他，柔声道："又做噩梦了。"

袁紫清就着她的手饮了一口水，勉强撑出笑容："没事，让你担心了。"

朱毓媞道："你做了什么噩梦？我仿佛听见你在喊着什么……"

袁紫清悚然暗惊，急急打断她的话："我喊了什么？"

朱毓媞道："什么……什么怜……"

袁紫清的心跳似乎漏了一拍，暗哑道："我梦见了我们的孩子，只是可怜天伦梦碎、父子缘悭罢了。"

朱毓媞心下惊痛。袁紫清也不是故意提及这个，他是以孩子转移她的注意力。她的心思果然移了去，只怔怔地不说话。

袁紫清此刻恨不得千刀万剐了自己，他抱着朱毓媞重新躺下，道："睡吧！"

只是这一晚，二人又如何能睡得安稳？

窗外雨疏风骤，打在枝叶上，声声摧人肝肠。

两日后芥川鸣过来探望，笑着对朱毓媞道："看来你把我的医嘱听进去了，身子骨恢复得比预想的还要快。"

朱毓媞笑说："先生好医术，我不尽快好起来都难。"

芥川鸣微微一笑："调理得好，日后也容易怀上。"

朱毓媞脸上一红。芥川鸣见袁紫清气色不大好，便关切几句，得知他夜夜难眠，便开了安神药给他服用。

朱毓媞依旧按时给紫禁城送信。之前有了身孕，信中都会细细描述自己怀孕的状况，因今生不能再和亲人聚首的缘故，是以信里往往长篇大论，满满都是孺慕之思。小产之后，她为了不让母后担心，只写了"安好"两字。起初周皇后还没回过味来，但她一向多虑多思，渐渐察觉不对劲，在信中问了情况。

朱毓媞收到了信。信中一字一句皆是拳拳关心、殷殷问候，足以想见遥在彼岸的慈母之心，不觉一颗心似灌了铅，一分一分沉坠下去。不愧是母后，她还是察觉到了。

朱毓媞怔怔地不知如何起笔，末了，还是决定扯谎，又写了"安好"两字。她向来厌恶谎言，此刻方知，有时候说谎只是为了不去伤害至亲之人。

自经历了怀孕之喜、丧子之痛、照顾阿念的辛劳，她深刻体会到为人母的不易，昔日对周皇后的种种不满皆烟消云散了。她恍惚想起，她和母后虽然都住在坤宁宫，可她总是一味避开母后，母后待她也冷冷淡淡的。当真名为母女，实则天涯陌路。现在母女远隔重洋，彼此的心却亲近了不少。如今算来，倒真的有足足一年未见了。寻思起、从头翻悔。一日心期千劫在，后身缘、恐结他生里。大大的一颗泪珠终于落了下来，滴在信笺上，洇开了墨迹，复又一滴泪珠落在泪痕之上，将那"安好"两字弄得模模糊糊的。

朱毓媞一时怔怔不察，袁紫清掀帘而入，见她桃腮垂泪，目光楚楚，心疼地问："怎么哭了？"

朱毓媞连忙抹泪道："没什么。"匆匆将信笺折好，放入竹筒里，系在飞扬的爪子上。

第一百四十一章

重到旧时明月路（上）

周皇后收到了信，摊开一瞧，笺上泪痕宛在，那"安好"两字哪里安好了？心中再无怀疑，长平必定是出事了！

她咬了咬牙，此刻再无犹豫，立即打发人去传绿萍。

朱毓芙一边剥着橘子，一边闲闲地道："这次姊姊会回来吗？"

周皇后道："她骨子里最是重情重义，看了信，必定会回来的。"

朱毓芙冷笑道："若是重情重义，又怎么会撇下咱们离宫出走？"

周皇后道："所以母后倒要看看，究竟是什么样的男人才能把她迷得没了心肝。"

自朱毓媞离宫后，绿萍就在皇后身边当差。

不一会儿，绿萍入殿，行礼如仪。

周皇后淡淡地道："来人，备笔墨。"她定定地看着绿萍，道："一会儿我说什么，你就写什么。"

往常周皇后写信给公主，从不会让人代笔。绿萍心头掠过一丝不祥，只能答了声"是"。

朱毓芙笑吟吟地看着绿萍，似在欣赏一出好戏。

周皇后缓缓地道："公主殿下，皇后染恙，病危。"

绿萍猛地抬起头来，只惊得目瞪口呆，手中紫毫落在绒毯上，颤声道："皇后娘娘，这……这……"

周皇后面色一沉，道："不写吗？"

绿萍插烛似的磕头："奴婢不敢。"

朱毓芙撇嘴道："皇后娘娘都这样吩咐了，你有什么不敢的？"

绿萍哆嗦着嘴唇道："皇后娘娘圣躬无恙，福泽绵长，奴婢怎敢写下这样大逆不道的话,况且这……这可是欺骗公主……"

周皇后道:"本宫这也是为了长平。你只管写就是了。"

绿萍兀自迟疑。

周皇后厉声道:"若不是看在你服侍长平多年,光是护主不力一条,你就是十条命也不够填!"

绿萍全身瘫软,呜咽道:"奴婢……奴婢写就是了……"

朱毓媞收到信,一个趔趄,摔倒在地。以往她看信至多只是垂泪,不想今日会这样经受不住。

袁紫清急急抱住她,道:"写了什么?"

朱毓媞嘴唇哆嗦,脸上再无半分血色:"绿萍说母后病危……她说……母后病危……"

袁紫清一呆:"皇后病危?怎么会这样?半个月前不还是好好的吗?"

朱毓媞抽噎道:"我也不知道,母后的身子一向不好,或许先前早就病了,怕我担心才不让我知晓。绿萍是不会骗我的,母后现在一定很不好,我却不能亲自侍疾。我真是不孝……"

袁紫清心乱如麻,嘴唇翕动,终究还是将内心最深的恐惧说出口:"你要回紫禁城吗?"一双清炯炯的眸子凝视着她,仿佛要看入她的内心深处。

朱毓媞怔了一晌,侧过脸庞望向窗外,凄然道:"她是我的母亲,怀胎十月、辛苦生下我的母亲。母亲病危,女儿焉能不顾?"

恍若有隐隐雷霆夹着万钧风雨响在袁紫清耳边。一瞬间他的胸口空空荡荡,心不知飘到了何处,有寒风嗖嗖灌入,四肢百骸都没有一丝温度。

他最恐惧的一日,终究是到来了!当初早就意识到,这样按时和紫禁城互通尺素,迟早有一日会迫不得已回到原本的世界。但他却不曾想到,这一日竟来得这么快,快得令他措手不及,满心满肺都是灼烈的焦虑不安。

袁紫清紧紧握住她的手,道:"媞儿,能不能为了我不要回去?我知道自己这样很自私,可我……可我没办法,一旦回去了,我们就不能像现在这样平静地过日子了……"

他的语气几近哀恳,几近乞怜。朱毓媞从来没有看过这么软弱的他,她心头一紧,柔声道:"清,我们已经是夫妻了,没人可以拆散我们。"

袁紫清的双眸满是忧伤的荫翳,他凄然道:"不,你不懂,一旦离开倭国,等待我们的便是离别,你父皇容不下我的。"

朱毓媞道:"你是紫兰君的事,我会让知道的人全部不说。你不用担心我父皇会容不下你。何况我是你的妻子,我还怀过你的骨肉,父皇难道还要强行拆散我们吗?你的父

亲曾做过官。这样清清白白的家世,我父皇怎么会容不下你?"

不,这不关紫兰君的事！袁紫清嘴唇哆嗦,埋藏在他内心最深处的秘密瞬间冲口而出:"媞儿,其实我父亲是……"

忽听一个焦急的声音道:"毓媞,阿念不好啦!"正是朱利抱了阿念进来,一张脸满是焦虑惶恐。

"阿念怎么啦?"朱毓媞的心猛地一沉,急忙去看阿念。只见阿念脸色潮红,触手一摸,烫如火炭,显然是发了高热。

朱利急道:"天色晚了,请不到医师。你不是略通药理吗? 快帮我想个法子。"

朱毓媞道:"我先去采药,给她熬药退烧。明儿一早再请医师过来看一看。"说完背起竹篓,走到门边。忽觉不对,以往她出去采药,袁紫清都会跟着。她回头一看,袁紫清像丢了魂似的,整个人笼罩在烛影里,阴郁的气息从骨子里蔓延出来。

她轻轻唤了一声:"清。"

袁紫清这才回过神来,瞥见朱利也在场,愕然道:"阿利怎么来了?"

朱利纳闷道:"我来了好一会儿了,你不知道吗?"

朱毓媞道:"清,我要去采药。"

袁紫清嗯了一声,提了风灯跟了过去。

第一百四十二章

重到旧时明月路（下）

朱毓媞采了药，熬成浓浓一碗药汤灌入阿念嘴里。一晌后阿念发了汗，脸上潮红稍减，朱利和朱毓媞方始松了一口气。

这一折腾，月移中天。朱毓媞道："阿利，你先去歇息，我来照看阿念。"

朱利道："这怎么使得？"

朱毓媞道："我心里乐意，求之不得。"

朱利道："好吧！"他实在疲惫已极，歪在藤椅上，双眼闭上，不一会儿便鼾声隐隐。

朱毓媞轻轻拍着阿念的胸口，目光无限慈爱，无限温柔，就像望着一生的珍宝。得知阿念发高烧的那一瞬，她紧张得几乎快要窒息；阿念烧退后，她兀自不能完全放心，一定要守在阿念身旁，就怕阿念半夜又忽然发起高烧。

朱毓媞就这样静静地瞧着阿念，身体纹丝不动，竟浑然不觉疲累。

袁紫清默默地凝视着她的背影，只觉得似沐在寒冬腊月里，骨髓里丝丝缕缕都是寒意。

他强撑着一口气缓缓走到屋外。菜田青菜珊珊可爱，瓜棚丝瓜累累结实，大盆栽里荷花并蒂盛放，象征着一生一代一双人。篱笆下的牵牛、蔷薇、向日葵等花卉兀自争奇斗艳，樱花树下秋千随风微晃。十里樱花，落英缤纷，乱红如雨，凄迷如梦……

只不过一年，这样的静好岁月就要结束了。

袁紫清满心苍凉，仰望穹苍，蒙蒙泪光里，似望断了天涯路。

阿念退烧后，朱利便将她抱回家中，让朱毓媞休息。

朱毓媞满怀心绪，睡得极不安稳，满口含含糊糊喊着"母后，母后……"恍涩间似感到袁紫清握住自己的手，他的指尖十分冰冷。

255

朱毓媞悠悠醒了过来,对上袁紫清一双沉郁的眸子,柔柔地喊了一声"清"。

袁紫清深深地凝视着她,颤声道:"你还是决定要回紫禁城吗?"

朱毓媞不答,只道:"昨夜阿念发了高烧,令我想起我小时候有一回也是高烧不退,太医反复来了好几拨了,都没有办法使我退烧。那时候母后也是这样守着我亲侍汤药,不知疲累……"

袁紫清听到这里,眼中最后的渴盼像是沉入永夜的流星一般,再也无迹可寻。他嘴角牵起一丝凄凉微笑,他的心里再清楚不过了,她因怀孕和照料阿念,对母亲日益思念。她是下定决心要回到紫禁城了。

袁紫清纵然心中有千言万语,此刻却一句话也说不出口。难道告诉她自己的父亲是袁崇焕,就能改变她回到紫禁城的决定吗?难道要她抱着见不到生母最后一面的痛苦悔恨度过一生吗?

他不动声色,温柔地道:"你一整晚没睡,再去睡一会儿吧。"言毕,宛如一缕幽魂般飘然出了屋子,也不知道该去哪,只是随处行走。

落花如梦凄迷,那满目绯红纷纷扬扬,一切都成了追忆。

恍惚想起《牡丹亭》中有一句:"原来姹紫嫣红开遍,似这般都付与断井颓垣。良辰美景奈何天,赏心乐事谁家院!"

好梦易醒,彩云易散,原来不过如是!

嘴角噙起一丝凄凉的笑,忽然瞥见一面蛛网结在花枝上,两只黑色的蜘蛛正在交配,心中悚然一惊,是万蛊蛛!

芥川鸣曾说万蛊蛛是倭国最普遍的毒蛛,无处不在,毒性至烈。他静静地看着两只万蛊蛛,心中却波澜不惊,好似看见了同伴,备觉亲切。

嘴角的笑意渐渐转为狠戾,既然上苍逼他回到原本的世界,那么在樱谷里的袁紫清便已经死了。从今往后,他就是那残忍冷酷、杀人不眨眼的袁紫清!

忽然觉得很讽刺,他多么不愿意做原来的袁紫清!可樱谷通了外界,飞扬又捎来了紫禁城的急信,这一切令他不得不屈从。

他折了两根树枝,夹起了两只万蛊蛛,放入小匣子里,又回屋取下挂在墙壁上的凝血剑,缓缓抽出剑鞘。那一泓秋水似的寒光,映得他双眼如万尺冰潭,他神色清冷如秋霜,再也没有草木温润的气息。

落花中舞剑,剑气催得花落如雨。黯然销魂者,唯别而已矣!

朱毓媞决定回到中原,朱利和蒲英一惊一乍的,满腔都是不舍。

朱利怅然道:"你舍得阿念吗?"

朱毓媞心头一酸,从他怀里接过阿念,道:"当然舍不得,阿念就像是我的女儿。"

蒲英道："不能多待一阵子再走吗？"

朱毓媞叹道："你们舍不得我，我何尝舍得下你们？如今我总算体会到我母亲的心境了。何况我母亲病了，我怕我回去晚了，会留下遗憾。"

朱利道："才一年……才一年就要走了。这一走，今后还不知道能不能再会。"

蒲英双眼一亮，道："不然我们过阵子去中国找你可好？"

朱毓媞道："还是不要了。中国如今兵荒马乱，我都不知道我的国家还保不保得住……"

蒲英失望地道："既然兵荒马乱，为何不留在这里？好不容易跟你这般要好，一眨眼你却要离开了。"

朱毓媞伤感不已，但她向来要强，从不将软弱的一面示于人前，强颜欢笑道："只要你们过得好好的，即便天各一方，也能千里共婵娟。"

袁紫清一直缄然，此刻再也压抑不住，道："你就想着别人好，那我们呢？！"

三人均是一愕。袁紫清悲伤难抑，甩头便走。

朱毓媞赔笑道："他舍不得离开才会这样，别见怪。"

二人心事重重，只觉得越是面对她，越是眷眷不舍，于是聊了几句后便离开了。

第一百四十三章

莫说离情，但值良宵总泪零

朱毓媞满心惆怅，只化作一声长叹。自从她决定回中原，她就觉得袁紫清心里的某个地方变了。只听后院传来声响，于是踱去一看。

只见菜田里的菜全被挖出，瓜棚里的瓜全被摘下。袁紫清寒着一张脸，一剑一剑把菜和瓜剁得稀烂。

朱毓媞呆了一呆，道："你干什么？"

袁紫清没有理会她，又走到前院，将大盆栽砸在地上。并蒂荷花零落成泥，一溜儿小鱼在泥泞中苟延残喘。

朱毓媞又惊又怒："住手！你疯了吗？"

袁紫清依然不语，凝血剑寒光闪闪，篱笆下几株姹紫嫣红的花卉全都被他斩去。他毁了花，又动手将篱笆毁去，只觉得砍在篱笆上的每一剑，都似砍在自己心上。

朱毓媞道："你若有气，只管冲着我来，别拿死物泄气。"

袁紫清脸上又是悲伤，又是无奈，交织成一片绝望："媞儿，这里是我们的家。我们要离开了，那这个家也不必存在了。"

朱毓媞一听，怒气顿散，一颗心不禁酸楚了起来，道："你心里终究还是怨我了。"

袁紫清凝望着她，这瞬间，明明伸手便能触及彼此，中间却似隔着千山万水。

他心中酸楚到了极限，喃喃道："我不怨你，我只怨我自己。"

朱毓媞凄然道："清，我们只是离开了这个家，我们还能在中原建立属于我们的家……"说到这里，忽然觉得这并不是一句安慰的话。明朝祖制，公主出嫁居公主府，驸马另居他处，如要相见，还有重重规矩束缚。

二人默默对视，一晌无话。

袁紫清淡淡地道："让我再推你荡次秋千。"

"好。"

二人牵手走到樱花树下，朱毓媞坐在秋千上，袁紫清在后面轻轻推着秋千。

仿佛还是那一日，他刚搭好秋千，唤她过来坐，坐了一会儿，飞扬过来了，他还以为这样的美好日子结束了，却不想她当时笑着对飞扬说："我啊！要跟清在这里，幸福快乐地过一辈子。"

他当时还以为听错了，但她的神情分明那样真诚，至今仍深植脑海，永志不忘。

接着她又说："你为我搭建了我心目中理想的家，我当然要长住下来咯！菜田里的菜苗、瓜棚里的瓜苗，总要有人照料吧？篱笆下的花总要有人浇水吧？秋千都搭好了，没人荡岂不可惜了？"

为她搭的秋千，今后再也不会有人荡了！

她又说："繁华尽处，择一青山幽谷，建一篱笆竹屋，搭一花树秋千，我愿意与你在此晨钟暮鼓，安居偕老。"

可惜了，这样的静好岁月，已到了尽头！

他无奈闭目，簌簌泪光里，他看到了那条旧时路，也同样是一条末路。

秋千越荡越高，二人的心却似灌了铅，一分一分永无止境地沉坠下去。

这一夜，过得十分漫长。

离开樱谷前，袁紫清毁了秋千，又一把火烧了篱笆竹屋。朱毓媞在一旁默默看着，并没有阻止。她知道他心里的痛楚远胜于她。这是他一手精心布置的家，彼时的他一心只想让自己住得舒适。如今他一手摧毁了心中的理想，这并非无情，而是至情。

一把火烧得干干净净，仿佛不曾住过，仿佛在樱谷的岁月只是一段空白。

熊熊火光里，袁紫清的脸却是冰雪般的漠然。朱毓媞怔怔看着，这一瞬，才知道原来他不是变了，而是回到了从前，那个在菜田里耕耘、对着她灿烂一笑、在她身上抹泥巴的袁紫清已经不存在了。

她觉得，那样发自内心快乐大笑的袁紫清，再也回不来了！

她心中的辛酸一点一点上涌，在五脏六腑、四肢百骸蔓延开来。她索性别过脸去，不再看他。

袁紫清带走的东西只有一样，那就是她当日写下的花笺："水阔花飞，月淡风清，与君语。黄泉碧落，红尘紫陌，与君共。似水流年，静好岁月，与君老。"

他挽着朱毓媞的手，转身远离了身后的熊熊火焰。与村民依依不舍地道别后，一步一步踏上了归途。

走出山道，到了海边。他们曾经在这里踏浪嬉戏，堆沙筑堡，携手望潮起，比肩看霞飞，却没料到竟会这么快就在沙滩上，一步一步印上了离别的脚印。

朱毓媞满心凄楚，脚步不由得一缓。

袁紫清淡淡地道："这是你选择的路，可得仔细走好。"

朱毓媞喊了一声："清……"

袁紫清握紧她的手，淡淡一笑："当然，我会一直陪你走下去。除非你自己放开了我，不然我绝不会放开你的手。"

他们到江之岛向芥川鸣辞别。

芥川鸣纵然不舍，也只是一句"保重"。似知道再无相见之期，因此也不说什么"山高水长，后会有期"的话。

朱毓媞极喜欢他这性子，不为别的，她从来就不爱哭哭啼啼、依依不舍那一套。

飞扬亲密地磨蹭着她的手背。朱毓媞笑道："飞扬你若想念我，展翅一飞，还怕见不着我吗？你啊，生了这一双翅膀，都不知道我有多羡慕呢！"

袁紫清对芥川鸣道："我去见师父。"

芥川月龙一动也不动地平躺在床铺上。

袁紫清握着他的手，喃喃道："师父，即便我多么想与媞儿白头偕老，但有些东西存在我们血液里，是无论如何都割舍不了的。"

朱毓媞随后走进去，只听到最后一句，问道："你说什么？什么割舍不了？"

袁紫清淡淡地道："没什么。你过来给师父磕个头。"

二人并肩跪在芥川月龙身前，郑重地磕了三个响头。

芥川鸣道："我请朋友安排船只，你们就在这里稍候片刻吧！"

午后晴空万里，最适宜出航。

江之岛、不死山、樱谷、岚族、采药治病、篝火旁欢歌妙舞、烤肉喝酒、赛马较劲、海上拥炉赏月的经历，都将成为刻骨铭心的回忆。

路远迢迢，前程渺渺，等待在尽头的会是什么，他们也不清楚。只是紧紧握着彼此的手，互相给予对方力量，一刻也不敢松开。

兰桑
纳采

著

碧落人间情一诺

叁

浙江出版联合集团

浙江文艺出版社

目录

第一百四十四章

毒杀皇太极

二人回到中原后，已是掌灯时分，海上颠簸令人疲惫不堪，于是便先找了间客栈投宿。

二人沐浴过后，店伴送了饭食进来。朱毓媞早就饿得前胸贴后背了，当下大快朵颐起来。袁紫清却不太吃，只是支着脑袋，静静地看着她，目光充满温柔和不舍。

朱毓媞被他看得别扭，搁下筷子，道："你干吗这样看我？"忽然一阵头晕目眩，险些从椅子上摔下。

袁紫清一把搀住她。

朱毓媞揉着太阳穴道："清……这饭菜有问题……"

袁紫清沉静地道："我知道。"

朱毓媞见了他的神色，不敢置信地看着他，道："是你……是你做的手脚……你……为……为……"想问他"为什么"，却唇舌发软，一句完整的话也说不出来。

袁紫清将她抱到床榻上，柔声道："既然我们回到了中土，有件事我就必须去做，我要去刺杀皇太极。你好好睡一觉，睡醒后，我大概就回来了。"

朱毓媞听到那一句"我要去刺杀皇太极"，有如九天惊雷击落脑门，满腔惊涛骇浪，却抵不过从骨子里蔓延出来的倦意，双眼一闭，登时沉入南柯。

袁紫清替她被了被角，在她额头上轻轻吻了一下，携剑飘然而出。

早在朱毓媞说要离开倭国返回中土时，袁紫清的内心便已流转过无数次杀皇太极的念头了——既然上苍逼他回到原本的世界，那么在樱谷里的袁紫清便已经死了。从今往后，他就是那残忍冷酷、杀人不眨眼的袁紫清！

此次刺杀风险极大，非寻常作案可比，但他早已有所准备。他下意识地摸着怀里的

小匣子,那里面装着两只万蛊蛛!

到了盛京皇宫,时近亥时,但见宫外岗哨森严,巡守密织。袁紫清连忙藏入树荫里,趁守卫不注意,轻飘飘越过宫墙。

皇宫里殿宇重重,不知皇太极身在何处,袁紫清抓住一个落单的小太监,将凝血剑抵在小太监的脖子上,正打算比手画脚地询问他皇太极的下落,没想到小太监见他一身汉人装束,忙道:"别……别杀我……"说的竟是一口流利的汉语。

袁紫清不禁一怔,随即想到盛京原为沈阳,乃是明朝属地,被后金占领后,于天启五年建为京师,至今不足二十年,城内大多是汉人。这小太监八成也是个汉人。

他沉声喝道:"皇太极在哪?"

那小太监吓得都快要尿裤子了,带着一丝哭腔道:"今晚宗室王公都聚在……在……布库房里看布库……皇上大概也在那……"

袁紫清抓住这个小太监,原本没有抱太大期望,毕竟天子的下落不是人人都知道的,却没想到今晚宗室王公齐聚一堂,真是天助我也。当下又道:"布库房在哪?"

小太监哆嗦着指了个方向。袁紫清随即劈晕了小太监,将他拖入树丛后,往布库房去了。

那布库房是个极开阔的大敞厅,四周有数十名侍卫把守,还有一队宫女太监捧着诸色器物,看似皇帝仪仗。袁紫清心想,皇太极必在其中,真是踏破铁鞋无觅处,得来全不费工夫。

袁紫清拾起石头投掷在花丛里,侍卫目光立即被吸引过去,他随即飞身上了殿顶,揭开琉璃瓦向下一瞧。

满厅灯烛辉煌,四五对布库手斗得正酣。皇太极居上而坐,一边饮酒,一边凝神观看比武。

袁紫清领教过布库的厉害,被布库手缠上了可不得了。若非有万蛊蛛,他还真没把握在成功刺杀皇太极后全身而退。

他悄悄移到皇太极的正上方,揭开了琉璃瓦,将小匣子取出,开启匣盖,用小镊子夹起蛛丝,将两只粘在蛛丝上的万蛊蛛缓缓垂下。

万蛊蛛只有指甲大小,厅内人人专注于布库比武,因此谁也没有注意到两只蜘蛛已垂落在皇太极衣领上。

袁紫清嘴角扯出一丝胜利的冷笑。为了毒杀皇太极,他特地饿了万蛊蛛两天。万蛊蛛此刻碰到血肉之躯,肯定等不及要饱餐一顿了。

他想亲眼看着大仇人皇太极毒发而死,于是静静伏在屋顶上不动。

皇太极丝毫没察觉到死亡已步步逼近,兀自畅快饮酒。他举起酒杯,忽然怔住,碧绿的酒面上倒映着上方,一片琉璃瓦被移开,一张脸正向下窥视。

姜还是老的辣,皇太极当下不动声色,仰首将酒水饮尽,招来身旁的太监嘀咕了几句。那太监颔首,一溜小跑去了。皇太极随即目视前方,笑着和身旁的宗室亲王闲磕牙,浑若无事。

袁紫清此刻专注于皇太极的动静,浑没注意到那太监走到厅外向侍卫长传话。

万蛊蛛怎么还不快点咬皇太极?

忽然间,漫天钢箭射了过来。袁紫清吓了一跳,急忙挥剑斩落箭矢。方才全神贯注于厅内,不料自己已泄了行迹。他瞥眼一看,四下火炬冲天,密密麻麻的侍卫如潮水般涌了上来,手中弓箭挽成满月。

铺天盖地的箭矢密不透风,首尾相连,半分间隙都不露。冷不防一支钢箭"噗"的一声射中了胸口,顿时鲜血四溅,袁紫清险些从屋檐上摔落。他咬了咬牙,忍痛摸出怀里的烟幕弹,向下一掷,随即展开轻功,往宫墙直奔而去。

就在他起步的那一瞬,忽然听到脚下传来一声惊呼,跟着便有无数宫人扯着满洲语惊声尖叫。

袁紫清心中了然——万蛊蛛咬了皇太极!只是遗憾他没能亲眼目睹皇太极毒发而死。

皇太极出事,宫中乱作一团。他顺利逃离布库房,但是胸口的箭伤却让他步履蹒跚,呼吸困难,几乎每走一步,都伴随着撕心裂肺的疼痛,鲜血滴滴答答地落在地上。

耳听嘈嘈切切的人声由远而近,回头一看,一片火光朝自己而来。他将胸口那支箭折断,踉跄走了几步,忽见前方两名宫装女子正陪着一个孩童踢毽子,其中一人赫然就是在三官庙内劝洪承畴降清的女子。

那孩童年约六岁,衣饰华贵,脖子上挂着金灿灿的长命锁,像是个皇子。他当下也不迟疑,一个箭步蹿上前去,一把抓住那孩童,将凝血剑抵在他颈上。

那女子放声尖叫:"福临——"

福临号啕大哭,这时侍卫们已逼近。

袁紫清厉声喝道:"不许过来,再过来我杀了他。"

众侍卫相顾骇然,登时止步不前。袁紫清心中雪亮,这男孩果然是个护身符!

那女子花容失色,浑没劝降洪承畴的气势,用汉语道:"有什么话可以好好说,快放了福临。"

袁紫清道:"待我平安脱困,自会放了他。"他此刻哪知道怀里的孩童就是皇太极和眼前庄妃博尔济吉特氏的儿子,也就是后来清朝的顺治皇帝——爱新觉罗·福临。

庄妃不似遇了事只会哭泣尖叫的一般后妃,她很快就镇定下来,道:"好,我保证让你平安脱困,可你也不许伤害福临。"

袁紫清道:"我答允你。"

庄妃喝道:"所有人立即退出三丈外!没有本宫的命令,谁也不许上前。"

众侍卫知道福临金尊玉贵,不能有任何闪失,于是哗啦啦退开。

袁紫清道:"够爽快,你立即送我出城。只许你一个相送,若有人尾随,我立刻就割了这孩童的脖子。"

庄妃正要答允,身旁的侍女急道:"庄妃,不可。"

庄妃咬牙道:"苏茉儿,我不能没有福临。"

苏茉儿急得不知所措,眼睁睁看着庄妃绝尘而去,袁紫清挟着福临跟在她身后。

苏茉儿一咬牙,向一名侍卫道:"快把此事告知皇上。"

那侍卫道:"皇上出事了。"

苏茉儿一呆:"出了什么事?"

那侍卫道:"小人也不知详细情由,只知御医们全被叫入布库房了。这会儿布库房乱得跟炸营似的。"

苏茉儿道:"那你立即将此事告知睿亲王,快!"

马车上,福临的哭声简直要将庄妃的柔肠给哭断了。

庄妃不断轻声安抚:"福临乖,很快就没事了,福临乖……"

福临只是哭喊:"额娘,救我,额娘……"

庄妃看着袁紫清,乞怜道:"我一定会让你平安出城,你能否先放了福临,不然……不然我做你的人质?"

袁紫清冷冷地横了她一眼,此刻他的伤口鲜血直流,呼吸微微急促,已不想浪费力气说话,若非挟持的是个手无缚鸡之力的孩童,只怕任何人都能从他手里挣脱。

庄妃看了袁紫清的神色,知道求他没用,纵然一颗心油煎火燎的,也只能絮絮安抚福临的情绪。

出了城门,天高地阔。袁紫清道:"还你儿子。"话声方毕,车帷轻晃,庄妃眼前已不见袁紫清的踪影。

袁紫清施展飞索术钩住远方树梢,迅速飞离马车。跟着,他深深提了一口气迈步急奔,身后福临的哭声越来越远,心神一松,终于后继无力,跌倒在地,一口鲜血喷了出来。他哆哆嗦嗦探手入怀,要去拿芥川鸣赐赠的救命药丸。

才刚拔开瓶塞,身后传来一阵马蹄声。他回头一望,只见睿亲王多尔衮率着一队人马疾驰而来,这群人或是手持弓箭,或是手持火炬,至少上百人。

他心中不禁后悔太早放了福临。他当时听了小孩啼哭,想起魏怜和媞儿流掉的两个孩子,一时生出恻隐之心,才将福临还给庄妃。却不料多尔衮竟然这么快就率兵赶至。

他来不及服用救命药丸，双手撑地，摇摇晃晃起身，冷眼看着多尔衮身旁的庄妃，道："你说过让我平安出城的。"

庄妃一边安抚号哭不休的福临，一边向多尔衮道："多尔衮，我答允保他平安。我不能失信于人，你赶紧放了他。"

多尔衮道："别的我都可以依你，但是唯独这件事不行。此人是刺杀皇上的嫌犯，必须拿回去好生拷问。"

庄妃惊呼："你说什么？你说皇上……皇上怎么样了？"

多尔衮道："此事稍后再提。"举起手掌，高声喝道："放箭！"

一支支火箭"嗖嗖嗖"地往袁紫清身后的树林射去，瞬间树林成了一片火海，火光冲天，几如白昼。原来多尔衮已知袁紫清就是杀死阿泰等人的凶手，心忖他轻功极高，虽然受了伤，却不容小觑，此举便是要封死他的退路，令他插翅也难飞。

多尔衮道："你已无路可退，就此束手就擒，别再负隅顽抗了。"

袁紫清道："我乃袁崇焕之子，岂可落入夷狄之手，折了气节！"他从怀里摸出一把十字镖，射死几名清兵，随即转身投入火海中。

多尔衮一呆，原想封锁袁紫清的退路，却没料到袁紫清竟不顾性命闯入着火的树林里。马儿怕火，均不敢闯入树林里，多尔衮只能眼睁睁看着袁紫清的背影逐渐化为一个黑点，最后消失在火光中。

此时盛京皇宫传出丧钟。由于万蛊蛛是倭国毒蛛，咬了皇太极后立即逃之夭夭，位于耳根的伤口又极小，众御医都查不出是什么缘由。是夕，皇太极驾崩，阖宫诸人均震惊不已。白天皇太极还在崇政殿处理政事，毫无异状，不想到了半夜就突然暴毙身亡。只有少数人联想到皇太极的死可能与当夜的刺客有关，但毕竟没有直接证据，只能对外宣告皇太极无疾而终。

第一百四十五章

金作屋，玉为笼

朱毓媞于一个时辰前清醒了过来，她不见袁紫清归来，一颗心火烧火燎，坐也坐不住，只等得心都快焦了。

"砰"的一声，房门被撞开，袁紫清跌了进来，摔倒在地，喷出一口血沫。

朱毓媞一声惊呼，连忙将他扶起，只见他外裳被火烧得支离破碎，露出底下那件防火的天丝蚕衣，但手背、脖子等外露之处仍被烧伤，头发大半被烧焦，胸口插着一支断箭，鲜血直流。

掌柜、伙计见了这情景，都吓得一惊一乍，连话都不会说了。

朱毓媞吓得魂飞魄散，一边喊着："清，清，你振作些……"一边催促掌柜去请大夫。

袁紫清目光黯淡，对朱毓媞笑道："放心……死不了……"手掌翻开，露出芥川鸣赠予的药丸瓷瓶。

朱毓媞立即回过神来，连忙打开瓶盖，倒出一粒药丸，喂他服下。药丸在袁紫清唇舌间化开，如一道清泉般徐徐流入袁紫清胃里。约莫一盏茶工夫，袁紫清的双眼渐渐恢复了神采，欲伸手拔箭，却没有力气，含糊道："拔……拔箭……"

朱毓媞见断箭插得极深，哪敢乱拔，含泪道："我……我不敢……等大夫来……大夫很快就来了……清……你忍着点……"

袁紫清胸口的箭伤濒临肺部，勉强挨到大夫过来，已是意识模糊。大夫利落地拔出他胸口的钢箭，那一瞬鲜血喷涌而出，溅得整个床榻都是斑斑血迹。

袁紫清一声不吭，晕死了过去。

袁紫清昏睡了三天，终于悠悠醒转。他张开双眼，正对上一双殷殷关切的眸子。

朱毓媞喜极，道："清，你终于醒了。"

袁紫清意识渐渐清明,胸口箭伤处和身上烧伤处隐隐发疼。他哆嗦着嘴唇,喊了一声:"媞儿……"

朱毓媞扶他起身,在他身后放了一个软枕,又喂他喝了一点水,方才嗔道:"你竟拿作案用的迷药来对付我!"

"我若不这么做,你定又吵着要跟去。"

朱毓媞静默片刻,才道:"皇太极暴毙的消息早已传开了。"

袁紫清道:"只可惜我没能亲眼看他死去。"

朱毓媞道:"听说皇太极死得离奇,你是怎么做到的?"

袁紫清于是将毒杀皇太极的过程娓娓道来,又道:"我纵然挨了一箭,险些性命不保,却也成功毒死了他,真真合算得紧!"

朱毓媞心中涌起一股复杂的滋味,道:"原来你在倭国便已计划要毒杀皇太极了,你为什么不早点告诉我?"

袁紫清道:"告诉了你,只是让你白白操心而已。"

朱毓媞道:"不管怎么样,你总算是手刃仇人了。幸好你最后平安无事,不然我真的不知道该如何是好。"

袁紫清凝视着他,硬生生从唇齿间逼出一句:"我还有一个仇人。"

"什么?"朱毓媞讶然扬眉,"不是只有一个皇太极吗?"

袁紫清淡淡地道:"当然不是。"

朱毓媞不由得紧张了起来:"那人是谁?"

袁紫清深深地凝视着她,目光悲悯不舍。

"你为什么这样看我?"朱毓媞被他看得心里发慌,又问,"那人究竟是谁?"

袁紫清身子前倾,沉静地问:"你真的想要知道吗?"

"嗯。"

袁紫清沉默片刻,道:"那个人就是……"

朱毓媞一颗心提到了嗓子眼:"是谁?"

袁紫清忽然伸手将她的头发揉成一个稻草窝,笑道:"不告诉你。"

朱毓媞气得火冒三丈,道:"什么嘛!"

袁紫清目光悲悯更甚:"过了不多久你就会知道了。"

"什么意思?"朱毓媞一时云山雾罩,"我越来越不懂你了,你——"话未说完,嘴唇已被袁紫清的嘴唇封住,只觉得他呼吸急促,全身烫如火烧。

她轻轻推开他,嗔道:"你还有伤呢!"

"哪有这么娇贵?"袁紫清扯出一个邪魅的笑,"况且我伤的又不是那儿……"

袁紫清是久旷之身,他虽然重伤初愈,力气却大得很。朱毓媞一点挣扎的余地也没

有,没多久身上的衣裳一件件不翼而飞。袁紫清又飞快地脱去自己的衣裳,然后紧紧搂着她,吻着她每一寸肌肤,疾风骤雨般在她身上予取予求……

"媞儿,媞儿……"袁紫清端着气,那声音仿佛隔着鹊桥的呼唤。

朱毓媞心中油然生出一种感觉,现在他的内心仿佛极度不安和焦虑,极害怕失去自己。

激烈的缠绵、紧密的纠缠,袁紫清像是饥渴已久的野兽,恨不得将朱毓媞融入自己骨血里……

末了,他终于筋疲力尽,沉沉入梦,却不肯稍稍放开她,紧紧地和她挨在一起。

袁紫清伤口完全愈合已是两日后的事了。

掌柜、伙计见袁紫清健步如飞,神采奕奕,都惊得舌挢不下,当时断箭插得那么深,拔箭的那一瞬血溅三尺,换作一般人早就活不了了,哪能这么快就恢复元气!

妖怪,一定是妖怪!

掌柜、伙计看袁紫清的目光充满恐惧。

客栈门口长了两株高大的松树。临去前,袁紫清捡了一把松针。

朱毓媞问:"你捡松针做什么?"

袁紫清淡淡地道:"过不了多久你就会知道了。"

什么嘛!又是这一句。朱毓媞气得发怔。

神神秘秘的,究竟葫芦里卖的是什么药!

二人回到京师已是夕阳西斜。袁紫清找了间客栈落脚,朱毓媞独自回到紫禁城。

坤宁宫的人见到朱毓媞,都像是见到鬼似的,下巴都快掉到地上了。

绿萍原本端着一壶茶,乍见了朱毓媞,茶具顿时脱手,"哐啷"一声,摔得粉碎。她揉揉双眼,似是不敢置信,道:"公……公主!"

朱毓媞见了绿萍也是不胜欢喜,却也不着急和她细叙契阔,道:"母后病了,我先去见母后。"

绿萍面容一瞬间褪去了血色,欲告诉朱毓媞实情,却不知该如何开口,眼睁睁看着朱毓媞迈进殿内。

早有宫人向周皇后禀报了公主归来的消息。周皇后扶着英华的手从内寝姗姗走出,正好与朱毓媞对上眼。

"母后?"朱毓媞还以为自己眼花,眼前的周皇后神清气闲,哪像是病重的模样。

"回来啦!"周皇后的语气仿佛朱毓媞只是去了一趟御花园。

朱毓媞怔怔地道:"您不是病了吗?"

周皇后道："不这样说你会回来吗？"

仿佛有雷霆击落脑门，朱毓媞身子一震，眼前发黑，目光充满震惊、错愕、愤怒。她猛地扭头瞪向垂眉敛目的绿萍，咬牙切齿道："你骗我！"

绿萍慌忙跪下，道："殿下恕罪！"

"是本宫要她这么做的。"周皇后缓缓走向朱毓媞，叹道，"你瘦了一圈。"便要握住她的手。

朱毓媞倒退一步，眼神全是戒备。周皇后的手握了个空，略微有些尴尬，她将手放回袖中，冷冷地道："一年未见，你要跟我这般生分吗？"

朱毓媞满腔的思亲之情全都化作灰烬，愤然道："母后怎能用这种方式欺骗我？为了逼我回来，你竟不惜诅咒自己！还利用我对绿萍的信任逼她写下这封信！"

周皇后的一腔拳拳关心顿时烟消云散，面色一沉，道："好不容易团聚，你一定要这样针锋相对吗？"

朱毓媞冷冷地盯着周皇后，想到这阵子的忧虑牵挂，只觉齿冷不已："母后好算计！是我糊涂，浑忘了母后过往的手段！我不是伤心母后辜负了我的信任，而是懊悔自己傻傻地相信了母后！"

周皇后气往上冲，喝道："公主累糊涂了。来人，带公主回房。没本宫的命令，不许她离开房门一步。"

"殿下得罪了。"两名太监立即架住朱毓媞的身子。

"母后！"朱毓媞不敢相信母后会这样对她，气得脸色发白。

周皇后拂袖道："带走。"再不瞧朱毓媞一眼，转身留给她一个决绝的背影。

第一百四十六章

再遇采莞

淡月疏星,夜色流殇。昨夜风兼雨,帘帏飒飒秋声。烛残漏断频欹枕,起坐不能平……

袁紫清站在窗边,凝望着灯火通明的紫禁城。那望穿秋水的眼神,好似可以穿过重重宫墙,看见朱毓媞站在窗边仰望着月亮的身影。

没有她的夜晚,竟是起坐不能平。

袁紫清克制不住内心的冲动,正欲像从前那样溜进宫里找她,转念一想,此刻她必定守在周皇后的病榻旁尝药侍膳吧!

他百无聊赖,慢慢踱到街上。香车宝马,行人如织,繁华喧嚣依旧。

他忽然想起了萧采莞,离开京城的那一晚她哭得梨花带雨,求自己不要去盛京。时隔一年,那痴情的小丫头不知到哪去了?

正思量间,忽听身后一个熟悉的声音喊道:"公子!"

袁紫清回头张望,讶然道:"采莞!"

竟如此凑巧,正念着她,她就忽然闯入自己的眼帘。

萧采莞似是不敢置信,愣然注视他一晌,忽然忘情地投入他怀里,抽抽噎噎地道:"采莞没有瞧走眼,真真是公子!"

她的头正巧撞在袁紫清胸口箭伤上。那箭伤才刚愈合不久,这么一撞,袁紫清的胸口一阵气血翻涌,忍不住蹙眉闷哼一声。

萧采莞脸上一红,飞也似的跳开,垂手道:"公子勿怪,是采莞失礼了。"

"不是这样……"袁紫清抚着胸口,调匀气息,"我受了伤,你刚好撞在伤口上。"

萧采莞听他受伤,急切道:"怎么受伤的?可好些了吗?去看过大夫吗?伤口还疼吗?"

袁紫清失笑道:"我不是还能好好走路吗?"

萧采莞道:"是采莞多虑了。"

袁紫清盯着她一晌,眼前佳人柔桡嫚嫚,别有一番弱柳扶风的动人风姿。他道:"这一年可好?"

萧采莞道:"采莞目前在惠王府当差,这会儿是出来采买用品的。"

"惠王朱常润?"袁紫清挑了挑眉,"万历的六皇子、崇祯的亲叔叔,原封地在荆州,因湖广一带发生战事,所以来京师避难。"

"采莞深信公子总有一日会回到京城。"萧采莞深情地看着他,"惠王说长平公主失踪了,又觉得皇上的反应很奇怪。照理说公主失踪应派人四处寻找才是,宫里反而一点动静也没有,倒像没有这个公主似的。采莞真真好奇,你们这一年究竟去了哪里?"

袁紫清指着茶楼道:"别站在风口上,进去说话。"

二人落座,伙计眉开眼笑地过来招呼。

袁紫清对伙计说道:"沏一壶雀舌毫来。"又问萧采莞:"可用过饭了? 要不要吃点什么?"

萧采莞颔首道:"采莞出门前便用过了。"

袁紫清看着她纤细的手腕,叹道:"多吃一点,我瞧你清减了不少。"

仿佛有春水徐徐流过萧采莞的心梢,自认识他以来,他从未这样关心过自己。萧采莞眼眶微微发涩,道:"多谢公子。"

不多时伙计端上茶来,还有一碟桂花糕和一碟干果。

袁紫清端起茶壶斟了两杯茶,将其中一杯递给了她,缓缓说起盛京和倭国的往事。他的话里带着一丝缅怀的语气,仿佛说着一个已逝去的梦,也仿佛诉说着他的一生。

所谓伊人,在水一方。如花美眷,似水流年,终究是好梦易醒,彩云易散。梦醒后,恍觉世事漫随流水,算来一梦浮生,淡淡的惆怅尽在不言中。

萧采莞不觉辛酸,从袁紫清的语气中,完全可以感受到他内心强烈的无奈,原来身不由己是那样的令人抑郁。

他眼前的路已望到了尽头,但是他的灵魂仿佛还滞留在倭国的樱谷中。篱笆下的牵牛、蔷薇、向日葵等花卉争奇斗艳,菜田青蔬珊珊可爱,瓜棚丝瓜累累结实,大盆栽里的并蒂荷花迎风绽放。十里樱花,落英簌簌,乱红如雨,凄迷如梦,秋千架上伊人美目盼兮,巧笑倩兮……

一切的一切,都恍若昨梦!

萧采莞轻叹一声:"公子心里舒坦多了吗?"

"舒坦多了。"袁紫清淡淡一笑,"当日你说你要开解我心中的苦,我原本只是听听罢了,却没想到真有一日我会和你在此品茗闻香,促膝长谈。"

萧采莞一时心跳如擂鼓,道:"公子真的变了许多。"

"可是,我终究还是要以原来的身份去面对她,以'子清'的身份重新站在她面前。采莞,我好怕……"袁紫清的声音渐次低迷,像是西风中一脉飞絮,"那种感觉就像是体内有一条毒蛇,随时都会死命咬住我的咽喉。采莞……我好怕……我这一生还从来没有这样害怕过。还有魏怜的事,我真真是悔得肠子都青了。"

萧采莞忽然想到一件事,道:"怜姊姊又重回勾栏了,如今在勾栏胡同的鸣玉坊,听说是头牌姑娘呢!惠王对她倾慕不已,前些日子还将她接到府里献艺。我这才知道原来惠王整日挂在嘴上的碧瑶姑娘就是怜姊姊。"

"碧瑶,碧瑶,为什么取名为碧瑶呢?"袁紫清思量一瞬,双眼雪亮,"碧海无波,瑶台有路。思量便合双飞去。当时轻别意中人,山长水远知何处。"

"我还纳闷为什么起了一个小家碧玉的名字,原来是这个意思啊!怜姊姊也真是可怜见儿的。"萧采莞才刚说完,顿觉失言,忙道,"是采莞说错话了,公子可别往心里头去。"

"你说得一点也没错,原本就是我负心薄幸,对她不住。我这一生,最对不住的就是她。"袁紫清轻轻一叹,"她可有问起我?"

萧采莞道:"怜姊姊见了我,一个劲儿问你的下落。我说不知,她总是不信。她只让我向你转达一句话。"

袁紫清问:"什么话?"

萧采莞道:"我在鸣玉坊等你。"

袁紫清默然一瞬:"知道了。"

"采莞还得赶回王府,就先告辞了。"萧采莞说完匆匆起身,又道:"若公子心意难平,无人可诉,随时都可以来王府找采莞。"

袁紫清道:"我去王府找你,怕给你带来不便。"他吩咐伙计拿来纸笔,写了客栈地址给她,道:"这是我住的地方,我也不知道会住多久,至少最近这半个月都会在这里。"

萧采莞紧紧攥着这张纸,一脸欢喜,撒开脚丫子去了。

第一百四十七章

薄情自古多离别

鸣玉坊丝竹旖旎,脂粉凝香,莺声燕语,钗光鬓影,一派风流气象。

鸨母见了他,笑得脸上的粉都快脱落了:"这位相公看着眼生,是第一次来吧?奴家先叫几个姑娘过来伺候。"

这样一个老太婆自称奴家!袁紫清瞬间起了鸡皮疙瘩,忙道:"不必了,我找魏……我找碧瑶。碧瑶在哪?"

鸨母咧嘴一笑,露出沾了胭脂的牙齿:"相公可真会挑,那碧瑶是咱们鸣玉坊的头牌,吹弹拉唱、诗词歌赋无一不精,端的是风情万种,楚楚动人,身价自然了得,想见碧瑶也不是随时都可以见的。"

袁紫清被她身上的熏香弄得恶心,倒退一步,道:"你带我去见碧瑶。"

鸨母神色一整,道:"真真不巧,碧瑶现在有客人,要不相公等一会儿吧!"她半推半搡地将袁紫清带入一间屋子里,又叫了两个姑娘作陪,自己则到外面替他张罗酒菜去了。

两个姑娘从没见过这般粉雕玉琢的绝世美男子,只一个劲儿拿眼去瞧,连话都不会讲了。袁紫清想一个人清净,又嫌她们脂粉味太浓,当下把她们搡了出去,自己默默饮酒。

等了一顿饭工夫,还等不到魏怜,他不由得老大不耐烦,当下推门而出,见那两个姑娘站在门外,劈头便问:"碧瑶在哪?"

两个姑娘早被他迷得神魂颠倒,两眼发直,呆呆地指了一个方向。直到袁紫清大步流星去了,她们兀自还没回过神来。

袁紫清到了招待贵客的楼房,只听见里头传来琵琶声和歌声,唱的是一曲《点绛唇》,弦弦掩抑声声思,说尽心中无限事。

一会儿丝竹之声静止,依稀听到两人交谈之声。

"碧瑶姑娘好才情!这首曲子叫什么玩意儿?"

"回大人的话,这是李清照的词,词牌叫作《点绛唇》。"

"呵,点绛唇点绛唇,就是给你的樱桃小嘴儿点上胭脂吧?"

"大人说笑了。"

"我可来了兴致了,你的胭脂在哪,我要把你的唇点得美美的。"

"奴家卖艺不卖身,还请大人自重。"

"不就是点个唇嘛,这般正经,倒惹得我一把火都燎上来了。"

袁紫清不由得纳闷,怎么这男子的声音这么耳熟?正沉吟间,听见里头传来魏怜的尖叫,跟着似有几案落地之声。他连忙踹门而入,只见魏怜被一名男子按在地上,衣襟已被撕裂。

袁紫清不由分说,一把拎起那男子便是一顿暴打。那男子早就喝得烂醉如泥,站都站不稳了,更别提还手了。他被打得鼻青脸肿,牙齿脱落了两枚,摔倒在地,吐出一口血沫。

袁紫清箭步上前,还要挥拳揍他,猛地那男子转过脸庞。袁紫清登时大吃一惊,拳头停在半空中,嘴里喊道:"冯玄墨!"

那男子也是一怔,一时浑忘了被打的羞辱疼痛,叫道:"袁紫清!"

袁紫清见他衣衫不整、嘴唇还擦了胭脂,不禁失笑:"一年多未见,冯师兄这样子可真够寒碜的!"

冯玄墨脸上好似开了染坊,红一阵青一阵白一阵。

冯玄墨平时极为谨慎,只是一时喝得糊涂了,又见那魏怜生得风流妩媚,才会克制不住,给自己擦了胭脂,要去亲吻魏怜。偏偏这不伦不类的模样又给袁紫清撞见,他尴尬不已,倒先没了底气。

袁紫清似笑非笑道:"封疆不靖,国家多难,皇帝都被搞得没了颠鸾倒凤的兴致了,你倒还有心思风流快活。"

冯玄墨擦去了嘴角血渍,咬牙切齿道:"我好歹也是朝廷正五品的官员,你不过是个罪臣之后,你凭什么说我?"

袁紫清面色一凛,喝道:"你说什么?!"

冯玄墨冷笑道:"我真是糊涂,至今才知道你就是袁崇焕的儿子!那日云英馆有人对袁崇焕出言不逊,你气得不顾云英馆的规矩出手。我当时怎么就没有怀疑你的身世?袁崇焕有个儿子叫袁子清,崇祯三年于流放途中被人劫走,此后下落不明。你把'子'改为'紫',你以为这样就能把过去一笔勾销了吗?"

袁紫清看向魏怜。

魏怜急道:"不是我。"

袁紫清盯着冯玄墨，咬牙道："你是如何知道的？"

冯玄墨意识到自己说漏嘴了，连忙岔开话题，笑道："皇上杀了你的老子，你却去勾引他的闺女！哟，这唱的是哪一出啊，也忒精彩了！"

袁紫清忍着杀人的冲动，厉声道："滚出去！"

冯玄墨"嘿"了一声，面目狰狞："先前那一百杖，再加上今日这笔账，我绝对会从你身上双倍讨回。"言毕，他捂着脸颊瘀伤蹒跚去了。

袁紫清俯身搀起魏怜，褪下外袍罩在她身上，柔声道："你没事吧？"

魏怜不敢置信地看着他，忽然扑到他怀里，泪如雨下："紫清，我不是在做梦吧？我终于把你给盼来了！"

她哭得厉害，酝酿已久的愁绪瞬间爆发。袁紫清迟疑一晌，终究心头一软，轻轻搂住了她，道："对不起，是我辜负了你。"

"只要还能重来，都不算辜负。"魏怜目光燃起一簇火焰。她一把抹去泪水，拉着他走到轩窗旁，指着相思树盆栽，道："紫清，你还记得这株相思树吗？你离去那一日，它还只是小小的一株，现在已经长得这般高了。这一年来，我天天看着这株相思树，没日没夜地思念着你。"

相思树上满满都是薛涛笺，袁紫清随手取下一张，上面写着："四张机，鸳鸯织就欲双飞，可怜未老头先白。春波碧草，晓寒深处，相对浴红衣。"

仿佛回到了那一晚，他们漫步在金陵的紫玉兰树林里。

魏怜望着天际云遮雾罩的一弯朦胧月牙，道："我忽然觉得，这锦绣繁华、浓醉如梦的光景，竟不如淡月疏星动人。"

袁紫清道："好端端的，怎会有此感悟？"

魏怜靠在他肩上，柔柔地道："我想这是所有风尘女子最终的感悟，李香君嫁侯方域，柳如是嫁钱谦益，董小宛恋慕冒辟疆，卞玉京恋慕吴伟业，大约都是领悟到繁华落尽、铅华洗净的朴实之美。"

"原来是想嫁人了。等闯王夺了天下，我便与你归隐林泉，从此岁月静好，现世安稳。"

他怔怔地望着魏怜，她那赤忱的目光，仿佛自己就是她的天空。他一时愧悔难言，双手一松，薛涛笺飘然委地。

魏怜俯身拾起薛涛笺，重新系在相思树上，道："可怜未老头先白。你失踪了一年，我不知冒出多少根白头发。我时常在想，你究竟去了哪，究竟是生是死。你若是生，我便是熬到一头鹤发，也要等你回来；你若是死，那我便随你去了，省得没日没夜地煎熬下去。

春波碧草,晓寒深处,相对浴红衣。我真后悔当日与你轻别,从此山高水远,海角天涯,也不知还有没有相对浴红衣的那一日。"

她破涕一笑,喜滋滋地道:"紫清,既然你回来了,那我不会再让你离开我了。我这就辞了鸣玉坊。"

"等一下。"袁紫清急急拉住她,只见她一脸渴盼,纵然万般不忍,也只能硬着头皮道:"你误会了。"

"误会什么?"魏怜的笑容略略一僵。

袁紫清嘴唇嚅动。

魏怜蓦地倒退一步,强笑道:"你别说出口,我不想听!"

袁紫清道:"我……"

魏怜尖叫一声,双手捂着耳朵,厉声道:"你闭嘴!我说了我不想听!"

袁紫清道:"你冷静一点。"

"我怎么冷静?"魏怜双眼晕红,声线拔尖,"你可知我为什么重回勾栏,继续倚门卖笑?还不都是因为你!若不是一心盼着你回心转意,一心念着你可能还活在人世,我早就给自己一个痛快了!何必为了生存陪男人喝酒,还让冯玄墨那厮白白糟蹋!"

袁紫清抿嘴不语。

魏怜声泪俱下:"惠王想纳我为侧妃,我一直不答允,就是为了你。紫清,你是我唯一的男人,我把身心都给了你。我求求你,你忘了长平公主好不好?你就当可怜可怜我,不要对我那么残忍,好吗?"

袁紫清道:"我说过了,我这一生除了长平公主,再也不会有其他女人。"

魏怜一呆,哭道:"我怎么会是其他女人?那一日在金陵紫玉兰树林里,你说过你这辈子不会负我的!"

袁紫清一呆,猛地想起那是和她恩爱缠绵时随口所说的一句话,不由得好生懊悔。

魏怜凄然道:"我还为你怀过孩子,我怎么会是其他女人呢?紫清,你究竟什么时候才会清醒?长平公主是你杀父仇人的女儿。若不是因为她父皇,你娘怎么会惨死?你怎么会遭遇那么多屈辱?紫清,你跟长平公主是不会有结果的,你就此打住,不要再跟她往了好吗?现在冯玄墨也知道你的身世了,你认为他会放过你吗?倘若你进了诏狱,以他对你的恨意,你还不被他活活扒去一层皮吗?紫清,我们一起归隐山林,从此不问世事好不好?我可以等你,我可以等你回心转意……"

那句"归隐山林,从此不问世事"刺痛了袁紫清的心。袁紫清目光笼上一层荫翳,按着她的肩膀道:"我今日来,就是要郑重地向你说声'对不起'。"

似有冷水从头浇下,魏怜眼中的火焰一下子熄灭了。她像是一缕幽魂,喃喃道:"为什么……为什么你一点希望都不给我?你可以叫我等,说你还需要一点时间,我等多久都没关系……"她忽然吼了起来："可你为什么连欺骗我都不愿意？为什么一定要令我死心？难道我真的比不上长平公主吗？"

袁紫清似不忍见她这样，别过脸望着窗外。

魏怜沉沉地道："你一定要如此吗？"

袁紫清道："我心匪石，不可转也。"

魏怜道："明知是飞蛾扑火，尸骨无存，你也要这样疯狂下去？"

袁紫清道："我宁愿被烧得遍体鳞伤，也绝对不会离她而去。"

"好好好！"魏怜凄然大笑，笑到声嘶力竭，全身脱力，喃喃道，"今日一别，此后万里层云，千山暮雪，教我形单影只，如何排遣？"

袁紫清淡淡地道："天色已晚，碧瑶姑娘早点歇息。"

魏怜听到"碧瑶"两个字，一股悲凉的感觉从心底泉涌而起，猝不及防下已蔓延至全身。她凄然道："你可知我为什么取名为碧瑶吗？"

袁紫清道："知道。"

"碧海无波，瑶台有路。思量便合双飞去。当时轻别意中人，山长水远知何处。"魏怜凄楚哽咽，"当时轻别意中人，山长水远知何处……终究还是到了这一步……"

袁紫清静静看着她，目光如一潭深水，波澜不兴，好似她只是这房里的一件摆设。

魏怜见他如此木然，已是彻骨绝望，猛地吸了一口气，语气无限哀恳、无限凄迷、无限渴盼："你可以答允我最后一件事吗？只要你答允了，我日后就不会再烦你了。"

袁紫清道："什么事？"

魏怜慢慢走向他，一边走，一边缓褪衣裙，轻分罗带，走到他面前时已是一丝不挂。

肌肤宛如剥了壳的新荔，晶莹生光，雪峰高耸丰润，腰肢不盈一握，衬得浑圆结实的臀部犹如一轮满月，双腿修长纤盈，粉光致致，赤裸裸的傲人娇躯妙态毕露。

魏怜利落地拔去碧玉簪子，墨染般的秀发逶迤落下，为这具毫无瑕疵的胴体增添了一抹诱人的意味。

袁紫清到底是血气方刚的少年男子，想起从前与她锦被翻浪、蚀骨销魂的日子，禁不住胸口一热，移目望向窗外。

魏怜睁着一双泪眸，睫毛轻颤，像是一双承受不住狂风骤雨的蝶翼。她轻轻地道："给我一个孩子，好吗？"

袁紫清全身一震，脑海瞬间浮起她小产后的画面，那一地猩红的鲜血，像是火焰一样灼痛了他的双眼。

魏怜急切地握住他的手，目光炽炽，语气近乎乞怜："紫清，给我一个孩子，让我今生有个依靠，不要让我膝下荒凉好不好？紫清，求你，我求求你了。"

袁紫清满心都是难言的愧悔悲伤，他踉跄倒退一步，垂眼不敢看她的裸体，淡淡地

道:"穿上衣服。"

刹那间,魏怜眼里最后一丝渴盼全都化为死灰。她凄然一笑,软绵绵地瘫在地上,喃喃道:"你真真是变了一个人了,从前你最爱和我欢好,现在对我竟是一点感觉也没有了。变了,一切都变了……"

袁紫清道:"我昔日说过了,我对你的感情始终如一。"

片刻的静默像是一世那样漫长,魏怜不禁心灰意冷,道:"这一年我总算想明白了,你对我始终是皮囊色相的迷恋,对她却是刻骨铭心的真爱。好一个刻骨铭心的真爱,竟让你忘了你爹娘的血海深仇,宁可做个不忠不孝之徒,也不肯负她万一! 袁紫清啊袁紫清,你将来死后有何面目去见你爹娘?"

袁紫清瞳孔骤然一缩:"这是我的事,你管不着。"

"一失足成千古恨……"魏怜扶着椅子起身,缓缓穿上衣裳,"我便擦亮双眼,看你如何跌入万劫不复的深渊!"

她满心都是冰凉的绝望,也不知道袁紫清是何时离去的,月镀银墙,深院寂寂,小庭幽幽,断续寒砧断续风,只觉得这一夜凄冷又漫长。

她猛地拿起象牙笔,饱蘸了墨汁,在一张薛涛笺上写下:"九张机,双花双叶又双枝,薄情自古多离别。从头到底,将心萦系,穿过一条丝。"饱满的泪珠沿着脸庞缓缓落下,晕开了墨痕。

她将薛涛笺系在相思树上,最后一张了,也是彻底死心了。

终究梦好难留,诗残莫读。一种晓寒残梦,凄凉毕竟因谁……

她发怔一晌,似在思索什么,猛地硬起了心肠,扬声唤来一名丫头,道:"去告诉妈妈,说我答允了。"她望着掩映在夜色中的那一栋大宅,心中一分一分麻木起来,原来真正心如死灰,竟是连哭都哭不出来。

她爱怜地抚着袁紫清的外袍,上面还留着他的气息,是熟悉的银丹草清香。她轻轻折好,放入箱笼的底层,又收拾了一些简单的衣物。

鸳鸯织就欲双飞,可怜未老头先白。春波碧草,晓寒深处,相对浴红衣。

相对浴红衣……相对的却不是昔日那对鸳鸯了!

第一百四十八章

纵使相逢应不识，尘满面，鬓如霜

崇祯皇帝得知朱毓媞回宫的消息，便放下奏章，从文华殿赶到坤宁宫。

彼时朱毓媞正坐在窗边，望着天际间的耿耿银河，仿佛望着鹊桥彼岸的他。她就这样静坐不动了良久，送进房里的晚膳全被她扔了出来。

绿萍伏在门口，嘤嘤哭道："殿下，都是奴婢的错，奴婢不该这样欺骗您，您就赏奴婢一顿耳刮子吧！殿下，求您吃点东西吧！"

朱毓媞一语不发，她仿佛倚着松木而生的女萝，全身一点气力也没有。莲漏滴滴，蛩声悲咽，也不知过了多久，只听绿萍道："公公何事？"

一个猫嗓子似的声音回答她："皇上要见公主。"是坤宁宫掌事太监刘安。

父皇要见我？朱毓媞眉心微微一动，正要移动僵硬麻木的身体，房门已经敞开。

刘安进来一礼，道："公主殿下金安。"

"父皇来了？"

"回禀殿下，皇上正在西暖阁候着呢！请殿下移驾。"

朱毓媞心中涌起一股难言的滋味，一年未见，不知父皇圣躬是否康健？内心的压力是否得到纾解？

见到崇祯皇帝时，她内心竟然现出那一句："纵使相逢应不识，尘满面，鬓如霜。"

一别经年，父皇竟憔悴如斯，形容难辨！

她内心激动不已，一时忘了行礼，道："父皇，父皇……"扑到他怀里，泪水蜿蜒而下。

周皇后心中五味杂陈，女儿是她辛苦怀胎所生，却与她不亲，反而偏向她的父皇。

朱毓芙冷眼旁观。

朱慈烺含泪喊道："姊姊总算回来了，慈烺可惦记着你呢！"

朱毓媞拭泪笑道："好好好,姊姊等会儿可要考较你的功课啦!"

朱慈烺道："慈烺可不敢马虎,就等着姊姊考较。"

朱毓媞望向朱慈炯,柔声道："慈炯长高了不少。"

朱慈炯眼圈儿发红:"慈炯好想念大姊姊。"

崇祯皇帝知道朱毓媞把晚膳都扔了出去,于是命人置办了一桌简单的家宴。他粒米未进,正饿得难受,于是便和朱毓媞一起享用。周皇后、朱毓芙、朱慈烺、朱慈炯都已用过晚膳,不过是陪着闲话家常而已。

崇祯皇帝一边吃饭,一边细细打量着朱毓媞,猛地问了一句:"怎么突然回来了?"

朱毓媞一怔,下意识地望向周皇后,周皇后脸上有些许不自然,料想父皇应不知母后使诈,便道:"儿臣想家了。"她这话倒也不假,即便身在倭国的世外桃源,她却也不曾忘记自己国家的战火烽烟。

崇祯皇帝搁下筷子,道:"朕本来十分恼怒你离家出走。不过转念一想,眼下父皇还能保护你,指不定哪一日,父皇再也不能做你的避风港了。难得有一个人愿意真心守护你,父皇何不敞开心胸成全你们?"

这句话有着江河日下、一泻千里的悲凉无奈。所有人都哗啦啦跪下。

崇祯皇帝道:"都起来,好端端的,跪什么跪?"

朱毓媞心中酸楚难言,父皇是本朝最勤勉的君王,然而生不逢时,若在万历时期,有张居正这样的辅臣,君臣齐心勠力,说不定现今就不会是这样残破的局面。

崇祯皇帝笑了笑:"说起来朕还没见过驸马呢! 他叫什么名字?"

朱毓媞道:"回禀父皇,他姓袁,名叫紫清。"想起袁紫清,那苦涩的心境便泛起丝丝的甜蜜。

崇祯皇帝夹了一片莲藕,放进嘴里咀嚼,含糊道:"听绿萍说你当年被掳至金陵,就是袁紫清救了你。想来能让你倾心不已的,必定是个英雄了得的人物,朕想见他一见——"

朱毓芙插嘴道:"父皇想见他,那有何难? 姊姊昔日画了好多张他的画像,父皇可以先瞧个真切!"

朱毓媞登时想起朱毓芙潜入自己房里,把画像拿给周世显看的行径,不着痕迹地瞪了她一眼。

朱毓芙朝她扮了个鬼脸。

"画像?"崇祯皇帝挑眉,饶有兴趣地道,"既有画像,就先拿来给朕瞧一瞧吧!"

不一会儿便有两名太监搬来了珊瑚红漆箱笼。

崇祯皇帝失笑道:"你竟画了这么多张,朕还一直以为你心仪周世显呢!"他拿起一张画像细看,瞬间怔住,讷讷地道:"这……这……"

朱毓媞愕然道:"父皇怎么了?"

崇祯皇帝抿嘴不语，又拿起第二张画像，双手微微哆嗦。众人都察觉到他的异样，不由得屏气凝神地瞅着他。

"父皇，父皇……"朱毓媞心中没来由地感到不安。

崇祯皇帝飞快地扫过所有画像，呆呆地道："王承恩，这……这人好生眼熟，可朕一时半会儿想不起他是谁，你过来瞧一瞧。"

王承恩瞧了一眼，想起袁紫清姓袁，难道……难道袁紫清竟是……

王承恩背脊出了一层冷汗，无论如何都不能在这种场合将这个念头说出口。他强笑道："皇上想不起，老奴这把年纪这个记性，就更加想不起了。"

崇祯皇帝不觉蹙眉："朕一定在哪见过，袁紫清，袁紫清……"

王承恩忙道："皇上先别费神了，等见了他不就知道了吗？"

"也是也是。"崇祯皇帝揉揉太阳穴，"朕最近只要一动脑，就觉得头晕眼花。"

王承恩道："要不等会儿就别回文华殿了，今日早点歇息可好？"

崇祯皇帝摆摆手，道："朕一想到那么多奏章，哪里睡得着？不把奏章看完，累积到明日，不就更加看不完了？"

周皇后道："皇上也要保重龙体啊！"

崇祯皇帝失笑道："这话你天天说，朕听得耳朵都长茧子了。"

周皇后长叹一声，便不再劝。

崇祯皇帝看向朱毓媞，道："朕找个时间见见袁紫清，你这段日子就先别出宫了，多陪陪你母后，知道吗？"

朱毓媞答了一声"是"。

崇祯皇帝又坐了片刻，这才起驾回文华殿。

夜风扑面，蕴起一丝微凉。崇祯皇帝走了一段路，忽然停步，似有一道雷霆击落脑门，轰然一声，瞬间清晰雪亮。

他睁大了双眼，扭头去看王承恩，嘴唇嚅动。

王承恩道："皇上有何吩咐？"

"王承恩！"崇祯皇帝声线发颤，"朕想起来为什么那画像会这么眼熟了，袁紫清……袁紫清是……"

王承恩道："老奴也觉得极像，但毕竟只是画像，唯有见面问个明白才能作准。"

崇祯皇帝喃喃道："不不不，肯定是他！肯定是！画像的轮廓和那人有八成相似，他又姓袁……朕记得袁崇焕的儿子是在流放途中失踪的。王承恩，八成是他，八成是！"

王承恩对崇祯皇帝的性子早已摸透了，知道他认定的道理，九头牛都拉不回。

崇祯皇帝咬牙切齿地道："朕还以为长平觅得良人，没想到竟是给姓袁的欺骗了。那姓袁的必定是冲着朕来的！好好好，朕定要会一会这个袁紫清，瞧瞧他究竟是怎生个巧

言令色,哄得朕的长平魂都没了!"

王承恩心中一凉,这主子性情越发风云难测了,方才在家宴上还说:"难得有一个人愿意真心守护你,父皇何不敞开心胸成全你们?"现在只不过怀疑袁紫清的身世,那一片真心倒成了狼心狗肺了。

家宴后,周皇后便不再关着朱毓媞。次日午后,朱毓媞便和绿萍到御花园散心。

九月秋高气爽,御花园一树烈烈如火的红枫,几乎喧夺了秋阳的气势。

自崇祯皇帝看了袁紫清的画像后,朱毓媞便感到十分不安。她默默走着,显得魂不守舍,没注意到前方就是绿筠亭,一人立在亭子里,一双哀伤的眸子正定定地注视着她。

绿萍先注意到了,正要开口喊他。周世显将食指抵在唇上,摇了摇头。

周世显一早便知道朱毓媞回来了,却不敢见她,只因怕她看见自己,就会想起刘太妃的死。

周世显细细瞧着她,只觉得她有什么地方改变了,一时却也说不上来。其实就是从青涩灵秀的少女变成带了一丝珠圆玉润气息的人妇了,只是周世显却如何看得明白?

朱毓媞蓦地轻轻一叹。

像是一枚花瓣飘落周世显的心湖,漾起一圈圈温柔的涟漪。

周世显几乎难以克制,往前迈了一步,最终还是硬生生忍住。他心里翻来覆去只是一个念头:"她为什么叹息? 她过得不好吗?"

只听朱毓媞轻声说道:"绿萍,你说为什么父皇看到清的画像,会那么震惊?"

绿萍道:"皇上的心思,奴婢哪猜得准?"

朱毓媞道:"我心里总是不安,好像即将要发生什么。"

绿萍道:"殿下别胡思乱想了。"

朱毓媞"嗯"了一声,又道:"这一年世显哥哥可好?"

周世显不意她会突然问起自己,刹那间呼吸停滞,脑子一阵眩晕。

绿萍道:"只要殿下好,世显公子就好。"

朱毓媞道:"我其实很想见他一面,但见了面,又不知道该说些什么。我怕到最后只是让他不自在而已。绿萍,我们已经回不到从前了,那般两小无猜的情感,已经流水而逝了。"

周世显胸口如受重击,一股彻骨透心的悲哀蔓延至全身。他一直害怕去面对这个事实,到底还是从她嘴里听见了。此刻,他已知有种珍贵的东西,从他的生命中消失了。

绿萍不忍地瞅了周世显一眼,怕公主再说出什么锥心之言,忙道:"起风了,有什么话殿下回宫再说吧!"

朱毓媞"嗯"了一声,扶着绿萍的手姗姗而去。

第一百四十九章

从此萧郎是路人

马车停住,帘子挑起,一只手伸了进来,扶着魏怜下马车。

握着魏怜的那手掌光滑柔软,是长期养尊处优之人的手,和袁紫清布满茧子的手不一样。

紫清,紫清……熟悉的面庞轰然出现在脑海里。魏怜思潮起伏的瞬间,对上一双晦暗幽深的眼眸,眸心深处是她从未在袁紫清眼里看过的温柔宠溺。

惠王朱常润,五十岁年纪,一张脸圆润如满月,眼睛笑起来如月牙,个头不高,身形已略有福态。

"到了,从今往后这里就是你的家了。"朱常润的口吻有说不出的爱怜。

魏怜仰头看着朱漆大门上的横匾,银钩铁画地写着"惠王府"三个字,恍然想起崔郊《赠去婢》那一句:"侯门一入深如海,从此萧郎是路人。"

"惠王府"三个字,像锥子一般刺痛了她的心,她不觉怔怔地落下泪来。跨入眼下这道门槛,她就再也不是自由之身了,完完全全属于惠王一个人。可这是她自己选择的路,她再也不能回头,也绝对不能后悔!

原以为心已死,没想到还是能够感受到强烈的悲哀辛酸,还是会落泪。

"怎么哭了?"朱常润拿起帕子,轻轻拭着她的眼泪。

魏怜反射性地想要推开惠王的手,忽又想到自己如今已是他的女人,比这还要亲密的举动日后会不断出现。魏怜一颗心一分一分沉了下去,任由他拭去自己脸庞的泪水。

"绕树三匝,终于有枝可依。碧瑶不过是感动罢了。"魏怜垂眉敛目,不让朱常润看见自己眼中的厌恶。

朱常润微微一笑,宠溺地看着她,道:"房间都收拾好了,进去先歇一会儿吧!"

玉立屏、软烟绮、莲瓣枕,地上铺着锦花红绒地毯,踏上去软绵绵的,毫无声息,小几上摆着青花蚕丝香炉,袅袅喷薄着百合香氲。

魏怜进房的第一件事就是将相思树盆栽摆在轩窗旁,打开窗扇,让阳光照耀在相思树上。她环顾四周,粉彩为墙,绮罗匝地,不由得心想,其实惠王对她还算好的,至少这房里的陈设都是上上之选。

可是,她早已说过了——锦绣繁华、浓醉如梦的光景,究竟不如淡月疏星动人!

掌灯时分,朱常润过来和她一起用膳。

两名侍女利落布菜,其中一人便是萧采莞。

萧采莞看见她时并没有太多惊讶,毕竟在她入府之前,朱常润早已上上下下打点妥当了,所有人都知道惠王心心念念的碧瑶姑娘将入王府。

另一名侍女叫灿星,人如其名,生了一双明眸灿灿如星。

朱常润介绍了两个侍女后,又指着立在门边木雕泥塑似的两名小太监道:"今后这四人便轮流伺候你了,若人手不够再跟本王说。"

魏怜道:"妾身谢过王爷。"

布菜完毕后,朱常润也不要人服侍,将所有人打发走了。他亲自夹菜到魏怜的碗里,道:"多吃一点,瞧你似又清减了。"

魏怜微微颔首,心中酸楚得难受,只想伏案痛哭一场,略吃了几口就搁下筷子不动了。

"碧瑶……"朱常润也不吃了,目光深情似海,凝视着她,"我不意我还有这一天,你会答允做我的妾。"

魏怜吸了吸鼻子,道:"承蒙王爷不弃,是碧瑶的福气。"

"我都没有自称'本王'了,你就别叫我王爷了。"朱常润道,"叫我常润。"

魏怜全身起了一层鸡皮疙瘩,垂眉道:"碧瑶不敢。"

朱常润身子前倾,低声道:"自从在鸣玉坊见到了你,我就发誓我这辈子一定要得到你。可我不想勉强你,我一直在等你答允。"他语气低迷,丝毫没有王爷的姿态:"天可怜见,当我以为这只是一个奢梦时,我终于等到这一刻了。碧瑶,你可知当鸣玉坊遣人告诉我这个好消息时,我内心有多么激动。我恨不得用尽我所有的力量去疼惜你。碧瑶,碧瑶……"

魏怜心中莫名震撼,没想到这金阶玉阶、依红揽翠的天潢贵胄竟然还有如此深情的一面!

早在她答允入他王府的那一刻起,碧瑶得到了荣华富贵,魏怜便已经彻底死去了,死在当日鸣玉坊的卑微求欢里,死在袁紫清的那一道淡漠眼神里!

从今往后,这世上再也没有魏怜,她只是碧瑶!

可是她心里十分明白，即便她如何说服自己就是碧瑶，她的心还是能够感受到魏怜的悲伤屈辱，像是一把锋利的剪子狠狠铰碎了她的心！

魏怜悲从中来，灼热的泪水不可抑制地落下。

我到底是谁？我说过我要做麻木的碧瑶，为什么我还能感受到魏怜的痛楚？

感觉似要被眼泪淹没了，忽然腰肢一紧，已被朱常润合臂抱起，缓缓放在床榻上。朱常润柔软的唇伴随着急促的呼吸缓缓覆上自己的唇齿，热气腾腾的体温像火炉一样碾轧在自己身上。

那瞬间她只觉得胃里翻江倒海，全身不由得起了鸡皮疙瘩，发自内心地想要抵抗！

电光石火间，忽又想起那一日，她褪去所有衣裳，委屈求欢，却换来袁紫清一道冷漠的口吻："穿上衣服。"

魏怜死了，如今你是碧瑶，是不惜一切代价也要拆散他们的碧瑶！

魏怜任凭朱常润的手指挑逗地抚过每一寸肌肤，她完全没有昔日那种欲仙欲死的欢愉，只觉得心像被一把火燃成了死灰，那死灰冰冷地覆盖着每一寸肌肤，令全身都麻木不已。

朱常润似也察觉到了，手指微微一滞，眼中掠过一丝受伤的神采。魏怜忍着内心汹涌的排斥，极力回忆着昔日与袁紫清的鱼水之欢。

紫清，紫清，魏怜几乎是对自己撒了一个可笑的弥天大谎，现在这个在自己身上予取予求的男子是紫清……

朱常润的身体是松垮的皮肉，不像紫清那样结实紧致。

朱常润的眼眸是混浊的灰，不像紫清那样寒星似的明亮。

朱常润全身洋溢着颓唐的气息，不像紫清那样朝气蓬勃。

就连朱常润爱抚她的那双手，也是柔软得令她无法欺骗自己，紫清的手是长年习武的粗糙。

紫清，紫清，在我极力想要把你忘记时，我竟是发觉谁也不能取代你！

第一百五十章

一样晓风残月，而今触绪添愁

久未欢好，当朱常润进入她体内的瞬间，她只觉得撕裂般疼痛，但这疼痛却远不及内心那道形成已久的伤口所带来的疼痛。

朱常润忽然停下动作，带着一丝异样的目光瞅着她，道："这不是你的第一次。"

像是有人用双手用力撕扯着魏怜的心，那道创伤又突然裂开，一瞬间鲜血飞溅。魏怜咬牙忍泪，道："是。"

朱常润双眸波澜不兴，静默了片刻，道："是他吗？"

"谁？"魏怜道。

朱常润轻轻叹了一口气："令你魂牵梦萦的那个男人。"

魏怜全身一震，道："你怎么知道？"

朱常润道："第一次听你弹唱晏殊的《踏莎行》，我便知道了。'当时轻别意中人，山长水远知何处。'没有肝肠寸断的离别、刻骨铭心的思念，是无法唱出那般真挚情感的。"

他目光有怜惜，有深情，有温柔，还有一丝缱绻的悲伤："你当我不知道你为什么取名为碧瑶吗？不管你过去如何，你都是我的碧瑶，我最疼惜的碧瑶。以后就由我来守护你，我不会再让你受到任何伤害。"

内心最柔软的部位冷不防被轻轻撞了一下，魏怜再也克制不住，痛哭失声。也不知道是在哭已逝去的魏怜，还是哭现在活得如行尸走肉的碧瑶。

她麻木地任由朱常润在她身体上驰骋，或许往后她就这样麻木地苟活下去了。

她无力地扯出一丝虚浮的浅笑，记忆中的少年开始模糊，恍惚间似听见自己昔日深情款款的歌声："彼此当年少，莫负好时光。"

彼此当年少，莫负好时光——身心相许的这一生，终究是错负了。

"愿得一心人，白首不相离。"依稀记得当年在媚香楼的时候，自己怀着一腔少女梦，真挚地念了这一句。

"风月场所中哪有什么真性情!"芳姑不断对着所有姊妹耳提面命。

彼时的她却从不放在心上,她回嘴道:"谁说青楼女子就找不到好的归宿?李香君嫁给侯方域,柳如是嫁给钱谦益,佳人配才子,一时传为佳话呢!哼,以我的才貌,一定能够找到一个真心相待之人。"

讽刺的是,这世上愿意对她真心相待、白首不相离的人,却不是那个少年了。

任凭花开花谢,从今往后,她的生命里,再也没有春天了。

她无声地喊出一句:"紫清,永别了。"

朱常润伏在她身边喘息片刻,终于沉沉睡去。

魏怜睁大了双眼,一夜未眠。

作为碧瑶迎来的第一个晓风残月,竟是触绪添愁。

她从箱笼里拿出一个瓷瓶,倒出一颗药丸吞下。吞药的那一瞬,她的嘴角有着坚毅的弧度,眼神也是毫不迟疑的决然。既然是不爱的男人,那根本没有必要为他生下孩子!

她木然看着朱常润熟睡的面庞。其实朱常润年轻时应该是好看的,至少他还算是风度翩翩,温润如玉。可是,曾经沧海难为水,除却巫山不是云,就算有千千万万个深爱着她的朱常润,也比不上一个不爱她的袁紫清!

她此刻才发现,锦被上绣着的是交颈鸳鸯的图案。四张机,鸳鸯织就欲双飞,欲双飞,飞的却不是昔日那对鸳鸯了!

仿佛有锤子重重地击在胸口,眼泪又无声地滑落,在锦被上印下黯淡的痕迹。

曙光一点一点透入窗棂,一个恍惚,才察觉到已经天亮了,身旁的男人清醒了,漫长又难熬的一夜总算过去了,但是她的心像是堕入了永恒的黑暗,再也没有光明!

朱常润看她双眼红肿,心中有数,也不多问,只是握着她的手,道:"过去种种,譬如昨日死。你如今是我的碧瑶。"

魏怜茫然点了点头,蓦地朱常润的唇缓缓落在颈后,一阵酥麻交织着厌恶涌上心头,他的手已探入自己的衣襟,霸道地抚着胸脯,滚烫的身体随即熨了上来……

朱常润挺入的瞬间,许是她没控制住力道,许是内心的抵触,指甲重重地掐入朱常润的皮肉里。

朱常润低笑道:"等一下我帮你修指甲。"

魏怜心头巨震,不禁想起有一回跟袁紫清欢好,自己的指甲也不小心弄伤了他,他当时也是说了这一句。那一次,袁紫清拿小刀轻轻地帮她修着指甲,修得漂漂亮亮的,她内心是阳光般蓬勃的幸福甜蜜。

萧采莞和灿星入内服侍二人洗漱,送上早膳。

朱常润不知哪里生出的念头，兴冲冲地挽着魏怜坐在梳妆台前，笑道："我来为你画眉。"

猝不及防下，魏怜内心那道伤口又被猛力扯开，记忆如雪片般扑来。仿佛还是那一日，自己深情款款地对袁紫清说："宝髻偏宜宫样，莲脸嫩，体红香。眉黛不须张敞画，天教入鬓长。西汉宣帝时期，京兆尹张敞曾为妻子画眉，鹣鲽情深，传为千古佳话。如今我怀了你的孩子，你什么时候娶我为妻，为我画眉呢？"

彼时袁紫清神情便有些许不自然，只是自己没看透罢了，后来是萧采莞送来一碗燕窝羹替他解了围。魏怜心中无声冷笑，萧采莞的心从来都是向着紫清的，说不定早就看出紫清的心猿意马了。

朱常润见她不反对，就拿起妆台上一管螺子黛，为她画了远山眉。

"你觉得好看吗？"朱常润小心翼翼地问。

魏怜回过神来，只见镜中的自己双眉透迤横烟，隐隐含翠，勉强笑道："很好看。"

朱常润松了一口气，笑道："以后我天天为你画眉。"

魏怜心头一酸，她看着镜中的自己，一夕无眠，憔悴如开败的花朵，于是拿起胭脂细细匀面。

朱常润忽然道："我喜爱的并非你的容貌，你画也可，不画也可，再浓重的铅华，也粉饰不了你内心的伤痛。"

魏怜一怔，回头看他，忍不住问："你究竟爱我什么？"

朱常润单膝跪地，平视着她，一字一字澎湃着如海深情："从你的琵琶声中我可以感受到你伤痕累累的过去。也不知道你信还是不信，我就是爱你心里的那道伤口。如果你愿意敞开心胸，给我一个机会，我一定会使这道伤口愈合。"

他深深吸了一口气，正色道："你顾忌自己出身勾栏，不愿做我的侧妃，只愿以侍妾之身入门。我看你这般坚持，不愿勉强你。可是我现在后悔了，我觉得让你以侍妾之身陪在我身边太委屈了，我这就向皇帝请旨，让你做我的侧妃。"

藩王纳寻常侍妾是不用禀明皇帝的，直接一乘轿子抬入王府就可以，但是纳侧妃就不同了，必须向皇帝请旨，并载入宗族谱录。这足见他对魏怜的重视。

再如何刚硬的心，触及朱常润温柔、炽烈、坚毅的眼神和话语，多少也有些动容了。

第一百五十一章

卖身葬父

朱常润用过早膳后便离去了。萧采莞和灿星进来撤去食案。灿星收拾完碗筷就先出去了，室内只留下魏怜和萧采莞。

"问吧，我知道你对我有很多疑问。"魏怜用青盐漱了漱口，神态淡漠。

萧采莞喊道："怜姊姊——"

魏怜猛地打断她："仔细你的称呼，如今我是碧瑶。"

萧采莞静默一晌："你的眼睛告诉我你不是碧瑶。"

魏怜吼了起来："少自以为是！"

"我自以为是吗？"萧采莞目光投向轩窗旁的相思树盆栽，"既然是碧瑶，为什么还留着魏怜的东西？"

魏怜语塞。

萧采莞轻轻一叹："我还是唤你主子吧。"

魏怜硬邦邦地道："随便你。"

萧采莞道："为了报复公子，所以你才要做惠王的妃子吗？"

魏怜嘴角勾起一丝轻蔑的弧度："我不妨告诉你，我如今活着的每一刻，都是为了把我的痛苦加诸他身上。"

萧采莞道："你就不怕我告诉惠王爷？"

"你尽管告诉惠王爷。"魏怜悠闲地抿了一口香茗，"崇祯十四年十一月初一，当时惠王府还在荆州，紫兰君上门盗走白银十二万两，把惠王爷气个半死。你若告诉了惠王爷，我顺便也禀了他，说紫兰君就是袁紫清，而袁紫清就是袁崇焕的儿子。"

"你……"萧采莞气往上冲。

魏怜冷冷地盯着她，那眼神就像万年不化的寒冰。

对峙一晌，萧采莞道："你不会的。"

魏怜冷冷地道："你凭什么这么肯定？"

"你不过是要拆散公子和长平公主而已，任何会危及公子性命的事，你是不会做的。不管你承不承认，你不会因为嫁了王爷就成了碧瑶，你还是魏怜。"萧采莞一指相思树盆栽，"魏怜即使再恨，也不会伤害公子性命的。"

"是吗？"魏怜轻轻冷笑，露出一口珠贝般的细牙，"骑驴看唱本，走着瞧。"

萧采莞心里堵得慌，趁外出采买时绕到袁紫清的住处。才刚踏入客栈门口，就见袁紫清正要出门，她喊道："公子！"

也不知袁紫清在发什么愣，萧采莞喊了袁紫清两声才听见。

袁紫清问："你怎么来了？"

不知为何，萧采莞觉得他有点沉郁，似在酝酿什么情绪。她迟疑一晌，道："怜姊姊做了惠王的侧妃。"

袁紫清心中五味杂陈，淡淡地道："知道了。"

"公子怎么能这般淡然？怜姊姊做惠王的侧妃，就是冲着你和长平公主来的。公子一点也不担心吗？"

"担心？"袁紫清轻嗤，"自从倭国回来，我就做好心理准备了。我的身世、我的过去，迟早都会让媪儿知道的。"

萧采莞沉默。

袁紫清道："我要去广东义园，没空陪你，你先回去。"

萧采莞听到"广东义园"四个字，吃了一惊，见他要走，忙道："让我跟着吧。"

袁紫清不置可否，嘀咕道："早知道就不告诉你我的住处了，跟前跟后，真是麻烦的女人。"

听到最后一句，萧采莞猛地想起某一日暮雪纷飞，他横抱着双腿冻僵的自己，也是说了这一句，此刻的口吻竟和当年一样。

二人往广渠门走去，走了一段路，只见前方街上跪着一个一身缟素的女子，身后一卷破席裹着一具直挺挺的尸体，草席下露出一双僵直的脚，连鞋都没穿。行人不断对她身前写着"卖身葬父"的白布墨字指指点点，又对那女子品头论足。

袁紫清转头看了萧采莞一眼，那眼神好似在说："瞧，你的同类。"

萧采莞心有戚戚："公子，你身上可有钱借采莞一使？"

"干吗？"

萧采莞指着那女子怯怯地道："看到那姑娘，就想起昔日的我。我很明白她此刻内心的彷徨和绝望。"

袁紫清摇头叹息："真是多管闲事。"他走到那女子面前，从怀里摸出一锭黄金，抛在那姑娘面前，道："早点回家把你父亲葬了。"说完转身就走。

围观众人见到黄金，都是不敢置信地拿眼瞧他，像看怪物一样，就连那女子也蒙在当场。

萧采莞瞠目结舌，道："公子，你未免也太阔气了，一两黄金，这……这……"

袁紫清道："没办法，我身上就只有黄金。"

萧采莞更是惊讶："公子方回到中土，哪来的黄金？"

袁紫清眨眨眼睛，促狭一笑，低头在她耳边道："当然是偷的啊！"

"什……什么？"萧采莞一时呆了，指着他大叫，"你偷了黄金！最近可没听说紫兰君出来作案啊！"

"小声一点！"袁紫清急忙掩住她的嘴，左顾右盼，"你想让大家都知道我是紫兰君啊？"

萧采莞脸上一红。

袁紫清道："难道只有紫兰君可以偷东西吗？袁紫清就偷不得？我只不过没有留下紫玉兰而已。"

萧采莞似觉得自己问了个蠢问题，忍不住"扑哧"一笑，道："这一两黄金，采莞可还不起。"

袁紫清道："反正这根本就不是我的钱，花在哪我都不心疼的，你就甭还了。"

二人又走了一段路，那女子追了上来，怯生生喊道："公子。"

袁紫清回头看她："何事？"

那女子道："公子买了奴婢，那今后奴婢就是公子的人了。奴婢愿做牛做马，全凭公子差遣。"

袁紫清道："不必了。"

那女子似有些受伤，敛眉道："公子嫌弃奴婢吗？"

袁紫清懒得多做解释，一把将萧采莞拽入怀里："你瞧，我已经有丫头了。这丫头什么都会，一个人可抵十个人，身子壮得跟牛一样，所以不用你了。"

那女子默默目送二人离去，目光投向萧采莞的背影，神情有些许落寞和羡慕。

萧采莞方才跌入他怀里，此刻鼻端还萦绕着他身上的气息，不觉心跳如擂鼓："就当还那一两黄金，让采莞回到您身边服侍可好？"

"不好。"袁紫清想都没想，立即应道，"我如今连自己的住处都没有，你跟着我干吗？况且我看惠王府的差事也挺轻松的，不然你怎能随处走动，还能陪我到广东义园？"

"那不一样。"萧采莞仰头凝视着他，"惠王府没有公子。"

袁紫清定定地看了她良久,才轻轻地道:"采莞,我不想误了你。"

萧采莞心头莫名一酸,冲口道:"我最大的快乐就是看着您幸福。这是从我认识您以来便在心中许下的誓言。我怎样都好,我只希望您能幸福快乐一辈子。我以我自己的方式爱着您,剩下的,您管不着。"

袁紫清怔住,就连萧采莞也没想到自己会脱口说出这一句,一时也怔住。

良久,袁紫清轻轻一叹:"所以,我不是让你跟我去广东义园了吗?我很清楚自己无法负荷接下来的痛苦。采莞,我需要你。"

萧采莞目光熠熠,道:"长平公主不在的时候,就由采莞守护着你。"

第一百五十二章

千里孤坟，无处话凄凉

崇祯三年八月十六日，袁崇焕磔于西市，残骨碎衣被佘姓义仆带至广渠门外的广东义园，建起衣冠冢。佘义仆在冢旁筑石屋而居，从此为袁崇焕守墓。

这是袁紫清第一次站在袁崇焕的衣冠冢前。此前他明知父亲葬在这里，却害怕去面对。即便是住在北京的那段时日，他也总是刻意避开广渠门。然而他此刻已知，有些事就在人生的道路前方，即便你避得了一时，这一世终究还是要去面对的。

佘义仆见了他，只是淡淡一句："我知道你会来。"

袁紫清在袁崇焕冢前拈香稽首三拜。

萧采莞扶他起身，低声道："公子还好吗？"

袁紫清点了点头，看向佘义仆，道："这十几年真是多谢你了。"

佘义仆不冷不热地道："我这么做可不是为了听你说一声多谢。"

萧采莞心想公子父亲的旧部对公子都是礼敬有加，这老儿不知吃错了什么药，讲话真让人不舒服。

袁紫清道："你一定憋了许多话要对我说，快说吧！"

"公子……"佘义仆一扫淡漠神态，双目炯炯，酝酿已久的话脱口而出，"公子何时诛杀昏君，替督师报仇？"

果然是这一句！袁紫清淡淡地道："我有我的打算。"

佘义仆倒吸一口凉气，道："公子莫不是为了长平公主，忘记督师的血海深仇了吧？"

袁紫清脸上闪过一丝惊愕之色，随即泯然无痕，道："这是什么话？"

佘义仆冷冷地道："公子自己心里清楚，我可是亲眼看见发米济贫的长平公主亲自背着公子上医馆呢！"

袁紫清一怔，猛然想起那一日被冯玄墨算计，哮喘发作，是媞儿背着自己到医馆的，

没想到那一幕竟被佘义仆撞个正着！他也真能忍，竟没有当场发作，就等着今日开口一问。

袁紫清咬了咬牙，道："他日闯王破北京，昏君自不可苟全，又何必我亲自动手？"

佘义仆大怒，扬手便要给他一记耳光。

袁紫清冷眼看着他的手停在半空中，道："你打你打！你干脆在我爹爹坟前打死我算了，顺便把我们父子一块儿葬了，连我的墓也一并守了！"

佘义仆老泪纵横，颤颤地指着他："你习武是为了什么？不就是为了报仇吗？你现在岂能英雄气短，儿女情长！督师怎么会有你这样的不肖子！"

袁紫清也发狠了，吼了起来："你们除了要我报仇报仇，还会干什么？从张松把我救出来后就一味叫我报仇！你们可曾问过我想要什么？你们可曾真正关心过我？我饿了、渴了、痛了、累了、哭了的时候，你们通通干什么去了？你们救了我之后，只是按时送钱过来，其余根本不管不问！你们可真够负责任的！从十岁开始就要我报仇，这么多年来你们讲得不腻烦吗？为什么要把那些痛苦全都压在我身上？你们可知我活得有多么难受！我为什么就一定要活在刀尖浪口之上？我为什么就不能做个平凡人？"

佘义仆大义凛然地道："就凭你姓袁，凭你是督师唯一的血脉，凭崇祯昏君凌迟了你父亲！你仔细听好，光这三点，你就注定要活在刀尖浪口之上！打从督师惨死那一刻，你的太平日子就结束了！你活着，就是为了复仇，为了替督师沉冤昭雪——"

袁紫清声色俱厉地打断他："我真恨不得全身血液流干。就因为我血液里的东西，我注定要活得比别人还要痛苦。你自己去杀崇祯皇帝，我是绝对不会动手的，因为他是我心爱女人的父皇！"

佘义仆气得双眼晕红，跪在冢前，哭道："督师你听听，这就是子清说的话，为了一个女人什么都不管不顾了！督师您当年死得好惨啊！那三千三百五十七刀让您死得毫无尊严啊！北京无知的百姓生吃你的肉，砸碎你的骨，到最后骨肉俱尽，头颅还被悬于旗杆上示众，人人都唾骂您是叛徒啊！督师啊督师，我若不是等着子清为您报仇，我早就随您到九泉之下了，督师……"

他泣不成声，袁紫清听到这里，全身脱力，软软倒下，痛哭失声："爹爹，你原谅子清好不好？对不起，是我太没用，我真的下不了手。爹爹，你原谅我，我下不了手，我做不到。"

佘义仆再也忍不住，扬手就赏了他一个耳光，怒道："我就当袁子清已经死了，督师的仇，不劳阁下费神了。"

袁紫清悲痛欲绝，吼道："为什么要逼我？你们究竟为什么要逼我？要报仇你们自己去啊！为什么要把所有责任都推在我身上？十岁那年，我哮喘发作到快要死了，你们只一径叫我要坚强地活下去，好为爹爹报仇！你们有没有问过我的感受？我活着难道就是你们复仇的工具吗？你们安排师父教我习武，问过我的意愿吗？从头到尾，我每次一见到你们,你们都只是告诉我要报仇、报仇、报仇。你们那么大的本事,怎么不自己去!爹爹死了,娘也死了,所有人都离我而去了,是长平公主让我知道我还能正常地爱别人,是长平公主让我忘记屈辱难堪的过去,是长平公主让我找回失去的纯真快乐。这些你们统统都做不到!你们现在却要逼我杀了她的父皇,岂不是存心把我往死里推吗?我真的受够了你们!我恨你们!我恨死你们了!"

佘义仆也吼了起来:"好,那老奴便祝袁公子和长平公主琴瑟和鸣,白头偕老。但愿督师和夫人在天之灵,也会含笑祝福。"说着拂袖进屋,留给袁紫清一个一刀两断的背影。

袁紫清哭得声嘶力竭,喃喃道:"为什么要逼我?为什么要逼我……"忽然哮喘发作,萧采莞急得从怀里拿药出来喂他服下。

萧采莞这一年来一直随身携带着他的哮喘药,这是她对袁紫清唯一的念想。

萧采莞紧紧搂着他,哭道:"公子,公子,采莞在这里,你有什么委屈统统发泄出来,别一个劲儿憋在心里……"

"采莞,采莞……"袁紫清哭得像个孩子,"你告诉我,为什么我的人生总要背负着旁人的期许?为什么总有那么多'理所当然'?难道我这一生,便由不得自己做主吗?"

"因为每个人生来都是自私的,所以每个人都认定旁人应该如何。可是,这世上有绝对的'该'与'不该'吗?公……紫清,嘴巴长在别人身上,你的人生是你自己的。你方才也说过了,他们对你根本就不负责任,既然是这样,为什么要为了这些不负责任的人违背自己的意愿?"萧采莞的心像是鲠了一根刺,"过去你曾经欺骗长平公主,害怕有一日这些过错都会赤裸裸地摊在你们眼前,害怕长平公主会离你而去。可是在采莞看来,若能爱到连性命都不要了,为什么不能勇敢地包容对方一时的过错?常言道:'人孰无过?过而能改,善莫大焉。'你可以用往后的人生去弥补从前的过错。但是你若真杀了崇祯皇帝,那你们就真的走到尽头了。"

袁紫清喃喃自语:"我很清楚崇祯皇帝在她心中的分量,所以我不会的。采莞,我不会的,我不能没有媞儿……"

萧采莞轻轻拍着他的背脊,只觉得袁紫清的眼泪洇湿了她肩头的衣裳。她从来没有想过,有一天她仰慕的这座高山会突然崩塌在自己的怀里。

袁紫清不知是怎么回到客栈的,仿佛意识还留在广东义园。

萧采莞吩咐伙计送吃食进来,一口一口喂他吃饭。

袁紫清毫无胃口,囫囵吞饭,道:"你回去后不怕吃排头吗?"

萧采莞道:"估计得挨饿了。唉,我不想回去,我担心你。"

"我好多了。"袁紫清低声道,"对不起,从前……我那样对你……"

萧采莞知道他指的是什么,脸上一红,低声道:"别说对不起,我心里其实是不排斥

的……"说到最后，已是声细如蚊。

她轻轻一叹："我得走了，明儿个我再想法子溜过来。"

袁紫清"嗯"了一声。

萧采莞走了两步，又折了回来，道："就让采莞再服侍您一次吧！"

"好吧。"

仿佛还是从前那样，萧采莞打了盆水服侍他洗漱，他就像个木人似的由她摆弄。最后她利落地除下了他的外袍，他一骨碌钻入被窝里，咧嘴一笑："我今天好累，想要早点睡，你快回去！"

萧采莞吹熄烛火，恋恋不舍去了。

袁紫清听脚步声渐远，疲乏不已，正要合眼，忽然翻身而起，拿起被子里的凝血剑，披上外袍，点亮烛火，一瞬也不瞬地望向房门，喝道："滚进来！"

房门敞开，走进一队厂卫。

袁紫清就着烛光审视当先那人，道："阁下是东厂提督曹公公吧？"

曹化淳皮笑肉不笑地道："袁公子好眼力，估计是昔日跟踪曹吉祥时顺便也把本督的底子摸透了。不错，本督正是曹化淳。"

袁紫清道："曹公公有何贵干？"

曹化淳道："皇上有请。"他似怕袁紫清不肯乖乖配合，又补充了一句："长平公主也在。"

终于来了！袁紫清道："这时候宫门不是已经下钥了吗？"

曹化淳道："皇上在云英馆候着你，这就请吧！"

为什么在云英馆？袁紫清略一思量，心中雪亮，崇祯皇帝必定看了画像，认出自己了。倘若在宫中召见，人多嘴杂，怕给长平公主带来风言风语，所以才选在宫外。想必厂卫们早已包下整座云英馆，只待自己亲赴鸿门宴。

正沉吟间，两名厂卫过来架住他。

袁紫清轻轻一挣，两名锦衣卫向后跌了出去。他道："我自己走。"

曹化淳笑眯眯地道："也是，你若想逃，谁拦得了你？"他向厂卫努了努嘴，道："皇上跟前，可不许携带家伙，将他全身仔细搜一遍。"

袁紫清对男人碰触他的身体十分反感，忍着恶心让他们搜完全身，道："可以了吧？"

"还挺配合的。"曹化淳阴侧侧一笑，一脸幸灾乐祸，"有好戏可瞧了！走吧！"

第一百五十三章

鸿门宴

进入云英馆后,大门随即紧闭,只听外面脚步声杂沓,想必整座云英馆已被厂卫团团包围。

馆内除了崇祯皇帝、王承恩、长平公主还有厂卫之外,再也没有旁人。

袁紫清冷冷地望着崇祯皇帝,眼中杀机暗涌。他吸了一口气,目光投向朱毓媞,眼中的残酷之意瞬间化为柔情。他对她点了点头,用唇语告诉她:"别怕。"

怎能不怕?朱毓媞见崇祯皇帝面色凝重,厂卫严阵以待,倒像抓钦命要犯来着,早嗅到一缕山雨欲来的气息。她手心全是冷汗,坐也坐不住。

王承恩道:"见了皇上,当跪。"

袁紫清冷冷地道:"我只跪天地父母,不跪皇帝!"

朱毓媞心头一紧,起身喊了一声:"清……"

崇祯皇帝按住她的肩膀,道:"从现在开始,你一句话都不要说。"

朱毓媞想问为什么,忽然一阵头晕目眩,险些摔倒。

崇祯皇帝问:"怎么了?"

朱毓媞道:"有点头晕……"

崇祯皇帝看了看她喝剩一半的茶水,蹙眉道:"王承恩。"

王承恩执壶上前,斟满了茶水后递给她。

崇祯皇帝温言道:"喝完它,头就不晕了。"

朱毓媞没工夫思忖,接过王承恩手中的茶饮尽,果然头晕症状好了许多。

崇祯皇帝凝视着袁紫清,道:"方才去你父亲坟前了吗?"

袁紫清心头一凛,原来广东义园早就被崇祯皇帝派人盯上了!那么佘义仆有危险了!

崇祯皇帝平静地道："你现在自己亲口告诉长平,你究竟是什么人!"

袁紫清薄唇抿成一线,双眼深邃如幽潭,望着朱毓媞的目光交织着悲悯、愧歉、沉痛。

又是这个眼神,打从倭国回来,他就时常用这种复杂的眼神看着自己!

朱毓媞一颗心提到了咽喉,几乎快要跳了出来,只听他轻轻一叹,道:"媞儿,对不起,我一直不敢告诉你,过去是我欺骗了你……"

朱毓媞想叫他什么都不要说,喉咙却哽住了。袁紫清接下来的话一字一字、铿锵有力地撞入了她的耳膜:"我是已故兵部尚书、蓟辽督师袁崇焕之子。"

朱毓媞似被五雷轰顶,讷讷地道:"你说什么?"

袁紫清咬牙提高音量:"媞儿,我是袁崇焕之子!"

朱毓媞眼前一黑,几欲摔倒,还是王承恩眼疾手快,一把搀住了她。

他是袁崇焕之子,崇祯皇帝凌迟了袁崇焕,我的父皇是崇祯皇帝……

她脑子乱如飞絮,根本无法静下来思考。

蓦地想起初见他的深宵雪夜,他抚着衿缨哭道:"娘,我根本无法接近他,我也杀不了他,我怎么替爹爹报仇? 我能不能就这么去了,娘,我心里真的好苦……"

他毒杀皇太极后,又说还有另一个仇人。此刻看来,这个仇人,竟是自己的父皇!

崇祯皇帝冷冷地道:"很好很好,朕真没想到,你竟有这么大的能耐,将朕好好的一个女儿迷得颠三倒四,险些连家国都不要了!"他猛地喝道:"拿下!"

随着崇祯皇帝的一声厉喝,袁紫清瞬间变了个人,浑身透出森冷的死寂,双眼射出凌厉的寒光,那种发自骨子里的重重杀意令朱毓媞心头生出一层寒意。

他的样子就像在盛京腹背受敌的那一晚,只是他当时剑指夷狄,现在他的剑却指向了自己人。

她从头到脚一丝力气也没有,若非王承恩搀着,早就瘫倒在地了。她眼睁睁看着厂卫们一拥而上,下一刻刀光剑影淹没了袁紫清的身影。她胸口堵得难受,喑哑着嗓子道:"住手,住手……"猫鸣似的嗓音淹没在杀戮声中。

袁紫清手无寸铁,就连袖中的带刀飞索也被搜了去,双手一扬,也不知他射出什么东西,几名厂卫一声闷哼,倒地毙命。

崇祯皇帝看了他的身手,起初还有些怀疑,直到看见他射出来的松针,脑海猛地浮现一朵紫玉兰,脱口喊道:"紫兰君! 你就是紫兰君!"随即怒目望向朱毓媞,咬牙切齿地道:"好好好,你早就知道了,对不对?"

朱毓媞早已心乱如麻,只见崇祯皇帝嘴唇翕张,根本听不见他在说什么。

崇祯皇帝面色铁青,从前想不透的地方全都豁然开朗,恨恨地道:"当年宫里闹刺客,刺客到了坤宁宫便销声匿迹,我还道一个受伤的刺客竟有这么大的本事,居然还能越出宫墙。此刻细想,若非你的掩护,否则便是厂卫都瞎了狗眼了! 长平,你教我太失望了。

原以为你只是出格了点,没想到你竟敢窝藏钦犯!"

他额头青筋暴起,双目喷火,鼻翼翕张,激怒之下,浑忘了自称"朕"了。

朱毓媞满心悲凉,一句话都吐不出来,只呆呆地看着袁紫清夺得一柄绣春刀,瞬间血沫飞溅,哀声四起,一个个挨近他的厂卫顿时化作地上一具具尸体。

也不知袁紫清是怎么了,动作忽然钝了,脚步略显虚浮,她眼角余光一瞥,似见崇祯皇帝嘴角噙起一丝残酷得意的冷笑。

她心中浮起一个不好的念头,还来不及思量,便见袁紫清一个踉跄,数柄绣春刀随即砍在他身上!

猩红的血沫喷涌而出,朱毓媞忍不住厉声喝道:"住手!住手!"

她冲了过去,冷不防撞在一堵人墙之上,这才发现自己已被厂卫团团围住。

崇祯皇帝冷冷地道:"保护公主。"

杀戮声、兵刃撞击声、惨呼声交织成一片腥风血雨。朱毓媞的视线被人墙遮住,心中反而更加恐惧。她多希望这是一场梦,梦醒了一切都会回归平静。

朱毓媞眼泪夺眶而出,跪在崇祯皇帝跟前,抱住他的小腿凄惶惶地道:"父皇,父皇,求您饶了他,儿臣不能没有他……"

崇祯皇帝一言不发。

王承恩过来搀住朱毓媞,她轻轻一挣,不料王承恩按住她的手,在她手心写了两个字,又塞了一粒药丸。朱毓媞一怔,只见王承恩眼神殷切,嘴唇朝袁紫清一努。朱毓媞登时会意。

王承恩拿腔作势道:"紫兰君罪大恶极,公主殿下别为了这种人触怒龙颜啊!"

朱毓媞哭道:"你走开,你闭嘴!"她搂着崇祯皇帝的胳膊,道:"父皇,父皇,您要是杀了袁紫清,那儿臣也不活了。他是儿臣心爱的人,也是您的驸马啊!父皇,就算他是紫兰君又如何,他已经是儿臣的男人了——"

崇祯皇帝听到"驸马"两字,勃然大怒,大声喝道:"闭嘴!"扬手扇了她一记耳光,将她扇得飞了出去,撞在那一堵人墙上。

"殿下!"一名锦衣卫弯腰欲扶她,却见刀光一闪,腰间的绣春刀已被她抽了出来,眼睁睁看着她将刀架在脖子上,顿时吓得话都不会讲了。

"长平!"崇祯皇帝又惊又怒。

朱毓媞像变了一个人,厉声道:"通通不许过来。"

崇祯皇帝怒目圆睁:"你这是做什么?"

绣春刀划破肌肤,朱毓媞颈上已是鲜血直流,染红了上半身的衣裳。她沉声喝道:"都给我滚开!"

众厂卫看向崇祯皇帝,一时全都不知所措。

崇祯皇帝颤颤地指着她道:"你……你这是在威胁朕吗?"

朱毓媞一步步退向袁紫清,众厂卫哗啦啦退开。

她道:"父皇若不放我们离开,那便直接杀了我们。"

"你……你……"崇祯皇帝气得说不出话来,眼睁睁看着朱毓媞和袁紫清缓缓退向门边。众厂卫投鼠忌器,僵立不动。

崇祯皇帝看着她颈上的鲜血,不禁心如刀割,吼了一声:"长平——"

朱毓媞含泪道:"父皇,对不起!"

门扉打开,投下一束清冷的月光。崇祯皇帝呆呆地看着二人闪了出去,猛地回过神来。他一拍桌子,道:"你们都死了吗? 想办法把长平的那把刀夺过来! 别让他们跑了,快——"

第一百五十四章

脱困

　　袁紫清强撑着一口气，抱着朱毓媞展开轻功，瞬间穿过两条街道，猛地扑倒在地，双眼微阖，意识模糊。

　　朱毓媞赶紧将药丸塞入袁紫清嘴里，她瞥见地上都是斑斑血迹，分不清是他的血还是自己的血，一颗心凉到最深处。厂卫们很快就会沿着血迹找来，袁紫清若不能尽速清醒，凭她一人根本应付不了众多厂卫，只能坐以待毙。

　　她很清楚方才颈上的刀只能暂时震慑父皇而已，厂卫们完全有能力夺去那把刀，扭转局势。

　　她绝望地瞅着袁紫清，俊逸的面庞毫无血色，上身横七竖八不知被砍了几刀，原以为父皇只是安排厂卫捉拿他而已，没想到不动声色之间，竟已在袁紫清踏入云英馆时就算计了他！这是一个有死无生的局！

　　这就是帝王之心！是她小觑了！

　　幸好药丸入口即化，生效极快。一晌后袁紫清恢复意识，低喊了一声："媞儿……"

　　朱毓媞哽咽道："清，我们快走。"可是此刻他们受了伤，光凭沿路滴落的鲜血，就足以让厂卫找上门来。

　　果然听身后脚步声杂沓，大队人马明火执仗朝此而来。袁紫清的胳膊揽住她的腰，欲找地方躲藏。

　　苍天似乎是站在他们这边的，蓦地阴云密布，雷声隐隐，少顷后下起滂沱大雨，冲散了地上的血迹，却也将二人淋成了落汤鸡。

　　厂卫的松脂火把登时熄灭，大雨模糊了视线，阴云又遮去了月光，要在这暗夜大雨中找人的确有些难度。

　　大雨缓得住厂卫的脚步，却止不住接下来铺天盖地的搜捕。此刻九门落闸，厂卫、兵

马司、京营齐齐出动，连一只苍蝇都不让飞出城去。

雨水像鞭子似的抽打着二人的身体，袁紫清用身体护住朱毓媞，要冲到角楼下避雨，冷不防一辆马车驶来，险些撞个正着。

"找死吗？走路不看……"马车车夫忽然"咦"了一声，一惊一乍道，"长……长平公主！"

朱毓媞一怔，抬眼望向那人。

跟着马车里扬起一道熟悉的声音："阿奇，你说谁？"

阿奇揉揉双眼，道："是……是长平公主！"

车帷掀开，周世显立即跳了出来，阿奇急忙打伞挡雨。

"世显哥哥！"像永夜遇到曙光，朱毓媞眼眶一涩。

周世显见她颈上有一道伤痕，再看看袁紫清全身是伤，二人淋得头发衣裳都沾在身上，呆了一呆，道："怎么回事？"

正说话间，一队厂卫朝这边赶来。袁紫清心中一凛，急忙拉着朱毓媞藏入一座角楼的阴影中。

厂卫见到周世显，拱了拱手，当先一人狐疑地道："这么大的雨，周郎中如何不待在马车里？是不是看见什么可疑人物？"

周世显道："我方才好像看见了长平公主，只是这雨太大，有点不太确定，不过说也奇怪，公主这时候应该在皇宫里才对啊！怎么会冒雨跑到街上？一定是我看走眼了。"

那人暗喜，道："不知周郎中看见她往哪个方向去了？"

周世显朝袁紫清二人躲藏的反方向一指，道："就往那里。"

那人道了一声谢，立即率众赶了过去。

袁紫清和朱毓媞登时松了一口气，待厂卫远离后，才从阴影中走了出来。

"多……谢……"袁紫清声音微弱。

周世显道："先上马车。"

朱毓媞倒退一步，道："方才那阵仗你也看见了，我们不能连累你。"

周世显道："现在还说什么连累不连累的。阿奇——"

阿奇撒腿过来，不由分说便将二人推搡进了马车。

马车内是死水般的沉默，周世显一度以为是自己的介入才使气氛如此尴尬，结果发现他们各怀心事。

他心中好奇，忍不住问："究竟是怎么一回事？"

不问还好，朱毓媞登时掩面啜泣，袁紫清紧抿着唇一语不发。

周世显尴尬不已，干巴巴地道："好了好了，别哭了，当我没问。"

周世显从周府后门带二人入后院暖阁，这里位置偏僻，是专属周世显的空间，平时不会有人走动。

周世显吩咐阿奇去取干衣、拿伤药、端姜汤。

阿奇顿时忙得团团转。

二人先换上干衣,喝了一盏浓浓的姜汤后,面色略为好转。周世显看着朱毓媞颈上的伤痕,只觉得像是在自己心头上划了一刀,却见她的目光落在袁紫清身上深浅不一、横七竖八的刀伤上。

朱毓媞似乎忘了自己也受了伤,慌忙拿伤药要替袁紫清涂抹,猛地一个眩晕,手足发软。

"媞儿!"周世显和袁紫清同时开口,同时去扶她。

一室沉默。

周世显叹了一口气:"你先歇一会儿,我替他上药包扎。"

袁紫清蹙了蹙眉,显然有些排斥。朱毓媞忙道:"不了,他……"他应该讨厌男人的触碰,可是却不知该怎么婉转表达这一句。

周世显径自挑起药膏,抹在袁紫清伤口上。袁紫清眉头越蹙越深,猛地手一挥,将周世显的手拨开,药钵落在地上。

周世显不禁错愕,道:"可是太疼了吗?"

"不是……"袁紫清道,"我自己来。"

周世显道:"你的手怎么涂抹得到背部?"他十分殷切,拾起药钵又去涂抹他的背脊,纳闷道:"奇怪,你很冷吗? 为什么一直发抖?"

袁紫清肌肉紧绷,面色苍白,忽然弯腰呕了起来。

周世显急道:"要不明日找个大夫好了,我瞧你八成是病了。"

"不用,一会儿就没事了。"袁紫清的声音像风中残絮。

"好吧。"周世显擦完了药,又在他身上缠上纱布,最后为他穿衣。

袁紫清全身起了鸡皮疙瘩,咬着唇隐忍。

朱毓媞看着他胸口的箭伤,才刚愈合不久,现在又多了数不清的刀伤,她心中又惊又痛,难道回到中原竟是一个错误吗? 他已两次游走于鬼门关前,像这样的险境还会出现几次? 他们还会遭遇到什么样的波折?

阿奇忽然慌慌张张冲了进来,道:"不好了,厂卫来了。"

三人面色一凛。

周世显不慌不忙地对阿奇说道:"阿奇,你先把这里收拾干净,别落了痕迹。"又对朱毓媞和袁紫清道:"厂卫从前门过来还要一会儿工夫,你们跟我来。"说完走到暖阁最后面,移开书柜,露出一个狭长的空间,道:"这里本来是放一些杂物的,刚好前几日我清空了。委屈你们先躲在里面,厂卫由我出面应付。"

朱毓媜忍不住热泪盈眶,道:"世显哥哥,多谢你。"

周世显心中分不清是凄楚还是甜蜜,道:"你心里很清楚我是心甘情愿的。"

他的声音依旧温柔如夏夜沁凉的风。朱毓媜心头一动,簌簌泪光里,周世显宝蓝色的身影消失在楠木屏风后,她拉着袁紫清躲到书柜后方。

昔日亲密无间,此刻紧挨在一起,竟觉得彼此陌生又疏离。

不一会儿工夫,一队厂卫风风火火赶来。

周世显拱手笑道:"这不是王千户吗?这么个大雨天,你们这是折腾些什么?进来喝杯酒暖暖身子吧!"

领头的是锦衣卫千户,一身香色马麻交领右衽单袍,阔袖束腰,下摆宽大,白绸锦缎,前胸后背彩织海浪江崖、过肩飞鱼,两肩、通袖及膝襕处彩织流云和飞鱼。

二人同为正五品官,所以王千户见了他只是拱了拱手,道:"周郎中有所不知,紫兰君劫持了长平公主,我等奉皇上口谕,特来搜查要犯。"

周世显面色一凛,紫兰君?袁紫清的身份曝光了!他镇定下来,道:"紫兰君足足消失一年了,怎么这会儿重现江湖,不去盗库银,反而劫持了大明公主?"

王千户瓮声瓮气道:"千真万确,外面都闹得沸反盈天了,也只能深夜冒昧打搅了。"

周世显失笑道:"我这可没有窝藏要犯。再说我与长平公主是什么关系?我能容许紫兰君把她藏匿在我眼皮子底下吗?"

"这倒也是。"王千户是个随和之人,当即哈哈大笑,"皇上说要挨家挨户搜个仔细,一个角落都不能放过,我等也是做做样子而已。谁不知周郎中和长平公主交好呢?周郎中就行个方便,让我等进去瞧一瞧,回头好向上头交代。"

周世显微笑道:"当然不能让王千户为难,里面请吧!"

王千户随即率人进入暖阁,装模作样巡视一番,见无异状,便退了出来,拱手道:"那我就不打搅了,改日再来向周郎中讨酒喝。"

周世显道:"天雨路滑,还请王千户仔细脚下。"

王千户"嗯"了一声,一行人扬长而去。

周世显忍不住吁了一口气。

阿奇抖得脚都不听使唤了,将门关上,道:"还好来的是王千户。"

周世显道:"是啊!王千户在锦衣卫中人品还算端正,和我有几分交情。若不是这样,岂能那么容易就蒙混过去?"他转身走到后方,打开书柜,道:"可以出来了。"

二人从书柜后方走出,室内登时充满压抑的沉默,谁都没有开口说话。

"那个……"周世显感到空气似有千钧重,没话找话道,"我去厨房看看有没有吃的。"说完拉着阿奇逃难似的去了。

良久,袁紫清嘴角逸出一丝冷笑:"你父皇……你父皇……真是好深沉的心计,我不饮不食,步步为营,却还是一时大意,着了道儿!"

"对不起,对不起,我不知道他会这样对你……"朱毓媞黯然垂泪,"我其实也不太明白是怎么一回事,只隐约猜到他在你进来时便算计了你!"

袁紫清冷冷一笑:"云英馆内燃着无色无味的迷香,闻到的人都会头晕目眩。你们所有人事先都服了解药。你会头晕,大概是那杯掺了解药的茶还没喝够。但有一点我很好奇,你既然事先不知情,为什么事后竟还有解药?"

他的目光狐疑如刀,朱毓媞如被浇了一盆冷水,彻头彻尾的寒意沁入骨髓,不敢置信地道:"你……你这是怀疑我吗?"

袁紫清冷冷地盯着她:"回答我。"

朱毓媞猛地指着自己颈上的伤痕,气冲冲地道:"我若要算计你,何必搞这一出?"

袁紫清刀锋般的目光瞬间变为千丝万缕的柔情和怜悯。他轻轻抚着她的伤痕,道:"对不起,是我一时想岔了,对不起……"

"别说对不起,"朱毓媞抱着他,头埋在他胸前,"是我对不起你,我都不知道你承受这么大的痛苦。对不起,对不起……"

"别哭了。"袁紫清只觉得心力交瘁,能脱口的,便只有这一句了。

二人一夜无眠。

第一百五十五章

佘义仆受磔刑

周世显不放心他们，连续三天称病不朝。

周兴来探望周世显时，他只说前日不小心淋了雨，头疼难忍。周兴要为他延医问药，他又说不必。周兴心中虽然奇怪，但想他从来就不是一个令人担忧的孩子，于是便要他好好歇息。周兴一走，周世显立刻"痊愈"，一溜小跑至暖阁。

朱毓媞正为袁紫清换药包扎，阿奇忽然白了一张脸冲了进来，像活见鬼似的全身哆嗦不已。

周世显斥道："没规没矩的干什么？"

阿奇道："西市那……西市那……"

周世显好笑地道："舌头打结了吗？西市怎么了？"

阿奇哭丧着脸，道："府里的人说锦衣卫抓了紫兰君的同党，这会儿正在把人千刀万剐呢！"

"你说什么？"袁紫清一时方寸全乱。

阿奇唇齿哆嗦："凌迟……凌迟啊。天哪……这也太恐怖了吧！"

周世显正想掩住他的嘴，袁紫清猛地冲上去抓住他的肩膀，双目几欲喷火，厉声喝道："那人是谁？"

阿奇道："我只知道姓佘。"

袁紫清呆了一呆，蓦地大叫一声，踉跄冲了出去。周世显和朱毓媞急忙抱住他。

袁紫清吼了起来："放开我！放开我！我要去见佘叔叔！放开！放开！"

"你不能去！"周世显只恨阿奇说话总是不经大脑，"皇上这是要逼你出来，想必西市已经布下天罗地网了，你去就是送死！"

袁紫清厉声道："我管不了那么多，那昏君凌迟了我爹爹，现在又凌迟佘叔叔，哪有这样欺负人的？你们都给我滚开！"

"冷静一点！"朱毓媞蓦地甩了他一巴掌。

袁紫清顿时安静了下来，不敢置信地看着她，连周世显也惊呆了。

朱毓媞道："你这样歇斯底里大叫大嚷，想让所有人都知道我们躲在这里吗？你想要连累世显哥哥一家子吗？"

袁紫清根本听不进去，像是疯魔了，指着她厉声道："我爹爹袁崇焕对朝廷忠心耿耿，宁远之战重挫后金大军，气死努尔哈赤；宁锦之战又打得皇太极铩羽而归；己巳之变率领关宁铁骑不惜长途跋涉，星夜赶赴京师勤王。一腔碧血却换来三千三百五十七刀！百姓生啖其肉、碎裂其骨，骨肉俱尽，传首九边，成了你那了不得的父皇嘴里的'大叛徒'！我娘在福建被官兵奸淫而死，而我……而我……我被人关在小房间里整整三年，不时鞭打针戳齿咬，还被人用肮脏的地方侵入我的身体，让我过得毫无尊严，生不如死！这一切的一切，都是你父皇造成的！我所有的悲剧都是拜你父皇所赐！你现在有什么资格打我？你们姓朱的根本就欺人太甚，我恨你们！我恨死了你们！你们统统不得好死！"

周世显和阿奇没想到他竟然会是袁崇焕之子，一时目瞪口呆，脑海一片空白。

袁紫清像个孩子般嚎啕大哭，悲愤欲绝地吼道："我忍着锥心刺骨的恨意决定不杀你父皇，被佘叔叔唾骂不肖。结果呢？你父皇竟要把我们赶尽杀绝，我真真是错了！我不该为了你心慈手软！我……"他忽然痛苦地蜷起身体，胸口起伏如浪，呼吸艰难，竟是哮喘发作。随着他身体的颤抖，背上伤口迸裂，渗出点点血迹。

"药在哪？药在哪？"朱毓媞没防到他哮喘会突然发作，快要崩溃。

袁紫清忽然想到什么，哆嗦着探入怀里，拿出一个银丝攒荷花纹荷包，厌恶地抛个老远。

朱毓媞一看，忍不住泪如雨下。这荷包是她昔日缝制的，上面繁复的花纹针线，都是她一腔满满的柔情蜜意。

她拾起荷包，里面的药草被雨淋湿后失了效用，却还有两颗药丸。她当即将药丸取出，喂入他口中。

袁紫清静了下来，背上鲜血却流了一地，滴答滴答……

朱毓媞好似整颗心被剜得鲜血淋漓，她和他之间怎么会走到这个地步？

"佘叔叔——"伴着一声撕心裂肺的悲鸣，袁紫清蓦地喷出一口鲜血，仰天晕了过去。

文华殿。

崇祯皇帝下令磔杀佘义仆，按例割三千三百五十七刀，一来是在佘义仆身上发泄对袁紫清的恨意，二来就是要激出袁紫清。没想到直到行刑完毕，袁紫清仍没有出现。崇祯皇帝不禁怀疑袁紫清是不是已经离开京城了，此刻各地皆贴了袁紫清的画像，全国缉

拿袁紫清。

"王承恩,"崇祯皇帝虎着一张脸,"那紫兰君真有那么大的能耐,中了迷香后竟还能挟持长平躲得无影无踪?你说说,这究竟是怎么回事?"

王承恩端茶的手微微一抖,转瞬便已恢复如常:"皇上想不透的事,奴才这榆木疙瘩脑袋,就更加想不透啦!"

"又是这车轱辘话。"崇祯皇帝抿了一口茶,"厂卫都搜捕许多天了,还搜不出个鸟蛋来。这么多人究竟干什么吃的!去,把东厂和锦衣卫堂官给朕叫来!"

金水桥上。

"多谢厂公。"冯玄墨眼中漾着残酷的笑意,"下官总算等到这一日了。"

曹化淳道:"甭谢本督,本督这样做也不全是为了你。俗话说打狗也得看主人,那紫兰君动了曹吉祥,显然不把本督放在眼里,本督岂能容他?本督只不过在搜身时故意忽略了他衣服里的松针,好逼他在皇上跟前现出原形而已。看来,老天是站在咱们这边的,事情比本督想的还要顺利。"

冯玄墨道:"其实也不必让他现出原形,光他是袁崇焕之子这件事,便足以置他于死地了。"

曹化淳"嘿"地一笑,道:"这你就不懂了。袁崇焕究竟在皇上心中是不是大叛徒,岂是谁都猜得准的?"

冯玄墨道:"什么意思?"

曹化淳道:"皇上当年杀袁崇焕势在必行,其实不光是因为他有'通敌叛国'的嫌疑。当年守辽东的高第、王之臣虽然无能,但毕竟边关未破。皇上换了个袁崇焕,还赐予尚方宝剑,特许便宜行事之权,容忍他擅杀毛文龙之罪,结果却被人打到自家门口。你说皇上颜面何在?总要有人承担这个责任吧?一个是身为蓟辽督师的袁崇焕,一个是任用袁崇焕的皇上!"

冯玄墨恍然大悟,道:"下官明白了,即便皇上满口嚷着袁崇焕是叛徒,其实心里未必是这样想的。只因他若不给袁崇焕扣上叛徒的帽子,便等于承认自己中了皇太极的反间计,冤杀了袁崇焕,势必遭天下人唾骂耻笑。"

曹化淳道:"皇上若真是这门心思,那么袁紫清极有可能逃过一死。嘿,打蛇不死,后患无穷,本督可容不得他有一线生机,一定要让他自己现出紫兰君的真面目!这不,皇上铁了心要将紫兰君找出来碎尸万段。现在各地都是紫兰君的海捕文书,一旦他落网进了诏狱,你不就可以雪耻报仇了吗?"

冯玄墨道:"厂公心思缜密,下官真真佩服。"

曹化淳道:"凡事都要算得滴水不漏,才能在这宫里长久生存。就好比李自成的农民军和关外清军的八旗劲旅,你能算准他们谁先攻入北京吗? 自然两边都要打点妥当,这才万无一失啊!"

冯玄墨道:"当年厂公算准阿泰迷信,派人到盛京造谣,说以贵人之血入药可利病强身,满以为能借阿泰那疯子的手除去那贱人,从此再也没有后顾之忧,没想到那紫兰君好大的本领,竟然直接杀到关外去了。阿泰也忒脓包,一个娘儿们都处理不了,还白白搭上了性命!"

曹化淳道:"紫兰君就像一块滚刀肉,难剁啊难剁。且不说别的,光他中了迷香还能躲过追查,实在不容小觑——"一句话未说完,便有小太监请他到文华殿面圣。

曹化淳摇头苦笑,一脸"又要挨骂"的神情。

惠王府。

魏怜坐在轩窗旁,迤逦的阳光投在她苍白的面上。

"采莞……"魏怜唇齿哆嗦,"他可曾出现在西市?"

萧采莞将魏怜脸上的恐惧不安全都看在眼里:"您已经问了两次了。"

魏怜道:"我……我怕你欺骗我,你没有骗我吧? 他没有出现,对不对? 嗯?"

"怜姊姊,"萧采莞轻轻叹了一口气,"你真真是方寸全乱,失了判断力了。若是他出现在西市,我还能这般平静吗?"

魏怜喜道:"对对对,我……我脑子乱得很,根本无法思考。采莞,他现在是平安的,对不对?"

萧采莞黯然:"采莞不敢肯定,不过没消息就是好消息,我们能做的就只有静静等待而已。"

魏怜哽咽道:"听说他被砍了好几刀,当夜又下着雨,他身子受得了吗?"

萧采莞不禁心如刀割,她怎么也没料到当夜她前脚一走,袁紫清马上就出事了。隔天本来要溜去客栈找他,才刚踏出王府,街上沸沸扬扬的,都是紫兰君劫走长平公主的消息。袁紫清所住的客栈亦被厂卫围得密不透风。一夕之间,整个世界都颠倒过来了!

萧采莞仿佛心被挖了去,胸口空空落落的,有如刀的冷风飕飕灌入,四肢百骸都是割人的寒意。她不知道自己是怎么回到王府的,当她告诉魏怜这个消息时,魏怜竟是一声不吭,整个人直挺挺地向后倒下。惠王还以"侍奉不周"的理由将所有伺候魏怜的人全都罚了例银。

此刻萧采莞回了一句既是事实又是魏怜不爱听的话:"长平公主和他在一起,想来他是有人照料的。"

魏怜神色骤地一冷。

萧采莞静静注视着她,像是要将她整个人看穿。

"为什么老用那样的眼神看我?"魏怜镇定下来,立即拿出主子的气势。

萧采莞轻轻地道:"方才的你,才是我熟悉的怜姊姊。"

魏怜只觉得在她面前自己根本无所遁形,道了一声"乏了",便将她撵了出去。

萧采莞站在院子里,看着天空道:"公子,你到底在哪里?"

第一百五十六章

前门拒虎，后门进狼

袁紫清醒来后，正对上一双凄楚哀怜的眸子。这双眸子不知流了多少泪，不知多久没合眼，全是蛛网般的血丝，肿得跟核桃似的。

自认识朱毓媞以来，她从未用这样的眼神看过自己。身上伤口传来的痛楚，也比不上看见这对眸子来得心痛，纵使千般悲愤万种委屈，也不由得化作千丝万缕的柔情怜意。

二人执手相看泪眼，一时竟无语凝噎。

良久，他喊了一声："媞儿，媞儿……"

袁紫清的泪水一滴一滴落在朱毓媞手背上，仿佛在她心上烙下无数滚烫的痕迹。

"清……"连日的疲惫瞬间化作一发而不可收的泪水，朱毓媞紧紧拥着袁紫清，一刻也不敢松开。

良久，朱毓媞怜惜地抚着他清瘦的脸颊，道："还疼吗？"

袁紫清柔声道："我知道你打我心很疼，所以我不疼。"

朱毓媞哭道："对不起，我发觉我好没用，除了对不起，我实在不知道该怎么办。"

袁紫清温柔地吻去她的泪水，低声道："不要离开我好吗？ 媞儿，我不能没有你，不要离开我，不要……永远不要……"

朱毓媞泪流满面，泣不成声："我还有资格待在你身边吗？"她拿出银丝攒荷花纹荷包，道："就像这个荷包一样，你不是厌恶地抛下它了吗？"

袁紫清急忙从她手里接过荷包，紧紧握在手中，哽咽道："我不是故意丢下它的，我也不是故意对你发火的。我当时很痛苦，那种痛苦像要把我整个人撕裂开来，我负荷不了。对不起，那是上一代的恩怨，根本不关你的事，对不起，对不起……"

朱毓媞哭道："别说了，别说了，我不会离开你的，我永远都不会离开你。我与你，死生不相离。"

袁紫清冲口道："你愿意为了我不做公主吗？你愿意抛下你父皇母后和弟弟妹妹吗？"他屏气凝神，目不转睛，战战兢兢，精神紧张到了极致，就怕听到一个令人绝望的答案。

朱毓媞沉默。

袁紫清一颗心像灌了铅似的一分一分沉落，即将沉入死水里时，她忽然道："我愿意。"

袁紫清又惊又喜，愣愣地问："你说什么？"

朱毓媞道："我欠你很多，这辈子还都还不完，下辈子……下辈子我们还要做夫妻，我下辈子还要偿还欠你的情意。"

袁紫清紧紧搂着她，搂得很紧，令她肋骨生疼，也唯有这般紧密的搂抱，才会让彼此感到心安。

夜色流殇，烛泪滴滴，仿佛是流不尽的泪水。

周世显开始上朝了，暖阁便由阿奇打理。

阿奇自得知袁紫清的身世后，态度大大转变，只因袁崇焕在他心中是顶天立地的大英雄，一腔仰慕之情顿时转移到袁紫清身上了。

周世显下朝回来看到阿奇打旋磨儿的样子，不禁翻了一个白眼，在他额头上弹了一个栗暴："去镜子前照照你的样子，可真够寒碜的！"

阿奇嘻嘻一笑："紫清方才说要吃肉糜粥，我给他端去。"撒腿跑了出去。

紫清……周世显全身寒毛直竖，敢情是鬼附身了吗？连紫清都喊出口了！

没多久阿奇连滚带爬冲了进来，唬得三人一惊一乍。

周世显好气又好笑地道："粥呢？"

阿奇急道："东厂来人了，快躲起来！快！"

三人都是一凛，周世显忙催二人躲到书柜后。这时，门外响起杂沓的脚步声，一个阴阳怪气的嗓音道："奉旨全城搜捕紫兰君，请屋内诸人配合。"

正躲入书柜后的袁紫清和朱毓媞均是大骇。曹化淳，这次带头搜捕的竟是曹化淳！

周世显镇定下来，在阿奇手心捏了一把，示意他不可自乱阵脚。随即笑着走了出去，行礼道："下官参见曹厂公。"

曹化淳若有所思地打量了他一眼，道："进去搜。"一队番子风风火火地进入暖阁。

周世显道："曹厂公应知道下官和长平公主的关系，下官这里怎么可能窝藏紫兰君呢？"

曹化淳阴恻恻一笑，目光犀利："那倒也未必，紫兰君不是曾经救过你吗？"

周世显一怔，这才想起昔日被冯玄墨派人五花大绑，是袁紫清出面解围才逃过一劫的,此事曹化淳竟也知道!他脸上惊诧之色转瞬即逝,随即笑道:"曹厂公真爱说笑,紫兰君何时救过下官,下官竟是毫无印象。"

曹化淳"嘿"了一声,道:"明人不说暗话,崇文门东小桥庙内,可不是紫兰君出手救了你吗?你我可是心照不宣啊!"

周世显故作惊讶,道:"什么?难道那人就是紫兰君吗?难怪他的身手这么好。"

曹化淳狐疑地打量他一眼,道:"你不知道?"

周世显一惊一乍道:"下官的确不知道啊!下官只不过在云英馆外救了哮喘发作的他,之后他救了我,只说要报答恩情而已。下官根本不知道他就是紫兰君啊!"忽然"咦"了一声,换他狐疑地打量了曹化淳一眼:"厂公是怎么知道下官被绑的?又怎么知道是紫兰君救了下官呢?"

曹化淳一时噎住,过了一晌,阴沉沉地道:"东厂番子遍及各地,有人见你被擒了去。本督赶到现场时,看那尸体的伤痕,这才断定是紫兰君所为。"

周世显道:"是啊,下官如今想起来还是心有余悸,一剑割了人家的咽喉,真是吓死我了。"

曹化淳见他表情不似作伪,心中半信半疑,瞥眼见阿奇一脸惨白,快要哭出来似的,不禁狐疑道:"你怎么了?"

阿奇抿嘴不语,周世显一颗心提到了咽喉。

曹化淳逼近一步,喝道:"说!"

阿奇"呜哇"一声,扭头冲了进去。

曹化淳和周世显随即跟了进去,只见阿奇指着众番子骂骂咧咧地道:"你们这是干什么?竟然没脱鞋!你们可知道我打扫这里有多辛苦!我今日才刚整理好的,又被你们弄乱弄脏了!"说完,掩面哭了出来。

众番子都一呆,周世显暗暗好笑,曹化淳疑心消散,对众番子道:"动作轻一点,别弄乱了人家家里。"

众番子唯唯以答,其中一名番子搜至书柜后方,似发觉了什么,双手停了一晌,跟着便要移开书柜。

周世显才刚放下的心又瞬间提了上来,只见这名番子的手已移开书柜,露出一条阴暗的小缝。

忽然一名番子急三火四地跑了进来,大声道:"禀厂公,发现紫兰君了!"

"当真?"曹化淳又惊又喜。

所有番子都停住不动,包括那个移动书柜的番子。

番子道:"有人看见紫兰君和公主往正条子胡同去了!"

"正条子胡同?"曹化淳急了,"那是骆养性的搜查范围,快快快,不能让他白白捞了

这个功劳!"

一行人随即风风火火去了。

阿奇腿一软,"咕咚"一声瘫在地上,喃喃道:"终于走了!真是太瘆人啦!再这样下去,没准儿命就去了半条了。"

周世显笑道:"你可以去唱戏了。"

袁紫清和朱毓媞走了出来,早已惊出一身冷汗。

阿奇惊魂方定,不禁奇怪:"紫清在这里,那么他们是哪只狗眼看到的紫兰君?活见鬼了吗?"

周世显道:"大概是看走眼了,不管怎样,总算有惊无险。"

朱毓媞道:"世显哥哥,我看我们不能再继续待在这里了,像今日这样的搜查,日后还会不断出现,我们不能连累你们一家子。"

袁紫清道:"媞儿说得对,躲在这里不是上策,迟早会被找到的。"

周世显急道:"现在到处都是你的画像,且九门紧闭,所有路口都设了关卡,出城必须有路引,你认为你们能躲到哪儿?"

袁紫清一脸冷静,道:"只要能离开京师,我就不用再躲躲藏藏了。有个地方没有官兵,非常安全。"

三人异口同声道:"哪里?"

袁紫清道:"襄京。"

三人同时一愣。

周世显呆呆地看着朱毓媞,喉咙似堵了什么,十分难受,道:"襄京?那不是……我的天!媞儿,你真要随他去襄京?你知道襄京是什么地方吗?"

"我知道。"朱毓媞目光坚定,"梧桐相待老,鸳鸯会双死。他去哪我就去哪,哪怕是刀山火海,我也随他。"

"你想清楚就好。"周世显心中是难言的惆怅,"我原先还担心袁公子不够爱你,但从他看你的眼神我就知道是我杞人忧天了。袁公子识得你的日子不比我多,但对你的情意绝对不会比我少。媞儿,我唯一放心不下的就是你的性格……"

朱毓媞道:"什么意思?"

周世显叹道:"你的性格太倔强太执着太刚毅,我怕哪日你们闹起别扭,你会变得满身刺,既伤了对方又伤了自己。媞儿,相守不易,切莫伤害彼此。"

朱毓媞道:"我们才不会闹别扭呢!"她心想,他们在倭国住了一年也没闹过别扭,世显哥哥真是杞人忧天了!

但是阿奇和袁紫清却是听懂了周世显的言下之意。袁紫清面色微变。

阿奇愣愣地问道:"可是现在城门紧闭,如何能顺利出城呢?"

周世显和朱毓娓在北京住久了,同时开口:"西直门!"

阿奇愣了一瞬,拍手道:"对啊! 我怎么没想到西直门!"

"西直门?"袁紫清疑惑道。

周世显道:"你是外地人,所以不清楚。北京城内水质不佳,皇宫用水皆取自西郊玉泉山的玉泉水,故御水车每日半夜从玉泉山运载泉水经西直门到皇宫。那西直门又称水门。"

阿奇道:"可是即便西直门会在御水车运水时打开,城门把守也是极为森严的,紫清可有把握顺利脱身?"

袁紫清道:"你似乎忘了,我是紫兰君。"

周世显登时想起他出神入化、踏雪无痕的轻功,本来还有些担忧,瞬间烟消云散。他凝视着朱毓娓,胸口空空落落,十分难受。她此次去了襄京,真不知还有没有相会之时。

暖阁这几日,周世显看着他们,男的俊美,女的清秀,言行举止都透着缱绻情意,动人肺腑,站在一起如一道美丽的风景。

他这才恍然大悟,自己原来不过是个外人。

第一百五十七章

山河表里潼关路

　　袁紫清和朱毓媞不愿在周府久待横生枝节，于是次日半夜便来到西直门，蛰伏在暗处，等待水车进入。

　　"吱呀"一声，西直门缓缓打开。

　　就是现在！袁紫清手一扬，抛出一枚烟幕弹。

　　"怎么了？"

　　"什么鬼东西！"

　　"娘啊！"

　　"关城门！快点关城门！"

　　可是水车车身才刚进入，城门根本关不上。城门守兵目不视物，骂骂咧咧，登时乱成一锅粥。

　　袁紫清逮到时机，一溜轻烟似的顺利出了西直门。

　　崇祯十六年春，李自成就定都襄阳，自立为"新顺王"，改襄阳为襄京，建起中央和地方军政制度——中央设内阁六部；地方设府尹、州牧、县令；军制方面实施精兵制，每一队精兵配置司牧、司柴、司器械等二十多人，精兵共约六万，总军力超过百万。

　　明朝此时还能对付农民军的统帅也只有一个孙传庭了。五、六月间，陕西总督孙传庭加兵部尚书衔，改称督师，统辖范围包括陕西、河南、四川、山西、湖广、贵州、江南和江北等各路兵马，负责统一指挥剿平农民军。看似兵力充足，实际上孙传庭能统辖的部队只有集结在关中一带的陕西军，其他各处不是兵力星散，就是根本不听从他的支配。

　　自崇祯十五年水淹开封后，孙传庭的陕西军在郏县惨败，便退守潼关，扩军屯田，所部兵力仍不足十万，与百万农民军对抗无异于以卵击石。

崇祯皇帝以为孙传庭就是大明朝的救星,急着要他出潼关作战。朝臣对于孙传庭出关颇有异议,在一次廷对中,兵部侍郎张凤翔劝谏道:"孙传庭所有皆天下精兵良将,皇上只有此家当,不可轻动。"

忧心如焚的崇祯皇帝可是个等不了万世千秋、只想争朝夕的家伙,哪听得进去?他要的是一步到位,永绝后患,因此三番五次严旨督促孙传庭出关。

孙传庭叹道:"此战虽未必能胜,但也许可以侥幸取胜。大丈夫岂能再被逮回去面对狱吏?"

孙传庭在崇祯十二年因被人弹劾而辞官。崇祯皇帝大怒,不顾孙传庭昔日与农民军鏖战多年,屡建战功,把孙传庭囚入狱中。直到崇祯十五年,李自成第三次围攻开封,崇祯皇帝急缺人才,这才想起了孙传庭,把他从狱中放了出来。

孙传庭本不欲仓促出战,可是在朝廷的催逼下,迫不得已,在崇祯十六年八月以总兵牛成虎、副将卢光祖为先锋,与河南总兵卜从善、陈永福在洛阳之下池寨合兵,并传檄左良玉,命其赴汝宁夹击。又令副总兵高杰带领投降的士卒为中军,总兵王定、官抚民率榆、宁二镇兵为后劲,出师潼关。

孙传庭大军最初进展顺利,八月上旬恢复豫西重镇洛阳,又攻下汝州、宝丰等州县。崇祯皇帝当时高兴地对朝臣说道:"贼亡于旦夕!"不料李自成其实是把主力放在郏县、襄城一线,以逸待劳,诱敌深入。

九月中旬,人困马乏的孙传庭大军再次来到去年吃过败仗的郏县。彼时秋雨滂沱,道路泥泞,粮饷不济,人马饥毙,士气大落。李自成趁机发动攻击,明军溃败,损失四万余人,尽丧军资甲仗,孙传庭率残部退守潼关。

李自成于崇祯十一年在潼关南原被孙传庭和洪承畴设伏击溃,带着残部十八人往陕西商洛山逃亡,几乎灭亡。此时旧恨熊熊燃烧,哪容孙传庭有喘息的余地?他率军乘胜追击,直逼潼关。

袁紫清和朱毓媞乔装改扮,昼伏夜出,避过层层设防的大道,专抄小路,三日后到了襄京。

一路行来,都是战火肆虐过后的痕迹。

朱毓媞内心沉重,轻轻吟道:"峰峦如聚,波涛如怒,山河表里潼关路。望西都,意踌躇。伤心秦汉经行处,宫阙万间都做了土。兴,百姓苦;亡,百姓苦。"

襄京近在眼前,她忍不住回头望着北京城的方向。踏入襄京后,这一生再也无颜面对祖国亲人,不觉笼上一抹郁色。

"后悔吗?"袁紫清沉静地问。

朱毓媞摇头,道:"我若后悔,一开始就不会随你来了。"

袁紫清动容道:"媞儿……"

朱毓媞道:"到了襄京,我就不是公主了,万一你父亲的旧部问起了我,你要怎么回答?"

袁紫清道:"我就说你是我的妻子。"

朱毓媞道:"但是那个刘宗敏知道我的身份,我怕我的出现会给你带来困扰。"

袁紫清撇嘴道:"你方才不也说了,到了襄京你就不是公主了,他能把我们怎么样?"

朱毓媞"嗯"了一声。

李自成此时打孙传庭去了,袁紫清费了好大一番工夫才问到旧部的住处。

他父亲的旧部大半跟着李自成出征了,只剩下受伤的三人留守。三人看见袁紫清,都是一愣,因崇祯皇帝下令满城搜捕紫兰君,佘义仆又因此遭难,袁紫清此刻出现在他们面前,令他们有股不真实的感觉。

接下来便如袁紫清所料,他们哀痛佘义仆之死,把崇祯皇帝痛骂一顿,最后又咬牙切齿地道:"待我军将来入主北京,你一定要亲手斩了那昏君的脑袋。"

袁紫清不置一词,朱毓媞闻言黯然。

第一百五十八章

如鹣如鲽在长安

崇祯十六年十月初六,农民军入潼关,孙传庭退守渭南。李自成合众十余万陷渭南,孙传庭阵亡,知县杨暄死,继而又攻陷商州。

十一日,李自成直抵西安,巡抚冯师孔率军出战,被执,不屈死,西安陷。李自成据秦王府,王妃刘氏曰:"国破家亡,愿一死!"李自成遣之归母家。李自成分兵陷诸县,蒲城知县朱一统抱印投井死,中部知县华堞与妻妾俱自缢。

是日,李自成改西安为长安府,建国号"大顺"。

十一月,李自成克延安、榆林、宁夏。

捷报传到襄京,令众人亢奋不已。襄京人人都是面带喜色,士气高昂。

在襄京待了几日,袁氏旧部说李自成先前便有意将王朝的京师迁至西安,于是袁紫清夫妇便和他们一道去了西安。

十一月中旬,李自成返回家乡米脂祭祖,朝政和各地军情每日均透过驿站迅速送往行在,供李自成批阅。

朱毓媜亲身体会到,李自成的势力已非明朝朝廷所谓的"流寇""流贼",而是个体制完善的政权,地域辽阔、军力强盛的大国。

去年第一次见闯王,那时候是在军营里,现在西安已有李自成的皇宫。每年岁末,李自成还用皇帝的名义颁布历书,颁布皇历是皇帝的特权。虽然李自成并未正式称帝,实际上却是皇帝的身份,只差登基而已。皇历早在十一月中旬便印好了,黄纸书笺,上方写着《大顺钦颁永昌元年甲申岁皇历》的朱字。凡是犯了李自成三代名讳的字,都被禁止使用,改用其他字代替。但是"自、成"两个字之前在民间被普遍使用,若禁止使用,势必带给天下臣民极大的困扰,所以,他宣布从明年元旦起,将自己的"成"字改为"晟"字。

货币也进行了改革。新的王朝必须铸造新的钱币,未来"大顺通宝"将取代明王朝

的钱币。

李自成到西安这两个月，兴修学院、举贤良纳逸才、改官制、定服色、除贪官惩恶霸……百姓均认为他是真龙天子，相信再过几年，这个在旧都西安建立的新王朝将远迈汉唐。

然而，李自成占领西安后，下令拷掠巨室助饷，执事之人便是刘宗敏。据说刘宗敏的手段极其残酷狠辣，丝毫不逊于东厂锦衣卫，不少巨室富户被掠毙，他从中牟利。

朱毓媞脑海登时想起刘宗敏之前说过的话："我刘宗敏平生最恨权贵勋戚和巨贾官绅，他们糟蹋人的样子真是令人发指……我每次看到紫兰君带来金银，就想什么时候我也能从有钱人手里捞些财富过过瘾头。可我没有紫兰君的好身手，只能动动别的脑筋了。"

原来……原来他是这个意思……

拷掠巨室，过过瘾头，一方面可以敛财，一方面可以在他们身上发泄愤恨。

朱毓媞心头一阵阵发寒，听说李自成接下来便要率军东征，推翻明朝。将来李自成入主北京，这位残忍疯狂的总哨刘爷会怎么对待北京的朝臣贵戚？

在北京的可都是她的亲人啊！外公周奎、世显哥哥……

"媞儿，"袁紫清轻轻地理着她鬓角的碎发，"虎儿都睡着了，你发什么愣？赶紧放下吧！免得手酸。"

朱毓媞回过神来，看着自己怀里的婴儿，"啊"了一声："什么时候睡着的，我都不知道。"说着将婴儿轻轻放入摇篮里。

这婴儿是李岩和红娘子的儿子，刚一岁出头，小名叫"虎儿"，长得虎头虎脑，白嫩可爱，尤其一双眼水汪汪的。

朱毓媞十分喜欢虎儿，时常向红娘子讨来玩。因王朝初建，百事待举，李岩忙得分身乏术，红娘子少不得为他分担。有人肯帮他们照顾儿子，当下乐得一口允了。

没想到朱毓媞哄着哄着发了愣，竟连虎儿睡着了都不知道。

袁紫清深深地看着她单薄憔悴的背影，心中是难言的惆怅和萧索。媞儿来了西安后便时常发愣，虽说日子过得和倭国一样，白日到城外信马由缰，夜里坐在屋顶上看星星月亮，或是到外面堆雪人打雪仗，可是到底……还是有什么地方不一样了。

忽然想起前日在街上看见有户人家办喜事，喜气洋洋，热闹煞人。他心念一动，将她扶到榻上坐着，单膝跪地平视着她。

"你干吗？"朱毓媞见他一脸认真诚挚。

"媞儿，"袁紫清温柔地道，"你想不想当新娘？"

朱毓媞一愣，好笑地问："我们不是已经成亲了吗？"

袁紫清目光熠熠，仿佛夜里璀璨的星子："我的意思是你想不想穿上新嫁裳，再嫁给我一次？"

水雾蒙上了朱毓媞的眼眶，望出去氤氲一片，嗓子似被灼哑了："我……我当然想……哪个女人不喜欢穿上新嫁裳嫁给自己心爱的人呢？"

袁紫清笑道："你知道吗？他们怪我为什么娶了你却没给他们发喜帖。我说我是在倭国娶你的，连个熟人也没有，发什么喜帖！他们气得吹胡子瞪眼睛，说哪有人成亲这么草率的，又不是小孩子办家家酒，非要替我重新操办！既然你允了，我明儿个便去回了他们。"

朱毓媞迟疑道："会不会太麻烦了？"

袁紫清失笑道："我怎么知道？我又没走过成亲的繁文缛节，你应该去问红娘子才对！"

朱毓媞苦笑道："红娘子忙得紧，才没空理我。"又颤声道："清，我真的可以穿上新嫁裳吗？"

袁紫清道："当然可以，你是我的妻子，就算你要天上的月亮，我也会想法子摘给你。"

"我不要月亮，"朱毓媞温柔地望着酣睡的虎儿，"我只想再要一个孩子……"

袁紫清柔情触动，呢喃道："好，我便给你一个孩子，一个我们的孩子……"声音渐渐含糊，温软的唇覆上她的锁骨。

床幔垂落，红烛烨烨，春情旖旎。

第一百五十九章

谁见幽人独往来，缥缈孤鸿影

次日，袁紫清告知袁氏旧部成婚之事，于是旧部择定腊月二十为黄道吉日。一时人人均是喜气洋洋，为筹办婚事忙碌起来。

喜讯传了出去，李自成的部下李岩、牛金星、宋献策等人的贺礼流水般送来，就连仰慕袁崇焕的百姓们也纷纷送上贺礼。由于袁紫清住在旧部的宅邸，这几日上门的宾客简直要将门槛给踏破了。旧部像是客栈老板，成天奉茶递巾，迎来送往，笑得脸颊都僵了。

袁紫清嫌麻烦，把这些应对之事全部丢给旧部，无论他们怎么拍门都不理。宾客们见不着袁紫清，旧部只能干笑带过："少年郎脸皮子薄，躲在里面不敢见人呢！"闻者皆哄然大笑。

这日午后袁紫清和朱毓媞将虎儿抱还给红娘子，红娘子趁朱毓媞不注意，悄悄将袁紫清叫到廊下。

袁紫清问："有什么事吗？"

红娘子一边注意朱毓媞的动静，一边压低声音道："我方才在街上看见魏姑娘了。"

"什么魏姑娘？"袁紫清一时还没回过神来。

红娘子有些急："你之前不是带了一个怀孕的姑娘来到军营，你忘了吗？"

袁紫清全身巨震，呆了一晌，随即笑道："不可能，定是你看错了。魏姑娘如今已是惠王的侧妃，堂堂妃子怎么可能来到西安？"

红娘子顿时有些怀疑："是吗？也许真是我看错了。可是……这未免也太像了……"

"你们在聊些什么？"朱毓媞探头问道。

"没什么。"红娘子微微一笑，"真要谢谢你替我照顾虎儿。"

朱毓媞道："别这样说，我很乐意照顾虎儿的。明儿一早我再来接虎儿，告辞了。"说完挽着袁紫清便走。

天空飘着细雪，二人十指交扣，踏着柔软的雪地，心境是前所未有的恬静安详。

自袁紫清说要让她美美地穿上新嫁裳再嫁一次，朱毓媞的心情明显开朗了许多。

她道："欸，红娘子到底跟你说了什么，神神秘秘的，告诉我嘛！"

袁紫清蹙眉叹道："你还是不要知道的好。"

朱毓媞被他撩起了好奇心："为什么？"

袁紫清促狭一笑："你确实想知道？"

朱毓媞小鸡啄米似的点头。

袁紫清凑近她耳边轻轻吐气："要我对你收敛一点，别太过火。"

朱毓媞一头雾水，道："什么？"

袁紫清继续低声道："毕竟到时候会有侍女服侍你沐浴，换上新嫁裳，怕你脖子上的吻痕被看见会臊得无地自容啊！"

朱毓媞瞬间面如火烧，结结巴巴地道："你……你什么时候种下的吻痕？为什么我会不知道！"

袁紫清坏坏一笑："你光顾着享受，怎么会知道。"

朱毓媞捂着脸呜咽道："完了，完了，完了，只怕所有人都看见了，难怪每个人看我的眼神都那么古怪。太丢脸了！简直太丢脸了！"

这妮子的脸皮也太薄了！袁紫清又是怜惜又是好笑，伸手替她紧了紧身上的狐裘，猛地感到有一道冰冷犀利的目光射来，下意识地望了过去。

纷纷扬扬的雪沫子中，一抹人影俏生生而立。魏怜穿着一身红，像是来贺喜的。

袁紫清瞪大了双眼，不敢置信地望着她。

她用唇语说了两个字："恭喜。"噙着一抹不怀好意的笑，足不惊尘而去。

她的匆匆来去，像是在袁紫清心湖抛下一颗巨石，激起千尺巨浪。

不可能！不可能！她已是王妃的身份，怎么可能从北京来到西安？这不可能！绝对不可能！一定是我看错了！对对对，一定是！

可是地上留下了一排鲜明的脚印，还有红娘子方才也说："我方才在街上看见魏姑娘了。"

魏怜怎么会知道我在这里？她到底想要干什么？袁紫清的脑子乱如飞絮，根本无法静心思考。

"清，清，你怎么啦？"

袁紫清魂魄像被抽了去，只剩下一具无意识的躯壳，眼前只见朱毓媞嘴唇翕张，却根本听不见她的声音。

他此刻的脑子里，只有那一抹缥缈孤鸿影。

"你说话啊！啊……雪势变大了！清，我们赶紧回家。"

袁紫清自见了魏怜后便紧张得茶饭不思,可是这么多天过去了,却是一点动静也没有。他不由得开始怀疑那红衣女子是不是只是跟魏怜长得相像而已,毕竟堂堂王妃千里迢迢跑来西安实在太匪夷所思了。

他越想越对,终于把提着的一颗心稳稳地放回了原位。

这几日一直有人登门送礼,堆积如山的贺礼中,独缺李自成的大礼。袁氏旧部心里犯嘀咕,紫兰君昔日送了不少金银助饷,如今喜事近了,皇上怎么也该派人前来送礼,难道是忘了? 就算忘了,好歹身旁也会有人提醒吧!

正揣摩间,却见李自成高大的身影出现在门口,当下还以为是眼花了,直到他那粗如豺狼的嗓音发出一声大笑,才猛地回过神来,要跪地行礼。

李自成摆手道:"我今儿个是独自前来送礼的,连侍卫、太监都不带,就是没打算摆皇帝的架子。"

众人正要屈膝,闻言唯唯称是。

李自成将御笔亲书的"佳偶天成"四字立轴抛给了一名仆从,道:"左右你们什么大礼都收到了,我再送一些金啊银啊玉啊的也是俗气,不若在礼堂上悬着这幅立轴添添喜气,你们瞧这样可好?"

众人大喜,大顺皇帝亲笔,这可比金银珠宝还要光彩荣幸啊!

李自成"啧"了一声,左顾右盼,蹙眉道:"紫清呢? 听说他臊得连人都不敢见! 哪有人这样当新郎官的? 传出去还不让人笑掉大牙! 快,叫他出来见我!"

于是便有人撒腿去拍袁紫清的房门,道:"公子,公子,快出来,皇……"

一句话都还没说完,袁紫清不耐烦地道:"不去不去我不去,你们替我着实打发了。"

"您可不能不去啊! 这次是皇上来了,说要见你呢!"

袁紫清正在帮午睡醒来的朱毓媞梳头,猛地吃了一惊,扯断了几根头发。

朱毓媞顾不得疼痛,操了袁紫清一把,道:"去开门。"

袁紫清开门又问一次:"你说谁来了?"

"皇上啊! 我的小祖宗,你这会儿可不能再任性了。"

朱毓媞上前替袁紫清整理了衣衫和头发,道:"快去。"

袁紫清在她脸上啄了一口,又搂了她一把,嘻嘻一笑:"我去去就回。"

朱毓媞脸上一红,他明知自己脸皮子薄,根本就是故意亲热给别人看的! 真可恶!

袁紫清见了李自成,一通寒暄后,李自成说自己忙到没时间进膳,于是旧部赶紧去置办酒席,少不得袁紫清要陪宴了。

第一百六十章

一报还一报

吉日将近，凤冠霞帔嫁裳已先送至房里。

明太祖朱元璋时期马皇后特典，百姓婚嫁时可以仿制皇后的凤冠霞帔，因此凤冠霞帔是极尽华丽贵重。朱毓媞伸手轻轻抚着嫁裳上面繁复的绣纹。

过了明日，便要穿上这套梦寐以求的衣裳嫁给清了。恍似做梦一般……

忽听一个新莺出谷似的嗓音道："长平公主！"

朱毓媞身子一震，这里怎么会有女子认出她的身份？她猛地回过头去，只见一个红衣女子俏生生地站在门口，嘴角噙着一丝阴冷的笑容。

"魏姑娘？"

这几日宾客络绎不绝，府邸门禁松弛，加上李自成亲访，所有人都忙得不可开交，就算有人看见魏怜，也因她是女流而疏于戒备，正好给了魏怜溜进来的机会。

魏怜看着朱毓媞容光焕发的样子，只觉得全身血液都似要烧了起来。当年她辛苦怀胎尚得不到凤冠霞帔，如今要和袁紫清百年好合之人竟不是她，她如何咽得下这口气？

魏怜笑眯眯地道："我可以进来吗？"

"可以。"朱毓媞弄不清楚她的目的，"你怎么会来到这里？有什么事吗？"

魏怜开门见山地道："我来是想告诉你，你不能嫁给袁紫清。"

朱毓媞一怔，道："那我倒要向魏姑娘讨个说法了？"

魏怜不答反问："你可了解袁紫清？"

这话朱毓媞听了十分不舒服，冷冷地道："当然。"

魏怜呵呵一笑："想必你早已知道他是袁崇焕之子了，所以才会背叛你的家国，抛弃你的家人，选择跟他私奔。但是你确定他对你够真诚吗？你确定他除了身世之外对你再也没有任何隐瞒了吗？"

朱毓媞面色一沉:"你想要说什么就直说,别藏着掖着了,别人听着也不痛快。"

魏怜笑道:"长平公主是个爽快人,那我也不拐弯抹角了,省得等会儿紫清回来了,见到旧爱新欢在一块儿,夹在中间也怪别扭的。"

紫清……魏姑娘怎么会喊他紫清?旧爱新欢又是怎么一回事?

朱毓媞心中掠过一丝不祥,只听魏怜道:"我现在要说的话,句句属实。若你听了之后还执意要嫁给紫清,那我便只能说你明珠暗投了。若你及时迷途知返,那我倒要好好恭喜你了。"

恐惧笼罩着朱毓媞的心,她怒道:"你出去,我不要听你说了!出去!快点出去!"

魏怜凝视着她,道:"你以为你还是公主吗?叫我出去便出去!且不说这里不是北京,就算是,我如今也不是你可以颐指气使的身份了!"

朱毓媞道:"好,你不出去是吧!那我出去!"她逃命似的跑向门边,冷不防身后传来魏怜幽幽的叹息:"公主,你知道吗?紫清是我的爱人,也是我生命中第一个男人,我们认识将近五年了……"

朱毓媞脑海一阵雷鸣电闪,耳畔嗡嗡作响,双脚钉在地上,一步也挪不开了。

魏怜幽幽地打量着榻上的凤冠霞帔,道:"若非我小产了,不然我早就和紫清拜堂成亲了,哪轮得到你欢欢喜喜做新娘?你今日拥有的一切,原本都是属于我的。"

朱毓媞如被人用力捶了一拳,胸口气血翻涌,她回头瞪着魏怜,不敢置信地道:"你说什么?什么小产?"

魏怜"哧"了一声,笑道:"紫清瞒得真是滴水不漏。也是,他怎么敢告诉你他和我曾经有个孩子,那是他生命中的第一个孩子。无论你们之后有几个孩子,都改变不了我曾经为他怀过孩子的事实。"

朱毓媞一个趔趄,几欲摔倒,喃喃道:"不可能,不可能,我不相信……"

魏怜"啧"了一声,道:"我话都还没说完呢,你就快要崩溃了。你知道他在金陵是什么样子吗?他在金陵可是'骑马倚斜桥,满楼红袖招'的浪荡公子,成日寻花问柳,醉生梦死,被他睡过的女人数都数不清了。你啊,根本不知道是第几个,你还以为你在他生命中是独一无二的吗?呵呵,他曾说过:'被我睡过的女人数都数不清了。她们在我生命里全是过客,在我身下全是同一副德行!即便尊贵如公主也一样!'如此看来,你跟青楼娼妓根本没什么两样嘛!"

朱毓媞齿缝间硬邦邦逼出一句:"你胡说八道!"

"我胡说八道?"魏怜道,"袁紫清在金陵无人不知无人不晓,你大可去查一查,便知道我有没有欺骗你。"

朱毓媞脸上一分一分褪去血色,咬牙道:"我不会去查,我……我要亲自问一问他。"说完便要离开。

魏怜一个箭步挽住她的胳膊,笑吟吟地道:"等一等,我还没说完,最精彩的部分正要开始呢!"

朱毓媞冷冷甩开她的手,勉强镇定下来,道:"好,你继续说,说完了我会去跟他确认。倘若你有一句假话,我定要你好看。"

魏怜笑道:"你可要提起十二分精神了,我怕我接下来的话你会承受不住。"

朱毓媞呼吸都快停滞了:"你说。"

魏怜道:"你知道紫清接近你的目的是什么吗?你不会真的以为他一开始就对你有好感吧?他当时连你的名字都忘记了,还是问了我之后才想起来的。他啊,知道你是长平公主之后,就决定利用你去报复崇祯皇帝了。他曾对我说:'你想想看,崇祯皇帝若知道他的女儿为谁痴迷、为谁失身,还不活活气死吗?一想到这一点,我就兴奋得睡不着觉,做梦都会梦见他七窍生烟的模样。'

"他是带着快意恩仇的心、花好月圆的谎言接近你的。你们交往期间,他还跟我夜夜同床共枕呢!他有一回清晨才回来,不知道是怎么了,整个人火烧火燎的,急急忙忙地把我抱到床上,要我喊他'清'。对了,我和他欢好时,我都喊他'清',这样喊他,他会特别亢奋。还有一回他三天没去皇宫找你,我们一晚缠绵了两次。他啊,最喜欢把他的头埋在我的胸前……"

魏怜说的每一句都像锤子似的狠狠敲着朱毓媞的胸口。她颓然坐倒在地,道:"你骗人,你骗人,他不会这样对我的,他不会的……"

魏怜蹲在地上,双手将朱毓媞的脸扳向自己,目光炯炯地平视着她,道:"公主若是不信,尽管去问他。"

第一百六十一章

坦白

天渐渐黑了，也不知魏怜是何时离去的。朱毓媞紧紧抱着自己，从前想不明白的地方顿如拨云见日，桩桩件件明晰起来。想起第一次在北京见到袁紫清时，魏怜就跟在他身后；有一次在街上遇到魏怜，那时候袁紫清就显得很不自在；第一次到闯王军营时，李自成当时说了一句令自己匪夷所思的话："记得上回你来的时候，好像有个姑娘被军医诊出怀孕了，姓……姓魏还是姓萧？"

如今看来，李自成和红娘子他们，甚至是袁氏的旧部都是知道魏怜的，只有自己傻傻的被蒙在鼓里，只有自己什么都不知情。

倘若魏怜说的是真的，那虹裳霞帔步摇冠，钿璎累累佩珊珊，就是袁紫清对她最沉重的伤害和屈辱！

她像一缕幽魂似的呆坐在门口，也不知道过了多久，猛地听见一个熟悉的声音喊道："媞儿！"身体被一双有力的胳膊揽了起来。

她回过神来，对上一双关切殷殷的眼眸，紧绷的心神瞬间松懈，不觉怔怔地落下泪来。

袁紫清看见她的眼泪，顿时慌了手脚，道："媞儿，你怎么了？怎么哭了？"

朱毓媞似是失了勇气，竟是不敢问他。

袁紫清抹去她的眼泪，柔声道："你哪里不舒服？对不起，皇上方才才离去，我实在走不开，让你等我那么久。你肚子饿不饿？我们一起去吃饭吧！"

"清……"朱毓媞凝视着他。声音不由得颤了，"方才魏怜来找我，跟我说了很多奇怪的话……"

袁紫清揽着朱毓媞的胳膊微微一颤，齿缝间逼出来的声音透着明显的战栗："她说了什么？"

朱毓媞全身不可抑制地颤抖着,如一叶即将被怒海吞噬的小舟:"她说……她说了很多,说你们曾经有过孩子;说你是为了报复我父皇才来接近我的;说我们交往时你还和她同床……同床共枕……"她仰视着他,目光充满期待,"清,她是骗人的,对不对?"

袁紫清咬紧牙关,硬着头皮道:"她说的都是真的!"

刹那间,朱毓媞眼前一片天旋地转,似乎整个世界都颠倒了过来,若非袁紫清搀扶着,不然便要瘫在地上了。

她只想大笑,却又笑不出来,颓然道:"竟然……是真的!"

"媞儿!"袁紫清紧紧抓着她的手,"你听我解释……"

朱毓媞厌恶地挣开他的手,扬手甩了他一个耳光,"啪"的一声,他脸颊登时印下一个鲜明的掌印。

朱毓媞面色铁青,厉声道:"别碰我!"

"媞儿,我……对不起,我知道我此刻再怎么解释都没用。但你相信我,我对你的心意是真的……是真的。媞儿,你相信我……"

"相信?"朱毓媞凄然冷笑,"在这种情况下,你要我怎么相信你?"

袁紫清登时语塞。

"你从前在金陵无论怎么样,我都可以强迫自己不在意,总归是你我交往之前发生的事了,我可以接受!可是,你怎么可以为了报复父皇而接近我!又怎么可以一边和我交往,一边又和魏怜同床共枕!难道我在你心中就是这样不堪吗?为了上一代的恩怨,我一个好好的女儿家,就要这样被你欺辱践踏吗?"

袁紫清道:"媞儿,对不起,我错了……"

朱毓媞见他迈近一步,猛地喝道:"别过来!"

"媞儿……"袁紫清凝视着她。

朱毓媞牙齿紧紧咬着唇瓣,殷红的血蜿蜒而下,好似要借此淡化内心的苦痛。

袁紫清凄然道:"你流血了。"

朱毓媞浑然不觉疼痛,只怔怔地凝视着他,眼前这个令自己肝肠寸断地哭过、激荡心扉地笑过、刻骨铭心地爱过的他,被自己许下"梧桐相待老,鸳鸯会双死"的诺言的他,一起历经患难、共赴生死也不离不弃的他,没想到最后竟深深伤害了自己!

爱得越深,伤得也越深!

朱毓媞一颗心渐渐沉入冰冷黑暗的深渊里,双眸是死灰般的冷寂,好似在她眼中,一切都已经死了,包括他们之间那段刻骨铭心的爱,也包括她自己。

袁紫清软地跪在她脚边,牵着她的手,泪水淹没了面颊,喃喃道:"媞儿,我错了,对不起,是我对不起你,你原谅我好不好?给我一次弥补的机会,好不好?"

袁氏旧部听到动静匆匆赶来,见到这情景都惊呆了,七嘴八舌问道:"发生什么

事了?"

"好端端的,是怎么了?"

"公子别跪着,有话好好说。"

朱毓媞冷冷地打量着他们,只觉得齿冷不已。她甩开袁紫清的手,颤颤地指着他们,道:"你们……你们早就知道了,你们全都在骗我……我……我不想见到你们……"说完,踉踉跄跄冲了出去。

"媞儿!"袁紫清箭步上前抱住她,将她的身体扳过来,凝视着她,哽咽道,"这一年多的笑泪与共、生死相随,难道你还要怀疑我的心意吗?"他拉着她的手按住自己的心口:"我的身心都是你的。媞儿,即便我一开始欺骗了你,可是到最后我已控制不住自己的心了。媞儿,我对你的感情是真的,我……"

朱毓媞用力甩开他的手,愤愤地道:"我不相信,我不相信!你这个虚伪的骗子!我恨你!我恨你!我再也不想看到你!"

她的话像无数利箭一般将袁紫清的心戳得千疮百孔。他沉沉地道:"你说过与我死生不相离,难道你现在竟要舍我而去吗?"

朱毓媞沉痛地闭上双眼,昔日和袁紫清共处的点点滴滴刹那间浮现在脑海里——他割开手腕,不要命地任鲜血流入自己口中;清兵环伺,他趴在自己身上,要替自己挡下致命的一枪;雪崩遇难,他赤身裸体护住失温的自己,要给予自己一星温暖;樱花树下,他推自己荡秋千,深情款款地唱着情歌;小产昏迷时,他不离不弃地守着床榻……

回忆仿佛千钧之重,压得她无法喘息。她睁开泪眼,深深吸了一口气,凄然道:"让我……一个人静一静……"

她踏着虚浮的脚步,头也不回地离去。

袁紫清全身的力气似被掏空了,软软地瘫在地上。

"公子……"旧部也不知道该如何安慰他。

"都不要……理我……"袁紫清的声音像是飘在云端的一脉游丝。

"公子……"旧部兀自不放心。

袁紫清吼了起来:"都走开!"

蓦地下起了淅淅沥沥的小雨,打在芭蕉叶上,声声催人断肠。

第一百六十二章

回京

朱毓媞冲到马厩择了一匹马，"喝"的一声，催马驰了出去。

此刻只想离袁紫清越远越好，竟是挥鞭疾驰，两侧街景流水似的倒退，不知不觉出了城门。等到她发觉时，一人一骑已在荒郊野外。

她匆匆出门，浑忘了披上大氅，数九寒天的风夹着雨滴扑在身上。但即便是这般寒意，也不及袁紫清带给她的绝望彻骨寒心。

她蓦地一勒缰绳，甩镫下马，牵着马儿漫无目的行走着。

稀稀疏疏的灯火点缀在平野间。在这风雨交加的夜里，人人都在拥炉取暖，煮酒夜话，只有她孤零零地沐雨夜行。

她猛然发觉自己竟无处可去，她的家在哪？她还有家可以回吗？在这最痛苦最绝望的时刻，本应由亲人陪伴在身侧，但是她如今还有亲人吗？

父皇、世显哥哥、绿萍、母后……就算望尽天涯也望不见他们。

当初为了爱舍弃了所有亲友，如今她光景凄凉，身旁只有一匹马踽踽跟随，满腔悲愤苦楚，竟是无人可诉！

她无奈地对着马儿凄然一笑，喃喃道："我做梦也想不到，我一生中最深爱最信任的男人，竟然会带着一颗快意恩仇的心、花好月圆的谎言接近我。当我深深陷入他精心编织的情网时，他的内心是不是正嘲笑着我的痴傻无知？你知道吗？他竟然可以在甜言蜜语哄完我后，回头又和魏怜轻怜蜜爱。一个人怎么可以虚伪到这个地步？他从前对我说的话都是真的吗？我现在真的很怀疑，我是那样全心全意信任着他，即便有些地方我想不透，我还是相信他！没想到他竟然对我这么残忍，我往后该如何面对他？"

脸上一片冰凉，一摸之下，原来已淌满了泪水。

想起他和无数女人恩爱缠绵过，像拥吻自己一样吻着别的女人，在别的女人身上迫

切地索取一切温存,说不在意都是骗人的。她全心全意爱着他,怎么可能没有一丝介怀?

泪水被风一扑,在脸上凝成刺骨的霜寒,好似要自己记住这一刻的悲痛屈辱。

多希望这是一场噩梦,醒来后一切都会回到原点,她还是那个等着凤冠霞帔的新娘,等着侍女们将她打扮得美美的,在所有人的祝福下,风风光光嫁给她生命中挚爱的男人。可是,身上刺骨的寒意、内心死灰般的绝望,明明白白地告诉她,一切都变了。她一心渴盼的那个婚礼,大概也不会出现在她的生命中了!

忽听身后有脚步声接近,还以为是袁紫清,回头喝道:“走开,我不想再看到你!”却见前方影影绰绰立着数名平民打扮的男子。

“你们是谁?”朱毓媞嗅出一缕不祥,待她看清人影中那张不怀好意的笑脸时,顿时一呆,道,“魏怜!”

魏怜笑道:“都要做新娘的人了,怎么还哭哭啼啼的,不知道的人还以为你家死了人呢!”

朱毓媞警觉地道:“你要干什么?”

魏怜道:“公主怕是不知道回家的路,所以我备妥了马车,特来接公主回京。”

朱毓媞又惊又怒,道:“你……你……我不回去!”她踩镫上马,要往城门奔去。

哪知马儿才刚要起步,人影中飞出一人,落在她身后。她的身体随即被那人紧紧拽住,正要张口呼喊,猛地被一方帕子覆住了口鼻,一缕幽香冲入鼻端,登时不省人事。

朱毓媞一夜未归,袁紫清急得快要发疯了。府里的人和他寻了一回又一回,只知她骑马出去,马儿在郊外被人找到了,但是骑马的人却不知去向。

起初还以为她和自己怄气,故意不回来,直到婚期都过了,他内心才浮起一个可怕又绝望的念头:“她不会再回来了。”

人去楼空的感觉就像有人在他的胸口开了一个洞,丝丝缕缕的寒风灌入整个胸腔,渗入四肢百骸、五脏六腑,连呼吸都是彻骨的冰凉。

门上贴着红双喜字的剪纸和对子,红幔桌上是一对双喜桌灯,婚床挂着百子帐,榻上铺着百子被,床头挂着大红缎绣双喜字的床幔,床前的墙上挂有一副喜庆对联……

凤冠在床,嫁衣委地,一派花团锦簇,伊人已杳,徒增一番伤心而已。

袁紫清恍恍惚惚坐在妆台前,拿起了篦子,上面还夹着她的几根头发。

她每晚都会帮他擦背洗头。

她每晚睡觉都会枕着他的胳膊。

自她离开后,爱干净的他竟蓬头垢面了多日,即便累得眼睛都快要睁不开了,他也焦虑得睡不着觉。

耳畔一直萦绕着一个清晰的声音:“她不会再回来了,她是那样心高气傲的女子,她不会再原谅你了!"

或许一开始就是错的,他的刻意接近原本就违背了天意,所以在情路的尽头,等待的就只有黯然销魂、唯别而已矣!

一旦铸下了因,即便从天涯走到海角,还是必须去面对果。所以,无论他如何挣扎、如何逃避,无论他日子过得如何战战兢兢,终究还是避不开这一日! 其实,当一切拨云见日后,他瞬时感到如释重负,肩上再也没有任何秘密了,他终于做到两厢坦白了,可代价却是——她永远离开了!

谎言,会将平凡化为刻骨铭心,却也会将刻骨铭心化为回忆。

手中是她写给自己的承诺:"水阔花飞,月淡风清,与君语。黄泉碧落,红尘紫陌,与君共。似水流年,静好岁月,与君老。"

一字一句都是柔情,一笔一画都是蜜意,耳畔依稀响起她郑重的诺言:"然诺重,君须记。"

媞儿,你究竟在哪里? 倘若你不愿意实现承诺,那你至少也要告诉我一声。还是说这是你给我的惩罚? 你要让我提心吊胆地活着,让我彻骨焚心地痛着,让我没日没夜疯狂地思念着你……

"公子,公子,打听到朱姑娘的下落了。"

袁紫清几乎是从椅子上弹了起来,抓住那人道:"她在哪?"

"朱姑娘离去的那一晚,有人曾看见她被一群人绑上一辆马车,其中一人是个身穿红衣的女子。"

红衣女子? 袁紫清猛地脱口:"魏怜!"他推开那人,奔到马厩,牵出一匹马来。

"公子,你要去哪?"那人急得急赤白脸,很后悔告诉袁紫清这件事。

袁紫清翻身上马,道:"北京。"

"什……什么? 北京到处都是你的画像,你这不是送死吗?!"

袁紫清道:"我管不了那么多了。"催马疾驰而去。

第一百六十三章

回廊一寸相思地

惠王府。

冥色笼鸳瓦，王府下人纷纷亮起灯笼。

朱常润正为魏怜泡脚。

"送进宫了吗？"

"嗯。"

"干吗这样看我？"

"你还有什么事是我不知道的？"

魏怜沉默。

朱常润用毛巾拭干她脚上的水痕，淡淡地道："我宠你爱你怜你，所以格外纵容你。只要没有危险，不管哪里我都会让你去。可是这次你未免太出格了，竟带着几名王府护卫就冲到了西安！且不说就算在京城也早已没有三卫兵马受我指挥，那西安是反贼的地盘，一路上都是匪寇流民。世道这么乱，那起子狗奴才怎么竟由得你这样胡来？你觉得我该怎么重罚他们？"

魏怜道："王爷不要怪他们，那日我原先说要去西山，出了西直门后才说要去西安。他们吓了一大跳，还以为自己把'西安'听成'西山'了。那时已经出城了，我执意要去，他们拦不住我。王爷若要罚，就罚妾身一人吧。"

朱常润沉默片刻："你毫发未损，他们也算忠心护主，此事就这么罢了。我只是气你事前不跟我说一声，要是你有个好歹，教我怎么办？"

魏怜反问："倘若我事前跟你说了，你还会让我去吗？"

朱常润一时噎住。

魏怜又道："何况我不是平安无事吗？"

朱常润宠溺地看着她:"我真拿你一点办法也没有,这一生注定被你套得牢牢的。"他终究耐不住好奇,又问:"不过你怎么知道长平公主在西安?"

魏怜忍不住得意:"很简单,紫兰君容貌曝光,无处可去,他唯一能抛头露面的地方就是闯王的大本营,所以我估计他一定到西安去了。"

朱常润顿了一晌,狐疑地道:"紫兰君和你是什么关系?为什么听你的语气好像你们很熟悉似的?"

魏怜嘴角微微一抽,黯然垂眸,幽幽地道:"你真的想知道吗?"

朱常润道:"我希望你能够对我毫无隐瞒。"

"好。"魏怜深深吸了一口气,凄然道,"你曾问过我,那个令我魂牵梦萦又伤我至深的男人是谁,我一直不愿开口告诉你,只因那个男人就是紫兰君。"

朱常润愣了一会儿,道:"你说什么?"

"紫兰君,是我生命中第一个男人。"

许是迷药下得过重,许是朱毓媞太过痛苦,不想醒来,她过了很久才完全清醒,此时人已在皇宫里了。她问了绿萍,才知道自己是被惠王发现后送进宫的,其余的绿萍就不清楚了。

她心中奇怪,明明自己是被魏怜绑走的,怎么到最后竟是被惠王送进宫的?

她又问绿萍今天是什么日子。绿萍回:"二十一了。"

二十一?她惊得跌到床下,二十一?那婚礼不就已经过了?

辛酸一点一点涌上心头,她朝思暮想的婚礼,终究成了一场泡影。

也好,她根本无法在那种心情下戴上凤冠穿上嫁衣,若无其事地嫁给他。不管自己是怎么回到宫里的,大概她和他这辈子就这么结束了。

东暖阁全是他们相处过的痕迹,一起睡在同一张床上,一起坐在灯前看书,一起……

彻骨寒心的绝望再一次如怒涛狂潮般席卷了她的整个身体。她一咬牙,蓦地从床下拖出箱笼,拿起一张画像,看也不看,随即丢入火盆里。

"殿下!"绿萍惊得呆了,"这是做什么?"

朱毓媞一言不发,将一张张画像全部丢入火盆里,瞬间火焰冲天,火光映在她脸上,照出了近乎木然的决绝。

绿萍伸手拦她,道:"这些画是您最珍惜的,您现在为什么要焚了它?"

朱毓媞挥开她的手,默默地拿出所有画焚毁。

压箱的最后一张画,画的是太液池的荷花。

荷花,是她一生中最喜欢的花。彼时,她怀着一腔少女情怀对袁紫清说:"我很喜欢晏殊的《渔家傲》的最后一句:'争奈世人多聚散。频祝愿,如花似叶长相见。'"说完定定

地看着他,酒红初上脸边霞,道:"只祝愿,你我能如荷花荷叶一般长久相见。"

她心中浮起一声冷笑,倘若那时知道自己不过是活在谎言和虚伪中,还能深情款款地说出那段话吗?

心一横,随手将荷花图扔进火盆里。

满殿火蝶飞舞,满脸泪珠莹然,或许就像世显哥哥说的,自己一腔情思就是由画他而起。既然如今这段恋情结束了,不该留的也没有再留下的必要了。

画像可以焚毁,可是他们之间那段相濡以沫、刻骨铭心的回忆,却无法从脑海里抹去。

相濡以沫,不如相忘于江湖。

既然是彼此伤害、两厢折磨,倒不如彻底忘了对方,也忘了那一段相濡以沫的朝朝暮暮。

只是内心火焚般的痛苦明明白白告诉她,这辈子已是忘不了袁紫清了。

整个坤宁宫多了三倍卫戍,东暖阁的窗子全钉上了条,不管朱毓媞走到哪,身后都是长长的一串人龙。

纵然她恨着袁紫清,却也担心他会不怕死地找上门来,再次把自己推到风口浪尖之上。

她已经身心俱疲了,再也承受不了任何打击和伤害。

袁紫清,这个俘虏了她的身心、令她又爱又恨的男人。

袁紫清,这个即便睡梦中也喊了千遍万遍的名字。

袁紫清……

第一百六十四章

三千宠爱在一身

自魏怜说了那一句："紫兰君，是我生命中第一个男人。"朱常润便再也没有踏入她的房里。

她知道紫兰君曾经盗过朱常润的荆州王府，所以朱常润对他很反感。当紫兰君画像曝光后，他还幸灾乐祸地说："多行不义必自毙！"这句话令她耿耿于怀。

朱常润的妻妾们早就嫉恨她的专宠，此时纷纷落井下石。魏怜也不在意，不过就是女人间的争风吃醋，真真乏味得紧！朱常润没有天天过来，她倒也落了个清净自在。

"紫兰君，是我生命中第一个男人。"不知为何，她竟觉得说出这句话的当下既是骄傲又是痛快，随即一股悲凉感在胸口蔓延开来。这个生命中的第一个男人，只怕现在已恨透了自己。

魏怜穿着藕色花绡窄袖对襟袄，外罩湖水绿花绉纱衫，下系软银轻罗百合裙，脚下一双软底绣花弓鞋，一头青丝绾了一个回心髻。她扶着灿星的手走在王府花园里，衣带香风，步步生莲，前方一名女子挽着丫鬟的手迎面而来。

这女子是朱常润的侧妃尤氏，早魏怜半年入门，眉眼和她极为相似。魏怜入门前朱常润专宠尤氏，魏怜入门后尤氏就再也没有见过朱常润了。

朱常润不再宠幸魏怜，这几日都宿在尤氏房里，尤氏顿时气焰高涨。她见到魏怜，想起从前备受冷落的日子，又想起魏怜不过出身勾栏，竟与良家出身的自己平起平坐，如何不切齿痛恨？

尤氏抿嘴笑道："往日要见妹妹一面都千难万难的，今日怎么着，倒有闲暇在外面晃悠了？也是，妹妹多日不见王爷了，可不就是一个闲着无事的女人吗？"

魏怜笑道："这段日子妹妹身体欠安，无法陪伴王爷，说来还要感谢姊姊呢！姊姊这阵子辛苦了。过几日妹妹身体好了，姊姊就能歇息了。"

她这话倒也不假,这几日月信来时,下腹时常一阵阵绞痛。

尤氏面色一变,道:"你不过是个弃妇,还犟嘴什么?"

魏怜实在懒得跟这妒妇多费口舌:"妹妹身子乏了,要回去了。"

"站住!"尤氏早看她不顺眼,张臂拦住她的去路,"谁让你走了?"

魏怜只觉腹痛如绞,低声道:"让开。"

"不让。"

"灿星,我们走。"魏怜才刚刚迈出一步,冷不防胳膊肘被尤氏扯住。那尤氏生得娇小,没想到力气大得很,一下子竟挣不开。

二人顿时一阵拉扯,魏怜腹痛越来越明显,终于忍不住道:"你放开我,我……我肚子痛……"

尤氏冷笑道:"你就是这样狐媚王爷的吗? 真是够矫情的!"

魏怜一只手被她拽住,一只手按着肚子,痛得一头冷汗,呻吟道:"我……我没有,我肚子真的很痛……"

尤氏冷笑:"装得可真像啊! 可惜我不是王爷,不会被你这三脚猫的演技忽悠过去!"

魏怜肚子痛得说不出话来。

灿星急了:"主子,主子,你还好吧?"

"我……"魏怜颓然瘫在地上。

尤氏瞧出不对劲,顿时慌了手脚:"你怎么了?"

魏怜眼前无数白影飘来飘去,意识渐渐涣散,迷糊中似见灿星匆匆离去,一会儿朱常润冲了过来,推开尤氏,抱住了自己。

"碧瑶,碧瑶,你醒醒,别吓唬我! 来人,快去请太医,快……"

朱常润的声音越来越模糊,魏怜眼前一黑,终于不省人事。

魏怜清醒后,已是一日后的事了。朱常润守在榻旁亲侍汤药,衣不解带。王府人人均知,她此刻又是那三千宠爱在一身的侧妃碧瑶了。

魏怜挣扎着要起身,被朱常润轻轻按住。

朱常润倒了一杯水喂她:"别乱动,太医让你多躺着休息。"

"我怎么了?"

"太医说你气血虚弱,肝肾亏损,以致痛经晕厥。"

魏怜顿时想了起来,昏迷前的确全身酸软,腹痛如绞。

朱常润又问:"之前常常这样吗?"

魏怜道:"我信期一向不准,偶有腹痛之状,不过都还可以忍受。像这样痛到昏倒还是第一次。"

朱常润目光怜惜，道："现在感觉如何？"

魏怜道："不疼了。"

忽听王府总管太监在门口道："王爷，顾太医来请脉了。"

朱常润道："请他进来。"

房门敞开，顾培生大步而入，利索行礼。

朱常润道："魏王妃的气色还是不大好，顾太医快来看一看。"

顾培生应了一声"是"，跪在榻边，在魏怜手腕上敷上一袭轻纱，两指搭住脉搏。

不知为何，魏怜总觉得他神情有些古怪，照理说太医为女眷请脉应目不斜视才对，可这顾培生竟像要对她说什么话似的。

忽听门外嘈嘈切切，一阵骚动，总管太监发出一声低喝："你不许进去……"话未说完，只见尤氏的侍女连滚带爬地闯了进来，哭道："王爷救命，主子她……她哭着闹着要上吊，王妃怎么劝都劝不住，奴婢求王爷过去安抚一下吧！"

朱常润蹙眉道："堂堂一个妃子哭哭闹闹的，成何体统？"

魏怜好奇地问："怎么回事？"

朱常润道："尤氏对你无礼，我只不过罚她禁足和例钱而已，没想到她现在竟然这样不知分寸！"

魏怜心中冷笑，果然是蠢妇！一瞥眼见顾培生目光欲言又止，心念一动，道："王爷还是去看一看姊姊吧！万一闹出什么好歹，一来伤了阴骘，二来有损王爷颜面。"

朱常润无奈地道："好，我去去就回。"

朱常润离开后，魏怜面色一沉，道："太医有什么话不妨直说。"

"回王妃的话，"顾培生似犹豫着该如何启齿，"微臣第一次把脉时就发现王妃体内有少量的水银。微臣冒昧一问，王妃是否靠水银避孕？"

魏怜心头一凛，这位太医好厉害！鸣玉坊的女子在云雨后都习惯服用一种药丸避孕，至于成分是什么她根本不清楚。如今看来，里头竟掺有水银。她道："是，我会痛经晕厥是不是因为这个？"

顾培生道："是。水银具有大毒，味辛，性寒，易引起女子信期失调、痛经，甚至导致死亡。尤其是王妃体质虚寒，更不宜接触水银。"

魏怜一脸满不在乎。

顾培生迟疑一晌，又道："其实王妃根本不用服食水银。依微臣看，王妃的身体早已不能生育了。"

"什么？"魏怜吃了一惊，"你说我早已不能生育了？"

顾培生道："是。王妃先前是不是小产过？"

魏怜点头道："那时候我怀胎将满三个月，时常有腹痛下坠之感，大夫说我肾脾两虚，

痰湿肝郁,胞宫阴寒,本来就不易受孕,之后开了药让我服下,腹痛情况大为改善,不料三天后竟莫名其妙见红了。"

顾培生是个细谨之人,道:"王妃说莫名其妙,是不是心中存了疑虑?"

魏怜点了点头:"我只是觉得奇怪,可又说不出是哪里奇怪。"

顾培生道:"药方可有留下?"

魏怜道:"都隔了将近两年了,早就不知去向了。"

顾培生沉吟道:"看来便是那次小产损了王妃的身体,所以再也不能生育了。"

魏怜摆手道:"不要紧,既然太医已知我服用水银避孕,那我也不必遮遮掩掩了,我原本就不想生育。"

顾培生道:"嗯,微臣会开一些药方,帮助王妃代谢体内的水银,尽快调理好王妃的体质。"

魏怜对那药方不感兴趣,道:"有劳了。"

第一百六十五章

凄凉别后两应同

顾培生离去后，魏怜只觉得疲累，又重新躺下，侧身朝里，闭眼安睡。眼睛才刚闭上，便想起昔日怀孕时种种不适之状，不由得辛酸难言。彼时为了这个孩子，她又晕又吐，可没少吃苦，偏偏紫清又不是很欢喜的样子，惹得她常常胡思乱想，觉得他是不是根本不想要这个孩子！

一个可怕的念头从心湖底部缓缓浮了上来，还未浮出心头，已被一个慌乱的声音打住："不可能，不可能，虎毒不食子，何况这是他第一个孩子。"

可是，他是带着一身屈辱伤痛苟延残喘的袁紫清，心性刚狠刻毒，根本不是正常人。

她想到这里，只觉全身冷到骨子里。自紫清知道自己怀孕后，态度就若即若离、隐晦不明，全没有即将初为人父的喜悦。也是从那时候开始，种种不适之状就接二连三出现了。

难道……难道……

"吱呀"一声，房门敞开，萧采莞端着汤药走进来，道："主子喝药了。"

魏怜猛地拥被坐起，犀利如电的目光盯着萧采莞："采莞！"

萧采莞见了她的表情，不禁一愣："主子怎么了？"

魏怜劈头就问："我当初怀紫清孩子的时候，紫清是不是暗中做了什么手脚？"

"哗啦"一声，萧采莞手中的托盘坠地，药碗碎裂，乌黑的汤汁洒了一地。

少顷，萧采莞强笑道："主子也忒多虑了，那是他的亲骨肉，他会做什么手脚？"

"是吗？"魏怜盯着她的脸，冷冷地道，"那你的手在抖什么？"

那件事一直令萧采莞芒刺在背，她只觉得魏怜的目光似要把人穿透，下意识地避开她的双眼，硬着头皮道："您看错了，我没有发抖。"

魏怜沉默良久，"哧"地一笑："你故作镇定的样子，反而露出了马脚。"

"什么露出马脚?"朱常润带着一丝疲惫的笑意大步流星进来,一看到地上一片狼藉,立即蹙眉道:"怎么连个东西也端不好,赶紧收拾收拾,再端新的汤药过来。"

"是、是。"萧采莞拾起碎碗,落荒而逃。

魏怜一整日心神不宁,偏偏朱常润又赖着不走,干脆蒙起被子装睡。朱常润见她睡了,便出去和王妃一同用膳。

朱常润一走,北面长窗被人轻轻推开,一抹颀长人影悄无声息地落了下来,迅速靠近榻边,掀开锦被,拽起了魏怜。

魏怜还以为朱常润去而复返,但拽着自己的那只手力道粗鲁至极,绝不会是朱常润。拿眼望去,一张冰冷死寂的脸就在眼前。

她的心似被撞了一下,刹那间呼吸为之一滞。

袁紫清道:"我的婚礼被你毁了,媞儿和我决裂了,你的目的达到了,如今可爽快了吗?"

魏怜的手被他箍得生疼,低声道:"放开我。"

袁紫清松开手掌。

魏怜哂道:"你现在就如同当日的我,所以你不要怨我。不过是我有十分伤痛,也必让你承受五分罢了。"

袁紫清冷冷地看着她:"如果说我此前对你还存有一丝愧歉,现在也完全没了。"

魏怜道:"你恨我吗?"

"不恨,"袁紫清自嘲,"都是我自找的,我恨你做什么?你失去了我,我失去了她。"

魏怜不知是悲还是喜,幽幽地道:"没想到走到最后,你竟连恨我也不屑了。"

袁紫清淡淡地道:"这辈子是我负你,我是绝对不会恨你的。"

魏怜摁着他的手,目光炯炯,道:"我问你一件事,你老实回答我。"

袁紫清道:"你快问,问完了我就要走了。"

魏怜正要开口,蓦地听到门口传来熟悉的脚步声,一道道嗓音喊着"王爷吉祥",话音方落,"吱呀"一声,门已敞开。

袁紫清心头一凛,正要翻窗出去,手一紧,登时被魏怜拉进柜子里。

"你怎么醒了?"朱常润走了进来。

魏怜道:"我……我睡不着。王爷方才不是说要跟王妃一同用膳吗?这么快就回来了?"

朱常润道:"我还是放不下你,想过来陪陪你,况且我本就没什么胃口。"

这样说来,岂不是又要赖着不走?她脸上不动声色,笑道:"这可不行,王妃心里怕是要吃我的醋。"

朱常润道:"随便她。你正病着,若是她连这一点肚量也没有,干脆别做王妃了。"

魏怜心急如焚,难不成朱常润今晚又要宿在这里?

朱常润丝毫没有要走的迹象,竟是挽着她的手坐下来闲聊:"今日我去宫里见皇上。你猜怎么着,我在乾清宫遇到了长平公主……"

长平公主!袁紫清听到这四个字,心头猛地一撞,侧耳凝神倾听。

"那日我送她回宫,她的脸颊还明显有肉。今日一见,竟整个人都瘦了一圈,随便一阵风都能把她吹倒。我听皇上对她说:'你知错吗?'长平公主道:'儿臣无错。'那时气氛便有点剑拔弩张了。皇上沉着气又问:'为了他你宁可跪到膝盖都废了也不肯认错?'长平公主给他来个默认。

"皇上大发雷霆,拿一盏热茶朝她泼去,所幸那盏茶没有真的泼到她身上。当时乾清宫所有人都哗啦啦跪了一地,只有皇上和长平公主对峙着。我正要劝皇上息怒,皇上摆了摆手,要我不必多言,只对长平公主道:'明日开始,奉先殿两个时辰改为四个时辰,你就跪到认错为止吧。'长平公主道:'儿臣告退。'说完深一脚浅一脚去了。

"唉,自长平公主回宫,皇上就要她每日去奉先殿跪列祖列宗深思反省。本来两个时辰就已经够折腾了,现在长平公主死不认错,每日四个时辰跪下来水米不进,就算是铁打的身子也吃不消。长平公主如今已生生熬成了纸片人了!"

袁紫清只听得心如刀割。媞儿,媞儿,我对不住你,为了我你受了这么大的苦……

朱常润又道:"长平公主的性子可真不是一般的倔强。其实只要跟皇上道个歉服个软,就算是骗骗人也好,先挨过眼前这一关再说。偏偏……唉……再这么长跪下去,膝盖真给跪废了!"

魏怜忍不住痛快,道:"看来公主的日子并不好过。"

朱常润道:"虽说公主是被紫兰君劫了去。可不管是皇宫还是民间都在传公主和紫兰君有私。皇上虽下令杖毙了几个爱嚼舌根的奴才,却也堵不住天下悠悠之口。"

魏怜道:"皇上最重面子,出了这种事,可不是颜面无光吗?"

朱常润道:"正因如此,皇上现在和长平公主是谁也不让谁。今日长平公主告退后,皇上颓然问我:'皇叔,你说朕该如何是好?'我从来没听皇上用这么低迷茫然的语气对我说话。他那样子,让我觉得他不再是高高在上的帝王,只是一个身心俱疲的父亲。

"我回他:'或许过一阵子公主就会理解皇上的用心了。'皇上摆手道:'长平那种宁折不弯的倔脾气朕很清楚,她认为自己没错,就算斧钺加身也不会改变她的想法。为了紫兰君,她究竟要和朕冷战到什么时候?难不成要朕放低身段吗?朕真真是恨极了紫兰君……'我也不知当时哪里来的念头,随口说了一句:'不然给公主指了婚事如何?'

"皇上双眼一亮,随即黯淡下去,道:'朕原先是打算将她许给周世显的,如今眼看长平整个身心都被紫兰君俘虏了。朕心想,她宁可要三尺白绫,也断然不肯嫁给周世显。'

我道：'公主整个身心都被紫兰君俘虏了，未必是一桩坏事。倘若皇上擒住了紫兰君，那公主还不乖乖屈服吗？'皇上冷笑道："这紫兰君就像泥鳅似的滑溜得紧！可恨的是云英馆的人还把紫兰君塑造成英雄一样的人物，反倒朕竟似个大奸大恶之徒了！朕真的搞不懂，朕的云英馆里究竟都是一起子什么人！还有各地画像屡遭江湖人士暗中揭去或是涂鸦乱画。不知从何时开始，紫兰君竟成了民心所向。'

"我道：'紫兰君逃得了一时逃不了一世，他再如何小心谨慎，总有失足的时候。'皇上道："可朕即使抓到了紫兰君，也不能伤害他的性命。朕很清楚，若紫兰君死了，朕的长平必定也不活了。皇叔，朕时常有个想法，长平何故生在帝王家！'我可不敢接这话茬儿。皇上又絮絮叨叨抱怨了一会儿，突然用手指轻轻敲着书案，反复念着'周世显'三个字。接着便命王承恩去传周世显，我就告退了。"

魏怜奇道："皇上突然传周世显做什么？"

朱常润道："许是跟我提了指婚那一句有关。"

袁紫清一听，胸口似被重重捶了一拳，身子一晃，发出一声轻响。

"什么声音？"朱常润起身朝柜子走去。

魏怜急得心跳都快要停止了，眼睁睁看着朱常润走到柜子前。

"喵呜——"一只花猫从朱常润脚边蹭过。

朱常润奇道："王妃的猫，怎么会跑进你房里？"

魏怜惊魂未定，勉强笑道："大概是窗户没关，偷偷跳进来的。不然王爷把猫抱到王妃姊姊那里吧！您晾着王妃姊姊，过来找我，我心里很是过意不去。"

朱常润道："我今日便要宿在这儿。"

魏怜听了心一沉。

朱常润命人将猫抱了出去，随即关上长窗，道："你月事差不多结束了吧？"

魏怜整颗心都在袁紫清身上，一时没回过神来，随口道："结束了。"话音方落，朱常润滚烫的身体随即熨了过来。

她心中一凛，袁紫清就在一旁，她可不愿在这时候和朱常润行床第之事！于是轻轻推开朱常润，嗔道："我喝了药后身子乏得紧，还是改日吧！"

朱常润略有些失望，道："那就早点睡吧！"命侍女进来服侍洗漱，和她上床睡了。

魏怜好不容易等到朱常润熟睡，当即悄悄溜下床，打开柜子，低声道："你先去我旧家藏着，我明日酉时过去找你，我有很要紧的事要问你。"

袁紫清道："不能现在问吗？"

魏怜咬牙道："现在不是适当的时候。"怕袁紫清不肯依她，又道："你想不想知道长平公主对我说了什么？"

袁紫清双眼瞬间燃起一簇火苗，急问："她说了什么？"

魏怜道:"只要你好好待着,明日我就会告诉你。"

袁紫清道:"好。"语毕,推开长窗,一缕轻烟似的去了。

更漏将残,星子黯淡。

袁紫清溜进了坤宁宫,只见东暖阁窗子全都上了钉条,里里外外把守得严严实实。朱毓媞的卧房已熄了灯火,料想她已熟睡。他愣愣地注视了窗户良久,才回到魏宅。

他也不睡,直挺挺地跪在院子里的雪地上。彼时正刮着风雪,他只着单衣,细雪在他身上铺了厚厚一层,风刮得他肌肤隐隐发疼。跪了足足两个时辰,膝盖都不是自己的了,这才摇摇晃晃起身。

天方拂晓,他望着天际,微云一抹遥峰,冷溶溶,恰与伊人清晓画眉同。从头翻悔,不觉心如刀剟。

媞儿每日都要饱受跪罚之苦,既然如此,我便与她同苦。她今日跪两个时辰,我便跪两个时辰;她明日跪四个时辰,我便跪四个时辰。

他睡了一个多时辰,又动身前去皇宫。这时京城里巡逻的厂卫、兵马司已没有先前那样严密了,加上他刻意乔装打扮,走在路上没有被人认出来。他的凝血剑已不知去向,那可是师父留给他的唯一念想,想到这儿不免有些难受。

他来到奉先殿的梁柱上蛰伏着,果然看见朱毓媞褪去饰物,长发披散,一身白衣,跪在祖宗牌位前。

袁紫清虽从朱常润口中得知朱毓媞消瘦一圈,可亲眼见到时,还是觉得悲恸难言。她的面色就像她身上的白衣一样,腰肢在束带下几乎不盈一握,一股近乎绝望的气息从朱毓媞骨子里发散出来,令她看起来像一枝已开到颓靡的花,再也不会恢复生机。

一别不过半月,竟已憔悴如斯。

第一百六十六章

罚跪

朱毓媞跪着纹丝不动，绿萍站在她身后，脸上都是焦急不忍之情。

绿萍忍不住开口："殿下，算奴婢求您了，您还是跟皇上服个软吧！"

朱毓媞沉默。

绿萍哭丧着脸，道："从两个时辰生生变成四个时辰，殿下的身子怎么受得住！"

朱毓媞道："都是我不好，跟了我这样的主子，也累得你要一并来奉先殿吃苦？"

绿萍道："殿下说这话便是折煞奴婢了。奴婢好歹也是站着，可殿下金枝玉叶之身，怎么能吃这样的苦？"

朱毓媞低声道："只有身体受点苦，才能稍稍淡化内心的痛苦。不然我根本不知该如何熬过痛不欲生的每一刻。"

她的声音虽轻，在袁紫清耳边却似炸雷般响彻不绝，那一字一句像无数锥子般狠狠扎入他的心头，扎得他鲜血淋漓，满腔都是难言的痛悔。

"公主殿下。"一个尖细的嗓音飘了过来，正是王承恩。

朱毓媞愕然道："王公公怎么来了？"

王承恩端着一只朱漆楠木圆盘，上面搁着一个瓷壶，不知盛放了什么。他道："皇上正午睡，老奴让乾清宫掌事太监吴祥看着皇上，我过来看看殿下。"

朱毓媞道："王公公特地过来一趟，有什么事吗？"

王承恩道："皇上让殿下跪祖宗，又不许您进食，老奴怕您身子吃不消，悄悄给您带了点参汤。"

朱毓媞盯着他片刻："这是父皇授意的吧？"

王承恩神色一僵，笑道："果然什么都瞒不过殿下。老奴这就实话实说吧，其实皇上十分担心殿下的身子，只是拉不下脸罢了。这壶参汤若非皇上准许，老奴是断不敢擅作主张的。"

绿萍喜极而泣:"看来皇上很快就会取消奉先殿的跪罚了。"

朱毓媞一点也没有欢喜的样子,轻轻地道:"王公公,我一直没机会跟你说这一句,那日还要谢谢你,若不是你的帮忙,我和袁紫清根本不能顺利脱困。"

王承恩道:"当时情况十分紧急,皇上又在气头上,只怕真的会当场要了紫兰君的小命。老奴若不这样做,怕是皇上和公主之间的亲情就此决裂了。"

朱毓媞道:"想必你心里盘算很久了,不然怎么会在那十万火急的情况下,在我手心写下'自胁'两个字。"

王承恩道:"殿下是聪明人。领悟到那两字的意思后,本可寻隙夺取绣春刀,用不着挨皇上那一掌。皇上虽然打了您,可老奴明白他心里是十分痛苦的。"

朱毓媞道:"我故意惹恼父皇,挨那一掌,就是为了夺取绣春刀,不然锦衣卫都把绣春刀握得牢牢的,若非那校尉伸手扶我,哪有那么容易夺得? 我当时只怕我不能顺利夺刀自胁,然后把解药送入袁紫清口里而已。不管怎样,一切还要多谢王公公。只不知王公公这样做,父皇可曾起过疑心?"

王承恩道:"皇上虽然觉得奇怪,可从未怀疑到老奴身上。"

朱毓媞道:"也是,王公公是父皇身边的老人儿了,父皇自然格外信任你。"

王承恩道:"殿下赶紧把参汤喝了吧! 虽说是老奴端来的,可那一点一滴都是皇上的心意。老奴这就告退了。"

朱毓媞"嗯"了一声,由绿萍斟了一盏参汤服下,气色才略微好转。

绿萍道:"听殿下的语气,好似还是放不下'刺客公子'。"

朱毓媞幽幽地道:"倾我一生,我也无法忘了他。即使现在跪在祖宗牌位前,我心里还是只有他一个。"

绿萍问:"倘若'刺客公子'来了,您还愿不愿见他?"

朱毓媞静默片刻,袁紫清心里狂跳,屏气凝神,等着她的回答。一晌后她冷冷地道:"我不知该如何面对他,还是不见的好。"

袁紫清脑海一阵眩晕,险些从梁上摔落,簌簌泪光里,朱毓媞的脸是近乎无情的木然,而她眼中流露出一抹水滴石穿的坚决,像冰锥子一样狠狠刺痛了他的心。

媞儿连见我也不愿意,她终究是不会原谅我了!

绿萍又道:"那您还把他的画像全都焚毁,这可一点念想也没有了,往后在宫里的日子可怎么过?"

朱毓媞道:"焚毁就焚毁了。"

袁紫清胸口气血翻涌,一口鲜血几欲喷出。

媞儿不但不愿原谅我,竟对我厌恶如斯!

绿萍嘀咕道:"这样心口不一,可真不像您。"

朱毓媞声音转尖,道:"相见争如不见,有情何似无情,我只愿郎君千岁。"

袁紫清一颗心痛得麻木不已,咬了咬牙,展开轻功飘然离去。

朱毓媞不着痕迹地瞄了梁上一眼,唇角微微浮现一丝凄凉的笑意。方才袁紫清险些从梁上摔落时,她便已注意到了,因此说了"相见争如不见,有情何似无情,我只愿郎君千岁"这句话,便是希望他不要再为了她闯入皇宫,把自己陷于危机之中。

但愿,他能够明白我的意思。

朱毓媞心中有说不出的悲凉,深深吸了一口气,竭力克制,不让眼泪滑落。

好不容易跪了四个时辰,膝盖早已没了知觉,由绿萍搀着离开奉先殿。

崇祯皇帝存心挫磨她的意志,也不许她乘辇,因此她只能一瘸一拐地走回去。此刻她身后跟了一串长长的人龙,无数人的眼睛盯着她,几乎快要把她盯出许多透明窟窿。这种情形下,即便袁紫清来了,也不能接近她。

绿萍见她嘴唇苍白,身体摇摇晃晃,担忧地问:"殿下还好吗?"

朱毓媞点了点头。

绿萍道:"就快到了,殿下撑着点。"

"媞儿!"

温柔的语气、熟悉的呼唤,朱毓媞全身巨震,还以为是袁紫清来了,抬头一望,不禁失望,道:"世显哥哥。"

周世显道:"是我。"

朱毓媞自看见袁紫清伏在梁上后便魂不守舍的,因此听了那声呼唤,就先入为主地以为是袁紫清,此刻见是周世显,虽然略感失望,到底还是松了一口气。袁紫清在云英馆被人围攻砍伤的画面几乎成了她的梦魇,时时刻刻摧残着她的身心,令她疲惫不已。她再也无法承受过多的刺激和波折了。

第一百六十七章

鞭笞

周世显目光爱怜盈溢,道:"你的脸色好难看,回到坤宁宫后请顾太医照看一下吧!"

朱毓媞道:"我歇一会儿就好了。"

周世显道:"在我面前,你就不要再逞强了。"

朱毓媞实在没多余的力气说话,沉默以对。

周世显犹豫一晌,似酝酿着要说什么话,终于鼓起勇气,道:"倘若……我是说倘若……你和他再也没有可能了,你能不能考虑一下我?"

朱毓媞依旧沉默。

周世显也随之沉默。

朱毓媞轻轻叹息,道:"我的身心都是他的,这一点你很清楚。"

周世显呼吸微微急促:"我很清楚,可是我不在乎。现在他已不能守护你了,那就让我来守护你。"

朱毓媞摇了摇头,举步迈过周世显离去。

一股锥心刺骨的凄凉布满了周世显的胸腔,耳里只听见她长裙委地的沙沙声离自己越来越远,越来越远……

那段青梅竹马的纯真时光,那凡事依赖着自己的媞儿,那敞开心胸大笑、喊着"世显哥哥"的她,也彻底离他而去了!

他内心深处细心呵护的这朵花,宁可自己凋零萎败,也不愿在他的阳光下继续绽放。

忽听身后传来绿萍一声尖叫:"殿下,殿下,您怎么了?"

周世显猛地回过头去,只见朱毓媞倒在地上。

"媞儿!"他一颗心提到了嗓子眼,当下什么也顾不得了,冲上前一把抱起了她,大步流星地往坤宁宫奔去。

她的身体很轻很轻,轻到周世显以为自己抱着一个孩子。周世显加紧了抱着她的力道,好似不这样紧紧抱着她,她就会随风逝去。

坤宁宫宫女见了周世显这个外臣大步闯入,都是惊声尖叫,仓皇逃避。

周皇后听到动静后走了出来,喝道:"外臣不得入坤宁宫,周世……"只见朱毓媞双眼紧闭,动也不动地被他抱在怀中,忍不住惊呼:"长平……长平怎么了?"

周世显的声音像紧绷的弓弦:"快请太医!"

袁紫清如行尸走肉般回到魏宅,只觉得一颗心像被狠狠鞭笞过,留下疲惫无力的伤痛,耳边不断回荡着她说的话:"相见争如不见,有情何似无情。"

没想到历经生死患难、跋涉颠沛崎岖,走到最后,竟连相见也成了奢望。

终于还是一步步走到了尽头!

他无奈闭目,簌簌泪光里,隔着来时路回头望,那段刻骨铭心的过往终究只剩满心凄凉。

他从怀中拿出朱毓媞写给他的承诺:"水阔花飞,月淡风清,与君语。黄泉碧落,红尘紫陌,与君共。似水流年,静好岁月,与君老。"

手一松,纸笺飘然委地。眼泪无声滑落。

这一生,大概只能在梦境中,与她曲阑深处重相见。

魏怜让灿星守着魏宅后门,自己走了进去。只见袁紫清身着单衣,一动也不动地跪在雪地上。她一愣,随即回过神来,不禁又是惊怒又是悲愤,一把拽起他的胳膊,道:"她跪你也跪,她如果死了,你是不是也要一起去死啊!"

袁紫清木然不语,双腿僵冷麻木,被她连拉带扯地拽进内堂。

魏怜不客气地将他推到一张绣墩上,拿出随身携带的水囊,道:"嘴唇都脱皮了,快点喝下。"

袁紫清一动也不动,魏怜怀疑他根本没有听见。

魏怜气不打一处来,捏住他的下巴,将水囊里的水狠狠灌入。

"别碰我!"袁紫清手一挥。

魏怜冷笑道:"你以为我喜欢碰你? 要不是我有话要问你,怕你身子挨不住,我才懒得理会你!"

袁紫清冷冷地盯着她,道:"你到底要问什么? 还有,媞儿又对你说了什么?"

魏怜道:"她并没有对我说什么。"

袁紫清一愣,怒道:"你骗我!"

魏怜冷笑道:"不骗你,你怎么肯乖乖在这里等我!"

袁紫清起身道："我要走了。"才刚迈出两步，忽然觉得手足酸软，头晕目眩，勉强扶着桌子站稳。

魏怜冷笑一声："你这样子，只怕连迈出这道门都困难，你还能去哪儿！"

袁紫清不敢置信地看着她，道："你……你方才给我喝了什么？"

魏怜道："我就是怕你说走就走，不肯乖乖依我，我又没本事拦住你，所以干脆在水里掺了会令你筋骨无力的药罢了。"

"你……你……"袁紫清全身无力，软软瘫倒在地。

魏怜走到他面前蹲下，捏着他的下巴，目不转睛地盯着他，道："我会小产，是不是你做了手脚？"

袁紫清一怔，道："不错，你的饮食里掺了少量的红花，你每日一点一滴吃下肚，等于一点一滴摧残了孩子的性命。"

他坦然迎视她的双眸，这句话说出口后，心中再无秘密，终于舒了一口气。

魏怜虽然早已隐隐猜知真相，此刻却还是悲愤不已。她咬牙切齿，扬手狠狠扇了他好几个耳光，只扇得他嘴角溢出一缕鲜血，双颊高高肿起。

魏怜指着他厉声道："虎毒不食子，你就这么厌恶我，非要结果了我孩子的性命！袁紫清，你还是人吗？"

袁紫清眼中掠过一丝沉痛，随即波澜不惊："魏怜，是我对不起你，真的对不起。"

魏怜气得连话都不想说了，从袖子里抽出预备好的蟒皮马鞭，往他身体狠狠抽去。

"啪啪"一阵劲响，袁紫清白皙的肌肤上登时现出了一条条狰狞的血痕。他却一声不吭，甚至连眉头也不皱一下，动也不动地任她鞭笞，就像一个没有知觉的木人儿。不知情的人乍看之下还以为他已被打晕了。

他这个样子令魏怜越看越气愤。魏怜用尽力气，一味蛮打，打到最后，已是全身无力，气喘吁吁。她蓦地抛下马鞭，捏住他下巴，拿出水囊将剩余的水灌入他嘴里，恨恨地道："这样的量，足够让你瘫软个两天两夜了。袁紫清，你的命如今在我手里，我可不许你这样轻易死去。"说完合上房门，扬长而去。

第一百六十八章

再次怀孕

清……清……

袁紫清蜷在一个阴暗的角落里,全身伤痕累累,只一双眼眸依旧流露着孤傲清冷的神采。

有个模糊的人影正扬着鞭子打他,像是累积了前世今生的仇恨,一个劲儿往死里打。

袁紫清身上的鲜血溅在自己脸上,灼热的鲜血似在自己的内心烫出一个不可愈合的伤口。

她想跑过去阻止那人,却发现自己身体动也不能动。

不要再打了,住手,住手……

嗓子似被烈火灼烧过,一丝声音也发不出来。

朱毓媞蓦地从噩梦中清醒过来,十指捻着锦被,布满脸颊的泪水洇透了弹花软枕。

“殿下,殿下。”绿萍轻轻搀她起身,在她背后垫了软枕,又拿着锦帕拭去她脸上的泪水和冷汗,“您做噩梦了吗?”

朱毓媞心头剧烈一跳,紧紧握住绿萍的手,颤声道:“绿萍,我梦见清被人鞭打,你告诉我,这不是真的。”

绿萍柔声道:“梦境哪能成真?殿下别自己吓唬自己了。”

朱毓媞喃喃道:“可是……可是为什么我的心会那么痛……绿萍,我看见他被打得全身是伤,我……我心真的好痛……”她忍不住哭了出来。

绿萍抚着她瘦骨嶙峋的背脊,道:“殿下昨日昏倒了,把所有人都吓了一大跳,连皇上也被惊动了。顾太医说殿下太虚弱了,要好好歇息,因此皇上免了殿下的跪罚。等会儿顾太医会过来请脉,殿下先把药喝了吧!”说完端来一盏乌黑的药汤,一勺一勺喂她喝下。

绿萍才刚要服侍她躺下,顾培生就来了。

顾培生正要行礼，朱毓媞摆手让他免礼，有气无力地道："顾太医，为什么我喝了药后，头还是很晕？"

顾培生警觉地看着绿萍，绿萍被他看得莫名其妙。

"怎么了？"朱毓媞心头一紧，"绿萍是我的心腹，你有什么话就尽管说吧，让她知道也无妨。"

顾培生从怀里拿出一团纸包，小心翼翼递给绿萍。

朱毓媞奇道："那是什么？"

顾培生低声道："殿下会晕倒，是因为有了身孕了。"

"轰"的一声，朱毓媞犹如五雷轰顶，全身巨震，不敢置信地道："你说什么？"

顾培生道："殿下已有一个月的身孕了。"

朱毓媞瞬间呆住，就连绿萍也是震撼不已。

一个月，我有一个月的身孕了？

冤孽，真真是冤孽！眼下我与他再也不能破镜重圆了，偏偏我怀了他的孩子！苍天竟跟我开了一个天大的玩笑！

顾培生道："殿下有孕，兹事体大，微臣没让任何人知晓，因此昨日殿下喝的药是固气补身的一般汤药，给绿萍姑娘的这一包才是微臣从外面悄悄带进宫的养胎药。固气补身的药还是可以照喝，不会伤及胎儿的。"

朱毓媞唇舌颤抖："你替我隐瞒，你就不怕犯了欺君之罪吗？"

"微臣自然怕。"顾培生微微一笑，"若微臣昨日便向皇上、皇后禀明事实，殿下在昏迷不醒的情况下，那么您喝下肚的，极可能就是打胎药了。微臣是殿下一手提拔的，微臣绝不能忘恩负义。"

朱毓媞忍不住红了眼眶，道："顾太医，你……我……我真不知该如何感谢你才好，是你救了我腹中的胎儿。"说完便要下床一拜。

顾培生忙道："不敢不敢。殿下现在有什么打算？肚子再过两个月就会明显大起来，到时候要想瞒过旁人可就不容易了。"

朱毓媞心乱如麻，低声道："我也不知道……"

顾培生迟疑一晌，欲言又止。

朱毓媞道："你是我的恩人，有什么话尽管说。"

顾培生道："微臣既然帮了，就一定会帮到底。微臣只想问殿下，孩子的父亲是不是紫兰君？"

"是。"朱毓媞坦然答道，目光有一缕若有若无的温柔，"正是紫兰君。"

顾培生道："殿下知道紫兰君如今在哪吗？微臣可以想法子告诉他这件事。"

朱毓媞道："先不要告诉他。"她只觉得心力交瘁，这一生从来没有这样无力过。彼

时她在倭国怀了身孕,有袁紫清朝夕相伴,如今他与她咫尺天涯,缘悭一面,若袁紫清知道她怀孕,一定会不要命地闯进宫来。

她不愿再见到亲人和挚爱互相残杀,所以只能死死隐瞒。

千般无助,万般无奈,莫过于斯!

顾培生又道:"养胎药一日晨昏温服,请殿下好生保重身体。若有什么需要,尽管差人告知。"

朱毓媞道:"谢谢你。"

顾培生一礼告退。

绿萍呆呆捧着那包养胎药,木雕泥塑似的,仿佛还没从震惊中清醒过来。

朱毓媞抚着肚腹,眼泪顺着面庞无声地流了下来。

魏怜隔日又来到魏宅,这次还带上了萧采莞。

萧采莞正纳闷魏怜带自己到这里干什么,猛地被她狠狠推入房里。只见袁紫清卧在地上,衣衫破裂,遍体鳞伤。萧采莞愣了一愣,随即红了眼眶,扑上去抱住他哭道:"公子,公子,你没事吧?"

袁紫清一日一夜水米未进,身上鞭伤痛如火烧,勉强道:"没事。"

萧采莞听见那虚弱无力的声音,不觉心如刀割,跪在魏怜身前道:"奴婢求求您放了公子。您有什么怨恨尽管撒在奴婢身上,不要打他……"

魏怜存心要让萧采莞看见他的惨状。她见萧采莞如此,心里不禁痛快,在萧采莞胸口用力踹了一脚,恨恨地道:"你俩狼狈为奸,害死我的孩子,我一个都不会放过。等打完他,下一个就轮到你。"说完扬起马鞭又是朝袁紫清一阵乱抽。

"不要……"萧采莞毫不犹豫地扑了上去,牢牢护住袁紫清的身体,无情的鞭雨急急落在她背上,痛得她额头冷汗瞬间冒了出来。

袁紫清无力地道:"采莞,你走开……"

萧采莞抱紧了他的身躯,凄然一笑:"我不走!"

魏怜气得咬牙切齿:"好好好,两个一起打!"

院子里忽然响起一阵杂乱的脚步声,魏怜心头一惊,门口的光线已被一群人遮住,当先一人竟是朱常润。

魏怜气势顿时萎了,低声喊道:"王爷。"

朱常润面无表情,伸手指着袁紫清,声音平静:"紫兰君就在这里。"

一语方毕,一群身穿飞鱼服、腰配绣春刀的锦衣卫立即冲进房里,呈雁翅状一站,中间踱出两名校尉,左右两边架住袁紫清的胳膊。

锦衣卫!紫清落入锦衣卫手里了!

魏怜和萧采莞心中均闪过这个念头,脸色苍白如纸。

魏怜很清楚袁紫清进入诏狱后会是什么样的命运,虽然她将他打得遍体鳞伤,可她内心深处从来不想让他死。她鞭笞他纯粹是为了泄私愤而已,和他进诏狱被严刑拷打是两码子事。

魏怜没办法眼睁睁看着袁紫清被人带走,尖叫一声:"放了他,快放了他!"

朱常润冷冷地道:"此人正是皇上深恶痛绝的紫兰君,赶紧带走。"

校尉们道了一声"是",随即拿镣铐锁了袁紫清的手脚,又取了一面十五斤重的木枷,将他脖子和双手禁锢在木枷中,风风火火便要离开。

萧采莞追上前喊道:"不可以,你们不可以带走紫清!"

魏怜面无人色,她万万没想到自己给袁紫清下了药,到最后竟会害他进了那令人闻风丧胆的锦衣卫诏狱,更万万没想到朱常润竟对自己的行踪了如指掌。

紫清……是我害了紫清……

"紫清,紫清!"魏怜冲了出去,才刚迈过朱常润,胳膊肘冷不防被朱常润抓住。她转头一看,正对上他一双波澜不兴的眸子,那眸子深处是暗涌的怒气和妒意。

"不要再考验本王的耐心了,碧瑶。"朱常润咬重了"碧瑶"两个字。

魏怜一颗心仿佛被燃成灰烬,"碧瑶"两个字就像沉重的枷锁,将她牢牢桎梏,毫无喘息的余地。朱常润的这句话是警告自己,她是碧瑶,她是他的妃子碧瑶。

"公子,公子!"萧采莞瘫在地上,痛哭失声。

魏怜顿时回过神来,眼角余光一瞥,只见锦衣卫押着袁紫清消失在回廊深处。她声嘶力竭地喊道:"紫清——"再也压抑不住满腔的悲愤惊恐,放声大哭。

朱常润道:"来人,带侧妃回去歇息。"目光在萧采莞面上转了一圈,又道:"将这贱婢押回府里打二十大板,然后赶出府去!"

"是!"

第一百六十九章

心字已成灰，万刑加身又何惧

　　袁紫清被众锦衣卫带进了锦衣卫官署。其实也用不着镣铐枷锁，他服了药后手脚无力，根本施展不了轻功，早已是俎上鱼肉，任人宰割。

　　锦衣卫诏狱位于官署西南角，押送他的锦衣卫校尉先带他到督捕房登记姓名。入狱前又搜身检查，他的私人物品，包括母亲留给他的衿缨、妻子缝给他的荷包、芥川鸣赠予他的药丸都被截留。接着，校尉押着他走下地道。

　　才刚要走下地道，便见冯玄墨似笑非笑地走了过来。

　　冯玄墨捏着他的下巴，道："我总算盼到今日了，紫兰君。"

　　袁紫清早已将生死置之度外了，满不在乎地一笑。

　　冯玄墨低声笑道："幸好你是男的，不然你这张兔儿爷似的脸蛋儿，进了诏狱是免不了要被染指的。"

　　他笑得虽然猥亵，所言倒也不假。一般进入诏狱都是有死无生，即便最后被放了出去，不是戍守边疆，就是削职为民。女犯进入诏狱后大都难逃被奸淫蹂躏的命运。

　　袁紫清轻轻一笑："随便。"

　　冯玄墨笑眯眯地道："今晚就好好歇息，明儿个我再来好好招呼你。嘿嘿，钝刀子割肉，不紧不慢的，那才叫一个痛快。"他用手指轻轻滑过他的面颊，"可得仔细你的皮！"说完，猛地对锦衣卫校尉沉声喝道："带走！"

　　令人闻风丧胆的诏狱共分两层，下层的囚室由巨石垒成，经年不见天日，全由烛火照明。墙壁厚达丈余，隔音效果极佳，囚犯受刑后的惨叫声邻室完全听不见。上层囚室一半位于地下，用砖石筑成，囚室中有一个小方孔开在地面，略通光线，比下层稍微好一点。

　　袁紫清被关入邻近入口的囚室里。囚室狭隘，不过数尺见方，阴暗潮湿，蚊鼠肆虐，脏乱不堪。

诏狱的规矩，无论是谁，入囚室都要戴三木刑具，除非使银子打通狱吏，才能免除身上的桎梏。

他就这样一动也不动地望着天花板茫然发呆。

次日，狱吏提他到北镇抚司过堂。

大堂上主审官是北镇抚司镇抚冯玄墨，陪审官是锦衣卫指挥佥事，还有一些东厂听审人员。

冯玄墨一拍惊堂木，喝道："堂下跪的可是犯人袁子清？"

袁紫清木然不语。冯玄墨早料到他会这样不理不睬，当下从案上签桶抽出一支签，道："先拖入刑房，杖一百，好生打着问。"

袁紫清随即被掌刑校尉拖了出去。

这是锦衣卫和东厂问案的规矩，无论犯人是否有罪，都要先用刑拷打，旨在给犯人一个下马威。而杖刑也有规矩，最轻为"打着问"，次之为"好生打着问"，最重则称"好生着实打着问"。

冯玄墨显然还不欲这么快就将袁紫清打得半死不活，因此命人"好生打着问"，打算日后慢慢折磨他，出自己胸中那一口恶气。

冯玄墨此刻想起自己在午门外受廷杖的那一幕。他被捆住双手，趴在一块大布上，由四个人拽着，行刑的人把大棍搁在他的大腿上。掌刑的锦衣卫大喝一声："打！"便开始行刑，每五下换一个打手。打得他皮开肉绽，血溅三尺。

刑杖里面也大有学问。皇上不想让人死，几十板子下去血肉横飞，奇惨无比，其实敷上一点金创药，三日后即可痊愈。皇上不想让人活，下杖时看似风轻云淡，肌肤也没破，但每一下都是痛彻心腑。只十余杖，皮下血管就会寸寸碎裂，肌肉溃烂难愈，必死无疑。

冯玄默当时属于前者，刑杖完毕，降级留用，虽保全了性命，却也够丢人的！

如今，终于轮到袁紫清了，冯玄墨心中有说不出的痛快舒畅。可是，那么恨紫兰君的皇上竟让自己不要真的弄死他，弄残也好，弄聋弄哑也罢，总之最后必须留他一口气。

皇上要用酷刑折磨紫兰君发泄毒火那是意料之中的事，可冯玄墨怎么也想也不明白，为什么皇上到最后竟不敢伤害他的性命？难道是因为长平公主？

正沉吟间，袁紫清被人从刑房拖了进来，鲜血沿路滴了满地。

冯玄墨笑吟吟地看着他，像在欣赏一出好戏，道："当初陷害本官的时候，可曾想到自己也有今日？"

袁紫清勉强站稳身子，指着他笑道："令天下臣民闻风丧胆的北镇抚司也不过如此，都是些隔靴搔痒的小技。我紫兰君今日总算领教了。"

冯玄墨脸色一变，道："死到临头还犟嘴。快将你勾结满洲鞑子、意图不轨的过程如实说出来，好少受皮肉之苦！"

袁紫清一听,笑道:"真是黔驴技穷了,居然把对付我爹爹的那一套搬到我身上来了。你明知我绝不会招认这样的罪名,偏要扣在我头上,不正是不想让我痛快赴死,要将我折磨得求生不得、求死不能吗?"

冯玄墨抽了一支签,狞笑道:"给本官上夹棍。"

袁紫清拖着血肉模糊的残躯,登时被上了夹棍。他一声不吭,面不改色,只额头渗出的冷汗传达出肉身的极度痛苦。不多时他双腿被夹到骨折,人也昏死了过去。

冯玄墨从头到尾都没听过他哀号求饶,好生挫败,懒洋洋地摆手道:"先收监!"

袁紫清随即被抬入囚室中。

袁紫清进诏狱时正好是崇祯十六年的最后一天。傍晚,崇祯皇帝勉强打起精神,在后宫里与周皇后、袁贵妃以及子女们吃了辞岁的年夜饭。

朱毓媞身子不适,留在房里,没有参与。

这是她懂事以来最难熬的新年。

崇祯皇帝和后妃子女们守岁到子时,才领着朱慈烺到太极殿,准备接受臣子们的朝贺,却发现官员们集体迟到了。

正月初一子时的早朝是历来大朝会中意义最重大的,从来没有发生过官员集体迟到的现象。崇祯皇帝大怒,一时不曾意识到宫中的时辰牌报得稍早,只觉得臣子越来越散漫,竟然连朝贺也会迟到,干脆下令取消了这次朝贺。

稍后群臣赶来参加朝贺,在午门外听说这次朝贺免了,均是丈二金刚摸不着头脑。

正月初一,北京风霾,咫尺不见。

一年之计在于春,正月首日无故停止朝贺,又是整日阴霾,不见阳光,怎么看都不像个国家吉祥的征兆。

朱毓媞又自噩梦中惊醒,背脊都是冷汗,心中惶惶不安,拉着绿萍的手凄凄惶惶地道:"绿萍怎么办? 我又梦见他了,他在梦里全身是伤,全身是血。绿萍,他如今平安,对不对?"

绿萍柔声道:"'刺客公子'那么了得的功夫,谁能伤得了他啊? 殿下别自己吓唬自己了。"

朱毓媞喃喃地道:"可是……可是我心里为什么这么不安? 现在是什么时辰了? 为什么天色这么暗?"

绿萍道:"殿下睡了一整日,外面也刮了一整日的风沙,大伙儿都点着蜡烛过年呢!"

朱毓媞泫然欲泣:"他有哮喘,不知他怎么熬过这样的天气。绿萍,我好想他,我好想见他……"许是得知怀孕后格外思念他,一向坚强的她忍不住崩溃痛哭。

怎么见呢？整个坤宁宫巡逻如织，岗哨森严，一只耗子都钻不进来。皇上虽然解了公主的跪罚，却未撤去戍守，显然是不愿他们再有相见之时。

绿萍无声叹息，拿着帕子拭去她的眼泪。

北京雾霾笼罩，处处冷清，西北的古都西安却是热火朝天。就在崇祯皇帝恼怒群臣集体迟到、满腹邪火无处宣泄的时候，李自成在西安皇宫受文武百官朝拜，正式宣布建立新王朝，国号"大顺"，改元永昌，改西安府为长安府，称西京。李自成追尊其曾祖以下为皇帝，册封妻高氏为皇后，并定官制，封功臣。

巳时正，李自成在午门发布北伐幽燕的诏书。

下一步，就要推翻明王朝，完成问鼎天下的雄心壮志。

却说崇祯皇帝取消朝贺后，一时得了空闲，便往锦衣卫北镇抚司去。

冯玄墨等锦衣卫没料到崇祯皇帝会忽然驾临，愣了一愣，直到王承恩清咳一声，这才一撩袍裾，跪倒尘埃。崇祯皇帝一语不发，摆手让他们平身。

"啪啪啪"一阵劲响，声声入肉，回荡在安静的大堂上。

掌刑校尉握着一根沾了盐水、粗如儿臂的皮鞭，猛力往袁紫清身上抽去。

崇祯皇帝见他全身血污，却一声不吭，神色清冷，不可侵犯，反而比一旁对他施以酷刑、气喘吁吁的校尉还要显得有尊严。

崇祯皇帝看了一晌，道："他一直这样不吭声吗？会不会你们把他弄哑了？"

冯玄墨道："回皇上的话，这紫兰君是个硬骨头，寻常人挨了三十鞭就受不住了，可他非但不吭声，连眉头也不蹙一下。是不是要动用全刑？"

崇祯皇帝皱眉犹豫，动用全刑只怕袁紫清性命不保。他死了事小，万一女儿因此不想活了事大，他再如何呼风唤雨，也阻止不了一个一心求死的人。

崇祯皇帝此刻纯粹是利用酷刑来发泄内心的毒火，谁叫紫兰君无视天子之威、一再在京师里作案，还破坏他们父女间的感情，凌迟了他也不足以泄愤！

冯玄墨巴不得对袁紫清施以全刑，只是皇帝不答允，他也不敢妄动，就怕惹恼了这位喜怒无常的皇帝。此刻他眼巴巴地等着崇祯皇帝点头，没想到崇祯皇帝回了一句模棱两可的话："在不危及他性命的范围内，什么刑都可以施加，或是受刑之后给他上点金创药、喂点参汤。冯镇抚自个儿掂量着办！"

冯玄墨暗暗咬牙，心道："若让袁紫清活着出了诏狱，哪还有我冯玄墨的好果子吃？好在他已断了一双腿，再弄残他的手，让他再也使不上剑也不错。"

崇祯皇帝命掌刑校尉停手，走上前去，平视着袁紫清的双眼，道："你可有话要对朕说？"

袁紫清冷冷地看着崇祯皇帝,蓦地张嘴,一口鲜血喷在他脸上,齿缝间缓缓吐出两个字:"昏君。"

崇祯皇帝猝不及防下被喷得头脸都是血,眼睛一度睁不开,一个踉跄,踩到袍脚,险些摔了一跤,委实狼狈不堪。只惊得王承恩又是递帕又是搀扶,一时手忙脚乱。

崇祯皇帝恼怒到了极点,浑忘了方才才说过"不危及他性命"的话,指着袁紫清道:"好个刁民!给朕好生着实打着问!"说完拂袖离去。

冯玄墨巴不得听到这一句,吆喝道:"听到没?继续打。"

又是一阵鞭如雨下,打在袁紫清身体层层血痕上。每打一鞭,就扬起一团血雾。百鞭下来,袁紫清身上已无一块完整肌肤,晕了好几次。

正月初一的日子,袁紫清便在皮鞭拷打、剧痛昏迷、冷水浇醒中度过,直到掌刑校尉手里那根皮鞭都快要断了,才像一只死狗般被拖进囚室。

他戴上三木刑具,动也不能动,老鼠和蚊虫不时爬过他的身体,在他伤口脓血处饱餐一顿。

难怪人人说这里是活地狱,不但有令人闻之色变的酷刑,连环境也是奇差无比。许多犯人侥幸没被打死,也会因环境的潮湿脏乱患病死亡。

想起父亲也曾在北镇抚司待过,他心中不禁痛如刀绞。

媳儿知道我在这里吗?媳儿……

妻子眉目含笑、深情凝睇的面容,是他在这水深火热的诏狱中唯一的心灵支柱;那段刻骨铭心、两情相依的岁月是一股令他在种种酷刑下依旧坚挺不屈的力量。

入冬后囚室十分阴冷,犹如冰窟,他被打得奄奄一息,根本抵不住这种彻骨蚀心的冷意,昏昏沉沉地失去了意识。

第一百七十章

好生着实打着问

自袁紫清被锦衣卫押走后，魏怜就再也没有合上过双眼。

"采莞……"魏怜才刚喊出口，猛地省起萧采莞受了杖刑后就被赶出王府，此刻服侍她的是灿星。

她被朱常润幽禁在房里，不饮不食，不哭不闹，只是一动也不动地坐在窗前，呆呆地看着一盆系满薛涛笺的相思树。

因焦虑、惶恐、不安，她的指甲早在不知不觉间被她啃得参差不齐了。灿星曾阻止过她，却被她暴躁地搡开。

许是萧采莞不在了，她没了倾吐的对象，此刻竟像溺水之人抓住救命稻草一样握着灿星的手，惊恐地打量着四周，像一只惊弓之鸟。她神经分兮地道："灿星，你有没有听见什么声音？"

灿星侧耳倾听，道："没有啊！"

魏怜简直快要哭了出来，颤声道："我……我明明听见了，我听见紫清在受刑的声音。怎么办？我该怎么办？进了诏狱不死也要脱层皮的。灿星，我真的不是故意的，我不是故意要害他进诏狱的。灿星，我只是气他算计我，要打他一顿出气而已，我从来不想让他死。灿星，是真的，我根本不希望他死……"

灿星面含愧色，嗫嚅道："主子，一切都是奴婢不好。"

魏怜心头一凛，道："什么意思？"

灿星屈膝跪倒，呜咽道："主子去故居的第一日，王爷便起疑了，所以问了奴婢。王爷面前，奴婢不得不如实回答啊！"

魏怜一听，不由得急怒攻心，指着她厉声道："好好好，我道是谁吃里扒外，原来就是你这贱婢！"当下一脚便要朝灿星肩头踹去。才刚抬起脚尖，就看见她抱着头瑟瑟发抖，

不断哭着求饶。

魏怜忽然心如死灰,踹下去又如何? 难道就能救出紫清吗? 朱常润从第一日起就已知道自己的行踪,还能不动声色、谈笑自若。甚至自己第二日去找紫清时,他也没显示出什么异状,却原来早就暗中与锦衣卫联系上了。

朱常润,那样随和的男子,原来谈笑间便能杀人!

她恍惚想起袁紫清被锦衣卫带走的那一日,朱常润平静无波的眼里是暗潮汹涌的妒意和杀气。紫兰君虽盗他银库,可他未必想要置紫兰君于死地,真正让他萌生杀念的,是自己!

魏怜刹那间只觉得全身无力,软绵绵瘫倒在地,掩面哭道:"紫清,紫清,是我累了你……紫清……"

朱常润不知何时进到房里,将魏怜痛哭失声的模样全都看在眼里。

"王爷。"灿星恭敬一礼。

朱常润手一摆,让她出去,蹲下身体,捏着魏怜下巴,面无表情地道:"紫兰君就这么令你念念不忘吗?"

魏怜哭得气噎喉堵,紧紧攥着他的手,迫切道:"紫清如今怎么样了?"

朱常润心中有气,这样泪眼婆婆、梨花带雨的她,令他起了怜香惜玉之情,可是一想到她为谁哭泣、为谁心痛,那一把妒火便噬骨焚心,熊熊燃烧。

朱常润道:"入狱次日杖一百,夹打五十棍,双腿已断。年初一,又受了鞭刑。"

魏怜五内俱焚,红了双眼,哭道:"紫清,紫清,都是我害的……"

朱常润脸颊微微抽搐,额头青筋暴起,道:"你不要考验我的耐心。"

魏怜只是哭,一句话也说不出口。

"我能包容你的过去,那是因为我觉得那些都已经过去了,可是……"朱常润神情如万仞冰山,昔日的温润全都荡然无存,"如今你是我的女人,你是我的碧瑶,我不能接受我的妃子私会别的男人,尤其这个男人又是你的旧情人。"

魏怜呜咽不止,道:"我……我只是要问他事情而已,我又没有做对不起你的事,你为什么非要置他于死地不可,为什么……"

朱常润沉着气道:"你说你没有做对不起我的事,好,我信你,可是你敢发誓你对他没有一丝旧情吗?"

魏怜语塞。

朱常润盯着她道:"最令我不解的是,明明他伤你这么深,为什么你还对他念念不忘? 紫兰君就真的那么好,好到谁都无法替代?"他像是一头受了重伤的公兽,沉沉地道:"别以为我看不出来,我们晚上燕好的时候,你心里想的是谁! 我……我不想再这样下去,所以,紫兰君必、须、死。"说完,他起身大步离去。

魏怜哭得全身颤抖，喉咙嘶哑，晕了过去。

北京阴霾的天气持续到了次日才拨云见日。

冯玄墨自得了崇祯皇帝那一句气话"给朕好生着实打着问"，就开始对袁紫清施以酷刑。

掌刑校尉拿着一根烧得吱吱作响的火钳子压在袁紫清大腿内侧，显然他很了解大腿内侧是人体最柔软最敏感的地方，在这里动用烙刑，会令犯人痛不欲生，且不致死。

一股皮焦肉烂的臭味弥漫整个大堂。袁紫清紧咬牙关，吭都不吭一声，好似那些酷刑并不是施加在自己身上，只有偶尔几下抽搐和突然变得急促的呼吸显示出身体正经受剧痛。

冯玄墨拿着那张"勾结满洲鞑子，意图不轨"的供词在他面前晃来晃去，拿腔作势地道："签押吧，只要你签押了，就不用再受这零碎的皮肉之苦了。"

袁紫清勉强睁开被冷汗糊住的双眼，盯了他一瞬，有气无力地道："好……我签。"

冯玄墨一愣，狐疑地道："你要签？"

袁紫清唇角又露出那一抹凛然不可侵犯的笑容："怎么？我要签你还不许？"

冯玄墨一时茫然无措，心想，若他真的签了，那十之八九就要被开刀问斩了。皇帝老子只让他尝尝诏狱的毒刑，可没打算要让他死啊！如今可真是骑虎难下了。

他硬着头皮道："解缚。"

掌刑校尉松开袁紫清身上的绑缚，押着他跪在堂中。

冯玄墨又问一次："当真签？"

袁紫清吃力地吐出一个"签"字。

原来袁紫清也不过如此！冯玄墨忽然感到愤怒，将供词扔到他面前。

袁紫清哆哆嗦嗦拿起笔，在纸上画了一只大乌龟后扔了回去，咧嘴笑道："瞧，我画了你的老祖宗，可神气活现了，送你。"

冯玄墨隐隐松了一口气，若是他真签了，那自己就不能再对他用刑了，多无趣！那乌龟虽然长得不讨喜，可也顺了自己的心意。他当下虎着脸喝道："你们都是吃干饭的吗？由得犯人这样羞辱本官，还不继续用刑！"

袁紫清顿时又被绑回刑架上，烙铁上身，没一会儿工夫就晕死了过去。

第一百七十一章

执手相看泪眼，竟无语凝噎

朱毓媞这几日没来由地心神不宁，不但噩梦连连，茶饭不思，有时候还会突然感到心悸胸闷。

她有一口没一口地喝着绿萍递来的燕窝羹，心思已不知飘到哪里去了。

门外忽然传来太监的声音："殿下，周郎中有急事求见，此刻在御花园候着。"

朱毓媞道："知道了，我等会儿就去。"

绿萍道："那日世显公子抱着您闯入坤宁宫，虽说事急从权，可也领了皇后娘娘一顿排头，委实灰头土脸的。"

朱毓媞"嗯"了一声，道："那我等会儿要好好感谢他。"

喝完燕窝羹，主仆二人连同一群看守她的宫人迤逦向御花园而去。

自朱毓媞那日昏倒后，这是她第一次踏出坤宁宫，只觉得迎面而来的太监、宫女看她的目光明显有异。

周世显看来是真的很急，朱毓媞远远地就见他在绿筠亭里踱来踱去，片刻也静不下来。

周世显听到脚步声，急急忙忙冲了过来，一个趔趄，险些摔跤。

朱毓媞纳闷道："世显哥哥一向温文儒雅，今儿个是怎么了，这样急不可耐的？"

周世显急切道："媞儿，袁紫清他……他……"

朱毓媞的心像被火焰掠过，剧烈一搐："他怎么了？"

周世显咬了咬牙，面对她急切焦灼的目光，突然失去了对她说出实情的勇气，就怕她知道了后会承受不住。

朱毓媞急得跺脚："你说话啊！"

周世显道："他进了诏狱，日夜被拷打，据说……据说已被折磨得不成人形了……"

刹那间，朱毓媞脑海一片空白，她最害怕的事情终于发生了，最害怕的这一日终于到来了，难怪……难怪这几日会这么不安。

她愣了片刻，那一双黑白分明的翦水秋瞳蓦地布满了红丝。她齿缝间冷冷吐出一句："我要去见他。"

一语方毕，身后一群人立即挡住她的去路，其中一人道："请殿下回宫。"

朱毓媞面色一沉，喝道："滚开！"

人墙纹丝不动。

朱毓媞早就恨极了这些人，就是这些人令自己和袁紫清咫尺天涯。

王承恩忽然默默走了出来，在其中一人耳边说了几句。那人一挥手，所有宫人立即哗啦啦退开。

朱毓媞此刻一门心思都在袁紫清身上，根本没工夫思忖王承恩为何会在这个关键的时刻出现，又为何三言两语就撤走看守自己的宫人。

当下周世显、王承恩、绿萍簇拥着朱毓媞进了锦衣卫大堂。

朱毓媞看见袁紫清时，终于明白什么叫作"被折磨得不成人形"。

袁紫清被缚在刑架上，头颈软垂，长发披散，衣不蔽体。一名锦衣卫掌刑校尉正猛挥皮鞭抽打着他的身体，每抽一下，便扬起一片血雾，早已伤痕累累的身体微微颤动。

她只觉得抽在他身上的鞭子都似往自己心头抽去，连呼吸都隐隐发疼，猛地喝道："住手！给本公主住手！"

掌刑校尉一怔，望向冯玄墨，一时不知所措。

冯玄墨噙着一抹幸灾乐祸的笑意："诏狱的事可由不得公主殿下做主，继续打！"

掌刑校尉道了一声"是"，挥鞭又朝袁紫清身上抽去。

朱毓媞又惊又怒，想也不想，立即飞奔上前，双臂张开，挡在袁紫清身前，要替他挡下这一鞭。

"媞儿！""殿下！"周世显、绿萍、王承恩吓了一跳。

掌刑校尉大吃一惊，眼见鞭子便要落在朱毓媞身上，立即转了势头，"啪"的一声，鞭子落在地上一摊血水上，溅起一片血花。

所有人都松了一口气！

冯玄墨面色铁青，惊魂未定，若是伤了公主金尊玉贵的身子，只怕北镇抚司也待不下去了。

近距离细看，朱毓媞这才知道袁紫清的伤势有多严重！颈子以下几乎体无完肤，部分伤口深可见骨，溃烂流脓，发出恶臭，大腿内侧焦煳一片，昔日那双秋水寒星似的眼睛此刻空洞无神，口鼻溢出鲜血，一绺绺头发混着汗水沾在面上，不复昔日翩翩公子的形象。

她心中大恸,轻轻抚着他的脸颊,流着泪柔声道:"清,清,我来了。清,对不住,我来迟了……"

媞儿,是你吗?我不是在做梦吧?

袁紫清早已意识模糊,汗水湿了睫毛,望出去一片氤氲,恍惚中有个柔软的身体紧紧抱住自己,那熟悉的体温、恬静的气息、真情流露的呼唤,仿佛灵魂飘到了倭国樱谷的竹屋。那段两情相悦的静好岁月,是一生中最幸福美好的回忆,亦是自己在种种酷刑下依旧坚挺不屈的力量。

朱毓媞知道他的身体再也禁不住鞭笞,强忍哽咽,厉声喝道:"放了他!"

掌刑校尉又眼巴巴地望向冯玄墨,他早已打到手酸,觉得折磨一个木头犯人实在没意思。冯玄墨心想,再不放人,不知这位烈性的公主又会做出什么惊天动地的举动。于是微微颔首,掌刑校尉立即解开袁紫清双手的绳缚。

绳索一解开,袁紫清立即倒了下去。朱毓媞急忙抱住他,这才发觉他的双腿不对劲,一摸之下,竟是生生给人夹断了。

她一颗心仿佛辗转于刀山火海之上,昔日这双腿飞檐走壁如履平地,如今连站都站不稳了。这对心高气傲的他来说是多么残酷的打击!她不知该如何才能缓解他的疼痛,将他抱在怀里,却不敢抱得太紧,生怕一个用力就会弄疼他。

袁紫清睁着一双迷惘黯淡的眼睛看着她,似是不认得她。朱毓媞泣不成声,恨恨地道:"他们……他们竟把你折磨成这样!"

王承恩亦不忍多看他的伤势,从怀里拿出预备好的参片,道:"快给他含着。"

朱毓媞从他手中接过参片,放入袁紫清口中。一晌后袁紫清恢复了意识,嘴唇嗫嚅几下,吃力地吐出空洞的声音:"媞儿……"

朱毓媞激动不已,伸手去握他的手,才一碰到他的手指,便见他痛苦得蹙起眉头。低头一看,才发现他十指乌黑青紫,瘀血深积,显然受过针刑。那是用烧烫后的细长银针从指甲缝里穿过,十指连心,剧痛攻心。

她眼泪又不可抑制地落了下来。

袁紫清身体忽然剧烈缩了一下,生怕身上的脓血会沾上她干净的衣裳,惊恐地回避着她的目光。

朱毓媞忍着悲声,道:"清,你怎么了?"

朱毓媞一身翠色荷花袄裙,衣袂飘飘;周世显也是束冠革带,器宇轩昂。袁紫清一时自卑不已:"我现在这个样子……又脏又臭……又很丑陋,你……不要看我……"

朱毓媞捧着他带着三条鞭痕的脸,无比温柔眷恋地凝视着他,道:"不会不会,你在我心中是最完美的,谁也无可取代,永远都是……清……你撑着点……"

袁紫清睁大了空洞的双眼,定定地看着她:"你原谅我了吗?"

朱毓媞用力点头，道："我早就原谅你了，早就不气你了。是我不好，我此刻才知道你在这里受苦……"

袁紫清露出一抹云开日出的笑容，轻轻地道："有你这一句，我可以瞑目了。"

朱毓媞哽咽道："胡说什么，我不许你死。"

袁紫清道："媞儿，我倦了，这几日时常看见爹娘向我招手，我知道他们是要把我接去，一家团圆……"

朱毓媞哭道："不，我不许你死！我带你走，我们走得远远的，到一个没人认识我们的地方，再也不会有人拆散我们了。"

袁紫清道："你傻了吗？这里是诏狱，谁能活着出去？即使我能出去，我们也不可能在一起了。"

他说到这里，已是气息奄奄，他缓缓闭上双眼，声音越来越微弱："媞儿，我这一生中最快乐的日子就是和你在倭国樱谷里。可惜，那样的日子回不去了，这辈子再也回不去了。我好倦，真的倦了……对不起，我不能守护你了……"

"清，你不能睡，你睁眼看我。"朱毓媞知道他生命正在消逝，只吓得魂都飞了，俯在他耳边低声道，"清，我怀了你的孩子了，你要好好活着，我们娘儿俩不能没有你。"

袁紫清瞬时双眼睁大，不敢置信地望着她，也不知哪来的力气，音量忽然放大："你说什么？"

朱毓媞低声重复道："我有你的孩子了。"

周世显和王承恩离得最近，听了均是一呆，睁大双眼瞪着她尚未隆起的腹部。

袁紫清怔怔地落下泪来，泪水晕开他面上的血污。他伸手抚着她的腹部，喃喃道："孩子，我们的孩子……"

朱毓媞抹泪道："你要活下去，看着我们的孩子出生，看着他长大成人，娶妻生子。清，你答允我，你一定要活下去。"

袁紫清凄然摇头："你父皇怎么可能让我们在一起。若他愿意成全我们，又怎么会把我弄进诏狱？"

朱毓媞急切道："我去求他，我给他跪下磕头。他若不答允，我便长跪不起。"

袁紫清微微一笑，这孩子来得正是时候，只有生才能消泯死的阴霾，只有孩子降临人世，才能冲淡她失去他的悲哀。他道："他是你父皇，你比我还要了解他。他把我弄进诏狱，安了通敌叛国的罪名，就是要让我在这里受尽酷刑折磨，好让你乖乖听他的话。媞儿，你别为了我去跪他。你好好活着，对我来说就是最大的安慰……"

朱毓媞柔声道："不，为了你，为了我们的孩子，我要尽力一试。"她猛地起身，死死地盯着冯玄墨，说道："在我回来之前，不许再对他用刑，否则……本公主一定会让你们所有人都尝尝他受过的酷刑，最后痛苦地死去！我、一、定、会、做、到！"

她脸上流露出天家生杀予夺的凛冽之气，纵使冯玄墨浸淫官场多年，看过无数犯人熬刑而死，也不禁为之气夺！冯玄墨一时话噎，好不容易才吐出一句："先给犯人上枷。"

朱毓媞微微冷笑，声音铿锵有力，隐隐有杀伐之意："冯镇抚来日也想尝尝三木锁身的滋味吗？"

冯玄墨心头一寒，声音有一丝慌乱："收监，先收监。"

两名锦衣卫将袁紫清拖入了囚室，地上拖出一道触目惊心的血痕。

朱毓媞追了过去，只见囚室内蚊蝇虱蚤横行，臭气熏天，袁紫清颓卧在地上，不时有蚊蝇在他伤口上打转。

她心痛得几乎快要裂开，他是那么爱干净之人，此刻却躺在这乌烟瘴气的地方，动也不能动，任蚊虫啮肉噬血。她跪在囚室前，手伸入栅栏内，丝毫不顾地上肮脏，爱怜地抚摸着他乱如蓬草的头发，柔声道："清，你等我，我们一定能够相聚的。"

袁紫清用仅存的力量握紧她的手，似乎觉得只要她一离去，从此便是碧落人间两渺茫。

他深深地凝视着她，这一眼是隔世彼岸的凝视，是穿越生死的温柔深情。朱毓媞即使再不忍心离去，再不愿割舍，再如何渴望与他生死相依，也只能狠心地将手掌从他手中抽离，带着三分眷恋、三分深情、三分心疼以及最后一分悲恸，将他的样子深深刻入脑海里，然后一步一步，踏着自己碎成一地的心，在他漫长的凝视中转身离去。

第一百七十二章

天教心愿与身违

乾清宫中,崇祯皇帝似早已料到朱毓媞会来,正襟危坐地等着她。

朱毓媞屈膝跪倒,忍着哽咽喊了一声"父皇"。

崇祯皇帝立即屏退左右,独留周世显、王承恩、绿萍三人。

朱毓媞开门见山地道:"父皇,儿臣该怎么做,您才肯放了袁紫清?"

崇祯皇帝端起御案上的流霞盏饮了一口茶汤,淡淡地道:"嫁给周世显。"

朱毓媞的心仿佛被无情野火席卷而过,一寸一寸化为冰冷的灰烬。她早已是袁紫清的妻,可此时此刻,她没有选择的余地。

她无奈闭目,竭力迫使自己冷静下来,袖中的双手不住颤抖。

她的语气死气沉沉的:"儿臣……遵旨。"

听见这语气,周世显心中殊无欢意,纵然不再是庄生晓梦,那也不是她心甘情愿的。他很清楚,若非袁紫清深陷水火,她根本不会答允嫁给自己;若非为了腹中胎儿,她宁可一死也要和袁紫清厮守相依。

梧桐相待老,鸳鸯会双死。贞妇贵殉夫,舍生亦如此。波澜誓不起,妾心井中水……这是她对袁紫清的情意。

人世间最悲哀的莫过于身不由己。若袁紫清瘐死狱中,她大可毫无牵挂地随他而去,到九泉之下做一对双宿鸳鸯。但现在有了孩子,她就必须为了孩子而活,再如何不甘心也要强逼自己接受。唯有如此,才能活下去,唯有活下去,才能够保护袁紫清,保护腹中的孩子,保护他们一家人!

普天之下,莫非王土。率土之滨,莫非王臣——多么无奈的一句话。她自称"儿臣",便注定将受人主宰,她无从选择自己的命运!

周世显沉痛地瞅着朱毓媞,她的表情宛如九天霜雪,那种绝望的冷,像是从她内心深

处一点一滴蔓延开来。他从未看过这样的她,忍不住倒抽一口凉气。直到这一刻他才明白,他内心呵护的那朵花,已经彻底枯萎了。

周世显想起崇祯皇帝之前私下召见他,问了一句:"即使长平的心思都在紫兰君身上,你还愿意像从前那样待她吗?"

他不假思索,目光熠熠:"微臣愿意。"

崇祯皇帝道:"那么朕便将长平交给你了。"

周世显道:"皇上是什么意思?"

崇祯皇帝道:"朕希望你能够让她断了对紫兰君的情意。你们青梅竹马,互相熟稔,只有你,才能真心真意守护着她。"

周世显整个人如遭雷击,蒙在当场。

崇祯皇帝又道:"朕不希望朕的驸马是因为她贵为公主才对她好,朕希望驸马能够全心全意爱护毓媞这个人。爱护长平跟爱护毓媞是不一样的。"

周世显此刻思潮起伏,只听崇祯皇帝对朱毓媞道:"你的婚事,朕会着礼部去办。你就好生待在宫里等着凤冠霞帔……"须臾后又补充一句:"嫁人后,就得恪守本分,相夫教子,切勿丢了皇家颜面。"

崇祯皇帝这句话的意思朱毓媞再明显不过了,就是命自己不要再与袁紫清见面,断了对他的情意。朱毓媞咬着牙,努力克制内心极度的厌恶。恭恭敬敬地道:"儿臣遵旨。"

崇祯皇帝终于挫了她的锐气,心中隐隐有一丝痛快。在这紫禁城里,只有别人对他服软,他不可能为了谁放下身段。他眉头一挑,道:"那么,你可知错?"

朱毓媞一张脸白得像一张纸,几乎没有血色,道:"儿臣知错。"

崇祯皇帝含笑道:"你倒是说说你错在何处?"

朱毓媞忍气道:"儿臣不该与朝廷钦犯私下往来,上负国家,下愧黎民,贻羞父母。儿臣知错,请父皇降罪。"

崇祯皇帝道:"好好好,且不论你这话是否心口不一,事情已经走到这步田地了,你便回房静心思过,无事不得踏出坤宁宫一步。"

朱毓媞一脸哀恳,道:"父皇,容儿臣再去北镇抚司见他最后一面!"

崇祯皇帝道:"你既已答允嫁给周世显,再去见他成何体统! 朕会安排太医过去替他治伤,你就不必多跑一趟了。"

"父皇——"朱毓媞满心悲哀,父皇竟决绝如此,连最后一面也不让她见!

崇祯皇帝冷冷打断了她的话,凌厉的眼神掠过绿萍面上,道:"还不快扶公主回坤宁宫。"

绿萍捏了捏朱毓媞的手臂,示意她不可多言。

朱毓媞被绿萍搀着走了几步,猛地回头道:"父皇要安排哪个太医为他治伤?"

崇祯皇帝不耐烦地道:"问这个做什么?"

朱毓媞忍着鼻酸,道:"父皇,儿臣求您最后一件事,请让顾太医去为他治伤。"

崇祯皇帝不假思索地道:"好,此事可依你。"

朱毓媞凄然道:"谢父皇。"

此刻无论崇祯皇帝派出哪个太医她都不放心,唯有顾培生才会全心全力为袁紫清治伤,甚至还会偷偷将他的状况透露给自己。还记得顾培生升为太医院使的前几日,他信誓旦旦地对自己说:"公主殿下对微臣有知遇之恩,无论殿下有什么差遣,微臣肝脑涂地,在所不辞。"

当时自己对这句话只是一笑置之,并没有放在心上,从来没想过将来真的有一日,顾培生会成为自己紧紧握在手心中的一棵救命稻草。

朱毓媞失魂落魄地回到坤宁宫,回到那"光摇朱户金铺地,雪照琼窗玉作宫"的囚笼。彼时她多久渴望离开这道宫墙,可直到她再次走出囚笼的那一刻,却已成了周世显的妻子。

凤冠霞帔、合卺交杯、被翻红浪、洞房花烛,身旁的人终将不再是那个熟悉的他了。

梧桐相待老,鸳鸯会双死,这个诺言再也无法实现了。

从此后,发结夫妻、星月为盟、田头篱下、漫天樱花,再如何不愿割舍的美好回忆,也只能是一枕华胥梦。

从此后,没有金风玉露一相逢,也没有两情久长,更没有朝朝暮暮。

倘若知道回到中原即是末路,那么她宁愿舍弃家国,抛下亲人,也要与他在樱谷厮守一生。或许就不会松开彼此的手,一步一步,走到了尽头。

她半倚着红墙,一股虚脱无力的感觉排山倒海般袭来,几乎粉碎了她最后的意志,双膝一软,终于瘫下。

诏狱里的他,遍体鳞伤,不知生死,她却只能被关在这堵高墙内,按捺着焦灼的心,等着顾培生捎来的消息。

造化弄人,莫此为甚! 好恨,真的好恨!

她发了狂似的狠狠捶着墙,一拳接着一拳,捶得很用力,像是想以微薄的力量撼动眼前的屏障,踏着千难万难重新回到那人身边。

手掌的刺痛、血沫飞溅的灼热、绿萍的哭喊,仿佛与她无关。

她这一生,从未如此刻这样,疯狂地想要冲出去!

第一百七十三章

一片伤心画不成

朱毓芙不知从哪儿得知赐婚的消息,炸了毛似的冲进东暖阁,将朱毓媞房里的东西全都砸在地上,又对着她破口大骂:"你之前对我说过了什么?你都忘记了吗?你说:'我对世显哥哥,不是你想象中的男女之情,我一直把他当成邻家哥哥看待,倘若父皇母后真的要把我许配给他,我也绝对不会答允的。'这是你亲口承诺的!为什么现在你却出尔反尔!你信誓旦旦地说:'也许我自幼与他相熟,所以我对他纯粹只是兄妹之情,这辈子绝对不会产生男女情愫。'还说什么:'就是拿刀子架着我,我拼着一死,也不会背弃我的初心的。'哈,父皇又没有拿刀子架着你,你还不是一口答允了!自古奔者为妾,你自个儿不害臊跟了紫兰君,现在跟紫兰君告吹了,又要回头赖着世显哥哥!常言道:'好马不配双鞍,好女不嫁二夫。'天下间哪有你这般水性杨花、厚颜无耻的女人!"

朱毓媞早已心如死灰,无论她骂得多难听,都抿嘴不语。

朱毓芙红了双眼,声嘶力竭地道:"我绝不会让你们百年好合!你给我记着,你的幸福是踏碎了我的心才得来的!你要的嫁衣霞帔,我这就送给你!"说罢在所有宫人目瞪口呆之下怒气冲冲离去。

朱毓媞仰起下巴,无奈闭目,两行清泪缓缓落下。

绿萍挽着她的胳膊,不知该如何安慰她,只是呜咽道:"殿下您受委屈了。"

朱毓媞缠了纱布的手握着一管紫檀牛角杆的狼毫,宣纸上只寥寥几笔,才画了个轮廓,就被朱毓芙劈头盖脸一通排揎给打断,此刻再也没有心思作画了。

她深深吸了一口气,努力集中心神,又在宣纸上挥了几笔,两行泪水沿着面庞滑下,滴滴答答落在宣纸上,将画像的轮廓糊成一团。

她猛地搁下画笔,泪眼模糊地瞅着绿萍,道:"绿萍,我好后悔,后悔我回来中原,也后悔我把他的画像全部烧毁了。现在……现在我连一点睹物思人的凭借也没有……"

绿萍磕头哭道："殿下，都是奴婢不好，奴婢不该贪生怕死欺骗了您，都是奴婢不好……"

朱毓媞喃喃地道："为什么会变成这样？他在诏狱里受尽酷刑，父皇对我不谅解，毓芙对我怀恨在心，而我被关在这里出不去。"

绿萍伏地哆嗦，哭得声噎气堵。

朱毓媞抹去泪水，凄凄惶惶地道："不行，我不能没日没夜地哭下去，这样对孩子不好，我要画他，我要把他重新画回来。"

稍晚，坤宁宫起了惊天动地的骚动。

朱毓芙割腕自尽，幸好宫女发现得早，及时捡回一命。

朱毓媞听见这个消息时，呆了一呆，猛地想起朱毓芙那句怨彻心扉的话："我绝不会让你们百年好合！你给我记着，你的幸福是踏碎了我的心才得来的！你要的嫁衣霞帔，我这就送给你！"

听宫人说朱毓芙血流一地，那是她的心头血，鲜红一片，可不就像是她送给自己的嫁衣霞帔？

原来，她是这个意思，傻妹妹，我可怜的傻妹妹，你这是何苦来哉？

朱毓媞满心悲哀，早已心力交瘁的她再也承受不住这样的打击，眼前一黑，晕了过去。

袁紫清从囚室中被抬到一间空房，顾培生带两名御医过来医治他。然而死罪可免，活罪难逃，袁紫清身体复原后，就要流放福建，终生为奴。

冯玄墨恨得咬牙切齿，却又不敢违抗圣命，重重地在袁紫清胸口踹了一脚，便由校尉抬着他去了。

不只冯玄墨一心盼着他死，朱常润亦巴不得他瘐死狱中，日夜向诏狱探听风声，没想到最后等到的竟是袁紫清获赦的消息。

朱常润怒气冲冲地走到魏怜房里。侍人们见他神色不善，都是绷紧神经，大气也不敢喘一口。

他手一挥，众侍人如获大赦，哗啦啦地退到室外。

朱常润才一进门，便见魏怜一头散发、凄凄惶惶地跑了过来，劈头便问："紫清现在怎么样了？"

她每回见了朱常润就是这一句！朱常润气不打一处来，用力捏着她的下巴，道："你究竟要无视我到什么地步？"

他眼中燃着熊熊怒火，几乎可以把人吞噬。魏怜冷冷地看着他，那表情像是看着一

件死物。

朱常润道:"不要用这种眼神看我!"

魏怜不为所动。

朱常润胸中的妒火几可燎原,突然一把抱起她扔在床上,滚烫的唇堵住她即将脱口的尖叫。

魏怜睁大双眼瞪着那一张失去理智的面孔,手脚拼命挣扎,可她一个柔弱女子,怎么反抗得了一个被激怒如野兽般的男人?

她用牙齿狠狠一咬。朱常润"啊"的一声惨叫,下唇已被咬出一排齿痕,汩汩流出鲜血。剧烈的痛觉令他冷静下来,他喘着粗气,双眼血丝密布,不敢置信地瞪着她,颤声道:"你……你就这样厌恶我? 你可是我的妃子! 你怎么可以这样对待我!"

魏怜狠狠抹去嘴边的血迹,声嘶力竭地道:"快告诉我,紫清现在究竟怎么样了?"

朱常润气得一拳捶在铜镜上,厉声吼道:"袁紫清,又是袁紫清! 你既然忘不了袁紫清,当初又何必答允嫁给我?"

魏怜沉痛地闭上双眼,凄然道:"我以为我能够做好碧瑶,唯有做好这个角色,才能够彻底割舍过去。到头来我才发现,原来这一切是我想得太天真了,这世间最困难的就是割舍,那种存在骨子里的情爱是舍也舍不了的。"

朱常润听得一腔都是狂热的悲愤和怨妒。他颤颤地指着魏怜,吼道:"即使他死了,你也割舍不了? 难道我还比不上一个死人吗?!"

魏怜的双眼瞬间睁得大大的,颤声道:"你……你说什么?"

"我说他死了!"失去理智的朱常润根本顾不得这句话会带来什么样的后果,阴森森地道,"他连续受了杖刑、夹棍、鞭刑、烙刑、针刑,还能侥幸不死吗? 你当锦衣卫是吃素的吗? 你还是死了这条心吧! 他已经死了! 再也活不过来了!"

魏怜就像木雕泥塑似的蒙在当场,连哭泣都忘了。朱常润最恨她这个样子,只觉得多瞧一眼就多一分火气,当下拂袖离去。

第一百七十四章

祝融身前咏哀诗

他已经死了，再也活不过来了……朱常润这句话不断回响在魏怜耳际，就像一把锋利的刀，一寸一寸凌迟着她的心。

灿星端着托盘进来，试探道："主子，要不要喝点参汤润润喉？"

魏怜无力地摇了摇头，道："先搁着，你出去。"

灿星道了一声"是"。

魏怜将自己锁在室内，环顾四周的绣床珠帘、画屏雕窗，那是属于碧瑶的繁华荣宠，却也是魏怜断了的指望、死了的念想。

她怔怔看着，心中突然萌生出一个念头——或许从头到尾都只有一个魏怜，根本就没有碧瑶，碧瑶只是她负荷不了痛苦时自欺欺人的幻象罢了。

她仿佛一具行尸走肉般坐在轩窗旁。相思树上满满都是薛涛笺，每一张薛涛笺，都是魏怜对袁紫清的情意。

魏怜拿起第一张薛涛笺，轻声念道："两张机，月明人静漏声稀，千丝万缕相萦系。织成一段，回纹锦字，将去寄呈伊。"

心若垂杨千万缕，每一缕都是柔情蜜意，紧紧系在他身上。

恍惚想起，今天正好是与他初遇的日子，算了算，已经五年了。

五年不长，却让她激荡心扉地笑过、肝肠寸断地哭过，也让她万念俱灰到无泪。酸甜苦辣笑泪嗔痴全都集中在这五年，这五年，就是她的一生。

她悲凉一笑，将薛涛笺放在烛火上烧了起来，随手一扔，又拿起第二张薛涛笺，轻声念道："三张机，中心有朵耍花儿，娇红嫩绿春明媚。君须早折，一枝浓艳，莫待过芳菲。"

彼时怀了他的孩子，对他婉转吟唱："彼此当年少，莫负好时光。"曲通人心，词达人意，一片冰心照明月，奈何明月照沟渠，就连最后的骨血相连，都被他算计流产，再也不能

享有为人母的喜悦。

魏怜凄然一笑,也好,如今她已是惠王的侧妃,对于一个不爱的男人,她根本不想怀上他的孩子。

魏怜烧了第二张薛涛笺后,又拿下第三张,上面写着:"五张机,芳心密与巧心期,合欢树上连理枝。双头花下,两同心处,一对化生儿。"这不是词,而是倾肺腑,诉衷肠!蒙蒙泪光里,那字字句句如万箭攒心。

合欢花象征爱情,双头花、两同心、一对化生儿,寓意着一生一代一双人。

一生一代一双人……

这一句灼得她满腔都是狂热的悲愤。她将相思树上的薛涛笺全部扯下,点燃一张,就扔掉一张,也不管是扔到纱帐上还是绒毯上。

身后已是熊熊烈焰,滚滚热浪逼来,她却如痴如醉,浑然未觉。

"七张机,春蚕吐尽一生丝,莫教容易裁罗绮。无端剪破,仙鸾彩凤,分作两般衣。"彼时她没日没夜地等着他,几乎是负荷不了沉重的相思,在那一月,她已是红消翠减,弹指朱颜憔悴。

魏怜永远忘不了他当时决绝离去的眼神,像一把刀子,狠狠切断了二人之间的缘分。此后,一寸相思一寸灰,她竟觉得,漫长的生命竟是世间最残酷的刑罚。

最后一张薛涛笺,是彻骨冰凉的绝望:"九张机,双花双叶又双枝,薄情自古多离别。从头到底,将心萦系,穿过一条丝。"一字一句都是情,一笔一画都是伤。

哀伤四溢,泪水溃堤,滴在熊熊燃烧的薛涛笺上,滋长了火焰。魏怜望着被烧成黑灰的薛涛笺,全不理会火舌爬上裙裾,越烧越烈,要将她吞噬。

那一日,她眼睁睁地看着锦衣卫们将袁紫清带走,知道他几乎不可能活着出来,仿佛堕入万丈深渊,满心只余绝望的冰凉。彼时她只有一个念头,只要他活着就好,就算他不爱自己,那也不要紧,真的完全不要紧了。

可是,上苍似乎没听见魏怜的日夜祈祷,还是残忍地带走了他。

当年立志做一代名妓,却因袁紫清洗净铅华,甘心嫁作人妇;她素来睚眦必报,遇到了袁紫清,竟是狠不下心肠!

魏怜万念俱灰之下,烈焰焚身噬骨,也不觉得疼痛。她哀婉吟唱:"一张机,织梭光景去如飞,兰房夜永愁无寐。呕呕轧轧,织成春恨,留着待郎归。"

她很清楚,自己再也等不到他归来了。

魏怜一遍又一遍地吟唱,忽然一点一点忆及从前,想起萧采莞说的那句:"你的眼睛告诉我你不是碧瑶。"

却原来,她从来就不是碧瑶。

骨髓血液里都是魏怜对袁紫清的情意,却还要强迫自己成为碧瑶,真的太累了。

哪怕魏怜再如何痛苦沉沦、万劫不复,她也要做回袁紫清的魏怜,那个对紫兰君成为她生命中第一个男人感到无比骄傲的魏怜!

此刻,她要毁掉惠王的宠妃碧瑶。

魏怜如痴如狂地笑着,也不知是在嘲笑自己当初的迷惘,还是欢笑这一刻的解脱。烈焰很快地吞噬了魏怜的全身,她的歌声越来越细微,最后已不可闻。

朱常润赶到现场时,魏怜的居处已烧成一片火海。侍女、太监纷纷嚷着救火,一盆一盆水泼了过去,最后出动水龙,还是阻挡不了猛烈的火势。

会烧得这么厉害,是由于魏怜的寝室里都是易燃物品,一下子就烧成了火窟。她一心求死,当所有人开门急着救她时,她甚至将蜡烛丢到他们面前的绒毯上,于是,火势更加一发而不可收。

朱常润怔怔地看着烈焰中的人影,几乎是快要沁出血泪,不顾一切想要冲进火海。

"王爷不可——"

王妃、侧妃、太监纷纷抓住他,他只能眼睁睁看着熊熊火焰渐渐吞噬了那个熟悉的人影。

眼前烈焰冲霄,朱常润的心却像是下了一场滂沱大雨,眼泪肆意溃堤而下,没想到自己一句气话,竟逼得魏怜走上绝路。

不知悔多还是悲多,一股蚀心的痛涌上喉咙,缓缓溢出嘴角。

或许,他从来没有真正拥有过她。

"王爷,您呕血了!"

不知是谁先喊出了声音,跟着所有人都惊声尖叫了起来。

朱常润凄然一笑,身体如失去凭依的藤蔓软软瘫下。

"碧瑶——"撕心裂肺的哭号也唤不回碧瑶的生命。

大火足足烧了两个时辰,魏怜居处周边屋舍全都付之一炬。

那一片残垣疙瘩,便是横亘在朱常润心头的一道伤疤。

朱常润大病了一场。他在病中下令,将所有侍奉魏怜之人全都杖毙。幸好萧采莞之前被赶出了王府,否则此刻也难逃厄运。

第一百七十五章

似曾相识燕归来

　　却说萧采莞受了杖刑、养了两天的伤后，就被迫收拾细软离开了王府。她伤势还没痊愈，走路一瘸一拐的。伤口隐隐作痛倒也罢了，就是不知袁紫清情况如何，一颗心如油煎水沸，焦灼不安。正好迎面遇上那日街头卖身葬父的女子。

　　那女子认出了萧采莞，于是上前打声招呼，见她身上带伤，便好意相问。萧采莞简略说了。女子收了袁紫清的黄金，自忖滴水之恩，当涌泉相报，于是让萧采莞过来和自己同住，顺便照顾萧采莞的伤。

　　萧采莞养好伤后，便出门探听袁紫清的情况，可她一介弱女子，遇到这种事又有什么主意？只能枯坐在大明门前，眼巴巴地望着红色宫墙，神情落寞黯然。

　　这样的举动立即引起一名锦衣卫的注意。那锦衣卫见她清秀可人，早已心痒难耐，于是上前"关切"。

　　萧采莞虽然觉得他不怀好意，但她现在一颗心全系在袁紫清身上，还是问了他紫兰君的近况。

　　那锦衣卫听她问起紫兰君，登时收起了绮念，带着探询的目光上上下下打量着她，狐疑道："你是紫兰君什么人？"

　　萧采莞心中忐忑，硬着头皮道："小女子……小女子是紫兰君的丫鬟。"

　　那锦衣卫面色一整，道："紫兰君已经获释了。"

　　萧采莞喜出望外，道："获释了？当真？那紫兰君如今在哪？"

　　那锦衣卫眼神飘忽，似在思量什么，片刻后道："被顾太医带回府上医治了。"

　　萧采莞道："请问那位顾太医住在何处？"

　　那锦衣卫道："说不太清楚，不如我带你去。"

　　萧采莞心头一凛，本能地倒退一步，道："大人只要告诉小女子大概的位置，小女子自己找就是,不必劳烦大人了。"

那锦衣卫道:"跟我客气什么?难道天子脚下,莽莽神京,我还敢胡来不成!"

萧采莞六神无主,怯生生地道:"那么就有劳大人了。"

那锦衣卫眼中一抹犀利一闪即逝,道:"跟我走。"

由于锦衣卫衙门的房舍环境太差,顾培生请求让袁紫清到自己府里治疗。崇祯皇帝答允了。袁紫清在顾培生府里养伤是极为机密之事,只有冯玄墨知晓。冯玄墨派了锦衣卫日夜驻守在顾培生府门外。

袁紫清在诏狱里受刑过重,一直昏迷不醒,身上的白麻布囚衣不知积了多少血水,混合着脓液,牢牢沾在肌肤上,根本解不下来。

顾培生让两名侍女取了温水,一点一点化开衣裳上的脓血,再用剪子慢慢剪开。

看见他惨不忍睹的身体,饶是见惯伤者的顾培生,也不禁寒气直冒。这样的伤势,即便能活下来,遇上变天也要受到无尽的折磨。

顾培生用干净的软布蘸了药水,仔细替袁紫清擦拭身体。也许是碰到了伤口,袁紫清在昏迷中呻吟一声,身体剧烈抽搐了一下。

两名侍女只看了一眼,便移开目光,不敢再看。

"烈酒、刮骨刀、火烛、夹板、纱布、药膏……"顾培生一一吩咐,两名侍女顿时忙碌了起来。

袁紫清身上密布着各式各样的伤口,有些腐肉必须刮掉,有些死皮必须剪掉,断掉的腿骨也必须接正。

四个时辰后,顾培生总算处理完所有伤口,已是忙得一头汗。侍女左右两边撑起袁紫清的身体,顾培生挑出药膏,从脸到脚,从胸到背,一点一点轻柔地涂抹着。

又忙了半个时辰,最后袁紫清从头到脚一圈一圈缠满了纱布,躺在榻上,依旧昏迷不醒。

其中一个侍女道:"这样的伤势,一般人都活不下来,这位公子可真坚强。"

顾培生喃喃道:"是啊,真不知他是如何挺过来的。"

三人忙着收拾善后,冷不防听见袁紫清含含糊糊喊了一声:"媞儿!"

声音极为微弱,就如蚊鸣一样,可顾培生还是听清楚了。

这一瞬,他终于知道袁紫清是怎么挺过一重重的酷刑了。

顾培生将侍女支开,凝视着袁紫清道:"你快点清醒过来,公主还在等你。"

袁紫清手指动了一下。

袁紫清也不知道昏迷了多久,感觉有药汤灌入喉中,身体的痛楚大大缓解。他睁开

双眼,悠悠醒来。

眼前恍惚是个女子,柳眉杏眼,唇红齿白,云鬟花颜,莫不是自己魂牵梦萦的媞儿?

他一个激动,便要挣扎着起身。这一动牵动身上伤口,忍不住蹙眉轻哼一声。在诏狱里,即使棍夹骨折、鞭笞炮烙,他都没有吭声示弱,只因身边是如狼似虎、恨不得他痛哭求饶的敌人,他必须保持最后的一点尊严,才能让他们充满挫败感。可是现在身边是怜他爱他的媞儿,他再也不必绷着神经、故作坚强了。

"媞儿……"袁紫清吃力地喊着,声音破碎空洞。

那女子迟疑一晌,怯怯地喊了声:"公子。"

袁紫清一怔,凝神去看,那张令他在梦中依旧不减相思的脸庞忽然换成了萧采莞。

失落感仿佛万丈巨浪急遽拍打着他脆弱不堪的身心。他本就重伤未愈,禁不住这样的打击,双眼一闭,又晕了过去。

这段时日以来,都是萧采莞亲侍汤药,替袁紫清打理,从不假手他人。

当她看到袁紫清的身体时,反射性地用手掩住了口,泪水一发而不可收。人家说入了诏狱,不死也要脱一层皮,果然一点也没错!

白服侍袁紫清以来,这是她第一次看见他一丝不挂。她根本顾不得害羞,坚持要日夜照顾他。

她知道袁紫清好洁,但他身体还不能浸水,于是她每日都用湿布擦拭他的身体,再均匀地抹上药膏,最后缠上纱布。

袁紫清意识稍微清楚时,她还帮他清洗头发。她坐在榻头,脚下放着一个盆子,她把他的头枕在腿上,再用皂荚搓出泡沫,细细地搓洗着他的头发。

第一次帮他洗头时,他的头发都是汗垢血污,结成一团,像是一个鸟窝。萧采莞拿梳子帮他梳开头发,再用水瓢舀了温水,顺着发根仔细地冲洗着,最后用毛巾擦干。

袁紫清恍惚间好似回到了樱谷的竹屋,妻子帮他洗头,耳边依稀能听见她的深情笑语、温柔呢喃……

清……

仿佛还是那段两情相悦、不离不弃的静好岁月。

媞儿……

第一百七十六章

云鬟香雾成遥隔

顾培生偷偷带着安胎药来到坤宁宫东暖阁。为了掩人耳目,他还是开了一些固本培元的汤药或是安神药。这服安胎药便和顾培生开的药方同时炖煮,只是安胎药的药渣要悄悄处理掉,以免让人起疑。

"他如今怎么样了?"朱毓媞每次看到顾培生,都是劈头一句。

顾培生道:"性命无碍,只是伤得极重,大部分的时候都昏迷不醒。微臣在他的汤药里加了止痛的配方。"

朱毓媞眼圈儿发红,哽咽道:"大恩不言谢,你对我的恩情,这一生一世,不敢或忘。"

顾培生还是那一句老话:"微臣只是尽自己的本分罢了。"

朱毓媞拭去泪珠,道:"劳烦你帮我带一句话给他。"

这一日,萧采莞正帮袁紫清擦脸。彼时袁紫清醒着,问了自己身在何处。

萧采莞道:"这里是太医院使顾培生顾太医的府邸。"

袁紫清发了一会儿愣,长长的睫毛垂了下来,敛去眸中一抹阴郁。他知道自己能够脱离诏狱,被太医诊治,必定是朱毓媞做了什么,否则崇祯皇帝恨自己入骨,怎么可能轻易放过他?

萧采莞擦完他的脸后,又在他脸上的鞭伤处涂上药膏,柔声道:"你伤口还疼不疼?"

"一点点。"袁紫清忽然心念一动,好奇地问道,"对了,你怎么会在这里?"

也不知这句话哪里不对,萧采莞全身紧绷,面色苍白,咬着唇沉默不语。

"怎么了?"袁紫清离她很近,明显感受到她的惶恐不安。

忽然响起两下敲门声,顾培生扬声道:"萧姑娘,我可以进去吗?"

萧采莞忙道:"大人请进。"

顾培生走了进来,微笑道:"袁公子醒了,看起来精神不错。"伸手便去为他切脉。

其实顾培生日日都会过来,只是袁紫清清醒的时间不多,所以这还是袁紫清第一次见到顾培生。

袁紫清低声道:"一饭之恩尚不敢忘,顾大人对我有救命之恩,来日若有机会,当图报答。"

"袁公子此言差矣!不忍之心,人皆有之。救人一命,胜造七级浮屠。若说报答,就是求利了,岂是我辈行医的初衷?"顾培生微微一笑,"何况救你性命的人不是我,而是你自己。"

袁紫清道:"顾大人,我想问您一件事,您能不能如实告诉我?"

顾培生道:"请问。"

袁紫清道:"长平公主如今怎么样了?"

顾培生就知道他会问这一句,微微叹了一口气:"你放心,她虽被拘着,不过饮食起居都还算正常,胎象也很稳定。"

袁紫清提着的心终于稳稳放了下来,喃喃道:"那就好……那就好……"

顾培生道:"公主要我带给你一句话。"

袁紫清急切道:"什么话?"

顾培生道:"人有悲欢离合,月有阴晴圆缺,此事古难全。但愿人长久,千里共婵娟。"

但愿人长久,千里共婵娟。袁紫清沉沉地闭上双眼。他与朱毓媞心有灵犀,如何不明白这是要自己"彼此珍重,即是心安"的意思?

月光透过半掩的长窗在地上投下一片伤心白。他摸着自己上了夹板的双腿,似水流年,曾经沐着同样的月光,和她泛舟太液、漫游西山。同样的月光,依旧照着鹊桥的彼端,只是人事已非,双腿已折,再也不能踏着鹊桥与她共度佳期。

同处在北京城的夜空下,一眼便能望见那九重宫阙,可是云鬓香雾,终究是遥不可及了。

晌午,萧采莞喂完了肉糜粥,用帕子轻轻擦拭着他的嘴角,动作轻柔,仿佛一个母亲照顾着初生婴儿。

她柔声道:"公子躺下歇一会儿。"

袁紫清道:"我很久没有晒太阳了,你带我到院子里可好?"

萧采莞微微一笑:"当然好。"她小心翼翼地将他抱到轮椅上,替他披上大氅,推他到院子里。

明媚的阳光投在雪地上,袁紫清贪恋地看着天空,目光微澜,静默不语。

春寒料峭,萧采莞一摸他的手,冰凉无比,道:"公子等我一会儿,我回房拿手炉。"

袁紫清正想说"不用了",眨眼间萧采莞已撒腿跑去,不见人影。

他静静地坐在轮椅上，忽然听见假山后传来两个女子的谈笑声。

"欸，听说惠王府闹鬼呢！"

"什么？真的假的？你可别胡诌！"

"我还骗你不成！半个月前，惠王最宠爱的妃子举火自焚，据说被烧得尸骨无存！之后她住的那间屋子每到半夜就会传出哭声，惠王因此请来道士作法呢！"

"听起来怪吓人的，不过既然是最宠爱的妃子，想必是极为得脸的，为什么还要举火自焚？真真是想不透！"

"听说她根本就不爱惠王，可能最后后悔了，所以才想要自尽吧！"

袁紫清听到这里，仿佛有一枚雪花飘在心头，寒意逐渐渗透了整颗心。他喃喃道："魏怜……魏怜竟然死了，而且还是用这种激烈的方式……"

他脑海一片空白，尚未感觉到悲伤，那两个女子又叽叽喳喳继续说道。

"唉，我心中那位谦谦君子，守身如玉那么久，终于要娶妻了。人家一直把他当成我的春闺梦里人哩！"

"噗，就你这德行，还指望人家看上你不成！"

"喂，你不说话没人当你是哑巴！仔细我拧你这张猴儿嘴！"

"我也是提醒你说话仔细，人家现在可是长平公主的未婚夫婿，你这点斤两拿什么跟公主争？"

"轰"的一声，袁紫清耳边瞬间雷鸣电闪，不绝于耳。其实他早已想到自己会获释，必定是朱毓媞做了什么，也隐隐动过"赐婚"的念头，但毕竟只是猜想而已。

他的心剧烈跳动，每一下都撞得胸口发疼，大声道："长平公主的夫婿……是……是谁？"

两个侍女吓了一跳，慌慌张张走了出来，一看是他，登时想起紫兰君和长平公主的流言，一时都不知该如何回答。

萧采莞正好回来，感到气氛沉重，愕然道："这是怎么了？"

袁紫清紧紧拽着萧采莞的胳膊，急切道："采莞，她们说媞儿有了未婚夫婿，这是真的吗？"

萧采莞心头一酸，不忍迎着他的目光，硬着头皮道："是真的。"

袁紫清的脸上毫无一丝血色："是谁？是不是……是不是周世显？"

萧采莞咬牙道："是。"

袁紫清呆了片刻，唇角勾起一丝凄然的笑意，喃喃道："我早该猜到了，皇帝把我弄进诏狱，就是为了把她许给周世显。既让她死了心，又借此折磨我。果然是帝王城府，知道诏狱的酷刑无法让我屈服，就用这招让我生不如死……"他本就身体羸弱，受不得刺激，忽然一口气转不过来，头一仰，又晕了过去。

第一百七十七章

心怜玉骨委淤泥

两个曾经怀过他的骨肉、不惜生命深深爱着他的女子，一个香消火窟，用生命获得了灵魂的释放；一个被迫嫁人，用灵魂换取生命的救赎。

袁紫清双眼紧闭，眼泪却不听使唤地流了下来，这一生从来没有如此刻这般深入骨髓地悲哀过。

一饮一啄，莫非前定。他设计魏怜流产，一年后魏怜为寻求真相，设计他服下药物，导致他入了诏狱。朱毓媞为了救他，不惜答允下嫁周世显。

萧采莞看见他的眼泪，心中悲痛难言。她默默地在他身边躺下，伸出双臂轻轻搂住他瘦弱的身体。她将自己的脸颊贴着他的脸颊，感受他冰凉的肌肤，感受他悲哀的心境。她倾听他急促的呼吸，心中只有一个念头——长平公主不在的时候，就由采莞来守护您。

袁紫清本就寡言，自得知魏怜惨死、朱毓媞赐婚两件事，显得更加沉默了。

萧采莞也不知该如何开解他，只是尽心尽力照料着他，让他身体快速恢复。

每日，萧采莞为他擦拭身体、均匀抹上药膏、缠上纱布、喂药、喂粥、服侍洗漱便溺，这样做下来至少也要两个时辰。有时候袁紫清胃口不好，吃进去的东西全都呕了出来，她不厌其烦地收拾秽物，帮他换上干净的衣裳。

等袁紫清睡了之后，她才去吃饭沐浴，并打理他换下的衣物、纱布等。夜里，她就睡在袁紫清榻边的一方软榻上。袁紫清有时候在睡梦中翻个身，牵动伤口，呻吟了一下，都会把她惊醒。照料袁紫清的这段时日，她整个人瘦了一圈。

有一次她喂袁紫清喝药时，袁紫清对她说："顾大人原本就打算拨两个侍女日夜照顾我，为什么你还要一个人揽下全部的活儿？你看你累得都脱了形了！"

萧采莞甜甜笑道："照顾公子，我是甘之如饴的！何况公子不是说我壮得跟一头牛一样吗？哪有什么累不累的！我才不要别人来抢我的活儿呢！"

袁紫清喝完药后,萧采莞拿青盐给他漱口,最后抱着他躺回榻上。她替他盖上被子,见他入睡,这才放心地走到屏风后沐浴。

　　沐浴完后,她擦干身体,穿上绢裙主腰,伸手去拿挂在屏风上的外衣,哪知一个没抓好,外衣掉入浴桶里,湿成一团。

　　她偷瞧袁紫清一眼,见他兀自沉睡,于是蹑手蹑脚地走到榻边,要去箱笼里拿干净的外衣。

　　轻微的声响惊醒了浅眠的袁紫清,他蓦地睁开双眼,只见萧采莞光着膀子蹲在地上,不知在翻找什么。

　　看见她袒露在外的肌肤,袁紫清惊得抽了一口凉气,颤声道:"采莞……采莞……你的身体是怎么回事?"

　　萧采莞没防到他会突然醒来,一时怵然心惊,下意识地抓着外衣遮住自己的身体。

　　袁紫清挣扎着起身,一不小心牵动伤口,又是一声微弱的呻吟。

　　萧采莞道:"公子好好躺着就是,起来做什么?"她伸手扶了他一把,又拿了一个靠枕垫在他背后。

　　袁紫清的目光落在她裸露的身上,没有一丝情欲,只有怜悯和不忍。这样的目光,令萧采莞难堪不已。她脸上青一阵红一阵,咬着唇不语,两行清泪扑簌簌落下。

　　她身上全是瘀痕,身体微微哆嗦着。

　　袁紫清的声音从齿缝间透出,有着烈烈秋阳的肃杀之意:"谁干的?"

　　萧采莞抖得很厉害,道:"公子别问了,我们斗不过他们的。"

　　袁紫清激动地道:"是谁? 你说,我要知道他们是谁!"

　　萧采莞一下子精神崩溃,抱着他的腰,将脸颊贴着他的胸口,听着那一声声令她疗愈的心跳。

　　虽然他们从未有过肌肤之亲,但是患难见真情,两人已如同家人一般,是以袁紫清不能容忍她被人欺负。

　　袁紫清沉着气道:"这段时日你寸步不离照顾着我,在我心里,我早将你视为至亲了,有什么话是不能对我说的? 还是你怕我会跟他们拼命?"

　　萧采莞点了点头。

　　袁紫清看着自己的腿,黯然失笑:"我现在还有本事跟人家拼命吗?"

　　萧采莞最怕他妄自菲薄,忙擦干眼泪,道:"顾大人说,公子三个月后就可以下床行走,一年半载后还是可以恢复昔日的功力的,只是……只是……"只是走路不免一瘸一拐,这句话却说不出口。

　　袁紫清凝视着萧采莞的脸,轻柔地道:"采莞,你告诉我,究竟发生了什么事?"

　　萧采莞闭上双眼,娓娓道来。

那日萧采莞七上八下地跟了那锦衣卫走进一条胡同里,心中越发惴惴不安,正想趁机溜走,那锦衣卫猛地扭头露出凶相。

萧采莞转身便跑,一记手刀劈在她颈上,她眼前一黑,立即不省人事。

她双眼被蒙了黑布,嘴巴塞了软物,手脚皆被捆缚,躺在干草堆上。昏昏沉沉中,她隐约听见说话声。那锦衣卫的语气十分恭谨,似乎和他交谈之人是他的上司。

"大人,这丫头自称是紫兰君的丫鬟,您看这该怎么着?"

"紫兰君的丫鬟?啧,模样倒是挺干净的。"说着把手伸入萧采莞衣襟,道,"只这一摸,那手感也是教人蚀骨销魂,这要是压了上去……啧啧,收拾了他的丫鬟,也就等于在他脸上狠狠地踩了一脚。纵然弄不死他,老子也要在他的丫鬟身上快活快活。"

"大人慢慢享用,卑职这就为您把风!"

萧采莞听到这里,已是起了一身寒栗,她拼命挣扎,嘴里咿咿唔唔地叫着。紧接着,她的衣襟被人撕开,裙子被人褪下……

剧痛几乎快把她撕成两半,鲜血从双腿间汩汩流出。她渐渐无力挣扎,放弃了抵抗。她不知道侵犯自己的人是谁,只能从眼布和眼睛之间的缝隙中,隐约见到那人的左腿烙着一个月牙形的深色胎记。

狂风暴雨的肆虐过后,二人扬长而去。

萧采莞是在两天后被一个好心人发现的。那好心人问她要不要报官,萧采莞凄然苦笑,蹂躏她的就是官,民不与官斗,何况她又是一个无依无靠的外地女子。就算报了官,锦衣卫多如牛毛,她要一个一个上前指认吗?到时候就算指认出来了,人家给她来个死不承认,那又能如何?

她很清楚自己只能自认倒霉了,此刻没有任何事比找到袁紫清更重要。她顾不得身心俱疲、饥渴交迫,逢人便问顾培生的府邸,终于见到了朝思暮念的袁紫清。

也是她体质特殊,身上的瘀痕久久不消,所以隔了半个多月被袁紫清意外发现。

袁紫清听了之后,心中又是怜惜,又是震撼。若不是看见她身上的瘀痕,他根本看不出她波澜不惊的面孔下是一颗千疮百孔的心。

他低声道:"对不起,都是因为我。"

萧采莞仰起下巴,一双泪眼瞅着他,幽幽地道:"不关你的事,是我命中的劫数。"

袁紫清双眸扬起一丝雪亮的凌厉,就像一柄出鞘的宝剑,隐隐透出一股杀气——一股气蕴于内,并非张扬外露的凛然杀气。

袁紫清对萧采莞说道:"我知道侵犯你的人是谁,这般憎恨我的锦衣卫堂官只有一个,一定是他!"

萧采莞紧张兮兮地道:"公子要做什么?"

袁紫清发出一声荡气回肠的叹息,幽幽地道:"以我现在的身子,自理都有困难,还能做什么?"

　　萧采莞依偎着他,贪恋地听着他沉沉的心跳声,道:"公子,你是采莞的天,若你垮了,采莞也没有立足之地了。"她用只有自己才能听见的音量,道:"倘若知道有此一劫,倒不如……倒不如那日就把第一次给了你……"

　　袁紫清没发现萧采莞对他的态度已在养伤期间悄悄转变了,原本高山仰止的憧憬,变成一种菟丝附女萝的依赖。

第一百七十八章

稳耐风波愿始从

袁紫清到底年轻,底子又好,内服汤药一日三次灌了下去,外敷膏药又是上等品,皮肉外伤好得极快,但是两条腿生生被夹断了腿骨,即便恢复了也不能像常人一样行走。

他已经可以碰水了,所以萧采莞不再帮他擦拭身体,而是准备了浴桶,让他像正常人一样沐浴。

浴桶里散发着淡淡的药草清香。萧采莞抱着他进入浴桶,拿了一块麻布让他自己搓洗,道:"等一下我帮你擦背。"

他的手其实没什么力气,所以最后还是由萧采莞帮他搓洗。

萧采莞从前在金陵服侍他时,最多也只是帮他宽衣而已,这样亲密的举动从未有过。患难病痛之际,根本不会顾虑男女大防,更何况袁紫清是她仰慕之人,她十分愿意为他付出一切。

洗完后,萧采莞将他抱了出来,帮他擦干身体,又帮他穿上衣服。

她的要求不多,只希望自己能在他最脆弱的时候安静地守护着他。

因此,她觉得照顾者比被照顾者还要幸福。

崇祯十七年正月初八,李自成亲率主力从西安出发,渡过黄河,朝北京进军。抵达晋南之后,大顺军分作两股力量,一路为偏师,由制将军刘芳亮统率,沿黄河北岸一带越过太行山转而向北,攻略潞安、彰德、广平、顺德、真定、保定一线,自南面直逼北京;另一路为主力,由李自成亲自领军,沿晋中谷地向北,出大同、宣府,从西北直扑北京。两路大军共计百万。

是时,明朝在山西的军防十分空虚。

崇祯皇帝惶惶不可终日,尽管多年来风雨飘摇,却从来没有如此刻般强烈地感受到亡国在即的危机。他很清楚李自成这一次对北京志在必得。

正月十一,崇祯皇帝召见内阁大学士,悲从中来,道:"朕非亡国之君,事事皆亡国之兆。祖宗栉风沐雨得来的天下,一朝丧失,我有何面目见列祖列宗于九泉之下? 朕决定亲自率军出征,和流贼决一死战。"说到最后,竟痛哭流涕。

几位阁臣从皇帝嘴里听到"亡国"两字,均是慌了手脚,七嘴八舌地说要代皇帝督师出征。

最后内阁大学士李建泰跳出来说:"主忧如此,臣敢不竭驽力? 臣乃山西曲沃人,颇知贼中事,愿以家财佐军,可资万人数月之粮。臣请提兵西行。"

崇祯皇帝正为筹不出军饷而头疼,听他自愿拿出私产犒劳三军,督师西征,不禁喜形于色,连夸李建泰是忠臣,道:"卿若行,朕当仿古推毂礼为卿送行。"

正月二十六日,崇祯皇帝命李建泰出师,行遣将礼。寅时,命驸马都尉万炜以特牲祭告太庙。随后崇祯皇帝备法驾御正阳门,亲自为出征将士饯行。自午门排至正阳门外,官军旗幡十余万,旌旗金鼓甚盛。文武百官侍立两旁,崇祯皇帝端坐中央,设宴款待李建泰。

崇祯皇帝亲自赐酒三杯,道:"先生此去,如朕亲行,即以三杯赐之。"酒后,当席亲笔撰写《钦赐督辅手敕》,用印后郑重交给李建泰。内官在鼓乐声中为李建泰披红簪花,迎出尚方宝剑。李建泰叩首启行。崇祯皇帝上城目送,良久返驾。

由这隆重的阵仗可以推知,崇祯皇帝把希望全都押在了李建泰身上,但这李建泰其实才干平庸,又从来没有治军经验。崇祯皇帝不过是病急乱投医罢了。

无论是皇家还是民间,大婚须行六礼,即纳采、问名、纳吉、纳征、请期、亲迎。皇帝恩旨一下,三日后周家带着大雁、鸳鸯、麋鹿等数十样吉礼到皇宫,就算完成纳采和问名。再来是纳吉,双方直接交换婚书,定下亲事,除非男方悔婚,名分就此定了。

不过周世显和长平公主的婚事因国事动荡而耽搁了。

朱毓媞得知这个消息,不知该欢喜还是烦恼。这段时日她深居简出,周皇后只道她因不愿嫁给周世显而把自己禁锢在屋里,却不知其实是她孕期疲软无力,害喜连连,不愿出门显山露水罢了。

彼时朱毓芙割腕后身体渐好,人却变得沉默寡言起来,往往整日坐在窗前发呆,就像一株枯萎的树藤,等不到春雨的滋润。

两个公主在同一个时间变得暮气沉沉的,连带整个坤宁宫也是一片愁云惨雾。周皇后心中有说不出的难受。

顾培生这日又送了安胎药过来,朱毓媞急急问道:"他怎么样了?"

顾培生道:"他恢复得极好,不再整日昏迷不醒了,近日胃口也不错,吃得比较多,气

色明显变好了。"

朱毓媞露出一抹欣慰的笑容,向绿萍使了一个眼色。绿萍拿出一匣白银珠翠递给他,顾培生只是推辞。

朱毓媞道:"这些钱财用在紫兰君身上,不然顾太医的俸禄只怕全做了药钱。"

顾培生这才收下,目光炯炯,道:"殿下现在如何打算?"

朱毓媞知道他指的是自己的肚子,道:"我本打算头几个月先束腹藏着,尽量避免外出,等和世显哥哥完婚后,再择个妥当的时机释出喜讯。届时人人都会认为这个孩子是他的。虽然这样做十分对不住他,可我知道他一定愿意帮我这个忙。但是现在婚事延迟了,我……我一时还没想到一个妥当的办法。"

顾培生道:"紫兰君能走动之后,就要被流放福建了。这是皇上给他最后的恩典,他如果违抗,就得死。"

朱毓媞怆然道:"流放福建……流放福建……他母亲惨死福建,父皇还要把他发配到福建,教他情何以堪!这一招真真好毒!"

顾培生道:"流放之事也得等他腿伤好转之后再说,眼下殿下还是想想怎么藏住孕肚。如果不小心被人发现,不仅胎儿保不住,紫兰君也有性命之忧。"

朱毓媞忧心忡忡地道:"我知道,我会想办法渡过这一关的。"

第一百七十九章

最怕仓皇辞庙日

顾培生告退后，朱毓媞思来想去，头痛不已，仍是想不出一个妥当的办法。

在宫里偷偷生孩子也不是没有先例，明孝宗弘治皇帝就是纪氏宫女在安乐堂偷偷生下的。当时纪氏怀有身孕，专宠善妒的万贵妃得知后十分愤怒，遣宫女前去打胎，不料那宫女一时动了恻隐之心，骗万贵妃说纪氏其实是得了一种会腹胀的疾病，而非有孕。万贵妃便将纪氏打入安乐堂居住。

明代律例明文规定："宫嫔以下有病，医者不得入，以证取药。"宫嫔是这种待遇，宫女自不必说了。一般宫女得病，就要被赶到金鳌玉蝀桥西、棂星门迤北的羊房夹道内的安乐堂自生自灭。

但朱毓媞是公主，一个晕疼磕绊，太医院立即就来人了，根本不可能像纪宫女一样在安乐堂内偷偷生孩子。

正烦恼间，忽然她心中隐隐浮起一个念头，这世上有一个人能够阻止袁紫清流放福建，也能将她救出皇宫，还能保住她腹中的胎儿。只是这个念头太过大逆不道，就是想想也觉得心惊肉跳。

身为公主，怎能让崇祯皇帝的头号敌人李自成来拯救他们一家三口？

朱毓媞甩甩头，勉强把这个可怕的念头抛在脑后。

也不是只有她有这个念头，袁紫清早就想过了。

这日锦衣卫遣人来"探望"他的伤势，看他腿伤恢复了几成，好尽快押送他流徙福建。

袁紫清坐在榻上，萧采莞正一勺一勺喂他喝肉汤。

两名锦衣卫校尉大模大样走了进来，又大模大样问候了一番，见袁紫清爱理不理的，忍不住讥笑道："哟，紫兰君沦落到需要人把屎把尿的田地了，还跟老子端架子，莫不是脑

子跟腿一样残了,这么快就忘记诏狱里的手段了?"

"都说落难凤凰不如鸡,看他那绣花枕头的模样,还真把自己当回事了。"

"啧,虽然是个废人了,可那张脸比娘儿们还要美。若是个女的,那滋味肯定是极为销魂的。都说闽地男风盛行,紫兰君一去,啧……"

"福建卫所的丘八是水道旱道一视同仁的,这样一个唇红齿白的兔儿爷去了那儿,还不被人好生招待吗?"

两名锦衣卫奚落了他一番,见袁紫清闭目不语,顿觉无趣,扬长而去。

萧采莞气得面色发白,道:"公子,这些武人粗俗鄙陋,说出来的话不能听的,你千万不要往心里去。"

袁紫清淡淡地道:"他们必定是冯玄默遣来羞辱我的,就是要让我受不了刺激,做出什么自残的举动,我又怎么会着了他们的道儿? 不过他们说得很对,落难凤凰不如鸡。"

萧采莞闻言黯然。

袁紫清忽然睁开双目,目光雪亮:"百足之虫死而不僵。世间事起起落落,本就说不准。我紫兰君一路刀尖浪口走来,哪有那么容易就被人扳倒?"

萧采莞欣然道:"三十年河东,三十年河西。他们嚣张由他们去,公子是不会永远落魄的。至少这期间,采莞会一直陪着你。"

袁紫清微微一笑,道:"你立刻去云英馆打听一下李自成的动向,再回来告诉我。"

萧采莞一呆,道:"李自成? 怎么忽然要打听李自成?"见袁紫清嘴角含笑,这才恍然大悟:"对对对,李自成,李自成就是公子的救星。好,采莞这就去打听。"

萧采莞很快就打听到了。

正月二十九日,大顺军从沙涡竞渡,三晋遂成破竹之势,陷平阳。

二月初六,围太原,太原守军不支,城陷。

二月十六日,李自成至忻州,官民迎降。进攻代州。五台知县投降,地方官有载牛酒以迎者,有备子女以献者。总兵周遇吉守代州,出奇奋击,连战十余日,杀大顺军万余。李自成分军进攻。周遇吉兵少粮尽,退守宁武关。李自成陷怀庆,抵固关,分取真定、保定。山西全陷。

二月十八日,河南巡抚苏京报:"贼窥怀庆。"大顺军已叩固关,将逼真定。

二月二十三日,真定陷。

袁紫清一听,闭目思量片刻,道:"大顺军的主力必定是要经过大同、宣府,由西北方向进逼京城。按照这条路线和大顺军的行军速度,兵临城下就在这一个月内了。"

萧采莞道:"云英馆的人也是这么说的。"

"明朝大势已去……"袁紫清望向窗外,喃喃道,"李自成攻进紫禁城的那一日,我这双腿大概就能行走了,我也能去见媞儿了……"

他的嘴角挑起一丝浅浅的笑意,就像花瓣落入春池,漾起温柔的涟漪。

迁都南京已成了崇祯皇帝内心深处挣扎已久、悬而未决的一项重大政策。

其实早在崇祯十四年、十五年间,崇祯皇帝就已经私下跟内阁首辅周延儒商议过南迁的问题,但毕竟只是私下讨论。崇祯皇帝认为这个想法是搬不上台面的,所以一直没有和朝臣商议。

明朝原本的京师是在南京。后来朱棣发动靖难之变,成功问鼎宝座,等政权稳定之后便回到他燕王时的封地北平,并改北平为北京。其实这之前北京只是陪都。直到宣德年间,南北两京的地位才颠倒过来。

南京一直保留着皇宫和五府六部,各院、寺、科、司,甚至宦官的二十四衙门。各部门的长官、属官在名义上和北京各官是平级的,只是没有实权,管辖范围仅限于南直隶地区。

彼时北方疆土残破到无以复加的地步,而长江以南却还算安稳,因而迁都南京是个可以暂时躲避危难、从长计议的极佳策略。

周皇后虽不过问政事,但有一回见崇祯皇帝闷闷不乐,知道他为了国事动荡而烦恼,便暗示一句:"我们在南京还有个家。"

就目前的形势,迁都南京看来是一个极为妥善的办法,可是对于非常重视声誉、自以为尧舜再世的崇祯皇帝来说,迁都南京等于放弃北方广阔的疆土,在江南偏安一隅,苟且偷生。仅存半壁江山,岂不是很像历史上的宋高宗?他哪能容忍自己跟宋高宗画上等号?

有南迁想法的不止一个。都察院左都御史李邦华先前就曾与詹事府左中允李明睿私议:"南迁,皇上亲行与东宫孰便?"

李明睿道:"太子少不更事,禀命则不威,专命则不敬,不如皇上亲行为便。"

某一日崇祯皇帝命府部大臣各条战守事宜,候于文华殿,李邦华提议南迁及东宫监抚南京。

崇祯皇帝闻言勃然大怒,道:"诸臣平日所言若何?今国家若此,无一忠臣义士为朝廷分忧,而谋乃若此。夫国君死社稷,乃古今之正。朕志已定,毋复多言。"

既然要秉持"天子守国门,君王死社稷"的情操,那就只能加强京城守卫。但是京营部队腐败已极,平素欺压百姓作威作福,遇到大顺军就跟纸糊的老虎一样,根本不堪一击。这几年清军兵临城下,都是靠各路勤王部队解围。眼看大顺军磨刀霍霍,步步进逼,调军入卫迫在眉睫。但是京城以外的北方各路兵马要沿路防守大顺军,南方的部队远水救不了近火,崇祯皇帝只好将主意动到山海关外的宁远总兵吴三桂头上。

但问题是,调吴三桂入京,就等于放弃关外硕果仅存的宁远城。山海关为咽喉之地,清军一旦乘虚而入,后果不堪设想。

因此对调吴三桂入关一事,崇祯皇帝和群臣商议再三,仍然没有做出最终的决定。

此时京城的官僚个个像是惊弓之鸟,心照不宣地动起了"大难临头各自飞"的念头,可是崇祯皇帝严令不许官员携家带眷逃离京师。既然走不成,就只能默默盘算怎样顺应天命——"大丈夫名节既不全,当立盖世功名如管仲、魏征",城破时顺势去做李自成的开国元勋。

二月二十八日,崇祯皇帝下诏天下兵马勤王。

三月初一,李自成克宁武关。

宁武关是李自成誓师东征以来最棘手的一仗,宁武关的守将是山西总兵官周遇吉。攻城之前,李自成放话:"五日不降,就屠城。"

周遇吉亲自发射大炮,轮番射击,轰死几万大顺军。

强攻不下,李自成于是采取围城策略,使城中粮绝炮尽,最后以炮袭之,四面围攻,破关而入。周遇吉等不到援军,仍带兵巷战,最后全身中箭如猬毛,被俘。大顺军将周遇吉悬于高竿之上,乱箭射死,并肢解其尸。城中兵民,包括儿童妇女在内,无一人屈服,全被屠戮。周遇吉的夫人刘氏率家中妇女数十人,登屋顶射杀大顺军。大顺军不敢迫近,纵火环烧,刘氏合宅尽为灰烬。

三月初二,崇祯皇帝命内监及各官分守九门。

三月初三,李建泰奏请南迁。李建泰上书:"请驾南迁,愿奉太子先行。"

崇祯皇帝谕阁臣:"李建泰有疏,劝朕南迁。国君死社稷,朕将何往?"

大学士范景文、都察院左都御史李邦华、詹事府少詹项煜,请先奉太子抚军江南。给事中光时亨道:"奉太子往江南,诸臣意欲何为?难道是欲效唐肃宗灵武故事乎?"朝臣从此再也不敢提议南迁。

崇祯皇帝又问战守之策,朝臣默然。崇祯皇帝大叹:"朕非亡国之君,诸臣尽为亡国之臣!"拂袖而去。

三月初四,钦天监奏:"帝星下移。"

三月初六,崇祯皇帝终于放弃宁远,诏吴三桂、王永吉、唐通、刘泽清率兵入卫。

三月初七,大同总兵官姜瓖和总督太监杜勋开城投降。

三月初八,宣府总兵王通潜遣骑送降表迎大顺军,宣府陷。

三月初九,兵备道于重华出城十里迎降,阳和陷。

虽已召集各路勤王军,可是没有足够的粮饷,难不成要兵士餐风饮露?户部库存只剩下四十余万两,根本不足以养兵。崇祯皇帝屡次提出军饷问题,朝臣却个个盯着内帑。

崇祯皇帝怎么可能自掏腰包?他向朝臣哭穷道:"内帑业已用尽。"

朝臣们哪里肯信？左都御史李邦华跳出来道："社稷已经倾危，皇上还吝惜身外之物？皮之不存，毛将焉附！"

外帑已尽，内帑又死守不放，崇祯皇帝只好再次强迫勋戚、宦官和朝臣捐金助饷。

崇祯皇帝先从周奎下手，进封嘉定伯周奎为侯，遣太监徐高宣诏求助："休戚相关，无如戚臣，务宜首倡。自五万至十万，协力设处，以备缓急。"

周奎果然哭穷："老臣安得多金？"

徐高道："老皇亲如此鄙吝，大事去矣，广蓄多产又有何益？"

周奎不得已，奏捐万金。崇祯皇帝嫌少，把数额提高到二万两。周奎心如刀割，送密书向周皇后求助。周皇后暗中给家里送了五千两，命周奎以私蓄补足其额。视钱如命的周奎私下吞了二千两，以剩下的三千两交差，之后还打出"出售宅子"的花招装穷。

崇祯皇帝之后按官员籍贯，分省强行摊派，也不过勉强凑出二十万两，杯水车薪，根本无济于事。

第一百八十章

渔阳鼙鼓动地来

距离京师最近的唐通率先领军勤王,结果因不满太监监军制度,径自率军远走。

吴三桂直到三月十六日才入山海关,彼时京城已经没救了。

其他各路勤王军一直不见人影。

京城一片混乱,许多官员百姓顾不得禁令,纷纷携家带眷出城避难,城门口每日都是摩肩接踵,车马拥挤。

这当中就有惠王朱常润。朱常润成功逃离京城,到了广州,之后被入关的清军擒获处死。

崇祯皇帝担心大规模逃难会影响士气,又怕大顺奸细乘机混入城里,于是下令关闭城门,不许进出,还上谕兵部:"敢有讹言惑众及私发家眷出城者,擒治。"

三月十二日,昌平陷。

三月十四日,崇祯皇帝命襄城伯李国桢团练京营兵,又命太监曹化淳督理城守。

三月十五日,风霾,日色昏暗,正阳门外关神庙的旗杆被劈为两半,撞于道上。一时哄传关帝厌世,已出都门。

大顺军自柳沟抵居庸关。柳沟天堑,百人可守,竟不设备。总兵唐通、太监杜之秩等人迎降。抚臣何谦假死后脱逃。

三月十六日,十二陵享殿皆被焚毁。大顺分兵掠通州粮储,传檄至京师,说是"定于十八日入城"。

崇祯皇帝立即将京师主力部队三大营屯于朝阳门外,准备在城东迎敌,城西则坚守。但京营总督襄城伯李国桢对于守城毫无主张,只是枯坐城楼上,凡事对提督内外京城的太监王承恩言听计从。

西直门外,忽然沙尘滚滚,旌旗猎猎,五六十骑弯弓贯矢,大呼开门。守城兵始知大顺军先锋部队抵达城郊,急发炮毙二十骑。李自成驱赶难民上前挡炮,死数十人,门始闭。须臾,大顺军浩浩荡荡而至,方过永定河上的芦沟桥,俄顷攻平则、彰义等门。朝阳门外的三大营一触即溃。火车巨炮、蒺藜鹿角,皆归大顺。远远望去,大顺军身着黄甲,如黄云蔽野。

城破指日可待!

是夜,崇祯皇帝彻夜不眠,绕着宫殿狂奔呼号,一会儿捶胸顿足,一会儿伏地痛哭:"内外诸臣误我,误我!"形若疯魔。

到这节骨眼上,内外诸臣早已做好开城投降的准备。东厂提督曹化淳、兵部尚书张缙彦拟了一个开城投降的公约,许多太监、官僚在上面签了一个"知"字,准备迎接新王朝的到来。

三月十七日,早朝,崇祯皇帝召文武诸臣商讨如何共渡难关,竟再次当众落泪,诸臣亦相向而泣,束手无策。有人建议起用阉党中的人才冯铨、霍维华、杨维垣等人,但这些人皆在外地,就算起用了对于守城也根本毫无帮助。

崇祯皇帝听了心头火起,感慨"言官首鼠而议不清,武将骄懦而功不举",愤而在御案上写下"文武官个个可杀,百姓不可杀"十二个大字,随后又命太监王之心抹去。

上午,负责守城的襄城伯李国桢骑马仓皇入宫。内侍上前喝止,李国桢道:"都什么时候了,我急着面圣,不可耽搁!"

崇祯皇帝立即宣他入殿,问道:"守城如何?"

李国桢伏地哭道:"守城的军队都不服从号令了,全都躺在地上,用鞭子打起了一个,另一个又躺下,臣真的不知该如何是好。"

崇祯皇帝又惊又怒,哭道:"诸臣误朕到这个地步!"

一时文武及内官数十人一起伏地恸哭,声彻殿陛,不绝于耳。

崇祯皇帝擦干眼泪,打发了文武诸臣,又召集太监,要太监去武装守城。

此时,大顺军已将北京城围得密如铁桶。平则、彰义门遭到猛烈攻击,四处火光冲天,炮声隆隆。

朱毓媞虽然闭门不出,也能感受到一股风声鹤唳、草木皆兵的战栗气氛。两日前顾培生出来把脉,递给她一张字条,上面是袁紫清的字迹:"城破,我去找你。"她抚着微微隆起的肚腹,一颗心跳如擂鼓。

清,我终于能够见到你了。

京城外形势严峻,袁紫清在这段时日里先是由萧采莞搀着站立、行走,接着拄着拐杖走,最后已能自己行走,只是走得不快,一瘸一拐的,且腿骨隐隐作痛。

他的轻功失去了往常的水准,不过好在他还能投掷暗器,还能施展飞索术,借着皇宫大乱带走朱毓媞还是绰绰有余的。

媞儿,你等我。

身无彩凤双飞翼,心有灵犀一点通。宫里宫外,两颗心紧紧系在一块儿。

三月十八日,冰雹雷电交加,人心惶惶。九门关闭,不通往来,道无行人。李自成攻城愈加急迫。

曹化淳一心只想献城,命守城兵空炮向外,不实铅子,徒以硝焰鸣之。李自成稍退,炮乃发。李自成驱居民以木石填壕急攻,守城兵发"万人敌"大炮,误伤数十人。守城兵惊溃,尽传城陷,阖城号哭奔窜。

大顺军驾梯攻西直、平子、德胜三门,势甚危急。

王承恩以炮击之,连毙数人。崇祯皇帝决定亲征,但这时已经没有多余的兵力了。他要内监召京营护驾,内监对他说:"京营皆已溃散,哪里还有兵?"

崇祯皇帝无奈,又急召驸马都尉巩永固,要他以家丁护驾。巩永固哭着说:"臣等安敢私蓄家丁,即有之,何足挡贼?"

崇祯皇帝心如死灰,只能作罢。

第一百八十一章

九重城阙烟尘生

申时,早和大顺军暗通款曲的曹化淳敞开彰义门,于守兵前诈称:"贼已上城!"守兵立溃。

平子、德胜二门即破。

李自成率军疾驰而入,沿途杀掠,官军鸟兽散。

外城崩陷,内城失陷迫在眉睫。

崇祯皇帝急召阁臣入殿,道:"卿等知外城破乎?"

群臣道:"不知。"

崇祯皇帝道:"事已至此!今出何策?"

群臣皆道:"陛下之福,自当亡虑。如其不利,臣等巷战,誓不负国。"

大势已去!大势已去!崇祯皇帝无语问苍天,带着王承恩登万岁山,极目眺望,火光和烟尘笼罩着九重宫阙,时密时疏的炮声伴着阵阵硝烟冲向天空,五凤楼往北直到坤宁宫的琉璃黄瓦全都失去了昔日的光华,湮没在一片阴霾中。

崇祯皇帝失魂落魄地回到乾清宫,朱书谕内阁,命成国公朱纯臣提督内外诸军事,辅佐东宫,又让太监带朱慈烺、朱慈炯、朱慈炤三人出宫,分送外戚周奎、田弘遇二家。崇祯皇帝对三位皇子叮嘱道:"你们今日是皇子,来日就是平民了。切勿露出皇家行迹,到外面要懂得礼仪谦逊,留着有用之身,来日为父母复仇!"

三个皇子哭哭啼啼和崇祯皇帝拜别。崇祯皇帝送别儿子后,想到自己的后妃女儿可能会受到流贼污辱,一咬牙,命人在宫中设下酒宴,召来后妃和公主。

崇祯皇帝忙着处理家事,此时李自成严令百姓闭门不出,开门者立杀,因此百姓均在门口贴了"顺民"的黄纸,大书:"永昌元年大顺皇帝万岁万岁万万岁。"有人甚至在门口备下酒水犒劳大顺军。

家家户户隐隐传来歌声："吃他娘,穿他娘,开了大门迎闯王,闯王来时不纳粮。朝求升,暮求合,近来贫汉难存活。早早开门拜闯王,管教大小都欢悦。"

奇异的是,大顺军经过象房时,群象哀鸣,泪如雨下。

崇祯皇帝和后妃公主吃着最后的晚膳,不禁想起当初第一日进宫当皇帝时,吩咐鸿胪寺预备酒食。彼时君临天下,黄袍加身,南面称帝,何等快意!而今匆匆备下酒宴,却是与家人诀别。

也不知从哪个角落飘来一缕哀凉的胡琴声,似是哀悼国破家亡,物是人非,一代王朝日暮西山。

崇祯皇帝脑海登时浮现李后主的《破阵子》："四十年来家国,三千里地山河。凤阙龙楼连霄汉,玉树琼枝作烟萝。几曾识干戈?　　一旦归为臣虏,沉腰潘鬓消磨。最是仓皇辞庙日,教坊犹奏离别歌。垂泪对宫娥。"

同为亡国君,此刻切身体会词意中的悲凉凄楚,尤其是那一句"最是仓皇辞庙日,教坊犹奏离别歌",心中像是下了一场滂沱大雨,两行眼泪不听使唤地落了下来。

一家人相顾垂泪,食不知味。

崇祯皇帝蓦地脸色一变,拔出宝剑,喝道："事已至此,可以上路了!"

周皇后哭着对他说："臣妾侍奉皇上十八年,皇上却不肯听我一句劝,及早南迁,才有今日之祸。"说完与朱毓芙和朱毓媞挥泪告别,回到坤宁宫悬梁自尽。

朱毓芙见崇祯皇帝蓦地变了一个人,登时吓傻了,不断尖叫,被崇祯皇帝一剑刺死。

袁贵妃兀自蒙在当场,等她反应过来时,背上已被崇祯皇帝斩了两剑。

朱毓媞是何等敏锐的人,早就嗅出酒宴是醉翁之意不在酒,一直避得远远的。这时她赫然发现崇祯皇帝手中那柄剑竟是袁紫清的凝血剑,微微一呆。危急时却也无暇多想,眼见崇祯皇帝面色狰狞,一步一步向自己逼近,当下转身就跑。

清,清,你在哪里?快来救我……

崇祯皇帝哪容她从容逃去,大步追了上去。朱毓媞跑了几步,忽然一个踉跄,摔倒在地,按着肚子痛苦呻吟。

绿萍拽着她急道："殿下,殿下。"

朱毓媞咬牙道："搀我起来,我一定……一定要保住清的孩子。"

崇祯皇帝听到这一句,眼前金星乱冒,不敢置信地瞪着她,道："你竟怀了身孕!"

朱毓媞苍白着脸,有气无力地道："求您饶了儿臣,饶了您的孙儿。"

崇祯皇帝沉痛地瞅着她："你不死,就只能等着被流贼玷污,不如我及早取你性命,九泉之下咱们阖家团圆。"

朱毓媞哭道："紫兰君会来救我的!他一定会来的!"

崇祯皇帝凄然道："你既一心向着紫兰君，又何故生在帝王家？"凝血剑朝她胸口刺去。

剑身映着斜阳发出一道寒光，朱毓媞一度睁不开双眼，勉强挥手挡剑，那凝血剑是何等锋利，只听"嚓"的一声，她的右手当即被斩断，鲜血狂喷，立即瘫倒在地。

崇祯皇帝上前又要补上一剑，蓦地听见一个清冷的嗓音喊道："媞儿！"一条长索凌空飞来，卷住了凝血剑。

崇祯皇帝手一麻，凝血剑脱手，他向那人瞧去，随即恶狠狠地道："是你！"

袁紫清抱起了朱毓媞，只见她断了一臂，血如泉涌，面色苍白，神情痛苦，惊怒痛惜一股脑儿涌了上来，双目几欲喷火，望着崇祯皇帝厉声道："无道昏君，竟连自己的骨肉都能下此毒手！我今日必取你性命！"

崇祯皇帝双目晕红，狂笑道："好好好，横竖都是一死，你立刻动手吧！"

袁紫清毫不迟疑，挥着凝血剑便要向他刺去，此时王承恩赶了过来，张臂挡在崇祯皇帝身前，同时朱毓媞牵着他的衣袖低声道："清……不要……不要杀我父皇……求你了……"

袁紫清一呆，只见朱毓媞泪眼婆娑，一脸哀恳。她说完那句话，立即闭目晕了过去。

袁紫清心头一软，这里自有杀崇祯之人，又何必我动手？

他俯身抱起朱毓媞，心如刀割，仿佛断的是自己的手臂。他忍住哽咽，轻轻喊道："媞儿，媞儿……"只喊了两声，便已泪如雨下。

绿萍哭道："为了孩子，殿下您要撑住啊！"

袁紫清见她血流如注，宫里已无太医，再这样下去必因失血过多而死。正心急火燎间，忽然想起芥川鸣相赠的药丸，当下从怀里掏出一颗让她服下。他心想，此刻必须赶快将朱毓媞交给顾培生救治，当下忍着腿骨疼痛，往宫门直奔而去。

崇祯皇帝死里逃生，杀心又起，从王承恩手里抢过长剑往后宫奔去，见人就砍。一时后宫腥风血雨，宛如屠场，太监、宫女抱头鼠窜，惨叫连连。

第一百八十二章

雕栏玉砌应犹在，只是朱颜改

三月十九日，凌晨，崇祯皇帝于御前大殿鸣钟召集百官，却没有一人前来。

大势已去！大明已亡！

崇祯皇帝心如死灰，立即率着王承恩踉踉跄跄奔出玄武门，爬上了万岁山。

他出宫前已事先写好遗诏："朕已丧失天下，不敢下见先人，亦不敢终于正寝。"

此时飘起霏霏细雨，风雨扑面，崇祯皇帝脑子稍微清醒，似乎觉得言犹未尽，又刺破手指，在衣襟上写下："朕凉德藐躬，上干天咎，致逆贼直逼京师，此皆诸臣误朕。朕去冠冕，以发覆面，任贼碎裂朕尸，但弗伤百姓一人。"直到最后，他还是将责任推给了朝臣，把体面留给了自己。

王承恩怆然道："老奴伺候您上路。"

崇祯皇帝惨然一笑："想不到走到最后，竟是你陪着朕。幸好还有你，幸好……"

王承恩替他在一株歪脖子树的枝干上绕了衣带，老泪纵横地看着崇祯皇帝套上衣带，慢慢闭上双眼，身体在风中微微摇晃，脸上带着三分不甘、三分痛悔、三分凄凉，以及最后一分释然，不禁想起当年御极天下、立志做一代中兴之主的他是何等意气风发！

万事皆休。一个"不称臣、不割地、不赔款、不纳贡，无汉唐之和亲，无两宋之岁币，天子守国门，君主死社稷"的王朝永远地终结了。一个兢兢业业、励精图治、克己勤俭、好学勤政的帝王以发覆面，身着白袷短蓝衣、元色镶边白绵绸背心、白绸裤，一足跣，一足有绫袜。好面子的他，却以极不体面的方式结束了自己的一生，享年三十四岁。

末了，忠心耿耿的王承恩向他磕了三记响头，随即上吊自尽。

春花秋月何时了，往事知多少？小楼昨夜又东风，故国不堪回首月明中。雕栏玉砌应犹在，只是朱颜改。问君能有几多愁，恰似一江春水向东流。

雕栏玉砌应犹在，只是朱颜改……

是时，李自成毡笠缥衣，乘乌驳马，拥精骑百余，由德胜门入。太监王德化率内监三百员，伏于德胜门迎接。之后转大明门，在曹化淳引导下进入紫禁城。

至承天门，李自成顾盼自得。他指着门榜，声震乾坤："朕能为天下主，则一矢射中'天'字。"他弯弓搭箭，"嗖"的一声，不料箭矢竟射在"天"字下。

李自成顿时颜面无光。丞相牛金星立即赔笑道："中其下，当中分天下。"

李自成一听，方才转忧为喜。

李自成入皇极殿，大索宫中不见崇祯皇帝，遂下令："献帝者，赏万金，封伯爵。匿者夷族。"

是日，大顺军张榜公告："勋戚文武各官，俱于二十一日朝见，愿为官者量才擢用，不愿者听其回籍。如有隐匿者，歇家、邻右一并正法。"

明朝大小官员自尽身亡的数不胜数，最著名的有大学士范景文、户部尚书倪元璐、左都御史李邦华、兵部右侍郎王家彦等。他们或自刎，或悬梁，或投井。

周世显却在宫里像一只无头苍蝇似的四处找寻朱毓媞。他从太监处得知朱毓媞被崇祯皇帝追杀，然后他在廊上看见一条断臂……

全身力气一瞬间被抽得干干净净，他跪在地上，握着那条冰冷的手臂，那是她的右手。彼时他握着她的右手挥毫作画，此刻同样握着她的右手，只是手的主人却已经不知去向了。

眼泪一滴一滴落下，一颗心仿佛刀里来火里去，煎熬不已。

顾培生府邸。

莲漏三声烛半条，杏花微雨湿轻绡。

朱毓媞躺在榻上，断臂处敷了金创药，缠上纱布，睡梦中的她兀自眉头深锁，显然疼痛不堪。

袁紫清深深地凝视着她，身体纹丝不动，好似只要一离开，她就会凭空消失。

他怎么也没想到，好不容易重逢，她竟已断了一条臂膀！

萧采莞和绿萍纷纷劝道："这儿由我守着，公子歇息吧！"

袁紫清恍若不闻，只是喃喃道："倘若我早一刻赶到皇宫，或许媞儿就不会躺在这里昏迷不醒了。"语气有说不出的自责和痛惜。

萧采莞和绿萍对视一眼，不胜黯然。

萧采莞尤其心酸。袁紫清赶赴皇宫前，她细心地帮他梳发挽髻，在他头上插了一根玉簪，帮他穿上一件簇新的深紫色绛纱袍。他当时的神情既兴奋又紧张，一直猛问："采莞，我的气色会不会很难看？你觉得我这样穿行吗？"

143

萧采莞当时忍俊不禁,都已经是夫妻了,怎么跟第一次相亲的大男孩一样呢? 真是可爱!

目送袁紫清离去,她心中油然升起一股失落感,他要回到长平公主身边了,那段不离不弃、相依为命、睁开双眼只有彼此的时光已经不在了。

可是现在……

她瞅着双眼紧闭、玉容惨淡的朱毓媞,心想:"公子为了你熬过重重酷刑,现在你也要为了公子、为了孩子,坚强地挺过来。"

第一百八十三章

相顾无语泪千行

三月二十二日，有人在万岁山发现了崇祯皇帝的尸体。

李自成听到这个消息，呆了一呆，一股难言的滋味涌上心头，这个与自己誓不两立的大对头终于死了，而且死得这么苍凉。他一时不知是喜是悲，心中喃喃念道："君非甚暗，孤立而炀灶恒多；臣尽行私，比党而公忠绝少。"

李自成一瞥眼，见曹化淳神色木然，毫无悲意，李自成打心眼里腻歪。他指着曹化淳厉声道："你自信邸便服侍崇祯至今，御前秉笔，提督东厂，二弟并至都督，诸侄世袭锦衣卫。崇祯待你不薄，而今自缢身亡，你身为人臣，竟毫无悲状。如此不忠不义之徒，当斩！"

这一语石破天惊，曹化淳顿时惊呆了。从他私下和李自成暗通款曲，到他作为前导，率先开彰义门迎大顺军，随后李自成、刘宗敏等数十骑入紫禁城。对于李自成来说，他对大顺朝贡献颇多啊！哪知李自成此刻竟翻脸不认人。曹化淳吓得面如土色，抖如筛糠，立即跪地求饶，平素的凛凛威风都抛到爪哇国去了。

李自成余怒未消，喝道："崇祯给了你这么大的荣耀，你都能背主献城，卖主求荣，焉知来日会不会再次首鼠两端！"

曹化淳磕头磕得鲜血淋漓，不断求饶。李自成好不耐烦，一脚朝他肩上踢去，道："朕就饶你狗命，滚！"

曹化淳立即连滚带爬出了殿外。

此时崇祯皇帝、周皇后、王承恩的遗体装在柳木薄棺中，并排陈放在东华门外的旋茶庵。两僧诵经，太监五人从旁打点。明朝大小官员不敢前去祭吊，只有襄城伯李国桢与兵部郎成德、主事刘养贞、吏部尚书周兴、吏部郎中周世显抚棺痛哭。

一片凄风苦雨中，大顺朝兵部要员顾君恩从皇宫走了出来。李国桢写了一道《请葬

先帝成礼》的奏疏,乞求顾君恩"上达天听"。

顾君恩冷笑道:"你们不过是为了沽名钓誉,岂是为了旧朝廷?"说罢撕碎奏疏,扔在地上,掉头就走。

李自成入主紫禁城后,除了张贴告示,搜查崇祯皇帝的踪迹,又大搜太子、永定二王,最后搜得太子朱慈烺、定王朱慈炯于太监外舍。他将太子封为宋王,送刘宗敏收视;将定王封为定国公,送李牟收视。永王则不知去向。

原来当初朱慈烺和朱慈炯随太监仓皇出宫,到了周奎家门前,叩门不得回应。贪生怕死、长了一双势利眼的周奎生怕藏匿太子会给自己招来祸患,索性装病不起。朱慈烺和朱慈炯只好一直躲在太监的家里。

崇祯皇帝在煤山自缢的消息传到宫中时,李自成随即召朱慈烺和朱慈炯入宫。

朱慈烺见了李自成,昂然不跪。朱慈炯见他不跪,一时茫然无措,也没有跪下。

李自成道:"见了朕为何不跪?"

朱慈烺挺起胸膛,大声道:"我乃太子,只跪君父,岂能跪你?"

李自成不怒反笑,道:"你家为何失天下?"

朱慈烺道:"我父皇勤政爱民,发愤图强,本无失德,只因父皇误用温体仁、周延儒等奸臣,所以失去江山。"

李自成道:"小小年纪,倒也明白。"

朱慈烺冷冷地道:"你为何不杀我?"

李自成道:"你没罪,朕何必妄杀?"

朱慈烺正色道:"如是,你当听我一言。一、不可惊我祖宗陵寝;二、速以皇礼葬我父皇母后;三、不可滥杀百姓。"

李自成一听,顿生好感,微笑道:"朕就是百姓出身,怎么会滥杀百姓!"

朱慈烺冷笑道:"父皇曾说过:'文武官个个可杀,百姓不可杀。'新朝初立,归附的文武百官都是习惯了见风使舵的,明日必至朝贺,你且睁大双眼瞧着!"说罢昂首阔步退下。

次日,朝贺者果然达一千三百余人,个个溜须拍马,奴颜婢膝。李自成想起崇祯帝后停灵在东华门外,竟只有寥寥几个明朝旧臣前去祭吊,不禁鄙夷,心道:"从来臣事君以忠,此辈不义如此,天下安得不乱?"

大顺军初入城时,严令不杀明朝降官,此刻李自成看了这群奸蠹庸流的嘴脸,内心始动杀戮之念。

三月二十三日,李自成以红漆、黑漆两棺重新装敛了崇祯帝后,加帝翼善冠、衮玉滲金靴,后袍带亦如之,并设祭一坛。李自成四拜垂泪,命顺天府择日将帝后安葬于昌平银泉山皇贵妃田秀英的墓室里。

朱毓娠终于在这一日清醒过来。她睁开双眼时，只见一双布满血丝的眼眸正凝视着自己。

伤口传来的痛楚越来越剧烈，眼前的那张凝聚着怜惜与深情的脸也越来越清晰。

二人一时相顾无语，唯有泪千行。

踏着刀光剑影、沐着腥风血雨，千辛万苦终于走到彼此身边，再相见时，竟是恍如隔世。

袁紫清伸手抚着她的脸颊，她伸出仅存的手握住他的手掌，温柔脉脉地凝视着他良久，又沉沉入了南柯。

崇祯皇帝杀气腾腾追来的样子一直令朱毓娠心神不宁，好在顾培生燃了安息香，才让她睡得安稳一些。

睡睡醒醒，醒醒睡睡，沉沉浮浮，浮浮沉沉，国破、家亡、妹死、臂断，一切景象好似梦幻泡影，待得心头油然生出一股恐惧，才彻底从深层的睡梦中清醒过来。

"娠儿！"袁紫清疲惫的神态中扬起一丝欢喜，"你终于醒了！"

朱毓娠昏睡期间，袁紫清寸步不离地守在榻边。他是重伤初愈之人，本不应太过劳累，但是二人历经生死大关，好不容易才能重聚，他如何肯轻易离去？好在熬药、洗漱、喂药、喂粥这些琐事萧采莞和绿萍二人抢着做，袁紫清也不会太过劳累。

朱毓娠轻轻喊道："清。"才喊了这一声，语气不由得哽咽了。

袁紫清生怕弄疼了她的伤口，小心翼翼地搀起她，在她背后垫了一个软枕，坐在床边凝视着她，柔声道："伤口还疼不疼？"

朱毓娠想起自己失了一手，不禁黯然神伤，但她不愿令他担心，于是道："还好，不怎么疼了。"

袁紫清目光凝聚着无限的哀悯，伸臂抱住了她，良久都不肯松开。

朱毓娠故作轻松，道："你我又不是三五年没见了，怎么一直搂着人家不放！"

"对我来说，这三个多月，就像是三年那样漫长。"袁紫清脑海中清晰地浮现她被斩断手臂的那一幕，就像有人将他的心狠狠揉碎，"我险些就见不到你了。"

朱毓娠也想起他在诏狱里被严刑拷打的那一幕，心头生出一层寒战，低声道："我也怕从此再也见不到你了。幸好，我们总算又回到彼此身边了。"

袁紫清吻着她的额头，沉沉地道："今后，我们再也不会分开了。"

二人紧紧相拥，贪恋地感受着彼此的体温、脉动、呼吸、心跳，四周静悄悄的，时光仿佛凝滞在这一刻。只短短一刻，便是地久天长。

天大地大，他们的眼里，却只有对方而已。

良久，朱毓媞肚子咕咕叫，脸上一红，道："我饿了。"

袁紫清道："瞧我竟给忘了，我去叫采莞弄点吃食过来。你吃完后把药喝了，再躺着歇一会儿。"说完起身走了出去，过了一会儿又走了进来。

朱毓媞见他走路一瘸一拐的，忍不住悲从中来，抚着自己的断臂，想不到西安一别，再相见时，一人残了腿，一人断了臂，旦夕祸福，古今难料。

第一百八十四章

棍夹铁烙索军饷

　　过了一盏茶工夫，萧采莞和绿萍一人捧着粥，一人捧着药，笑吟吟走入。

　　朱毓媞对萧采莞好生感激，殷切道："这位就是萧姑娘吧，听顾太医说这段时日都是你衣不解带照顾清的，我真不知该如何感激你。"

　　萧采莞道："公主不必客气，只要公主养好身子，采莞就十分欣慰了。"

　　这话若是从前的宫人说的，朱毓媞必觉得是奉承，可她如今已非公主，而且萧采莞的神情、语态都极为诚恳，朱毓媞不禁对她更具好感。

　　萧采莞和绿萍都做惯了侍女，利落地服侍朱毓媞吃粥喝药，之后就很识相地出去了。

　　袁紫清道："再多歇一会儿。"

　　朱毓媞肚子有东西后，精神稍好了些，忍不住问道："我父皇母后如今怎么样了？"

　　袁紫清迟疑片刻，用最柔软的语气说道："他们……已经殉国了。"

　　朱毓媞早已料到会是这样的结果，反而没有太大的情绪起伏，又道："那太子和永、定二王如今的情况呢？"

　　袁紫清道："太子和定王如今在宫里，待以杞宋之礼，永王则下落不明。"

　　朱毓媞闭上双眼，眼角渗出两颗晶莹的泪水。袁紫清静静地看着她。她的眼泪越流越凶，最后如长江溃堤，身体因禁不住内心强烈的痛楚微微颤抖。

　　他知道现在什么都不必说，真的，一句话都不用说，无论说了什么都只是多余。他只要静静地陪着她，让她好好哭完这一场就够了。

　　良久，朱毓媞似是想到了什么，忽然睁开双眼，左手紧紧攥着袁紫清的胳膊，一双泪眼充满惊惧凄惶："清，你快想法子救救外公和世显哥哥一家人！"

　　袁紫清一时云山雾罩，道："什么意思？"

　　"刘宗敏！拷饷！"

大顺军占领北京后，从皇宫各内库共搜出白银三千七百多万两，还没算上黄金和其他珍宝。

刘宗敏被封为汝侯，职掌提营首总将军，为大顺朝文武群臣之首，主持对明朝官吏拷掠索饷。刘宗敏一进城就按照原定计划，命人赶制了五千副夹棍。

每日都有不少明朝官吏被逮捕，几日之内就逮捕了六百多人。铁链穿锁，每五人一串。各兵驰马驱逐，如羊似豕，行进稍迟，刀背乱下。有人扑地晕倒，被踏作肉泥。

其中有皇亲、勋戚、朝臣、缙绅、富豪。刘宗敏规定，内阁追饷十万，部院、京堂、锦衣帅七万，科道、吏部郎五万、三万，翰林一万，部曹千计，勋戚则被罚没所有家产。

自二十三日开始，拘拿之役手携麻索，见面稍魁肥、身材圆润者，即疑有财，当下系颈索贿。有人中途借贷而获释。亦有押至其家，任役卒搜刮而后释。若被缚至刘宗敏府里，那便如赴汤火，不死也要脱层皮。

被拘捕的官吏大部分关押在刘宗敏占领的教忠坊铁狮子胡同田弘遇府邸的西偏院中，小部分关押在李牟占领的周奎府邸中，天天施用各种酷刑，进行追赃，拷掠致死者不计其数。

朱毓媞知道，现在只有袁紫清能够救助周奎和周世显。因她一句央求，袁紫清纵然不喜刘宗敏，也毫不犹豫答允了。

只见半条胡同都驻满刘宗敏的亲军护卫，岗哨林立，戒备森严。大门前有一根三丈六尺高的杉木旗杆，上悬蓝绸大纛，旗中心绣着一个正红的"刘"字。护卫队长识得袁紫清，便放他通行。

尚未走到庭院，便听见里面传来阵阵哀号声，一声一声凝聚着最深的恐惧和痛苦。昔日高楼连苑、金玉为堂、绿柳拂槛、红蕖生池的田戚畹府邸，如今变得跟人间炼狱一样。

门口府卫却不认识他，正要阻拦袁紫清，袁紫清冷声道："我是紫兰君，谁敢挡路！"他神情淡淡的，眼神淡淡的，连身形也是淡淡的，可是一股直透肺腑、令人无法喘息的寒意已散发了出来。

"这是哪阵风把你吹来了，哈哈哈……"刘宗敏正好回府，在门口遇见了他。

袁紫清此刻是来救人的，也不便摆张冷脸。他拱手道："紫清见过刘爷。"虽然刘宗敏身份已不同往日，袁紫清还是习惯喊他"刘爷"。

刘宗敏难得看他谦逊，"啧"了一声，眯着眼道："无事不登三宝殿，你来做什么？"

袁紫清道："来看刘爷拷饷。"

刘宗敏道："哦？"

袁紫清道："刘爷可能不知，年初紫清身陷诏狱，受尽拷打，几近垂死。既然留着有用之身，便要图个'以彼之道，还施彼身'，却不知府上可有前北镇抚司镇抚冯玄墨这号人物？"

　　刘宗敏听到袁紫清受尽拷打，心头顿时涌上一股难言的滋味。刘宗敏拿眼瞅着他，他头上不梳髻，披着一头墨缎般的发丝，更衬得一张脸透着重伤初愈后的苍白，剑眉薄唇，明眸皓齿，俊美无俦。刘宗敏骨头一酥，一团火在胸口熊熊燃烧，真恨不得立即来个皓月当榻、玉兔雌伏、金刚捣杵。

　　古代许多文官武将，乃至大有作为的君王，都有龙阳之癖，大明尤其盛行男风。那袁紫清貌若潘安，在好男风的人眼里那叫"天下第一美人"。刘宗敏早就眼馋已久，恨不得令他雌伏于胯下。

　　片刻后，刘宗敏笑道："什么冯玄墨冯玄白的我不清楚，你进来瞅一瞅。若是真有这么一个人，由得你发落就是。"

　　袁紫清十分受不了刘宗敏直勾勾的目光，当下强忍不悦，任由他的手搭在自己的肩头，往庭院走去。

第一百八十五章

以彼之道，还施彼身

到了庭院，眼前景象令已见惯腥风血雨的他永生难忘。

无数人或被上了夹棍，或受了烙刑，现场哀号不绝，惨绝人寰。这些人有的是官吏，有的是官吏的夫人；有的是老人，有的身子都还没长齐。

刘宗敏津津有味地瞧着，那模样只差没命人设宴，拿上一杯美酒，坐下来好好欣赏了。

他朝袁紫清睨了一眼，道："怎么样？可有你说的冯什么的？"

袁紫清一个个望了过去，不见周世显和周奎，也不知他们受刑了没？是生是死？忽然间，他看见角落一人蓬头垢面、满身血污，半死不活的样子，正是冯玄墨。他唇角浮起了一抹阴戾的笑容，道："找到了。"

便在此时，差役又押了一批头戴枷锁的犯人过来。袁紫清一看，其中一个眼神惊惶、面色苍白的人正是周世显，他身后一个中年男子和他长得如出一辙，应该就是周世显的父亲周兴。

周世显也瞧见了他，仿佛溺水之人握住一根救命稻草，当即喊了出来："袁公子，救……救命……"哪知袁紫清态度十分冷淡，一颗心登时沉了下去。

这一声惊呼立即引起刘宗敏的注意。刘宗敏虎目一眯，道："你们认识？"

"认识。"袁紫清口吻淡漠，"等会儿就要给他们上刑了吗？"

刘宗敏道："整治完这一批人，就要换下一批了。"

袁紫清轻轻一笑："素闻刘爷的手下个个骁勇善战，可用起刑来却像小猫挠痒似的，不得要领，白费力气。你要不要瞧瞧我的手段？"

"哦？"刘宗敏燃起了兴致，目光灼灼，"只听说你杀人干净利落，倒没听过你还会对人用刑。好，今日就教我长个见识，看看紫兰君的本领。"

袁紫清缓缓走向冯玄墨,从掌刑差役手里夺过烧得通红的铁钳。

"干什么?"掌刑差役呵斥完这句话后,才看到刘宗敏从袁紫清身后走了出来,一脸阴沉。

刘宗敏虎目朝掌刑差役一瞪,喝道:"不长眼的东西,闪一边去。"

冯玄墨被夹断了双腿,胸腹被烫得皮焦肉烂,早已奄奄一息。昔日他坐在堂上欣赏犯人受刑、痛不欲生的模样,此刻换他成为阶下囚,才深切体会到诏狱的刑罚有多么酷烈。

袁紫清默默地盯着遍体鳞伤的冯玄墨片刻,忽然弯下腰,扯下他的裤子。只见他大腿内侧印着一个月牙形的深色胎记,瞬间全身血液似要烧了起来,厉声道:"好好好,果然是你! 为了羞辱我,你竟做出这等禽兽不如之事! 师兄,你为官多年,岂不知凡事都要为自己留条退路? 你对我严刑拷打也就罢了,还这样折辱我的侍女,你说我能放过你吗?"

冯玄墨在这里遇见他,已知不妙,这时后悔也来不及了。

袁紫清轻轻笑道:"三十年河东,三十年河西,师兄当初对我酷刑拷掠,可曾想过,只不过三个月光景,竟会换你沦为阶下囚了?"

冯玄墨唇齿哆嗦,道:"你……你想干什么?"

袁紫清眼里全是杀戮和阴毒,口吻却云淡风轻:"你说呢?"

冯玄墨战栗不已,顾不得尊严,低声道:"过去是我不对,是我错了。师弟,求求你看在同门手足的分上,大发慈悲,饶了我……"

袁紫清笑道:"师兄未免也忒脓包了! 再说你是第一日认识我吗? 我什么时候有慈悲心了?"

刘宗敏不耐烦了,道:"你跟他磨磨叽叽干吗!"

袁紫清笑道:"刘爷看仔细了,用烙刑呢,就要找到身体最敏感的部位。"

"啊——"一阵杀猪似的哀号声瞬间掩盖了所有犯人的声音。

袁紫清的铁钳狠狠地烙在冯玄墨的双股间,只见冯玄墨面目扭曲,舌尖已咬到出血,冷汗一层一层逼了出来,身体不由自主地剧烈抽搐。

所有掌刑差役的目光都不约而同朝袁紫清望去,一时都忘了动刑。

袁紫清笑道:"怎么样? 当初你对我施用烙刑时,有没有设身处地想过这是什么滋味啊?"

冯玄墨咬牙切齿道:"你……你好阴毒!"

袁紫清道:"量小非君子,无毒不丈夫啊! 我紫兰君本来就不以正人君子自居,可起码还是个敢作敢为、恩怨分明的大丈夫!"他转头对刘宗敏道:"大腿内侧十分敏感,可还有一个部位是人体最脆弱的地方。"

刘宗敏兴致勃勃,道:"哪里?"

袁紫清道:"看好了。"他将铁钳放入火炭之中,待烧得吱吱作响,便向冯玄墨脸上伸了过去。

铁钳还未靠近,冯玄墨已感到一股铺天盖地的灼热,只吓得魂不附体,全身颤抖,眼睁睁看着那铁钳一寸一寸挪近。

"啊——啊——"又是一阵撕心裂肺的惨叫。不管是掌刑的还是受刑的,甚至残毒酷辣的刘宗敏,都惊得瞠目结舌。庭院里唯有冯玄墨一声惨过一声的呼喊,震得人耳膜生疼。

袁紫清手中的铁钳,正纹丝不动地压在冯玄墨的左眼上。

袁紫清也真够铁石心肠,被拷掠时面不改色,拷掠人时也面不改色。

冯玄墨一边惨叫,一边哭喊:"我都掏钱出来了,怎么还不放人!放了我,快放了我——"

刘宗敏昔日曾吃过锦衣卫的亏,对那佩着绣春刀、鲜衣怒马的官儿恨得牙痒痒,哪肯这样轻易饶过他?

袁紫清轻轻笑道:"师兄,你知道吗?你真的很吵。当初我被你拷打时,我可是一声都没吭啊!怎么,现在轮到你了,你就要折磨我的耳朵,这不公平啊。"

刘宗敏也嫌吵,浓眉一皱,道:"吵死了,你让他安静一点。"

袁紫清云淡风轻一笑:"这有何难?我让他再也发不出声音来。"他一手掰开冯玄墨的嘴,一手将赤红的铁钳伸了进去。

这一次冯玄墨可叫不出来了,那根铁钳牢牢地抵在他咽喉深处。冯玄墨脸颊剧烈抽搐,眼角流下两行泪水,没一会儿工夫就晕了过去。

袁紫清若无其事地将铁钳扔回炭盆里,伸手在他鼻下一探,蹙眉道:"还没死,剩下的就交给你们了。"

庭院里鸦雀无声,只有火炭将铁钳烧得吱吱作响。

刘宗敏粗声粗气地道:"发什么愣,还不继续用刑!"

"是。"

登时又是一阵震耳欲聋的惨呼声。

袁紫清整治完冯玄墨,道:"刘爷,我要向你讨人。"

刘宗敏道:"什么人?"

袁紫清道:"崇祯的老丈人周奎和前吏部尚书周兴一家子。"

刘宗敏这才知道"讨人"是袁紫清的目的,那冯玄墨不过是他顺便快意恩仇、过过手瘾的倒霉鬼罢了。

第一百八十六章

为谁忍辱心欲狂

刘宗敏心里颇不是滋味,冷嘲热讽道:"我就觉得奇怪,平时目无下尘、眼高于顶的你怎么会突然屈尊前来,原来是有求于人哪!"

袁紫清听他拿出"目无下尘、眼高于顶"的评语,立即放低姿态,道:"不知刘爷肯不肯赏脸呢?"

刘宗敏道:"周奎一家子昨日受刑,周奎之子周鉴当场拷掠至死。周奎三夹不死,交出白银五十三万两,珍币缎匹不计其数,我便放人了,只不知如今死了没有。"

明朝旧吏论起这位崇祯皇帝的老丈人,那可是刻薄得很:"先帝求金不应,东宫出亡不纳,终赍盗粮,尽为贼有,负君辱国,贻恨千古者,周奎也。"虽然周奎贪婪势利,到底还是朱毓媞的外公,袁紫清一时不知内心是什么滋味。

袁紫清道:"周兴为官清廉,家财无多,刘爷是拷不出一个子儿来的,何必徒费力气?"

刘宗敏道:"读书人都是衣冠楚楚,道貌岸然,骨子里却是男盗女娼。不教他们吃一点苦头,你又怎么知道人家是清官还是污吏!何况吏部尚书又是极肥的差使,要说没有贪污纳贿,鬼才相信!"

袁紫清一时噎住。

明朝官员的俸禄极为微薄,很多低阶官员靠官俸很难维持生活,高阶官员根本不可能靠官俸负担所有开支。京官的很多收入都来自地方官的馈赠。州县官员进京朝觐,接受吏部考核,至少也要花费五六千两打点有关部门。

不过周兴倒算是于谦那样百年难得一见的清官了。

袁紫清知道无法说服刘宗敏,想起自己在金陵旧家的井中还藏有黄金,便道:"那么周兴这一家的军饷由我出,还请刘爷莫要与他们为难。只不知刘爷需要多少?"

这句话一出,周兴和周世显面面相觑,都是不敢置信。

刘宗敏狐疑地道:"你干吗要帮他们出钱?"

袁紫清道:"受人之托,忠人之事。刘爷到底肯不肯呢?"

刘宗敏每天拷掠这么多人,也不在乎多这两个,再说他只要拿到钱就好。正要答允,蓦地心念一动,眼珠子一转,道:"行,只不过我这里有个规矩,不管能不能拿出钱,都要受一遭刑。我若这么轻易放了这二人,不就对先前既缴钱又受刑的人十分不公吗?不成不成,还是要用刑,来人——"

袁紫清急道:"慢着。"

刘宗敏阴侧侧地道:"紫兰君这是硬要插手不成?"

袁紫清早已看出他这是"项庄舞剑,意在沛公",按下怒气,道:"我要怎么做,你才肯放人?"

刘宗敏就等他这一句,他笑眯眯道:"你我相识多年,紫兰君说这话可真是伤情分了。我只不过想请你来我府上住一个月,我下朝时你帮我捏捏腿、揉揉肩,睡觉前帮我铺床洗脚,举手之劳而已。月例我会比照一般下人,给你双倍,绝不让你吃亏。"

袁紫清气得咬牙切齿,可是他现在没有足够力量对付刘宗敏。媞儿怀有身孕,又是亡国公主的身份,还有忠心耿耿的采莞,他必须保护她们,他不能像以前那样不把刘宗敏放在眼里。

天下已是李自成的了,而刘宗敏又是仅次于他的汝侯。

袁紫清很清楚,现在只能隐忍。能屈能伸,方为大丈夫本色。

刘宗敏走到他身旁,在他耳边嘻嘻笑道:"还有晚上……给我来一个诗情画意的月下吹箫,我给你来一个蚀骨销魂的后庭花。"

袁紫清一听,眼里一抹杀气倏忽即逝!他袖中双手紧握成拳,深深吸了一口气,道:"好,我答允。"

刘宗敏没想到他真的会答允,微微一怔,随即笑道:"爽快,我立即放人,你明日来这里报到。"

袁紫清冷冷地盯着他,道:"我还有一个条件。"

刘宗敏想起一向对自己不假辞色的他即将奴颜婢膝,雌伏胯下,心情好到整个人快要飞上天去了,道:"说。"

袁紫清道:"放人之后就不许再擒拿,占领的周府也要还给他们。"

刘宗敏笑道:"小事一桩。"

袁紫清道:"大丈夫一言九鼎,在场所有人都是见证。"

刘宗敏道:"这个自然。"随即高声道:"把周兴一家子放了。"

袁紫清看着两个差役将周兴和周世显身上的桎梏卸了下来,二人一脸呆滞,似不敢相信自己这么轻易就脱离危难。

袁紫清一肚子邪火无处发泄,忍不住吼道:"你们还不滚,难道是想尝尝我用刑的手段?"

周世显怔了一瞬,道:"多谢。"拽着周兴匆匆离去。

刘宗敏立即在袁紫清臀上摸了一把,笑道:"你,记得明日卯时来报到。"

袁紫清全身寒毛直竖,咬牙道:"知道了。"

袁紫清离开的时候,一脸秋霜烈烈,像要杀人似的。如果说他来的时候像一柄未脱鞘的宝剑,即便有杀气也是隐晦的,此刻就像是宝剑离了鞘,锋芒毕露,杀气腾腾,令人望之生怯。

周世显从背后叫住了他:"袁公子!"

袁紫清回头一看,蹙眉道:"你怎么还不走?"

周世显道:"我让我爹爹先回去了,媞儿在你那里吗?"

袁紫清"嗯"了一声。

周世显道:"她还好吗? 能否让我过去瞧一瞧?"

袁紫清又"嗯"了一声,显然不是很想理他。

周世显亦步亦趋跟在袁紫清身后,犹豫片刻,还是开口道:"是媞儿让你这么做的吗?"

袁紫清道:"不全是。那日我在云英馆被砍伤,是你给我们提供了避难之所。如今我算是偿还你这份恩情。"

"多谢你。"周世显道,"你明日真的要去刘宗敏那里?"

他不提还好,袁紫清一听,顿时火冒三丈,回头瞪了他一眼,道:"这不是废话吗?!"

周世显愧疚道:"去了即是受辱,能否不去呢?"

袁紫清没好气地道:"不然周大才子有什么锦囊妙计?"

周世显沉默。

袁紫清越想越气愤,道:"要不你和你爹爹干脆回去被夹一夹烙一烙,这样我就不用受这窝囊气了!"

周世显忽然想起他对付冯玄墨的手段,不由得直冒冷汗,眼前的少年郎宛如美玉精雕而成,一举一动都完美到无可挑剔,就像从画中走出来似的,很难想象他用刑的样子竟是这般残忍恐怖。

他收敛心神,歉然道:"真是对不住,我再想想法子,绝不让你受辱。"

袁紫清默默思量片刻,道:"不必了,我已经想好一劳永逸的法子了。"

周世显愕然道:"什么法子?"

袁紫清不耐烦地道:"问那么多干吗?"

周世显知道他心情不豫,索性还是当个锯嘴葫芦较为妥当。周世显默默跟在他身后,这才发现他走路一瘸一拐的,想起他在诏狱里遍体鳞伤的样子,登时心生恻隐。

第一百八十七章

俊面玉容甘毁伤

　　袁紫清回到顾府，才刚进了门，便见前院乱哄哄的，顾培生面如死灰，手颈系绳，被几名五大三粗的汉子拖着走，一旁家丁都急得不知所措，哭号连连。

　　袁紫清定睛一瞧，脱口喊道："赵叔叔、杨叔叔，你们这是干什么？"

　　原来拖着顾培生的汉子正是袁氏的旧部。

　　"公子！"

　　当初袁紫清只身赶赴北京，此后音讯全无。他们打听到袁紫清先是身陷诏狱，后来被崇祯释放，却又不知去向，一直挂念他的安危，没想到会在这里遇到他，都是惊喜交加。

　　袁紫清追问下去，才知道他们是奉了刘宗敏的命令四处缉捕明朝旧臣和在京富绅，要将顾培生押往田弘遇府里囚禁。

　　袁紫清道："顾太医是好人，放了他！"他简略地向他们说了自己受刑得救的经过，又道："一饭之恩，尚报以千金，更何况是救命之恩！"

　　在这些心念旧恩、无时或忘的袁氏忠仆眼里，袁紫清的话就是谕旨纶音，比刘宗敏还有分量。他们听说顾培生对袁紫清有救命之恩，立即卸去顾培生的绳缚，又是鞠躬致歉，又是替他整衣掸灰。

　　顾培生兀自心有余悸，他还真想不到，当初救了袁紫清，竟也是救了自己一命。

　　袁紫清道："顾大人，我要和故人叙旧，能否借你偏厅一用？"

　　顾培生当下命人奉巾备茶。

　　袁紫清又向周世显道："媞儿就在第三间西厢房里。"

　　周世显早就迫不及待地要见朱毓媞了，拱了拱手，急急去了。

　　周世显进了朱毓媞的房里，见她坐在床边，绿萍正喂她喝粥，另一名生面孔的侍女正整理她换下的衣物。

自崇祯皇帝赐婚之后,周世显就再也没有见过她了。他忍不住红了眼眶,轻声喊道:
"媞儿,我来了。"

朱毓媞忽然看见他,惊喜伤感一齐逼上心头,哽咽着喊了一声:"世显哥哥!"

周世显怔怔地看着她右边空荡荡的衣袖,一时心如刀割,还未走到她身边,已泪流
满面。

绿萍搬来一个绣墩让他坐着。

周世显盯着朱毓媞良久,才轻轻地道:"活着就好,活着就好,幸好你最终平安。"

朱毓媞不愿让他担心,云淡风轻地一笑:"我还有左手呢。幸好以前我曾练习过用左
手做事,所以我的左手还算灵活。只是还要适应一段时日。"

周世显柔声道:"伤口还疼吗?"

朱毓媞道:"顾太医用药如神,吃了他的药就不怎么疼了,伤口愈合得也很快。你瞧
我现在不是龙马精神的吗?"

周世显欣慰不已:"嗯,那就好。顾太医真是个大好人。"

朱毓媞当下问起他家中人是否平安,周世显于是把他们父子被袁紫清救出的事
说了。

朱毓媞听说袁紫清为了救周兴一家子脱困,竟答允明日到刘宗敏身边服侍枕席,只
惊得一张俏脸就像窗外迎风怒放的杏花般毫无粉色。

萧采莞正要将装满衣物的竹筲抱去外面清洗,听到这个消息,双手一松,竹筲落地,
衣物散得一团狼藉。

周世显道:"你们先不必惊慌,他说他已经想到一劳永逸的法子了。"

朱毓媞呆呆地道:"什么一劳永逸的法子?"

周世显挠首道:"这个……这个……我也不清楚。他那时候火冒三丈的,我也不敢
多问。"

朱毓媞心中忽然掠过一丝不祥的预感,腾的一下站了起来,急道:"采莞,你去把清
找来。"

萧采莞顾不得收拾散落一地的衣物,提着裙裾匆匆出了房门。

"什么?她是长平公主!"

袁氏旧部听袁紫清说朱毓媞是长平公主,都吓得一惊一乍的,椅子也坐不住了,腾腾
腾地站了起来。

崇祯皇帝已自缢身亡,袁紫清觉得不必再隐瞒了,索性大方地说了出来:"她肚子里
有我的孩子了,有我袁氏一族的血脉了。"

赵一泰喃喃道："难怪难怪,我就觉得她一骨子贵气。"

袁紫清道："明朝已亡,崇祯已死,所有恩恩怨怨都随风而逝了,我想请你们真心接纳她。"

赵一泰是这几人中的主心骨,他苦笑道："毓媞都有了公子的骨肉了,我们还能不接纳吗？再说这丫头聪明伶俐,平易近人,还挺讨人喜欢的。我还以为公主锦衣玉食,从小衣来伸手,饭来张口,都是眼睛长在头顶上的德行。"

袁紫清听他赞美自己心爱的女子,一时也颇为高兴。他乐滋滋地道："对啊,就是因为这样我才喜欢她。我喜欢的人,你们也要喜欢才对。"

赵一泰心念一动,笑道："公子当初不敢对我们言明她的身份,莫不是想等成亲后再松口告诉我们吧？"

袁紫清笑道："当然啊,婚事是你们提议要操办的,满座高朋都是见证,还有花轿喜酒、凤冠霞帔,最后再来个美美的洞房花烛,你们不接纳也不成！"

众人都是啼笑皆非。

杨实千方才就发现袁紫清走路不太对劲,这时忍不住道："公子,你的腿是怎么回事？"

袁紫清怕他们伤心,满不在乎地一笑："在诏狱里被夹断了。幸好顾太医医术精湛,很快就恢复了。现在已经能正常行走了,只是一瘸一拐的,走快一些就看不出来,不要紧的。"

杨实千怒不可遏："是谁干的？老子活剐了他！"

袁紫清道："是北镇抚司镇抚冯玄墨。"

杨实千奇道："咦,这人名字好生耳熟,不就是昨日才关押进去的那个锦衣卫吗？公子,你放心,我老杨一定好生伺候他,管教他连爹娘都认不出来。"

袁紫清道："何必你们动手,我已经把他弄得半死不活了,谁叫他玷污了采莞——"

"啊？"

袁紫清恨恨地道："我本来打算手下留情的,至少让他走得痛快一些,可他千不该万不该对采莞做出那种禽兽不如的事！采莞……采莞是因为我才受到屈辱的。为了不让我伤心,她一直表现得若无其事,背地里不知掉了多少珠泪。在我养伤期间,她不但要照顾我,我闷闷不乐时,她还要开解我。如果不是我看见她身上的瘀痕,我根本不知道她为了我被人凌辱。采莞对我来说,已经比亲人还要亲了,我怎能轻易放过冯玄墨？"

这些人都知道萧采莞是他的贴身侍女,听到她被冯玄墨凌辱,都不胜黯然。

袁紫清忽问："对了,你们怎么做起捕头来了？"

提起这个,众人都是一肚子气。原来赵一泰说话耿直,得罪了刘宗敏,就被刘宗敏弄来干这吃力又讨人嫌的差事,说着说着,连带说起大顺军入城后的境况。

袁紫清纳闷地道："皇上初入城时，不是严令不杀明朝官吏吗？怎么才几日光景，又是拷打，又是凌迟的？我听说二十四日那天，皇上钦点武官五百余员，绑至平则门外斩首。这样大肆屠戮，不怕民心涣散吗？"

赵一泰闷闷地叹了一口气："还不是皇上觉得明朝官吏都是首鼠两端、不忠不义之徒，所以改弦易辙，欲借此惩治贪官污吏，又得犒劳三军，可谓一举两得。这个主意本无不妥之处。怎知到了最后，皇上竟是不分清污、不辨忠奸，一律缉拿用刑。自二十三日开始，满街卒役，弄得京师人心惶惶。曾有官吏被刘宗敏拷问逼饷后，又随即被李牟的人绑去，如此拷掠不休，最后毙命。最令人不安的是，刘宗敏被封为汝侯后，行为越来越乖张，还不知会做出什么样的事情来！"

杨实千愤愤地道："汝侯对人用刑也不成规矩。就昨日来说，有人献美婢获免刑；有人的妻子遭到夹打，丈夫却在一旁看得双眼发直，最后输银万两获释；有人三次受夹，三次输银，死活不肯放人；还有主子被夹，其仆窃财逃跑。种种乱象简直不胜枚举。"

赵一泰又道："依我看，这哪是逼饷？分明是汝侯想要一逞私愤！我听说汝侯昨日不知从哪儿抢了人家的闺女，回府风流快活去了。隔日那闺女就成了一具尸体，也不知是自尽还是被杀了。"

袁紫清惊诧道："我听说皇上颁下严令，如有淫掠民间者，立行凌迟。怎么刘宗敏反而先坏了这项规矩？这让底下的人如何安分守己呢！"

赵一泰"哼"了一声："刘宗敏仗着军功和圣眷，一向都不把这些条条框框放在眼里的，几时瞧他规矩过？"

杨实千附和道："刘宗敏狎妓宿娼，昼夕荒淫。他似乎还觉得不够过瘾，最后竟当街强抢民女。不只如此，刘宗敏的手下还抓些眉清目秀、肤色白腻的男子献给主子。"

袁紫清听到最后一句，只觉得头皮发麻，定了定神，叹道："上行下效，整个军纪很快就会败坏了。"

赵一泰道："大顺军多为盗贼出身，到了这堂堂帝都、花花世界，哪有不放肆一番的道理？只是碍于军纪，不敢坏了规矩而已。现在刘宗敏开了这风气，依我看，北京的老百姓要饱受荼毒了。"

"成也民，败也民。"袁紫清心中掠过这一个念头。他冷冷吐出一句："刘宗敏真是个毒瘤。"

赵一泰忧心忡忡地说："水能载舟，亦能覆舟。皇上得民心而得天下，要是失了民心，那跟崇祯皇帝有什么两样？再说，关外还有满洲鞑子虎视眈眈。在这个节骨眼，怎么能掉以轻心、耽于声色呢？"

袁紫清登时想起盛京风调雨顺、国泰民安的景象，三官庙那满洲女子的话至今仍令他印象深刻："明朝贪污腐败，早已失去民心。失去民心的朝廷，有什么理由要求臣子忠

心？若臣子忠于这样的朝廷，岂不令天下百姓寒心？一个国家，失去粮草、土地都还可以挽回，失去民心就再难挽回了。我们皇上常说，将来入主中原，要天下一家，以德治国，使百姓安居乐业，远离灾荒干戈。"

如今看来，若李自成纵容将士劫掠财物，强抢民女，大顺朝很快就会变成下一个明朝。

袁氏旧部长吁短叹一番，这才起身告辞。临走前，袁紫清命他们派人到金陵故居的石井中拿取黄金，然后直接交给刘宗敏。

袁紫清离开偏厅，却不去找朱毓媞，而是来到萧采莞的房里。

原本萧采莞是和袁紫清住同一间房的。朱毓媞来了之后，她就跟绿萍住在一起。此时萧采莞和绿萍都不在，想必是服侍朱毓媞去了。

他静静地坐在梳妆台前，看着镜中那一张粉妆玉琢的脸，身上被刘宗敏摸过的地方像是沾到粪水般恶心不已，想起自己明日的命运……

就是因为这张连老天都羡妒的脸，才会有昔日那一段惨绝人寰的遭遇。

他拿起梳妆台上的修眉刀，心一横，往自己脸上划去。

"啊！"萧采莞看见他时，先是呆了一瞬，随即冲过去夺走他手上的修眉刀。可是已经晚了，袁紫清的脸横七竖八都是刀痕，皮肉翻开，鲜血淋漓。

萧采莞登时哭了出来，道："为了不受到刘宗敏的污辱，您就要毁了自己的脸吗？万一刘宗敏还是不放过您怎么办？"

袁紫清道："刘宗敏最重皮相，看到我的脸毁了，就会一脚把我踢开。我就再也不用忍受他的无礼了。再说，现在满城莺莺燕燕，群雌粥粥，都随他刘宗敏挑拣，他哪会一直把心思放在一个面损腿残的人身上，也忒扫了兴致！"

萧采莞哭道："如果刘宗敏恼羞成怒，又将周兴一家子抓起来，您的脸不就白白毁了？"

袁紫清道："我明日卯时还是照样会去他的府上，他留不留我是他的事。我都照他吩咐做了，那么他也应该会履行他的承诺。"

萧采莞方才的尖叫声随即引来所有人。众人看到袁紫清的脸，都是骇然失色。

顾培生利落地替他止血上药，重重地叹了一口气，道："割得太深，恐怕要留疤了。"

袁紫清满不在乎地一笑："就是要留疤，我才割得那么用力。顾太医，你用药可得斟酌了，别让我脸上的疤痕消退了。"

他语气轻松，可是顾培生、周世显、绿萍等人都笑不出来。

隔着人群，袁紫清似感到有一缕温柔怜惜的目光牢牢锁着自己。

所有人看见他的脸时，惊呼的惊呼，哭泣的哭泣，惋惜的惋惜，只有朱毓媞显得十分平静。回到中原后，她经历了一次又一次的风雨消磨、生离死别。他刺杀皇太极那一次，胸口插了一根断箭,脖子、手背都被烧伤;云英馆那一次,他在厂卫们的刀光剑影中做困兽之斗;最可怕的那一次,是他在诏狱里被折磨得不成人形,已至垂死之境。这一次只是他的脸毁了,不要紧。无论他是月貌还是无盐,是健全还是伤残,她都不会改变对他的情意。只要他活着,两人平安相守,这就足够了。

二人静静地凝视着彼此,目光凝聚着许久不曾出现的安宁恬淡,灵魂仿佛从这个时空中脱离,回到那烟岚缥缈、樱花烂漫的青山幽谷。

或许,等孩子生了下来,他们又可以回到心中理想的世外桃源,在那不染尘嚣的地方枕着岁月静好,现世安稳。

此时,周世显也静静地注视着朱毓媞。随着明朝灭亡,崇祯皇帝的赐婚成了一句空话。

她和袁紫清两情相悦,她还怀了他的孩子……我啊,终究是个外人!

周世显嘴角凝着一抹凄凉的笑意。

第一百八十八章

为谁风露立中宵

"欸,你过去到底有几个女人啊?"

"……"

月华如霜,银河如练,袁紫清挽着朱毓媞闲庭信步,院子里杨柳如烟,海棠铺绣,真是良辰美景,花好月圆。此情此景,或是吟诗作赋,或是抚筝吹箫,或是浓情蜜语,都很有意境。没想到她酝酿良久,一开口却蹦出这一句,隐隐有一缕陈年酸醋味。

他好生尴尬,声细如蚊:"我……我记不清楚了。"

"哼!"朱毓媞鼓着腮帮子,一脸幽怨,"我父皇都没有佳丽三千,你倒是阅人无数了,真真是好有出息!"

这小妮子也有小心眼的时候!

袁紫清想笑又不敢笑,道:"你不是原谅我了吗?"

朱毓媞又"哼"了两声,跺了跺脚,登时把后脑勺丢给他:"我后悔这么轻易就原谅你啦!"

可真是唯女子与小人难养也!媞儿什么都好,就是爱吃醋,只要一个不小心让她起了醋意,马上从善解人意的小棉袄变成山西陈年老醋店的店主!

袁紫清轻轻戳着她的手,小声道:"你真的这么在意?"

哪能不在意?想起他和别的女子赤身裸体翻云覆雨,朱毓媞的心就胀得难受,酸溜溜地道:"有一点点在意行不行?"

一点点在意就是很在意了!

袁紫清双手搭着她的肩膀,弯腰凝视着她,正色道:"媞儿,我不知道我这样说会不会让你觉得我在找借口。那段痛苦的过去在我心中深深烙下了阴影,如果不借由……借由那个得到放松,我就会被自己逼疯。媞儿,是真的,我并非风流好色之徒,不然我哪能等到新婚燕尔那日才碰你!"

朱毓媞听他提起过去,心头一软,道:"你会不会觉得我很霸道呢?"

袁紫清道:"你是公主,有一点点霸道是很正常的,再说……"他凑到她耳边轻轻地道:"你吃醋的样子很诱人,我喜欢看!"

朱毓媞忙退后一步,紧张兮兮地盯着他。他的脸受伤后蒙上了面纱,只露出双眼,眼神充满绵绵情欲。朱毓媞小声道:"顾太医说不可以!"

袁紫清愕然道:"什么不可以?"

朱毓媞俏脸一红,小声道:"顾太医说怀了身孕,不可行房。"

袁紫清一怔,忍不住笑道:"我虽然是久旷之身,可你现在有四个多月的身孕了,我哪敢冒这个风险啊!"

朱毓媞脸更红了,跺足道:"再笑,我就不搭理你了。"

袁紫清忍住笑意,道:"好,我不笑。我每日都要跟月儿说话。你若不搭理我,我跟谁说去?"

朱毓媞道:"谁是月儿?"

袁紫清道:"还有谁? 当然是你肚子里的孩子啊! 衔情愿为天上月,我们的孩子小名就叫月儿。"

朱毓媞失笑道:"都还不清楚是男是女呢,你怎么就取了一个女孩的名字?"

袁紫清道:"我觉得一定是女孩。你看你最近那么爱吃辣,酸儿辣女,可不就是个女孩吗?"

朱毓媞笑道:"这哪儿说得准? 不过我也希望是女儿,女儿是贴心的小棉袄。"慈母之情溢于面容,她温柔款款地道:"清,以后等着我们一家三口的,是现世安稳,岁月静好。"

袁紫清轻轻抚着她孕育着生命的肚子,动容道:"等孩子生下来,我们就归隐林泉,田头篱下,枕石漱流,再也不要参与这世上的荣枯兴衰、恩怨情仇了。"

朱毓媞依偎在他怀里,目光露出一缕向往之色。是啊,他残了腿损了貌,她断了一条胳膊,他们履冰雪践荆棘、沐风雨度生死,历经千辛万苦才重新回到彼此身边,当然再也不愿意卷入这世上的纷争了。

回廊上,萧采莞端着热气氤氲的汤药,怔怔地注视着二人。

"你发什么愣?"绿萍睁着一双妙眼打量着她。

萧采莞回过神来,强笑道:"绿萍姊姊,这药你端给公主喝吧! 我……我身子有点儿不适……"说完将托盘塞给了绿萍,提着裙裾匆匆跑掉了。

绿萍一头雾水,道:"什么跟什么啊。"

深夜里,绿萍熟睡后,辗转难眠的萧采莞这才起身,缓缓走到袁紫清和朱毓媞的房

外,静静地看着那扇楠木菱花门。

和公子相依为命的时光就像流水一样,匆匆逝去后,就只剩下追忆了。

等着他们的是返璞归真,鸢飞鱼跃,那是他们夫妻的静好岁月,那么属于自己的静好岁月又在哪呢?

风露立中宵,还是没有答案。

因大顺军军纪渐渐败坏,袁紫清就让绿萍和萧采莞彻底做个"大门不出,二门不迈"的姑娘,有什么要采办的就交给他去做。

卯时,他来到刘宗敏的府邸。自从脸受伤后,他每时每刻都戴着面纱,他不想吓到别人。这时刻意除下面纱,露出整张脸。刘宗敏的手下看到他的脸,先是怔了一瞬,然后惴惴不安地将他带到刘宗敏房里。

此时刘宗敏正摩拳擦掌、垂涎三尺地等着他。

一看见袁紫清脸上狰狞横亘、宛如血红小蛇的伤疤,刘宗敏像是看到鬼似的,腾腾腾倒退三步,差一点就撞到身后的沉香楠木屏风了。他脸上的亢奋之色骤然转为惊惧,颤巍巍地指着袁紫清道:"你的脸是怎么一回事?"

袁紫清行礼道:"紫清见过刘爷,不知刘爷有什么事需要紫清效劳?"

刘宗敏呆了半响,这才回过神来,脸上的惊惧之色转为愤怒之情。他气呼呼地道:"你……你是故意的!你为了不服侍枕席,就自毁容貌!他奶奶的,我说你何必这么费力,干脆一刀抹了脖子不就得了!"

袁紫清眼中露出浅浅的狡黠笑意,毕恭毕敬地道:"刘爷说了这么多,肯定渴了吧?紫清这就为您奉茶,再来伺候刘爷洗漱更衣。嗯……不知刘爷还要紫清做什么呢?"

刘宗敏吼道:"我要再把周兴一家子提来,夹打、炮烙、鞭笞!你、你、你……给我在一旁瞧着!"

"刘爷可别失信于人啊!"袁紫清眼中的狡黠笑意更为浓厚,"紫清已经如您所愿,前来贵府服侍了。刘爷是大丈夫,也该信守承诺,不再提拿周兴一家子才对。"

刘宗敏一时噎住,昨日许多人都是见证,倘若又提拿了周兴一家子严刑拷打,那自己的脸还往哪儿搁?

袁紫清笑得如沐春风:"不知紫清要住哪里?干脆刘爷就来个金屋藏娇,让紫清在您房里住下吧!晚上紫清再服侍枕席,奉栉递巾。刘爷要的'玉人吹箫明月夜,婉转娇吟后庭花',紫清也不会让您失望的。"

"去去去,"刘宗敏看到他血痕密布的脸,已是汗毛直竖,再听到他这些话,只觉得鸡皮疙瘩都要掉一地了,粗声粗气地道,"你,不用再来了,老子再也不想看见你!"

袁紫清"咦"了一声,眨巴着眼瞅着刘宗敏:"刘爷不要紫清服侍了吗?"

刘宗敏吹胡子瞪眼道:"整天面对你这张脸,老子还咽得下饭吗? 滚滚滚! 给老子滚远一点!"说完将一只和田羊脂玉瓶用嫌恶的力道朝袁紫清砸了过去。

袁紫清侧身一闪,露出一抹笑容:"我让赵一泰他们把钱送过来,紫清这就告退了。"

第一百八十九章

冲冠一怒为红颜

当初吴三桂奉诏入卫北京,于三月十六日抵山海关,三月二十日抵河北丰润。他听闻大顺军已入北京,崇祯自缢煤山,心忖勤王已无意义,全军南望痛哭后,立即拨转马头,赶赴老巢山海关。

李自成入京后,刘宗敏曾向吴三桂父亲吴襄索要陈圆圆而不得,便对吴襄施以酷刑。吴三桂半路闻之,募兵七千,准备与大顺军背水一战。

三月二十七日,吴三桂将李自成戍边兵二万尽皆斩杀,只余三十二人。李自成部将负伤败归。吴三桂屯兵山海关,下令收拢关外宁远、沙后所等地百姓,速移关内各州县驻扎,共同对抗大顺军。

三月二十九日,李自成以唐通为使者,携带四万两白银前往山海关,犒赏已经十四个月没有军饷的吴三桂大军。劝降檄文上写道:"大顺国王应运龙兴,豪杰响附,唐通、左光宣、刘泽清等,知天命有在,回面有心。朕嘉其志,赏赐恩厚,俟立功日再行升赏。周遇吉等,身其五刑,全家诛戮。刑赏昭昭,判若白黑。尔等当审时度势,弃昏就明,身享令名,功垂奕世。就与拚身送命,妻子杀戮,大福不再,后悔噬脐。檄到须知。"

李自成还逼迫吴襄书写招降书:"父字,三儿收目。汝以君恩特简,得专阃任,非真累战功历年岁也。不过强敌在前,非有异恩激动,不足诱致,此管子所以行素赏之计。而汉高一见韩彭,即予重任,盖类此也。今汝徒饬军容,徘徊观望,使李兵长驱直入,既无批吭捣虚之谋,复乏形格势禁之力。时机已去,天命难回。吾君已逝,而父须臾。呜呼!识时势者亦可以知变计矣。昔徐元直弃汉归魏,不为不忠;子胥违楚适吴,不为不孝。然以二者揆之,为子胥难,为元直易。我为尔计,不若反手衔璧,负锧舆棺,及今早降,不失通侯之赏,而犹全孝子之名。万一徒恃愤骄,全无节制,主客之势既殊,众寡之形不敌,顿甲坚城,一朝歼尽,使尔父无辜,并受戮辱,身名俱丧,臣子均失,不亦大可痛哉!语云:知子者莫若父,吾不能为赵奢,而尔殆有疑于括也。故为尔计,至嘱至嘱。"

唐通对吴三桂道:"古时李靖弃隋投唐,徐庶离汉归魏,皆审时度势,不失为一代忠臣。今太老将军已降大顺皇帝,极好看待,专等将军归顺,做个开国元勋。切不要效仿周遇吉等,自取其祸。"又道:"太子平安无恙。"

吴三桂同时收到檄书和吴襄手书,怒道:"任凭你舌灿莲花,我吴三桂堂堂大丈夫,岂肯降此逆贼,受万世唾骂? 忠孝不能两全!"随即饬令左右:"将来使斩了!"

左右立即将吓得魂不附体的唐通拖了下去。吴三桂又道:"大丈夫忠不成忠、孝不成孝,有何颜面立于天地之间?"当下拔剑便要自刎,部将立即上前阻止。

参将冯有威劝道:"自古两国相争,不斩来使。将军何不把送来的金银犒赏三军,提高士气。先来个缓兵之计,再整肃三军,徐图进取。何必此刻诛杀此獠,弄到图穷匕见的地步,令贼生了防范之心!"

吴三桂觉得很有道理,于是下令饶了唐通的性命,并以酒席款待,道:"要我投降,行! 前提是我必须亲眼确认太子的平安。"

从政治角度看,太子朱慈烺作为故明遗胤,对于安抚军心,招降故明官员,乃至平定天下,都有良好的作用。

吴三桂想得到这一点,李自成何尝想不到? 收到唐通的报书后,李自成和部将商议了一番,决定让定国公朱慈炯前往。

吴三桂见来的是朱慈炯,立时感到李自成毫无诚意,碍于李自成兵强马壮,只能先按兵不动,思忖下一步该如何进取。直到他听闻爱妾陈圆圆被刘宗敏掳了去,脸都绿了。方寸大乱之下一筹莫展,想起洪承畴与舅父祖大寿俱降了大清朝……

当日吴三桂将自己关在营中,谁也不见,默默思量了一宿,终于拍案而起,牙一咬,心一横,修书一封,遣副将杨坤、游击郭云龙送给睿亲王多尔衮。

他的脸一半在烛光下,一半在阴影中,显得十分痛苦,喃喃道:"春秋时期伍子胥以吴师灭楚,入郢都,楚昭王逃亡国外。楚大夫申包胥不得已入秦乞师,终使秦伯以五百辆战车救楚,打败吴兵。申包胥以借师复楚之功名垂青史,传誉百代。我今乞师清兵,以报君仇,此乃忠孝两全之举……"

刘宗敏被袁紫清摆了一道,既气愤又不甘,但想到今日李自成在武英殿举行庆功宴,只好悻悻地前去赴宴。

就在众人酒酣耳热之际,陈圆圆被几名军官送了上来。她莺莺呖呖地道:"贱妾陈圆圆拜见皇上,皇上万岁万岁万万岁。"

听见这个清晓莺啼的嗓音,所有人都停止了嬉笑,目光齐刷刷地朝陈圆圆望了过去。

中庭跪着的女子,容貌如桃花含春露,腰肢如杨柳依晓风,那怯生生的眼波轻轻一

漾,真个令人魂销骨酥。一时满殿身经百战的悍将均为陈圆圆的美色所迷,面红气粗,丑态百出。

李自成一问之下,才知这女子是吴三桂的爱妾陈圆圆。李自成心忖,吴三桂现在拥兵自重,据守一关,若掳了他的爱姬,让他戴了绿帽,他一定不会善罢甘休,势必熄了归降之念。

正踌躇之时,刘宗敏第一个按捺不住,上前道:"皇上,这小美人臣要定了,您就把他赐给臣吧!"

李自成还未答话,李岩跳出来道:"皇上,吴三桂驻守山海关,有精兵四万、辽民八万,皆耐搏战,而夷丁突骑数千,尤为雄悍。咱们若掳了他的爱妾,那吴三桂势必反叛。请皇上三思。"

刘宗敏轻嗤一声,道:"崇祯的北京城都让咱们拿下了。咱们有四十万大军,还怕他区区四万兵马不成?"

李岩道:"皇上得了北京,但是江南还未平定,关外又有满洲鞑子虎视眈眈,这时惹恼了吴三桂,恐怕对我大顺朝不利。"

刘宗敏笑道:"咱们有吴襄在手,还怕他反了不成? 就算他真反了,难道咱们手上的刀是吃素的? 待我大军一到,这弹丸之地的山海关,也终将成为齑粉。"

李岩还要进言,李自成心中的天平最终还是沉向刘宗敏一边,摆手道:"汝侯所言极是,咱们连孙传庭、周遇吉都打败了,吴三桂的兵马济得了什么事? 那陈圆圆就归汝侯吧!"

刘宗敏大喜过望,道:"谢皇上。"

此时大顺朝的人还不知吴三桂是"先诈降、后图取",也料不到陈圆圆以一介侍妾之身,竟使得吴三桂不惜引清军入关,打得大顺军丢盔弃甲,大顺朝就此灭亡。

第一百九十章

相见时难别亦难

李自成答允以帝礼葬崇祯,祭祀以王礼,太子、定王待以杞宋之礼。后来百官又求以帝礼祭祀,李自成依言准行。

顺天府尹至昌平州征调民夫,替崇祯营造坟墓。扶灵队伍于四月初三启程,初四安葬,抬柩者只有大顺政权的二三十人。大顺数骑从德胜门护送灵柩而出,最后草草掩葬。虽然大顺朝没有禁止明朝旧臣前去祭拜,但是到者不多,诸臣哭拜者三十人,拜而不哭者六十九人,余皆睥睨过之。

朱慈炯已赴吴三桂营。朱慈烺在哭灵的人之中,绷着一张小脸,只冷眼瞅着前来吊祭的人,想看看究竟有几人真心诚意、几人沽名钓誉!忽然,他的目光定在一个人身上,那人神情凄楚、泪眼婆娑,一身缟衣,与自己遥遥相望。

朱慈烺的泪水终于溃堤,他摇摇晃晃起身,道:"姊姊!"

那人正是朱毓媞。

"慈烺……"朱毓媞忍不住潸然泪下,姐弟俩扑向对方,抱在一起。

朱慈烺立即发觉不对劲,错愕道:"姊姊,你的右手怎么了?"

朱毓媞柔声道:"不要紧的,至少还能和你团聚,老天爷还算待我不薄。"

朱慈烺想起惨死的父母和朱毓芙,才刚止住的眼泪又哗啦啦落下。

朱毓媞勉强一笑:"别哭了,别哭了,咱俩好不容易保住性命,应该欢喜才是啊!"又道:"慈炯呢?"

朱慈烺道:"前几日李贼遣使送慈炯到吴三桂营里。我听说,吴三桂原本是要我去的。"

朱毓媞轻斥道:"你可得改了称呼,万一给人听了去,可不知又要酿出多少是非。"

朱慈烺被她轻轻斥了一句,只觉得心头一阵温暖,父母惨死、国破家亡、寄人篱下,他

被迫一夕长大,可是在大姐面前,他可以永远做个不懂事的小孩子。

朱毓媞又殷殷叮嘱:"现在是大顺朝的天下。你要谨言慎行,步步为营,对周边人事都要打起十二分精神,知道吗?"

朱慈烺道:"慈烺会记住的。姊姊如今住在哪里?"

朱毓媞朝两丈外的袁紫清一指,道:"那是你姊夫,如今我们暂时住在顾太医府里。"

朱慈烺看了他一眼,见他蒙着面纱,当下也不多想,问道:"他就是紫兰君吗?"

"是。"朱毓媞向袁紫清招手,"清,你过来啊!"

袁紫清因姐弟俩要细叙契阔,于是就退得远远的。这时听她招呼,连忙大步过来,正式和这位小舅子见面。

小舅子朱慈烺早就对紫兰君充满仰慕之情,不为别的,光是那飞檐走壁、投掷飞镖的本领就令他心动神驰了,还有那一怒拔剑、流血千里、悍不畏死、杀伐果断的大丈夫气概,简直就是他心目中的勇士。

他脆生生地喊了一声"姊夫",光这一声亲昵的"姊夫",加上爱屋及乌的心态,袁紫清已将他当成自己的亲弟弟一样看待了。

这时的朱慈烺被刘宗敏收视,住在田弘遇的府里。朱慈烺很害怕听见拷掠的惨叫,住的地方离拷掠之处很远,他也不喜欢搭理刘宗敏。因此,前几日袁紫清对冯玄墨用刑之事虽然造成了不小的轰动,朱慈烺却是不知情的。若他知道了,此刻对袁紫清就只有畏惧,而不是崇拜,可能连话都不敢讲了。

这时朱慈烺才注意到朱毓媞微微隆起的腹部,不禁又惊又喜,道:"姊姊,你……我要当舅舅了!"

朱毓媞微微一笑:"慈烺就快要当舅舅了,可不能像从前那样一团孩子气啦!"

朱慈烺点头如小鸡啄米,小心翼翼地抚着她的腹部,一股异样的感觉涌上心头。好神奇,这里面竟然住着一个蓬勃的小生命,而他竟然要做舅舅了!

前一刻他还想在姊姊面前做个凡事依赖她的大孩子,现在姊姊肚里有了新生命,他忽然觉得自己一瞬间长大成人了。他再也不能像从前那样仰视着姊姊了。他要保护姊姊,还要保护他这个小侄子。

朱慈烺道:"现在几个月了?"

袁紫清道:"已经快五个月了,前两天顾太医已经确认是个女孩子了,小名叫月儿。"

朱慈烺喃喃道:"月儿,月儿。我听说女儿像爹,儿子像娘,那么月儿一定长得很像姊夫了。"

袁紫清哑然失笑:"你一个宫里长大的孩子,这话是从哪听来的?"

朱慈烺腼腆一笑:"是宫女们说的,我也觉得我跟我母后长得很像呢!"

朱毓媞深深地凝视着他,仿佛要将他的样子镌刻在心里:"慈烺若得空,就来顾太医府上看看姊姊,那田戚畹府邸我是不愿去的。"

朱慈烺还以为她害怕看见拷掠,却不知他们和刘宗敏存有嫌隙,当下喜滋滋答允了。

朱毓媞本想让两个弟弟过来住在一起,到时候她生下孩子,一家人和乐融融,一生就这样平安喜乐地过下去了,可现在朱慈烺是大顺朝的宋王,又是前朝太子,大顺军占领北京后曾有百姓沿街发放传单,上面写着:"将立东宫为皇帝,改元义兴。"朱慈烺这么敏感的身份,李自成岂肯轻易放他离去?

朱慈炯现在在山海关吴三桂的大营里,吴三桂若叛,朱慈炯又不知道会沦落为什么样的命运;吴三桂若降,朱慈炯也是大顺朝的定国公,哪能随他们一起归隐山林呢?

历经生离死别后第一次重逢,朱毓媞实在舍不得朱慈烺回去,可是朱慈烺身份极为特殊,刘宗敏吩咐下人不可让朱慈烺在外面久待,于是朱毓媞只能含泪凝噎,依依目送朱慈烺离去。

朱慈烺坐上马车,把头探出窗外,不断朝朱毓媞挥手,直到再也看不见了才作罢。

第一百九十一章

伤心兴亡百姓苦

经过残酷拷掠，大顺军共得白银七千多万两。李自成让工匠将这些白银重新熔铸成中间有孔窍的巨大方板状银板，有数万块，然后运往老巢西安。

大顺军初入城时，不少兵士在北京到处张贴告示，上面写着："大军临城，秋毫无犯，敢有掳掠民财者，凌迟处死。"

不过半个月光景，大顺军军纪迅速败坏，昔日的告示如今看来格外讽刺。

这几日，大顺兵士充塞巷陌，以搜马骡、铜器为名，沿户淫掠。稍违者，则斧钺加身。大顺军令，十家为一保，一家逃亡，十家问斩。于是满城百姓，无不家家倾竭。令人发指的是，大顺军搜取妇女，携抱而出，不顾青天白日，恣行淫戏。

大顺军拷掠追赃，奸淫掳掠，在北京造成一股恐慌。上自官吏、下至庶民均大失所望，高呼："大顺军流贼出身，果然本性不改！"他们不禁怀念起崇祯皇帝，盼吴三桂尽快率关宁大军来剿贼复国。

这些消息是袁氏旧部捎来的。袁紫清叹道："大顺军本为流民、饥民、驿卒组成，扯旗起义只为活命。入了北京，迷失于花花世界，于纸醉金迷中忘乎所以，乃是天性使然。但是长官不仅不禁止，而且带头作恶，上行下效，军纪败坏。长此以往，辛苦打下的江山很快就会拱手送人！皇上自己就是百姓出身，应该很清楚这一点才是，怎么还放纵将士为非作歹？李公子不曾劝谏吗？"

赵一泰道："怎么没有？在外他是禁不胜禁，屡教屡犯；在内他是苦口婆心，劝不胜劝。皇上曾喝止，却遭到刘宗敏带头抗议：'皇帝让你做，金银妇女还不让给我辈吗？'皇上处在那个高度，上上下下，左左右右，有太多的事要顾忌。家里的瓶瓶罐罐多了，这个怕磕着，那个怕摔到，瞻前顾后，锐气全失！"

杨实千也道："皇上心里头的念头也不难猜。他是不想在这时候约束得太紧，明知奸淫掳掠会失了民心，可制止奸淫掳掠又会使军心不稳。若不是将士们为他出生入死、浴血沙场，哪有他今日的黄袍加身、问鼎宝座？现在若得罪了将士，只怕会发生内乱。从来天无二日，国无二主，且不说关外有满洲铁骑，四川还有个张献忠呢！那张献忠兵力也不容小觑，指不定哪日就挥军北上了！从来天下熙熙皆为利来，天下攘攘皆为利往。若张献忠高呼一句：'跟了老子有钱有美女！'四十万大军还不分崩离析吗？皇上还指望将士们为他平定天下呢！真是左右为难啊！

"唉，皇上起事之初，声言吊民伐罪，伸张正义，革除明朝弊政。我本以为得了天下，就此一扫乾坤，宇宙清宁。虽无尧舜之仁，亦有汤武之德，却没有想到，现在的情形比崇祯皇帝在位时还要惨无人道。

"昨日我才听一个老妇哭着说：'早早开门拜闯王，管教大家都欢悦。咱一家子乖乖听话，早早开门拜了闯王，结果闯王的人把我媳妇奸淫了！大家开门纳闯王，闯王来时不纳粮。你们不仅霸占了咱们家，还把粮都抢光了，还能纳什么粮？你们大顺啊，都是天杀的土匪强盗啊！'"

袁紫清一直沉默不语，这时忍不住脱口道："若是让满洲人治理天下呢？"

这句话可说是石破天惊，一时人人不约而同地看向他，整个偏厅静得针落可闻。

"督师舍却妻儿老小，就是为了保家卫国；督师逢年过节不得与亲人相聚，就是为了让更多百姓能够欢欢喜喜地合家团圆。督师堂堂七尺男儿躯、滚滚一腔英雄血，力抗外侮。现在公子却说出让满洲人治理天下，这……这……"

三官庙那女子劝降洪承畴的话令袁紫清感触颇深。他淡淡地道："我并没有忘记满洲人是爹爹的大敌。我现在只是从百姓的角度着想。自古顺天应人者胜，逆天失道者败。百姓只要有一口米粮、一亩良田、一个遮风避雨之地，才不管谁来做皇帝！我曾去过关外，满洲皇帝将国家治理得很好，百姓丰衣足食，安居乐业，反倒是我大明的百姓一直深陷水火——"

杨实千打断了他的话："不可，不可，咱们汉人又不是死透了，哪轮得到夷狄做皇帝？"

袁紫清忽然想起了明成祖永乐元年的贺词，那是昔日在倭国朱毓媞与朱利聊天时信手捻来的，令他印象深刻，当下朗声说道："上天之德，好生为大。人君法天，爱民为本。四海之广，非一人所能独治。必任贤择能，相与共治。尧、舜、禹、汤、文、武之为君，历代以来，用此道则治，不用则乱。"他顿了片刻，又道："奸淫掳掠，打家劫舍，百姓折腾不起。谁要是能让他们过好日子，谁就是皇帝。"

他这话说得在理，众人难以辩驳，顿时陷入漫长的沉默。

杨实千岔开话头道："过几日皇上举行登基大典后，就会大封功臣。公子先前为大顺军输送军饷，皇上不会忘记这份功劳的。而且公子是督师之子，身份特殊，非公即侯。有了身份地位后，刘宗敏应该不敢造次了。"众人已知他自毁容貌是因为刘宗敏，对刘宗敏

积怨甚深。

袁紫清淡淡地道:"功名爵禄、富贵荣华我都不在乎。等媞儿生下孩子后,我们就要归隐山林,从此不问世事了,到时候我会向皇上辞行。"

赵一泰愕然道:"公子要去哪儿?"

袁紫清道:"我和她打算回倭国隐居。她现在身子不方便,不宜舟车劳顿,所以还是等她把孩子生下来后再起程吧!"

赵一泰道:"钟鼎山林,人各有志,我等也不会勉强。只是倭国和中原隔着万顷波涛,别时容易见时难,中原也有许多山林适合归隐啊!公子何必一定要去倭国呢?"

袁紫清淡淡一笑:"目前只是暂定倭国而已。你们舍不得我,媞儿同样也舍不得弟弟们。所以到最后,我们也有可能在中原找个山林农村定居。"

众人又坐了一会儿,方才起身告辞。袁紫清送到门口,一扭头,只见绿萍扶着朱毓媞俏生生地立在廊檐下,他道:"你不是在午睡吗?"

朱毓媞笑道:"孩子一直踢我,我睡不着。"

袁紫清抚着她的肚子,道:"我的女儿这么顽皮,还没出生就懂得折腾母亲。别站在风口上,咱们进屋。"

朱毓媞进屋坐下,道:"你们方才的对话我都听见了,我当时就对刘宗敏说过了:'天乃天下人之天下,非一人之天下,否则你们今日的辉煌,也不过是明日黄花!'农民军才进京多久,这么快就忘乎所以了。"

袁紫清道:"自古打江山难,守江山更难。看来李自成行军打仗虽是一流,却不是坐拥天下的料!他一旦登基,就不能再是将士们的君主,而要成为百姓的君主!大顺军昔日军纪森严,临战勇猛,一入京师立即被美女金银所迷惑,做出许多狗屁倒灶的事来。李自成若一律严惩,绝不姑息,虽然会损兵折将,削弱军力,可这样才能还天下人一个朗朗乾坤。我相信这个道理他是明白的,只是现在他太过害怕将士离心。当初揭竿起义、行军打仗,他都不曾害怕过,如今坐拥天下了反而变得畏首畏尾、患得患失。"

朱毓媞道:"大顺军当初就是受不了官兵欺压才揭竿起义,现在却反过来欺压百姓。圣人云:'民为贵,社稷次之,君为轻。'开天辟地,立朝建国,无不是为了民,可是又有多少君主能够做到仁民爱物呢?兴,百姓苦;亡,百姓苦。所谓吊民伐罪,到最后却变成了残民霸财,可怜的都是老百姓。"

袁紫清道:"别想这些不愉快的,对孩子不好。你不是喜欢吃燕窝吗?我出门去买一些。"

北京城这种情况,几乎没有人开门做生意,袁紫清其实也没有把握能买到燕窝,只是想着她喜欢吃,出门碰碰运气罢了。

才刚转出胡同,就听见一阵淫笑声和哭喊声。一名大顺兵士在光天化日之下将一个十多岁的少女压在身下,大肆淫辱。袁紫清本来是不爱多管闲事的淡漠性子,但是看到那少女犹如兽口小鹿般惊恐的泪眸,忽然想起了采莞。

他拾起一颗石子,手一扬,石子无声无息地朝那大顺兵士的后脑勺飞了过去,那兵士登时头破血流,倒地毙命。

另一边,只见三五个大顺兵士正在一户民宅中掳掠。兴许那户人家家里值钱的东西早就被搜括一空了,那几个兵痞搜不到东西,发了性子,把人当畜生一般往死里打,顿时又是一片哀号。

又往前走,前方焦烟弥漫,火光冲天,料想是大顺军打家劫舍后顺手放火烧了民宅。

昔日"凤阁龙楼连霄汉,玉树琼枝作烟萝"的繁华北京,此刻满目疮痍,哀鸿遍野,宛如人间炼狱。

第一百九十二章

十八子，主神器

李岩和红娘子率着一队亲兵沿街吆喝驱赶，烧杀掳掠的兵士看见他们，哗的一下子作鸟兽散了。

"制将军，红娘子。"袁紫清上前拱手为礼。

自西安一别，李岩和红娘子还是第一次见到他，当下找间酒肆细叙契阔。其实这间酒肆早就没有营业了，只是桌椅来不及收拾，三人便随意坐下。

李岩见袁紫清蒙着半透明的面纱，脸上伤疤隐约可见，叹了一口气，道："我都听说了，汝侯为了一己私欲，害你自损容貌，也毁了不少良家妇女的贞节。我……我会再劝一劝皇上的。"

红娘子道："你省省心吧！那刘宗敏与皇上关系可不一般，皇上怎么可能听你的？前几日刘宗敏当众讨了吴三桂的爱妾陈圆圆，皇上还不是依了他。"

提及此事，李岩脸上又多了一分忧色："吴三桂此人多谋善战，争强好胜，忠于前明，连他舅父祖大寿亲笔劝降都不为所动。现在崇祯被逼自缢煤山，吴襄备受囚拷，爱妾又被掳走，我只担心万一他恼羞成怒，降了清军，那后果将不堪设想。

"我曾劝皇上将陈圆圆送还吴三桂，并晓以利害。那吴三桂镇守的山海关一夫当关，万夫莫开，尤其险要。若吴三桂降清，则有清兵长驱直入之忧。皇上却说：'朕已答应了宗敏，岂能出尔反尔？制将军是要天下人来笑话朕吗？那吴三桂若执迷不悟，朕便打算派精兵以迅雷不及掩耳的速度收拾了他，另外派人镇守山海关。'

"我告诉皇上：'山海关是天下第一关，要攻下城池，只有在野战中拿下绝对优势，并形成合围的形势。然而吴三桂的关宁军擅长野战，我军在野战中占不到什么便宜。山海关除了本身的关城外，四面还有四个小城，分别是西罗城、东罗城、南翼城、北翼城。不管要拿下哪座城，代价都非常大。另一方面，攻城旷日废时，一旦形成持久战，后勤就是一个大问题。眼下江南尚未平定,若敌人与吴三桂联手,我军将腹背受敌,不得不放弃山海关。'当时皇上面色铁青,显然听不进去,我只能无奈退下。"

袁紫清道:"我听赵叔叔他们说,制将军三番两次直言劝谏,皇上都不予理会。就像您主张实施惠民政策,安稳民心,刘宗敏却说:'惠民不如惠兵,目前该担心的是兵变而非民变。兵士是打仗的资本。好不容易打下北京,该让他们松泛松泛了。我们已经完全控制了北京城的百姓,若有风吹草动,用不着鸣金击鼓,即可闭门分剿!'皇上昔日还肯听你几句,怎么一入了北京,你说什么皇上都不听了呢?"

李岩只是苦笑。红娘子冷笑道:"皇上对制将军已起了疑心,心头嵌了一根刺,怎么还会听他的!"

袁紫清心头怵然一跳:"什么意思?"

李岩不愿说,红娘子倒是憋了许久了,愤愤地道:"皇上入京后,制将军写了一篇奏疏,一是定礼制、吉期,筹备登基之事;二是向明朝官吏追赃须分级对待,清廉者应免刑,听其自助;三是大顺各营的兵马应退居城外戍守,随时听候调遣,不宜占领民房,滋扰百姓。

"牛金星、刘宗敏等人早就看制将军不顺眼了,不断在皇上面前挑拨离间,他们众口一词地说制将军上了这道奏疏,是为了拉拢民心,好让自己做皇帝!"

袁紫清吃了一惊:"怎么会这样? 皇上信了吗?"

红娘子道:"皇上起初是不信的,但风言风语听久了,就变得将信将疑了。皇上刚刚拿下北京,最忌讳有人觊觎他的宝座。自古开国君主滥杀功臣的事还少见吗?就洪武皇帝来说,建国之后,便相继处死了胡惟庸、李善长、蓝玉等功臣。"

袁紫清道:"皇上总不会因为这些无稽之谈就真的对制将军痛下杀手吧? 毕竟制将军对皇上忠心耿耿。"

"忠心?"红娘子一声冷笑,"所谓忠心,是要用鲜血去证明的。再说,牛金星和刘宗敏这次是吃了秤砣铁了心要借皇上的手除去制将军。当初大顺军起义,制将军劝皇上'收人心,夺天下',并编出'迎闯王,不纳粮'等歌谣,让许多百姓前来投靠。大顺朝的开国大军师宋献策,当时亦为皇上带来了一句谶语——'十八子,主神器'。'十八子'即是'李','神器'指的就是龙椅。意思是说,李姓人将来会夺得天下。这句谶语传了出去,百姓均以为皇上是天命攸归,前仆后继地前来归附,大顺军顿时声势冲天。"

袁紫清道:"孟子曰:'五百年必有王者兴。'皇上在西安称帝时,以李继迁为太祖。李继迁建立西夏,至今六百余年。当时'十八子,主神器'的谶语传出来后,百姓纷纷把皇上当成李世民、李继迁那样的开国英主,再加上制将军的歌谣双管齐下,大大动摇了明朝的人心。"

红娘子道:"可牛金星却在皇上面前进言,说'十八子,主神器'指的不是皇上,而是

179

制将军李岩。"

袁紫清又惊又怒:"真是血口喷人!"

红娘子道:"皇上入宫后,分赐宫女犒劳诸将,各得三十。制将军觉得这些宫女深居樊笼,饱受驱使,可怜见儿的。现在明朝亡了,她们应该重获自由,于是把赏赐给自己的三十名宫女全都放了。皇上知道后十分不悦,认为制将军驳了他的面子。牛金星等人趁机煽风点火,说制将军自命清高,不齿皇上的行为,又说兵士们不过是跟妇女说笑几句,就被制将军的手下呼喝驱赶。然后刘宗敏就见缝插针说制将军这不是自命清高,而是要收买民心,有不臣之心。这两日百姓们都在传的'十八子,主神器'指的是制将军李岩,想必是牛金星和刘宗敏暗中搞的鬼。从来众口铄金,积毁销骨,多少功臣名将最后的下场并非血染征袍,马革裹尸,而是死在君王的疑忌之下。你父亲袁督师不就是活生生的例子吗?"

她一时义愤填膺,察觉最后一句不妥时已来不及住嘴,不由得面色讪讪。

李岩横了她一眼,拱手道:"拙荆素来心直口快,若有得罪之处,还望见谅。"

袁紫清道:"没关系,我现在只担心制将军的处境。皇上虽打下了北京,可是江南未平,关外鞑子虎视眈眈,四川的张献忠也是个心腹之患,怎么能在这个时候自相残杀呢?制将军,你眼下有什么打算?"

李岩道:"这问题我已经想过无数回了。我与皇上风雨同舟,患难与共,好不容易走到这一步,自不能轻易舍他而去。君使臣以礼,臣事君以忠。眼下大顺朝大业未成,民心未附,我只有尽心尽力襄助皇上,方能对得住'大义'两字。"

李岩是读书人出身,骨子里有一股正统儒家的价值观念,认为君要臣死,臣不得不死。大丈夫需为天地立心,为生民立命,纲常万古,节义千秋,即便最后引颈就戮也无憾。

袁紫清道:"忠于自己心中的道,求仁得仁,确实令人起敬。可你想过虎儿吗?虎儿还那么小——"

李岩一股书生意气、士子血性涌了上来,道:"忠臣不先家而后君,大丈夫所求,功业而已。虎儿早在前两日就送到河南杞县亲戚家了,皇上再怎么疑我,也不会去为难一个孩子。人终有一死,或是重如泰山,或是轻如鸿毛。对我来说,死,就是卫道,就是为大顺立心,为君主请命。虎儿是我的骨血,将来他长大后,他会理解我的。"

袁紫清却没有这般根深蒂固的执念,在他心中,君臣大义、天地大道,都没有妻儿重要。若今日他是李岩,他就立即辞官引退,归隐山林。

自古伴君如伴虎,无官方是一身轻。

第一百九十三章

欢喜红娘朱姊姊

袁紫清心中惆怅难言,燕窝材料也忘了买了,闷闷不乐回到住处。只见门口停着朱慈烺的青帷小轿,几名五大三粗的扈从正扯着嗓门聊天,满嘴淫声浪语,句句不堪入耳。

这几名扈从是刘宗敏处拨来的。袁紫清想起李岩的际遇,心中腻歪极了,悄悄跃上墙外一株梧桐树,身形掩在浓密的枝叶中,摸出怀里的小石子,手一扬,顿时听到一阵惨叫。

这几名扈从捂着嘴巴,门牙全都被打落,鲜血从指缝间渗出。他们东张西望,不住怒吼,就是不知道石头是打哪儿飞来的。

袁紫清轻轻一笑,从树梢轻轻越过高墙,入了前院。

昔日施展轻功踏雪无痕,轻如飞羽,此时落地发出了一丝不易察觉的轻响,速度也滞了不少。说不难受是骗人的,几回寒暑才练就的一身轻功,只一夕间就被毁了去。然而受了那么重的伤,还能活下来与媞儿重逢,他已经没有怨言了。

他现在只觉得活着本身就是一件很美好的事,因为活着,才能拥有美好。

穿花拂柳走到朱毓媞房前,只听里面传来姊弟俩的说笑声。

他心中暖洋洋的,好似开了漫山遍野的花朵。他和媞儿之间守得云开见月明,媞儿肚里还怀着孩子,媞儿也不是公主了,他还得了一个招人喜欢的小舅子!

不知不觉眉梢嘴角都盈满了笑意,正要迈步进房,忽然听到朱慈烺道:"父皇要我留着有用之身,将来替父母报仇。姊姊,即便我杀不了贼首,好歹也要杀几个贼兵贼将祭奠父母在天之灵。"

袁紫清心头一凛,脚步不由得一滞。

朱毓媞脸色一变,斥道:"不许胡说!"

朱慈烺一脸委屈:"姊姊,咱们的父皇母后是被流贼逼死的。难道你甘心看着他们霸

着父皇母后的位子吗？姊姊可知贼兵占领皇宫那日，曾有费氏宫女冒称长平公主，被贼兵带去见贼首。孰料被拆穿身份后，贼首就将她赐给了罗姓贼将。费宫女对罗贼说：'我乃天潢之胤，不愿如此草草苟合，盼将军择吉成礼，花烛合卺。'罗贼大喜，置酒尽欢。费宫女私怀利刃，趁罗贼大醉之际，割断其咽喉，最后自刎。显然，费宫女一开始是打算行刺李自成的，只是姓罗的李代桃僵，这才死于非命。曾有人针对此事作一首打油诗：'给贼拼生贞烈姬，心如铁石岂能移！恨无灭闯回天手，剥尽奸雄万劫皮。'姊姊，古语有云：'勇士不怯死而灭名。'男子汉大丈夫，岂能饱食终日，无所事事，置国仇家恨于不顾……"

朱毓媞气得打断他的话，道："费宫女是什么样的身份，能和你比肩吗！再说，你现在有什么力量可以报仇？你别白白搭上了自己的性命！"

朱慈烺从未看过她疾言厉色的模样，吓了一大跳："是慈烺想得不够周到，姊姊别气了，月儿会吓到的。"

朱毓媞面色凝重："你给我听仔细了，你是大明朝名正言顺的太子。任何人想要起事作乱，都可以打着拥戴崇祯太子的旗号，这个旗号本身就具有极大的号召力。由于这一分隐忧，改朝换代的帝王实不愿让前朝帝胤留在世上，但若赶尽杀绝，又会留下千古骂名。别看李自成现在以杞宋之礼相待，你的存在本身就是个潜在的威胁。对于明朝旧吏来说，你是他们复国的精神支柱，他们必然盼你活；对于大顺朝来说，你是让他们芒刺在背的人物，他们纵使没有一心要你死，也未必希望你活着。姊姊之前就叮嘱过你了，凡事要谨言慎行，步步为营，但求无过，别被人挑到了错处借题发挥。你这么快就把我的话当成耳边风了！"

朱慈烺垂泪道："可我真的不甘心，凭什么让一群穷凶极恶的流贼占领了我们的家，而我却什么都不能做……"

朱毓媞和颜悦色地道："慈烺，姊姊不要你报仇，姊姊只希望你能好好活着。父皇、母后、毓芙都死了，慈焰至今生死未卜，姊姊实在禁不起任何生离死别了。慈烺，你听我的话，安分守己过日子，别再动报仇的念头了，好吗？"

朱慈烺咬牙道："好，我答允姊姊。"

朱毓媞又道："李自成虽然拿下了北京，可是作为百足之虫，明朝死而不僵，尚有不少残余势力。金陵的一些明朝故吏一定会拥戴新君和大顺抗衡，到时候又是风风雨雨、打来打去的局面。唉，山河破碎风飘絮，身世浮沉雨打萍。姊姊没有复国的凌云大志，只希望家人一世平安就好。"

朱慈烺道："姊姊既不愿我报仇，那我也不愿当什么劳什子的宋王了。住在田弘遇府里，还不把人腻歪死！你可知刘宗敏那疯子每日都要拷夹上百号人，田府整日哀号不绝。那一日我碰巧听见他们的军师宋献策对李自成说：'天象惨烈，日色无光，亟宜停刑。'贼首李自成才对刘宗敏说：'天象示警，宋军师言当省刑，宜酌放之。'刘宗敏才将关押在田府的一千多人全部释放。然而这些侥幸活着的人大多也只是一息尚存而已。田弘遇怎么也想不到他的宅子会沦为像地狱一般的地方。"

朱毓媞道："别说了别说了，教人心里瘆得慌。"

朱慈烺道："要不我去求求李自成，让他除了我的爵位，我要跟姊姊住在一起。"

朱毓媞心中一叹，慈烺也忒天真，他的身份如此敏感，李自成怎肯放他走？她脸上不动声色，莞尔一笑："你也到了适婚年龄了，怎么还像个孩子一样跟姊姊腻在一起，也不怕被人笑话。"

朱慈烺脸上一红，垂首不语。

朱毓媞道："我一直没机会问你，现在这里没外人，我想知道你可有心仪之人？"

朱慈烺脸颊红通通的，像是两朵出岫红云。他飞快地瞄了绿萍一眼，眼神闪烁不定。

他眼神的细微变化全都落入朱毓媞眼里，朱毓媞狐疑地望向绿萍。绿萍一脸困惑，反倒是朱慈烺的脸越来越红。

朱毓媞盯着朱慈烺的脸，目光如炬："慈烺，难道你……"

朱慈烺道："姊姊别乱猜，没有这回事。"

朱毓媞笑道："你以为你瞒得过我吗？难怪绿萍说我去倭国时你日日命她亲手做点心送去你的寝殿里。你昔日也吃过一次绿萍做的糕点，也不见得有多么喜欢，怎么我一不在你就突然怀念起她的手艺了？原来啊原来，你明着是嘴馋，实则是护花啊！"

朱慈烺急道："别说了，别说了。"

绿萍一头雾水，道："做糕点跟花有什么关系？"

朱毓媞笑睨她一眼，道："傻丫头，人家用心良苦，你怎么就看不出来呢！"

绿萍更加不懂了："什么跟什么？"

朱毓媞道："你自个儿慢慢想吧！"

她此刻已知朱慈烺要绿萍将亲手制作的糕点日日送进寝殿是为了保护她。当时朱毓媞不在宫中，绿萍失了倚仗，而宫里大多是跟红顶白之徒，朱慈烺怕她被人刁难，想将她调到自己身边，周皇后不肯，于是只能借由这个办法，让宫人都知道绿萍受到太子的重视，而不敢对她太过苛刻。

朱慈烺看绿萍没有醒悟过来，默默松了一口气。

朱毓媞笑道："你就这样怕被人知道吗？是什么时候的事？你竟瞒得上上下下滴水不漏。若我今日没问你，我还看不出你存了这一份心思呢！"

朱慈烺嗫嚅道："是……是姊姊去倭国的时候，有一回我见到绿萍在御花园里偷偷掉泪，问了她后才知道她挨了一通排揎，可怜见儿的。就是……就是那个时候……我不敢对任何人讲，我怕母后会刁难她……"

朱毓媞柔声道："绿萍是个好姑娘，你要是真心喜欢，等孝期一过，就让她跟着你吧！"

朱慈烺眼中登时燃起两簇火焰，颤声道："真……真的吗？"

朱毓媞道："你们都是我的家人，手心手背都是肉。绿萍跟了你，相信你不会亏待她的，而且我还能常常见到她，我当然万分乐意啊！"

朱慈烺瞄了绿萍一眼，声细如蚊："可我年纪比她还小，就不知道她愿不愿意……"

绿萍呆呆地问："你们到底在说什么，我怎么一个字也听不明白？"

朱毓媞眼中闪过一丝笑意："我们话都挑得这么明了，你是揣着明白装糊涂呢，还是脑子真没开窍啊？"

绿萍似懂非懂，道："我……我好像有一点点明白，可是又不是十分明白。"

朱毓媞笑道："你现在若明白了，只怕慈烺要臊得逃之夭夭了。得了，我晚点儿再跟你解释。"

第一百九十四章

试与君义结金兰

夜里袁紫清坐在梳妆台前，朱毓媞拿着一钵药膏，蘸了少许涂在他面部疤痕上。

这是顾培生依照前太医院使陈太医留下的配方调制成的百草祛痕膏。袁紫清一连抹了半个月，脸上疤痕已淡了许多。

小夫妻睡前都会说说体己话。朱毓媞抹完药后，挽着他的手到榻边坐下，道："慈烺和慈炯都在大顺军手中，虽以杞宋之礼待之，享颁赐铁券、世袭罔替、与国同寿的殊荣，可我心里仍是不踏实。大顺军入京后声言对百姓秋毫无犯，结果现在刑掠士绅、荼毒百姓、奸淫妇女的都是他们。如此出尔反尔，你说李自成会不会哪一日翻脸不认人，派人暗中杀了他们？"

这个问题袁紫清早已在心中思量过无数遍了，只是他还在犹豫，所以一直没有向她开口。这时她主动问起，于是便将心里的想法说了出来："传说江湖上有种假死药，人服下心跳、呼吸都会停止。我想让慈烺先染上风寒，再服下这种药，让所有人以为他染病不治。等到他入土安葬那一日，我再把他从棺材里救出，找地方藏起来。只是这方法太过冒险，毕竟李自成不是好忽悠之人，我怕给他看出端倪。"

朱毓媞沉吟片刻，道："慈烺是李自成的心腹大患，若他抱病不治，李自成心里肯定十分开心。再说李自成入京后正筹备登基，百废待兴，哪有心思探究慈烺的死因？"

袁紫清道："小心驶得万年船，还是要谨慎一点。我也只是听说有这种假死药，改日可以问问顾大人。"

朱毓媞道："若真有这种假死药，慈烺倒是可以借此摆脱李自成的掌控。可慈炯怎么办？总不能两人都抱病不治吧！"

袁紫清道："慈炯在军营里，我……我想办法到军营里把他弄出来。"

朱毓媞急道："军营救人，谈何容易？且不说军营里兵士成千上万，你又如何知道慈

炯身在何处?"

袁紫清默然,若是轻功未损,只要找到了人,就能轻松地把人悄悄带出来,可坏就坏在他的轻功已不复往昔。再说,他现在有妻有女,除非迫不得已,实在不愿再过刀头舔血的日子。只有生无可恋之人,才会真的置生死于度外。他的余生,只要平平静静陪伴妻女就好。

朱毓媞一脸恳切,劝道:"清,我们好不容易破镜重圆,我不能让你为了慈炯去冒险。闯军营这事不必再提了,慈炯的事我们再另外想想办法,好不好?"

袁紫清轻轻摸着她的头,道:"好,我们再想想办法。"

朱毓媞松了一口气,又道:"我跟你说一件事,等孝期一过,我打算让慈烺娶了绿萍。"

"总要两情相悦才能缔结鸳盟。慈烺喜欢绿萍,可你问过绿萍的意思了吗?"

"我方才跟绿萍说了。绿萍起先震惊得说不出话来,后来经过我一番动之以情,晓之以理,她便点头答允了。只是她觉得自己出身寒微,与慈烺有云泥之别。我告诉她:'明朝的后妃都是出自民间的,你也是良家子,怎么可以这般妄自菲薄?再说慈烺的秉性你又不是不清楚,跟了他,你不会受委屈。莫非你不喜欢慈烺?'绿萍急道:'没有没有,太子殿下对我很好,明明我做的糕点根本就比不上御膳房,太子殿下还是天天叫我做,天天吃个精光。我看他吃得美滋滋的,心里其实很欢喜。可是……可是这跟男女之间的喜欢是不一样的啊?'

"她说到这里,脸都红成一片了。我就告诉她:'喜欢呢,总会有个诱因的,有的人是因为崇拜,有的人是因为好奇。只要不讨厌,总会有机会发展成男女之情的。'绿萍道:'奴婢嫁了人后,谁来服侍公主呢?'我说:'我已经不是公主了,虽然少了一条胳膊,生活却还能自理。再说,难道你要一辈子做我的丫鬟吗?就算你愿意,我也不乐意。'绿萍这才没有说话。我瞧她乍惊乍喜、含羞带怯的样子,分明是有些动心了。"

袁紫清笑着刮了一下她的鼻梁:"怎么你这媒人反而比当事人还要开心?你看见他们办喜事,难道就不为自己感到遗憾吗?"

"三媒六证、红烛高烧、高朋满座、凤冠霞帔、花轿喜酒,世上哪个女子不憧憬呢?可是我也说过了,只要郎君能许我终生,我就很满足了。"朱毓媞抚着微微隆起的腹部,"何况,你已经送给我最珍贵的礼物了,我已经没有什么奢求了。"

袁紫清搂着她的腰,吻了一下她的额头,一颗心像沐在春意绵绵的阳光下,从里到外都是蓬勃的喜悦。

在这心神骀荡的时候,朱毓媞忽然幽幽一叹:"绿萍的终身大事解决了,采莞你打算怎么办?"

袁紫清不意她会突然提起萧采莞,愣了一瞬,道:"什么怎么办?"

朱毓媞道:"前两日你的旧部过来找你,你不在,只好由我和绿萍接待他们。我听到他们说了一句：'我把冯玄墨阉了，再一刀送他上了西天。谁叫他污辱了采莞，真是死有余辜。'我当时也不便多问，但是这件事一直堵在我心口。我现在只问你一句，他们说采莞被冯玄墨玷污了，这可是真的？"

袁紫清沉沉地道："是真的。"

朱毓媞沉默片刻："怎么会发生这种事？"

"都是因为我。"袁紫清当下将事情经过说了，又道，"采莞就像我亲妹妹一样，发生这种事，我也很难过。"

他说完这一句，气氛顿时变得压抑了起来。二人都不说话，只听见微风吹拂檐铃的声响。

朱毓媞思忖了良久，轻声道："要不，你就娶了她吧！"

"什么？"袁紫清惊得从床上跳了起来，怔怔地望着她，话都结巴了，"你……你要我娶采莞？开什么玩笑！"

朱毓媞长长的睫毛下有一缕欲藏还露的幽怨："我是认真的。一来采莞是为了你才遭遇这种事。一个清清白白的姑娘，就这么给毁了。她不嫁不免孤苦一生，嫁了又怕夫家嫌弃。二来你养伤期间，是她亲侍药膳，换药盥洗，事必躬亲，不离不弃。如此有情有义的女子，世所罕见。我看得出采莞对你有情，世上男子大多三妻四妾，你何不纳她为妾呢？"

袁紫清看她不像在开玩笑，不觉乱了方寸："我纳采莞为妾，和她睡在一起，你不会吃醋吗？"

朱毓媞心中说不出是什么滋味，幽幽地道："明朝驸马不许纳妾，因为这条规矩，所以我一直认为我的夫君就是我的唯一。可是我已经不是公主了，就要试着改变自己的心态。男人三妻四妾也没什么大不了的。"

袁紫清正色道："我已经说过了，你就是我唯一的妻子，我不会让任何人介入我们之间的。"

朱毓媞道："我只是觉得采莞很不幸，不知道该如何面对她，又想不出办法来弥补她。清，采莞是个好姑娘，如果是她成为你的枕边人，我能够接受。"

袁紫清又急又气："我现在已非昔日无行孟浪的袁紫清，与不爱的女子同床共枕，我做不到！弥补的方式有很多，难道非得纳她为妾才算吗？"

朱毓媞见他动了脾气，低声道："那……那你说该怎么办？"

袁紫清沉默。

忽听门外传来一声抽噎，虽然轻微，可当时室内极静，还是给二人听见了。袁紫清扬声道："是谁？"

片刻后，门外才传来一缕细如蚊鸣的嗓音："公子，是我。"

"采莞!"袁紫清的心猛力跳了一下。他上前开了门,只见萧采莞捧着一盆温水站着,脸上泪痕依稀,眸光盈盈,明显刚哭过。

萧采莞乍然出现,二人都有些不自在。袁紫清接过她手上的陶盆,又牵她进房坐下,殷切问道:"你站多久了? 方才的对话你是不是都听见了?"

萧采莞立即"咚"的一声跪倒在地,仰起下巴,一本正经地道:"公子,采莞有个心愿放在心里很久了,一直想找个机会向您开口。现在当着公主的面,还望您能大方成全。"

袁紫清看她的神情语态,一颗心怦怦直跳,他勉强镇定下来,道:"你说。"

"采莞蒙公子不弃,收留多年,不致风雪欺身,颠沛流离。我并无兄弟姊妹,一直深以为憾。我与公子性情相投,所以想与公子义结金兰,从此以兄妹相称,情同骨肉。"

袁紫清和朱毓媞对视了一眼,知道她定下兄妹名分,是为了日后相处时不致各自尴尬。

袁紫清道:"有你这位善解人意的妹妹,我当真求之不得。"

于是二人到院子里撮土为香,对天八拜,各自叙礼。

萧采莞恭恭敬敬喊了朱毓媞一声"嫂嫂",又在心中默默立誓:"皇天在上,我萧采莞今日与袁紫清结为异姓兄妹,从此有福同享,有难同当,虽不能同年同月同日生,但盼同年同月同日死。"

袁紫清又道:"你既已是我的妹妹,洒扫之事就不必做了,别老是把自己当成一个丫鬟。"

萧采莞有些失落,道:"妹妹知道了。"人间芳菲四月天,她的心却是千山暮雪,万里冰封。

袁紫清却不知,她最幸福的事就是做他的丫鬟,奉茶递巾,洒扫炊事,照拂起居。

萧采莞倚着栏杆,泪眼迷蒙,院子里梨花开得云蒸霞蔚,风一吹,簌簌如雪,零落成泥碾作尘,只有香如故。

第一百九十五章

三军怒聚山海关

四月初九,李自成收到吴三桂的手书,手书虽说是写给吴襄的,实际上就是正式跟大顺政权撕破了脸。手书上写道:"不肖男三桂泣血百拜,上父亲大人膝下:儿以父荫,熟闻义训,得待罪戎行,日夜励志,冀得一当,以酬圣眷。属边警方急,宁远巨镇,为国门户,沦陷几尽。儿方力图恢复,以为李贼猖獗,不久便当扑灭。恐往复道路,两失事机,故暂稽时日。不意我国无人,望风而靡。吾父督理御营,势非小弱,巍巍百雉,何至一二日内便已失坠?使儿卷甲赴阙,事已后期,可悲可恨!侧闻圣主晏驾,臣民戮辱,不胜眦裂。犹忆吾父素负忠义,大势虽去,犹当奋椎一击,誓不俱生。不则刎颈阙下,以殉国难,使儿缟素号恸,仗甲复仇,不济则以死继之,岂非忠孝媲美乎!何乃隐忍偷生,甘心非义!既无孝宽御寇之才,复愧平原骂贼之勇。夫元直荏苒,为母罪人;王陵、赵苞二公,并著英烈。我父嘻啍宿将、矫矫王臣,反愧巾帼女子。父既不能为忠臣,儿亦安能为孝子乎?儿与父诀,请自今日。父不早图,贼虽置父鼎俎之旁以诱,三桂不顾也。男三桂再百拜。"

李自成大怒,立即屠戮吴襄一家三十余口,并下令亲征吴三桂。

四月十三日,李自成与刘宗敏、九大帅等,率兵四十万,号八十万,马尾相衔。宋王朱慈烺绿衣随后。唯留李牟、牛金星戍守京师。

当朱慈烺慌慌张张对朱毓媞说李自成要带他出征时,朱毓媞忧心忡忡,万般不舍。争奈人微言轻,左右不了大局。

大顺军旌旗招展,引吭高歌,浩浩荡荡出正阳门。李自成绒帽蓝布箭衣,马背上目不斜视,雄姿英发。朱慈烺一袭绿衣,平静无波的面容下隐隐有一丝惊惶。朱慈烺一路左顾右盼,似在找寻什么,直到看见袁紫清、朱毓媞、绿萍隐在人群中,像吃了一颗定心丸一般,原本战战兢兢的心一下子就稳定了下来。

四月十五日,李自成抵密云。

四月十八日,李自成抵达永平,距离山海关仅一百五十里。

吴襄一家三十余口惨遭屠戮的消息传到吴三桂营中时,吴三桂便痛哭誓师,以"钦差、镇守辽东等处地方团练总兵官、平西伯"的名义发布了一篇檄文,号召明朝臣民为崇祯帝后复仇,复辟大明:"为兴兵剿贼,光复神京,奠安宗社事:闯贼李自成,以妖魔小丑,纠集草寇,长驱犯阙,荡秽神京,弑我帝后,禁我太子,刑我缙绅,污我子女,掠我财物,戮我士庶。豺狼突于宗社,犬豕踞于朝廷。赤县丘墟,黔黎涂炭,妖氛吐焰,日月无光。成祖烈宗之阴恨,天寿凄风;元勋懿戚之尽锄,鬼门泣日。图之不早,病已成于养痈;局尚可为,涉必穷乎灭顶。悲夫悲夫!房尘未灭,寇焰旋腾,血溅天潢,烽传陵寝。秦称天府,谁能封以一丸;晋有霸图,岂无追其三驾。乃者驾马横驰乎畿辅,羽书不绝于殿廷,南北之耗莫通,河山之险尽失。天威不测,极知汉天子自有神灵;兵势无常,岂得谢太傅但凭歌啸。义不共天,但凭指日,克襄大举,实赖同仇。请无分宦游,无分家食,或世贵如王谢,或最胜如金张,或子虚之以赀起,或挽辂之以谈兴。乃至射策孝廉,明经文学,亦往往名班国士,橐为里雄,各施壮谋,共图义旅。仗不需于武库,糗无壅于庖厨。飞附大军,力争一决;丑类之锄,普天大酺。此则万代之所瞻仰,而九庙为之鉴临者也。"

檄文字字慷慨激昂。他的辽军,人人欲报国仇家恨,个个胸怀黍离之悲,明知两军军力悬殊,却有哀兵必胜之势。

然而吴三桂很清楚凭自己的军力根本无法与李自成抗衡,所以之前便修函一封,向清朝借兵十万灭寇。

吴三桂料定李自成会在山海关与他决战,因此希冀清军出兵中、西两肋,形成合围之势,牵制李自成的军力。

皇太极驾崩后,福临继位,改年顺治。由于福临年幼,不能亲政,便由努尔哈赤第十四子、和硕睿亲王、福临的叔父多尔衮摄政。

多尔衮本与英亲王阿济格、豫亲王多铎发兵十万,将欲入塞。至瓮后时遇到吴三桂的副将杨坤和游击郭云龙,得知他们来意后,多尔衮与英、豫两亲王商议:"难道吴三桂知我南来,故意设此圈套?我大清曾经三围北京,都不能攻克,李自成一举破之,其智勇必有过人之处。我军不如分兵固守,以观动静,然后伺机而动。"于是多尔衮屯兵不进,驻营于欢喜岭,高张旗帜,休息士卒,遣使往吴三桂营观望。

多尔衮一直企图问鼎中原,三个月以前,曾修书一封,向李自成发出共同灭明的提议,书上写道:"协谋同力,并取中原,倘混一区宇,富贵共之矣。"但心高气傲的李自成未予理睬。多尔衮直到听闻李自成攻陷北京、崇祯殉国,才调整战略——必须打败李自成,才能问鼎中原、统御全疆。

如今吴三桂乞师于清,精明的多尔衮在给吴三桂的回信中,毫不理会他的借兵要求,反而不断动之以情、诱之以利,游说吴三桂投降。他许诺,吴三桂若率众来归,必"封以故土,晋为藩王",不仅"国仇可报,身家可保",还能世袭爵位,身膺荣华。

吴三桂已知大清兵马屯于关外,先后八次遣使,向多尔衮借兵。然而多尔衮坚持要吴三桂"率众归降"。吴三桂进退维谷,前有四十万大顺军,后有十万清军,两面都是劲敌,若不妥协,自己的辽军必死无葬身之地。他迫于形势,只好答允降清。

吴三桂亲自出关会晤九王多尔衮,向多尔衮俯首称臣。多尔衮遂髡其首,以白马祭天,乌牛祭地,歃血折箭为誓。夜半,吴三桂密令军士将一匹白布裂为三幅,阔如三指,缠于自身,作为暗记。大清军见三指布、未剃发的兵士,便知是友非敌。

四月十九日,吴三桂开山海关迎清军。多尔衮多谋,不肯先与李自成交战,他命吴三桂为前锋,自己率精兵居后,英亲王阿济格坐镇左翼,统二万骑,从西水关入;豫亲王多铎坐镇右翼,统二万骑,从东水关入。

四月二十日,山海关内飞沙走石,沙尘蔽日。吴三桂、李自成两军在山海关西罗城的一片石鏖战,多尔衮在欢喜岭的威远台上观战。他一面观察吴三桂投降的诚心,一面观察大顺军的强弱。只见吴三桂携精锐而出,奋力拼杀。苦战至日落,吴三桂的辽军已是强弩之末。多尔衮这才遣铁骑数万,分左右二翼,以白旗为号,绕到吴三桂的辽兵右方。

李自成带着数十骑亲兵,挟朱慈烺登庙冈观战。见白旗军如风起潮涌,所向披靡,不禁骇然变色。有一僧人跪在他的马前说道:"执白旗的骑兵不是关宁兵,而是满洲兵,应尽速回避。"

大顺军早已筋疲力尽,一触即溃,丢盔弃甲,呼爹喊娘。李自成带着朱慈烺落荒而逃。刘宗敏虽骁勇善战,却在战乱中身中流矢,负伤而归。

这一仗大顺军尸横八十余里,所弃辎重不可胜计。

时人皆云大顺军入了北京,恣意淫掠,各怀重赀,斗志全消,故有此败;而清军就像蛰伏已久的群狼,蓄势待发,一旦发动攻击,就是封喉一刀。

四月二十一日,李自成驻军永平,吴三桂遣使议和,并索求朱慈烺。李自成败军之将,不敢不从,命人奉朱慈烺赴吴三桂军中,请求停战。吴三桂答允:"自成速离京城,我将奉太子即位。"双方达成协议,李自成立即班师回京。

四月二十六日,李自成回到北京后,又决意坚守北京。他命军民火速拆除城外羊马墙及护城河旁民宅,将百姓驱赶至崇文、宣武门外。另一方面,吴三桂带着太子朱慈烺,整军而行,一路颁檄,播告远近。

四月二十七日,李自成匆匆在武英殿登基称帝,追尊七代考妣,预设卤簿于城外,受百官朝贺。同一日吴三桂传帖至北京,言义军不日入城,凡我朝臣民,为先帝服丧,迎候东宫。

四月三十日,牛金星向李自成进言:"满洲势大,城中人心未定,我军不可久屯于此。

即十北京,亦不敌一秦中险固。为今之计,不如退处关西,以图坚守。目前大内金银搜括已尽,然皇宫壮丽,岂能拱手让人?不如付之一炬,以作咸阳故事。即后世议我辈者,亦不失为楚霸王之英豪!"

李自成于是纵火焚烧各处宫殿,又焚烧九门雉楼,火光烛天,夜如白昼。自己则与刘宗敏、宋献策等部将出阜成门西逃。

袁氏旧部临行前来了一趟顾府,说吴三桂已与清朝勾结,清军不日就要进城,北京臣民命运难测,敦促袁紫清尽快出城。

袁紫清只淡淡地道:"待太子和定王归来,我自会出城。"

赵一泰道:"现在江南还算安全,公子若还没决定到哪座山里隐居,不如先回金陵老家吧!"

第一百九十六章

前朝帝裔难脱险

彼时北京风声鹤唳，草木皆兵，好不容易跑了狼，后面又来了虎。有人担心清军进城后会烧杀掳掠，于是举家带眷出城逃跑；有人则成群结队搜捕大顺朝来不及逃跑的散兵游勇进行疯狂报复，不是放火烧死，就是当众斩首，甚至连操西北口音的都受到牵连，不少老早就迁往北京定居的无辜西北百姓被当成大顺军处死。

北京一团乱象，南方却还算太平。不少人举家出城，往南方避难，城门口被大小车辆挤得水泄不通。

大顺军攻入北京、崇祯皇帝自缢煤山的消息传到南京时，由于太子和永、定二王均没有逃离北京，皇位继承人只能从藩王中选择。天启无继承人，崇祯的皇子又陷入大顺军之手，按照宗法制，新皇帝只能从万历的儿子和孙子中选取。其中有资格继位的人有福王朱由崧、惠王朱常润、桂王朱常瀛。各派政治势力紧锣密鼓地争斗了一个多月，最后决定由福王朱由崧监国，是为南明。

五月初一，吴三桂传谕北京官民，各宜整肃，静候太子朱慈烺，官民大喜相庆。多尔衮为了收买人心，早在入关时就打着"除暴救民，灭流贼以安天下"的旗号。他得知李自成西逃，急命吴三桂西行追剿。吴三桂请多尔衮护送太子、定王入都，却遭到多尔衮拒绝。吴三桂无奈之下，将朱慈烺兄弟藏于皇姑寺。

五月初二，吴三桂大军追至定州、清水河下岸，斩杀大顺将士谷大成、祖光先，李自成败北。北京城臣民俱延颈企望朱慈烺归来。

五月初三，北京诸臣迎候于朝阳门外，设卤簿，列法驾，袁紫清、朱毓媞、绿萍三人亦在其中。远处旌旗猎猎，烟尘滚滚，吴三桂的辽兵为前导，领着车驾仪仗迤逦而来。众人均欢呼太子已至，伏地拜倒，不料等到的却是摄政王多尔衮，登时一哄而散。

是日，多尔衮入居武英殿。

朱毓媞牵着袁紫清的衣袖凄凄惶惶地道："清，慈烺呢？不是说迎候东宫吗？还有慈炯呢？慈炯之前在吴三桂军营里，如今他们到哪里去了？"

袁紫清见她泪盈于睫、泫然欲泣的模样，轻轻地道："别慌别慌，你先回去歇息，我这就去打听。"

朱毓媞方才心绪激荡，动了胎气，腹部隐隐作痛，于是点了点头，由绿萍搀着回去，等候消息。

这一等就是整整一个晚上，朱毓媞一颗心火烧火燎的，吃也吃不下，睡也睡不着，一件百衲衣缝了没几针就搁下了。到了拂晓时分，袁紫清终于拖着一身疲惫出现在朱毓媞面前。

朱毓媞忧心忡忡地道："清，慈烺和慈炯呢？"

袁紫清面有难色，不知该如何启口。朱毓媞看了他的样子，心已凉了半截："到底怎么了，你说话啊！"

"媞儿……"袁紫清紧紧握着她的手，好似怕她会受不了打击而崩溃，"我向吴三桂的人打听到了。吴三桂本欲请多尔衮护送太子和定王入京，多尔衮没有答允。于是吴三桂就先将他们安置在皇姑寺里，然后请关宁监军太监高起潜去照应他们。我当下便赶往皇姑寺，谁知……谁知……"

朱毓媞一颗心刹那间提到了咽喉，道："然后怎么样了？"

袁紫清一夜不眠的双眼更加红了："我到了皇姑寺，只见地上都是尸体，其中有一人就是……就是定王……"

朱毓媞仿佛被数以千计的雷霆贯穿全身，寸寸骨骼都在栗栗震动，眼前的世界整个颠转过来，若不是袁紫清紧紧拽着她，早就瘫倒在地了。她兀自不肯相信，大声道："你又没见过慈炯！你怎能确定那尸体是慈炯？或许是别人，不是慈炯！"

袁紫清十分不忍，咬牙道："我也很希望那具尸体不是慈炯。我在寺里找到一个重伤未死的尼姑。她说吴三桂派人将太子和定王安置在寺里后，交代她们要好好照顾两位皇子。结果吴三桂的人前脚刚走，后面就来了一队辫子兵，不由分说，便要取皇子的性命，还把寺里的尼姑都杀了。定王没有逃过一劫，当场惨死，太子则在住持的掩护下趁乱逃脱了。我在皇姑寺附近搜了一遍，没有找到慈烺，我就先把慈炯埋了。"

朱毓媞双眼一黑，晕倒在袁紫清怀中。

连着好几日，袁紫清都外出找寻朱慈烺的下落。他发现不少辫子兵也在做同样的事，上穷碧落下黄泉，只差没把地皮掀了起来，可朱慈烺音讯全无。没有看见尸体，朱毓媞就始终相信朱慈烺还活着。

她冷静下来后，已知清军诛杀朱慈烺兄弟的目的了。诚然如她之前所说的，江山更替、改朝换代,最忌前朝帝裔存活。任何人只要打着拥立崇祯太子的旗号,就能师出有名,招揽民心。因此,多尔衮没有答允吴三桂的请求,等朱慈烺兄弟脱离辽兵的保护后,就悄悄地将他们杀了,永绝后患。

第一百九十七章

开到荼蘼花事了

多尔衮入京后,命明朝遗臣李明睿为礼部侍郎,为崇祯皇帝拟谥号。李明睿以"怀"为崇祯皇帝的庙号,"瑞"为谥号,合称"怀宗瑞皇帝",安奉神主于帝王庙。根据谥法,"怀"表示"执义扬善"和"慈仁短折","瑞"表示"立身严正"和"内外宾服"。

根据历史惯例,历代亡国之君只能期望新朝赠予谥号,不应再拥有庙号。因为国祚已绝,宗庙不存,当然没有资格取得庙号。例如元顺帝,明朝谥其为"顺",却没有设立庙号。此时清朝对于中原的繁文缛节还不是很清楚,因此让李明睿钻了漏洞。多年后顺治皇帝降旨,取消了崇祯皇帝的庙号,改谥号为"庄烈愍",清朝官书盖以"庄烈帝"或是"愍帝"称呼,张廷玉撰修的《明史》就以"庄烈帝"称呼崇祯皇帝。

五月初六,哭临三日,百姓哀号,如丧考妣。

五月初七,大清封吴三桂为"平西王"。

五月初八,李自成接连败于庆都、真定,焚辎重,仓皇西逃。

五月十一日,清军将中、东、西三城的百姓强行驱离以屯兵,居民搬迁时只能净身出户,也就是说所有家当都要留给清军。

这日周世显来找朱毓媞,告诉她,他们一家人不愿受异族统治,准备南下投靠南明政权,询问朱毓媞的意愿。

朱毓媞心乱如麻,沉默不答。周世显知道她要在城里等朱慈烺,早就准备好一番说辞了,当下滔滔不绝道:"你怎么聪明一世糊涂一时呢? 慈烺又不是傻子,会回到北京送死吗? 眼下最安全的地方就是江南。慈烺若活着,一定会想办法到江南去。你在这里等到天荒地老,他都不会出现。何况我听降清的明朝官吏说,多尔衮近日就会正式颁布剃发令,留头不留发,留发不留头。汉人要是不剃发,就会掉脑袋的。所谓身体发肤,受之父母,不敢毁伤,孝之始也。要堂堂汉人拖着一条滑稽的辫子,岂不贻羞先祖? 我适才在轩廊上遇到顾太医,顾太医听到剃发令,眉头一皱,当下就打算迁居江南。顾太医都不能接受剃发,你认为袁紫清那炮仗脾气能不跟清兵火拼吗?媞儿,现在北京已是满洲人的天下了,也不知道他们接下来会怎么处置汉人。你不得不走。"

朱毓媞思前忖后,终于决定不再等朱慈烺,当日便收拾细软准备南下。

五月十五日,摄政王多尔衮登武英殿,受朝贺,并出示京城,令官民剃发易服,衣冠悉遵大清制度。同一日,福王朱由崧于南京皇宫登基,年号弘光。

剃发令被清朝视为汉人是否臣服的重要标志。然而剃发令一出,立即引起汉人激烈的反抗。如保定、三河民众就起事反对剃发。据史料记载:"入关之初,严禁杀掠,故中原人士无不悦服。及有剃头之举,民皆愤怒,或见我人泣而言曰,我以何罪独为此剃头乎?"

为了维持发式,不少人宁愿一死。这种"士可杀不可辱"的风气迅速蔓延开来,原先准备降清的人立即改弦易辙,连已归顺的州县百姓也纷纷揭竿起义,树帜反清,好不容易平定的北京顿时又陷入一片腥风血雨。

一个月后,剃发令被迫取消。多尔衮发布告示:"予前因归顺之民无所分别,故令其剃发以别顺逆。今闻甚拂民愿,反非予以文教定民心之本心矣。自兹以后,天下臣民照旧束发,悉从其便。"

却说朱毓媞一行人到了金陵,便住进了袁紫清的旧居。朱毓媞此时已大腹便便,这几日又心神不宁,频频动了胎气。顾培生一时也没有住处,于是暂时过来住在一起,以便就近照顾她。不算宽敞的宅院顿时热闹了起来。

朱毓媞重返旧地,往事历历在目。她想起那个梳着三丫髻、留着刘海、咋咋呼呼的小丫头,真个恍如隔世。没想到当年那个凶巴巴、没礼貌、夺了自己初吻的少年,竟然会和自己结发夫妻,碧落人间情一诺,还有了骨血联系。她的心中顿时涌上一丝难以形容的感触。

萧采莞也是触动难言,当年从金陵前往北京,没想到中间竟会发生那么多风风雨雨。如今倦鸟归巢,看到熟悉的一瓦一墙,她的心顿时就像徜徉于温暖的海水中。

周兴仗着人脉,很快就在金陵租了一间宅院,规模虽然不及北京气派,至少历经干戈战乱后父子俩还能坐在一起吃饭。

江南气候比北方潮湿,加上这几日阴雨绵绵,袁紫清旧伤发作,腿骨剧痛,几乎站不起来。他咬着牙根默默隐忍,倒也不是忍受不了这种折磨,只是觉得自己就像个废人,只能躺在榻上,起坐都要人搀扶。那落寞的神情看得朱毓媞和萧采莞都是潸然泪下。顾培生替他开了止痛的汤药,又替他按摩穴道,这才缓解了他的痛苦。

眨眼间,在金陵已过了两个月,朱毓媞肚子越发沉重,下肢水肿,行动不便,睡觉时常常抽筋。肚里的小女娃到了半夜就爱翻跟斗,使她熬出了一双兔子眼。

崇祯的皇子中,朱慈炯确定已死,南京的官员锲而不舍地找寻太子和永王的下落,却始终一点消息也没有。

又到了开到荼蘼花事了的时节,一切看似都平静下来了。朱毓媞坐在轩窗旁,看着一地的落花,手放在胎动明显的腹部上。原本打算等孩子呱呱落地,就找个地方隐居,可如今朱慈烺生死未卜,她又怎能安心归隐山林呢?

第一百九十八章

自古忠臣帝主疑，全忠全义不全尸

这日家里来了客人。袁紫清怕吵醒午睡的朱毓媞，趿了鞋出门一看，吃了一惊，脱口便道："赵叔叔，你们怎么来了！"

来人正是赵一泰和杨实千，袁紫清连忙吩咐萧采莞看茶，三人就在客厅里坐下。

赵一泰一肚子火气，接了萧采莞递来的茶"咕嘟嘟"牛饮。袁紫清看了他一眼，又把目光投向杨实千，只见杨实千一脸灰败，双眼通红。

袁紫清怔怔地问："发生什么事了？你们不是随闯王回西安了吗？"

这句话像是戳到了赵一泰的痛处，他倏地一拍几案，震得茶盅跳了起来，道："公子莫要在我面前提及闯王，就当我赵某人瞎了眼，跟错了人……"他泪流满面，激动不已："李公子……李公子被李自成杀了！"

袁紫清一下子站了起来，颤声道："什么？"

赵一泰道："大顺朝先是败于山海关，又在真定、庆都相继落败，遁入山西后，清军才停止追击。李公子劝他坐镇太原，火速从陕西等地调集军队入晋，加强山西防务。李自成对他早存了疑忌，哪肯听劝，反而率领主力继续西撤，于六月初渡过黄河，返回西安。

"尽管李自成在固关留下了大将马重禧；在大同、阳和留下了制将军张天琳；在晋东南长治地区留下了大将刘忠；路过省会太原时留下了明朝降将陈永福，并授以坚壁清野之计；在晋西北保德地区留下了降将唐通；晋南临汾地区又有绵侯袁宗第统兵万人屯于挂甲庄。兵力看似可观，但这些留守山西的军队各自为政，缺乏一员威信卓越的将领统一指挥。

"李公子私下喟叹：'部署不当，缺乏战略眼光。'大顺朝军事失利，山西、河南等被迫归降的州县吏民率先反叛。就目前局势，失河南则关中失去屏障。李公子主动请缨收拾河南乱局，想赶在清军南下前站稳根基。结果牛金星这厮又趁机进谗，说李岩雄武大略，

非久居人下者。河南乃李岩的故乡，李岩这是打算在河南屯兵募将，独树一帜。'十八子，主神器'的谶语指的就是李岩，如今早已传得风风火火了。李岩衣锦还乡，难道不会有英雄好汉闻风响应、争相投效吗？

"当年李公子在前往伏牛山的路上作了一首诗，其中有两句：'神州陷溺凭谁救，我欲狂呼问彼苍。'当时李自成已至河南，饥民望风投顺，人人均称李自成为救星。刘宗敏却将李公子的诗意曲解了，说什么当时百姓已将皇上视为救星，李岩却还四处散播'神州陷溺凭谁救，我欲狂呼问彼苍'，岂不是怀了不臣之心？

"众口铄金。李自成先是封李公子为一品权将军，又赐尚方宝剑，许便宜行事之权，使其松懈心防，并设酒宴为李公子饯行，却暗中埋伏甲士。不知情的李公子前去赴宴，觥筹交错之际，牛金星手持李自成的手谕，当众宣读李公子谋逆的罪名，之后预伏在暗处的甲士一拥而上，杀了李公子。可怜李公子一句申辩也没有，就身首异处了。尸体还被肢解，那叫一个惨不忍睹啊！"

袁紫清气得脸色发白，道："红娘子呢？"

"李公子的亲信护着红娘子逃跑。可牛金星和刘宗敏早有部署，哪容得他们逃逸？所有人都被抓了起来，李公子的亲信当场被杀，红娘子则拔剑自刎。"

袁紫清有妻有女后，心也软了许多，想起李岩和红娘子对李自成忠心耿耿，却换来如此下场，虎儿幼失怙恃，处境堪怜，忍不住红了眼眶。

萧采莞也默默垂泪。

杨实千哽咽道："李自成杀李岩，就像崇祯皇帝杀督师一样，是自毁长城之举啊！想那李自成入了北京，军纪大坏，大失民心。败逃陕西后，百姓不附，滥杀功臣，军心涣散。咱们实在不服，于是从西安逃了出来，结果被刘宗敏派人一通追杀。要不是咱们的千里驹够劲儿，脑袋早给刘宗敏砍下来了。"

袁紫清闭上双眼，想起当年初见李自成时，他那雄姿英发、谈笑间樯橹灰飞烟灭的模样，不胜唏嘘。又想起刘宗敏、牛金星对付李岩的手段，他不禁义愤填膺。

袁紫清当即跪在地上，望西三拜。

这三拜，拜的是沧海横流的英雄本色，拜的是不让须眉的女中豪杰！

赵一泰又道："我们逃离西安后，先去了一趟北京。见你之前住的地方已清空，这才想到你可能已返回金陵。唉，我真没想到大顺朝会败得这么惨，不到半年光景，北京城头王旗三变，如今已是满洲人的天下了。"

袁紫清问："现在北京是什么情况？"

赵一泰道："多尔衮发布告示：'凡各府州县军卫衙门，来归顺者，其牧民之长，统军之帅，开造户口、兵丁、钱粮数目，亲来朝见。'这是要与南明争夺地方政权、财物、军力。他又将剃发令改为'剃武不剃文，剃兵不剃民'，已不像之前那样强制剃发。北京吏民举家出城者渐渐少了,官仍其职,民复其业。

"多尔衮在六月初一发布文告,大意是只要南明通好议和,对大清感恩沐德,就能睦邻而居。里面有一段:'咨尔河北、河南、江淮诸勋旧大臣、节钺将吏及布衣豪杰之怀忠慕义者,或世受国恩,或新膺主眷,或自矢从王,皆怀故国之悲,孰无雪耻之愿?予皆不吝封爵,特予旌扬。其有不忘明室,辅立贤藩,勠力同心,共保江左者,理亦宜然,予不汝禁。'

"这一句表面上看来是承认南明政权的存在,可是文告最后一句又显得耐人寻味了:'国无成主,人怀二心,或假立愚弱,实肆跋扈之邪谋;或阳附本朝,阴行草窃之奸宄。斯皆民之蟊贼,国之寇仇。俟予克定三秦,即移师南讨,殄彼鲸鲵,必无遗种。'这道诏书其实已预留伏笔,一旦时机成熟,清朝可以随时宣布江左政权并非'贤藩',而是'假立愚弱'。到那时,移师南讨'民之蟊贼,国之寇仇',就名正言顺了。"

袁紫清道:"江南是天下的粮仓,苏湖熟,天下足。北京上自达官显贵,下至升斗小民,都仰赖于南方漕运的供给,非进贡就能替代得了的。清朝的胃口很大,不可能对富庶的江南无动于衷。加上降清的汉官都存有私心,唯恐出现划江而治的局面,关河阻隔,骨肉分离,因此一定会竭力撺掇清朝南征。在我看来,清军收拾完大顺军之后,很快就会剑指江南了。"

赵一泰道:"多尔衮志不在小。山东是运粮之途,山西是商贾之道,两省兵民若归清朝,则财赋有出,国用不匮。清军进攻山东和山西,并派出文官进行招抚和治理。一旦山东、山西取得大捷,京师形势稳固,或许不用等到平定西北,清军就会挥军南下了。

"大江南北全是水路,地势险要,易守难攻,不像北方一马平川,骑兵不善水战。隔着长江天险,清军恐怕也不易得手。"

萧采莞一直默默听着,从他们的对话中隐约得知金陵也不是一个久安之地。若非朱慈烺下落不明,袁紫清其实根本不会回到金陵,而是找个地方做他的"山中人"去了。江南历来烟雨蒙蒙,别有一番旖旎的风情,可是这样的天候却让袁紫清腿部旧伤频频复发。别看他现在挥斥方遒、纵情谈笑,只要一变天,他的腿就会疼到站不起来。

她既是心疼,又是不忍,什么时候他们才能隐居林泉,不问世事呢?

第一百九十九章

彼黍离离心摇摇

赵一泰和杨实千就在金陵住了下来，于是袁紫清的家更加热闹了。赵、杨二人食量惊人，萧采莞和绿萍每日都做了满满一桌菜。大家一起坐下来吃顿香喷喷的饭，倒也温馨和乐。

一眨眼朱毓媞已近临盆，袁紫清越发呵护着她，就像呵护温室里的花朵一样，生怕她被风雨摧折。朱毓媞就像被袁紫清捧在手心上的水晶人，袁紫清就怕她哪里磕着碰着了。

朱毓媞嗔道："我哪有这样娇贵！"

顾培生也笑道："不让她多走动走动，不利于生产啊！"

朱毓媞胃口也变得很好。这日她嘴馋，想吃燕窝羹，偏偏绿萍还没炖好，对她宠翻天的袁紫清二话不说，立即出门采买。

袁紫清脸上伤疤虽然淡了很多，毕竟还未痊愈，又加上他在这六朝金粉之地早就是风云人物了，所以他出门都会戴着面纱。袁紫清就怕半路上听到有人娇滴滴地喊他名字，他回头一看，是个连名字都叫不出来的露水情人。那当真是尴尬无比。

结果那家受到朱毓媞眷顾的燕窝羹老店今日店休，其他家的燕窝羹又不合她的口味，只能空手而归。不料走到一半，还真的有人喊了他的名字……

"袁公子！"

他背脊倏地一僵，过了片刻才反应过来。这人的声线醇厚温润，不似女子的嗓音。

他松了一口气，转过身来，只见周世显一身月白底子皂色镶边交领长袍，头戴幞头，幞头正中还镶着一块鲜脆欲滴的翡翠，手持玉骨折扇，袍下一双掐金挖云的乌底软靴，真个丰神如玉，意态娴雅。

周世显道："相逢不如偶遇。这都正午了，一起到酒楼里吃酒吧！"

这世上有人白头如新，却也有人三言两语就交上了心，袁紫清和周世显就是属于第一种。袁紫清正要婉拒，阿奇已从他背后跳了出来，挽着他的胳膊就往酒楼里走。

阿奇喜滋滋地道："紫清哥哥，听说你救了我们家老爷和公子。阿奇都还没好好酬谢你呢！走走走，今日就算你吃光了一座山的肉，呷光了上百斤的酒，阿奇也不会让你掏出半毛钱的。"

袁紫清啼笑皆非，阿奇一面说个不停，一面把他拖入了一间垂着翠色纱帘的雅间。盛情难却，袁紫清便只好坐下。

金陵人好吃鸭，几乎每家酒楼都有风味独特的桂花鸭。桂花鸭皮白肉嫩，肥而不腻，切成薄片，搭配甘醇的竹叶青，更是美味。

此刻桌上有鸭有酒，三人一边吃喝一边闲聊。不过大都是阿奇叽叽喳喳自言自语，周世显和袁紫清显得很安静。

周兴和周世显南下金陵后，重新入朝为官。袁紫清心念一动，问周世显道："如今弘光朝廷情况如何？"

周世显叹了一口气，他左顾右盼了一阵，压低声音道："弘光皇帝荒淫昏庸，耽于声色，政事悉委于马世英。"

袁紫清心中一动，脱口道："马世英？"登时想起被他割断咽喉的马公子。

周世显道："怎么了？"

袁紫清道："没事，你继续说。"

周世显缓缓地道："马世英最拿手的就是'卖官鬻爵'。他以'强兵复明'为旗号，假借'助军兴'之名，公开标价，大做乌纱生意。从朝廷到地方，各级乌纱都有定价，甚至连考生也要以纳银多寡定名次。近日有一首歌谣，指的就是这个：'中书随地有，都督满街走。监纪多如羊，职方贱如狗。相公只爱钱，皇帝但吃酒。扫尽江南钱，填塞马家口。'江南的钱，全进了马家的口袋了。你说马世英的生意是不是做得比严嵩父子还要红红火火啊！"

袁紫清道："严嵩、严世蕃父子，那可是出了名的贪相。州判三百两，通判五百两，武官指挥三百两，都指挥七百两。朝官中，吏部官价最高，买一顶'主事'的乌纱，没有一万两银子想都别想。严嵩父子受嘉靖皇帝宠信，吞没军饷，废弛边防，肆意贪污，气焰嚣张，吏民视其如仇雠。严世蕃甚至在家中宝库内狂妄大笑，说'朝廷无我富'！你这么说马世英，可见马世英比起严嵩父子更加技高一筹了！"

周世显道："我说的是事实，马世英重用阉党阮大铖，二人狼狈为奸，只顾卖官鬻爵、报复私仇，导致朝纲不振、内讧不断。

"内阁大学士史可法督师江北，设四藩。四藩者，徐州、泗州、凤阳、寿州、淮安、扬州、滁州、和州。四藩之兵马钱粮，皆听其自行征取。高杰镇守徐州、泗州，刘良佐镇守凤阳、

寿州,刘泽清镇守淮安、扬州,黄得功镇守滁州、和州。

"你听出关键了吗?四镇均在南直隶境内,史可法驻地更是在江北咫尺之地扬州。若以河南、山东为江南屏藩,仿唐、宋节度和招讨使之制,于山东设一大藩,经理全省,以图北直;于河南设一大藩,经理全省,以固山、陕。择大臣才兼文武者任之,厚集兵饷,假以便宜。于济宁、归德设行在,以备巡幸。示天下不忘中原之志,如此克服可期。若弃二省而守江北,则形势已屈。史可法明显毫无远图,旨在偏安一隅,因此让四镇总兵在江北建立国中之国,作为朝廷和大清之间的缓冲地带。

"四镇总兵都是定策功臣,备受皇上和马世英宠信,志骄气盈,不可一世。武将专政,国不像国。军阀之间矛盾重重,勇于私斗,怯于公战;文臣或依附某一军阀为靠山,或束手无策,放言高论者有之,引避远遁者有之,坐看江河日下、国土沦丧。

"四镇总兵仗着'天子乃我辈所立',气焰嚣张,桀骜不驯,欺压百姓。马士英虽然位居首辅,却同样受制于四镇总兵和世镇武昌的宁南侯左良玉。督师史可法也根本驾驭不了四镇。其他将领如郑芝龙、方国安等人见四镇如此,也各自盘算利益,不以国事为念。"

袁紫清道:"任何国家欲有所作为,必先维持内部稳定。明朝从洪武至崇祯这两百七十余年,文臣武将虽此消彼长,朝廷威望却始终是至高无上的。如今朝廷依附武将,武将视皇帝为傀儡。君卑臣骄,祸乱之源。朝廷徒有虚名,将领各怀私心。我想,不必等清军饮马长江,自个儿就分崩离析了。"

周世显的剑眉挑起一丝不屑的弧度:"四镇中高杰、刘泽清曾是望风而逃的败将,若是先帝早就打杀了;黄得功、刘良佐在甲申年间也没立过什么功绩。只是由于他们以兵力作为后盾使弘光皇帝得以御极登基,都成了定策功臣。五月十七日,黄得功进封为靖南侯,高杰为兴平伯,刘泽清为东平伯,刘良佐为广昌伯。世守武昌的左良玉虽然没有参加定策,但他兵多将广,也进封为宁南侯。真真是可笑。明朝公侯多为开国、靖难的元勋功臣,哪一个不是奋起行伍、千军万马杀出来的赫赫功勋?封爵以劝有功,无功而封,有功者不劝;跋扈而封,跋扈愈多。我和我爹对于南明朝廷,只有心灰意冷而已。"

袁紫清又问:"多尔衮曾下诏议和,后来如何了?"

周世显脸上忧色更浓:"朝廷派出左懋第、马绍愉、陈洪范三人出使,携带白银十万两、黄金一千两、缎绢一万匹。不料见了多尔衮,多尔衮竟翻脸说道:'闯贼入京的时候,你们没发动一兵一卒,现在闯贼被我们打跑了,你们却与我们争国土,倒是专会捡便宜!那李自成是你们的罪逆,我大清以大义为重,替你们雪耻,你们不但不知感恩,还私立皇帝。天无二日,国无二主,你们弘光皇帝必须削号归藩,向我大清投降,否则我大清将饮马长江,挥军南下。'左懋第、马绍愉被多尔衮扣留,只余陈洪范南归。"

袁紫清沉吟半晌,道:"最近,多尔衮在山东、山西取得大捷,归降的汉官越来越多。这些汉官日夜鼓吹,多尔衮对弘光政权的态度才会大大转变。想不到危机竟来得这么快。朝廷怎么看?"

周世显叹道:"北使议和成了赔了夫人又折兵的残局,不少官吏已看出清朝巧借复仇之名欲行南侵之实,要求当政诸公不要沉浸于'借虏平寇'的痴梦之中,认真做好防止清兵南侵的准备。可是史可法却上疏说什么'讨贼之约,不闻达于虏庭','一旦寇为虏并,必以全力南侵。即使寇势尚张,足以相拒,虏必转与寇合,先犯东南。宗社安危,决于此日'。显然史可法断定闯贼会与清兵结盟,先犯我朝,所以提议'今宜速发讨贼之诏,严责臣等与四镇,使悉简精锐,直指秦关',要朝廷仍以大顺军为主要敌人。"

袁紫清道:"以南明朝廷的腐朽,很快就会沦陷于清军铁骑下。金陵……朝不保夕。"

周世显沉默片刻,道:"你带媞儿离开金陵吧!你们之前不是曾经住在倭国吗?趁清军还没饮马长江,赶紧离开吧!"

袁紫清道:"她就要生了,不宜舟车劳顿,何况慈烺……慈烺下落不明,我们怎能安心一走了之?"

第二百章

明知不可为而为之

周世显想起朱慈烺，不免心中郁郁，一时二人都沉默了。说巧不巧，忽听邻桌一人道："俺昨日从北京过来，听说崇祯的太子被周奎献给了鞑子，周奎那不要脸的还得了鞑子的赏赐呢！"

另一人回答道："太子是周奎的外孙，他怎么能将自己的亲骨肉献给鞑子？"

"太史公说，天下熙熙皆为利来，天下攘攘皆为利往。那周奎当初因为贪生怕死，将太子兄弟拒于门外，你说他能不贪功好利，将太子献出去吗？昨日北京许多百姓都看见了，周奎报了官府，然后鞑子兵来了，把崇祯太子'请'入皇宫了。"

袁紫清听到这里，如离弦之箭掠至邻桌，道："说清楚一点，崇祯太子真的进了皇宫？"

那二人被他吓了一大跳，道："是真的，事情就发生在昨日。崇祯太子随大顺军出征时，很多百姓都看过他的相貌，错不了！"

袁紫清愣了一瞬，蓦地转身就走，周世显连忙疾步上前，拽着他的胳膊道："你要干什么？"

袁紫清一步也缓不下来，道："救太子去。"

周世显大吃一惊，用力拽住他，不让他走，可袁紫清力气大得很，周世显被他一连拖行了好几步。周世显急道："就凭你孤身一人怎么从皇宫里把慈烺救出来？不如从长计议……"

袁紫清打断了他的话，道："多尔衮一直想铲除慈烺这个后患，所以慈烺现在很危险，我哪有工夫从长计议！我只知道慈烺是媞儿的亲弟弟，也可能是她唯一还在人世的亲人。周奎这种吃里扒外的东西，不配当人。现在慈烺若有个好歹，媞儿如何不肝肠寸断？所以，我一定得救出慈烺。"

周世显道："你救慈烺，是因为他是媞儿的弟弟，还是因为他是朱慈烺？"

袁紫清道:"打从慈烺喊我一声姊夫开始,我就把他当成我的亲人了。他现在处在刀尖浪口之上,我怎能坐视不管?倘若我不去救慈烺,眼睁睁看着慈烺命丧满洲人之手,那么我一辈子也不会原谅自己。周世显,倘若你是我,你会救慈烺吗?"

周世显道:"我一开始就清楚自己没能力救出慈烺,所以,我断然不会以身犯险。眼看媞儿就要生了,你就不担心救不出慈烺,反而把自己搭进去吗?紫清,为了你的妻儿,别逞匹夫之勇!"

这番话似触动了袁紫清的心,他终于停下脚步,回头定定地看着周世显,道:"虽然我的腿瘸了,轻功也不如往昔了,可是并不代表我没能力救出慈烺。我知道自己还有一丝能力,所以我不能不去!如果我今日武功全废了,那我断然不会担这个风险的!平安救出慈烺,看似希望渺茫,可是有些事,不能因为希望渺茫就不去做。你放心,我不会逞匹夫之勇。到了北京皇宫,我会谋定而后动。如今不是太平盛世,只能靠武力、生命、鲜血去守护至亲之人。我的武功曾经是用来杀人的,如今就用来守护我所爱的人。北京,我去定了。"说罢转身就走。

周世显一时触动难言,看着他走了几步,忽然大声道:"袁紫清,我一直对你不服气。现在,我真正服你了。"

袁紫清停下脚步,却不回头,只听周世显幽幽地道:"可是,即使守护在她身边的人不再是我,我对她的心意,永远也不会改变。就算她是你的妻,就算她为你生儿育女,我心里还是只有她一个,我……我还是想要守护她。"

袁紫清回过头来,静静地看着他,目光闪过一丝异样,唇角浮现一丝莞尔的笑纹,最后扬长而去。

周世显愣愣地看着他一阵风似的消失在长街尽头,目光有一瞬的怅然,喃喃道:"我终于明白媞儿为什么对袁紫清一往情深,至死不渝了。"

阿奇道:"为什么?"

周世显笑容很复杂:"他是个性情中人、真汉子、大丈夫,一生豪气峥嵘!媞儿深爱他,嫁给他,甘心做他的女人,就是因为他的不平凡。我和他比起来,真是平庸多了。"

袁紫清回到家中,先去了房里。彼时朱毓媞正在午睡,她现在越来越贪睡了,加上夜里小月儿好动,双腿时常抽筋,睡眠质量不好,白天多数时候她都在补眠。

袁紫清坐在榻边,贪恋地看着妻子海棠春睡般的容颜,忍不住伸手轻轻抚着她丰润的面颊。动作很轻,就像是窗外吹进来的微风,但朱毓媞睡眠尚浅,立即惊醒。

"清……"朱毓媞睡眼蒙眬,像一只慵懒的小猫,含糊道,"你怎么去这么久啊,我等你的燕窝羹等到犯困了。"

"你喜欢吃的那家老字号今天没开呢!明天……"袁紫清本想说"明天再买给你解

馋",忽然想到自己将要前往北京,于是改口道,"你吃过饭了吗?"

朱毓媞揉揉双眼:"没有,我想先睡一下再起来吃,我好困……"

袁紫清知道她昨晚被小月儿折腾得几乎没怎么睡,柔声道:"好,那你先睡。"

"嗯……"朱毓媞含糊地答应一声,重新合上眼帘,又沉入了梦乡。

倘若她此刻神志清醒,就会立即察觉到袁紫清神态的异样。他们之间的感情早就超越了寻常夫妻。他们心有灵犀、如同一体,已经融入了对方的骨血里,只要一个眼神,就能知道彼此在想什么。

袁紫清深深地凝视着她,末了,在她额头上印了温柔一吻,这才转身离去。

世人都说,生与死是最遥远的距离,可是他觉得,她在奉先殿跪祖宗,而他却只能躲在梁上遥遥相望,那才是最遥远的距离。曾经隔在他们中间的,不是千重关山、万顷大海,而是亲人的如山尸骨。随着国兴国亡云聚散,人死人灭一场空,终于万事皆休,尘埃落定。他虽然极度不愿从她身边离去,然而此刻她唯一的亲人有了生命危险,他不得不离开他挚爱的妻子。

凭一己之力逆天改命,明知不可为而为之,方为大丈夫本色!

自从崇祯皇帝用凝血剑砍断朱毓媞的右臂后,袁紫清的心中就不愿再碰凝血剑。他永远忘不了朱毓媞断臂的那一幕——凝血剑的寒光如一道匹练,朱毓媞的胳膊随即飞了出去,鲜血喷出三尺高。那鲜艳的红,仿佛一剂毒药,一层一层灼蚀了他的身心。

他将束之高阁的凝血剑取下,拂去剑鞘上的轻灰,又取了十字镖、带刀飞索、烟幕弹,一切能派上用场的都带上了,最后从屉子里拿出芥川鸣相赠的最后一颗救命药丸。

这应该是他最后一次以性命相搏了。

他已决定,救出朱慈烺后,一家人立即乘船前往倭国,从此远离中原的硝烟烽火。

正要去马厩牵千里驹,忽然想到一件事,当即去了顾培生的房里。莫约半炷香时分,顾培生一脸忧色,送他出了房门,袁紫清手里已多了一个瓷瓶。

但愿,这个瓷瓶里的药丸能够有机会发挥作用,助他避开刀光剑影,平安将慈烺救出。

正神思游弋,忽听背后传来一个熟悉的声音:"哥哥这身打扮,是要去哪儿?"自从结拜为异姓兄妹后,萧采莞就不再喊他"公子",而以"哥哥"相称。

袁紫清回头看着她,只见她一脸惊诧、疑惑,隐隐还带着一丝忐忑。他知道瞒不过她,于是将自己要前往北京相救朱慈烺一事简略说了。

原以为她会像周世显、顾培生那样先劝阻一番,没想到萧采莞只是点了点头,心平气和地道:"哥哥只管放心去吧!我会好好照顾嫂嫂的。"

袁紫清不禁愕然,道:"我以为你会劝阻我。"

萧采莞微微一笑："采莞一开始的确想劝阻哥哥。可是转念一想,哥哥只要决定了,九头牛也拉不回来的。所以采莞就干脆把劝阻的力气用在照拂嫂嫂身上。哥哥万事小心,说不定等哥哥回来,小月儿就出世了。"

袁紫清想起即将出世的女儿,露出一抹温柔笑容:"我一定会平安回来。"

萧采莞痴痴惘惘地目送他上马,极力保持镇定的脸在他一提马缰、绝尘而去的那一刻崩溃。她哆嗦着嘴唇道:"哥哥,当日义结金兰,我便在心中许下誓言了,虽不能同年同月同日生,但愿同年同月同日死。"

第二百零一章

指鹿为马赵高计

朱慈烺被周奎告发后就入了刑部大牢。

一些入仕清朝的汉官听说下落不明的崇祯太子突然出现，又惊又喜，希望朝廷能够妥善安置崇祯太子。吏部侍郎沈惟炳就上疏道："清朝宽仁厚德，加意先朝，上谥发丧，备极隆盛。今日命将出征，代先帝除凶伐暴，又何嫌何疑于其子。不以备三恪之后祀，为先帝存此一线哉？"

袁紫清在路上已将整个形势默默分析了一遍。清军本想暗中除掉朱慈烺这个祸患，然而朱慈烺却不知为何出现在周奎家中，被周奎报了官，弄得尽人皆知。这样一来，多尔衮反而不好下手了，因此朱慈烺现在还活着。

关押朱慈烺的刑部大牢不但守卫森严，牢中有游哨，临近门口还有一条长长的信道，信道两端都设有铁栅门，只能从外面打开。这样的结构，要想劫狱实在是有点棘手，弄不好还得将自己赔了进去。

他默默思量了一会儿，伸手摸出了顾培生递给他的瓷瓶，心中已有了计策。

在短短半年之间，朱慈烺从明朝太子变成大顺宋王，又从大顺宋王沦为清朝囚徒，从白玉为堂金作马的东宫到如今阴暗潮湿、孤灯零星的囚室，他的心意耿耿难平。

皇姑寺是朱慈烺毕生难以释怀的噩梦。当日吴三桂派人将他们兄弟俩安置在寺里，并告知有个名叫高启潜的太监不久后就会过来接走他们，要他们耐心等候。没想到吴三桂的人前脚刚走，一队辫子兵就风风火火冲了进来，不由分说，大开杀戒。混乱中朱慈炯被一刀穿胸，当场气绝。住持带着他从后门逃了出去，一路风尘仆仆，躲躲藏藏，没少挨饿，把他折腾得狼狈不堪，形容难辨。

朱慈烺知道多尔衮已入主北京，打算南下金陵，到了金陵之后，再找机会把自己还活着的消息捎给朱毓娌。他和住持一道南下,到了黄河岸上,才刚要摆渡过河,就飞来一场横祸。原来住持因尼姑打扮不便于外出,就改了俗家打扮,她虽上了年纪,却因为茹素多年,看起来十分年轻,登时引来贼人觊觎。混乱中住持被他们劫了去,他也受了伤,昏迷前依稀看见公差前来拿人,随后便人事不知了。

等他醒来后,已在周奎的京郊别院里了。一问之下,才知道公差认出了他的身份,却不知该如何安置他,于是就先为他延医用药,再以车轿送到周奎府上。

周奎这胆小怕事、趋炎附势之人怎肯接这烫手山芋?当初大顺军兵临城下时,他狠心地把朱慈烺兄弟拒之门外。现在整个北直隶、山东、山西都是清朝的天下,朱慈烺本就没指望这个已剃了头发、易了胡服的外公会收留他,只是央求外公想办法把他送到金陵。

周奎哪肯冒这风险?他思前想后,反正当初自己已经背上了骂名,干脆一不做二不休,将朱慈烺交给清朝官府,"大义灭亲",向清朝表示自己的忠心。

朱慈烺万万没想到,自己兜了这么一个大圈子,结果竟然是由亲外公亲手将自己献给了清廷。多尔衮也没想到,自己拨出无数人马都搜查不到的一个束发小儿,竟自己送上门来了。可是这样的结果并非多尔衮想要的,现在所有人都盯着多尔衮,看他如何处置崇祯太子,倒令他一时没了方寸。

不过多尔衮身边多的是谋士,集思广益下,很快就会有人献上诛杀朱慈烺的良策。

朱慈烺进了刑部大牢后没多久就被提了出来,只见周奎、从前在宫里服侍过自己的太监、教过自己读书的内阁大学士谢升和一些明朝旧吏聚在大堂上。

朱慈烺看见这几张熟面孔,一时还以为出狱有望。但这些人一个个表情复杂,有的不忍,有的冷漠,有的愧疚,令他好不容易燃起的一星希望又沉入了谷底。

多尔衮高踞上首,伸手指着朱慈烺,对众人说道:"你们看清楚了,这人究竟是不是崇祯太子?"

周奎这条奴颜老狗第一个跳了出来:"回摄政王的话,这人哪是什么崇祯太子,您瞧那寒酸样儿,分明是假冒的。"

朱慈烺登时脑海一阵雷鸣电闪,几乎不敢相信自己的耳朵,只听那太监附和道:"奴才服侍崇祯太子多年。奴才敢断定,这是假冒的太子!"

多尔衮"哦"了一声,拿眼瞧向谢升,道:"你怎么看?"

谢升嗫嚅道:"这……这是假的……"

朱慈烺目光炯炯地看着谢升,怒极反笑:"崇祯十六年六月初八,先生讲书时曾经跟我谈论老子的治国之术,您说:'治大国,若烹小鲜,以道莅天下,其鬼不神。非其鬼不神,其神不伤人。非其神不伤人,圣人亦不伤人。夫两不相伤,故德交归焉。'先生现在还记得吗?"

谢升根本不敢看他,眼神闪烁,一揖后赧然退下。

多尔衮又问了其他几名汉官,汉官们众口一词地说朱慈烺是假冒的,唾沫星子几乎喷了朱慈烺一脸。朱慈烺又是悲愤,又是鄙夷。

多尔衮露出心满意足的笑容,丢出一句话后就扬长而去:"既然是假冒的。罪不可恕,结案后立即处斩。"

多尔衮一走,周奎等人立即像个小跟班似的屁颠屁颠地溜了。

朱慈烺望着他们的后脑勺大骂:"指鹿为马,颠倒是非,你们卑鄙无耻,不得好死!"

这件事传了出去后,不少汉官义愤填膺,接连上奏,坚称太子是真的。民间百姓也以朱慈烺为旗号起义反叛。但多尔衮早就抱定了以真为伪的决心,雷厉风行地镇压了地方上的叛变,并将叛军和坚称朱慈烺是真太子的所有汉官下狱论死。

朱慈烺抱着膝盖,望着被风扑得几欲熄灭的烛火,好似望着自己必死无疑的命运,心中忐忑到了极点。

他好想念姊姊、想念姊夫,还有自得知他的心意后,看见他就会羞答答、垂眉敛目的绿萍。

他不想死!

远处传来一声又一声的更鼓,像是泣血杜鹃一般。四更天了,他眼皮子像灌了铅一样,沉重得很。他的意识越来越模糊,渐渐就要抵不住睡意……

忽然听见一阵嘈嘈切切的声音,无数人来回奔走,高声呐喊:"走水啦,走水啦,赶紧救火啊!"

朱慈烺被此起彼伏的脚步声、惊呼声弄得毫无睡意,也不知是哪里失火了。忽听远处"哗啦啦"一通响,铁栅门被打开,一抹人影飞快地来到朱慈烺的囚室前。

朱慈烺在大牢里待了数日,几时巡狱、几时送饭、几时取便桶都了如指掌,按理说这时候不会有人来,何况外面还失了火,他马上警惕了起来。

那人一身侍卫打扮,头戴蓝翎顶子,后面拖着一条辫子,蹲在他囚室门前,低声唤道:"慈烺,慈烺。"

朱慈烺听这嗓音好生熟悉,偏偏一时想不起是谁,凑上前去,定睛一看,失声道:"姊夫!"随即喜上眉梢,颤声道:"你是来救我的吗?"

来人正是袁紫清。

第二百零二章

月儿出生

先前,袁紫清观察了刑部大牢的结构和人员部署,自忖能混进大牢里,却无法把人平安救出,于是想了一条计策——放火烧了刑部衙门大堂。

然而放火也要有技巧,否则火势若是一下子就给人扑灭了,袁紫清就没有足够的时间混入刑部大牢。

于是他拿捏了风向。适逢近日夜风很强,星星之火即可燎原,火势一发而不可收,若不及时扑灭,周遭都会波及。

火焰照得夜空如同白昼,刑部衙门登时炸开了窝,人人手忙脚乱地赶着救火。袁紫清早已换好了侍卫的衣衫,悄悄地潜入了刑部大牢。

这时候人人都忙着救火,袁紫清的出现十分突兀,守牢房的狱卒刚好又是个机灵的,立即察觉不对,正要呵斥,就被他击晕在地。

袁紫清取了钥匙,找到了关押朱慈烺的囚室。

袁紫清听了朱慈烺的话,面色一黯,道:"我也很想救你出去,可我伤了腿后就不耐长奔,自保尚且有余,带着你是不可能脱困的。"

朱慈烺眼里的希望之火一下子熄灭了,低声道:"那姊夫是来见我最后一面的吗?"

袁紫清正色道:"慈烺,接下来我说的话你听仔细了。姊夫没本事救你出狱,你要想闯出生天,还得靠自己。"

朱慈烺茫然道:"靠我自己?"

门外忽然传来一阵脚步声,袁紫清知道晕倒的守门狱卒被人发现了,连忙从栅栏缝隙中将一个瓷瓶递给朱慈烺,急切道:"这是顾培生调制的七日龟息丸,服用后会停止一切生命迹象。你服下装死,到时候尸体会被扔至乱坟岗,我会把你的'尸体'带出北京。

我已经替你想好了，你就装作气不过周奎那群趋炎附势之徒，忧愤呕血而死，这样才不会让人疑心你的死因。这是血囊，谨慎起见，你含在嘴里……"

"什么人？"

"有刺客！"

袁紫清飞掠向前，拔剑出鞘，砍瓜切菜般解决了闯进来的侍卫。他一面拼杀，一面望向朱慈烺。他方才说得太急，也不知道朱慈烺能不能听懂。

朱慈烺郑重地向他点了点头，将瓷瓶和血囊收在怀里。他握着栅栏，声嘶力竭地道："放我出去，放我出去！我是明朝太子，不是什么冒牌货！你们用这种卑鄙无耻的手段算计我，你们通通不得好死！"

涌进来的侍卫越来越多，袁紫清摸出怀里的十字镖，射死了临近的侍卫，展开轻功往出口处飞奔。

朱慈烺一边装腔作势哭喊，一边在心中默默祈祷："姊夫，你可千万要平安脱险啊！"

这一夜又是闹失火，又是闹刺客，从黑夜闹到天明，最后还是让刺客逃脱了。人人只道那刺客是为了救朱慈烺而纵火，到最后却功亏一篑。

两日后，朱慈烺在狱中呕血暴毙。

狱卒说，朱慈烺自那日被指认为假太子后，每日都会哭喊怒骂，他们耳朵简直都要长茧子了。终于有一日朱慈烺安静了下来，他们还以为朱慈烺骂倦了，没想到巡逻时，却见朱慈烺口吐鲜血，已无气息。

多尔衮施以一招"指鹿为马"，袁紫清将计就计，报以一招"借尸还魂"。以诈治诈，谁胜一筹？

乱坟岗位于北京东直门外东北不远处的左家庄化人厂。在清朝，凡是秘密处死的宫女、太监，以及刑部大狱处死的囚犯，或是贫苦人家过世的亲属，都会先运到这里，等待焚化。

袁紫清从他闯入刑部大牢那天起就一直守在化人厂附近，足足等了三日，终于等到了朱慈烺的"尸体"。抬尸体的太监离去后，袁紫清立即前去"领尸"，并雇了一辆大车，当晚就出了城。

只是人算不如天算，才到了山东济南城外，便遇上了大雨。雨势滂沱，道路泥泞，拉车的牲口几乎寸步难行。

天气说变就变，四处黑瞎灯火的，袁紫清腿上旧伤疼得厉害，只好入城找间客栈投宿。

他服下止疼药，缓解了腿部的疼痛，便蹒跚背着朱慈烺住进了客栈上房。

大雨下个不停，药性退了后，腿又开始疼了起来，那感觉就像重新承受诏狱里的夹棍酷刑似的。他这回赶着救人，没带足止疼药。药吃完了，他只能坐在绣墩上，将火盆移近腿部，咬牙隐忍。

幸好他救人靠的是计谋，而非蛮力，否则这时候清军早就四处搜人了。他犯了腿伤，马车跋涉困难，这般寸步难行，如同坐以待毙。

朱慈烺"忧愤而死"后，刑部将消息呈报上去，接着就按照惯例将尸体运至乱坟岗。多尔衮得知后，立即下令将伪太子的遗体运回。只是来寻尸体的侍卫晚了一步，朱慈烺已被袁紫清带离了京城。

侍卫们翻遍了乱坟岗的地皮，就是没找到朱慈烺。这就奇了，尸体怎么就不见了？

敏锐多疑的多尔衮嗅出了一丝蹊跷，当即下令，全城搜捕！

一开始搜的只是北京城内，很快就把范围扩大到了城外。

若非这场急雨，道路泥泞，若非袁紫清犯了腿伤，寸步难行，那么早在清军赶到之前，袁紫清和朱慈烺就已渡过长江，回到金陵了。

彼时在金陵老家，稳婆、奶婆正在为朱毓媞接生。绿萍、萧采莞端着一盆盆血水进进出出，忙得一头热汗。

顾培生不便进入产房，只能在外面聆听动静，以防万一。他已备妥了所有急救药物。

朱毓媞的惨叫声断断续续传了出来。两名袁氏旧部在外堂踱来踱去，片刻也不得消停，那模样就像他们自家的娘子正在生产似的。

周世显也来了，他带了补品给朱毓媞吃，结果她才吃到一半，就喊肚子疼。周世显登时慌了手脚，匆匆去请顾培生。顾培生只看了朱毓媞一眼，就匆匆催促绿萍去找稳婆和奶婆。稳婆和奶婆匆匆来了，周世显也被人匆匆赶出房门。

匆匆来去之间，周世显终于回过神来，她要生了！

周世显只听见那凄厉的呼声，心里备受煎熬。常言道，妇女分娩，九死一生，若是难产，很可能母子俱亡。他一颗心不禁拧了起来。

一声洪亮的婴儿啼哭倏地蹦了出来。

"生了！生了！"

众人紧绷的心弦瞬间松弛下来，脸上都乐开了花。

周世显眼眶隐隐含泪，望向窗外，一轮皓月嵌在深沉无际的夜幕里，皎皎如匹练般的月光一泻千里。

月圆人团圆。袁紫清，等你把慈烺平安带回来，你们一家人就能和乐团圆了。

第二百零三章

萧萧几叶风兼雨

"姊夫,你怎么了?"

旧伤的疼痛时断时续,夜以继日地折磨着袁紫清。他疼到神志恍惚,没注意到朱慈烺已经醒来,睁着一双饱含忧色的眸子望着自己。

袁紫清被额头滴下来的冷汗模糊了视线,瞧得不是很真切,一时还以为是幻觉。

朱慈烺拿着帕子轻轻拭去他额头的汗珠,忧心忡忡地道:"姊夫,你腿很疼吗?"

袁紫清勉强露出笑容,道:"姊夫什么苦没吃过,忍一忍就好。"

朱慈烺见他一张脸白得跟纸一样,低声道:"对不住,都是我父皇的错。若不是他把你打入诏狱,你也不会受此折磨。"

袁紫清许久不曾听人提及崇祯皇帝,心中涌起一股复杂的滋味。崇祯皇帝是害他家破人亡的祸首,却也是他深爱之人的父亲。即便崇祯皇帝已成了荒郊野外的一抔黄土,朱毓媞姊弟血液里存在的东西仍能穿越生死、远度前世今生,与他千丝万缕相萦系。

袁紫清摸摸朱慈烺的头,心中油然生怜:"你别乱想了。我能活下来,已经没有什么怨言了。"

朱慈烺眼眶发红,道:"姊夫,我以后一定要像你一样。"

袁紫清奇道:"像我一样?"

朱慈烺目光炽炽,大声道:"我很崇拜姊夫,姊夫就是慈烺的楷模。"

袁紫清道:"我以前……以前很不堪的……还气跑了你姊姊,差点就追不回来了。"

朱慈烺道:"以前是以前,现在是现在。现在的姊夫,我最喜欢啦!我要向你学武功,我要做一个顶天立地的大丈夫,保护自己,保护所爱的人。"

袁紫清微笑道:"好,等我们到了倭国,我一定教你武功,你还可以去见见你的师祖。"

朱慈烺想到可以像他一样飞来飞去、剑来剑往,登时露出兴奋的笑容。

袁紫清又道："顾太医说这枚七日龟息丸是他第一次调制，未必药效真的会长达七日，因服用者体质而异。你第四日就醒来了，这雨也足足下了四日了。若不是我这双腿，我们也不会像笼中鸟一样被困在这里了。"

朱慈烺咧嘴一笑："反正人人都以为我死了。等你腿不疼了再上路吧！"

一刻没有回到金陵，就不能掉以轻心，就怕夜长梦多，横生事端。袁紫清心忖，朱慈烺还真是不谙世事。

伪太子忧愤而死的消息很快就传到了江南。绿萍到市肆里买蔬肉时正好听到了这个消息。

"先是刑部大狱闯进了刺客，接着伪太子两天后就吐血暴毙。尸体运至乱坟岗后，不晓得什么原因竟凭空消失了。又不是鬼门开，好诡异啊……"绿萍正叽叽喳喳地对萧采莞说个不停，冷不防背后传来朱毓媞的一缕颤音："什么伪太子？"

绿萍被吓得整个人跳了起来，她急道："公主怎么能出来吹风呢？赶紧进屋烤火吧！"

朱毓媞道："月儿睡着了，我口渴，想喝水，结果房里的茶壶已经干了。你们又不在，我只好自己来。"

萧采莞"啊"了一声，连忙从她手里接过紫砂壶，道："是我疏忽了，我这就去装水。"

深秋的风已带了一丝彻骨寒。绿萍怕她着凉，急忙将朱毓媞挽回房里，关上了房门。

室内烧着炭，暖烘烘的，如同阳春三月。小月儿睡得酣甜，口水都流了出来。

朱毓媞轻轻地替小月儿拭去嘴角的口水，只见小月儿嚅动了几下小嘴唇，咿呀几声，又沉沉睡去。朱毓媞心中爱怜横溢，真想抱起来亲一口，却又怕吵醒了她。

一晌后，她拿眼定定地瞧着绿萍，道："把你方才说的，再详细地跟我讲一遍。"

伪太子一事众说纷纭，各种版本都有。绿萍就按照她听见的版本如实说了："清朝抓到了疑似慈烺的少年。结果一经周老爷子指认，才知那少年是假冒的。那伪太子两日后就在刑部大狱里吐血暴毙了。"

朱毓媞默默思忖片刻，又道："那么刺客又是怎么一回事？"

绿萍道："据说那刺客为了救伪太子，纵火闯入刑部大狱，结果到最后还是无功而返。"

朱毓媞不由得紧张了起来，追问道："刺客有没有受伤？"

绿萍道："这……这个奴婢不清楚……"

朱毓媞沉默片刻，突然迈步推开房门。

绿萍追上去喊道："公主您去哪里啊？别走这么急，仔细摔倒啊……"

朱毓媞找到了正在廊上守着炉火煎药的顾培生，劈头便问："顾太医，你之前曾说清跟你讨了七日龟息丸，对吧？"

顾培生回了一声"是",微微一笑："想必七日龟息丸已派上用场了。"

朱毓媞也笑了,刺客、暴毙、尸体消失,这些线索证明朱慈烺被袁紫清平安带走了。自从得知袁紫清前往北京救朱慈烺,她无时无刻不在惶惶不安,偏偏她能做的只有等待。而且她临盆在即,夫君又不在身旁,这滋味真不好受。

她望着暮霭苍茫的天空,喃喃地道："他们很快就会回来了,我的丈夫和弟弟……"

雨终于停了,袁紫清的腿疼稍稍减缓,急急忙忙拉着朱慈烺离开了客栈。

他凡事但求谨慎,朱慈烺此刻已画粗了眉毛,眼角用肉色胶丝微微拉长,嘴角还粘了一颗痣。袁紫清扮的是车夫,自然不能俊美如处子,他粘上了络腮胡子,又用姜汁把肤色涂黄。

马车才刚驶上青石板街道,袁紫清立即嗅出一缕异样的气氛。一队队清军拿着画纸四处巡弋,见到十六岁左右的汉人少年,就停下来查问。

不妙!袁紫清立即回头对车厢里的朱慈烺道："慈烺,无论如何都不要探头,知道吗?"

朱慈烺虽然不知道发生了什么事,看到他的样子也紧张了起来,道："知道了。"

四面八方都是清军,袁紫清深深吸了一口气,不动声色地赶着马车往城门而去。

"站住!"

一名清兵喊住了袁紫清。

袁紫清心头一跳,赔笑道："官爷什么事?"

那清兵道："奉命捉拿逃犯,但凡出城的车辆都要检查。"随即喝道："车里的人赶紧出来,让爷瞅一瞅!"

袁紫清掀起车帘,道："少爷出来吧,别让官爷难办事。"

朱慈烺极力保持镇定,慢吞吞地从车上爬了出来。那清兵拿着画像细细打量着他,眉头越锁越紧,把朱慈烺吓得心跳如擂鼓,袖中的双手哆嗦不已。

一晌后,那清兵才挥了挥手,道："去吧!"

袁紫清和朱慈烺登时如释重负。袁紫清高声道："官爷慢走。"

朱慈烺正要上车,忽然斜刺里钻出一条人影,拽住朱慈烺的胳膊,阴恻恻一笑："太子殿下这身打扮是要去哪儿啊?"

袁紫清和朱慈烺简直不敢相信自己的双眼,眼前的人虽然蓬头垢面,衣衫褴褛,可一双眼却像暗夜惊雷似的,令人不敢轻视。

袁紫清失声道："曹化淳!"

来人正是昔日的东厂提督曹化淳!

第二百零四章

还怕两人俱薄命

曹化淳自从被李自成一脚踢出去后,不但没了威风,家产也被抄没,亲人一个一个不相往来,落了个凄凉的下场,老家也没法回了,只能过着颠沛流离的生活,如今正好流落到济南。清军入主北京后,他也不敢去投效,就怕多尔衮会像李自成那样,给他安上"卖主求荣"的罪名,那岂不是白白送死?其实卖主求荣的汉人很多,未必会被处死,可是殷鉴不远,他根本不敢冒险。

曹化淳可以说是看着朱慈烺长大的,就算朱慈烺化成灰他也认得,这一点易容之术只能忽悠清军而已,哪能逃得过他的法眼?他既然认出了朱慈烺,当然也认出了旁边的青年就是袁紫清。

曹化淳一张老脸跟勾魂小鬼似的,笑道:"紫兰君,太子爷,真是人生何处不相逢啊!太子爷打扮成这副模样,若不是我在宫里待久了,只怕也认不出来呢!"

袁紫清听他的语气,立即察觉不妙,街上都是巡弋的清军,万一这老阉犬大声嚷嚷了起来,那可就吃不了兜着走了。他低声道:"只要你装作没看见我们,你想要什么,我都可以给你。"

"我想要什么?"曹化淳怪笑一声,那声音就像寡妇哭丧似的,刺得人耳膜一阵疼,"地位、荣耀、财富,这些你能给我吗?"

袁紫清道:"你想要多少黄金白银,我给你盗来就是。"

曹化淳冷笑道:"你是紫兰君,跟大盗做交易,不就是与虎谋皮吗?哼,我曹化淳可不是傻子,我现在想要的东西只有一样。"

袁紫清绷紧了神经:"什么东西?"

曹化淳狞笑道:"你杀死了我的义子曹吉祥,我都还没跟你算账呢!我现在想要的,就只有你的命!"他立即高呼道:"快来人,崇祯太子在这里——崇祯太子在这里——"

"绿萍,我忽然很不安,你说,会不会清跟慈烺出了什么事?"

朱毓媞喂饱了小月儿,将她轻轻放在摇床上。

绿萍忙道:"月子里别胡思乱想,趁着小月儿还在睡觉,您也赶紧躺下补眠吧!"

朱毓媞颤声道:"可是……可是我总有一股不祥的预感,我怎么能睡得着?"

绿萍只能絮絮安慰:"您昨日不是说紫清已将太子殿下平安救出来了吗?而且不是直接劫狱,跟清军火拼,这还能出什么事?"

朱毓媞心乱如麻,道:"那……那他们怎么还不回来……"

今晚云层甚密,一丝月光也透不出,浓墨般的夜色像是一匹兜头罩下的密不透风的绸布,令人难以呼吸。

梧桐叶落秋已深,院子里的青梧禁不住西风摧残,颓然落下最后一片败叶。

一支支钢箭像狂风骤雨似的钉在车板上,密密匝匝,把车厢里的朱慈烺吓得魂不附体。有的钢箭甚至透过了车板,险些在他身上钻出一个透明窟窿。他连忙钻出车厢,坐在袁紫清身旁。

袁紫清虽然在曹化淳高喊之后就迅速驾车出了城,可身后就是大队的追兵,个个善于弓马,袁紫清一瞬也不敢掉以轻心。

拉车的马是从金陵骑过来的千里驹,它若没有拖着车体,很快就能甩脱追兵,但没有车体的掩护,却如何挡得住密如连珠的箭雨?

原本结实的马车,在急速奔驰下也变得吱吱嘎嘎、摇摇晃晃的,似乎随时都会散架。

前方就是黄河了,过了黄河就是南直隶,属于南明的版图。

袁紫清急忙将朱慈烺拽下了车,展开轻功跃至河边一艘小船上,将凝血剑抵在艄公脖子上,喝道:"快开船!"

那艄公好不容易等到生意上门,没想到等到的竟是个丧门星。他吓了一大跳,一时不知所措。

袁紫清吼了起来:"快一点!"

艄公急忙掌舵。岸上清军挽弓如满月,杀气贯长虹,箭如飞蝗,首尾相连,铺天盖地席卷而来。袁紫清连忙将朱慈烺推入船舱,凝血剑舞得滴水不漏,将一支支劲箭斩落。

袁紫清站在船尾,用自己的身体作为盾牌,他不但要保护朱慈烺,连艄公也要保护好,不然艄公死了,谁来掌舵?

一船的人命运相连,一损俱损。

漫天箭雨密密麻麻,很快就射穿了船舱,朱慈烺避无可避。

袁紫清大声道:"慈烺趴下!"

朱慈烺却没有反应,袁紫清一瞥眼,只见他背后不知何时插了两支钢箭,心中一凛,道:"慈烺,慈烺……"

　　就这么一分神,一支钢箭"噗"地射入他的肩膀,他身体一震,踉跄退了两步,紧接着又射来一支钢箭,狠狠地穿过了他的手臂。

　　他手一麻,凝血剑脱手飞出,"扑通"一声,掉入湍急的黄河里。

　　少了凝血剑护身,十余支钢箭毫无阻碍,"噗噗噗"一迭响,分别插入他的胸口、大腿、腹部……

　　那艄公怕自己也跟着赔上性命,船驶得又急又快,不多时就远离岸边,驶离了箭矢的射程范围。

　　袁紫清顾不得自己的伤势,俯身去看朱慈烺,只见插在他背后的两支钢箭深至羽端,均射在要害处,一颗心像是被烈火焚烧一般,浑然不觉自己伤口的疼痛。

　　朱慈烺面色灰败,气若游丝,瞳仁涣散,低声道:"姊夫……姊夫……我……我是不是要死了?"

　　袁紫清知道这次自己伤得有多严重,此刻内心充满对生的眷恋和对死亡的恐惧。在金陵老家,有他挚爱的妻子,有他刚出世的女儿。他们还要一起去倭国,携手度过人生的静好岁月,那十里樱花、篱笆竹屋、瓜棚菜园、树下秋千,那烟岚缥缈、山花烂漫的幽谷,那碧波万顷、一望无际的大海,就在彼岸等着他们的归来……

　　可是,这是朱毓媞唯一的弟弟,他怎么能见死不救?他好不容易从清军手里把朱慈烺救了出来,难道就只能眼睁睁看着他死吗?

　　想起朱慈烺充满孺慕景仰的目光,袁紫清咬了咬牙,脸上的挣扎已换作坚定不移的神采。他从怀里拿出芥川鸣相赠的最后一颗药丸——无论伤得多重都能起死回生的药丸,毫不犹豫地喂入朱慈烺的口中。

第二百零五章

料得年年肠断处，明月夜，短松冈

朱慈烺服了药，虽然伤口仍是疼痛，却已没有心跳缓慢、呼吸不畅、意识涣散的感觉了，就好像有一双厚实又温暖的手，将他从冰冷黑暗的死亡深渊里拽了出来，能量一点一滴重新汇聚体内。

袁紫清替他折断了背上的箭，道："慈烺，等上了岸，我们再去找大夫……"

朱慈烺迷迷糊糊地"嗯"了一声，他被袁紫清抱在怀里，好似小时候被姊姊抱着一样，很温暖，很踏实。他渐渐恢复了意识，只觉得似有温热的液体不停地滴在脸上，越滴越快，像倾泻的流水一般，他忍不住问道："姊夫，你怎么哭了？"

袁紫清却不说话。朱慈烺觉得奇怪，回头去看，只见大量鲜血从袁紫清嘴里泉涌而出。朱慈烺大惊失色，这才发现，袁紫清的身上插了十余支钢箭。灼热的泪水瞬间涌上了眼眶，朱慈烺发出一声悲鸣："姊夫——"

袁紫清再也没有力气抱他了，双手一松，整个人像是风中败叶似的滑落。

"哇——呜哇——"

小月儿今日不知是怎么了，不怎么喝奶，也不怎么睡，从早到晚总是哭个不停。顾培生号了脉，也查不出是什么原因。这几日，一家人被小月儿折腾惨了。

不安的感觉像一股股蚕丝似的缠住了朱毓媞的心，令她时时刻刻都有窒息般的难受之感。她隐约察觉到女儿啼哭不休的原因，可是她不敢深入去想。每当那个可怕的念头浮上心湖，她都会立即找事情转移注意力。

"月儿乖，别哭了……"朱毓媞单手抱着小月儿，软语温言地轻声哄着。

周世显道："你一直抱着手不会酸吗？瞧你都熬出黑眼圈了，快去歇息吧！"

朱毓媞叹道："月儿哭成这样，我怎么睡得着？"

自她生产后,周世显只要一有空就过来,每次都带了补品和婴儿用品,这些物品在家里堆成了一座小山。

周世显道:"我来哄,你快去歇一歇吧!"

绿萍忽然跌跌撞撞地冲了进来,将朱毓媞吓了一跳。朱毓媞正要蹙眉斥责,只见绿萍一把鼻涕一把眼泪,道:"回来了回来了,慈烺回来了……"

朱毓媞"啊"了一声,原本的三分愠火已化作十分欢喜,急忙将小月儿交给绿萍,提着裙裾跑到客厅。

朱慈烺一见到朱毓媞,未语泪先流,呜咽道:"姊姊,慈烺终于见到你了!"

朱毓媞也怔怔地落下泪来,一个劲儿瞅着他,忽然紧紧搂着他的身体,道:"回来就好,我还怕再也见不到你了。"

朱慈烺闷哼一声,道:"姊姊,轻一点儿。"

朱毓媞心头一凛,松开了他的身体,只见朱慈烺的脸皱成了一朵小菊花,那模样分明就是在忍痛,道:"你受伤了吗?"

朱慈烺本已云收雨住的泪水登时又落了下来,哽咽着说不出话来。

朱毓媞看了他的样子,心头的惊惧像潮水一般袭来:"慈烺,清呢……"

朱慈烺"哇"的一声,登时崩溃痛哭。

朱毓媞一张脸登时褪得毫无血色,道:"你说话啊!"

朱慈烺全身一软,瘫在地上,颤颤地指着屋外。

朱毓媞愣了一瞬,踉踉跄跄跑到屋外。

院子里一片愁云惨雾。顾培生、萧采莞和两位旧部围着一具担架,人人都是红了眼眶,一脸悲痛。

袁紫清就躺在担架上。

夕阳被云翳遮住,昏昏冥冥的天色罩在袁紫清的脸上,越发令他的面孔像是一朵被风雨摧残后零落成泥的白梅一样脆弱而灰败,茫茫的死亡的气息侵染着他的肌肤,昔日一双清炯炯的眸子,此刻就像即将陨落的星子,再也没有那耀人的光彩。

他还穿着离去时的那件淡紫色的松江绵箭袖,只是上面沾满了鲜血,像是一朵朵血红的花儿,开得那样凄艳迷离。

这一刻,朱毓媞才看清,他身上扎满了箭矢。

那些利箭仿佛狠狠地刺入了朱毓媞的脏腑,灼热的泪水一点一点落了下来。

她猝然扑上前去,紧紧地攥着他的手。他的手冷得令人心凉,再也没有昔日的温度。她凄惶地道:"清,清……我在这儿……你瞧瞧我……"

袁紫清听见这一缕令他魂牵梦萦的嗓音,深深地凝视着她,轻轻喊了一声:"媞儿……"声音就像一床新绵,温暖地裹住她因惊惧悲痛而发冷的身体。

朱毓媞哭道:"清,你撑着点,我们就要去倭国了,你千万不能抛下我……"她猛地抬头,用乞求哀怜的语气对顾培生说道:"顾太医,求求你救救他……"

顾培生不忍迎视她的泪眸,沉沉地道出内心的无奈和悲哀:"箭已伤到他的经脉,若非口含人参续着元气,恐怕……恐怕根本撑不到回来……"

这句话像一支狼牙箭般贯穿了朱毓媞的身体,从她的内心深处蔓延出一股绝望的寒意,经脉、毛孔都是凝霜般的冰冷。

她愣了一瞬,忽然想起了什么,泪水还没有止住,嘴角已绽放出欣然的笑纹:"我怎么忘了,还有芥川鸣的药丸! 你刺杀皇太极那一日也是伤得很重,是那起死回生的药丸救了你的命! 我真糊涂,竟把这么要紧的事给忘了! 清,你有救了! 你有救了! 太好了! 我就知道你命不该绝。你把药丸放在哪儿?"

袁紫清的声音像是即将被风吹落的柳絮:"药丸……已经没了……"

朱毓媞瞳仁里的火焰瞬间熄灭,颤声道:"你……你说什么?"

朱慈烺的声音猝然响了起来:"都是我不好,是我连累了姊夫。"

朱毓媞怔怔地看着朱慈烺,她似乎明白了,却又不敢承受这样的事实。

朱慈烺哭得话都说不清了:"我们本来逃出来了,不料曹化淳一通暗算……我们遭到清军追杀……姊夫和我都受了伤……姊夫把药丸给我服下……姊夫为了我牺牲了自己……我们上了岸找到郎中……郎中说姊夫已经没救了……我不相信……又找了另一个郎中……结果他也这样说……呜呜……姊姊,姊夫,对不起,都是慈烺太没用……"

每一字每一句都像烧红的尖刀,狠狠地戳刺着朱毓媞的心,她的心已鲜血淋漓,形成了无数个永远也不能愈合的伤疤。

她的夫君牺牲性命救了她的弟弟,上苍将她唯一的亲人带了回来,却又要夺走她一生的挚爱!

一丝一丝绝望的红慢慢爬上了她的双眼,脸颊的泪水汇聚成一片汪洋,眼里却干涸如荒漠。

彻骨的绝望,竟连哭泣的力量也没有了。

朱毓媞轻轻搂着袁紫清的身体,道:"清,咱们的月儿已经诞生了,你瞧一瞧。"

绿萍含泪将月儿抱到袁紫清身前,月儿本来哭得满脸通红,才一靠近他,立即就不哭了。

袁紫清双眼掠过一丝晶亮的神采,苍白的双颊因激动微微泛红,想伸手抚摸月儿粉嫩的小脸,却一点力气也使不上来。朱毓媞连忙握着他的手,轻轻抚过月儿的头发、脸颊、小手小脚……

这样一个鲜活、温热、充满朝气的小生命,深深地冲击了袁紫清的内心。温热的泪液涌上了他的眼眶,他吃力地吐出破碎的一句话:"月儿的眉眼……很像我……"

朱毓媞忍着满腔的酸楚，努力绽放出一抹温和的微笑："清，我一直在等你给她起个名字，你说咱们的月儿叫什么好？"

袁紫清断断续续地道："名字……我早就想好了……就叫……就叫乐央……"

"乐央，乐央……"分明是一个喜气的名字，此刻却令朱毓媞心如刀割，"长乐未央，你希望咱们的月儿永远快乐，是不是？"

袁紫清微微颔首，道："媞儿，我这一生最幸运的就是遇到了你，最遗憾的，就是……就是不能伴你终老……"

朱毓媞目光凄楚哀怜，哽咽道："你永远活在我的心里……"

袁紫清轻轻一笑，呼吸渐渐急促了起来，道："衿缨……衿缨……"

朱毓媞想起雪窟里的那一句话："倘若我死了，你就将我的遗体烧了，把我的骨灰放入我的衿缨里，你朝夕佩戴，我伴你到老。"

她的眼泪又涌了上来，滴滴答答地落在他的脸上，道："好……我会……你放心……"

袁紫清柔声道："在倭国……我求你唱歌给我听，你跟我闹脾气，不肯……不肯唱，现在……现在可以唱给我听了吧？"

朱毓媞急切道："我唱，我唱给你听……"语毕轻轻吟唱："生也魂来死也魂，死哩两人共墓坟。周年百日共碗酒，纸钱烧落两人分……"唱到最后，已是泣不成声。

袁紫清眼神渐渐涣散，生命正在一点一滴地消失。他用尽余力，绽放出温柔的一笑，道："对不起……"

多么沉重的一句话，朱毓媞哽咽得说不出话来。

袁紫清移开目光，定定地落在周世显面上，道："你还……你还记得你跟我说过的最后……最后一句话吗？"

周世显眼眶发涩，道："我当然记得。"

袁紫清嘴唇嚅动，已经说不出话来，瞳孔灰白，却不肯合上双眼，只是一直望着周世显，好似在等他做出什么承诺。

周世显握着他的手，一字一字郑重其事地道："你放心，到了倭国，就是太平盛世。在那之后，我就是你。"

袁紫清听到了想要的答案，双眼缓缓合上，嘴角的笑意凝成一朵霜花，凄艳哀绝。

"清，我方才唱得不好听，我再给你唱一次。"朱毓媞抱着他的身体，又轻轻唱起歌来，表情很认真，好似他只是沉睡着，听到歌声就会清醒过来，"生也魂来死也魂，死哩两人共墓坟。周年百日共碗酒，纸钱烧落两人分……"

属于她的静好岁月随着他的死亡彻底消失了，岁月于她，不过是寸积寸累的悲伤。

上苍赐给了她月儿这个太阳，却又残忍地夺走了她的月亮。从今往后，每一个漫漫长夜，陪伴她的，就只有夜寒惊被薄，泪与灯花落。

仿佛他那清朗的声音还回荡在耳边："媞儿,我好开心,好快乐,我终于能够与你朝夕相伴,一起慢慢变老了。"

彼时的他,唇边、眉梢、眼角都是满满的笑意,云破月来花弄影,也没有他的笑容动人。

他死了,这个令她牵肠挂肚、爱恨交织的男人,再也不会那样笑了。

他的身体十分冰冷,就像她的心一样,永远失去了温度。

"生也魂来死也魂,死哩两人共墓坟。周年百日共碗酒,纸钱烧落两人分……"

她一遍又一遍、痴痴惘惘地唱着,仿佛还带着一丝期望,盼着他能醒过来,报以一首温柔的情歌:"郎有情来妹有情,两人有情真有情。两人好到九十九,麻衣挂壁不丢情。郎有情来妹有情,两人有情赛赢人。黄鳅生鳞马生角,铁树开花不丢情……"

天渐渐黑了,夜色流殇,一家一家亮起了灯火,她内心深处那唯一一盏温暖的灯火,却永远熄灭了!

第二百零六章

只应碧落重相见

萧采莞忽然冲到担架旁，推开了朱毓媞，猝不及防下，朱毓媞踉跄瘫倒。

萧采莞一直温婉恭顺，不会有这样孟浪的举动，此刻看似有些失常了，笑得凄迷如雾。她伸手抚着袁紫清冰凉的脸颊，温柔地道："哥哥，哥哥……"

泪光簌簌，仿佛还是那一日，天际暮雪苍茫，寒风彻骨。萧采莞一身缟素，直挺挺地跪在雪地上，身后是父亲的遗体，只用草席裹住。她胸前挂着一面牌子，上面写着"卖身葬父"四个字。

这时候，人人都在暖阁煮酒，拥炉赏雪，灯前夜话，街上人车稀少。大雪麻木了她的身体，也麻木了她的心。

我死了不打紧，还累得爹爹不能入土为安。

萧采莞满心凄凉，自怨自艾，忽然眼前有一抹夺目的紫惊破了漫天雪花，为这苍白单调的天地添了一抹鲜妍，也在她晦暗的心里植入了一抹亮色。

他一身紫衣，足不溅雪，翩然而来，停在萧采莞面前，随即两名大汉将她父亲遗体抬走。

萧采莞一时反应不过来，只听他轻轻地道："你起来。"

萧采莞吃力地仰起冻僵的脖子，他的面容似破云而出的明月般光彩夺目，瞬间照入她麻木的内心。

还以为是飘落凡尘的谪仙。那一眼，萧采莞就对他一见倾心了。

他见萧采莞被冻僵了，起不了身，一把拽起她的胳膊，语气就像廊檐下的冰凌："跟我走。"

萧采莞呆呆地走了几步，这才回过神来，道："去哪?"

他头也不回，道："回我家。"

萧采莞道："回你家干什么？"

他回头瞅着萧采莞，笑道："你不是卖身葬父吗？我买下了你，你还不跟我回家？"

萧采莞脸上一红，讪讪地道："多谢公子。"

他一径向前走，也不管萧采莞有没有跟上。萧采莞在雪中跪了太久，双腿早已麻木不灵，走了没几步，一个踉跄，扑在雪地上。

"唉，我家里一堆灰尘，我快要受不了了，你快一点好吗？"他一脸不耐烦。

萧采莞又急又慌，低声道："对不起，我……腿麻了，爬不起来。"

他摇头叹道："真是麻烦的女人。"走过来横抱着她，将那块碍事的牌子扔掉，大步流星而去。

这是萧采莞第一次和男子亲密接触。她依偎在他的怀里。那一日还能听风他澎湃着生命力的心跳，此刻，他的胸膛是死水一般的寂。

他的体温，一点一点温暖着萧采莞的身心。

在他家住下后，即便他不爱说话不爱笑，甚至根本看都不看她一眼；即便他和魏怜轻怜蜜爱，如胶似漆，可只要能够远远望着他的背影，内心深处就源源不绝地蔓延出闲适安宁。若他偶尔心血来潮和她说上一句话，她就觉得体内像是注入了阳光，一整日充满活力。

但是，他死了。

他永远也不会跟她说话了。

她再也不能望着他的背影了。

从此她的世界，再也没有那抹熟悉的紫色，撩拨她的心弦，抚平她的心绪，在朔风凛冽的大雪天，一点一点温暖着她的身心……

萧采莞凄凉一笑，笑容含着一缕如释重负的甜蜜，猛地用力拔出袁紫清身上的一支钢箭，反手插入自己的心脏。

胸口冰凉，却完全没有疼痛感。

"哥哥在九泉之下会很孤单的，采莞这就来和您做伴……"萧采莞的手轻柔地抚着袁紫清的面颊，目光无限缱绻，无限温柔，无限怜爱。

她静静伏在他身上，仿佛还是那一日，她依偎在他的怀里。那一日还能听见他澎湃着生命力的心跳，此刻，他的胸膛是死水一般的寂。

萧采莞渐渐听不见周遭的哭喊声了，恍惚间似乎看见他含着一缕深情缠绵的笑意，遥遥站在彼端，轻声呼唤："采莞，采莞。"

萧采莞嫣然一笑，喃喃地道："哥哥，采莞来了。"双眼轻轻阖上，带着一颗雀跃的心飞奔到他身边，嘴角的笑意化作了永恒的幸福。

第二百零七章

可怜未老头先白

月光如霜,照得整个宅院清冷无比。

袁紫清躺在榻上,身上的箭矢已被拔掉,换上了一袭干净的衣衫,头发也梳理得整整齐齐。他仿佛随时都会睁开双眼,喜滋滋地喊她一声"媖儿"。

朱毓媖就在一旁静静地看着他,脸颊的泪水已干涸。

灯烛挑残,炉烟爇尽,无语空凝咽。

尚暖檀痕,犹寒翠影,触绪添悲切。

她渴望做到却不能做到的,萧采莞替她做了。这样一个痴情执着的小女子,死得义无反顾,面容是那样安详释然。那一刻,朱毓媖只有满心的羡慕和感激,他的清,九泉之下并不会孤独无依。

乐央已由绿萍抱到隔壁房间哄睡了。这一晚,估计只有乐央睡得着。

乐央乐央,长乐未央,多么欢乐的名字,可留给她的,却是无尽的悲伤。

周世显站在廊上,静静地看着她映在窗纱上的身影,目光是千丝万缕的缠绵深情。

两人凝滞不动,仿若山石。

漫漫长夜,每一刻都是痛苦的轮回,终于等到了鸡鸣破晓,曙光临窗。

绿萍端着托盘,轻轻敲门,试探道:"公主……"门内毫无响应。

周世显接过托盘,道:"我来,你去歇一会儿。"

绿萍也是一夜未眠,双眼熬得通红。她放心不下朱毓媖,怎么也不肯走。

周世显喊了一声"媖儿",房内仍是一片寂静。他不禁有些担心,道:"媖儿,我进来了。"

周世显推开房门,日光迤逦洒入,明明是极为柔和的光线,照在朱毓媖身上,却似冰冻霜凝一样。

绿萍发出一声惊呼，周世显骇然变色，双手一松，筷子、勺子、杯盏全都散落一地。

眼前的朱毓媞，依旧维持着昨晚那个姿势，跪坐在袁紫清身旁，深情端详着他。原本一头光可鉴人的青丝，竟白了一半，被风吹得飘飘扬起，一丝一丝的苍白，就如同她此刻如死灰般毫无曙色的心境一样。

四张机，鸳鸯织就欲双飞，可怜未老头先白。春波碧草，晓寒深处，相对浴红衣。

可怜未老头先白。这短短一夕，对她来说宛似过了数十年。

却原来，袁紫清的离世，足以令沧海变作桑田，朱颜变作白发，刹那间芳华凋零。

绿萍登时哭了出来，周世显愣愣地说不出话来。

"嘘。"朱毓媞伸手抵在唇上，"小声一点，别吵着清睡觉。"

周世显强忍鼻酸，拿了一面镜子给她，道："你看你的头发。"

朱毓媞面色一沉，不耐烦地道："镜子挡到清的脸了，拿开。"

她从来没有用过这般急躁的语气和周世显说话。他心头一酸，拿开了镜子。

"媞儿，"周世显单膝跪地，牵着她断臂的空袖，"他已经死了。"

朱毓媞身子一震，抬头瞪了他一眼："你胡说！"

周世显凄然道："媞儿，你让他走得安心一点。我相信他的魂魄一定还没有离开，你要让他看见你现在这个样子吗？"

朱毓媞一怔，沉默良久，忽然轻轻一笑，望向四周，道："是了，哪怕隔着万水千山，隔着碧落黄泉，他也一定与我魂梦相依。"她拿出原本收藏在他的衿缨里的纸笺，轻轻抚着上面的墨迹，喃喃道："水阔花飞，月淡风清，与君语。黄泉碧落，红尘紫陌，与君共。似水流年，静好岁月，与君老。"

仿佛还能听见他温柔脉脉的倾吐："瞬息浮生，深情如斯，低徊怎忘。愿绣榻闲时，并吹红雨；雕阑曲处，同倚斜阳。"

窗前灯下许今生，言犹在，人已逝。

袁紫清的遗体就在当日火化了。

朱毓媞默默地看着挚爱的夫君被火舌吞噬，心像被虫子蛀空似的，空荡荡的。

两个袁氏旧部伏地痛哭，朱慈烺哭得全身发抖，顾培生、绿萍、周世显都是眼眶含泪，月儿被这凄风苦雨的氛围感染了，也是号啕大哭。朱毓媞的泪水已经流尽，再也哭不出来了。

随着袁紫清的遗体消失在火光中，她知道，她心里的某一部分也随风逝去了。

一缕缕轻烟飘向天际，被风一扑，四散无痕，仿佛此刻的她，再无凭依。

火熄尸消，朱毓媞撑着疲惫的身体，用她仅存的手，将袁紫清的骨灰，一点一点放入衿缨里。

众人怕她太过劳累，要帮她一把，反而被她冷冷拒绝。

这是她能为袁紫清做的最后一件事，她不愿意假手他人。

袁紫清火化后，朱毓媞大病了一场。这病来势汹汹，令她缠绵病榻一月有余。

她骤然衰老，一头秀发白多黑少，整张脸瘦削而憔悴，仿佛数十年岁月在她脸上匆匆流逝。

当绿萍要为她染发时，她断然拒绝。她的美丽从来只为一人绽放。

幸好还有乐央，那是她唯一的心灵寄托，唯一的精神支柱。只要看见乐央粉雕玉琢的小脸孔、朝气蓬勃地蹬着小腿儿，她心里就会源源不绝蔓延出怜爱之情。

这个孩子的眉眼很像他，有时候看着乐央，恍似看着隔世彼岸的他，充满怜情的心又会有一丝悸动。

"十年生死两茫茫，不思量，自难忘。千里孤坟，无处话凄凉。纵使相逢应不识，尘满面，鬓如霜。夜来幽梦忽还乡，小轩窗，正梳妆。相顾无言，唯有泪千行。料得年年肠断处，明月夜，短松冈。"这是苏东坡的悼亡之词，从前读起来只觉得有些淡淡的感伤，此刻每个字都深深触痛了内心的伤口。

在她抱病期间，清军对大顺朝发动了攻击。英亲王阿济格、平西王吴三桂率领满汉联军进攻陕北，豫亲王多铎率军从南面夹击。由于山西、陕西大部分的明朝旧臣当初都是被迫投降李自成的，清军一来，他们就开城迎降，根本谈不上什么忠诚。

大清南北两路大军势如破竹，南路攻克潼关，北路围攻重镇榆林和延安，对西安形成合围之势。李自成的大顺朝分崩离析，眼看自己就要像崇祯皇帝一样成为瓮中之鳖，只好放弃关中，转战豫楚。李自成逃离陕西后，阿济格继续率领北路军追击，多铎率领南路军开始朝南明发起了猛攻。

朱毓媞这一病拖到了第二年，也就是南明弘光元年、大清顺治二年、大顺永昌二年。

一月十二日，南京西城兵马司回报，西华门外有个僧人法号大悲，自称定王。弘光皇帝派人前去调查，并将此人交由京师提督军务的忻诚伯赵之龙审讯。

消息传开后，绿萍急忙将此事告知朱毓媞。朱毓媞虽听袁紫清说定王朱慈炯已死在皇姑寺，可毕竟不是亲眼所见，还是抱着一丝期望。结果经过一番审讯，大悲和尚果然是假冒的。

朱毓媞不禁奇怪，许多官吏都认识定王朱慈炯，怎么这和尚还要强行冒充，不是很容易就被拆穿西洋镜吗？

据周世显分析，大悲和尚案看似是马士英、阮大铖等阉党之人一手制造的政治案件，目的是迫害东林党人。因为大悲和尚声言："潞王恩施百姓，人人服之，该与他坐正位。"此案牵涉一百四十三个东林党人，其中包括史可法、高弘图。但是以目前的政治背景来

看,此事更像是东林党在不利的局面下故意混淆视听,正如万历末年的梃击案。

大悲和尚最后被处死,作为党争的牺牲品,死得轻如鸿毛。

朱毓媞心中对弘光朝廷更加失望。明朝灭亡的重要原因之一就是党争,可弘光朝廷依然不汲取眼前教训,文臣依附武将为靠山,门户之见激化,自家人打得头破血流,哪有力量抵抗外侮?

第二百零八章

凭仗丹青重省识

一月十五日,元宵节,九逵烟月,火树星桥,街上行人如织。花灯夺目,就连月华也为之失色。金陵原本就比北京繁华,每逢佳节,这十代帝王都、三吴佳丽地真个热闹无比!

去年元夜时,花市灯如昼。月到柳梢头,人约黄昏后。今年元夜时,月与灯依旧。不见去年人,泪满春衫袖。

朱毓媞还记得六年前这一日,她被掳至金陵,因缘际会之下遇见了她的如意郎君。

她缓缓走到院子里,细雪纷纷扬扬,如撕棉扯絮,紫梅花依旧开得云蒸霞蔚,旖旎如画。一个恍惚,似能看见他一身紫衣,纤尘不染,懒洋洋地坐在树下喝酒,毫不客气地对她说:"你吃饱喝足了,也该走了吧!一直赖在人家家里,不觉脸皮太厚了吗!"

当时他的神情实在够欠揍的,至今回想起来仍恨得牙痒!

朱毓媞嘴角生出一抹久违的笑容,笑容犹在,眼里已漾起一泓晶莹,一颗心渐渐酸了起来。

旧事惊心,一双莲影藕丝断。

昨夜,她朦朦胧胧似梦见了袁紫清。"遗容在,只灵飘一转,未许端详。"她睁开双眼,大喊一声:"清——"枕边却空空如也,被褥上也早已没了他的气息。

她急急地闭上双眼,努力想要回到方才的梦境,可是心乱如麻,却怎么睡得着!

终究好梦难续,银汉难通。思及往事,不由泪雨灯花落。

于是,她又开始画起了袁紫清。起初左手运笔不畅,画得不甚满意,都给她揉碎扔了。她日夜努力,不懈地画着,渐渐画出了袁紫清的神韵。

紫梅树下的他箕踞而坐,怀抱酒坛,一袭烟罗紫广袖长袍,风拂衣袂,翩逸如蝶,一头墨缎般的发丝不成束,逶迤散落在肩头,宛如银河泻九天。花影婆娑,如梦似幻,不知是

人面衬了梅花，还是梅花衬了人面。

画着画着，不由得痴了。

如果六年前她没有被掳至金陵，没有遇见袁紫清，是否两人就不会走到今日这般生死两茫茫的局面？她是断梗浮萍的亡国公主，他是游戏人间的浪荡公子，两人如同天与地，根本不会有交集。

仿佛又回到了初见袁紫清后被禁锢在宫里的那段岁月。彼时她借由画袁紫清寄托一腔渺渺情怀。只要一运起画笔，就会觉得内心富足无比。

她画了几幅袁紫清像后，突然心念一动，望着熟睡中的乐央，嘴角衔起一丝温柔的笑意。

几个时辰后，一家三口和乐融融的画作完成了——湘妃竹榻上朱毓媞抱着乐央，袁紫清坐在她旁边，摇着拨浪鼓，含笑凝睇着乐央，眉宇间含着三分慈祥、三分温柔、三分深情，以及最后一分宠溺。慈父形象在她妙笔刻画下呈现得淋漓尽致。

她怔怔地看着那幅画，眼睛登时蒙上一片雾气，倘若他还活着，如今就是这般光景吧！

这一日，周世显和阿奇一身孝服，悲悲切切地来了，双眼晕红，脸上爬满了泪水。

朱毓媞怔怔地问："怎么回事？"

往常周世显日日来，不过这几日倒是没见到他。没想到今日一见，竟是一身缟素。

原来弘光皇帝沉迷声色犬马，继位后以"大婚"为名大张旗鼓选淑女，充实后宫。南明建立于风雨如磐之时，广选淑女反而成了弘光皇帝御极登基后的首要大事。大批太监到处搜罗民间美女，从南京到苏杭，范围遍及大江南北，弄得举城上下人心惶惶。曾有太监乘机作威作福。据史料记载："都城内凡有女之家，不问年纪若何，竟封其门，受金然后释放，又顾别室。邻里哭号，唯利是图。"

大多数少女都不愿为了那一点渺茫的荣华富贵就此和家人诀别。即便你生得花容月貌，但在那莺莺燕燕、群雌粥粥的皇宫里，有几个宫女能被皇帝看上？幸运成为妃嫔的更是寥寥无几。一般宫女，非得熬到年华老去才能出宫，还有人永远离不开这座樊笼，只能找个阉人做菜户，这一生就这样凄凄惨惨戚戚地过了。

所以选秀告示一张贴出来后，一夜之间，许多符合资格的少女随意找个对象就嫁了。忠臣纷纷劝谏，弘光皇帝皆充耳不闻。

不仅如此，弘光皇帝还派出太监，打着"奉旨捕蟾"的旗号督促百姓到处捕捉蟾蜍，用以配制春药。有诗云："苑城春闭绿杨丝，江介军书醉不知。清晓内珰催上药，官虾蟆进小黄旗。"弘光皇帝因此得了"虾蟆皇帝"的戏称。

自古好色者多贪杯，弘光皇帝经常喝得烂醉如泥，内廷甚至有一副对联："万事不如杯在手,百年几见月当头。"

酒色掏空了弘光皇帝的脑子,他更加挥霍无度,修兴宁宫,建慈禧殿,尽管户部奏报急缺军饷、国库亏空,弘光皇帝仍纵欲无度。

周兴忍不住犯颜进谏:"古语有云:'罔游于逸,罔淫于乐,废兴之机,于此系焉。'自古人君,未有不以忧勤而兴,荒淫而坏者。为人君者,当身系天下,恐惧修省犹不及。君怠于上,臣荒于下,长治久安,何以能成?"

他接着话锋一转,劝弘光皇帝勿宠信马士英、阮大铖之流:"自古君王治天下,皆以道德教化四方,以文武为臂指治理百姓,故选贤任能。亲贤臣远小人,则成圣君。亲小人远贤臣,嬉戏游逸,荒于政事,致使小人当道,朝政腐败。昔宋徽宗宠信童贯、蔡京,耽于逸乐,朝政被一干宦官权奸把持,此众邪之气,阴冒于阳,臣欺其君,小人擅权,下将叛上以致亡国辱身,当为后世之警。

"民间流传着一阕词:'弓箭不如私荐,人材怎比钱财?吏兵两部挂招牌,文武官员出卖。四镇按兵不举,东奴西寇齐来。虚传阁部过江淮,天子烧刀醉坏。'马士英、阮大铖等人结党营私,卖官鬻爵,贿赂公行,祸乱朝纲;四镇总兵无功封爵,跋扈不驯,滋扰百姓,民怨沸腾。请皇上下令明正典刑,以正朝纲,以平民心,以清吏治,以安社稷!"

这一番话触及了弘光皇帝的逆鳞,他当场命锦衣卫对周兴施以廷杖:"好生着实打着问。"皇帝都这样吩咐了,监刑的太监哪还容人活着?周兴挨不了几下就命丧黄泉了。

周世显说到这里,忍不住伏地痛哭。

朱毓媞对周兴之死既遗憾又感伤,对弘光朝廷已不抱任何期望。古语有云:"生于忧患,死于安乐。"这用来形容弘光朝廷再适合不过了。放眼朝堂,罕有叹神州之陆沉、念中原之榛莽者。君臣一味满足于偏安江左,只想在这六朝金粉之地过着灯红酒绿、纸醉金迷的日子,比起崇祯朝廷更加腐败不堪。

朱毓媞安慰周世显几句,轻轻叹道:"怪底新朝无个事,大家仍做太平官。"

周世显道:"媞儿,我曾因爹爹一心效忠南明朝廷,不愿离开故国,所以对于倭国之行始终有一丝犹豫。现在我已了无牵挂。朝廷如此堕落,一旦清军南下即是土崩瓦解之势,金陵朝不保夕。咱们这几日就动身前往倭国可好?"

倭国是朱毓媞和袁紫清的理想乡,那里有太多太多他们之间的美好回忆,好似一片彩云、一朵粉樱、一缕山风,甚至岚族夜里欢快的歌声,都有着难以负载的重量。

"欲寻陈迹怅人非"的感觉掏空了她的心,她的内心深处一点一点渗出酸楚,蔓延至整个胸膛。曾经梦中念念不忘的归宿,此刻就像腐骨蚀心的梦魇,烂漫樱花、万顷碧波、流金沙滩、缥缈山岚、婆娑月华,昔日有多美好,此刻就有多难熬。

她实在害怕回到樱谷!

周世显明白她的心意,殷殷地道:"若你害怕回到那儿,咱们可以另外找个地方

定居。"

朱毓媞眼里凝聚着雾气,沉默良久,轻轻地道:"不,就回樱谷。"她的手紧紧握着衿缨,用只有自己才能听见的声音说道:"清,我们要回家了。"

第二百零九章

尘埃落定万事休

　　几日后，一艘大船缓缓驶向倭国。

　　朱慈烺和绿萍没看过大海，眼前是翱翔蓝天的海鸥、一望无际的蔚蓝，偶尔还有海豚跃出海面，溅起千堆雪般的浪花，一时都兴奋得合不拢嘴。

　　甲板上二人手牵着手，喁喁私语，亲昵无限，在落日余晖下形成一道美丽的剪影。

　　仿佛还是那一日，她和袁紫清就站在那个位子，背后是芥川月龙轻轻赞叹的声音："你说碧涛万顷、霞光潋滟是人间最美的风景。欸，我反而觉得他们此刻牵手的样子更为动人。"

　　樱谷，樱花依旧烂漫。

　　阿念已经学会走路了，到了牙牙学语的阶段，奶声奶气，甚是可爱。

　　朱利已经走出了痛失爱妻的阴霾，在海边村落开了一间饭馆，生意蒸蒸日上。

　　蒲英已经嫁为人妻，已有三个月身孕。

　　朱毓媞握着衿缨，轻轻地道："清，我们回家了，你瞧，这里一点儿也没变。"

　　周世显见她神色怅惘，鼓起勇气去牵起她的手。朱毓媞全身一震，轻轻挣开。

　　周世显微微黯然，低声道："媞儿，我曾经对你说过，我心里的阳光一直是向着你的。无论过了多长的岁月，经历多少世事变化，只要你改变心意，我永远都像御花园的花一样，任凭你采撷。"

　　朱毓媞怔怔地听着，沉默不语。

　　周世显道："哪怕沧海变作桑田，童颜变作鹤发，我对你的心意永远不会改变。只要你肯敞开心胸接受我，我会把月儿当成自己的亲骨肉。"

　　朱毓媞沉默，只是幽幽地看着在樱花下携手漫游的朱慈烺和绿萍，仿佛看见了昔日

的她与他,那样亲昵无间,琴瑟和鸣,眼里已有了一痕朦胧。

弘光元年四月,南明朝廷热闹无比。

大悲和尚被处死后,一个自称太子朱慈烺的少年被带到南京。消息一出,朝野震动。就弘光皇帝的立场来说,他非常希望太子是假冒的,倘若他真是崇祯太子,那岂不是要把皇位让出来?

弘光皇帝忐忑不安,这人都找上门来了,总不能撂下不管吧?思前想后,还是派大臣先去辨识真伪。结果,给太子上过课的东宫讲师王铎、黄道周、刘正宗、李景濂等人都说太子是假冒的。

弘光皇帝长吁了一口气。伪太子当即被下狱审问,最后招供,说自己是驸马都尉王昺的侄孙,名叫王之明。

然而,民间却是谣言四起,说马士英等人戕害太子,制造冤案,直接导致后来左良玉的叛变。

一波刚平一波又起。朝廷又接到奏报,有一个姓童的女子,自称是弘光皇帝即位前失散多年的侧妃。弘光皇帝不仅拒绝相认,且当众宣布其为冒牌货,将她打入诏狱。经过锦衣卫一番审讯,童氏虽然行止孟浪,却能清楚说出当年进入福王府的诸多细节,也能说出福王朱由崧落难时的经历,且对于自己的身世陈述分明,实在令人难以相信她是假冒的。

弘光皇帝接到锦衣卫的供词后,气得暴跳如雷,坚决不承认,并命锦衣卫对童氏严刑拷打。不久,童氏瘐死狱中。

东林党和复社人士本就对弘光皇帝颇有微词,他们借由童妃案,暗讽弘光皇帝为陈世美,行止缺德,无情无义。倘若童氏所言属实,而皇帝本人又不敢承认,那么皇帝是不是假冒的福王呢?不然怎么不敢当众与童氏对质?

于是,民间谣言纷纷,说弘光皇帝是马士英找来的冒牌福王,弘光皇帝的正统地位摇摇欲坠。

大悲和尚案、伪太子案、童妃案,合称“南明三大案”。

三案了结,弘光皇帝形象一落千丈。

之后,盘踞湖北的总兵左良玉以“清君侧”的名义,发布讨逆檄文:“率师远来,原为讨彼贼臣,救我嗣主,以申一念痴忠,用彰千古大义。”声言要诛杀奸佞马士英。左良玉亲率大军顺江而下,浩浩荡荡向南京进发。

江南大乱。

江北四镇中的总兵高杰被降清明将袭杀。南京面临内忧外患。

四月十三日,泗州降清。

四月十四日,多铎率领清军渡淮,江北四镇一触即溃。史可法退守扬州。

四月十八日,清军包围扬州。

四月二十五日,扬州沦陷,史可法遇害。清军大肆奸淫杀掠,史称"扬州十日"。

五月初十,弘光皇帝率领十几个太监趁夜逃出南京。南京城内外乱如炸窝。

五月二十二日,弘光皇帝被清军俘获,押往北京,后被凌迟处死。

中原西北,阿济格率领清军在武昌、九江等地连续对李自成发动了十三次猛攻。李自成的大顺军一触即溃,状若散沙。顺治二年五月,大顺朝刘宗敏、宋献策被俘获于湖北九宫山,李自成亦死于这一役中。

苍茫大地,真是干净。

顺治二年,北京忽传"长平公主"上书顺治皇帝:"九死臣妾,局蹐高天,愿髡缁空王,稍申罔极。"

"长平公主"希望能够出家为尼,从此青灯古佛,了断尘缘。摄政王多尔衮不允,以崇祯皇帝曾经为周世显和长平公主赐婚的名义,下诏"长平公主"和"周世显"完婚,同时厚赐府邸、金银、车马、田地,以完成崇祯皇帝生前遗愿。此举是为了安抚明朝遗民,毕竟闹了"指鹿为马"那一出,清朝大失汉人民心。

大婚仅仅过了数个月,"长平公主"就抑郁而终。顺治皇帝赐葬广宁门外。"公主"死后,"周世显"随即自尽身亡。

就像当初伪太子事件一样,清朝大费周章,又演了一出"指鹿为马"。只是完婚的"长平公主"和"周世显"是真是伪,只有上位者才清楚。许多百姓都质疑"长平公主"的真伪,随后即便流言四起,最终也只能随着这二人的死去而不了了之。

以真为伪,以伪为真,雾里看花,也就喧腾一时。随着"长平公主"和"周世显"的鸳鸯双死,长平公主之事就像沉入湖心的石头,再也激不起一丝涟漪。

图书在版编目(CIP)数据

碧落人间情一诺 / 纳兰采桑著. —杭州:浙江文艺
出版社,2018.7
ISBN 978-7-5339-5177-1

Ⅰ.①碧… Ⅱ.①纳… Ⅲ.①言情小说— 中国—
当代 Ⅳ.①I247.5

中国版本图书馆CIP 数据核字(2018)第 125554 号

策　　划　柳明晔
责任编辑　周海鸣
封面设计　嫁衣工舍
内文设计　吴　瑕
责任印制　朱毅平

碧落人间情一诺(全三册)

纳兰采桑　著

出版　浙江文艺出版社
网址　www.zjwycbs.cn
经销　浙江省新华书店集团有限公司
印刷　杭州杭新印务有限公司
开本　710 毫米×980 毫米　1/16
字数　957 千字
印张　49
插页　3
版次　2018 年 7 月第 1 版　2018 年 7 月第 1 次印刷
书号　ISBN 978-7-5339-5177-1
定价　128.00 元(全三册)